国家出版基金项目
NATIONAL PUBLICATION FOUNDATION

中国乡土小说历史研究文选 1910—2010

中国乡土小说研究丛书

丛书主编　丁帆

主　编　李兴阳　黄　轶

副主编　何同彬　余荣虎　李倩冉

南京大学出版社

图书在版编目(CIP)数据

中国乡土小说历史研究文选：1910—2010 / 李兴阳，黄轶主编. —南京：南京大学出版社，2021.12

(中国乡土小说研究丛书 / 丁帆主编)

ISBN 978-7-305-22811-7

Ⅰ. ①中… Ⅱ. ①李… ②黄… Ⅲ. ①乡土小说—小说史—文学史研究—中国—1910—2010—文集 Ⅳ. ①I207.409-53

中国版本图书馆 CIP 数据核字(2020)第 003902 号

出版发行 南京大学出版社
社　　址 南京市汉口路 22 号　　　邮　编 210093
出 版 人 金鑫荣

丛 书 名 中国乡土小说研究丛书
主　　编 丁　帆
书　　名 中国乡土小说历史研究文选(1910—2010)
本卷主编 李兴阳　黄　轶
责任编辑 郭艳娟

照　　排 南京紫藤制版印务中心
印　　刷 南京爱德印刷有限公司
开　　本 710×1000　1/16　印张 51　字数 800 千
版　　次 2021 年 12 月第 1 版　2021 年 12 月第 1 次印刷
ISBN 978-7-305-22811-7
定　　价 198.00 元

网　　址 http://www.njupco.com
官方微博 http://weibo.com/njupco
官方微信 njupress
销售咨询 (025)83594756

总 序

丁 帆

“五四新文化运动”已经百年，在它光环笼罩下的“五四文学”也算是经过了许许多多的风雨洗礼，进入了百岁的庆典。我们究竟用什么样的态度去看待“五四新文化运动”旗下的“五四文学”思想潮流呢？这个问题争论了很多年，对其“启蒙”与“革命”的主旨有着各种各样的说法，就我本人而言，就历经了许多次的观念转变，直至后来自己的观念也逐渐模糊犹豫彷徨起来。当然不是鲁迅先生“两间余一卒，荷戟独彷徨”的那种深刻的焦虑，而是那种寻觅不到林中之路的沮丧。

花费了七八年时间编撰成的这套300余万字的皇皇五卷的“中国乡土小说研究丛书”，恰恰在“五四新文化运动”百年来临前一年杀青，也算是对“五四新文化运动”百年的一个隆重的纪念和交代吧。

一、中国乡土小说的精神源头：“五四新文化运动”

按照既正统又保险的说法，中国现代文学的起源是与“五四新文化运动”不可分割的，那么，中国现代文学已经走过了百年，以此类推的话，中国乡土小说也就是百年的历史。当然，我们并不完全这么机械地看待这个问题，因为就中国乡土小说的发生来看，它显然是早于“五四新文化运动”，而且白话通俗文学在“五四”前就早已流行,将它们打入“另册”也是“五四”先驱者们过激的行为,其留下的遗患也是当初的先驱者们始料不及的。不过,为了适应某种学术研究生态的需要,我们对中国乡土小说发生期的断代保留着进一步考察和研究的设想,一切留待日后学术空间的拓展。

什么是“五四”?这是一个问题!毋庸置疑,百年来涉及这个命题的著述可谓汗牛充栋,众说纷纭,观点芜杂,让人在大量活着的和死去的史料堆里爬不出来,总觉得公说公有理婆说婆有理,甚至会把“五四事件”与“五四新文化运动”混为一谈。以至让一些政治家把这个时间的标志当作纪念日:1938 年 7 月 9 日国民党的“三青团”成立时,曾经提议把“五四”定为“青年节”,1944 年 4 月 16 日重庆国民政府又将它从政治层面下降到文艺层面,定为“文艺节”;1939 年 3 月中国共产党的中国青年联合会在延安成立时也提议把它作为“青年节”,1949 年 12 月新成立的中华人民共和国又重新正式把“五四”定为“青年节”。可见它在社会层面的政治意义远远是大于文化和文学意义的。

(一)“五四”先驱者们论“五四精神”

什么是“五四精神”?我们如果用那种简单的逻辑推理就会得出:没有《新青年》何来的“五四”?“五四”只不过是一个时间的标记,用梁漱溟先生的话来说就是:“现在年年还纪念的‘五四运动’,不过是新文化运动中间的一回事。‘五四’那一天的事,意义并不大,我们是用它来纪念新文化运动的。”[①]他的意思很明确,“五四事件”本身的政治意义并不大,大的就是“五四新文化运动”对中国社会和文化后来的一系列政治运动的发展导向起着的决定性作用,当然对文学的发展走向也起到了巨大的作用。

梁漱溟的话对吗?说对也对,说不对也没错。因为当时亲历这场运动的“五四”先驱者们在“五四事件”过后也是各有各的说法,有的甚至大相径庭,这就让一帮研究中国现代史的学者无所适从了,何况历经百年之后,面对着各种各样让人眼花缭乱、目迷五色的对“五四新文化运动”不同阐释,“五四”的面目就越加模糊起来,我本人也在这半个世纪(从小学政治教科书中第一次读到对这场“爱国主义运动”的阐述,及至 20 世纪 60 年代在我父亲的案头

① 梁漱溟:《蔡先生与中国》,《梁漱溟全集》(第六卷),山东人民出版社 2005 年版,第 75 页。

看到胡华的《中国革命史讲义》)以来,因读到各种各样有关“五四新文化运动”的论文与书籍后,就像老Q做了一场未庄梦那样,愈加对“五四”敬而远之了。实在想说几句话,也都是梦话而已。

陈独秀对“五四精神”的定义似乎应该是权威的说法吧,他在《五四运动的精神是什么——在中国公学第二次演讲会上的讲演》中说得很清楚:

如若有人问五四运动的精神是什么?大概的答词必然是爱国救国。我以为五四运动的发生,是受了日本和本国政府的两种压迫而成的,自然不能说不是爱国运动。但是我们的爱国运动,远史不必说,即以近代而论,前清末年,也曾发生过爱国运动,而且上海有爱国学社和爱国女学校。十年前就有标榜爱国主义的运动。何以社会上对于五四运动无论是赞美、反对或不满足,都有一种新的和前者爱国运动不同的感想呢?他们所以感想不同的缘故,是五四运动的精神,的确比前者爱国运动有不同的地方。这不同的地方,就是五四运动特有的精神。这种精神就是:(一)直接行动;(二)牺牲的精神。

直接行动,就是人民对于社会、国家的黑暗,由人民直接行动,加以制裁,不诉诸法律,不利用特殊势力,不依赖代表。因为法律是强权的护符,特殊势力是民权的仇敌,代议员是欺骗者,决不能代表公众的意见。清末革命的时候,人人都以为从此安宁了,不料袁世凯秉政,结果反而不好。袁世凯死的时候,人人又以为从此可以安宁了,不料现在的段祺瑞、徐世昌执政,国事更加不好。这个时候,中国人因为对于各方面的失望,大有坐以待毙的现象。自从德国大败、俄国革命以后,世界上的人思想多一变。于是,中国人也受了两个教训:一是无论南北,凡军阀都不应当存在;一是人民有直接行动的希望。五四运动遂应运而生。一般工商界所以信仰学生,所以对于五四运动有新的和前次爱国运动不同的感想,就是因为学生运动是直接行动,不是依赖特殊势力和代议员的卑劣运动呵!

中国人最大的病根,是人人都想用很小的努力牺牲,得很大的效果。这病不改,中国永远没有希望。社会上对于五四运动,与以前的爱国运动的感想不同,也是因为有无牺牲的精神的缘故。然而我以为五四运动的结果,还不甚好。为什么呢?因为牺牲小而结果大,不是一种好现象。在青年的精神上说起来,必定要牺牲大而结果小,才是好现象。此时学生牺牲的精神,若是不如去年,而希望的结果,却还要比去年的大,那更不是好的现象了。

以上这两种精神,就是五四运动重要的精神。我希望诸君努力发挥这两种精神,不但特殊势力和代议员不是好东西,就是工商界也不可依赖。不但工商界不可依赖,就是学界之中,都不可依赖。最后只有自己可靠,只好依赖自己。①

倘若我说陈独秀当年做这番演讲的时候还是一个“愤青”的话,我们可以原谅他在政治上的幼稚,他以为诸如法国大革命与俄国革命以流血的代价换来的才是真正的革命运动,唯有“牺牲精神”才能换来革命的胜利,其实,当年持这种想法的知识分子是很多的,他代表着许多“五四”革命先驱者的普遍观念,这就造成了“爱国主义和牺牲精神”才是这场运动本质的假象,殊不知,这才是遮蔽和阻遏“五四启蒙精神”向纵深发展的源头和本质,他让中国大多数的知识分子的思想观念导向了卢梭式的法国大革命的教义和苏俄“十月革命”的实践范例,虽然陈独秀在其晚年将此观念来了一个一百八十度的大颠覆,痛彻反思苏俄革命的弊病,对“五四”运动进行了一次彻底的反省,但为时已晚,“明日黄花”早已凋谢,历史认知的潮流已然成为不可阻挡之势了。历史告诉我们:革命运动无论“牺牲大”还是“牺牲小”与其结果并不是呈反比状态,而是看他的理念有无深入人心。

陈独秀的身份是非常特殊的:他1915年创办《青年杂志》(《新青年》),反对旧道德,张扬自由主义和民主思想,既是新文化启蒙运动的发动者与重要角色,又是“五四文学革命”的重要倡导者,他与胡适等人一起,倡导白话文学;在1919年以学生游行为导火线的“五四”政治运动中,他也竟亲自上街散发传单,并因此被捕。1919年“五四”运动以后,原先包括思想启蒙与文学革

① 陈独秀:《五四运动的精神是什么》,原载《时报》1920年4月22日。

命在内的“五四”新文化阵营，发生了分离：陈独秀、李大钊投身政治，胡适退回书斋搞学问，鲁迅则陷入“荷戟独彷徨”的苦闷之中。他们其中任何一位来阐释“五四精神”，都会是有差别的。作为“五四”的全面参与者与领导者，陈独秀似乎是诠释“五四精神”的权威角色。然而，在这篇演讲中，陈独秀显然并没有试图对“五四运动”进行“全面”的阐述，他只是以一位政治家的身份，着眼于“五四革命文化运动”，阐释政治视野中的“五四精神”。因此，他强调的“五四精神”为：直接行动和牺牲精神。而他演讲的地点——中国公学——恰好是具有革命传统的学校。因此，演讲者的身份和听众对象，决定了这篇演讲是以“五四”青年学生走上街头、干预政治为楷模的宣传、鼓动的文章。这也是让“五四”从“文化革命”走向“革命文化”的滥觞因素之一，难怪林毓生们会将“五四新文化运动”与后来的“文化大革命”相联系，原因就是在于他们只看到了这场运动“左”倾的一面，而忽略了它潜藏在地下奔突的烈火——启蒙给一代又一代现代知识分子留下的新文化遗产，当然还有遍体鳞伤的躯体和灵魂。

“五四”是一个说不尽的话题，原因是“五四”是一个含义非常丰富的文化运动。学界普遍认为“五四”的含义应当包括以下三个方面：第一，反对传统道德、提倡民主与科学的新文化思想启蒙运动；第二，反对文言、提倡白话的文学革命；第三，反对帝国主义和专制腐败政治的爱国民主运动。这决定了对“五四精神”注定不可能进行单一视角的归纳，而百年来恰恰忘却的总是最根本的首要任务，启蒙往往却成为纪念“五四运动”餐桌上的佐料。

新文化思想启蒙运动崇尚西方文艺复兴以来的人文主义价值，以进化论眼光肯定现代化，否定传统道德与价值观；而在“五四政治运动”中，爱国主义和反对帝国主义，又与“五四”启蒙理想在对待西方和中国文化的态度上相互冲突。可以说，不同时期、不同身份的人，往往根据自己的政治立场和阐释目的，就“五四”的某一方面含义进行了偏执性的强调。总之，百年来围绕着“启蒙的五四”与“革命的五四”之命题，谁也无法做出合乎逻辑的周延性判断。另一方面，似乎“启蒙与救亡”遮蔽了“五四新文化运动”的许多实质性问题，让我们做了问题的“套中人”。

而胡适之先生作为“五四新文化运动”的发起人，他原本的“革命”目的何在呢？在“五四事件”发生的第二年他发表了演说，其内容与陈独秀的观点就有了一些不同。1920年5月4日，胡适参加了北京女子学界联合会召开的“五四纪念会”，并发表演说。当天的《晨报副刊》上，胡适与蒋梦麟联名，发表了一篇胡适的《我们对于学生的希望》。此文肯定了青年学生运动的贡献，但他还是认为：“这种运动是非常的事，是变态的社会里不得已的事……故这种运动是暂时不得已的救急办法，却不可长期存在的。”[①]显然，胡适是反对用“牺牲”换来的革命结果的，换言之，就是反对以革命的名义进行青年学生运动。

而到了1928年的5月4日，胡适在光华大学发表了《五四运动纪念》演讲，其观点来了一个180度的大转弯，他又肯定了学生的“牺牲精神”，不再提倡钻进“故纸堆”里去了，其重要的一点就是胡适证明“五四运动”印证了一个历史公式，即“凡在变态的社会与国家内，政治太腐败了，而无代表民意机关存在着；那末，干涉政治的责任，必定落在青年学生身上了。这是一个最正确的公式，古今中外，莫能例外。”这也许就是后来坊间一直流传着的那句伟人名言“凡是镇压学生运动的都没有好下场”的滥觞吧。当然，在胡适对自己的观念做出重大修改的时候，他没有忘记自己过去说过的话，于是就用辩证的方法予以圆场：“如果在常态的社会与国家内，国家政治，非常清明，且有各种代表民意的机关存在着；那末，青年学生，就无需干预政治了，政治的责任，就要落到一班中年人的身上去了。”“自从五四运动以来，中国的青年，对于社会和政治，总算不曾放弃责任，总是热热烈烈的与恶化的挣扎……青年人的牺牲，实在太大了！他们非独牺牲学业，牺牲精神，牺牲少年的幸福，连到牺牲他们自己的生命，一并牺牲在内了……”显然，胡适认为牺牲青年是一件迫不得已的事情，与毫不足惜“牺牲”的非人道观念是有区分的。

从胡适的观念转变，我们可以看出一个重要的问题症结来——在“启蒙与革命”的悖论当中，“五四”就成了一个在“启蒙”与“革命”之间来回奔跑跳跃的政治文化和精神文化的冠词，似乎这顶桂冠扣在任何言者的头上

---

① 蒋梦麟、胡适：《我们对于学生的希望》，《中华教育界》1920年第9卷第5期。

都很合适。但是，人们忽略的恰恰就是政治和社会的时间与空间的变化给人的思想观念带来的变化。随着时间和空间的变化，也随着各人的生活经历的变化，“五四”先驱者们的观念也在变化，我们如果将他们的思想看成一成不变的固态，就会犯经验主义的毛病。这一点在胡适1935年的《纪念五四》一文中得到了印证：“我们在这纪念‘五四’的日子，不可不细细想想今日是否还是‘必有赖于思想的变化’。因为当年若没有思想的变化，决不会有‘五四运动’。”①

直到1958年5月他读到了女作家苏雪林一篇追念“五四”的“理性女神”的文章，在写信回复时说：“我很同情你的看法，但我（觉得）五四本身含有不少的反理智成分，所以‘不少五四时代过来人’终不免走上了反理智的路上去，终不免被人牵着鼻子走。”②恐怕一个67岁的成熟老人的思考才是最深刻的。

1960年，胡适应台北广播电台之邀，发表了一个长篇谈话《五四运动是青年爱国的运动》。其实这篇演讲标题似乎又回到了老路上去了，其实其主旨却是针对犹如西方的文艺复兴运动的“五四启蒙运动”感慨而发：“五四运动也可以说害了我们的文艺复兴。什么原故呢？……因为我们从前作的思想运动，文学革命的运动，思想革新的运动，完全不注重政治，到了五四之后，大家看看，学生是一个力量，是个政治的力量，思想是政治的武器……所以从此之后，我们纯粹文学的、文化的、思想的一个文艺复兴运动就变质了，就走上政治一条路上……”“在我个人看起来谁功谁罪，很难定，很难定，这是我的结论。”我以为，这是胡适晚年对“五四”最为深邃的一次思考，那种试图把“五四新文化运动”安放在“启蒙运动”轨道上的梦想为什么会成为泡影？归根到底就是一句话：在中国，试图创造一个“纯粹文学的、文化的、思想的一个文艺复兴运动”可能性几乎为零，因为凡是运动最后总是要归于政治的。这就造成了不仅仅是“启蒙”的悲剧，同时也造成了“革命”的悲剧。历史无情地证明了这一历史的规律，并且还将不断地证明。

---

① 胡适：《纪念五四》，《独立评论》1935年5月5日第149号。

② 胡适：《复苏雪林》，《胡适全集》（第26卷），安徽教育出版社2003年版，第160页。

(二) 世界启蒙运动与中国的“五四运动”

人类的前进道路能够通过每一个人对理性的公开使用的自由而指向进步。

——康德

回顾百年、七十年和四十年来中国社会文化和文学的变迁,我们的学术和思想观念同样经历了几次大起大落的变化。毋庸置疑,在百年之中,我们可以排出一个长长的、聚集着七八代启蒙文化学者的名单,在他们共同奋斗的学术史和思想史的历程中(我始终认为学术史和思想观念史是两个永远不可分割的皮与毛的关系),我们似乎可以看到一条清晰的隐在线索:自由与民主;科学与传统;制度与观念;人权、主权和法权……这些关键词不仅在不同的时空里发生了裂变,同时也在不同的群体里发生了分裂。

康德在 1874 年发表的那篇《答复这个问题:什么是启蒙运动》中说:“启蒙运动就是人类脱离自己所加之于自己的不成熟状态。不成熟状态就是不经别人的引导,就对运用自己的理智无能为力。当原因不在于缺乏理智,而至于不经别人的引导就缺乏勇气与决心去加以运用时,那么这种不成熟就是自己所加之于自己的了。Sapere aude! 要有勇气运用你自己的理智! 这就是启蒙运动的口号!”①康德 200 多年前的定义至今还在世界的上空中盘桓,这是人类的喜剧还是悲剧呢?

那么托克维尔在《旧制度与大革命》中揭示的法国大革命的悖论逻辑适用于中国百年来启蒙与革命的逻辑关系吗? 其实,许许多多的实践告诉我们,尤其是中国近四十年来的“改革”恰恰反证了托氏“最危险的时刻通常就是它开始改革的时刻”逻辑的荒谬,我们却对这个结论深信不疑。在中国的启蒙与革命的双重悖论之中,最重要的则是我们难以分清楚什么是启蒙的左右和革命的左右这个根本的悖论性问题。

我常常在思考一个问题:倘若我们把鲁迅作为“五四”以来中国左翼文化

---

① [德]康德:《历史理性批判文集》,何兆武译,商务印书馆 2009 年版,第 23 页。

的旗手，而把胡适作为“五四”以降自由知识分子的领军人物，那么，那个坊间传说的设问就显得十分尴尬了：倘若鲁迅活到1949年以后，他还会是左翼吗？我的答案很简单：要么他还是鲁迅，要么他不再是鲁迅，而变成了郭沫若，我想，以他的性格，他不会变成郭沫若，也不会变成茅盾，最有可能变成无言相向的无声鲁迅。这里就有了一个我们怎样区分左和右的尺度问题，因为百年来我们不习惯在不同时空当中辨别左右，也就是说，用今天的眼光来看现代文学史上的鲁迅，他是典型的右派，他的反一切统治的眼光，恰恰就是现代知识分子必须具备的立场，就像萨义德在《知识分子》一书中所言，知识分子永远是站在批判的立场上看待社会的，否则他就没有存在的必要。从这个角度去看鲁迅，你能说他是左翼的吗？都说鲁迅的骨头是最硬的，硬到“十七年”当中，他就是一个右派。就像当下我们看待西方的许许多多的左右派那样，在不同的空间语境当中，我们辨别左右的时候往往是要反着看的。同理，我们看待胡适也同样适用这样的标准。所以，我认为作为衡量一个知识分子人格操守，只能用八个字来检测：坚守良知、维护正义。当“五四的启蒙主义新传统”遭到了空前否定的时候，我们应该选择什么样的价值立场呢？最近我在网上看到了一个治中国古代政治史的学者王霄说：“汉后的儒家，政治理论和政治人格已经失去了孔孟的刚健质正，实践中还造成了大批的伪君子。”古代史的学者为现代文明的鼓与呼，却让我们搞现代文学的人深思。

鲁迅也好，胡适也罢，作为“五四新文化运动”培育下的第一代中国具有现代意识的知识分子，他们承继的都是18世纪以来启蒙运动中普世的价值立场，这一点对一个国家和一个民族来说是很重要的——中国文化为什么没有选择政治家、哲学家和历史学家做旗手，而是选择了文学家，这里面的深意，应该是不言而喻的。然而，百年来，我们对这个问题的认知还停留在学术常识以下的水平，无论我们的学科得到了多么大的发展，无论我们的科研项目达到了多大的惊人数字，无论我们的论文如何堆积如山，却仍然要重新回到启蒙的原点，重新回到“五四”的起跑点上——我们应该反思的问题是：“启蒙的五四”和“革命的五四”两者之间都存在着的双重悖论是百年来我们始终未解的一个难题——这是社会政治文化问题，同时也是文学绕不开的问题。

回顾百年来所走过的学术历程,我们似乎始终在一个平面上旋转,找不到前进的目标,其根本原因就是因为我们在文学的学术史教育中遮蔽了许许多多应该传授的常识性知识。

我近年来一直在重读"五四"先驱者们对"五四事件"和"五四新文化运动"的不同看法,结合法国大革命、英美革命以及苏俄革命对"五四"以后中国革命与文学的影响,进行比较分析,有些观念仍然停留在我几年前的水平上(这就是2017年结集出版的《知识分子的幽灵》),但是今年我重读和新读了三本书后,便又开始了新一轮的思考。

第一,我在重读周策纵的《五四运动史》后,在各种各样纷乱混淆的"五四事件"和"五四新文化运动"梳理中,基本认同了周策纵先生的"五四的来龙去脉说",当然,我们也不必再去追究"五四新文化运动"是谁领导的这个永远说不清楚的问题了,只是让当时各种各样的参与者自己出来说话,不分左右,无论东西。我以为,这本书本应该是中国现代文学学术思想史的基本教科书,只可惜的是,现在我们许多人文学科至多就是把它列为参考书目而已。

今天,我们首先要涉及的问题是:我们为什么要纪念"五四运动"这个难题,我想这一点周策纵先生说得最清楚:他认为"首先必须努力认知该事件的真相和实质"①。也就是说,"五四事件"与"五四新文化运动"虽然有联系,却并不能截然画上等号。周策纵说,有人把他在1969年发表的《"五四"五十周年》一文副标题"译为'知识革命',就'知'的广义说,也是可以的。我进一步指出:这'知'字自然不仅指'知识',也不限于'思想',而且还包括其他一切'理性'的成分。不仅如此,由于这是用来兼指这是'知识分子'所倡导的运动,因此也不免包含有行动的意思。……但是我认为,更重要的一点值得我们特别注意的,还是'五四'时代那个绝大的主要前提。那就是,对传统重新估价以创造一种新文化,而这种工作须从思想和知识上改革着手:用理性来说服,用逻辑推理来代替盲目的伦理教条,破坏偶像,解放个性,发展独立思考,

① [美]周策纵:《五四运动史》,陈永明等译,世界图书出版公司2016年版,"繁体再版序"《认知·评估·再充》第13页。

以开创合理的未来社会”[1]。说得何等好啊！他把“五四新文化运动”的主体定为“知识分子”，只这一点，就避开了纠缠了许多年的“谁领导”的问题，从另一个角度肯定“五四启蒙运动”的基础。虽然这是他五十年前所说的话，但应该仍然成为我们每一次纪念“五四”的目的：“后代的历史学家应该大书特书，（‘五四’）这种只求诉诸真理与事实，而不乞灵于古圣先贤，诗云子曰，或道德教条，这种只求替自己说话，不是代圣人立言，这种尚‘知’的新作风，应该是中国文明发展史上最大的转折点。”[2]我们治中国现代文学的学人，能够不反躬自问吗？面对“五四”反传统的文化意义被颠覆和消解，我们是呐喊还是彷徨？我们是沉默还是爆发呢?！至少在我们的心灵之中，应该保持一分清醒的学术态度吧，尽管我们不能肩起那扇沉重的闸门，我们起码能够保持对历史知识传承的那份纯洁吧。

周策纵先生这种中国文化转折的反思视角，恐怕也是许多人对“五四运动”和“五四文学”认识的一个盲区罢，这是我在近期所涉及的关于“启蒙的五四”与“革命的五四”双重悖论中的一个焦点问题，也是对百年“五四”激进派和保守派言论的一种浅陋的反省。

2019年作为“五四事件”发生一百周年的纪念，我们的知识分子又如何“用理性来说服，用逻辑推理来代替盲目的伦理教条，破坏偶像，解放个性，发展独立思考，以开创合理的未来社会”呢？其实，最简单，也是最经济的做法就是周策纵先生的治学方法，即“透过这些原始资料，希望能让当时的人和事，自己替自己说话”[3]。于是，我也翻阅了过去看过和没有看过，还有看过却没有用心思考的大量资料，想让那些“五四”的先驱者们从棺材里爬出来，用他们当年的文字来重释一遍对“五四新文化运动”和“五四事件”的看法，但

---

① ［美］周策纵：《五四运动史》，陈永明等译，世界图书出版公司2016年版，“繁体再版序”《认知·评估·再充》第13—14页。

② ［美］周策纵：《五四运动史》，陈永明等译，世界图书出版公司2016年版，第13—14页。此乃“1995年9月2日夜深于威斯康星陌地生”的“繁体再版序”《认知·评估·再充》中的文字，其“英文初版自序”则是“1959年10月于麻省剑桥，哈佛”，至今也已经六十年了。

③ ［美］周策纵：《五四运动史》，陈永明等译，世界图书出版公司2016年版，“繁体再版序”《认知·评估·再充》第13页。

是,我要强调说明的是:这并非代表我本人的看法,我只是套用了周策纵先生的方法,试图让逝者百年前的历史画外音来提示"五四精神",历史地、客观地呈现出它的两重性。也许只有这样,我们才能不断地在纪念"五四"中得到对现实的启迪和对未来的期望。我们做不了思想史,我们能否做乾嘉学派式的学科基础学问,让史料来说话呢?让"死学问"活起来,活在当下,也就活到了未来。

第二,另一本小书就是2018年5月刚刚由北大出版社出版的英国历史学家罗伊·波特撰写、殷宏翻译的《启蒙运动》,这本"解释性的、批判性的和史学史的"小书真的是一本欧洲,乃至世界启蒙的常识性辅导教材,虽然作者只是用一个历史学家的眼光来看待这个具有跨越时空概念的历史运动,但是其普世的意义让人受到了很多的启迪,其中警句迭出,发人深省。

虽然作者是在不断地重复盖伊的观念,但是这种梳理是有教科书意义的:"想要在启蒙运动中找到一个人类进步的完美方案是愚蠢的。认为启蒙运动提出了一系列问题留待历史学家去探索则更为合理。"[①]以我浅陋的理解,这就是说,无论中西方的历史发展都不会按照启蒙运动所设想的逻辑轨道前进,留下来的问题首先就是要回到历史发展的轨迹中去重新认知启蒙的利弊。这一点尤其适合像中国这样后发的启蒙主义的模仿者。

另外一个问题提得更有意思,作者提出了一个新的诘问:"除了'上层启蒙运动'之外,难道没有一个'下层启蒙运动'吗?难道不存在一个'大众的启蒙运动'来作为对精英启蒙运动的补充吗?……是把启蒙运动视为一场主要由一小部分杰出人士充当先锋的精英运动,还是视为在一条宽广的阵线上汹涌向前的思想潮流,这一选择显然会影响到我们如何评判这一运动的意义。领导层越小,启蒙运动就越容易被描绘为一场思想上的激进革命,是用泛神论、自然精神论、无神论、共和主义、民主、唯物主义等新的武器来与几百年来根深蒂固的正统思想做斗争的运动。我们兴奋于伏尔泰怒吼声中发出的伟

① [英]罗伊·波特:《启蒙运动》,殷宏译,北京大学出版社2018年版,第1页。

大呼喊即‘臭名昭著的东西’以及‘让中产阶级震惊’，这些口号让教会与国家战栗不已。”①

无疑，这些话颠覆了我们多年来认为的“启蒙必须是精英知识分子自上而下的一场教育认知”的观念，他的观点虽然不能让我完全苟同，却让我深思鲁迅“两间余一卒，荷戟独彷徨”孤独的由来；虽然我还不能完全接受罗伊·波特对启蒙的全部阐释，但是，他开启和拓展了我的逆向思维空间，让我们在中国百年的启蒙运动史中发现了许许多多可以解释得通的疑难问题，包括鲁迅式的叩问。

回顾我们这几十年来现代文学的学术史道路，正如作者所言，我们“用泛神论、自然精神论、无神论、共和主义、民主、唯物主义等新的武器”和方法，甚至许许多多技术主义的方法路径来对启蒙主义思潮以及现代文学作家作品进行了无数次阐释，但是，这些阐释真的有效吗？它们是真学问呢，还是“伪命题”？这个问题值得我们重新反思百年来的学术史，筛选和淘汰掉那些非学术的渣滓，才能重新回到理性学术的起跑线上来。另外，在许多“破坏性”的批判中，我们有没有找寻过有效的“建设性”理论体系呢？尽管我们的“破坏性”还远远没有达到其目的与效果。

同样，在对待法国大革命的态度上，作者给我们的启迪也很大，起码可以让我们用“第三只眼”去看问题：“要将启蒙运动视为在旧制度内部发生的一场突变，而由一支志在摧毁它的暴力革命队伍掀起的运动。那么启蒙运动是一场思想上的先锋运动吗？或者要将其看作文雅上流社会创造的一个普通的名词吗？此外，无论在哪一种情况下，启蒙运动是否真的改变了它所批判的社会了呢？或者说是不是它反而被这个社会改变了，并被它所吸收了呢？换言之，是权力集团得到了启蒙，还是启蒙运动被融入权力体系之中了呢？”②这一连串的诘问，正是对我多年来难以解开的心结的一种暗示，也是我们阅读《旧制度与大革命》的一个不可或缺的视角。我们播种的启蒙，收获的是龙种还是跳蚤呢？中国百年来的启蒙运动史给我们带来的是更大的困惑，我们

① ［英］罗伊·波特：《启蒙运动》，殷宏译，北京大学出版社 2018 年版，第 10—11 页。
② ［英］罗伊·波特：《启蒙运动》，殷宏译，北京大学出版社 2018 年版，第 11—12 页。

用文学的武器去批判社会,却到头来被社会所批判;我们试图用启蒙思想来改造国民性,自身却陷入了自我改造的悖论之中;我们改造社会,却被社会改造,灵魂深处爆发的革命是一种什么样的“大革命”呢?它与“五四启蒙运动”构成的是一种什么样的互动关系呢?这些狂想让我们成为一个又一个时代的“狂人”,然而,能够记下“日记”者却甚少。正如此书作者所言:“卢梭始终都被后人视为启蒙运动的一座灯塔,这也确实名副其实,因为在痛恨旧制度的程度上无人能出其右。如果说如此千差万别的改革者们都能在启蒙运动的旗帜下战斗,难道这不就表明‘启蒙运动’这个词语的内涵并不清晰,只让人徒增困惑吗?”①当一个朝代的新制度蜕变成一个旧制度的时候,我们在这个历史循环中怎样认识问题的本质,才是最最难以挣脱的思想文化枷锁。解惑的药在哪里?“忧来豁蒙蔽”,只有经历了历史的沧桑,我们才能稍稍懂得一些启蒙的与革命的道理,往往是身处变革历史语境中的知识分子的叩问才更有思想价值,但是,我们就是缺少思想家的引导。

检验一场启蒙运动的成败与否,作者给出的答案虽然不可能得到大多数人的认同,却也不乏其合理性:“当最后我们要评价启蒙运动的成就时,如果还期待能够发现某一特定人群实施了一系列被称之为‘进步’的措施,那就大错特错了。与之相对,我们应当从以下方面进行评判:是否有许多人——即便不是全体的人民大众——的思维习惯、情感类型和行为特征有所改变。考虑到这是一场旨在开启人们心智、改变人民思想、鼓励人民思考的运动,我们应该会预料到,其结果定然是多种多样的。”②**我苦苦思索了许多年的“二次启蒙”悖论的问题,在这里找到症结所在**。可悲的是,我们连“多种多样”的水平都没有达到,而是沉沦于鲁迅小说《风波》的死水语境之中,你能说我们百年的启蒙与革命运动取得了进步吗?

从世界格局的大视野来看,如果法国大革命是一个重要的历史节点的话,那么从1789年至今,已经有了整整230年的历史。当我们回眸中国百年启蒙历史的时候,同样可以从这本书的结语中得到启迪:“启蒙运动虽然帮助

---

① [英]罗伊·波特:《启蒙运动》,殷宏译,北京大学出版社2018年版,第15页。
② [英]罗伊·波特:《启蒙运动》,殷宏译,北京大学出版社2018年版,第17页。

人们摆脱了过去，但它并不能杜绝未来加诸人类之上的枷锁。我们仍然在努力解决启蒙运动所促成的现代化、城市化工业社会里出现的各种问题。在努力的过程中，我们势必大量利用社会分析的技术、人文主义的价值观，以及哲人们创造的科学技能。今天我们仍然需要启蒙运动的哺育。”①是的，“德先生”和“赛先生”仍然是中国现代社会文化和现代文学研究的指南，但前提是必须重新回到人性的立场上来好好说话，因为“后现代”的话语体系非但人民大众听不懂，就连知识分子也会陷入云山雾罩的“所指”和“能指”之中，而失去对“五四精神”的追问。

第三，如果说，《启蒙运动》是一本常识性的大众必读书目，那么还有一本书就应该列为启蒙运动史的第一参考书目，虽然它的观点比较激进，但是对我们今天如何捍卫启蒙运动的成果是有所启迪的。它就是意大利历史学家文森佐·费罗内的《启蒙观念史》，无疑，它让我们开阔了视野，了解到在世界启蒙运动史上，许多国家和地区存在着同样的问题，尤其是在后现代文化语境中坚守批判思维的启蒙立场不是一件容易的事情。文章从“哲学家的启蒙——思考‘半人马范式’”到“历史学家的启蒙——对旧制度的文化革命”，呈现出的是两种不同的观念史：从康德到黑格尔；从马克思到尼采；从霍克海默到阿多诺；从福柯到卡西尔和海德格尔；在这两百多年漫长的启蒙哲学的道路上，作者把启蒙观念的变迁与发展梳理出了一条环环相扣的逻辑链条。

显然，启蒙与反启蒙的观念史不仅影响着欧美的学者，也会影响到世界各国的许多启蒙主义学者，但是，它对中国的启蒙哲学起着多大的作用呢？我们如果照搬其观念，会对本土的启蒙践行有何帮助呢？这些问题当然需要我们根据中国百年启蒙史做出相辅相成或相反相成的分析和判断。但是，无论如何，康德强调的“持续启蒙”的观点是永远照耀启蒙荆棘之路的明灯。正如康德在《历史理性批判文集》中所言：“需要有一系列也许是无法估计的世代，每一个世代都得把自己的启蒙留传给后一个世代，才能使它在我们人类身上的萌芽，最后发展到充分与它目标相称的那种阶段。”②中国一百年的启

---

① [英]罗伊·波特：《启蒙运动》，殷宏译，北京大学出版社2018年版，第120页。

② [德]康德：《历史理性批判文集》，何兆武译，商务印书馆2009年版，第4页。

蒙史比起欧洲少了一百多年,我们遇到的许许多多的问题,同样也在二百多年的欧美启蒙运动中呈现过,所以,我们不必那么焦虑,只要启蒙的思想火炬能够正确地世代传递下去,我们就"有希望达到光辉的顶点"。

我注意到了此书中的两个关键词:一个就是 Sapere aude("敢于认识");另一个就是 living the Enlightenment("践行启蒙")。前者显然是从康德那里继承得来的,这当然是启蒙运动必须固守的铁律,没有这个信条,一切启蒙都是虚妄的运动。后者则是作者根据当今世界启蒙的格局所提出来的观念,它是根据人类遭遇了后现代文化洗礼之后,对一种新启蒙的重新规约。前者是本,后者是变,固本是变化的前提,变化是固本的提升。

同样,在这个"以现代性为对象的试验场"里,我更加注意到的是"启蒙—革命"范式的场域中存在着的悖论关系,而这种关系往往被西方学者解释为一种具有中性立场的价值观,是一个欧洲历史学者眼中具有世界主义维度的"独立的历史现象"。就此而言,我不能认可的是,在中国百年的"启蒙—革命"范式的双重悖论运动过程中,我们遭受的痛苦似乎与法国大革命付出的血的代价是不能同日而语的,其灾难的程度不同和经历的痛苦程度的不同,就决定了持论的态度和价值理念的区别,在这个问题上,我们对启蒙的光感度和对革命的疼痛感似乎更有发言权。

十分有趣,也十分吊诡的是,费罗内在文章的前言开头就是这样描述欧洲当今的启蒙运动的:"套用伟大的卡尔·马克思在《共产党宣言》中的话,人们可能会说:一个幽灵,启蒙运动的幽灵,在欧洲游荡。它看上去悲伤而憔悴,虽然满载荣耀,却浑身都是一场场败仗留下的伤痕。然而,它无所畏惧,依旧带着那讽刺性的笑容。实际上,它换了一副新面孔,继续骚扰着一些人的美梦——他们相信生命之谜全都包含于一个虚幻神秘的神灵的设计,而没有对于人类自由与责任的鲜明意识。"①也许,这也是适用于世界各国的一种普遍的启蒙运动的情形,只要有启蒙意识存在的地方,都会有争斗,但是,启蒙的火种是延绵不绝的,尽管在许多地方它已经是伤痕累累,它却"换了一副新面孔",去"继续骚扰着一些人的美梦",这些人是谁呢?倘若放在中国,是

① [意]文森佐·费罗内:《启蒙观念史》,马涛、曾允译,商务印书馆 2018 年版,"前言"第 1 页。

我在做启蒙的美梦，还是他人在做另一种革命的梦呢？因为我也注意到了，此书的第二部分就是专论“对旧制度的文化革命”问题的，显然，这个法国大革命启蒙与革命纠结在一起的幽灵也同样游荡在欧洲的上空，更是游荡在世界各个文化的角落里，用作者的话来说，就是：“当然，他们现在终于可以埋葬那场野心勃勃又麻烦重重的文化革命了。那场革命在18世纪历经千难万险，为的是颠覆旧制度下欧洲那些看似不可改易的信条。人们终于可以扑灭那个用人解放人的不切实际的启蒙信念。那个信念认为人类单凭自身力量就可以摆脱奴役。这股力量还包括对于新旧知识的重新排布，这得益于新兴社会群体的努力，他们拥有一件强大的武器：批判性思维。”[①]读到这里，我不禁想到了我们百年来的从“人的解放”到“被解放了的人”，再到“被囚禁的人”和“身体和思想的解放”，我们走过的是一条逶迤的精神天路，这条道路要比欧洲的更漫长，更艰险。

“如果人们仔细探视我们时代的阴云，就会看到一幅不同的景象。……那些划时代事件，同样对贫乏的新旧解释范式和虚构的历史哲学起到了解放作用，残酷的现实否定了理论。那些事件引发的风暴，让几缕微弱的阳光穿透了时代的阴云。现在，那场风暴让我们超越了无数的幻梦和再三的失望，重新点燃了对美好未来的希望；它在各处引发了新的研究，也带来了重新研究启蒙运动的要求。这场深刻的文化革命力图解放人，其范围之广、影响之久，只有基督教在西方世界的兴起和传播可以相比。我们今天就那场革命所提的问题，之前从未有人提出。”[②]无疑，正如作者所言，“‘启蒙运动—法国大革命’范式至今仍颇具吸引力，实际上这种吸引力太强大了”。

但是，在整个20世纪下半叶，我们只知道短暂的“巴黎公社”理想的伟大，却不知道在100年前通往这条道路上的“法国大革命”为全世界的“革命道路”打下了第一块基石，直到新世纪以降，法国大革命才成为中国学界讨论的热点，尤其是那个叫作托克维尔的《旧制度与大革命》的反思，为我们现今的政治经济提供了一面镜子。然而，我们又有多少人能够读懂其中的“画外

① ［意］文森佐·费罗内：《启蒙观念史》，马涛、曾允译，商务印书馆2018年版，“前言”第1—2页。
② ［意］文森佐·费罗内：《启蒙观念史》，马涛、曾允译，商务印书馆2018年版，“前言”第2页。

音”呢？因为我们在“启蒙运动—法国大革命”的范式中从来就是一个无知的小学生。

在“启蒙与革命”的悖论之中，我们往往采取的是“合二为一”的逻辑，虽然这也是某些西方历史学家和哲学家们一种惯常的研究方法，我却以为，一个没有经历过那些大革命血腥洗礼、坐在书斋里进行哲思的人，对革命带来的肉体与精神上的创痛是没有切肤之痛的。所以，我并不能苟同费罗内这样的西方理论家们混淆启蒙与革命的界限，把启蒙与革命简单地用一个等号加以连接。无疑，这种滥觞于尼采和福柯的理论教条，一俟在“践行启蒙”中得以中和与运用的话，就会走向另外一个极端，纳粹的思想所造成的人类创痛就会重演一次。君不见，正是尼采的“强力意志”催生了希特勒那种狂热的国家社会主义的大众革命思潮，那山呼海啸般的大众狂热虽然过去了80年，可巨大的声浪却久久回荡在世界革命的每一个角落，那种宗教般的狂热屡屡给世界带来灾难，却无人能够阻挡。为什么这种革命在20世纪30年代末的德国蔓延的速度如此之惊人，其导致的第二次世界大战让人类陷入了无边的罪恶深渊，这种惨痛的教训应该让每一个历史学家和哲学家牢牢地记取，对那种狂热的革命保持高度的警惕。

相反，百年来，在世界范围内，启蒙的声浪却愈来愈小，最终成为一些学者躲在象牙塔中的喃喃自语。本书的作者如果只是从象牙塔中去回眸历史、瞭望未来，抹去了血迹斑斑的历史，则是一种不可借鉴的研究方法，同样，它也看不清未来之路。相比较英美革命，我以为其借鉴的意义或许更大于法国大革命，法国大革命对后来的苏俄革命也产生了深远的历史影响，而苏俄革命对百年中国的“启蒙—革命”范式影响不仅根深蒂固，且有着十分惨痛的历史教训，直到那场举世瞩目的大革命的到来，当人们总结这一悖论所造成的恶果的时候，不得不用“一场浩劫”来总结“文化革命”所造成的后果，尽管在作者眼里“最终再次凸显这场伟大转变不可磨灭的印迹，它是建立现代西方身份认同基础的真正的文化革命”。也许，在230年启蒙与革命的纠结之中，西方学者眼中的法国大革命已然成为一笔精神遗产，它强调的是“启蒙运动的特殊性——它既是对18世纪旧制度的批判，也是旧制度的产物”。其价值观建立在这样的基础上,对西方意味着什么,对中国又意味着什么呢?

"法国大革命"作为一次政治事件,它付出的代价并不大,后来爆发的许多次所谓的"革命",无一是付出巨大血腥代价的,最后演变成街头"革命"的闹剧,那是法国人浪漫主义性格的使然,因为他们知道这种极具表演性质的"革命"至多是在警察局里待上一会儿,就可以仍旧回到咖啡馆或沙龙里去大谈革命的理论去了,殊不知在中国是充满着"污秽和血的"革命。但愿我的这些想法是对此书中的某些理论的一种误读。

不过,此书学者在批判实践中的观念陈述是值得我们深思的:"批判实践'通过反批判(counter-criticism)而达到超批判(super-criticism),最终蜕化为某种伪善的道德说教'。如同科泽勒克的大学导师卡尔·施米特在20世纪30年代所推论的,这否定了'政治'上的自治,并引发了西方世界至今仍未停歇的危机,即无法从永恒革命和意识形态文化战争中逃离出来,而这正是由18世纪末期启蒙运动的乌托邦理论和法国大革命所开启的。"①从卡尔·施密特的言辞之中,我们闻到了一个纳粹党人理论流行的普遍性,我的脑海中浮现出的是另一个被我们推崇了二十多年的纳粹理论家海德格尔的肖像,如果我们只从哲学的技术层面去看待这些理论专家,而不从践行理论的实践中去看理论的实际效果,那样的哲学是有用的吗?所以,我经常在思考一个问题:海德格尔与他的学生兼情人阿伦特的理论有区别吗?以我浅陋的知识视野来看,不仅有区别,而且存在着一条巨大的鸿沟。这条鸿沟就是在"启蒙—革命"的范式中他们所选择的知识分子的价值立场是截然不同的:前者是为统治者所御用,专门炮制适合于政治体制的理论,毫无感情色彩,是冷冰冰的教条;而后者却是秉持正义,恪守一个知识分子的良知,以人性的价值立场来创造理论。由此我想到这对情人的最终分手,不仅仅是生活境遇和爱情观念所迫,更加不可表述的是他们内心价值取向不同所导致的分道扬镳吧,尽管还有点依依不舍和藕断丝连,但在骨子里,他们就不可能成为同道者和同路人。

如果我们再回到启蒙话语里去,可以看出,费罗内对观念史的梳理也是

---

① [意]文森佐·费罗内:《启蒙观念史》,马涛、曾允译,商务印书馆2018年版,第110页。

有益的,尽管许多地方他的陈述是中性的,却也给我们带来了抽象概括精准的惊喜。他的一句断语很精彩:“启蒙运动一直被认为是一个洋溢着进步的历史阶段和意识形态,现在,对这一古旧图景的最终批判必须来自一种新的、启蒙的谱系学。”①显然,我对海德格尔一干哲学家的后现代哲学理论不感兴趣,而对启蒙的原初理论更加青睐:“就‘人学’这个概念而言,虽然它仍未得到深入细致的研究,但我注意到,大卫·休谟在他1739年出版的《人性论》中主张,应当将实验的方法扩展到一种未来的‘人学’中。”②这个280年前的理论设想,真的有伟大的预见性,在这两个多世纪里,人类始终要解决的终极目标却一直无法解决,这难道不是启蒙主义的大失败吗?

所以,我同意作者的分析:“因此可以肯定的是,从历史角度来看,我们称为启蒙运动的事件是西方世界的一次伟大的文化转向,如何理解它的尝试都面临一个最大的,同时也是最重要的任务:分析它所处的历史语境,以及启蒙运动本身与大革命之前的旧制度之间紧密的辩证关系。”③也就是说,如果我们仅仅把启蒙运动孤立起来进行理论的分析肯定是不行的,关于这一点,费罗内大量引用了托克维尔的理论作为依据是有效的。从这里,我们可以看出旧制度对催生知识分子精英阶层的诞生是起着至关重要的作用的,正如费罗内所概括的:启蒙运动的“进程最后催生出如知识分子或服务于国家的贵族之类的新精英阶层,而这些精英又反过来导致了现代市民社会的产生。这是一个越来越注重个体而非社会集群的社会,它独立于那种绝对国家,虽然后者无心又辩证地在自己怀抱中孕育了它”④。回顾200多年来知识分子从“贵族精英”蜕变成“独立的批判者”;再从“自由之精神的代言人”到“消费文化的奴仆”,正是“伏尔泰对这种新的‘作家’类型发起了猛烈的批判,特别是那些受职业共同体、书商和权势阶层支配的‘作家’,迎合‘公众’的需求和品位的‘作家’。他把这些人称作‘群氓’、‘廉价文人’和‘低级文学’的承包商,他们心甘情愿为一点点金钱而出卖自己或者背叛任何人。相对于那种由出版市

① [意]文森佐·费罗内:《启蒙观念史》,马涛、曾允译,商务印书馆2018年版,第80页。
② [意]文森佐·费罗内:《启蒙观念史》,马涛、曾允译,商务印书馆2018年版,第192页。
③ [意]文森佐·费罗内:《启蒙观念史》,马涛、曾允译,商务印书馆2018年版,第207页。
④ [意]文森佐·费罗内:《启蒙观念史》,马涛、曾允译,商务印书馆2018年版,第209页。

场供养的生活和文艺复兴赞助机制的庇护，伏尔泰更赞成旧制度的专制文化模式，它是一种以为君主服务的学术集团为基础的集体性模式……由于这个原因，他受到一些作家的严厉批评，先是支持新近重生的'共和精神'的作家如卢梭和狄德罗，后来主要是布里索、马拉、阿尔菲耶里以及其他许多支持18世纪后期启蒙运动的人"。[①] 诚然，伏尔泰对那种商业化的"廉价文人"的贬斥是很有道理的，且有空前的预见性。但是，他的回到老路上去的主意实在是一种学究式的历史倒退。新兴的知识分子刚刚成为独立的、具有现代意识的群体，好不容易从"贵族精英"的封建枷锁中挣脱出来，作为一个大写的"独立批判者"，却又要回到御用文人的窠臼中去，这无论如何是个昏招。

但是，作为启蒙主义的一支重要的力量，新兴的知识精英应该如何选择自己的价值观念呢？我想还是回到康德的理论原点上去，才是最经得起历史考验的价值观念："我们的时代是真正的批判时代，一切都必须经受批判。通常，宗教凭借其神圣性，而立法凭借其权威，想要逃脱批判。但这样一来，它们倒成了正当的怀疑对象，并无法要求别人不加伪饰的敬重，理性只会把这种敬重给予那经受得住他的自由而公开的检验的事物。"[②]我想，这也是马克思主义批判哲学的理论基础吧。

世界启蒙运动是一个永远说不完的话题，中国的"五四新文化运动"也是一个可以不断深入阐释的论题，无论从哲学的层面还是历史的层面来加以解读，我们对照现实世界，总有其现代性意义。这是"启蒙—革命"双重悖论的意义所在，也是它永不凋谢的魅力所在。

（三）"革命的五四"与"启蒙的五四"之纠结

> 总的来说，"五四"运动的种种倾向几乎决定了以后几十年内中国的思想、社会和政治的发展方向。在这场思想的骚动中，开始形成的时刻的社会与民族意识一直延续了下来。

---

① ［意］文森佐·费罗内：《启蒙观念史》，马涛、曾允译，商务印书馆2018年版，第206页。

② ［德］康德：《纯粹理性批判》，邓晓芒译，人民文学出版社2004年版，"序言"第3页。

……在批判中国旧传统时,很少有改革者对它进行过公正的或同情的思考。①

——周策纵《五四运动史·结论:繁多的阐释与评价》

在中国百年文化史上,我们总是以"五四新文化运动"作为国族现代性的划界。然而,在百年之中,我们经历的却是两个叠加在一起的"双重悖论",其两个分悖论就是:"启蒙的五四"所遭遇的在"启蒙他人"和"自我启蒙"过程中启蒙与反启蒙的悖论;"革命的五四"所遭遇的是在"革命"与"反革命"(此乃中性词)过程中的认知悖论。两者相加所造成的总悖论就是:"启蒙的五四"与"革命的五四"所构成的百年中国文化史上错综复杂、千丝万缕的冲突,这种冲突从表面上看似简单,实际上却是每一个中国知识分子难以廓清的一种思维的怪圈,在每一次交错更替的"启蒙运动"与"革命运动"中,人们都会陷入盲目的"呐喊"与"彷徨"的文化语境之中不能自已,苦闷于精神出路寻觅而不得。

我们往往把鲁迅作为"五四新文化运动""革命阵营"的旗手来对抗"启蒙主义"领袖胡适,其实,这就抹杀了他们在许多观念上的交错和重叠部分的共同性,值得反思的是,为什么百年来我们将"启蒙"与"革命"的界限给抹杀了,在这两个性质完全相异的名词之间画上了等号。

鲁迅先生说:"最可怕的情形,就是比较新的思想运动起来时,与社会无关,作为空谈,那是不要紧的,这也是专制时代所以能容知识阶级存在的缘故。因为痛哭流泪与实际是没有关系的,只是思想运动变成实际的社会运动时,那就危险了。往往反为旧势力所扑灭。中国现在也是如此,这现象,革新的人称之为'反动'。我在文艺史上,却找到一个好名辞,就是 Renaissance,在意大利文艺复兴的意义,是把古时好的东西复活,将现存的坏的东西压倒,因为那时候思想太专治腐败了,在古时代确实有些比较好的;因此后来得到了社会上的信仰。现在中国顽固派的复古,把孔子礼教都拉出来了,但是

① [美]周策纵:《五四运动史》,陈永明等译,世界图书出版公司 2016 年版,第 346—347 页。

他们拉出来的是好的么？如果是不好的，就是反动，倒退，以后恐怕是倒退的时代了。”[①]这些话与上述胡适的许多言论是高度一致的，从中可以看出许多事情的端倪来，可怕的“反动，倒退”在中国百年历史的长河中流淌，让人陷入了无边的困顿之中，我反反复复揣摩这段话的含义，终于，我没有找到满意的答案，就像老Q那样在祠堂里睏过去了。

于是，我找来这段不知是“启蒙”还是“革命”的谶语，但仍然不能解惑：“说到中国的改革，第一著自然是扫荡废物，以造成一个使新生命得能诞生的机运。五四运动，本也是这机运的开端罢，可惜来摧折它的很不少。”[②]

于是，我再翻阅另外一些“五四先驱者”们的说法，选择几段来进行对比，抑或能在多角度的测量中找到一个较为有价值的坐标来，虽然也很枉然。不过，在对比之前，我还是援引一句余英时先生对“五四新文化运动”的评语：“或许，关于五四我们只能作出下面这个最安全的概括论断：五四必须通过它的多重面相性和多重方向性来获得理解。”[③]

我们在谈“五四运动”的时候，千万不能不把书生谈“五四”与政治家谈“五四”区别开来，也就是说，用学者的眼光和政治家的眼光来看“五四”，是能够读出不同的味道的，甚至是截然相反的两个“五四”来的。

“作为中华民国的缔造者之一，作为著名的政治领袖，孙中山支持‘五四’学生运动，这对知识界的分化产生了重大影响，也把青年吸引到革命阵营。列宁十月革命的成功给他留下了深刻的印象，而西方国家对他要求的为重建国家计划提供财政支持的呼吁无动于衷，却承认每一届北洋政府，又使他十分的失望，因此他的思想就趋渐‘左倾’。”[④]也许这就是导致“五四”转向为政治起主导作用的重要因素之一吧。所以，考察“五四新文化运动”初始时的政治人物和文化人物的言论是一件十分有趣，也十分复杂的事情。

用中国共产党缔造者李大钊先生的定义来说：“此次‘五四运动’，系排斥

---

① 鲁迅：《关于知识阶级》，《鲁迅全集》（第八卷），人民文学出版社2005年版，第227—228页。

② 鲁迅：《〈出了象牙之塔〉后记》，《鲁迅全集》（第十卷），人民文学出版社2005年版，第270页。

③ 余英时：《文艺运动乎？启蒙运动乎？——一个史学家对五四运动的反思》，《现代危机与思想人物》，生活·读书·新知三联书店2005年版，第99页。

④ ［美］周策纵：《五四运动史》，陈永明等译，世界图书出版公司2016年版，第243页。

‘大亚细亚主义’,即排斥侵略主义,非有深仇于日本人也。斯世有以强权压迫公理者,无论是日本人非日本人,吾人均应排斥之!故鄙意以为此番运动仅认为爱国运动,尚非恰当,实人类解放运动之一部分也。诸君本此进行,将来对于世界造福不浅,勉旃!”[①]在这里,作为中国最早的共产主义的信仰者,他并没有把“五四新文化运动”定性为“爱国主义”的运动,“仅认为爱国运动,尚非恰当”,而是“人类解放运动之一部分也”,请不要忘记其中的这一层深刻的含义,所以,我又产生了遐想:他认为的仅定性为爱国主义“尚非恰当”,那么,其“人类解放运动”必定是指向“没有压迫、没有剥削”的“国际共产主义运动”,其时正是苏俄革命风起云涌之时,李大钊的暗示其实是不言自明的,也就是说,李大钊先生的眼光是更加辽远的,他的定性没有被纳入后来的教科书,似乎也是一种遗憾。

显然,与上述的中国共产党另一位创始人之一、“五四新文化运动”始作俑者陈独秀的“牺牲精神”观点相比较,他们的共同点就在于是站在彻头彻尾的“革命”立场上来说话的,至于陈独秀后来观点有所变化则是另一回事了,反正我从这里读到的是硝烟之气息。

陈独秀后来又这样说过:“‘五四’运动时代不是孤立的,由辛亥革命而‘五四’运动,而‘五卅运动’、北伐战争,而抗日战争,是整个的民主革命运动时代之各个事变。在各个事变中,虽有参加社会势力广度之不同,运动要求的深度之不同,而民主革命的时代性,并没有根本的差别。所以‘五四’运动的缺点,乃参加运动的主力仅仅是些青年知识分子,而没有生产大众,并不能够说这一运动的时代性已经过去。”[②]从中,我们看到独秀先生似乎切中了“五四新文化运动”的要害处就是知识分子没有“唤起民众”的弊端,算是最初揭示“五四新文化运动”启蒙失败原因的人之一。

所有这些,是导致“五四新文化运动”向着苏俄“十月革命”模式靠拢的动因所在,虽然陈独秀在晚年深刻反思了苏俄革命的种种弊端,但在当时确实

① 李大钊:《在国民杂志社成立周年纪念会上的演说》,1919年10月12日,发表于《国民》杂志第二卷第一号,1919年11月,未署名。此文摘自该刊的有关报道。

② 陈独秀:《“五四”运动的时代过去了吗?》,《陈独秀文集》(第四卷),人民出版社2013年版,第588页。

是十分青睐这“十月革命”的鼓声的。因此，周策纵先生描述当时知识分子的心态是“正当中国知识分子尝试着吸收西方思想界的自由和民主的传统时，却遭到了商业和殖民化的严酷现实，在这段关键的时期，苏维埃联邦向他们展示了诱人的魅力”[①]。当然，这不仅是共产主义者的理想，也是“国父”孙中山先生的政治观念。毋庸置疑，激进主义的思潮往往就是革命的动力所在，而那种带有书生气的、纸上谈兵式的自由民主主义的“启蒙”理性考辨，往往会被激情的“革命”欲望和冲动所遮蔽、掩盖。多少年后，当我们将英美“光荣革命”与法国大革命和俄国革命相比较的时候，也许会冷静下来看待一些问题，看到了血与火，乃至于污秽给人类和社会带来的创痛，我们才能客观地去重新审视历史，从这面镜子里看到现实和未来。

其实，当时的左派知识分子和自由主义知识分子都是围绕在杜威和罗素的“西化”理论上做文章，摸不清楚哪种政治模式适合中国的社会前途。杜威把“民治主义”分为政治民主、民权民主、社会民主和经济民主四类，这个观点受到了陈独秀的极大支持，“由于杜威观察了中国当时经济的情况，他更坚决地放弃马克思主义和传统的资本主义。据他的判断因为中国工业落后，劳工问题和财富分配不均问题还不严重，因此，社会主义和马克思主义在中国没有立足之处”[②]。周策纵当然是不同意这种判断的，其实，后来毛泽东在1925年12月的《中国社会各阶级的分析》和1927年3月的《湖南农民运动考察报告》里就有了相反的论证。到了1930年代，中国共产党的领导人瞿秋白为茅盾谋划长篇小说《子夜》时，也从政治和社会层面彻底否定了杜威的观点。“虽然那些即使倾向社会主义的知识分子也同意杜威对民主主义的某些诠释，但他们自身仍有明显的偏颇：例如对经济问题的特别注重”，只有陈独秀的“什么是政治？大家吃饭要紧”的理论是迎合杜威的。也许是杜威的观点比较明晰，其走资本主义的倾向昭然若揭，无论是国民党的左派，还是共产党的绝大多数左翼知识分子都不同意，也就是少数的“柿油党”会同意他的观点吧。倒是陈独秀的一句大实话“大家吃饭要紧”的理论，在近半个世纪后才被

① ［美］周策纵：《五四运动史》，陈永明等译，世界图书出版公司2016年版，第209页。
② ［美］周策纵：《五四运动史》，陈永明等译，世界图书出版公司2016年版，第227—228页。

重新接了过来,补足了杜威理论在中国没有实践意义的谬论。

而当时为什么无论左右派都对罗素的政治社会学如此感兴趣呢?因为罗素的观点有着充分的两面性,你说是辩证法也罢,你说是翻译出的大毛病也罢,他的理论受到知识界的欢迎是真的:"罗素在中国的演讲甚至公开地明显支持共产主义的理想,并且承认苏俄布尔什维克经济措施的一些成就……如他们实现了经济上和政治上的平等。然后他下结论道:世界上所有的国家都应该协助苏维埃维持她的共产制度,他还说:'此外,我认为世界上每一个文明国家都应该实验一下这种卓越的新主义。'"①

而在另一方面,罗素又开始自相矛盾地"反对苏俄共产主义的广泛措施;一些中国知识分子原来希望全盘采用苏俄的政策,他的反对使他们的想法打了折扣。另一方面,罗素强调增产的必要,他的观点引出了一个问题:中国是否有必要发展自己的民族资本主义制度?"这就是引发中国走不走资本主义道路大讨论的成因吧。

两位洋大人开出的药方虽然不同,却引起了当时中国智识阶级在这个焦点问题上的大分化,最后当然是左翼思潮占了上风,包括1930年代左翼文学的崛起,就标志着整个文化开始进入了大转折时期。《子夜》在不断修改中,用形象的语言和情境严肃而认真地回答了"中国不走资本主义道路"的命题,当然也包括不走"民族资本主义道路",因为"自从来到人间,资本的每一个毛孔都是肮脏的和血淋淋的",为此,中国社会付出了几十年的政治文化代价。

难怪许多党派的政治家和左右知识分子都热衷于他两面俱到的理论,并进行了几乎并无实际意义的大讨论。

温和的自由主义派的"五四新文化运动先驱者"胡适之先生同样掉进了政治的陷阱里,显然,先生的慈善和仁义之心可鉴,他是害怕因"革命"流血的,但是他的话往往不被当时的知识分子所接受,包括那个"肩扛着黑暗的闸门"的鲁迅先生尽管也知道革命是会有"污秽和血"的,但是,在某种程度上他陷入了对"革命"迷狂的矛盾之中,一方面是掷出"匕首与投枪","直面惨淡的人生"的勇气,另一方面又主张采取避开锋芒的"壕堑战"。所以在大革命的

① [美]周策纵:《五四运动史》,陈永明等译,世界图书出版公司2016年版,第232页。

动荡时期的激情往往压住的是“小资产阶级”自由主义畏首畏尾躲避鲜血淋漓现实的情调。

所以，胡适总结道：“这种运动是非常的事，是变态的社会里不得已的事。但是他又是很不经济的不幸事，因为是不得已，故他的发生是可以原谅的；因为是很不经济的不幸事，故这种运动是暂时不得已的救急办法，却不可长期存在的。”[①]由此，我想到的是，胡适先生是不想看见流血的“革命”的，但是，他似乎又是对“启蒙的五四”抱有一些希望的。流血是残忍的，尤其是青年学生的血，可是要革命总会有牺牲，“死人的事是经常发生的”，“下定决心，不怕牺牲”才是革命必须付出的血的代价，任何革命都不能逃脱流血的悲剧发生，所以，笔者在“五四”80周年纪念的时候曾经说过：革命只能允许付出一次血的代价，绝不能付出第二次代价，更不能付出N次血的代价。办法只有一个，就是在第一次付出血的代价之后，就建立一个能够制止流血的制度和法律出来。

更加有趣的是，作为“改良主义”的失败者的梁启超对“五四事件”也表示了极大的关注，而他的态度就像周策纵说的那样：“梁启超的观点似乎是在胡适和陈独秀之间，而国民党领导人（笔者注：指孙中山）则对五四运动的政治潜能深感兴趣，因此吸引一些左派知识分子入党。”哈哈，作为一个末代的旧士子，其对“五四革命”的态度是深有意味的，“戊戌变法”最多就是想来一场“宫廷政变”吧，他的骑墙态度究竟是后悔没有流更多的血来完成那次被后人诟病的“假革命”呢，还是后悔一流血变法就破产了呢？即便是在菜市口，不也就付出了六个文人士子头颅吗，这是能容忍，还是不能容忍的呢？我苦思不得其解。

总之，无论是“五四新文化运动”还是“五四事件”，似乎政治家的兴趣要比文化界的知识分子浓厚得多，“虽然五四运动在本质上是一场思想革命，然而也正因为新式知识分子对政治的兴趣不断提高，才会有这个运动”[②]。

作为“五四新文化运动”先驱者的教育家蔡元培先生的立场更是一种冷

---

① 胡适：《我们对于学生的希望》，《胡适文集》（第十一卷），北京大学出版社1998年版，第48页。
② ［美］周策纵：《五四运动史》，陈永明等译，世界图书出版公司2016年版，第225页。

峻的观察角度,显然与其他人不太一样,他一直以为:“原来五四运动也是社会的各方面酝酿出来的。政治太腐败,社会太龌龊,学生天良未泯,便忍耐不住了。蓄之已久,迸发以朝,于是乎有五四运动。”显然,这是肯定“五四事件”对推动整个“五四新文化运动”所起的积极意义。但是,他还进一步痛心疾首地说:“自‘五四’以后,学潮澎湃,日胜一日,罢课游行,成为司空见惯,不以为异。不知学人之长,惟知采人之短,以致江河日下,不可收拾,言之实堪痛心啊!”[①]显然,这又是对“五四运动”所造成的负面效应进行了无情的诟病。毫无疑问,作为一个提倡“教育救国”的先驱者,蔡元培一直是主张“启蒙”大众的,但是,没有“启蒙”的火种是万万不可的,而其火种就在于培养学生,而学生罢学,没有知识作为面向世界的基础,何以启蒙呢?他之所以将学生置于教育的首位,生怕学生以“牺牲”为祭品,就是不希望在“革命”的行动中输掉“启蒙”的老本。所以“保护学生”的传统便在历次“革命运动”中成为许多教育家义不容辞的职责,那么,我们看到许许多多的校长在革命运动中保护学生的本能,也就不足为奇了。

蔡元培在处理“启蒙”与“革命”的关系时的价值立场为什么与他人有异?20世纪80年代初的那场“启蒙与救亡的双重变奏”的学术呐喊震撼了许多学者,至今时时还萦绕在人们的耳畔。近年来,如果用“启蒙与革命的双重变奏”的学术观点重新审视“五四新文化运动”以降的文化思潮,显然是一种试图推进学术讨论的积极举措,这也与我近十几年来提倡知识分子的“二次启蒙”思路有相近之处,不过,我并非理论家,只能从“五四文学”大量的思潮、现象和作家作品阅读中获得的直觉体验,提出另一种思考“五四新文化运动”路径,冒着不揣简陋、贻笑大方的危险,博大家一辨,当一回舞台上的小丑,似乎要比阿Q强一些,因为小丑是梦醒之后无路可走的人,不像Q爷自以为是一个“有精神逃路”的人。

于是,我试图沿着世界近现代史的路径去寻找一个新的理论坐标,将其与中国的“启蒙与革命”进行叠印,找出其重叠和相异之处,抑或可以更加明

---

① 蔡元培:《读书与救国——在杭州之江大学演说词》,《蔡元培全集》(第五卷),中华书局1984年版,第123页。

晰地看出投影中的些许问题来。

好在这几十年来许多人都把目光集中在法国大革命和英美革命与启蒙的关系上，给我提供了许多新的思考理路，但是，我发现，倘若不把俄国革命与启蒙的关系加入进来进行辨析与思考，我们是无法廓清“五四新文化运动”以来的许许多多中国问题，少了这个参照系而去奢谈西方的“光荣革命”和法国大革命与启蒙的关系，似乎仍然解释不了中国社会百年进程中的许多复杂的“启蒙与革命”的因果关系。

读了托克维尔的《旧制度与大革命》仍然没有找到解惑中国“启蒙与革命”的关系问题，又读了他的《论美国的民主》虽然能够影影绰绰地找到一些答案，却不能完全解释出“启蒙与革命”在中国百年历史中的双重悖论关系来。他留下过的名言虽然能够打动我的心灵，却解决不了百年的中国文化问题。比如他说“历史是一个画廊，里面原作很少，复制品很多”①，这是多么精彩的断语啊，我们也知道中国百年来的“启蒙与革命”的复制品很多，但是，他没有给出一个真品的样张来供人欣赏、参照和鉴别。也许，倘若他活到今天，就可能看见东方国家的复制品，尤其是“革命”的复制品。尽管他在《旧制度与大革命》中也说过这样的没有可行性的警句：“假如将来有一天类似美国这样的民主共和制度在某一个国家建立起来，而这个国家原先有过一个独夫统治的政权，并根据习惯法和成交法实行过行政集权，那末，我敢说在这个新建的共和国里，其专横之令人难忍将超过在欧洲的任何君主国家。要到亚洲，才会找到能与这种专横伦比的某些事实。”②

还有，就是他在《旧制度与大革命》中所说的那两段名言常常被人使用：“对于一个坏政府来说，最危险的时刻通常就是它开始改革的时刻。”③“只要平等与专制结合在一起，心灵与精神的普遍水准便将永远不断地下降。”④着实让我坠入云里雾里，难道那就是让路易十六走上断头台的缘由？是大革命“丰硕成果”还是大革命的败笔呢？凡此种种，这些漂亮的语句虽然不断诱惑

---

① [法] 托克维尔：《旧制度与大革命》，冯棠译，商务印书馆 2012 年版，第 106 页。
② [法] 托克维尔：《论美国的民主》，董果良译，商务印书馆 2017 年版，第 334 页。
③ [法] 托克维尔：《旧制度与大革命》，冯棠译，商务印书馆 2012 年版，第 215 页。
④ [法] 托克维尔：《旧制度与大革命》，冯棠译，商务印书馆 2012 年版，第 36 页。

着我,但是,我始终不能从中截获对照中国百年来“启蒙与革命”的解药。

于是,我就决定放弃在法国大革命与启蒙关系中找答案的念头,同时,也放弃了从英美“光荣革命”与启蒙的关系中寻找解惑的通道。

又于是,我大胆地认为,如果不将百年来中国“启蒙与革命”关系的进程和近乎镜子中的孪生兄弟的俄国“革命与启蒙”关系相对照,也许我们就永远走不出那个早已设定的理论怪圈,可能连“十月革命”的炮声都没有听清楚就去瞎扯“启蒙与革命”的淡,我们还有什么资格去评判“五四新文化运动”呢?!

再于是,我对一直引导学界四十年的“救亡压倒启蒙”的观念也发生了怀疑,尽管我曾经对此论佩服得五体投地,尽管我对论者阐释中国“革命”的断语也十分赞同:“影响20世纪中国命运和决定其整体面貌的最重要的事件就是革命。”当然这也是对“五四运动”性质的一种定性和定位。但是,我总觉得“救亡压倒启蒙”只是历史瞬间的暂时现象,它只能解释一个历史时段的表象问题,而归根结底却无法阐释一个长时段的百年中国许许多多理论和实践问题,尤其是后七十年来的许多现实问题,因为当“救亡”不再是“启蒙”悖论的对象时,“启蒙”的对立面仍然是回到了“革命”的位置上,也就是说,“革命”(“继续革命”)是相对永恒的,“救亡”则是短暂的,“救亡”消解了,但“革命”仍旧绵绵不绝,这就是中国百年来不变的铁律,也是充分印证“影响20世纪中国命运和决定其整体面貌的最重要的事件就是革命”观点的有力论据。

所以,我就设置出了“两个五四”的命题,即“革命的五四”和“启蒙的五四”。这“两个五四”究竟谁压倒谁呢?沿着时序逻辑的线索来看,各个不同时期有着不同曲线形态,但是,谁占据了上风,谁占据了漫长的时间段,谁占据了统治地位,这是一部长长的论著也无法解决的历史和哲学难题。我只是提出一个十分不成熟,甚至荒谬的假想,能不能成立,也许并不是我这样功力浅薄的人所能阐释清楚的真问题和大问题。

所以,我认为我们是在认识百年“五四新文化运动”的本质问题上发生了偏差,进入了一个否定之否定的理论怪圈之中,当然,这也同时严重地影响了我们对五四新文学作家作品、思潮流派和文学现象的解析，产生出许多误读（这个词并非指西方文论中具有后现代意味的文本阐释的意思）和误判，我希望在“五四”百年之后，我们的学术讨论能够进入一个“深水区”，让我们从一个多维度的时空里寻觅到更多的坐标点，以更加准确地定位和定性“五四新文化运动”，以及在这一背景下产生的“五四新文学运动”的种种现象。

我一直认为“五四新文化运动”的“启蒙”被不断的“革命”所打断、所困扰，最后走向溃败，其重要的原因就是知识分子在没有完成“自我启蒙”的境况下就匆匆披挂上阵，试图自上而下地去引导大众，在没有大量生力军（教育，尤其是高等教育基础和资源十分匮乏）作为“启蒙运动”的补给线的情况下，在“自我启蒙”意识尚十分淡漠的文化语境中，“启蒙运动”自然就变成了一场滑稽戏和闹剧。如今，高等教育已然普及，但是高等教育中的人文教育是滑坡的，大学里行走着满园的“人文植物人”，你让“启蒙的五四”如何反思，你让蔡元培指望的新文化青年队伍情何以堪？

当然，尚有一个关键的问题不能解决，一切所谓的“革命”和“启蒙”都是虚幻的，那就是知识分子“自我启蒙”中难以逾越的障碍物，这一点似乎刻薄的鲁迅先生早就看出来了：“然而知识阶级将怎么样呢？还是在指挥刀下听令行动，还是发表倾向民众的思想呢？要是发表意见，就要想到什么就说什么。真的知识阶级是不顾利害的，如果想到种种利害，就是假的，冒充的知识阶级；只是假知识阶级的寿命倒比较长一点。像今天发表这个主张，明天发表那个意见的人，思想似乎天天在进步；只是真的知识阶级的进步，决不能如此快的。不过他们对于社会永远不会满意的，所感受的永远是痛苦，所看到的永远是缺点，他们预备着将来的牺牲，社会也因为有了他们而热闹，不过他们的本身——心身方面总是苦痛的；因为这也是旧式社会传下来的遗物。至于诸君，是与旧的不同，是20世纪初叶青年，如在劳动大学一方读书，一方做工，这是新的境遇；或许可以造成新的局面，但是环境是老样子，着着逼人堕落，倘不与这老社会奋斗，还是要回到老路上去的。”[①]无疑，鲁迅的进化论的

① 这是鲁迅先生1927年10月25日在上海劳动大学的演讲，后题名为《关于知识阶级》，最初发表在《劳大周刊》1927年11月第5期。

思想左右了他把希望寄托在青年身上,而对知识分子的严酷批判与省察也是毫不留情的,从这里,我们看到鲁迅对知识分子"永远是批判性"的定性和定位比萨义德的《知识分子》早了几十年,那么,为什么恰恰在这一点上形成了我们的研究鲁迅的"盲区",当然,有当今的学者倒是阐释过这个问题,可惜却未能深入下去。这或许就是中国的"启蒙"(包括"革命")不彻底或不能持续下去的原因吧。

毋庸置疑,"五四新文化运动"时期的言论自由应该归功于"辛亥革命"前后的宽松文化语境,然而,一俟这个语境消失,"五四新文化运动"就像被抽去了灵魂,不对,应该说是文化运动主体的知识阶级失去了思想的灵魂。他们只有痛苦,而没有牺牲精神。我常常在思考一个问题:为什么许多非知识阶级的群众可以有牺牲精神,成为烈士,有的是小小年纪,有的还是女性。答案难道是他们是有"精神逃路"的人吗?也许,在百年之中你可以挑出几个鲜见的知识分子作为例证来反驳我,可让我始终不解的是,即便是像瞿秋白这样优秀的知识分子为什么最后还是情不自禁地写下了《多余的话》?他并不是鲁迅笔下那个考虑自身利害关系的知识分子,他是敢于牺牲自家性命的革命领袖,却留下了千古难解的绝笔。我试图从许许多多的知识分子的面影中找到一个合理合情的答案来,最后还是不得不回到问题的原点上来:"启蒙与革命"的双重矛盾,应该说是二难命题,造就了自"五四新文化运动"以来中国知识分子的文化性格和人格缺陷的"集体无意识":一方面是"启蒙"意识唤起的一个知识分子的良知与担当精神,用人类进步的思想引导社会前行的责任感;另一方面却是面对鲜血淋漓"革命"的畏惧与疑虑,不得不一次又一次向往和臣服于"革命"权威下的苟且与无奈。

其实,在浩如烟海的相关著述当中,我认为,周策纵先生的《五四运动史》是梳理得最简洁清楚的文本,作者在大量的史料钩沉中抓住了问题的要害,客观中性地阐释了"五四"的来龙去脉,并且将其与"五四文学"的关联性也说清楚了。当然,他的核心观点就是在大量的史料梳理中得出的结论:本是一场文化运动,缘何衍变成了政治运动,从旧党的梁启超到新党的国民党和共产党,从"民主主义、资本主义、社会主义和西化",从孙中山到陈独秀、李大钊到胡适、蔡元培那一长串的“五四新文化运动”的当事人，以及当时杜威、罗素这样对“五四”知识分子影响极深的外国学者的革命思想，以及苏俄革命思想的渗透，凡此种种，不一而足。最后，还是回到了问题的原点上：“希望将能呈现一幅充分的图像，以显示这曾撼动了中国根基，而40年后仍然余波激荡的20世纪的知识分子思想革命。”[①]如今百年过去了，我们似乎更要叩问中国知识分子的灵魂，根基如何？思想革命何为？

我们头顶上“**启蒙主义**”的灿烂星空在哪里呢？

我们能够寻觅到引路的“启明星”吗？

二、中国乡土小说的精神之父：鲁迅

“五四新文学”发轫于两类题材，这就是“乡土题材”和“知识分子题材”。毫无疑问，仅仅将鲁迅先生的《狂人日记》作为新文学白话文的开端，以此来证明这个带有模仿痕迹的作品具有现代性，显然是远远不够的，它和晚清以降的讽刺小说的根本区别就在于：同样是揭露黑暗，前者只是停滞在形而下地描写复制生活而已；后者却是注入了形而上的哲思。鲁迅小说的功绩就在于把小说的表达转换成为一种现代意识表现的新表现形式。窃以为，鲁迅的伟大，并不是局限于他用生动的白话语言创作出的新的现代文体，这一点其实在“鸳蝴派”的通俗小说中已经做得炉火纯青了，鲁迅先生的贡献则是在思想层面的，作为一个对中国社会本质认识比一般知识分子更加深刻、视野亦更加开阔的思想者，鲁迅先生选择中国的乡土小说为突破口，深刻剖析和抨击了中国社会的封建本质特征。我往往将他称作“中国乡土小说的精神之父”并非只认为他是中国乡土小说的开创者，而是将他看成中国现代文学中用思想来写作的第一人！因为他作品中反封建的主题思想一直流灌于中国文学的百年之中而经久不衰，这是任何作家都不可能抵达的思想境界，也是他的作品永不凋谢的现实意义。

“我是说有些新青年可以有旧思想，有些旧形式也可以藏新内容。我也

---

① [美]周策纵：《五四运动史》，陈永明等译，世界图书出版公司2016年版，第15页。

以为'新文学'和'旧文学'这中间不能有截然的分界,然而有蜕变,有比较的偏向,而且正因为不能以'何者为分界',所以也没有了'第三种的立场'。"[①]我在这里找到了鲁迅小说解读的一把钥匙。

我有时会用一种近乎愚蠢的思想和方法去归纳鲁迅先生的乡土小说作品,十分笨拙地提炼出一个似乎很不相干的"四部曲"来阐释:《狂人日记》、《药》、《阿Q正传》和《风波》是否具有思想和艺术的连贯性呢?是否恰恰构成一部鸿篇巨制的开端、发展、高潮和尾声的时间与空间的结构特征呢?

如果说《狂人日记》是"五四文学"进入现代时空的第一声炮响,它便是以一种全新的人文哲学意识进入小说创作的范例,显然,它的思想性是大于艺术性的,也就是说,鲁迅先生在此是用理性思维来构造乡土社会图景的,其背景图画是虚幻的、不清晰的,人物形象是模糊的,人物是沉浸在自我狂想的意念之中。之所以有人将这部作品当作具有现代派风格的作品,正是由于它的思想性穿透了社会背景的图画,呈现出哲思的光芒,也正是具有模糊而不确定性的人物狂想,让人们看清楚了封建制度"吃人"的本质特征,作品的关键就在于把一个亘古不变的恒定封建社会放大到了一个让人惊恐无措的语境之中,是一剂让人梦醒的猛药。但是这剂猛药有用吗?答案就在《药》中!

《药》是进一步用猛药来唤醒民众的苦口良方吗?这恐怕连作者自己都没有抱任何希望,从这篇作品中,我们看到的是一个彻头彻尾的悲观主义者的鲁迅。四十年前,我的老师曾华鹏先生给我们解析《药》的时候,特别强调了作品结尾处的氛围,用他的学术观点来说,这种"安特莱夫式的阴冷"恰恰就是作品最点睛之笔,而并非那个"人血馒头"的像喻,多少年以后,我才悟出了老师的高明之处。显然,这篇作品既是用"人血馒头"来宣示主题内涵,又是用十分清晰的背景图画来展现衬托人物悲剧,理性思维和形象表达的高度融合,让它成为百年文学教科书式的作品典范:突出人吃人的社会本质,当然是题中之要义,而最后那一笔具象的风景、人物、坟茔、老树、昏鸦,构成的正是鲁迅先生在理性思维和形象思维两者之间互补性的艺术选择,所以,有人

---

① 鲁迅:《"感旧"以后》(上),《鲁迅全集》(第五卷),人民文学出版社2005年版,第347页。

用那种简洁明快的白描中透露出来的“安特莱夫式的阴冷”就深深地印刻在我的脑海里了。

无疑,《阿Q正传》非但是中国百年乡土小说的巅峰之作,同时也是从20世纪到21世纪以来中国文学最难以逾越高度的作品。尽管在鲁迅先生的旗帜下聚集了一大批“乡土小说派”的作家作品,但是后来者只能望其项背,无人能够超越这样恢宏的力作,原因就是其思想的高度缺那么一点火候。这部作品犀利尖锐的思想性和人物形象的丰富性,以及艺术上的醇厚老辣,都是任何现当代文学作品无法超越的。阿Q成为一个世纪以来中国各个时间和空间中的“共鸣”和“共名”人物形象,它的生命力是鲁迅先生的光荣,却是“老中国儿女”生存的不幸;它的思想穿透力和审美的耐读性成为“鲁迅风”的艺术光环,却成为中国小说,尤其是中国乡土小说艺术的悲剧。至此,鲁迅先生的乡土小说已经达到了“高潮”的境界。但是,“大团圆”的结局,似乎要比任何一国的国民性来得都更加惨烈,因为我们拥有的不只是“沉默的大多数”,还拥有更广大的喧闹的庸众,那些个“倒提着的鸭子”似的、嗜好看杀头的大多数“吃瓜的群众”塞满了中国百年的时间和空间,是他们成就了这部伟大的作品,让这部作品永恒,然而,这是中国的幸还是不幸呢?!

其实,阿Q也估计错了,他喊出的“二十年后又是一条好汉”的谶语,也是作者鲁迅先生对社会的误判,其实,根本用不着二十年的等待时间,因为阿Q们具有极强的繁殖能力和坚韧的毅力,他们繁殖的速度和密度是空前的,前仆后继、代代不绝的精神让地下有知的鲁迅先生都始料未及。从这点来说,毒舌的鲁迅虽“不惮用最坏的心理”去猜度国人的内心世界,却还是没有看到国民性的种种行状流布弥漫在百年中国的各个时空的每一个角落里。

虽然,《阿Q正传》已经是鲁迅作品的“高潮”了,但是,这个永远都解析不尽的Q爷,给我们留下的是永无止境的世纪思考的悲剧!

我时常在苦思冥想一个鲁迅先生创作的无解之谜,那就是,为什么鲁迅会中断声誉日渐盛隆的小说创作呢?我以为,在两大题材之中,知识分子题材除了《伤逝》是绝唱外,其他作品并不是此类题材的扛鼎之作,其书写的衰势似乎可以成为鲁迅变文学创作为杂文写作的内在理由,但是,其乡土小说的创作并未衰竭,像《祝福》那样的力作还不时地出现,他完全有理由继续创作下去。诚然,鲁迅先生认为用“匕首与投枪”可以更加痛快淋漓地直抒胸臆,用“林中之响箭”更能直接抵达理性阐释的最佳境界。但是,我以为更深层的原因可能还是在于鲁迅先生早已预判到了中国的悲剧结局是无法改变的。

我为什么幻想把创作早于《阿Q正传》一年的《风波》作为鲁迅乡土小说创作的“尾声”呢?其理由就在于此。

其实《风波》正是鲁迅先生乡土小说创作的中兴期,这篇小说无论是在写人还是状物上都有独到之处,但是,最不能忽略的是小说所揭示出的对国民性无望的悲哀,我们在所有的教科书里都难以找到那种对鲁迅在此奏响“悲怆交响曲”时的心境描写:赵七爷法力无边的宗法势力主宰着这个古老的国度;同是劣根性毕现的“庸众”与“吃瓜的群众”虽表现形式不同,指向的则都是国民性的本质。七斤就是被赵七爷驯化了的羔羊,而七斤嫂却是一株生长在封建土壤里的罂粟,夫妻俩相反相成的互补性格,正烘托出这个“死水”一般的社会已经拯救无望了,任何“城里的风波”都无法改变中国的命运!让鲁迅先生陷入极大悲哀的是张勋的复辟让他对中国的前途彻底地失去了信心。在这里,鲁迅先生是无力喊出“中国人失掉了自信心了吗”这样的诘问句的。九斤老太“一代不如一代”的咒语虽然是指向了对国粹的批判,也是小说主题的重要核心元素,但是,它更多的则是表现出了鲁迅先生对现实世界的悲哀失望的情绪,是这首“悲怆交响曲”主旋律的重要乐章,它表达出的悲哀旋律一直回响在中国的大地上,久久萦绕在我们的头顶,遮蔽着人们仰望灿烂星空的视线。

我在这里絮絮叨叨地分析了几部鲁迅的乡土小说作品,并不是想对这些作品进行重新梳理,而是想从源头上找出规律性的特征来:中国乡土小说从来就是沉浸在悲剧描写之中的艺术,唯有悲剧才能表达出这一题材作品的深刻性和现实性,这就是中国乡土小说为什么生生不息的缘由所在。

我们尊崇鲁迅先生是因为他的作品用犀利的笔触刺中了中国几千年封建制度的要害,然而,我们并不希望鲁迅作品(包括杂文在内的一切文体)永放光芒，只有鲁迅先生的作品失去了它的现实意义，褪去了它的光环，才证明我们的社会挣脱了封建主义的羁绊，走出了鲁迅先生诅咒的那种世界，也就无须他老人家的幽灵再肩起那“黑暗的闸门”了。

三、中国乡土小说的创作传统：现实主义

鲁迅是“五四新文化”运动的先驱，他开创了中国乡土小说的现实主义创作传统，这种传统已成为乡土小说中最重要的审美文化原型，在不断裂变中获得了新生。因此，透过现实主义在中国百年历史中的命运，可以真切地感知中国现代乡土小说的生命脉搏与历史变迁。

在中国，自“五四”以降，对现实主义的阐释是五花八门、各种各样的，多为改造过的，也有一些是“伪现实主义”，怎样梳理和鉴别，却是一个永远的话题。

在百年文学史中，我们对“现实主义”的理解和汲取往往是随着政治与社会的需求而变化的，可以细分成若干个不同历史阶段进行梳理的。大的节点应该有三四个吧。

（一）

从 1915 年《新青年》创刊后不久，陈独秀就提出了“写实文学”和“社会文学”的主张，引导文学“今后当趋向写实主义”。缘于此，中国文学主潮就开始了“为人生而文学”的道路，遂产生了 20 世纪 20 年代中国文学的“黄金年代”，如果说鲁迅的小说创作是践行 19 世纪批判现实主义而开创了中国现代小说的现实主义文学的先河，深刻的批判性和悲剧性弥漫在他的小说和散文创作中，这就是所谓的“鲁迅风”——批判现实主义的精髓所在，那么集聚在他旗帜下的众多作家和理论家们，都是围绕着“批判”社会和现实的路数前行的，他们效仿的作家作品基本上都是勃兰兑斯在《十九世纪文学主流》中分析到的名人名著。这里就不能不提及“文学研究会”的中坚人物茅盾了，因为他在“五四”前后写了许多理论文章来支撑中国的现实主义文学，呼唤着“国内文坛的大转变时期”的来临，诟病了“唯美主义”和“颓废浪漫倾向的文学”，倡导“附着于现实人生的、以促进眼前的人生为目的”的“现代的活文学”。他还

付诸创作实践,在1927年大革命失败之时,激愤而悲观地写下了长篇小说《蚀》三部曲和短篇小说集《野蔷薇》,这些即时性作品既是思想的“混合物”,同时又是“悲观倾向的现代的活文学”。这样的作品往往被我们的文学史打入另册,《子夜》这样改弦易张、拔高写实的作品却被大加赞颂,也被其作品的“政治指导员”瞿秋白以及后来许许多多的评论家和文学史家纳入了现实主义的范本,以致后来的茅盾也背叛了自己早期对现实主义的阐释,在恍恍惚惚中自认为《子夜》的现实主义更适合自己的理论生存。当然,我们对《子夜》也不能一概否定,我个人认为这部作品仍然有着19世纪批判现实主义的创作元素,许多现实生活的场景都是“现代的活文学”,其批判现实的锋芒依然犀利。但是那种要求作家必须从革命发展的需求来描写现实的创作法则,便大大地减弱了作品反映生活的准确性和客观性,所谓“艺术描写的真实性和历史的具体性必须与用社会主义精神从思想上改造和教育劳动人民的任务结合起来”的规约,就把自己锁死在狭隘的现实主义囚笼之中。这在《子夜》的创作过程中表现得就十分明显:原本茅盾是想写中国民族资产阶级在买办资产阶级的压迫下溃灭的主题,试图塑造一个失败了的民族资本家吴荪甫的悲剧英雄人物形象,但为了实行上述创作方法的原则,他就只能遵从一切剥削阶级都有贪婪本质的命题,把吴荪甫的另一面性格特征夸张放大后进行表现,这在某种程度上反而削弱了主题的时代性和深刻性。尽管《子夜》是先于苏联1934年钦定的“社会主义现实主义”条例出版的,但是,共产国际的声音早就传达于中国“左联”之中了,让这部巨著变成了另一副模样。

总而言之,“五四新文学”第一个十年,中国文学无论是在理论上还是创作上,都是基本遵循着欧美19世纪批判现实主义创作法则的。而真正的“大转变”则是30年代初“左联”的成立,引进了苏联的“社会主义现实主义创作方法”。当然,这其中也有鲁迅的功绩(这个问题应该是另一篇文章,那时的鲁迅认为一切对社会和政府的现实批判都是知识分子的职责,这也是继承批判现实主义的衣钵的,他的左转是为了适应批判现实,但是,他对左右互换的结果是有所警惕的,这在他的《对于左翼作家联盟的意见》一文中早有预见性的阐释,只不过我们八十多年来看懂的人很少,直到现在,我也就只悟出来了一点点而已。倘若鲁迅先生活到后来，看到现实主义文学那样一次次变种，他肯定是会拿出自己的“匕首与投枪”的）。诚然，也是由于茅盾、胡风等人自1928年7月为政治避难东渡日本后，接受了日本无产阶级理论家从苏俄“二次倒手”而来的无产阶级文艺理论，于30年代归国后，将变种的现实主义理论进行了无节制的倡扬，以致现实主义的本义遭到了第一次的重大篡改。这个问题不仅仅纠结了几代作家和理论家的创作思维和理论思维，更让现实主义在革命和现实的两难选择中滑进了对文学客观描写和主观阐释的混乱逻辑之中，历经八十多年都爬不出这个泥潭。这就使我想起了亲历过这样痛苦抉择的胡风文艺思想，多少年来，我一直纠结在他的“主观战斗精神”和“创作方法大于世界观”的现实主义理论中不能自拔。其实，这种逻辑上的矛盾现象，正是包括胡风在内的每一个理论家都无法解决的创作价值理念与客观现实之间所形成的对抗因子。一方面要执行革命家的“主观战斗精神”，另一方面又要尊崇现实主义的创作规律，按照事件和人物本来应该行走的路径前进。我想，任何一个高明的作家都不可能在这种自相矛盾的逻辑中抵达创作的彼岸。这在“胡风集团”中坚人物路翎的长篇小说《财主底儿女们》的创作中表现得尤为突出，作者也无法跳出其领军人物自设的魔圈。说句实话，胡风本人对现实主义的规约也是混乱不堪的，他的理论在许多地方都是矛盾的，并不能自圆其说。

（二）

在共和国文学的长河当中，我们可以看到许许多多为现实主义献身的作家和理论家，我们也可以在现实主义几经沉浮的历史命运中，寻觅出它受难的缘由，但是，现实主义尽管走过那么多弯道，我们却不能因为它踏入过历史的误区，就像对待弃儿一样拒绝它的存在。曾几何时，秦兆阳的《现实主义——广阔的道路》、周勃的《论现实主义及其在社会主义时代的发展》和钱谷融的《论“文学是人学”》，把现实主义抬上了历史的高位，但是1960年代对他们的批判，使现实主义步入了雷区。连邵荃麟和赵树理的“现实主义深化论”和“中间人物论”都成了被批判的靶子。带有理想主义的“两结合”创作方法替代现实主义的真正原因就在于现实主义往往带有批判的元素，是带刺的玫瑰,它往往不尊崇为政治服务的规训。

随着思想解放运动的兴起,“伤痕文学”异军突起,标志着19世纪批判现实主义在1980年代的又一次回潮。人们怀念1980年代并不是说那时的作品怎么好,而是认为那个时代批判现实主义创作方法被激活,是给中国的写实主义风格作品开辟了一个从思想到艺术层面的新路径。这是给启蒙主义思潮打开了一个缺口,让思想的潮流和艺术方法都有了一个新的宣泄载体。

我们一直认为从“伤痕文学”到“第二次思想解放运动”和所谓的“二次启蒙”思潮就是“五四新文学”的一次赓续。从思想源头上来说,这是没有错的,但是,从创作方法上来说,这种极度写实主义风格的写作模式,仍然是来源于19世纪的批判现实主义,大量的作品是在挣脱了苏式的“社会主义现实主义”镣铐后回到了“写真主义”的境地之中,以至于后来出现了诸如张辛欣那样的“新纪实”作品,成为新时期对现实主义创作方法的首次改造,一直到了如今的“非虚构”文体的出现,我以为这都是现实主义的变种。其实,这种方法茅盾他们在民国时期就以《中国一日》的报告文学形式使用过,只不过并不强调其批判性的元素,到了50年代,有人用批判现实主义的方法来进行对现实生活的“仿真”描摹,甚至将“报告文学”的文体直接冠以“特写”的新文体名头。及至2003年陈桂棣和春桃22万字的《中国农民调查》出现,这种“写真主义”的思潮,其实是与批判现实主义的思潮相暗合的。这也给后来的“新写实”创作思潮提供了某种意义上的借鉴。

其实,“第二次思想解放运动”这个名词在20世纪的历史进程中是有歧义的,如果是站在改革开放四十年历史的角度来看,那是属于“第一次思想解放运动”,倘若从我们这一代人所经历的“在场”思想史,以及我们所接受的历史与政治的教育来看,无疑,当时我们都是将这次运动与“五四新文化运动”对应而视的,把它看作中国民主自由思想的恢复与延续,所以我们一直将它称为“第二次思想解放运动”。

而我始终认为,促发这次思想解放运动呈燎原之势的火种却是文坛上出现的“伤痕文学”,作为对19世纪批判现实主义思潮的模仿与赓续,正是应验了周扬那句名言:“文艺是政治的晴雨表。”可以毫不夸张地说,没有“伤痕文学”的出现,所谓的“思想解放运动”的进展是没有那么迅猛的,甚至或许会遭到更大的历史阻碍。

我清楚地记得1977年11月的一天,当我拿到订阅的《人民文学》杂志的时候,眼前不觉一亮,一口气读完了《班主任》,从中我似乎看到了春雷来临前的一道闪电,不,更准确地说是看到了中国政治文化的春潮即将到来的讯息。随之出现的大量“伤痕文学”,并没有让人们陷入苦难的悲剧之中,而是沉浸在挣脱思想囚笼的无比亢奋之中,因为我们在漫长死寂的冬天里经受了太多的精神磨难,只有批判现实主义才是最好的宣泄方式。

卢新华的《伤痕》甫一问世,人们就毫不犹豫地用它来命名这一大批汹涌喷薄而出的作家作品,其根本原因就是被积压了多年的思想禁锢得到了空前的释放。《在小河那边》、《枫》、《本次列车终点》、《灵与肉》、《爬满青藤的木屋》、《被爱情遗忘的角落》、《我是谁》、《大墙下的红玉兰》、《乡场上》、《将军吟》、《芙蓉镇》、《许茂和他的女儿们》……当然还包括了许多话剧影视剧本作品,比如当年的《于无声处》、《在社会的档案里》、《女贼》、《假如我是真的》,等等,其中反响最大的就是话剧《于无声处》,想当年,全国上下,几乎每一个有条件的单位都自发组织起自己的临时剧组,演出这场戏。说实话,从艺术上来说,这些作品的美学价值并不是上乘的,艺术性也不是精湛的,甚至有些还是很粗糙的,它们之所以能够激发起全民热爱文学的激情,更多是因为人们期望通过文学来宣泄多年来的积怨与愤懑,以此来诉求政治上的改革。这是一次中国批判现实主义的创作方法的伟大胜利,就此而言,尽管其作家作品在技术层面是那样稚嫩,然而,我们的文学史叙述是不足的。

这持续了几年之久的舔舐伤痕、控诉罪恶的文学作品,带来的是重复19世纪西方文学作品中批判现实主义创作方法的兴起,从那个时代的角度来说,人们都普遍把它与“五四启蒙主义思潮”衔接,作为20世纪中国思想史上的“二次启蒙”看待,就是期望回到一种文化语境的常态当中去。其实,时过境迁后,冷静地反思这样的启蒙运动,我们不得不考虑其热情澎湃的感性背后究竟有多少理性成分,其实它在历史的进程中屡遭溃败的事实是显而易见的,其根本的原因在哪里,则是一个始终没有深入的话题,这个萦绕在我脑际的二难命题久久不能消停,直到新世纪来临,当中国面临着几种文化形态并置的情形后,我才有所顿悟:正因为"五四新文化"的"启蒙运动"是浮游在"智识人"层面的一种学术行为艺术,它始终被"革命"的口号与光环所笼罩和遮蔽,成为一群自诩为现代知识分子的小资产阶级学者试图"自上而下"地改造"国民性"的自言自语,最终只能以失败而告终,一切都恢复庸常,阿Q们依然是那个没有灵魂的肉体,亦如行尸走肉。所以,我在20世纪80年代初就提出了改革开放后的"二次启蒙"(也就是自20世纪以来的"第三次启蒙"),其核心元素便是:只有知识分子首先完成自我启蒙以后,才能完成启蒙的普及,虽然我们的高等教育已经达到了相当的普及程度,但是,我们的人文主义的启蒙还是低水平的,甚至在有些时空中是归零的。这就是我从"第二次思想解放运动"得到的对"五四新文化运动"的反思(当然,我认为"五四"是一个充满着悖论的文化运动,也就是说,在对"五四"的认知上,往往有两个不同走向的"五四"文化革命运动,即"启蒙的五四"和"革命的五四"。而最后的结果是:革了封建主义的命,却不彻底,甚至是走了一个圆;革了文化的命,则丢失了人性的价值),以及对现代启蒙运动之所以溃败原因的寻找结果,尽管用了二十多年的时光,但也是值得的。以此来观察中国作家作品近四十年来的脉象,我们将它们进行归类,也就会清晰地看出一条革命、启蒙、消费三者分离与重叠的运动曲线。所以,文学所担负的社会批判职责还是任重道远的。

无疑,"伤痕文学"之后的"反思文学"开始进入了一个较为深层次的理性反思的阶段,也就是说,批判现实主义在中国要成活下去,光是"诉苦把冤申"还不行,还得清除其滋生腐朽的封建专制土壤才行。于是,一批作家开始了深刻的反思,反思的焦点当然就是以往的历史,其反思就是批判的代名词,所以这种反思虽然是建立在广义的现实主义创作方法上,但是其核心内涵依旧离不开批判现实主义的支撑。茹志鹃的《剪辑错了的故事》和张一弓的《犯人李铜钟》之所以成为"反思文学"的代表作,就在于作者用批判现实主义的长镜头记录下了那一段历史的真相,其中我们看到的几乎就是纪录片式的真实历史影像，这让我想到的是“文革”后期在一本艺术杂志上看到的西方20世纪60年代兴起的“照相现实主义”艺术流派，和几乎是在中国画界同时出现的罗中立的油画《父亲》，它们同属一种创作理念和方法，只不过文学上的表现并没有那么强烈的视觉冲击力而已。

值得一提的是高晓声的创作，人们把注意力集中在他的《陈焕生上城》系列作品中，却忽略了他之前的反思更加深刻的作品，像《李顺大造屋》那样深刻反思的作品其批判现实主义的力度直指中国封建社会之要害，可算作当时最为深邃的作品了。高晓声之所以被人誉为大有“鲁迅风”，就是其反思的力度比其他作家略高一筹，不过太过于艰涩的寓言式的批判，虽然深刻，但是看得懂的读者却甚少，像《钱包》、《鱼钓》那样的作品，受众面是很小的。

这里不得不提的是另一位大腕级的作家王蒙了，他的“蝴蝶”系列作品被有些文学史定格为“反思文学”的代表作。显然，从内容上来说，他属于“反思文学”的范畴，也具有强烈的批判意识，但是，我为什么没有将其纳入“反思文学”的范畴，就是因为我这里框定的是一个狭义的“反思文学”，自设的标准就是连同创作方法都应该具备现实主义的元素。王蒙的这批作品我也十分喜欢，但是从创作方法上来说，它更有现代派的特征，同时也具备了古典浪漫主义的创作元素，读后让人回味再三，尤其是那种淡淡的忧伤，令人感佩其艺术的高超。但是，这与批判现实主义的代表作的创作方法相去甚远，如巴尔扎克的《人间喜剧》、司汤达的《红与黑》、狄更斯的《双城记》、哈代的《德伯家的苔丝》、莫泊桑的《羊脂球》等，所以，我在文学史的定位上，将其放在“新时期现代派起源”的典范作品之列。

对“伤痕文学”和“反思文学”为什么很快就被“改革文学”所替代的原因，我一直认为，这不应仅仅归咎于社会文化思潮变幻，更重要的是，由于政治原因所导致的批判现实主义的溃灭是理所当然的事情。

南京大学胡福明先生发表的那篇《实践是检验真理的唯一标准》正是在“伤痕文学”崛起之时。1978年的某一天，胡福明先生来到中文系现代文学教研室（西南大楼的一间大教室）里，将这篇文章的初稿给董健先生看，那一刻我正坐在对面的办公桌上写一篇为悲剧作品翻案的文章（那就是我在1979

年《文学评论》上发表的第一篇稚嫩的学术论文),听到他们的谈话,我对当时批判现实主义思潮复兴更加坚信不疑。

后来我对实践是检验真理的唯一标准这个命题发生了不可思议的叩问:其实不就是一个哲学的普通常识问题吗?而将它作为高端的学术问题来研究和探讨,这本身就是我们这个国家和民族在那个时代的一个悲剧,好在我们把这一幕悲剧当成了一场扭转乾坤的喜剧,也算是成功推动历史进程的一次批判现实主义的胜利。

当然,这个喜剧的最先得益者应该还是文学界,其首先引发的就是"新时期文学"的命名。1999 年,我和我的博士生朱丽丽为《南方文坛》共同撰写了题为《新时期文学》的"关键词",追溯其来源时是这样描述的:"'新时期文学'是当代文学批评中使用频率最高的语汇之一,自'新时期文学'概念出现以来,它的内涵便自动地随着当下文学的进展而不断延伸。当代文学概念尤其是文学史分期概念往往是紧跟政治语境的变迁而变迁的,'新时期文学'作为一个伴随我们约 20 年的熠熠生辉的文学概念,它的浮出海面,从整体上来说也是得力于'文革'后国家政治语境的剧烈变动。发表于 1978 年 5 月 11 日《光明日报》上的著名的《实践是检验真理的唯一标准》一文最早正式提出了政治意义上的'新时期'概念。……就文学而言,进入新时期之后理论上的拨乱反正和由此引发的讨论主要有三次。首先是关于文艺与政治关系的讨论。70 年代末,中国文学界在思想解放运动的背景上开始对文艺从属于政治的观点重新加以审视。《文艺报》编辑部于 1979 年 3 月召开文艺理论批评工作座谈会,率先对此命题进行了大胆的质疑与冲击。会议认为:'文艺不是一种可以受政治任意摆布的简单工具,也不应该把文艺简单化地仅仅当作阶级斗争的工具。'随后,《上海文学》于 1979 年 4 月发表了评论员文章《为文艺正名——驳'文艺是阶级斗争的工具'》,对文艺从属于政治的命题再度提出质疑。到第四次全国文代会上,邓小平代表中央在《祝辞》中明确指出:'党对文艺工作的领导,不是发号施令,不是要求文学艺术从属于临时的、具体的、直接的政治任务。'周扬也在报告中提出:文艺从属于政治、文艺为政治服务的口号,容易导致政治对文艺的粗暴干涉。1980 年 7 月 26 日,《人民日报》发表社论，正式提出以'文艺为人民服务，为社会主义服务'取代'文艺为政治服务'的口号。这一口号的提出，使长期附庸于政治阴影之下的文学大大解放出来，进入更为自由更具活力的新天地。其次，新时期发轫之初，还进行了关于'写真实'和'歌颂与暴露'问题的争论。文学创作如何处理歌颂与暴露的问题是几十年间一直没有得到很好解决的一个问题。在争论中文学界进一步确认：文学固然可以歌功颂德，但它绝不能美化现实、粉饰生活、掩盖矛盾，更不应该回避严重存在的社会问题，不闻不问人民的疾苦。争论在理论上进一步确立了现实主义文学的主流地位，进一步否定了'文革'时期的'假大空'文艺。同时文学界对真实性问题也做了严肃的探讨。真实性问题是现实主义的基本原则和理论核心。文学首先应该说真话、抒真情、真实地反映社会生活、真实地表达人民的心声，'艺术的生命在于真实'，真实性成为这个时期文学的最重要的价值标准。再次，是关于文学与人性、人道主义的讨论。在以往，人性和人道主义问题是创作和研究中的一个禁区。随着新的时代的到来，文学界普遍接受了如下观点：人性既有阶级性的一面，又有共同性的一面，共同人性是在人的自然属性基础上形成的社会属性与阶级属性的辩证统一体；人道主义并不只是资产阶级的意识形态，社会主义的文学也应该有它的一席之地。人们认识到马克思始终是把共产主义与人的价值、人的尊严、人的解放和人的自由等问题联系在一起的，马克思主义实际上是包含了人道主义的；社会主义社会也同样存在着异化现象。这一系列的讨论虽然难以取得统一的认识，但讨论本身极有力地推动了人们的思考。经过这一系列的讨论，文学走上了一个新的高度。这些讨论拓展了新时期文学发展的道路。正是在这样一个背景上，形成了新时期文学的启蒙潮流。"①

毋庸置疑，在整个人文领域内，思想最为活跃、创作力最为旺盛的就是那个时期批判现实主义的作家和批评家。如今许许多多经历过那场运动的人都还是在"怀念八十年代"，犹如法国人怀想大革命已经成为一种民族的"集体无意识"了。然而，好戏才刚刚拉开序幕，冬天的严寒又袭面而来。于是，

① 丁帆、朱丽丽：《新时期文学》，《南方文坛》1999年第4期。

现实主义又变幻了一种方式出现在文坛上,那就是“新写实主义”的兴起。

(三)

显然,“新写实主义”又一次改变了中国现实主义发展的走向,它到头来就是一场对批判现实主义否定之否定的循环运动。那种对现实生活细节描写的“高度仿真”,既实现了现实主义创作方法的写真效果,同时,过度地沉湎于琐碎的日常生活描写,带来的却是对现实生活批判性思维在一定程度上的消解。当然,批判现实主义创作方法在不同的作家那里,呈现出的是不同的表现形式,但就总体上来说,其批评生活的创作元素仍然是存在的。

我曾经在一篇文章中说过:在整个世界文学的发展格局中,每一次美学观念和方法的更易,都必然带来一次文学的更新,这种历史性的运动使得文学在一次次的衰亡过程中获得新鲜血液而走向复苏。作为一种美学观念和方法,20世纪20年代出现于德国、美国,后又遍及英法和整个欧洲的“新现实主义摄影”(亦称“新即物主义摄影”)给西方艺术界吹进了一股新鲜空气。它鲜明地反对艺术作品中的虚伪和矫饰,摒弃形式主义抽象化的创作方法,要求表现事物的固有形态、细微部分和表面质感,突出其强烈的视觉效果。因此,它主张取材于日常的社会生活和自然风光,扬弃唯美主义的创作倾向,而趋向于自然主义的美学形态。

然而,真正在西方社会引起了巨大震动的美学运动,乃至于给世界文学艺术带来了深刻影响的,是在第二次世界大战结束后崛起的意大利“新现实主义”运动,尽管这个美学流派首先起源于电影界,但它后来波及整个文学领域,尤其是使小说领域的创作发生了革命性的变化,这是先前的倡导者们所始料未及的。这次美学观念和方法的更易,实际上标志着意大利的又一次“文艺复兴”。

首先,就“新现实主义电影”来说,它的美学原则(亦即柴伐梯尼提出的“新现实主义创作六原则”)是:“用日常生活事件来代替虚构的故事”;“不给观众提供出路的答案”;“反对编导分家”;“不需要职业演员”;“每个普通人都是英雄”;“采用生活语言”。就此而言,它不仅向传统的好莱坞电影美学提出了挑战,开创了电影发展史上摆脱戏剧化走向电影化的新纪元,而且也给西方美学乃至世界美学带来了深远的影响。正如温伯托·巴巴罗教授在《新现实主义宣言》中一再强调的“新现实主义”的写实风格那样,“新现实主义”的重要标志之一就是回到生活的原生状态中来。尽管诸多“新现实主义”作家的美学观念不尽相同,但是,在这一点上是没有歧义的。

回顾中国的现实主义理论体系的形成与发展,直到20世纪30年代“左联”成立以后,才由一批理论家从“拉普文学”理论中阈定出一整套规范,但这一规范难以运用到具体的文学创作中。而随着20世纪30年代前后的小说视点的转移和下沉,人们把丁玲创作的小说《水》作为中国现代文学史上的“新现实主义”力作。如果对这一创作现象进行重新审视,我们以为这个提法并不科学。在中国,无论是哪次现实主义的论争都未能逾越“写什么”的理论范围,所谓“现实主义的深化”也好,“广阔道路”也好,都很少涉及“怎么写”这个具有美学观念和方法的根本转变的命题。只有到了20世纪80年代,中国的理论界才真正触及这个关键性问题。我们并非说美学观念不包含“写什么”,而是说它更强调“怎么写”。“新写实主义”在1980年代的新鲜出炉,就是一种在现实主义绝望的悖论中诞生的结果。

如果说西方20世纪历次“新现实主义”美学思潮都是在对“现代派”艺术表示出强烈反感和厌倦的背景下展开的对写实美学风格的回归的话,那么在每一次美学流派的运动中对旧现实主义的美学理解却并无实质性的进展,换言之,也就是“新现实主义”中的美学新意并不突出,即便是像意大利的“新现实主义”对世界电影产生过如此巨大的影响,但必须指出的是,它的美学观念主张并没有逾越现实主义(包括批判现实主义)内容的界定,作家们站在人道主义的立场来反映普通人的生活,来揭示社会生活,这些和传统的现实主义并无区别。所不同的是,作家在强调真实性时,更趋向于表现生活的实录和原生状态,所谓“把摄影机扛到大街上去”的口号便是他们走向现实主义另一个极端的表现。而在整个创作方法上,“新现实主义”的各流派基本上是完全拒绝现代主义表现成分侵入的。在这一点上则和中国20世纪80年代后期掀起的“新写实主义”小说创作浪潮截然不同,因为20世纪80年代的中国在经历了现实主义几十年的统治后,又经过了现代主义的洗礼,所表现出的美学态度有极大的宽容性,当然,这也和世界美学发展的潮流有着密切的关系,20世纪40年代的"新现实主义"的倡导者们是绝不可能以高屋建瓴的美学姿态来把握人类美学思潮发展的历史进程的。因此当20世纪80年代中国的"新写实主义"倡导者们重新把握这一美学潮流时,便满怀信心地要表现出现实主义的新意和新质来。这种新意和新质就在于他们在其美学观念和方法的选择中,着重于将现实主义和现代主义的美学观念和方法加以重新认识和整合,将两种形态的创作方法融入同一种创作机制中,使之获得一种美学的生命新质。由此可见,采取这种中和、融会的美学方法本身就成为一种新的美学境界。我们之所以在前文顺便提及了西方(造型艺术的)"变异现实主义"与以往"新现实主义"的美学观念主张的不同点,就是因为它更有生命力,而关键就在于它能以宽容的胸怀融会两种对立的美学观念和创作方法,使艺术呈现出的新质更合乎美学史发展的潮流。同样,中国的"新写实主义"小说的倡导者和实践者们亦从未拒绝对于被历史和实践证明有着强大生命力的现代主义美学的吸纳和借鉴,并没有一味地回复现实主义(包括批判现实主义)的美学传统。换言之,他们对于现实主义的超越就在于不再是机械地、平面地、片面地沿袭现实主义的传统美学观念和方法,而是对老巴尔扎克以来的所有现实主义美学观念加以改造和修正。倘使没有这个前提,亦就谈不上现实主义的"新"。

中国的"新写实主义"既有左拉式的自然主义与老巴尔扎克式的批判现实主义的形态,又有乔伊斯式的意识流与马尔克斯式的魔幻色彩和形态。由此,真实性不再成为一成不变的静止固态的理论教条,而呈现出的是具有流动美感的和强大活力的气态现象。你能说哪一种真实更接近艺术的和美学的真实呢?中国的"新写实主义"者们打破的正是真实的教条和教条的真实,从而使真实更加接近于美学的真实。

现在回想起来,这些理论的归纳似乎还是有道理的,但是,在一个尚未有过真正的批判现实主义成熟期的中国文坛,这种不断变幻的现实主义理论和创作方法,带来的同样是使现实主义走上一条过眼云烟的不归之路的结果。这就是它很快就被消费主义思潮的"一地鸡毛式的现实主义"所替代的真正原因。

在对待现实主义的典型说方面，和一切“新现实主义”的流派一样，中国的“新写实主义”亦是持反典型化美学态度的，这一点当然不能不追溯至中国文坛对恩格斯典型说的曲解和实用主义美学观的强加过程。由于对那种虚假的典型人物表示厌倦和反感，像方方和池莉这样的女作家便干脆以一种对典型的藐视和鄙夷的姿态来塑造起庸俗平凡的小人物，这多少包含着作家对典型的亵渎意识。与西方“新现实主义”诸流派亦主张写小人物不同的是，方方们并没有将笔下的小人物作为“普通英雄”来塑造，而是作为具有两重性格的“原型人物”来临摹。这又和批判现实主义者笔下的“畸零人”有所不同，虽然有时他们亦带有“多余人”的色彩，然其并非被社会和作者、读者所抛弃的人物塑造。正因为他们是生活真实的实录，是带着生活中一切真善美和假恶丑的混合态走进创作内部的，所以，人物意义完全是呈中性状态的，无所谓贬褒，亦就无所谓“英雄”和“多余人”。从所谓的“新写实主义”的创作中，我们看不到“英雄”存在的任何痕迹，在具体的描写中，一俟人物即将向“英雄”境界升华时，我们就可看到作者往往掉头向人物性格的另一极描写滑动。这种美学观既是中国特有的社会哲学思潮所致，又包孕了中国“新写实主义”小说作家在一个多世纪的美学发展中的必然选择，这种选择的正确与否，在中国美学发展中尚不能做出明确的判断来，但就其创造的文本意义来看，我们以为这种选择起码是打破了现实主义典型一元化的美学格局，从而向多元化的人物美学境界进发。

中国的“新写实主义”者们基本上摒弃了尼采悲剧中的“日神精神”而直取“酒神精神”之要义：悲剧让我们相信世界与人生都是“意志在其永远洋溢的快乐中借以自娱的一种审美游戏”；酒神的悲剧快感更是以强大的生命意识去拥抱痛苦和灾难，以达到“形而上的慰藉”；肯定生命，连同它的痛苦和毁灭的精神内涵，与痛苦相嬉戏，从中获得悲剧的快感。在这样的悲剧美学观念的引导下，刘恒的《伏羲伏羲》、王安忆的《岗上的世纪》、方方的《风景》、池莉的《落日》等作品才显得更有现代悲剧精神，因为这样的悲剧不再使人坠入那种不能自拔的美感情境之中而一味地与悲剧人物共生死，陷入作家规定的审美陷阱之中,而它更具有超越悲剧的艺术特征,作家对悲剧人物的观照不再是倾注无限同情和怜悯的主观意念,“崇高”的英雄悲剧人物在创作中消亡。作家所关注的是人的悲剧生命意识的体验过程,以及在这一过程中咀嚼痛苦的快感,这就是我们理解《伏羲伏羲》这类悲剧时观察作家“表情”的关键所在。一般来说,在中国“新写实主义”小说创作的文本中,我们看到的是大量的“形而下”的悲剧具象性描写,却很难体味到那种“形而上的慰藉”,这恰恰正是作者们刻意追求的美学效果。从接受美学角度来看,读者参与可以就其艺术天分的高下而进入各个不同的阅读层面,但这丝毫不影响小说“形而上”悲剧美学能量的释放。

同样,弗洛伊德的心理学给中国“新写实主义”小说的悲剧美学提供了新的通道。对于我们这个“集体无意识”异常强大的民族来说,无疑,潜意识层面的开掘给现代人的心理悲剧带来了最佳的表现契机。而中国的“新写实主义”者们有效地吸收了20世纪以来所有现代主义对弗氏理论的融化后的精华,从潜意识的角度去发掘现代人的悲剧生命流程。从这个意义上来说,悲剧心理学的美学观照呈现出的人的悲剧动因再也不是现实主义悲剧的单一主题解释了,而是呈多义、多解的光怪陆离状态。艺术家并不在悲剧的结局中打上个句号,因此,悲剧美的感受就不能在某一悲剧的疆域里打上个死结。由此来看《伏羲伏羲》和《岗上的世纪》这样的作品,生命的心理悲剧流程就像一道光弧,照亮了“新写实主义”小说的一个描写领域。

“新写实主义”作为一种文学运动,产生于20世纪80年代中后期对现代文艺思潮的借鉴和融会的浪潮中,绝非偶然,确实已经具备了外部和内部的条件。

从某种意义上来说,它既是对批判现实主义的一种变形,同时又是一种对批判现实主义的一次宽泛的拓展,当然也存在着对批判现实主义的某种消解。

而随着对于旧现实主义创作方法的弊端的不满,20世纪80年代相继出现过诸如“现代现实主义”和借鉴拉美文学爆炸的“魔幻现实主义”、“心理现实主义”和“结构现实主义”创作思潮。到后来由于对现代主义与后现代主义

“先锋小说”创作思潮的抗拒心理，导致了“新写实”的崛起，这些正是对社会主义现实主义的一次次修正与篡改，是重新对那种毛茸茸的“活的文学”的重新肯定和倡扬。作为“新写实”事件的策划者和亲历者之一，我们在二十年前就试图从人性和人性异化的角度来解释“新现实主义”与“旧现实主义”，尤其是与“颂歌”型的“社会主义现实主义”区别开来。回顾其发展变化的全过程，这个判断大致是不错的。我们不能说这样的概括就十分准确，但是，直到今天似乎它的生命力还在。我们不能说“新写实”是一个完美的现实主义的延续，但是，作为一种创作方法的反动，它在文学史上是有意义的。

再后来，“现实主义三驾马车”的兴起和新世纪“底层文学”的勃起，现实主义似乎又回到了“五四”的起跑点。然而，在现实主义的道路上，我们的文学似乎还是缺少了一个重要的元素，这恐怕就是“批判”（哲学意义上的）的内涵和价值立场。

历史的经验告诉我们：创作方法只有回到初始设定的框架之中，才能凸显出其作品的生命力。

四、中国乡土小说研究史的反思

“看文学史，文坛是常会有完整而干净的时候的，但谁曾见过这文坛的澄清，会和这类的‘文官’们有丝毫关系的呢？”①鲁迅留下的这段话虽然不常被人引用，却道出了我们文学“史官”们的众生相。

百年中国乡土小说批评与研究并没有受到应有的关注与研究，梳理中国乡土小说研究自身的百年发展历史，总结其经验得失，辨识其学术价值，推进其发展，正是我们“研究之研究”的目的所在。因为，倘若真正想弄清楚中国社会与政治的变迁，文学是“晴雨表”，而中国乡土小说则是这个“晴雨表”上最精密的刻度。百年来，它是如何从农耕文明进入工业文明、后工业文明，也就是它如何走进现代文明的脚印，都清清楚楚、形象鲜明地镌刻在这些乡土小说题材的所有作品中了。

① 鲁迅：《文床秋梦》，《鲁迅全集》（第五卷），人民文学出版社2005年版，第307页。

十七年前,我在《文学评论》上发表过一篇《"现代性"与"后现代性"同步渗透中的文学》,拙文就是想阐释一个观念:中国的农耕文明形态虽然日渐式微,"现代"和"后现代"文明随着中国城市化的进程不仅覆盖了中国的东南沿海,同时也覆盖了整个中原地区和西南地区,甚至也部分覆盖了西部地区。当广袤的农田上矗立起一排排高耸入云的大厦,水泥森林替换了原始植被的时候,我们却不能忘记的是:农耕文明的意识形态仍然会在这些灯红酒绿的奢华城市间穿行,以飓风的速度穿越城市的繁华,它带来的正负两极效应,我们看得见吗?而且,资本主义尚无法解决的许许多多"现代"和"后现代"的问题,也同时叠加进了中国社会的地理版图中,形成了与西方社会和殖民地国家迥然不同的社会形态和文化形态,但是,我们的作家看到这些东西了吗?他们有眼光、有能力去开垦这片世界上独一无二的文学创作的处女地吗?

如果他们不能,作为一个学者,我们的文学评论家和文学批评家能够在洞若观火中指陈这一现象,为乡土作家指出一条切入文学深处的"哲学小路"吗?也许,像我们这样的批评家,即使体悟到了这一点,也无法像别林斯基那样去面对惨淡的人生和熟悉的作家。

于是,面对重新梳理文学史的我们,能否担当起客观评价这些特殊的文学文本的重任呢?这是我的冀望,但是,在这部丛书中的著作书写中,显然还没有完全达到这样的要求和高度。这是让我们遗憾的事情。尽管我们可以强调种种不可抗拒的客观原因。

中国乡土小说研究之研究,首先要明确的是中国乡土小说研究的对象与范围,亦即要明确乡土小说之所指,从而确定"研究之研究"的对象与范围。20世纪最初的30年间,鲁迅和茅盾对"乡土文学"概念的界定和使用,产生了持久而广泛的影响,"乡土文学"便成为批评界普遍使用的概念。而在20世纪40年代的解放区,"农民文学"取代了"乡土文学"概念,一统天下。再后来,在20世纪50年代,文学中仅使用"农村题材文学"、"农村题材小说"概念。从这种概念内涵的变化中,我们可以看出文学史观和学术史观的分野。

中国乡土小说批评,最初是围绕鲁迅乡土小说进行的。从20世纪20年代到现在,乡土小说批评紧紧追随着中国乡土小说创作的时代脚步,在每个历史时期都出产大量的批评文章，从而成为中国乡土小说研究中文献最多、时代性最强的组成部分。但是，我们在梳理的过程中，还是看到了许许多多的遗憾，也就是说，中国乡土小说百年的批评和评论，能够真正毫无愧色地站在文学史舞台上的并不是很多，留给我们的只是一声叹息。

中国乡土小说的历史研究，最早可以从胡适的《五十年来中国之文学》说起。胡适在这篇文学史论性的文章中肯定了鲁迅的短篇小说："从四年前的《狂人日记》到最近的《阿Q正传》，虽然不多，差不多没有不好的。"虽然胡适的这番话没有从"乡土文学"的角度去进行考辨，但是，他的眼光和气度，让《阿Q正传》早早地进入了文学史的序列。我们从中看到的是，专家学者的眼光与客观评判作家作品的尺度对后来文学史的影响。

但是，我们需要反省的问题恰恰就在于以下几个方面：

首先，我们要解决的是史实问题。

整个文学史的构成既然把文学批评和文学评论作为一个不可或缺的部分，那么，如何看待既往留存下来的"经典"的批评和评论文本？我们必须尊重的是客观存在的历史，也就是说，不管你认为是正面的还是负面的，只要是在那个历史时期引起过反响的理论和批评都要纳入文学史的范畴之列，它是呈现历史样态的文本，从中我们才能拂去现实世界给它叠加上去的厚厚尘埃，看清楚历史的原貌。这一点是文学史家必须尊崇的治学品格，否则我们就无法真正地进入历史的隧道空间来考察。所以，我对那些为了主动"适应形势"而把许多有价值的文本打入"另册"的做法不屑一顾，而对于那种迫于无奈用"附录"来处理一些文本的编辑方式，只能报以苦恼的微笑，因为我们也常常遇到这样的常识性问题，但这确实是无法解决的史学障碍问题。

一言以蔽之，百年文学史可以进入史料领域的材料很多，只有建立史料无禁区的学术制度，才是保证研究的前提和基础。

无疑，在我们编选的这套丛书之中，试图贯穿这样的史料原则，《中国乡土小说理论文选》、《中国乡土小说作家作品研究文选》、《中国乡土小说历史研究文选》和《中国乡土小说流派研究文选》是尽力采取比较客观的史实态度，虽然，我们阈定的是狭隘的"乡土小说"的概念，排除了那种含义诸多的

"农村题材"的概念和创作理论,但是"农村题材"的理论在某一个历史时期的理论恰恰又是对中国乡土小说理论的一种补充,以及对其自身概念和口号的一种理论反思。比如我们遴选了邵荃麟1962年《在大连"农村题材短篇小说创作座谈会"上的讲话》,文中提出的许多问题为什么被后人总结为"现实主义深化论",这其中的变异问题,至今仍然有着历史的现实意义。而后面收入的浩然的两篇文章《寄农村读者》(1965年)和《学习典型化原则札记》(1975年),不仅是作者个人创作的心路历程,而且也是中国乡土小说史那个时段宝贵的史料,都是可以被纳入中国乡土小说历史研究范畴之列的。

在这里需要检讨的人是,由于七八年前制定体例方案时,我们过于强调乡土小说概念范畴的狭义性,导致了选编的偏狭,造成了一些遗珠之憾。

其次,史学研究者面临着的最大困境就是史识问题。

史识不仅仅是胆识,而且还得拥有较高的哲学思维和美学鉴赏的水平,只有具备了充分的人文素养的积累,你才有可能具有重新评价以往的作家作品的能力,而且也获得对以往文学史家、理论家、批评家和评论家的言论进行重新评判的权力!所有这些条件,我们具备了吗?正是带着这样的疑问,我时常会侧目现存的文学史著作,同时在不断否定自己以往的文学史工作。我自以为自己这么多年的工作,只是提出了一种假想,离开真正撰史还差得很远很远。但是,我不能以强调外在的条件不成熟做挡箭牌,去遮蔽自己文史哲学养不足的可悲。

只有具备了史实和史识的两个基本条件,我们才有可能写出一部好的文学史著述来。无疑,我们现在还不具备这样的先天优势,所以,我们的工作只能是一种初始的工作,我们正在不断地补充着自己的人文素养,以求将来编出一部真正既有史实又有史识的鸿篇巨制的中国乡土小说史来,也希望有一天中国能够出现一部真正属于有史实、有史识、有胆识的中国百年文学史来。

中国乡土小说研究史论和史料的工作总结只是一个休止符,我们期待下一部更有学术含量的著述的问世。

我不相信学术的春天是赐予的,春天在于自身的努力之中。

目　录

中国乡土小说的历史演变

中国乡土小说的阶段性特征

中国乡土小说的精神意蕴

中国乡土小说的美学风貌

中国台湾乡土小说研究

中国乡土小说研究的历史反思

凡　例

李兴阳

一、本卷所收录的乡土小说历史研究资料，以1910年至2010年为起讫点。

二、资料收录范围，主要是期刊、报纸、著作等出版物有关中国乡土小说发展历史的文字，包括中国乡土小说的历史轨迹描述、阶段性特征分析、精神意蕴和美学风貌分析、台湾乡土小说历史研究及学术反思等方面的论文与著作等。

三、为了保留资料原貌，一般都收录全文。部分节选的，一是原来的文章篇幅过大，另一是其它部分与乡土小说关系较远。文章中有明显的错别字予以更正，其余的一律不变。

四、文章署名，以最初发表时为准。注释都是原有的，编者不另加注。为了保持格式的统一和阅读的方便，所有的注释，不论原文是什么格式，一律改成脚注，但保持原注释的信息不作改动。标点符号一般遵从原作，不作改动。

五、有的文章有摘要和关键词，有的没有。录入时，摘要和关键词一律不录。

六、篇末括号内注明材料的出处。

前　言

余荣虎

在相当程度上，中国社会近百年（1910—2010）的历史就是从“乡土中国”转向“现代中国”的变迁史、奋斗史，而乡土小说则是这一历史的“活化石”，虽然在不同时期，乡土小说扮演着不同的角色，但乡土小说及其研究在近现代中国的变迁史、奋斗史中，产生了重要影响，则是毋庸置疑的。学界普遍注意到，在近百年历史中，“乡土小说”因社会、政治的变迁，而不断演变。首先是名称的变化，20世纪二三十年代称之为“乡土小说”、“乡土文学”，40年代至70年代则多以“农村题材小说”名之，新时期以来，“乡土小说”、“乡土文学”再度成为通行的学术用语。在名称演变的背后，是内涵的变化。二三十年代“乡土小说”，不管是乡土写实派，还是乡土浪漫派，在最基本的立场上依然是一致的，即“五四”时期所标举的“民主”与“科学”思想，因而，无论是鲁迅的乡土小说，还是沈从文的“湘西”书写，都持启蒙立场。40至70年代，基于“民主”与“科学”的启蒙立场，已经不再适用于当时的乡土小说创作了，在政治标准第一乃至唯一的原则下，代之而起的“农村题材小说”的主要任务是宣传合作化、集体化道路。而新时期以来，“乡土小说”作为文学批评用语“卷土重来”，表明学界对二三十年代乡土小说内在精神、品格的重新确定，也表明当代作家对“五四”理念的认同、继承与发展。

百年乡土小说虽然几经演变，但也有内在的“不变”之处，即对“地方特色”的推崇与倚重。对于“地方特色”,周作人谓之“乡土的色彩”、“特殊的土味和空气”,茅盾直接引用“local colour”(地方色彩),鲁迅则称之为“异域情调”,虽然论者各有侧重,但都重视乡土小说描绘地域自然、地域文化、风俗民情。后来,这一理论得到进一步阐发和提升,被归纳为“三画四彩”(丁帆语)。“三画”即风景画、风俗画、风情画;“四彩”,即自然色彩、神性色彩、流寓色彩、悲情色彩。纵观百年乡土小说,从1910年至新时期之前,乡土小说中的“地方特色”是受到压抑的,其原因是二三十年代的作家以现代价值衡量故乡,为她的落后、贫穷而忧愁,正如鲁迅所说,“只见隐现着乡愁,很难有异域情调来开拓读者的心胸,或者炫耀他的眼界”①,之后,受制于政治的规约,“地方特色”日益弱化,而新时期则为被压抑的“地方特色”提供了“释放”的空间,“地方特色”的内涵也由各地的自然风貌、风俗人情深入到地域文化之中,从而激发了学界对其进行理论探究的热情。

近百年来,社会政治环境、时代思潮的每一次变化都引起了乡土小说的内容、形式及风格的相应变化,因而,百年乡土小说的阶段性特征非常明显,同样,乡土小说批评也打上了特定历史时期的印记。1920年代末,激进的太阳社、后期创造社成员,极力否定鲁迅的乡土小说,认为鲁迅所描写的乡土社会,特别是他笔下的农民形象,已经过时了,他们宣称此时的农民已经脱胎换骨,再也不像阿Q、闰土似的麻木、愚昧、孱弱,无疑,这样的判断主要是出于政治理论和政治激情,而茅盾评价鲁迅笔下的阿Q、闰土等人物时所下的断语“《呐喊》所收十五篇……大都是描写‘老中国的儿女’的思想和生活”②,得到普遍认同,因为茅盾不是从政治上下结论,而是从艺术真实与生活真实上作判断,茅盾同时指出,这些“老中国的儿女”并没有成为历史,而是在当时的生活中随处可见。至1930年代,左翼乡土小说批评,推崇“新的小说”。冯雪峰为“新的小说”制定了三条标准:“现实的题材”、“对于阶级斗争的正确的坚定的理解”、主人公是“一大群的大众”,冯雪峰把丁玲描写1931年中国大水灾的小说《水》作为“新的小说的诞生”,冯雪峰的观点对之后左翼乡土小说的创作与评论都产生了深远的影响。

---

① 鲁迅:《中国新文学大系·小说二集·序》,《鲁迅全集》第6卷,人民文学出版社,2005年,第255页。
② 茅盾:《鲁迅论》,《茅盾论鲁迅》,山东人民出版社,1982年,第26页。

无论是太阳社、后期创造社成员，还是茅盾、冯雪峰，其乡土小说评论，都是批评家与作家的即时“互动”，是在特殊的政治文化语境中，批评家根据自己的政治立场对作家、作品的评价，有时也包含批评家对作家的期待与鼓励。当历史拉远了批评家与作家的距离之后，乡土小说批评的学理化色彩就要鲜明得多。1920 年代的乡土小说作家群被归结为文学流派而加以研究，早期乡土文学派形成的原因、所描绘的内容及其思想、艺术贡献都得到了严家炎的有力阐发。此后，早期乡土小说的流派性质得到广泛认可，对相关作家作品的分析更为细化，特别是废名、沈从文那样与鲁迅乡土小说在内容和风格上都不太相同的作家，他们作品中的“现实意味”和启蒙立场，被挖掘出来。1930 年代，左翼文学繁荣，其中数量和成就最为突出的是左翼乡土小说。左翼乡土小说的内容、风格与形式都是受 1930 年代左翼文学思潮、理论的影响，因而，1930 年代左翼乡土小说呈现出强烈的时代特征，内容上反映农民的苦难、塑造新一代具有反抗精神的青年农民形象，风格上追求“力之美”，形式上则出现“简化”与“直语”（朱晓进语）的特点——简化人与人的关系、简化人物性格、简化价值评判尺度，“直语”即追求表达的直截了当，不尚表达的含蓄蕴藉。对于 1940 年代的乡土小说，当代学者多从流派和地域特征着眼，剖析其风格特点，孙犁和荷花淀派、赵树理和山药蛋派、沈从文的“湘西世界”、师陀的“小城”故事、萧红的故乡书写、沙汀对国统区腐败的基层政权的描摹，各自得到深入研究，同时，又被共时性地放置于 1940 年代的时空之中，加以对比和综合，从而还原了一个流派纷起、佳作辈出的乡土小说创作的鼎盛局面。如果对 1940 年代乡土小说总体特征进行概括，那就是名家名作倍增，地域特色鲜明，思想倾向与文体风格各异。1950 至 1970 年代的“乡土小说”被“农村题材小说”取代，此时，农村题材小说最重要的使命是配合政策、宣传政策，批评家往往依据政策精神，评价小说的人物形象、情节结构和语言、文体风格，当下学者面对此时乡土小说创作的历史情境，多了几分客观和理性。《三里湾》、《山乡巨变》和《创业史》（第一部）总体立场和风格并无二致，作家们或者扎根于农村，或者与农村保持密切的联系，对合作化、集体化道路的正确性坚信不疑，在吸纳农民日常语言、采取通俗易懂的叙事方式方面，也是高度一致的。总之，作家的现实主义精神和贴近生活的态度，得到当今学界的普遍肯定，但此时农村题材小说的思想艺术缺陷也被充分论及。一味宣传政策，而缺乏作家个人的思考；致力于“普及”，而没有顾及“提高”，使叙事形式流于单一；人物的阶级属性简单、机械地决定了人物的道德与品行。当然，也有学者论及作家在政治规约与艺术真实之间所做的“隐形”的抗争与努力。

新时期以降，“农村题材小说”渐次消失，“寻根文学”、“新乡土小说”则接续并发展了1920年代乡土小说的传统。可以说，“寻根文学”的兴起是当代作家一次集体的有意识的创作突围。1985年4月，韩少功在《作家》上发表《文学的“根”》，5月，郑万隆在《上海文学》发表《我的根》，6月，阿城在《文艺报》发表《文化制约人类》，9月，李杭育在《作家》发表《理一理我们的“根”》，作家们试图突破既有的文学规范，寻找能为当代文学发展提供滋养的文化资源，于是，“乡土”再度成为作家们青睐的热点，韩少功说：“乡土是城市的过去，是民族历史的博物馆。”[①]但在实际创作中，作家对“乡土”的态度就显得颇为复杂，既有对散落、保留于乡土民间的“传统”的依恋，又不乏理性的反思，而最为瞩目的是小说中对地域文化、异域情调的渲染。在文化资源的取舍上，“‘寻根’派们并不囿于民族文化心理纵向的开掘，更重要的是对于外来文化的横向借鉴。以至使两种文化在冲突和消长中达到交融”(丁帆语)。从流派延续与发展的角度来看，曾经形成一定规模的小说流派，如荷花淀派、“山药蛋”派此时都已分崩离析，难以为继，因为作家已无意于恪守某一特定流派的规范与风格，而尽力彰显各自的艺术个性。

1990年代的新乡土小说面对的农村，较之于以往任何时期，发生的变化之大，都可谓惊人。大量农民进入城市，成为“农民工”、“打工者”，城市在为“农民工”提供较为丰厚的物质回报的同时，也在诱惑、腐化、摧毁他们，评论界对于新乡土小说在表现“农民进城”时所秉持的人道主义立场和反思意识，普遍给予肯定，同时，对乡土作家所面对的“陌生的新‘乡土经验’”(丁帆、李兴阳语，指的是叙事视域与叙事空间向城市和荒野拓展，对作家而言，两者都是“陌生的新‘乡土经验’”)，当代批评表示了某种担忧和期待，而1990年代的新乡土小说，在描绘“陌生的新‘乡土经

① 韩少功：《文学的“根”》，《作家》1985年第4期。

验'"时，确有不俗的表现，把 1990 年代农民的幸与不幸、农村的繁荣与萧条放置于道德与利益的两难选择面前，描绘出富有时代感的、新的乡土画卷。

百年乡土小说经久不衰，内在的动力是什么？当代批评对此进行了深入探讨。恋土怀乡，乃人之常情，且深植于传统文化之中，可谓其来有自，因而现当代作家多有浓厚的乡土意识，它既表现为对现实的关切，也表现为对传统的挖掘与追思，同时，乡土又往往联结着作家的童年、少年记忆，因而使"乡土"的内涵交织着重重矛盾：熟悉而陌生，亲切而疏远，切实而缥缈……多种相互冲突的、复杂的情感体验纠缠在一起，成为作家一生挥之不去的生命记忆。百年乡土社会经受的无数劫难和其自身的种种积弊，让作家爱恨交织，"因憎爱交织，放逐中的回望，梦回，才续有写之不尽的'怀乡'"(赵园语)。即当代学者从作家内心对"乡土"复杂然而密切的情感中，找到百年乡土小说经久不衰的缘由。爱憎交织的情感中，爱是无条件的、无法割舍的，憎是因爱而生的，是有条件的，由此构成百年乡土小说的精神意蕴。要探寻百年乡土小说的精神意蕴，20 世纪二三十年代是重要的源头，无论是鲁迅和他身边的青年作家们，还是废名、沈从文，此时的作家被故乡"放逐"而进入现代都市，搭上了"现代"的列车。在追求、享受"现代性"的便利的同时，也觉察到"现代性"的弊害，因而，在乡土启蒙的前提下，也难免生发对乡土的怀念和期望，"乡土"也从具体的故乡，变成精神家园的象征，作家经历"桃源寻梦——梦断桃园——桃源重构"(凌宇语)的精神历程。另有学者则阐发了"文学的乡村"(南帆语)的魅力，指出在张炜、张承志，甚而韩少功、汪曾祺、阿城、郑万隆、李杭育、王安忆等人的作品中，发现了"大地崇拜"，它不单是对于土地的依恋与膜拜，更重要的是作为"现代性的解毒剂"，论者多注意到作家对现代性追求的反思与批判。

在部分学者探寻乡土作家的心理与情感动因的同时，另有学者深入小说文本之中，剖析当代乡土作家存在的三种"价值理念的困惑"(丁帆语)，即对农耕文明的迷恋、对城市文明的简单化的批判、不顾实际的生态保护。价值理念的困惑意味着对当前农民生活和乡村变化的认识是多元、对立，乃至混乱的，这也从一个侧面回答了乡土小说繁荣的原因：既然作家的认识无法一致，那么，他们各自只有以小说文本"对话"，因而，当代乡土小说显得驳杂而多元。

如果说20世纪二三十年代是追寻乡土小说精神意蕴的源头,那么,40年代沦陷区的乡土小说则是探究乡土小说精神意蕴的重要关口。沦陷区的政治环境和文学环境与解放区、国统区相差甚大。沦陷区的进步作家梦牵魂绕的是完整的中国——无论是国土还是文化的人为分割,都会引发其爱国主义的焦虑,“乡土文学”成为一种温和的、含义模糊的承载爱情主义情怀的艺术形式。因而沦陷区所谓的“乡土”与非沦陷区及二三十年代经典乡土文学中的“乡土”含义不同,上官筝是这样解释“乡土”的:“所谓强烈的地方色彩,当然也并不是专指取材于农村的乡村景物而言,而是泛指整个中国的‘乡土’,此‘乡土’的领域,乃是中国整个的国土;上海,广州,天津,汉口,虽然和其他的世界上别国的大都市具有类似之点,然而仍具有中国的特色。”[①]这并非上官筝一人的意见,袁啸星、林榕也持相似的观点,他们一致扩大“乡土”的边界,使“中国”都成为“乡土”。当年挑起东北乡土文学论争的梁山丁后来对“乡土”有一个解释:“在俄文里,‘乡土’与‘祖国’是一个词,我们乡土文学,也可以说是爱国主义文学。”[②]此时,日本致力于把本国的文艺搬到沦陷区,以日本艺术剥夺、压制中国本土艺术,以达到文化侵略及同化的目的,即所谓“移植文学”,中国作家提出强调本土色彩的“乡土文学”,也潜在地有争夺文学阵地、弘扬民族文学的意图。可见,沦陷区的“乡土文学”其实是借“我乡与我土”[③]以寄托爱国情怀的文学。当然,这些作家、批评家也知道乡土文学的题材不可能完全脱离乡村、小镇、农民、小市民,他们以“乡土文学”为旗帜,就是要在“乡土层”民众身上写出民族的灵魂。“乡土”成了替代“国家”“民族”的符码,从中体现的是强烈的民族认同与文化认同。

当代学者还从极富地域特色的“西部文学”的历史与现状中,追寻其“独特的文明形态”,对1990年代西部乡土小说进行“现代性反思”,剖析西部文学与乡土、与

---

① 上官筝:《揭起乡土文学之旗》,载封世辉选编《中国沦陷区文学大系·评论卷》,广西教育出版社,1998年,第229页。

② 梁山丁:《我与东北的乡土文学》,载冯为群等编《东北沦陷时期文学国际学术研讨会论文集》,沈阳出版社,1992年,第371页。

③ 上官筝:《乡土文学的问题》,载封世辉选编《中国沦陷区文学大系·评论卷》,广西教育出版社,1998年,第234页。

地方的精神联系，并清醒地指出其中的保守主义倾向。

探寻百年乡土小说美学风格的嬗变，也是当代学者的兴趣所在。1920 年代的乡土小说总体上是悲剧风格的，这既是作者以写实主义精神观照当时苦难乡土社会的结果，也与“五四”作家所普遍接受的人道主义精神有关，因此，即使是乡土抒情派的作家，如废名、沈从文等，他们的笔下也流露出悲凉和感伤的气息，令当代学者感到些许缺憾。这种悲剧风格一直延续到 1940 年代。而 1940 年代，乡土小说的美学风格发生了急剧的变化。1920—1930 年代乡土小说的美学风格，以鲁迅、沈从文为代表，而 1940—1970 年代农村题材小说美学风格的代表作家则是赵树理。赵树理小说是喜剧风格的，它最鲜明的特点是大团圆结局，轻而易举就解决了矛盾，但赵树理小说的喜剧风格又不属于经典喜剧，在幽默、诙谐中有一种沉重感，被称为“变调喜剧”（丁帆语），其后，周立波、柳青、浩然等作家乡土小说的美学风格总体上没有跳出赵树理的樊篱，个中缘由，当代学者已作出深入分析。新时期以来，乡土小说的美学风格开始变得多样化，当代学者分析这一时段乡土小说美学风格的视角，各不相同，有的从传统、从民间寻找其美学资源，有的从地域文化与民俗风情中剖析其审美形态，有的论述其中的暴力美学，等等，角度、观点各有千秋，这正显示了新时期以来乡土小说美学风格的发展与流变，人们已经无法也不再满足于以悲剧或喜剧对其作浅层次的归类和划分，而是将研究的兴趣集中于探究新的审美风格之所以形成的深层原因上。

1980 年代以来，大陆学界对台湾乡土小说的研究，有逐渐加温之势。从研究思路来看，主要有两种，一是对台湾乡土文学及其批评的纵向评介，二是大陆、台湾乡土小说比较研究。众所周知，台湾乡土文学的发生略晚于大陆，是在大陆“五四”新文学运动的影响下产生的，鲁迅等“五四”新文学先驱在思想、文体等诸多方面对台湾早期乡土作家具有启发和示范作用。因此，台湾乡土小说与大陆乡土小说同源，当无疑义，但后来两岸因政治暌隔，乡土小说各自在特定的政治文化环境中发展、变化。因此，即使是对台湾乡土小说纵向评介，论者也往往难脱比较的眼光。当然，从比较的角度而言，对台湾乡土小说的研究已经颇为深入，但目前还缺乏深潜于台湾的政治文化之中，从台湾的视角分析台湾乡土小说思想艺术得失的学理化的批评。

乡土小说批评与研究离不开特定的政治文化语境,也离不开人文社会科学研究的整体水平,21 世纪以来,不少学者从宏观的文学史的视域,或者从具体的乡土文学研究视点,反思阶段性或长时段的乡土文学研究的观念与方法,探讨政治及时代思潮对乡土小说研究的重要影响,或者高屋建瓴,或者目光犀利,都能给人以深刻的启迪。

本书所选论文偏重于近二十年的研究成果,难免有遗珠之憾,敬请方家补正。

中国乡土小说的历史演变

20 世纪中国地域文化小说简论

丁　帆

整个 20 世纪，因着小说地位在文学史上的不断提高，文学批评家和文学史家们将小说和小说家的分类已经精确到了职业、行当和年龄档次。但是，在幅员辽阔、地大物博的国土上，在五千年文明史根深蒂固的文化熏染下，在 20 世纪社会动荡的民族心理文化嬗蜕中，21 世纪的中国地域文化小说所呈现出来的异彩，尚未引起人们尤其是新时期以来的文学批评家和文学史家们的足够重视。

这里须得强调的是：所谓地域文化小说，并不是简单地以地理性的区划来归纳小说和小说家，也不是单纯以小说的文化类别和特征来区别不同的作家和作品，而是通过这个“杂交学科”派生出一种新的小说内涵特征。简言之，“中国地域文化小说”既要具备地域、群种、小说三个要素，同时，更不能忽略由这三个要素而组合成的小说背后的斑斓而深厚的各种各样的政治的、社会的、民族的、历史的、心理的……文化内涵。

首先，“地域”在这里不完全是一个地理学意义上的人类文化空间意义的组合，它带有鲜明的历史的时间意义，也就是说，它不仅仅是一个地理疆域里特定文化时期的文学表现；同时，它在表现每个时间段中的文学时，都包容和涵盖着这一人文空间中更有历时性特征的文化沿革内容。所以说，地域文化小说不仅是小说中“现实文化地理”的表现者，同时亦是“历史文化地理”的内在描摹者。据说美国“新文化地理学派”认为文学家都是天然的文化地理学家，其热门的“解读景观”就是从历史和地理两个维度来解析文学的模式。

其实,注重小说的地域色彩,这在每一个小说家,每一个批评家,每一个文学史家来说,都是在有意识和无意识之间形成了一种稳态的审美价值判断标准。从西班牙的塞万提斯的《堂·吉诃德》到法兰西的巴尔扎克的《人间喜剧》,从英国的哈代到美国的福克纳和海明威,再到拉美的博尔赫斯、马尔克斯,几乎世界上每一位成功的大作家都是地域小说的创作者,更无须说 20 世纪的中国小说了。从鲁迅、沈从文、茅盾、巴金、老舍到新时期"湘军"、"陕军"、"晋军"、"鲁军"……的异峰突起,几乎是地域特征取决了小说的美学特征。就此而言,越是地域的就越能走向世界,似乎已是小说家和批评家们公认的小说美学准则。美国小说家兼理论家赫姆林·加兰曾精辟地指出:"显然,艺术的地方色彩是文学的生命力的源泉,是文学一向独具的特点。地方色彩可以比作一个人无穷地、不断地涌现出来的魅力。""今天在每种重大的、正在发展着的文学中,地方色彩都是很浓郁的。""应当为地方色彩而地方色彩,地方色彩一定要出现在作品中,而且必然出现,因为作家通常是不自觉地把它捎带出来的;他只知道一点:这种色彩对他是非常重要和有趣的。"①勃兰兑斯曾经给浪漫主义文学下过一个非常精彩的定义:"最初,浪漫主义本质上只不过是文学中地方色彩的勇猛的辩护士。""他们所谓的'地方色彩'就是他乡异国、远古时代、生疏风土的一切特征。"②在中国,"五四"时期由周作人所提出的一系列文学的"风土"和"土之力"、"忠于地"的主张,也正是强调小说的地域特征。他认为:"风土与住民有密切的关系,大家都是知道的:所以各国文学各有特色,就是一国之中也可以因了地域显出一种不同的风格,譬如法国的南方有普洛凡斯的文人作品,与北法兰西便有不同。在中国这样广大的国土当然更是如此。"③茅盾可谓中国地域文化小说的理论建设者和实践者,在他主政《小说月报》时,就在《民国日报》副刊"文学小辞典"栏目中加上了"地方色"词条:"地方色就是地方的特色。一处的习惯风俗不相同,就一处有一处底特色,一处有一处底性格,即个性。"④1928 年茅盾为

① 赫姆林·加兰:《破碎的偶像》。

② 勃兰兑斯:《19 世纪文学主潮》第五分册。

③ 周作人:《地方与文艺》。

④ 茅盾等:《民国日报》1921 年 5 月 31 日副刊《觉悟》。

此作了详尽的诠释:“我们决不可误会‘地方色彩’即某地的风景之谓。风景只可算是造成地方色彩的表面而不重要的一部分。地方色彩是一地方的自然背景与社会背景之‘错综相’,不但有特殊的色,并且有特殊的味。”①由此可见,早期的中国作家们很是在乎小说地域审美特征的。至于后来茅盾在 1936 年给中国乡土小说定性时,不仅仅是强调了小说“异域情调”的审美餍足,而且更强调了小说作家主体的“世界观与人生观”对小说审美的介入。

综上所述,我们不难看出,地域特征对于小说审美特征的奠定是如此得至关重要。但是,就小说的创作实践来说,由于各个作家对地域特征的重视程度不一,也就是说有的作家在创作小说时进入的是“有意后注意”的心理层次,有的作家进入的却是“无意后注意”的心理层面,这就造成了小说地域特征的显在和隐在、鲜明与黯淡的审美区分和落差。我以为,地域文化小说之所以强调其地域性,起码是有以下几点构成了它的审美因素。

首先,地域人种是决定地域文化小说构成的重要因素。“从地域学角度研究文艺的情况和变化,既可分析其静态,也可考察其动态。这样,文艺活动的社会现象就仿佛是名副其实的一个‘场’……作品后面的人不是一个而是一群,地域概括了这个群的活动场。那么兼论时空的地域学研究才更有意义。”②而“地域人种”就是“群种”的“活动场”。

所谓“地域人种”,就是一个居群的居民集团。相对而言,他们因为地理障碍或是社会禁令而与其他居群集团所形成的民族心理、民族文化人种的内在特征的反差,以及构成这一居群集团特有的遗传基因和相貌体征(人种的外在特征),制约着这一居群集团人种的生物学和社会文化学意义上的存在。作为小说,不仅是要完成其外在特征的描摹,就如早期现实主义作家注重地域性的人种相貌、服饰、风俗习惯描写那样,直观的外在描写于地域文化小说的审美特征有着一种初始性的血缘关系;而且,地域文化小说还须更注重内在特征的底蕴发掘,尤其是在风俗人情的描摹中透露出这一居群人种别于他族他地的文化特征。关于这一点,下文将作

---

① 茅盾:《小说研究 ABC》。

② 金克木:《文艺的地域学研究设想》。

详尽论述。

其次,地域自然也是制约文化小说的重要审美因素。

所谓“地域自然”,就是自然环境为地域人种的性格特征、文化心理、风俗心理、风俗习惯……的形成所起的重要决定作用。这种“后天性”的影响,亦成为地域文化小说所关注的最重要的内容之一。《汉书·地理志》中对自然环境影响人种作出了精辟分析:“凡民函五常之性,而其刚柔缓急,音声不同,系水土之风气……好恶取舍,动静亡常,随君上之情欲。”而按地域的自然环境条件来区别人种性格还是有一定的道理的。由此可见,自然环境在很大程度上制约着地域人种的文化心理和行为准则,所谓“一方水土养一方人”就是这个道理。而地域文化小说对自然景观、气候、风物、建筑、环境的描写情有独钟,它在很大程度上丰富了地域文化小说的美学表现力。

再者,地域文化则是地域文化小说的根本,如果前两者只是地域文化小说形成的外部条件,而“地域文化”则是地域文化小说不可或缺的内在因素。我们这里所说的“文化”不是指那种狭义的文化,而是泛指包括政治、经济、社会、历史、民族、心理、风俗……各个层面的一切制约人的行为活动的、内在的人文现象和景观。无须列举西方自中世纪以来的现实主义与浪漫主义的地域文化小说创作所自然而然流淌出来的人性和人道主义的人文哲学汁液,就20世纪以来的中国地域文化小说所折射出的人文光芒,已然是一道绚丽多彩的文化风景线。鲁迅的地域文化小说以其璀璨的人性内涵与愤懑的人文情绪,铸造了“五四”小说的民族文化之魂,那种对民族根性震聋发聩的灵魂叩问,可说是唤醒了几代中国知识分子的良知;同时,亦以其强大的哲学文化批判的思想穿透力,奠定了20世纪小说以文化为本、以文化为主体的构架的文本模式,尤其是地域文化的文本模式。当然,在整个20世纪的中国地域文化小说创作的历史长河中,作为地域小说中的文化消长,是以时代的创作风尚而随之变化的。但是,无论怎么变化,作为地域小说的母题,其文化内涵是无论如何也抹杀不掉的,它已经成为一种小说创作的固态心理。

从地域人种(由大到小的地理意义上的居群集团分类)、地域自然(由域区划分的自然环境景观)到地域文化(由表层的政治、经济、历史、风俗等社会结构而形成的特有的民族、地域的文化心理),由此而形成的中国地域文化小说的美学特征,在整个 20 世纪波澜壮阔的文学史长河中，呈现出了最为壮观的小说创作景象，它无疑成为 21 世纪异彩纷呈的艺术景观中最为灿烂夺目的一束奇葩。

20 世纪从鲁迅开始的地域小说跋涉，一开始就显现出了它强烈的地域色彩。鲁迅笔下浙东人种、环境、文化的风俗画描写几乎为“五四”文化小说奠定了不可磨灭的地域文化胎记。阿 Q、孔乙己、闰土、祥林嫂们的面影既是充满了浙东人个性的“这一个”艺术典型，同时也力透纸背地刻画出整个中国人的民族文化心理的共性特征。鲁迅从外部和内在的两个端点展开了地域文化小说创作的作家悲剧心路历程。

沿着这条地域文化小说的轨迹，一大批“五四”以后的地域小说家着眼于对悲剧性的文化内涵揭示，以期来完成“五四”人性和人道主义的文学命题。鲁迅说“已被故乡所放逐”的蹇先艾和许钦文都是用“异域情调来开拓读者的心胸”的乡土小说作家。一个是从老远的贵州走近文化圈的作家，他的《水葬》、《在贵州道上》可谓地域文化小说的佼佼者，可惜他的作品甚少。一个是浙东乡土地域的描摹者，他的《疯妇》、《鼻涕阿二》与《祝福》、《阿 Q 正传》有着异曲同工之妙。他们的风格之所以受到鲁迅的称道，正是在他们的地域风景、风情、风俗的描写背后，透露出了“五四”文学悲剧文化的人性色彩。另外一位备受鲁迅青睐的作家是台静农，他的小说之所以被鲁迅称为“优秀之作”，首先是它的地域性的描写，然后是那“孤独”的人性文化内涵的力度：“能将乡间的死生，泥土的气息，移在纸上的，也没有更多，更勤于这作者的了。”[①]台静农的《天二哥》、《吴老爹》、《蚯蚓们》、《负伤者》、《烛焰》虽多为短制，但其在风俗人情的背后所释放出的深刻哲学文化内涵是一般“五四”作家们难以比拟的。彭家煌的地域文化小说可谓较早的“湘军”作品之翘楚，他的短小说云诡波谲，漫溢着浓烈的地域色彩。在轻松谐趣的风俗描写中，透露出具有沉郁讽刺文化内涵的主题。他的《怂恿》、《活鬼》、《喜期》、《喜讯》等地域小说已经在技巧上相当圆熟：“浓厚的‘地方色彩’，活泼的带着土音的对话，紧张的‘动作’，多样的‘人物’，错综的故事的发展，——都使得这一篇小说成为那时期最好的农民小说之

---

① 鲁迅：《中国新文学大系・小说二集・序》。

一。”[①]乃至有人认为:“彭君那有特出手腕的创制,较之欧洲各小国有名的风土作家并无逊色。”[②]

当然,像王鲁彦、王统照这样的地域作家,之所以在文学史上葆有一定的地位,关键就在于他们的作品在描写中国农村溃败景象时,平添了风俗画的地域人种、自然的描摹。像王统照的长篇小说《山雨》最受人宠爱的却是“地方色彩"的描写。茅盾说它“到处可见北方农村的凸体的图画”。

这里,我们须得涉及文学史上的一个最为敏感的问题,即如茅盾这样的作家。他的创作实践:《子夜》及“《蚀》三部曲”、《野蔷薇》、“农村三部曲”以及《林家铺子》、《当铺前》、《小巫》、《泥泞》、《水藻行》等小说,究竟哪些作品是优秀作品?孰高孰低;孰优孰劣?我想,其实用茅盾早期的美学观(也是晚期不断流露出的隐形审美心理)来衡量,是不难看出的。“《蚀》三部曲”和《野蔷薇》在心理描写上是最惊世骇俗的,它们在文化思想内涵和悲剧风格上是卓有建树的,但其地域文化色彩并不浓郁。而《子夜》和“农村三部曲”等虽有主题先行之嫌,但是它们所呈现出的地域文化色彩(包括《子夜》的描写的五光十色的都市文化风景线)足以抵消小说文化主题显在直露的审美缺陷。尤其像“农村三部曲”和《水藻行》这样的描写浙江农村的风俗画面,更是令人叹为观止。从中,我们可以看出,题材不是决定小说审美内涵的重要因素,而地域文化风俗色彩却是左右小说审美力度的重要因素。

如果说“文学研究会”的大部分小说作家在致力于“为人生”的写作过程中,更注意地域文化小说的社会结构和悲剧审美的描摹和阐扬,那么,像废名、沈从文这样以“田园牧歌”的“曲笔”来抒写中国宗法农业社会中人的“生命流注”(沈从文语)的作家,则更注重地域文化色彩的描写。这成为“京派”小说的一种艺术风格徽标。他们的作品在一片温馨祥和、冲淡恬美的氤氲氛围中充分体现出“田园诗风”的绵长韵味:竹篱茅舍、菜畦山林、鸟语花香、小桥流水、白云苍狗、月华塔影、边城古镇……构成了地方风俗画的长长风景线,深深地影响着几代中国小说家。淡化情节、淡化人物,把小说当作散文和诗来抒写的作家,恐怕要算废名(冯文炳)和沈从

① 茅盾:《中国新文学大系·小说一集·序》。
② 黎锦明:《纪念彭家煌君》。

文了。然而，在浓郁的地域风俗色彩的描写背后，这些作家作品是否失落了文化的根本呢？回答应该是否定的。同样，沈从文们的作品也是以“五四”人性和人道主义的眼光来扫描人的生命受到政治和文化压迫而变形的痛苦过程的。只不过他们所用的是“曲笔”而已。这一点绿漪女士（苏雪林）则看得很清楚，她认为：沈从文的小说是很有“野兽气息”的，“他很想将这份蛮野气质当作火炬，引燃整个民族青春之焰”。“沈氏虽号为‘文体作家’，他的作品不是毫无理想的。不过他这理想好像还没有成为系统，又没有明目张胆替自己鼓吹，所以有许多读者不大觉得，我现在不妨冒昧地替他拈了出来。这理想是什么？我看就是想借文字的力量，把野蛮人的血液注射到老态龙钟，颓废腐败的中华民族身体里去，使他兴奋起来，年轻起来，好在 20 世纪舞台上与别个民族争生存权利。”①可见，沈从文的小说在“反文化”、“反文明”的写作过程中，不是消解地域文化小说的文化内涵和意义，而是从人和自然的和谐统一中，找到了反抗封建专制和反抗在城市文明的物质压迫下人性泯灭的通道。作为“京派小说”的中坚人物，沈从文们在地域风俗画的描写上走入了“田园诗风”的极境；而在地域文化内涵的发掘中，他们更具有人性的深度。他们“只想造希腊小庙，选山地作基础，用坚硬石头堆砌它。精致、结实、匀称……这种庙供奉的是‘人性’”，“为人类‘爱’字作一度恰如其分的说明”。②

就“社会剖析派”的小说创作来说，其地域文化色彩较为浓郁的作家作品，可能要算像吴组缃、沙汀、艾芜这样的短篇小说高手了。吴组缃的《菉竹山房》以其“秋坟鬼唱鲍家诗”的“鬼气殊多”的特有情境，显示了地域文化小说的神秘主义魅力，而《一千八百担》和《樊家铺》这样为人熟知的作品则更能体现出它们的地域文化色彩。沙汀的《在其香居茶馆里》之所以成为教科书式的小说范本，其中最重要的因素可能就在于它的地方色彩与乡村政治文化内涵的完满融合。艾芜小说之所以成为一种美的范式，除了“想借自然的花朵来装饰灰色和阴晴的人生”③的文化内涵阐释外；更重要的还是想借“描画山光水色的调色板”（同立波语）来表现旖旎多姿的边陲自然景观，以及那带着浓郁异国情调的风俗画卷。

---

① 苏雪林：《沈从文论》。

② 沈从文：《〈从文小说习作选〉代序》。

③ 周立波：《读〈南行记〉》。

在“东北作家群”中,无论是萧红还是萧军,抑或是端木蕻良,那北国的地域文化色彩都十分浓烈醇厚。读《呼兰河传》使你坠入那带有童话般的地域风情中,而《科尔沁旗草原》的一曲牧歌将你引领进边塞草原的诗韵之中。

可以说,在20世纪中国文学史的历史长河中,30年代对“巴蜀文学”中李劼人的长篇小说《死水微澜》的忽视,是不能容忍的。这部可作为中国地域文化小说典范的作品,无论从地方色彩还是文化底蕴来说,都堪称一流。李劼人后来创作的鸿篇巨制《大波》亦仍然保持着地域文化小说的特有风格。可惜的是五六十年代由于某种文学倾向的偏颇,使其“明珠暗投”了。

即使是在40—70年代,小说逐渐走上了单一的为政治服务的轨道,其地域色彩的描写也还存在,在一定程度,它成为遮掩空虚的政治文化内涵的审美饰品。赵树理的小说,如果没有浓郁的地方色彩和人物性格支撑,或许早就成为政治“传声筒”的牺牲品了,他的“山药蛋派”也就灰飞烟灭了。而孙犁所苦苦追寻的亦正是那地方色彩给作品平添的诗情画意,否则,“荷花淀派”所赖以生存的美学基础就被抽空了,刘绍棠们的风俗画卷也就悄然褪色。即使像柳青、浩然那样的鸿篇巨制,除了地方色彩还能构成小说的某些内在审美机制外,《创业史》和《金光大道》还有多少人物特征和文化内涵可以供后人借鉴和发掘呢?如果说像《红旗谱》那样的作品还能在“十七年文学”中成为值得一书的优秀之作,其审美的引力仍然是它的地域色彩,当然,它在人物塑造和文化内涵的揭示中,也多多少少与同时代的作品有所区别,“距离”使它产生了美感和魅力,同时也使它的生命力更有恒久性。

新时期以来,因着地域色彩被小说家和批评家们所高度重视,中国地域文化小说便有了长足的发展。可以毫不夸张地说,中国地域文化小说作为新时期小说创作的一种主流倾向,它标示着中国小说的成熟与飞跃。正由于为了打破小说为政治服务的僵化模式,人们才用充满着地域文化色彩的小说来割裂小说一元化的行为模式,以形成小说的多元格局。从汪曾祺重温40年前那一个温馨的梦境,续上“京派小说”的香火;从刘绍棠标举“乡土小说”的大旗,在京东大运河畔寻觅一方土地的神韵:从贾平凹、路遥、陈忠实等为代表的“陕军”的恋土情结中;从古华、莫应丰、孙健忠、彭见明等为代表的“湘军”异域风情描写中;从赵本夫、苏童、叶兆言、范小青、储福金、张国擎、李杭育等充满着“吴域文化特征”的创作中;从扎西达娃、残雪等充满着迷狂色彩的地域描写，到“后现代”们的都市风景线的文化探索中；从“寻根文学”中韩少功、阿城、郑万隆、陈建功等充满着“异乡异国”的风土人情描写，到“最后的浪漫理想主义者”张承志、张炜的充满着宗教色彩的地域风俗描写中；从“新写实”方方、池莉、刘恒、刘震云的对原生状态的地域文化风俗描写，到“现实主义冲击波”里的刘醒龙、王祥夫、何申等的充满着具象写实的新风俗画的描写中；从军中作家莫言、周大新、阎连科等到沿海边地作家阿成、迟子建、张欣、尤凤伟、邵振国等作品中的丰厚地域色彩描写成分中……我们看到的是一个中国地域文化小说空前繁荣的景观。从某种意义上来说，由于小说地域文化色彩的审美特征所形成的“异域情调”的审美餍足，影视文学在走向世界、走向西方的道路上取得了长足的进步。张艺谋们所追求的电影视觉效果基本上是源于中国地域文化色彩的美学效应，从“黄土地”走出的中国文化之所以受到西方人的青睐，其重要的因素就在于地域反差中所形成的人种、社会、文化、风俗、宗教的审美落差，倘使没有这个审美的落差，一切“异域情调”都被淡化消解了，也就谈不上什么美的惊异了。如果没有莫言的《红高粱》的小说母本，也就没有电影《红高粱》那种视觉冲击效果；如果没有刘恒小说《伏羲伏羲》那充满着地域文化特征的内涵作底蕴，也就不可能有《菊豆》式的风俗风情画面的强烈效果；如果没有苏童《妻妾成群》的地域风土人情描写，张艺谋何能在《大红灯笼高高挂》里找到一个新的电影美学的支点？虽然他将小说中江南场景移向了山西的乔家大院，但仍抹不去小说中那浓郁的地域特征、历史风貌和风俗色彩。可以说，电影美学家们的成功往往是攫取了小说家们在小说中最富表现力的一尾锦羽即作家们美学表现中的最精华部分——地域色彩、文化底蕴、风俗画面、宗教人情，为中国电影走向世界铺上了锦云如织的“红地毯”。

综观中国 20 世纪地域文化小说，我们似乎可以得出这样的结论：任何失却了地域文化色彩的小说，在一定程度上都相应地减弱了其自身的审美力量。地域文化色彩，不仅仅是一种形式技巧和主题内涵意义上的运用，它作为一种文体、一种文本内容，几乎就是小说内在特征的外显形式，是每一个民族文化和文学表现力与张力的有效度量。就此而言，地域、文化、小说所构成的链式内在逻辑联系是甚为重要的。

地域，从广义上来说，它是中华民族（种族）与幅员辽阔的中国（地理）——人与自然所构成的疆域居群关系。而从狭义上来说,它是在这辽阔的疆域居群内更小的种族群落单位与地理疆域单位的人与自然的亲和关系,也就是中国各民族及其栖居地之间的风土人情、风俗习惯等审美反差所形成的地域性特点。作为文学,尤其是小说描写的聚焦,它是否能够成为作家主体的一种自觉,是衡量地域文化小说的首要条件。但倘若它不能进入作家的自觉意识层面,而只是在作家主体的无意识层面展开,也还是能够进地域文化小说的风景线之中的。我以为,最好的地域文化小说可能是那种从无意识走向有意识,再进入信马由缰的无意识层面的小说家的超越境界。正如从"见山是山,见水是水"到"见山不是山,见水不是水",再到"见山还是山,见水还是水"的审美超越过程一样,进入最高境界的地域文化小说的审美表现应成为一种高度和谐的自然流露。

文化,它应是地域文化小说丰富内涵的矿藏。它应充分显示出人与文化的亲和关系。从某种意义上来说,一部地域文化小说,如果在地方色彩的表现过程中不能揭示丰富的文化内涵,它便失去了作品的文学意义,只不过是一种"风物志"、"地方志"似的介绍。因此,作为地域文化小说,它所不可或缺的正是对斑斓色彩的多种文化内涵的揭示,无论你是主观还是客观,这种包括政治、经济、社会、民族、心理……各个层面的广义文化内涵的描写,一定要成为地域文化小说形中之"神",诗中之"韵",物中之"魂"。否则,地域文化即失去了文学之根本。

地域文化小说,它应是包容多种艺术形式的地域文化特征的小说。就20世纪地域文化小说来说,首先,它是以现实主义创作方法和技巧为主体内容的,这不仅是现实主义的创作方法和技巧从形式上来说更适合于跨时空、地域、民族、居群的阅读和审美接受;同时,它亦更适合于接纳现实主义那种博大精深的文化批判内涵。其次,作为现代主义创作方法和技巧的实验基地,有些地域文化小说对现代主义创作方法和技巧的借鉴,大大丰富了地域文化小说的表现力。诸如残雪的《黄泥街》以及马原、洪峰、扎西达娃的一些作品,对推进地域文化小说的艺术发展有着历史性的进步意义;正是因为前两种艺术形式的冲撞,在80、90年代,才可能产生出第三种小说艺术形式和方法技巧。那么,现实主义和现代主义创作方法和技巧的融合,促进地域文化小说胎生了另一种"杂交"作品:80年代受拉美小说巨匠马尔克斯"魔幻现实主义"的影响,韩少功以《爸爸爸》完成了地域文化小说从"现实"和

“现代”两个躯壳中蜕变的过程，以另一种新的形式技巧来完成一个文化批判的母题。而《马桥词典》亦以独特的地域文化特色，也可以说是将地域特征进行艺术的显微和放大，完成了艺术形式上的另一次蜕变，即使它的蜕变过程有着明显的模仿痕迹，但也无论如何有着形式拓展的历史进步意义。

仍然是那位著名的美国小说家和批评家加兰在上个世纪之交就预言了美国文学的 20 世纪未来：“日益尖锐起来的城市生活和乡村生活的对比，不久就要在乡土(地域)小说反映出来了——这部小说将在地方色彩的基础上，反映出那些悲剧和喜剧，我们的整个国家是它的背景，在国内这些不健全的、但是引起文学极大兴趣的城市，如雨后春笋般地成长起来。”加兰所描述的 100 年前美国社会景象，在很大程度上与中国现今的社会文化景观十分相似。他所预言的地域文化小说要从以乡土小说为中心的基点转向城市这个物质的怪物身上的结论，不仅成为 20 世纪美国文学的现实，同时也成了西方 20 世纪文学的历史；更重要的是，它还将成为中国 21 世纪文学的未来。那种凝固的文化形态已被骚动的反文化因子所破坏，由此在地域文化中所形成的亘古不变的稳态文化结构——人种、居群、风俗、宗教等人文因素——将面临崩溃、裂变的过程；都市的风景线所构成的新的地域文化风景线，则都是地域文化小说所面临的新课题。怎样去描摹和抒写新世纪的地域文化小说的新景观，这是每一个作家和批评家为下一个世纪所承担的历史重负。

原载《学术月刊》1997 年第 9 期

20世纪中国乡土小说的历史形态

陈继会

在“五四”以来的新文学发展的历史上,小说始终是一个重要的、有成就的文学门类;乡土小说作为这一文学家族中的“望族”,更是实绩斐然,独树一帜,成为一种重要的文学—文化现象。它所昭示的文学意义、文化价值,一直是一个魅力不衰的理论课题。从本文设定的批评范式、研究方法——文学—文化批评视界中的文学——出发,我们尝试建构20世纪中国乡土小说的“历史”,并从这一“历史”中寻绎发掘其丰厚富赡的文学价值和文化精神。

一 乡土:永恒的诱惑

30年代初,当诗人艾青在狱中将他的颂诗“呈给大地上一切的/我的大堰河般的保姆和她们的儿子”,表达自己作为“乡村”的儿子对“地母”的敬爱之情时,诗人李广田也在题为《地之子》的诗章中,一往情深地歌吟:“我是生自土中/来自田间的/这大地,我的母亲/我对她有着作为人子的深情。”[①]“乡愁/是一棵没有年轻的树/永不老去。”[②]千百年来,她曾蛊惑着、召唤着多少游子那疲惫但却执着的灵魂。

① 艾青的《大堰河——我的保姆》作于1931年1月。李广田的《地之子》诗后的署期是1933年春。
② 席慕蓉:《乡愁》。

野人怀土，小草恋山。对于“土地”的深情与依恋，成为非一时一地一民族一国家的文化传统。当代美国印第安诗人卡罗尔·阿内特一首题为《土地》的诗如此写道：“没有这/有什么/值得做的事呢。”这大约是关于土地的最为简单的一首诗，然而，这单纯古朴的诗句却如“启示录”般地昭示了“土地”之于“人”的意义。人之于土地的联系，是一种与生俱来的，难于明言，无法理清，藤蔓胶结撕折不断的精神纠葛。怀乡，作为一种人类共有的情感现象，曾铺演了多少慷慨悲壮、甜蜜忧伤的故事；孕育了多少荡气回肠、催人泪下的诗章。不必去说奥德修斯(《奥德赛》)十年历险，诸般诱惑(即使如令人忘却故乡的迷莲)也难阻归乡行程的坚执与痴迷；也不必说郝思嘉(《飘》)痛感距故乡红泥太远，坎坷困顿中每每思返故乡，其灵魂自语“我要回到我的家乡”时的那种甜蜜与痛楚，是怎样的让人怦然心动，为之唏嘘。仅是在中国，就有多少世代传唱的动人诗章。屈原仆悲马怀，难舍旧乡远逝，成千古绝唱；李白对月怅然，勾起乡愁万种，春夜闻笛，顿起故园之情，唱为世代传诵的华章；杜甫闻官军收复其“田园所在”之洛阳，涕泪横流，宣泄成其生平“第一快诗”……对于“乡村”的眷顾，对于“故土”的怀恋，对于“土地”的亲和，乡思，乡愁，乡情，乡恋，成为一代又一代不同肤色、不同民族、不同国家作家不倦的诗情之源泉。

作为“乡土中国”的生于斯长于斯的现代作家们，十分自然地将自己的诗情毫无保留地呈给了这古老而又年轻的中国的乡村和土地。乡土题材文学创作的发达和繁荣，成为 20 世纪中国文学的一个瞩目的事实。只要我们稍稍留心一下，便不难发现，在整个现代文学作家队伍中，无论是诗人、散文家、小说家，还是剧作家，创作不涉足乡土题材的很少。他们中的许多人甚至把自己的全部才情都献给了这一领域。在一些并不以表现乡村生活为主的作家的创作中，我们也可以看到它们同乡村生活的这样或那样的联系。郭沫若即使在写着《天狗》这种歌颂小资产阶级叛逆者的诗歌时，也没有忘情“田地里的农人”；曹禺写作《雷雨》、《日出》时也依然怀恋着“原野”……在全部现代作家中，从事乡土题材文学创作的作家数量之众，这是空前的。

诚然，为漫长的农业文明使然，中国古代的作家同乡村并非就没有联系。他们中的不少人，或根本就是从乡村走出的“举子”，或在仕途失意之后还曾躬耕田垅。但这种联系毕竟是有限的。源于“士”的自身的清高(这“清高”不仅表现在对用士之"君"的一面,同时还表现于面对低微、"无知"的"民"一面),以及无法超越的历史眼光,限制了他们对乡村生活深刻的理解和感受。中国古代文学也并非没有描写乡村生活的作品,但这种描写却是非常有限的。或表象的"田园怡乐"的抒写,或单项的"唯农最苦"的慨叹,既是古代文学描写乡村生活的主要内容,也是作家们对农民生存本质的最高认识。而且,令人遗憾的是,中国古代文学几乎没有创造出什么成功的农民形象。唯一一部主要以农民为描写对象的小说《水浒传》,所写的也只是"准农民"。小说家的心力所在又主要是"逼上梁山"与走上梁山之后的行动,真正富于典范意义的乡村生活并不在作家的视野之内。现代中国乡土小说几乎涉及了乡村生活的一切方面。众多作品不仅如实地绘写了中国乡村的历史变革,中国农民从封闭愚昧正逐步走向开放文明的心路历程,而且,许多作家依了自己对生活的感悟,诗意地创造了自己的乡村"圣地",展示了独具情采的"心和梦的历史"。[①]现代中国乡土小说提供了阿Q(鲁迅《阿Q正传》)、李有才(赵树理《李有才板话》)、李顺大(高晓声《李顺大造屋》)、隋抱朴(张炜《古船》)……一个个活的乡村灵魂,一座座立体的农民雕像。乡村文化的沉实厚重与凝滞守成,乡村人生的平实从容与封闭沉闷,乡村人性的雄健宽厚与卑琐委顿……被一一观照展示出来。或忧心拷问或深情礼赞,中国现代作家情有独钟,持久地,执着地眷恋着乡村、土地,把他们的爱与憎给予了那诱惑着、召唤着他们的故园旧土,乡野大地。

现代作家们的这种情感态度和表现于创作中的价值取向,其原因应当在20世纪中国社会变迁、文化转型的大背景中去寻找。"五四"之后,中国开始了缓慢的由传统农业文明向现代工业文明的转型,一大批知识青年被抛出了沿袭数千年的中国古代知识分子的生活轨道,他们从偏远的乡村故土走入现代都会,寻求现代文明。知识者现代"人"的意识的觉醒,使得他们开始以一种新的眼光去看乡村与农民。昔日最低贱卑微的"农人"在"人"的意义上获得了解放;过去常常在艺术视野之外的农民与乡村生活,成为文学重要关注的对象。中国传统知识分子关注社会、忧患民族的积极"入世"精神,在现代知识分子(作家)身上创造性地转化,也使得他们不能不以文学的方式去关注表现于我们国家、民族进步发展具有决定意义的乡

① 沈从文:《水云》,《沈从文文集》,第10卷。

村的现代进程。

自然，这还不是原因的全部。否则，我们将无以解释现代乡土小说中的另一类作品——即以一种浪漫的诗情去贯注生活，以一种诗意的笔触去营造乡村世界，从而成为以“写实”尺度观照乡村生活的一种“变调”和“悖常”。20 世纪中国乡土小说中大量“怀乡”之作正属此例。寻绎其间的原因，一方面，我们不能忽略“人”之于“土地”的精神联系这一潜在久远的因素。正如上文所说，对于“土地”的亲怀是人类与生俱来的一种情感，尤其是对于乡土根性极强的中国作家，更是如此。现代作家这种强烈的怀乡情绪，有着深厚的传统文化的心理积淀。山海阻隔的地理位置，小农经济的生产方式，大陆农耕的文化土壤，以及普遍而又强烈的乡土民俗风情，都是造成现代作家乡土情感的文化渊源。土地，给了华夏远祖一种生命的固执，同时，这种“固执”又逐渐凝化为一种强固的思乡恋旧的社会文化心理。它必然潜在地影响于现代作家。在另一方面，“五四”之后，走出惯常生活轨道的现代知识分子，迈步之初就踏上了一条现代“漂泊”之途。“物质”上的移地并不能保证他们“精神”上的安家。他们是生活于都市中的“边缘人”，乡村羁旅者。强固的乡土文化心理积淀，与陌生的病态的城市生活体验，其间的反差与冲突，使得他们“在”而不属于其置身的都会，他们的灵魂游离都市，漂泊于乡野大地。他们渴望“返乡”却又事实上不曾返乡，于是他们只有在创作的“白日梦”中精神还乡，去营构自己心理上的乡土，去参与民族文化的现代重建。质言之，不管在何种意义上——抑或知识者的现代觉醒，抑或民族文化传统的弘扬，抑或绵绵不绝的乡情的导引，乡土，成为一种永恒的诱惑。现代作家以这样或那样的方式关注乡村土地，促成了 20 世纪中国乡土文学（乡土小说）的繁荣与发展，并最终成为可供我们珍视与开掘的一份宝藏。

二　放逐·漂泊与回归：现代作家的乡恋心态

考察 20 世纪中国乡土小说，现代作家的乡恋心态是一个重要的审视角度。因为它直接制约着作家对生活的感悟、评价和艺术传达。当“五四”新文化运动如春日一声惊雷，在中国沉沉的大地与苍老的天空震响传扬之时，一批批蛰居于乡村的知识青年因了这雷声的震醒和诱惑,纷纷逃离乡土,走入京城。也就从此开始,现代知识者开始了自我放逐的精神历程。尽管这种男性般的“放逐”和英雄式的“跨越”,一时成为现代作家相互标榜的时髦行为,但是一如被高天放飞的风筝,现代作家的“根”总是系于大地,乡土。男性般的放逐与英雄式的跨越也只能成为勇毅果决选择后的一种心理自慰,最终面对的现实不能不是漂泊与回归的往复不尽的精神苦旅。其间也就有了不同的生命感悟。历史转型中的20世纪中国文化精神的独异、驳杂性,以及现代作家自我人生阅历、文化教养、审美情趣诸方面的差异,决定了现代作家乡土情思、乡恋心态的多样性。不同的乡恋心态,决定了作家们对生活不同的感悟,决定了不同的价值取向、不同的文化选择与不同的艺术表达。诸种乡恋心态,饶有兴味地向我们昭示着多重的意义和价值。

谈论现代作家的乡恋心态,考察其对现代乡土小说的创作的影响,发掘其中的文化精神,我们不能不首先说到鲁迅——以他为旗手、为代表的现代作家乡恋心态的第一类形态。像常人一样,鲁迅也难以抗拒思乡的“蛊惑”。外婆家的乡村的社戏,醇香悠远的香瓜、罗汉豆;海边五色的彩贝,机警伶俐的小猹……都使他“屡次忆起”,产生思乡的“蛊惑”,使他对于乡土、对于故旧生活“时时反顾”。[①] 走入都市的鲁迅每每想到它们,写到它们。他一往情深地用诗一般的语言和意境,为我们营造了那样美丽迷人的乡土世界:翠碧的瓜田,一轮金黄的圆月下的海边沙地。然而,鲁迅终于没有沉醉。知识者的理性,改造、整合中国传统文化,使之适应现代转化需要的宏愿,使他对于乡土取了一种清醒的冷峻的批判态度。当他放眼世界文明大潮,思考中国文化未来进路时,他为乡村文化的过于古老绵远,过于沉滞封闭而忧心如焚,痛心疾首。于是,他便全力去昭示闰土的麻木,针砭七斤的不争,批判阿Q的“精神胜利法”,和养育了这种精神的“未庄文化”——中国封建文化。以对于乡村文化不容情的批判,鲁迅表达着自己对于乡土的最执着深沉的爱,表达着他再建“故乡”、重返乡土的热望。

鲁迅的乡恋心态,鲁迅的艺术选择,深深地影响召唤了大批的现代作家、当代作家,并将继续招引着走向现代社会的乡土中国的诸多作家,由此而构成20世纪

---

① 鲁迅:《朝花夕拾·小引》。

乡土小说创作的一种重要的文学—文化现象。这种乡恋心态、艺术选择，是知识者现代觉醒的必然反映和表现。同时，为故乡所放逐对于这类作家来说，则是一种自觉的背叛和离弃。对于乡土，他们本能的有一种拒斥心理。他们时刻警惕地固守着自己理性的精神世界的堤防，以防被漫漫温热的乡情所冲决。这种对于乡土的理性批判，蕴含着现代知识者最执着、最深沉的乡土之恋，和对于故园—国家—民族的爱。莫言的对于家乡"极端热爱"、"极端仇恨"；贾平凹的"我恨这个地主，我爱这个地方"的自白，也许是这种情感取向的最好的当代注释。我们至今仍然不时地会为服膺于这一旗帜的许多作品那种坚执的理性精神而怦然心动，默默沉思。对于背负着千年农业文化传统，并缓步走向现代社会的中国，鲁迅所昭示的现代乡土小说创作的理性的文化批判精神，如炬火铄铄，启发于后来者。

构成现代作家乡恋心态第二类形态，是以沈从文为代表的一批作家的艺术追求。在现代作家中，说过自己是"乡下人"，并明显表示过对乡土的亲和与对都市的逃离的作家不在少数，但像沈从文这样"执拗"的"乡下人"却不多见。他同城市似乎天生的有一种对立感（自然其中烙印着其最初城市生活的失败的体验与忧伤的情绪记忆），始终处于一种紧张的冲突之中。他一往情深地眷恋着乡村。沈从文这样疏离都市，亲和乡野，鄙薄"城市中人"，厚爱乡村灵魂的文化倾向的形式，源于他对乡村、都市的不同理解。沈从文生活创作其时的中国都会（尤其如北平这样的古都），几乎无一不表现出畸形发展的"中国味"—— 一方面，这些城市深入骨髓处仍是沿袭数千年的封建文化；另一方面，它又张皇失措地不加选择地接受涵纳了沉靡的西方商业文化。在沈从文看来，生活于这一文化氛围中的人们，既不曾悟得西方文化的个中精义，却独对其中的酒绿灯红、浮淫繁盛备感兴趣。人们失却乡村社会固有的率真、执着、坦诚、放达。人与人之间虚伪、矫情、自私、势利。生命在卑怯、苟且、龌龊、庸懦中消解。他们少了乡村人的素朴宽厚与洒脱雄强。沈从文悟到了造成如此不幸的是"这一个现代社会"。于是，生活于都市的沈从文，这颗不屈的湘西灵魂，失望于城市，钟情于乡土，去到他想望中的乡村作精神漫游并寻找灵魂的归宿。沈从文依了自己乡情的导引，去写自己"心和梦的历史"，去营造那片"即或根本没有，也无碍于故事的真实"的心理上的乡村圣土。这"乡土"体现着沈从文对某种文化价值的怀念与执着。沈从文在对乡村灵魂的赞美中，呼唤张扬着一种健全的、于国家民族前途有意义的生存环境与存在方式,以此超度那一个个无家可归的迷途的现代灵魂,进而实现民族文化人格与伦理道德的再造。

以沈从文为代表的这一乡恋心态,这一艺术倾向,由于同样源于作家沉痛的文化感悟,同样深深地激动招引过许多现代作家。新时期一批年轻的作家,更是这一创作精神的实践者。他们从各自的文化感悟出发,去写自己"心和梦的历史",营造属于自己的那片心理乡土。如同沈从文创造了"湘西""边城",张承志泼墨浓染旷远雄浑的"大草原";贾平凹一唱三叹流连往返于"商州";李杭育流注激情于奔腾浩荡的"葛川江";莫言倾一腔热血泼洒高密东北乡,绘写那作为民族精神图腾,让人亢奋给人信心与热力的如血如海般的"红高粱"……从而描画出一幅多姿多彩的"理想国"、"桃源梦"。它显示着当代作家对民族文化未来走向的热忱关注和重建民族文化的信心热诚。

这既不是弱者的逃避,也不是对现实变革的忤逆,这是知识者理性精神的一种变奏。自然,这种艺术追求其进程不会是坦直的。因为文明的演进始终会伴着文化的冲突,每一位求索者都无法跨越横亘在他们面前的文化两难——历史与道德的悖论。对于他们,真正的"乡土"也许只能在想象和梦幻之中,回归精神故园的"乡土之恋"命定地会成为永恒的悲剧。失落—重建,漂泊—回归,循环往复以至无穷。这将是一代又一代现代知识者的"西绪福斯神话"。他们的追求也会如这"神话"般悲壮而又迷人。这也许正是其价值所在。

有别于上述两种倾向,现代作家乡土情思、乡恋心态的第三类形态,则是以对乡村文化未加理性审视的、缺乏现代意识观照的自然摹写,和不加甄别的全盘肯定"东方"精神为其主要特征。这一倾向虽然没有足以作为旗帜招引的作家,而且似无形成"潮流",但它却是无形地弥漫于20世纪中国乡土小说的创作中。其中尤以当代小说创作表现为重(1949年后部分小说更甚)。恰如汪曾祺深刻指出的,这种乡恋心态,这种创作倾向在实际上排斥了两种东西,即"哲学意蕴"与"现代意识"。[①] 造成这类作家乡恋心态的原因是多方面的。他们乡恋的出发点,或是现实的社会—政治的需要,或是对于古老的农业社会走向现代生活的惶惑,以及对于西

① 汪曾祺:《小说文体研究》,中国社会科学出版社,1988年。

方文化精神潜在的恐惧和排斥。从表象上去看，这一倾向似乎和第二类心态相近。他们也绘写乡村，讴歌乡村种种传统的道德、价值，但在实质上，二者之间却有着质的差别。差别在于，后者对于乡村文化的认识，并未经过一个“现代”的透视、转化与再造过程。前者所写是感悟过现代生活的知识者的“心理乡土”，“文化乡土”；后者所写则是未经这一转化过程的非自觉的（自然的）乡土，现实或历史（写实）的乡土。少了“哲学意蕴”，少了“现代意识”。这并不只是一个艺术表达的技巧问题，其间有着创作者自己哲学的修持，文化的感悟，以及更为深远的作为艺术家对于人的存在，对于民族命运深深忧患的自觉意识与追求境界的差别。

多样的乡恋心态带来了现代乡土小说在文化选择与艺术追求上的斑驳色彩与多元价值。成功抑或失误已成为过去，作为“历史”，它们都同样给我们以这样或那样的启示与价值。

三　反叛与眷恋：现代乡土小说的主题形态

宏观地谈论现代乡土小说的主题形态，是一种冒险的选择。因为我们面对的批评对象，“家族”显赫，“城府”幽深，藏龙卧虎，内蕴弘博。其主题（文化意蕴）几乎涵盖了 20 世纪思想文化的方方面面，泛泛谈论，极易陷入一种大而无当的尴尬。但是，既然作为一种整一的文学—文化现象，在大的文化背景（“20 世纪”中国社会历史、思想文化的“世纪性”）不曾发生根本转换的前提下，就必然有其相对集中、相对突出、纵贯这一世纪的主题形态。对于乡村文化的反叛与眷恋，是 20 世纪中国乡土小说基本的、贯一的主题形态。

这一主题形态的呈现，源于 20 世纪中国社会的现代转型与文化的现代转化这一大的社会—文化背景。“五四”之后，中国社会开始了缓慢的由传统农业社会向现代社会的转型，文化也第一次出现了现代意义上的开放、融汇、冲突、整合。中国现代知识分子（现代作家）即是在这样一种大的文化背景下，开始了自己的选择和追求。这是一种艰难的选择和追求。从较为广阔的“文化”背景去看，知识者在民族文化的现代重建中总是扮演着一种颇为“尴尬”的角色：一方面，他们要重“典”敬“祖”——继承、转化、弘扬本民族文化的优秀传统,使其在现代社会再度辉煌;一方面,他们还要异域“采宝”——放眼世界,以敢于“拿来”的精神和眼光,吸收、转化、借鉴其他民族文化的优秀遗产,使其服务于本民族现代文化的建设。外来文化与本土文化的纠结,“传统”与“现代”的冲突,势必造成知识者价值判断与选择上的两难与彷徨。

从乡土小说创作这一特殊领域去看,城乡文化的对峙冲突与融汇重建,自然造成现代作家的两难与彷徨。当大批的现代作家为寻求现代文明逃离乡土、走入都市之后,异质文化(乡村文化与都市文化)的冲突,导致了现代作家的两种觉醒:一方面,是对古老的乡村文化的觉醒。他们以现代知识者的眼光去审视乡村,从中发现了乡村沉重的封建文化积淀,发现了其中的种种落后、愚黯、封闭、自欺……诸多同乡村现代进程相悖谬的东西。于是,他们发出了反叛的呐喊。另一方面,是对畸形的现代都市文化的觉醒。20世纪工业文明对人类正常存在状态的危害与挑战,最先表现于都市。物欲横流,人情浇漓,市声噪耳,灵魂焦灼。对于都市最初的瑰丽梦幻,变为梦醒之后的失落与痛苦。他们突然发现自己并不属于生活其中的这一世界。他们是生活于都市的乡村流浪汉,置身都市却心系乡野。于是诋毁城市,亲和乡野,追忆童年,眷恋乡土。以对乡村文化不无浪漫之态的歌吟礼赞构筑堤防,抵拒城市文化的阵阵浊浪,平复梦醒之后的失落与痛苦。对于乡村文化的反叛与眷恋,便成为诸多乡土小说作家在创作立意、价值判断、文化选择时的一种自觉或不自觉(自然)的态度和策略。

“反叛”与“眷恋”这两大主题,在整个20世纪中国乡土小说创作中,基本上是以杂糅胶着的状态呈现。但有时也表现出一定的历史阶段性。就现代乡土小说创作的历史而言,如若是处于一个社会变动、觉醒的时代,常常是“反叛”在前,而且以“反叛”为旗帜,相标榜。因为人们需要对过往的社会历史、文化传统发出诘问,以寻找历史的真正意义。如“五四”时期与新时期两个历史时期。但即使这样的时候,出于对于历史变动的一种惶惑(如“五四”时期对于西方文化的惶惑和新时期对商品经济下道德建设的忧思),淡淡的乡愁乡思也悄悄潜隐于对乡村文化反叛的文字之中。待到那些厌恶并希图逃离“都市”生活、歌吟“乡村”文化的作品一出现,对于乡村文化的眷恋之意,浓浓的乡愁乡情便漫天盖地而来。对于作家个体来说,一般是(仅仅是“一般”)年轻气盛之文、忧患救世之作中“反叛”者居多,待到天升日月人增岁，人在旅途坎坷寻觅，精神漂泊得太久，那时，眷顾乡土的情愫、精神还乡的渴望便表现得强烈而执着。泰戈尔有言“旅客在每一个生人的门口敲叩，才能敲到自己的家门；人要在外到处漂流，最后才能走到最深的内殿”，说的正是这层意思。

以上所说，只能算作“一般说来”。文学创作是作家个人才情的舞蹈，最具个性化，也最难于归整。文学上背离“规律”、逸出“常态”的现象不在少数，论“形态”也只能择起大端。譬如，现代乡土小说中一部分以关注乡村社会历史变革、以乡土写实为主要功能和特征的小说，就难于简单地以“反叛”与“眷恋”这样一种主题形态去涵盖。这部分小说，创作之初作者的本意也许并不在于或主要不在于“文化”的思考，但它们依然提供了(或曰我们从中读出了)丰富驳杂的文化精神。考虑到20世纪中国乡村现代重建这样一个大背景，上述作品所潜在的文化意蕴也依然包涵了诸如“城”“乡”文化的对峙与冲突、“传统”与“现代”的融汇与整合这样的命题。在这样的意义上，以“反叛”与“眷恋”的主题形态去审视去涵盖，同样不无道理。

对于20世纪中国乡土小说来说，“反叛”与“眷恋”似乎是一对拆散不开的双胞胎，其间的甜蜜与痛楚，欣喜与忧伤，似乎都是题中应有之义。因为，它既表征着乡土中国走向现代的一种文化两难，同时也是现代作家情感归依与价值取向的一种“别无选择”。这一主题形态的意义既属于历史，也属于未来。

四　整合:现代乡土小说的艺术选择

20世纪中国乡土小说的艺术选择，呈现出一种多元探索的状态。纷繁多姿的艺术实践，不仅为我们提供了多角度审视与梳整的可能性，而且，自然就有了对于这一选择轨迹的多样的形态描述。从文学—文化批评的视界去描述现代乡土小说艺术选择流变的轨迹，我们看到，“整合”成为其最明显的特征，也是其基本规律。这是一部西方近、现代(尤其是现代)艺术精神，同我们民族文学传统不断冲突、融汇、整合、发展，并最终走向创造具有民族特色的现代中国文学的艺术探索的历史。

这部“整合”的历史开端于“五四”。“五四”新文化运动和文学革命，带来了中国文化文学的第一次现代意义上的开放。西方近现代文学所表现出的思想倾向与艺术方法,大量地传入并影响于中国文坛。鲁迅曾说:“新文学是在外国文学潮流推动下发生的。”[①]郑伯奇也曾论及这一现象:在“五四”新文学发展进程中,“19世纪到20世纪这百多年来在西欧活动过了的文学倾向也纷至沓来地流入中国。浪漫主义、现实主义、象征主义、新古典主义,甚至表现派、未来派等尚未成熟的倾向都在这五年间的中国文学史上露过一下面目”[②]。面对西方文学潮流的巨大冲击,“五四”乡土小说作家们以一种开放的胸襟,大胆“拿来”,广泛借鉴,积极整合。他们自觉地将象征主义、荒诞艺术、精神分析等多种现代艺术因素融入各自的创作实践,极大地改变了中国文学既有的形象。于是,“五四”乡土小说不仅叛离了传统文学的“团圆主义”倾向,真诚地、深入地、大胆地观照乡村人生;而且,初步完成了小说形态由传统故事情节型向性格生活型的现代转化。

同时,另一意义上的整合也在进行——即在现代意识的烛照下,通过对中国文学艺术传统的重新发现与转化,使其在同现代艺术的契合中重塑新形,重放异彩。这种转化、整合实践集中地体现在“五四”乡土小说的抒情特性、意象的营造,以及上述二者的综合表现形态——小说的散文化倾向上。抒情特性几乎可以看作中国古典文学的艺术个性,这种个性是深受中国哲学、美学乃至全部中国传统文化的制约。作为一种文学、文化积淀,它又深深地影响着现代作家。虽然所抒之“情”在古代与“五四”有着极大不同,但在以抒情的艺术方式把握生活这一点上,显示了现代小说对传统的承继与发展。“五四”乡土小说的抒情特性,不仅体现在鲁迅的创作实践中,在其他一些乡土小说中,当他们追忆逝去的童年的梦幻,在灰色枯燥的都市,回忆着梦幻中明丽的家乡,一种诚挚的情愫、一种迷人的韵致……漫漫诗情便涌动在他们的作品中。营造意象,既是中国古典文学一种很强的艺术功能,同时又是中国文学的一个十分重要的艺术传统。“五四”乡土小说整合、发展了这一传统,注重小说的写意传神,写由种种情、意构建的“形”。鲁迅笔下一轮金黄圆月照临下的海边碧绿的沙地(《故乡》),废名笔下清新静谧的竹林(《竹林的故事》)……都是这种艺术尝试成功的范例。意象的营造不仅强化了小说的抒情与象征功能,而且

① 鲁迅:《集外集拾遗补编·中国杰作小说·小引》。

② 郑伯奇:《中国新文学大系·小说三集·导言》。

大大丰富了小说的主题意蕴、文化精神。所有这些，又都是现代小说极力追求的艺术效果。上述两种艺术特性，又是统一于“五四”乡土小说的散文化倾向之中的。中国文学的主体，除诗之外，就是散文。自先秦以降，散文历两千年的发展形成深厚的传统，并深深地影响于后来。“五四”乡土小说不仅在抒情营造意象方面表现出它散文的美感特征，在结构方式上，许多小说更是明显地呈现出散文化倾向。这一倾向，从艺术承传的眼光看，显然是中国传统文学的“散文品格”同西方现代小说某些艺术手法在新的审美思潮下的契合。它适应了一个开放的时代里的作家们对一无拘束地创造、自由地表情达意的时代需求。契合使民族文学传统获得了新的生命，新的意义，新的价值。

这种整合在后来的几十年中，出现了较大的分化与变奏。30年代开始的“阶级意识”的觉醒所引发的文化思潮的嬗变及其影响，以及对小说社会写实功能的强化、突出乃至法典化，使得这种整合变得较为单一、守成。向外，异域文学营养的摄取，主要是苏俄文学；向内，本民族文学传统的承继，主要是民间文学。如同苏俄文学自有其不朽的价值，但异域文学营养并非仅此一家；同样，民间文学自有其价值和活力在，但民族文学传统也绝非民间文学一族。对于广博丰富的世界文学与中华文学，上述两个方面显然都是很不够的。“五四”曾经有过的那种整合，在后来乡土小说的创作实践中事实上大多中断了。30年代末40年代初在中国新文学如何建设的讨论（即关于民族形式问题的讨论）中，一种观点认为，“五四”文学是“畸形发展的都市的产物”，是“大学教授、银行经理、舞女、政客及其他小‘布尔’的适切形式”，主张以“民间形式”作为民族形式的中心源泉。[①] 对于这一否定“五四”文学那种积极的、发展的、更高意义的“整合”的倾向，不少清醒之士给予了尖锐的批评，并发表了很好的意见。何其芳就曾说过：“我认为欧洲的文学比较中国的旧文学和民间文学进步，因此新文学的继续生长仍然主要地应该吸收这种比较健康，比较新鲜，比较丰富的营养”，“更中国化的民族形式的文学的基础应该是‘五四’运动以来还在生长着的新文学”。茅盾更从民族形式的具体实践走向，尖锐指出：“‘民族形式’之前途，可能有错误之倾向发生而滋长——此即强调了旧形式在民族形式上之

---

① 向林冰：《论“民族形式”的中心源泉》。

比重,而以今日民族形式之提出,视为五四新文艺运动之否定,从而流于褊狭的'自力更生'主义"[1],仅仅以"民间形式"作为民族形式的中心源泉。"那是求进而反退,成为复古派的俘虏",建设中国新文艺的民族形式,应当涵纳中外优秀文学遗产,"继续发展五四以来的优秀作风",深入现实,熔铸新型。[2] 遗憾的是,上述深刻的见解并未引起足够的重视,致使现代乡土小说(现代文学)"整合"之路一段时间越走越狭窄,越来越缺乏生机和活力。

以上所论,当然只是取其大端,其间自然有例外者。少数乡土小说作家,在默默中沿着"五四"的整合之路,艰苦地探索前行。他们试图在普遍的艺术风尚之中有所突破,或追求小说的诗化品格;或借助于对环境的刻意描写和对生活细节的精心挑选,在景、意、情的交融中,透视人物的精神世界;或是借助对于西方心理分析方法的含蓄化用,着力表现人物的情绪心理……他们希望通过对外来的与民族的、现代的与传统的多方面的吸收、借鉴、整合,创造性地、富于民族艺术个性地去表现民族的生活。但他们的艺术实践都不同程度地受到否定。较早的如对沈从文、萧红等人创作的批评,以及后来的对于孙犁、茹志鹃、周立波、林斤澜等关注人的心灵冲突,以抒情散文笔法创作小说的艺术实践的微词,和对于"明远"、"悠徐"风格、诗情画意格调追求的褒贬,即可见"社会写实"之风的至尊地位,与现代乡土小说艺术"整合"之路的坎坷。

新时期的文化开放,带来了文学艺术的又一次繁荣。现代乡土小说的艺术选择再次面临着多样可能,整合之路再一次被拓宽。这种拓宽,一方面表现为过去被定于一尊的、一度影响制约了乡土小说更大发展的写实主义(现实主义)呈现为一种开放之态。一批以现实主义为其表现乡村生活主要艺术方法的作家,如高晓声、周克芹、张一弓、何士光等,开始在自己的创作中明显整合西方现代文学的艺术成分。高晓声在自己小说中融入了象征、隐喻、荒诞、心理分析的方法;张一弓作品中烙印着西方现代小说艺术主观随意性,"黑色幽默",以及被改造了的人物心理流程与作品情节流程双向陈述的影响的痕迹;何士光从日常的繁细生态中,尤其是人物

① 何其芳:《论文学上的民族形式》。
② 茅盾:《关于民族形式的通信》。

的情绪变幻中透视生活……开放整合带给现实主义以生命力，也带给乡土小说以新的艺术风貌。在另外一些着意于现代艺术整合实验的作品中，神话结构、象喻系统的运用，艺术表现中的“魔幻”色调，描写对象的符号化，以及向“蛮荒”、“粗野”中寻求现代意义……艺术方法，都受到重视并进行了有意义的探索、尝试。在另一方面，整合在更高意义上进行。汪曾祺、贾平凹、韩少功、李杭育、何立伟等一批作家尝试振兴“五四”之后时断时续的现代小说的表现体系。他们的创作，并不过分注重故事的铺叙、情节的构造，重写意，重神韵，偏爱小说的诗情特性与散文化的结构。在对表现对象的观照中，并不注重于对客观对象从外在形貌到内在本质以及事物发展的逻辑秩序，作客观写实的再现，而注重于作家的主观感受，在对对象世界描写时，不求形似但取神髓。他们常常把客观对象作为抒写主体感受的载体，或由外物诱发人内在的情绪活动，或把人的情绪注入外物，在着意于作家主体情绪感受的艺术传达中，带给作品一种流动的、充盈的艺术气韵。这种探索倾向，其主旨在于“在现代小说的水平上恢复意象这样一种传统的美学意识”，“从意象的营造入手试图在小说创作中建设一种充满现代意识的中国作风和中国气派”。[①] 这种艺术整合，既是中国的，又是借鉴的；既是传统的，又是现代的。这种整合，无疑具有未来意义：它预示着东西方文学、文化的融会、发展。那种从中国传统文学汲取的重写意，重表现，重诗意，重神韵，那种不事经营的散文化结构，以及作家强烈的主体感受的呈露，或那种寄寓的、抽象的、自由灵动的艺术个性，都同现代小说的主观随意性、象征、隐喻、超越的特性，以及哲理、诗化、抒情的个性不无联系。民族文学的优秀传统在现代意识的烛照下重焕青春，是世界上许多民族发展自己文学的成功之路；有着丰富的文学传统的中华文学，只要以开放的眼光，勇敢地面向世界，也一定会在民族文学、文化的热土上创造出既葆有民族特色，又合于现代潮流的崭新的民族现代文学，从而以其大家风范与世界现代文学对话。[②]

原载《郑州大学学报(哲学社会科学版)》1997 年第 1 期

---

① 茅盾：《关于旧形式、民间形式与民族形式》。

② 李陀：《意象的激流》。

从“乡土”到“农村”

——关于中国当代文学主导题材形成的一个发生学考察

王又平

一、“乡土”与“农村”

新中国成立以后,小说创作进入了一个崭新的阶段,“农村题材小说”的兴盛就是一个突出标志。从“十七年”到“文化大革命”,农村题材小说无论在作家队伍还是在作品数量方面,都可以说蔚为大观,它与同一时期极为活跃的革命历史题材小说构成了本时期小说创作的两大支柱,其中不乏代表本时期文学创作最高成就的经典。

然而,在中国当代文学史的编撰和叙述中用得如此普遍和习以为常的“农村题材小说”(或“农村生活小说”)在对现代文学作家作品的评论和描述中却是有一定限度的,而以之作为一个特定范畴来指称某一类作品则更是鲜见。王瑶先生在新中国成立初期出版的《中国新文学史稿》不论就其文学史叙述的方式还是就其叙述对象的下限而言,都带有明显的从“现代”到“当代”的过渡性,因此有关“农村题材小说”的称谓似乎尚不像后来那样“定型”。其中的第二、三、四编里只是分别以“农村破产的影像”、“变动中的乡镇与农村”、“解放区农村面貌”为章节标题,概括三四十年代关于乡村生活小说的创作状况,在具体描述中也少见“农村题材小说”或“农村生活小说”的指称；但他在第一编里直接以“乡土文学”来指称20世纪20年代王鲁彦、许钦文等的乡村生活小说创作则是明白无误的。与此形成鲜明比照的，是在后来出版的各种当代文学史中，“农村题材小说”或“农村生活小说”则已经成为一个“共名”，其意指内涵几乎是不言而喻的，而在描述“十七年”到“文革”文学的这一时期的创作时，“乡土文学”则几乎隐退不现了。由此似可见出：“乡土”和“农村”的共同所指可以说都是中国乡村，但其不同的称谓，却意指着不同的社会、历史和文化的内涵；至于“乡土文学”和“农村题材小说”则更可以视为包含着不同的价值取向和历史形态的文学史范畴。

在现代文学史的研究中，无论是作为文学史事实还是文学史范畴，关于“乡土文学”或“乡土小说”似乎都无多争议，它们受到历史描述和理论批评的双重界定，而鲁迅的文学创作和理论阐说无疑成为这一范畴的定型化和普遍化的重要依据，以至有学者认为“由鲁迅首先创作，到1924年前后蔚然成风的乡土小说，是‘五四’文学革命之后最早形成的小说流派之一”①。

鲁迅与“乡土小说”的关系是直接的。首先，他以《故乡》等一大批精美的创作对后来者起到了示范与号召的作用。有人在当时评论《呐喊》时说，“他的作品满熏着中国的土气，他可以说是眼前我们唯一的乡土艺术家”②。而当时出现的乡土小说家，如许钦文、台静农、王鲁彦、蹇先艾、废名、彭家煌等几乎无一不受到鲁迅的影响。其次，他在《中国新文学大系·小说二集·序》中对“乡土文学”给以正式的命名和对其一系列特点进行的理论概括，影响深远。他在称许蹇先艾、许钦文、王鲁彦、裴文中、黎锦明、李健吾等人的小说创作时说：

> ……凡在北京用笔写出他的胸臆来的人们，无论他自称为用主观或客观，其实往往是乡土文学，从北京这方面说，则是侨寓文学的作者。但这又非如勃兰兑斯(G. Brandes)所说的“侨民文学”，侨寓的只是作者自己，却不是这作者所写的文章，因此也只见隐现着乡愁，很难有异域情调来开拓读者的心胸，或

---

① 严家炎：《中国现代小说流派史》，人民文学出版社，1995年，第20页。

② 张定璜：《鲁迅先生》，《现代评论》1925年第1期。

者炫耀他的眼界。①

鲁迅的命名为后来的文学史家们提供了一个明确的文学史范畴——20年代涉及对乡村生活的描绘基本上都称为“乡土小说”,这个称谓从当时一直沿用到新中国成立后的各种现代文学史著述中。

在有关同类题材小说的称谓中,茅盾似乎有些例外,他并没有追随“乡土文学”的一般称谓,更看重“农村生活”这样的字眼。他在《中国新文学大系·小说一集·导言》中称当时的乡土小说家为“描写农村生活的作家”,称潘漠华的小说没有写到“正面的农村生活”;在评论许杰的小说时也说他的“农村生活的小说是一幅广大的背景,浓密地点缀着特殊的野蛮的习俗”,称赞他在“最初的两年光景,一气里给了我们十多篇农村生活的小说”,等等。

茅盾以“农村”置换“乡土”的说法给看似明确的“乡土小说”平添了几许暧昧:面对同一描写对象——中国的乡村生活——研究者究竟在什么意义上把它区分为“农村”或者“乡土”呢?

从各种现今较为通行的现代文学史著作的章节目录上看,研究者的区分大体是相似的:20世纪20年代有关乡村生活的描绘基本上以“乡土”涵盖之;而自30年代初出现的表现乡村破败的小说则基本上以“农村”来概括,如前文所涉及的王瑶的《中国新文学史稿》,以及后来唐弢的《中国现代文学史》,黄修己的《中国现代文学简史》,赵遐秋、曾庆瑞的《中国现代小说史》,杨义的《中国现代小说史》,钱理群等的《中国现代文学三十年》,等等。这几乎成了不同时期文学史家们的一个约定俗成的编写体例。这种编写体例透露出,至少在许多研究者的感觉中,“乡土小说”与描写农村生活小说之间是存在着界限分野的。这样的区分同样明显地表现在中国当代文学史的编撰中。在当代文学史中描述50—70年代文学时基本上采用的是“农村题材”或“农村生活”这个提法,这也就是说,中国当代文学关于中国乡村生活的想象和书写大体上是延续着30年代的农村题材小说而来,而不是20年代“乡

① 鲁迅:《中国新文学大系·小说二集·序》,《鲁迅全集》(第6卷),人民文学出版社,1982年,第247页。

土小说”的传统。就连主张用宽泛的“乡土小说”概念来涵盖中国现当代乡村生活小说的丁帆也以为：“六十年代初到七十年代末的大量反映农村社区生活的作品，是不能称其为乡土小说的，充其量亦只能是一些‘农村题材’的小说创作，原因之一就是它们失却了作为‘乡土小说’的重要美学特征——风土人情和异域情调给人的审美餍足。”[①]至于重新启用“乡土文学”来区分和概括另一类乡村生活小说，则是新时期文学开始好些年以后的事了。

从以上所涉的创作和研究者的著述中显然可以看出“乡土”和“农村”是有明晰的分野的，但这种分野似乎还仅仅停留在经验区分上（生活经验和审美经验），还缺乏理论和历史的清晰描述。从表面上看来，“乡土”和“农村”仅仅事关题材的细分，然而任何题材既是进入作家视野的生活现象，又是被赋予了某种特定价值和意义指向的想象性历史图景；题材的形成不仅有赖于现实生活的变更，也有赖于作家的视野和眼光的变化，即“世界观”的变化。以什么视野择取生活，以什么方式去理解、想象和表现生活现象，赋予生活图景或历史图景以怎样的意义指向，都依托在一定的意识形态背景上。题材的变换固然与社会历史的发展水平有关，然而更是文学发展变化的历史产物。从客观事实方面说，题材看来是某些特定的生活内容和形态的分类；但从主观界定方面说，某几类题材被命名、被反复阐说、被赋予特定的意义和价值，使之成为描述文学现象和文学演变的概念之一，这本身就形成了文学史范畴，作为一项话语实践的结果，不同的题材之间其区别之微妙、界限之分明，都是客观的生活内容的差异所不能比的。关于题材的转换、演变、定型和瓦解，这是在研究文学史时通常都会加以注意的，然而关于题材的命名、界说、阐发、修正等言说题材的话语方式，则往往容易被人所忽视；正是这后者不仅体现了社会生活和文学创作的变化，而且体现了意识形态操控机制的变化，是这二者的合力推动着文学史发生递嬗和更迭。对于中国当代文学史研究来说，题材的变更是当代文学发生的一个相当醒目的标志，例如“农村题材小说”对“乡土小说”的置换，“革命历史小说”从“历史小说”中的析出，“工业题材小说”对“城市小说”的代偿等。这些题材以其非同一般的价值和意义指向构成了新中国文学的主导题材，并且成为“当代文

① 丁帆：《中国乡土小说史论》，江苏文艺出版社，1992年，第170页。

学”同“现代文学”显著区分的标志。因此考察有关这些题材的言说及其在言说中的定型,有助于我们从一个侧面去理解中国当代文学的发生。

二、“农村”对“乡土”的置换

为了避免概念的混淆,本文在逻辑方法上,把“乡村”作为一个中性词,意指作家言说的“客观”对象,以此来区分“乡土”和“农村”这两个经过文学言说而被赋予了特定意义、内涵和价值的“想象性构成物”。这也就是说,我们并不把“乡土”和“农村”看作同一种既定的客观事实,而是视为对中国乡村的两种不尽相同的言说方式和想象方式。如此我们方能理解中国现当代文学史上以“农村”置换“乡土”的内在驱动。

“乡土文学”在20世纪20年代出现并非偶然,它是此前文学研究会“为人生”派“问题小说”的自然延续;而在它兴起、发展的过程中,除了鲁迅之外,周作人在理论上的大力倡导对于其成长以至蔚成流派也起到了非常重要的作用。他在1923年3月写的《地方与文艺》曾清晰而激情地表达了自己的见解:

> ……因为无论如何说法,人总是“地之子”不能离地而生活,所以忠于地可以说是人生的正当的道路。现在的人太喜欢凌空的生活,生活在美丽而空虚的理论里,正如以前在道学古文里一般,这是极可惜的,须得跳到地面上来,把土气息、泥滋味透过了他的脉搏,表现在文学上,这才是真实的思想与文艺。这不限于描写地方生活的“乡土艺术”,一切的文艺都是如此。①

尽管周作人所论并不限于“乡土文学”,但后来在人们的谈论中,“地之子”、“忠于地”、“土气息、泥滋味”多成为界说“乡土文学”的重要依据。而在鲁迅的“命名”里,究竟何为“乡土文学”其界定并不明了。但“乡愁”却是其极为重要的“关键词”。

---

① 周作人:《地方与文艺》,《谈龙集》,上海书店,1987年,第15页。

这种“乡愁”一方面源于作者对故乡风物消逝的留恋、眷顾或伤感，如许钦文的《父亲的花园》、鲁彦的《父亲的玳瑁》等；另一方面源于作者在现代观念烛照下对沉重凝滞的宗法社会的慨叹以及被“乡土人”的国民劣根性所引发的怅惘与悲哀，如蹇先艾的《水葬》、鲁迅的《故乡》等。今天的文学史家认为“所谓‘乡土小说’主要是指这类靠回忆重组来描写故乡农村（包括乡镇）的生活，带有浓重的乡土气息和地方色彩的小说”①。在这里选择什么样的记忆、撷取什么样的材料、确立什么样的视野来构成关于中国乡村的文学想象，就成为“乡土”和“农村”的重要分野。

茅盾之所以更常用“农村生活的小说”甚至“农民小说”而不用“乡土小说”，委实是因为他对“乡土”、“乡土文学”的提法和创作倾向心存一份保留，且有几分微词。为此他还专门在《关于乡土文学》一文中发表了自己的看法：

> 关于“乡土文学”，我以为单有了特殊的风土人情的描写，只不过像是看一幅异域的图画，虽能引起我们的惊异，然而给我们的，只是好奇心的餍足。因此在特殊的风土人情而外，应当还有普遍性的与我们共同的对于运命的挣扎。一个只有游历家的眼光的作者，往往只能给我们以前者；必须是一个具有一定世界观与人生观的作者方能把后者作为主要的一点而给与了我们。②

而且，在何谓“乡土文学”上，他还看出了鲁迅与其后来者的本质区别，在论到公认受鲁迅影响最为明显的王鲁彦的《阿长贼骨头》与《阿Q正传》的比较时说：

> 我总觉得他们和鲁迅作品里的人物有些差别：后者是本色的老中国的儿女，而前者却是多少已经感受这外来工业文明的波动。或者这正是我的偏见，但是我总觉得两者的色味有些不同；有一些本色中国人的天经地义的人生观念，曾是强烈的表现在鲁迅的乡村生活描写里的，我们在王鲁彦的作品里就看见已经褪落了。原始的悲哀，和humble生活着而仍又是极泰然自得的鲁迅的

---

① 钱理群、温儒敏、吴福辉：《中国现代文学三十年》，北京大学出版社，1998年，第67页。

② 茅盾：《关于乡土文学》，《茅盾全集》（第21卷），人民文学出版社，1991年，第89页。

人物为我们所热忱地同情而又忍痛地憎恨着的,在王鲁彦的作品里是没有的;他的是成了危疑扰乱的被物质欲支配着的人物(虽然也只是浅浅的痕迹),似乎正是工业文明打碎了乡村经济时应有的人们的心理状况。[①]

茅盾的看法不仅为我们区分“乡土”和“农村”提供了依据,而且道明了以“农村”置换“乡土”的内在驱动。在茅盾看来,在一个新的时代中,对于中国乡村的想象,不应当用“游历家的眼光”仅仅提供一些“特殊的风土人情”;他批评“乡土文学”缺乏有关“普遍性的与我们共同的对于运命的挣扎”,而这又正是因为缺少“一定世界观与人生观”的烛照——不同的世界观或人生观对于中国乡村的观照方式和想象方式是不一样的。联系到茅盾当时的身份与背景,对于这样的批评,我们可以把它解读为:“乡土文学”缺少的是“革命性”内涵,而这又正是因为缺少进步世界观的指导。作为一位“革命的”现实主义作家,茅盾期待把这些明确的思想和生活内涵纳入“乡土文学”,以拓展其表现的生活领域和艺术视野,而这也就是他所期待的“农村生活的小说”。

如果说周氏兄弟的论述为“乡土文学”的创作和研究奠放了一块基石的话,那么茅盾的论述则为“农村生活小说”的创作和研究确立了一个基调,并且成为批评“乡土文学”的重要依据,因而也就潜在地包孕了以“农村”置换“乡土”的意向。后来者如丁易也把20年代的乡土作家概括为“描写农村生活的作家”,并认为他们“在思想上却有共同的缺点:即都是从人道主义立场来看这些事件和问题,他们没有看到农村中的阶级关系和斗争,当然也就看不出农民的胜利前途了”。[②] 而刘绶松则认为“正如鲁迅一样,鲁彦的作品是以半封建半殖民地社会的人民的不幸生活为主要题材的”,“但他没有看见工农群众胜利的曙光;他摸索自己前进的道路,但他没有把自己投进正在日益热烈地展开的革命斗争”。[③] 这些看法可以视为对茅盾思想的发挥和更为明晰的表达。

同古旧的、静态的、凝滞的“乡土”相比较,“农村”则是蛰伏着、酝酿着或者已然

① 茅盾:《王鲁彦论》,《茅盾论中国现代作家作品》,北京大学出版社,1980年,第75页。

② 丁易:《中国现代文学史略》,作家出版社,1955年,第248页。

③ 刘绶松:《中国新文学史初稿》,人民文学出版社,1979年,第157页。

存在着变动甚至革命的因素，茅盾要求作家经过想象把这些因素集中起来，给以放大，使之具有“普遍性”。另外，从“乡土小说”本身来看，茅盾认为后来者与鲁迅之间的差别，在于他们的作品中已经不自觉地表现出工业文明进入乡村之后的情形以及“打碎”了“本色的老中国的儿女”们原有的心理状况，因而他们所描写的乡村不再是“乡土”而应该是“农村”。换言之，茅盾认为在当时的时代背景下真正意义的“乡土”已经不复存在，它只是对于“乡村”的一种文学想象。这从另一个方面也说明，茅盾把描写对象是否是真正的“老中国的儿女”当成了判别“乡土文学”的内质之一。无独有偶，海外有学者正是在这一点上认为“尽管老舍出身满族家庭，并且在伦敦作过短暂的逗留，但他总被人们说成是最受欢迎的‘乡土’作家之一”①。就茅盾自己的创作来看，似乎也印证了他的见解。他在30年代创作的“农村三部曲”(《春蚕》、《秋收》、《残冬》)用李欧梵的话来说是“想在一片绝望中看到更多的希望。人们会这样认为，这个三部曲的第一篇《春蚕》是一篇颇有艺术性的大作。另外两个续篇无法与之媲美，后两篇里相当明显地把政治信息硬插入对农村惨状的自然主义描绘中”②。而“农村三部曲”里所表现出的“乡土”社会的瓦解以至于“农村”的破败，显然来自外来工业文明的入侵。因此，他寡言“乡土文学”而多称“农村生活小说”，实在是为乡土文学的拓展预留了一个发展空间，或者说是对“农村”置换“乡土”作了大胆的预言。后人在写文学史时正是这样描述的。如杨义在《中国现代小说史》中说，乡土小说“底气深厚，步武结实，不断走着上坡路，一直下接着三四十年代更加繁荣发达的农村题材的小说创作”③。不论是就文学史事实还是就描述性概念而言，30年代以来，“农村”逐渐置换“乡土”正是由于茅盾所说的生活内涵和思想内涵所致。尤其是到了根据地(或解放区)，“革命”进入农村，对农村题材小说及其观念的形成都起到了关键性的作用，于客观方面而言，“革命”构造了中国乡村的新的现实；于主观方面而言，作家经过“世界观的改造”形成了观照中国乡村的新的视野。这些都促使根据地反映农村生活的作品判然有别于“乡土文学”，也促使有别于“乡土”的“农村生活”或“农村题材”的概念的形成。周扬在第一次文

① 李欧梵：《现代性的追求》，三联书店，2000年，第284页。

② 李欧梵：《现代性的追求》，三联书店，2000年，第282页。

③ 杨义：《中国现代小说史》(第一卷)，人民文学出版社，1986年，第429—430页。

代会上的报告中谈到这类题材时,明确将其内容概括为"写农村土地斗争及其他各类反封建斗争(包括减租、复仇清算、土地改革,以及反对封建迷信、文盲、不卫生、婚姻不自由等)"①。这类题材所规定的鲜明的革命性和进步的世界观指导显然是"乡土文学"的概念所不能包容的。因此,以"农村生活"或"农村题材"来区分并置换"五四"以来的"乡土小说"或"乡土文学"的概念,就是理所当然的了。联系到新中国成立后普遍用"农村"来取代"乡土",就更可以见出这一转换所具有的当代文学意义。因此,对于中国当代文学来说,"农村题材小说"或"农村生活小说"的出现,就具有了发生学的意义。

三、从"自然村社"到"政治组织"的文学表现

不论从茅盾的论述还是从后来文学史家的描述中都可以体会到,从"乡土"到"农村"具有革命性转换的意味,这种转换具体表现为:从"自然村社"到"政治组织"的演变。换言之,是把中国乡村作为自然村社来描写,还是当作政治组织来描写,这最终就成为"乡土"和"农村"明确分野。

《乡土中国》是费孝通先生写于1947年的社会学读物,在近40年后重印时他解释说:"这里讲的乡土中国,并不是具体的中国社会的素描,而是包含在具体的中国基层传统社会里的一种特具的体系,支配着社会生活的各个方面。"②就此而言,"乡土"就应该是指中国广大乡村的基层传统社会了。这是一个植根于土地,靠血缘关系的纽带和传统礼俗来维系的自然村社:其经济形态是以农为生、自给自足的自然经济;其社会关系是以血缘为纽带的自然关系;其文化观念是在传统礼俗的基础上自然形成的。这个自然村社用费孝通的话来说,属于一种"并没有具体目的,只是因为在一起生长而发生的社会";对于个人来说,是"先我而在的一个生活环

---

① 周扬:《新的人民的文艺》,《中华全国文学艺术工作者代表大会纪念文集》,北京新华书店,1950年,第71页。

② 费孝通:《旧著〈乡土中国〉重刊序言》,《乡土中国》,三联书店,1985年。

境”。[1] 这样的自然村社自近现代以来，因社会变革而处于一种结构性变化之中。这一变化如果在二三十年代主要表现为近代资本主义因素的侵蚀，即如茅盾所说的“工业文明”的入侵的话，那么在40年代，更有力的冲击则来自中国共产党在农村发动和领导的政治革命，它瓦解着乡土中国原有的自在性、自然性和完整性，使“乡土”逐渐演变为“为了要完成一件任务而结合的社会”，即由自然村社转变为政治组织。用毛泽东的话来说就是“组织起来”；用周扬的话来说也就是“在政治上已有了高度的觉悟性、组织性，正在从事于决定中国命运的伟大的行动”。[2] 这也就是在当代文学史中所说的“农村”所具有的特殊意义。中国共产党在农村发动和领导的政治革命从20世纪20年代开始，随着抗日民主根据地的建立和巩固直到新中国成立后，进行得愈益深入、普遍和彻底，只是因为在二三十年代这场革命的影响力和感召力还很有限，尚未进入多数作家的视野，或者没有引起他们过多的关注，因此在他们的笔下乡村依旧是“乡土”，茅盾对于乡土文学所持有的保留态度和微词或许也正出于这个原因。从另一方面看，茅盾所指出的乡土文学的缺陷，也恰恰点明了“乡土小说”向“农村小说”转变的条件：其一是要把乡村所发生的革命性转变纳入作品；其二是要有“一定世界观”的烛照才能表现和肯定这一转变。而茅盾自己的“农村三部曲”之所以名曰“农村”，就符合这两个条件。这些主客观方面的契机或条件经解放区过渡到新中国成立以来逐步走向成熟。就客观方面来说，在新中国成立后开展的大规模的农业合作化运动和人民公社化运动，使中国农村经历了前所未有的政治、经济、文化变革，把“乡土”普遍地变成了“农村”；就主观方面来说，作家经过多次的思想改造运动，立场、观念、感情发生了深刻变化，“先进的世界观”促使他们用政治或政策的眼光看待农村和农民，因而在文学创作中也完成了从“乡土”到“农村”的历史性转换。这种变化最为明显地表现在基本主题与题材的转换上。

费孝通在论及“乡土本色”时说：“土字的基本意义是指泥土。乡下人离不了泥土，因为在乡下住，种地是最普通的谋生办法。”他进而认为“乡土社会是个小农经

① 费孝通：《乡土中国》，三联书店，1985年，第5页。

② 周扬：《新的人民的文艺》，《中华全国文学艺术工作者代表大会纪念文集》，北京新华书店，1950年，第71页。

济，在经济上每个农家除了盐铁之外，必要时很可关门自给”[①]。《剑桥中华人民共和国史》中也描述道：“在共产主义统治中国之前，家庭的经济基础是一小块土地。具有土地所有权，常常可以出租。土地上生产的农产品不仅供自己食用，而且还通过集市出卖，用所得的钱购买生活必需品。”“但是，这种地区性的市场联系从来都不是纯粹经济意义的，它总是要受到习惯的限制，嵌入复杂的人际关系因素。”[②]这样的自然经济或者传统的小农经济在近现代资本主义因素的侵蚀下开始出现衰败的迹象，它事实上构成了20年代乡土小说产生的一重背景，同时也成为30年代“农村破产小说”的主题。茅盾在评论潘漠华的小说《乡心》时说：“这一篇小说虽然没有写到正面的农村生活，可是它喊出了农村衰败的第一声悲叹。”[③]当然乡土小说家所写的农村衰败还并非完全出于资本主义因素的侵蚀，写得更多的似乎是战乱与灾荒导致的农民破产和兵匪盗贼或官吏绅商为患。茅盾肯定乡土文学而又不满足于乡土文学正在于它写出了农村衰败的实情，却没有写出衰败的深刻原因，因此他写“农村三部曲”就是要写出资本主义的侵蚀和危机转嫁是农村破产和农民贫困化的根源所在，这样就打破了“乡土文学”的界阈，而成为“农村生活”小说的前导。但是即或如此，资本主义因素对农村的侵蚀仍然是有限的，或许在沿海地区和大城市周边地区这种情况比较明显，但在广大内地农村，自然经济依然是居于主导地位的经济形态。这也就是沈从文的边城山地与茅盾的江浙农村的区别。“乡土文学”就像是牢牢镶嵌在自然经济背景上的一幅画图，一旦这个背景发生变化——不管是资本主义式的，还是社会主义式的，这幅画图就有可能出现裂纹，甚至崩落。

随着新中国的成立，中国发生的政治革命及其胜利阻止了广大农村向资本主义方向发展，中国农村尚未经过充分的资本主义市场经济(商品经济)的发展，仅仅经过依托于自然经济的变工互助就进入了社会主义改造时期。而社会主义改造不同于资本主义的侵蚀，它的目标不是资本主义式的商品—市场经济，而是计划经济，并且这一改造是靠在革命中所建立的各级政治组织及其强有力的行政措施来

---

① 费孝通：《乡土中国》，三联书店，1985年，第164页。

② 费正清等主编：《剑桥中华人民共和国史(1966—1982)》，海南出版社，1992年，第648页。

③ 茅盾：《中国新文学大系·小说一集·导言》，上海良友图书印刷公司，1935年，第27页。

推动的，因为“对共产党领导人来说，其经济目标与政治目标之间并没有基本的矛盾”[①]。在“十七年”中对农村实行的社会主义改造大体上可以分为三个主要阶段，伴随着这三个阶段的分步实施，描写乡村生活的小说在主题和题材方面也随之发生变化，这些变化从表面上看来是写政治、写政策、写中心，而实际上正在对政治、政策、中心任务的书写中，当代作家在想象中完成了中国乡村由自然村社向高度一体化的政治组织的过渡。

1953年中央颁布了过渡时期的总路线，这一方针政策随即在小说创作中得到了反映，而且形成“农村题材小说”创作中一个稳定而持久的主题，这就是社会主义和资本主义两条道路的斗争。在当时的作家看来，统购统销是社会主义道路，而自由买卖则被认为是资本主义的，因而许多作家都把统购统销和自由买卖作为农村两条道路斗争的写照。从新中国第一个写“道路斗争”的短篇小说《不能走那条路》（李准），到“文革”前夕出版的长篇小说《艳阳天》（浩然），许多同类题材作品中都有对自由买卖倾向进行说服教育甚至开展斗争的情节。应当说李准的表现基本上是准确的，东山劝导老子宋老定不要买地是让他“不能走地主的那一条路”，作品似乎也没有刻意说明这条路是“资本主义道路”。但是评论家根据当时的政策，把李准描写的合作化运动之前农村出现的贫富分化现象提高到两条道路斗争的高度，称：“作者企图通过宋老定想买地、东山反对、宋老定被说服这样一些事情，来反映当前农村生活中的重大矛盾——社会主义和资本主义两条道路的斗争，及前者在斗争中的胜利。”[②]此后，自由买卖被视为资本主义道路就成了文学创作和文学批评中的惯例。这应当说是依据政策的眼光对农村状况和文学创作的严重曲解。“地主走的那条道路”被理解成了“资本主义道路”；以自然经济为基础的自发的小农或小私有者倾向也被看作是资本主义道路。从这个意义上说，农村题材小说在表现农村经济形态变化时，对矛盾性质（特别是对资本主义）的判断一开始就存在误区，接踵而来的农业合作化运动愈益助长了这一趋势。

反映合作化运动的作品在本时期农村题材小说中所占的比例大约是最大的，

---

① 费正清等主编：《剑桥中华人民共和国史（1949—1965）》，上海人民出版社，1990年，第100页。

② 李琮：《〈不能走那一条路〉及其批评》，《文艺报》1954年第2期。

具有代表性的作品几乎都是以其为背景,如《三里湾》、《山乡巨变》、《风雷》、《艳阳天》、《金光大道》以及许多中短篇小说等。由此也可见出这场运动改变中国乡村的深刻程度,标志其深刻程度的迹象就是“两条道路的斗争”进而被普泛化为“两种思想的斗争”,就连土改时提出的“发家致富”的口号也被当作“资本主义思想”来批判。费正清等解释说,这是“由于中国共产党的目标有了变化,‘发家致富’的政策让位于强制性的互助和集体化政策”①。土改运动是以发家致富来吸引广大农民参与的,《创业史》中梁三老汉对共产党感激不尽,就是因为他以为土改可以圆自己做了一辈子的发家致富的“创业”梦。这是“乡土中国”的千年遗梦,而非社会主义农村的理想蓝图。新中国的整个农村题材小说要打破的正是这根植于小农经济基础上的千年遗梦,畅想的是在社会主义集体经济基础上的“共同富裕”。这是当时所有反映农业合作化的小说想象中国乡村的共同方式。农业合作化运动对于乡土中国的最大冲击就是逐步取消了土地私有制,一个新的题材也由此进入农村生活小说,那就是“入不入社”。所谓“入不入社”就是是否把个人或家庭拥有的土地、大农具、大牲畜等主要生产资料交给“公家”(集体)。这是自从土改以后的再一次“均贫富”,以此来克服贫富两极分化。“共同富裕”对于素来有平均主义思想的普通农民来说自然有极大的吸引力(这从历来农民起义或农民运动中“吃大户”的行为里都可以看到),但需要付出的代价则是放弃农民祖祖辈辈赖以安身立命的土地,即如有论者所说:“合作化运动比互助组先进,它给普通农民带来的是美好的安定生活的幻影。在旧社会,每一个农民都盼望拥有尽可能多的土地……在新的农业生产合作社里,农民相信政府充满希望的允诺,改变了他们最重要的、有形的财产所有权形式,放弃了土地所有权。”②至此,乡土中国的经济形态已经逐渐被合作化运动瓦解了,遗留下来的只是一些表面的风俗画、田园诗,它们作为一种乡土文学的遗韵或残片被点缀在社会主义新农村的画布上,而置于前景的则是入了社的贫苦农民的欢天喜地和那些与自己的土地、耕牛告别的农民的戚戚忧伤,而后者是作家于不经意间写出的最动人的画面。

---

① 费正清等主编:《剑桥中华人民共和国史(1966—1982)》,海南出版社,1992年,第687页。
② 费正清等主编:《剑桥中华人民共和国史(1966—1982)》,海南出版社,1992年,第664页。

随后1958年的人民公社化运动终于以乌托邦的方式达到了想象中国乡村的极致。计划经济是随着农村生产规模的扩大而逐步加强的。人民公社规模大，公有制程度高，计划性更强，由于人民公社被视为通往“共产主义天堂”的桥梁，集体对农民家庭和个人的私有财产的剥夺大大超过前两个时期，因而在此时受到批评的不仅是资本主义思想，而是人皆有之的“私”，于是作品中选择的基本题材是更为抽象和普泛的“公与私的斗争”，就像李准在《李双双小传》中表现的那样；而热烈讴歌的则是“公而忘私”、“为集体而忘个人”的共产主义风格，就像王汶石在《新结识的伙伴》中所描写的那群人和那些事。反映公社化的小说大多与当时刮的共产风、浮夸风相关联，如大办食堂、大办钢铁、亩产放卫星等，然而，这一切不久便在随之而来的天灾人祸面前碰得粉碎，因此反映公社化的小说似乎没有什么可以留存的，但它们却是描绘社会主义新农村所达到的顶点。

因此，就主题和题材而论，简单地说就是由乡土文学的“喊出农村衰败的一声悲叹”转向讴歌社会主义新农村。社会主义新农村不是资本主义（自由买卖）、不是小农理想（发家致富）、不是个体农户（入不入社），而是经由互助组、合作化、公社化而达致的一体化程度越来越高的政治组织，在这里，“乡土中国”的一切被道路斗争、思想斗争、路线斗争和阶级斗争的观念予以重构，中国当代文学的主导性题材——“农村生活题材”因而生成和定型，同时生成的是一个左右了几代读者的、巨大的关于中国乡村的“想象性构成物”——“农村”。当时的文艺领导人和主流批评家邵荃麟曾以理论的方式表述了这一想象：“我国农村人口有五亿多，而十年来从土地改革，经过劳动互助、合作化高潮而发展到了人民公社的普遍建立，从个体经济占绝对优势到集体经济占绝对优势的态度，从消灭封建剥削残余到消灭资本主义残余的斗争，几乎是几个世纪的变化，在我国只短短十年间就实现了。这种迅速急剧的变化，必然突出地要求在文学上得到反映。”①这一想象自然会把“乡土”挤到边缘，成为映衬“农村”的背景（如《创业史》），成为新生活的点缀（如《山乡巨变》），或者成为某种政治隐喻（如《艳阳天》）。诚如一位研究者所断言：“当用‘农业

① 邵荃麟：《文学十年》，作家出版社，1960年，第12页。

题材'来替换'乡村小说'时,人与乡村或土地的情感关系就要被转换为政治抒情,它们被一种更为'重要'和宏大的叙事所遮蔽。"[①]我想略作修正的是:这一切就发生在"农村"置换"乡土"的过程中。

原载《华中师范大学学报(人文社会科学版)》2003年第4期

① 萨支山:《试论五十至七十年代"农村题材"长篇小说——以〈三里湾〉、〈山乡巨变〉、〈创业史〉为中心》,《文学评论》2001年第3期。

20世纪乡土小说的创作形态及其新变

贺仲明

20世纪中国社会经历的是由传统农业文明向现代工业文明的嬗变与更新，在这一过程中，中国乡村和中国农民都承受了现实和文化命运的巨大变迁，以之为书写对象的乡土小说自然也受到其波澜的冲击。由于作家们文化身份及与乡村关系的差别，他们创作时所呈现的立场和心态也纷繁多样。正是这一点，形成了20世纪乡土小说创作形态的多元化和复杂化。

一

大体而言，20世纪中国乡土小说包括以下四种创作形态：

（一）文化批判形态

文化批判形态乡土小说是“五四”启蒙运动的产物。作为知识分子的思想运动，许多“五四”文化启蒙者持有这样的看法：中国农村人口最多，文化水平最低，积淀的传统封建文化也最深，它自然应该成为启蒙运动的最主要对象。这一类型的乡土小说，就是以“五四”启蒙的文化立场，以现代文明代表者的身份对乡村进行审视和批判。

鲁迅是这一形态的开创者和精神领袖。正如他自言因“听将令”而开始创作，他的许多乡土小说作品都明确承担着启蒙的使命。如著名的《阿Q正传》，其意图就在于“画出这样沉默的国民的魂灵来”①，作者在主人公阿Q和他生活的未庄身上寄托的，是对于乡村文化以及整个民族“国民性”的思考，作者对阿Q及未庄民众的批判，是明确的知识分子启蒙立场。

张天翼曾经说过：“现代中国的作品里有许多都是在重写着《阿Q正传》。”②确实，正如“五四”思想传统对整个20世纪中国社会都影响深远，文化批判形态乡土小说也有不绝的遗响。20年代中后期，王任叔、许钦文、鲁彦、彭家煌等是鲁迅的直接继承者，他们的《疲惫者》、《鼻涕阿二》等作品，无论思想内涵还是人物形象特质都与《阿Q正传》有密切的渊源。30年代以后，萧红在《生死场》、《呼兰河传》，师陀在《果园城记》，路翎在《罗大斗的一生》、《蜗牛在荆棘上》等作品中，继续着对这一形态的延承。

80年代初，文化批判形态创作出现了新的繁荣，高晓声、韩少功、郑义等作家是其中的代表，《陈奂生上城》、《爸爸爸》、《老井》等作品中的陈奂生、丙崽和老井村，与半个多世纪前的阿Q和未庄接上了密切的精神亲缘。之后，又有刘恒、杨争光、尤凤伟、乔典运、周大新，以及更年轻的东西、谭文峰等作家，创作出《伏羲伏羲》、《老旦是一棵树》、《泱泱水》、《问天》、《向上的台阶》、《没有语言的生活》、《走过乡村》等作品，给这一形态注入了新的生命力。

(二) 政治功利形态

政治功利形态与文化批判形态有些类似，都以乡村来承担一定的意识形态任务，只是它的创作宗旨由文化变为了政治，目的在于配合乡村社会中的种种政治思潮和政治运动，以文学方式呼应与鼓动乡村社会的政治风暴。因此，这一形态的乡土小说创作，更为关注乡村的政治关系，凸显乡村人的阶级身份及政治要求，它们往往蕴涵着作者们明确的政治倾向性，带有强烈的政治功利色彩。

---

① 鲁迅：《俄文译本〈阿Q正传〉序》，《鲁迅全集》(第7卷)，人民文学出版社，1981年，第82页。

② 张天翼：《我怎样写〈清明时节〉的》，《文学》(第6卷)，1936—01。

宽泛一点说，在 20 年代就已经出现了政治功利形态的乡土小说作品。高世华的《沉自己的船》等，就蕴涵有比较强烈的政治意识，但这种意识基本上是处于自为状态，政治功利目标尚不明确。政治功利形态的真正形成，是在 30 年代初。阳翰笙的《地泉》、蒋光慈的《咆哮了的土地》等作品，以鲜明的政治触角，揭示了乡村社会的阶级苦难，大力张扬了乡村的政治反抗，政治功利目标已非常具体。几乎同时，叶紫的《丰收》、茅盾的“农村三部曲”、吴组缃的《一千八百担》等，将这一创作推向了高峰。

茅盾是这一形态的中坚，他不但奉献了具有典范意义的《春蚕》等创作实绩，而且为这一形态奠定了坚实的理论基础。他对乡土小说所作出的概括，深刻地影响了这一形态的创作者们：“特殊的风土人情的描写，只不过像看一幅异域的图画，虽然引起我们的惊异，然而给我们的只是好奇心的餍足。因此，在特殊的风土人情而外，应当还有普遍性的与我们共同的对于命运的挣扎。”[①]可以说，茅盾之后的这一形态的创作者，无不体现出对这一原则的继承。

40 年代，政治功利形态有了进一步的加强。萧军、端木蕻良等东北作家的创作，以浓郁的爱国主义意识表现出对这一形态内涵的拓展。解放区，欧阳山、康濯、孙犁，以及丁玲、周立波等作家，普遍以小说创作呼应现实的农村工作政策，激励农民参与政治运动，将乡村描绘与政治宣传作了充分的结合。50 年代至“文革”，政治功利形态创作发展到其顶峰，从周立波、柳青、梁斌，到李准、王汶石，几乎所有的乡土小说作家都被囊括进这一创作中。浩然的《艳阳天》和《金光大道》，是这时期最具典型意义的创作。

80 年代以后，这一形态依然保持着生命力。刘绍棠的《蒲柳人家》、何士光的《乡场上》、张贤亮的《龙种》、张一弓的《黑娃照相》、《犯人李铜钟的故事》等大量的农村现实改革和历史反思小说，以积极的方式呼应和深化着现实的政治思潮，展示着作家们高昂的政治激情和政治愿望。90 年代，由刘醒龙、何申、关仁山、张继等作家创作的“现实主义冲击波”小说，以及王小波的“黄金三部曲”等作品，对这一形态作了新的推进。

---

① 茅盾：《关于乡土文学》，《文学》（第 6 卷），1936—02.

(三)文明怀旧形态

顾名思义,这一形态是将乡村作为审美而非现实的对象,从虚幻的远距离来看待和书写乡村的。它与中国古典文学中的田园山水诗有着直接的渊源。沈从文的话可以作为这一形态书写乡村的基本宗旨:“不管是故事还是人生,一切都应当美一些!丑的东西虽不全是罪恶,总不能使人愉快,也无从令人由痛苦见出生命的庄严,产生那个高尚情操。”[①]其中即使有贫穷和苦难,也都被蒙上了一层温情和美的面纱。在这一创作形态里,乡村代表着一种文明,一种与其田园风景相一致的脉脉温情。

文明怀旧形态的最早代表作家是废名,他的《竹林的故事》、《浣衣母》等作品,在质朴自然的叙述中传达着对恬淡生活的向往,也递送出工业文明冲击下无奈的感伤情绪。30年代,沈从文又有进一步的发扬,他的《边城》、《雨后》等湘西系列小说,典型地表现了这一形态的浪漫精神特征,也取得了这一形态的最高成就。40年代的汪曾祺师法沈从文,以《鸡鸭名家》等作品崭露头角,维系着这一形态并不强盛的命脉,此外,田涛的《沃土》等作品也清晰地传达出战乱时代流亡者的精神怀乡之情。

80年代后,随着汪曾祺《受戒》和《大淖记事》的问世,文明怀旧形态焕发出新的生命力。何立伟的《白色鸟》、铁凝的《哦,香雪》等作品,表露出对这一形态的明确的继承趋向。90年代,更有迟子建、刘庆邦、张宇、田中禾、张炜、贾平凹等作家加盟这一创作形态,使之达到了历史上的最鼎盛时期。

(四)乡村代言形态

前面三种形态尽管各有差别,但却有着鲜明的共同点,那就是作家们都是站在乡村之外的立场来打量和审视乡村的。乡村代言形态作家们则不一样,他们选择的是乡村自身的立场,代表着乡村人或乡村文化的利益,从内部来观看和书写乡村世界。

在中国乡土小说的四个形态中,乡村代言形态是最薄弱,也是最不纯粹的。虽

---

① 沈从文:《〈看虹摘星录〉后记》,《沈从文文集》(第11卷),花城出版社,1984年,第48—49页。

然早在30年代初，就有批评家认为沙汀“是一个真正的农民诗人”[①]，沈从文和师陀等人更多次宣称自己是“农民”[②]，但其实，这些作家虽然怀有对乡村的情感，也表现出对乡村一定的文化认同，但其精神姿态远不是乡村的，他们始终是站在乡村之外来回望和纪念乡村的。

真正以乡村代言立场进行写作的，是从40年代的赵树理开始。赵树理以做“文摊文学家”的志愿，以“问题小说”为切入点，表现了解放区农民真实的想望，并以当地农民最熟悉的语言和形式，讲述了最通俗直白的故事，博得了农民们的真正认同。由于抗战时代的特殊政治形势，也因为赵树理所代表的农民立场与现实政治要求有深刻的契合，赵树理的创作在解放区中得到了特别推崇。但实际上赵树理被肯定的只是他与政治合拍的部分，因此，赵树理名义上的继承者虽然众多，但他的独特精神并未得到真正的继承，五六十年代后，当政治形势发生变化，赵树理的创作陷入低迷，这一形态也基本中断。

一直到80年代后，乡村代言形态才有新的发展。如果说路遥的《人生》和《平凡的世界》尚是在政治功利和乡村代言之间徘徊的话，那么，稍后的莫言、刘震云、陈忠实、张承志等作家的创作，已经明确代表着乡村的姿态，从现实、文化等不同方面代表着乡村发言，展示出乡村的自我形象，将这一形态推向了一个新的阶段。

二

四种乡土小说形态形成的基础是作家们不同的文化立场和精神姿态，由于这些立场和姿态也直接影响到作家们的艺术表现方法，因此，四种乡土小说形态也形成了各自不同的艺术倾向和创作特点。

文化批判形态的最大艺术特点是象征。这是由它对中国传统文化进行整体批判的创作原则决定的。在作家们的眼中，乡村是整个中国社会和传统文化的缩影，

---

① 杨晦：《沙汀创作的起点和方向》，《青年文艺》（第1卷），1945—06。

② 沈从文：《水云》，《沈从文文集》（第10卷），花城出版社，1984年。芦焚（师陀）：《〈黄花苔〉序》，上海良友图书印刷公司，1937年。

具体的乡村人和乡村场景自然被指代着更广泛的社会和文化世界，呈现出寓言化的特征。所以，在这一形态中，师陀的自白具有代表性意义："我有意把这小城写成中国一切小城的代表，它在心目中有生命，有性格，有思想，有见解，有情感，有寿命，像一个活人。"[①]无论是《阿Q正传》中的未庄和阿Q，《故乡》中结尾处的"路"，《祝福》中的"祝福"场景，还是许钦文《鼻涕阿二》的"松村文化"，鲁彦笔下的"陈四桥文化"，以及萧红笔下的呼兰河，高晓声笔下的陈家村和陈奂生，韩少功笔下的鸡头寨和丙崽，都被寄予了深刻的象征内涵，其意义远远超出了具体的地域和人文范畴。

与之相应，文化批判形态的美学风格主要是沉郁和悲剧性。因为作家们在创作中承担的是文化批判的历史使命，寄寓着"五四"知识分子强烈的民族忧患意识和历史责任感，自然，在这一形态的作品中，很少出现轻快娱乐的场面，它所展现出的乡村画面主要是冷色调，作家们寄寓的是沉重的叹息和无情的解剖，"哀其不幸，怒其不争"，形象地概括了这一形态的感情特征。

政治功利形态与文化批判形态有明显的不同。它意图表现的是农民的政治觉悟，启发他们参与现实政治，因此，"农村三部曲"那样冷静客观的社会剖析和典型真切的细节描写成了它的主要艺术特点，在叙述方法上，它一般追求写实式的客观再现，在人物塑造上，则注意对其阶级身份进行凸显，人物形象多具备类型化的特点，人物之间的关系则体现出比较明确的二元对立特征。

在艺术风格上，政治功利形态也与文化批判形态形成鲜明的对照。文化批判形态多挖掘乡村的阴暗面予以批判，而政治功利形态则张扬乡村的政治激情，多揭示乡村中的革命正义和阳刚之气。因此，他笔下的乡村世界也可能充满苦痛，但这种苦痛多集中在物质层面，并且，它一般都要努力表现出希望和明朗的色彩，表示出政治意识形态的现实功利特征，有时候，它更呈现出热烈豪迈的特点。壮美是这一形态创作的基本美学风格。

文明怀旧形态在艺术上最有追求也最有个性。首先，由于作家们以美和浪漫的眼光去观照乡村，这使他们很自然地侧重对乡村自然美的描摹，也注意对神秘浪

---

① 芦焚(师陀):《〈果园城记〉序》，上海出版公司，1946年。

漫氛围的营造，因此，这一形态作品多具有精致细腻的风景描写和强烈的传奇色彩，像30年代沈从文的苗族故事就最为典型。其次，因为作家们不以再现乡村为目的，自然要淡化与乡村现实之间的关系，所以，他们往往回避生活场景的具体明确，也不追求复杂曲折的故事和明确具体的个性，情绪是他们小说的中心，散文化的结构和诗化的意境则是他们小说的基本形式。

另外，也许是因为20世纪中国社会的发展方向是由传统向现代，乡村文化的总体命运趋势是萎缩和衰退，文明怀旧形态还普遍呈现出比较强烈的感伤色彩，作家们的抒情往往都不热烈而是带着淡淡的无奈，其极端者，更表现出遗世独立的精神趋向。所有这一切，造就了文明怀旧形态以优美和感伤为中心的美学风格。

乡村代言形态成熟得最迟，艺术特点也最为芜杂。赵树理的艺术特点最为明显，其完全本色的农村口语和说书体的故事结构，在20世纪乡土小说作家中独树一帜。但是，这一艺术特点并没有被后来者充分地继承。直到90年代，这一创作形态才逐渐形成了自己新颖而独特的艺术特征。

当然，需要指出的是，我们上述对乡土小说创作进行的分类，只是在相对意义上的，因为虽然各种乡土小说形态都具有自己明确的内涵和创作特点，但这种明确更多只是体现在理论概括上，落实到具体的作家和作品，则要复杂、含混得多。或者换句话说，尽管每一个作家都有相对固定的文化立场，体现着不同形态的特点，但是严格说来，真正以单一形态立场进行创作的作家并不多。更常见的情形是，一个作家的基本精神是属于某种形态立场，但其具体创作中往往还会混杂进其他形态的价值观念，它们以不同地位共存于其创作中，呈现出复杂而多样的特点。

而且，乡土小说各形态内部也不是一成不变，而是以发展的、不断更新的状态存在的，在不同形态之间，更存在着相互矛盾而又交融的复杂关系，它们各自的特点在不同程度上为其他形态所借鉴和采用，相互之间也经常出现相互攻讦和排挤的局面。

在20世纪乡土小说的发展历史中，上述四种形态的发展不是均衡、平等的，它们呈现的是此起彼伏的严重不平衡状态。这主要是因为它们所依恃的文化形态有强势和弱势、主流与非主流之分。20年代是"五四"新文化的建设和高峰时期，也是文化批判形态的绝对兴盛时期。1927年后，社会政治环境有了急剧的改变，政党之间矛盾恶化,知识分子也分化为不同的政治文化阵营。[1] 在这种情况下,政治功利形态一旦兴起,就迅速成为乡土小说创作的中心。40年代至“文革”结束,中国的政治文化环境始终保持高度的严峻,也导致了政治功利形态长期占据中心舞台,并最终形成了唯我独尊的局面。相对于上两种形态在不同时期的各领风骚,文明怀旧形态和乡村代言形态显得与时代文化不够合拍,也长期处于夹缝和边缘状态(后者在40年代战争环境中曾有过短暂的繁荣)。一直到20世纪的最后十几年,这一情形才有大的改观。

三

大体而言,20世纪80年代以前,中国乡土小说各形态的发展历史是比较平静的,其内涵也比较稳定,但80年代乡村改革后,尤其是90年代实施市场经济后,乡村社会的面貌发生了巨大变化,乡土小说的创作形态也出现了新的变异。可以说,各乡土小说的基本形态仍在,但其内容面貌和创作格局都有了不同程度的改变。

首先,各创作形态的内涵发生变异,作家的归属更趋混杂。

就内涵变异而论,最具代表性的是农民代言形态。以往的这一形态创作,以赵树理为代表,主要停留在自发的阶段,作家们也多从现实角度代表乡村发言。但80年代中期以后,这一形态作家的自觉姿态明显增强,内涵也从现实向文化方向转移。刘震云和莫言的创作最有代表性。刘震云的“故乡”系列和《温故一九四二》等作品以农民立场对中国历史进行了全方位的演绎,展示出绝望而充满戏谑的农民文化姿态;莫言的《天堂蒜薹之歌》和“红高粱”系列作品,或为现实农民利益呐喊,或借助于狂欢的故事形式,宣泄了农民的长期精神压抑,夸张性地张扬了农民的文化精神。比较赵树理拘谨本分的农民故事,这些作品的文化自觉和精神自信有了明显的发展。

陈忠实的《白鹿原》、张承志的《心灵史》和赵德发的《缱绻与决绝》等进一步拓

① 朱晓进:《政治化思维与三十年代中国文学论争》,《中国社会科学》2002年第6期。

展和转变着农民代言形态的精神内涵。在这些作品中,作者都不再持守单一的农民立场,而是融合了其他文化内容。像陈忠实、赵德发糅杂的是中国主流知识分子传统文化,张承志则结合了少数民族的宗教文化——这些文化与农民文化本来就有深远的联系,但由于中国现代文化建立的"五四"时代对它们进行了彻底的否定,因此,长期以来,它们被乡土小说作家们所忽视和拒绝——并以这种糅杂了新内涵的文化姿态对中国现代历史进行着阐释与书写。

政治功利形态内涵也出现了新的特点。在过去,以这一形态进行创作的作家多拥有很明确的政治倾向,他们对乡村的俯视和拯救姿态也很明显。但90年代后,这些特点都有所转变。"现实主义冲击波"作家群体最有代表意义。就参与现实、维护现实政治的特点而言,他们与这一形态的传统创作并无二致,但在所表现的政治意图上,这些创作要隐晦含蓄了许多,而且,其中的许多作品,像刘醒龙的《挑担茶叶上北京》、张继的《杀羊》等,所传达的已不仅是纯粹的政治意识形态立场,而是融合了很明确的农民自我意识,夹杂有农民代言形态的一些特点,在叙述方法上也普遍放弃了传统的俯视姿态,呈现出明显的平视特点。① 尤其是王小波的"黄金三部曲",所传达的政治思想已超越了传统的服务功利性,而表现出独立的思考和批判特点。

相比之下,文化批判形态和文明怀旧形态的内涵变化最小,但也有所发展。前者中,东西《没有语言的生活》、周大新《向上的台阶》、李佩甫《无边无际的早晨》等作品,对文化批判的深度进行了拓展。这些作品也着力于对乡村文化的愚昧和保守的批判,但作家们的批判立场已经不仅是"五四"的启蒙文化,而是力图向更抽象的人性思考掘进。《没有语言的生活》中表现的村民们对有残疾的主人公一家人的伤害,已不仅是"国民性"可以概括,而是体现着人性恶的特征;《向上的台阶》中对乡村文化中"官本位"的批判,也上升到更抽象的层面;《无边无际的早晨》对乡村道德/物质发展、现代文明/传统文化两难处境的揭示,也具有很深的启迪意义。而文明怀旧形态的作家们则比较多地向现实方面转化,无论是迟子建的"北极村童话",还是刘庆邦、张宇对乡村田园美和道德美的讴歌,作家们都不再像废名、沈从文一

---

① 贺仲明:《平民立场的现实审察》,《当代作家评论》1997年第5期。

样去探求乡村文化的哲理和文化生命力，他们更关注的是乡村文化的现实命运，进行的是对正在消逝的传统美德的追怀和感慨。

形态的变异进一步促进了作家姿态的含混。像前面提到过的贾平凹、张炜等，就很难说清应该归属于乡村代言还是文明怀旧形态，刘醒龙等“现实主义冲击波”作家，也具有不同形态的游移特征。这与以前作家相对稳定的创作姿态形成了显著区别，也客观上对原有的乡土小说形态限定构成了冲击。

其次，不同创作形态的格局发生变化，文明怀旧和乡村代言形态成为主流。

在80年代以前，占据乡土小说创作中心的绝对是政治功利和文化批判形态，但是，90年代之后，情况有了明显的改变。文化批判尤其是政治功利形态出现严重的衰退，文明怀旧形态和乡村代言形态则得到了前所未有的发展，不但创作队伍扩大，而且更多的乡土小说作品中自觉不自觉地渗透进这两种形态的某些特征。在八九十年代的乡土小说创作轨迹中，我们可以清晰地看到许多作家从其他形态向乡村代言和文明怀旧形态倾斜和变异的过程。

像刘震云，在80年代创作《塔铺》、《新兵连》等作品时，虽然也蕴含有为乡村代言的意思，但其中还是渗透了许多文化批判的内涵。在经历过“新写实”浪潮之后，刘震云的农民文化立场表现得更为明确与自觉，他的《温故一九四二》和“故乡系列”长篇小说，展示的已完全是长期身居社会底层的农民阶级对社会和历史的观望，农民的戏拟与绝望姿态非常明显。此外，像陈忠实、张承志等人的创作中，也同样可以清晰地见出这种转变的痕迹。

向文明怀旧方向转变的作家同样突出。在这方面，张炜和贾平凹最具典型性。80年代初，他们的创作都是以政治功利为主的，《秋天的愤怒》、《腊月·正月》等作品，都表示出对乡村现实困窘的深切关注和对现实政治的支持。但当乡村改革对乡村文化构成了根本性的冲击，乡村文化崩溃命运不可逆转的情况下，他们的创作就转移到了对乡村文化的卫护，在对现实的强烈诅咒里表达出对乡村文化没落和颓圮的深切感伤，从而实现了与文明怀旧传统在精神上的强烈遇合。像贾平凹的《土门》、《怀念狼》，张炜的《家族》、《外省书》等作品，都兼备乡村文明代言和文明怀旧的双重姿态。只是在艺术上，他们未能达到文明怀旧传统的抒情和精致，只能算是两种传统尚未成熟的结合物。

相比之下，阎连科的转变不那么剧烈，但却更具有代表性。阎连科曾是乡村苦难的明确控诉者，他的"瑶沟系列"作品，站在明确的乡村立场，诉说着一个个沉重得令人心酸的故事，描画着苦涩而荒凉的乡村世界，可以说，这时候的阎连科与文明怀旧形态毫无共同之处。但是，90年代中期以后，阎连科的创作风格有了明显的转换，他的"耙楼系列"（如《年月日》等）作品，虽然持守的依然是乡村代言立场，但他不再倾诉乡村的苦难，而转为讴歌乡村的文化精神，表现出向文明怀旧相倾斜的精神特征。他的乡村世界不再像从前那样沉重，而是开始洋溢出诗情。可以想象，随着乡村文化变革的加剧，阎连科的转变会更为明显，像他这样转变的作家也会有更多。

偶尔涉足文明怀旧形态的作家则更多。像张宇、李佩甫、田中禾、刘庆邦等作家，虽然主体创作姿态各异，但在《乡村情感》、《黑蜻蜓》、《姐姐的村庄》、《鞋》等作品中，都曾对乡村进行着精神怀旧和浪漫传奇式的讴歌，荡漾着作家们对乡村梦想的文化怀恋。在这一创作形态中，东北女作家迟子建也许是姿态最为明确也最具持久性的。她的《亲亲土豆》、《秧歌》等作品，多采用童年的视角，对东北乡村的自然美景和平静生活进行了纯净而真切的再现，她所集中塑造的"北极村"意象，充分体现着温情和平静冲淡的特点，其宽容、忧郁以及与现实的距离感，都与沈从文的"边城"系列有着精神上的明确继承。

20世纪乡土小说是一个复杂的存在。正如黑格尔所说"一切存在都是合理的"，乡土小说的每一形态背后都寓含着一定的社会和文化背景，也都有自己存在的价值和意义。对任何一种形态及其创作作简单的臧否都是轻率的，本文也不试图完成这一任务。然而，我们又不得不说，由于多种因素的影响，四种乡土小说形态的创作都有自己的缺陷，都未能达到各自的最深远处，其中值得总结的经验和教训都甚多。在已经到来的21世纪，中国社会的工业化程度会越来越高，乡村社会的变异会越来越大。新世纪的乡土小说作家们，对现有的乡土小说创作形态肯定会有所继承，又会有新的突破。我们相信，那将是一片更灿烂的风景。①

原载《南京师大学报(社会科学版)》2004年第3期

① 可以作为印证的是，在新世纪的第一年，莫言出版了长篇小说《檀香刑》。这部作品继续着20世纪的乡村代言创作传统，以明确的乡村立场和丰富的民间艺术手法，表达出了真正属于中国乡村的声音，达到了这一形态创作迄今为止的最高成就。

百年中国的主流文学

——乡土文学/农村题材/新乡土文学的历史演变

孟繁华

20世纪以来的中国文学,乡村中国一直是最重要的叙述对象。因此,对乡村中国的文学叙述,形成了百年来中国的主流文学。这个主流文学的形成,一方面与中国社会在本质上是“乡土中国”有关,20世纪以来的中国作家几乎全部来自乡村,或有过乡村生活经验。乡村记忆,是中国作家最重要的文化记忆。另一方面,中国革命的胜利,主要依靠的力量是农民,新政权的获得如果没有广大农民的参与是不能想象的。因此,对乡村中国的文学叙述,不仅有中国本土的文化依据,而且有政治依据。或者说,它既有合理性又有合法性。但是,这个主流文学在中国社会历史发展的左右下,出现了两次转折:一次是乡土文学向“农村题材”的转移,发生于20世纪40年代初期;一次是“农村题材”向“新乡土文学”的转移,发生于80年代初期。

现代中国文学最初对乡村的叙事是分裂的:一方面,贫困的农民因愚昧、麻木甚至病态而被当作启蒙或拯救对象,他们是阿Q、华老栓、祥林嫂;另一方面,乡村平静的田园又是一个诗意的所在,它是《故乡》、《边城》、《一个多情水手与一个多情妇人》。因此,那个时代对乡村的想象和叙述是矛盾的。乡村叙事整体性的出现,与中国共产党建立现代民族国家的目标密切相关。农民占中国人口的绝大多数,动员这个阶级参与建立现代民族国家的进程,是被后来历史证明的必由之路。于是,自延安时代起,特别是反映或表达土改运动的长篇小说《太阳照在桑干河上》、

《暴风骤雨》等的发表，中国乡村生活的整体性叙事与社会历史发展进程的紧密缝合，被完整地创造出来。乡村中国的文学叙事在这个时代终结了。此后，当代文学关于乡村中国的书写都来自这一模式，“史诗性”是这些作品基本的也是最后的追求。《创业史》、《山乡巨变》、《三里湾》、《红旗谱》、《艳阳天》、《金光大道》、《黄河东流去》等概莫能外。

一、作为意识形态的“农村题材”

乡土文学转向“农村题材”之后，中国主流文学在思想倾向和审美取向上发生了重大变化：在思想倾向上，是民粹主义的民众崇拜；在审美取向上，是暴力美学崇拜。中国原本没有民粹主义的思想流脉，“以民为本”不是民粹主义思想，而是中国本土历代帝王的统治谋略。现代中国特别是毛泽东的民粹主义思想倾向，与法国的卢梭、俄国的恰达耶夫、赫尔岑等，没有思想上的同源关系。这与它和马克思主义的关系是不同的，当马克思主义的基本原理特别是阶级斗争理论和辩证唯物主义介绍到中国之后，它从中找到了中国革命的理论动力，当它可以诉诸中国革命实践并具有了解决中国革命的意义时，就不再是一个遥远的异国之物。而毛泽东民粹主义的思想来源，是一个非常复杂的问题，这不仅与他的农民出身、与农民在精神上的联系相关，同时更与他对中国革命基本力量的认识和实现革命目标的策略相关。但他从理论上具有民粹主义的思想倾向，直接来自李大钊，这从他早期的文章中是可以识别的。1917 年他发表的《体育之研究》，并没有什么独特的思想见解，但却提出了文化人应当具有乡野劳动者那样强健的体魄，这与他的乡村生活经历是有关的。而 1919 年 2 月，李大钊表达了对乡村生活的向往和对农民的景仰之后，在下半年他就发出了“民众的大联合”，而这里的“民众”，显然是指农民。所不同的是，李大钊所表达的还限于向农村和农民汲取道德力量，并用社会主义原则去教育他们。而毛泽东则看到了中国革命实践主体性的力量。因此有学者指出，毛泽东“对普通民众——他们绝大多数是贫穷的，没有文化，受剥削和压迫——的价值观和愿望，怀有一种偏爱，这显然是由于政治上的缘故。他认为，这些人，正是中国潜在的革命者”[①]。毛泽东在以后漫长的革命生涯中,始终没有放弃这一策略。因此,民粹主义作为一种思想倾向,对追随革命的各阶层人士,都产生了持久的影响。无论是出身贫民的军队领袖,还是出身于富裕家庭的知识分子,都在毛泽东的这一思想/策略引导下,对中国民众/农民产生了向往和景仰的情感需要。特别是在毛泽东思想指引下,解放区各方面取得的发展以及整风运动的成果,知识分子中民粹主义的思想倾向已经成为时代主要的思想流脉。一方面,毛泽东身体力行,他以其思想和文体的魅力,证实了将民众作为革命主体对象的巨大成功;另一方面,当主流文化“主要诉诸传统的边缘文化因素作为自己的思想材料”[②]取得丰硕成果时,知识分子不得不心悦诚服地成为人民大众的学生。到了40年代末期张申甫提出了“反哺论”,认为“一个知识分子,倘使真不受迷惑,真不忘本,真懂得孝道,对于人民,对于劳苦无知者,只有饮水思源,只有感恩图报,只有反哺一道”[③]。这一表述,不仅示喻了知识分子中民粹主义的思想成分,而且也证实了“民众崇拜”在文化信念上的完成。

民粹主义或民众崇拜,是“农村题材”最重要的思想特征。与此相关的,是在“阶级”划分业已完成的时代,“一个阶级消灭一个阶级”的革命冲动和激情,形成了“农村题材”最鲜明的美学特征,这就是“暴力美学”。在《太阳照在桑干河上》,有一段斗地主钱文贵的场面:义愤填膺的翻身农民要同钱文贵“算总账”,地主必须在农民面前“跪下!跪下!”戴上“高帽子”的钱文贵还被吐了一口痰。在赵树理的《李家庄的变迁》中,地主李如珍被活活打死,李如珍的“一条胳膊连衣服袖子撕下来,腿虽没有撕掉,裤裆已撕破了”。这种“暴力美学”不仅在“农村题材”的作品中普遍存在,而且在表现建立现代民族国家过程中的各个阶段,比如抗日战争、解放战争等文学作品中,更是有过之而无不及。这种倾向培育了民众的暴力欣赏趣味。当急风暴雨的革命成为过去之后,对暴力的欣赏仍然是普通读者主要追逐的对象。80年代以来,“武侠小说”的风行证实了这种趣味的顽固存在——当暴力在社会生活

① 王衮吾:《作为马克思主义者和中国人的毛泽东》,载萧延中主编《在历史的天平上》,中国工人出版社,1997年,第139页。

② 萧功秦:《民族主义与中国转型时期的意识形态》,《战略与管理》1994年第4期。

③ 张申甫:《知识分子与新的文明》,《中国建设》第6卷第5期,1948年8月1日。

中不再具有合法性的时候，那个虚拟的文学空间就成为血雨腥风、血流成河的替代场所。

二、“农村题材”的终结与新乡土文学的发生

但是，“农村题材”的整体性的叙事很快就遇到了问题，或者说，在这条思想路线指导下的乡村中国和广大农民，没有找到他们希望找到的东西。不仅柳青的《创业史》难以续写，浩然的《艳阳天》下也没有出现那条“金光大道”。1979 年，周克芹发表了《许茂和他的女儿们》，作品以现实主义的方式，率先对这个整体性提出了质疑；1980 年，张弦发表了《被爱情遗忘的角落》、高晓声发表了《陈奂生上城》；1981 年，古华发表了《爬满青藤的木屋》，再现了乡村中国依然处于蒙昧状态的不同景象。这些作品的发表，虽然有意识形态的因素，有思想解放的社会政治环境，但乡村中国文学叙述传统对文学内在规律的激活是其重要的原因。这是来自中国本土的文学背景。

我们必须承认，20 世纪 80 年代之后，中国文学界对包括世界文学在内的文学经典，有一个再确认的过程，曾经被否定的世界文学经典重新被认同。80 年代初期，世界文学名著被读者狂热购买的场景今天仍然历历在目。无论是作为一种文学知识，还是作为一种重要的文学遗产，世界文学显然潜移默化地也深刻地影响了中国三十年来的文学创作。这种情况在中国主流文学的创作中看得更清楚。美国小说家马克・吐温对家乡密西西比河乡村生活的描摹，意大利小说家维尔加对故乡西西里岛乡村底层生活的叙述，福克纳对美国南方风情画般的描绘，俄罗斯小说家屠格涅夫、契诃夫、托尔斯泰等对俄罗斯广阔的草原、森林和乡村生活的由衷赞美，以及拉美“爆炸文学”对古老的民族传统和神秘地域的神奇记载等，都给当代中国作家以启示或灵感。莫言说：“从 80 年代开始，翻译过的外国西方作品对我们这个年纪的一代作家产生的影响是无法估量的，如果一个五十岁左右的作家，说他的创作没受任何外国作家的影响，我认为他的说法是不诚实的。我个人的创作在 80 年代中期、90 年代中期，这十年当中，是受到了西方作家的巨大的影响，甚至说没

有他们这种作品外来的刺激,也不可能激活我的故乡小说,看起来我在写小说,但是外加的刺激让我产生丰富联想的是外国作家的作品。""魔幻现实主义对我的小说产生的影响非常巨大,我们这一代作家谁说他没有受到过马尔克斯的影响?我的小说在1986、1987、1988年这几年里面,甚至可以说明显是对马尔克斯小说的模仿。"①批评家朱大可在揭示这一现象的同时,也措辞严厉地批评说:"'马尔克斯语法'对中国文学的渗透,却是一个无可否认的事实。长期以来,马尔克斯扮演了中国作家的话语导师,他对中国当代文学的影响,超过了包括博尔赫斯在内的所有外国作家。其中莫言的'高密魔幻小说',强烈彰显着马尔克斯的风格印记。但只有少数人才愿意承认'马尔克斯语法'与自身书写的亲密关系。对于许多中国作家而言,马尔克斯不仅是无法逾越的障碍,而且是不可告人的秘密。"②无论如何,世界文学与中国当代主流文学的关系就这样缠绕在一起。中国本土乡村叙述的传统和世界文学对乡土文化的描摹,改变了作为中国主流文学的"农村题材"的整体面貌:血腥的暴力退出了文学叙事,代之而起的是对中国乡村历史多重性的发现。民众崇拜不见了,意外被发现的是乡村身份和精神的危机;诗意的家园不见了,那个诞生中国革命主体力量的所在,在精神上几乎还是蛮荒之地;新政权建立多年以后,权力意志与前现代并无二致。90年代以来,先后发表的《白鹿原》、《羊的门》、《万物花开》、《丑行或浪漫》、《受活》、《白豆》、《我的生活质量》、《妇女闲聊录》、《笨花》、《上塘书》、《秦腔》、《空山》、《吉宽的马车》、《湖光山色》、《白纸门》、《高兴》等长篇小说,构成了中国当下"新乡土文学"的崭新图景。这一转向,使中国主流文学的面貌发生了根本性的变化。这种变化最重要的特征,一是对乡村中国"超稳定文化结构"的发现,二是乡村叙事整体性的破碎。

三、乡土中国"超稳定文化结构"的发现

所谓"超稳定文化结构",是指在中国乡村社会一直延续的乡村的风俗风情、道

① 《著名作家莫言做客新浪网访谈实录》,book.sina.com.cn,2003年8月6日。

② 朱大可:《马尔克斯的噩梦》,《中国图书评论》2007年第6期。

德伦理、人际关系、生活方式或情感方式等，世风代变，政治文化符号在表面上也流行于农村不同的时段，这些政治文化符号的变化告知着我们时代风云的演变。但我们同样被告知的还有，无论政治文化怎样变化，乡土中国积淀的超稳定文化结构并不因此改变，它依然顽强地缓慢流淌，政治文化没有取代乡土文化。铁凝新近出版的《笨花》，也是一部书写乡村历史的小说。小说叙述了笨花村从清末民初一直到20世纪40年代中期抗日战争结束的历史演变。但是，值得注意的是，国族的历史演变更像虚拟的背景，而笨花村的历史则是具体可感、鲜活生动的。因此可以说，《笨花》是一部回望历史的小说，但它是在国族历史背景下讲述的民间故事，是一部"大叙事"和"小叙事"相互交织融会的小说。它既没有正统小说的慷慨悲壮，也没有民间稗史的恣意横流。"向家"的命运是镶嵌在国族命运之中的，向喜与他的儿女向文成、取灯以及向文成的两个儿子，都与这一时段的历史有关系。但是，他们并没有也不可能建构甚至成为这段历史的"缩影"，尽管在向喜与取灯的身上体现了民族的英雄主义。但小说真正给人留下深刻印象的，还是笨花村的日常生活，是向喜的三次婚姻以及笨花村"窝棚"里的故事。因此，《笨花》在这个意义上也可以看作一部对"整体性"的逆向写作。

笨花村棉花地里的"窝棚"，是小说中的一个经典场景。它像一座暗夜笼罩的舞台：既有心神不定看花的男人，也有心情像棉花一样盛开的拾花的女人，既有游走的"糖担儿"，也有喑哑的糖锣。无数个窝棚既扑朔迷离又充满诱惑，它是笨花村一道独特又暧昧的景观。它是笨花村的风俗，也是笨花村的风情。在这个场景里出入了与笨花村相关的各色人等，在笨花村，它是人所共知的公开的秘密。它像一块男女之事的"飞地"，也是一处诱惑无边的肉体与棉花的民间"交易所"。但笨花村似乎习以为常，并没有从道德的意义上评价或议论它。除非在矛盾极端的时候，偶尔骂一句"钻窝棚的货"。但是，"窝棚"里的交易却在最本质的意义上表现着人的性格、禀性和善恶。西贝牛、小治、时令、"糖担儿"、向桂、大花瓣、小袄子等，都与窝棚有不同的关系，甚至取灯最后也被日本鬼子糟蹋、杀害在窝棚里。

《笨花》是一部既表达了家国之恋，也表达了乡村自由的小说。家国之恋是通过向喜和他的儿女并不张扬但却极其悲壮的方式展现的；乡村自由是通过笨花村那种"超稳定"的乡风乡俗表现的。因此，这是一部国族历史背景下的民间传奇，是一部在宏大叙事的框架内镶嵌的民间故事。可以肯定的是,铁凝这一探索的有效性,为中国乡村的历史叙事带来了新的经验。

如何表达变革时期乡村中国的社会生活和世道人心,如何展现一个真实的乡村中国的存在,可能是在这个范畴内展开文学想象的所有作家面对的共同困惑。当现代性、后现代性等问题在都市文学中几近爆裂的时候,真正具有巨大冲击力的小说,可能还是存在于对乡土中国的书写和表达中。范小青的《赤脚医生万泉和》叙述的故事,从"文革"到改革开放历经几十年。万泉和生活在"文革"和改革开放两个不同的时期,这两个时期对中国的政治生活来说是两个时代。但时代的大变化、大动荡、大事件等,都退居到背景的地位。我们只是在乡村行政单位建制、万泉和的身份、批斗会现场和一些流行的政治术语中,知道小说发生在"文革"背景下。但进入故事后我们发现,后窑村的日常生活并没有发生根本性的变化,传统的风俗风情仍在延续并支配着后窑人的生活方式。那些鲜活生动的乡村人物也没有因为是"文革"期间就改变了性情和面目。我们在好逸恶劳的"新娘子"万里梅、风情万种轻佻风骚的刘玉、简单泼辣又工于心计的柳二月、心有怨恨又无从宣泄的裘大粉子等乡村女性那里,鲜明地感受了乡村中国前现代周而复始的日常生活图景。进入改革开放时期,这些人物的性格或性情也没有因此而改变。乡土中国风俗风情不变的超稳定性,还可以在后窑男性人物和其他场景中得到证实。吴宝是一个典型的乡间花花公子,他肆无忌惮地与各种女性发生关系,"文革"前后都是如此。他虽然也曾被批斗,但那种形式化的场景不仅不严肃,而且很像一出滑稽的言情喜剧:

> 刘玉和吴宝并排站着,刘玉还把自己的头靠在吴宝的肩上。吴宝嬉皮笑脸,和一个看热闹的新媳妇打情骂俏,他说:"你要是老盯着我看,你会怀上我的孩子。"害得人家新媳妇满脸通红。旁边的人呸他,说人家新媳妇肚子里已经有孩子了,吴宝就笑到:"那孩子生下来也会像我。"新媳妇说不可能的,怎么可能呢?吴宝想要凑到新媳妇耳边说话,被裘二海喝住了,吴宝就站回原地,跟新媳妇挤眉弄眼地说:"你过来,我告诉你怎么可能。"新媳妇差一点真要过去了,后来她才发现是不能过去的,就站定了不动。吴宝"嘘"了一声,说:"现

在人多不方便，晚上我们在竹林里见，我告诉你。”大家都笑，吴宝得意地摇晃着身子，刘玉拉他说：“吴宝你站好，严肃点，这是开批斗会呀。”

这个场景就是乡村中国的政治文化。一方面它是对新道德的维护，是对不正当两性关系的“批判”；另一方面，两性关系又是乡村社会带有“娱乐性”的“文化生活”。我们在各种民歌或民间故事中都会感受到。因此，即便在“文革”时期，即便是被批判的对象，民众并没有把它看得多么严重。批斗会更像娱乐民众的文化活动。这个场景，与铁凝《笨花》中的“窝棚”故事异曲同工——民众并不是将两性关系很道德化对待的。

四、乡土文学整体叙事的碎裂

当然，乡土中国社会的发展，并不是一部简单的自然发展史，也并不是不变应万变的物理时间。现代中国政治风云的变幻，深刻地影响了中国乡村的发展。经过百年的社会变革，中国农民的政治身份和经济地位不仅发生了根本性的变化，而且乡村中国的社会结构也发生了极大的变化。其中的重要现象就是乡绅阶层的消失。乡绅在中国乡村社会有非常重要的作用，它非常类似西方的市民社会，能够起到类似教会、工会、学校、社会救助组织、文化组织机构等的作用。当然，乡绅的作用没有也不会像西方市民社会那样完善。但是，作为非政府、非组织的乡绅阶层，在中国乡村社会结构中，有一定的权威性，在民众中有相当程度的文化领导权。它的被认同已经成为乡村中国文化传统的一部分。家长、族长、医生、先生等，对自然村落秩序的维护以及对社会各种关系的调理，都有不可替代的作用。比如《白鹿原》中白嘉轩就是这样的人物。在《赤脚医生万泉和》中，赤脚医生万人寿和万泉和，在乡土中国就应该是“乡绅”式的人物。但在“文化大革命”中，赤脚医生作为新生事物，他们自然不会也不能行使乡绅的职责，发挥乡绅的功能。但我们可以明确感受到普通人对他们的尊敬、羡慕和热爱。普通民众的这一态度，可以肯定地说，与赤脚医生这个新生事物没有关系，民众的态度显然与他们作为乡村大夫的“身份”有关。但是,万人寿和万泉和毕竟不是乡绅了,万人寿甚至可以被批斗,万泉和几起几落朝不保夕。这种情况就是社会政治生活对乡土中国社会结构的改变。文化或文明在乡土中国的不断跌落,在这个现象上可以充分地被认识到。

赤脚医生万泉和就是在这样的文化环境中被哺育和滋养成长的。他天生木讷、敦厚、诚恳和诚实,在今天已经成为三代以上的古人。他的不合时宜、不能与时俱进,他的无奈无辜、失败和悲剧,都给人一种彻骨的悲凉感。因此,《赤脚医生万泉和》是对乡土中国孕育的人性、人心以及为人处事方式的遥远想象与凭吊。那是原本的乡土中国社会,是前现代或欠发达时代中国乡村的风俗画或浮世绘。万泉和是一个普通的小人物,他是一个“医生”,他要医治的是生病的乡民。医生和被救治者本来是拯救和被拯救的关系,但在小说中,万泉和始终是力不从心,勉为其难。他不断地受到打击、嘲讽、欺骗甚至陷害。而那些人,就是以前被称为民众、大众、群众的人。这样的民众,我们在批判国民性的小说中经常遇到。但在怀乡的小说或其他文体中还不曾遇到。乡土中国人心复杂性的变化是意味深长的。启蒙话语受挫之后,救治者优越的启蒙地位在万泉和这里不复存在。书中万泉和居住的平面图显示,万泉和的房子越来越小,生存空间越来越狭窄直至倾家荡产。一个乡村“知识分子”就这样在精神和物质生活中濒于破产的边缘。他的两难处境甚至自身难保的处境都预示了乡土中国超稳定文化结构的存在,同时,也表达了社会历史变迁给乡土中国带来的异质性因素。

乡村中国叙事整体性的碎裂,与中国现代性的不确定性有关,当然,也与作家对中国乡村文化的再认识有关。对历史的叙述,陈忠实的《白鹿原》对社会变革关系的处理,他因远离了整体性而使这部作品具有了某种“疏异性”。在孙惠芬的《上塘书》中,上塘的历史已演化为一份“村志”,那客观性的记录或有意滤去的历史建构,从另一个方面表达了作家面对历史的困境。在张炜的《丑行或浪漫》中,历史仅存于一个女人的身体中。在林白的《妇女闲聊录》中,王榨村的历史几为真空。这种变化首先是历史发展与“合目的性”假想的疏离,或者说,当设定的历史发展路线出现问题之后,真实的乡村中国并没有完全沿着历史发展的“路线图”前行,因为,在这条“路线”上,并没有找到乡村中国所需要的东西。这种变化反映在文学作品中,就出现了难以整合的历史。整体性的瓦解或碎裂,是当前表现乡村中国长篇小说最重要的特征之一。

乡村叙事整体性的碎裂，在阿来和贾平凹的创作中大概最为明显。读阿来的《空山》会觉得这是一部很奇怪的小说。《尘埃落定》是一部英雄传奇，是叱咤风云的土司与其子孙的英雄史诗，他们在壮丽广袤的古老空间上演了一部雄赳赳的男性故事，也是从前现代走向现代的浪漫历史。但《空山》几乎没有值得讲述的故事，拼接和连缀起的生活碎片充斥全篇，在结构上也是由两个不连贯的篇章组成。它与《尘埃落定》是如此不同。《随风飘散》是《空山》的第一卷。这一卷只讲述了私生子格拉和母亲相依为命毫无意义的日常生活，他们屈辱而没有尊严，甚至冤屈地死亡浑然不觉。如果只读《随风飘散》，我们会以为这只是一些支离破碎很不完整的小说片段，但是，当读完卷二《天火》之后，那场没有尽期的大火不仅照亮了自身，同时也照亮了《随风飘散》中格拉冤屈的灵魂。格拉的悲剧是在日常生活中酿成的，格拉和他母亲的尊严是被机村普通人给剥夺的，无论成人还是孩子，他们随意欺辱这仅仅是活着的母子。原始的愚昧在机村弥漫四方，于是，对人性的追问就成为《随风飘散》挥之不去、一以贯之的主题。

《天火》是发生在机村的一场大火。但这场大火更是一种象征和隐喻，它是一场自然的灾难，更是一场人为的灾难。那漫天大火的背后，有各种表演的嘴脸，在政治文化的支配下，“运动”不是改变了人性，而是催发了人性的恶。自然的“天火”并没有也不可能给机村毁灭性的打击，但自然天火后面的人为“天火”，却为这个遥远的村庄带来了更大的不测。那个被“宣判”为“反革命”的多吉，连撒尿的权利都被剥夺了，为了维护个人做人的尊严，不让尿撒在裤子里，以免被后人耻笑，他能够做到的只有舍身跳下悬崖。那个多情的姑娘央金，“在这短短的几天里，她的世界真是天旋地转，先是被莫名的爱情弄得激情难抑，继而又被抛进深渊，这还不够，从色嫫措涌出来的湖水差点夺去她的生命，当她从死神手中挣扎回来……已经是救火战场上涌现的女英雄了”。于是，这个女英雄脸上出现了一种“大家都感到陌生的表情”：她神情庄重，目光坚定，望着远方。这也是那个时代的电影、报纸和宣传画上先进人物的标准姿态。多吉的命运和央金的命运是那个时代人物命运的两极，一念之差，或者在神秘的命运之手的掌控下，所有的人，既可以上天堂也可以下地狱。《空山》不是消费性的文字，它不那么令人赏心悦目一目十行，但它确实是一篇多年潜心营造的作品，它将一个时代的苦难和荒谬，蕴涵于一对母子的日常生活里，蕴涵于一场精心勾画却又含而不露的“天火”中。这时我们发现，任何一场运动、一场灾难过后，它留下的是永驻人心的创伤，不仅仅是自然环境的伤痕。生活中原始的愚昧，一旦遭遇适合生长的环境，就会以百倍的疯狂千倍的仇恨挥发出来，那个时候，灾难就到来了。《空山》讲述的故事就是这样意味深长。机村琐碎生活的叙述与《尘埃落定》宏大的历史叙述形成了鲜明的对比，仅仅几年的时间，历史主义在阿来这里已烟消云散，化为乌有。

贾平凹是这个时代最重要的作家之一，他已经完成的创作，无可置疑地成为这个时代重要的文学经验的一部分。备受争议毁誉参半恰恰证实了贾平凹的重要：他是一个值得争议和批评的作家。在我看来，无论对贾平凹的看法有多么不同，有一点可以肯定的是：贾平凹几乎所有的长篇创作，都是与现实相关的题材。二十多年来，贾平凹用文学作品的方式，密切地关注着他视野所及变化着的生活和世道人心，并以他的方式对这一变化的现代生活特别是农村生活和人的生存、心理状态，表达着他的犹疑和困惑。但值得注意的是，在贾平凹的早期作品中，比如《浮躁》、《鸡窝洼人家》、《腊月·正月》、《远山野情》等，虽然也写了社会变革中的矛盾和问题，但可以肯定的是，这些作品总还是洋溢着不易察觉的历史乐观主义。即便是《土门》、《高老庄》这样的作品，仍能感到他对整合历史的某种自信和无意识。

但是到了《秦腔》，情况发生了我们意想不到的变化。在他以往的作品中都有相对完整的故事情节，都有贯穿始终的主要人物推动故事或情节的发展。或者说，在贾平凹看来，以往的乡村生活虽然有变化甚至震荡，但还可以整合出相对完整的故事，那里还有能够完整叙事的历史存在，历史的整体性还没有完全破解。这样的叙事或理解，潜含了贾平凹对乡村中国生活变化的乐观态度，甚至是对未来的允诺性的期许。但是，到了《秦腔》这里，小说发生了重大的变化：这里已经没有完整的故事，没有令人震惊的情节，也没有所谓形象极端个性化的人物。清风街上只剩下了琐屑无聊的生活碎片和日复一日的平常日子。再也没有大悲痛和大欢乐，一切都变得平淡无奇。“秦腔”在这里是一个象征和隐喻，它是传统乡村中国的象征，它证实着乡村中国曾经的历史和存在。在小说中，这一古老的民间艺术正在渐渐流失，它片段地出现在小说中，恰好印证了其艰难的残存。疯人引生是小说的叙述者，但他在小说中最大的作为就是痴心不改地爱着白雪，不仅因为白雪漂亮，重要的还有白雪会唱秦腔。因此引生对白雪的爱也不是简单的男女之爱，而是对某种文化或某种文化承传者的一往情深。对于引生或贾平凹而言，白雪是清风街东方文化最后的女神：她漂亮、贤惠、忍辱负重又善解人意。但白雪的命运却不能不是宿命性的，她最终还是一个被抛弃的对象，而引生并没有能力拯救她。这个故事其实就是清风街或传统的乡村中国文化的故事：白雪、秦腔以及"仁义礼智"等乡村中国最后的神话即将成为过去，清风街再也不是过去的清风街，世风改变了一切。

《秦腔》并没有写什么悲痛的故事，但读过之后却让人很感伤。这时候，我们不得不对"现代"这个神话产生怀疑。事实上，我们在按照西方的"现代"改变或塑造我们的"现代"，全球一体化的趋势已经冲破了传统的堤坝，民族国家的特性和边界正在消失。一方面，它打破了许多界限，比如，城乡、工农以及传统的身份界限；另一方面，我们赖以认同的文化身份也越来越模糊。如果说"现代"的就是好的，那我们还是停留在进化论的理论。《秦腔》的感伤正是对传统文化越来越遥远的凭吊，它是一曲关于传统文化的挽歌，也是对"现代"的叩问和疑惑。这样的思想贾平凹在《土门》、《怀念狼》等作品中也表达过。如果是这样的话，我同时也不免踌躇：《秦腔》站在过去的立场，或怀旧的立场面对今日的生活，它对敦厚、仁义、淳朴等乡村中国伦理文化的认同，是否也影响或阻碍了它对"现代"生活的理解和认知，对任何一种生活的理解和描述，都不免片面甚至夸张。《秦腔》的"反现代"的现代性，在这个意义上也是值得讨论的。因此，面对"现代"的叩问或困惑，就不只是《秦腔》及作者的问题，对我们而言同时也是如何面对那个强大的历史主义的问题。

中国主流文学从"农村题材"向"新乡土文学"的转变，是一个重大的转变。它告知我们，政治意识形态完全支配文学的时代终结了。如果说，在这些文学中也不可避免地隐含了某些政治因素的话，那是作家主体选择的结果。而我们更多看到的，则是广袤的乡村中国绵延不绝的本土文化的脉流。

原载《天津社会科学》2009年第2期

论中国式的乡村小说的生成

施战军

与乡村相关的小说,在称谓上是最为莫衷一是的了。根据互联网上最通行的搜索引擎"百度"在2010年5月19日的显示,按照相关网页数量可知这些提法的集中程度,依次有"乡村小说"(一千七百八十万条)、"乡土小说"(六百八十一万条)、"农村题材小说"(近一百七十四万条)等。几个权威的中文专业数据库中也是这样的次序。但此文题目叫"论中国式的乡村小说的生成",并不是因为"乡村小说"通用程度最高,而主要是出于"视界融合"与"正本清源"的考虑,其针对性则体现为两点:

第一,"乡村小说"的说法更显得朴素自然。乡村是实在的,不是梦,本应是无辜的,本不需要强加额外的浪漫,它只能抱定本土的农民的生活逻辑而一再接受着历史和时代的不断试错,它本身没有主体排斥意味,近代以来,只是它无可逃脱地变成了从文化与文学的"启蒙"到政治与运动的"革命"和"建设"的意识形态实验场。而"中国式的乡村小说"就是呈现这一实在的乡村的自在形态和遭遇的小说。

第二,长期以来文学创作界和研究界对"乡土文学"和"乡土小说"的理解过于宽泛,应该廓清其中"梦"与"非梦"的界限。而笔者所理解的"乡土小说"则属于"中国式的城市文学"①。

---

① 施战军:《论中国式的城市文学的生成》,载《文艺研究》2006年第1期。

“乡土文学”与“乡村小说”

所谓“乡土文学(乡土小说)”，是以较为显明的先验的情感态度和意识立场来表现乡村，而与乡村实际的自在生活本相尤其是本然性的现时乡村文化形态不甚相关的文学(小说)创作，乡村并非彼时在场。

如果再细分的话，大致有两种“乡土小说”类型：一种是完全站在乡村之外或超越于乡村之上批判和俯视乡村，视乡村为落后愚蒙麻木的非人性之所，“五四”启蒙时期的“乡土小说”的特色就在于此，可称之为“启蒙乡土小说”；另一种也由来已久，并在近年来备受推崇，主要是以乡村想象之安宁美善来反衬城市现状之惶然丑恶①、以民间的经验/超验世界来抗衡主流的现代/现实世界的创作，是“乡土文学”成就最突出的部分，它虽然主要选择“乡村”作为表现对象和想象空间，但它的主体精神的实质是对城市文明的厌弃和批判，不妨暂定名为“精神乡土小说”。这后一种即所谓“精神乡土小说”的创作者，面对与梦想异质的强势文化形态的挤压，以自觉的人文意义上的“乡土魅性”的烛光，照亮想象的故乡的精神“小庙”，其实是为了映出城市文明的匆忙追随“历史进步”的阴影。以乡土精神来反衬、反对和抗击城市文明的情绪理念，也无疑是“城市文化”的产物。因此这两种“乡土小说”，它的创作主体的立场都不在实际的乡村，而是在能够检验乡村“不幸”、“不争”的现代城市文明标准持有者一方，和以“乡下人”、“地之子”自居的城市居民自身。乡土文学中的“乡村形象”，是被看、被想、被梦到的甚至是从活体上被解剖剥离开来的想象之物，它来自城中人对故乡的诗意化的精神归宿想象或者先验的“哀怒”情绪、“救助”倾向，表达的是一种主观性的情感和理念，应该是“城市文学”的一部分；而作为乡土文学主力的“乡土小说”，也就应该是“城市小说”的一个组成部分。

---

① 沈从文曾经有过这样的评价：“你们是城市中人。城市中人生活太匆忙，太杂乱，耳朵眼睛接触声音光色过分疲劳，加之多睡眠不足，营养不足，虽俨然事事神经异常尖锐敏感，其实除了色欲意识和个人得失以外，别的感觉官能都有点麻木不仁。”语见沈从文：《习作选集代序》，见《沈从文选集》(第5卷)，四川人民出版社，1983年，第231页。

从20世纪国外的情况看,与乡村有关的较早的名作也有类似的分别。举例来说,1917年,丹麦作家彭托皮丹成为欧洲最先获得诺贝尔文学奖的"乡村小说"作家,在19世纪和20世纪之交,他以丰盛的大自然意象、浓郁的乡间文化的气息和多侧面呈现当时丹麦乡村的社会生活的作品,赢得了世界性的声誉;三年后,诺贝尔文学奖再次青睐北欧,授给了以"里程碑式的作品"《大地的果实》而胜出的挪威作家哈姆生。哈姆生的鲜明态度是,乡村生活的原始文化和城市工业文明势同水火。这部小说以乡村英雄的极端的言行,极力反抗现代进程,标榜其实已经面临崩溃的农耕生活。过于专注地把持着强劲的敌对立场的哈姆生,他的作品在丰富性上略显单薄。1990年代以来中国的张炜、李佩甫等人的一部分长篇小说,在文化立场和情绪表露上与此颇为近似。在笔者看来,西方最杰出的乡村小说家,是与彭托皮丹、哈姆生两位作家同时代但是并没有获得诺贝尔奖的托马斯·哈代。《绿荫树下》、《远离尘嚣》、《还乡》、《德伯家的苔丝》等名作告诉我们,乡村小说作家须具备多重至少是双重的体察乡村的心灵之眼:一方面"具有哈代特色的长篇小说是根据口述(或吟唱)那样的故事构思的,至少不是根据文学故事的要求构思,它是传统的民谣或口头故事,以现代散文的形式扩大而成的"①,从而他成为英国传统乡村文化的遗腹子,是古老的人文信仰的秉承者和乡间习俗的深爱者;另一方面又不是单面的留恋和死守,他以深藏的悲剧痛感做了一个传统魅性文化消亡的见证者,也以并不刻意隐匿的情节人物和氛围呈现了一个象征着清新、纯洁、天然的人情味"文化原型",更鲜明的成就是哈代写出了这个"文化原型"被现代文明所污染、撕裂、侵蚀和扼杀的真切的世情。

无论古代还是现代,"乡村"一直是备受关注的文学对象。中国古代的知识分子大致上对乡村是怀有情义的,它可以用来作为人生和仕学之途上命有所托的避难之所,它是多数叙述者的实际上的和精神上的"原乡"。据赵园研究,这情分里还有一种"微妙的亏负感",这"可能要一直追溯到耕、学分离,士以'学'、以求仕为事的时期。或许在当时,'不耕而食'、居住城镇以至高居庙堂,在潜意识中就仿佛遗

---

① D.戴维森:《托马斯·哈代的小说的传统基础》,见陈焘宇编的《哈代创作论集》,中国社会科学出版社,1992年,第126页。

弃。事实上，士在其自身漫长的历史上，一直在寻求补赎：由发愿解民倒悬、救民水火，到诉诸文学的悯农、伤农”。[①] “乡土叙事”与“乡土抒情”在古代诗歌中尤其发达，粗翻一遍文学史书就能明显见到，从《诗经》开始，到汉唐宋元明清的多种诗词曲甚至小令都不乏“农事”诗和“悯农”诗经典作品。

“乡村小说”为现代以前的中国文学史所稀有，这也许和文学史上的“小说”本身就被士大夫阶层的“小看”并由此带来的它在正统文学评价体系中的尴尬地位有关，同时也可能和人们的阅读趣味尤其是写作者对乡村切实体验的缺乏有一定关系，而且可以想见，即便写出来，也极有可能是一些“乡土小说”。传统小说靠情节性的故事取胜，跟城市市井生活、官场世情小说的热闹传奇相比，传统乡村文化的相对稳定和生活的规矩无奇构成了秩序化的情境，而秩序化的情境很难产生小说，即便有口头白话相传的鬼狐故事也和乡村的生活世态关涉不大。当然历史不能假设，文学史更不可随意猜想，在相关史料未见确凿的情况下，我们只能说，乡村小说的匮乏，即便在古代小说繁盛的明清时期也是一个事实。

“五四”新知识分子的乡村情感已经少有甚至刻意规避了这种“亏负”式的感恩，转为对乡民的“哀其不幸，怒其不争”，对乡民态度的变化使乡土文学诞生了特定的新内涵，对乡村既割舍不了亲缘又怀着居高临下的不满甚至傲慢感，形成最初的乡土小说的一种显在的改造意志，后来它微妙地延伸到乡村小说里并蜕变发展成为一种政治性的意识形态，驱使作家在“教育农民”和将农民作为服务对象并“接受贫下中农教育”之间图存。伴随着中国现代小说的生成，与历史运动相纠缠的乡村小说不仅被看重，而且渐渐膨大为体态最发达的小说类型。

这里有怎样的奥秘？是哪些强有力的因素和机缘催生了这种增长？

从特定的意义上说，中国式的乡村小说，是现代中国文学史上与意识形态关系捆绑得最紧的小说类型，而且也是最能体现中国传统文化特质及其生态的小说类型，是最能体现中国传统文化特质及其生态的小说类型。它在现代历史语境中的生成、存活和嬗变也就显得极其复杂。

---

① 赵园：《地之子》，北京十月文艺出版社，1993 年，第 17 页。

“启蒙乡土小说”与“乡村小说”的内在关联

仅就鲁迅之于现代初期乡村写作的影响上来看,与其说鲁迅以《呐喊》中的若干篇什标举起了“乡土文学”的旗帜,莫如说,是鲁迅开启了将乡村进行“他者”化的文学之门。为“立人”而“启蒙”的文学理念的目的性,和“国民性”的早期发现者梁启超要建构“小说与群治”的化约关系有着内在的一致性。强国抱负、新民企望,在进化论思维定势影响下文学的工具化设定和历史社会医生的身份自认,必然将最难以“西化”的愚弱的乡民作为启蒙和批判对象,伴随着乡民被新文化启蒙者低矮化、抽象化和漫画化,“乡村”本身的实际样态也就自然被“他者”化处理了。现代“启蒙乡土小说”作家在写作的时候也都不再是乡村中人,他们面对的乡民有一个共同的名字叫“国民”。他们选取的是对一个“他者共同体”的态度。在揭疤式的启蒙性的主体意图掌控制导之下,“他者”之群就基本上被取消了自为的发言权和行为权,即便有乡民的说话和动作,也是在代所有“国民”展现其可悲的蒙昧与可笑的自欺。

启蒙思想,其历史意义和社会价值是应该得到充分认定的,应该看到,它是“五四”一代以鲁迅为代表的精英知识分子的意识形态,无疑也是鲁迅精神和“五四”精神的核心部分。但是这一思想实践在“启蒙乡土小说”中,村民就被符号化为“国民”,于是这个麻木愚钝的“他者”被取消了自言权,真正乡村身份的人物的言行似乎都是作为愚顽的把柄和病根的证据。目的和倾向已定,乡民的实在生活和心思就被空心化和遮蔽掉了,启蒙者揭示“国民”的精神病相的主体性远远大于对乡民实际生活状况的关切。就像《药》那样,主要表达对先驱的血被“愚弱的国民”用作药引的悲愤,而对羸弱害病者生命苦痛和生活挣扎的情感理解显然让位于前者那种情绪了,至少是被掩饰和冲淡了。如果说“国民”对为国牺牲的“先驱”是“漠然”的,那么,新文化启蒙者对乡民的生活甘苦以及他们自身对环境命运的感觉好像也不是不“漠然”视之的。《祝福》虽然里面有多处礼俗风习的描写,但作家是为了摆出“吃人”的道具,烘托“吃人”的气氛,说明祥林嫂“被吃”的必然性,总之是为了揭示那些滋养和纵容了“国民劣根性”的礼俗风习的“吃人”本质，而乡村本身的文化和日子是“非人”的、没有意义可言的，因为它处在消极的不“觉醒”状态，组成了可怕的“无主名无意识的杀人团”[①]，是“立人”的最大障碍，对之只能悲哀失望甚至厌恶和彻底批判。

从事实效果上看，对“国民”化的乡民进行“首在立人”的“启蒙乡土小说”，最显要的作用，是标明和引领新知识分子去建立新的文化立场和意识形态，是启蒙思想本身的工具，并未能对乡村和村民发生实际影响，而且启蒙的意识立场决定，这样的小说所表现的乡村生活不可能让它具备任何积极的正义性。所以是“他者”化的文学。

或许还有一些别的维度可以讨论，在这里，我们仅仅看在意识形态性的凸显上，中国式的乡村小说的主流部分和“启蒙乡土小说”就有着奇特的相近性。

“启蒙乡土小说”和主流现实主义“乡村小说”的联系在于都以“意识形态”化的叙事，彰显立场。区别则在于对实在的乡村生活的参与程度不同，而且意识形态的出处和作家的主体精神有很大差异。“启蒙乡土小说”确实影响了一代又一代现代知识者对中国乡村社会的看法，而对乡村的改造基本上是失效的，是知识分子对乡村挥舞空拳的手势，与其说它的目的和结果是“改造国民灵魂”，莫如说是自主建构现代知识分子的新文化意识形态；而乡村小说特别是它的主流部分对意识形态的落实及对中国乡村的实际参与程度之深是显而易见的，它所承载的意识形态基本上来自“上层建筑”而不完全是或者说基本上不是创作主体的“原创”。但是对于文学艺术来说，启蒙的绝对论思维和将文学工具化、将乡村的自在与实在状态“他者”化，这一定势对后世的影响也不可低估。它为乡村小说的意识形态表现方式也开了文学的先河。这种凌驾于客体之上的表现方式，为引领文学方向和制导文学道路的大人物所用。在社会历史的意识形态集约于“革命”和“建设”的历程中，一种负荷着越来越重的意识形态的乡村小说，逐渐成为共和国文学从生发之初算起至今六十余年来正宗的“方向”和“道路”，它以巨大无比的“正义性”和乡村的历史行为产生了“及物”关系，它作为国家文学的“正典”被赋予了更加伟大崇高的使命，一

① 鲁迅：《我之节烈观》，载1918年8月15日《新青年》第5卷第2号。

步步被推送到了“大他者”化的境地。

出身东欧的斯洛伐克学者齐泽克是拉康的“他者”理论的深度阐释者和出色发挥者。虽然他抽绎出的理论更适用于对当下后现代生活的哲学思考,但他的意识形态理论的生成很可能和他出身国家曾经实行过的社会制度有关,所以对我们来说可以意会之处颇多,也对我们研究因为“主流”而最为显赫的“中国式的乡村小说”很有启示。他和拉康相似,并不对“大他者”的定义进行明晰的界定。我们只要联系其对于“意识形态幻象”/“真实界”等元素的诠释例证,就可以意会出饶有深味的言外之意。在笔者的“中国式的”理解(也许就是误读)里,这个以往在“启蒙时期”的“他者”,只是一般的个体或者某个群体意识形态的代言之物,在这种情况下,“他者”作为客体的内部保留着自己的客观原貌;随着这个小“他者”被主体加重影响,也在不断膨胀,虽然原貌还有所保留,但是已经无法自证或者不会具有自证的意识,只能承受更加严重的工具化的叠加,变成了和主体合一的相对于“真实界”来说的“大他者”,它受控捆绑已经不甚自知,并可能乐得从属于“意识形态的崇高客体”。[①] “乡村”被启蒙意识形态“小说”化,是小说被“他者”化的初期状态;“乡村小说”被主导性的意识形态主流化的过程里,乡村小说则被“大他者”化,成为主流性的中国式的“现实主义”文学的方向。

赵树理及其以前,乡村小说基本上就是循着这样的路径过来的,但是乡村的自为意识并没有完全消失。到了柳青及其后,史诗的建构得以完型,“方向”变成了“道路”,这条路完全按照从城市发出的指令铺设,它在理论来源和实践步骤上,几乎更像是“城市文学”了。

参照或者说参悟齐泽克的有些“言他”性质的例证(比如对“拜物”的剖析),联系中国乡村和乡村小说的实际情况,我们还是可以获得新的观察维度的。将这种关于“大他者”的理论部分地借鉴过来,试验于对乡村小说的遭遇的中国式的分析。我们会发现,其实,是谁制造了“物”而且是可拜必拜之“物”,这是最关键的问题。乡村这个庞然大“物”,具有“大他者”附体的承受基础,乡民的求生致富愿望和“最

---

① 斯拉沃热·齐泽克:《意识形态的崇高客体》,见译者前言及散见于书中的大量论述,季广茂译,中央编译出版社,2002年。

广大的人民群众的根本利益”相洽，于是乡村不仅是传统人文文化的藏身之地，还更是现代中国革命和斗争胜利者的“正史”的“根据地”。作为“正典”的生成地，乡村以文学方式被主导性的意识形态进行的历史化的模塑，必然要将按照“大他者”的定向，生成史诗性的乡村小说，尤其是长篇小说。于是，乡村小说与中国现实主义文学的合一并晋身于主流化的历程就不难理解。

现代历史区别于古代农耕社会的一个重要特点，就是“现代”的力量的“变动”打破了乡村社会的“安宁”。1916年杜亚泉在论说东西方文化“动的文明”和“静的文明”[①]的时候，中国已经处在“动”的情势里，“现代”的目的，不仅仅是要以现代社会取代传统社会，更是要以新的民族国家建立为旨归。这在主流乡村小说里能够真切地感觉得到。除非有像“京派”部分作家那样，以特立独行的文化心态将偏远故乡的过去时作为某种梦想寄托的创作，不然我们很难读到“不知有汉，无论魏晋”的“超稳定”乡村形象。

中国式的乡村小说的范型要素

还是要从鲁迅说起。鲁迅是复杂的，这复杂也体现在他为数不多的小说创作中。他既有乡土小说，如《祝福》、《阿Q正传》、《故乡》；又有乡村小说，如《社戏》，鲁迅的这个作品，没有他的乡土小说里那种为我们所熟悉的文化和人格偏见。《社戏》自然地流贯着活脱脱的生活实景，很可能和主要人物尚未长大为“国民”有关系，孩子是深受进化论影响的“五四”启蒙者的寄望所在，对“后起新人”的爱，是鲁迅“反抗绝望”的动力之一，“觉醒的人，此后应将这天性的爱，更加扩张，更加醇化；用无我的爱，自己牺牲于后起新人”，我们从这篇小说中，确实看到了“孩子的世界，与成人截然不同”。[②] 也许还是沾了少年儿童的光，应该视为“旧文化”的乡村风俗戏和应该作为“吃人”征象的乡村景物，都在那个迷人的夜晚充盈着绰约起伏的动

① 伧父：《静的文明与动的文明》，载《东方杂志》1916年13卷10号。

② 鲁迅：《我们怎样做父亲》，载1919年11月《新青年》月刊第6卷第6号。

感,附带着一抹欢悦的亮色。

1920年代中前期追随鲁迅的青年“乡土作家”在其初期创作里,曾受鲁迅的新文化启蒙思想态度影响很深。但是很快,《社戏》客观上所启动的对于乡俗生活的描写,被这一茬作家中的一些人进行了更加真切的细化生发。以彭家煌的湘中乡村小说为例,一方面有启蒙乡土小说,以现代文明的立场冷峻批判乡村社会的陋习,跟鲁迅的文化批判立场并无二致;另一方面又分明情不自禁地表现出了对乡村生活的依依深情。甚至在同一篇小说中并存着矛盾的两方面。现代理智和乡村情感就这样缠绕在一块,而且作品读来的感觉也是乡村情感更有由衷的真气,比如《喜期》,愤怒于包办婚姻的旧风习阻挠和断送人的幸福、谴责军阀混战的乱世,更多的却是对儿时自由美好纯洁朦胧的爱情的念念不忘,小说用乡间的人情美和安宁祥和的氛围,仿佛提示人们,这和谐之美的所在才是人类可以安居的地方,它被打破也不是乡村文化自身的原因。《陈四爹的牛》粗看起来酷肖鲁迅风格,有分析批判的锋芒,里面的人物猪三哈有阿Q的影子,但是我们基本上看不到嘲讽和虚妄,满是对弱者的理解和怜悯。被茅盾视为标志着彭家煌的独特风格“已经很圆熟”的小说是《怂恿》,茅盾对这篇小说“态度是纯客观的”问题这一点特别地加以指出,但他对作品给予了非常高的评价:“在这几乎称得是中篇的《怂恿》内,他写出纯朴善良而无知的一对夫妇夹在‘土财主’和‘破靴党’之间,怎样被拨弄而串出了一出悲喜剧。浓郁的‘地方色彩’,活泼的带着土音的对话,紧张的‘动作’,多样的‘人物’,错综的故事的发展——都使得这一篇小说成为那时期最好的农民小说之一。”[①]这种被茅盾称为“农民小说”的创作倾向,在蹇先艾、台静农等人那里也有出色的体现。鲁迅之后这些被学界多少有些大而化之地称为“乡土文学”的作品,其中有相当一部分属于初创期的“乡村小说”,虽然存在“对当面的现实还没有确定的理解”的近于“纯客观”特点,但是“地方色彩”,以及小说艺术必需的对话、动作、人物、情节结构等这些较为齐备的小说质素,在一定程度上,使他们的作品展现了中国式的乡村小说的文化和现实路向。也许正是和态度的“纯客观”有关系,被新文化运动和“启蒙乡土小说”所“祛魅”的人文文化,在这些初期乡村小说里,蕴藏着对

① 茅盾:《中国新文学大系·小说一集·导言》,良友图书印刷公司,1935年。

之“返魅”的动势。

中国式的乡村小说的生成，简单地说，就是从这时所发生的嬗变中起始的。茅盾如上所论的这种谋求既朝向“当面的现实”，又具有“地方色彩”，而且以“更繁杂的人物和动作”综合了多种艺术功能的乡村小说，几乎确立了中国式的乡村小说的艺术标准。如果说彭家煌等人 1920 年代的《怂恿》等作品实现了初步构型，那么，1930 年代一般被视为写“丰收成灾”的佳作，茅盾的《春蚕》和叶紫的《丰收》，则标志着这种生成的基本完型。它的理论建设者还是茅盾。在对《丰收》的评论里，茅盾注意到了“描写点”的“广阔”，他说这部作品“展开了农事的全场面”。[①] 有学者颇为透辟地指出：“‘农事的全场面’显然不只是一般意义上的田间劳作，而是有着传统文化意蕴的经济民俗事象。”[②]这里面饱含着中国乡村现代嬗变的因素，“传统文化意蕴”与“经济民俗事象”，就是中国式的乡村小说范型的基本构件。

我们也可以从后来的乡村小说发展中看到这一标准的自觉不自觉的应验存在。只是，由于《丰收》这一类作品在主体自我的理念设置上更趋于“阶级”意识，为乡村小说的主流化提供了初期的果实。在强大的“现代性”和“历史进步”夹缝中，人文魅性不失时机地体现在中国式的乡村小说之中。

所以，“中国式的乡村小说”，也只能在较为客观地描写乡村实在生活之中呈现自在的民风礼俗。也就是说，乡村小说这个最能体现传统人文魅性的部分，也不可能有过高的人文纯度了。但是人文魅性分明活泼地杂糅于乡村的“农事”和“日子”里。

史诗性、主流化及此种乡村小说的剩余魅性空间
——以赵树理为例

如果仅仅是“大他者”在说话，那么小说就没有政策和政策落实动员的宣讲来

① 茅盾：《几种纯文艺的刊物》，载 1933 年 9 月 1 日《文学》第 1 卷第 3 期。

② 丁帆等：《中国乡土小说史》，北京大学出版社，2007 年，第 66 页。

得直接。关键问题是,小说自有它的“魅性”所在,“魅性”在被作家喜欢、“使用”与被意识形态默许、“利用”之间,要达成时代性的妥协和默契。史诗化的乡村小说就在这样的情形下,选择生成的样式并余留属于小说的“魅性”空间和不断调换它的书写者的。

这个“大他者”化的身份,从几乎不约而同地叙写“丰收成灾”开始初试和自觉迎纳,到体验“土改”获得准入,到描摹农业合作化运动定型。每个时期都有和都需要有“样板”作家和代表作。历史以时代翻新的形式前进,作为社会主义文学列车的乡村小说,到了一个大站可能就要更换火车头。这样,一串名单就基本上按时序摆在了眼前:赵树理、丁玲、周立波、柳青、李准、浩然……因为与新中国成立后的主流历史思潮的新走向和新走法都有了明显的不合时宜,赵树理就成了最先被调度下来的那辆车头。赵树理的起落是尤其具有代表性的。

《小二黑结婚》写作和出版于延安文艺座谈会(1942 年 5 月)之后不久,1943 年春完稿于太行山区,经彭德怀推助,9 月于华北新华书店首印,扉页印着彭德怀的题词,定性为“不多见”的“从群众调查研究中写出来的通俗故事”,这部被当地知识分子出身的干部讥为“低级的通俗故事”甚至“海派”的小册子,出版后却极受欢迎,不仅书畅销,数以百计的地方戏团还用不同的戏种将这故事搬上舞台久演不衰,至少,作为新文学作品,它的乡村读者数量之大是空前的。毛泽东《在延安文艺座谈会上的讲话》(以下简称《讲话》)正式发表于 1943 年 10 月 19 日《解放日报》,1943 年 10 月《李有才板话》出版,这时候赵树理已经成了解放区家喻户晓的人物:1946 年长篇小说《李家庄的变迁》在华北新华书店首版发行之后,仅这一年就有六家出版了此书。但是对赵树理乡村小说的意识形态定性到了 1946 年下半年才初步开始,那时候在《讲话》精神鼓舞下的新作品收获并不是很让人乐观。也许是等得时间够久了,赵树理虽然没有写出以阶级分析见长和能够作为“打击敌人、消灭敌人的有力的武器”[①]的作品,但是他的影响巨大的畅销作品恰好符合《讲话》要求的服务方向和“人民群众喜闻乐见”的形式。1946 年 7 月,周扬发表《论赵树理的创作》,无论是创作还是实际年龄都还算年轻的赵树理,被高调评价为“一位在成名之

① 《毛泽东选集》(第 3 卷),人民出版社,1953 年,第 850 页。

前已经相当成熟了的作家，一位具有新颖独创的大众风格的人民艺术家”。这还不算，周扬以政治和文艺双重权威的话语强调：“他的成功不是偶然的。正是他实践毛泽东同志的文艺方向的结果。赵树理同志的作品是文学创作上的一个重要收获，是毛泽东文艺思想在创作实践的一个胜利。”①周扬的评价有拔高号召意味成分，我们也能从字里行间感受到寻求延安文学榜样的焦虑，连赵树理本人也未敢贸然表态他的《小二黑结婚》对《讲话》的作品“实践”性，但是这评价也奠定了两人长久的文学友情和政治关系的建立。当时文学界的大人物接连高度定性评说，郭沫若激情四溢地一连用了五个“新”一个“都”来作表扬：“有新的天地，新的人物，新的意义，新的作风，新的文化，谁读了我相信都会感着兴趣的。”②茅盾在1946年9月发表的文章给了《李有才板话》这样的评价：“无疑的，这是标志了向大众化的前进的一步，这也是标志了进向民族形式的一步。”③到了11月他又著文认为《李家庄的变迁》是“走向民族形式的一个里程碑”④，这样的有明确具体指向的评价不失茅盾作为小说创作和批评大家的水准，他看到的不全是“政治先进”也不是无边界的“新”，而是赵树理小说最突出的特征——“大众化”和“民族形式”。到了1947年7月25日至8月10日边区文联召开座谈会，负责人陈荒煤作了专题发言，题目为《向赵树理方向迈进》，确立了“赵树理方向”，并认为是实践毛泽东文艺思想的具体方向。⑤ 于是，赵树理成了延安文艺的榜样和标志。可是，我们仔细阅读赵树理的乡村小说，就会发现，在赵树理的作品里，既不能体现毛泽东在1933年10月为纠正土改偏向而作的《怎样分析阶级》中所表述的鲜明的阶级立场，更没有写活两个当时的形势最需要塑造的对立阶级——地主和贫农。虽然乡村经验富足，但是缺少政策研究和活用的主动性，这一点上他就显然不如丁玲和周立波。所以，尽管赵树理还写出了一些脍炙人口的作品，他的民间文学艺术主流观，在“方向”上终于显出了暧昧，终于随着合作化到全面铺开的人民公社化运动，“赵树理方向”旋即成了过去时。

---

① 周扬：《论赵树理的创作》，载《解放日报》1946年8月26日。

② 郭沫若：《〈板话〉及其他》，载《文汇报》1946年8月16日。

③ 茅盾：《关于〈李有才板话〉》，载《群众》第12卷第10期，1946年9月出版。

④ 茅盾：《论赵树理的小说》，载《文萃》第2卷第10期，1946年12月出版。

⑤ 陈荒煤：《向赵树理方向迈进》，载《人民日报》1947年8月10日。

被边缘化了的赵树理，被逐出意识形态崇高客体之场，失宠于“大他者”要求的重新洗牌，这也使得赵树理整体上作为“中国式的乡村小说”大家，较为牢固地嵌入了文学史。他在迎合时事并一度被封为“方向”之外，坚持文学的民间传统的艺术立场和普通村民的认识立场，给在“大他者”之神笼罩下的乡村小说留下了不可多得的剩余空间。

赵树理在《生活·主题·人物·语言》一文中说：“中国小说是从民间来的，要照顾这一点。各种各样艺术，都有两套传统，一是民间传统，一是外国传统……根子不要拉断了。中国的民族传统应当保留、继承和发扬，不能拿外国的东西来代替本国的东西。每个民族的文化都必须在原来的基础上发展起来。”他认定有些东西是难以随着制度和时代的变化而变化的，“即使到了公社化，糊涂涂也一定仍是糊涂涂，常有理也一定仍是常有理，他们都有自己与众不同的性格”[①]。这就是他写“中间人物”的理据。

“文革”时期，赵树理写过一篇自查性质并有些自我辩解味道的文章。在这篇题为《回忆历史　认识自己》的文中，除了政治上的表态和个人工作履历的说明，尚有很多值得注意之处。他继续强调他的民间文艺传统正宗说，“中国现有的文学艺术有三个传统：一是中国古代士大夫阶级的传统，旧诗赋、文言文、国画、古琴等是。二是‘五四’以来的文化界传统，新诗、新小说、话剧、油画、钢琴等是。三是民间传统，民歌、鼓词、评书、地方戏曲等是”。他执拗地不同意第二种“无形中已把它定为正统”，他坚决地认为应“以民间传统为主……民间传统有很多使他们相形见绌的部分……总之，老的真正的民间艺术传统形式事实上已经消灭了，而掌握了文化的学生所学来的那点脱离老一代群众的东西，又不足以补充其缺。我在这方面的错误，就在于不甘心失败，不承认事实。事实上，我多年所提倡要继承的东西已经因无人响应而归于消灭了”。[②] 赵树理的创作观在1960年代初“政策调整”影响下有过一段“回光返照”般的焕发期，1962年8月大连农村题材会上，“中间人物论”得到热烈支持，赵树理当仁不让地成为主角，康濯在发言中盛赞他是写农村的“铁

① 《赵树理文集》(第4卷)，人民文学出版社，2005年，第286—287页。
② 《赵树理文集》(第4卷)，人民文学出版社，2005年，第357—358页。

笔”、“圣手”,[①]此评语后来广为流传,这是对赵树理继被定为“方向”多年之后所获得的最高评价。“中间人物论”和毛泽东在1962年9月八届十中全会上提出的“千万不要忘记阶级斗争”的口号的提出,时间只差一个月。赵树理很快就被“祛魅”了,1964年5月之后被剥夺了作品出版发表权,1970年9月病逝于太原,1978年10月才得以恢复名誉。《回忆历史 认识自己》是一个二重性的生命即将被迫走到了尽头、努力践行民族民间表现形式的“乡村小说”大家,所发出的绝响。

综观赵树理对中国式的乡村小说的整体性构建完成的贡献,主要是两大方面:

其一,他写活了“中间人物”,尤以写乡村成年女性见长,和后来他人笔下渐趋生硬的男性农民英雄书写有着很明显的区别,在一定程度上免遭了“大他者”化的非文学改写。赵树理的创作虽然有时政痕迹,但这些生动传神的“中间人物”使得乡村的人生观生活观富于古老的“魅性”趣味。

其二,虽然赵树理谈到民间文学艺术传统的时候,总是集中于民间戏曲曲艺及“语言”问题,绝口不谈民间趣味和生命态度等“人文性内容”,而且他把乡村的这些内容置换为“农民群众生活”这样一种说法,但实际上我们在仅仅读到那些活灵活现的人物名字的时候,我们内心的人文感应也会油然而生。他的每一个小说都是使用民间文艺表现手法,来展现新的意识形态下乡间的反应,从来没有脱离这个反应的原地:家庭、家族和乡里乡亲的风俗社会。在这样的人文氛围里,他特别是在对恋爱婚姻习俗的描写中,杂糅了他智慧而纯朴的民间之爱。

可以说,在“乡村小说”史诗性、主流化写作的大道尚未笔直地畅通之前,赵树理不失天真和执拗地为中国式的乡村小说在“大他者”的地盘上,以自己的本心,力拓出来了一块让人文魅性存活的剩余空间。它虽然在以后的二十多年越来越逼仄,但是始终没有彻底失守,草蛇灰线,伏脉千里,即使到了浩然的《金光大道》里也能找到它的蛛丝马迹。

从赵树理的创作这里,不妨以最简略的方式瞻前顾后一下,我们就会发现,乡村婚恋小说体现了不同时代的典型魅性特征。人文魅性在乡村小说里的绵延,在这些以婚恋为观照对象的为数不少的作品中,有着生动实在的表现。从早期乡村

---

① 黄修己:《赵树理年谱》,见《赵树理研究资料》,北岳文艺出版社,1985年,第610页。

小说台静农的《拜堂》、王鲁彦的《菊英的出嫁》到赵树理的《小二黑结婚》、《登记》和周立波的《山那边人家》再到新时期张弦的《被爱情遗忘的角落》、刘绍棠的《蛾眉》等,魅性的因素往往伸出意识形态的外壳,给这些小说带来了不那么容易快速朽灭的生命光辉。

婚恋程式和心迹最能体现具有人文魅性传统的乡村"世情",也最能集中地呈表乡村生趣,于是不仅仅是风俗上的描写让我们感到亲切,它还能让我们欣慰于作家创作心态上的自信,这些作品在历史功利性之外的深长的文学意绪,甚至可以让我们看到中国式的乡村小说生成的生命基质,以及相互体恤并自我调节的民族文化心理图景。

然而,中国式的乡村小说至赵树理等人的创作达至整体构建之后,延伸至今则有了明显的异变。1990 年代及其之后的创作情状,让我们感知,乡村婚恋小说渐趋稀缺,更多的是叙写在生存与城市诱引下乡村文明溃败的观照,作品贴近于目下的乡村的实际情形,几乎一律是世情已变,生趣式微。于是像林白的《妇女闲聊录》、李洱的《石榴树上结樱桃》、贾平凹的《秦腔》等作品则呈现出与赵树理们迥异的乡村小说的意趣和手法。我们对现时的乡村到底有否深悉知情?在迹近灰颓的生命视阈之下,中国式的乡村小说发展的可能性是进一步得到了艺术的激活还是愈加陷入了精神自囿,是该放到文学史与创作现场交互的维度上予以深究的时候了。

原载《南方文坛》2010 年第 4 期

中国乡土小说的阶段性特征

五十年来中国之文学(节选)

胡 适

现在我们要说这五六年的文学革命运动了。

中国的古文在二千年前已经成了一种死文字。所以汉武帝时丞相公孙弘奏称"诏书律令下者,……文章尔雅,训辞深厚,恩施甚美;小吏浅闻,不能究宣,无以明布谕下"。那时代的小吏已不能了解那文章尔雅的诏书律令了。但因为政治上的需要,政府不能不提倡这种已死的古文;所以他们想出一个法子来鼓励民间研究古文:凡能"通一艺以上"的,都有官做,"先用诵多者"。这个法子起于汉朝,后来逐渐修改,变成"科举"的制度。这个科举的制度延长了那已死的古文足足二千年的寿命。

但民间的白话文学是压不住的。这二千年之中,贵族的文学尽管得势,平民的文学也在那里不声不响的继续发展。汉魏、六朝的"乐府"代表第一时期的白话文学。乐府的真美是遮不住的,所以唐代的诗也很多白话的,大概是受了乐府的影响。中唐的元稹、白居易更是白话诗人了。晚唐的诗人差不多全是白话或近于白话的了。中唐、晚唐的禅宗大师用白话讲学说法,白话散文因此成立。唐代的白话诗和禅宗的白话散文代表第二时期的白话文学。但诗句的长短有定,那一律五字或一律七字的句子究竟不适宜于白话;所以诗一变而为词。词句长短不齐,更近说话的自然了。五代的白话词,北宋柳永、欧阳修、黄庭坚的白话词,南宋辛弃疾一派的白话词,代表第三时期的白话文学。诗到唐末,有李商隐一派的妖孽诗出现,北宋杨亿等接着,造为"西昆体"。北宋的大诗人极力倾向解放的方面,但终不能完全脱离这种恶影响。所以江西诗派,一方面有很近白话的诗,一方面又有很坏的古典诗。直到南宋杨万里、陆游、范成大三家出来,白话诗方才又兴盛起来。这些白话诗人也属于这第三时期的白话文学。南宋晚年,诗有严羽的复古派,词有吴文英的古典派,都是背时的反动。然而北方受了契丹、女真、蒙古三大征服的影响,古文学的权威减少了,民间的文学渐渐起来。金、元时代的白话小曲——如《阳春白雪》和《太平乐府》两集选载的——和白话杂剧,代表这第四时期的白话文学。明朝的文学又是复古派战胜了;八股之外,诗词的散文都带着复古的色彩,戏剧也变成又长又酸的传奇了。但是白话小说可进步了。白话小说起于宋代,传至元代,还不曾脱离幼稚的时期。到了明朝,小说方才到了成人时期;《水浒传》、《金瓶梅》、《西游记》都出在这个时代。明末的金人瑞竟公然宣言"天下之文章无出《水浒传》右者",清初的《水浒后传》,乾隆一代的《儒林外史》与《红楼梦》,都是很好的作品。直到这五十年中,小说的发展始终没有间断。明、清五百多年的白话小说,代表第五时期的白话文学。

这五个时期的白话文学之中,最重要的是这五百年中的白话小说。这五百年之中,流行最广,势力最大,影响最深的书,并不是四书五经,也不是性理的语录,乃是那几部"言之无文行之最远"的《水浒》、《三国》、《西游》、《红楼》。这些小说的流行便是白话的传播;多卖得一部小说,便添得一个白话教员。所以这几百年来,白话的知识与技术都传播的很远,超出平常所谓"官话疆域"之外。试看清朝末年南方作白话小说的人,如李伯元是常州人,吴沃尧是广东人,便可以想见白话传播之远了。但丁(Dante)、鲍高嘉(Boccacio)的文学,规定了意大利的国语;嘉叟(Chaucer)、卫克烈夫(Wycliff)的文学,规定了英吉利的国语;十四五世纪的法兰西文学,规定了法兰西的国语。中国国语的写定与传播两方面的大功臣,我们不能不公推这几部伟大的白话小说了。

中国的国语早已写定了,又早已传播的很远了,又早已产生了许多第一流的活文学了,——然而国语还不曾得全国的公认,国语的文学也还不曾得大家的公认:这是因为什么缘故呢?这里面有两个大原因:一是科举没有废止,一是没有一种有意的国语主张。

科举一日不废,古文的尊严一日不倒。在科举制度之下,居然能有那无数的白话作品出现,功名富贵的引诱居然买不动施耐庵、曹雪芹、吴敬梓,政府的权威居然压不住《水浒》、《西游》、《红楼》的产生与流传:这已经是中国文学史上最侥幸又最光荣的事了。但科举的制度究竟能使一般文人钻在那墨卷古文堆里过日子,永远不知道时文古文之外还有什么活的文学。倘使科举制度至今还存在,白话文学的运动决不会有这样容易的胜利。

1904 年以后,科举废止了。但是还没有人出来明明白白的主张白话文学。二十多年以来,有提倡白话报的,有提倡白话书的,有提倡官话字母的,有提倡简字字母的:这些人难道不能称为“有意的主张”吗?这些人可以说是“有意的主张白话”,但不可以说是“有意的主张白话文学”。他们的最大缺点是把社会分作两部分:一边是“他们”,一边是“我们”。一边是应该用白话的“他们”,一边是应该做古文古诗的“我们”。我们不妨仍旧吃肉,但他们下等社会不配吃肉,只好抛块骨头给他们去吃罢。这种态度是不行的。

1916 年以来的文学革命运动,方才是有意的主张白话文学。这个运动有两个要点与那些白话报或字母的运动绝不相同。第一,这个运动没有“他们”、“我们”的区别。白话并不单是“开通民智”的工具,白话乃是创造中国文学的唯一工具。白话不是只配抛给狗吃的一块骨头,乃是我们全国人都该赏识的一件好宝贝。第二,这个运动老老实实的攻击古文的权威,认他做“死文学”。从前那些白话报的运动和字母的运动,虽然承认古文难懂,但他们总觉得“我们上等社会的人是不怕难的:吃得苦中苦,方为人上人”。这些“人上人”大发慈悲心,哀念小百姓无知无识,故降格做点通俗文章给他们看。但这些“人上人”自己仍旧应该努力模仿汉、魏、唐、宋的文章。这个文学革命便不同了;他们说,古文死了二千年了,他的不孝子孙瞒住大家,不肯替他发丧举哀;现在我们来替他正式发讣文,报告天下“古文死了!死了两千年了!你们爱举哀的,请举哀罢!爱庆祝的,也请庆祝罢!”

这个“古文死了两千年”的讣文出去之后,起初大家还不相信;不久,就有人纷纷议论了;不久,就有人号咷痛哭了。那号咷痛哭的人,有些哭过一两场,也就止哀了;有些一头哭,一头痛骂那些发讣文的人,怪他们不应该做这种“大伤孝子之心”的恶事;有些从外国奔丧回来,虽然素同死者没有多大交情,但他们听见哭声,也忍不住跟着哭一场,听见骂声,也忍不住跟着骂一场。所以这种哭声骂声至今还不曾完全停止。但是这个死信是不能再瞒的了,倒不如爽爽快快说穿了,叫大家痛痛快快哭几天,不久他们就会“节哀尽礼”的;即使有几个“终身孺慕”的孝子,那究竟是极少数人,也顾不得了。

文学革命的主张,起初只是几个私人的讨论,到民国六年(1917 年)一月方才正式在杂志上发表。第一篇胡适的《文学改良刍议》还是很和平的讨论。胡适对于文学的态度,始终只是一个历史进化的态度。故他这一篇的要点是:

> 文学者,随时代而变迁者也。一时代有一时代之文学,……因时进化,不能自止。唐人不当作商、周之诗,宋人不当作相如、子云之赋,——即令作之,亦必不工。逆天背时,违进化之迹,故不能工也。……
>
> 以今世历史进化的眼光观之,则白话文学之为中国文学之正宗,又为将来文学必用之利器,可断言也。……

后来他的《历史的文学观念论》说得更详细:

> 居今日而言文学改良,当注重“历史的文学观念”。一言以蔽之曰:一时代有一时代之文学。此时代与彼时代之间,虽皆有承前启后之关系,而决不容完全抄袭;其完全抄袭者,决不成为真文学。愚惟深信此理,故以为古人已造古人之文学,今人当造今人之文学。……纵观古今文学变迁之趋势,……白话之文学,自宋以来,虽见屏于古文家,而终一线相承,至今不绝。……岂不以此为吾国文学趋势自然如此,故不可禁遏而日以昌大耶?……吾辈之攻古文家,正以其不明文学之趋势,而强欲作一千年二千年以上之文。此说不破,则白话之文学无有列为文学正宗之一日,而世之文人将犹鄙薄之,以为小道邪径而不肯以全力经营造作之。……夫不以全副精神造文学而望文学之发生,此犹不耕而求获,不食而求饱也,亦终不可得矣。施耐庵、曹雪芹诸人所以能有成者,正赖其有特别毅力,能以全力为之耳。……

胡适自己常说他的历史癖太深,故不配作革命的事业。文学革命的进行,最重要的急先锋是他的朋友陈独秀。陈独秀接着《文学改良刍议》之后,发表了一篇《文学革命论》(六年二月),正式举起"文学革命"的旗子。他说:

> 余甘冒全国学究之敌,高张"文学革命军"大旗,以为吾友之声援。旗上大书吾革命军三大主义:
>
> 曰推倒雕琢的,阿谀的贵族文学;建设平易的,抒情的国民文学。
>
> 曰推倒陈腐的,铺张的古典文学;建设新鲜的,立诚的写实文学。
>
> 曰推倒迂晦的,艰涩的山林文学;建设明了的,通俗的社会文学。

陈独秀的特别性质是他的一往直前的定力。那时胡适还在美洲,曾有信给独秀说:

> 此事之是非,非一朝一夕所能定,亦非一二人所能定。甚愿国中人士能平心静气与吾辈同力研究此问题。讨论既熟,是非自明。吾辈已张革命之旗,虽不容退缩,然亦不敢以吾辈所主张为必是而不容他人之匡正也。(六年四月九日)

可见胡适当时承认文学革命还在讨论的时期。他那时正在用白话作诗词,想用实地试验来证明白话可以作韵文的利器,故自取集名为《尝试集》。以这种态度太和平了。若照他这个态度做去,文学革命至少还须经过十年的讨论与尝试,但陈独秀的勇气恰好补救这个太持重的缺点。独秀答书说:

> 鄙意容纳异议,自由讨论,固为学术发达之原则;独至改良中国文学当以白话为文学正宗之说,其是非甚明,必不容反对者有讨论之余地;必以吾辈所主张者为绝对之是而不容他人之匡正也。

这种态度,在当日颇引起一般人的反对。但当日若没有陈独秀"必不容反对者有讨论之余地"的精神,文学革命的运动决不能引起那样大的注意。反对即是注意的表示。

民国六年的《新青年》里有许多讨论文学的通信,内中钱玄同的讨论很多可以补正胡适的主张。民国七年一月《新青年》重新出版,归北京大学教授陈独秀、钱玄同、沈尹默、李大钊、刘复、胡适六人轮流编辑。这一年的《新青年》(四卷五卷)完全用白话做文章。七年四月有胡适的《建设的文学革命论》,大旨说:

> 我的"建设新文学论"的唯一宗旨只有十个大字:"国语的文学,文学的国语。"我们所提倡的文学革命只是要替中国创造一种国语的文学。有了国语的文学,方才可以有文学的国语。有了文学的国语,我们的国语方才算得真正国语。

这篇文章名为"建设的",其实还是破坏的方面最有力。他说:

> 这二千年的文人所做的文学,都是死的,都是用已经死了的语言文字做的,死文字决不能产出活文学。……简单说来,自从《三百篇》到于今,中国的文学凡是有一些儿价值有一些儿生命的,都是白话的,或是近于白话的。……中国若想有活文学,必须用白话,必须用国语,必须做国语的文学。

这就是上文说的替古文发丧举哀了。在"建设的"方面,这篇文章也有一点贡献。他说:

> 若要造国语,先须造国语的文学,有了国语的文学,自然有国语。……真正有功效有势力的国语教科书便是国语的文学,便是国语的小说诗文戏本。国语的小说诗文戏本通行之日,便是中国国语成立之时。……中国将来的新文学用的白话,就是将来中国的标准国语。造将来白话文学的人,就是制定标准国语文学的人。

这篇文章把从前胡适、陈独秀的种种主张都归纳到十个字,其实又只有"国语的文学"五个字。旗帜更明白了,进行也就更顺利了。

这一年的文学革命,在建设的方面,有两件事可记,第一,是白话诗的试验。胡适在美洲做的白话诗还不过是刷洗过的文言诗;这是因为他还不能抛弃那五言七言的格式,故不能尽量表现白话的长处。钱玄同指出这种缺点来,胡适方才放手去做那长短无定的白话诗。同时沈尹默、周作人、刘复等也加入白话诗的试验。这一年的作品虽不很好,但技术上的训练是很重要的。第二,是欧洲新文学的提倡。北欧的 Ibsen、Strindberg、Anderson;东欧的 Dostojevski、Kuprin、Tolstoi;新希腊的 Ephtaliotis;波兰的 Seinkiewicz;这一年之中,介绍了这些人的文学进来。在这一方面,周作人的成绩最好。他用的是直译的方法,严格的尽量保全原文的文法与口气。这种译法,近年来很有人仿效,是国语的欧化的一个起点。

民国七年冬天,陈独秀等又办了一个《每周评论》,也是白话的。同时北京大学的学生傅斯年、罗家伦、汪敬熙等出了一个白话的月刊,叫做《新潮》,英文名字叫做 *The Renaissance*,本义即是欧洲史上的"文艺复兴时代"。这时候,文学革命的运动已经鼓动了一部分少年人的想像力,故大学学生有这样的响应。《新潮》初出时,精采充足,确是一支有力的生力军。民国八年开幕时,除了《新青年》、《新潮》、《每周评论》之外,北京的《国民公报》也有好几篇响应的白话文章。从此以后,响应的渐渐的更多了。

但响应的多了,反对的也更猛烈了。大学内部的反对分子也出了一个《国故》,一个《国民》,都是拥护古文学的。校外的反对党竟想利用安福部的武人政客来压制这种新运动。八年二三月间,外间谣言四起,有的说教育部出来干涉了,有的说陈、胡、钱等已被驱逐出京了。这种谣言虽大半不确,但很可以代表反对党心理上的愿望。当时古文家林纾在《新申报》上做了好几篇小说痛骂北京大学的人。内中有一篇《妖梦》,用元绪影北大校长蔡元培,陈恒影陈独秀,胡亥影胡适;那篇小说太龌龊了,我们不愿意引他。还有一篇《荆生》,写田必美(陈)、金心异(钱)、狄莫(胡)三人聚谈于陶然亭,田生大骂孔子,狄生主张白话,忽然隔壁一个"伟丈夫"

> 趆足超过破壁,指三人曰,"汝适何言?……尔乃敢以禽兽之言,乱吾清听!"田生尚欲抗辩,伟丈夫骈二指按其首,脑痛如被锥刺;更以足践狄莫,狄腰痛欲断。金生短视,丈夫取其眼镜掷之,则怕死如蝟,泥首不已。丈夫笑曰,

"尔之发狂似李贽,直人间之怪物。今日吾当以香水沐吾手足,不应触尔背天反常禽兽之躯干。尔可鼠窜下山,勿污吾简。……留尔以俟鬼诛。"

这种话很可以把当时的卫道先生们的心理和盘托出。这篇小说的末尾有林纾的附论,说:

如此混浊世界,亦但有田生、狄生足以自豪耳!安有荆生?

这话说的很可怜。当日古文家很盼望有人出来作荆生,但荆生究竟不可多得。他们又想运动安福部的国会出来弹劾教育总长和北京大学校长,后来也失败了。

八年三月间,林纾作书给蔡元培,攻击新文学的运动;蔡元培也作长书答他。这两书很可以代表当日"新旧之争"的两方面,故我们摘抄几节。林书说:

……大学为全国师表,五常之所系属。近者谣诼纷集,我公必有所闻。……弟年垂七十;富贵功名,前三十年视若死灰;今笃老,尚抱守残缺,至死不易其操。前年梁任公倡马、班革命之说,弟闻之失笑。任公非劣,何为作此媚世之言?马、班之书,读者几人?将不革而自革,何劳任公费此神力?

若云死文字有碍生学术,则科学不用古文,古文亦无碍科学。英之迭更累斥希腊、拉丁、罗马之文为死物,而至今仍存者,迭更虽躬负盛名,固不能用私心以蔑古。矧吾国人尚有何人如迭更者耶?……

且天下惟有真学术,真道德,始足独树一帜,使人景从。若尽废古书,行用土语为文字,则都下引车卖浆之徒所操之语,按之皆有文法,……则凡京津之稗贩皆可用为教授矣。若《水浒》、《红楼》皆白话之圣,并足为教科之书,不知《水浒》中辞吻多采岳珂之《金陀萃编》,《红楼》亦不止为一人手笔,作者均博极群书之人。总之,非读破万卷,不能为古文,亦并不能为白话。若化古子之言为白话演说,亦未尝不是。按《说文》"演,长流也",亦有延之广之之义,法当以短演长,不能以古子之长演为白话之短。……(以下论"新道德"一节,从略。)

今全国父老以子弟托公,愿公留意,以守常为是。……此书上后,可不必示覆;唯静盼好音,为国民端其趋向。……林纾顿首。

蔡元培答书对于“尽废古书,行用土语为文字”一点,提出三个答案。但蔡书的最重要之点并不在驳论,——因为原书本不值得一驳,——乃在末段的宣言。他说:

至于弟在大学,则有两种主张:

(一)对于学说,仿世界各大学通例,循思想自由原则,取兼容并包主义。……无论有何种学派,苟其言之成理,持之有故,尚不达自然淘汰之运命者,虽彼此相反,悉听其自由发展。

(二)对于教员,以学诣为主;……其在校外之言动,悉听自由,本校从不过问,亦不能代负责任。……

蔡元培自己也主张白话,他曾说:

我们中国文言同拉丁文一样,所以我们不能不改用白话。……虽现在白话的组织不完全,可是我们决不可错了这个趋势。(在北京高等师范国文部演说)

他又说:

我敢断定白话派一定占优胜。……将来应用文一定全用白话;但美术文或者有一部分仍用文言。(在北京女子高等师范演说)

林、蔡的辩论是八年三月中间的事。过了一个多月,巴黎和会的消息传来,中国的外交完全失败了。于是有“五四”的学生运动,有“六三”的事件,全国的大响应居然逼迫政府罢免了曹汝霖、陆宗舆、章宗祥三人。这时代,各地的学生团体里忽然发生了无数小报纸,形式略仿《每周评论》,内容全用白话。此外又出了许多白话的新杂志。有人估计,这一年(1919)之中,至少出了四百种白话报。内中如上海的《星期评论》,如《建设》,如《解放与改造》(现名《改造》),如《少年中国》,都有很好的贡献。一年以后,日报也渐渐的改了样子了。从前日报的附张往往记载戏子妓女的新闻,现在多改登白话的论文译著小说新诗了。北京的《晨报》副刊,上海《民国日报》的《觉悟》,《时事新报》的《学灯》,在这二三年之中,可算是三个最重要的白话文的机关。时势所趋,就使那些政客军人办的报也不能不寻几个学生来包办一个白话的附张了。民国九年以后,国内几个持重的大杂志,如《东方杂志》,《小说月报》,……也都渐渐的白话化了。

民国八年的学生运动与新文学运动虽是两件事,但学生运动的影响能使白话的传播遍于全国,这是一大关系;况且"五四"运动以后,国内明白的人渐渐觉悟"思想革新"的重要,所以他们对于新潮流,或采取欢迎的态度,或采取研究的态度,或采取容忍的态度,渐渐的把从前那种仇视的态度减少了,文学革命的运动因此得自由发展,这也是一大关系。因此,民国八年以后,白话文的传播真有"一日千里"之势。白话诗的作者也渐渐的多起来了。民国九年,教育部颁布了一个部令,要国民学校一二年的国文,从九年秋季起,一律改用国语。又令:

> 凡照旧制编辑之国民学校国文教科书,其供第一第二两学年用者,一律作废;第三学年用书,准用至民国十年为止;第四学年用书,准用至民国十一年为止。

依这个次序,须到今年(1922),方才把国民学校的国文完全改成国语。但教育制度是上下连接的;牵动一发,便可摇动全身。第一二年改了国语,初级师范就不能不改了,高等小学也多跟着改了。初级师范改了,高等师范也就不能不改动了。中学校也有许多自愿采用国语文的。教育部这一次的举动虽是根据于民国八年全国教育会的决议,但内中很靠着国语研究会会员的力量。国语研究会是民国五年成立的,内中出力的会员多半是和教育部有关系的。国语文学的运动成熟以后,国语教科书的主张也没有多大阻力了,故国语研究会能于傅岳芬做教育次长代理部务的时代,使教育部做到这样重要的改革。

还有一件事,虽然与文学革命的运动没有多大的关系,却也是应该提及的。民国元年,教育部召集了一个读音统一会,讨论读音统一的问题。读音统一会议定了三十九个“注音字母”。这一副字母,本来不过用来注音,“以代反切之用”的。当初的宗旨,全在统一汉文的读音,并不曾想到白话上去,也不曾有多大的奢望。七年十一月,教育部把这副字母正式颁布了。八年四月,教育部重新颁布注音字母的新次序(吴敬恒定的)。八年九月,《国音字典》出版。这个时候,国语的运动已快成熟了,国语教育的需要已是公认的了;所以当日“代反切之用”的注音字母,到这时候就不知不觉的变成国语运动的一部分了,就变成中华民国的国语字母了。

民国九年十年(1920—1921),白话公然叫做国语了。反对的声浪虽然不曾完全消灭,但始终没有一种“持之有故,言之成理”的反对论。今年(1922)南京出了一种《学衡》杂志,登出几个留学生的反对论,也只能谩骂一场,说不出什么理由来。如梅光迪说的:

> 彼等非思想家,乃诡辩家也。……夫古文与八股何涉?而必并为一谈。吾国文学,汉、魏、六朝则骈体盛行,至唐、宋则古文大昌,宋、元以来又有白话体之小说戏曲。彼等乃谓文学随时代而变迁,以为今人当兴文学革命,废文言而用白话。夫革命者,以新代旧,以此易彼之谓。若古文之递兴,乃文学体裁之增加,实非完全变迁,尤非革命也。诚如彼等所云,则古文之后,当无骈体;白话之后,当无古文。而何以唐、宋以来文学正宗与专门名家皆为作古文或骈体之人?此吾国文学史上事实,岂可否认以圆其私说者乎?……

这种议论真是无的放矢。正为古文之后还有那背时的骈文。白话已兴之后还有那背时的骈文古文,所以有革命的必要。若“古文之后无骈体,白话之后无古文”,那就用不着谁来提倡有意的革命了。又如胡先骕说的:

> 胡君(胡适)……以过去之文字为死文字,现在白话中所用之字为活文字;……而以希腊、拉丁文以比中国古文,以英、德、法文以比中国白话(比字上两个以字,皆依原文)……以不相类之事,相提并论,以图眩世欺人而自圆其

> 说,予诚无法以谅胡君之过矣。希腊、拉丁文之于英、德、法,外国文也。苟非国家完全为人所克服,人民完全与他人所同化(与字所字皆依原文),自无不用本国文字以作文学之理。至意大利之用塔斯干方言为(原作之)国语之故,亦由于罗马分崩已久,政治中心已有转移,而塔斯干方言已占重要之位置,而有立为国语之必要也。希腊、拉丁文之于英、德、法文,恰如汉文与日本文之关系。今日人提倡以日本文作文学,其谁能指其非?胡君可谓废弃古文而用白话文,等于日人之废弃汉文而用日本文乎?吾知其不然也。……

其实胡适的答案应该是"正是如此"。中国人用古文作文学,与四百年前欧洲人用拉丁文著书作文,与日本人做汉文,同是一样的错误,同是活人用死文字作文学。至于外国文与非外国文之说,并不成问题。瑞士人,比利时人,美国人,都可以说是用外国文字作本国的文学;但他们用的是活文字。故与用拉丁文不同,与日本人用汉文也不同。

《学衡》的议论,大概是反对文学革命的尾声了。我可以大胆说,文学革命已过了议论的时期,反对党已破产了。从此以后,完全是新文学的创造时期。

至于这五年以来白话文学的成绩,因为时间过近,我们还不便一一的下评判。但是我们从大势上看来,也可以指出几个要点:第一,白话诗可以算是上了成功的路了。诗体初解放时,工具还不伏手,技术还不精熟,故还免不了过渡时代的缺点。但最近两年的新诗,无论是有韵诗,是无韵诗,或是新兴的"短诗",都很有许多成熟的作品。我可以预料十年之内的中国诗界定有大放光明的一个时期。第二,短篇小说也渐渐的成立了。这一年多(1921 以后)的《小说月报》已成了一个提倡"创作"的小说的重要机关,内中也曾有几篇很好的创作。但成绩最大的却是一位托名"鲁迅"的。他的短篇小说,从四年前的《狂人日记》到最近的《阿 Q 正传》,虽然不多,差不多没有不好的。第三,白话散文很进步了。长篇议论文的进步,那是显而易见的,可以不论。这几年来,散文方面最可注意的发展乃是周作人等提倡的"小品散文"。这一类的小品,用平淡的谈话,包藏着深刻的意味;有时很像笨拙,其实却是滑稽。这一类的作品的成功,就可彻底打破那"美文不能用白话"的迷信了。

第四,戏剧与长篇小说的成绩最坏。戏剧还有人试做;长篇小说不但没有人做,几乎连译本都没有了!这也是很自然的现象。现在试作新文学的人,或是等着稿费买米下锅,或是天天和粉笔黑板做朋友;他们的时间只够做几件零碎的小作品,如诗,如短篇小说。他们的时间不许他们做长篇的创作。这是一个原因。况且我们近来觉悟从前那种没有结构没有组织的小说体——或是《儒林外史》式,或是《水浒》式,——已不能使人满意了,所以不知不觉的格外慎重起来。这个慎重的现象,是暂时的,也许是很好的。平心而论,与其多出几集无穷无尽的《官场现形记》一类的小说,倒不如现在这样完全缺货的好了。

以上略述文学革命的历史和新文学的大概。至于详细的举例和详细的评判,我们只好等到《申报》六十周年纪念时再补罢。

十一,三,三

(收入 1923 年 2 月《申报》五十周年纪念刊《最近之五十年》,1924 年 3 月《申报》出版此文之单行本)

附录 日本译《中国五十年来之文学》序

这部书是为上海《申报》五十周年纪念册作的。我的目的只是要记载这五十年新旧文学过渡时期的短历史,以备一个时代的掌故,算不得什么著作。桥川先生竟把他译成日本文了,实在使我很惭愧。我只好借这个机会,指出一两处应补充之点。

第一,这五十年的词,虽然没有很高明的作品,然而王鹏运(临桂人)、朱祖谋(湖州人)一班人提倡词学,翻刻宋、元词集,却是很有功的。王氏的《四印斋所刻词》,朱氏的《彊邨所刻词》,吴氏的《双照楼词》,都是极可宝贵的材料。从前清初词人所渴想而不易得见的词集,现在都成了通行本了。

第二,近人对于元人的曲子和戏曲,明清人的杂剧传奇,也都有相当的赏鉴与提倡。最大的成绩自然是王国维的《宋元戏曲史》和《曲录》等书。此外,如商务印书馆影印的《元曲选》,如日本京都大学文科印行的元椠杂剧三十种,如刘世珩的《暖红室汇刻传奇》,如董康刻的《盛明杂剧》,都可算是这几十年中的重要供献。

第三,小说向来受文士的蔑视,但这几十年中也渐渐得着了相当的承认。古小说的发现,尤为这个时期的特色。《宣和遗事》的翻印,《五代史平话》残本的刻行,《唐三藏取经诗话》的来自日本,南宋《京本通俗小说》的印行,都可给文学史家许多材料。近年我们提倡用新式标点符号翻印古小说,如《水浒传》,《红楼梦》之类,加上历史的考证,文学的批评,这也可算是这个时期一种小贡献。

以上不过是补充原本的遗漏,略表我对于译者的谢意和对于读者的歉意。

中华民国十二年,三月七日。胡适序于北京。

选自《胡适文集 3》,北京大学出版社 1998 年

死去了的阿Q时代

钱杏邨

鲁迅创作中所表现的时代——庚子暴动与辛亥革命——超越时代与追逐时代——过去的《呐喊》与现在的《彷徨》——人生咒诅论与《野草》——六面找不着出路的碰壁——《坟》的前途——小资产阶级的观察者——病态的国民性的表现者——《阿Q正传》的评价——死去了的阿Q时代——时代文艺与时代技巧

一

无论鲁迅著作的量增加到任何地步，无论一部分读者对鲁迅是怎样的崇拜，无论《阿Q正传》中的造句是如何的俏皮刻毒，在事实上看来，鲁迅终竟不是这个时代的表现者，他的著作内含的思想，也不足以代表十年来的中国文艺思潮！

十年来的中国文艺思潮的转变，果真细细的分析，它的速度和政治的变化是一样的急激。我们目击政治思想一次一次的从崭新变为陈旧，我们看见许多的政治中心人物抓不住时代，一个一个的被时代的怒涛卷没；最近两年来政治上的屡次分化，和不革命阶级的背叛革命，在在都可以证明这个特征。文坛上的现象也是如此。在几个老作家看来，中国文坛似乎仍然是他们的“幽默”的势力，“趣味”的势力，“个人主义思潮”的势力，实际上，中心的力量早已暗暗的转移了方面，走上了革命文学的路了。

我们便从五四运动说起。五四运动在形式上固然是起源于外交的激刺,实际上却是潜伏在青年内心的初期文化运动的精神的推动,这是谁个都不能否认的事实。初期的文化运动创造了光荣的五四,复又因五四的冲击而得到尽量的发展,新文化运动的第一期思潮便这样的建立了它的基础。这个时期的思潮,个人主义已经变成了可咒诅的名辞,社会的职任已被青年认为切身的责职,引起了青年的对于一切的怀疑,怀疑社会,怀疑家庭,怀疑社会上的一切旧势力,旧制度,大家都站起身来走向社会,去做社会改革的伟业。所以真能代表这个时期的作家,他的创作是涂满了怀疑的色调,对于社会是整个的不信任,个人主义的精神是死亡了的。

这种思潮渐渐的伸展,还没有到十分展开的时候,便遇到孙中山的死,接着就是五卅惨案的继起,因为这内外两大激刺的侵袭,以及几年来主义思潮在青年内心暗地的酝酿,遇到五卅这个时期,便如伟大的火山突兀的爆发起来,于是思潮又有了一大转变。这时期的思潮是有了绝大的进步,举国的青年有了民族的觉醒,有了阶级的觉醒,有了对于帝国主义的认识,同时有了很强烈的革命的要求,个人的家族的观念在青年的心里差不多完全死亡了。而潜伏的革命文学的呼喊也渐渐的接着第一期的文艺思潮伸起头来,在文坛上得到了许多的进展。

五卅惨案发生以后,中国的阶级地位又突然的起了一大变化,工农阶级的力量逐渐的表现出来,上海的工人对于惨案的奋斗,香港工人的十九个月的大罢工,湘鄂工人的响应革命军运动,上海工人驱逐奉鲁军的三次大暴动,以及前此的京汉路的二七惨案,以及革命军所到的地方的农民对于革命的帮助,以及革命军的以工农为革命的主力军,在在都给予青年以莫大的激刺,使他们对于第二期的思潮发现了不满,彻头彻底的站到工农一方面来向着压迫他们的资产阶级抗斗,激起了还没有终止奋斗的激烈的血潮,逃出了国的制度的束缚,思潮转向全世界被压迫阶级联合的抗斗。所以在这个时候,酝酿了很久的第四阶级文艺运动的呼喊,又渐渐的高涨起来,造成了现在的革命文艺与劳动文艺交流的局面。

以上是把十年来的中国文艺思潮的转变概略的叙述了一点。我们现在可以再回转来一检鲁迅的创作,究竟能代表新文艺运动的那一个时期的思想呢?除去在《狂人日记》里表现了一点对于礼教的怀疑,除去《幸福的家庭》表现了一点青年的活性，除去《孤独者》、《风波》表现了一点时间背景而外，大多数是没有现代的意味！不仅没有时代思想下所产生的小说，抑且没有能代表时代的人物！阿Q，陈士成，四铭，高尔础这一些人物究竟是什么时代的人物呢？曾经读过《呐喊》与《彷徨》的人大概总能说得出来。《在酒楼上》篇里的吕纬甫说："老年人记性真长久！"（《彷徨》P.44）我们觉得这句话真可以移赠鲁迅，老年人的记性真长久，科举时代的事件，辛亥革命时代的事件，他都能津津不倦的，不知有汉，无论魏晋的叙述出来，来装点"现代"文坛的局面，这真是难得！不过，"太阳下去时候出现的东西，不会给你什么好处的"（《野草》P.37）。这又变为他的恰切的批评了，他的创作在时代的意义上实在是没有什么好处的。他不过是如天宝宫女，在追述着当年皇朝的盛事而已；站在时代的观点上，我们是不需要这种东西的。

所以鲁迅的创作，我们老实的说，没有现代的意味，不是能代表现代的，他的大部分创作的时代是早已过去了，而且遥远了。他的创作的时代背景，时代地位，把他和李伯元，刘铁云并论倒是很相宜的，他的创作的时代决不是五四运动以后的，确确实实的只能代表《新民丛报》时代的思潮，确确实实的只能代表清末以及庚子义和团暴动时代的思想，真能代表五四时代的创作实在不多；这一点，希望读者不要误会，我们不是说历史小说不能写，我们觉得写历史小说，站在文学负有社会的使命一点说，也是应该有些时代的意味的，而鲁迅，而鲁迅的创作里，大部分却找不到这种精神。

无论从那一国的文学去看，真正的时代的作家，他的著作没有不顾及时代的，没有不代表时代的。超越时代的这一点精神就是时代作家的唯一生命！然而，鲁迅的著作何如呢？自然，他没有超越时代；不但不曾超越时代，而且没有抓住时代；不但没有抓住时代，而且不曾追随时代；胡适之追逐不上时代，跑到故纸堆中去了，鲁迅呢？在他创作中所显示的精神，是创作的精神不一定要顾及时代，他没有法跟上时代，他创作的动机大概是在和子君"在灯下对坐的怀旧谈中，回味那时冲突以后的和重生一般的乐趣"（《彷徨》P.187）一样的回忆的情趣下面写成的。在这样思想底下所写成的创作，根据所谓自由主义的文学的规例所写成的文学创作，不是一种伟大的创造的有永久性的，而是滥废的无意义的类似消遣的依附于资产阶级的滥废的文学！

所以,关于鲁迅的创作的时代地位问题,根据《呐喊》、《彷徨》和《野草》说,我们觉得他的思想是走到清末就停滞了;因此,他的创作即能代表时代,他只能代表庚子暴动的前后一直到清末;再换句话说,就是除开他的创作的技巧,以及少数的几篇能代表五四时代的精神外,大部分是没有表现现代的!

二

鲁迅两部创作集的名称——《呐喊》与《彷徨》——实在说明了他自己。我们把他的这两部创作和《野草》合看的结果,觉得他始终没有找到一条出路,始终的在呐喊,始终的在彷徨,始终的如一束丛生的野草不能变成一棵乔木!实在的,我们从鲁迅的创作里所能够找到的,只有过去,只有过去,充其量亦不过说到现在为止,是没有将来的。他所看到的何如呢?在《野草》里也就很明白的说过,所谓将来就是坟墓!因为他感到的前途只有坟墓(《野草》P.41),所以他觉到"各样的青春在眼前一一驰去了,身外但有昏黄环绕"(《野草》P.93)。于是,他也就把希望扔在坟墓里去了,他不存一点什么希望了,他的意思是说希望也是同样的空虚,还不如没有希望的好,我们可以看他的自白:

这以前,我的心也曾充满过血腥的歌声,血和铁,火焰和毒,恢复和报仇。然忽而这些都空虚了,但有时故意地填以没奈何的自欺的希望。希望,希望,用这希望的盾,抗拒那空虚中的暗夜的袭来,虽然盾后面也依然是空虚中的暗夜。然而就是如此,陆续地耗尽了我的青春。

我早先岂不知我的青春已经逝去了?但以为身外的青春固在:星,月光,僵坠的胡蝶,暗中的花,猫头鹰的不祥之言,杜鹃的啼泣,笑的渺茫,爱的翔舞……虽然是悲凉漂忽的青春罢,然而究竟是青春。

然而现在何以如此寂寞?难道连身外的青春也都逝去,世上的青年也多衰老了么?(《野草》P.21—22)

他把人生是看得这样的灰暗，他也就觉到人生的太无味道了，然而他并不想死，他还是要“我还得活几天”（《孤独者》）。他总认定“世界上并非没有为了奋斗者而开的活路！”（《伤逝》）不过他所以要活，不是为着前途，是要“求生”（《伤逝》）。求生就是他的渴求，然而意义是没有的，意义就是一个单纯的活着。可是活着究竟是痛苦，一面看到前途是黯淡无光，一面又觉得现实不能使自己满足，找不着出路，又不愿堕落，这结果只有狂喊几声，彷徨歧路了。他自己解剖这种心理也很精细：

> 我有所不乐意的在天堂里，我不愿去；我有所不乐意的在地狱里，我不愿去；我有所不乐意的在你们将来的黄金世界里，我不愿去。呜乎呜乎！我不愿意，我不如彷徨于无地。
>
> 我不过一个影，要别你而沉没在黑暗了。然而黑暗又会吞并我；然而光明又会使我消失。然而我不愿彷徨于明暗之间，我不如在黑暗里沉没。（《野草》P.6）

在这一节叙述里，鲁迅把自己的小资产阶级的恶习性完全暴露了出来，小资产阶级的任性，小资产阶级的不愿认错，小资产阶级的疑忌，我们是在在的可以看得出来。所以，横在他面前的虽有很光明的出路，他要有所不乐意，他不愿去。既不甘于现实，在理想中又没有希望，结果只有徘徊歧途，彷徨于无地了！这是鲁迅没有出路的心理原因，是小资产阶级的脾气害了他！其实，具有这样习性，而葬送了他们的一生的，我们随时随地都可以遇到；这种人若不把领袖思想英雄思想从他们的脑中赶掉，总归是没有希望的！再进一步说，鲁迅所以陷于这样的状态之中，我们也可以说完全是所谓自由思想害了他，自由思想的结果只有矛盾，自由思想的结果只有徘徊，所谓自由思想在这个世界上只是一个骗人的名词，鲁迅便是被骗的一个。……

只满口的喊着苦闷，而不去找一条出路，这是鲁迅自己戕杀的灵药，他吃了这样的灵药而不悔。……说到这里，也许有人要反诘我。不错的，鲁迅似乎也有出路，记得在《伤逝》篇里就说过，然而他的出路是什么呢？——“深山大泽，洋场，电灯下的盛筵，壕沟，最黑最黑的深夜，利刃的一击，毫无声响的脚步……”（《彷徨》

P.206)这是怎样的一条出路呢?我们想是不需要什么解释的。因为他的出路只是目前的经济的出路,没有顾及其他,是异常的浅薄,终于使他不能满意而灰暗下来;结果这浅薄的希望也就如蜿蜒的长蛇消失在黑暗里了!(P.212)……不错的,鲁迅也曾觉醒过来,他也因着淡淡的血痕的冲激而兴奋起来,所以他在《淡淡的血痕中》就说:"叛逆的勇士出于人间;他屹立着,洞见一切已故和现有的废墟和荒坟,记得一切深广和久远的痛苦,正视一切重叠淤积的凝渍,深知一切已死,方生,将生,和未生。他看透了造化的把戏,他将要起来使人类苏生,或者使人类灭尽,这些造物主的良民们。"(《野草》P88—89)然而,这种兴奋只不过是一个浅薄的同情者而已,并没有看到他怎样的屹立人间,怎样的向前抗斗;其实,就是这样的兴奋,在鲁迅的事实上看来,也不过是一个刹那间的胰子泡而已!他是不会站起来的,这样淡淡的血痕的冲激,是掩不了他的个人主义的精神的,他虽是富有反抗一切破坏一切的思想,但终于是一种滥废的思想,没有多少益处的。他终结还是彷徨!……再进一步说,他不但没有站将起来,根本上他就没有兴奋,任青年的血是怎样的沸腾,他充其量也不过站在路旁吹一两下唿哨而已!看了《一觉》篇我们就可知道:"青年的魂灵屹立在我眼前,他们已经粗暴了,或者将要粗暴了,然而我爱这些流血和隐痛的灵魂,因为他使我觉得是在人间,是在人间活着。"(《野草》P.91)这是怎样的无聊的浅薄的思想?他始终只有一两声呐喊!……总之,鲁迅的思想是只有怀疑,没有出路,"六面碰壁,外加钉子。真是完全失败,呜呼哀哉了!……"(《野草》P.74)

因为他的思想向前走不通,因为他的思想的停滞,他便不能不沉醉于过去的回忆里而写出《呐喊》与《彷徨》,他便不能不把人生变为悲惨的灰暗的阴森的了。因此,他说人生是痛苦的是病态的是不健全的,他用雪人象徵整个人生的灰暗,他用墓碣文来说明人生的自戕,他又用颓败线的颤动来说明人之一生的痛苦,他觉得人生是没有丝毫的光明的。我们可以看下面的引例:

> 但他终于独自坐着了。晴天又来消释他的皮肤,寒夜又使他结一层冰,化作不透明的水晶模样;连续的晴天又使他成为不知道算什么,而嘴上的胭脂也褪尽了。(《雪》,《野草》P.26)
>
> 抉心自食,欲知本味。创痛酷烈,本味何能知?痛定之后,徐徐食之。然

其心已陈旧，本味又何由知？（《墓碣文》，《野草》P.61）

她赤身露体地，石像似的站在荒野的中央，于一刹那间照见过往的一切：饥饿，苦痛，惊异，羞辱，欢欣，于是发抖；害苦，委屈，带累，于是痉挛；杀，于是平静。……又于一刹那间将一切并合：眷念与决绝，爱抚与复仇，养育与歼除，祝福与咒诅……（《颓败线的颤动》，《野草》P.65）

鲁迅所看到的人生只是如此，所以展开《野草》一书便觉冷气逼人，阴森森如入古道，不是苦闷的人生，就是灰暗的命运；不是残忍的杀戮，就是社会的敌意；不是希望的死亡，就是人生的毁灭；不是精神的杀戮，就是梦的崇拜；不是咒诅人类应该同归于尽，就是说明人类的恶鬼与野兽化……一切一切，都是引着青年走向死灭的道上，为跟着他走的青年们掘了无数无数的坟墓，所以他说明人生的终结道："负着虚空的重担，在严威和冷眼中走着所谓人生的路，这是怎么可怕的事呵！而况这路的尽头又不过是——连墓碑也没有的坟墓。"（《彷徨》P.206）

鲁迅这种态度是大错误的，人类即使如"狮子似的野心，兔子的怯弱，狐狸的狡猾……"（《呐喊》P.10）然而终竟没有好的希望么？也就没有所谓人生的光明面么？人类不是没有改善的希望的，人类更不是没有出路；苦闷有来源总归是有出路，光明的大道是现在自己的眼前；他偏偏的不走上去，只是沿着三面夹道的墙去专显碰壁的精神，这究竟有什么意义呢？……所以鲁迅对于人生的视察也不过是说明他是一个怀疑现实而没有革命的勇气的人生咒诅者而已，他何曾"在无形无色的鲜血淋漓的粗暴上接吻"（《野草》P.91）来！……他又何曾想到彷徨的痛苦，呐喊的无聊，希望的实现，和前途的光明来！他所说的"然而我又不愿意他们因为要一气，都如我的辛苦辗转而生活，也不愿意他们都如闰土的辛苦麻木而生活，也不愿意都如别人的辛苦恣睢而生活。他们应该有新的生活，为我们所未经生活过的"（《呐喊》P.110）一些话，也终于是一个暂时的兴奋而已！……我们所感到的人生，不象鲁迅所见到的这般灰暗而阴惨！……

三　死去了的阿Q时代

然而鲁迅究竟有鲁迅的好处，鲁迅究竟有鲁迅的地位，虽然《阿Q正传》不是一篇伟大的创作，确确实实的可以代表鲁迅他自己。《阿Q正传》的技巧的好坏，在这里我们不想说，但是《阿Q正传》里藏着过去了的中国的病态的国民性，这却是值得我们注意的一点。创作中表现国民性的必要，根据过去的理论，在客观上我们对于《阿Q正传》时代的思潮，是不能否认的。鲁迅能把病态的一部分很扼要的捉住，又很扼要的表现出，这是很难能，而且在其它的创作中难以找到的。我们读完《阿Q正传》，至少可以得到两种最深刻的印象，同时从这两种深刻的印象上可以找到过去的中国人的特长是什么东西。所谓两种印象，第一是我们认识了中国人在过去时代的从听天由命的思想所造成的一种对人生不加思索莫名其妙的生莫名其妙的死的可怜可恨的人物，第二就是我们认识了中国人的阴险刻毒势利凭藉阶级仗势欺人以及其他类似以上种种的冷酷的性格。这两种绝对相反的性格，确实是中国人的病态性格的最重要的部分，被鲁迅在一个短篇小说里露骨的表现出来了，所以我们客观的说，这一篇创作是可以代表中国人的死去了的病态的国民性的，是鲁迅创作中最可纪念的一篇。

这一篇的好处不但是代表了病态的国民性，同时还解剖了在辛亥革命初期的农村里一部分人物的思想，我们扩大点说，阿Q的思想也代表了那时都市里一部分民众的思想。我们要分析这时期的农村农民的思想，那是最容易捉到阿Q的生命的。那时候农民当然是才从帝王子民的梦境里醒悟过来；在民可使由之不可使知之的帝王统治之下，尤其是乡村里的人很少有读书的，即使有读书的也不过是被训练成怎样做一个安分的百姓而已，因此象阿Q这样胡涂的人物当然是多而又多，《阿Q正传》于是就应运而生了！……那时乡村的豪绅阶级横行乡里出入公门欺凌弱者，农民没有觉悟不敢反抗只有隐忍也自是当然的趋势；一旦革命军突然起来，推翻一切的统治阶级，无知的一向饱受豪绅阶级欺凌的农民你叫他怎能不愤愤然而起复仇的念头呢？我们便看阿Q的对于革命党的同情，和他的“革命也好罢，革这伙妈妈的命，太可恶！太可恨！……便是我，也要投降革命党了”(《呐喊》P.161)的想念，也就可以想见农民当时的泄愤的心理了。因泄愤的原因及对革命党是打倒自家的仇人的一种欢喜，阿 Q 要实行革命，也是当时很普通的现象。于是，《阿 Q 正传》便应运而成了悲剧的大团圆了。……豪绅知识阶级究竟比一般粗鲁的人的智识高明的多，乘机跑到革命的队伍里去一跃而为投机的革命党，夤缘而继续他的旧势力的命运，也是必然而可能的事。这样，以革命为真革命为真是替人民报仇的在初期曾向压迫者泄愤的农民们便不得不成为豪绅贪污式的伪革命党人的牺牲品了，于是乎阿 Q 死，而《阿 Q 正传》也就完成了他的时代的记载！

《阿 Q 正传》虽有这么多的好处，在表现与意义两方面虽值得我们称赞，然而究竟不能说是代表十年来的中国现代文坛的时代的力作；十年来的中国农民是早已不象那时的农村民众的幼稚了。所以根据文艺思潮的变迁的形式去看，阿 Q 是不能放在五四时代的，也不能放在五卅时代的，更不能放到现在的大革命的时代的。现在的中国农民第一是不象阿 Q 时代的幼稚，他们大都有了很严密的组织，而且对于政治也有了相当的认识；第二是中国农民的革命性已经充分的表现了出来，他们反抗地主，参加革命，近且表现了原始的 Baudon 的形式，自己实行革起命来，决没有象阿 Q 那样屈服于豪绅的精神；第三是中国的农民智识已不象阿 Q 时代的农民的单弱，他们不是莫明其妙的阿 Q 式的蠢动，他们是有意义的，有目的的，不是泄愤的，而是一种政治的斗争了。……说到这里，我们是很明白的可以看到现在的农民不是辛亥革命时代的农民，现在的农民的趣味已经从个人的走上政治革命的一条路了！

事实已经很明显的放在眼前，我们能不能说阿 Q 的时代是万古常新呢？我们愿意很坚决的说，《阿 Q 正传》确实有它的好处，有它本身的地位，然而它没有代表现代的可能，阿 Q 时代是早已死去了！阿 Q 时代是死得已经很遥远了！我们如果没有忘却时代，我们早就应该把阿 Q 埋葬起来！勇敢的农民为我们又已创造了许多可宝贵的健全的光荣的创作的材料了，我们是永不需要阿 Q 时代了！……

不但阿 Q 时代是已经死去了，《阿 Q 正传》的技巧也已死去了！《阿 Q 正传》的技巧，我们若以小资产阶级的文艺的规律去看，它当然有不少的相当的好处，有不少的值得我们称赞的地方，然而也已死去了，也已死去了！现在的时代不是阴险刻毒的文艺表现者所能抓住的时代,现在的时代不是忏巧俏皮的作家的笔所能表现出的时代,现在的时代不是没有政治思想的作家所能表现出的时代! 旧的皮囊不能盛新的酒浆,老了的妇人永不能恢复她青春的美丽,《阿Q正传》的技巧随着阿Q一同死亡了,这个狂风暴雨的时代,只有具着狂风暴雨的革命精神的作家才能表现出来,只有忠实诚恳情绪在全身燃烧,对于政治有亲切的认识,自己站在革命的前线的作家才能表现出来!《阿Q正传》的技巧是力不能及了! 阿Q时代是早已死去了! 我们不必再专事骸骨的迷恋,我们把阿Q的形骸与精神一同埋葬了罢,我们把阿Q的形骸与精神一同埋葬了罢! ……

一九二八,二,一七～一八于上海

附记 《死去了的阿Q时代》总算写定了,不过有几句声明应该补记在这里:就是这一篇评论完全根据鲁迅的《呐喊》,《彷徨》和《野草》三书而作,一切的论断也依据这三本书而定,所以算不得一篇完善的鲁迅论。我觉得鲁迅的真价的评定,他的论文杂感与翻译比他的创作更重要。他在中国新文艺运动的初期是很有力量,很有地位的,同时他的创作对于新文坛的推进,也有很大的帮忙,这是不可抹煞的事实。可是本篇单纯的论他的创作,就没有办法涉及其他了,所以关于他反抗封建势力……一类的杂感里所表现的时代精神,只有让读者在《坟》,《热风》,《华盖(正续)集》一类的书里去寻求了。

原载于《太阳月刊》1928年3月1日第3期

关于新的小说的诞生

——评丁玲的《水》

丹仁(冯雪峰)

丁玲的《水》,在《北斗》月刊上登完的时候,就有许多人认为是一篇“好的作品”。我懂得那意思,那是说:这是我们所应当有的新的小说。

我们将会同意这种评价;不过我想如果更妥当点说的时候,不如修正为这还只是新的小说的一点萌芽。

我们现在已经有许多立志要做新的小说家的人,青年的,中年的,以及老年的;但多的是预约,还很少有“现兑”。《水》可以算得一点小小的现兑。

《水》所以引起读者的赞成,无疑义的是在:第一,作者取用了重要的巨大的现实的题材。题材对于小说,总是占着重要的地位,而在象水灾这样动人的,时事的,照出整个中国社会生活的题材,虽然多得“取之不尽”,却还不能使许多作家抛去穷屈的虚伪的“身边琐事”的时候,则作者快捷的加以取用,就会引起读者的热情的注意是一定的。并且也就在这点上,有着它的一种特别的意义。但是,最主要的还在。第二,在现象的分析上,显示作者对于阶级斗争的正确的坚定的理解。第三,作者有了新的描写方法;在《水》里面,不是一个或二个的主人公,而是一大群的大众,不是个人的心理的分析,而是集体的行动的开展(这二点,当然和题材有关系的),它的人物不是孤立的,固定的,而是全体中相互影响的,发展的。

这三点,我说得非常抽象的,过于概观的,但应当是许多读者所共抱的意见吧。

可是,这意见是对的话,则《水》的最高的价值,是在首先着眼到大众自己的力量,其次相信大众是会转变的地方。这些,在知识分子的作家是往往不能办到,因为他们最会蔑视大众,常以为大众是渺小的,是盲从的,下意识地保存着“民可使由之”的孔子思想。这些用不着怎样的证明,只要注意到全篇的主旨就可明白。小说的开始,就是大众英勇的和洪水抗斗的一幕。这是和天灾——其实,如作者所示,并非天灾,是军阀混战和地主官僚的剥削的结果——斗争,大众用原始的巨力和自然斗争;小说结末的时候,则是灾民大众和饥饿斗争,用开始向于组织的力量和剥削者及其机关枪斗争。每一个地方,都显出灾民的农民大众的自己的伟大力量,只有这个力量将能救他们自己!这些灾民的农民大众的反抗对象的转变,那过程是最单纯的,然而是最伟大的。——一个艺术家,如果能够理解这最单纯的转变,他将能创造伟大的作品。

于是,如果这是主要点,如果这是《水》的生命,那么其他各点都不必说,同时不拘它还有很多的缺点,这无疑的已是我们的艺术的一点小小的现兑,我们所应当有的新的小说的一点萌芽。

同时,如果以上所说是对的,我们也就得到新的小说或新的小说家的定义的主要部分吧。在现在,新的小说家,是一个能够正确地理解阶级斗争,站在工农大众的利益上,特别是看到工农劳苦大众的力量及其出路,具有唯物辩证法的方法的作家!这样的作家所写的小说,才算是新的小说。

因此,丁玲的《水》,如果它确是新的小说的一点萌芽,对于我们就还有另外的重要的意义。首先,它将要证明一个进步的知识分子的作家,可能成为我们所需要的新的作家,只要他理解了新的艺术的主要条件,而逐渐克服着自己;而一个“半新”的作家,有时的确往往不能为真的新作家,如果他不理解新艺术的主要条件,不厉行自己的清算。证明这意义在现在是很重要的,而丁玲便是一个适当的例子。

且说丁玲原来是怎样的作家呢?丁玲在写《梦珂》,写《莎菲女士的日记》,以及写《阿毛姑娘》的时期,谁都明白她乃是在思想上领有着坏的倾向的作家。那倾向的本质,可以说是个人主义的无政府性加流浪汉(Lumken)的知识阶级性加资产阶级颓废的和享乐而成的混合物。她是和她差不多同阶级出身(她自己是破产的地主官绅阶级出身,“新潮流”所产生的“新人”——曾配当“忏悔的贵族”)的知识分子的一典型。在描写一个没落中的地主官绅阶级的青年女子，接触着“新思潮”（“五四”式的）和上海资本主义生活时所现露的意识和性格的《梦珂》里，在描写同样的青年知识女子的苦闷的，无聊的，厌倦的不健康的心理状态的《莎菲女士的日记》里，在说述一个贫农的女儿，对于资本主义的物质的虚荣的幻灭的可怜的故事《阿毛姑娘》里，任情的反映了作者自己的离社会的，绝望的，个人主义的无政府的倾向。

丁玲原来以这样的作家在不久之前出发到文学上来的。这样的作家的运命却很可悲；决定运命的前途者只有一件事：作家自己在社会的变动中是否有觉悟，是否愿意去看见社会中的新的生命，而努力从灭亡的自己的阶级及思想的倾向脱离出来。因此，丁玲仍不失为一个进步的作家，因为她有觉悟，当然也有悲哀，她跟着社会的变动而前进。《韦护》虽大体还是属于第一期的东西，但有一点不同：就是已经有一条朦胧的出路了。仿佛已在社会中看见新的东西了。在《韦护》里，作者有意无意地想把无政府主义的思想和青年知识分子的浪漫的生活埋葬。于是再下去，在《一九三〇年春上海》及《田家冲》等作品里面，作者已不再回顾那些厌倦的，紊乱的个性和生活，而是在反帝反封建的革命高潮之下，首先在自己所接近的阶层——青年知识分子中看取动摇分化及转变的现象。如在《田家冲》里，则描写农村的残酷的阶级斗争，甚至使一个地主的女儿也变成布尔塞维克。

这样，从《梦珂》到《田家冲》的中间，已不仅只被动地反映着社会思潮的变动，并且明显地反映着作者自己的觉悟，悲哀，努力，新生的了。

丁玲所走过来的这条进步的路，就是，从离社会，向“向社会”，从个人主义的虚无，向工农大众的革命的路，好多的进步的知识分子同走过来的路，是不能被曲解为纯是被作用，或只是惨暗的消极的觉悟的结果。我们必须理解，这是作者被新思想所振荡，就据这新思想来作用，觉悟了自己阶级的崩溃，就更毁坏着自己的阶级，感到了自己的倾向，就进一步的向它斗争的表现。

可是，这自然还不够。——《田家冲》至多不能比蒋光慈的作品更高明。作者在《田家冲》之后，要能够写出《水》来，她必须经过更其艰苦的对于自己的一切旧倾向旧习气的斗争。同时她要能够从这枝萌芽长大，更必须不断的对自己的一切旧的残余及一切新的障碍进行斗争。

为什么呢？因为如果我们上面所说的新的小说家的定义大体上并不错误，那么如果只是概念地从离社会走到向社会，从个人主义的虚无走到工农大众的革命，而不是作为艺术家，从观念论走到唯物辩证法，从阶级观点的朦胧走到阶级斗争的正确理解，特别是从蔑视大众的，个人的英雄的捏造走到大众的伟大的力量的把握，从浪漫蒂克走到现实主义，从旧的写实主义走到新的写实主义，从静死的心理的解剖走到全体中的活的个性的描写，则不论是谁，不能是一个新的作家，至多只是一个半新的作家罢了。

丁玲的《韦护》，不能这样办到，《一九三〇年春上海》及《田家冲》都不能这样办到；可是《水》办到一些了。《一九三〇年春上海》及《田家冲》，有着观念的观察和理解，浪漫主义的曲解。这些是同样的要不得的。因此，在《田家冲》和《水》之间，是一段宝贵的斗争过程，是一段明明在社会的斗争和文艺理论上的斗争的激烈尖锐之下，在自己的对于革命的更深一层的理解之下，作者真正严厉地实行着自己清算的过程。那结果是使她在《水》里面能够着眼到大众自己的力量及其出路。自然，丁玲还不能即刻是簇新的作家，也还没有更大的现兑。

但是，这说明了什么呢？这不仅说明了在工农阶级出身的作家还在我们培养中，而知识分子作家所分担到的新的作品的创造的任务非常重大的现在，这任务乃是可能；尤其说明了使自己成为一个作家乃是一种非常艰苦的任务，但在现在，这样的新作家的源泉之一，却是作家们对于自己的一切坏倾向坏习气的斗争，对于自己的脱胎换骨的努力。这不仅说明了作家的自己清算，并非消极的事，而是积极的任务；尤其说明了现在我们所有的作家都还是很不纯粹的，一切布尔乔亚的艺术的影响，一切同路人的，观望的……浪漫蒂克的，机会主义的等等性质，现在统统却还在阻碍我们的作家的新的作品的诞生。

于是，在这样的意义之下，只有在这样的意义之下，最后我们指出《水》的许多缺点，也就很必要。第一，象这次这样巨大的水灾的题材，作者只造成了近于“速写”的二三万字的短篇，是分明没有完成这题材所给与的任务的。实际上，《水》是应该续写下去的。

其次,《水》里面灾民的斗争没有充分的反映着土地革命的影响,也没有很好的写出他们的组织者和领导者,这是一个巨大的缺点。请读者不要误解,以为我在预先定出一个版型,要每个作家都照样画葫芦;不是的,这是事实,灾民的伟大的斗争是在土地革命的影响之下,在革命者的领导之下发展的。看来,作者对于这点是理解的,但没有写得好,不充分,她在小说的结末处,使一个对群众煽动的农民出现,但非常不明确。这应该是作者缩小了题材的结果,因为作者过速的结束了小说,这些都没有法子发展了。

第三,作者曾有意无意地将灾民群众中的一二雇农(长工),写得特别明确和有强力,这是对的;但后来就没有发展了,这也是缺点。

关于《水》,我们还无从知道工人读者的意见,但可以断言:《水》的文字组织是过于累坠和笨重,就使我们读起来也很沉闷的。

这些缺点,都使《水》只能是新的小说的一点萌芽,而不能有更高的评价。

原载于《北斗》1932 年 1 月 20 日第二卷第一期,署名“丹仁”

早期乡土小说及其作家群

——中国现代小说流派论之二

严家炎

20 年代中期,在我国年轻的新文坛上,涌现了一批写农村题材并显示出一定特色的小说作家,这就是"乡土文学"作者群。他们大多是文学研究会的成员,或者是在《小说月报》、《文学周报》上发表小说的作者,少数则是基本倾向与文学研究会十分近似的语丝、未名等社团的成员。较早的潘训,一九二二、二三年就发表了《乡心》、《人间》、《晚上》等乡土气虽不浓但却颇为朴实真挚的短篇。继起的许杰、许钦文、王鲁彦、徐玉诺、王思玷、蹇先艾、彭家煌、台静农、黎锦明、王任叔等,各以其写故乡生活的若干作品,受到读者的重视。叶绍钧自《隔膜》起,也在表现苏南村镇风土民情方面取得可喜的进展。连后来变得愈来愈怪涩的废名(冯文炳),早年写的《竹林的故事》、《浣衣母》等,也是乡土小说。以文学研究会成员为主的这个作家群的出现,标志着现代小说史上第一个现实主义流派终于形成。

和问题小说一样,乡土文学的最早开辟者也是鲁迅。《呐喊》、《彷徨》中的多数小说,发表的当时已被人目为杰出的乡土作品。张定璜在评论《呐喊》时就说:"他的作品满薰着中国的土气,他可以说是眼前我们唯一的乡土艺术家。"①20 年代中期出现的上述乡土文学作家,有些是经常与鲁迅接触的青年(如许钦文、台静农),有些是听过鲁迅讲课的学生(如王鲁彦、蹇先艾),有的是鲁迅直接扶植的文学社团

① 张定璜:《鲁迅先生》,载 1925 年 1 月《现代评论》。

的成员（如语丝社的冯文炳），更多的是景慕鲁迅的文学爱好者，他们都爱读鲁迅的小说，程度不同地接受了鲁迅的影响。我们可以毫不夸张地说，“乡土文学”正是在鲁迅影响下，以他的创作为示范而形成的一个小说流派。

乡土文学作者群之所以主要由文学研究会系统的作家来组成，并非出于偶然。文学研究会主张“文学为人生”，重视“写实主义”，努力倡导“乡土文学”、“农民文学”，倡导“文学的地方色彩”。《文学研究会宣言》的起草者周作人，就曾在一九二三年四月发表的《旧梦》一文中提倡“乡土艺术”，便把“乡土文学”称作“一派”。文中还提到文学的地方性与世界性的关系，他说：“我轻蔑那些传统的爱国的假文学，然而对于乡土艺术很是爱重：我相信强烈的地方趣味也正是‘世界的’文学的一个重大成分。”

沈雁冰也竭力主张文学要描绘农村生活，反映民间疾苦。他在一九二一年八月《小说月报》发表的《评四五六月的创作》中，就批评了当时那种“只见‘自然美’，不见农家苦”的创作倾向，高度赞誉鲁迅的《风波》、《故乡》“把农民生活的全体做创作的背景，把他们的思想强烈地表现出来”的出色成就。他和陈望道、刘大白、李达四人共同编写的《文学小辞典》中，还专门设立《地方色》一条来解释文学的地方色彩：“地方色就是地方底特色。一处的习惯风俗不相同，就一处有一处底特色，一处有一处底性格即个性。同是上海，福开森路便同四马路两样，塘山路又同福开森路两样。这便是彼等底地方色。”文学研究会的另一重要阵地《文学周报》上，也曾刊载过一批文章，大声疾呼：“希望中国也有农民文学家”，写出“这二三万万农民”的“性灵”，写出“乡村间农民穷人的生活”（见化鲁即胡愈之的《再谈谈波兰小说家莱芒忒的作品》，李圣悦的《〈惨雾〉的描写方法及其作风》诸文）。这些理论倡导都直接或间接地推动了乡土文学的发展。

早期乡土文学作家群中，作品数量比较多、成就也比较高的，除大家熟悉的叶绍钧而外，有许杰、王鲁彦、彭家煌、台静农四人。

许杰（1901—1993），最初的小说发表于《越铎日报》附刊《微光》上；一九二四年《惨雾》在《小说月报》刊出后，开始受人注意。此后三四年内，他写了一系列反映农村题材的作品，既表现封建宗法制度与陈规陋习给乡村劳动者特别是青年妇女带来的痛苦，也表现沿海农村在资本主义侵袭下意识形态的变化以及正在发生的新悲剧。与当时有些作家一样,他较早的作品往往也只是单纯地提出问题;从《惨雾》起,则逐渐有了改变,更注重现实生活本身的描绘(《惨雾》尽管也提出了“反战”问题,却具有较浓的乡土气息,不是单纯的问题小说)。许杰和其他文研会作家从写问题小说到创作乡土文学的这一变化,说明到20年代中期,现实主义创作思想已为更多的作家所自觉遵循。

《惨雾》写了由于封建宗法观念作祟,两个邻村发生的大规模械斗。通过新婚回娘家的青年妇女香桂的观察和感受,有力地表现了一场动人心魄的悲剧。香桂始终不愿看到她夫家和娘家所在的两个村子交战,然而她无力制止这一惨祸。战斗的结果,她的丈夫与她的族弟同时死亡,她本人也昏晕过去,从楼上跌下来受了重伤。作者精心选取这一特定的角度,更增强了对封建宗法制度批判与控诉的力量。整篇小说事件复杂,头绪纷繁,战斗过程又经历了小、中、大三个回合,本来很不容易写好;但作者却写得有条不紊,有虚有实,繁简得体,层次井然。尽管作品也有弱点:对话不够活泼,一些人物性格不够突出,全篇的叙述角度也不够统一(除香桂之外又安排了“我”,既有第一人称,又有第三人称),但在故事的组织安排方面,确实显示出颇深的功力。这正是许杰小说的一大长处。

如果说《惨雾》以及《大白纸》、《台下的喜剧》等作品,从揭示封建宗法制的危害方面写出了一系列悲喜剧,那么,《赌徒吉顺》、《隐匿》等篇则显示了封建农村受资本主义侵袭所引起的人们思想意识上的变化。《赌徒吉顺》是现代小说史上最早写典妻制的作品(比柔石《为奴隶的母亲》、罗淑《生人妻》都要早),它揭露的这种制度本身当然是封建性的。然而,值得我们思考的还是吉顺典妻的直接起因。正如茅盾在《中国新文学大系·小说一集·导言》中所说:“吉顺的落在赌的魔手中,一方面固然由于都市的罪恶伸展到农村,而另一方面也由于农村的衰败和不安引起了人心的迷惘苦闷,于是要求刺激,梦想发财的捷径了。在堕落中的吉顺,只奉一个上帝,就是金钱。他第一次拒绝了典妻,就因为他刚刚赢了钱;第二次他在‘名誉’和‘金钱’之间挣扎了片刻,终于还是金钱得胜。”吉顺的畸形性格,确实是中国农村社会从封建沦为半封建半殖民地这个大转变过程的产物。至于《隐匿》中出现的善金这个由农村流浪汉成为外轮船员的形象,他那种与中国传统农民完全不同的对家庭生活相对淡漠的态度,也从一个侧面表明了沿海农村正在发生着的变化。

当然，在早期乡土文学作家群中，最能反映资本主义金钱势力入侵后东南沿海农村人们思想变化的，还是王鲁彦(1901—1944)。只要读读他的《自立》、《许是不至于罢》、《黄金》、《阿长贼骨头》、《一个危险的人物》等小说，我们就会感到农村半殖民地商业化过程中市侩心理的发展是多么严重，多么令人吃惊了。他早年的作品侧重抒发主人公的主观感受，颇具热情，有散文诗的风味；稍后，作者转变风格，逐步将热情掩藏在世态人情的冷峻刻画背后，这就有了《自立》以后一系列作品的问世。代表作《黄金》通过如史伯伯家道衰落后一连串难堪的遭遇，夸张而又不失真实地写出了金钱势力在社会生活中的支配地位，显示了陈四桥这个农村小镇上居民们的势利习性，无情地戳穿了人们之间那种冷酷可怕的关系。结尾时如史伯伯所做的美梦，与严酷的现实恰成对照，既体现出作者对主人公不幸命运的同情，也包含了作者对主人公自身思想弱点的鞭打。严峻的生活逻辑与诙谐的叙写笔法相结合，构成了艺术上趋于圆熟时期的鲁彦作品的独有风格。如史伯伯的经历是有典型意义的，它实际上反映了帝国主义经济入侵和封建势力政治压迫之下，广大农村小有产者不得不迅速破产的境遇，也反映了这种历史背景所带来的社会心理方面的变化——趋钱若骛、世情浇薄的状况。在挖掘和表现市侩心理怎样侵袭、腐蚀人们这一点上，王鲁彦是鲁迅以后最为深刻、描绘得最为淋漓尽致的一个作家。王鲁彦早年还有一些风俗画色彩极浓的小说，如《菊英的出嫁》，同样是早期乡土文学中颇为出色的代表作。

在20年代末期创作的《童年的悲哀》中，鲁彦怀着诚挚的感情塑造了一位可爱的雇农阿成哥的形象，为他的不幸早逝深表哀痛。这篇作品标志着鲁彦小说思想倾向上的一个转折，预示着他的创作在30年代还会有重要的发展。

不同于许杰、鲁彦等作家主要反映江浙近海地区的生活，彭家煌、台静农写的是湖南、安徽两省相当闭塞的内地农村。

彭家煌(1898—1933)从第一个短篇集《怂恿》开始，就同时显露了两副笔墨、两手本领：既能写具有浓重湖南乡土气息的农村生活，也能活泼地写形形色色的知识分子。他的小说圆熟机智而又富有风趣，可算是乡土文学中的佼佼者。有人曾经作过这样的评论："彭君有那特出的手腕的创制，较之欧洲各小国有名的风土作家并无逊色。”[1]可以说,彭家煌是一个在文学史上尚未得到应有评价的作家。

彭家煌的乡土小说用细腻而又简洁的笔触,生动地再现洞庭湖边破败的农村,真实地描绘多种多样、色彩斑斓的人物。那里非常闭塞,但却并不宁静。就像鲁迅小说常常用鲁镇、未庄做背景一样,彭家煌也通常把他的人物安放在一个叫“溪镇”的农村小镇里:《怂恿》写的是溪镇,《陈四爹的牛》写的是溪镇,《喜期》写的是溪镇,一直到30年代创作的《喜讯》,也还是写溪镇。这里有贪吝的土财主,强横的地头蛇,怀有美好生活理想的青年妇女,孤苦无告的被侮辱被损害者,专凭一张能说会道的嘴巴混饭吃的农村流浪汉……这些人物,一个个栩栩如生,身上带着扑面而来的洞庭湖滨的潮湿味和泥土气息。

彭家煌的绝大多数作品具有或浓或淡的喜剧色彩,使人读起来感到异常亲切。《活鬼》、《美的戏剧》、《陈四爹的牛》等都是这样。最能体现他这种喜剧风格的,则是《怂恿》。作品写了乡绅兼地头蛇牛七利用家族势力与另一财主冯家斗法,而将族内名叫政屏的一对老实夫妇当做牺牲品的故事。通过牛七阴险计谋的失败并陷入“赔了夫人又折兵”的困境,小说异常辛辣地嘲讽、鞭打了地方封建恶势力,显示出强烈的喜剧性。整篇小说不是靠情节取胜,而是靠生活和艺术的真功夫来吸引读者。具体来说,一是靠有血有肉的喜剧场面的出色描绘,二是靠真实生动的细节摹写,三是靠活脱脱的富有地方风味又有性格特点的人物对话,使作品取得很好的成功。出现在小说里的人物,几乎写一个活一个,给人留下很深的印象,如蛮横狡诈的牛七,懦怯昏庸的政屏,老实可怜到愚昧无知地步的二娘子,喜欢吹点牛、有一张买卖人伶牙俐嘴却还不失单纯的禧宝,等等,都写得活灵活现。特别是牛七和二娘子两个人物形象,可以说具有相当的典型意义。从牛七身上,我们看到了中国地痞恶霸式农村封建势力的野蛮和凶残,连族人、亲属也只是他们斗法逞威风的工具。从政屏妻二娘子形象身上,我们看到了旧中国妇女尤其农村妇女命运的极其悲惨和可怜,她们竟可以被族人操纵,受丈夫支配,为两头死猪去殉葬(不是猪为人殉葬,而是人为猪殉葬!),可见她们的实际地位、实际价格连动物都不如。二娘子“关着房门痛哭了一场”,说明她顺从到了连在丈夫面前公开哭都不敢的地步。对

① 黎君亮:《纪念彭家煌君》,《现代》4卷1期,1933年11月。

于这个人物来说，喜剧色彩的背后，实际上隐藏的是极深的悲剧内容。作品收尾前交代道："二娘子呢，可怜，她自从死过这一次，没得谁见过她一次。真个，她是被活埋了。"显然，作者对二娘子这种不幸的妇女是取同情态度的。但有时也许由于某些不健康趣味作祟，一些议论和描写未能适可而止，使读者感到也有拿她的不幸来取乐的成分，这是小说的一个缺点。但总的来说，《怂恿》是一篇具有独特的喜剧风格的出色作品。茅盾在《新文学大系·小说一集·导言》中称《怂恿》为"那时期最好的农民小说之一"，这个评价是很公道的。

彭家煌小说的又一特点，是构思精巧而又自然，没有多少斧凿痕迹。读这些作品，我们就像在看有趣的生活本身一样。有人说彭家煌小说篇篇"隽妙"，这未免夸张了一点；但从结构上说，他的作品确实每篇都很认真讲究（有的前后修改过七遍）。连每篇小说的题目，也都化费过一番心血。我们看：明明写的是灾难、悲剧，小说的标题却是《喜期》，这就构成强有力的反衬，用表面上的"喜"来反衬实际上的悲。明明写的是陈四爹的一位看牛倌，小说的标题却是《陈四爹的牛》，这不是由于作家的随便和粗心，而正是作家费了心血、意味深长之处，它暗示这位看牛倌本身就是一头牛，比牛还像牛，连牛都不如。《怂恿》这个题目本身就点了题，我们且不说它。至于《活鬼》，把含义完全相反的两个字组合到一起，很令人注目，引起读者的兴趣，同时也含蓄地透露了故事的秘密或者谜底在哪里。《美的戏剧》这个标题也是双关的，从主人公秋茄子的角度说，他不但美美地白看到了一场戏，而且还美美地白吃到了一顿饭，当然使他感到美满与快活；从读者的角度说，通过作品的描绘，我们不但看到了黑头演的戏，还看到了真正的天才演员——秋茄子所表演的一场更精彩的戏，可以说是"戏外有戏"。这些题目都很有令人回味之处。这就是标题的艺术，是彭家煌作品不一般的地方。

台静农（1903—　）不同于上述三位文学研究会作家，他是未名社的成员。他的作品大多反映皖西北乡间村镇上极端闭塞落后的生活。《地之子》这本集子中十四篇小说，可以说篇篇揭示着封建制度所造成的长期惊人的愚昧，倾吐着农村下层人民的辛酸血泪。当时一般乡土作家对于农民被压迫者，大体停留在民主主义的同情上，而台静农则已有了初步的阶级观点，他用这一观点分析生活，咀嚼生活，对农村题材的开掘有比一般作家更深刻的地方。生活、思想、艺术这三个方面在他作品中融合得比较和谐，构成了朴实、粗犷、亲切、单纯又凝炼的风格。他善于抒写场面，烘托气氛，造成比较深沉的意境，给人留下难忘的印象。《红灯》中那个守了一辈子寡的母亲，好不容易把孩子抚养大了，却因为饥寒交迫，儿子铤而走险，以致被杀害了。如今临到阴历七月半这个“鬼节”的晚上，年老体衰的母亲乞讨竹子来做了红灯，超度她儿子的灵魂。作品结尾时，老太太在人们的热闹打趣声中，悲哀地看着河面上远远飘走的小红灯，觉得儿子已经得到了超度。《新坟》里的四太太，女儿被大兵强奸致死，儿子被大兵打死，做母亲的发了疯，她总是把残酷的现实想象为女儿出嫁了，儿子正在娶媳妇，办喜事，口里不断念念有词地说：“大家多喝一杯……新郎看菜……招待不周，诸亲友多喝一杯喜酒……”深更半夜还在街头这样叫着，这声音和打更的声音混合在一起，听起来分外凄凉，使读者的心灵打颤。这些作品都用了王夫之所说的“以乐景写哀”的办法，越写热闹的气氛，越使人感到悲怆。台静农小说里有些细节也运用得非常出色。天二哥连喝两碗尿解酒这个细节，就把几层意思表现得淋漓尽致：一是对传统陋习的嘲讽；二是对人物愚昧的鞭打；三又是刻画天二哥“这一个”人物的有力的一笔。不喝这两碗尿不成其为天二哥！使人既难以置信，又不得不信！一个细节，就把周围的社会环境是一种什么样的环境——它的迷信、落后、闭塞、恃强凌弱等等暴露无遗，把生活在这个环境中的人们的命运——像猪在泥潭中打滚的那种生活命运暴露无遗。鲁迅对台静农的小说，评价是相当高的，他在《中国新文学大系・小说二集・序》中说：“在争写着恋爱的悲欢，都会的明暗的那时候，能将乡间的死生，泥土的气息，移在纸上的，也没有更多、更勤于这作者的了。”在鲁迅编选的《中国新文学大系・小说二集》中，选上四篇小说的作家只有三个：一个是鲁迅自己，一个是陈炜谟，另一个就是台静农，可见鲁迅对台静农的重视。

早期乡土小说还有其他一些优秀作品，如叶绍钧的《外国旗》、《遗腹子》，蹇先艾的《水葬》，黎锦明的《出阁》等，限于篇幅，这里不一一评述。

如此众多的乡土小说作家在20年代中期出现，说明了什么呢？

它说明了鲁迅所开拓的乡土文学创作，这时已经蔚然成风；说明了文学研究会成员为主的一批作家经过一段摸索，已经在写自己最熟悉的题材过程中形成各自的艺术个性，达到初步成熟的境地；说明了文学研究会作为一个现实主义流派，到这时已经真正形成。如果说,作家的成长,流派的形成,都需要经历一个作者在艺术上"寻找自己"的过程的话,那么,到了20年代中期,我们可以说文学研究会有一批作家已经"寻找"到了"自己"。他们从最初写"问题小说",写"身边琐事",写学生生活,经过一段时间的实践摸索,终于汇集到"乡土文学"的旗帜下,转向写青少年时期经历的最熟悉的故乡生活,最好地发挥着自己的特长。他们尽管借鉴了欧洲文学,但主要是扎根在本民族生活的土壤里,从而大大推进了这个时期现实主义创作的发展。中国现代小说经过七八年的孕育,形成这样一个乡土文学的流派,它的意义是不寻常的。

乡土文学作为一个流派,它的贡献在于:

第一,在近代以来的小说史上第一次提供了中国农村宗法形态和半殖民地形态的宽广而真实的图画。初期乡土小说相当真切地反映了辛亥革命以后到北伐战争时期十几年内中国农村的现实生活,表现了农村在长期封建统治下形成的惊人的闭塞、落后、野蛮、破败,表现了农民在土豪压迫、军阀混战、帝国主义势力逐步渗入下极其悲惨的处境,也表现了沿海农村在资本主义发展过程中人们增长着的那种市侩心理和各种令人厌恶、令人窒息的风气,以及中国农民在自己的土地上生活却要依靠插外国旗来保护的极其反常和可耻的社会景象(如叶绍钧《外国旗》、《潘先生在难中》所反映的)。这些作品加在一起,简直成为了解那个时期中国农村社会经济、政治、思想文化各方面状况的最宝贵的形象的史料,具有现实主义作品所特有的很大的认识价值。

第二,这个流派为现代文学提供了许多题材多样、色彩斑斓的风俗画。由于乡土小说大多注重描绘风习民情,风俗画味道很浓,涉及的方面又很广,我们几乎可以从这些作品里看到形形色色、包罗万象的社会风俗画面。其中有两类不同情况:像蹇先艾《水葬》所写的贵州边远地区抓住了小偷要绑上石头沉入江河的习俗,像许杰笔下写到的浙江农村受封建宗法思想支配相互械斗以及丈夫竟然典出妻子的习俗,像台静农《烛焰》所写的未婚夫病重却要未婚妻嫁过去"冲喜"以至一辈子守寡的习俗,像彭家煌《活鬼》写到的小孩子娶大媳妇的习俗,以及像叶绍钧《遗腹子》所写的重男轻女观念严重到了由于连生七女,当最后出生的男孩一旦病死时,父亲竟然跳河自杀的悲剧,等等,这些都可以说是长期封建社会所遗留的相当野蛮残酷的风习;作者在小说中通过客观描绘,对这些野蛮习俗进行有力的揭露和鞭打,从而使作品具有鲜明的现代民主主义性质。也有另一种情况:有些风俗主要体现了由于长期宗教、伦理、教育、文化所形成的民族传统心理,以及带有民族特点、地方特点的各种陈规旧章和生活习性;这在乡土小说中同样有着反映。如王鲁彦《菊英的出嫁》中所写的为死去的儿女举行“冥婚”的风俗,黎锦明《出阁》中所写的姑娘被抬上轿必须一路哭到夫家的风俗,台静农《拜堂》中所写的半夜子时郑重其事地拜堂的场面,以及《红灯》中所写的阴历七月十五那天在河上放灯超度鬼魂的习俗,都属于这种性质,它们带有落后、迷信的成分,但并不野蛮、残酷,写进作品去还可增添生活情趣。事实上,这类小说写风俗的部分都相当出色。以写“冥婚”的小说为例,仅我所看到的,20年代就有好几篇,鲁彦的《菊英的出嫁》只是其中之一。这篇小说可惜结尾没有写好(缺一段,显得不完整),但通篇看还是很有特点的。它完全采用倒装的写法:先用隐约的笔法写菊英的母亲怎样爱女儿,担心女儿,要替她定一门亲事;又接着写如何办嫁妆,如何送嫁,一直到送亲的仪仗中出现棺材,我们才知道这原来是冥婚;然后作者又倒转笔锋,写菊英患病和死去的情形。作品中写得最精彩的,正是冥婚的部分。为死去的女儿办婚事,也要合八字,讲门户,出嫁时也要用轿(纸的),而且还要置办一大套嫁妆,男家还要送来四百元大洋做聘金,从此活着的两户人家真的就成了亲家:这一切都使人感到十分有趣。尤其令人惊奇的是:菊英母亲为死去的女儿办这件婚事,丝毫不带一点敷衍塞责的态度,她极度快乐、极度认真地从事这一切。在这位母亲的想象中,菊英此刻一定是既高兴,又害羞。作品对母亲的心情有这样一段非常传神的描写:

> 她进进出出总是看见菊英一脸的笑容。“是的呀,喜期近了呢,我的心肝儿!”她暗暗对菊英说。菊英的两颊上突然飞出来两朵红云。“是一个好看的郎君,聪明的郎君哩!你到他家去,做‘他的人’去!让你日日夜夜跟着他,守着他,让他日日夜夜陪着你,抱着你!”菊英羞得抱住了头想逃走了。“好好的服侍他,”母亲又庄重的训导菊英说:“依从他,不要使他不高兴。欢欢喜喜的,明年就给他生一个儿子!对于公婆要孝顺,要周到。对于其他的长者要恭敬,幼者要和蔼。不要被人家说半句坏话,给娘争气,给自己争气。牢牢的记着!……”

可见，相信女儿在阴间需要结婚并且会对婚事满意，这种思想在菊英母亲已经深入骨髓，到了如醉如痴的地步。在迷信背后，这里潜藏着多么深沉的母亲对女儿的爱！这样的母亲，实在使我们既感到可怜，又很被感动！同样，台静农《拜堂》里所写的汪二结婚拜堂的情景，也是一幅泥土味极其醇厚的风俗画。汪二按经济条件，根本不可能结婚，他父亲主张把守寡已经一年的嫂子卖了再给汪二办婚事，汪二不愿意，他还是愿意跟寡嫂结婚。即使这样，也还必须当了小夹袄，才能换来一点举办仪式用的香烛。他们请不起客人，又因为叔嫂结婚被认为并不光彩，所以他们选了半夜子时才拜堂。但婚礼毕竟是婚礼，再穷也要郑重地办；从堂上摆设到身上穿戴，也还是要按固有的风俗讲究一番。小说把这户特定人家的特定仪式，写得极有特色，极有情致，到“给阴间的哥哥”磕头时达于高潮。在这些作品中，风俗画的描摹，都使小说大为增色：艺术形象变得更加有血有肉，读起来备感亲切，不仅反映现实的深度有了增进，而且给作品带来扑鼻的生活的芳香。风俗画对于文学，绝不是可有可无的。风俗是民族历史的重要组成部分。按照卢梭的说法，历史学往往只对轰轰烈烈的场面和突变性事件感兴趣，而把风俗遗忘；真正记录了风俗史的不是历史学家，而是文学家。与作品内容有机地渗透在一起的风俗画的出现，实际上也正是文学显示民族风格、民族特色的重要标志。“乡土文学”作为一个与风俗画密不可分的流派，正是在促进新文学自觉地描绘风俗画、加深文学的民族风格方面，起到了良好的作用。

第三，乡土小说流派也促进了新文学地方色彩的发展。文学作品的地方色彩问题是一个重要问题。鲁迅在一九三四年致陈烟桥的一封信中曾经提出一个论断：文艺作品越有地方色彩，就越有国际性。他从木刻谈起，然后说：“现在的文学也一样，有地方色彩的，倒容易成为世界的，即为别国所注意。”这话恐怕是颠扑不破的真理。乡土文学派作家在这方面的贡献，实在是不可忽视的。由于乡土小说注重客观地描绘各地农村的现实生活，尤其注重描绘风俗画，这就使他们的作品自然地带有浓重的地方色彩。俗话说：“百里不同风，千里不同俗。”作品中风土人情、世态习俗写得愈深厚，往往作品的地方色彩也会愈鲜明。此外，乡土小说在语言上也有特点。作家们有选择地用了一些方言（特别在人物对话中），这也增强了作品的地方色彩。像彭家煌写农村人物用湖南话，台静农写农村人物用皖北话，鲁彦写农村人物用浙江话,蹇先艾写农村人物用贵州话,都做到了各有特色。这同样是乡土小说流派的一项突出成就。

20年代乡土小说还只是形成期,它为后来乡土文学的发展尽了开辟道路的作用。不同籍贯的作者,写不同地区的生活,而能构成一个流派,这只能在新文学发展初期这种特定的历史条件下才会出现。30年代的乡土文学已经不是一个统一的流派,随着创作倾向的不同,实际上作家们已经分道扬镳,而且30年代乡土小说成就更多的是在中长篇(像沈从文的《边城》、《长河》,萧红的《生死场》、《呼兰河传》,萧军的《第三代》,端木蕻良的《科尔沁旗草原》等)。到40年代以后,更朝向具有地区特点的流派(如山药蛋派、荷花淀派)发展。但这些都是由20年代奠定了基础的。因此,20年代以文学研究会成员为主的乡土小说流派的功绩,在历史上是不可磨灭的。

1981年冬初稿,1984年1月整理

原载《小说界》1984年第3期

中国农村的面影

——二十年代“乡土文学”管窥

许志英　倪婷婷

一

关于“乡土文学”，鲁迅在《中国新文学大系·小说二集·序》中作了简要说明：“蹇先艾叙述过贵州，裴文中关心着榆关，凡在北京用笔写出他的胸臆来的人们，无论他自称为用主观或客观，其实往往是乡土文学，从北京这方面说，则是侨寓文学的作者。但这又非如勃兰兑斯(G.Brandes)所说的‘侨民文学’，侨寓的只是作者自己，却不是这作者所写的文章，因此也只见隐现着乡愁，很难有异域情调来开拓读者的心胸，或者炫耀他的眼界。”从鲁迅这一概括里，称作“乡土文学”的似乎必须具备两个条件：一是远离故乡的作者而又抒写故乡的人和事，二是隐现着乡愁。这样看来，鲁迅当时所指主要是那些抒写作家所熟悉的故乡生活的创作，特别是这些创作所反映的由于作家特殊生活经历而产生的对故乡的态度。这些作家童年、少年时代大抵是在故乡的农村或小城镇度过的，后来漂流到像北京这样的都市。这里的浮嚣和繁华，并没有给他们带来欢快，所以时时回顾和眷恋故乡。故乡的天地、人情、风尚、小人物的生死命运等常常成为他们的抒写对象。但是，后来的人们对“乡土文学”的理解，似乎更宽泛一些，常把当时具有乡土气息、怀乡情调的农村题材作品称为“乡土文学”。本文也将按照这样的范围来评述一些作品。

20年代中期兴盛的“乡土文学”,以其特有的生活气息给当时的文坛输送了新的血液,平凡而又奇妙的境界扩大了原先主要写知识青年的狭窄的题材范围。作家把关注的目光从自身转到最下层的劳动者主要是农民群众身上,这不仅仅是文学表现对象的转移,也是时代变迁和作家思想转变的必然结果。在作品中,远客游子们怀着深厚的眷恋之情,娓娓地叙述着故乡的人事故事,流露着难以抑止的欢愉、伤感、忧虑等种种复杂感情,同时也寄托着他们对故乡前途的希望。许钦文难以忘怀浙东家中的父母姊妹,不时忆及洋溢着家庭温情而已逝了的父亲的花园;王鲁彦在浙江农村舞台上,导演了一场场小人物的悲喜剧;蹇先艾身在灰沙中的北京,脑海里却飘起了贵州的“朝雾”,那无忧无虑的童年生活的回忆一次次撩拨着一颗思乡的心;许杰截取了一块血腥的画面——浙江台州农村野蛮愚昧的原始性械斗;而冯文炳(废名)则以他那简洁淡远的笔墨,描绘出一幅幅湖北乡下山清水秀的画图……他们无论从哪一个角度出发,都在一定程度上真实地反映了20世纪一二十年代中国农村的生活运动和运动着的生活。从总体上说,“乡土文学”是一种带着鲜明时代特点的崭新的文学,是一种贴近生活土地的文学。它无论是表现何种生活内容,或是取何种感情态度,总是直接间接跃动着时代的脉搏,因此,对于我们认识那个过去了的时代有着重要的意义。这种文学不仅仅影响了20年代的创作空气,在整个中国现代文学史的长河中,甚至于在今天的文学界都激荡着它的浪花。当然,由于时代的不同和作家思想的变化,今天的“乡土文学"有了新的内容和新的情调。

也许有人会觉得,“乡土文学”并非新文学中才出现的特有现象,在古典作品里同样也可以见到种种农村生活的场景。古典文学尤其是古典诗歌中表现农村题材的确实不少。如果以作家对农村的态度来划分,大约有两类。首先是反映农民疾苦,表现作家同情之心的作品。这类作品感叹农民的悲惨命运,或反映农民离乡背井的痛苦遭遇,或表达作者的为民请命的意愿,都体现了现实主义精神。“嗷嗷万族中,唯农最辛苦”(白居易:《夏旱》)是这类作品对农民生活的概括。其次是描绘田园山水抒发闲情逸致的作品。这类作品往往于田野风情风景的描写中流露一种自得其乐的喜悦之情,或表现作者远离浊世的清高和宁静。有些作品则描写了自然经济形态下的“农家乐”，“自种自收还自足，不知尧舜是吾君”（王禹偁：《畬田词》）。还有一些作品则将农村自然景色的描绘与农民辛勤劳作的表现交织在一起，赋予以闲适隐逸为基本特征的田园诗更坚实的内容。古典作家尽管对农村的态度各有不同，但是他们的世界观都难以摆脱封建阶级立场带来的局限。诗人往往是站在旁观者的位置上去关心或怜悯下层劳动者，而不是像现代那批“乡土作家”，对下层劳动者的苦难与不幸有一种切肤之痛的感受。时代和世界观的局限，使古典作家不可能挖掘出农民痛苦生活的根源，已不仅仅一般地表现农家的辛苦和物质的贫困，更重要的是揭示农民所受的沉重的阶级压迫及其精神痛苦。以废名、沈从文为代表的一批作者（近似者有杨振声、黎锦明等），继承了第二类田园牧歌的情调，以温和舒缓之笔表现乡土民情，但他们的作品也或多或少地透露了现实的人间气息。现代“乡土文学”这两条线索起先一直并列存在，但到30年代末沈从文《长河》出现，产生了新的趋势；城市文明的熏染，政治风云的变幻，沈从文们笔下的自然经济形态的和美的农村出现了解体的现象，田园牧歌唱不下去了。而以鲁迅为代表的“乡土文学”的主流地位则进一步巩固和强大。

二

最先进入“乡土文学”描写范围的是农村在反动统治下的破产。叶圣陶的《苦菜》、《晓行》均写于1921年上半年，在当时这方面作品十分稀少的情况下，体现了作者相当的生活敏感和艺术敏感。两篇小说展示了地租剥削给农民带来的经济上以至精神上的灾难。前者侧重揭示地租剥削给农民精神上造成的伤害：福堂原来租种地主四亩田，一还租便所剩无几，因而感到种田的滋味只是“苦，苦到说不出”，于是便“悒郁”起来。作者从一个原是热爱土地的农民变得厌恶种田，悟出一条人生哲理，“凡从事 x 的厌恶 x，便致怠业”，其原因在于“纠缠着 x 的附生物”，必须“去掉这附生物，才是治病除根的法子”。这样的认识高度，在当时是难能可贵的。后者则主要表现地租剥削给农民直接的经济伤害。那个地主邵和之对农民的敲骨吸髓到了疯狂地步，他派定的地租即便是灾年也“不能移动一分”。以至逼得老实懦弱的佃农只有跳河。封建势力支配下的中国农村,不仅地租的剥削使农民难以为生,军阀混战使农民陷入更深重的灾难。诗人徐玉诺写过《农村之歌》、《水灾》,表现了他对军阀混战的愤慨和对农民兄弟的同情。在罪恶的战争中,“没有恐怖——没有哭声”,一切都在毁灭。地主的压榨,军阀的暴行,迫使大批农民丢弃土地,走向破产。

破了产的农民大都要去异地挣扎求生,而异地也不可能给他们以温暖,遭遇反而更加悲惨。潘训的《乡心》和王统照的《沉船》所表现的正是这一生活内容。茅盾称《乡心》“喊出了农村衰败的第一声悲叹”(《中国新文学大系·小说一集·导言》)。作品的主人公阿贵是手艺高妙的木工,生活也难以为继,于是出走杭州,但作工收入尚不能糊口。描写山东农民破产的《沉船》,读来更令人心碎。刘二曾一家破产后去闯关东,但渡海时日本商轮贪利超载,一家四口淹死了三口。“不过横竖一样,不冻死,饿死,烧死,究竟还得淹死!”旧社会农民的命运就是如此悲惨。阿贵是木匠,刘二曾是理发匠,都是有手艺的农民,尚且不能养家糊口,一般无手艺的农民,生活当更难维持了。

农民极端痛苦的生活遭遇是“乡土文学”作家最为关切的,当他们怀着热烈的人道主义感情表现农民经济生活的穷困和精神状态的麻木时,其批判锋芒总是或隐或显地对准了封建专制制度。激进的作者在他们的艺术描绘中则彻底否定了封建专制制度,探索农民摆脱困境走向革命的道路,热望新的理想社会的诞生,这正显示了“乡土文学”的思想高度和战斗精神。

“五四”新文学奠基者鲁迅的《故乡》、《阿Q正传》、《祝福》等农村题材小说,是“乡土文学”思想价值的最高标志。在社会主义思潮影响下的彻底的革命民主主义是这些小说的思想精髓。

首先,从态度上来说,鲁迅不是站在农民群众之外去同情怜悯农民群众,而是站在农民群众之中,以高于农民的思想水平和精神境界,以与农民同患难、共命运的炽烈感情,表现农民极其困苦的生活遭遇和悲剧命运,痛惜农民的落后与愚昧。所谓“哀其不幸”、“怒其不争”,正是鲁迅这种态度的典型概括。人们一向强调鲁迅反映农民问题的小说,其态度不是“俯视”,而是“仰视”。所谓不是“俯视”,如果指鲁迅不是以高高在上的贵族老爷态度去怜悯农民疾苦和垂顾农民问题,这自然是正确的；所谓“仰视”，如果指鲁迅对农民的优秀品质和潜在力量怀着由衷的敬慕之情，这也是正确的。而如果就鲁迅观察农民问题的思想高度和精神境界而言，说鲁迅是“俯视”而不是“仰视”，倒更确切。无论是“哀其不幸”，或者是“怒其不争”，正是一种“俯视”。唯其如此，鲁迅看到了一般农民无法看到的问题，想到了一般农民无法想到的问题。

其次，鲁迅是从总结辛亥革命脱离群众的教训，并从探索中国革命的道路的角度提出农民问题的，把广大农民的真正觉悟看成民主革命取得胜利的必要条件，显示出思想家特有的高度。半殖民地半封建的旧中国是落后的农业国，农民占总人口的大多数，而他们又受着经济上精神上极为沉重的封建压迫，从这个意义上说民主革命实际上是农民革命。但是如果没有广大农民群众作为主力军投入革命队伍，那么民主革命的胜利是不能想象的。在这些作品中，鲁迅揭示农民群众历史地位与他们本身尚未具备民主主义觉悟的矛盾。如何解除农民身上的精神枷锁，启发他们的阶级觉悟，将之引向正确的革命轨道，正是鲁迅提出的极其深刻的思想课题。闰土和祥林嫂都是地道的农民，受压迫而又缺乏反对压迫的觉悟，正是他们的悲剧。阿Q是一个赤贫的农民，他的最低下的社会地位，决定着他有革命的要求和潜在的革命积极性；但是在缺乏真正的民主主义觉悟之前，阿Q对革命的理解和他的革命行动，又是相当原始幼稚，基本上没有超过历代农民革命的要求：“所谓革命，不过是想跟别人一样拿点东西而已”（毛泽东：《论十大关系》）。阿Q有革命要求，是鲁迅肯定的；阿Q如此革命，则是鲁迅痛惜的。作为彻底的革命民主主义者，鲁迅提出了诸如农民如何进行革命的严肃的思想课题，但是在取得马克思主义的思想武装之前，鲁迅对这些课题还不可能有完满的解答。

再次，鲁迅不仅描绘了农民的经济上的贫困，同时更侧重地展示了农民精神生活的贫困，显示出极其深沉的悲剧意义。由于封建的经济剥削，阿Q上无片瓦，下无寸土，不得不以出卖自己的体力来维持生命；由于“多子，饥荒，苛税，兵，匪，官，绅”的交相煎迫，闰土赤贫如洗……通过这些触目惊心的艺术描绘，鲁迅对封建制度发出了悲愤的控诉。而更给人以巨大心灵战栗的是，鲁迅含着眼泪揭示了农民精神生活的悲剧性：阿Q可悲地染上了“精神胜利法”而不自觉，临刑前既为画不了圆圈感到无比“羞愧”，游街示众时还唱什么“过了二十年后又是一个”；闰土分明已被生活压得直不起腰来，还拿走香炉去敬神，又恪守着封建等级制度，称自己少年时的伙伴为“老爷”；祥林嫂已被折磨得奄奄一息，还在探问“一个人死了后，究竟有没有魂灵的?”“死掉的一家的人，都能见面的?”凡此种种，无不显露出农民精神痛苦的深刻性。

当某种社会生活或社会问题引起一些作家共同关注，而引进文学领域里来的时候，往往会产生连锁反应，从而形成一种共同的创作风气。如果从总体上对这种创作风气进行比较研究，就会发现作家绝不是孤立的存在。他们都有左邻右舍，相互启发，影响原是习见不鲜的事。情况正是这样，文学史上那些举足轻重的大作家，其创作往往成为许多作家的精神养料，而一些成就不太大的作家有时也给那些大作家以积极的启示。鲁迅所强调的“为人生”的现实主义创作思想，对这些作家的深刻影响主要体现在真诚地关切下层人民主要是农民群众的生活遭遇和悲剧命运上。我们从王任叔的《疲惫者》、蹇先艾的《水葬》、王鲁彦的《阿长贼骨头》、许钦文的《鼻涕阿二》等作品里，不难发现鲁迅笔下阿Q的影子。《疲惫者》中的运秧驼背同阿Q的精神气质、言谈举止就有明显的相似之处。《水葬》中的骆毛在被送去“水葬”的路上，所说的“再过几年，不又是一条好汉吗?”一席话，也令人重温了“精神胜利法”。《阿长贼骨头》中的阿长、《鼻涕阿二》中的鼻涕阿二，同阿Q一样，深至骨髓的愚昧已经腐蚀了他们的灵魂。正像鲁迅对阿Q的无比痛惜一样，王鲁彦、许钦文的焦虑也在他们讥刺的笔下流露出来。另外一些涉及妇女问题的作品，如柔石的《人鬼和他底妻的故事》，则受到《祝福》的启示，小说所塑造的人鬼底妻的形象明显地留有祥林嫂的投影。作者的那种对农村妇女不幸命运的人道主义感情也与鲁迅息息相通。以鲁迅为代表的这批“乡土文学”作家不仅揭示了妇女的悲剧命运，而且把抨击的矛头指向了导致不幸的黑暗社会及其拥有的种种精神枷锁。此外还有这种情况，有些作家的创作，虽不能明显指出某篇作品同鲁迅的什么作品有影响的痕迹，但仔细读来又常常感到他们的创作中有鲁迅那种敢于直面人生的精神存在。

当然这并不是说，这批“乡土文学”作家只是对鲁迅作品的简单的模仿。一般说来，鲁迅对这批作家的影响并没有妨碍他们的独立创造。运秧驼背与阿Q在生活遭遇以至精神气质上尽管有分明的相近，但运秧驼背却不是阿Q的翻版，他的不向命运低头的穷人的倔犟，便是阿 Q 所欠缺的。而在对乡村的保守、停滞的描写上，其他“乡土作家”很多地方显示了与鲁迅的不同特色。20 年代的中国农村，一方面是仍然陷于闭塞状态，农民的物质与精神生活并无大变，另一方面，缓步发展着的城市现代文明和汹涌澎湃的社会政治思潮以种种渠道、种种方式打破了农村固有的死寂，旧的迷信和新的贪欲掺杂在一起，甚至老中国的儿女的愚蠢顽固也被溶化在市俗化的恶习之中了。如果在青雨的《三个真命天子》里，还可以看到那群村民的顶礼膜拜般的虔敬(也不乏好奇心)，那么在王鲁彦的《黄金》、《阿卓呆子》里，就只能看到一批“危疑扰乱的被物质欲支配着的人物”了。《黄金》中如史伯一家因为没有收到城里儿子的汇款，遭到全村人的冷遇和奚落。大女儿倒是个明眼人，她“最懂得陈四桥人的性格：你有钱了，他们都来了，对神似的恭敬你；你穷了，他们转过背去，冷笑你，诽谤你，尽力的欺侮你没有一点人心”。在《一个危险的人物》中，王鲁彦提供了另一件痛心的事实。从城里归来的子平处处不能为他的乡亲们所理解，他的言行穿戴统统被斥为“不堪入目”，这个读了几年书的激进的青年，最终被叔父告为共产党而葬送性命。“几天之后，林家塘人的兴奋渐渐消失，又安心而且平静的做他们自己的事情”了，没有人再记起“曾有一个青年凄惨的倒在那里流着鲜红的血”。同样是反映农民的麻木愚昧，鲁迅是从传统观念的根深蒂固来揭示，而王鲁彦是从外来文明和政治浪潮的影响来阐发。如果说鲁迅写的主要是古老的悲哀，那么王鲁彦写的却是崭新的忧虑。尽管作品的角度不同，但对中国农民现状的认识却是相似的，其觉醒的信心也是相仿的。

在其他“乡土文学”作家之间，也是同中有异，异中有同的。台静农的《红灯》与蹇先艾的《水葬》题材相近，都描写农村青年为生活所迫铤而走险后遭杀害，年迈的寡母怀念不已。尽管如此，两篇作品都是独立的存在。蹇作主要刻画骆毛的性格，他的阿 Q 式的“精神胜利法”给人印象较深；而台作对得银的性格未精心刻画，侧重于显示失去唯一儿子的母亲的心。得银死后，他的老母不名一文，为了使儿子的灵魂得到超度，她想方设法烧纸钱，扎红灯，当红灯放到河里漂走后，“她昏花的眼中，看见了得银是得了超度，穿了大褂，很美丽的，被红灯引着，慢慢地随着红灯远了！”这样，“母性之爱的伟大”，则比《水葬》更给人以强烈的艺术感染。许杰的《惨雾》和彭家煌的《怂恿》，都以客观态度写了“农民的无知，被拨弄”而酿成家破人亡的悲剧。但两篇作品的故事情节却殊异,揭示悲剧的侧重点也有所不同,前者着眼于农民自身的原始性的野蛮和浓厚的宗法观念,后者落笔于农村恶势力的猖獗兼及农民自身的愚昧。而两篇作品的警世意义又大体一致:农民需要教育。这说明只要作家有自己的生活积累,有对生活的思考能力和艺术修养,那么他们就会有独创性的艺术成果。

从更深一层的意义上揭示农民的命运,并程度不同地显示出农民觉醒动向的,是某些着重表现农民在苦难中的挣扎和挣扎中的苦难的作品。哪里有压迫,哪里就有反抗。但是由于长期而严密的封建统治,特别是封建精神统治和农民自身的小生产者地位,决定了农民走上反抗道路必然要有一个艰苦的过程。而农民由"盲目挣扎"过渡到"阶级意识的觉醒"则更要有一个艰苦过程。作为小生产者的农民在没有真正的民主主义觉悟之前,其反抗总带有很大程度的盲目性,一般只反对某个直接剥削和压迫他的人,而不太可能从理性上认识到必须推翻整个封建制度(历史上是不乏旨在打倒某个皇帝的农民革命,但也只是为了自己当皇帝,并未清醒意识到必须改变封建制度),才是农民的真正出路。当历史前进到新民主主义革命时期,情况不同了,只要农民投身于中国共产党所领导的革命斗争,接受汹涌澎湃的革命大潮的洗礼,农民就有可能由"盲目挣扎"过渡到"阶级意识的觉醒",就是说由反抗某个具体的人到推翻整个封建制度。这时期的"乡土文学"虽然大多数作品仅仅限于展现农民的"盲目挣扎",但也有少量作品显示了农民越出传统的抗争精神,而到一九三〇年终于产生了蒋光慈《咆哮了的土地》这样明显表现农民"阶级意识的觉醒"的作品。如果说《阿Q正传》在表现旧民主主义革命时期农民革命上具有里程碑意义,那么《咆哮了的土地》则是表现新民主主义革命时期农民觉醒的开山之作(虽然作为艺术品,后者的成就远不如前者)。

从《阿Q正传》到《咆哮了的土地》时间不到十年,但中国革命却发生了惊天动地的变化。第一次国内革命战争期间,毛泽东同志经过自己的实地考察,将农民问题作为中国革命成败的关键问题提出,就是这种变化的内在原因之一。20年代中期的农民运动如火如荼地在南中国兴起,预示着中国革命必将有一个光明的未来。毋庸讳言,新文学并没有紧紧跟上革命前进的步伐。但这期间"乡土文学"对农民问题的重视与探索,却是在一定程度上与当时的革命形势相适应的。《阿Q正传》

提出的资产阶级对农民的不重视，甚至压制农民的革命要求，以及农民虽有革命积极性但缺乏真正的民主主义觉悟的问题，这种带着思想家特点的深邃思考，对于刚刚起步的新民主主义革命不是有着深切的借鉴意义吗？继《阿Q正传》之后出现的《疲惫者》（王任叔）、《今昔》（彭家煌）等表现农民在苦难中的挣扎和挣扎中的苦难的小说创作，也从不同方面联系着革命的脉搏。《疲惫者》所展示的运秧驼背的“盲目挣扎”的软弱无力，正启示着人们的新的思索与追求。《今昔》对农民由怯弱到抗争的转变的对比描写，则不仅显示着农民群众的精神风貌的巨大变化，同时也令人欣喜地看到了作家观察农民问题有了新的出发点。农民不再是消极的芸芸众生，而是敢作敢为的抗争者。《今昔》所显示的这个题旨在文学领域里应当受到重视。

“乡土文学”从表现农民的“盲目挣扎”到“阶级意识的觉醒”，即由个人反抗到集体斗争的进程，也在一定程度上反映出一些作家由革命民主主义者向共产主义者演变的思想进程，以及创作思想上从批判现实主义向革命现实主义过渡的过程。

三

以鲁迅为旗帜的上述作家对“乡土文学”的开拓与发展作出了历史性的贡献，理所当然应当得到高度评价。尽管如此，我们也必须从全局着眼，不管是属哪一种流派的作品都不应轻易忽视。大概很少人会想起擅写田园风光的废名，他的美丽而淡远的故事也离开我们久远了；还有那位以写湘西生活赞美农民质朴天性著称的沈从文，这个继废名后最具特色的田园小说家，更是很少人愿意把他归入“乡土文学”的门下。所谓的“乡土文学”，简言之就是广泛的乡土生活的描绘。田园山水既然是乡土的物质存在，那么无论作家以什么样的情调来描绘它表现它，都应属“乡土文学”的一部分。所以我们在考察了鲁迅为代表的一批作家的作品后，再从废名、沈从文一线作品里，感受与上述作品总体风格不同的另一种“乡土文学”。

虽然田园山水诗古已有之，但是田园小说的出现却是“五四”以后的事情。废名的贡献之一就是他开拓了一条中国现代田园小说的道路，而继废名之后的沈从文,则将尝试阶段的田园小说臻于完熟。黎锦明有些表现田园风光、乡土民情的作品与废名、沈从文的作品有相近之处。《出阁》将自己的乡情紧裹在客观的描述之中,而这种描述又洋溢着诗情。在平静、流畅的笔致中,湘间的民情风俗清晰地展现出来:山水是如此清澄、美丽,人物是如此淳朴、可爱。黎锦明的这类作品其简约素朴与废名相仿佛;而其轻妙别致则类似沈从文。另外,"五四"时期的白话抒情诗和"五四"后极为兴盛的散文小品中也保留了相当数量的描写田园风光和故乡风土人情的篇章。康白情有一首小诗《牛》,写耕夫与牛再平常不过的关系,那"牛呵!——人呵!——草儿在前,鞭儿在后"的抒发,在读者面前呈现了一幅清晰自然的耕乐图。叶圣陶的《春雨》对春雨中绿绒般的田野倾注无限喜悦的感情。这类小诗写得都很清新,缺点是仅仅表现了浮在生活表层的东西,对农村的生活真相缺乏揭示。散文小品表现这类题材的很多,最有代表性的当推周作人的《故乡的野菜》、《乌篷船》等,写出了故乡绍兴的风情风景,不紧不慢,缓缓写来,给人一种优雅的艺术享受。这类小说散文诗歌一方面吸取了古典田园诗和山水小品的某些思想因素和表现技巧,另一方面又区别于古人的情调,把现代人的观念隐藏在田园山水中,使这些原以古朴清静为特征的作品呈现了新的风采。

当20年代中期废名的短篇集《竹林的故事》出版时,它的不同时尚的牧歌情趣着实吸引了人们的注意力。在新旧思想交锋十分激烈的时代,大多数作家都致力于揭露封建枷锁对人的戕害,表现了无所畏惧的战斗精神。而废名却在精心地营造着他的理想宫殿。一幅幅显然与时代气氛不相协调的乡村和乐图景,寄托了废名天真而脆弱的小生产者的幻想。无论是竹林边的三姑娘,桃园里的阿毛,还是小河旁的浣衣母,柳荫下的陈老爹,在他们身上,你都可以感受到一种难得的淳朴宁静的人性美。这些乡村翁媪儿女的善良天性,正是废名着力发掘的闪光的珍珠。《竹林的故事》最能代表他的这类创作。废名以清淡的笔墨,描绘了一个娴雅天真的乡村少女形象,这就是那个卖菜的三姑娘。她的身上总是焕发着少女特有的生命的活力,外在的素朴和内在的透明完美地融合在一起,显示了中国女性传统的美德。但废名并不是在着力塑造人物,而是借人物来渲染一种美的意境和氛围。三姑娘形象虽然生动,但也只是为竹林而设的意象的一分子,三姑娘离不开竹林,竹林也离不开三姑娘,这就使《竹林的故事》在观念和技巧上达到两全其美的境界。

在《浣衣母》中，我们分享了李妈的慈祥的母爱后，又感到了一种无尽的惆怅。这是废名田园小说中较有现实意味的一篇。李妈的宽厚赢得了全城人的尊敬，甚至感化了守城的全营兵士，但只是因为接纳了一个借林荫空地设茶座的单身汉，触犯了乡人的道德法则，顷刻间从公共的母亲变成了无人理睬的城外“老虎”。慈爱和真诚难以与理学的教条相抗衡，淳朴的人性美也不能维持田园的永久的宁静，这是一个何等悲凉的事实呵！废名虽旨在唱牧歌，却给人留下悲歌的余韵。《河上柳》比起《浣衣母》来，更显露了现实的光泽。废名的时代毕竟不是陶潜的时代了，虽然他刻意学习陶氏，但田园风味却越来越失去它独立存在的条件。古代田园诗人常是些隐居文人。他们归隐的目的也无非是试图以此为一条终南捷径。他们的田园诗除了一种隐藏着的“怀才不遇”的委屈外，就是表现超脱的清高。因此，他们对乡村的美化习以为常，完全可以随心所欲。陶氏笔下的桃源仙境虽绝非现实，却给废名留下了一个广阔的想象天地。事实上，当时虽然遭受破坏但仍在缓步进展着的自然经济形成的自给自足状态，在一定范围一定条件下维持了乡民最简单的温饱和乡村片时的稳定。可是历史毕竟发生了大的变化，虽然废名倦于政治，竭力避世，但想随陶潜走出一条自己的路来，已属不能，况且废名似乎也无走仕途之意。因此，在废名作品里，除了隐世的闲适之外，很难找到陶潜的那种自鸣得意；相反却在《浣衣母》、《河上柳》中，让人体味到作家轻微的忧郁和无奈的感叹。但不管怎样，平和冲淡仍是废名作品的总的基调。他把自己裹得那样严紧，以致于我们往往在作品中看到的除了客观的情景还是客观的情景。人物的灵魂可以不费力地触摸到，可是要从人物的灵魂中洞察废名的灵魂并不容易，他“过于珍惜他有限的‘哀愁’了”（鲁迅：《中国新文学大系·小说二集·序》）。一个现实主义作家，即使再冷静再理智，也难免在他的作品里注入一些自我的主观情愫。鲁迅的那种爱之深深、痛之切切的真情并没有影响他成为一个严肃的人生谛视者和剖析者，反而使他的作品增添了无比的动情力。而比较起来，废名把自己埋得太深了。我们固然不期求他在作品中表现对黑暗的金刚怒目式的谴责，像鲁迅那一批乡土作家一样（否则，他将不成其为废名），但是我们多么希望他能在田园风光中多留下一些属于他自己的温情或者是感叹。《浣衣母》带来的忧郁和感叹同它总体所呈现的融洽和美的场景相比，真是太微不足道了。但仅仅这样，也使《浣衣母》比起那一系列平和之作具有了更深一层的内容。以情感人是文学特性之一,这个情不仅仅指作品中的人物之情,也是指作家倾注在作品中的情感。废名小说提供的是一幅幅美丽的图画,十分可爱,但并不那么可亲,因为它们缺乏抒情诗的感人特质,这不能不说是废名小说的缺陷。而这个缺陷是由他的隐世的人生观直接导致的。在短暂的闪露之后,废名越来越远离现实与政治,于是人们也"就只见其有意低徊,顾影自怜之态了"(鲁迅:《中国新文学大系·小说二集·序》)。

既然废名的理想已经空乏无力,沈从文的路又该怎么走下去呢?沈从文的时代,要唱牧歌更为不易。大革命以后轰轰烈烈的农村革命,使两个阶级的营垒(两者之间无论明沟还是暗沟)都更为分明。农民逐渐从迷惘中觉悟起来。与此同时,反动政治集团的统治更使农民陷于灾难。当时大多数反映农村生活的作品都从现实主义出发,不再局限于喊出"农村衰败"的"悲叹",而是去揭示衰败的社会根源和解除灾难的最终途径了。大篇幅表现农村阶级斗争的作品也应运而生。而沈从文显然不愿意走这条路。他希望承继着废名的曲谱唱下去,可是若一味鹦鹉学舌,将使他的牧歌更脱离社会现实,更缺乏时代精神。客观现实使他不可能再重复废名式的田园曲,而从认识社会的深度看,沈从文比废名更能体会黑暗的时代下的世态人情。尽管他竭力避免介入政治圈子,和革命的大潮保持着距离,然而现实的空间遍布着他不愿意见到的一切,作家的良心和责任感逼迫他的笔从悠缓轻松转为幽默讥刺了。这正与他因对现代文明的反感所形成的笔调相一致。然而这个固执的"乡下人"怎么也忘不了要在他的湘西题材的作品中添上一点"牧歌的谐趣",这似乎要显出尴尬相的"田园牧歌",竟然就是他最为杰出的艺术成果。这和他的选择背景不无关系。湘西是一块并不为众人所关注的少数民族集居地,这儿有着苗汉特有的风土人情。现代文明政治气候对这里的影响自然难以与沿海乡村相比。所以,这里的人们保存着更多的先祖的粗犷、淳厚,直率的品性,这正是沈从文所津津乐道的"人生形式"。在沈从文看来,对于这种"人生形式"的讴歌既可避免过多地纠缠于政治问题,又可以把这些原始人性与现代文明作鲜明的对比,这样既表达了自己的思想感情,又使田园牧歌的存在获得了客观合理性。这是不错的,在原始封闭式的生活中保存着古朴纯真的人性,可以吟唱田园牧歌;但是,这种生活中又包藏着最违背人性的野蛮的剥削与压迫,最不能吟唱田园牧歌。这种矛盾也就构成了沈从文创作的思想倾向的复杂性。

从严格意义上来讲，20 年代的沈从文真正反映农民生活的作品并不多。《草绳》、《初八那日》以客观揶揄之笔写了农民的梦想和梦想的落空。沙湾人盼望着沱江春涨，他们搓了九丈十丈长的粗草绳，准备拦截上游冲下来的牛、船、器具。但梦想只是一场空幻，粗草绳最后成了枣树上孩子们玩的秋千。如果说《草绳》仅仅是反映了农民贪利的失望，《初八那日》则发出了作家无奈的慨叹。七老掩饰不住迎亲的喜悦，故意同拉锯伙伴四老争论心中原来有数的时日。本来是一件很美的事情，沈从文竟忍心笔锋一转，于是大风骤起，黄松木倒下，两个锯木人也随之卧地而亡。看上去，两篇作品的悲剧都是由客观自然条件所造成，似乎内容也无多深意，甚而作家宛如隔岸观火，无动于衷；实际上这正表现了沈从文对现实的冷静理智的思索，同时也和他一贯的避世观相一致。对于现时农民的前途和命运，沈从文心中当然明了，水既不能给他们带来福音，风的灾难也难以避免。尽管村民们对前景十分乐观，但却带着浓厚的盲目性。悲剧难免，沈从文再幽默的笔也掩盖不了内心的慨叹。可是种种的偏见限制了他的喉舌，不说难忍，欲说还休，矛盾的心理不但形成了两篇作品喜剧外壳下的悲剧内容，也形成了诙谐的基调。

对于沈从文来说，吞吞吐吐毕竟不是一件爽快的事情。所以 30 年代在他的笔下，时而也出现了一些态度较为明朗的作品，具有较强的现实意义，《牛》、《丈夫》、《贵生》、《长河》等表现了他对农民疾苦和命运的关注，体现了沈从文小说的现实主义高度，比起单纯的田园风味小说，具有深厚一些的内涵和久远的影响。人们对沈从文的这类作品一般都持首肯态度，却不太注意它们与古代田园牧歌式作品的区别，也不太注意它们与鲁迅一批作家作品的精神上的某种联系。《牛》和《贵生》所揭示的农民物质贫困和现实给予的精神打击；《丈夫》所表现的对农民的真切同情和对折辱人性现象的谴责，都显露了作者的近代民主主义和人道主义的思想意识。而写《长河》的时候，沈文从则更清醒地觉察了乡村“变化中的堕落的趋势”，对现实中的黑暗与丑恶的认识更为清晰（当然不能否认，作品中还残留着“牧歌的谐趣”）。这些正是沈从文作品的现代性标记，既区别于古代的田园牧歌，又与鲁迅为代表的那批作家作品取得了某种精神上的联系。

废名、沈从文的田园小说，在“乡土文学”极盛期并不突出。从量上来看，难以与鲁迅一派相比较,而从反映生活的深度看,也难以与鲁迅一派的现实主义相抗衡。但这类小说给我们提供了另一种环境下的乡村生活,表现了农民的厚重、善良,热诚的品质,讴歌了一种“优美,健康,自然,而又不悖乎人性的人生形式”(《从文小说习作选·代序》),使读者相信即使在黑暗的地狱中,也有闪光明亮的东西,能使人们重新燃起“自尊心”和“自信心”。当然,如果客观地全局地进行观察,应当承认废名、沈从文一派的田园小说在艺术上的成就高于思想价值。

四

“乡土文学”在许多作家争着写恋爱的悲欢、都会的明暗的时候横空出世,拓宽了“五四”新文学的表现天地和反封建主题。“五四”最初的描写领域还是相当窄的,文学与社会生活的结合存在着比较严重的问题。一般作家描写共同的题材,这当然有其社会原因——通过恋爱婚姻问题来揭示封建伦理的罪恶,这是当时特定的时代潮流;同时也有作家主观上的原因——比较熟悉这方面的生活。这当然有着不容忽视的意义。“乡土文学”的崛起,不仅使文学表现现实生活的范围拓宽了,而且从新的广度与深度上揭示了反封建主题。对于知识分子来说,反对封建压迫,是他们觉醒的必然要求。知识分子是民主革命运动中首先觉悟的成分,这是因为他们较早地意识到这种压迫的严重性,从而起来千方百计地进行抗争。而对于广大农民群众来说,封建压迫既表现为物质压迫,也表现为精神奴役。在半封建半殖民地的旧中国农民群众连起码的生存与温饱的权利也没有,同时精神上受到的摧残与毒害也更为惨重。而广大农民作为小生产者的地位又限制了他们的政治与思想的视野,不经过思想启蒙,农民不可能参与变革现实的斗争。因此唤醒民主革命的主力军,参加反对封建斗争,不仅是一项切迫的政治任务,也是一项切迫的文学任务。作家将视线从知识分子恋爱的悲欢转移到广大农民的生死,显示着作家群众观念的增强,推进了文学与群众结合的过程。

我们肯定了“乡土文学”出现的巨大意义,这并不是说它就不存在什么值得探讨的问题或者缺点了。

首先，除鲁迅的作品外，“乡土文学”在主题的开掘上一般还缺乏足够的深度。像鲁迅那样能够从农村复杂的社会关系和阶级关系的角度，从对生活的深邃的思考中提炼自己的主题，使反封建主义达到否定整个封建专制制度和整个封建思想体系的高度的，在当时是难以企及的。一般作家在揭示造成农民的不幸生活遭遇和悲剧命运上可说淋漓尽致，但在探索造成农民如此痛苦与不幸的原因上就显得不够了。不是说没有人认识到这是长期的封建的经济剥削和精神统治的结果，但是由于缺乏更具体的感性认识，因此，在作品中对此往往只是简单的交代，很少有丰富多彩的纵深展开。不少作品还是从饥荒、疾病以至于农民作为小生产者的种种弱点诸如愚昧无知、狂赌滥饮等方面，来揭示农民的包括破产在内的不幸遭遇和悲剧命运的。旧社会的农民各有各的不幸，而造成不幸的原因也不可能是单一的。但这里有一个偶然性与经常性的区别，同诸如饥荒、疾病这样的偶然性原因相比，封建的政权统治和经济剥削则是经常性的原因。借助于形象的描绘，揭示这种原因当更具有普遍意义，也更富于思想深度。而像《偏枯》（王思玷）、《石宕》（许钦文）、《惨雾》、《赌徒吉顺》（许杰）、《怂恿》（彭家煌）、《初八那日》（沈从文）等创作，正是在这方面程度不等地存在不足。表现农村妇女命运的作品，也存在类似问题。鲁迅的《祝福》从封建的政权、神权、族权、夫权的高度来揭示祥林嫂的悲剧命运，具有令人震惊的深刻性。而同类作品诸如《这也是一个人？》（叶圣陶）、《兰顺之死》（曹石清）、《人鬼和他底妻的故事》（柔石），都过多地着眼于个人善恶，未能以更广阔的视野揭示这种现象的社会本质，是这类作品主题比较浅露的重要原因。

其次，有些作品艺术画面上色彩较为黯淡，基调多半是沉郁、悲苦和凄惨，难以见到给人鼓舞的“亮色”。这不是责难作品没有挂上一条光明的尾巴，而是感到在艺术构思和艺术描绘中未能熔铸进理想。不少表现农民的苦难与挣扎的作品，不仅作品中的人物被压弯了腰，似乎作者也被压弯了腰。作者与人物同呼吸共命运，自然是可取的，但是我们要求作者在思想境界上、对未来的认识上高于他的人物。艺术理想的稀薄，不只是不能给人以积极的精神激荡，还往往会给作品带来思想局限。像《疲惫者》这样优秀的现实主义作品，也存在这个问题。《疲惫者》为了显示主人公的逞强好胜，竟表现他“笑盈着两唇”喝花露水。不是在艺术理想的照耀下来突出人物性格，不能不有损于艺术真实。文学作品当然可以展示悲剧人物的某些喜剧因素,《阿Q正传》就揭示了阿Q向吴妈跪下求爱等喜剧因素,但目的并不是“为笑笑而笑笑”,而是笑中带泪的,喜剧因素后面深藏着严肃的悲剧内容和悲剧精神。这正是《疲惫者》这类作品所缺乏的。

上述这些问题的存在,原因是多方面的。这里就不再论述了。

1984年3月完稿

原载《文学评论》1984年第5期

三十年代左翼农村题材小说的时代特征①

朱晓进

中国现代农村题材小说起始于20年代，其兴盛期却在30年代。30年代不仅拥有大批专致力于农村题材创作的作家，其他多数小说家在创作中也都或多或少涉及了农村题材，这类作品的质与量在整个30年代小说创作中据有突出的地位。1934年鲁迅、茅盾所选中国作家短篇小说集《草鞋脚》和1936年赵家璧、茅盾等二十名作家所选《短篇佳作集》，农村题材小说均占三分之一左右。1934年还出过一本《大公报文艺丛刊小说选》，编者与鲁迅、茅盾等作家持有不同的思想倾向，但也注意到这样一个事实"在这些作品中，在题材的选择上似乎有一个很偏的倾向，那就是趋向农村或少受教育分子或劳动者的生活描写"；虽然编者对这种"偏向"很不以为然，但亦不能不承认："描写劳工社会，乡村色彩已成为一种风气，且在文艺界也已有了一点成绩。"②

在30年代众多的农村题材小说中。左翼作家的创作取得了突出的成就，最充分地显示出作为30年代文学主潮的左翼文学的实绩。左翼作家创作的农村题材小说最主要的特点，是以明确的阶级意识，较为真实全面地反映了社会现实，充分

① 这里所谓的左翼农村题材小说，主要是就作品本身所显示出的革命倾向而言的。有些作家如王统照、王鲁彦等在组织上虽未参加"左联"，但他们在创作重要的农村题材小说作品时，在思想上接受了"左联"作家的影响，并在作品中显示出了与"左联"作家大体相近的思想倾向和艺术追求，所以本文在论述中也涉及了他们的作品。

② 林徽因：《大公报文艺丛刊小说选·题记》，大公报馆1936年8月初版。

表现了时代精神,抒发了时代的情绪,体现了时代所要求的审美特征。对于这类时代性较强的作品,历来褒贬不一。早在30年代就有人以“为了时代,忘了艺术”的评价来贬低左翼的创作,[①]此种观点其后还时有出现。这就向我们提出了一个问题:如何从文学与时代的关系去正确评价左翼农村题材小说。本文试图对作为一种文学现象的左翼农村题材小说进行总体性研究,尽可能结合着它们的历史时代、文学背景加以考察,以探讨它们在文学史上的地位和贡献。

一

中国现代农村题材小说源起于“五四”时期。系由鲁迅所开创。但农村题材在整个“五四”时期并未受到那时代人们的特别重视;虽有鲁迅“在‘五四’的前后特拣那死水似的乡村来描写”,并在思想和艺术上都取得了伟大的成就,但“鲁迅而外的作家大都用现代青年生活作为描写的主题”。[②] 是什么原因使农村题材小说到了30年代特别兴盛,并且在左翼文学中得到了更大的发展?

“不管考察哪一个民族的文学,都不能把它和社会的发展分隔开来。”[③]30年代的中国社会,殖民地化迅速加剧,首先受到冲击的是作为国民经济主要成分的农村经济。中国30年代初的所谓“丰收成灾”,就是随着世界经济危机日趋严重、农产品国际市场愈益狭窄化,帝国主义转嫁危机而出现的畸形社会现象。“丰收成灾”在当时成了重要的社会问题,以此为内容的报道和述评一时间充斥各大小报刊。30年代国内阶级矛盾的激化、国民党政府的腐败更进一步加速了农村经济的崩溃:内战连年,战祸遍及广大农村,农民遭受巨大灾难;[④]国民党政府向农民征收的田赋、田赋附加税及名目繁多的苛捐杂税空前加重;[⑤]在农村贫富分化日趋加剧、

① 炯之:《作家间需要一种运动》,《天津大公报》1936年10月25日。

② 茅盾:《读〈倪焕之〉》,《文学周报》8卷20期(1929年5月)。

③ 《别林斯基选集》第2卷,上海译文出版社,1979年,第180—181页。

④ 仅一九三〇年蒋阎冯中原大战,洛阳等二十七县兵灾损失就占农产品常年产值的160.2%——参见《中国新民主主义革命时期通史》。

⑤ 据《天津大公报》1932年11月6日报道:“浙省苛税——田赋附加税多至十三种。”

土地迅速集中的过程中，地主阶级对农民的剥削和压迫也更加残酷；加之，自然灾害也频频袭击农村。[①] 30 年代的中国农民处于空前的灾难困苦之中。[②] 农村经济的凋敝和农民的破产，导致了农村社会各种关系的变化，农民反抗和革命的情绪一再增长，抢米抗租的斗争以至暴动不断兴起。身处这样一个农村大变动、大灾难、大反抗的时代，只要是稍微关注现实生活的作家就不可能不看到这样一个基本的事实：农村问题已成为中国最突出的社会问题；农村状况和农民的命运引起了全社会的普遍关注和同情。文学是社会生活的反映，社会生活的巨大变化，必然带来文学题材和内容的深刻变化。每一个时代，每一个历史阶段，都有这个时代和阶段的人们所特别关心和重视的文学题材。30 年代社会的基本特点，使思想倾向各不相同的众多作家在从事创作时，都不约而同地将视线注向了农村社会。诗歌、戏剧是如此，[③]小说更是如此。如同"五四"时期婚姻恋爱问题的突出，使婚姻恋爱问题成为"五四"小说的重要题材一样，30 年代农村题材小说兴盛这一现象也是由特殊的社会状况所决定的。

30 年代无产阶级所领导的以土地革命为主要内容的社会革命的深入发展，从客观上给文学的发展提出了新的要求，赋予了新的推动力。如果说，"五四"时期的文学主要是为了适应思想革命的要求，其作品内容也主要表现为"反映社会的现象，表现并讨论一些有关人生一般的问题"[④]；那么，随着 30 年代实际的社会革命的

---

① 1930 年的华北遭水灾，西南受旱，1931 年的长江发大水，1932 年的十一省三百三十余县遭水灾，六省一百三十余县受旱灾……据不完全统计，1929—1932 年，陕西、河南、贵州、甘肃、山西、四川等省，饿死灾民竟达一千六百二十万人之多。——参见《中国新民主主义革命时期通史》。

② 连国民党的机关报《中央日报》(1935 年 4 月 2 日)也不得不作如是报道："全皖灾区达四十九县，灾民近九百万人"，"遍地皆荒，逃生无路，水藻捞尽，现下充饥者以观音土及稻糠两种，涩于咽而复难于泄，哀号惨痛，无异人间地狱"；"阖室自杀者时有所闻，饿殍田野者途中时见，鬻两三岁子女以求数元者……到处皆是"，"大小村落，鸡犬无声，耕牛绝迹……十室十空"。这虽然是就安徽一省而言，实际却是整个中国农村的缩影。

③ 当我们考察 30 年代整个文学状况时，就可以发现，农村题材小说的兴盛并不是一个孤立的现象。就诗歌而言，艾青的第一个诗集《大堰河》、田间的《中国农村的故事》等都是描绘穷困悲惨的旧中国农村和农民痛苦挣扎的情形的。"中国诗歌会"的诗人所写的诗也较多涉及农村题材，如《六月流火》(蒲风)、《都市的冬》(王亚平)、《乡曲》(杨骚)等。臧克家也有一些写得较好的以农村为题材的诗。就戏剧而言，写农村题材的作品也很多，如田汉的《洪水》(五幕剧)、《旱灾》(独幕剧)、适夷的《活路》、洪深的著名的"农村三部曲"(《五奎桥》、《香稻米》、《青龙潭》)、熊佛西的《锄头健儿》、《屠户》、《过渡》，等等。

④ 茅盾：《中国新文学大系·小说一集·导言》，良友图书公司，1935 年。

到来,文学观念也随之发生了变化。时代向文学提出了新的课题,要求文学反映现实革命斗争中最为迫切的问题,积极反映农民的生活状况,表现农民的反抗和斗争,挖掘他们身上所蕴含的巨大革命力量。左翼作家们对于这一历史使命的自觉意识,使农村题材小说在左翼文学中得到了最充分的发展。

就作家主观方面而言,20 年代末 30 年代初,由于农村社会革命的发展,中国进步的知识分子对于农村社会、农民问题的认识随之有了一个质的飞跃,这是左翼农村题材小说兴盛与发展的一个重要原因。虽然早期共产主义者李大钊在"五四"前就明确指出:"我们中国是一个农业国,大多数的劳工阶级便是那些农民,他们若是不解放,就是我们国民全体不解放,他们的苦痛,就是我们国民全体的苦痛。"[①] 但是这种先进的意识,当时并未在一般知识分子中得到响应。也未在文学创作上得到普遍、充分的表现。"五四"时期大多数作者还不可能自觉地从新民主主义革命的中心任务以及革命的主要力量的角度来认识和表现农民问题。随着时代的前进和革命的发展,尤其是经过大革命的洗礼,中国知识分子的眼光逐渐由个人转向社会;文学题材的中心也由表现知识青年的生活转向表现人民大众中的大多数的农民。20 年代末 30 年代初,文艺界展开的一场关于农民文学的讨论,从一个侧面反映了这种变化,尽管参加讨论的作家思想倾向并不相同,但都能从农民问题的突出性来肯定提倡农民文学的意义。30 年代初,革命文学的作家们对于文学表现农民的倡导和创作实践,[②]给 30 年代初的文坛带来了新的气象。当时就有人注意到了这种"文艺方向的转变",并指出这种转变的内容是"已否定了个人主义文学。而趋向大众或集团的表现",而"我们中国大众,百分之八十都是农民,所以提倡大众生活的文学,农民文学自然居其中的主要地位"。[③] 即使像郁达夫这样一个在"五四"时期致力于表现青年的时代忧郁与苦闷的作家,在这时也把注意力转向了农

① 李大钊:《青年与农民》,《晨报》1919 年 2 月 20—23 日。

② 成仿吾在《从文学革命到革命文学》(载 1928 年 2 月 1 日《创造月刊》第 1 卷第 9 期)一文中就提出"以工农大众为我们的对象";在创作上,革命文学的作家们最先在自己的作品中大量表现了农民的觉醒和反抗,如《大海》(洪灵菲)、《挣扎》(楼建南)、《村中的早晨》(戴平万)、《义冢》(钱杏邨)等。

③ 施孝铭:《农民文学商榷》,《中央大学半月刊》第 1 卷 15 期。

民，并成为“农民文学”的力倡者。[①] 虽然他本人由于生活的局限而始终未写出真正的农村题材小说，但这种思想认识以及文学观念的变化在那时期的知识分子中是具典型性的。[②] 从人的自我价值的肯定到对下层农民的革命价值的肯定，是 20 年代到 30 年代文学的一大进步，它表现了中国知识分子对农民问题认识的变化和发展，同时也反映着中国知识分子与中国革命关系的发展和变化。从这个意义上说，30 年代左翼农村题材小说的兴盛这一现象，具有深刻的思想的意义。

当然，如果仅仅就“题材”而言，还不足以说明左翼农村题材小说的成就，因为题材本身并不是衡量文学作品价值的主要尺度；问题是通过什么角度去把握这种题材，并选取怎样的处理方式，表现出怎样的思想。在这方面，左翼农村题材小说经过了一个曲折的发展过程，它是在不断克服自身弱点的过程中逐步走向成热的。

从左翼文学的前身——革命文学开始，就试图按照一种新的文学观念去进行创作，即如钱杏邨 1928 年初就指出的那样，“在最近的中国文坛上有一种可喜的现象，就是很多的作家认清了文学的社会使命，在创作中把整个的时代色彩表现了出来”[③]。但革命文学的最初倡导者们对于文学与时代、革命关系的理解却是较为简单、片面的，他们将文艺看作是“文艺家对于现实社会的一定的见解及最期望的态度之宣传机关”[④]，认为革命文艺“为完成他主体阶级的历史使命，不是以观照的——表现的态度，而是以无产阶级的意识，产生出一种斗争的文学”[⑤]。这实际上是将革命文艺与革命意识等同起来。这种理解上的偏颇与错误，给最初的农村题材小说创作带来了不良影响。革命文学乃至早期左翼文学的作家们大都仅仅从思想观念和革命意识上去把握时代，去理解农村和农民，而对于实际生活于那个时代的农民的具体状况，农民的情绪、愿望和要求以及艰难的觉醒过程等却缺少实际的感受。这就使他们的作品大都缺乏农村生活的真实描写，未能再现出农民的生

① 郁达夫 1927 年 9 月以后，曾陆续写了《农民文艺的提倡》、《农民文艺的实质》、《乡村里的阶级》、《谁是我们的同伴者》等文章，就他所理解的农民与中国革命的关系作了阐述，并极力提倡文艺去表现“在军阀土豪劣绅压迫下的农民”。

② 类似的文学观念的变化在成仿吾身上也较明显、突出。

③ 钱杏邨：《幻灭》，《太阳月报》1928 年 3 月。

④ 彭康：《革命文艺与大众文艺》，《创造月刊》第 2 卷第 4 期(1928 年 11 月 10 日)。

⑤ 李初梨：《怎样地建设革命文学》，《文化批判》第 2 号(1928 年 2 月 15 日)。

活状况和精神状态,有时把农民的反抗行动表现为"革命家"一席演说的结果。作品在处理人物行动和事件时,往往采用说明式而非描写式的方法,人物常成为"时代精神的单纯的传声筒"。这就大大影响了作品的思想与艺术力量,使其在反映时代、反映革命方面受到很大的限制。这类作品中较为典型的是华汉的《地泉》。作者试图在第一部《深入》中,通过江南人民不堪地主压榨,奋起暴动的故事来表现农村革命的深入。但由于作品缺乏农村生活的真实展示,作品中的人物仅是为作家构想的事件而设置的,正面人物口中的连篇大道理和农民满口的豪言壮语都是脱离现实生活和人物性格的逻辑发展外加进去的,其结果是《深入》并未能完成深刻反映农村革命深入的任务。又如丁玲的《水》,在当时是颇有影响的作品,但这部作品最大的缺点也正在"以概念的向往代替了对人民大众的苦难与斗争生活的真实的肉搏及带血的肉的塑像,以站在岸上似的兴奋的热情和赞颂代替了那真正在水深火热的生死斗争中的痛苦和愤怒的感觉与感情……这作品是有些公式化的,同时也显见作者的生活和斗争经验都还远远地不深不广"[①]。其他如蒋光慈、戴平万、洪灵菲等作家的农村题材作品亦都有此不足。

我们不能把革命文学和早期左翼文学作品中的这些弱点归之于作家对革命的思想意识的追求,归之于努力反映时代现实、反映革命的文学观念;相反,正是这种追求与新的文学观念使作家们摆脱了个人表现的小天地,转而表现大时代中的人民大众。这毕竟是中国作家思想与文学的进步,诚如丁玲自己所说"我把我的作风从个人自传似的写法和集中于个人,改变为描写社会背景,《水》是新作风的第一篇小说"[②],正是在这个意义上,冯雪峰肯定了丁玲《水》的"新小说"的价值。[③] 不是反映时代、反映现实革命斗争这种文学观念本身有什么错误,而是最初的革命文学和早期左翼文学的作家们在理解这种文学观念上有偏差;根本的问题在于,作家的思想进步了,但由于个人经历的限制,相应的生活和感情的变化还未跟上去。这就形成了作品中所要表达的思想与借以表达思想的生活具象之间的不和谐,以及力图达到的思想深度与因实际生活经验的局限而不能"穿通生活的外壳去达到激情深

---

① 冯雪峰:《从〈梦柯〉到〈夜〉》,《冯雪峰论文集》中卷,人民文学出版社,1981年,第156页。

② 见韦文斯:《续西行漫记》,香港复兴书店,1939年,第387页。

③ 冯雪峰:《关于新的小说的诞生》,《冯雪峰论文集》上卷,人民文学出版社,1981年,第69页。

隐的底层"①之间的矛盾。

这种思想与文学转换期的种种不足，在左翼文学自身的发展中逐步得到纠正和改进。1932年，以瞿秋白、茅盾等人为华汉《地泉》重版作序为标志，开始清算左翼文学中缺乏生活体验，忽视生活感受，以想象中的工农生活代替对时代现实的把握以及公式化、概念化等等错误倾向。同年一月，《北斗》杂志（第2卷第1期）上进行了一次关于"创作不振之原因及其出路"的笔谈，②大多数左翼作家认识到，必须在获得新的意识的同时也获得新的生活经验，才能很好地表现伟大的时代。在理论上，此后有"社会主义的现实主义"的创作方法的介绍和提倡，③要求作家"在发展中、运动中去认识和反映现实"，并且要"把为人类的更好的将来而斗争的精神灌输给读者"。④ 从后期左翼文学开始，革命现实主义的创作在中国文学中才真正进入自觉的阶段。而这一时期涌现出来的左翼青年作家群，他们所具有的丰富的生活经历，更使他们在避免早期左翼文学作品中公式化、概念化倾向方面有了极大的可能。叶紫、东平、沙汀、葛琴等都参加过大革命，有着实际革命生活的体验；艾芜、张天翼、蒋牧良、马子华等都曾经历过一段坎坷崎岖的人生旅途，较多接触到下层人民；萧军、萧红等目睹了东北人民在帝国主义和地主阶级双重统治下的悲惨生活，较多感受到东北下层人民对于生的坚强和对于死的挣扎；吴组缃等作家则亲历了农村的衰败与破产，较能体察动荡农村中各种关系的变化。

这些左翼青年作家在对社会现实的切身体验中，在对社会生活的剖析中接近并接受了革命的科学理论，同时他们又能在先进意识的指导下调动自己的生活积累去从事创作，这就使他们能够从意识观念与生活经验的结合上较全面地把握时代，创作出"在物质上和精神上都与人民接近"⑤的作品，从而在较大程度上完成反

---

① 罗曼·罗兰：《论作家在今天社会中的作用》，《欧美古典作家论现实主义和浪漫主义》（二），中国社会科学出版社，1981年，第247页。

② 当时许多左翼作家都参加了这次笔谈，如张天翼、鲁迅、茅盾、木穆天、丁玲、沈起予、楼建南、郁达夫、胡愈之、郑伯奇，等等。

③ 1933年，周扬《关于"社会主义的现实主义与革命的浪漫主义"》一文，将苏联批判"拉普"的"辩证唯物论的创作方法"以后提出的"社会主义现实主义"理论介绍到中国，这对左翼文学的创作产生了重大影响。"社会主义现实主义"在中国的提倡，标志革命现实主义在中国的发展开始进入一个新的阶段。

④ 周扬：《关于"社会主义的现实主义与革命的浪漫主义"》，《现代》第4卷第1期（1933年11月1日）。

⑤ 高尔基：《俄国文学史》，上海译文出版社，1979年。

映时代、反映现实革命斗争的历史任务。左翼农村题材小说正是这样经历了一个历史的发展过程,在一定程度上克服了革命文学和早期左翼文学的公式化、概念化倾向,逐步趋向成熟。如果看不到这种变化,把革命文学和早期左翼文学的不足之处当作整个左翼文学的弱点,一概而论,就不能对左翼农村题材小说作出正确的评价。多年来,对于左翼农村题材小说的褒贬不一的片面性评价,有许多就是由于未分清左翼文学前后阶段的区别以及未看到其发展的结果。

二

"伟大的文学现象和重要的作家个人多半是,也许纯粹是社会大变动或社会大灾难的结果。文学杰作就标志着这些变动和灾难。"[①]30 年代文学作品中,真正较为全面而又深刻地"标志"了中国社会大变动和大灾难的,是左翼农村题材小说。凡 30 年代中国农村所发生的较为重大的事件,在左翼农村题材小说中都得到了如实的反映。仅以 30 年代初由于帝国主义经济侵入形成的"丰收成灾"的畸形社会现象为题材的,就有《春蚕》、《秋收》(茅盾),《丰收》(叶紫),《高定祥》(蒋牧良),《秋》(荒煤)等;以军阀内战给广大农村带来灾祸为题材的,有《南山村》(蒋牧良),《清明时节》(张天翼),《山坡下》(周文),《凶手》、《兽道》、《在祠堂里》(沙汀)等;以国民党腐败统治所造成的天灾人祸为题材的,有《水灾》(匡卢),《赈米》、《旱》(蒋牧良),《灾难的人群》(荒煤),《岔路》(鲁彦)等作品。中国农村社会发展不平衡,文学作品在反映社会生活时必须是历史具体的,左翼农村题材小说正是以不同地区农村生活的描写,展示了中国农村的全貌。沙汀主要描写闭塞的四川西北部的内地农村生活,吴组缃着力于对经济破产下的皖南农村的刻画,而叶紫所描述的则是洞庭湖西南的农村景象。此外,马子华笔下的西南边境"土司"统治下的农村,周文的取材川康边境农村生活,鲁彦写沿海农村,王统照展示山东农民生活,萧军、萧红、端木蕻良等作家写东北农村……正是从这些不同地区、各具地方色彩的农村生活

① 《卢那察尔斯基论文学》,人民文学出版社,1978 年,第 317 页。

展示中，我们看到了30年代中国农村所具有的走向破产崩溃的共同趋势。不是抽象地、观念地，而是在发展中真实地、历史具体地去表现中国乡村社会，这充分显示出左翼农村题材小说的革命现实主义成就。

别林斯基说得很好："如果一件艺术品只是为了描写生活而描写生活，没有任何植根于占优势的时代精神中的强烈的主观动机……它对于我们时代就是死的。"①在30年代，对于实际的社会革命的要求已成为一种普遍的时代要求，与这种时代要求相适应，左翼作家们普遍都具有一种艺术的追求：他们不甘心于为描写生活而描写生活，而是力图对中国社会进行总体性的全面考察：他们希望通过生活的一隅来表现出整个时代的变化，并借以探索在这变化的时代、动荡的社会中人民大众的历史命运。这种追求表现得最为强烈、理解最深刻的是茅盾。他认为："一篇小说有无时代性，并不能仅仅以是否描写到时代空气为满足"，而应该写出"时代给人们以怎样的影响"和"人们的集团的活力又怎样将时代推进了新方向"，即"怎样由于人们集团的活动而及早实现了历史的必然"。② 因此，他写作品都是从"大规模地描写中国社会现象的企图"③出发的，同样的追求也强烈表现于其他左翼作家身上：吴组缃这样谈到自己创作的动机；由于"对当时剧烈变动的现实有了许多感受"，"那巨大深刻的变化，使我内心振动。我努力想了解这些变化的实质，认识它的趋向，慢慢从自己的小天地探出头来，要看整个的时代与社会"。④ 叶紫也表示："要求能够老老实实地攀住时代的轮子向前进。在时代的核心中把握到一点伟大的题材。"⑤在这里，我们可以强烈地感受到左翼作家所具有的对于这个伟大时代的历史使命感。这种追求渗透在作品中，其结果必然是小说中时代性和革命性因素的加强。正是这种艺术追求，使左翼农村题材小说具有了区别于"五四"农村题材小说以及同时代非左翼作家的同类题材小说的新的特色。

这种新的特色首先表现在左翼农村题材小说处理题材的方式上，即在表现农村社会和农民命运时所选取的独特角度。如果说"五四"时期，"文学革命者的要求

① 别林斯基：《关于批评的话》，转引自《西方美学史》，人民文学出版社，1979年，第535页。
② 茅盾：《读〈倪焕之〉》，《文学周报》8卷20期(1929年5月)。
③ 茅盾：《子夜·题记》，《茅盾论创作》，上海文艺出版社，1982年，第56页。
④ 《吴组缃小说散文选·题记》，人民文学出版社，1954年，(重点系引者所加)。
⑤ 叶紫：《从这庞杂的文坛说到我们这种刊物》，《无名文艺旬刊》创刊号(1933年2月)。

是人性的解放,他们以为只要扫除了旧的成法,剩下来的便是原来的人,好的社会了"[①],作品往往侧重于表现农村的思想关系,表现农民在封建主义压迫、奴役下的精神病态,以控诉和批判封建制度和封建思想文化对农民"人性"的戕害。到了30年代,普遍的"阶级意识觉醒了起来"[②],左翼作家们自觉从革命的角度去分析中国农村社会,以阶级分析的方法,侧重于表现农村的经济关系,即农民所遭受的封建地主阶级的压迫和剥削,以及由此而产生的农民的反抗和革命。左翼作家们深刻理解到"封建制度是更深地表现于现有的土地关系上"[③],因此他们在作品中努力展示这种关系,去写"关于土壤的故事","写出土壤的历史"来。[④] 30年代中国农村社会有一个显著的特点,这就是土地的迅速集中和农村两极分化的加剧。抓住了土地问题,就抓住了农村问题的主要症结。对这个问题的剖析,显示了左翼作家对中国农村社会本质认识所达到的历史深度。在左翼农村题材小说中,我们可以清楚地看到,农村土地关系的变化,如何使几千年安于土地的农民们失去了对于土地的信念,以及其中所蕴含着的农民普遍躁动不安的情绪。一部分人终于告别了千百年来祖辈们抛洒汗水的乡土,走入大城市谋生(叶紫的《杨七公公过年》,鲁彦的《李妈》、丁玲的《奔》、王统照的《山雨》);更多的人却是奋起反抗,进行革命,以改变自己的命运(茅盾的《秋收》、《残冬》,叶紫的《丰收》、《火》,鲁彦的《愤怒的乡村》,荒煤的《秋》,马子华的《他的子民们》)。左翼农村题材小说以对农村社会状况、经济关系的剖析,令人信服地揭示出了农民进行反抗和革命的可能性与必然性,从而在本质上说明:农民解放的真正出路不是在于从外部给予他们的同情,而是在于他们自身的反抗和革命的行动。从"人性解放"的角度对农民命运的人道主义的同情态度,诚然有值得肯定的一面(尤其是在20年代所处的思想启蒙的特定时代),从精神状况和思想状况去理解分析农民也诚属重要;但如果仅仅从这个角度出发,还不足以解释农村的社会状况和农民的历史命运。忽视了经济现实和政治现状的原

---

① 鲁迅:《且介亭杂文·〈草鞋脚〉小引》,《鲁迅全集》第6卷,人民文学出版社,1981年,第20页(以下引文均同)。

② 鲁迅:《且介亭杂文·〈草鞋脚〉小引》,《鲁迅全集》第6卷,人民文学出版社,1981年,第20页。

③ 马子华:《他的子民们·跋》,春光书店,1935年11月20日初版。

④ 端木蕻良:《我的创作经验》,载《万象》月刊4卷5期。

因，则不能反映出农民的全貌；只有将对农民精神、思想状态的探索与对其经济地位、政治态度的考察结合起来，才能全面把握农民，才能理解农村社会的一切变动。尤其是30年代，当农民的革命斗争已经普遍兴起时，要对此作出历史唯物主义的解释，则不能不首先从农民的经济地位入手。正是在这个意义上，我们可以说，左翼农村题材小说达到了一个前所未有的思想高度。

我们也注意到30年代有一批中间派作家，试图从原始淳朴的民性里去寻找“优美、健康、自然而又不悖于人性的人生形式”[①]，用以构造所谓“供奉”“人性”的“神庙”。[②] 在他们的作品中充满了淡淡的哀伤情调，农民是苦难的，又是温情的；对命运是疑虑的，却又是认命的。怨而不怒被认为是高雅的文风。尽管他们作品有着精巧的魅力，有着无穷的韵味，却于那“风沙扑面，狼虎成群”的年代中很少感受到时代的气息。在那样一个革命成为历史主要内容的时代里，突出强调农民温情的一面，是与时代精神相违背的，这在客观上多少掩盖了中国30年代乡村生活的真实。当我们尽可能结合着整个时代及同时代同类题材的作品来看待左翼农村题材小说时，其反映时代所具有的独特的思想意义和艺术成就就更为明晰了。

左翼作家对于时代的历史内容和历史使命所具有的自觉意识，还使左翼农村题材小说在总体上呈现出另一个非常鲜明的特色，即作品中渗透着一种明确的目标感。“五四”时期好多写农村题材的作家，虽同情农民的命运却未能看到农民自身存在的革命力量，在他们作品里就必然流露出一种悲悯的感伤情绪。被称之为20年代“乡土文学”的大多数作品都是如此，这些作品所表现的农民大多是备受压迫、欺凌而不反抗（如台静农的《蚯蚓们》），或者是任凭命运摆布，麻木苟且地生活着（如王任叔的《疲惫者》），人物的命运令人深深地同情，却鲜能给人看到希望。这不只是作家个人的局限，也是时代的局限。30年代，一方面农民的反抗、暴动风起云涌；另一方面革命根据地的土地革命运动深入开展，红色政权的建立显示出时代发展趋势，表示了“新社会”的前景和方向。这一切都给人们以巨大的希望。左翼作家从时代所包含的这些新的历史内容中看到了农民革命的出路，因此在他们作

① 沈从文：《习作选集代序》，《国闻周报》，1936年13卷1期。

② 沈从文：《边城·题记》，载1934年4月25日《大公报·文艺》。

品中再没有“五四”农村题材小说中的“若干对农民的肤浅而混乱的空想和虚无的悲观的观点”[①],没有了那种悲悯的感伤情绪,却充满了战斗的乐观主义精神。左翼农村题材小说常常以光明为其结局:王伯伯(叶紫:《王伯伯》)终于没有自杀,而是“朝着有太阳的那边走去了”;高定祥(蒋牧良:《高定祥》)在生活的不断打击面前从软弱走向坚强;阿多(茅盾:《秋收》),立秋(叶紫:《丰收》)等青年一代农民没有重复闰土的命运:老通宝(《秋收》)、云普叔(《丰收》)等老一代农民也未重蹈阿Q的悲剧,最终走向觉醒。对这种结局方式,曾有不同评价,如对吴组缃的代表作《一千八百担》最终农民暴动的结尾就曾有过“成功之笔”与“败笔”两种不同的看法。应该指出的是,左翼农村题材小说中的光明结局并不同于人们常常指责的“光明的尾巴”,因为它们不是作者硬塞给读者的现实中不可能存在的未来的解决方式,而是作者从现实生活中发现的可能性,是一种现实生活的昭示。作品中农民的觉醒和反抗既在现实中有其时代的必然性,又是作品本身内容的合乎逻辑的发展结果。这样的结局无疑使作品增加了坚定的鼓舞人心的力量,使人们在农村社会的动荡、破产中看到了新的希望。左翼农村题材小说所具有的明确的目标感和表现出来的生活的理想,正是革命现实主义艺术趋向成熟的标志之一。

左翼农村题材小说中表现出的是一种“黎明前的理想主义”。这种理想主义不是从过去,而是从未来汲取自己的诗情,它不回避黑夜的“沉重的压榨”,“以预感着黎明的曙光的喜悦和力量,渴望着白昼的强光”,人们“能够在那里吸取强有力的力量和喜悦”。[②] 正因为如此,左翼农村题材小说具有了强烈的鼓舞起一代人激情的艺术力量。这正是左翼文学能够成为占主流地位的文学的重要历史原因之一。30年代也还有这样一些作品,它们常常显示出一种回头看民族历史的趋向。这些作者虽也看到了农村社会的衰败与农民的破产,对农民的命运寄以同情,但他们未曾看到已经普遍到来的农民的反抗和革命,因而也就看不到社会的真正出路。他们错误地认为战胜社会主义的方法,在于人的返璞归真、人性的净化,因而提倡回复到原始宗法制社会那种田园牧歌式的生活中去。作为一种社会理想,它的客观意义

---

① 冯雪峰:《论民主革命的文艺运动》,《冯雪峰论文集》中卷,人民文学出版社,1981年,第28页。

② 《冯雪峰论文集》上卷,人民文学出版社,1981年,第239页。

是消极的,虽然其中包含着作者许多真诚与苦心。这种理想主义正是缺乏明确目标感的产物。它们不是从未来,而是从过去汲取诗情,“只能从对于永远过去了的白昼的没有现实根据的梦想,以对于黄昏的依恋及其残存的微光,注向黑黑的午夜”①。

力求反映时代、反映现实的革命斗争的强烈主观动机,使左翼作家的作品在总体上相互接近,形成了大体一致的思想倾向,但这并不妨碍他们的作品在总的思想倾向下有着各自独特的思想意义。茅盾的农村题材小说,是在一个较为广阔的中国社会背景之下来展现乡村生活的,作者注重的是从乡村与城市的联系中去描写农村,以表现出帝国主义经济侵略的压迫、民族工业的垂危、农村经济的破产这三者“互为因果”的关系。② 这样,我们即使在他描写都市民族工业的巨著《子夜》中,也可以看到对于农村生活和农民暴动的描写;而在他专门描写农村的小说中,又可以同时看到工业文明的影子,如《当铺前》、《春蚕》等作品中都写到的“小火轮”冲倒“田横梗”,由此引起农民憎恨的场面。作者站在历史的高度,从中国社会的总体变化中去反映农村的动荡,所描写的虽是乡村生活,却往往包含着更为广阔的社会内容。吴组缃则与之不同,他的作品更多的是从道德关系的变化来展示农村的败落。《黄昏》、《天下太平》、《樊家铺》等作品都是通过善良的人们在生活的逼迫下,毁弃其固有的道德观念走向绝路的事实,写出了在农村社会惊人的衰落过程中必然的人心大变。沙汀、张天翼的农村题材小说则多以批判与讽刺的笔调去揭示出乡村统治阶级的丑恶,如沙汀的《代理县长》、《丁跛公》、《凶手》,张天翼的《清明时节》、《儿女们》、《善举》、《万仞约》等作品。叶紫、东平的作品又另具特色,他们主要写大革命时期的农民或者经过大革命洗礼的有着革命传统的农村,侧重于表现农民的觉醒和反抗,对于农民革命性的一面挖掘得最为充分。此外,萧军、萧红、端木蕻良等一批来自东北的作家,则又以其独特的生活体验,写出了帝国主义和地主阶级双重压迫下的东北农村的悲苦生活,以较为沉雄悲壮的调子写出了农民们艰难的觉醒与抗争,作品中的血腥气、火药味较其他作家的作品更为浓烈。这些众多的左翼作家,正是从各自的侧面,以各自的特色,写出了他们所熟悉、所理解的现时代中的

---

① 《冯雪峰论文集》上卷,人民文学出版社,1981年,第239页。

② 茅盾:《〈子夜〉是怎样写成的》,《茅盾谈创作》,上海文艺出版社,1982年,第59页。

乡村社会,从而以各自独特的思想艺术成就贡献于时代,并在总体上汇集成了对于整个时代现实的真实反映。

三

我们说左翼农村题材小说具有强烈的时代特征,还因为它们创造出了大批能代表那个时代的艺术形象。

在左翼农村题材小说所塑造的人物画廊中,首先引人注目的是20年代闰土的同辈人,在30年代他们都是属于老一辈的农民。一描写这类农民时,左翼作家没有将他们当作单纯的讴歌对象或批判对象,而是从革命的要求出发,在表现他们淳朴、善良等美好品德的同时,也注意指出他们由于长期落后的生产方式和封建传统思想的束缚、影响而"合理"地继承的迷信、保守、忍耐等精神病态;在探索他们革命的可能性与必然性时,也未忘记揭示他们所背负因袭的旧社会加在他们身上的精神重担,以及他们的觉醒道路的艰难曲折。如像茅盾笔下的老通宝和叶紫笔下的云普叔,他们都勤劳善良,试图靠自己的苦斗来挣得丰收,以改变自己的生活处境;同时他们又趋于保守,在发展着的时代中仍固守着旧的思想和思维方式。王统照笔下的奚二叔、陈庄长(《山雨》)相信命运观念,奉行忍耐哲学,甚至在不知不觉中阻遏了其他农民的觉醒和反抗。这类人物形象,集中体现了左翼作家对于农民思想复杂性的深刻认识,较多继承了鲁迅小说的思想成果,人们不难在他们身上看到阿Q、闰土的影子。但时代的轮子毕竟向前推进了,左翼作家们充分意识到在变化了的历史时代中,即使在这些"老中国的儿女们"身上,也已经具有了新的时代性格的因素。因此,左翼作家笔下的老农民形象也具有许多新的质,首先,他们已不完全是以"沉默的国民的灵魂"为其性格特征。他们处于变动、灾难的历史时代。内心也充满了矛盾,已不能像闰土那样沉默下去了。他们身上固然存在着保守、落后、麻木等应该否定的一面,但他们已不像阿Q那样至死仍认为"人生天地间大约本来有时也未免如此"了,他们之中的大多数最终还是觉醒了。时代在逼迫他们改变,在现实社会的发展中,他们以其自身的行动否定、批判了旧的生活道路。奚二叔在怨愁中死去，陈庄长终于连同他那善良而有害的人生哲学一道进了坟墓，他们的死给活着的人们留下了对于今后生活道路的思索。老通宝之临死前“似乎”理解了儿子阿多的反抗行动，云普叔之最终觉悟乃至投身到群众反抗队伍中去，以自己觉醒的事实否定了传统的旧的生活道路。这类农民身上的种种弱点是觉醒过程中的弱点。如果说阿Q、闰土等是不觉悟农民的典型，那么老通宝、云普叔等则是觉醒过程中经受着复杂内在矛盾的典型。前者主要起了唤起世人“疗救”注意的作用，后者则意在展示农民觉醒道路的曲折性和艰难性以及最终必然觉醒的历史趋势。

其次，左翼农村题材小说在挖掘这些农民保守落后的根源时，并没有仅仅止于揭示其精神上所受的封建传统思想的毒害，而较多地注意到：地主阶级在经济上的残酷剥削和压迫乃是造成农民极端穷苦以及精神麻木、思想落后的基本原因。这类老农民大都是一家之主，是为全家生存温饱而苦心筹谋、带头奋斗的人物，他们被生活的担子压得抬不起头来，在无可奈何之中不得不乞望以忍耐来度过生活的危机，他们的保守与落后，常常是受经济压迫的结果；而他们最终觉醒和反抗的可能性与必然性也就蕴含在其中——当他们处于被生活逼得无路可走的情况下，反抗和革命也就成为必然。正是这些不同于“五四”农村题材小说中老农民形象的新的特点，给这类老农民形象鲜明地打上了30年代的时代印记。

左翼农村题材小说中农民形象的独创性，更多地表现在对以觉醒、反抗、革命为其主要特征的青年一代农民形象的塑造上。作品中第一次并且大量地出现的革命农民的形象，在中国现代文学史上具有开创的意义。

这类人物大都是青年一代的农民，如果世事没有多大变化，他们也许将“处处随着乡村中的集团生活走，一步也不差”①，成为安然、老实、本分的农人，走父辈所走的生活道路。然而，社会生活的发展已对老一代农民的生活道路作出了历史的否定，他们面临的是一种新的生活道路的选择。与老一代农民相比，他们相对地清醒敏锐，因而能最先敏感到现实社会的动荡；他们也不像父辈那样因袭了那么沉重的精神负担，对于生活较少抱着“转运”的幻想。《丰收》中的立秋，当他父亲云普叔还企望用拼命劳动来获取“家运”的好转时，他却直觉地感到“现在已经不全是下死

① 王统照：《山雨》，人民文学出版社，1955年。

力做功的时候了”[①];《秋收》中的阿多也清醒意识到最艰辛的劳动、最精细的节俭都不可能改变饥饿贫困的命运,即使干到“背脊折断也不能翻身”[②]。这种清醒的认识,使他们不寄希望于现存的生活秩序,而渴望着、期待着一种社会变革来改变自己的生活处境。因而,在社会动荡中,他们往往成为农村中最先觉悟、最早走上革命道路的农民。立秋、阿多都成了相约去“吃大户”、抢粮食、反抗、斗争的带头人。《山雨》中的奚大有,《愤怒的乡村》中的华生、《酵》(沙汀)中的大圆,《他的子民们》(马子华)中的刁佑权、《夜风》(萧红)中的长青等一大批人物都属于这类形象。

在左翼农村题材小说中,我们可以看到,青年一代农民所具有的清醒、敏感、敢于反抗等特点常常与老一代农民的保守、麻木、委曲求全等形成一种对照。这反映出植根于不同的时代所形成的不同的生活理想和生活道路之间的差异,这种差异使两代人有着不同的认识问题的角度,以及对于现实有着不同的感应程度、对新事物新观念有着不同的态度。这种差异有时也会构成两代人之间思想上的冲突。这种对于两代农民思想认识的差异和冲突的表现,不仅仅是一种艺术描写上的反衬,更重要的是在一定程度上真实地反映了30年代中国农村社会所具有的思想关系的复杂性的时代特点。任何一个大的社会变革运动开始时,几乎都可能出现这种两代人在思想认识上的差异以至于冲突。30年代是农村革命深入的时代,在两代农民之间出现这种思想认识的差异是不可避免的。左翼农村题材小说的思想深度不仅仅表现在真实地反映了这种思想的差异和冲突,更重要的在于它们进而揭示了新的战胜旧的、前进的战胜保守的、老一代农民在事实教育下的逐步觉悟、新一代农民的不断成熟,由这些所构成了中国农村社会向前发展的趋势。这既显示了作家们深邃的历史眼光,也使革命农民的形象在这样一种思想关系的背景下更加突出地表现出来。

当然,作为艺术形象来说,这类“脊梁”式的农民形象还有不成熟的地方,在有些作品中,还显得比较抽象和模糊。对于这种不成熟的缺点也应该采取历史的分析态度。30年代是农民普遍觉醒的时代,但就整个现代中国农民觉醒的历史看,

① 叶紫:《丰收》。

② 茅盾:《秋收》。

还只是个开端，觉醒、革命的农民新人形象刚刚出现，各方面的特征显露得尚不充分。另一方面，中国作家与时代、人民和现实革命斗争的结合也处于开端时期，作家本身所具有的先进意识和生活体验尚未达到很高程度。这些都给左翼作家准确地把握这类农村新人形象带来困难。这也说明，对于成熟的农民新人形象的塑造，尚有待于时代的进一步发展和作家们对农民的进一步了解和结合。我们在承认左翼农村题材小说中的这个缺点的同时，也要充分估计小说所塑造的这类形象所具有的价值。它们“虽然粗制”却“并非滥造”①，从中国新文学发展的历史看，在20年代鲁迅笔下的充满精神病态的“老中国儿女”，与40年代解放区小说中解放了的农民形象之间，30年代左翼农村题材小说所塑造的变革着的旧时代中的新的性格，是一个不可缺少的历史环节，有着不容忽视的历史地位。

在左翼农村题材小说中，还有两类形象是值得注意的。即劳动妇女的形象和乡村统治者的形象。在中国现代文学史上，鲁迅最早把农村妇女的酸辛和痛苦异常突出地表现了出来，尖锐提出了农村妇女解放的问题。左翼农村题材小说继承了鲁迅的传统，但突出了妇女的觉醒和反抗，从而使这类农村妇女形象也更多地带有30年代的时代特征。在这方面，叶紫的小说取得了突出的成就，他对梅春姐(《星》)这一形象的塑造，显示了左翼文学在反映劳动妇女解放这一主题上所达到的新的思想高度。这个形象的深刻意义在于告诉人们，只有当社会革命真正起来的时候，妇女的解放才真正成为可能。从“五四”时期就已开始的对于个性解放和妇女解放问题的探讨，到这里有了较为明确的回答。时代的变化、革命斗争的兴起，使梅春姐从悲苦绝望命运中解脱出来；当革命遭受挫折时，她的命运也遭遇坎坷；她个人的荣辱毁誉、幸福痛苦是与社会革命以及整个被压迫阶级的革命斗争紧紧联系在一起的。作品较为生动、深刻地揭示了妇女解放与社会革命的关系。同一作者在《乡导》中所描写的刘翁妈，也是一个值得重视的艺术形象，这个形象较充分地反映了劳动妇女觉醒后所显示出来的内在力量，当作品写到她勇敢地引导着敌人向红军伏击区前进时，这个中国现代文学史上最早的英雄母亲的形象就诞

---

① 鲁迅在《二心集·关于翻译的通信》(《鲁迅全集》第4卷第385页)中称苏联小说《铁流》、《毁灭》为“虽然粗制，并非滥造……”这两句话用来形容左翼农村题材小说中好多作品也是适用的。

生了。

此外,在左翼农村题材小说中,乡村统治者的形象亦有独特之处。在“五四”农村题材小说中,乡村统治者、反面人物主要是作为封建传统势力、封建旧道德的化身,而较少直接以封建政权的化身出现,如“五四”小说中所表现的鲁四老爷(鲁迅:《祝福》)式的人物就是如此,这是由当时思想革命的性质所决定的。而左翼农村题材小说中的乡村统治者形象,却主要凸现了其阶级的特征,作品将他们作为农民贫困的阶级根源和农民的阶级对立面来加以表现,从而较明确地反映出 30 年代中国乡村社会的阶级矛盾和阶级斗争。

总之,不管哪一类人物形象,在左翼农村题材小说中,都是以 30 年代的时代现实为其环境的,人物所具的特点也都打上了 30 年代的时代烙印,这应该看作是左翼作家对于时代现实真实、准确地把握和反映的结果。

四

一个作家同自己时代的关系,不仅表现在时代的社会现实对他思想观点的形成起着决定作用,社会现实为他提供了创作的对象和内容,而且也表现于这个作家对于时代的审美要求的积极响应,以及在作品中形成的具有时代意义的审美特征。在这个问题上,左翼作家是具有高度自觉性的。

30 年代的中国“是一个进向大时代的时代”①。时代需要什么样的文学呢?鲁迅告诉人们,“现在需要的是斗争的文学”②。在“风沙扑面,狼虎成群”的时候,文学家奉献给读者的必须是“耸立于风沙之中的大建筑,要坚固而伟大,不必怎样精”,必须是“匕首和投枪,要锋利而切实,用不着什么雅”。③ 这“坚固而伟大”、“锋利而切实”,都是时代对于一种力的文学的要求。左翼作家意识到了时代审美要求的这种变化,在作品中自觉追求“力”的表现,这使左翼农村题材小说在总体上形成

① 鲁迅:《而已集·〈尘影〉题辞》,《鲁迅全集》第 3 卷,第 547 页。
② 鲁迅:《致肖军信(1934·10·9)》,《鲁迅全集》第 12 卷,第 532 页。
③ 鲁迅:《南腔北调集·小品文的危机》,《鲁迅全集》第 4 卷,第 575 页。

了一种壮美的审美特征。从“五四”小说到左翼农村题材小说，塑造人物性格方面所发生的从“沉默的国民”到“脊梁”式人物的变化，实际上已经标示了文学审美特征由优美、感伤的美到壮美的发展变化。这种审美特征的发展变化，在从20年代起就从事创作活动的作家王统照身上，显得较为典型。就总的倾向看，他20年代初的作品较多地“强调着‘美’和‘爱’”①，其审美特征可以用优美来概括。但到了20年代末30年代前期，他的美学追求有了很大的改变，他认为“世代推移，人生不复常留滞在晓风残月的趣味，与夜莺的凄唱和云雀的回翔之中，这更新的时代一定有更新的诗人”②，他检讨自己过去对于“沉郁意感的偶然宣泄”的追求，转而推崇唱出“我们这个古老民族的勇壮的歌声”的中国优秀古典诗的“风骨”与“壮美”。③这种美学追求的改变，使他终于从《春雨之夜》(王统照的第一个短篇集)“这理想的诗的境界走到《山雨》那样现实人生的认识”④，在作品中形成了深厚有力的壮美特征。这种审美特征的变化，在左翼农村题材小说中是具普遍性的。在当时，力的文学几乎成了左翼作家的共同追求。叶紫说他自己的创作是为了把“对于客观现实的愤怒的火焰”、把自己“内心中的郁积统统发泄得干干净净”，⑤因此，他在自己的作品中“堆砌”起“火样的热情，血和泪的现实”；这种追求，使他的作品显示出一种力量，宣告“文学是战斗的”。⑥ 当时就有人指出，叶紫的小说“始终仿佛一棵烧焦了的幼树”，“不见丰盈的姿态，然而挺立在大野，露出棱棱的骨干，那给人茁壮的感觉，那不幸而遭电击的春暮的幼树，它有所象征。这里什么也不见，只见苦难，和苦难之余的向上的意志，我们不妨借用悲壮两个字形容。……这是力，赤裸裸的力，一种坚韧的生命之力”。⑦ 萧军也曾在一篇日记中这样谈到自己的艺术见解：“艺术是炼锻感情象一支箭一样，要集中鉴赏者的心结，使他不能躲避，也不能拔出。”⑧为了在作品中努力增强这种动人心魄的力量，他所选取的描写对象多是“那

---

① 茅盾：《中国新文学大系·小说一集·导言》，良友图书公司，1935年，第23页。
② 王统照：《为臧克家〈运河〉所作的序》，见《青纱帐》，上海文学出版社，1936年，第92页。
③ 王统照：《读诗小札·去来今》。
④ 茅盾：《中国新文学大系·小说一集·导言》，良友图书公司，1935年，第24页。
⑤ 叶紫：《我怎样与文学发生关系》，郑振铎编《我与文学》，生活书店，1934年。
⑥ 鲁迅：《且介亭杂文二集·叶紫作〈丰收〉·序》，《鲁迅全集》第6卷，第220页。
⑦ 刘西渭：《咀华二集·叶紫的小说》，文化生活出版社，1936年，第59—60页。
⑧ 萧军：《八月的乡村·附录——“一篇当日记”》，1980年新版。

些慓悍而爽直的"人物[1]。端木蕻良的小说《大地的海》在《文学月刊》上连载时,编者在"后记"中就指出,"作者以他特有的雄健而又'冷艳'之笔给我们画出了伟大沉郁的原野和朴厚坚强的人民"[2]。作为女性作家的萧红,作品不乏其特有的"明丽和新鲜",但在总体上也具有一种雄浑健壮的内在力量,正如鲁迅所指出的,"北方人民对于生的坚强,对于死的挣扎,却往往已经力透纸背"。[3] 对于"力"的追求与表现,虽然以不同形态出现,但表现农民的不屈不挠的反抗精神却是其共同的特点。仅仅从左翼农村题材小说部分作品的题目上,如《愤怒的乡村》(王鲁彦)、《山雨》(王统照)、《咆哮的许家屯》(艾芜)、《火》(叶紫),《憎恨》(端木蕻良)、《螳螂山的火焰》(马子华)等,也可窥其对于"力"的追求与表现之一斑了。

正如鲁迅所说:"有精力弥满的作家和观者,才会产生出'力'的艺术来。"[4]30年代,"力"在文学中成为占主流地位的审美特征是有其时代的必然性的。在新文学中,早在"五四"时期或者更早一些,先觉的知识分子就已经发出了"力"的呼唤。在鲁迅《摩罗诗力说》、郭沫若《女神》中都表现出对于一种"力"的非常强烈的渴望。他们看到了古老的中华民族积习太深,传统思想的枷锁非常沉重,以至于每前进一步都要付出巨大的代价,因此,他们希望有一种强力来冲决阻碍历史进步的惰力;他们有感于中国国民性的柔弱和半殖民地的现状,呼唤着民族自强自立的"力",呼唤着人民反抗斗争的"力"。这种呼唤表现在艺术观上,鲁迅希望中国文学中能产生出拜伦、雪莱等诗人那样具有"摩罗"之力的作品;郭沫若则更为直接地呼喊"力的绘画,力的舞蹈,力的音乐,力的诗歌"[5]。这些"五四"初期最先觉醒的知识分子,虽然希望在文学中能表现出"力",但又不能为这种力找到很好的物质形式。因此,这种呼唤只能停留在精神的追求上,终究显得较为空泛。到了30年代,由于无产阶级和广大人民群众已变得强大有力,并且在革命斗争中显示出巨大力量,实现力的文学的要求终于有了现实的物质基础。左翼作家把这种"力"具体化地体现在

① 萧军:《绿叶的故事·序》,文化生活出版社,1936年。
② 《文学月刊》8卷2期,1937年2月。
③ 鲁迅:《且介亭杂文二集·萧红作〈生死场〉序》,《鲁迅全集》第6卷,第408页。
④ 鲁迅:《集外集拾遗·〈近代木刻选集〉(2)小引》,《鲁迅全集》第7卷,第333页。
⑤ 郭沫若:《立在地球边上放号》,1920年1月5日上海《时事新报·学灯》。

觉醒的农民身上，作品中塑造出了坚强有力的性格——觉醒、反抗的农民形象。从“五四”时期对于力的空泛的呼唤、精神的憧憬，到30年代左翼农村题材小说对于力的现实具体的表现，并使力的文学成为整个时代主导的文学潮流，这体现了中国新文学与中国革命发展——由思想革命到实际的社会革命——相一致的一种必然的趋向。

在30年代，力的文学是时代的普遍的审美要求。即使是一些左翼外的作家，虽然在思想与文学倾向上与左翼作家不尽相同，但对于力的文学的提倡也颇为明确。如当时有的批评家就曾指出“没有比我们这个时代更需要力的”，甚至将力的文学看作是“中国新文学的高贵所在”和“艺术价值”的“标志”。[1] 在这样的时代所产生的一切文学作品，事实上也不可能完全避开这种时代审美要求的影响。但由于对“力”的内容实质的不同理解，作家所能从时代获得的思想力量的不同，使不同作家在作品中所表现的“力”的性质也大不一样。左翼作家出于对历史内容的自觉意识，他们从时代中汲取了巨大的思想力量，他们在作品中所表现的“力”，是以农民由逆来顺受到觉醒反抗的历史性变化为其内容的，是“民魂”发扬起来的结果。而一些左翼之外的作家，由于与时代的关系较为疏远，甚至在主观意识上自觉远离时代现实，因此他们不可能认识现实中力量之所在，在他们的作品中，就只能盲目地歌颂抽象的“力”或者呼唤原始雄强的“蛮性"的力。这种追求自然也是一定社会历史关系的反映，但把原始力的“复归”，看作抵御资本主义文明侵入的武器和民族振兴的济世良方，却显然是一种时代观和历史观的错误。而且，这种雄强的原始力量更多的是一种生理上的自然力，它不能引导被压迫人民走向解放是十分显然的。对于时代的力的内容实质的不同理解以及对于力的不同表现，显示了作家们与时代现实的不同关系。

左翼农村题材小说顺应时代的审美要求，在总体上形成了共同的审美特征，但并没有放弃不同美学风格的追求。不同作家的作品仍然显示出不同的艺术个性。茅盾注重大规模地描写中国社会现象，其作品中所显出的“力”就有阔大恢宏的特色。叶紫由于自身的独特遭遇，始终带着对阶级敌人的强烈仇恨从事创作，作品显

---

① 刘西渭：《咀华二集·叶紫的小说》，文化生活出版社，1936年12月，第55页。

露出的是一种鼓动性的力量以及以革命乐观主义精神渗透其中的革命英雄主义的“力”。沙汀由于较多看到了故乡农村在军阀统治下的闭塞落后,生活像死水般沉滞,又充满了骇人听闻的暴行与丑事,他怀着一种悲愤的心情来揭示这一切,因此作品显示出含蓄而深沉的“力”。此外,如吴组缃作品中沉着、深厚的“力”,萧军作品中凝重、雄浑的“力”,都无不各具特色。艺术风格的多样化发展,同样是左翼农村题材小说趋向成熟的标志之一。

五

应该把左翼农村题材小说作为特定历史阶段的文学现象来看待,抽去了文学作品赖以产生、发展的时代内容和历史条件,从所谓“纯艺术”的观点出发,就不可能真正认识左翼农村题材小说的历史贡献和所取得的思想艺术成就。有人把30年代一些社会内容比较淡薄的作品和离时代现实较远的作家拔高到不恰当的位置,而在有意无意中贬低了左翼创作的历史地位,就是从这样的观点出发的。粉碎“四人帮”以后,长期未得到应有重视的作家引起了一些研究者的注意,这是无可厚非的。由于“文革”造成了人们心灵上的创伤,一些幽雅闲淡的作品有一段时间曾在部分读者群中引起了共鸣,这也是可以理解的。但作为文学的科学的研究来说,在评价作品时如果仅仅从纯艺术的角度去考虑问题恐怕是不够的。

毋庸讳言,左翼农村题材小说本身在艺术上的确尚存在着许多不成熟的地方;但是我们反对割裂思想与艺术的联系,反对把左翼农村题材小说的成就仅仅看作是思想方面的,是所谓“思想成就高,艺术成就低”的观点。左翼农村题材小说作为特定历史阶段的文学现象,它们全部的优点和缺点都既是思想上的,又是艺术上的;它们都是那个特定时代的产物,包括其不成熟也显示了时代条件的不成熟。30年代处于巨大社会变革的历史转换时期,这给文学带来了新的表现内容,也给文学表现提出了许多新的课题。一方面,要表现一个新的时代,除了思想上能意识到时代所包含的巨大的历史内容外,还需要作家具有充分的相应的生活体验;另一方面,表现一种新的内容,必须找到相应的新的艺术形式。这是必然出现的新矛盾。

革命文学和早期左翼文学中的公式化概念化倾向就是这种矛盾的必然结果。后期左翼作家虽然在克服这种弱点方面取得了很大成就，但由于当时历史条件的限制，矛盾在不同程度上依然存在。尽管它还不很成熟，还有一些不足，但是我们应该充分看到左翼文学在整个文学发展中在艺术上所具有的开创性意义，它们已经尽了自己的时代责任。况且，它们在其自身的发展中不断趋向于成熟，曾产生了不少在思想和艺术上都无愧于时代，在今天看来也还有艺术魅力的杰出作品。

任何一个时代，对于文学都有其特定的历史要求，在多大程度上适应了这种时代的历史要求，这是文学作品所能获得艺术价值的一个非常重要的条件。在 30 年代这样一个特定的历史时代——一个更迭的、动荡年代，自有它自己对文学的思想倾向、思想内容和审美特征的偏爱。既然革命已经成为一切社会生活的轴心，已经成为时代的主要历史内容，作家就应该看到革命对社会生活各方面的影响，努力从革命的角度去评价社会生活现象。“如果我们看到的是一位真正伟大的艺术家，那么他就一定会在自己的作品中至少反映出革命的某些本质方面。”[①]左翼作家正是顺应了这种时代的历史要求，从而创造出了真正属于 30 年代的艺术。在左翼农村题材小说作品中，时代的现实得到了较大程度的反映，时代精神得到了充分的表现，时代的审美情绪得到了尽情的抒发，我们正是在这个意义上高度评价它们的历史地位的。

我们不同意这样一种观点，即把艺术创作与时代的结合仅仅看作是思想范畴的东西，忽略时代对于艺术本身的制约作用。并非顺应时代就一定能写出非常成功的作品，决定文学作品成功与否的因素是多方面的，但只有把艺术创作与伟大的时代结合起来，作品才有可能获得鼓舞起一代人激情的艺术力量。这方面，左翼农村题材小说的创作为我们提供了宝贵的经验。一旦远离了时代，失去了与时代的联系，同时也就失去了作家施展艺术才能的天地，其作品也就丢掉了能够唤起一代人激情，并且也能唤起以后几代人的兴趣的精神内核，其艺术价值必然大大降低。衡量一个时代的文学的艺术成就和价值，首先应该看它运用文学特有的手段去反

---

① 列宁：《列甫·托尔斯泰是俄国革命的镜子》，《马克思、恩格斯、列宁、斯大林论文艺》，人民文学出版社，1959 年，第 79 页。

映时代精神所达到的程度,这对于今天从事文学创作的作家们,仍是应该记取的经验。

一个文学上的重大课题,从提出到解决,往往需要几代作家的努力,文学与时代的关系就是这样的一个重大问题,这个问题至今仍在探索之中。文学创作必须与时代紧密结合,这是无疑的,但作家、作品与时代的关系却是很复杂的,作家要使自己的作品真正艺术地反映时代,就必须首先处理好这种复杂的关系。艺术成功的原因是多方面的,它包括作家的思想深度、生活经历、艺术修养、艺术才能、艺术个性等诸种因素。作家要写出反映时代的成功的作品,就要根据自己这些诸多方面的实际情形去找寻自己与时代的契合点。这个问题在部分左翼作家那里是解决得较好的。沙汀在最初从事创作时,从反映当时的土地革命和多方面刻画动荡不安的社会愿望出发,写出了《法律外的航线》等作品,从中可以看到作家可贵的革命感情,但由于缺乏斗争生活和实际体验,描写无法深入。以后他将笔端转向了他所熟悉的四川农村,这才真正找到了自己生活经验、艺术才能与时代现实的契合点,从而写出了一系列较成功的作品。张天翼利用自己独特的讽刺才能揭示了乡村统治者的丑恶。但是,并非所有的左翼作家都解决了这个问题。仍有不少左翼作家仅从反映时代的愿望出发,常常去写一些自己缺乏生活体验和真实感受的东西,去写一些自己的艺术才能不能驾驭的内容,使写出的作品显得空泛,缺少具体感人的艺术魅力。关键的问题是作家要能够找到自己反映时代的独特的视角,这也许是左翼作家们留给我们文学事业的一个新课题吧。

总之,作为中国新文学整个农村题材小说发展中一个特定的历史阶段,30年代左翼农村题材小说既以其成功之处为后一阶段文学发展提供了有益的经验,又以其不成功之处给后阶段文学发展提供了新的课题。新的文学本来就是这样由“不太成熟”的基础上发展起来的,我们不能因其尚存在不成熟之处就否认这一历史的贡献。当我们高度评价40年代解放区小说以及1949年以后一系列农村题材小说所取得的思想和艺术成就时,不应该忘记30年代左翼农村题材小说所作的尝试。

原载《中国社会科学》1985年第1期

四十年代乡土小说的地域色彩与风俗画卷

宋立民　杨晓塘

费孝通先生说过：中国相当一些农村“村子里几百年来老是这几个姓，我从墓碑上去重构每家的家谱，清清楚楚的，一直到现在还是那些人。乡村里的人口似乎是附着在土上的，一代一代的下去，不太有变动”[①]。的确，中国农村是一个特定的乡土社会，而乡土社会最突出的特性就是其地域性。尤其在山区和偏远地区，风俗民情等地缘文化特征每每散发着浓厚的历史气息。乡土文学正是植根于这种地域色彩和风俗画卷之中的。严格说，这种色彩和画卷起着是否是乡土小说的界定作用。而且，这种地域和风俗的因素既是形式又是内容，既有个人文化特色，又有群体文化特质。正如美国学者萨姆说的：“使一个群体不同于其他群体的特质的总和即为文化精神。”[②]

反观新文学史，我们不难发现：乡土文学的开创者鲁迅对于绍兴水乡的独特风俗——社戏、祝福、酒店、乌篷船等——的成功描绘提醒而且带动了大批的追随者。于是，此起彼伏的乡土作家纷纷用家乡方言绘写着家乡的风俗。到了40年代，日趋成熟的作家们总结了前两个十年乡土小说的艺术经验，更加大胆、全面而深刻地发掘着自己熟悉的地域文化的特点。同时，战争状态下的地域分割又加固着作家

① 费孝通：《乡土中国》，三联书店1985年，第2—3页。

② 转引自崔志远等《乡土文学和地缘文化》，《文论报》1994.6.25。

对乡风民俗的理解和认识。因此,中国乡土小说出现了史无前例的高峰并峙的壮观景象,前两个十年的小说从来没有像40年代这样鲜明而自然地烙印着地域的印记,也从未同时出现过像沈从文、赵树理、孙犁、萧红、师陀这样的照彻古今的烽火。本文拟从上列代表作家入手,对40年代乡土小说中的地域和风俗方面的特色略作探讨。

孙犁:滹沱河·荷花淀

1945年《荷花淀》在延安《解放日报》上一鸣惊人,颇受赞誉。而孙犁却谦逊地说:"我想是因为同志们长期在西北高原上工作,习惯于那里的大风沙的气候,忽然见到白洋淀关于水乡的描写,刮来的是带有荷花香的风,于是情不自禁地感到新鲜吧。"[①]的确,舍身报国的战士并非冀中独有,描写妇女抗日斗争也远非孙犁一人,为什么"荷花淀"系列小说至今仍清风扑面,余香满口呢?一个重要因素就是冀中的地域色彩。当白洋淀风光以抗战作底色的时候,一种崭新的文化氛围出现了,"这里的人民,这里的新的伦理道德、风俗习惯,甚至一草一木……都在艰苦的战争里经受了考验,而毫无愧色地表现了他们是不可战胜的。"[②]请看一看孙犁笔下充满时代气息的田园风俗画面:

> 滹沱河在山里受着约束,昼夜不停地号叫,到了平原,就今年向南一滚,明年向北一冲,自由自在地奔流。
>
> 河两岸的居民,年年受害,就南北打起堤来,两条堤中间全是河滩荒地,到了五六月间,河里没水,河滩上长起一层水柳、红荆和深深的芦草。常常发水,柴火很缺,这一带的男女青年孩子们,一到这个时候,就在炎炎的热天,背上一个草筐,拿上一把镰刀,散在河滩上,在日光草影里,割那长长的芦草,一低一

① 孙犁:《关于〈荷花淀〉的写作》,《孙犁文论集》,第517页。
② 孙犁:《为外文版〈风云初记〉写的序言》。

仰，像一群群放牧的牛羊。(《光荣》)

正是自由奔流的河流上和风俗淳厚的河岸边，成长着一代勇敢而灵秀的中原儿女。正因为孙犁认为浪漫主义最适合于那个英雄辈出的岁月，所以，即便是“穷山恶水”的阜平，他也从中发现了清新的景色：

山下的河滩不广，周围的芦草不高。泉水不深，但很清澈，冬夏不竭，鱼儿们欢畅地游着，追逐着。山顶上，秃光光的，树枯草白，但也有秋虫繁响，很多石鸡、鹧鸪飞动着，孕育着，自得其乐地唱和着。(《在阜平》)

又因为孙犁发现女人比男人更为乐观，于是写出了“荷花淀”开头那样优美清新的文字：

月亮升起来了。院子里凉爽得很，干净得很，白天破好的苇眉子潮润润的，正好编席，女人坐在小院当中，手指上绞着柔滑修长的苇眉子。苇眉子又薄又细，在她怀里跳跃着。……不久在她的身子下面，就编成了一大片。她象坐在一片洁白的雪地上，也象坐在一片洁白的云彩上。她有时望望淀里，淀里也是一片银白世界，水面笼起一层薄薄的透明的雾，风吹过来，带着新鲜的荷叶荷花香。(《荷花淀》)

总之，无论描写什么，孙犁总能让人感觉到水乡和丘陵的气息，而且所写的景物和人物不仅有声有色，更有白洋淀上静中有动的感觉。这种满含浪漫色彩的自然风光，正是孙犁乡土小说步入永恒的特质所在。正是立足于这种意义上，孙犁后来才自豪地说，我所有写过的文字，都可以一字不改地保留到现在。

赵树理：山药蛋·土窑·吃烙饼

用“山药蛋”形容山西农村的土色土香是恰如其分的，它代表一种出身地下置根泥土的地域色彩。因此,与之相关的风俗画卷也总是以真切和平实为其本色。而且,与边地风光和深山老林不同的是,赵树理笔下的山西地处中原,既不能"猎奇",又毫无"异趣",其特色恰恰在于没有"特色"。无非是三仙姑的香案、于福的驴车、李有才的"干梆戏"甚至老槐树而已。然而,正是平凡的民俗具有了普遍的意义,因此,当以《小二黑结婚》《李有才板话》为代表的"山药蛋"派问世时,不仅震动了一脉吕梁,而且很快传遍了解放区国统区和沦陷区。

值得注意的是:赵树理笔下的"山药蛋"色彩相当一部分是可以"抽象"的民俗,即具有纵跨今昔的民俗学的意义。如阎家山和李有才住的窑洞的"人文地理":

> 阎家山这地方有点古怪:村西头是砖楼房,中间是平房,东头的老槐树下是一排二三十孔土窑。地势看来也还平,可是从房顶上看起,从西到东却是一道斜坡。
>
> ……
>
> 李有才住的一孔土窑,说也好笑,三面看来有三变:门朝南开,靠西墙正中有个炕……靠门这一头,盘了个小灶,还摆着些水缸、菜瓮、锅、匙、碗、碟;靠后墙摆着些筐子、箩头,里面装的是人家送给他的核桃、柿子(因为他是看庄稼的,大家才给他送这些);正炕后墙上,就炕那么高,打了个半截套窑,可以铺半条席子,因此你要一进门看正面,好象一个小山果店;扭转头看西边,好象石菩萨神龛;回头来看窗下,又好象小村子里的小饭铺。(《李有才板话》)

然而,恰恰在这不动声色的大白话中,不仅"山药蛋"气扑面而来,而且贫富悬殊、阶级分子及有才的身份个性全都跃然纸上。

基于"为现实斗争服务"的指导思想,赵树理用笔较多的是富于政治色彩的民俗,并由此流露出强烈的爱憎,如引人注目的"吃烙饼"民俗:让欺压村民、鱼肉百姓的头面人物如李汝珍(《李家庄的变迁》)之流手持"公道"大权,在整个"评理"过程中大吃双方的烙饼,最后把有理者吃得倾家荡产,失去土地,无理者却反咬一口,大发横财。因此,这种民俗乃是一种背靠大树,大逞淫威、横行乡里的山西乡风。再请看“李有才板话”中的描写：

得贵一出门，小顺抢着道：“吃烙饼去吧？”小元道：“吃屁吧！章工作员在这里住着啦，饼恐怕吃不成！”老秦埋怨道：“人家听见了！”小元道：“怕什么，就是故意叫他听啦！”（《李有才板话》）

可见烙饼对于这些飞扬跋扈的“基层干部”的重要性。而且，吃烙饼的地点，在小说中又恰恰是在封建神权和政权共同的栖居地——庙堂里进行。这就再明白不过地揭示了这种民俗的背景是与敬天地供祖先的古老传统一脉相承、丝丝入扣的。在此，社首每每又兼着一村之长，于是吃烙饼又不无“君权神授”的天赋的权力性质和司法意义。

沈从文：水上人·沉潭·社戏

尽管40年代的社会环境和《长河》中的历史背景均不再是宁静与和平，可湘西那根源于古老民族的原始而淳朴的人性依然如故。沈从文那“要用一种温柔的笔调来写爱情、写那种和我目前生活完全相反、而与我过去情感又十分相近的牧歌"的企盼也依然如故，他必须以此来平衡自己的生命。因此，就民俗一端而言，40年代沈从文的乡土小说仍然足以与《边城》时期媲美。

与《边城》相仿，《长河》也是先用大量篇幅描绘长河两岸的令人心醉的风俗人情：桔子任路人随意吃，却是不卖，类似《边城》中的老船工送茶叶。而要做“水上人”，吃“水上饭”，则必须先用最古老的方式造船。

从山中砍下几株大树，把它锯解成许多板片，购买三五十斤老鸦嘴长的铁钉，找上百十斤麻头，捶它几百斤桐油石灰，用祖先所授的老方法，照当地村中固有款式，在河滩边建造一只坚固结实的帆船。（《长河》）

——这就是天保、傩送、三黑子的舞台,是“水上人”发家致富、扬名显亲的序曲。而女子们的情感生活,更是充满了湘西苗蛮地域的味道:因为“身体既发育得好,桔子又吃得多,眼目光明,血气充足”,所以“小女子十二三岁,穿了件印花洋布裤子”,“用一只雄鸡陪伴拜过天地”便成了无事不做的童养媳,上山放牛还“必趁便挑一担松毛,摘一篮菌子,回家当晚饭菜”。而独生女们则是到十四五懂了事,便跟“姑母娘舅乡邻同伴学刺花绣花,围裙上用五色丝线绣鸳鸯戏荷或喜鹊噪梅,鞋头上挑个小小双凤。性情好动的,为撑船的小伙或军人的山歌打动,或到山上空碉堡中去会情人,或跟随飘乡戏子私逃,又或嫁给退伍军人……”于是引出《边城》中翠翠母亲经历的浪漫而凄凉的故事。

与30年代不同的是,《边城》中世外桃源般的几近纯粹宁静的民俗描写,渐为“山雨欲来”的背景所衬托,《长河》及沈从文40年代的其他短篇仿佛是湘西乐园中的最后一支小夜曲。昨日汩汩流动的,为岁月之河静静冲刷的乡村之魂此刻已有些躁动不安,在《长河》和《巧秀和冬生》中,作者两次写到比江浙“典妻”更为残酷的“沉潭”风俗;女子与人私奔而使家族“丢脸”,于是读过几本“子曰”,燃烧着道德感和虐待狂的族祖或长辈——多是昔日千方百计调戏过被害者而碰了钉子的老流氓便集合家族中人,把女人捆来而把全身衣服脱去,颈项挂一面小磨石,用船带到长潭中抛下去,而且——

船上几个人,于是俨然完成了一件重大工作,把船掉头,因为死的虽然死了,活的还得赶回祠堂里去磕头,放鞭炮挂红,驱逐邪气,且表示这种勇敢决断的行为,业已把族中损失的荣誉收回。(《巧秀和冬生》)

对比一下《边城》中爷爷对翠翠娘“却不加上一个有份量的字眼”的仁厚,我们分明感觉到封建的毒气和鬼气正在浸染着湘西乐园的一草一木。然而,毕竟还是在民风淳朴的湘西,良心的谴责瞒不过自己,在《巧秀和冬生》里,那位指挥“沉潭”的族祖,四年之后在祠堂里发狂自杀了。

堪与《边城》中端午节喜庆氛围相提并论的是《长河》第十一章《社戏》。小说为我们留下了不可多得的乡风民俗画面:村民换了浆洗过的衣服,妇女戴了满头新洗过的首饰，扛一只高脚长板凳，结伴远道而来。卖豆糕米粉干湿甜酸熟食冷食的，焖狗肉和牛杂碎的搭了棚子，竞相招揽，尔后是上了年纪的首事人磕头焚香、杀白羊烧申神黄表，由戏子扮的王灵官把一只活公鸡头一口咬下，把带血的鸡毛置于台前台后，并类似于时下拉赞助一般地向前排大老爷讨红包，要赏钱，并于喝彩声中当众公布数目。演出休息时“戏子头上都罩着发网子，脸上油彩也未去净，争到台边熟食棚子去喝酒。尔后重开锣鼓，命人点戏，直到暮色苍茫中社戏收场”。

……保安队兵士，都装作有意无心，各在渡船口岔路边逗留不前，等待看看那些穿花围裙扛板凳回家的年青妇女。……方头平底土渡船，装满了从戏场回家的人，慢慢在平静河水中移动。两岸小山都成一片紫色，天上云影也逐渐在由黄而变红，由红而变紫。天空无云处但见一片深青，秋天特有的澄清。……(《长河》)

——其民俗味之浓厚，描写之真切细致不下于鲁迅笔下的社戏，实为40年代乡土小说的风俗画中不可多得的精品。

萧红、师陀：呼兰河·果园城·无望村

萧红和师陀虽然一写东北，一写中原，但是从他们的代表作品《呼兰河传》、《果园城记》和《无望村的馆主》等名篇当中，我们却分明窥见了一对极其相似的乡村之魂。把一座小城作为小说的主轴，是萧红和师陀不约而同的艺术创见，而且，两位作家笔下的风俗画面也有诸多精彩而近似的描写。

读了《呼兰河传》那冰天雪地的开头，我们自然会联想起《无望村的馆主》开头——那一场在江南川北绝不可能见到的大雪。请看：

一切都变了样，天空是灰色的，好像刮了大风之后，呈着一种混沌沌的气象，而且整天下着清雪，人们走起路来本是快的，嘴里面的呼吸，一遇到严寒好

像冒烟似的。(《呼兰河传》)

大雪从上午起就在我们周围飞舞着,盘旋着,好像要将我们埋没,要将我们卷去。雪是像雾一样毫不怜惜的降下来,将大路和田野填平。(《无望村的馆主》)

两部小说的结尾,又同是北方小城的苍凉,同是面对乡村之魂的深长的慨叹:

这些不能想像了。

听说有二伯死了。

老厨子就是活着年纪也不小了。

东邻西舍也都不知怎样了。

至于那磨房里的磨官,到今究竟如何,则完全不晓得了。(《呼兰河传》)

连陈世德自己,当他在地里捉鹌鹑的时候,他在梦喜庄玩弄满天飞的时候,后来抛弃他的太太的时候,在一个乡下的小店里鞭打两个孩子的时候,他也曾想到过吗?他们自然都不曾想到,然而这些事情现在全实现了。无望村正像经历一场大火,纵然我们还能找出当初的遗迹,能想起它的盛况的现在还有几个?(《无望村的馆主》)

更重要的是,两位作者的代表作,几乎全是在写民俗,写习而不察的痛苦的民俗,写充溢着地域色彩的“几乎无事的悲剧”。

在师陀的笔下,杞县小城是街上浮土磅礴,狗躺在路边打鼾,猪在衙门前悠然散步,妇女们一如既往地在门口闲扯,寡妇家的闺女为女友缝了嫁衣,又为母亲绣好寿衣,自己的衣服则已缝绣了三大箱,足可以穿三十年。与此同时,绅士正和县官策划释放死囚,加罪无辜。父亲正和地痞计议出卖亲生儿女。一个地主为了财产,正谋杀自己的侄儿。一个老实人把别人的驴子吊起来,不让它吃草。一个赌徒在鞭挞老婆——因为她三天没拉到一个嫖客。一个粮商在擦洗发霉的粮食,一个哭泣的少女正准备上吊……而在萧红笔下,荒凉朴素的呼兰城同样如此:人们一代又一代重复着同样的生活，为芝麻大的小事争吵不休，连每年必有的跳大神、唱秧歌、放河灯、野台子戏、4 月 18 日娘娘庙大会这些热闹非凡的场面，也都千篇一律，单调呆板，"大街小巷，每一茅舍内，每一篱笆后面，充满了唠叨，争吵，哭笑，乃至梦呓。一年四季，依着那些走马灯似的挨次到来的隆重热闹的节日，在灰暗的日常生活背景前，呈现了粗线条的大红大绿的带有原始性的色彩"——总而言之，正是这些平凡得几乎无法概括的民俗砌就了这北方的小城，赋予了小城以思想品格、性灵和感情。

然而，北方毕竟是北方，试看东北"野台子戏"和无望村一带的梦喜庄戏场的背景：

> 旷野上是黑暗的，促织在田野里珠珠的叫着……年轻的庄稼人唱着或是打着呼哨，（他们中间的大部分要到戏场上去，有的还带着被窝或是一件破旧棉袍，他们把这些东西秘密的放到庄稼丛中，再不然就把它们一直带上戏场，等到煞戏后回到自己的田里过夜。）……戏已经开锣，两边的看台上，所谓"花场"上业已坐满了妇女：絮絮不休的老太太们；沉静的坐着的少女们；喜欢指责别人的坏脾气的小姑们……（《无望村的馆主》）
>
> 人们笑语连天，哪里是在看戏，闹得比锣鼓好像更响……离得近的还看得见不挂胡子的戏子在张嘴，离得远的就连戏台那个穿红衣裳的究竟是个坤角，还是个男角也都不大看得清楚。简直是还不如看木偶戏。（《呼兰河传》）

与前述沈从文的《长河》中程序井然、不无宗教色彩的观看"社戏"的描写相比，北方小城和乡村的粗犷、素朴、放达、嘈杂便显而易见了。

沙汀：魍魉世界·"联保主任"·吃讲茶

在地方风俗画的描绘方面沙汀可谓独树一帜，他的笔下流淌着川西北穷乡僻壤的习俗况味，可是几乎找不到像孙犁、赵树理、沈从文、萧红和师陀那样的显著的地域物征,也没有多少穷乡僻壤中的奇异风俗。这是一种“透入一切”的发散式民俗。它把四川小城的闭塞、昏暗、混乱、袍哥势力的猖獗、横行、腐朽统治的凶残丑恶交织起来,用四川方言土语为我们编织了一幅“魍魉世界图”。只要看一看这个世界中的“公民”——乡伯师爷、巡官镇长、袍哥大爷、帮会头目、土豪劣绅……你便会明白这是一个光棍的地盘和乐园。这幅画面以它特有的灰色、滞重、阴森和晦暗区别于以上所有乡风民俗的挂图,却同样成了40年代乡土小说里不可多得的奇观。

沙汀用墨最多且四川风味最浓的是对两位联保主任的描摹。《在其香居茶馆里》中的方治国,既狡诈阴险,又消息灵通;得罪不起上司又惹不起土豪劣绅,同时还念念不忘发国难财,两眼墨黑见钱就拿,于是渐渐成了见虎为羊而见羊为虎的“软硬人”。而《淘金记》中的龙哥,则恰恰相反,是个漫画式的喜剧人物。他大字不识,反应迟钝,每回只能干一件事,否则便会顾此失彼,因此他又口快心直,粗野无忌,干坏事也满怀着一意孤行的“率直”。恰恰是这种没头苍蝇般的随心所欲,却在囤积居奇的生意中,与一班精干算计者不相上下,因而每每获利,可见他的一举一动与那个腐烂的社会是何等的步调一致。换言曰,国民党统治下的川西北地域已经被治成了一堆粪,而作为腐朽政权基层骨干的两种类型的联保主任恰恰是粪堆里的两类蛆虫,适得其所,游刃有余。甚至可以说:方治国和龙哥就是川西北。只有他们可以跟着感觉走,而战无不胜。——是“地域无意识”指使且支撑着他们,而沙汀的杰出之处也恰恰在于“他是从人物环境的复杂关联中,处处显示出四川的世态人情”[①]丝毫没有刻意雕凿“乡土诗意”的痕迹。

如果一定要在沙汀关于地域民俗的“隐型”描绘中寻找“显型”民俗形态的话,那么比较典型的算是“吃讲茶”的习俗。这种“麻辣烫”俱全的讲茶,是地地道道的川味,名曰吃茶评理,请实力人物调停各种纠纷,实则完全可以出言不逊甚至拳脚相加。在沙汀40年代的小说《公道》、《淘金记》,尤其是《在其香居茶馆里》里都有关于川西北“讲茶”场面的精彩描写,这种风俗近似于赵树理笔下的“吃烙饼评理”,不过地点从庙堂换成了江南乡镇的茶馆。评理的方法表面上看是从“吃烙饼”的

---

① 吴福辉:《怎样暴露黑暗》,《文学评论》1982年第5期。

“长官意志”的判决变成了自由发言的“论辩”，而实际上仍然是身份、地位、尊严就是“公理”。如《公道》中那位愚蠢而霸道的乡长，只因为当事人失口而得罪了他，他便不加思索地判人家一个无理，并说“不是吹牛的话，连这一点公道都主张错了，我也不必当这个村长了”。同时，在腐败社会的基层干部或土豪劣绅之间，真正到了关系到金钱、地位的紧要关头，——如《在其香居茶馆里》新县长“整顿兵役”的风口浪尖上——“讲茶”也起不了决定的作用。因此，这种民俗还是治民之俗，欺民之俗。但是无论公道与否，生效与否，当事人之间的慷慨陈词，强词夺理，骂骂咧咧，围观者的指指点点，推波助澜，双方谋士的出谋划策，计议安排，总免不了把一个茶馆闹得如同开锅，这在赵树理的“阎家山”一带是不大可能的。正如一位论者比较的：“吃烙饼”场面很像法庭在开庭审理案件，从格局到角色到程序，都有板有眼，煞有介事。这里的民俗属于北方土文化，“有凝重，愚钝的一面”。而“吃讲茶”尽管常常是金钱和人的关系起重要作用，“但整个过程还是突出了‘讲’的特点，民俗标志着南方的水文化，有明朗，开化的一面”。[①]

知堂先生说：“风土与住民有密切的关系。”“一国之中也可以因了地域显示一种不同的风格。”[②]正是在对于不同地域中的不同民俗的精心刻绘中，我们洞见了赵树理诙谐幽默的评书气息，沙汀老辣练达的暗下针砭，沈从文的干净雅致，孙犁的清新明丽，萧红的淳朴亲切，师陀的深沉朴厚——这些散发着乡风民俗的浓烈气息的个人风格，标志着40年代乡土文学艺术上的全面成熟。

原载《黄淮学刊(自然科学版)》1995年第2期

---

① 和振荣：《“吃讲茶”与“吃烙饼”：沙汀、赵树理笔下两种民俗文化之比较》，《晋阳学刊》1991年第4期。

② 周作人：《地方与文艺》。

试论五十至七十年代“农村题材”长篇小说

——以《三里湾》、《山乡巨变》、《创业史》为中心

萨支山

50至70年代的小说一般分为两类,即历史题材和现实题材。前者主要是讲述“革命历史”,它提供的是新的现实秩序赖以成立的合法性资源,解决“我们从哪里来”的问题。后者则大略分为“工业题材”和“农村题材”(“农业题材”),要解决的问题是“我们是谁”和“我们向哪里去”,即通过主体本质的建构来确立现实意义秩序。二者的共同点是都要在意义秩序的建构中展开某种“历史必然性”。

《三里湾》、《山乡巨变》和《创业史》(第一部),被认为是这个时期重要的、具有代表性的作品。本文要考察的,并不是它们的文学特征或美学评价,而是要通过对同一“题材”(对象)的相同或不同叙述的研究,来探讨50年代到70年代“农村题材”小说写作在批评的参与下如何逐步地建构文学的意义秩序和写作规范。

赵树理的“局限”:“问题小说”与“通俗形式”

在延安时期赵树理的写作被誉为“方向”,不过,新中国成立后文艺界就很少再提,这说明他的小说写作存在着“局限”。其中重要的一点是他将小说的“政治性”

仅仅理解为配合当前工作、解决工作中的具体问题（“问题小说”）[①]，这显然过于“狭小”，无法承担新中国成立后意识形态对文学的要求——建构和证明现实秩序的合法性。1950年，《邪不压正》受到批评，值得注意的，是批评者提出要“根据社会主义现实主义的创作原则”，“确定赵树理创作各种特色的应有的意义和前进的道路”。[②] 当然，这是委婉的说法。

《三里湾》于1953年冬动笔，1955年春写成。这是新中国第一部关于农业合作化的长篇小说，对于当代小说，它的意义还在于，它的叙事方式，以及对它的批评，都或多或少对以后其他作家的同类题材写作产生影响。它们成为影响50年代到70年代长篇小说叙事发展的一个重要因素。

《三里湾》出版后，赞扬的声音居多，不过，这并不意味他放弃了“问题小说”[③]。事实上，《三里湾》获得称赞部分地是由于“问题”（具体的题材）的“价值”，但这并不说明赵树理对“价值”就具有了深透的了解。这种“价值”是指：不仅将“合作化”看成是农村的一项具体工作，更重要的是将它看成建构现实意义秩序的一个过程。尽管赵树理选择了一个有“价值”的题材，但在叙述过程中却不能赋予题材以“价值”。所以周扬批评它缺乏“主题的鲜明性和尖锐性”，说赵树理没能表现出农民在接受了社会主义思想，所显示出来的惊人的力量。周扬将此归咎于赵树理处理正面人物时的苍白和单薄，没有表现出人物深刻的“反省”过程[④]，亦即不但要在行为上，而且还要在思想上对过去进行清算。

周扬的这种要求，在另一位批评家那里也显示出来[⑤]，他对《三里湾》的最大抱怨是：过于容易地解决了问题，“斗争”没有充分地展开就结束了。这样的批评是有认识前提的，即对形象“定性”的分类分析（批评对阻碍合作化的“形象”的“定性”分析是以“形象”的思想根源为依据的，比如，党内蜕化思想、封建思想、个体农民落后

---

① 参见赵树理：《也算经验》，《人民日报》1949年6月26日，《当前创作中的几个问题》，《火花》1959年6月号。

② 竹可羽：《再谈“关于〈邪不压正〉”》，《人民日报》1950年2月25日。

③ 参见赵树理：《当前创作中的几个问题》，《火花》1959年6月号。

④ 周扬：《建设社会主义文学的任务——在中国作家协会第二次理事会议（扩大）上的报告》，《文艺报》1956年第5、6期。

⑤ 俞林：《〈三里湾〉读后》，《人民文学》1957年7月号。

自私思想,等等)[①],批评称赞作品写出了"相当广阔的复杂斗争",也是基于这种分析。重要的不在于"形象",而在于对形象的意义(定性)分析,只有通过"定性",形象在现实中才不是偶然的,我们才能因此理解并组织现实。不过,在文本中,我们并不能看到作者也有意识对形象进行这样的分类。这里,《三里湾》提供了一个极好的例子为我们显示批评和文本的"裂隙"。这就是,文本自身提供了一种不同于批评的,对"资本主义自发势力"的分类方式,这种方式出现在小说第三章王金生的笔记本里,即"高"、"大"、"好"、"剥",这是从"物质"的角度来分类的,不同于批评的从"思想"的角度来分类。

发现这种裂隙使我们不能不从对《三里湾》的具体分析中摆脱出来来看批评,我们发现,既不是文本,也不是批评,而是被批评构造了的文本对今后同类题材的写作产生影响,这是"意义"产生的途径。在批评文章中不断出现的"应该"怎样写的"训导",正是为以后的写作提供"准则"。

另一个妨碍赵树理成为建构农村意义秩序小说家的因素,是小说采用传统评书的说故事的"通俗形式"[②]。对故事的推重,会不利于形象的塑造。这种将故事和人物对立起来的说法就"习惯"的阅读经验来说似乎确实如此。但这种说法还隐藏着这样的判断,即形象塑造要高于故事的叙述。赵树理自己也认为《三里湾》的缺点是"重事轻人"。而这就和批评所认为的社会主义现实主义,同时也是新中国文学的重要任务——塑造英雄形象不相一致。但如果就此得出结论,认为赵树理的这种注重叙述的形式妨碍形象的塑造因而使意义秩序无法建构,这样的分析就还显得表面。这里的问题是,叙述并非不能塑造人物,事实上,传统的以叙述为主的一些古典小说的人物形象同样也让人印象深刻。茅盾也还将"叙述"、"对话和小动作"(粗线条的勾勒和工笔的细描相结合)看成塑造人物的民族形式特点。[③] 如果我们承认茅盾说的有道理,那么,故事和人物、叙述和人物塑造的对立就不应存

---

① 此时的人物分类尚未发展到以后的以阶级关系作为分类标准,并且每种成分都被赋予意识形态的本质特征。但在具体分析中已初见端倪,比如论者已经建议作者可以考虑在小说中增加富农及让死去的地主"复活"等。

② 赵树理:《〈三里湾〉写作前后》,《文艺报》1955 年第 19 期。

③ 茅盾:《漫谈文学的民族形式》,《人民日报》1959 年 2 月 24 日。

在。这就和我们刚才的结论相悖。而同样糟糕的是茅盾在另一篇文章中的论述与此矛盾:“我们心目中先有一个相当清晰的人物形象而还没有完整的故事,这并不为奇;但如果已有完整的故事而人物形象还很模糊,那就得慎重地研究它的缘故。”“事实上,一定是心目中先有了呼之欲出的人物,这才组织起故事来。”[①]在此讨论论述的正确与否是困难的,文学构思言人人殊的“不可证”性使我们更倾向于将其看成一种“要求”,是“应该怎样构思”。那么,这种论述矛盾的解决就只能是,存在着另一类“特殊”的人物,一种可以而且必须是先于和超越故事才能产生的人物,而不是只有伴随着故事产生意义的人物。如果我们将故事理解为人物的行动以及行动的环境,那么这样的人物就具有控制行动及环境的能力,这种能力先在于行动和环境,并且是它们的意义来源。他不来源于故事的叙述,故事只是印证这种能力。这时候,通过外部叙述塑造形象的传统方法就会受到否弃,而“内心分析”的方法则受到推崇。事实上,人物具有“内心力量”的特征也正是50年代至70年代小说对“英雄人物”的一个基本要求。这样,我们就看到意识形态的要求是如何渗透进小说形式技巧中,并通过所谓的“文学”问题的探讨(上述茅盾论构思中的人物和故事的关系)使这种要求“文学化”、“自然化”。

与“叙述”问题相关的是《三里湾》中对“自然时序”连贯性的强调,评书形式的故事性结构是形成这种特征的原因。故事的横向拓展和纵向连贯的缝接是《三里湾》要处理的一个棘手的长篇小说的结构问题,赵树理也注意到空间的拓展在小说中是必需的,所以从第十二章到第十五章设计何科长“巡视”以及画家老梁的三幅图画来展示“空间”(现在的美好及未来的希望)。尽管赵树理比较巧妙地将此纳入具体的时间链条中,但我们仍可觉察它们和整个故事的脱节。事实上,具体的自然时序的连贯在小说中并不重要(虽然它对故事来说是重要的),因为它不一定能够揭示“意义”——历史发展的向度。所以尽管赵树理讲述了一个合作社成功的扩社过程,但是它仍然缺乏某种“普泛”的意义。这种意义在结构中表现为:将具体的时间空间化,再让空间时间(抽象)化。在50年代至70年代,对小说建构意义秩序的要求必然会贬低时间、故事的结构方式转而提倡空间乃至戏剧冲突的结构方式。

---

① 茅盾:《关于艺术的技巧》,《文艺学习》1956年第4期。

《山乡巨变》:意图和实现

与赵树理囿于"问题小说"不同,周立波是一个有志于抒写时代风云的作家。对于合作化运动来说,赵树理考虑得更多的是这种劳动组织方式给农民带来的物质性的益处,而不在于它是国家意义建构的重要内容。1955年冬毛泽东的《关于农业合作化问题》和《中国农村的社会主义高潮》的序言及按语所强调的就是合作化运动的合理性论证。这些材料可以看成合作化运动的"非虚构文本",而小说写作则是将"非虚构文本"转换为"虚构文本",所以毛泽东才会说:"这里又有一个陈学孟。在中国,这类英雄人物何止成千上万,可惜文学家们还没有去找他们。"①

周立波明白这一点,他"想把农业合作化的整个过程编织在书里",并见出"全国性的规模宏伟的运动",而其中的中心线索是"新与旧,集体主义和私有制度的深刻尖锐、但不流血的矛盾"。② 因此,小说故事的进展(从"入乡"到"成立")和合作化过程是一致的,并且还稍花笔墨写了县里的活动以显示运动的广阔背景。但是,尽管如此,周立波的企望也只得到有限度的实现。许多批评指出小说不能"充分"、"深刻"地表现这一场"伟大"的运动。其中最有代表性的是黄秋耘,他指出,虽然《山乡巨变》对合作化运动的"一系列过程都写到了,却没有充分写出农村中基本群众(贫农和下中农)对农业合作化如饥似渴的要求,也没有充分写出基本群众在党的坚强领导下,在斗争中逐步得到锻炼和提高,进一步自己解放自己,全心全意为集体事业奋斗到底的革命精神。仿佛农业合作化运动这场深刻的社会主义革命只是自上而下,自外而内地给带进了这个平静的山乡,而不是这些经历过土地改革的风暴和受到过党的教育和启发的庄稼人从无数痛苦的教训中必然得出的结论和坚决要走的道路"③。探讨合作化运动是"自上而下"还是"自下而上",探讨何者更接

① 毛泽东:《〈中国农村的社会主义高潮〉的按语》,《毛泽东选集》第5卷,人民出版社,1977年,第271页。

② 周立波:《关于〈山乡巨变〉答读者问》,《人民文学》1958年7月号。

③ 黄秋耘:《〈山乡巨变〉琐谈》,《文艺报》1961年第2期。

近“真实”是没有意义的并且也永远纠缠不清。重要的是作为现实的意义秩序的建构，它要求在展现历史发展过程中凸显出作为行动者的农民自觉的选择。正是这种自觉的选择才赋予行动者以主体的意义，而在行动者获得主体意义的同时也就建构了现实的意义，并使现实具有了合理性。

《山乡巨变》比《三里湾》“前进”一步的是对于故事和人物关系的认识。周立波认识到对于他要表现的主题来说，塑造人物要远比讲故事来得重要①。这甚至影响到了小说（特别是正篇）的结构设计，这是一种来源于中国古典小说的“串珠”式的结构方式。它的好处是能够集中篇幅塑造一个人物形象，但它不利于人物之间的联系，也不利于见出人物在整个结构中的位置。不过，既要展示合作化运动的具体过程又要塑造人物，似乎只能选择采用这种结构方式。

所以，尽管“亭面糊”、陈先晋等人的形象塑造都受到赞扬，但是局部的人物的成功和整个结构缺乏整体性的矛盾却是周立波无法解决的。而且如果从结构整体性的角度来评价，人物塑造的“成功”其价值仍是可疑的，就是说人物虽然具有充分的“个性”，但如果不能在整体结构的等级序列中寻找到自己的位置，他就仍然没有意义。因此，仅将“亭面糊”、王菊生的性格指认为“面糊”和喜剧性的狡猾；将陈大春和盛清明指认为“鲁莽”和“活泼”等气质性特征的人物塑造显然不能算“成功”。如果说这种“局限”在“亭面糊”这样意义模糊的“中间人物”身上还可以有限度地被许可，那么，在显示意义的主要载体——“英雄人物”身上，这种“局限”就无法被“原谅”了。所以当时的批评对刘雨生这个人物的塑造就颇有微词。

和小说结构、人物塑造相关的是小说的叙述者问题，具体来说就是作为外来的党的形象如何与农民形象契合。《暴风骤雨》和《山乡巨变》都有一个外来者“进入”的相似的开头，这是一个具有象征意味的场景：旧有农村秩序的破坏及重建是由外来者的进入来完成的，或者我们可以说小说的叙述是借助一个外来者的视点来完成。不过这个外来者是党的化身。显然，由于这个外来的叙述者自身强烈的意识形态的权威性质，小说的叙述无法做到完全的“客观化”和“自然化”。“亭面糊”的

---

① 周立波说：“创作《山乡巨变》时我着重考虑了人物的创造，想把农业合作化整个过程编织在书里。”参见周立波：《关于〈山乡巨变〉答读者问》，《人民文学》1958年7月号。

典型语言就是“搭帮共产党”,“政府做了主,还要我们想?”他不可能成为具有信仰和行动来源意识的主体。从某种意义上来说,这也反映了叙述者自信心的不足,他必须用意识形态的权威来干预叙事,叙事自身无法呈现为“浑圆一体”的状态。这也就是当时的批评所说的“意义”的呈现是“自上而下”的,而非“自下而上”的。

但就《山乡巨变》来说,这个外来的叙述者身份并不纯粹,她除了代表意识形态权威外,还混杂着女性细腻的视点、传统文人对田园般自然山水的喜好,以及作者在离别多年后重回故乡所显露的亲情。这样,一方面作为外来的意识形态权威的叙述者,她干预叙述,使得文本意义秩序不能以“自然化”的方式呈现;另一方面,这个叙述者又是混杂的,她在内部削弱意识形态的权威性,使文本呈现出多种“声音”,干扰“意义”的产生。所以黄秋耘才会说《山乡巨变》的思想深度和艺术成就不够“相称”,他既对小说富有诗意的带有女性“阴柔”的田园抒情风格表示赞赏,认为在艺术上较《暴风骤雨》“更为成熟和完整”,但也意识到这和“时代气息”的距离,即缺少“农村中阶级矛盾和阶级斗争的鲜明图景”,因而希望作者能抒写一点“风云之色”。[①] 事实上这对于五六十年代的农村小说来说并不仅是风格问题,而是意味着当用“农业题材”来替换“乡村小说”时,人与乡村或土地的情感关系就要被转换为政治抒情,它们被一种更为“重要”和宏大的叙事所遮蔽。

《山乡巨变》续篇比正篇迟两年出版。正篇出版后就有读者指出小说“结构显得零乱”,“缺乏一个中心线索贯穿全篇”,这实际上是要求作家以冲突关系来结构全篇,当时周立波似乎仅将此看成一个技巧问题,而不是建立文本意义秩序的关键性问题,所以他辩解说:“我以为文学的技巧必须服从于现实事实的逻辑发展。”[②] 不过,周立波在续篇的结构方面还是做了改变。邓秀梅外来的叙述主导的消失使得以冲突关系作为文本结构的基本框架成为可能。朱寨将续篇的冲突线索归纳为三条:“一是合作社与单干户王菊生之间的斗争;一是社内先进人物与落后干部谢庆元间的斗争;一是与反革命分子龚子元间的敌我矛盾。”[③]指出这一点是重要的,因为它是文本建构意义秩序的一个必要前提,人物的意义只能在这样的冲突中才

---

① 黄秋耘:《〈山乡巨变〉琐谈》,《文艺报》1961 年第 2 期。

② 周立波:《关于〈山乡巨变〉答读者问》,《人民文学》1958 年 7 月号。

③ 朱寨:《读〈山乡巨变〉续篇》,《文学评论》1960 年第 5 期。

得以建立。但意识到这种叙述规范与在写作中“圆熟”地完成它，其间仍有距离，它要求作家改变已有的思维方式来适应。这对于周立波来说显然是一个不小的挑战。

在续篇中，尽管采用了冲突的结构方式，但这种结构所要求的意义秩序却没有在文本中得到充分的呈现。朱寨在批评中将此理解为作者对“矛盾线索挖掘得不够深入”，没有看到冲突背后“深刻的社会意义”。作为个体的人，刘雨生、王菊生和谢庆元是没有意义的，能产生意义的只能是将个体纳入一定的群体之中并通过指向未来的二元冲突来达到，由此我们才能想象并建构历史和现实。在这个意义上，续篇的冲突结构的设置仍是“幼稚”的，这不但表现为三条冲突线索缺乏“内在”的联系（没有联系就无法让人物在整个结构中定位，也就无法建构现实秩序），同时也表现为冲突的喜剧性解决对二元对立的削弱（比如王菊生夫妻演的“双簧戏”和谢庆元吃水莽藤自杀的喜剧效果）。而这些也影响了续篇对刘雨生这个英雄人物的塑造，即无法从冲突中赋予人物以意义，尽管刘雨生有英雄的品质，但这种品质却无“意义”可以附丽。所以朱寨这么说：“必须有重大的矛盾和波澜——这是一部较长作品的要求。必须在重大的斗争关头完成自己的英雄形象——这是一部较长作品中正面主人公的要求。”这并不只是对《山乡巨变》的婉转批评，也是对当时小说写作的一个普遍性的要求。当然，形式要求背后显示的是意识形态的内容。

这些，是《山乡巨变》所没有达到的，但在几乎同时期的《创业史》中，柳青却完美地实现了。

《创业史》的“成功”

1947 年 7 月，柳青出版了他的第一部长篇小说《种谷记》，不过他自己并不满意[①](17)。在写作的时候，柳青没有意识到他的题材对于将要到来的新中国文学

① 柳青懊恼没有从题材中提炼出主题，“作品没有获得足够的力量”。一位同志说他：“党和人民向你这个有了一些生活经验的共产党员作家要求的，比你在《种谷记》里所给的要更多。”参见柳青：《毛泽东思想教导着我》，《人民日报》1951 年 9 月 10 日。

的重要性。这种重要性,正如几十年后的文学史著作所分析的:1947年“中国革命还处于新民主主义阶段”,但作者却已“描写了农民由个体劳动走上集体劳动的初步转变,反映了农村中社会主义萌芽,并初步展现了农村处于萌芽状态的社会主义新事物与封建旧势力之间的斗争,这在现代文学史上是第一次出现的全新课题。……最重要的是作者塑造了王加扶这个农村中刚刚出现的、具有初步社会主义理想的新人”。“《种谷记》正是起着由新民主主义文学向社会主义文学过渡的桥梁作用。”①1950年的一些批评意见,也正是在这一点上批评柳青“没有使这样的中心思想成为这个作品的主导思想内容”②。这种批评和要求对写于1947年的《种谷记》来说显然过于苛刻,但如果着眼于对新中国文学的要求,则是可以理解的。而在几年后《创业史》的写作中,它已经成为柳青非常自觉的追求了。

柳青对《创业史》创作意图的认识是非常清晰的:“《创业史》这部小说要向读者回答的是:中国农村为什么会发生社会主义革命和这次革命是怎样进行的。”③“为什么”的问题是《三里湾》和《山乡巨变》所无法提出的问题。如果套用爱·摩·福斯特的“故事”和“情节”的区别是在于因果关系的论点④,那么,《三里湾》和《山乡巨变》就还只是“故事”,而《创业史》由“为什么”到“怎么样”的回答,就使文本形成一个巨大的“情节”;而意义的产生当然离不开因果关系。尽管《三里湾》和《山乡巨变》对合作化运动在时间进程上都有全过程的表现,但由于总体的因果关系的缺乏,在合作化运动的叙述中建构意义秩序的要求就不能实现;而尽管《创业史》没有全程的描绘,只有几个空间的场面的组接,但它却能够首尾连贯,建构起文本和现实的意义秩序。

前面论及《山乡巨变》正、续篇在结构和叙述者方面存在着很大的差异。正篇是按照事件的原始时间过程来结构的,有一个外来的代表意识形态的叙述者,显然她的权威力量对叙述的干预而无法使叙述令人信服;在续篇中周立波力图有所改变,因而“放逐”了这个外来叙述者,在结构上以冲突的关系来代替原始时间进程,

① 钱理群等:《中国现代文学三十年》,上海文艺出版社,1987年,第629—630页。

② 竹可羽:《评柳青的〈种谷记〉》,《文汇报》1950年6月9日、16日。

③ 柳青:《提出几个问题来讨论》,《延河》1963年8月号。

④ 参见[英]爱·摩·福斯特:《小说面面观》,花城出版社,1986年。

但是，权威叙述者被“放逐”，就无法在文本中建立“话语等级”[①]，使冲突获得高层次的理解并被赋予建构秩序的意义。周立波陷入这样的两难之中。

这种困境在《创业史》中得到了巧妙的解决。同《山乡巨变》续篇一样，柳青也以系列的冲突关系作为小说的结构原则，这是形成意义秩序所必要的“整体性”和“未来指向”的形式保证。它受到王汶石的激赏：“农村各阶层的典型都经过作者的艺术构思，在作品里找到自己的和斗争的位置”，“可是作者柳青同志却是那么吝啬，连个工作组也没给蛤蟆村派呢！”[②]

但是，这种冲突的结构方式却只是意义产生的必要条件，它还要求有一个具有特权的权威叙述者，他建立文本阐释的话语等级，由于他的存在，我们才能在更“高”的意义上理解文本。柳青的解决办法是设置了一个历史的叙述者，他既具有权威而同时又隐藏了意识形态的性质，他将对文本的理解纳入“客观”的“历史发展”的链条之中，这样，现实意义秩序就消弭了自身意识形态性质而呈现为“客观”、“自然”的历史必然性。

> 一九二九年，就是陕西饥饿史上有名的民国十八年。阴历十月间，下了第一场雪。这时，从渭北高原漫下来拖儿带女的饥民，已经充满了下堡乡的街道。村里的庙宇、祠堂、碾房、磨棚，全被那些操着外乡口音的逃难者，不分男女塞满了。雪后的几天，下堡村的人，每天早晨都带着铲头和铁锹，去掩埋夜间倒毙在路上的无名尸首。
>
> 庄稼人啊！在那个年头遇到灾荒，就如同百草遇到黑霜一样，哪里有一点抵抗的能力呢？

这是小说题叙的开篇。一场大灾难是以类似历史纪实的方式来“拍摄”的，俯

---

① 凯瑟琳·贝尔西认为古典现实主义的一个特点是“建立故事的‘真实’的话语等级”。对文本的“高层次的可理解性则是通过文本中贯穿全文的话语等级来证实的。这种话语等级主要是借助一种能确定从属位置的特权话语来对引号里的字面或具有象征意义的所有话语发生影响”。参见[英]凯瑟琳·贝尔西《批评的实践》，中国社会科学出版社，1993年，第90—93页。

② 王汶石：《漫谈构思》，《延河》1961年第1期。

视的全景镜头和解说人充满历史感的苍凉悲愤的画外音(历史老人的声音)将读者带进小说的叙述。

于是梁三老汉草棚里的矛盾和统一,与下堡乡第五村(即蛤蟆滩)的矛盾和统一,在社会主义革命的头几年里纠缠在一起,就构成了这部"生活故事"的内容……

这样,社会主义革命这个充满意识形态意味的对现实秩序的构造就被纳入历史进程的阐释中,在被历史叙述的过程中自身也获得了历史和现实存在的合理性。所以小说里"思想教育"的描写并不同于《山乡巨变》和《三里湾》所表现的对集体劳动的物质利益的允诺,而是让高增福讲社会发展史,这个细节来自柳青的亲身经历,但在文本中它的意义更在于揭示了个体的主体建构只有在历史的观照中才成为可能。这种观照在文本中更多地表现为评论和抒情:

> 生宝感觉到:蛤蟆滩真正有势力的人,被一个新的目标吸引着。换了以他的互助组为中心,都聚集在这里。坚强的人们,来吧!梁生宝和你们同生死。共艰难!现在,他已经分明感觉到:向终南山进军的意义,是更重大了。乐观和信心来自个体在差异中对自身特性的确知,并意识到自身在一个有目的的历史中占据的位置。当梁生宝感觉到"更重大"的"意义"的时候,这意味着他已经自觉地意识到作为历史的主体肩上所承担的重负。

冲突结构的设置,历史叙述者身份的确立,其目的是为了塑造英雄人物——拥有作为信仰和行动来源的主体性的个体。在新中国文学中,这一直就是重要的任务。因为人物主体的建立同时也表现为国家主体、现实的意义秩序的建立。毛泽东明白无误地道出了这一点:遵化县的合作化运动中的王国藩就被他自豪地看作"是我们整个国家的形象"①。

正像冲突的结构必须在权威叙述者的聚焦之下才能产生文本的意义,叙述中,个体在冲突结构中要获得主体本质也必须将权威叙述者的声音灌录进个体的身体。即表现为叙述者和人物的统一,这样人物才拥有高于行动的内心力量。这直

① 毛泽东:《毛泽东选集》第五卷,人民出版社,1977年,第249页。

接影响到小说人物塑造的方式，它必须抛弃故事和外部描述的手段，而采用进入人物内心的方式。而这正是赵树理和周立波没有完成的。阎纲指出《创业史》在人物塑造方面受到列夫·托尔斯泰的“灵魂辩证法”和鲁迅的“写灵魂”的影响，并认为这“有着很现实的意义”，他借托尔斯泰的口说：“对感情细节的兴趣正确地代替了对事件本身的兴趣，这是一个新的方向。”[①]李希凡更认为《创业史》如果“不是那样广阔地展开了人物内心世界的描绘”，就“不可能把那还是在社会主义萌芽生活里的新人梁生宝的共产主义风格，描绘得那样深刻感人”。[②] 这就不仅仅是对《创业史》的人物塑造技巧的探讨，而是为当时小说的人物塑造方法做了普遍性的规范了。

叙述者的声音和人物的合一，也就是王汶石说的“主题提炼，总是通过形象，或与形象血肉相连地进行的”，是要使“思想政治倾向……成为作品的内在的力量和真正的生命”。[③] 严家炎则称之为要“化党的思想为自身血肉”[④]。不过，既然存在着“相连地进行”和“化”的过程，就表明二者仍有距离。这种要求显示了意识形态对个体的主体本质的建构要获得合理性，除了将意识形态转化为“历史权威”之外，还必须诉诸人物可理解的性格特征。

问题是，这种可理解的性格特征的内涵是什么？获得“真实性”的可理解性又从何而来？这是《创业史》出版后围绕梁生宝形象塑造而引发的一场争论的一个焦点。论争的一方是严家炎，他从艺术价值（成就）的角度认为梁生宝的形象不如梁三老汉来得立体和丰满，其原因是作者没有“紧紧扣住”“农民的气质”。[⑤] 严家炎将此归结为作家的生活根基还不够“丰厚”。但这种解释并不能令人信服。在这里，我想说的是当我们发现这不是单一的而是普遍的现象，即几乎在所有的五六十年代“农村题材”小说中，像“农民”的，具有“农民气质”的人物形象都不属于“理想人物”，而都是像马多寿、亭面糊、梁三老汉这样的老一辈农民；并且这些作家几乎无一例外都具有丰厚的农村经验时，我们要考虑的可能是，为什么是后者而不是前

① 阎纲：《史诗——〈创业史〉》，《延河》1979 年第 3 期。
② 李希凡：《漫谈〈创业史〉的思想和艺术》，《文艺报》1960 年 17—18 期合刊。
③ 王汶石：《漫谈构思》，《延河》1961 年第 1 期。
④ 严家炎：《梁生宝形象和英雄人物创造问题》，《文学评论》1964 年第 4 期。
⑤ 严家炎：《关于梁生宝形象》，《文学评论》1963 年第 3 期。

者被我们指认为更真实的农民？换言之，即我们是怎样想象农民的？这显然是一个容易提出而不易解决的复杂问题。但就文学想象来说，我们在老一辈农民形象身上能够看见他们和现代文学中的阿Q、老通宝等有着诸多的相似和联系，因而与其说这种可理解的"真实性"来源于生活，不如说是认同于某种文学传统中对农民本质的一种意义构造。正是这种构造形成了我们可理解的关于农民的"性格、身份、思想、文化"等特征。它们左右着我们对农民的想象，并使我们觉得确实如此和真实自然。严家炎艺术价值的尺度在很大程度上也是来源于这种传统，因而他才得出梁生宝形象塑造存在"三多三不足"的结论①。张钟在反驳文章中就指出严家炎之所以"怀疑这个人物(指梁生宝)的思想水平和政治头脑，怀疑这个人物的灵敏的政治眼光和理论水平，怀疑这个人物发现生活中平凡事件的深刻意义的可能性"，是因为他"用一个并不恰当的艺术标准套在新人物的身上"。② 并指出这种艺术标准并不是"一成不变"的，这其实已经隐隐涉及了艺术标准背后的话语性质。

争论的另一方则将梁生宝的性格特征阐释为"有明确的社会主义自觉性和坚定的革命精神"的"革命新人"。③ 姚文元将阿Q、朱老忠、梁生宝这三个人物看成具有历史目的发展过程的三个标志④，这既表明了梁生宝的新本质和阿Q、朱老忠的具有质的不同，同时也为梁生宝本质的确立提供了历史的合法性前提。"旧农民"和"新农民"这两个概念的区分意味着两种话语的转换和新的主体本质开始建立，"新农民"形象同时也是"整个国家的形象"，意味着这也是文学中新国家的主体本质和现实意义秩序的建立。不过，以往的文学传统仍不可漠视。就像人们尽管承认梁生宝新本质的存在，但还无法将这种存在视为"自然"，还要诉诸合理性的证明一样，新的文学想象由于缺乏历史的累积还难以将自身的文学经验沉淀为"惯例"和阅读期待并进而形成新的"传统"。这也表明建构是一个艰难的过程并且还没有最后完成，如果"完成"不仅是指观念和写作的自觉，更是指阅读接受的自然、自觉的话。不过，就《创业史》的写作来说，它在总体上是完成了意识形态对新中国文学

① "写理念活动多，性格刻划不足；外围烘托多，放在冲突中表现不足；抒情讨论多，客观描绘不足。"见严家炎：《关于梁生宝形象》，《文学评论》1963年第3期。

② 张钟：《梁生宝形象的性格内容与艺术表现——与严家炎同志商榷》，《文学评论》1964年第3期。

③ 张钟：《梁生宝形象的性格内容与艺术表现——与严家炎同志商榷》，《文学评论》1964年第3期。

④ 载《上海文学》1961年第1期。

长久的期盼，这里的总体不但是指“主题”的提炼、“英雄人物”的塑造，更是指形式的寻找，一种并不只属于某个作家的个别形式，而是属于某一时期文学的带有普遍性形式的寻找。我们也正是在这个意义上说《创业史》是“成功的”。

《创业史》之后以合作化为题材的长篇小说中，有影响的应该是出版于 1964 年的《艳阳天》(第二、三卷出版时间为 1966 年)，《艳阳天》在总体上可以说是以前同类题材小说，特别是《创业史》的一个修订本或综合本。50 年代到 70 年代作家经常对文本进行不断修订，最终的结果是以抹杀作家的个性为代价获得意识形态的许可，这是一个作家对自己文本的修改，同样我们也可以将《三里湾》、《山乡巨变》、《创业史》和《艳阳天》看作一个隐身作家(无个性的意识形态性质)对自己一部作品(只不过是作品的名字不同)的不断修订。在《创业史》阶段，这个文本的主体框架已具规模，《艳阳天》则是延续并强化这种模式。柳青在小说卷首的题辞是“创业难……”这个省略号正是《艳阳天》的内容“守业更难”。这不仅可以理解为《创业史》是对现实意义秩序的建构，《艳阳天》是强化和巩固这个意义秩序，更可以理解为写作方式的创业与守成。

原载《文学评论》2001 年第 3 期

新时期乡土小说的递嬗演进

丁 帆 徐兆淮

一

当我们将1985年的“寻根”运动的文化心理结构进行仔细慎重的厘定之后，倘使我们不带有任何偏激情绪的话，便可惊讶地发现这样一个奇迹——中国乡土文学面临着一个向世界文学挑战的新起点！

正如李庆西在剖析韩少功的“寻根”代表作《爸爸爸》时所说的那样：“它打破了传统小说的全知观点。关于这一点应加以说明的是，韩少功并非从角度、视点的意义上否定艺术世界的主体性，即是说，他考虑的并非表现的功能，而是强调主体认识的有限性。这一点，至少比法国‘新小说’派和其他一些西方现代作家来得高明。”①诚然，在人类进入先进技术世界时，反而对宇宙的认识更加谨慎了，那未知世界仿佛是一个巨大的魔团，对比出人类思维的局限性。而韩少功所采用的“舍弃”法是一个充满着新鲜的哲学意识的思维结晶。中国乡土文学正是在哲学意识强化的过程中，通过“寻根”的运动，把自身送进了一个更高的审美层次。它比中国

---

① 李庆西：《说〈爸爸爸〉》，《读书》1986年第3期。

乡土文学的前两个阶段（“五四”时期至30年代，50年代至80年代初），有着不可忽视的突破性发展。

有人认为：“从低海拔起飞的中国当代文学目前所发动的‘寻根’运动，明显偏离了人类文化和世界文学的一般进化方向。”[①]且不说艺术发展有无规范的模式可循，仅就中国当代文学中的乡土文学发展轨迹来看，这次“寻根”运动无疑是对中国历史文化心理结构的一次大调整。这种对“寻根”运动表示轻蔑与不屑的论者，同时对乡土文学也嗤之以鼻。他们把城市文学与乡土文学对立起来，认为工业技术文明应当“拂去”超稳定结构的自然形态的乡土文学，而确立城市文学的正宗地位。“旧城区在推土机前倾圮崩溃，林立的钢架和楼群向乡野伸出逼仄的炮膛，它预示着两种文明和文化的生死决战。”[②]企图在中国的土地上消灭乡土文学，这不能不说是一种幼稚可笑的论断。论者也不能不面对1985年的创作实践，承认作家们在对中国乡土文学作出严肃选择后所取得的重大成就和对城市文学的冷落。究其原因，我们认为，深厚的历史积淀包孕着中国民族性的两极，而这种积淀的“历史性”只有在乡土文学这只躯壳中才能得以深刻的体现；而这种历史的积淀愈深愈冥顽，在现代文明的冲击下，愈显示出强烈的反差和巨大的落差。作家如没有一个强烈的哲学意识来统摄形象，则不可能成为乡土文学的佼佼者。用李泽厚的论断来说，就是：“中国的现代化进程既要求根本改变经济政治文化的传统面貌，又仍然需要保存传统中有生命力的合理东西。没有后者，前者不可能成功；没有前者，后者即成为枷锁。”[③]在民族文化心理结构的框架中去反射乡土文学与城市文学的内在变化，这才是中国当代文学不可缺少的两翼。

当然，简单地把以《爸爸爸》为代表的“寻根文学”看成对以《你别无选择》为代表的“横移文学”（恕我们生造）的反拨，也是不合适的。但至少“寻根文学”派们对其平面的、空旷地表现人生远远不满足了，他们要追寻人生历史的“根性”。我们认为这种追寻是作家们有意无意地把自己容纳在乡土文学这棵参天大树之中，不再满足于再现树叶、树枝、树干的真实面貌了。他们想从“根”的解剖中来窥视表现出

---

① 朱大可：《半个当代文学和它的另半个》，《文论报》1986年4月11日第3版。

② 朱大可：《半个当代文学和它的另半个》，《文论报》1986年4月11日第3版。

③ 李泽厚：《中国古代思想史论》，人民出版社，1985年。

这棵大树生长的全貌,来挖掘更深刻的历史内涵,从而扼住大树的精灵,来照耀着现实的路。那种把乡土文学的递嬗和演进归结为“某类反城市的地理学和伦理学在一片‘寻根’声中悠然显现。过剩的历史意识和乡土意识绵绵不绝地从脑皮质的记忆细胞群间涌泻而出,支配了作家的审美操作程序”。“这是价值的退化和表象时间反演的出色例证,它表明某种文化惰性可能是乡土(或边塞)意象的搜索引动的主要心理背景,这种品质猥琐的惰性借助审美表象获得超度与合理化。浸润于国民性圣水之中的当代文学,因此便暴露出了它的可爱的劣根性。”这不能不说是对中国乡土文学采取的虚无主义态度。论者只是看到了它的表层意识,而根本忽略了作者深层意识的开掘和对民族文化心理结构总体意向的把握,忽略了现代文明在这种“内结构”之中的冲突和衍化。也就根本忽略了这种“总体历史观”对现实的指导意义。同样,论者所说的正宗的城市文学的“变体”(趋向于乡土文学的“价值判断的精神分裂”状态)亦正是这种“内结构”在冲突中的自我调节。它渴望在历史的文化状态中找到前行的目标。

无疑,乡土文学处在时代的交叉点上,它应该也必须在历史和现实的契合点上去寻找新的运行轨迹——它不仅在思想上有着更深刻的启悟,而且在艺术上亦有更新的探求。“寻根”派们并不囿于民族文化心理纵向的开掘,更重要的是对于外来文化的横向借鉴,使两种文化在冲突和消长中达到交融,升华成为新的文化心理重新组合建构的新鲜活跃的再生细胞组织。也就是完成人们从“五四”以来就梦寐以求的国民性改造大计。把中国文化放在世界文化的参照系中进行平衡,使两者在演化中互渗、互补、互融而成为一个崭新的有机的整体文化系统。

二

随着生活观念和艺术观念的演变,作家们在创作中的“自我意识”的强化、个体精神的凸现造成了风格的排他性。也就是说,小说流派的形成已趋于分化解体,几十年来人们期冀出现或即将形成的中国乡土小说流派,如“荷花淀”派和“山药蛋”派的进一步完善和发展似乎已成为幻影;而前两年异军突起的“湘军”亦在高涨的创作潮流中分化；"京派"小说群更是各呈异彩……所有这些都清楚地表明：时代已不需要在一种创作模式和创作风格下进行生产了，流派逐渐蜕化，取而代之的是强烈个性意识的主体性创作。这个时代产生不出流派，也不需要产生流派。它只冀望产生"巨人"。

考察"寻根"文学的创作实践，可以看到它们之间在艺术风格上所不能互相交融的现象。《爸爸爸》也好，《异乡异闻》系列也好，"葛川江"系列也好，"商州"系列也好，《老井》、《小鲍庄》也好……我们虽然可以看到它们在民族文化的历史积淀的揭示上有着相同点，然而，在艺术风格上却毫不雷同。同样是"土"的结构，但就各自的艺术视点和具体手法上来说却是不同的，同样被称为"文化"小说，但作家各自阐释出的审美观照却是相异的。

《爸爸爸》可说是破坏了韩少功自己正统"湘军"的形象，作品一反《西望茅草地》和《风吹唢呐声》式的审美观念，众采象征主义（包括神秘主义在内）、黑色幽默等现代主义艺术手法，用"土"得出奇的内容和语言，创造了多视角的主体性的艺术世界，也完成了韩少功新的创作"自我"形象。同时，更不应该忽视的是，韩少功的这次关键性的审美观念的突破，彻底地打破了"湘军"有可能在同一艺术风格轨迹上运行的理想。如果说何立伟在这之前只是在艺术风格和形式上稍有叛变的话——从再现向表现靠拢，从情节向情绪衍化。那么，韩少功的此次"壮举"，可说是对"湘军"的一次严肃的背叛。他不仅展示出一个有多层意识的"空阔而神秘的世界"，而且呈现出一个"使小说的时空含义及其整个美学精神超越它自身的天地"的艺术境界。这就使得"湘军"在这艺术大潮的冲击下由此分岔。可以说，韩少功的这次大跳跃不仅是创作界的一次深邃的审美艺术思考，同时也应唤起批评界的一次觉醒。我们不能再作陈旧死板的定向性思维了，只有作多维的思考，才不至于把作家与作品圈在一个狭小的艺术天地里玩味。当然，我们不可否认"湘军"在新时期乡土小说创作中的中坚作用，莫应丰、古华、叶蔚林、孙健忠、彭见明、刘舰平、何立伟、叶之臻、吴雪恼、贺晓彤、钟铁夫、蒋子丹、肖建国……这蔚为壮观的阵容几乎有独霸南方之势。他们中间有许多风格相近或酷似之处。但事实证明，谁陷进了同一风格的框架中，谁就首先获得艺术的窒息。诚然，80年代初叱咤文坛的那一茬作家至今仍旧写出了许多有生命力的好作品，不仅于此，"湘军"中亦有新生力量的崛起,诸如孙健忠的《醉乡》、杨克祥的《玉河十八滩》则是很令人瞩目的有丰富时代和思维内蕴的风俗画小说。但我们不得不意识到,这些拥挤在同一风格胡同里的创作群体虽然创作出了许多可读性很强的作品,但他们中间毕竟还看不出能产生大家的表征。而且,我们相信,随着时代艺术观念的演进,他们将面临全面的解体,最终各奔前程。只有在哲学上补充进当代意识和在艺术上进行突破性的发展——个性创作意识得以充分发挥,作家们才能走进真正的艺术王国,获得辉煌的成就。

"京派"之中能否形成正宗的乡土文学流派呢?这是刘绍棠期冀和人们热望着的。但经过几番艺术浪潮的洗礼,事实证明,林斤澜的艺术"变调"致使"荷花淀"早已解体,而汪曾祺又"另立门户"。新的大旗下又无出色的作品支撑着。无疑,"京郊"派乡土小说正处在一个危机时代,它始终进入不了创作的前列。而整个实力雄厚的"京派"之中,乖觉明智的作家们都在个体的创造中改变着自己,试图以此来影响文坛。郑万隆一改"当代青年三部曲"式的写法,《老棒子酒馆》等和《异乡异闻》系列是他突破自我封锁线的一次重大战役。在深沉的历史积淀意识的包裹物中显示出作者对国民性的鞭挞之深切、对人性忧患意识的裸露,这是他以前作品所不能企及的。作者在"寻根"中找到的不仅是思想内容的深化,更重要的是他找到了最适合表现这种思想的多元艺术世界。郑万隆似乎很清醒地把自己划出任何流派,使自己成为一个个性意识强烈的创作"个体户"。张承志的小说历来被誉为新时期小说中最有民族风格和最有风土人情的楷模。可从他创作的几个阶段来看:《骑手为什么歌唱母亲》→《黑骏马》→《北方的河》→《黄泥小屋》,他是在不断地打破自己的艺术风格,可以这样说,《黄泥小屋》则是张承志小说创作的又一转折点,而这个转捩中,渗透着作者审美观念的变革。这部中篇小说试图以人物主体性加象征的艺术手法来创造出一种新的艺术风格。试图打破"正调"式小说的艺术结构(用巴赫金的"人物主体性"理论来渗透自己的创作),使小说的主人公不只是作家意识的客体,也是自我意识的主体。而且,小说的整体象征的意蕴为我们提供了极大的艺术思维的多维空间。这不能不说是张承志的一次审美艺术观念的飞跃。当然,使用这种"人物主体性"的艺术手法者还有人在。《中国作家》1986 年第二期刊载了陈源斌(恕我们对这个作家还不了解)的《红菱角》,这部中篇亦是一篇既有客体又有主体的二元艺术世界。笔力之雄健老到可见一斑。这些作家不把自己困于一种创作模式中，况且自信力很强，突破别人，亦突破自己，不凝滞在一种风格的模式中。

作为当今呼声最高的“中国西部文学”(包括戏剧、电影、报告文学、小说等在内的多种样式的文学)，就其小说创作来看(当然他们把张承志的《北方的河》之类的作品亦归纳在内)，虽然存在着相同或相近的异域风味，如《清凌凌的黄河水》、《麦客》等作品则是相当成熟的中国乡土文学的小说范型。然而谁也没有认为他们能够成为中国乡土文学流派的一翼。作为整个“西部文学”，这些作品可能显示出自身的美学力量，但就单个的作品来说，它们毕竟只是停留在一个缺乏巨人意识、缺乏突破审美观念之气魄的档次上。张贤亮的小说虽有十足的西部泥土气息，但他的创作个性极强，突破了一般的规范，获得了令人瞩目的地位。《绿化树》和《男人的一半是女人》则是个体创作意识的结晶。但他在突破自己风格模式上的努力甚少。

缺乏“巨人”意识这一致命弱点同时也成为窒息“山药蛋”派的艺术发展的“死之地带”。可以说，今天山西并不缺乏像赵树理那样有深厚艺术和语言功底的作家。但这批作家把自身置于一个封闭状态进行创作，不能站在更高层次用当代意识去观照艺术审美对象，酿成了一种超稳定的自戕力。这一点，即使赵树理活到今天亦难逃厄运。倘使我们仍旧促使他们在一种风格的模式下进行艺术的摹仿而不开拓他们的思维空间，促使他们分化，建立创作的个体意识和个体风范，恐怕在“山药蛋”派艺术风格的阴影笼罩下，这批作家的作品将会蜕变成“化石”，爆发不出任何艺术的“火花”来。企图从这一“死亡地带”突围出来的是郑义，他的小说《远村》和《老井》是一种“文化小说”的尝试，他也试图在“寻根”运动中寻找到自己的个性位置而区别于他人。

相对来说，陕西的一大批作家之中之所以能冒出像贾平凹、路遥、陈忠实等令人瞩目的作家，就根本原因来说，他们没有提出建立流派的口号，而是尊重个体性的创作思维，提倡开放式的而不是封闭式的文学观念。正如路遥所说：“每一个作家都是一个独立的天地，谁也代替不了谁。”[①]而贾平凹之所以成为新时期乡土小

① 《增强拓宽意识　推进长篇创作——陕西长篇小说创作促进座谈会纪要》，《小说评论》1985 年第 6 期。

说创作的领衔人物,其根本原因就在于他不断地修正“自我”的审美艺术观念,从哲学意识的不断强化和艺术形式的不断衍变中(他甚至摹仿略萨的结构现实主义的手法写了小长篇《商州》)获得使自己立于不败之地的良好创作心态。他不想也不能作陕西创作群体中的流派先行者。如是这样,贾平凹就等于消灭了自己而趋向创作风格的僵死。这一点贾平凹当是很清醒的:“从内容到形式要有自己的一套,有自己的一套哲学思考和艺术形式。”①

因此,任何指望在中国文学领域里尤其是乡土文学中形成流派的理想,看来已被时代艺术观念的大潮所吞噬,代之以希冀出现的应是“巨人”的时代。那种希望文学流派运动通过“最优化选择”而“达到最适宜的有序状态”②终究不能拯救流派在这个时代的消亡。那种自觉的“群体意识”只能是戕害和阻碍“巨人”成长与乡土文学发展的反动力。

随着个体意识在创作中的强化,作家们在主体性的创作过程中往往遇到的困惑是滞粘在自己创作风格的模式之中而进行固定不变的“标准化”生产。这种程式化的生产是风格固定而导致的,但于艺术创作,风格的固定便标示着创作生命力的枯竭。风格只能在运动中才能获得永恒的生命力。因此,向“自我”进攻,甚至向处在感觉良好的艺术创作心态进行多维的再生思考,则是个性意识创作不断演进拓展的必要手段。总之,这种个性意识的创作同时应是“排我性”的,这个“我”是“旧我”,即在排除“旧我”中实现审美意识的递嬗,建设一个“新我”,使“我”在不断更新中进行超越性的突破,获得艺术创作中的真正“自我”。没有审美意识的变化而把自己固定在某种艺术风格模式之中的作家,最后的结局肯定是悲剧性的。在这个文学审美意识不断涌进的时代里,读者审美心理的周期甚短,后浪推着前浪,稍有疏忽,便赶不上审美需求,于是一些作家很快就会被艺术的浪潮所淹没,成为昙花一现的“历史人物”。

当今活跃在文坛的一些有所作为的作家,无不是在审美意识的不断递嬗中来维持着自己创作的生命力的。就乡土小说创作来说,贾平凹、张承志、韩少功、郑万

---

① 《增强拓宽意识 推进长篇创作》,《小说评论》1985年第6期。

② 张志忠:《论中国当代文学流派》,《中国社会科学》1985年第5期。

隆、李杭育、林斤澜等是在艺术风格变化中不断地获得声誉的。然而，我们亦不得不提醒那些曾经红极一时的从事乡土小说创作的作家的注意，倘使他们仍滞留在固定艺术风格模式生产的艺术“死亡地带”彷徨，即将到来的审美艺术大潮将会无情地把他们冲进荒漠的沙滩上。假若王兆军仍沉湎于“葬礼”的哀婉固定风格中，假若汪曾祺仍留恋着如诗如画的记叙风格体，假若“湘军”的诸位们……那么他们——曾为文坛一时风骚的优秀作家——同样也不能逃脱这种审美大潮冲击而趋于衰亡之命运的。

三

几乎每一部新时期的乡土小说都浸润着风俗画的浓墨重彩，有人把它说成“文化小说”，则是因为它们总是通过风俗人情的描写来透视出民族文化心理的积淀。人们已不约而同地意识到：乡土文学成败的重要标志便取决于具有地域性的风俗画描写是否能取悦于读者。严家炎认为：20 年代乡土小说在鲁迅、周作人兄弟二人的共同倡导下，形成了共同的特色。其中“在风俗画这方面，乡土小说取得了相当高的成就”①。他把风俗画分为两种：“一种写的是很野蛮落后的陈规陋习。”“另一类风俗画，写的是一般传统的风俗习惯，虽然落后但不一定野蛮不人道。”“这些作品加在一起，成为了解那个时期中国农村经济、政治、思想、文化各方面形象的史料，除了美学价值以外，还具有现实主义作品特有的认识价值。”②那么，一九八五年出现在“寻根”文学运动中的一批充满着蛮荒悲凉的风俗画作品，被有些人指责贬斥为远离时代精神、颂扬原始人性的劣作，确乎有些冤枉。无论是韩少功的《爸爸爸》、贾平凹的“商州”系列，还是李杭育的“葛川江”系列，绝非马克思嘲笑过的那种“留恋原始的圆满”，恰恰相反，他们在充满着蛮荒的异域情调的作品表层油彩的背后，融进了鲜明的当代意识，以此去统摄把握人物，形成了作品内在的隐性的强

---

① 《中国现代小说流派鸟瞰（一）》，《文艺报》1986 年 3 月 22 日第 3 版。

② 《中国现代小说流派鸟瞰（一）》，《文艺报》1986 年 3 月 22 日第 3 版。

大主体冲击力。即使宣称“文化断裂带”的一些作家们的作品,也仍然是在钩沉民族文化心理积淀的过程中,以强烈的当代意识去衡量审视作品的。他们的理论与创作实践是相悖的。阿城的《棋王》、郑义的《老井》不是在渗透着鲜明的当代哲学意识时,在历史和现实的撞击点上寻觅着未来的答案吗?正如雷达所说:“作家主体意识的开放和丰富,它的力求涵纳更多新的内容,使得很多人表现出比以往更浓厚的对文化背景的兴趣,对民族心理的更深入的探求,对人性的沉思,对所谓‘国民性’的研讨。等等。这不是逃避现实。而是试图用当代审美意识对传统重新理解。”“神秘的外壳里包藏着哲理意识,民族生活形式里寄寓着现代观念。”①因此,新时期乡土小说发展到今天,不仅要求作家在描写风俗画的同时融进深邃新鲜的思想内容和哲学观念,更重要的是须有贯注于整个作品的高层建筑式的当代意识气韵。当然,这种气韵并不是直露的,而是含蓄的,甚至是带有神秘色彩的——主体意识被有机地融化在客观的描述之中,形成一种质的元素。所以,它往往会引起许多人的误解——他们只看到客观描写的风俗画的原生状态,而未看到力透于画背的一种哲学意识、一种审美观照的创举、一种恢宏气度的熔铸……

一九八五年是中国理论爆炸的年代,而创作界一些有头脑的青年作家逐渐清醒地认识到,从创作中的不自觉、无意识的闭锁理论状态中跳出来,接受理论和哲学的熏陶,从而把自己的创作置身于自觉的有意识的开放理论的指导统摄下,这才具有当代作家的一切中外艺术的“同化力”和“可溶性”。因此,他们试图在中国古老的乡土文学体的广袤土壤中进行艺术形式的嫁接培植,使之开出更鲜艳夺目的奇葩异卉。这种在传统文学观念和西方文学观念坐标系中取零点而同时向前推进渗透的尝试,则给他们的作品带来了扑朔迷离的神秘色彩,拉丁美洲“爆炸后文学”、法国“新小说派”等流派的影响尤为突出。一方面,他们的作品是土得不能再土、风俗化至极的乡土文学;另一方面,他们的作品很少有读者能够破译,似乎造成了一种背景淡化、远离尘世的艺术效果。究竟怎么看这类作品,我们以为这是解释“寻根文学”究竟在中国乡土文学的发展中所占有的地位的一个关键环节。

我们认为,“寻根文学”作品只是在艺术技巧上吸收借鉴了国外的一些长处,但

---

① 雷达:《主体意识的强化》,《人民文学》1986年第1期。

所反映出的内涵是积极的、深刻的。

我们不得不承认《爸爸爸》受到了“魔幻现实主义”艺术手法的影响。打破生与死、人与鬼的界限，打破时空界限，吸收欧美现代派时序颠倒、多角度叙述、幻觉与现实交错等艺术手法，这也是《爸爸爸》所运用的艺术技巧。也许韩少功从“魔幻现实主义”的定义——“变现实为幻想而又不使其失真”中受到了某种启迪吧。他要表现出那种深厚的民族心理积淀——这种已经繁衍成世代因袭的“集体无意识”像沉重的十字架背负在我们民族的脊梁上——而这种积淀却又是旧有的现实主义的手法不能予以传神的再现的。“这里有一种意象，或如说是一种人生的象征。”“说到底，鸡头寨村民对丙崽的观照，乃是人的自我观照。我们面前的这个丙崽，恰如对象化的世态人心。”[①]所有这些，李庆西在《说〈爸爸爸〉》一文中作了非常精当的破译。这种创作动机如果用韩少功写《西望茅草地》、《风吹唢呐声》时的手法来进行构造，其艺术效果肯定不如现在。我们知道，作者需要表现的是一种不易被人所觉察的民族根性，也就是鲁迅先生一直呐喊着要引起注意、提请疗救的国民性。这种国民性有极大的隐蔽性，已形成了坚固无比的“集体无意识”。因此，作者为之蒙上一层神秘的雾霭。“一方面是对‘夷蛮山地’奇异的自然景象以及风物、风俗大胆描述，而描述中又糅进了某些神话传说；另一方面则是背景的模糊和某些细节处理上的语焉不详。”[②]我们认为，背景的淡化或漂移，则是作者在描写文化心理积淀时的自觉要求，作者企图表现的是经过历史大潮冲击后渐渐渗透寄植在我们民族心灵深处的文化心理状态。如果仅用直陈式的现实主义手法，远不能造成这种与内容相适应的强烈艺术氛围的。出于此，作者只有借助于新的表现手法来加大作品的容量，尽量拓宽作品的艺术空间，使读者在许多空白处找到自己对人生的应有答案，希望读者中间能产生一千个哈姆莱特、一万个哈姆莱特。当然，也希望产生出一个最杰出的哈姆莱特来。

也许我们在《爸爸爸》中还能找到“新小说派”的影子。如“穿插”、“复现”、“设迷”、“跳跃”、“镶嵌”等艺术手法的运用在作品中屡见不鲜。但这些，都是为着作者

---

① 李庆西：《说〈爸爸爸〉》，《读书》1986 年第 3 期。

② 李庆西：《说〈爸爸爸〉》，《读书》1986 年第 3 期。

要表现几千年来封建古国封闭的冥顽思想而设置的。如果说“新小说派”对文学的反动在于它贬斥小说的社会意义的话,那么,《爸爸爸》绝非纯形式主义的艺术雕琢。我们可以在一鳞半爪、凌乱不堪的事物中寻觅到有整体价值的社会思想内容。而且,其思想内涵愈隐蔽就愈显其深刻,愈使人感到作品的穿透力之甚,就愈能开启人们对人生的顿悟和对艺术的感知能力。所有这些,不能不说是大大丰富了乡土小说的表现力。

同样,在贾平凹的作品里,你可以看到结构现实主义的影子;在郑万隆的作品里,你可以看到早期象征主义和现代派手法的多重复合;在阿城的作品中(尤其是《遍地风流》)也不无“黑色幽默”式的调侃揶揄情调和新的艺术变奏;在莫言的《透明的红萝卜》里,你亦可体味到荒诞派韵味;在吴若增的“蔡庄”系列中,你可看到象征主义的魔力……但所有这些艺术手法的借鉴并不影响这些作品成为典型的乡土小说。我们以为它们至少保持着乡土文学的两个重要元素:一是充满着“异域情调”的风俗画艺术氛围;二是深刻的民族文化心理的揭橥成为作品稳固的精神内核。前者可用郑义的话来阐释:“作品是否文学,主要视作品能否进入民族文化。不能进入民族文化的,再热闹,亦是一时,所依持的,只怕还是非文学因素。”[①]我们认为他所说的“文化”是较抽象的,倘使将此形象化一些,这就是风俗画的艺术氛围是文学作品得以苟活的生命力。后者可用鲍昌的话加以阐释:“典型的‘寻根’作品,是向历史纵深的艺术回归……它是一个民族心理的沉重负载,一个生死攸关的时代象征。”[②]也就是说,这些作品在乡土文学的文化岩层中开掘出来的并不是“化石”意义的“死胎”,而是返照折射着我们时代和现代人心理的强烈折光,于是这些“活化石”便成为“镜子”意义的“产儿”。如果不能看到这一层,整个作品的社会价值就会贬值,甚至出现与作者创作初衷的哲学意识相悖逆的结论。即使是反对建立乡土文学体和嘲笑“寻根文学”的人,只要他看到了这一层次,也就不得不承认这些作品所具有的积极意义的思想内涵:“然而文学同时又在意绪层次里显示它的批判特征。使陈旧历史表象有着某种现代情绪和脉络,那些小鲍庄和鸡尾寨在哲学

① 郑义:《跨越文化的断裂带》,《文艺报》1985年7月13日第3版。

② 鲍昌:《1985:全方位、多样化文学的繁荣》,《文艺报》1985年12月28日第2版。

化的超越意识中螺旋上升，幽美的乡土表象在理性空间里黯淡为丑陋的骷髅，它无言地诉说着关于民族命运的神秘可怖的寓言。它也确乎蕴含着对中国农业社区的国民性的痛苦批判。”①

从目前的创作来看，乡土小说主要是在两种形式和层次上同时并进的，作家们在描摹风俗画的艺术氛围中展示着自己无尽的艺术才华，令人刮目。除前文所提及的以外，像朱小平（《桑树坪记事》）、史铁生（《插队的故事》）、张宇（《活鬼》）、张炜（《秋天的愤怒》）、赵本夫（《绝唱》等）、映泉（《桃花湾的娘儿们》）、潮清（“单家桥”系列），肖于（《记得有条瓦锅锅河》）……真可谓洋洋大观，不胜枚举。而另一小部分乡土小说作家（主要是“寻根”派作家）却企图以新的审美观念和“横移”过来的艺术技巧对传统进行改造。他们的“手法是新的，氛围是土的”②。我们以为后者虽然带有探索的冒险性，然而，它却是开辟新乡土文学未知领域，使之在中国文学内得有恒长的生命力的催化剂。即使有失败之处，也不应报以嘲笑与鞭笞。

四

中国乡土文学面临着危机吗？随着新技术革命浪潮的冲击，有人担心它的前景黯淡。更有人预言乡土文学终究要走向消亡，而被城市文学所替代。“城市文学推开良田美池，推开原野阡陌，推开西部石窟神秘山脊，推开周易八卦巴楚诡气，然后踉跄着站起，一个孤寂而愤怒的亮相。它将不再是经典的地理学概念，而是一台城市文化心理和情绪的示波器，一座技术和货币异化的现象库，一个现代青年审美意识的巨型反应堆，一份赖以实现民族和历史的自我批判的白皮书。”③我们的乡土文学会向隅而泣吗？不！这绝不可能！世界上只要还有泥土存在，只要人们赖以生存的还主要是靠农作物，那么乡土文学就不会消亡。更重要的，是你可以推开良田美池，推开原野阡陌……但你永远割不断民族文化的内在联系；你可以建立现

① 朱大可：《半个当代文学和它的另半个》，《文论报》1986年4月11日第3版。

② 鲍昌：《1985：全方位、多样化文学的繁荣》，《文艺报》1985年12月28日第2版。

③ 朱大可：《半个当代文学和它的另半个》，《文论报》1986年4月11日第3版。

代青年审美意识的巨型反应堆,你可以对民族和历史进行反省和批判,但你绝不是在民族文化的废墟上建立起理想的金字塔。想割断历史的沿革,那是一种幼稚的幻想。正如在许多优秀的乡土小说中反映出的不同乡土观念的情景一样,人们(包括作家)已经意识到了这股强大的时代气流给人们带来的两种情绪,那种《人生》中所显示出的"只有扎根乡土才能活人"的生活观念确实会引起现代人的逆反心理。而《老井》中所呈示出的两种观念在搏击中同步发展的迹象则又使得人们的心理得以平衡,但这不是简单的"怀旧"情绪。我们并不否认,现代意识打破了自然经济的"生态平衡",它不仅仅带来了物质的文明,更重要的是它改变着我们的民族历史文化心理。乡土观念的强化与弱化必然在时代的更替中、在新一代与老一代的精神搏斗中形成悲剧,这个悲剧则是我们这个改革时代在蝉蜕分娩中的痛苦,唯有痛苦,时代方能前进。那么,反映这个尖锐的对立,揭示出两种文化心理的冲突,则是乡土文学肩负的时代使命。至于将来这两种生活对立的消长和这两种文化心理的起伏究竟如何变化,是难以预卜的。但有一点我们可以相信,只要地球尚存在,人类还未消亡,这种在运动中变化着的乡土观念永远是存在的,也许它会不断注进新的审美内容,但绝非混同于高楼林立的城市文学,它更多的"是向历史纵深的艺术回归"①。

由此看来,蛮荒神秘的山林,田园牧歌式的生活,野性而纯朴的风俗人情,也许在将来的文学中会有淡化过程,会随着时代的推进而发生变化。但只要作家们不是以凝滞的艺术眼光去看待它们,那么它们仍然是一条永远奔腾不息的江河,人类的民族历史文化在这里发源,亦就不会轻易隔断。关键是作家们要以流动着的当代意识去对它们作同步的哲学意识的鸟瞰描写,就会创造出更为璀璨的乡土文学之花。

如果有人提出中国乡土文学的前景是什么?我们只能做这样的回答:它只有在当代意识的统摄下,在审美观念的不断更新中获得存在的价值,获得向世界文学挑战的地位。它无须流派的崛起,而是要高亢地呼唤"巨人"的到来!

选自《文学评论》1986年第5期

① 鲍昌:《1985:全方位、多样化文学的繁荣》,《文艺报》1985年12月28日第2版。

历史的命题与时代抉择中的艺术嬗变

——论“寻根文学”的发生与意义

季红真

导论

“寻根文学”现在已经成为一个通用的专有名词。尽管它在概括一种文艺思潮的时候，有着不尽人意的模糊性，未必是居于这个思潮的所有作家的自觉追求，但作为约定俗成的概念，而迫使我们接受它。在这股思潮（主要是指作为论争的热点）基本沉静下来，并且有与之反动的新思潮方兴之时，本文期望通过追溯其缘起，分析其发生的各种因素，并在它与其前后文学思潮的特殊关联中，发现它的意义与价值。为此，我们首先面临几个不容回避的问题。

1.“寻根文学”的缘起

讨论它的缘起，应该分为两个层次说。首先是作为文学创作潮流的缘起，这需要以创作实绩为基石；其次则是这个概念的源起，这主要反映在理论论争当中。

新时期文学在“伤痕”、“反思”、“改革”等具有轰动效应的大潮之外，从一开始就潜动着一股更平缓、更深沉的潜流。有不少作家在寂寞中耕耘，出现了一批以不同人文地理区域的风情营造风格，同时又以各自不同的哲学意味而有别于传统“乡土小说”的作品。譬如老作家汪曾祺的《受戒》、《大淖记事》等作品,以江苏高邮地区的旧日生活为素材,在深挚的乡情怀恋中又蕴含了对人生人性的感悟。及至1984年,人们突然惊讶地发现,中国的人文地理版图,几乎被作家们以各自风格瓜分了。贾平凹以他的《商州初录》占据了秦汉文化发祥地的陕西;郑义则以晋地为营盘;乌热尔图固守着东北密林中鄂温克人的帐篷篝火;张承志游荡在中亚地区冰峰草原之间;李杭育疏导着属于吴越文化的葛川江;张炜、矫健在儒教发祥地的山东半岛上开掘;阿城在云南的山林中逡巡盘桓……尽管这些作家分别同时受到了评论界的注意,但作为一种总体的趋向却并没有引起足够的重视。于是,作家们按捺不住了,开始发表自己的宣言。

1985年4月,韩少功在四月号《作家》上发表了《文学的“根”》,指出“文学有根,文学之根应该植于民族传统文化的土壤,根不深则叶难茂”。六月,阿城在《文艺报》发表《文化制约人类》,着重强调要重视民族文化自身的价值,指出:“中国文学尚没有建立在一个广泛深厚的开掘之中,没有一个强大的、独特的文化限制,大约是不好达到文学先进水平这种自由的,同样也是与世界先进水平对不起话的。”并且,迅速引起反响,展开讨论。九月,李杭育在《作家》发表《理一理我们的“根”》,一发而不可收,在《文学评论》等刊物上发表《“文化”的尴尬》等多篇论文。郑万隆在《上海文学》发表《我的根》,宣称“我想开辟一片生土,又植根于我的那片赫赫的山林”。与此相关的,还有张承志发表于《读书》1985年9月号上的《历史与心史》,他以一个民族情感与心灵的路程,作为解读《元朝秘史》的新角度,不能不说是与“寻根派”作家们的追求相一致的。

此后,一场文化问题的大论争以空前的规模开展起来,创作也在同步发展。林斤澜的《矮凳桥传奇》发表,郑万隆的《异乡异闻录》问世;张辛欣、桑烨的《北京人》引起广泛的注意;韩少功的《爸爸爸》、《诱惑》等作品带给人极大的困惶,阵容强大的湘军崛起;《西藏文学》于1985年7月推出魔幻现实主义专号,扎西达娃《西藏,隐秘的岁月》为首篇;《上海文学》发表马原《冈底斯的诱惑》;莫言的“红高粱家族”陆续发表,开辟了一个“高密东北乡”的神话世界;李锐的《厚土》一鸣惊人,继而是《吕梁山风情》源源不断;王安忆的《小鲍庄》、铁凝的《麦秸垛》、洪峰的《瀚海》、张炜的《古船》,等等,带有寻根意向的作品一再出现。一些并没有主张“寻根”的作家,也在这个潮流中作出了新的姿态。陆文夫的《井》、王蒙的《活动变人形》、冯骥才的《三寸金莲》都不同程度地与寻根潮流相呼应,从自己的立场与之对话……1985年、1986年、1987年,真是中国文坛充满奇迹,近于神话的时期。这使人们,无论是否情愿,都必须接受这个事实,“文化寻根”是这几年文坛最重要的现象。

2.“寻根文学”与新时期小说中的文化意识

在上文新提到的作家中,有许多人都没有悬挂“寻根”的旗帜,譬如,王蒙、林斤澜、冯骥才、陆文夫等人。他们是沿着另一条路线与“寻根”的作家汇合的。这就是从对政治批判到对民族文化的思考。也就是说,他们在对当代社会生活的思考中,渗透着浓厚的文化意识。这是由于新时期文学一起始,就与整个民族现代化的历史要求密切相关,与各种社会文化思潮相互渗透。从刘心武《班主任》,“救救被‘四人帮’坑害的孩子”的呐喊,新时期文学在自身的发展演进过程中,容纳了整个民族现代化进程中文化抉择的痛苦。这时代的作家都不同程度地具有文化意识,并且以不同的方式在作品中表现出来。“寻根文学”无疑是使普泛的文化意识发展到登峰造极的重要一环。所谓登峰造极是指寻根派作家,将文化的意义由一般的文明教养,扩展到民族精神的本相生存的根基及命运前途的高度来认识。并且,在这个前提下,把民族的传统文化看作文学发展的重要母体。因此,“寻根文学”与新时期小说中普遍具有的文化意识之间既有联系又有区别。联系在于新时期文学中普遍的文化意识,相当程度地构成了“寻根文学”产生的部分背景;区别则在于主张“寻根”的作家更重视本民族文化的原生形态,这首先体现在重视上古文明遗风尚存的民间文化,以及非规范的文人文化。

鉴于这种联系与区别,本文立足于分析论述典型的寻根派作家作品,同时为了比较,也将涉及并不以“寻根”为旗帜的一些作家作品。

3. 历史命题的时代延续

“寻根”者所寻的首先是民族文化之根,其前提是外来文化的参照。从这个前提看“寻根文学”的缘起,就溯寻到了文明古国的近代命运。近代西方的工业革命导致了全球物质化的潮流,致使战争、革命频频不断。这潮流以侵略的战争形式冲决了文明古国封闭的国门,使中国的几代知识分子都必须面对这样的事实:我们已经丧失了祖先在多数情况下那块相对稳定的生存空间,也丧失了在封闭中相对平衡的心理空间。一百多年来,这个民族躁动不宁,有识之士穷究极索,无非都是被生存的危机感困扰着,在被动的局面中作出主动的或被动的反应。"寻根文学"正是在东西方文化大冲撞大交汇的总体背景中,此一时代的人们在被动的局面中所作的主动反应,希望变通传统以进入现代文明。这是历史命题的延续。唯其如此,在文化寻根的论争中,"五四"运动以及它所诞生的一批作家,一再在积极的或消极的意义上被提及,也就不是偶然的现象。

为此,从两个时代的比较入手,开始我们的工作是必要的。

两个时代的同与异

毫无疑问,"五四"和今天都是开放的时代,而所面临的又都是如何改变中华民族的落后现状,赶上人类整体前进步伐的共同历史任务。

鸦片战争以后,闭锁的国门被入侵者的坚船利炮轰开,中国人从泱泱大国的迷梦中醒来,面对一个陌生而奇异的世界,第一次意识到民族积弱的巨大危机,有识之士开始用理性的眼光重新审视自己民族的历史与现状。明代末时即开始的西学东渐,遂由无足轻重的自然状态,成为一时代人们的自觉运动。康梁一代鸿儒由亡命日本到考察欧洲,大批留学生出洋求学,都使西方的社会政治思想与学术思想得以在中国传播。加上日本明治维新以后国力渐强的启示,维新之声遍及朝野,洋务运动反反复复。及至"五四"前后,从马克思到尼采,从达尔文到斯宾塞,各种西方的社会与学术思想,已成为中国先进知识分子的常识。而一般激进的知识分子,多以科学民主精神为武器,希望改造社会与民生。军阀连年混战,国内难以形成集中统一的政局,遂出现春秋以后,又一个百家争鸣的局面。

今天也是一个开放的时代。"十年浩劫"的结束,政治的转机,使中国再一次睁开眺望世界的眼睛,重新用理性的目光反省当代中国的历史与现状。思想解放运动与改革的浪潮,使对外开放与对内搞活成为时代的大势,东西方文化的各种思潮流派随着先进的科学技术一起涌入，其冲击力之猛，影响之大，也迫使人们做出迅速的抉择。

“五四”与今天，都是中国近代以来，两个新旧交替的时代，又都是东西方文化在这块国土上大冲撞大交汇的时代，两个时代面临的都是民族图强的基本任务。这个时代的人们也和“五四”时期的知识分子一样，面对着这个充满厄运、灾难沉重的民族无法回避的历史命题。“文化大革命”的结束自然是政治的转机，但也使中国人一下从世界革命的中心，跌落到现代文明的凹地之中。精神失落的迷惘，价值抉择的痛苦，都使一些看似陈旧的命题，搅扰着这时代的国人。“中西文化异同论”、“东西方文化价值优劣论”以及最为尖锐的“体用之争”①，在文学艺术界则是“土与洋”的问题，都一再重复，延续至今。但社会毕竟已经发展到了今天，历史也不会简单地重复，要面对这个时代的社会人生，要分析这个时代的文学现象，也许看到两个时代的差异对于我们更为重要。我以为至少有三点是不同的。

1. 民族传统文化在社会生活中的地位不同

“五四”时期，居于统治地位的意识形态是儒家的道统；皇权至上的封建伦常关系，成为窒息着整个民族精神的巨大桎梏。今天不仅意识形态更弦易辙已有三四十年，而且人们刚刚食过文化虚无主义的恶果，经历了这样的“历史嘲讽”：当传统文化一概被斥为封建主义，人们梦想建立一个没有任何“封、资、修”因素的崭新文化的时候，却被更残酷、更野蛮的文化整整禁锢了十年之久。不仅眺望世界的窗口被封闭，和传统的联系也被割断。于是，传统以一种更阴暗的方式，报复了人们的无知。封建积习在愚昧的国土上四处滋生，政治黑暗，经济凋敝，社会动荡，人民饱经祸患。一个久经战乱、原本已经破碎不堪的世界，变得更加破碎。不仅如此，更严重的是民族精神被形而上学所窒息。传统的悟性的思维方式没有了，真正的科学理性也没有建立起来，庸俗实用主义成为通行的思想方法。

---

① 经历了一百多年的社会沿革，“体”和“用”概念的内涵和外延都发生了明显的变化。在近代学“体”主要是指政体，这与反清革命有着意识形态关联。“用”则是指生产技术。今人李泽厚以人为“体”，以为科学技术与生活方式的变化，必然影响到人的素质的改变。他以人为中心，试图将“体”与“用”合二而一（参见李泽厚《中国现代思想史论》）。

面对一个这样窘迫的文化困境，更需要我们对文化问题取审慎的态度，再满足于空话的口号争论是没有意义的。需要深入扎实的研讨与综合性治理。否则，引进的可能是瞬息万变的概念，而丧失的则是宝贵的人文精神。而且，现代语言学也告诉人们，一个民族只要他的习用的语言不废弃，文化传统总是以这样那样的方式束缚着人们。现代化的文化建设不可能以废弃本民族的语言为前提。那么，与其无视和一概排斥传统文化，不如在限制中积极地变通传统，以适应现代社会的生存。

事实上，"五四"前后的学人们，对文化传统也取审慎的态度。梁启超明确地说："我自己和我的朋友，继续我们从前的奋斗，鼓吹政治革命。同时，'无拣择'地输入外国学说，且力谋中国过去善良思想之复活。"[①]就连鲁迅这样激进的呐喊者，也以"拿来主义"为原则，即使批判儒家统道也没有忘记区别"孔子"与"孔家店"，只是由于黑暗社会的压迫，而多用激烈的言辞。

2. 参照系发生了明显的变化

近代以来的先进中国人，探索强国富民之路，在对传统文化进行反思的时候，大多以西方文化作为参照系。经过多半个世纪的发展，特别是"二战"以后，西方文化本身发生了很大的变化：科技的飞速发展、新的产业革命，使后工业社会迅速形成。适应超自然工艺社会的边缘学科层出不穷，不仅爱因斯坦取代牛顿，存在主义与结构主义两大哲学流派消长起伏，延续数十年，而且，老三论、新三论，嬗变速度极快。语言学也由一般的人文学科，一跃成为人文学科的带头学科，明显地影响到哲学思潮的沿革。更有意思的是，现代物理学的昌明，科技史的发达，又使魔术一样神奇的现代科技文明，在东方找到了思想的源头。而且这不仅是宇宙观方面的混沌相印，就连西方广泛应用的电算技术，也由莱布尼兹新创立的二进制数学而上溯到伏羲八卦所使用的数字意义。

与此相对应的，是国际政治局势的明显变化。由殖民运动而至民族解放与民族独立运动的兴起，由东西方两大营垒的形成到各自的分化瓦解，以及由冷战到逐

① 见梁启超《中国近三百年学术史》，第30页。

步缓和,都使一个更适应人类整体生存需要的东西方文化对逆现象波及全球。东方在落后的生产与生活方式中,向往西方的科学技术来改造自己的民生,西方人则在后工业社会的危机中,希望在东方古代的原始思想中,获得克服危机的启示。

这一切,都极大地改变了中国人的视野。今人所面对的世界与“五四”时期的人们有了极大的不同。“五四”时期的人们所参照的西方文化,大致是19世纪与20世纪过渡时期的社会与文化思潮,19世纪乐观的历史意识,实物为中心的世界观,欧洲为中心的文化价值观。今天的中国人所参照的则是相对论、耗散理论这样崭新的世界观、系统为中心的思想,重视普通人活动的历史意识,文化上承认各民族文化自身的相对价值,以及强调人的感性存在等思想观点。仅就文学而言,“五四”时期的作家所熟悉的是托尔斯泰、陀思妥耶夫斯基、歌德等19世纪的作家。而今天的作家,所参照的是以20世纪的哲学与文化思潮为背景的,从现代主义到后现代主义的一大批作家,他们都诞生于两次世界大战前后。文学思潮起起伏伏,艺术手法一再革新,都不可能为“五四”时期的作家所了解。

这种参照系的明显变化,也使今天,特别是今天的中国作家,无论是从科学认识的需要,还是从文学创作的实际,都不可能简单地效法“五四”时期的人们。“五四”的精神固然辉耀今日,但完全以“五四”时期的价值择取为标准,无论是就现实的文化建设而言,还是就单纯的文学创作来说,都是荒谬的。

3. 目的发生了极大的变化

“五四”时期,对传统文化一切激烈的批判,最终都要导向诉诸暴力的社会政治革命。因为当时外战与内战频繁,军阀连年混战,民族危在旦夕,使一切“拿来”的改良设想皆成为泡影。政治革命是民族克服生存困境的唯一出路。所以才有鲁迅与英美派教授们的冲突,有一般主张“教育救国”、“实业救国”,本意并不欢迎革命的自由主义知识分子,在政治斗争激烈冲突的社会夹缝中,瞻前顾后的狼狈。

今天的时代,无论从任何意义上来说,都不是一个激烈的政治革命的时代。不仅百年来战争与革命的轮番磨难,使民族的元气大伤,国力疲弱,各阶层人民都迫切地需要休养生息;生产力水平低下,管理混乱,法制不健全,文化素质下降,也都不是靠革命所能够解决的问题。而且,国外商品充斥国内市场,商业化的浪潮席卷整个社会,教育萎缩民族精神涣散,在“片断式”的生活与“平面化”的文化制约下,知识贬值、文化贬值,社会结构、价值观念与人际关系,都发生着明显的变化。如果说,十年前的“文化大革命”是一场政治革命的话,十年后的今天,面临的是一场严格意义上的文化革命。在这样的物质与精神生存现状面前,革命就像神话一样缥缈。

几种张力

美国著名文化人类学家罗杰·M·基辛说:“没有哪个社会和文化是一元的,也没有哪个社会和文化是完全整合的,任何社会和文化总是代表某种冲突观点和冲突利益的复合体。”[①]一个时代文化价值的择取也必然裹胁着人们的多种意向。在“寻根文学”中明显地表现出的多种意向,这既是现实文化价值择取中“冲突观点与冲突利益”的折射,又造就了相近的美学追求中风格的差异。由于作家们都是运用汉语进行写作,本身各自差异的文化背景中又有同一母语的共同限制,因此,有时看似对立的观点中,却有着明显的或潜在的相似性。譬如思维方式、动机与目的,等等。事实上,各自交错的意向,本身也是同一文化形态中,自身冲突的反映。我宁可把这种现象看作是一个文化群体在急剧变动的时代际遇中,在外来文化与新的文明冲击挤压下,内部运动所形成的张力。大致有如下几种情况:

1. 批判性与认同感

批判性是指对民族文化(不限于精神文化还包括民族生存的历史与现状)的反省与批判;认同感则指对传统自身的区别与扬弃,以及有选择的承诺。

新时期的小说就其批判性来说,一直是非常强的。这种批判性来自人们对“十年动荡”刻骨铭心的惨痛记忆,也来自对阻遏整个民族进入现代文明社会的残破现状与巨大历史因袭的思考。因此,基本主题自然而然地由政治的批判深入到对民

① 罗杰·M·基辛:《当代文化人类学概要》,北晨编译,浙江人民出版社,第90页。

族文化的思考。“寻根文学”以及与在它前后一齐问世的一大批具有极强文化意识的作品，都不同程度地体现着这种批判的精神。但中年一代的作家，大都从经济、政治改革的现实要求出发，将批判的锋芒指向小生产的落后意识与小农经济滋生的封建保守观念。张贤亮对此有明确的宣言，他说：“在这开放改革的挑战性年代，剖析、批判、改造中国文化的潜在结构已经迫在眉睫。”①

典型的寻根派作家的批判性，则主要体现为对愚昧、落后、贫困的生存现状的情感否定。譬如，郑义谈到自己的创作动机时，明确地说：“‘人不如狗’吗？我没想透。我从来肯定‘历史’、‘进步’、‘文明’等字眼，从来不否定人类文明在某种意义上的成功，更绝对不打算把包括自己在内的人类贬低到不如狗的地步，但现实生活中，为什么确有‘人不如狗’的现象？问题留给理论家，情感留给我自己。于是，我吟唱了一首太行牧歌，歌唱顽强的生命力和自由的灵魂。”②

同样基于对现状的不满，一些作家更侧重社会发展的现实要求。“五四”以来的个性主义，以及与此相关联的人道主义，仍然是他们主要的思想武器。这无疑是由于反封建仍然是当今中国社会的重要课题。陆文夫的《井》以人道精神和社会变革的要求，解剖封建礼教深入民族心理的影响，它渗透在人们日常的行为方式中，并且与现行的许多制度一起，形成巨大的约束力，荼毒与残害着善良者，对社会创造力构成阻碍。冯骥才的《怪世奇谈》系列作品，则借助市井风习的铺陈、夸张荒诞的故事，揭示出民族文化心理的病态与畸形，无论是荣华尊卑观念，还是以残缺为美的病态趣味，都反映了民族心理的扭曲与精神的不健全。林斤澜的《溪鳗》，则进一步深入被政治生活扭曲与压抑的性心理中，由“鱼水交欢”的古老性爱主题，容纳悲凉的现实感受，非常艺术地表现了这种文化（主要是政治化的人际关系）对自然人性的扼杀。溪鳗身为女人，在只有性而没有爱的时代氛围中，由那处于权力高峰的男人酒醉后的幻觉，而变成一条“鱼”，她前半生的价值仅是一个性的符号；而这样畸形的两性关系也不能见容于那个时代，政治地位的明显悬殊，使两人之间最原始的自然要求，也难以实现。待到世事沉浮，彼此之间的政治差异消解的时候，那

---

① 《社会改革与文学繁荣——与温元凯书》，《文艺报》1986 年 2 月 23 日。

② 《永恒的流浪》，《作家》1988 年第 5 期。

男人已经瘫痪了,“这说的是性的枯萎”[①]。溪鳗收留了他,自然的情欲化为平淡的温情,溪鳗不再仅是“性的符号”,她升华为善良的道德精神,但也丧失了人应得的生活机会。这被扭曲的一生,生动地揭示了这种文化的残酷性。高晓声的《觅》则揭示了传统的家庭关系中长子所承担的过多义务,使他们事实上处于被剥削的地位。他所批判的不仅是封建的意识形态,而且是这意识形态所维系的家族制度与村社传统。

一般说来中年作家们的批判精神,主要体现在对传统文化心理的冷静解构,而青年一代的作家则对生存(物质的与精神)的现状,表现出更多的激愤。朱晓平的《桑树坪纪事》,李锐的《厚土》,郑义从《远村》到《老井》,张承志的《黄泥小屋》,莫言的《筑路》、《飞艇》,史铁生的《我那遥远的清平湾》,阿城的《聚餐》,李卫的《野草莓》,都着力表现精神之所以被扭曲的物质生存现实,乡土社会食的匮乏与性的压抑,以及在这匮乏与压抑中蒙昧的生存现状。矫健的《河魂》、张炜的《古船》则进一步展示了在这样的生存状况中,惨烈的仇杀与专制的家族主义传统。洪峰的《奔丧》,把激愤的批判精神,凝固为冷淡得无以认同的局外人立场,对乡土社会混乱蒙昧的生存状况,表达了极端的厌恶。及至《瀚海》,他将这种心态直述了出来,“到那里寻根,不如去寻死更痛快”。洪峰并不是一个典型的“寻根”派作家,但他的创作相当程度地受到“寻根”思潮的影响。在他的作品中,批判精神并不完全指向乡土社会的生存,也包括变革中的城市现状。短篇小说《蜘蛛》,写一个经济上富裕起来的个体户婚姻瓦解的故事。主人公平静地听任有外遇的妻子弃他而去,平静得近于冷漠的态度,也正表现了物质化的生存现状,把人异化得丧失了爱(不单是性)的能力。莫言晚近的《红蝗》等作品,对传统与现实的生存也都表现了由衷的否定态度。他们的批判是双向的,既包括对传统的批判,也包括对现代城市文明疲劳症的批判。女作家要温和得多。王安忆的《小鲍庄》、铁凝的《麦秸垛》,前者偏重于食,后者偏重于性,都表达了对农业经济中普遍生存状态的否定倾向。但她们在表现维系这古旧生活的生存信仰方面,有着各自不同的发现:王安忆注重于民间唱词中所表现出来的忠孝节义观念;而铁凝则更注重朴素的良知。

---

① 汪曾祺:《林斤澜的矮凳桥》,《晚翠文谈》。

而在另外一些青年作家中，批判精神更多地体现为对现实的文化批判，乃至于对这个时代民族精神的批判。李杭育在《“文化”的尴尬》、史铁生在《答自己问》中，都非常明确地表达了对现实的文化批判态度。李杭育并且以他的葛川江，形象地表现了在传统与现代交汇的乡镇社会中，金钱逐渐取代传统的人情与信义；而传统的文化心理又怎样在变化了的观念形态中顽强地保存下来。“娘娘俱乐部”[①]生动地表现了这个时代，各种文化杂陈俱生的复杂局面，“文化宿命”的意识，隐隐地笼罩着他的作品。作为寻根文学的主要发起人，韩少功在其宣言之后，以《归去来》、《爸爸爸》、《女女女》等一系作品，把对文化的批判深入民族精神的批判；民族生存的原始状态，被他高度抽象地切割为贫困的物质生存、压抑变态的性心理、蒙昧的生殖状况、残酷野蛮的社群关系，最终体现的愚昧的精神信仰。他的批判精神几乎到了绝望的程度。

无论是对封建意识形态的批判，对民族文化心理的解构，还是对现实文化困境的揭示与对民族精神的批判，都源自作家们变革的热切希望。而这种批判的成熟性质，也正在于没有导向纯粹个性化的反文化结论。作为文化更新的准备，几代作家在对民族文化进行批判的同时，也对文化传统进行新的价值抉择。就主体的感知特征而言，这便是认同感。如果说批判精神，主要来自对民族生存历史与现状的不满与变革的时代要求，认同感则更多地来自对民族精神困境的状态，来自对现代城市文明疲劳症的反抗，也来自民族精神自动协调的需要。此外，另外一个重要的原因是文化人类学的兴起。

就文学领域而言，尽管对文化传统的认同，从新时期文学的起始阶段就存在，毕竟到“寻根文学”才发展到高峰。其中一个重要的原因，便是随着文化禁锢的解除，拉美落后地区文学被介绍到中国，拉美文学的爆炸，对于青年一代的作家有决定性的启发作用，使他们克服了对经济大国的文学迷信，克服了接受的盲目性。更自觉地寻求植根于本民族的文化土壤，注重对民族情绪的艺术提炼，以期达到对人类生存永恒命题的思虑。

文化是一个非常复杂的问题，不可能简单地区分为价值与使用价值。特别是

---

① 《土地与神》。

具体到作为艺术门类的文学尤其如此。文学自身的规律运动,就使文学中的认同感,不可能完全等同于一般的文化价值择取,它不完全是理性的产物,而更多的是情感的升华表现。具体的价值取向常常取决于作家自身独特的经验世界与美学偏好。这使在"寻根"思潮中活跃着的几代作家的认同感,对象与方式都有着明显的差异。

一般说来,老一代作家与部分中青年作家,大多认同儒家的传统,这与社会性的思潮密切相关。譬如著名的史学家周谷城说:"西方向来生产技术发展较快,比较起来,伦理与人生观似乎不如中国的突出。""本人以为中国的礼、乐之类的精神,可能优先活跃。"①这与杜维明、汤一介诸先生主张"新的儒学"大致是一个思路。在文学创作界,汪曾祺以"世道人心"为自己的创作目的;杨绛《干校六记》"怨而不怒,哀而不伤"的美学风范;孙犁以"老吾老以及人之老,幼吾幼以及人之幼"阐释人道主义;在形式上被加冕为"现代派"的王蒙,也以此来阐释共产主义,都不同程度地表现出对儒家思想的认同。他们主要是在儒家的大同理想中,容纳了对和谐的伦理秩序(主要是人际关系)的期望。

青年作家中认同儒家学说的不多,但山东的两位青年作家矫健、张炜有些例外。他们的作品尤其注重表现商品经济的活跃对淳朴的乡土社会的影响,尽管他们也相当程度地揭示了乡土社会中家族主义的残酷性,以及对社会发展的严重阻碍,但他们主要表现的,是在这场变动中,人们内心所承受的巨大痛苦、精神的迷惘。他们也注重合理的伦理秩序,但由此升发开去,表达了对民族整体命运的忧思。矫健的《河魂》这一意象的深层语义,即在推衍为民族精神的魂魄,所以那沉默的老人内心的情结,在于战争所激发的民族情绪,曾使他杀死了一个无辜的日本妇女,这一几十年的旧案。张炜的《古船》更象征着民族生存的风雨之舟,隋家两代人的命运,狭义地说是中国民族资产阶级命运的缩影,广义地说,则与中国近代以来的民族命运相联系。这两位作家都以艺术的方式,探索了这个民族外部的历史命运,对其原有伦理秩序的冲击,并在这个基础上建立起深重的历史感,表现了近代工业文明与古老农业文明的冲突、搏击、较量,以及带给民族心灵的巨大创痛与精

① 周谷城:《中西文化的交流》,《多维视野中的文化理论》第1页。

神的困惑。儒家的伦理之道，在于他们的作品中并不是作为最高的生存理想被认同，而是相当程度地作为一种民族的心灵形式被承纳，以适应他们对民族命运的思考，因此，他们对儒家思想的认同表现为对民族命运的痛苦的情感承诺。

而多数典型的“寻根派”作家，大多认同老庄与民族民间文化。这种选择不是任意的，首先由于道家学说与近代科技文明的某种联系，由于表示哲学对中国文化的深远影响①；其次则由于老庄与民间文化，作为封建时代的非规范文化与规范文化的儒家文化相抗衡，它们朴素博大的精神与自由的活力，适应了思想解放了的一代人，自在自为自由自重的人生人性理想。正像西方近代的人道主义思想与儒家的民本、大同等思想相汇合，而使老一代与部分中青年作家认同了儒家的思想或形式，近现代西方科技所创立的世界观与近代以来的人文思潮（其中也包括人道主义），与老庄哲学宏大的宇宙观与民间文化蓬勃的抗争精神相遇，而使典型的“寻根派”作家认同了老庄与民间文化。此外，老庄与民间文化原有其相同的文化渊源。老庄在中古以后儒家独尊的局面中，日益沦为“旁门左道”的道教形式，流风则长久地保持于民间。彝族学者刘尧汉，在批评李泽厚“孔子塑造中国民族性格和文化”的观点时，提出他“忽视了众所周知的一件重要事实，就是孔庙只居城，道庙散处广大山野林谷。孔庙只允许有功名的乡绅士大夫即知识分子登门，且只限于男人，女人即便夫荣妻贵也不许跨夫子门槛。至于常居山野的各少数民族并不知孔丘其人，更不懂孔庙祀奉的是什么圣贤之类神灵。由此可知，孔学是帝王将相和乡绅士大夫之学，是汉族之学，是男子之学。其群众基础相当窄狭”②。

韩少功“……常常想一个问题，绚丽的楚文化流到哪去了？”“那么浩荡深广的楚文化源流，是在什么时候，什么地方中断干涸的呢？”③李杭育在《理一理我们的“根”》中，特别指出“五四”运动要挖的是儒家的根，而推崇老庄哲学宏大的宇宙观，民间文化中属人的浪漫主义精神。譬如，吴越文化“游戏鬼神，性意识的开放”等特征。阿城在《文化制约人类》中，举“《易经》的空间结构及其表达的语言，超出我们目前对时空的了解”为例，强调对中国文化重新认识的必要性。在创作中，无论是

① 闻一多说：“中国人的文化上永远留着庄子的烙印。”见《庄子》，《闻一多全集》第二卷。

② 见刘尧汉《中国文明源头新探——道家与彝族虎宇宙观》，云南人民出版社，1985 年，第 192—193 页。

③ 见《文学的“根”》。

捡烂纸老头的论棋之道,还是“树王”中宇宙、自然、人高度混一的生命意识,都带有明显的道家宇宙观的意味。贾平凹驻足商洛,遥想秦汉,对世风民情的体察中,感悟着汉唐的恢宏气度,借助古老的观物方式,在“浮躁”的时代气氛中,试图以老庄的思维方式来调适民族心理。张炜在《古船》中,让他的主人公手里拿着两本书,一本是代表着西方近代先进思想的《共产党宣言》,一本是与楚文化、庄子同出一源的屈原《天问》,可见他以儒家的伦理之道为形式去洞悉这个民族的近代命运,却以老庄的宇宙观容纳现代人对宇宙人生的玄想。郑义在太行山林庄的“拉边套”这被扭曲的爱情婚姻关系中颤栗地发现“竟深蕴着那么朴素无华而感人至深的东西”[①]。莫言在《红高粱家族》中,借助先辈中国人壮阔的生活场景,满怀崇敬地讴歌民间村野自由的抗争精神。洪峰在贫瘠荒凉的《瀚海》中,投入了一束明亮的光,那便是民间女艺人浪漫的爱情故事。另一位完全没有被列入“寻根”作家的女作家刘索拉,是由现代人痛苦的内心体验,而在精神上与“寻根”的作家相遇。《寻找歌王》中,近于莫须有的“歌王”,在不断的语义转换中,生成“灵魂”的语义,而“B”寻找歌王的本事,也就具有了现代人寻找灵魂的隐喻意义。她以朴素的生存意识的纽带,完成了与民族民间远古精神的心灵维系。

少数民族作家虽然并没有人声称寻根,但独特的文化素养,使他们在现代化浪潮的冲击中,本能地注目于自己生长的民族的原生文化。乌热尔图在鹿的意象中,发现了鄂温克人朴素的生存信仰,并借助老人、孩子与鹿的神秘情感[②],表现了一个行将解体的民族,在被遗忘的历史命运中,近于肃穆的巨大感伤。扎西达娃在《系在皮绳扣上的魂》,《西藏,隐秘的岁月》等作品中,发现藏民族在现代化的物质潮流中,与传统难以中断的精神维系。古老的生殖崇拜、女性崇拜、母性崇拜等神秘的生存信仰,周而复始衔接起藏民族的精神血脉。另一位生长在北京的回族作家张承志,一直置身于“寻根”的论争之外,但却如血缘回归一样,认同了中亚民族的信仰。他由远道而归的阿萨克歌手,飘荡在月夜的《歌声》[③]中,走向穆斯林神圣

① 郑义《永恒的流浪》。
② 见《七岔犄角的公鹿》。
③ 见《白泉》、《残月》。

的“新月”[1]，又在《金牧场》的勇士神话中，使游荡的灵魂最终皈依了伊斯兰教[2]。

这两代作家的认同感，不仅认同的对象不同，而且价值取向也很不一样。老作家及部分中青年作家，显然是以人伦日用为标准，而青年作家则更具有重视个体感性经验的浪漫主义倾向。因此，后者的认同感要复杂得多。其中既有普通人命运的认同。（譬如：郑义、贾平凹、阿城、铁凝、王安忆等作家的创作有这种明显的倾向），也有对民族命运的情感承诺（乌热尔图、矫健、张炜等作家这种意向比较明显），既有对人类生存普遍境遇的了悟（譬如郑万隆的创作，这种意向最突出），也有对精神价值（包括情感价值、信仰的力量与生命意识）的认同（李杭育、阿城、刘索拉、张承志、莫言、扎西达娃、乌热尔图等作家都不同程度地具有这种倾向），最后还包括对民族民间保存的、悟性直观的原始思维的认同，几乎所有的寻根派作家在这一点上都是共同的。

这种充满矛盾差异的认同感，有着不可理喻的执着。究其根源，寻根作家大多数在小时经历过家庭惨变或精神创伤，在平静的乡土社会接受了一份情感的馈赠。以理性的精神，难以不对乡土社会的生存持批判的态度，而以情感的方式，又难以忘怀那曾使创痛平复的情感慰藉。于是，情感的记忆规定了认同的对象，简而言之，便是文化恋母的情结。这样复杂的认同感，相当程度地摆脱了历史必然律、简单的经济决定论，以及一元的文化价值观的束缚，更为重视普通人活动的历史意识，重视普通人命运的人文精神获得了相应的体现。因此，这种认同体现着鲜明的现代意识。所以，“寻根文学”中的认同感，与批判性并不是截然对立的。如果说，批判性主要来自生存的危机意识，认同感则来自对危机意识的超越。也意味着在传统范围内打破传统，认同感与批判性相克相生，在冲突中构成张力，共同体现着突破现实文化困境的精神活力。

2. 乐观情绪与忧患意识

乐观情绪是随着政治的转机，禁锢的解除，特别是改革开放的开始，整个民族

---

① 见《白泉》、《残月》。

② 见《金牧场·作者小传》。

带有相当普遍性的情绪。即使是在“伤痕文学”中,感伤主义的倾向,也是痛定之后的回味,严格地说也是浪漫主义的情调。在“文化寻根”思潮中,乐观情绪常常是以相当明朗的情绪色彩与情绪表现出来。譬如,汪曾祺的《受戒》、《大淖记事》,铁凝的《哦,香雪》等作品,都以其透明温馨的情调,使太过长久地充斥着硝烟味的文坛耳目一新。

乐观情绪表现得最典型的,当数张洁的《沉重的翅膀》、张贤亮的《龙种》到《男人的风格》等一系列作品。这些作家把对现实文化困境的批判,寄托在改革事业上,期望经济生活方式的变化会更新整个民族的文化心理结构。

忧患意识则要复杂得多。历史的变革预支给人们的东西总是很多的,而真正能够兑现的,却总是很少。这种意识不仅来自对“十年动荡”的惨痛记忆,也来自对变革时代生存的焦虑。此外,也正如恩斯特·卡西尔所说:“我们更多地是生活在对未来的疑惑和恐惧、悬念和想象之中,而不是生活在回想和我们当下的经验之中。”[①]人的发现带给主体的自觉,便以心灵的自由活动而发展着多种心智能力。忧患意识也是人类心智中的基本能力。它表现在文学作品中也是非常复杂丰富的,它以各种各样的情绪状态表达出来。

首先是对普通人命运乃至于民族命运的忧患。郑义从《远村》到《老井》,王安忆的《小鲍庄》与《大刘庄》,贾平凹从《商州》到《浮躁》,铁凝的《麦秸垛》,都在普通人或沉滞或动荡的生存境遇中,寄托了主体深挚的忧患意识。矫健的《河魂》,张炜的《古船》,则以情感承诺的方式,对近代中国的厄运与前途,表达了痛苦的忧患意识。其次则是对无可奈何的民族文化现状乃至于民族精神的忧患,李杭育的《红嘴相思鸟》、《土地与神》等作品,针对商品经济对自然经济的冲击,金钱对情感的胜利,以及混乱的多种文化共生现象,作了生动的描绘。而其不加评说的冷静态度,则非常节制地表达了自己的忧患。何立伟的《小城无故事》等作品,则以“淡淡的哀愁”,叙述出在无可逆转的商品经济潮流中,行将荡然无存的朴素人情故事;阿城从《棋王》到《孩子王》,在传统近于沦丧、而取而代之的又是更荒谬更野蛮的文化这一现实中,以平淡的叙述,掩饰起自己的沉郁。韩少功的《爸爸爸》是这种忧患意识登

① 见《人论》第68页。

峰造极的表现。丙崽这个先天畸形的人物，作为愚昧生存的产物，他的心智退化到对全部生存现实，只会用两句话作出反应，要么“×妈妈”，要么“爸爸爸”，这是对半殖民地心理的高度抽象概括，也是对民族病态精神愤激之极的形象概括。此外，寻根文学中的忧患意识，还来自对现代城市文明疲劳症弱化了的生命素质的忧患。张承志从《北方的河》以后的大量作品，都借助平凡艰苦的执着生存，从躁动不宁的生命体验与精神体验，反抗人类物质化、商品化，也是平面化的生存现实。郑万隆的《异乡异闻录》，借助东北边陲少数民族与移民，迫于原始状态的生活场景，描写人类残酷野蛮的生存现状。莫言的大量作品，从《红高粱家族》以直述态句式道出的“种的忧虑”，到《红蝗》等晚近作品对人类原欲罪愆的揭示，都体现着这样的忧患意识。他的忧患意识更多地来自生命本能的冲动，自觉不自觉地沟通了20世纪的许多文学命题。

如果我们能够意识到近代以来，在东西方文化大冲撞大变化的背景中，事实上这个民族始终处于被动的局面，就不会忽视“文化寻根”潮流中涌现出来的许多作品中的忧患意识，所具有的普遍人类性。从这个高度反观民族的历史，也就不难发现即使是“文化大革命”这样空前的浩劫，也不是一个民族偶然的灾难。实在也是近代工业革命推动的商品化、物质化潮流所引起的普遍性后果。只是特殊的本土文化基因，使其结果也是标准的民族化的。从这个角度反观中国现代文学的进程，所谓“悲凉之雾，遍布华林”，正是内外交困的民族的真实的情感的记录。“寻根文学”也正是以具有人类感的忧患意识而承袭了“五四”以来的多个文学传统。同时由于这些作品都不同程度地汲取了民间的精神活力而一洗感伤的情调，乐观的情绪的认同感的方式，溶入肌骨，而具有了这个时代特有的精神品格。因此，分别来看，忧患意识虽然要比乐观情绪深厚得多，而整体地看，也正是由于两者之间的张力，造就了这些独具品格的作品中丰富的情感内蕴。

3. 理性的回溯与感性的复活

在典型的“文化寻根派”作家的认同感中，还有一个重要的内容是对民族民间原始思维的认同。李杭育说：“作为一种开拓的工作，强调新观念是对的，这是‘破’的工作，而说到真正的文学建树，就应当是融合，是涵盖，以至最终是超越，即超越一切观念,达到混沌的境界……”[①]他所谓的超越正是对诉诸知解力分析的理性思维的超越,这与他对老庄哲学的推崇有着直接的关系。老庄禅宗等对中国文学发生过决定性影响的,被称为东方神秘主义的中国古代哲学,大多以发展人的感性官能来认识世界,观物方式带有明显的审美性质,这与20世纪西方“直觉说”、体验派及表现论等美学流派相契合,而适应了中国青年一代作家对文学审美本质的认识。重视悟性直观,发展“直觉、经验、想象力构成的智慧”来加强主体自身的建设,这是许多“寻根派”的作家不谋而合的追求。由于民间艺术中较好地保留着这一原始思维的特征,也是吸引许多青年作家重视它的重要原因。

在不同的作家们那里,对民族原始思维的认同是以不同的方式来完成的。张承志从直接借助蒙古族古歌的旋律来结构《黑骏马》,进一步发展到《金牧场》更为强烈地表现自己的生命体验;郑义、阿城等则直接引用民歌的素材,并与朴素的直接相融合;贾平凹从始至终发挥着自己的直觉,保持着虚静的审美态度,作品中按捺不住的议论,除了暴露他理性思维的薄弱之外,从来没有给他的作品增色。韩少功则要更多一些矛盾。在文化价值方面他对传统持强烈的批判态度,但在美学风格方面则是认同的。总的来说公开宣言寻根的作家,无论其在文化价值的择取方面有多少差异,但在美学风格方面,都倾向对民族民间原始思维的认同。这些作家大多是经历了一段创作的摸索,首先在理论上解决了审美态度问题。譬如郑万隆曾明确地说:“你不认为远古和现在是同构并存的吗?”“重要的是感觉,它比理性的理解在记忆中留下更深的刻印。”[②]另外一位汉族作家马原,不远数千里,从重工业城市的沈阳,跑到西藏,目的是寻找养育了原始艺术的激情与灵感。他说:“毕加索和马蒂斯都到过非洲,他们从现成的原始艺术品上得到启发和美感。”“我想,那么原始艺术品的创造者,他们又是从哪汲取灵感和激情呢?”[③]

与此相对的另外一些作家,则几乎是直接复活了感觉。汪曾祺评价林斤澜的《矮凳桥传奇》的风格“云苫雾罩”,且指出其“老实态度”,正在于写出了“自己就不怎么明白”的意思,因为“人为什么活着,是怎么活过来的,真不是那么容易明白

① 见李杭育《通信偶得》,《文学自由谈》1985年第2期。

② 见《我的根》。

③ 见马原《我的想法》,《西藏文学》1985年第1期。

的”。[1] 矫健的《河魂》,张炜的《古船》等作品,虽然少数说理部分显得生硬,但整部作品谋篇布局的安排,都突出渲染了人物的感觉。莫言则进一步将感觉的重视,深入还原到视听知觉基本形式中。女作家王安忆、铁凝,得益于始终保持着良好的直觉,稍有自觉,就更为细腻敏锐,这使她们极善于捕捉那些细小而富于暗示性的细节,这使《小鲍庄》与《麦秸垛》两部作品都比较自然丰满。少数民族作家乌热尔图、扎西达娃,原来就较少意识形态化的正统规范的限制,加上有意识地排斥其他民族思维方式的影响,这使他们在艺术思维方面,更多地带有本民族感觉的神秘特征。

无论是由理性的溯寻,还是直接的感觉复活,作家们对原始思维的认同,最直接地催动了小说的艺术嬗变,全面革新了当代小说的认知模式,而且带动了叙事方式、语言形式等重要小说因素的变革,对当代小说的风格化趋势起了重要推动作用。

多元的主体

这几种张力的形成,从整体而言是一个民族在激变的时代生活中,为了适应变动的宇宙而爆发的活力运动。就个体而言,来自人们不同的审视角度与价值取向。首先是对文化价值的不同理解,甚至是对文化一词的语义分歧。对于一些有着较强文化意识,而并不以寻根为目的的作家来说,“文化”意味着文明教养,意味着适应现代化要求的社会秩序。对于典型的“寻根派”作家来说,“文化”则是一个民族全部的生存历史,是她精神的原生状态,是她的现实命运,也是她的情感历程。这一种明显的语义分歧,造成了作家们千差万别的主体态度,从而导致充分个性化的风格形成。

我们大致可以发现一些如下的差别:

1. 理想主义的态度

理想主义的态度是指对文化建设的一种理想状态的表达。张洁的《沉重的翅膀》、张贤亮的《龙种》等一系列作品,大致体现着这样的态度。因此,他们重视现实

---

① 汪曾祺:《林斤澜的矮凳桥》,《晚翠文谈》第 20 页。

的经济改革对民族落后积习的扫荡,对社会文明教养水准的提高,对人的价值与尊严的回复。这无疑出于极善良的动机,但前者偏于小布尔乔亚的趣味,后者则带有马基雅维里式的急功近利,因此,在洞察历史与现状方面,显然都有些简单化。

2. 实用主义的态度

实用主义的态度,指在现实的文化抉择中,带有更为功利化的特征,但在洞察历史方面,有了较为开阔纵深的视野。代表这种态度最典型的作家是王蒙。他的长篇小说《活动变人形》,大跨度地展开了东西方文化对逆的现实,在这个背景中,叙述了一个封建家庭几代人的命运,揭示了封建家族制度的黑暗。并通过倪吾诚这样一个深受封建积习影响与残害,同时又非常皮相地接受了一点西方近代思想的知识分子,在东西方文化冲撞的夹缝中,在民族危亡的动荡时代,怀着朦胧的民主理想,无所适从,无所附丽的精神悲剧,揭示了中国近代以来知识分子的精神命运这样一个重大的命题。尽管作者一再强调重申革命的不可避免、理想的绝对正义性质,但最终是在与"恍悠"这个典型的"中学为体,西学为用"人伦的比较中,以儒家的传统"人伦日用"为价值尺度,完成了对倪吾诚这个人物的批判。"儒"并不一定是坏东西,"人伦日用"也是人类生存的基本要求,问题在于当近代工业文明强制性侵入的时候,它是否有助于一个民族克服生存的危机。此外,个体的人生抉择,在大时代的混乱中,也未必能改变民族悲剧性的历史命运。用人伦日用及个体的道德为尺度,来解决中国近代知识分子的精神矛盾,无异于用小学一加一的算术方法,解决"哥德巴赫猜想"中一加一的问题。这是这种态度最大的局限性。

3. 现实主义的态度

现实主义的态度,指作家将民族的文化心理作为人生的背景,重视它对民族精神与社会情绪的影响,以及对普通人命运的无形制约。也表现在作家对当代现实生活的更深开掘。林斤澜的《矮凳桥传奇》,大致取材于温州地区村镇的现实生活,贾平凹从《商州初录》到《浮躁》,都以陕西商洛地区的现实民生为载体。前者注重历史沿革中个体人生的际遇;后者则进一步揭示这种际遇中的文化心理的巨大影响。山西作家李锐、郑义,则努力在变动的生活中,去体察发现不变的古老生存模式。前者不动声色地状写出村庄生活的沉滞与压抑;后者则以饱满的激情讴歌在这沉重的压抑中不屈的精神。山东作家矫健、张炜在对民族传统文化心理解构的同时,不屈不挠地探索着民族的历史命运。在似乎永难挣脱的封建羁绊中,探索走向现代社会的现实可能性。沉重的历史感,使这两位作家的文化意识中,充满了内在的矛盾:价值的批判与命运的认同,情感的承诺,近于宿命的理智与绝望的精神抗争,造成了作品深厚的悲剧底蕴。

4. 浪漫主义的态度

所谓浪漫主义的态度,是指作家以艺术的审美理想为动力,在文化价值的择取方面,相当程度地超越了现实功利与理性思辨之后,带有更多个体感性的审美表现性质。此外,在思维方式上也带有相当成分超现实的特征。上文提到的所有认同老庄与民间文化的作家,大致都持这样的态度。

李杭育在《理一理我们的“根”》一文中,曾设想假如中国文学不是沿着《诗经》所体现的中原规范发展,而能以老庄的深邃、吴越的幽默,去糅合绚丽的楚文化,将歌舞剧形式的《离骚》、《九歌》发扬光大,作为中国文学的主流发展到今天,将是什么局面?“还有上古的神话假如也能充分地发育,还有汉民族文化能更多地汲取少数民族文化的精华,像汉唐时代那样……”这不能不说是非常浪漫的设想。阿城的《遍地风流》的多数作品,有意忽略了社会单层面的内容,在表现边地少数民族与内地民间淳朴开放的民风时,注重其自然舒展的生命形态,以表现世界人生的神秘感与博大的生命形式。而其“悟”的思维特征与重直觉的语体特征也都带有超现实的特征。这种浪漫主义的态度,在乌热尔图的作品中,表现为对本民族神秘的情感中原始的自然观等、一系列朴素信仰的执着,以及深挚得近于感伤的情绪基调。郑万隆的浪漫主义态度,更明显地表现为认知方式的超现实性质,他借助东北边陲移民的生活素材,完成了对人类生存基本境遇的洞察。莫言则以极度夸张的情绪体验与感觉的夸张,宣泄出对民族过往历史生存的情感评价;强烈的自我意识,使他对民间朴野精神的讴歌,近于图腾崇拜式的神圣信仰。张承志从《黑骏马》到《金牧场》,以不断变化的风格,记叙着自己精神的游荡与灵魂的皈依。主观性极强的时空秩序,充满结构意识的叙述方式,发挥到极致的语言张力,都有助于以个体的生命体验去容纳更深广的历史人生内容。文化对于他,意味着全部浸透着人类情感的历史,浪漫主义态度,表现为现代人对于情感价值,对于精神信仰,对于神圣感,永无止境的追求。浪漫主义的态度在韩少功的作品中,表现为极度的孤愤。对民族生存困境与精神危机,乃至于人类命运前途夸张的讽喻,使他的《爸爸爸》绝望得近于世界末日的寓言。扎西达娃说:"你感到脚底下的阵阵颤动正是无数的英魂在地下不甘沉默的躁动,你在家乡的每一棵古老的树下和每一块荒漠的石头缝里,在永恒的大山与河流中看见了先祖的幽灵、巫师的舞蹈,从远古的神话故事和世代相传的歌谣中,从每一个古朴的祀仪中,看见了先祖们在神与魔鬼、在人与大自然之为寻找自身一个恰当的位置所付出的代价。就这样,脑袋'吱——'的一声。你开窍了,你的自信来了,你的激情来了,你的灵感来了,你开始动笔了。"[①]也正是对本民族生存这种浪漫主义的观照,造就了扎西达娃作品中神秘主义的倾向与魔幻的风格。

这种浪漫主义的态度,无论在文化价值抉择上,有多少理性的失误,但都在审美领域中拓展了艺术表现的空间,顺应了现代人作为对理性片面发展的积极制衡,而兴起的神话复兴运动。持这种态度的作家对民族原始思维的溯寻,正是艺术领域中现代意识的表现,最直接地推动了小说艺术的决定性蜕变。被称为"新锐小说"的绝大多数作品,几乎都出自持这种态度的作家之手,这一事实也说明,文化意识作为新时期小说艺术嬗变的重要中介,主要是由这种浪漫主义的态度承担了承前启后的作用。

5. 历史主义的态度

所谓历史主义的态度,是指一些作家有意隐蔽起自己的主观评价,而与浪漫主义的态度相对立。持这种态度的作家,更多地表现自己理知到的世界人生。也就是说,他们对文化基本采取客观的认知态度,并且在思维方式上也大致不超过常规的思维习惯。

王安忆明确表示不同意李杭育对中国文化的设想。她说:"我觉得历史的事情你是不好去讲错和对的,它已经发展到今天了,你怎么好去假设它呢?""我觉得历

---

① 见《我在逆向中寻找》,《文学自由谈》1988年第2期。

史就是历史。我现在就给我自己规定了一条路……我是从现代出发的，是从逆向上去找，就是说我们中国人今天会变成这个样子，究竟是为什么呢?”[①]这种历史主义的态度，几乎代表了几位被裹挟到寻根潮流中的女作家们共同的态度。王安忆的《小鲍庄》、《大刘庄》，都在中国人日常的生活情态中，着力表现了民族的文化特征，包括食、性、生育制度、婚姻关系中体现出来的特有观念形态与集体无意识。除了温馨的关注以外，作者并没多加评说。铁凝的《麦秸垛》，则主要表现了乡下农民与城里的知青，共同被压抑的性意识，不同的流露与发泄方式。精彩之处在于对村社中，开放而又蒙昧的两性关系，所体现的朴素人性内容，细致入微的描写，而作者的情绪又非常地节制。这两位作家，都是在共时性的生活中，去洞见民族历时性的精神心理。而另一位女作家张辛欣，则更重视这个民族共时性的文化现状。她与桑烨合作的口述实录文学《北京人》，在上百个普通中国人的自述中，展开了这个时代各阶层构成的文化断面。医生、工人、个体户、浴池师傅、红卫兵、绒线编织优胜者……每一个人都是一个文化的载体，这些活的感性载体，最生动地展现了当代文化的全景图像。作为一个观察者的作者，也就非常成功地淹没在这群体之中。

多元的主体性，既是几种张力形成的主要原因，也是风格化得以发展的必要环节。而文化只是一个中介、一个契机，使多元化的艺术嬗变找到了一个共同的突破口。

“寻根文学”的意义

经过几年来创作的实践与理论的论争，经历了新的艺术反动和挑战之后[②]，“寻根文学”的价值与意义已经比较清楚。特别是经过上文对其发生及形态的论述，我们可望对它作出一个比较公允的评价。

---

① 见《你的世界》,《文学自由谈》1988 年第 3 期。

② 所谓新的艺术反动与挑战总体来说，有影视等大量传播媒介的冲击，“寻根文学”中的绝大多数作品，由于它们的精英倾向，由于它们在艺术表现上的先锋性质，既难与影视相抗衡，又难以改编为影视的形式而为大众所接受。就文学内部而言，新的报告文学热潮譬如苏晓康的《神圣忧思录》等一系列作品所引起的轰动，也是“寻根文学”所无法比拟的；另一方面，更为个体感性化的文学思潮，譬如残雪、苏童等人的作品，作为对“寻根文学”的艺术反动，也开始进入纯文学领域。

首先,我们需要区分两个概念,即作为文艺思潮的"文化寻根",与作为一种文学现象的"寻根文学"。

作为文艺思潮的"文化寻根",是这个民族近代以来,在东西方文化大冲撞大交汇的时代背景中所孕生的历史母题,在这个时代的延续。它以文学的形式,参与了东西方文化价值的抉取,这正是这个时代民族文化重建与更新的重要途径。同时,它又是这个充满矛盾与痛苦的时代,这个民族在这个时代精神状况的记录,反映了这个民族在现代化的艰苦跋涉中,痛苦的心理历程。

文化寻根的思潮,将文学置身于东西方文化价值的多维时空中。它强化了作家的文化意识,开阔了他们的文化视野,促进了文学观念的变革。由于文学观念的变革,文化寻根思潮事实上把新时期文学推到了一个新的水平,不仅此前的许多分散的主题获得集中深化,而且也开拓了艺术表现的新领域,譬如,由社会学而至人类学,由人性而至人本问题,等等。这使新时期文学基本上完成了艺术的嬗变。这既反映在一批具有新的精神品格的作家与作品问世,也反映在许多人们熟悉的作家创作风格的发展。这一艺术的嬗变极大地改变了新时期文学的原有秩序,作为第一个十年的最后一股思潮与第二个十年的第一股思潮,文化寻根绝非偶然地成为新时期文学的一个里程碑与转折点。

在这股思潮中居于中心地位的"寻根文学",首先也是作为一个时代的精神现象而具有独特的认识价值。正如荣格所说:"就好像在一个人那里,对自动调节的无意识反应,纠正了他片面的意识情态,艺术也体现了民族与时代生活中一种精神上的自动调节。"①尽管"寻根文学"的作家,大多是从个体的理解与感受出发,介入了时代的文化抉择,但由于他们对传统的重新发现,对文化概念的崭新理解,对民族自我意识的重视,这许多方面的独特敏锐,使他们更自觉地承担着民族精神"自动调节"的职责。因为"无论诗人多么傲慢自尊,他们中每一个人都代表了成千上万个声音说话,预言着他的那个时代意识观的种种变化"②。

① [美]霍尔、[美]诺德拜:《心理分析学与诗的艺术》,《荣格心理学纲要》,张月译,黄河文艺出版社,1987年,第162页。

② [美]霍尔、[美]诺德拜:《心理分析学与诗的艺术》,《荣格心理学纲要》,张月译,黄河文艺出版社,1987年,第162页。

其次，由于典型的“寻根派”作家，理论准备比较充分，艺术修养比较全面，他们重视民族的原生形态的本土文化对文学的首要作用，又敏锐地感应到20世纪的学术与艺术思潮植根于民族文化与民族情感的土壤，在传统与现代的沟通方面，作出了积极的贡献。

其三，由于这些作家站在时代潮流的汇合处，具有开阔的文化视野，同时又重视个体的人生体验，因此，他们的作品具备前后两代人的特征，既有对民族历史命运与现实矛盾的高度责任感，又有充分个性化的感性特征。为此，他们承袭了“五四”以来的许多优秀传统，又沟通了许多世界性的文学命题，在历史感与现实性、民族性与人类感，理性认识与感性还原，以及艺术的审美特征等一系列问题上，都以自己的创作实绩，处理得比较有度。使他们的作品一般具有丰厚内蕴与新颖的形式，也为理论界的工作提供了成功的例证与更高的要求。在经历了长久的文化禁锢之后，在这个混乱而重物质的时代，能产生出这样的一些作品，也已经很不容易。

其四，“寻根派”作家在艺术技巧方面的全面尝试，虽然并不都很成功，不少作品留有生硬的摹仿痕迹，但毕竟是先行者的探索。他们在叙事意识、时空形式，结构安排、语义层次、文体形式等方面，充分个性化的勇锐尝试，为后来者铺平了道路，也使他们的成功之作具有文学的多种品格。譬如：写实的技巧、浪漫主义精神、史诗的气魄、神话的形式、象征的氛围、魔幻的风格与现代派的心理深度，等等。

选自《当代作家评论》1989年第1期、第2期

中国乡土小说的艺术新变

——新乡土小说论

金 汉

新乡土小说，并非指新近发表的乡土小说，而是特指一种在文学观念、小说观念、美学追求上与以往传统意义上的乡土小说相比，具有新的、现代美学特质的新型乡土小说。

早在80年代初，这种显示着新的美学品格的乡土小说就已陆续出现了(比如“寻根派”中的某些作品《麦客》、《远村》、《老井》、《最后一个渔佬儿》等)。到了80年代中期，乡土小说发生了明显的，从某种意义上说带有根本性的变化。这种变化，不只是因着时代和社会生活的变化而引起的作品描写内容的变化，也不仅是熔炼主题、塑造人物上的变化，而是作家在艺术地认识和把握世界的根本观念和方式方法上发生了变化，是作家在一种新的文学观、美学观的作用下，对小说文体所进行的一次更具本体意义的变革。像《厚土》、《牛贩子山道》、《马嘶·秋诉》、《狗日的粮食》、《火纸》、《乡村情感》、《爆炸》、《桑塬》、《赌徒》、《浮躁》、《古船》等，就是这样一些与以往传统意义上的乡土小说很不相同的具有新的、现代美学品格的新乡土小说。

新乡土小说“新”在哪里，它的主要美学特征是什么？我们认为，欲寻求新乡土小说的美学特征，就必须把它放到中国乡土小说发展的历史长河中去，新乡土小说的美学特征正是在与传统乡土小说所构成的互为比较的系统关系中显现出来的。

中国乡土小说是有历史传统的。仅以现代乡土小说而言，它伴随着“五四”新文学运动而出现。当时，一批为着生计或求学而远离故土侨居北京的外省游子，于羁旅的孤独中时常怀恋着故乡，写下了一批描写故乡风土人情和底层小人物命运的作品。如蹇先艾的《水葬》、裴文中的《戎马声中》、许钦文的《父亲的花园》、王鲁彦的《菊英的出嫁》、废名的《竹林的故事》以及稍后出现的沈从文的湘西风情小说等，连同新文学奠基人鲁迅的《故乡》、《阿 Q 正传》、《祝福》等小说在内，这是中国现代文学史上第一批乡土小说。应该看到，这批乡土小说以其朴素的语言、真挚的情怀，特别是充溢于字里行间的浓郁的乡土气息，的确冲击了当时小说创作局限于狭窄的知识分子题材的现状。但从整体上看，其基本情感和色调都是低沉的、灰色的，缺乏现代文明和进步思想的烛照。如果我们进一步从小说的文体意义上考察，就会发现：由于这些作家大都被一种难以排解的"恋乡情结"所驱使，创作中主观情感过分地投入，导致这批乡土小说常带有浓重的散文色彩，实际上尚未将小说与散文从文体上根本区分开来。

鲜明的地域色彩、浓郁的乡土气息是早期乡土小说的一大美学特征。但正如茅盾所说：单有"特殊的风土人情的描写，只不过像看一幅异域的图画，虽然引起我们的惊异，然而给我们的只是好奇心的餍足。因此，在特殊的风土人情而外，应当还有普遍性的与我们共同的对于命运的挣扎"①。以这个标准来衡量当时的乡土小说创作，毫无疑问，最优秀的代表是鲁迅。这不仅是因为他的《故乡》、《阿 Q 正传》、《祝福》、《风波》、《社戏》等作品都是地道的乡土小说，更重要的，鲁迅不是单纯出于对故乡的眷恋（即所谓"恋乡情结"）而去描写乡土生活，他是站在当时时代的高度，以一个民主主义启蒙者的思想和眼光来审视这片古老的土地，在展示乡土生活、习俗、人情、世故的同时，更着力于社会问题和人心状态（即国民性）的揭示，表现出一种对传统文化和社会现状的强烈的批判精神。可以这么说，与同时期其他乡土小说相比，鲁迅的乡土小说所包涵和承载的思想主题更严肃，更深刻，也更巨大。从鲁迅的乡土小说中我们完全可以概括出中国现代乡土小说最主要的美学特征：第一，在有浓厚地域乡土色彩的典型环境中，致力于塑造具有典型的社会意义和性格特征的人物形象；第二，在乡土生活风习画面中，寄寓重大的社会命题，演示

---

① 茅盾：《关于乡土文学》，《文学》6 卷 2 号，1936 年 2 月 1 日。

社会变迁。

自鲁迅树立了乡土小说的标高之后,从三四十年代到五六十年代,直到80年代,我国乡土小说的流脉从未中断过。其间,像抗日战争时期的萧军、萧红的作品,40年代沙汀的作品,50年代赵树理、孙犁、周立波、柳青的作品,以及80年代初刘绍棠、古华等的作品,不管其描写内容、表现形式以至情感格调上有过怎样的变化,就其乡土小说的总体格局和创作路数来说,都似乎是早就被规定好的,表现出惊人的相似和一致;萧军、萧红,一个风格粗犷豪放,一个笔致细腻抒情,但他(她)们都是以沦陷前后的东北故乡为背景,在关东特有的青纱帐、草甸子的风习画面上,展示的是抗日民众与侵略者浴血奋战的情景;沙汀则以他独具的冷峻、辛辣,在浓郁的四川乡土风俗画面上,揭示国统区的阶级压迫、帮会倾轧和人民倒悬于水火的境况。到了50年代,乡土小说在赵村理、孙犁、周立波、柳青手里,可以说为之一振。他们一改以往乡土小说的灰色、暗淡和忧郁,变得明朗,欢快,充满喜剧色彩,第一次塑造了已经觉悟、站立起来的农民,而且在语言上将地道的农民乡土语言引入文学作品,更增强了作品的地域色彩和乡土气味,给中国乡土小说开创了新的作风、新的气派。赵、孙、周、柳可谓50年代中国乡土小说的四大家,他们对中国文学所做出的卓越贡献已彪炳史册,不可抹杀。但我们还是要指出,尽管他们各人头上一方天,有不同的地域色彩、迥异的艺术风格,然而在不同的乡土背景之上,展现的却是几乎完全相同的生活、相同的主题,甚至各自作品塑造的也几乎是完全相同的人物类型(孙犁的作品稍有例外)。可以这么说,鲁迅之后,从30年代到80年代初,中国乡土小说已形成了某种模式,这模式就是:以乡土小说的形式来表现时代或社会的重大主题。在这里,乡土风情的描写仅被作家当作一种创作的方式和手段,或只是为人物活动、故事发展提供一个背景,而其主要目的是为了表现阶级或民族矛盾、时代或社会主题。古华在他著名的乡土小说《芙蓉镇》的"后记"里有一句话"寓政治风云于风情民俗图画,借人物命运演乡镇生活变迁",可以说基本上概括了80年代以前乡土小说的主要创作思想和审美特征。

如果说80年代中期以前我国乡土小说创作还较多地关注政治问题,基本上是沿着社会学的层面,随社会生活的变迁而被动地向前推进的话,那么,80年代中期以后,也就是出现了我们在这里称为"新乡土小说"的这些作品之后,我国乡土小说创作可以说已开始进入了一个新的哲学和美学境界。无论是观照现实，还是反思历史，都渗透着作家强烈的当代哲学意识和审美意识。作家已不再局限于仅从政治、经济等社会学的层面去观察生活，而开始尝试从文化哲学、生命哲学、人本哲学等多种角度去观察和把握生活，追求一种超越社会学意义的文化学意蕴。

与以往的乡土小说相比，新乡土小说一个最明显、最突出的变化是：几乎所有作家都不约而同地选择了文化视角，力图对生活作出自己的文化学阐释。这是因为，作家们普遍认识到，文化，作为人类社会实践与客观自然世界碰撞的产物，它是无所不在的。一方面，人创造了文化，一切文化的形成、延续、变革无不是人类社会行为的结果；另一方面，无所不在的文化又渗透到人的深层心理，反过来影响、制约着人的思维、观念、价值标准和行为规范。正如马克思、恩格斯所说："人创造环境，同样环境也创造人。"任何人都不仅生活在一定的文化氛围中，而且被周遭的文化彻头彻尾、彻里彻外地文化化。可以说，人自身就是文化的结晶，每个人都是"文化人"。从这个意义上说，文学作品要真正深刻地反映客观世界，真正达到并实现对人自身更深入更全面的理解，作家就必须具有自觉的文化意识，把整个世界和本民族的社会生活如实地看作一个有机的文化网络系统，把一切人和事放在这个网络系统中考察、把握和表现。

山西青年作家李锐就是一位具有自觉的文化意识，善于从文化视角观照生活的作家。他的《厚土——吕梁山印象》就是一部由十几篇不同题材，不同人物，不同故事情节的短篇小说集束而成的具有深厚文化意味的新乡土小说。这些作品从不同角度和层面，展示的是同一文化区域——吕梁山这块沉积着千百年古老历史文化遗迹的黄土高原的文化生态环境，揭示了世世代代生息繁衍在这文化厚土之上的父老乡亲们那种几近凝滞不变的生存方式、思维特点、心理状态和伦理、道德观念。像《合坟》(《厚土——吕梁山印象》之一)写的那样：历史已进入现代文明高度发达的80年代了，一位山区农村党的支部书记还在指挥着几个农民为已死了十多年的下乡女知青"配干丧"(结阴亲)，以这种最古老、最原始、最愚昧的方式来寄托村民对这位女知青最深挚、最沉痛的哀思，可亲可敬之中不禁使读者也感到深沉的悲哀。作者将十几年发生的一系列社会变动放在千百年几乎凝滞不变的历史文化"厚土"中来表现，变动过去了，一切又恢复平静，生活又像过去一样不紧不慢地转动起来,充分显示了传统文化对现实生活巨大而恒久的控制力量。先锋派作家莫言的不少作品(如《老枪》、《枯河》、《爆炸》、《金发婴儿》甚至《红高粱》等),也都可视为新乡土小说。这些作品大多从文化视角切入,不停留在对农村生活的一般化、表面化的反映上,而是竭力要写出弥漫于中国北方农村生活中的浓郁的乡土文化氛围和渗入人们心灵深层的文化积淀。比如《爆炸》,单从题材上看,它很像一篇宣传计划生育的应时之作,而实际上是一篇意蕴相当深厚的乡土文化小说。作品通过叙述者"我"(一个具有较高文化素养和强烈现代意识的革命军人)回乡劝说怀第二胎的妻子做人工流产一事,写出了这一举动在至今仍被传统生育文化观念严严包围着的乡村所引起的"爆炸"性连锁反应。父亲反对,母亲反对,妻子反对,全村人都反对,使"我"处于绝对的孤立当中(就像作品中以象征手法写的那只被全村人围剿追杀的红狐狸)。由于作者将笔触深入人的心灵世界,写出了人们心理深层的文化积淀,就使作品出现了超越题材的奇迹般的文化升华,大大深化、提高了作品的思想意蕴和美学品位。说到新乡土小说的文化意蕴,不能不提到《浮躁》(贾平凹)和《古船》(张炜)。这是两部很典型的长篇新乡土小说。两部作品都是立足于当代,写我国农村现实变革的。《浮躁》以宽广的视野描写了中国农民进入历史新时期以来,为摆脱贫困、封建残余和自身旧意识的束缚,所经历的经济、政治、文化、道德、心理的复杂曲折的矛盾和斗争。作者不停留于事件、过程的描述,而是将聚光点投射在弥漫于整个变革时代的复杂的社会情绪和心态上,并通过象征手法,用商州州河这条"全中国最浮躁不安的河"来象征长江、黄河,象征由这两条母亲河养育的华夏子孙以及千百年来形成的太丰富因而也太沉重的文化积淀,象征在这样一种文化氛围中处于变革高潮期的我国农村社会和农民的复杂而独特的文化心态。而《古船》更是一部从历史、文化的综合角度透视我国当代农村变革现实的作品。它一改前一阶段"改革文学"大都唱颂歌的写法,而将现实变革放到历史的进程和特定的文化场中来表现,既写出了新时期以来洼狸镇人民的现实命运,又写出了四十年来人民的苦难的历史命运,而这一切又无不交织弥漫在浓郁深厚的文化氛围当中。作者以现代的哲学意识和文化意识,深刻地描绘了洼狸镇人那种普遍存在的封建农业宗法社会所特有的封闭、落后、健忘、自欺、忍受、复仇等文化心态,表现了建筑在这一特殊文化心态之上的当今改革运动的艰难。这种对现实生活的历史的、文化的高视点审视，不仅极大地加深拓宽了作品的主题意蕴，也极大地提高了作品的美学价值。

从以上所举作品可以看出，新乡土小说比之于以往传统意义上的乡土小说，其最明显最根本的不同在于：新乡土小说一般不只从社会的、政治的层面上开掘生活，不单一地为了揭示和回答某种社会现象或政治问题，而是超越这一切，对生活作整体的文化的观照，意在揭示人类生存的文化状态，呼唤作为社会变革深层和终极目的的文化变革。

伴随着文化视角的选择，新乡土小说在美学上的又一明显变化表现在它对乡土风俗习尚的描写态度上。根据乡土小说质的规定性和美学要求，几乎所有乡土小说都有大段的对乡土风俗习尚的描绘。但在新乡土小说中，这种描绘与以往的乡土小说已有很大的不同。它不再把乡土风俗描写当作一种体现地域色彩或浓化生活气息的手段、方法，或是为故事的发生、发展和人物的活动提供一个环境背景或场所，而是把乡土风俗看作一种文化形态，而且是与人的思维、语言、心理、性格、行为融为一体的文化网络结构。因此，新乡土小说追求的是一种对于人与环境的整体的、全息的文化观照，人与自然，人与历史，人与时代无不浸淫笼罩在一定的文化氛围中。它们并不特意写风俗，却时时、处处、事事、人人无不有风俗。雁宁的《牛贩子山道》将一老一小两个牛贩子置于大巴山深处一条蜿蜒崎岖、险峻神秘的小道上，突兀的山崖、盘旋的鹞鹰，峭壁上的古栈道，神秘的悬棺，还有那古代巴人、賨人的传说，所有这一切构成了一股浓重的苍老、古朴、原始的文化氛围。而世世代代生息繁衍在这古老而封闭、奇瑰而神秘的原始文化氛围中的大巴山人，具有与大巴山一样的体魄、野性和豪气，浑身充满了从祖先那儿遗传下来的刚毅英雄的血气。在这里，人与自然，人与大山，人与历史，人与传说完全地交融在一起，你分不出它是在写山还是在写人，是写历史还是写现实。一座大巴山，一条牛贩子山道，不仅凝聚着历史，凝聚着现实，也凝聚着大巴山几代子民的命运，甚至还凝聚着明天美好的希望。这种把风俗直接对象化、目的化的描写在谢友鄞的《马嘶・秋诉》和他的其他一些专写辽西地域风俗民情的小说中也有充分的表现。那辽西地域的风光山色、辽西大草滩的空旷平坦、蒙汉杂居区的风俗习尚与辽西人那豪爽开朗的性格、宽广坦荡的胸怀完全地融合在一起，在这里人即草原，草原即人。新乡土小说这种对乡土生活、乡土风俗和乡土人的整体的、全息的文化观照,使它在哲学上、美学上都比以往徘徊在社会学层面的乡土小说提高和深化了一步。

文化视角的选择给新乡土小说带来的又一变化表现在人物形象的塑造上。同样是写人,传统乡土小说往往从社会学层面上去开掘,注重的是人物的经济状况、阶级地位和政治态度等社会属性。在创作方法上遵从的是塑造典型环境中的典型形象、典型性格,赋予人物形象以这样那样的社会典型意义。而新乡土小说却一般不从社会学层面而是从文化学层面开掘人物,它关注的是人自身,即不再过分看重人的好坏、善恶、美丑、先进落后、革命反动等因素,而是把人作为类似存在进行考察研究,探讨人与自然、人与历史、人与社会、人与人、人与自我等属于现代本体哲学或文化人类学范畴的问题。在具体创作中也不那么严格遵循传统现实主义创作原则,不再过分注意对生活的筛选、过滤和刻意塑造典型环境中的典型形象,不少作品采用现在被人们称为“新现实主义”(新写实)的写法,致力于对生活原本色相和人的原生状态的现象还原式描写,这样似乎少了些典型意义,但却增强了生活的实感。《狗日的粮食》(刘恒)就是写人的生命存在与社会存在的矛盾,写社会存在对人的生命存在与发展的限制和障碍。“民以食为天”,作品正是从人的这一最基本的生存需求入手,描绘了洪水峪农民杨天宽一家单调而又艰难的生活道路,展示了特定年代中农民的生存状态和由于粮食的匮乏所导致的生命的退化。这篇小说对人的描写已不单纯是写人的社会属性甚至文化属性,而是直接进入写人的自然属性,进而把人的自然属性与社会属性联系起来,从而达到了自然人与社会人的整体统一。与《狗日的粮食》主题相近但寓意更为深广的“桑树坪系列”小说(朱晓平),则在更为浓郁深厚的文化氛围中展示了西北黄土高原某小村农民的生存状态,以及在这块古老、原始、蛮荒、贫穷、封闭的土地上形成的文化心态。杨争光的《赌徒》也是这样,它通过对荒凉苍茫的戈壁滩上一个小村庄上人们生存状态的描写,展示了这片文化荒漠上三个无价值的生命的生存过程。不少新乡土小说都有这种对贫穷落后地区人的生命存在状况的描写,看上去似乎是不动声色的纯客观的展示,实际上内中都寄寓着作家对文化开发的深情呼唤。

新乡土小说对于文化视角的选择还直接导致了它在叙述文体上的变化。作为写实性的新乡土小说,一旦把某个地域的全部文化形态(除一般显见的乡土风俗习尚外，更重要的是人的思维、语言、行为、心理等）作为自己的描写对象，为了使这种描写保持在较高的逼真度上，以尽可能客观地反映生活的本来面目，就必须尽力摆脱和排除作家自我对小说叙事过程的干预，即必须把作者本人与小说叙事者分离开来，以保证小说叙述者能充分发挥自己的叙事功能。作者与叙述者的分离不仅是区别新、老乡土小说的标志，也是区别现代艺术小说与散文的重要标志。

我们见到的新乡土小说大体上有两种人称叙述方式：第一人称，或第三人称。比较起来，采用第三人称，对实现作者与叙述者的分离似乎较容易些。比如李锐的《厚土》系列，杨争光的《土歌》、《赌徒》等都是用第三人称写的，无论叙事、写人、场景描绘都采用一种近乎纯客观的、冷峻的笔调，作者绝不参与其中，也不站在外面横加评论，更不外加什么寓意、哲理、象征，可以说是真正意义上的"按生活的本来面目反映生活"。有人把这种叙事态度概括为"情感的零度"，其实并不准确。因为，客观不是旁观，冷峻不是冷漠，恰恰相反，只有对我们民族的历史、现状和未来命运极其关注且怀有深厚感情的人，才能如此洞察生活，对生活作出如此客观冷静的反映。他们深知，场景本身有底蕴，生活里面有哲理，人物灵魂凝聚着文化。因此，客观地描绘了场景就体现着思想，真实地再现了生活就有哲理的自然升华，塑造了活生生的灵魂就重现了民族文化。作家的任务就是把这一切展现出来，结论留给读者自己去思考，去判断。

值得注意的是，无论新、旧乡土小说，有很多作品都是用第一人称写的。那么，区分新、旧乡土小说的主要依据则是看叙述者与作者的关系。在以往的乡土小说里，叙述者"我"基本上等同于作者，或者说是作者以叙述者的面目出现在作品中，叙事中往往带着作者自己对故乡风土习俗的明显的情绪色彩。作者自我情感、意识的过分投入，势必影响他对客观生活和诸种文化形态的真实反映。而新乡土小说的叙述者"我"，则基本上摆脱了与作者的关系，"我"只是小说的叙述者，它可以是小说中的一个人物，也可以只是小说的一个观察视角，它与作者没有直接的功利关系。这样就能有效地防止作家主观情感和意识对叙述者功能的干预，使整个叙事过程保持在一种冷静客观的分析性层面上，较好地完成对生活原本面貌和人的生存状态的现象还原式再现。许谋清的《死海》、《三十六块缸片》等小说就比较典型。这两篇作品都是第一人称写法，但作品中的"我"已基本脱开了与作者的关系，在叙述中尽量不对当地的生活习俗作主观评价，始终注意保持乡土生活的原生形态，以求达到对生活在这块土地上的人们的生存方式、风俗习尚、语言行为和心理状态的原本完整的表现。

中国现代乡土小说已有七十多年的历史。七十年来乡土小说无论在描写内容还是艺术表现方法上始终在不停地变化着、丰富着、发展着。80年代中期以来中国乡土小说发生的这场深刻的变革，既是七十年来中国乡土小说的继续和发扬，又是民族乡土小说向着世界化、现代化迈进的开始。我总在想，中国文学要走向世界，要获得类似诺贝尔什么的国际金奖的话，那么它必定是这种现代化了的乡土文学无疑。因为，中国乡土文学是中华民族文化的精魂。

原载《当代文坛》1993年第6期

乡土小说的多元与无序格局

丁　帆

在现代文学史中，我们的作家、批评家、文学史家力图在乡土小说这一创作领域内寻觅恢宏壮丽“史诗”的希冀已经成为泡影。在20世纪的最后几年里，中国文学里的“史诗”和“大家”意识无疑正在被创作的多元与困惑所消解和替代，而创作的多元与困惑却推动着小说艺术的发展。因而，本文试图通过这种多元与困惑的描述来窥探乡土小说创作的走势，以期发现中国从农业社会向工业社会乃至后工业社会转型时的小说艺术变化。

走出田园风景线寻觅失落的政治问题

谁都不会忘记文艺为政治服务给作家创作留下的消极影响，新时期文学的腾飞亦正是在摆脱了这种影响的前提下取得的。新时期之初，当汪曾祺第一次把四十年前那个田园旧梦送给读者时，人们似乎从这田园风景线的描摹中找到了一种与政治主题剥离的新方法，从中发现了小说所具有的美感功能，虽然这种美感尚带有古典主义的风范。但它足以令人陶醉。正如汪曾祺在《大淖记事》的创作中所说：“我以为风俗是一个民族集体创作的生活的抒情诗。”[①]这一“抒情诗”的显现发

① 《〈大淖记事〉是怎样写出来的》。

出的是文学创作游离政治的信号，它不仅仅带来了当时风俗画小说的泛化，同时，也带来了现代文学史学界对于沈从文这样的田园浪漫诗人的重新认识，甚而将沈从文这位田园牧歌的颂者在文学史上的地位拔高到了惊人的程度。无可否认，这股清新的田园之风犹如一泓清泉流过千万读者的心田，使人忘却“伤痕”之创痛，平复了梦魇的缠绕。比之“伤痕”之后的“反思”。诸如《芙蓉镇》、《拂晓前的葬礼》、《爬满青藤的木屋》、《远村》、《绿化树》、《天云山传奇》、《在没有航标的河流上》、《犯人李铜钟的故事》、《蝴蝶》等，田园浪漫诗篇轻轻地撇开了那种凝重的主题，以轻灵的美感内涵向政治化的母题告别。虽然两者的基本母题同样是在回归“五四”以来的文学主旨——以人道主义和人性的复归来抨击一切丑恶的现实。但是，从 40 年代末以后一直习惯了政治化母题熏陶的广大读者，在听到了一种不同的表述方式后，却更热衷于此，他们似乎找回了那双能听得懂“音乐”的“耳朵”，找回了那种体验美的感觉和经验。这也就是田园浪漫诗式的小说一时兴起的根本缘由。

但是，在这块古老的土地上，在这个擅长于思考的民族里，人们是难以摆脱对政治的热恋的。“寻根文学”归根结底是一次寻觅民族政治文化出路的文学运动。我们且不管这次运动的得失与否，就其所倡导的民族文化主张，确恰恰和“五四”新文学运动的方式方法何等地相似乃尔。一批以知青作家为代表的“寻根”主流，在这块古老的乡土田园里演绎的仍是那说不尽道不完的“政治文化”，他们作品的母题始终没有离开作为中国“文化”的主要支撑物——政治母题的笼罩，无论王安忆的《小鲍庄》也好，韩少功的《爸爸爸》也好，阿城的“三王”也好，贾平凹的“商州”系列也好，它们的表层结构虽然充满着迷人的“文化”色彩和魅力，但在其深层结构中却处处表现出对那种规范化政治意识的抨击或礼赞，对儒道释这一中国文化的眷恋最终仍是“政治情结”所致。

从表面上来看，新时期小说在一次一次与政治告别中愈走愈远，最后走入了“新潮小说”之中，走向了“新写实小说”之中。诚然，这两股小说思潮和运动，作为一种现象，它们对于中国小说的发展和多元化格局，作出了不可低估的成绩；作为一种小说运动的过程，它们既有合理性又有必然性。然而，仅仅把它们作为一种对政治的悖反和偏离，却非客观。“新潮小说”操起“纯形式”和“纯技术”的叙事武器，试图走出“田园牧歌”式的田园风景线，来表现感觉世界的主观意识，它们的描写视阈尽管能够逃避外在田园风景线的客观性摹写，但却始终不能也摆脱不了那个政治文化心理的纠缠，在那些灵魂世界的裸露中，我们看到的是“形式”的外壳里裹藏着的一种对旧有的政治文化秩序的怀疑。这本身就是一种对政治文化的介入，只不过“外包装”更加严密而已。如果说马原这样的作家更注重“纯形式”的外包装的话，那么，像洪峰、残雪这样的作家则更趋于对外壳下的叙述感兴趣。为什么“新潮小说”在整个80年代中后期很快就趋于自生自灭的状态呢？其中最重要的原因就在于它们远离读者，甚至拒绝专门性阅读，忽视接受美学在当代创作中的至关重要的作用，忽视和低估了广大读者在阅读的“历史积淀”中所具有的深层的“政治文化”期待视野因受障碍而不能得以宣泄的审美事实。而“新写实小说”之所以能够较为成功地获得读者的青睐，除了它的“写实”形式更易为人所接受外，最重要的是它对政治社会文化现象的介入呈“放大”式的显现状态，在显现过程中，读者很能找到其中的“自我”，得到审美情感的宣泄。同样，“新写实小说”中的大量乡土作品也如“新潮小说”一样，抛弃了田园风景线的描摹，对田园牧歌式的抒情抱以鄙视的态度，但它对深层的民族乡土文化心理的揭示一次又一次表述了作者对乡土政治文化颠覆的热衷和乐此不疲的韧性精神。不管刘恒、刘震云们采用什么样的观点，他们作品的政治文化母题都是异常深刻而庄重的，只不过这种母题的表现在不同作家和不同时空里有时呈显现有时呈隐匿状态罢了。刘震云的长篇小说《故乡天下黄花》就是一个最为鲜明的例证。作家的这种对政治文化母题的关注已达到了几近赤裸裸的地步。小说表述的是作者对于颠覆几千年来形成的乡土政治文化格局的无奈与愤怒。那种强烈的人道主义和人性的主观意念的介入，形成整部作品的唯一视角。尽管它是包裹在“反讽”的透境当中。“新写实小说”之所以尚可延续其艺术的生命力，而不像“新潮小说”走向速朽，其根本原因就在于它在不同程度上既满足人们的审美需求又满足人们的“政治文化”的自我宣泄。从中我们可以明显地看出，当“新潮小说”之路已趋穷途时，一些作家明智地重新选择了“新写实”的路途，过去作为“新潮”代表作家的一些人，不是跳出了“叙述游戏”的圈子了吗？干脆拆除“外包装”，直接进入社会性的政治问题。

尽管80年代初的那种对政治母题的巨大热忱已不再可能成为文学尤其是这个农业社会文化转型期的热点，但是，人们隐意识中的政治文化需求，仍旧会通过作品,尤其是乡土小说加以表现。尽管乌托邦式的田园浪漫诗的时代已经终结,出现在人们面前的是一个分崩离析的精神世界和色彩斑斓的物质世界,宁静、温馨、和谐、美丽的乡土氛围和秩序已被喧嚣、躁动、狰狞、丑恶的庞大现代经济机器所吞噬。政治文化格局被严重颠覆的现状将自然而然地折射于作家的笔底,这是任何人都不可抗拒的。你要表现中国农村的现状吗?你要裸现这驳杂的乡土心理世界吗?你就不能抛弃这一母题的诱惑,这就是艺术家的良心。我不能预言目前所倡导的所谓"新体验小说"在创作过程中有何新的美学意义,但它却不能也不可能偏离政治文化母题的内容表述。从目前有影响的乡土小说作家来看,周大新、刘醒龙、阎连科、刘玉堂、许谋清等都无不对乡村政治文化格局(包括物质和精神的双重错位)作出了即时性的深刻描写。如果说周大新的《向上的台阶》是从纵向将乡村政治文化镶嵌在廖怀宝这个人物心灵中的一部当代农村政治演变史的话,那么刘醒龙的《凤凰琴》、《村支书》、《黄昏放牛》、《农民作家》、《秋风醉了》等系列中篇小说则从若干个横断面剖示了当今农村文化格局中光怪陆离的物质与精神的双重错位现象。可以看出,自"新写实"之后,这批作家并不注重外在形式的改造和修正,而是直接地将乡村政治文化格局的历史性颠覆和变异展示给读者。甚至有些作者还部分采用了"通俗文学"的操作方法,直接获取"乡下人"作为乡土小说的阅读对象。

诚然,政治文化母题在乡土小说中的发掘和拓展尚远远没有到位,但作为多元无序格局下的20世纪末乡土小说乃至整个中国文学创作的最为重要的表现形态,它应受到普遍性的关注。因为我们正处在一个由农业社会向前工业社会经济乃至后现代主义文化过渡的驳杂而光怪陆离的转型时间,在巨大落差压力下的乡土文学所作出的文化反弹,我们怎能熟视无睹呢?

走出史诗的困境,寻觅死亡诗意的悲喜剧

当中国作家们对所谓"全景式结构"的"史诗性"作品发生怀疑时,几乎在整个80年代里就已淡化了长篇小说的"史诗情结",像《芙蓉镇》那样的结构方式已成为新时期的历史。甚至,人们对"史诗"的审美价值亦发生了根本性的怀疑和动摇,即

便是《战争与和平》式的巨著也不一定适合于如今的审美需求。然而，当我们仔细厘定近年来长篇乡土小说创作时，就不难发现作家们似乎又重新对大跨度的历史时间发生了兴趣。随意拈出几部长篇便可见端倪：陈忠实的《白鹿原》、刘震云的《故乡天下黄花》、刘恒的《苍河白日梦》。尤其是《白鹿原》已被许多评论家定性为“史诗性”的作品：“《白鹿原》无疑具有更大的文化性、超越性、史诗性。”[①]且不说这些作品空间跨度是极其有限的，不再合乎旧有的“史诗性”巨著的概念，就其作家创作的本意来看，时间和空间在小说中只不过是表现人、社会、历史、文化的一种外在形式，是一种叙述方式的需要而已。小说家究竟要在这里表现什么？大而言之，艺术家们都似乎有一种回眸的艺术本能，他们试图在民族文化心灵历程中寻觅到一种苍凉感，找到一种暂栖灵魂驿站的慰藉，由此而寻求一种新的现代悲剧美感精神。“史诗”的外在结构形式在这里已不重要，它已经成为一种小说的“道具”而已。就其对“史诗性”的“悲剧英雄”内容来看，如今的小说家几乎都成了旧有美学判断的叛逆者。

诚然，《白鹿原》是描写宗族的历史文化变迁，但作家的视点并非停滞在时间性的历史事件的更迭上，一个个人物的故事都聚焦在人物心灵的变化过程中，虽然这个“过程”尚留有许多“飞白”之处，甚至被割断了因果链条呈反性格逻辑的“二律背反”状态，然而，整个作品并不注重于时间跨度（改朝换代）给主人公心灵带来的性格骤变；也不在意空间跨度（场面转换）会给主人公心理带来的变化契机。而是把整个支撑点放置于这个“近乎人格神”[②]的悲剧性审美描写上，从而揭示出传统政治文化强大的生命力。人物的性格是凝固的，它不受外界因素的制约，而却以强大的“自我”人格力量去辐射周围，虽然这种传统的人格包孕着真善美和假恶丑的两极内涵。从中我们可以发现这样一个事实：作家既不是在追求“史诗”的审美效应（这种审美效应或许在视觉艺术中还能造就一种动态的美感而博得观众的喝彩，但在小说审美领域内，最主要的还是靠“内在的眼睛”来寻觅静止中的动态之美的），亦不是在追求对悲剧人物的英雄行为的礼赞。这是一个没有英雄的时代，因而，那

① 雷达：《废墟上的精魂——〈白鹿原〉论》，《文学评论》1993 年第 6 期。
② 雷达：《废墟上的精魂——〈白鹿原〉论》，《文学评论》1993 年第 6 期。

些古典主义的悲剧观念已不再适用于这类悲剧人物,悲剧的崇高美学价值判断已被完全消解了。每一个人物都包孕着道德伦理的两极和文化性格的分裂,在这种人格的悖反下,尽管作家并没有意识到其悲剧所具有的“存在”意义,但它毕竟超越了欲达理想而又不能达到的历史的必然性的悲剧陈规。陈忠实说:“当我第一次系统审视近一个世纪以来这块土地上发生的一系列重大事件时,又促进了起初那种思索,进一步深化而且渐入理想境界,甚至连‘反右’、‘文革’都不觉得是某一个人的偶然判断的失误或是失误的举措了。所以悲剧的发生都不是偶然的,都是这个民族从衰败走向复兴复壮过程中的必然。这是一个生活演变的过程,也是历史演进的过程。”①也许,作者的原意是想通过“历史演进的过程”来折射人物的民族文化心态的冥顽性,道出“历史的必然”的悲剧性。但是,它再也不能通过人们的视知觉把“崇高”或“同情与怜悯”送入悲剧审美的历史轨迹。悲剧,它在当代人的审美视域中,那种死亡的诗意不再是理想和崇高的组合,不再是引起同情和怜悯的激情时,它的那种普泛的人性和人道主义力量还存在吗?从某种程度上来说,现代悲剧精神正在走向消亡悲剧与喜剧临界点的审美极端,虽然人们尚未从目前的创作现象中概括出定性的悲喜剧相混合的理论意义来,但从种种的创作发展趋势来看,我们很难不从米兰·昆德拉那里得到启迪:“悲剧把对人的伟大的美好幻想奉献给我们,带给我们安慰。喜剧则更为残酷:它粗暴地将一切的无意义揭示给我们。我觉得人类所有的事情都包含着它的喜剧性的一面,它们在有些情况下,被承认,接受,开发;而在另外的情况下,则被遮羞。真正的喜剧天才并不是那些让我们笑得最多的人,而是那些揭示出一个不被人知的喜剧的区域的人。历史始终被看作一个只能严肃的领地。然而,历史不被人知的喜剧性是存在的。有如性的喜剧性(难于被人接受)之存在。”②尼采所说的“悲剧的安慰”显然亦不适用了。悲剧掺入了米兰·昆德拉所说的这种新的喜剧性质,这是“一个不被人知的喜剧的区域”,这种悲喜剧在抒写历史这块“严肃的领地”时,我们往往看不清作家的“表情”,他(她)有时似乎是庄严的,有时似乎戴上了小丑的面具,有时似乎在故作姿态。叙述“表情”与

① 《陈忠实答李星》,《小说评论》1993年第3期。

② 米兰·昆德拉《小说的艺术》。

叙述内容往往呈逆反情状。这种叙述情状当然更适合于表现人格的分裂。如果说这在《白鹿原》这部恢宏的民族文化心灵历程作品的描摹中还表现得不够充分的话，那么，在《故乡天下黄花》和《苍河白日梦》这两部作品中就表现得更为突出了。有人已经把这种叙述情状归纳为“反讽结构”了，但是，所需指出的是，“反讽”最终是产生喜剧式的审美内容，而这些作品中仍掺有那种对悲剧美学效应的追求之痕迹，有时亦可清楚地看到作家摘下“面具”后表现出的真诚：“总之，在我看来，刘震云的反讽，并没有局限于审视所谓‘生活的原生态’的喜剧效果。”[①]而是把悲喜剧相混淆，表现出一种对历史的轻鄙和不屑：“《故乡天下黄花》是写一种东方式的历史变迁和历史更替。我们容易把这种变迁和更替夸大得过于重要。其实放到历史长河中，无非是一种儿戏。”[②]难道作家在抒写历史变迁和更替时是没有美学原则和目的的吗？这并非符合作品的实际。作家所追求的是一种新的“死亡的诗意”，刘震云笔下的人物在一片戏谑性的闹剧声中，在那毫无崇高和庄严的历史中颓然倒下，这些人生是无价值的，但这段历史孰能无价值？巨大的死亡诗意蕴藉在这历史的闹剧中，无论刘震云们是否意识得到，它依然存在。如果说刘震云并不突出这一审美内容的话，那么陈忠实在《白鹿原》中却十分清晰地表达了这种对死亡诗意的新追求：“在死亡大限面前深掘灵魂，更是《白鹿原》的一大特色。它写了很多生命的陨落：小娥之死，仙草之死，孝文媳妇之死，鹿三之死，白灵之死，兆海之死，朱先生之死，黑娃之死……真是各有各的死法，充分表现了每一个人都是独一无二的人，一反过去有些作品在死亡描写上的大众化、平均化、模式化的平庸。”[③]我认为这不仅仅是对个体生命悲剧描摹的一次独特发现，它的独特之处更表现在作家通过对这些死亡的描写发现了一种历史文化的诗意，正如主人公白嘉轩那强大的雄性生殖力一样令人惊悸战栗。而刘恒的《苍河白日梦》却从历史的梦境中慨叹人性的扭曲和变异，从而从死去了的历史情境中解脱出来，得到一种心灵的慰藉，这里似乎没有“死亡的诗意”，但我们从人的囚笼中看到了历史死亡的诗意。历史虽然尚未完全翻过这沉重的一页，但是，我们却在这些作品中看到阿Q们的面影，读到

① 陈晓明：《漫评刘震云的小说》，《文艺争鸣》1992年第1期。
② 刘震云：《整体的故乡与故乡的具体》，《文艺争鸣》1992年第1期。
③ 雷达：《废墟上的精魂——〈白鹿原〉论》，《文学评论》1993年第6期。

鲁迅式的“呐喊”与“彷徨”。颇有意味的是,中国的乡土小说几乎走完了一个世纪的历程,而鲁迅在世纪初的“呐喊”竟也在20世纪末得到回应,这并非一种循环往复的怪圈,而是历史在正告人们:“人”的命运、民族的命运的“新陈代谢”还远远没有完成。鲁迅先生应该说是第一个使用“佯谬”、“反讽”的“曲笔”来抒写阿Q这一形象的,这一悲剧形象的内涵却是用喜剧的外壳形式包裹着的。作者试图通过阿Q这一人物的表象世界的虚拟性创造,来达到摆脱现实生存痛苦逃遁到表象世界里去的目的;但另一方面那种咀嚼痛苦,在痛苦中获得悲剧性审美快感的诱惑又使他着力对阿Q的个体生命进行一次又一次的否定之否定的肯定性价值判断。这就形成了“酒神精神”和“日神精神”相交、悲剧和喜剧相合的特殊审美现象。可以说,在追求“死亡的诗意”的审美要求下,许多乡土小说在对人和民族的灵魂拷问中麇集于对大跨度的历史追问的焦点上。和鲁迅先生遥遥相对,他们一个站在世纪的前端,一个站在世纪的末端,同样试图站在“世界原始艺术家”的角度来反观人类和民族的痛苦,希冀在世纪的转折点上看到一次“死亡的诗意”带来的人类历史的蜕变:“现实的苦难就化作了审美的快乐,人生的悲剧就化作了世界的喜剧。”[①]这种二度循环的悲喜剧境界似乎成为乡土作家的共同的乌托邦世界。在文化破灭、精神沦丧的“浮华世界”里,“死亡的诗意”追求不乏为一种新的刺激,尔后也许又是“彷徨”和追求。

走出理性的精神家园,寻觅神秘的野性旷野

或许,自莫言的《红高粱》开始,那种充满野性原始驱力的“缪斯”又被重新召回艺术的殿堂。大约从30年代以后,文学逐渐进入了理性的精神家园,在有秩序的审美规范中徜徉,“五四”时期的那种以“兽性主义”作驱力来弘扬人性解放的呼声渐退。尽管30年代瞿秋白将鲁迅比拟为罗马神话中的莱谟斯,“他回到‘故乡’的荒野,在这里找着了群众的野兽性,找到了扫除奴才式的家畜性的铁扫帚,找着了真实的光明的建筑”,“是的,鲁迅是莱谟斯,是野兽的奶汁所喂养大的……他从他

---

① 周国平《悲剧的诞生·译序》。

自己的道路回到了狼的怀抱”。[①] 无独有偶，苏雪林在30年代亦从另一个角度阐释出值得弘扬的沈从文乡土小说的“野兽气息”来：“这理想是什么？我看就是想借文字的力量，把野蛮人的血液注射到老态龙钟、颓废腐败的中华民族身体里去，使他兴奋起来，年青起来，好在20世纪舞台上与别个民族争生存权利。”“他很想将这份蛮野气质当做火炬，引燃整个民族青春之焰。”[②]如果重新估价这两位乡土小说巨子，我们似乎不难发现他们血管里汩汩流淌着的野性思维的特征。然而，这种野性思维直到80年代的一曲《红高粱》才又被重新拼接延续下来。这被文学遗弃了半个世纪的“潘多拉的盒子”，一旦被打开，作家的理性便处于失控状态，它们跨出了有秩序格局的精神家园的樊篱，在清新自由的野性的旷野和荒原中呐喊着，彷徨着。诚然，这种野性思维的滥觞带来了审美的变异和新鲜感，带来了乡土小说多向度的审美渠道和文化内涵。就像绘画技巧第一次打破了“黄金分割”的对称和谐美一样，它带来了乡土小说的一派生机。一时间，蛮荒的背景、原始状态的自然关系、风俗人情、暴力、食、色、性……那些美丑胶着、善恶相混、真假杂糅的原始性、原生态的描写一齐涌入乡土作家的笔底。几乎所有的乡土小说都在不同程度上“染指”于这类描写。无疑，这种充盈着野性的描写增强了视知觉的审美效应，小说不再构架在理性规范的“畛畦”中，旷野和荒原更具有开阔的视阈，更具有野性的魅力。当莫言把“我爷爷”和“我奶奶”在如血的“红高粱”地里野合的特写镜头第一次推向读者时，人们对于“性力”的惊讶犹如外星人的入侵。《伏羲伏羲》等大量的性味无穷的描写镜头的裸露，通过电影这个“现代鬼怪”的传播媒体的介入，已不再成为野性思维的障碍。作为对生命图腾的崇拜，这种对野性的张扬并不与沈从文式的充满自然情态的和谐宁静的性描写相一致，它对其的夸张始终充满着一种强烈的文化内涵：对个体生命的潜能的发掘成为作家“群体性”的艺术追求。从王安忆的《岗上的世纪》以后，出现于90年代的乡土小说在很大程度上在性描写的区域内将此作为一种文化的隐喻和审美的特殊符号。而新近的所谓“陕军东征”，集体造就了的一次野性“大越位”现象似乎是一种新的信号。这和另一种乡土小说的写法显然有着质的区别，刘醒龙、周大新、许谋清等，甚至刘玉堂这样的乡土作家遵循恪守的是

① 瞿秋白《〈鲁迅杂感选集〉序言》。

② 苏雪林：《沈从文论》，《文学》1934年9月第3卷第3期。

那种随着情节的需要而出现的含有社会属性内容的性描写规模。而陈忠实们却是将此作为文化的载体、历史的载体,赋予其深沉的美学礼赞。正如雷达所言:有些描写是“可以当作抒情诗来读”[①]的。在林林总总的性描写中,你尽可以找到其文化冲突、心灵冲突、历史冲突的合理性,这在雷达的分析文章里(见《文学评论》1993年第6期)都作了一一独到的精辟的分析,无须再赘言。然而作为一种文化现象、一种创作的趋势,从积极意义上来说,性的浪漫化是“五四”新文学运动呼唤人的解放在20世纪末的最后呼应,它有利于健壮民族文化心理的雄强之力,修正、再造民族文化心态的新质。另一方面,从消极意义上来说,作为一种文化的谵妄,一种文明的悖反物,它是否会引导民族文化心理进一步迎合物欲发展的需求,向人欲横流的物质世界倾斜而完全抛弃理性束缚,走向精神的“荒原”乃至堕落成为告别“灵”的动物性肉体,彻底的兽性皈依呢?这种担心当然是多余的,但真理往往再向前跨一步就会成为谬误的古训似乎还是适用的。在这一点上,似乎刘恒的创作显得大胆而又适度,从《伏羲伏羲》开始,到《苍河白日梦》,同样是把性描写置于中心位置,同样是将其作为历史和文化的载体,某种节制野性泛滥的情绪在作家创作主体中得到一定和谐的调适,完全没有“过把瘾就死”的创作情绪支配。这样,虽然在艺术上没有造成感官的刺激性“快感”(这里所说的“快感”是特指审美内容的形而上感觉),没有《白鹿原》里那种淋漓尽致的性描写所引发的文化联想更令人惊诧和新锐。但这种理性的制约似乎是必要的。两种形态的性描写所表现的野性放逐的程度的不同,孰优孰劣?也许即时性的价值判断本身就是一种错误的选择,只有与事件拉开一段历史的距离以后才能廓清其真实面目。但从艺术的直觉来看,矫枉过正毕竟要多走些弯路。形下的描写泛滥当然是与野性思维的放逐有关,完全放弃理性的“天马”终究有归槽之时,只是希望不再以放弃野性的形下描摹为前提。中国的小说历史仍旧是如此残酷。诚然,重归“伊甸园”并不意味着对野性思维的否定,那个教会亚当和夏娃“羞耻”的蛇固然是一种邪恶的象征,但这毕竟是一种人类打破性蒙昧的历史进步。我们亦不必为野性的放逐而感到恐惧和悲哀。应该相信艺术家会在创作过程中完成自我调适。

显然,目前的乡土小说创作是呈多元的、无序的格局,在不同作家和作品那里,

---

① 雷达:《废墟上的精魂——〈白鹿原〉论》,《文学评论》1993年第6期。

这种无序和多元的格局带来的是一种艺术的自由空间。

走出田园牧歌的青年作家们向着乡村矫情的歌手发出了鄙夷的呼唤，在他们皈依乡村政治文化的描写领域时，表现出了一种难隐的乡土情感。至今，响在我身畔的仍是那次在“中德乡土文学研讨会上”刘震云和莫言“仇恨故乡”的惊人之语：“从目前来讲，我对故乡的感情是拒绝多于接受。我不理解那些歌颂故乡或把故乡当作温情和情感发源地的文章或歌曲。因为这种重温旧情的本身就是一种贵族式的回首当年和居高临下的情感的表露。”[①]或许，这是对故乡介入的另一种方式，是人性和人道主义走入极致的表现。他们在重新走入乡村政治文化秩序时，能给20世纪的中国乡土社会带来历史性的总结吗？当然，我们并非要艺术家回答这样的政治性问题。而它们存在的美学价值和社会价值不正是由此而折射吗？

当“史诗”不再成为作家创作主体追求的美学对象时，追逐那种“死亡的诗意”则成为众多乡土作家的自觉。悲剧不再成为“崇高”和“引起同情和怜悯”的古典情感时，那种咀嚼痛苦，视之为欢乐的悲剧新质在成长，寻找悲剧后面的文化内涵，将喜剧的审美特征作为添加剂掺入悲剧，使之成为亦悲亦喜又非正剧的“悲喜剧”，或恐是艺术的使然，时代的使然。这种变异带来了新锐的审美感觉，但它能否成为一种固定的审美形式呢？

当理性的精神家园的樊篱被冲破后，野性思维带来的巨大引力和反动力同时并存，乡土小说作家将怎样去选择应走的路径呢？

中国的经济正以它硕大无朋的巨口啃噬着中国的文化，尤其是中国乡土文化所遭受的挤压更令人触目惊心。这无疑为乡土小说作家提供了最好的表现契机。在这无序的多元的格局下，创造出一部部色彩斑斓的优秀乡土小说，为20世纪的中国文学抹上最后一片云霓，当是乡土小说家的历史使命。尽管我们不能强求作家在一种模式下“生产”，也不能以一种美学规范来进行统一“操作”，也无须为迎接新世纪的小说曙光搔首弄姿。但我们应无愧于20世纪的乡土小说。

原载《文学评论》1994年第3期

---

① 刘震云：《整体的故乡与故乡的具体》，《文艺争鸣》1992年第1期。

“乡下人进城”的文学叙述

徐德明

“乡下人进城”是一个中国现代化与最广泛的个体生命联系的命题。历经一个世纪的中国后起现代化及文学叙事形式的发展,与21世纪当下小说的关联在哪里?是普泛的、犹疑的现代抑或后现代?没有现成的答案,多元的经济、文化与叙述形式使得当下的小说拿不定“主义”!阅读经验告诉我:作为农业大国的主体农民,他们在现代化过程中进入城市的行动选择及心路历程,是当下小说与现代化关联的最有价值所在。[①] 这种价值已经为小说捕获,成为一种“亚主流叙述”。随着中国城市化与劳动力市场的变化,乡下人脱离乡土进城谋生,持续了一个世纪的行为,在当下语境中突然别具意义了。21世纪初小说叙事中呈现出来的农民的当下心态、行为的变化,赋予了现代化概念一种道德伦理上的暧昧,而进城农民的主体尴尬又暗示着现代化进程的诸多缺憾。这类小说的叙述主体差异是对作为知识者的小说家身份、态度的多元呈示。这些小说与上一个世纪的小说形成对话,并产生诸多未曾显露的意义。[②]

---

① 期刊阅读的调查范围以《收获》、《当代》、《十月》、《钟山》四种为主,从2001年第5期到2003年第2至10期40本,共小说275篇,此外还参证《人民文学》、《长城》的一些篇什。在通常的都市、农村、历史、日常生活分类之外,叙述乡下人进城的文本正关涉着当下中国的现代化与最广泛群体的生命。

② 这一观点曾在2004年1月汕头大学、中国现代文学学会举办的“全球化语境下的中国现当代文学”国际研讨会上初步表述,发言题目:《乡下人进城:20世纪里的文学现代化质素分析》。

一

什么是当下小说的主流？被倡导的未必有那么多的作者与文本的产出；执着于日常生活的为数虽多却难以动人；表现都市情感的缺乏坚实普泛的生活基础；描写农村的疏离了写中心的号召，又没有找到个人立场，显然没有多大建树。乡下人进城的叙述却最接近当下中国大陆社会的结构模式，与城市化趋向的相关性最强。① “乡村城市”的基本社会模式不再是简单的二元结构，都市与乡村之间的双向的流动创造了当下中国最复杂而又丰富多彩的生活景观。乡下人进城的移民生活是都市召唤的结果，进城后的乡下人生活的多样可能，使折返于乡村和城市之间的人的精神行为的叙述极富张力。乡下人进城的叙述即使不是主流，也有其“亚主流”的特征。其为“亚”，一因其不是倡导的产物，二因其叙述主体的意识水平的不一致而没有鲜明的整体感，三因其创作量还不够丰富。阅读范围内的《民工》（孙惠芬《当代》2002 年第 1 期）、《歇马山庄的两个女人》（孙惠芬《人民文学》2002 年第 1 期）、《谁能让我害羞》（铁凝《长城》2003 年第 3 期）、《蒙娜丽莎的笑》（何顿《收获》2002 年第 2 期）、《奔跑的火光》（方方《收获》2001 年第 5 期）、《泥鳅》（尤凤伟《当代》2002 年第 3 期）、《上种红菱下种藕》（王安忆《十月》2002 年第 1 期）、《瓦城上空的麦田》（鬼子《人民文学》2002 年第 10 期）、《小姐们》（艾伟《收获》2003 年第 2 期）、《爱你有多深》（荆歌《收获》2002 年第 3 期）、《女佣》（李肇正《当代》2001 年第 5 期）都具有上述特征。这类文本中有进城又返乡的，甚至《奔跑的火光》没有进城定居，但是其双向流动性对叙述具有规定性影响。当下批评的责任是给“乡下人进城”的亚主流小说文本以分析与阐释。②

为什么说是乡下人进城，而不说农民、民工进城？“乡下人、农民、民工”是三个不一样的概念。“民工”强调的是一种“打工”的劳动力资源，他们进城谋生的身份

---

① 台湾的乡下人生活方式在 80 年代就已经与城市没有多少差别，港澳更无用论。

② 调查抽样不意味着全面现代化中乡下人进城的叙事就是从它们开始。20 世纪末的小说中有些乡下人进城的叙述，《浮躁》已启这一叙事之端。21 世纪初的乡下人进城的叙述是以创作潮流的形态呈现出来的。

是手艺人或劳力,它几乎成了当下社会学的一个专有名词;“农民”本来务农,现在进城后可以务工、为佣、经商乃至拾荒(一种特殊的生意),他们的身份比民工复杂得多,一度曾与工人一样,是一个带有浓厚政治色彩的身份标志;“乡下人”则是一个更为宽泛的概念,它最主要是作为都市/城里人的相对性概念,包含有身份悬殊,既得权利与分一杯羹者的竞争,它还是一个有悠久传统的历史概念,带有社会构成的一端对另一端的优越感,现代历史上既有大都市称呼内地人为乡下人的,也有小城镇上的人称来自乡间的人们为“乡下人”(在沈从文、叶圣陶等30年代的小说叙述中),数十年来上海人称呼苏北、内地的外来者统统为“乡下人”,颇有巴尔扎克的巴黎人与外省人区别的况味。当下的乡下人进城指80年代以来从有限的土地上富余的农村劳力中走进城来、试图改变生活的带有某种盲目性的上亿计的中国农村人口。他们带着梦想、带着精力与身体、带着短期活口的一点本钱,到城里来谋取一片有限而不无屈辱意味的生存空间。他们无声无息地为一座座城市拓展着空间,其所有劳作的价值都在一个堂皇的现代化社会命题下被悄悄地吞没、消解了。当然乡下人进城的谋生途径不一定是务工,高考是一个进入城里精英行列的公正渠道,但失败者只好如《民工》中鞠广大儿子鞠福生去当民工,女性可经营特殊行当(《小姐们》等),李四(《瓦城上空的麦田》)进城不为务工,却可以作为一个伦理变化的尺度去考验获得了城里人身份的儿女们对待乡下父亲的态度。乡下人是一个最适合文学叙述分析的宽泛概念。乡下人进城的叙述把现代社会人的空间转移引出的诸种可能性都包含在内,其包含民工、农民的概念自不待言。如此多的人的生活变化本身就是当下社会的主流,关于它的叙述理所当然可以占据主流,我权且称为“亚主流小说”。

文学现代性在乡下人进城叙述中得以展示的过程,很大可能是一个生命价值与历史方向性进展相纠缠、矛盾乃至对立的过程。中国大陆乡下人进城与全球化共生,中国大陆的城市化扩展中的人口补充必然大部分地依赖乡下人进入正在成形的自由劳动力市场,乡下人在当下语境中作为最广大而又处于底层的人力资源,与国际国内资本共同完成着大陆现代化进程。乡下人正形成一股迁移的潮流纷纷进城,他们与所进入的生活空间的矛盾冲突,其生命价值的体现与受挫,理当是特别值得关注的文学内容。

当下文学的现代性理应由乡下人进城谈起。但是现代性追求在当下语境中却很暧昧，乡下人进城所携带的资本无法进入任何竞争，他们在自由流动中的技术成本极低，然而他们确实在大规模地流动。乡下人进城的流动方式相当程度是盲目的，其主体的盲目暧昧决定其生活选择中所付出的代价。他们在进城过程中的追求与代价也无可争议地是当下中国人生命价值呈现的重要部分。

二

中国的现代化是充满生机的（与生机相伴的腐败也是生命形式之一），譬之于一棵生机勃勃的大树，乡下人不只是些枝叶。钱穆《大学中庸章句》中引朱子言："譬如百寻之木，根本枝叶，生意无不在焉。但知所先后则近道耳。岂曰专用其本而直弃其末哉。"[①]无论现代化的百寻之木的根本是什么，占中国人口绝大比例的乡下人在现代化中身份地位的变化，其在边缘而进入中心的努力、尴尬，其生命在全球市场化背景下呈现的精神状态都不容弃置。所以我为乡下人进城的文学叙述而鼓吹，为其"生意"而欣然、痛然；为叙述者没有忽视乡下人主体而显现的知识分子良知赞叹。

我给"生意"以个人解释："生"是生命力，"意"则是该字拆解开来的心音。乡下人进城的文学叙述就是代陈其充满生命力的痛苦心音。乡下人进城为谋生存，是一种生命力的呈示，痛惜的是上述列举的文本中这种存现方式常常是饱尝资本与权力对生命力的压抑。乡下人进了城，个人的横向的空间经验转移与纵向的历史身份变化形成了巨大的心理压力，而农民式的坚忍与难以承受的境遇之间的张力成了小说叙事的一个巨大的情感、精神领域。当下的中国都市正快速地发展，乡下人走进等待他们的都市却往往发出心灵的呻吟，他们努力用发展、生存的无声誓言将轻微呻吟声压下去，这就是鞠广大与国瑞们的特殊的心态，他们没有控诉、没有

① 钱穆：《宋代理学三书随劄》，《〈朱子四书集义精要〉随劄·大学中庸章句》，生活·读书·新知三联书店，2002年。

悲伤。但是叙述者没有无视他们的痛苦与悲哀,所以这样的叙述就有了代天地立言的悲壮。人类生活的目的,依马克思主义的阐释是一要生存、二要发展。乡下人进城体现出来的“生意”就是这种生存发展中的悲痛与欣喜的心音:鞠广大求生存,送水少年要发展(《谁能让我害羞》),国瑞(《泥鳅》)介于二者之间,他既要生存又求发展,没有少年那样的沉溺幻想的可怜的美梦,也不像鞠广大只为挣钱改变乡下的生活。他们生活在自尊与屈辱里、挣扎在希望与失望之间,但是他们没有说出自己的屈辱与失望,只是因为他们执着地想要从中走出来。

《民工》最精彩的笔触是鞠广大与儿子福生之间的紧张,在紧张中他们共同体味着进城民工在城里和女人在家乡的双重屈辱的生活。父子之间曾经有过高度一致的过去,手艺人鞠广大把彻底改变生活的希望寄托在儿子的高考上,没有考上大学使得父子两代人生意黯然。从乡下走向城里当民工,父子俩都不愿意同行,他们无法面对子承父业的宿命。死了老婆/母亲,父子不得不一同奔丧在城里回乡下的路上,而且接着又面对另一个屈辱:妻子/母亲在生活处境不利时犯下的不贞的罪孽。如此黯然而没有生意的生活填充着他们共同的生命阶段:奔波在城市与乡村之间。

《泥鳅》叙述进城的乡下人为使生命充实、张扬,却在权力构陷中丧命的故事。国瑞因乡下生活艰难,受进城的“生存理性”的导引,进入一个生存盲区。他从搬家公司的黑劳工开始了进城后的生活,毫无保障的生活逼得他作了牛郎,作为性工具而满足城里高等女人的欲望,并因此被扯进了权力圈子。他非但不能认识自己身处险境,还以为获得了一个发展的好机会,于是认真地学习、负责地工作,直到成为陷阱中的牺牲品。向上的国瑞,在刑场还努力地要做一个守规矩的本分人,他跪着挪上一步与另外的被执行对象列队看齐,至死也不知自己做了有权势的城里人的替罪羔羊。他的“看齐”与阿Q的“画圈”是何等的令人悲哀的历史循环。国瑞的悲哀既在于他无知地参与了城里人的交易,更在于生意黯然的“大团圆”结局似乎都命定在乡下人的生命中。无论国瑞还是鞠广大,他们都像20世纪30年代的进城拉车的骆驼祥子那样要强,“在自己所处的特定资源与规则条件下,为寻求整个家庭的生存而首先选择比较而言并非最次的行为方式”,“外出异地打工、拾荒、经商”，等待着他们的往往是“不曾期望的后果”，[①]这些悲喜剧的背后是城市与乡下的社会结构，是乡下人进城的漫漫长途。

尽管权势者的幸运是乡下人不幸的另一半，乡下人还是执迷不悟地努力向城里人看齐，《谁能让我害羞》中的送水少年正是努力按他理解的城里人的方式做人。乡下人愿意认同城里人的价值标准，却遭遇阿Q不准姓赵的厄运。乡下少年精心以城里人的标准装扮自己，尽管他把自己打扮得不伦不类，但是穿上别人的西服，少年在心理上有了一个质的飞跃与发展。他在炎热中忍耐干渴、竭力负重爬上八楼，为一个有地位的女人送水，却被身份歧视逼得以暴力姿态出现，以至于被警察拘捕。少年阅世不深，但是他努力要读懂城市、读懂城市里的女人，他渴求沟通、希望被接受，但是他的好意被拒斥了，他由艳羡而转为仇恨，他的精神被摧毁了，他的盎然的生意被扼杀了。他莫名其妙地成了一个未成年罪犯。

无论少年或成年人，上述的乡下人身上都有努力向上的愿望，有充沛的体力，他们的劳作与追求比之城里人更为生意盎然，鞠广大手中的砖石参与了城市的现代化塑形，国瑞和少年都把他们的精力注入城市的运行过程中，等待着他们的是死亡与犯罪的结局，他们却至死也不愿意离开城市。《爱你有多深》叙述进城的乡下妹子马红出入于各样暧昧的餐饮、发廊之后嫁给落魄的城里人，患上癌症不治，临终时候想和乡下的父母告别，却拿不出车钱。再看看国瑞身边来自乡下的原本生意盎然的女子们，要么在发廊之类的地方“做生意”而腐烂，要么不肯做这样的生意住进了疯人院。

《小姐们》例外地不以进城后的城乡冲突结构故事。母亲死了，奔丧的大姐从城里带回了六个在她手下从业的小姐，于是在生与死之间，婊子与天使之间，本能与伦理之间展开了一场狂欢。大姐俨然是一个城里的成功者，母亲为不便启齿的原因不让她进门二十年之久。但是随着母亲的死，最后的防线崩溃了，进城的女人返乡了，短暂的几天，她把一个禁欲的丧祭场所变成了带有都市色彩的欲望场所，大姐是一个熬出头来的小姐，她已经完成了乡下人向城里人身份的角色转换。有

---

① 黄平:《当代中国农民寻求外出——迁移的潮流》，载自《“种族”的恐慌与移民的记忆——“印迹”[Z]》，江苏教育出版社，2004年。

意思的是她手下的小姐们,她们回到乡下不需要"做生意"了,却焕发出她们原来具有的生意:在阳光下的山间的池塘里,她们纵情地洗浴,袅娜地走在阳光下的山道上。原来,城市里的罪恶到乡下涤清后也会变得那样美丽与生机勃勃。

三

叙述者如何给乡下人进城的现代化迁移故事命意?上述文本并没有统一的价值标准与思想维度,叙述的方式也不一致。叙述主体与形形色色的叙述对象之间的不同对话方式,主体差异性带来的乡下人进城故事的区别,正是这一方兴未艾的现代化命题的文学表现形式的生机所在。世纪初的文学叙事不再一味追随文化思潮,20 世纪 80 年代的观念变化决定文学叙事的历史已经成为过去;经过 90 年代个人化、世俗化的无主流状态,当下社会的变动不居,影响文学叙事的莫过于乡下人进城;海归、出国、从政、经商、考学入城对社会生活的影响,其广度与深度都无法与之相比,当下文学叙述是实际生活远大于观念的时期。实际生活的丰富复杂是文学叙述主体不能一致的根本原因。

王安忆《上种红菱下种藕》自然平和地叙述着江浙区域的乡下人走向城市化生活的渐变过程;铁凝反思城里人的立场与情感态度,质问城里人《谁能让我害羞》;尤凤伟的《泥鳅》尖锐地呈示陷落在城市的乡下人的无助,表现他们与资本、权力对立时所处的劣势;鬼子《瓦城上空的麦田》将乡下人幻视中的希望进行拆解,质询乡下人进城里的现代化的悖谬因果;孙惠芬把她的人道主义同情公正地投给做《民工》的男人和留守/回到乡下的《歇马山庄的两个女人》,直到目前她仍在《城乡之间》游走,叙述《狗皮袖筒》那样的民工故事(《山花》2004 年第 7 期);刘玉栋则将逝去的乡下人进不了城的历史远景拉近,回到那个只能内心祈祷神祇的城乡禁锢时期,听乡下人在心底呼唤《芝麻开门》;方方让她叙述的对象接近城市的边缘,又被乡村所拒斥,被激发起来的乡下人的生命燃烧着如《奔跑的火光》;艾伟却把乡村作为过滤自然生命的场所,让城里的《小姐们》从病态的生活里回到自然;李肇正对乡下人进城的命题做不出应答,《女佣》难究根底,只是停留在事相表层。

王安忆《上种红菱下种藕》所采用的孩子视角与空间叙事结构形成她理解与表达乡下人进城的特殊方式。秧宝宝的童真视野带有原始的乡村认知原型，然而作品的叙事动力正是来自城市化的现代经济。父母忙于自己的生意，将她托给镇上的李老师家监护培养，空闲时候他们又将她带到城里，住进星级宾馆享受现代化的物质生活。父母的生意往绍兴发展，秧宝宝最终便不得不告别那“经不起世事变迁”的小镇，随同前往。人物的经验与江浙地区小城镇的先期现代化水平相关，这里的人们和孩子不同于内地民工不远千里进入大都市，他们大都带着自己的资本把生意一步步做大，他们所处空间的现代化水平也愈向都市攀升。这个故事空间扩展就是从“溇”到“田塍、河磡”，到沈溇村庄，再到华舍镇而县城、绍兴；而故事的另一面，却是文化的根源，秧宝宝的外公像藕扎根于河底一样，坚定地与浮华世界对抗，但不是本文申述的对象。以孩子的视角看，王安忆像她习惯的做法一样得以避开政治经济文化事件的干扰，集中笔触写人的生命的盎然意趣，秧宝宝周围的变化与她的平静态度之间的张力是小说诗性价值的中心。

铁凝的短篇心理小说《谁能让我害羞》表达一个质问：城里人凭什么端起贵族的架子嫌恶来自乡下的底层人的，凭什么会存在这样的心理不平等？寄居在姑母家的“孱弱，面目和表情介乎城乡之间”的送水少年，被丈夫“常驻国外做生意”、衣着华贵、开着汽车的女主顾慑服了。他努力想得到女人的注意，渴求被这个城里的上层人承认。在都市底层的人与贵族之间展开了一场心理战，女人自问：“我要为他的劳累感到羞愧么？不。女人反复在心里说。”这样的道德自信来自哪里？是谁赋予了女人心理上的优势？城乡人物的强势与弱势地位，在当下经济、道德、伦理乃至政治上的合法性依据是什么？铁凝用非常简约的情节表达她对新的不平等的思考，举重若轻。

尤凤伟的《泥鳅》不同于王安忆渐进地与都市现代化接触，国瑞这样的人物进城以后就是一个城市的异己，他将铁凝对不平等的叙述发展成为权力空间里的城乡对立。国瑞在城里的所有职业选择，日常生活都处于屈辱的地位，然而他没有放弃过向善的努力，即使作为牛郎，他也把服务对象贵妇人当作真情奉献的对象。国瑞仿佛在地狱里也能做一个好鬼！犯罪的是城里的权势者，而作为替死鬼被枪毙的却是国瑞这样的乡下人。尤凤伟是当下文学想象中权利分配的有力质问者。

乡下人在城里的这种遭遇不禁让人发问:乡下人为何还要来城里,他们能得到什么?鬼子的《瓦城上空的麦田》正是陈述着这一问题。小说中的叙述人是一个名叫胡来城的捡垃圾的小孩,通过“胡来城”发问乡下人为什么来到城里?他的父亲回答“成为瓦城人”,让“住在村上”的“永远比不上”。城里捡垃圾也比乡下的生活值得羡慕!进城是一个神话,值得人们为之付出一切。小说中有一个重要的道具:“身份证”。“李四”的身份证被警察错误地换成了意外死去的“胡来”,从此就失去了他的亲人,因而一直捡垃圾到遇车祸暴死街头。乡下人进城的身份面临不被承认的巨大悲哀!于是,李四也好,张三也罢,他们进城收获的只是种在虚空中的庄稼,即“瓦城上空的麦田”。

鬼子将城乡冲突的叙述放置到对现代家庭伦理质疑的维度上。李四将自己耕作的那一片“麦田”(三个儿女)移植到城里。他们在城里辛辛苦苦谋取生存与发展的权利,也逐步疏离了乡村生活伦理。他们不约而同地忽略了父亲的六十大寿,父亲则坚持子女无须提醒也应该将大人的生日牢牢记住,于是不动声色地进城来考验子女的孝心。一场伦理认同的冷战开始了,子女的疏忽惹起父亲愈加强烈的对立情绪,他采取了一种宁为玉碎不为瓦全的态度,与拾荒的为伍,不与背弃乡村伦理的子女们妥协,由不可回避的伦理冲突引出了一个悲剧结局。当父亲成为一个拾荒者以后,家庭伦理矛盾演变成社会身份与经济地位的冲突了。让三个已经获得城里人身份的子女认一个最底层形同乞丐者为父,与记得父亲的生日就不是一回事了。寓意在于认贼作父比“认丐作父”容易得多。刚有一点小权力的儿子,宁可调动警察的力量去欺侮一个老人,也不愿冒险甄别、验证一个形同乞丐者与父亲之间可能的身份联系。

《歇马山庄的两个女人》在对照中展开叙述,李平进过城并曾在城里以身体为资本生活,这个失去尊严的乡下女人因这样的经验而无法恢复进城之前的身份人格;另一个女人潘桃则饱尝男人进城后留给女人的虚空的世界。李平一类的乡下女人在城里从事当下时尚的最古老的女性职业,原指望这是一个熬过去就可以抛开的原始积累过程,当她们想重新获得尊严过上平常日子时,更大的伦理陷阱等着吞噬她们。何顿《蒙娜丽莎的笑》叙述有相同经验的金小平回到乡下后,为挽回做人的尊严而不得不反抗、杀人。城市的消费文化向乡间延伸,都市伦理向乡下的渗透,却挽救不了受其浸润而不得不仍然生活在乡村伦理中的人们。方方《奔跑的火光》说的是另一个这样的悲剧故事。艾伟努力做一个逆命题,《小姐们》的恣肆也只能是短暂的。荆歌《爱你有多深》中的马红则连回到乡下的可能性也没有,不得不在不能满足的还乡欲望中把饱经苦难的身躯遗留在城市。

乡下人进城的漫漫路途上一向有说不尽的悲哀。《芝麻开门》可算是一篇进城的历史文献,它不叙述财富与幻想空间内的事情,而是前市场经济时代的进城故事。刘玉栋用诉求性的标题,表达当年乡下人打开城市户口之门的愿望。但是进城顶替工作的大哥的结局是自卑压抑下的精神病和心灵的干枯,父亲最终带着他回乡下去了。刘玉栋在一个与历史对话的维度上展开叙述:20 世纪下半叶,城里的干部、工人往返于城乡之间,把种种生活中可望而不可即的景观显示给一般乡下人家,乡下人梦寐以求城里生活的合法性地位。当下这种生活的可能性出现了,乡下人进城的普遍意义是要进入一个曾经拒斥过他们的更优裕的生活领域!

带有明显差异的主体叙述也考验着当下小说家的社会良知与道德自觉,叙事知识主体与身份立场确立了他们的叙述框架与出发点。小说家们不再是一个统一的群体,他们对现代化的认知方式、对当下中国乡下人生命体认的差异,在“乡下人进城”这一对象的众声不一的叙述中不断得到印证。

四

“乡下人进城”的文学叙述,在当下与历史两个维度上,与物质、文化语境展开对白,对当下的生活作出阐释,对过去不绝如缕的乡下人进城的历史表述尤有重新发明的功效。对话的两个支点是:与现代化相关,与生命相关。这一命题体现了文学的当代性,积极介入了当代人的生活,表达着知识界部分严肃思考着的人对当下生活的态度,小说叙述如此直接地参与公共空间的言论生活,不甘于边缘化,这在近年的文坛上很难得。它在与历史对话、辩证的过程中,有论今知故,阐发幽微之妙。

就叙述主体对生命关怀的深度而言,为生计问题进城的乡下人阿 Q、从乡下来到城里拉车的祥子都是当下国瑞、鞠广大们不能达到的。体面、要强、向上的祥子,终于成了个人主义的末路鬼，阿 Q 也因进城时参与革命中的一点劣迹，被“团圆”掉了，国瑞正遥遥向这两个形象致意！祥子悲剧的精神深度比他的“三起三落”的故事重大得多，国瑞在当下语境中经过的事情要比祥子来得复杂，然而他的精神退位却是当下文学表述的一个致命因素。国瑞的生性老实与阿 Q 的游手好闲中的愚昧毕竟不是一回事，国瑞身上有些阿 Q 品质，却没有他的个性的复杂，他仍然在阿 Q 的共性笼罩之下。由此可见，性格复杂化的审美深度也从文学中退位了。鲁迅对阿 Q 的认识超出了乡下人范围，他不仅考虑阿 Q 能否融入城里人发起的辛亥革命，更关心城乡共有的阿 Q 性格是如何阻碍着中国人健康地进入现代世界。老舍在对生命体认的沉潜中彻底否定了事事孤立地个人奋斗的祥子的行为方式与狭隘的精神境界。当下叙述者们终于没有能够让国瑞们从经历的“事”中跃出，成功建构进城的乡下人的精神世界，并试图批判改造。仅有同情是不够的，客观地看，全靠体制的安排也不一定能够解救得了这些进城的乡下人，也不能够想象那个送水少年憧憬的贵妇人对他施以善良就能够改变其地位。在这些乡下人进城的故事叙述中，最深刻的就是乡下人“胡来城”、城里人“我要……羞愧么”的质问，然而其他的叙述往往事情太实，就对人的理解而言，让我深深地感受到主体的缺失。

上述的乡下人进城的叙述与 20 世纪 50 年代至 80 年代之间的叙述构成的对话另有一番意趣。新中国成立后小说中的乡下人进城是被认可的“上城”。坚持乡村中心的梁生宝上城买稻种的经历被赞可，因为他有一个理想，响应了合作化的中心任务。撇开意识形态的内容，应该承认梁生宝作为一个单纯的而富有理想的新农民，还有陈奂生的狡黠，都不失其审美的价值。陈奂生是短暂地到城里去观光的“游民”的形象，封闭的社会环境被打破，他借上城卖油绳，货比三家地买了一顶帽子，歪打正着地替改革开放政策作了一个注脚。梁生宝、陈奂生“上城”以后，又都“下乡”了。而今天作品中的乡下人却是进了城死也不愿下乡。他们还有多少可歌可泣的故事，值得我们拭目以待；但更重要的是，文学写作如何表现进城的乡下人也拥有并分享健康的都市化的过程，写出他们挣扎、奋斗中的精神世界与血肉共成的生命，是对小说叙述也是对批评提出的挑战。

原载《文学评论》2005 年第 1 期

中国乡土小说：世纪之交的转型

丁　帆　李兴阳

世纪之交的中国乡土小说是百年中国乡土小说历史发展链条上的最新环节。20 世纪 90 年代初中期至 21 世纪的十年来，既是世纪的自然更迭交替时期，同时也是中国社会现代转型不断加速的历史时期，全球化与市场化以不同的速率进击中国的城市和乡村，前现代、现代和后现代文化奇异地并置在大致相同的历史时段中，相互冲突、缠绕和交融。在如此复杂的社会历史文化语境中，中国乡土小说创作不仅出人意外地从 20 世纪 80 年代末至 90 年代初的低迷中走了出来，形成一个新的高潮，而且从外形到内质都发生了不同于以前的颇为显著的变化，生长出许多不容忽视的新质，亦即发生了新的转型。如何认识世纪之交中国乡土小说的转型，分析转型发生的内外成因，梳理和审视其精神向度、叙事形态和叙事类型在转型过程中的变异与走向，探究"乡土经验"与价值理念的恒定性亦即"变"中之"常"，已成为世纪之交中国乡土小说转型研究极为紧迫而重要的课题。

一、乡土小说的转型与陌生的新"乡土经验"

毋庸置疑，从 20 世纪 90 年代开始，中国乡土小说创作所面临的最大困惑，就是急遽转型中的乡土中国逸出了乡土作家们既有的"乡土经验"模式，曾经熟悉的乡村逐渐变得陌生。面对日益陌生的乡村,无论是传统的乡土经验,还是从外来文学(如拉美土著文学)中移植过来的乡土经验,都几乎失去了作为乡土叙述范式的有效性。不止一个当代乡土作家表达过这样的困惑。贾平凹就曾感叹乡村“变化太大了”,“记忆中的那个故乡的形状在现实中没有了”,“按原来的写法已经没办法描绘”。① 李洱亦言:“在描述当代生活方面,当代作家其实是无本可依的。古典文学、‘五四’以来的现代文学,以及新时期以后进入中国的西方现代文学,这些文学经验都不能给我们提供一个基本的范式,让我们得以借助它去描述如此复杂的当代生活。”②于是,解剖社会转型的内在肌理,廓清最后的历史迷障,才是进入乡土小说创作自由王国的可靠路径。

在20世纪90年代,就乡土文学在中国是否会逐渐消亡的问题,曾进行过激烈的争论。这种争论的声音至今并未完全消弭,因为同样的问题依旧存在。在我们看来,需要深入讨论的问题,不是社会转型期乡土文学是否会消失,而是乡土小说创作如何重新整合社会转型期陌生的新“乡土经验”,以之应答中国社会大变动对乡土叙事的历史召唤。当下的乡土经验,不论是对城市作家(如王安忆)还是对农裔进城作家(如贾平凹)而言,都是很陌生的。这可以从中国社会现代转型的总体趋势与乡村社会自身的现代转型两个层面来考察。

90年代至今,中国社会现代转型的总体趋势是工业文明对农业文明的挤压与置换。如金耀基所说,中国社会转型有三个主旋律,而“第一个主旋律是从农业社会转向工业社会”,“第一个转型还在进行着”。③ 这种“未完成的现代性转型”,既不是使农业文明、工业文明和后工业文明三种文化形态简单地并置在同一时空的文化地理版图上,也不是让农业文明被轻而易举地取代或消灭,它的复杂性就在于使两种或两种以上的文明形态相互碰撞、缠绕和渗透,并因此产生变异,与现存的民族文化合成一种异质的文化形态。这是一种至今未经命名也难以命名的陌生的文化形态,但它已然来临,构成中国当下文学创作的总体文化背景,当然也是乡土

---

① 贾平凹等:《关于〈秦腔〉和乡土文学的对谈》,载《上海文学》2005年第7期,第58—61页。

② 李洱在第四届青年作家批评家论坛上的发言。见施战军等《生活与心灵:困难的探索——第四届青年作家批评家论坛纪要》,载《人民文学》2006年第1期。

③ 参见《社会转型与现代性问题座谈纪要》,载《读书》2009年第7期,第7—32页。

小说创作的总体文化背景。

包孕在中国社会转型总体趋势中的是乡村社会自身的现代转型，这既是当下乡土小说赖以发生的现实社会基础，同时也是乡土小说创作的叙事对象。中国乡村社会自身的现代转型，并不仅仅是近20年左右的事情，而是缓慢地进行了一个多世纪，只是到了近年才有不断加速的趋势。在新的历史文化语境中，“乡村”、“农业”及其主体“农民”迅速告别自身的传统文化形态，生长出历史催生的诸多新质。更为重要的是，中共十七大提出了乡村“新土改”政策，由此而来的农业规模经营、大资本圈地、“土地兼并”等，必将带来中国乡村更为深刻的社会变动。但历史的发展路线是不会那么清晰的，有许多令人感到疑惑的不确定的问题：中国式的农业规模经营会彻底改变几千年来家族式的农业经营方式吗？会改变乡村的传统阶级关系吗？它是农业社会向工业社会和城市化迈进的必由之路吗？它的后果与现代性的关联是什么，等等。这不仅是社会学家和政治学家所关心的问题，也是乡土文学家关心的问题。由此而来的乡土经验自然是非常陌生的，就如贾平凹等作家所感叹的那样，乡村已不再是我们记忆中的乡村，也不是用传统文学经验与范式所能叙述的乡村，它需要文学家用如椽之笔，深刻地揭示出它的“历史的必然”，以此提供比其他人文科学家所能提供的具体丰富得多的历史经验，就如恩格斯赞誉巴尔扎克小说所达到的那种历史的深度与广度一样。①

在世纪交替的历史节点上，中国乡土小说虽然还不能说已经达到人们所期待的那种历史的深度、广度与高度，但它一直在追踪中国社会现代变迁的历史脚步，并在书写中国乡土社会现代转型的同时实现自身的转型，已与中国现代乡土小说“十七年”乡土小说、“文革”乡土小说和“新时期”乡土小说有了诸多本质的区别。首要的变化就是叙事视域与叙事空间在两个相反的方向上不断扩大，其一是向城市拓展，其二是向荒野展开。

首先，世纪之交的中国乡土小说将叙事视域与叙事空间向城市拓展，将“进城农民”及其流寓的城市作为重要的书写对象，从而颠覆了乡土文学既有的不延伸到

---

① ［德］弗里德里希·恩格斯：《致玛·哈克奈斯》，见《马克思恩格斯选集》，第4卷，人民出版社，1995年，第684—688页。

城市空间的历史性阈定。在20世纪末期,随着城市的快速崛起,亿万农民纷纷离开土地,涌向城市,形成中国近现代史上不曾有过的最大规模的“民工潮”。乡村因为他们的“离去”变成“空心村”,城市因为他们的“到来”而膨胀,而他们自己则被贬抑和遮蔽于“农民工”或“打工者”这类特殊的命名之中,成为身份模糊灵魂无所皈依的历史前行的“中间物”。随着作为乡土主体的农民的现代性流动与乡土文化边界的扩张,世纪之交中国乡土小说的边界很自然地也要扩展到“都市里的村庄”中去,扩展到“城市里的异乡者”的生存现实与内在精神的每一个角落中去,《民工》(孙惠芬)、《大嫂谣》(罗伟章)、《北京候鸟》(荆永鸣)等都是向城市扩展的作品。

其次,世纪之交中国乡土小说的叙事视域与叙事空间向荒野展开,将“生态”作为书写对象。生态在中国已成为广受关注的问题,这是中国社会急遽转型的结果。随着中国工业化的强势推进、经济的快速发展,人对自然的过度开发所造成的生态危机日益严重。同时,生态危机也是人的精神危机。随着全球性城市化格局的出现,人在疏离自然、败坏自然的同时,也远离了生命的本源意义,难以与自然和谐共处,也难以达至“诗意的栖居”。应对双重危机的生态小说,其书写对象十分广泛,可归入世纪之交中国乡土小说之中的不是所有生态小说,而是那些“生态意识”鲜明而又不乏“田园意识形态”且笔涉“三画四彩”的小说[①],如《大漠狼孩》(郭雪波)、《哦,我的可可西里》(杜光辉)等乡土生态小说。

世纪之交中国乡土小说的叙事视域与叙事空间不论是向城市拓展,还是向荒野展开,都是中国乡土小说自身转型中出现的重要现象。向城市拓展与向荒野延展,毫无疑问都是陌生的新“乡土经验”,它们足以使中国乡土小说的内涵发生裂变,同时也给这一创作领域带来无限的生机。

比较起来,传统意义上的乡村社会生活依旧是世纪之交中国乡土小说书写的主要题材,但所要处理的“乡土经验”同样是陌生的,这与中国乡村社会现代转型中的“去乡村化”的总体趋势有关。首先是乡村基本文化形态的蜕变,中国乡村已迈

---

① 这里提到的“生态意识”、“田园意识形态”等概念,出自美国学者劳伦斯·布依尔《文学研究的绿化现象》,张旭霞译,载《国外文学》2005年第3期。“三画四彩”指乡土小说的基本美学形态与特征,是风景画、风俗画、风情画与自然色彩、神性色彩、流寓色彩、悲情色彩等的简称,其具体蕴涵详见丁帆等《中国乡土小说史》(北京大学出版社,2007年)第19—28页的有关论述。

上“去乡村化”之旅，具有现代色彩的公路、电话和电视等将现代性的触须伸进了“狗吠深巷中，鸡鸣桑树颠”的乡村，泥墙瓦顶的村落中已有了突兀而起的仿城市建筑，地域文化色彩鲜明的乡风民俗不是被流行文化挤压而渐趋消失就是变成旅游业媚俗的“卖点”，“乡村”已不再是鲁迅笔下的“故乡”和沈从文笔下的“湘西”，更没有了唐诗宋词里的神韵和“采菊东篱下，悠然见南山”那样的情调。其次是乡村经济生活已经多元化，引进大资本圈地的规模经营与家庭式传统经营模式并存，乡镇企业与传统农业并存，“农业”不再是乡村唯一的经济生产和生活方式。再者，“农民”也不再是传统意义上的农民，不论是“进城农民”，还是“在乡农民”，作为中国乡村历史被改写的参与者、感受者与承担主体，他们的文化人格在现代性的获得过程中发生了前所未有的裂变。所有这些变化都已构成《羊的门》（李佩甫）、《二百四十个月的一生》（须一瓜）、《谁动了我的茅坑》（荒湖）等世纪之交中国乡土小说书写的重要内容。

总之，不论是中国社会现代转型的总体趋势，还是乡村社会自身的现代转型，都是正在进行中的“未完成的现代性转型”，其间所发生的政治、经济、文化等方面的巨大变化，既是世纪之交中国乡土小说赖以发生的现实基础，又是其表现的对象。而中国乡土社会变化的广泛性与复杂性，超出了乡土作家们既有的经验模式与叙事范式，使乡土小说创作遭遇前所未有的挑战。中国乡土作家在应对挑战的过程中，重新发现“历史的必然”，重新整合陌生的“乡土经验”，拓展新的乡土叙事疆域，描绘新的乡土人生画卷，创作出一批应答历史召唤的时代新作，从而突破了中国乡土小说既有的叙事格局，推动了乡土小说自身的转型。就乡土小说史研究而言，虽然千头万绪的文本分析是必不可免的，但我们有必要从一个更高的宏观角度来俯瞰大动荡下的乡土社会变迁给中国乡土小说创作带来的本质性的转型，从而看清文学与社会的双重历史发展趋势。

二、世纪之交乡土小说创作的几种主要现象及其走向

从20世纪90年代初期至今，中国乡土社会在现代转型过程中发生的乡村基

本文化形态、乡村经济生活方式、乡村社会结构和农民文化人格等方面的巨大变化,都在世纪之交的中国乡土小说中得到了及时的反映。概括起来看,主要集中在四大题材领域,即“农民进城”、“乡村日常生活”、“乡土生态”和“乡土历史”等。由于乡土作家的社会身份、心理结构、思想观念、审美趣味乃至生活所在地域等的不同,在题材选择、价值取向和叙事方法运用等方面,都出现了显而易见的差别,呈现出“乱花渐欲迷人眼”的态势。但是,若深入分析和细加梳理,还是可以看出几种较为突出的创作现象,如“现实主义”、“浪漫主义”、“现代主义”、“新历史主义”、“生态主义”、“宗教文化复兴”和“技术主义”等。这些近乎“乡土小说思潮”的创作现象,不是按照单一标准界别的,而是对世纪之交中国乡土小说创作现状的综合性整合,以求准确把握当前正在进行并不断深化的乡土小说转型现象。

世纪之交中国乡土小说的首要创作现象,是对转型期中国乡村社会现实及其历史的现实主义叙写。不论是“农民进城”、“乡村日常生活”、“乡土生态”还是“乡土历史”题材,以现实主义方法进行叙写的作家作品都是最多的,已形成乡土小说创作的主潮。四大乡土题材领域的现实主义叙写,展示了中国乡村现代转型期社会生活的各个方面,揭示了错综复杂的现实矛盾,在一定程度上逼近了中国乡村社会现实与历史的真实。但因时代思想的驳杂与文学的多元,除了人道主义和来源不同的一些现代性观念,作家们既没有可以通约的思想观念,也没有一致的艺术观念和审美趣味,这使他们笔下的现实主义也呈现出不尽相同的特征。归纳起来看,主要有两个类型,即批判现实主义和新写实主义。就批判现实主义而言,一些作家对当下中国乡村社会现实的揭露和批判,广泛地涉及城乡冲突、农民失地、农业衰退、乡镇治理危机、权力腐败与道德败坏等问题,勾勒出一幅幅触目惊心的悲惨图景,引起人们对中国乡村和农民命运的深切关注,因而具有重大的社会意义,如《好大一对羊》(夏天敏)、《瓦城上空的麦田》(鬼子)、《大漠祭》(雪漠)等。但更多作品虽然对农民充满同情和怜悯,却对社会现实的批判并不尖锐,在我们看来,这是一种比较客观中庸的现实主义,而它已经成为乡土现实主义的主流。就新写实主义而言,一些作家仍然延续着盛行于20世纪八九十年代之交的新写实乡土小说的创作方法和理念,过度迷恋琐碎的日常生活描写,成为一种“旧”乡土经验主义。总体上看,世纪之交的乡土现实主义叙写,对现实的“去蔽”或“祛魅”是有限度的,尚未达到时代所要求的丰富性与深刻性，这根源于当代作家与当代中国共同罹患的“思想贫弱症”与“历史迷茫症”。

世纪之交中国乡土小说的第二种较为突出的创作现象，是对转型期中国乡村社会现实及其历史的浪漫主义抒写。在上述四大题材领域，都有以浪漫主义方法进行抒写的作家作品。浪漫主义虽然未成为世纪之交乡土小说的主潮，但也是仅次于乡土现实主义的重要创作现象。作为一种具有特定社会历史背景与文化哲学思想基础的乡土创作现象，乡土浪漫小说既有不同的倾向，也有较为一致的基本特征，一是礼赞具有中世纪色彩的乡村生活的古朴、和谐与宁静，塑造具有善良美德的乡村人物形象尤其是善良美丽的乡村女性形象和天真可爱的儿童形象，真情抒写农民具有传统文化色彩的美好的乡土人生、人情和人性，如《亲亲土豆》（迟子建）；二是以肯定或赞美的态度描写多姿多彩的乡风民俗，而这些乡风民俗大多与儒家文化传统和民间宗教信仰有关，如《吉祥如意》（郭文斌）；三是描绘具有浓郁地域色彩的自然景观，回归乡野，寄情自然，如《刺猬歌》（张炜）中的野地等，都是作家寄托理想之所在。这些特征的形成，无疑是“京派”乡土小说的历史承续，同时又是应对时代的历史变奏。这种被学界称为“文化守成”的创作倾向，并不都是文化保守主义的，它既是中国社会现代性追求过程中孕育的产儿，又是现代性的叛逆者和批判者，也是农耕文明“最后的挽歌”，呈现出审美现代性的另一种多义形态。

世纪之交中国乡土小说的第三种较为突出的创作现象，就是对转型期中国乡村社会现实及其历史的“现代主义”表现。这里的“现代主义”只是一种权宜的称谓，用以指认莫言、阎连科、刘震云、余华等作家创作于世纪之交的部分风格怪异的乡土小说。莫言的《生死疲劳》、阎连科的《受活》、刘震云的“故乡”系列等作品，所叙述的内容颇为丰富复杂，历史与现实、阳世与阴间、活人与鬼魂不仅交错并置，而且相互间往往进行着怪异的循环轮回。这些作品的叙事形态自由放诞，叙事精神指向含混多极，叙事方法奇诡多变，没有一定之规。与之不同，余华的《兄弟》、张存学的《轻柔之手》、红柯的《美丽奴羊》等作品，从精神内质到外在形态都有很大的差异，但也有颇为相近的地方，它们所叙述的不论是苦难的人间世界还是神奇的西部边疆，都是非同寻常的变异生命图景。简言之，所有这些乡土小说，都内含现代主义精神气质而外显传统现实主义形相，呈现出多种美学元素杂糅的怪异特征。它们既与传统的现实主义相去甚远,又不是纯粹意义上的现代主义,因而很难用传统的现实主义、现代主义或者后现代主义等某个单一美学概念来描述。这种没有清晰美学“边界”的叙事现象,还是暂且采用宽泛的“现代主义”比较恰切。这种具有强烈本土气息的非理性的“现代主义”叙事风格的形成,既有来自域外现代主义和后现代主义文学思潮的影响,更与转型期中国社会出现的现实矛盾、精神危机和现代性焦虑等问题密切相关。

世纪之交中国乡土小说的第四种较为突出的创作现象,就是“乡土历史”叙事中的“新历史主义”倾向。主要体现在三个方面:一是以虚构的方式叙述“往昔故事”,不以真实的历史事件和历史人物为依据,或以真实的历史事件和历史人物为基础但不受其限制,试图以此还原历史,如《零炮楼》(张者);二是多以普通农民及其家族为历史叙述的主角,叙述他们在“抗战”、“革命”、“文革”等大历史中的人生际遇与家族命运的兴衰沉浮,是巨型历史景观中的微型历史,因而具有历史阐释的小历史性质,如《旧址》(李锐);三是在历史叙述中表达当下的精神与情绪,借历史的酒杯,浇自己的块垒,如《生存》(尤凤伟)、《雾落》(姚鄂梅)。具有“新历史主义”倾向的乡土小说重视历史与现实的关系,“蔑视社会珍视的正统观念,拥抱那些被正统文化认为是讨厌或可怕的东西”,[①]用循环论、偶然性、荒诞性等来演绎个人化的历史记忆,也将人性、国民性、民族文化和政治文化等引入历史的拷问中。虽然与西方新历史主义理论有着不可否认的思想联系,但并非其直接的文学演绎。它是盛行于20世纪80年代的“新历史主义”思潮的延伸,更是中国社会现代转型期各种现实矛盾与社会思潮影响下的新历史意识与新创作模式相结合的产物。

世纪之交中国乡土小说的第五种较为突出的创作现象,就是“乡土生态小说”思潮及其“生态主义”倾向。生态问题,既是一个世界性的问题,更是中国在快速推进现代化进程时遇到的日益严峻的问题,因而也就成为世纪之交乡土小说密切关注和书写的对象。其最突出的特征有三点:一是叙事视域广阔,但主要向两大题材领域拓展,首先是现代工业对乡村生态环境的污染与破坏,其次是人类对自然的过

① [美]弗兰克·林特利查:《福柯的遗产:一种新历史主义?》,肖明翰译,见张京媛主编《新历史主义与文学批评》,北京大学出版社,1993年,第157页。

度开发与掠夺，造成草场退化、土地沙化、物种灭绝等，揭示与中国现代化相伴而生的各种危机，如《豹子最后的舞蹈》（陈应松）；二是以生态整体主义为思想基础，以生态系统整体利益为最高价值，揭示造成生态危机的人性根源与社会文化根源，重新审视和表现人与自然的关系，倡导人与自然和谐共存，如《狼事》（董立勃）；三是作为一种正在形成的知识领域，乡土生态小说主要从文学和美学的立场去表现和阐释现实中的生态现象，发现地球及其孕育和滋养的全部生命的秘密和生存的意义，传达生态危机给人类造成的不安与思考，构建新的生态的情感空间与审美形态，如《大漠魂》（郭雪波）等。

世纪之交中国乡土小说的第六种较为突出的创作现象，就是"宗教文化精神"成为一些乡土小说作品的文化思想底色或思想主题。有三个突出的特点：其一，多样性、广泛性、边地性和边缘性，即世纪之交乡土小说所表现的宗教文化具有宗教精神的多样性、题材分布的广泛性、地域分布的边地性及文化位置的边缘性等特征。其二，宗教文化精神与地域文化色彩的交融。乡土小说对特定宗教文化精神的表现，总是融会在对特定地域和特定民族的风俗画、风景画和风情画的描绘中，使特定地域和特定人物形象都带有神性色彩，如《尘埃落定》（阿来）。其三，美学风格的巨大差异。特定的宗教文化精神不仅规约了乡土小说的文化思想底色或者主题思想，也要求与之相匹配的表现形式、叙事格调和审美风格，这就使得表现特定宗教文化精神的乡土小说相互间在美学风格上产生了巨大差异。如表现藏族佛教文化精神的《水乳大地》（范稳）与表现回族伊斯兰文化精神的《清水里的刀子》（石舒清），在美学风格上就有很大的差异。如艾略特所说："一个民族的文化是其宗教的体现。"[①]以本土化、民族化为特征的宗教文化，不仅有助于在全球化语境下破除文化霸权，建构多元文化景观，而且也为乡土小说创作提供了新的思想维度，提升了乡土小说的精神品格，促进了新的美学风格甚至新的乡土美学的生成。

最后需要约略提及的是世纪之交乡土小说创作中的"技术主义"倾向。"技术主义"是普遍盛行于当下中国文坛的并非积极的创作倾向，乡土小说亦不例外。讲求"技术"，进行积极的艺术形式探索，无疑是应该肯定的。但如果由对"技术"的迷

① ［英］T.S.艾略特：《基督教与文化》，杨民生等译，四川人民出版社，1989年，第106页。

恋而至“技术主义”,舍本逐末,使创作变成单纯的技术操作,失去与创作主体内心的血脉联系,则是不可取的。在世纪之交的乡土小说创作中,一些作者受消费文化和商业运作的影响,由“作家”变身为“写手”,矮化思想甚至泯灭社会良知,对严峻的社会现实视而不见,耽于形式复制,炫耀写作技术,所创作的一些媚俗作品,虽然受到图书市场的欢迎,但形式花哨、内容苍白、思想庸俗,已堕入文学创作的末路。这样的“技术主义”显然是应该予以否定的。

上述世纪之交乡土小说创作中的近乎“思潮”的几种创作现象,相互间并没有那么清晰的界限,而是互相渗透互相影响的,呈现出你中有我、我中有你的混沌现象。如宗教文化精神,在不少现实主义、浪漫主义、现代主义、“新历史主义”和“生态主义”的乡土小说中都有所表现;再如乡土生态小说也有用现实主义、浪漫主义和现代主义等不同方法创作的美学风格迥异的作品。做上述标准不一的整合,虽然还不是严格的科学分类,但有利于我们准确把握当前正在进行并不断深化的乡土小说转型现象。

三、价值观念的“变”与“常”

中国乡村是中国社会总体构成中不可或缺的重要组成部分,但始终处于受歧视受压制的弱势地位,其从传统型社会向现代型社会的转变,比起城市社会来要缓慢而艰难得多。国际货币基金组织在描述包括中国在内的一些国家的社会转型时说:“中央计划经济的兴起及其后的衰落,是20世纪的一件大事。……原来实行中央计划经济的国家在主要的国际组织(包括国际货币基金组织)的帮助下,已经进入了向市场经济转轨的历史性过程。其结果是,尽管这些国家的转轨进程彼此迥异,它们的经济结构及消费者和生产者的行为都发生了巨大的变化。这个进程取得了很大的成就,这个进程却比起初预期的要困难得多。”[①]就中国乡村社会而言,这个“比起初预期的要困难得多”的“进程”正在不可遏制的进行之中,由此带来的

① 国际货币基金组织:《世界经济展望》,中国金融出版社,2001年,第71页。

巨大变化,不仅仅是经济结构、消费者和生产者的行为,还有价值观念的新旧交替、多元并存与相互冲突,并日渐表现出冲突的普遍化、尖锐化和复杂化的趋势,即如马克斯·舍勒所说,我们正面临着一个“价值颠覆”的时代。①时代的“价值颠覆”,使世纪之交乡土小说的创作主体和叙事对象,都出现价值思维的“混沌”与“迷惑”,都在价值实践中出现行为异常、无所适从的状态与倾向,亦即都出现价值观念的失范,主要有如下几种表现。

面对中国乡村社会的现代转型、农耕文明与工业文明的激烈冲突,乡土作家大都陷入价值评判的“迷惑”之中,难以做出或此或彼的价值选择。在现代化即工业化、城市化和全球化的历史大趋势中,中国乡村及其所代表的农耕文明已无可挽回地走向“夕阳无限好,只是近黄昏”的衰落状态,被迫从传统型社会向现代型社会转变。这个转变过程也是传统性的消解和现代性的生成过程,而逐渐生成的“现代性以前所未有的方式,把我们抛离了所有类型的社会秩序轨道……正在改变我们日常生活中最熟悉和最带个人色彩的领域”②。在已有的价值评判中,“我们日常生活中最熟悉”的农耕文明传统,通常被看成是“落后”的,而现代工业文明则是“先进”的。如在马克思的三大社会形态理论中,人的依赖性社会、物的依赖性社会和个人全面自由发展的社会就是依次递升不断进步的。③ 在丹尼尔·贝尔的文化理论中,工业文明也优于农业文明。④ 以小农生产方式和自然经济为基础的具有极权专制色彩的中国乡村社会,由人的依赖性社会向物的依赖性社会转型,由农耕文明向工业文明转型,具有不可否认的历史进步性,也产生了各种社会问题。社会转型中的乡土作家“脱离了旧的东西,可是还没有新的东西可供他们依附;他们朝着另一种生活体制摸索,而又说不出这是怎样的一种体制”⑤;他们或者对农耕文明顶礼膜拜,沉湎于“田园牧歌”的浪漫抒写,以传统价值观念来批判现代文明所产生

---

① [德]马克斯·舍勒:《价值的颠覆》,罗悌伦等译,生活·读书·新知三联书店,1997年,第53页。

② [英]安东尼·吉登斯:《现代性的后果》,田禾译,译林出版社,2000年,第4—5页。

③ [德]马克思:《1857—1858年经济学手稿》(题目为《全集》编者所加,马克思自题为《政治经济学手稿》),见《马克思恩格斯全集》,第46卷(上),人民出版社,1979年,第104页。

④ [美]丹尼尔·贝尔:《资本主义文化矛盾》,赵一凡等译,生活·读书·新知三联书店,1989年,第199页。

⑤ [美]马尔科姆·考利:《流放者的归来——二十年代的文学流浪生涯》,张承谟译,上海外语教育出版社,1986年,第6页。

的“恶”,或者以现代价值观念批判传统农耕文明中的那些落后因素。他们迷惘地游移在两种社会形态和两种价值观念体系之间,对“新”的与“旧”的都有一种迎拒之情,如张炜的《九月寓言》、贾平凹的《秦腔》等都沉陷在价值观念的错位与困窘之中,这使他们在价值重建中难有新的发现和创造。

面对不断加大的城乡差别和贫富分化,乡土作家在批判社会现实的同时大力张扬被社会日渐弃之不顾的平等、公平和正义。城乡差别不断加大,贫富分化日益加剧,虽然是工业化发展过程中的必然趋势,但绝不能忽视不合理制度的影响,不能忽视乡村居民在城乡二元体制中所丧失的平等权利和发展机会。文学是社会的“良心”,批判社会不公,呼唤社会正义,正是乡土小说叙事的题中应有之义。世纪之交乡土小说用以进行社会批判的平等和公平的价值尺度,主要有三个思想来源:其一是“不患寡而患不均”的传统观念;其二是红色革命实践中的“均贫富”和吃“大锅饭”观念;其三是基于现代人道主义的平等观念。前两种观念以小农意识为基础,它们只能导向平均,不能导向真正的平等。基于现代人道主义的平等观念,强调权利、机会等的平等,是真正意义上的现代平等观念。《怀念一个没有去过的地方》(邓一光)、《拯救父亲》(白连春)等作品,都对城乡差别、社会不公进行了基于现代平等观念的颇为激烈的批判。一些乡土作家书写社会转型期农民物质与精神的双重痛苦,揭示和批判乡村社会的现实矛盾,其思想基点,虽然主要来自现代人道主义的平等观念,但也多少掺杂着以小农意识为基础的平均观念,这使作品思想不能达到应有的高度与深度。

面对日益盛行的权力腐败和顽固的“权力本位”意识,进行多角度的“权力批判”几乎是世纪之交乡土小说的共同主题。公然盛行的权力腐败,可以说已经成为当代中国最大最严重的公害,它是造成乡村苦难的最直接的根源。“权力本位”是中国封建时代的核心价值观念,也是计划经济时代及其高度集权的政治体制的重要价值观念,一切价值最终都以权力来衡量和换算。在社会转型期,“权力本位”的至尊地位虽然受到新生的“金钱本位”的影响,但仍然有很大的市场。《玉米》(毕飞宇)、《民选》(梁晓声)等小说对“权力本位”价值观念的批判,主要从三个角度展开:一是国民性批判,对有权者和无权者共有的国民劣根性展开批判;二是政治文化批评,对乡村公权力的私人化、家族化等展开批判;三是人性批判,将权力欲望等归结为人性本有的贪欲。所有这些批判都体现了对乡村权力建构的正当性的深切忧虑。需要注意的是,如阿宁的《无根令》等小说在"权力批判"中存在的价值错位问题也非常明显:一是沉溺于对官场斗争及其阴险"权术"的细致描写和玩味,将"清官"玩弄的"权术"视为政治智慧予以肯定,宽宥其私人生活中的道德问题,这是极具魅惑性的病态政治价值理念;二是将政治体制问题转换成为有权者个人的道德操守问题,从而掩盖或混淆了问题的实质;三是强化封建性的清官意识,弱化乃至放弃对现代民主政治理念的张扬。

面对日益膨胀的"金钱本位"意识,进行多角度的"拜金主义"批判,是世纪之交乡土小说现实书写的共同主题。"金钱本位"是资本主义的核心价值观念,中国由计划经济向市场经济转型,核心价值观念也就随之由封建主义的"权力本位"向资本主义的"金钱本位"转换,并出现"权"、"钱"并重或相互勾结的过渡性特征。在市场经济中,"社会财富分配的标准被打乱,但是另一方面新的标准又没有立刻建立。……各种欲望由于不再受到迷失方向的舆论的制约,所以再也不知道哪里是应该停下来的界限"①。"拜金主义"随之泛滥成为社会狂潮。乡土小说对"拜金主义"的批判,主要从两个角度展开:一是道德批判,以传统的重义轻利观念为基本价值评价尺度,对各种见利忘义、损人利己等有违传统道德或人类基本准则的行为进行批判,如《奔跑的火光》(方方);二是人性批判,将各种恶德丑行视为道德失控后的人性恶的展露,如《神木》(刘庆邦)。需要注意的是,乡土小说的"拜金主义"批判也存在价值错位问题:首先,将"拜金主义"与道德崩溃联系在一起,只看到负面影响,对其积极面认识不足。在"契约"、"法律"等制约下的"拜金主义",有益于建立起竞争、效率、公平和民主等新型价值观念,西方发达国家的政治经济实践已为此提供了最好的历史佐证。其次,用以批判"拜金主义"的思想资源,多取自传统的价值观念,这不仅减弱了批判的力量,而且不利于建构与社会现代化进程相适应的新型价值观念。

面对日益严重的环境污染和生态危机,乡土生态小说在揭示人对自然的破坏的同时张扬"生态整体主义"价值观念。漫无节制的盲目发展,已经造成人与自然

---

① [法]埃米尔·迪尔凯姆:《自杀论》,冯韵文译,商务印书馆,1996年,第234页。

关系的紧张和失衡,不断遭到自然界的报复,以至严重危及人类的生存。对此,《达勒玛的神树》(萨娜)、《银狐》(郭雪波)、《藏獒》(杨志军)等乡土生态小说主要从三个方面展开批判:一是批判人类中心主义价值观,张扬"天人合一"的传统价值观念和西方后现代主义的"生态伦理观",试图建立"生态整体主义"的新价值观念;二是批判科技主义,批判不断滋长的科技崇拜意识,指斥科技决定论的僭妄;三是批判人类无止境的发展观,主张"有限发展论"甚或"不发展论"。乡土生态小说也存在颇为明显的价值错位问题,如对"发展观"的超前批判,并不利于中国的生态环境保护。需要特别注意的是"伪生态小说"及其张扬的价值观念。这类小说打着乡土生态小说的幌子,以自然法则为旗帜,以兽喻人,推崇弱肉强食的社会进化论观点,具有明显的反文化、反文明和反人性色彩。《狼图腾》就是这类作品最典型的代表。这类现象的出现,根源于近年来的民族主义和国家主义思潮的高涨,同时暗合了重新抬头的封建意识形态所需求的某种大国民族心理。对此反现代性的时代逆流需要予以警惕和批判。

毋庸置疑,上述五个"面对",只是世纪之交乡土小说在反映和揭示中国社会现代转型期价值观念变迁时所出现的价值观念失范的主要表现,而不是全部。当代中国正处于历史性的大变革、大转折中,由此引起的价值观念变迁,可以说是中国历史上最深刻最彻底的一次。新旧价值观念正处在激烈的碰撞、冲突和交替之中,旧的虽然已被打破,但并未退场;新的虽然正在生长,但并未得以确立和定型。不仅如此,国家、政府和社会倡导的主导价值观念,知识界、思想界主张的现代价值观念,与社会各利益群体实际信奉和践行的价值观念,也都处在彼此分裂、隔膜乃至对立冲突的状态。这就是作为乡土小说叙事对象的价值观念失范的总体景观。乡土创作主体与叙事对象的价值观念失范,虽然是同步的,但并不都是同质的。乡土创作主体的价值观念,虽然免不了大变革时代多元价值观念的复杂投射,但所秉持的主要是知识界思想界主张的现代价值观念,并以此作为价值评价尺度,来反映、揭示和批判作为叙事对象的国家、政府和社会各利益群体的价值观念失范,相互间的错位与冲突集中呈现在上述五个方面,由此构成乡土美学形态的一个时代的"心灵史"和"价值观念发展史"。

乡土美学形态的"价值观念发展史",显露了中国乡土小说作家在大变革时代价值观念的“变”与“常”两个方面。从上述五个“面对”可以看出,乡土作家价值观念“变”的一面非常显著。“变”,使世纪之交的乡土小说创作既充满价值重建的勃勃生机,又陷入价值游移、错位乃至失语的尴尬境地。乡土作家价值观念“常”(恒定)的一面,体现在批判精神及其据以进行批判的价值尺度上。有现实批判精神的乡土作家,虽然还不是萨义德所说的那种“真正的知识分子”①,但他们能将自己视作有社会良知的知识分子,秉承现代启蒙精神,以现代人道主义等为价值尺度,对现实进行批判。这样的批判,对转型期的中国社会来说,其意义是重大的,亦如洪堡在为普鲁士大学拟订的章程中所说:“它能为国家和社会保持一支校正力量,以便能去校正那些在政治和社会上形成了优势力量的东西,就一定能将这个社会引向一个绝对健康的方向上去。”②这也正是我们主张“真正的乡土小说作家”应该是“真正的知识分子”、中国乡土小说创作要有人文价值底线和恒定的价值理念的意义之所在。

中国现代社会文化结构的每一次变动,都不仅会影响到乡土文学在文化总体结构中的位置,而且会促使乡土文学在题材、价值取向和美学形态等方面发生新的变化。自 20 世纪 90 年代开始,消费文化大行其道,“五四”以来占据正统位置的、所谓纯文学的乡土文学被边缘化了。处在中国文化总体结构边缘的乡土小说,并未走向衰落,反而表现出向未来展开的生生不息的顽强生命力。在世纪之交的前现代、现代和后现代三种文明相互冲突、缠绕和交融的特殊而复杂的文化背景下,中国乡土小说直面思想的和审美选择的种种挑战,重新整合中国乡村社会现代转型带来的陌生的新“乡土经验”,拓展乡土叙事疆域,叙写大变革时代历史的与现实的种种矛盾,揭示和批判混乱无序的社会价值观念失范,为一个时代留下“最后的挽歌”、多彩的“写真集”和激荡的“心灵史”。乡土小说艺术形态方面的变化,也十

---

① 爱德华·W·萨义德认为,知识分子有两种,一种是现实社会中的多数知识分子,有某种专业知识,但只为稻粱谋;一种是真正的知识分子,他们是特立独行的人,能向权势说真话的人,在受到形而上的热情以及正义、真理的超然无私的原则感召时,斥责腐败、保卫弱者、反抗不完美的或压迫的权威。不管世间权势如何庞大,都可以批评,都可以直截了当地责难。他们必然是具有坚强人格的个人,耿直、雄辩、勇敢及愤怒的个人,处于几乎永远反对现状的状态,甘冒被烧死、放逐、钉死在十字架上的危险。这样的人,数量当然不多,也无法以例行的方式培育出来。参见[美] 爱德华·W·萨义德:《知识分子论》,单德兴译,生活·读书·新知三联书店,2002 年。

② 参见李工真:《德意志道路——现代化进程研究》,武汉大学出版社,1997 年,第 62 页。

分显著。有的向乡土叙事传统回归,将乡土小说的基本美学形态“三画四彩”推向美轮美奂的新境地;有的向消费文化的时尚靠近,将乡土小说变成“最后的乡土”、“回归自然”和“怀旧”的时尚包装;有的表现出较强的“技术主义”倾向,进行多种超常态的叙事实验,将乡土小说破碎变异为“词典体”、“闲聊体”、“史传体”,等等。所有这些变化,都显露了乡土小说在新世纪向未来发展的新动向。

原载《学术月刊》2010 年第 1 期

中国乡土小说的精神意蕴

回归与漂泊

——关于中国现当代作家的乡土意识

赵　园

“怀乡”作为最重要的文学命题之一，联系于人类生存的最悠长的历史和最重复不已的经验。自人类有乡土意识，有对一个地域、一种人生环境的认同感之后，即开始了这种宿命的悲哀。然而它对于人的意义又绝不只是负面的。这正是那种折磨着因而也丰富着人的生存的诸种“甜蜜的痛楚”之一。这种痛楚是人属于生活、属于世界的一份证明。

人类学家观察到原始人类有关人与特定地域之间神秘联系的感知。“每个图腾都与一个明确规定的地区或空间的一部分神秘地联系着，在这个地区中永远栖满了图腾祖先的精灵，这被叫做‘地方亲属关系’”“每个社会集体(例如澳大利亚中部各部族)都感到自己与它所占据的或者将要迁去的那个地域的一部分神秘地联系着……土地和社会集体之间存在着的互渗关系，等于是一种神秘的所有权，这种所有权是不能让与，窃取、强夺的。”[①]这应是乡土意识萌发之始。这种神秘的空间体验也与人类祖先的其他文化经验一样，经由精神遗传，影响着此后人们对其生存空间的知觉形态。

乡土感情又属于那种索价高昂的感情。地域文化特性从来与地方孤立性相因依。我们有所谓“两浙”、“百越”、“八桂”，国中之国，省中之省，农业文明下发展到

① ［法］列维-布留尔：《原始思维》，丁由译，商务印书馆，1985 年，第 84、114 页。

极致的地域文化分割。何士光小说中的小县城人“象藤络一样，缠绕在这城里的砖墙上”，生命像是被这土地吸食而干瘪。作者说：“谁要是不深味这一点，就不会深味这偏远的人生……”(《蒿里行》)牺牲于孤立、封闭的，首先是“乡民”。当着“乡土”被作为仅有的生存倚托时，乡土即人的全部视野，集中了历史与生活加之于人的限制。最惊心动魄的，是历史上那些农民带着家乡的大迁徙——即使不能带走土地，也要带上全部亲族关系和全部乡土意识，以至在南方诸省演成连绵不绝的土、客争斗，也算是农民枯寂生涯的血腥点缀。

这无妨于乡情作为文学艺术中最足动人的诗意情感。一个农民出身的兵士，八年间患着怀乡病，“他无时无刻不在做梦，他要到那干燥的土地上去，他要困一个赤条条的觉！”(师陀《宝库》)另一个客居台湾的老兵的乡愁，竟“好象一腔按捺不住的鲜血，猛地喷了出来，洒得一圈子斑斑点点都是血红血红的”(白先勇《那片血一般的杜鹃花》)——无论朴质还是奇警，作为情感符号都令人怦然心动。

新文学初期曾有过一批集束出现的怀乡(及“回乡”)之作，鲁迅因此拟出了那个事后歧义丛生的名曰：“乡土文学”。乡土文学的代表作品，有许钦文的《父亲的花园》，王鲁彦的《柚子》等；写知识者因身处城市，更因置身东西文化撞击中而有的特殊文化经验，人生体味，不免囿于旧有框架，意为文缚，终难转出既有境界——包括郁达夫的怀乡诸作。中国文学中的有关积累是太过深厚了。受缚于传统怀乡之作的格局，初期新文学没有写怀乡、回乡的巨构，也没有如张承志那种诗情如潮壮丽辉煌的凯旋式的回归。然而此后怀乡、回乡之作的诸种胚芽，“原始形态”，诸种有关主题、情感意象，又都可以溯源到此。“五四”时期文学即使在这一方面，也显示其为新文学的虽粗糙幼稚却包容广大的开端。

乡土：“过去”的祭坛

苏联七八十年代阿斯塔菲耶夫《最后的问候》、拉斯普京《最后的期限》、《告别马黛拉》等，以宛曲低回的情思向旧乡村告别，被人称作“告别文学”。中国文学中也有如许漫长的告别仪式[1]。“怀乡”在这里，是对于“过去”的祭奠，对过去、对历史的巡礼。巡视和祭奠出于人的精神需求，仪式行为都有其强固的心理依据。《奥德赛》的主人公顽强地从特洛伊城下回返故土，即使诸神的留难、财富的诱惑、令人忘却乡土的甜莲也不能阻断这行程。我由如此顽强百折不回的回乡意志中读出了人对于“忘却”的原始性恐惧，对于忘却本原，忘却故土，迷失本性，丧失我之为我的恐惧。怕是因这份恐惧，回乡才有仪式般的庄严性，回乡之作才可能具有史诗特征的。对于失去乡土记忆的恐惧，对于背叛、遗弃乡土的恐惧，是农业社会人们的普遍心理。由此“怀乡”、“回乡”或多或少地道德化了。上述道德心理（“不忘本”）即使到今天，也仍然是人所熟悉的。艺术既象征性地满足了人“生活于过去”的需求，又以完美的象征形式“告别”，“忘却”，使一种现实过程因艺术化而减少痛楚。以象征性的回归实现“告别”与“忘却”，也许是人所能为自己选择的自我抚慰的最好方式。而审美心理定势下的规范化，因袭倾向，又有力地展示出“过去”对于精神、情感活动，对于审美过程的覆盖，证明着“过去”的现存性，“过去”之为一种极现实的文化力量。

文学作为过去的祭坛，致力于呈现“过去”的现存性、具体可感性，依循人的感觉、记忆的逻辑，尊重人类普遍经验的单纯性质，诗化人最基本的生活体验和生活感情。王蒙写味觉记忆中的乡土：“烙饼使他想到家乡、童年、母亲、前妻，他都快掉泪了。”（《烙饼》）施叔青人物怀乡的诱因，则是“牛铃的声响”——那是记忆中家乡黄昏从晚烟深处传来的（《牛铃声响》）。乡土正是这样，在怀乡病者那里，有时不过是路摊上热气腾腾的豆汁儿，后花园里嗡嗡嘤嘤的蜜蜂，静夜的蛙鸣或蛐蛐叫。但情境太过琐细与“日常”，又可能使文学中的乡情传达流于平庸。莫言式的奇突感觉或正是补救。莫言使人看到，当着摆脱了某种惯常的体验和表达方式，童年记忆会以怎样的诡幻奇谲复现。莫言在感觉中“复活”乡土，诸种感觉记忆——视觉听觉触觉等，在脱出惯例后一并苏醒；由生动的阳光感，空气感，冷、暖等肌肤感觉中，浮出了陌生而真切、真切到令人不忍逼视的乡土。这才是真正艺术家的还乡之路，

---

[1] “过去”被现代史上的知识者以为是绝大的负累，使“告别”带有悲壮色彩。如瞿秋白《饿乡纪程——新俄国游记》所写，摆脱“过去的留恋”，不啻重生再造。其实这几代人何尝真能忘情乡土！即使“过去”在记忆中崩解，也会散落成美丽的碎片，烂若云锦，成其为“好的故事”。

艺术家所应找到的还乡之路。

“乡土”不但宜于细碎的日常经验,也宜于豪迈的诗情。艺术家的精神还乡,当着呈现于艺术作品之中时,有可能是壮丽辉煌的。借助于“记忆材料”的激情喷发,使张承志、郑万隆得以拥有他们的大草原,“金牧场”或“赫赫山林”。郑万隆对于那片“华严浩荡的山林”的呈示,犹如一次呼唤生命力量、寻索“生命图腾”的神圣之举。张承志写大草原,更是一次因极尽渲染而颇为张扬的盛大回归。另有莫言写高密东北乡红高粱的那种泼墨如“血”的狂放激情。赫然印在卷首的题辞,是全篇的调性符号:“谨以此书召唤那些游荡在我的故乡无边无际的通红的高粱地里的英魂和冤魂。”写在《透明的红萝卜》之书以后,这的确是与《枯河》、《爆炸》甚至与《红萝卜》不同的“故乡”。“故乡”在诗化想象中由凡俗世间升腾而起,搅起一片金红的光雾。“故乡”是要在目力不及的“前辈”脚下才见出辉煌,才如红高粱般溢彩流光的。这乡情因而更是一种历史感情。历史热情有时的确是扩大了的乡情。张承志写大西北,写出了凭吊古战场似的气氛。这“历史”又似不着形迹,只作为叙述中的情绪力量,增益其气魄,其境界的深邃阔大。大西北因历史的沉埋,那一片土地本身已历史化了。作品则在历史的苍莽感中,令人感到寻根者的浓重乡思。所有那些为意义所充满的“凝固历史”(古老河道、寺观、城墙等),都唤起广义的乡思,对先民的追怀。由新时期的文学作品中,你尤其能感到其中温暖浩大的情感之流,无论其所写为“洼狸镇”,为高密东北乡,为太行或吕梁山,为苏北黄河故道。不囿于怀乡之作传统格局的,或有更自由阔大的乡情。对此需要另一种方式的分析。

融汇入“历史热情”的多思,往往执着于“起源”的追寻。历史在“起源”处沟通了神话,最辽远的种族记忆,于是“乡土”扩张其个人经验性质,增添了人类性。如《科尔沁旗草原》(端木蕻良)中先民历史的史诗场景和《古船》中古莱子国的传说。这种追寻将乡土生存提升出日常情景,使乡思接通更深远的人类感、历史感。怀乡之作对童年记忆的“复制”,对童年人格的反顾,审视,也是一种起源的追寻——个体生命起源。如萧红的《呼兰河传》、《小城三月》、《后花园》诸作。孙犁谈《铁木前传》的创作缘起颇出人意表,他说创作契机触发于由现实所刺激的童年回忆①。正

① 孙犁:《关于〈铁木前传〉的通信》,收入《秀露集》。

是这种回忆赋予作品以独特形式,“乡土”则脱出“事实”,渐次被给予形态、意义。应当说,中国知识分子关于土地、乡土的情感经验,最近于童年经验。童年记忆的乡土,最是一片毫无异己感、威胁感的令人心神宁适的土地,也是人类不懈地寻找的那片土地。

同时我又发现,正是对童年人生不同的审视眼光(借助于心理学等现代科学),使乡土感情呈现出罕见的复杂性。比如你看到了“童年世界——乡土”的荒凉,和其作为情感符号的苍白颜色,如莫言《透明的红萝卜》、《枯河》等作。在萧红之后,莫言强化了乡土记忆中的梦魇感:童年生存的严峻,生命对于苦难、对于孤独的最初感知。这种乡土感也许更值得细细品味,这里有使“乡土”作为符号象征脱出原有意义边界的新的文化眼光、情感态度。只有以知识分子的敏感,才能察知“乡土”作为支配人生、命运的神秘力量,人的宿命的不自由。萧红最后的作品即像是对自己一生悲剧的溯源。王蒙《活动变人形》的主人公想起家乡的一段民谣,“这首歌谣似乎有一种神秘的、彻骨的力量。……他觉得这首歌谣似乎是与生俱来的,似乎是预先镌刻到了他的骨头上的。这首歌谣的先验性使他感到不寒而栗”。这种意义上,乡土即人的命运。

莫言对于乡土的憎爱交织(因而有描写中的美丑泯灭)多少让人想到鲁迅的写“未庄”与“鲁镇”。[①] 直到后来在《红高粱家族》中,关于这种“混乱的激情”,他还说:“我曾经对高密东北乡极端热爱,曾经对高密东北乡极端仇恨,长大后努力学习马克思主义,我终于悟到:高密东北乡无疑是地球上最美丽最丑陋、最超脱最世俗、最圣洁最龌龊、最英雄好汉最王八蛋、最能喝酒最能爱的地方。”贾平凹这样说到家乡:“我恨这个地方,我爱这个地方。”[②]脱出普遍经验模式,更直率地面对个人的心理—情感体验,使作者经由内省达到乡土文化把握中的更大深度。新时期乡村文

① 关于家乡,莫言说:“尽管我骂这个地方,恨这个地方,但我没有办法割断与这个地方的联系。生在那里,长在那里,我的根在那里。尽管我非常恨它,但在潜意识里恐怕对它还是有一种眷恋。”《文艺报》1987年1月10日《与莫言一席谈》(上)。莫言写丑、写残酷、写脏时的那种精细,俨然在实施报复,并迫使人分担那份折磨人的记忆,尤其对于家乡的伦理记忆。他有时使人感到是在用丛生的意象遮掩深到刻骨的伦理感受。蓄意掩盖中的泄露也就挟了更强大的情感力量,那里有因压抑而备加凶狠的发泄欲。

② 贾平凹:《〈古堡〉介绍》,《中篇小说选刊》1987年第3期。

学的风格变化,有“乡土”心理含义的变动作为背景。[①]

新时期之初,文学史曾又一度以集束出现的“怀乡”、“回乡”之作构成颇具规模的集体性的精神还乡,较之前此的怀乡之作,更仪式化,是一次绝非为了告别的告别,酝酿已久的“还愿”,其庄严性质令人不期然地想到宗教游行。其间确实有宗教性的热情:回乡,为了寻求救赎之道,为了净化。

1976年以后的几年里,文学似乎进入了“记忆的年代”。无论随手由那里择出一个线头,都能提出一串串的记忆来。突发事件的巨大震动总造成时间意识的淆乱,令人莫辨此身所在。“乡土”一时负载了前所未有其沉重的意义。在《蝴蝶》(王蒙)、《月食》(李国文)的作者,乡土意味着一度失去了的纯朴,失去了的农民感情,失去了的与人民群众的联系,以至失去了的单纯朴质泥土般的夫妇爱,等等。“文化革命”使罪错普遍化了。历史无情地戏弄了亵渎了“清白的良心”,因而有以“还乡”、“归家”为忏悔、补赎,偿还,追回,恢复;不惜乘了硬卧、公共汽车甚至闷罐子车急匆匆地赶回去。“这是一桩宿愿,要不做这一次旅行,大概心里永远要感到欠缺似的”(《月食》)。驱迫者是道德良心。意识到失去了绝对的无辜,失去了童贞,失去了赤子式的纯洁的人们,总要寻求净土的。即使没有乡土,心灵也会造它一个出来。乡土(这里常常指“老根据地”之类的“第二故乡”)成为宗教圣地,施洗的圣水,与其说由于其本身的性质,不如说出于作品未能直接表述的知识者的自我意识。这里有那一时期朦胧而肤浅(此后也未能更深刻)的罪感,中国知识分子至今仍对之陌生的一种道德、宗教感情。最彻底的,是回到那个婴孩、幼童的赤条条的我,即“在他还不是张思远,当然更不会是张教员,张指导员或是张书记,在他只是石头,或者象母亲称呼的那样——小石头的时候……”(《蝴蝶》)这也是折磨着成年人类的绝望的怀念,“乡土—童年”怀念。上述作品所写也并不是前所未有的“回乡”,它太容易令人想到浪子回头的情节原型了。此外,这一种寻根绝不会混同于此后出现的寻根文学——考之那一批青年作者的创作历程,他们的寻根正开始在“怀乡”、“回乡”渐告中止的时候。或者换一种说法,他们是在脱出对各自心中那一方太过

① 写乡土的文学也由此摆脱着前一时期的诗意感伤,不少作者写出了乡土、乡村的丑陋、蒙昧、原始性的残酷等,而把乡土爱封在更深的里层,必须要通过上述诸界才能到达。此种情感态度与包含其中的文化批判意识,与“五四”新文学相应和,显示为对文坛流行过的伪浪漫主义的反拨。

具体的“乡土”的眷恋时才发起寻根的。

文学，作为一种象征化了的记忆行为，承担了非传统怀乡之作所能想象的使命。在此时刻，记忆、追忆简直像是生死攸关，国家、个人存亡绝续所系似的，俨若生命要经由这一番记忆才能接续被截断的行程，为自己找到存在意义。那是个放逐者、漂泊者回归的时期。文坛上几乎每一个归来者，都谈论着他们那些年间的栖息地，接纳过他们的那片土。人们还记得一度的知青文学，如《南方的岸》（孔捷生），如《今夜有暴风雪》（梁晓声）等，写着更悲壮更英雄主义的重返乡野。这种情境中的回归者，对于乡土（包括“第二故乡”）总会更宽容，充满着感激，感激收留，感激抚慰，感激拯救；由丁玲写北大荒，到张贤亮写那些大地母亲般的女人们。

“精神还乡”当然不限于那一时期那一束作品。“回乡”被继续作为假定情景，比如在朱晓平的“桑树坪系列”，矫健的《河魂》里。郑万隆的“异乡异闻录”也以回乡寻访的“笔录”为形式框架，虽则如他自己所承认，那片山林多半是由他那“开辟一片生土”的愿望生成的。这里的“回乡”毋宁看作对记忆（回忆）过程的模仿。甚至郑义的写作《远村》、《老井》，李锐的写《厚土》，都不妨视为广义的怀乡，回乡。“回乡”不但为便于回忆，而且为便于反思、评估。回忆往往即评估。这也是一种易于收效的“乡土认识”的文学组织，文学呈现方式。至于林斤澜的《矮凳桥风情》，则不妨以为是“梦回”，而且是描写极见精彩的“梦回”，以文字对梦思的模仿，写出个真幻交织、飘忽迷离的世界。

乡土总要到失落或即将失落时才被寻找，追怀。在目下普遍的文化失落之中，或许怀乡主题会再度行时的？只是怕会沦为意义愈加空洞俗滥的符号，伪感伤主义的廉价点缀。在普遍的浮躁中，我怀疑会有更深刻的乡思。刻骨铭心的怀念是要有所从发出的深渊似的心灵的。

文化乡愁

不妨说，我们谈论的那种乡土意识，更是知识分子的意识特征。即使在这一点上，知识分子也是较之农民更完整的“传统人格”。文学中的怀乡病，多半是一种知识分子病。“乡土”的象征使用也是道地知识分子的创造。“文化怀乡”则根源于知识分子的文化存在,是近代知识分子的社会角色规定了的精神形式。近代以来文学中的怀乡,也以此区别于传统文学。

上文提到的怀乡之作,所写大多正是所谓“文化乡愁”。一个时期文学对于50年代的脉脉深情,亦可看作文化乡愁。刚刚谈到的新时期之初的回乡之作,自然更是一种明示其价值选择的文化回归。知识分子以“故乡”为一种人生境界的象喻中,包含有对某种文化价值的怀念。因而朱自清的《毁灭》才在表达人生选择的惶惑和对自我迷失的抗拒时,激昂地写道:

我宁愿回我的故乡,
我宁愿回我的故乡;
回去!回去!
　　归来的我挣扎挣扎,
拨烟尘而见自己的国土!

新文学的文化怀乡,集中呈现为对于城市的异己感和对于乡村的情感回归。这也是知识者最为熟悉的作为普遍经验的乡思。沈从文在这种意义上,可称新文学史上拥有最大数量怀乡之作的小说家,他的湘西诸作是严格合于鲁迅所拟定义的“乡土文学”。近现代中国城市的畸形发展,鼓励了上述乡恋,阻碍了对于乡土的理性审视——也以沈从文作品为突出。居住于城市却拒绝认同的知识者,自以为如蓬飘萍寄,是羁旅中的“乡下人”。城市厌倦与逃避多少也习惯化了。正如人有时需要呻吟,未见得真有什么病痛。传统主题,文学惯例,都便于用来逃避平庸,逃避情感的匮乏。中国知识分子哪里真的对城市一味嫌厌!何家槐30年代的一篇小说写道:“乡村仿佛是块已经发了霉的烂铁,陈旧而且可厌。这样单调寂寞的生活,在以前也许能够使我发生兴趣称它为诗的生活,可是在大都市里享乐惯了以后,我却失去这样淡泊的心情了。”张承志的某些小说,寻找“休憩之园”,是因生命在极度紧张中的亢奋。都市歌手“在战场般的都市里”以狂放的歌唱把自己弄得精疲力竭时,“家乡这青濛濛的静寂的麦子地是唱歌人歇脚喘息的地方”(《黄昏

ROCK》)。又迷恋又逃避,他何尝真的厌弃城市!而那永恒母性的大草原,正是凭借城市的助力才足以飘升到神圣空际的。

当代人不必为了脱俗而隐讳其城市向往。"出国热"正涌向城市。自然,一面向往着,一面大唱其牧歌,也并不就虚伪。人的需求——尤其心灵的需求本是多种多样的。然而也的确犯不上摹仿厌倦了物质文明的西方人,蓬头垢面而作"醉饱的呕吐"。除非你真的厌倦。在城乡之间做出俗雅,肤浅与深刻,世俗与哲理种种区分,已不显得高明。我们很可能会有一天感染西方式的城市病、城市厌倦的,那个时代自会有它的怀乡之歌。

最具有"自然形胜"写文化乡愁的,不能不是台港及海外华人文学,日见发展的"留学生文学"。那些作者也最便于因其地势作中西文化、城乡文化比较。施叔青曾写过一位把其纽约住所布置成非洲丛林的人类学家,厌恶着纽约非人性的"水泥森林"。这其实已是广义的"城乡",世界都会与世界乡村。正因乡愁的纯粹文化性质,尽管"故乡的街道"常在梦中"飘浮",却仍然"只能留在此地,与自己对抗"(施叔青《驱魔》)。"此地"是香港。[①] 同样,於梨华小说中的旅美知识分子也难于决然回归,宁愿远远地"乡愁"着,体味被放逐和自我放逐的怅惘。愁思中的乡关也就扩展到无边无际,混混茫茫,是一个广大而又古远的"故国"。白先勇《蓦然回首·〈寂寞的十七岁〉后记》写到文化乡愁萌发滋长的过程。

"……象许多留学生,一出国外,受到外来文化的冲击,产生了所谓认同危机。对本身的价值观与信仰都得重新估计。虽然在课堂里念的是西洋文学,可是从图书馆借的,却是一大叠一大叠有关中国历史、政治哲学、艺术的书,还有许多五四时代的小说。我患了文化饥饿症,捧起这些中国历史文学,便狼吞虎咽起来。……"

"暑假,有一天在纽约,我在 Little Carnegie Hall 看到一个外国人摄辑的中国历史片,从慈禧驾崩、辛亥革命、北伐、抗日到内战,大半个世纪的中国,一时

---

① 《驱魔》:"故乡的街道在梦中飘浮了起来,我知道这一辈子再也回不去了,我失去依凭,只有在此地浮沉。""我将如何来对付那种可怕的隔绝孤立感?"

呈现眼前。南京屠杀、重庆轰炸,不再是历史名词,而是一具具中国人被蹂躏、被凌辱、被分割、被焚烧的肉体,横陈在那片给苦难的血泪灌溉得发了黑的中国土地上。我坐在电影院内黑暗的一角,一阵阵毛骨悚然的激动不能自已。走出外面,时报广场仍然车水马龙,红尘万丈,霓虹灯刺得人的眼睛直发疼,我蹭蹬纽约街头,一时不知身在何方。那是我到美国后,第一次深深感到国破家亡的徬徨。

去国日久,对自己国家的文化乡愁日深,于是便开始了《纽约客》,以及稍后的《台北人》。"[①]

这自然只是白先勇的个人精神经历,不足以概其余,但触发乡愁的时空条件,在海外华人知识分子,却是共通的。

喧嚷一时的文化寻根,并非仅仅是拉美文学爆炸的遥远回声。在文化贫困和大规模的文化毁灭之后,"寻根"在倡导之初,只能出诸重建文化乡土的意向。移民文化强调"原乡"概念,原乡即移民所要寻的根。施叔青曾以一篇小说写到过海外华人中的上述时髦的盲目与肤浅(《摆荡的人》),因为那寻根者并无根在这"本土文化"里,他所寻觅的不过是现成文化模式,或者说为既定文化模式求证而已。发生在大陆文坛的寻根,有严肃得无可比拟的动因,而且越到后来,艺术实践越少了当初宣言中"文化复兴"的浪漫激情,而增益着反思、批判的严峻性。但与大陆以外发生过的寻根又确有理论背景上的沟通,有时显得更像借诸文学的理论活动,意在为"中国文化"寻求新的概括,有关作品即不免刻意求深,意念饱满外溢。甚至不止于整合、"复原",更有借诸寻根名义的文化设计。一时某些寻向荒原、寻向边地山野林莽的,不妨认为是在"寻找酒神",应和着新文学史上的国民性批判和对原始强力的颂扬,又一度地呼唤野性来归,以不同形式重提20世纪中国最为重大的历史主题。凡此,都出于意识到了的时代需求;在批判和引进中重建民族精神,再造民族文化性格。因而实际创作自不像宣言、理论文字那般空灵或绚烂,充满着改革时代躁动不安的忧思与渴望。上述大意图影响于文学,有一批构想奇特意境深邃之作,

① 白先勇:《寂寞的十七岁》,台北远景出版事业公司,1981年2月第8版。

提升了一时期文学的境界。

在海外华人作者的文化怀乡和大陆青年作者的文化寻根中,“乡土”都逸出了其语义边界。在日渐摆脱狭隘性(地域文化以至“本土文化”眼界的狭隘性)的现代人,人与乡土的关系将获得更深刻的精神文化性质,表现为人与其世界在相互寻找中的遇合,更能反映人主动的文化选择和个体人的精神特性。“乡情”自然也将日渐失去其“天然性”。在这种情况下,怀乡之作或能进一步挣出传统形式的篱墙,一新其意境的吧。

回归与放逐

屈原写在《九章》、《离骚》里的,或许是中国古文学中最动人心魄的放逐与回归,与荷马史诗中的回乡,同样是关于人类精神历程的永恒象喻。

支撑回归的顽强意向的,应有对母性乡土的依恋。这是人类顽强的母体依恋的象征形式。回乡冲动中有人类最纯洁“无害”的情欲:渴望依偎,渴望庇护,渴望如肌肤接触的抚慰。而在“礼义之邦”,受制于讲求“男女大防”的正统文化,人们可以自信其“思无邪”,放心大胆地发抒的,也许就是这对母性(亦女性)乡土的一往情深吧。也因此常言不尽意,情有郁结,更增惘然。乡愁似水。诸种极缠绵之至的表情方式,令我疑心其间藏了某种暧昧的情思,有不得已的心理置换、情感转移。这是未得其依归的情感所便于觅得的依归。

备受束缚之苦的人类仍寻求着温情的束缚,一种柔滑的绳索。乡情中正有温情的束缚,令人忧伤而又甜蜜的不自由。至于“归宿”,更属于那种持久的诱惑,于是有古典诗人不厌其烦地吟唱“不如归”,“当归”,赋“归去来”。为生存而辛苦辗转劳苦倦极的人们无不隐秘地企望着“最后的停泊地”,以安置困顿的身子和疲惫的灵魂。这是极端现世化、世俗化了的彼岸向往。“乡土”也天然地宜于布施这类多半是空洞的抚慰。

芦焚(师陀)曾表述过他的有关经验:“这时候,或是等到你的生活潦倒不堪,所有的人都背弃了你,甚至当你辛苦的走尽了长长的生命旅途,当临危的一瞬间,你会觉得你和它——那曾经消磨过你一生中最可宝贵的时光的地方——你和它中间有一条永远割不断的线;它无论什么时候都大量的笑着,温和的等待着你——一个浪子。自然的,事前我们早已料到,除了甜甜的带着苦味的回忆而外,在那里,在那单调的平原中间的村庄里,丝毫都没有值得怀恋的地方。我们已经不是那里的人……"(《看人集·铁匠》)。

甚至孤独也是需要。因而城市知识者未必不是有意以乡恋加深自己的漂泊感,以感喟"空虚"造成某种情感的充实。人类常有为了生存而设计的精巧骗局,无害于人且温柔可爱的小小骗局。我怀疑乡情缠绵的人们是否还能感受"绝对的孤独"。那一缕乡愁,足以在"孤绝"的坚壁上凿出一孔,使悬浮空际的精神瞥见自己的世俗性,与世俗生活的关联。"回归"(即使只是意向)则正是走出绝对孤独,纵然这回归只不过意味着再次的放逐。

上述意义上的乡土,曾一再地拒绝回归者。你无法"回到"你自己的诗意创造,你的心理假定,你无法回到你的梦境。知识者的"乡土"通常出于精神制作,它本是不可还原,不可向经验世界求证的。还不止于此。集体意识和共同情感经验以至形式惯例、通用艺术模式,更使你的"乡土"早已失去了其作为"个人情境"的纯粹。在这种情况下,不能不有寻梦者的永远失落,回归者的再度放逐。上面提到的芦焚,写过几个逐梦者于回归后,陷进了一个鬼世界(《落日光》)——是芦焚瞥见的乡土拒绝的手势。这里甚至没有实在的"放逐",因为放逐是由梦境中,多少剥夺了你幻灭的权利。无所谓真的幻灭,也无所谓真的失落。其补偿则是,因梦的无可追寻而使"诗"升值,情境借助于象征遂成"永远"。至于以"故乡"为"中国"的缩微形态,出诸批判性的观照,回归与放逐更是时代的精神意象,"乡土"也更出离纯然作者私有的经验形式。凡此,都足以使"回乡"成为道地"感伤的行旅",令人想到古代诗人由黄昏深山听到的鹧鸪啼鸣:"行不得也么哥哥!"

某些现代人自以为深刻的感受,其实已由古人以近乎完美的形式表达过了。亦如他们关于大地创造了"载"(天覆地载)这生动的意象,他们关于人的漂泊感,也有令人惊叹的语词和意象创造,如"旅",如"寄"。李广田在其长篇小说《引力》的收束处,发挥了一篇关于人生如旅行,家庭只是旅店的大议论,究其实际,不过袭用了古人通常的说法，并没有什么了不起的新意。

我们还未及说到“漂泊”更是知识分子的命运。余英时在《士与中国文化》里写道：“历史进入秦、汉之后，中国知识阶层发生了一个最基本的变化，即从战国的无根的‘游士’转变为具有深厚的社会经济基础的‘士大夫’。”变化集中在“士族化”与“恒产化”两方面，“其作用都是使士在乡土生根”。而“战国时代的士几乎没有不游的。他们不但轻去其乡，甚至宗国的观念也极为淡薄。其所以如此者正因为他们缺少宗族和田产两重羁绊”①。“士”的再度成为“无根的‘游士’”，是从中产生出近代意义上的知识分子的时候。知识分子命定的漂泊是由其在世界历史新时期的社会、文化角色规定的。但或许因为曾有“士族化”与“恒产化”的历史，一时反而不复能如战国游士的“轻去其乡”，俨然也与接纳近代思想同时，承袭了一份情感负累：以漂泊为反常，为苦，以“归”为当然，为宁适。

新文学中的“回归与放逐”，绝非对古老“乡土主题”的简单承袭，那里有中国现代知识分子对于其命运的最早憬悟与表达。我们又回到了前文提到的“乡土—命运”。在人们仅仅感知“乡土”作为一种情感牵系的地方，艺术家发现了乡土作为“命运”之于人的严峻性。“未庄人”、“鲁镇人”（鲁迅）或“鹿城人”（李昂）正是命运。台湾作家李昂当年的极力“甩脱”鹿港②，正是违拗命运，抗拒塑造，抗拒一种文化制约或者说“文化规定”。因而是“放逐”更是“出走”。我在下文中还将谈到，这毋宁是一种出自知识者自觉的主动的文化姿态。当着乡土被理解为“命运”时，你会觉得“爱”、“恶”一类语词用于描述这样的关系时，过分单纯明快了。我于此又想到，我们谈论的毕竟是作家而非一般意义上的“知识者”。作为艺术创造条件的内省体验，自我人生省察，无疑构成了作家乡土审视的内在视野。他们所写“乡土”，更是一种“内在现实”，属于他们个人的一份“现实”。乡土既内在于我的生命，写乡土作为一种自我生命体验的方式，所可能达到的深度是难以预测的。

关于上述命运感表达得深沉有力的，不是鲁迅说到过的“乡土文学”诸作，而是

---

① 余英时：《士与中国文化》，上海人民出版社，1987年，第77、78页。

② 李昂：《花季·洪范版序》：“我发现鹿港与我的创作的必然关联。这个孕育我创作的地方，早期曾被我引为是创作的所在地；中期当我到台北读书，曾恨不得远远甩脱它；到近期写《杀夫》又给予我无尽的创作泉源的鹿港，终究会在我的一生中，扮演怎样的角色呢？”《花季》，洪范书店有限公司出版。

他自己的《故乡》,以及《祝福》、《孤独者》、《在酒楼上》等篇。回乡文学传统的叙事模式是“漂流—回归”(或“失落—找回”),欧洲文学史上“流浪汉小说”的主人公,通常也回归到被认为正当的价值态度,被以为合理的人生秩序。这里强调的却是“放逐”的命定性质,是“漂流”的无可避免。平心而论,《故乡》在世界文学数量巨大的“还乡”之作中说不上有什么异彩,但在同时诸作以至30年代题材类同的作品中,却有深长的意味。倘若说《故乡》还不免低回缠绵眷念顾盼,那么收入《彷徨》中的《祝福》、《在酒楼上》、《孤独者》,即以更严峻的态度,表达了对命运的确认,有诀别中的忧愤沉痛。“放逐”(更确切地说,是“自我放逐”)由于不能认同。不是放逐于幻景,而是因“不能认同”,这是真正知识分子——刚刚获得近代自觉的知识分子——的文化经验。命定的漂泊中有他们对于命运的主动选择:“走异路,逃异地,去寻求别样的人们。”①当着那一代人以漂流为自我放逐,或许可以说,他们作为近代知识者在一个重要方面成熟了。

这里也才有近代知识分子当作宿命承受的孤独。在失去传统的归依感、归属感之后,知识分子才能深味这一种孤独。我因而感到瞿秋白关于“狼孩”,关于“莫里斯”,关于“故乡的原野”(自然这“故乡”有别解)的说法,不免囿于流行的思维模式。这个灵魂绝没有寻常的回归之路,其孤独也绝非结束在投身“群众运动”的那时候。《野草》中的《过客》作为自画像最近于逼真:永远的走,走即是命运,无乡土,无故园,更没有“上帝的天国”。断念于回归,亦绝不去寻求“故乡”的代用品……我不敢说这即是“五四”一代知识者普遍的自我意识。陌生的文化经验总是属于少数人的。“过客”是真正的异人,是那一时期文学中最可称“陌生”的人。在鲁迅本人,或者也是寻求验证,验明自己漂流者的身份,确认已明的事实,以便更无羁绊地作精神浪游?

当然,这命运感仍无妨于情感的顾盼。因憎爱交织,放逐中的回望,梦回,才续有写之不尽的“怀乡”。即使鲁迅,又何尝真能“决绝”!他仍然是中国的知识分子。他于病逝前作《女吊》等篇,也应是最后一度对家山回首。“乡土”亦在这悲壮的凝

① 鲁迅:《呐喊·自序》,《鲁迅全集》第1卷,第415页。

视中，呈现出猩红如血的狞厉之美。

一代（这里指於梨华、张系国那一代）海外华人“边际人”的自我感受，略近于上述放逐感。他们写远游者回到故乡，发现的是陌生的乡土和失却归属的自己，文字间一派苍凉。我在上文中写到海外华人最宜于“文化怀乡”，这里还得说，他们以其回归与再度放逐，以其对于居留地与乡土的双重“认同危机”，将一种哲学情境现实化、个人情境化了。“多伦多的安详，台南的温厚，没有两样，她却都没有参与感”（苏伟贞《红颜已老》）。似可借用一句鲁迅的话：我将“彷徨于无地”。在异国人中，总觉自己“是陌生人、局外人，不属于他们的国家、他们的团体，以及他们的欢笑的圈外人”；回到乡土，又“象个圈外人一样的观看别人的欢乐而自己裹在落寞里”。于是只能说：“我不喜欢美国，可是我还要回去。并不是我在这里（指台湾——引者）不能生活得很好，而是我和这里也脱了节，在这里，我也没有根。”（以上见於梨华《又见棕榈，又见棕榈》）这种在城乡文化、异质文化间的孤独，有天然的现代风味，一并包含了人类最古老的孤栖感和最现代的无归属感、文化选择中的困惑。似乎几千年的人类命运和 20 世纪文化裂变中的痛苦，汇集起来由这一代人去品尝——尽管由作品看，他们尚缺乏为承受这命运这痛苦所必备的巨大心灵。

至于无从选择的彷徨系于一代人自身的过渡性质，也与“五四”那一代略近。“没有根的一代”（语见《又见棕榈，又见棕榈》）：或许这也将是最后一代如此感受自己描述自己的海外华人作者？作为后续的当代留学生文学，对“本土”与“他乡”，对“归属”与“认同”，对于“根”，都将有另一番解释与感受。其实於梨华那一代人咀嚼不已的，谁又能说不也是一种“甜蜜的忧伤”，其中有“世界公民”的自由感，因文化视野开阔，更大的选择权在握的文化优越感（如於梨华的小说人物以“曾经沧海”的神气看国内幼稚肤浅的同代人！），那种自伤多少也是一种情感的奢侈。

现代人的遥望故乡、诉说放逐都应有苦涩的甜蜜。他们以“遥望”和“诉说”证实其不承担故乡现实、解除了某种契约的心灵自由。及至连“望乡”也失去其情感性质，成为纯粹的运思过程，一种惯性的心理程序、心智活动，人与乡土关系的最重大调整也就发生了。

本文试图从尽可能多的方面，谈论现当代文学中的怀乡主题及其知识分子意识、心理背景。怀乡主题本身的丰富性,不同时代、不同文化经验的作者(知识者)对"乡土"这一文本的读解、诠释,以及作者们本人在其所绘乡土形象上的映象——他们作为作家与乡土的文化关联,等等。这无疑是个太大的题目。我只不过零碎地触碰了它的某些方面而已。

一九八九年二月

原载《文艺研究》1989 年第 4 期

中国乡土小说生存的特殊背景与价值的失范

丁 帆

一、特殊的文化语境和乡土文学边界的重定

我曾经提出过前现代、现代、后现代(也即前工业、工业、后工业)这三种文化模态的共时性问题,也就是在中国大陆这块幅员辽阔的土地上,农耕文明和游牧文明、工业文明和商业文明、后工业文明和信息文明都共生于20世纪90年代以后的地理版图之上。① 在如此错综复杂的文化语境下,所谓同步进入"全球化语境"的确是一个非常难解的命题,它似乎并不能完全解释当今中国社会的复杂现实。如果下列结论可以成立的话,那么,我们就可以看到中国文学是在一个什么样的文化背景下生存的:"前工业社会的'意图'是'同自然界的竞争',它的资源来自采掘工业,它受到报酬递减律的制约,生产率低下;工业社会的'意图'是'同经过加工的自然界竞争',它以人与机器之间的关系为中心,利用能源来把自然环境改变成为技术环境;后工业社会的'意图'则是'人与人之间的竞争',在那种社会里,以信息为基础的'智能技术'同机械技术并驾齐驱。由于这些不同的意图,因此在经济部门

① 丁帆:《"现代性"与"后现代性"同步渗透中的文学》,载《文学评论》2001年第3期。

分布的特点以及职业高下方面存在巨大的不同。”因为“在另一种意义上，我们可以说封建主义、资本主义和社会主义的序列以及前工业社会和后工业社会的序列都是来自马克思。马克思主义关于生产方式的定义中包括社会关系和生产‘力’(即：技术)在内”[①]。如果说西方的资本主义从17世纪以后的发展是按时间顺序进行的，它的历时性链接是环环相扣的；而今天中国经济与政治发展的不平衡性和落差性，以及它在同一时空平面上共生性的奇观，无疑给中国的文化和文学带来了极大的价值困惑。因此，在这样一种复杂的时代背景下，近年来的乡土小说所呈现出的斑斓色彩是值得深深品味的。在那些描写原始农耕文明和游牧文明形态的乡土作品中，或是表现出对静态的田园牧歌和长河落日的礼赞与膜拜，或是再现了封建礼教的邪恶；或是表现出对工业文明的向往和对乡土意识的扬弃；或是表现出对城市文明的仇视和对乡土的深深眷恋；或是表现出对兽性、野性的膜拜和对生态保护的浓厚兴致……凡此种种，正是乡土小说作家在三种文化模态下难以确立自身文化批判价值体系的表征。当乡土文学遭遇到工业文明和后工业文明的诱惑和压迫时，作家主体就会表现出明显的双重性：一方面是对物质文明的向往，另一方面是对千年秩序的失范痛心疾首。所有这些，不能不说是乡土文学在三种文明冲突中的尴尬。

毋庸置疑，随着农耕文明和游牧文明形态的逐渐衰微，同时随着中国城市容积的不断扩张(据报载，中国的城市人口每年以千万计增长)，农民赖以生存的土地大量流失，农民像候鸟一样飞翔在城市与乡村之间，他们中的大多数人已经不再是面朝黄土背朝天“日出而作，日落而息”的农耕者，不再是马背上的牧歌者，他们业已成为“城市里的异乡人”和“大地上的游走者”，就像鬼子在《瓦城上空的麦田》里所描写的那个既被乡村注销了户口，又被城市送进了骨灰盒的老农民一样，他们赖以生存的“麦田”只能存在于虚无缥缈的“城市天空”之中。是谁剥夺了他们的生存空间和生存权利？他们甚至连姓名的权利都没有了，成为这个特殊文化语境里的一个个“无名者”和“失语者”。归根结底，他们遭遇到的是空前的身份认同的困境，是

① 丹尼尔·贝尔：《后工业社会的来临——对社会预测的一项探索》，新华出版社，1997年，第126、128页。

阶级和阶层二次分化的窘迫。“从流动农民初次流出的不同年代来看,在20世纪90年代,初次流动者更偏重于认可农民的社会身份,而对农民的制度性身份的认可在减弱,出现了对自己农民身份认可的模糊化、不确定现象,从而导致年轻的流动人口游离出乡村社会体系和城市体系之外,由此可能出现对城市的认同危机。”①几亿农民已经成为“乡村里的都市人”和“都市里的乡村人”,而这种双重身份又决定了他们在任何地方都是边缘人,都是被排斥的客体,他们走的是一条乡土的不归路。“正如许多研究表明的那样,流动农民的社会交往圈局限在亲缘、地缘关系中。社会经济的低下导致他们与城市人接触交往的困难,而这种困难又直接妨碍着他们与城市文明同化、交融。同时,流动农民在城市接触的是一种与他们以前社会化完全不同的价值观念和行为规范,他们不可避免地会感到迷茫和无所适从。这种情况可以用迪尔凯姆的‘失范’来描述,表现为个人在社会行为过程中适应的困难,丧失方向和安全感,无所适从。”②乡村不是他们的,城市也不是他们的。“面对被工业社会和城市化进程所遗弃的乡间景色,我像一个旅游者一样回到故乡,但注定又像一个旅游者一样匆匆离开。对很多人来说,‘乡村’这个词语已经死亡。不管是发达地区的‘城中村’,还是内陆的‘空心村’,它们都失去了乡村的灵魂和财宝,内容和形式。一无所有,赤裸在大地上。”③

鉴于上述的特殊文化背景,我以为乡土文学的内涵和概念就需要进行重新修正与厘定。④ 当农民开始了艰难的乡土生存奔波和痛苦的乡土精神跋涉时,我们看到的是一群既离乡又离土的无名者,他们想择良栖而息,但是谁又给他们选择的权利呢? 显然,90年代以来,尤其是进入21世纪后,离乡背井进入城市的农民愈来愈多,他们不仅需要身份的确认,更需要灵魂的安妥。“农民流动呈明显的阶段性变化:1984年以前,农民非农化的主要途径是进入乡镇企业,即‘离土不离乡’;而1984年以后农民除就地非农转移外,开始离开本乡,到外地农村或城市寻求就

---

① 王毅杰、王微:《国内流动农民研究的理论视角》,《当代中国研究》2004年第1期。

② 王毅杰、王微:《国内流动农民研究的理论视角》,《当代中国研究》2004年第1期。

③ 柳冬妩:《城中村:拼命抱住最后一些土》,《读书》2005年第2期。

④ 我在十几年前所阈定的乡土文学的边界是:乡土文学一定是要不能离乡离土的地域特色鲜明的农村题材作品,其地域范围至多扩大到县一级的小城镇(参见丁帆《中国乡土小说史论》,江苏文艺出版社,1992年)。

业机会,特征是‘离乡又离土’。”[①]其实,“离乡又离土”到了21世纪已经成为中国社会不可遏制的大潮,并且呈现出许许多多新的社会和思想特征,这些特征都有意无意地裸露在乡土小说的创作之中。像关仁山的《九月还乡》中的妓女还乡重操农事的返乡文化模态已成绝无仅有的乡土社会现象了。既然作为乡土的主体的人已经开始了大迁徙,城市已经成为他们刨食的别无选择的选择,那么,乡土的边界就开始扩大和膨胀了。许许多多的乡村已经成为“空心村”,其“农耕”形式已经成为城市的“工作”形式;同样,许许多多的牧场已经荒芜,其“游牧”形式已经成为商业性的“都市放牛”。“农民工”或“打工者”这一特殊的命名就决定了他们是寄身在都市里觅食的“另类”,他们是一群被列入“另册”的城市“游牧群体”。在那种千百年来恪守土地的农耕观念遭到了根本性颠覆的时刻,乡土外延的边界在扩张,乡土文学的内涵也就相应地要扩展到“都市里的村庄”中去,扩展到“都市里的异乡者”的生存现实与精神灵魂的每一个角落中去。我认为这样的结论是有事实和理论根据的:“在20世纪末期,随着城市的快速崛起,一个国家的乡村史终于被史无前例地改写、刷新或者终结。数以亿计的‘农民工’是这些变化的主体,同时也是强烈的感受者。”[②]

这一没有身份认同的庞大“游牧群体”的存在,改变了中国乡土社会的结构和生产关系,同时也改变了中国城市社会的结构和生产关系。因此,在中国大陆这块存在了几千年的以农耕文明为主、以游牧文明为辅的文化地理版图上,稳态的乡土社会结构变成了一个飘忽不定、游弋在乡村与城市之间的“中间物”。而“农民工”的身份便成为肉体和灵魂都游荡与依附在这个“中间物”上的漂泊者,“亦工亦农”、“非工非农”的工作状态就决定了他们在农耕文明与游牧文明向工业文明与后工业文明转型过程中的过渡性身份。“这些‘乡村’原来都有十分稳定的结构和规范的人际关系,但在二十年的城市化工业化中业已产生了巨大的变化。这些变化无疑是显示了这个社会在全球化与市场化的大潮之中的新的空间格局的形成,也显示了中国变革的全部力量与巨大速度。它冲垮了乡土中国的结构基础,改变了‘农

① 王毅杰、王微:《国内流动农民研究的理论视角》,《当代中国研究》2004年第1期。

② 柳冬妩:《城中村:拼命抱住最后一些土》,《读书》2005年第2期。

民'生活的全部意义。一切都在逝去,一切又在重构。"①所以,表现这些在生产形式上已经不是耕作形态的新的"农民"群体的生存现实,应该成为当前乡土文学不可或缺的有机组成部分。如果说美国文学史中的乡土性的"西部文学"是从发达地区向落后的荒漠地区"顺流而下"的梯度性的"移民文学"的话,那么,当今中国在进入"现代性"和"全球化"的文化语境时,却是从乡村向城市"逆流而上"的反梯度性的"移民文学"。也就是说,美国乡土文学中的文化语境是城市文明冲击乡村文明,而当今中国乡土文学的文化语境却是乡村文明冲击城市文明。因此,中国城市中的"移民文学"无论从其外延还是内涵上来说,都仍然是属于乡土文学范畴的。

值得深思的问题是,在 2004 年召开的"第三届青年作家批评家论坛"上,作家们首先感到困惑的问题就是"乡土经验"重构。可以说,无论在意识层面,还是无意识层面,作家们已经预感到表现这一庞大的"游牧群体"在城乡之间的"游走"的生存状态是不可回避的写作现实。李洱说:"中国作家写乡土小说是个强项,到今天,我认为有必要辨析一下,现代以来的乡土写作传统,对我们今天的写作、对我们处理当下的乡土经验,有什么意义。也就是说,怎么清理这些资源,然后对现实做出文学上的应对,我感到是个重要的问题。"毫无疑问,如今许多乡土小说作家面临的困境是:一方面历史环链的断裂,使他们在面对现实和未来时,失却了方向感;另一方面面对从未有过的新的乡土现实生活经验,他们在价值取向上游移彷徨;再一方面就是可以借用的资源枯竭,作家需要自己寻找新的思想资源和价值资源。鬼子说:"我是生活在乡土之中的,你们说乡土文学城市化、符号化了,你要使写作逃脱这种模式,最后无非也是发现或发明另一种'乡土',我估计走着走着,还是另一种符号。可能关键是哪种符号更可爱。"②因为城市的边界在不断扩大,而乡土的边界在不断缩小,乡土中人带着农耕文明的忧郁进入都市,但这并不能说乡土文学就城市化、符号化了,而是在它与城市文学的碰撞、冲突和交融中,出现了一种空前的"杂交"现象,一种乡土文学的新的变种。

也许,乡土小说在近年来的悄然变化是习焉不察的,但是,其中所孕育着的巨

① 柳冬妩:《城中村:拼命抱住最后一些土》,《读书》2005 年第 2 期。

② 参见《2004·反思与探索——第三届青年作家批评家论坛纪要》,载《人民文学》2005 年第 1 期。

大裂变却是有迹可寻的。如果无视乡土文学的这种实质性的变化是情有可原的话,那么,如果无视乡土文学的存在,以为城市文学就可以取而代之的言辞就有些过激了:"'乡土文学'这个概念是怎么产生的呢?在近代社会向社会的转型中才会出现这样的话题。到了工业化完成后,这一概念就不存在了,必然会被抛弃。在中国这样的社会中,最关键的问题是转型期中城市人群的生活和情感问题,这是当下的前瞻性问题,现在社会的大趋势是城市化。有人说我这是进化论的观点,认为我对城市化说好话,其实这不涉及价值判断,我们不去探讨城市化好不好这一问题,只是说在城市化这一进程中'乡土文学'、'乡土中国'肯定只是社会生活中极小部分的问题。"[①]是的,乡土文学只有在与工业文明的比较中才能凸显其鲜明的特征,这一点我在1992年出版的《中国乡土小说史论》中已经有过论证,不再赘述。但是,这并不意味着乡土文学在工业化以前就不存在,更不意味着工业化以后乡土文学就消失了。远不说欧美,就拿资本主义工业化文明已经相当发达的日本来说,那里仍然存在着乡土社会生活和乡土文学,何况在中国这个幅员辽阔的地理版图上,农耕文明形态和游牧文明形态还未消失,当然,在相当一段时期内也不可能被消灭,尽管工业文明和城市文明在不断地蚕食着它们,可是要想在中国一次性地完成工业文明谈何容易!再退一步说,即使中国工业文明和城市文明达到了惊人的水平,那些祖祖辈辈从事农耕文明活动而失去土地的人们,也不会把有几千年意识形态惯性的农耕文明心理痕迹抹去。其实,持"中国进入了城市文学"观点的人所忽略的正是我要阐释的:大量失去了土地的农民流入城市以后,给城市带来的是农耕文明的意识形态和社会生活方式的信息,他们影响着城市,尽管这种影响是微不足道的;相反,工业文明和城市文明倒是以其强大的辐射能量在不断地改变着他们的思维习惯。就此而言,在相当一个时期内,反映这样的文明冲突,就成为许多作家(不仅是乡土文学作家,也是城市文学作家)所关注的焦点,它并不是"社会生活中极小部分的问题",而是在这一漫长的转型期里最有冲突性的文学艺术表现内容。

---

① 参见《2004·反思与探索——第三届青年作家批评家论坛纪要》,载《人民文学》2005年第1期。

二、在价值的悖论中游移

不要以为在一片“全球化语境”的喧嚣声中，我们就能够与先进文化对接。由于地域、民族、体制以及各种文化因素的制约，我们的文学处于一个充满着矛盾冲突和极大悖论的文化状态和语境中：一方面是新的都市文学的兴起，它带着强烈的商业文化的色彩，在现代（工业文明）和后现代（后工业文明）文化语境中徘徊，展示着它妩媚与龌龊的两面；另一方面是旧有的和新生的乡土文学以其顽强的生命力，从多角度展开了对现代物质文明的抵抗，它所面对的是与工业文明和后工业文明的双重挑战，同时对乡土社会的重新审视与反思，也成为其生命力增长的重要因素。总之，一切存在的乡土和城市生活的对撞，都呈现出它的双重性和悖论特征，因此，它给作家，尤其是给乡土作家带来了价值选择的巨大困惑。从近几年来的乡土小说的创作中，我们可以强烈地感受到作家们在艰难的选择中所走过的历程。

毋庸置疑，我们绝大多数的乡土作家仅仅站在同情和怜悯的价值立场去完成对农民的人道主义的精神安慰是远远不够的：“西北地区两极分化还是比较严重，农村存在很多问题。刚实行承包责任制的时候，生机勃勃，但如今，强壮劳动力都进城了，农村只剩下‘老弱病残’。农村城市化是社会转型期的必然现象，牺牲一两辈人的利益也是必然的。农民永远是很辛苦的，是需要极大的关怀的群体和阶层。”[①]诚然，能够看到乡土社会生活的危机，并关心着这个群体的疾苦，已经是很有文化批判精神的底层意识了，但是，如果我们不能在更广阔的社会背景下来超越普泛的人道主义价值观，从而确立新的有价值意义的“乡土经验”，就会在转型期失去最佳的观察视角和创作视角。可以看出，所有农耕文明在与工业文明、后工业文明冲突中的农民心理的劣根性和优根性的交混与杂糅，都形成了一种悖反现象，呈现出它的双重性，而作家在这种悖反的现象中往往会产生强烈的困惑，形成价值理念的倾斜与失控。如果说在鬼子的《瓦城上空的麦田》中用过多的笔墨倾注了对那

① 《贾平凹答复旦学子问》，载《文学报》2005年3月31日。

些既失去了土地又失去了身份认同的农民的深深的同情和怜悯,给予主人公人道主义和人性的关怀,表现出一个作家强烈的批判现实主义的情怀,使作品达到了较高的批判现实主义高度的话,那么,弥散在作品中的不为人们所觉察的那种对浪漫乡土的过分迷恋与美化,又不能不说是对历史进化的一种隐含的讽刺,尽管作家是处在一种“无意后注意”的状态之中。同样,在孙惠芬的乡土系列小说中,在许多新锐的乡土小说作家的作品中,都普遍存在着这种价值的悖论。也许,正是作家这种无意识的书写,暴露出了从“五四”以来的乡土小说由“乡土经验”的一成不变所造成的乡土小说难以跳出阈定的单一化主题模式的弊病——非批判即颂扬。而在当今这样一个农民大迁徙的时代里,生活恰恰为我们的乡土作家提供了一个“乡土经验”发展进化和多义阐发的艺术空间,为作家在价值理念定位时提供了可依持的多个参照系数。就此而言,“乡土经验”的转换确实是作家们亟待解决的价值立场问题。作家所面临的价值选择并非往常的非 A 即 B 的简单选项,他们在选择书写“下层苦难”时,在“哀其不幸,怒其不争”的愤懑中,须考虑另一种文明所隐含着的历史进步作用;而他们在选择书写“田园牧歌”时,也不得不顾及对静态之美的农耕文明意识形态的无情批判。

如果说高速发展过程中的西方资本主义文化在 19 世纪向 20 世纪过渡时,也遇到过价值选择的两难境地的话,那么,由于他们的文化背景要比现时的中国简单得多,因此,尽管他们也成为“迷惘的一代”,但是其价值取向是明晰的:“尽管城市代表了农村文化拒不接受的那些受到污染的价值观,但是中西部的人仍然向往在田野劳动之余美化自己的家庭生活。他们的视野越过城市,似乎看到了根据自己的经历所回忆起的,或书本上所记载的,或从亲友们的谈话中所了解到的新英格兰村庄。这些点滴的知识构成了他们想象中的文明社会的基础,帮助他们形成了上流的礼仪,礼貌和正确的态度的准则。这样的做法不仅使中西部人避免了城市兴起的后果,而且也使他能及时回顾一个由于面临中西部更为肥沃的土地的竞争造成的新英格兰沙砾土壤的衰退以及工厂的出现而不复存在的世界。”①显然,从历

① 拉泽尔·齐夫:《一八九〇年代的美国——迷惘的一代人的岁月》,上海外语教育出版社,1998 年,第 82 页。

史进化的角度来看，这种观念有碍社会进步和人性的发展，但不可忽视的是，那“迷惘的一代”与当下中国所处的文化语境是不尽相同的，他们之所以用保守主义的态度来对待城市生活方式却能得到认同，就在于他们的“移民运动”是呈梯度进行的，是从一个充满着“城市经验”的文明形态向另一个“乡土经验”形态的透视与转移，不存在两种文明板块的直接碰撞。所以，抵御城市文明的那些“受到污染的价值观”成为普泛性的共识。但是，如果我们今天也用这样的眼光去衡量中国的乡村文明和城市文明，就难免陷入一元认知的陷阱。

而在中国当下的许多作家尤其是年轻作家的心目中，“乡村经验”是模糊的、悖反的，显然，这与他们的价值观念的游移是相对应的：“说到关于乡土的写作，好像总离不开‘乡村经验’。就是说，我们已经从乡村撤出，那些乡村生活，已经退到身后，像昨天的夕阳一样悬在记忆的天幕上。不是么，今天，在我们面前，高楼林立，浮华遍地。”“与一直在乡村的黑夜里摸爬滚打的经历相比，城市霓虹灯下的那些‘乡村经验’往往更像那么回事。”“我有了一点教训，开始正视自己的乡下人身份，也就是说，正视自己的乡村经验。我这才注意到，我那一双炫耀的皮鞋，底下沾满了乡村的泥。我一步一步走回记忆的乡村，并在现实的乡村驻足。”“我们或许需要强调生长庄稼的乡村才是真实的，但乡村生长梦幻，梦幻改变乡村，这也是真实的。”①从这些出自同一个作家的同一篇文章的充满着悖论的文字中，我们不难理解这些年轻的乡土作家所面临的困惑与选择的两难。一方面是沿袭着“五四”以来的居高临下的用知识分子启蒙的“乡土经验”来书写乡土的记忆，这必然需要城市文明作强大的参照和依托；另一方面是像沈从文那样站在一个“乡下人”的立场去批判城市文明给乡村带来的灾难，在一定程度上又忽略了工业文明和城市文明的“现代性”的历史进步意义，这又必然需要舍弃参照系而孤立狭隘地去观察乡土社会生活。

如何区别当下和“五四”的文化背景的差异，选择更适合历史发展的价值理念与创作道路，也许有的批评家对此还是比较清醒的：“我们讨论乡土中国时不能局限于原有的固化的乡土概念，就是说你在讨论村里的事的时候不能就仅仅是村里

---

① 马平：《我的另一个乡村》，载《文学报·大众阅读》2005年4月1日。

的事,和城市隔绝,和中国社会的变动不发生关系。”①“‘五四’以来的作家大多数是从农村出来的,书写乡村的时候,本来应该是最动人的,因为这跟他们童年记忆有关,但很多作家采取的方式是抛弃故乡——也许把‘乡土’换成‘故乡’会更好理解一点——生活在别处。这种姿态必然会导致对乡村现实的改写,这种改写不仅发生在乡土文学中,哪怕对城市的现实,不是也存在着改写吗?”②是的,我们不可以忽略城市文明和工业文明作为强大参照系对“乡土经验”的制衡与催化作用,但也不可以忽略作为乡土文学根本的面对乡土现实的精神,光凭“童年记忆”的书写往往是有毒的,那种对乡土文学的“改写”是致命的,价值的失范必然会给乡土文学作家作品带来文学史意义上的偏离。其实,这个问题从80年代开始就已经在乡土作家作品中呈现过,像贾平凹的《鸡窝洼人家》、《腊月·正月》、《小月前本》等,像铁凝的《村路带我回家》、《哦,香雪》等,像郑义的《边村》、《老井》等,像路遥的《人生》等,像张炜的《古船》、《秋天的愤怒》等,像王润滋的《鲁班的子孙》等,都可以清晰地看出作家在两种文明冲突中所表现出的惶惑的价值理念,田园式的农耕文明和牧歌式的游牧文明以其魅人的诗意特征牵动着作家的每一根审美的神经,使其陶醉在纯美的情境中而丧失文化批判的功能;而工业文明的每一个毛孔里都沾满了污秽和血,其狰狞可怖的丑恶嘴脸又使作家忘记了它的历史杠杆作用,而陷入了单一的文化批判。于是,一元化的审美或批判成为“五四”以来乡土作家难以摆脱的创作枷锁。其实,创作主体的惶惑也好,眩惑也好,困惑也好,一直延续至今都没有得以解决,甚至随着中国工业文明和城市文明越来越发达而愈加凸显。这不能不说是近一个世纪以来,由于乡土文学理念的停滞不前而带来的创作的低水平重复的关键问题。

阅读了近年来的几百部乡土小说,就我的能力所限,只能将其大致分为三类:一类仍是描写乡土社会生活的旧题材作品。其中,既有反映农耕文明生活内容的,又有反映游牧文明生活内容的;既有浪漫主义手法的,又有现实主义理念的。一类是属于乡土小说新的题材领域,描写农民进城“打工”生活的题材。一类亦属于乡

① 参见《2004·反思与探索——第三届青年作家批评家论坛纪要》,载《人民文学》2005年第1期。
② 参见《2004·反思与探索——第三届青年作家批评家论坛纪要》,载《人民文学》2005年第1期。

土小说新的题材疆域的作品，就是所谓生态题材小说。

就第一类题材的乡土小说而言，我们看到的作家价值理念的困惑是：一味地沉湎于对农耕文明和游牧文明的顶礼膜拜和诗意化的浪漫描写，而忘却了将现代文明乃至带着“恶”的特征的新文明形态作为参照系，这就难免造成作品的形式的单一和内容的静止。大多数作品至多停留在对乡村“苦难”的人性化的书写层面，就连鲁迅式的文化批判锋芒都钝化了。究其原因，我以为有一个很重要的因素就是这十几年来对西方“后现代”理论的误读，把西方已经经历过的资本主义高速发展阶段切割掉，试图与他们同步地去寻找田园牧歌式的原始社会生活形态与自然社会生活形态，这无疑是一种错位的价值观。我们才刚刚向工业文明和城市文明迈步，许多农耕文明与工业文明的矛盾冲突还未解决，倘若把一个凝固的农耕文明和游牧文明直接与后工业文明相对接，那种对工业文明时段的省略所带来的民族心理的缺损和伤痛将会更甚。无疑，在农耕文明中，“首先同人发生冲突的是自然。在人类生存史上，人的大部分生活本身就是一场与自然的争斗，目的是要找到一种控制自然的策略：要在自然界寻得栖身之地，要驾驭水和风，要从土壤、水和其他生物中夺取食物和滋养。人类行为的许多准则就是在适应这些变化的需要中形成的”①。其实，谁也不愿意把自己的生活置放在人与自然搏斗、刀耕火种的落后的文明语境中，历史的进步就在于召唤人在社会发展的进步中去寻找最佳的人性表现，而非停下脚步蜷缩在低级的、原始的文明社会生活形态之中。因此，对于那些大多数的乡土小说创作者而言，需要首先解决的问题就是抛弃那种把迷恋农耕文明当作思想时髦的价值倾向，将复杂的问题复杂化，而绝不是简单化。

就第二类题材的乡土小说而言，我们看到的价值理念困惑是：作为创作主体的作家一俟进入这个创作领域，往往首先确立的价值理念就是鲜明的道德批判。这一视角虽无错误，但是这个沿用了一百年的人道主义视角往往成为作家向更深层面——人类发展和社会进步开掘的阻碍。不错，我们看到了工业革命过程中“人”的丧失（卓别林在百年前的默片《摩登时代》里就讽刺过它的“现代性”），但是，比起前现代的农耕文明，它是一种历史的进步：“作为劳动者的人设法制造物品，在制造

① [美]丹尼尔·贝尔：《资本主义文化矛盾》，三联书店，1989年，第199页。

物品的过程中他梦想改造自然。依赖自然就是屈从自然的反复无常。通过装配和复制来再造自然,就是增进人的力量。工业革命归根结底是一种用技术秩序取代自然秩序的努力,是一种用功能和理性的技术概念置换资源和气候的任意生态分布的努力。"[①]比起农耕文明人与自然的争斗,工业文明的技术和复制虽然表现出了它的双重性,但它毕竟是人类的一次很大的历史进步,我们的作家绝不能熟视无睹,否则我们就会对许多事物失去基本的判断能力。就像有的文学史论家描述"迷惘的一代"那样:"这些作家脱离了旧的东西,可是还没有新的东西可供他们依附;他们朝着另一种生活体制摸索,而又说不出这是怎样的一种体制;在感到怀疑并不安地做出反抗的姿态的同时,他们怀念童年时的那些明确、肯定的事物。他们的早期作品几乎都带有怀旧之情,满怀希望重温某种难以忘怀的东西,这并不是偶然的。在巴黎或是在潘普洛纳,在写作、饮酒、看斗牛或是谈情说爱的同时,他们一直思念着肯塔基的山中小屋,衣阿华或是威斯康星的农舍,密执安的森林,那蓝色的花,一个他们'失去了,啊,失去了的'(如托马斯·沃尔夫经常说的)国土;一个他们不能回去的家。"[②]过分的对农耕文明和游牧文明的自然之美与舒缓的节奏之美的迷恋和激赏,同样是一种思想的肤浅和残缺,或许艺术的残缺是美的,而思想的残缺绝不是美的。也许有人会以为,作家只对作品的审美功能负责,他甚至无须对人与社会、生活与道德作出价值判断。许许多多的世界名著都表现出了作家的困惑意识,像托尔斯泰那样的思想彷徨也丝毫没有妨碍他成为大作家。但是,有一个不可忽视的前提就是:时代不同了,工业革命走到今天的情形托尔斯泰和巴尔扎克们没有看到。所以我们不仅需要道德批判和文化批判,而且更需要对两种文明甚至三种文明冲突下的人与人、人与自然的关系作出合理的判断。

就第三类题材的乡土小说而言,笼统地将它概括为"生态小说"是不合适的,因为,虽然生态环境保护在中国已经到了刻不容缓的地步,但是,它和西方后现代意义上的生态文学的目标是有本质的不同的,因为,"后工业化秩序对于前两种秩序不屑一顾。由于获得了显著的工作经验,人生活得离自然越来越远,也越来越少与

---

① [美]丹尼尔·贝尔:《资本主义文化矛盾》,三联书店,1989年,第199页。

② [美]马尔科姆·考利:《流放者的归来——二十年代的文学流浪生涯》,上海外语教育出版社,1986年,第6页。

机器和物品打交道;人跟人生活在一起,只有人跟人见面。群体生活的问题当然是人类文明最古老的难题之一,可以追溯到洞穴和氏族时代去。然而,现在的情况已经有所不同。形式最古老的群体生活不超出自然的范围,战胜自然就是人群生活的外在共同目的。而由物品联系起来的群体生活,则在人们创造机器、改造世界时给人们一种巨大的威力感。然而在后工业化世界里,这些旧的背景对于大多数人来说已经消失。在日常工作中,人不再面对自然,不管它是异己的还是慈善的,也很少有人再去操用器械和物件"①。关键就在于我们的地理版图和精神版图上还清晰地标有农耕文明和游牧文明的印记,我们还处在人与自然、人与机器的争斗和交往之中,我们的物品还没有极大地丰富,一切"旧的背景"还没有消失,我们的人民还在大量地"操用器械和物件",否则就难以生存。一方面是温饱,一方面是发展,我们的价值取向就更偏重于后者。而我们的"生态小说"更多的是农耕文明和游牧文明中那种带有"神性色彩"的乡土书写,而非"后现代"语境下的奢侈审美活动。从90年代郭雪波开始创作的"狼族系列"题材,到如今姜戎的《狼图腾》,其实中国作家都是在演绎着一曲神性图腾的无尽挽歌,是典型的传统乡土社会生活中对神的祭拜与讴歌。由此我想到了贾平凹的《怀念狼》,除了作品中反映出的对人类天敌的敬畏之情的神性色彩外,恐怕更多的是作家面对现实的乡土社会所不得不发出的人与自然争斗的吼声,无奈地表现出农耕文明对动物世界的残酷的一面。从这个意义上来说,当我们还不能完全摆脱人与自然的直接关系时,那种生态和谐的理念是乏力的。就像《怀念狼》中所描写的那样,如果不去打狼,狼就要祸害乡村和农民。要知道,我们的乡土还是在一个与兽类争夺资源的弱肉强食的文化语境中,与后现代的理论家们一同去呼喊生态保护的口号,是一种奢侈的思维观念,起码是一种不在一个物质层面和文明层面上的不平等的对话。因此,在调适我们的价值观的时候,就得充分考虑到"生态小说"的错位现象给中国的乡土小说所带来的价值倒错。

另外,还须注意的问题是,许多理论家和评论家都毫不犹豫地提到了"五四"新文化先驱者提出的所谓张扬"兽性"的理论。殊不知,他们所提出的这一"兽性"理

---

① [美]丹尼尔·贝尔:《资本主义文化矛盾》,三联书店,1989年,第199页。

念是针对那个羸弱的国民性和民族性的,恰恰是站在人的立场上来仰视强大的“兽性”的。从这个意义上来说,关注生态平衡是对的,但是,忽略了人的生存和发展,那是更危险的,起码在当今中国这样一个特殊文明形态下来大肆书写和宣扬生态小说,可能还是一种文学审美的奢侈活动。

综上所述,我们可以看出,在这样一个三种文明相互冲突、缠绕和交融的特殊而复杂的文化背景下,中国乡土小说既面临着种种思想和审美选择的挑战,同时也蕴含着重新整合“乡土经验”,使乡土小说走向新的辉煌的契机。所有这些,正是中国的乡土小说作家们应该深刻反思的问题。唯有反思,我们才能获得新生。

原载《文艺研究》2005 年第 8 期

启蒙与大地崇拜：文学的乡村

南　帆

一

乡村不仅是一个地理空间，生态空间；至少在文学史上，乡村同时是一个独特的文化空间。对于作家说来，地理学、经济学或者社会学意义上的乡村必须转换为某种文化结构，某种社会关系，继而转换为一套生活经验，这时，文学的乡村才可能诞生。土质，水利，种植品种，耕地面积，土地转让价格，所有权，租赁或者承包，这些统计数据并非文学话题；文学关注的是这个文化空间如何决定人们的命运、性格以及体验生命的特征。追溯历史，乡村的文化版图不存在一个固定的边界，持续的建构隐含了乡村的复杂演变史，人们甚至积累了多种不无矛盾的想象。现今，全球化与现代性逐渐成为横向与纵向坐标之际，乡村所占据的位置再度产生了微妙的移动和平衡。通常乡村是一个相对于城市的区域；但是，二者之间的差别开始纳入传统与现代的对立。人们习惯地将乡村视为一个前现代的文本，一块令人头疼的现代性的绊脚石。“五四”新文化运动以来，文学卷入了乡村与现代性之间复杂的历史纠葛，卷入了二者的疏离、格格不入甚至激烈的冲突。然而，令人惊异的是，文学之中的乡村隐含了多重含义——这个文化空间的复杂程度远远超出了传统与现代的二元结构。

对于中国古典文学说来,乡村与现代性之间的矛盾远未显露。中国古典文学显然是农业文明的一个支脉。乡村意象构成了古典诗词的重要内容。农业文明的特征之一是,人们时刻察觉到自然的压力。体验自然占据了生存的很大一部分内容。落后的交通网络限制了人们的活动半径、交往范围和空间经验。多数人如同植物一样据守在土地上,聆听四季交替的脚步。古典文学深刻地记录了人们对于自然的呼应、契合和感悟、冥思。"春秋代序,阴阳惨舒,物色之动,心亦摇焉。"刘勰看来,这意味了诗意的萌动。文学是作家与自然的赠答:"山沓水匝,树杂云合。目既往还,心亦吐纳。春日迟迟,秋风飒飒。情往似赠,兴来如答。"《文心雕龙·物色》曾经将这种状况形容为"江山之助"。的确,"感时花溅泪,恨别鸟惊心","水流心不竞,云在意俱迟"——在古典诗人那里,主体与外部的自然甚至形成了某种奇特的情景关系。谢榛的《四溟诗话》认为:"作诗本乎情景,孤不自成,两不相背。……景乃诗之媒,情乃诗之胚,合而为诗。"王夫之的《姜斋诗话》表示了相近的观点:"情景名为二,而实不可离。神于诗者,妙合无垠。""不能作景语,又何能作情语耶?"对于古典诗人说来,自然景象是农业文明提供的一个最富魅力的部分。他们不必躬耕于田间,不必担忧旱灾或者洪涝,自然是他们品鉴和寄情的对象。这个对象如此可亲,以至于可以成为他们人生的后门。古往今来,许多知识分子信奉"达则兼济天下,穷则独善其身"的原则。何谓"独善其身"?远离庙堂,隐于茅庐,放浪于山水,垂钓于江湖,总之,农业文明提供了他们精神的回归之途。"红颜弃轩冕,白首卧松云。醉月频中圣,迷花不事君",何等得洒脱和自由。相对于庸俗的、繁杂的甚至凶险万状的社会交往,体验自然无疑是一件心旷神怡的事情。许多诗人终于在自然之中体会到了悠然乃至静穆。挂冠而去,不为五斗米折腰,很大程度上是因为另一种令人心仪的田园生活正在等待他们。"田夫荷锄至,相见语依依"、"开轩面场圃,把酒话桑麻",亲近农事是士大夫的一种大雅若俗的文化骄傲。

如果人们承认,诗词而不是小说担任中国古典文学的正统,那么,可以发现一个有趣的现象:这种文类似乎与农业文明密不可分。山林泉石,鸟啼虫吟,古道夕阳,野渡扁舟——种种乡村意象密集地汇聚在诗词之中,形成了独到的韵味和意境。诗词难以处理现代社会复杂的网络结构,甚至无法接受各种现代术语。人们很难想象，“车床”、“电梯”、“坦克”或者“机器人”这些词汇如何进入一首七律或者一阕沁园春。显然，这不仅是语言风格的隔阂。这些词汇代表的是另一套文明与感觉体系。当然，中国古典文学对于自然景象的热衷并不能证明，作家只会悠闲地吟诵“明月松间照，清泉石上流”，或者“两个黄鹂鸣翠柳，一行白鹭上青天”而察觉不到深刻的社会冲突。耐人寻味的是问题的另一面：面对不公、不义或者怀才不遇，转身归隐田园或者游历名山大川不约地成为许多作家共有的反抗姿态。乡村的山水和田园成为拒绝权力的象征。这个意义上，最为著名的乌托邦无疑是陶渊明的《桃花源记》。“土地平旷，屋舍俨然，有良田、美池、桑竹之属。阡陌交通，鸡犬相闻。其中往来种作，男女衣着，悉如外人。黄发垂髫，并怡然自乐。”的确，这里没有制度的批判或者阶级的划分，没有揭竿而起的号召，作家无非是虚拟出一幅安宁和睦的田园生活反讽周围兵荒马乱的社会。然而，这与其称为逃跑主义，不如说是农业文明造就的想象。这种想象包含了一个秘密的转换：理想的生活就是将不平等的社会关系转换为人与自然的和谐关系。

然而，中国古典文学并没有明确地将乡村视为一个文化空间。长河大漠，孤烟落日，细雨微风，春花秋月，这一切在文学之中如此自然，以至于如同生活本身。换一句话说，文学之中并未出现另一种相异的文化空间，人们无法根据框架之外的内容察觉框架的存在。“他者”的阙如必然导致“自我”的模糊。相对于乡村的城市并没有显出抗衡的意义。相当长的时间内，文学并未意识到，城市从属于另一种文化结构、社会关系以及另一套生活经验。文学从未赋予城市类似于乡村的象征含义。这个事实多少有些奇怪。远在战国时期，中国的城市已经成形。《史记·货殖列传》描述了一系列城市在商业贸易之中的枢纽作用。众多城市曾经从各个方向侵入文学，留下了种种遗迹。“长安一片月，万户捣衣声”也罢，“门前冷落车马稀，老大嫁作商人妇”也罢，“十年一觉扬州梦，赢得青楼薄幸名”也罢，“雕栏玉砌应犹在，只是朱颜改”也罢，这些诗句无不拥有一个城市的背景；至于《三言二拍》或者《金瓶梅》，小说即是以市民生活作为故事的素材。尽管如此，城市仍然没有给文学提供一种异质的文化，进而对农业文明形成压力乃至尖锐的挑战。对于中国古典文学说来，城市与乡村之间的二元对立并未形成。《红楼梦》之中，刘姥姥在大观园闹出的笑话雄辩地证明了城市与乡村之间的巨大沟壑。但是，这一段情节的意图是制造某种谐趣,是村野老妪与荣华富贵之间的反差产生的喜剧效果——顶多包含一种人生无常的况味。

这应该解释为文学的迟钝,还是解释为农业文明的强大?总之,文学的乡村覆盖了城市;现代性问题远未触动作家的神经。城市被挡在文学的视域之外,并且遵循另一种迥异的结构持续壮大。相当长的时间里,城市不断地积聚能量,仿佛悄悄地等待一个撼动文学的时机。20世纪初期,现代思想的启蒙显然提供了城市再认识的条件。这时,文学终于意识到另一种文化的有力崛起,大门必须敞开。30年代的某一天,当城市从《子夜》之中迅雷不及掩耳地闯入文学时,它的强悍以及杀伤力令人大吃一惊。久居乡村的吴老太爷眼里,声光电化的上海犹如一个可怖的魔窟——他信奉了几十年的《太上感应篇》顷刻之间完全失灵。

如果说,吴老太爷的崩溃象征了城市文化空间对于感官的挤压和打击,那么,茅盾的《春蚕》、叶紫的《丰收》、叶圣陶的《多收了三五斗》开始涉及乡村与城市的结构性冲突。这些小说严格地保持了农民的狭小视角。对于农民说来,城市仅仅矗立在遥不可及的地平线上,是另一个世界。但是,由于庞大的经济网络联结,城市辐射出的魔力不可思议地操纵着农民的沉浮。这显然是现代性历史的组成部分。现代社会的一个重要特征是,城市的文化空间咄咄逼人,并且上升为主宰。巨大的压力之下,农业文明拥有的生活经验四分五裂。人们可以模仿马克思《政治经济学批判·导言》的口吻提问:巨轮、火车、高耸的烟囱和摩天大楼可能与"采菊东篱下,悠然见南山"并存吗?在银行、股票、资本运作和大型购物中心面前,韵味、意境或者"江流天地外,山色有无中"又在哪里?这个意义上,城市对于乡村的文化清算同时包含了美学意义上的"祛魅"。

意味深长的是,相当长的时间里,文学仍然不愿意坦然地认可城市与现代性的联系。相反,城市在文学之中声誉不佳。欲望的放纵以及颓废、享乐、糜烂始终被视为城市文化不可分割的组成部分。商业习气将一切都置于价格的天平上,社会关系成为利益的账本。的确,文学一直矜持地回避城市。张爱玲的"复活"与王安忆的《长恨歌》是很久以后的事情了。许多人的心目中,光怪陆离的"新感觉派"远不如沈从文的"乡下人"风格更有魅力。"新感觉派"包含了哪些前所未有的主题?从《东方杂志》、教科书、《良友》画报到月份牌、《现代杂志》,印刷文化与现代性建构形成了什么关系?外滩的建筑物、百货大楼、咖啡馆、舞厅、公园和跑马场构成的文化空间意味了什么?人们曾经在20世纪三四十年代的上海遭遇这些文化现象,然而,它们的文学史意义直至90年代才在李欧梵的《上海摩登》之中得到集中的考察。

李欧梵在《上海摩登》的中文版序言之中表示,这部著作关注的是现代性、现代文学与上海——都市文化的代表——之间的互动[①]。迄今为止,为什么文学与城市的文化空间仍然是一个新颖的主题?必须承认,许多人心目中,文学对于现代性的追求是从另一个地方开始的。

二

"说到'为什么'做小说罢,我仍抱着十多年前的'启蒙主义',以为必须是'为人生',而且要改良这人生。我深恶先前的称小说为'闲书',而且将'为艺术而艺术',看作不过是'消闲'的新式的别号。所以我的取材,多采自病态社会的不幸的人们中,意思是在揭出病苦,引起疗救的注意。"鲁迅的小说被视为改造国民性的经典案例,《我怎么做起小说来》之中的一段自述是人们反复援引的证词。鲁迅在《呐喊》的自序之中感叹,愚弱的国民只能充当示众的材料和漠然的看客,即使他们拥有健壮的体格。这是鲁迅弃医从文的原因:"所以我们的第一要着,是在改变他们的精神,而善于改变精神的是,我那时以为当然要推文艺,于是想提倡文艺运动了。"可以在概括的意义上说,这也是文学介入"现代性"的缘起。晚清以来,一批知识分子开始以文学作为改造国民性的利器。他们看来,思想启蒙是现代性工程的首要环节。

这批知识分子的一个重要特征是对于西方文化的器重。他们之间的许多人均有海外留学的背景。从"问题小说"、知识分子主题到感伤的抒情风格,个性解放显然可以视为"五四"新文学对于西方文化的呼应。一种新型的人物形象陆续出现在

① 参见李欧梵:《上海摩登》,北京大学出版社,2001年,第4页。

文学的画廊上。尽管如此,乡村和农民仍然在作家心目中拥有特殊的分量。蒙昧,保守,贫穷,狭隘,这些性格无一不是“国民性”的表征。哀其不幸,怒其不争,文学必须将手术刀伸向民族的痼疾。文学对于乡村的关注很大程度地源于鲁迅的表率作用——他甚至成为乡土文学的开创者。虽然鲁迅的小说“所仰仗的全在先前看过的百来篇外国作品和一点医学上的知识”[①],但是,对于本土问题的深刻洞察是鲁迅始终保持犀利的重要原因。鲁迅的心目中,农民一直是可悲的主角,与知识分子相比,农民负有远为沉重的枷锁。鲁迅勾画了阿Q、祥林嫂等一系列苦难而麻木的农民形象,这些形象的分量远不是感时伤怀的苦闷所能比拟的。农业文明为主的社会,农民人口众多——他们的精神状态可能成为整个民族的负重。如果现代性包含了多种版本,那么,乡村问题在中国版的现代性之中占有特殊的分量。对于一批现代作家说来,“改造国民性”不是一个空洞的口号,广袤的乡村必然要进驻文学。这个时期,文学并没有多少精力考虑城市与现代性的联系。茅盾甚至不无遗憾地指出,鲁迅的《呐喊》——这个时期的杰作——也仅仅表现了“老中国的暗陬的乡村,以及生活在这些暗陬里的老中国的儿女们,但是没有都市,没有都市中青年们的心的跳动”[②]。

1928年无产阶级革命文学的倡导无疑是现代文学史的一个转折点。“阶级”成为统辖“个人”的一个更高的范畴。这个时候,人们对于现代社会以及现代性的想象必须纳入阶级关系;单纯的启蒙或者改造国民性迅速沦为时代的落伍者。根据马克思主义的理论,无产阶级的主体部分是产业工人,农民并未拥有最为先进的阶级属性。文学如何判断这一切?中国社会性质问题的大论战或者《子夜》这种“全景式”的小说无不涉及这个问题。人们没有理由忽略的是,天才的革命家毛泽东就是在这个时期提出了农村包围城市的战略设想[③]。这种设想之中,农民是以革命主力军的身份登场。这种设想甚至进入了毛泽东的文艺思想。在《在延安文艺座谈会上的讲话》这篇经典文献之中,毛泽东用了很大的篇幅阐述了文艺的“工

---

① 鲁迅:《我怎么做起小说来》,《鲁迅全集》第4卷,人民文学出版社,1981年,第512页。

② 茅盾:《读〈倪焕之〉》,《文学周报》第八卷第二十期,1929年5月12日。

③ 参见毛泽东的《中国的红色政权为什么能够存在?》、《井冈山的斗争》、《星星之火,可以燎原》诸文,《毛泽东选集》第一卷,人民出版社,1991年。

农兵方向”。的确,毛泽东把工人放在首位“这是领导革命的阶级”;毛泽东对于农民的定位是——“他们是革命中最广大最坚决的同盟军”。[①] 尽管如此,毛泽东仍然格外器重农民。《在延安文艺座谈会上的讲话》之中,毛泽东不止一次地将上海作为贬抑的对象反衬延安文艺的生机勃勃。至少在延安根据地,农民的文化情趣占据了正统地位。如果说,鲁迅更多地解剖了农民性格的被动、猥琐、落后,那么,从《湖南农民运动考察报告》开始,毛泽东对于农民革命那种天不怕、地不怕的造反精神表示了一贯的赞赏。农民对于文学具有不同寻常的分量,“赵树理方向”是一个饶有趣味的佐证。正如人们所看到的那样,赵树理不屑于理会知识分子文绉绉的那一套,他对于章回小说或者评书的借鉴目的是造就一种农民喜闻乐见的风格。这种风格使赵树理荣幸地当选为落实《在延安文艺座谈会上的讲话》精神的标兵,甚至当选为民族风格的代表。迄今为止,许多理论阐述已经形成一个习惯的命题:农民喜闻乐见的形式基本上等同于民族、民间文化或者传统的形式。换言之,农民时常被无形地置换为民族、民间文化或者传统的代表。必须承认,20 世纪 40 年代文学对于农民的仰视很大程度地源于革命历史提供的再认识。

1949 年中华人民共和国的成立意味着一个现代国家的崛起。现代性话语开启了一个崭新的阶段。毛泽东在《党在过渡时期的总路线》一文之中指出:“从中华人民共和国成立,到社会主义改造基本完成,这是一个过渡时期。党在这个过渡时期的总路线和总任务,是要在一个相当长的时期内,基本上实现国家工业化和对农业、手工业、资本主义工商业的社会主义改造。”[②]农业合作化是这个总路线的组成部分。这时,毛泽东对于农民的巨大期待再度被引入这个现代性的初步方案。不少人对于农业合作化的前景忧心忡忡,他们遭到了毛泽东的讥讽和批评。谁说鸡毛不能上天?毛泽东用这句话形容农民的巨大创造性。当然,夸张的修辞仅仅是一种论战,毛泽东对于农业合作化的决心和信心包含了政治经济分析以及一系列相关数据。首先,苏联的经验显示,社会主义工业化离不开农业合作化的支持;许多方面,二者互相依存。其次,根据某些地区的试验,农业合作化带来了粮食产量

---

① 毛泽东:《在延安文艺座谈会上的讲话》,《毛泽东选集》第三卷,人民出版社,1991 年,第 855 页。

② 毛泽东:《党在过渡时期的总路线》,《毛泽东选集》第五卷,人民出版社,1977 年,第 89 页。

的大幅度增长，农民的生活质量开始提高。① 不言而喻，这种现代性方案已经充分考虑到阶级角逐的形势发展。毛泽东指出，农业合作化将取消资产阶级的农村自由市场，割断城市资产阶级和农民的联系，彻底孤立他们，这是改造资本主义工商业的必要条件。这个意义上，毛泽东的论断成为众所周知的名言："对于农村的阵地，社会主义如果不去占领，资本主义就必然会去占领。"②

文学理所当然地对这些理论、方针和政策做出了激动的响应。如同乡村曾经是革命的策源地一样，现今的乡村隐藏了现代性的动力。许多作家从天翻地覆的改变之中察觉到某种呼啸而来的生机活力。这极大地触动了他们的文学神经，文学再度集聚到乡村周围。广阔的乡村成为一个硕大的题材，作家竞相从各个角度切入。这时，关注农民的文学史传统拥有了新的历史内容，文学对于乡村气息的熟悉支持了一系列人物、细节和对话的再现。20世纪的五六十年代，围绕乡村的文学赢得了令人瞩目的成就。从梁斌的《红旗谱》、赵树理的《三里湾》、柳青的《创业史》，或者周立波的《山乡巨变》到浩然的《艳阳天》，从孙犁、李准、马烽到王汶石、康濯，这份名单汇成了文学史的一个小高潮。尽管人们仍然发现了那个时期所特有的生硬、粗糙和离谱的拔高，但是，这一批作品仍然标志了当时的高度。相对地说，文学对于"工业化"的历史演变远为冷淡。由于持久地依恋农业文明，没有多少作家认为城市与乡村的文学比例不正常。无论经济生活之中发生了什么，文学始终没有意识到城市与现代性的深刻联系。文学接收不到城市的真实信号——二者之间存在坚固的屏闭。多少作家真心地仇视他们所生活的城市呢？这是一个隐秘的问题。人们所能看到的是，作家对于城市文化的反感始终拥有一个理直气壮的政治形式。无论是《我们夫妇之间》还是《霓虹灯下的哨兵》，城市仍然被视为资产阶级道德败坏的渊薮。如果不是将城市作为嘲讽和批判的对象，文学恐怕早就遗弃了这个赖以生存和运作的空间。

① 参见毛泽东《关于农业合作化问题》和《〈中国农村的社会主义高潮〉的按语》，《毛泽东选集》第五卷，人民出版社，1977年，第181、226页。

② 参见毛泽东《农业合作化的一场辩论和当前的阶级斗争》、《关于农业互助合作的两次谈话》，《毛泽东选集》第五卷，人民出版社，1977年，第196—198页，第117页。

三

艾青深情地说:“为什么我的眼里常含泪水?因为我对这土地爱得深沉……”土地是许多作家顶礼膜拜的意象,这是“乡村中国”的象征。作家对于山川、田野、村落保持了刻骨的记忆。可是,没有多少作家因为城市的缺席而不安。城市就矗立在眼前,林林总总,为什么作家的感觉体系无法开启?——为什么城市的宏大景观无法真正地震撼他们?

赵园曾经涉及知识分子的某种集体无意识。她认为,盘桓于城市的知识分子对于乡村可能存在一种隐秘的愧疚:“那种微妙的亏负感,可能要一直追溯到耕、学分离,士以‘学’、以求仕为事的时期。或许在当时,‘不耕而食’、居住城镇以至高居庙堂,在潜意识中就仿佛遗弃。事实上,士在其自身漫长的历史上,一直在寻求补赎:由发愿解民倒悬、救民水火,到诉诸文学的悯农、伤农。”[①]在“四体不勤,五谷不分”的贬抑面前,知识分子始终有些抬不起头来。农业文明的直观经验造就了一种“种瓜得瓜,种豆得豆”的思维,人们对于那些玄妙的知识或者理论只能将信将疑。大工业生产的众多环节与现代经济的复杂运作均是一幅抽象的理论图景,它们无法以完整的形象诉诸人们的感觉。期货、股票、银行里的点钞机或者所谓的信息怎么能产生如此巨大的利润?许多人惊异不已。远离土地的城市居然灯红酒绿,这太不公平。即使理论将城市表述为金融、商业或者科学技术的中心,人们所见到的仅仅是支离破碎的生产活动和夸张的消费。对于《子夜》说来,即使不论赵伯韬之流,吴荪甫及其周围的人又做了些什么?那些优哉游哉的公子、小姐又有什么理由锦衣玉食,然后卿卿我我,或者勾心斗角?这个意义上,城市的享乐具有腐朽的意味,甚至面临一种道德的压力。一批作家自诩“乡下人”,很大程度地包含了轻蔑城市文化、鄙夷知识分子虚与委蛇的成分。“乡下人”是一种人格的、美学的甚至体魄的骄傲。相反,城市里的知识分子如同一批可怜虫。20世纪的许多小说之中,人

---

① 赵园:《地之子》,北京十月文艺出版社,1993年,第17页。

们时常可以发现农民与知识分子的文化性格相映成趣。前者往往朴素,大度,慷慨,无畏,强壮;后者保守,教条,狡狯,患得患失,文弱不堪。如果遇到阶级理论大幅度升级的时期,道德与人格的分歧总是被追溯至政治分歧。这时,知识分子的文化性格通常被诠释为政治的软弱。

可是,20世纪80年代开始,新的现代性工程重新启动,城市和知识分子刷新了耻辱的身份隆重登场——二者在新的现代性方案之中扮演主角。另一方面,农业合作化运动已是强弩之末,某些乡村甚至奄奄一息。家庭联产承包责任制虽然给乡村带来了生机,但是,这不足以形成现代性的强大动力。不久之后,乡村经济再度陷入困境,农业、农村、农民的综合问题统称为"三农"问题。一些经济学家将这种状况描述为二元经济的后果。根据阿瑟·刘易斯等经济学家的理论,发展中国家的经济呈现为两大部门:一是前资本主义生产方式的传统部门,包括农业和某些小型商业以及服务业;一是资本主义生产方式的现代部门,主要是工业生产。这即是城乡二元经济。传统部门劳动生产率低下,而且存在大量的隐性失业,因而可以提供大量的劳动力。这些廉价的劳动力将进入现代部门。现代部门的工业生产产生了超额利润,从而进行再投资与资本扩张,形成第二轮剩余劳动力的吸收。这种循环一直持续到乡村剩余劳动力逐渐消失,传统部门摆脱了剩余劳动力的负担而开始真正的经济增长。这时,二元的经济结构终于转换为一元的现代经济。概括地说,利用乡村隐性失业的劳动力转移支持现代工业部门的积累,这是二元结构下就业转换的理论核心。这也是经济学家考虑"三农"问题的基本思路:

> "三农"发展根本的制约因素是农村劳动力就业不充分,人往哪里去的问题没有得到解决,收入增长的问题也就不可能从根本上解决。这个问题,实际上是带长远性的问题,涉及社会结构、体制、发展战略,主要是城乡二元经济结构至今还没有改变。只有解决这个问题,中华民族才能实现伟大复兴。现在解决"三农"问题已提出多种必要措施,在围绕"农"字找出路的同时,更要通过工业化、城镇化来解决,要把闲置在农村的数以亿计的劳动力逐步有序地向比较利益高的社会需要的非农业产业转移,向城镇积聚,转为市民。彻底改变二元经济结构,转变为现代一元经济,即走出二元结构,实现这样一个深刻的社

会转型,将是我国今后几十年社会经济发展的基本走向。[①]

文学是否接受上述的提议?乡村经济复苏的初期,一批作家曾经由衷地表示欢悦。张一弓的《黑娃照相》、王润滋的《内当家》、何士光的《乡场上》无不包含了一种乐观精神。这时,文学与社会学家或者经济学家意气相投。然而,"三农"问题与城乡二元经济愈来愈严重的时候,压缩、分解或者转移乡村的策略并没有得到文学的认同。许多作家抛开了劳动力转移的经济学理论而对乡村表示了顽固的迷恋。无可否认,城市早已成为吸附人们的中心;文学的保守之处在于,始终对城市的声色犬马深怀戒意。20 世纪 80 年代初期,路遥的《人生》卷入了城乡二元结构,故事的内涵远远超出了经济范畴。高加林一方面渴望城市文明,同时又依恋淳朴的乡村道德。这些矛盾纠缠于高加林与两个女性的关系之中。巧珍代表了乡村的质朴,黄亚萍隐喻了城市的骚动。如同人们预料的一样,高加林的结局是错过了巧珍,又被黄亚萍抛弃。输光了一切的高加林只能孤独地返回乡村,扑倒在黄土地上,流下痛悔的泪水。的确,城市是繁闹,是财富,是滚滚红尘和无数的机遇,然而,城市同时还是狡诈、骗局和轻诺寡信。无论怎么说,乡村的诚挚和纯净才是人生的真正依靠。不管情节多么复杂,人物多么纷繁,这种文化的二元结构时常与二元经济形成一个奇怪的对称。20 世纪 90 年代,贾平凹的《废都》与陈忠实的《白鹿原》双双面世。颓废的城市充满了堕落的气氛,性爱是那些知识分子捞到的最后一根稻草。他们浑浑噩噩地飘浮在迷茫之中,不知所终;相反,乡村依然保持了"耕读传家"的传统,无论朱先生还是白嘉轩,他们的正直人格是滔滔浊世的中流砥柱。不论是不是巧合,《废都》与《白鹿原》遥遥相对再度证明了文学对于城乡二元结构的独特倾向。

当然,这是一个无法避免的世俗质疑:文学如此迷恋乡村,为什么多数作家仍然逗留在城市?一批具有知青身份的作家先后遭遇这方面的尴尬。从史铁生、张承志、梁晓声、铁凝到王安忆、韩少功、阿城、孔捷生,他们逐渐完成了一个内心的转变。返回城市之后,他们渐渐地开始怀念曾经插队的乡村,怀念穷困但宽厚的乡

---

① 邓鸿勋、陆百甫主编:《走出二元结构——农民就业创业研究》,中国发展出版社,2004 年,第 2 页。

亲。一种温情开始弥漫,这些作家将下乡的经历视为不可多得的人生磨砺。对于韩少功或者张承志说来,他们的左翼思想、他们对于贫苦阶层的关注无不可以追溯到这一段经历。尽管如此,这些作家并没有重新移居乡村,重新体验插队的日子。这是不是一种口惠而实不至的伪装?

陈村在《蓝旗》的末尾写道:“我没想到,当我能抬起头来看你时,这块曾经被我千百次诅咒的土地,竟是这样美丽。”现实沉入记忆之后,单调乏味的日常生活消退了,人们仅仅记住了生动的情节或者剧烈的痛苦。必须承认,乡村很大程度地变成了记忆所制造的话语——而不是现实本身。这一批作家不再手执镰刀或者肩负锄头踏入田野,不再披星戴月,起早贪黑。乡村已经不是泥泞的山路和冰冷的水田,不是沉甸甸的担子和残破的茅屋,乡村是一个思念或者思索的美学对象,一种故事,一种抒情,甚至一种神话。然而,恰恰因为不是现实,乡村在作家的思念或者思索之中极大地丰富起来,生动起来,以至于承担了现实所匮乏的含义。如同一种顽强地潜伏的无意识,农业文明并未在文学史之中退席。

全球化与现代性的语境之中,文学的“乡村”再度出现了相当活跃的语义。

四

> 我站在大地中央,发现它正在生长躯体,它负载了江河和城市,让各色人种和动植物在腹背生息。令人无限感激的是,它把正中的一块留给了我的故地。我身背行囊,朝行夜宿,有时翻山越岭,有时顺河而行;走不尽的一方土,寸土寸金。有个异国师长说它像邮票一般大。我走近了你、挨上了你吗?一种模模糊糊的幸运飘过心头。[①]

这一段话摘自张炜的一篇奇异的散文《融入野地》。张炜毫不掩饰他对土地的膜拜之情。相当长的时期里,他是一个为历史而苦恼的作家。《古船》仅仅叙述了

① 张炜:《融入野地》,《忧愤的归途》,华艺出版社,1995年,第21页。

小小洼狸镇的阶级对抗和家族斗争,但是,历史之谜灼得作家坐立不安。财富,苦难,贪婪的欲望孵化出的罪恶感与仇恨——张炜一直想揭示洼狸镇故事背后的动力。隋抱朴的苦思冥想和再三阅读《共产党宣言》无一不是历史的深刻探究。然而,《古船》之后的一系列长篇小说,例如《九月寓言》、《柏慧》、《家族》、《外省书》、《能不忆蜀葵》等之中,社会关系或者体制分析这条线索并未加强,大地的意象却愈来愈强烈,甚至承担了深刻的意义。这些迹象表明,大地的意象——不论是地瓜地、葡萄园还是更为广袤的原野——逐渐成为张炜历史想象的归宿。

"相看两不厌,惟有敬亭山",这是古典作家面对自然的典型状态。主体与客体怡然相对,彼此寄托,赏心悦目,二者之间形成了一种平等的关系——"我见青山多妩媚,料青山见我应如是";相对地说,张炜没有这一份从容不迫。张炜对于大地的回归是一种激情的投入——犹如婴儿踉踉跄跄地扑向母亲的怀抱。这的确是《融入野地》的想象:生命曾经从大地之中分裂出来,现在是返回本源的时候了。大地是万物之母。张炜看来,信息过剩的现代社会是一个迷途,只有返回大地才能找到自己的根源。张炜的想象不止一次地将作家化成一棵树,根须紧紧攥住了泥土。人们离不开大地,丰饶的沃土是承受一切苦难的后盾。《丑行或浪漫》之中,刘蜜蜡是一个奔跑在大地上的奇女子。她如同山羊一样健康质朴,生气勃勃。暴虐的掌权者试图迫使她就范,她顶翻了那些大腹便便的家伙之后匆匆出逃。田野上的蔬菜瓜果滋养了她,茅屋里的大爷、大娘和小伙子庇护了她。大地的血脉使刘蜜蜡始终保存了赤诚的性格,即使光怪陆离的城市也无法改造她。对于张炜的田园诗说来,大地不是消闲遣兴的所在,也不仅意味了耕作和栖息;大地是人们精神家园的守护神。"一个知识分子的精神源自何方?它的本源?"张炜在《融入野地》之中写道:"很久以来,一层层纸页将这个本来浅显的问题给覆盖了。当然,我不会否认渍透了心汁的书林也孕育了某种精神。可我还是发现了那种悲天的情怀来自大自然,来自一个广漠的世界。"[①]从财富、享乐到现代技术制造的信息"陨石雨",张炜强烈地感到,现代社会已经出了问题。作为一种批判的资源,张炜的大地、田野、河流以及繁茂的植物试图启动农业文明的另一个悠久传统。

---

① 张炜:《融入野地》,《忧愤的归途》,华艺出版社,1995年,第29页。

另一个亲近和膜拜大地的作家是张承志。他曾经以桀骜不驯的姿态反抗乃至亵渎现代社会的庸俗和投机。从《北方的河》到《大坂》,小说主人公的强烈性格显示为征服汹涌的河流与险峻的山峰。然而,到了《黑骏马》、《黄泥小屋》、《胡涂乱抹》、《金牧场》、《九座宫殿》、《辉煌的波马》、《残月》、《心灵史》,浪漫主义式的张狂逐渐收敛了。阅读这些小说可以发现,西北大陆的草原、戈壁滩和黄土高原终于让张承志真正地折服。他从浑厚、质朴和苍苍茫茫之中读出了磅礴大气,种种嚣张的个人英雄主义时常被衬出肤浅和做作的一面。有必要指出的是,张承志对于西北大陆的感悟是与另一些认识和体验同时产生的:例如,柔弱的母亲所具有的伟大襟怀,贫瘠的西北农民身上令人敬重的坚忍和大度,当然,更重要的是西海固、哲合忍耶和宗教信仰的形成。人们再度从张承志的小说之中察觉一个事实:自然景象所带来的心灵震撼对于作家的思想转折产生了巨大的作用;至少在小说之中,这种作用远远超出了经济学或者社会学的考察。如果说,后者是分析的,理性的,富有工业社会的特征,那么,前者就是情绪的,美学的,来自农业文明的深刻经验。

如果人们从张炜或者张承志的小说之中察觉,大地崇拜以及农业文明可能被更大范围地援引为现代性的解毒剂,那么,文学眷恋乡村的意义开始越出美学范畴而产生更为广泛的意识形态功能。显然,多数人文知识分子对于现代性的质疑并不是指向机械、自动化、速度和效率——并不是企图返回鸡犬之声相闻,老死不相往来的小国寡民状态;他们批判的是物质主义背后无尽的贪欲和权谋,历史进化论以及直线式的时间观念对于传统的毁弃,全球化对于本土文化的吞噬,科层组织对于自由的压抑,高科技制造的监控手段和巨大杀伤力,如此等等。然而,现代性的故事已经成功地构造了一个"历史的必然",一切似乎都是以西方的文化社会为终极范本;种种历史代价均被视为不可避免的成本,相异的价值观念无非是落后或者愚昧的表征。这一套叙事如此坚固,以至于理论话语的批判收效甚微。相对地说,文学始终没有被这一套叙事完全征服。从浪漫主义对于大自然的赞颂、现实主义对于资产阶级市侩的讥讽到现代主义对于物质主义的抗议和指控,文学发出的异议不绝于耳。文学试图肯定什么?这时,乡村以及农业文明再度成为构思的基础。

正如周作人在《地方与文艺》一文之中所说的那样,"土气息泥滋味"是乡土文学的魅力所在。[①] 对于无根的城市,乡土文学之中淳朴的风土民情是一种抗衡,一种文化的庇荫。人们似乎觉得,自己的故乡总是在遥远的乡村——祖先的根系牢牢地扎入一块恒定不变的土地。故土,热土难移,本乡本土——土地始终是支配人们想象的核心。因此,当全球化成为基本的语境之后,“乡土”不知不觉地转换为“本土”的象征。通常,“本土”的意象不是摩天大楼或者车水马龙,山脉、河流、田野或者村落更适合于构成本土的画面。显然,故乡、大地、母亲、根——这些意象之间的隐喻关系源于农业文明的修辞系统。一旦民族的文化传统遭受侵犯,这种修辞系统将为民族认同提供响亮而独特的符号代码。这时,文学之中“乡村”的语义往往会扩大为民族文化传统。

这个意义上,20 世纪 80 年代“寻根文学”运动并非偶然。不愿意步趋于西方现代主义文学,这是“寻根文学”的最初动机;传统文化被指认为文学的“根”。然而,从韩少功、汪曾祺、阿城到郑万隆、李杭育、王安忆,一批作家想象的文学之“根”无不指向乡村。作家的目光投向了深山老林,湍急的河流,小小的村落或者烟波浩渺的水乡,他们在这些地方发现了一批迥异于城市文化的人物性格。这些人物的刚烈、血性、自由精神以及对于财富的蔑视显示了另一种生活方式。这种生活是非西方的,前现代的,同时又包含了某些令人向往的自在境界。他们的存在即是对现代社会的斤斤计较、功利、投机和猥琐报以轻蔑的嘲笑。的确,这些人物只能徘徊在边缘,甚至日益贫困,但是,他们拒绝被塞入某种“现代”生活的标准方格;从名利观念、乏味单调的劳动到逼仄的居住空间,他们的倔强个性不愿意投合现今的时髦。从他们的性格和生活方式之中发现抵抗现代性压抑的某种资源,这是“寻根文学”从乡村和农业文明之中掘出的矿藏。

现今,文学的“乡村”正在形成另一种特殊的语义——乡村的生态正在纳入生态问题的辩论,并且有意无意地承担了正面的典范。农业文明时代,人类无法超越自然的限定,人类的谦恭有效地维持了自然的基本秩序。工业社会、城市和科学知识强劲地打破了传统平衡,自然开始节节败退。污染,水资源短缺,荒漠化,有害气体排放,温室效应,臭氧层破坏,一系列生态危机接踵而来。文学研究介入生态问

① 参见周作人:《谈龙集》,江西人民出版社,1986 年。

题的辩论还是不久之前的事情,绿色文学正在成为一个新的口号。一些批评家意识到,文学不仅再现了社会,而且还再现了自然生态系统。文学研究有必要分析作家的生态观点,分析山岭、荒野、河流或者森林在文学内部承担了何种生态意义。生态批评兴起的前提是,批评家充分意识到生态问题的严重程度,并且试图修复人类与自然的和谐关系。许多批评家共同认为,人类中心论转向生态中心论是关键所在。人类是自然的一部分,而不是分裂出自然,凌驾于自然之上,肆意地役使和掠夺自然。叶维廉在阐释道家美学时甚至深入地指出了理性和语言体制如何成为役使自然的工具。语言使人类跳出了自然,拥有了一个概念的高度和框架。但是,"宇宙现象、自然万物、人际经验存在和演化生成的全部是无尽的,千变万化、持续不断地推向我们无法预知和界定的'整体性'。当我们使用语言、概念这些框限性的工具时,我们已经开始失去了和具体现象生成活动的接触"①。显然,语言的抽象、推演以及庞大的概念体系结构在工业社会和信息社会愈演愈烈,农业文明的感性、直观经验以及种种人与自然的传统交流形式——例如,列维-布留尔的《原始思维》或者列维-斯特劳斯的《野性的思维》分别作过系统的描述——逐渐成为过时的品质。这个意义上,贾平凹的《怀念狼》不仅是一个人类与动物互相依存的故事。《怀念狼》具有明显的寓言性质:商州南部,人与狼数十年分庭抗礼,手执钢枪的捕狼队终于赢得了彻底的胜利。然而,奇怪的事情就是在这个时刻发生——狼群销声匿迹之后,多数捕狼的猎人因为无所事事而染上了各种古怪的疾病。他们的枯萎仿佛证明,紧张对抗所制造的旺盛生命力已经随之而去。《怀念狼》一如既往地保存了贾平凹喜爱的民间传奇风格。种种魑魅魍魉的片段再现了一个万物有灵的世界。由于现代社会的"祛魅",人们距离这种观念已经很远了:有没有必要承认万物的生命?的确,《怀念狼》再度把人们推到这个问题面前:对于自然的敬畏之情是不是接受生态中心论的一个前提?

人们可以有许多理由蔑视乡村——乡村不过是全球化与现代性坐标体系之中一个有待格式化的区域。乡村经济只能是城市经济的依附,只能适应城市经济的规模,并且在城市经济的辐射之下存活;乡村的社会组织不得不模仿城市建制——

① 叶维廉:《道家美学与西方文化》,北京大学出版社,2002年,第2页。

人与自然的关系不再是社会组织解决的重点问题,社会关系的协调与改善才日益是首屈一指的主题。虽然乡村的土地面积远远超过城市,但是,由于城市的巨大生产力,乡村在社会生活之中的比重远远不如城市。尽管如此,文学似乎没有撤换乡村的主角身份。正如人们所看到的那样,农业文明仍然是文学的强大资源。文学意识到,人们的感觉和无意识很大程度上是农业文明的产物。悠久的农业社会逐步设定了身体和感官的密码,农业文明不可能如此迅速地彻底撤离。更为重要的是,农业文明的许多观念重新产生了重大的启示——尤其是在工业社会的后期,在愈来愈多的人开始总结现代社会的时候。如果说,经济学或者社会学的乡村是一个苦恼的难题,那么,文学的乡村隐含了另一些出人意料的丰富内容。

原载《文学评论》2005 年第 1 期

论中国现代乡土小说中的宗教缺席现象①

贺仲明

一

按照西方文化的概念,中国似乎没有严格意义上的宗教,乡村社会更是如此。其实,中国的乡村信仰可能不像西方宗教那么严格,但它有自己的特点,那就是宗教的日常生活化。正如有学者所说:“汉人社会的宗教信仰原本就与其生活密切相关,举凡衣食住行、生老病死、年头年尾,民众生活中处处都可以观察到宗教信仰的点点滴滴,时时都可以体察到宗教信仰者的心思和活动。”②在中国社会,尤其是在乡村社会中,宗教是日常生活中不可分割的一部分,并在乡村文化中占据着重要位置,对农民的精神世界、乡村社会的稳定发展起着很大的影响:“韦伯认为,宗教伦理可以使人们躲避父权统治的愿望成为可能。只有建立在‘超现世的上帝创造的

① 本文的“宗教”内涵与普通乡村民俗有关系,但两者间存在有是否涉及精神信仰的根本区别。此外,本文讨论的主要是作家对乡村宗教的客观表现,不涉及作家主体的宗教意识。比如废名的《莫须有先生坐飞机以后》等作品,蕴涵着很浓的禅和佛的思想,但这种宗教思想主要发自作家主体世界,乡村只是这种心态的表现物而已。因此,这类作品不在本文研究范围之内。

② 林美容:《信仰、仪式与社会》“导言”,台湾“中央研究院”民族学研究所,2003 年。转引自周星《“民俗宗教”与国家的宗教政策》,《开放时代》,2006 年第 4 期。

伦理秩序'基础上的宗教,才能与'现世的各种不合理现象相对峙',抵御所谓'合理的伦理指令',从而对抗现世。"①

现代中国是战乱频仍的年代,这使普通百姓很容易寻找宗教作为精神的寄托,在 1949 年前的中国乡村社会中,宗教是存在的非常普遍的文化现象。由多名社会学家参与的《民国时期社会调查丛编·乡村社会卷》刊载的调查报告,几乎所有篇章都关注到了乡村宗教问题,认为乡村宗教是民国时期乡村文化中重要的社会现象。② 此外,像费孝通的《乡土中国》、李景汉的《定县社会概况调查》等诸多著名社会学著作在考察乡村社会时,也都关注、记录了乡村社会中的宗教生活。

然而,乡村宗教的这种丰富性和在乡村文化中的重要位置,却远没有在中国乡土小说中得到表现。遍览中国现代乡土小说,它与乡村宗教的关联大体以如下三种形式出现:

一是站在现代文化启蒙的立场上,将乡村宗教作为"封建迷信",作简单化的批判处理。这是中国现代文学的主流,也是作家们对待乡村宗教的主要态度。乡土小说的开拓者鲁迅是这一姿态的最早表现者。他的《祝福》、《明天》等作品都涉及乡村宗教问题,宗教在其中所扮演的角色,是"封建神权"的代表,是蒙昧落后的体现,也是导致祥林嫂、单四嫂等人物悲剧的重要原因。在鲁迅影响下,20 世纪 20 年代的乡土作家群的创作,如台静农的《红灯》、王鲁彦的《菊英的出嫁》等作品,也继续着同样的主题。一直到三四十年代茅盾的《春蚕》、《残冬》,蒋牧良的《旱》,以及萧红的《生死场》、《呼兰河传》等作品,都基本上没有例外。在解放区文学中,这一态度体现得更为明确。赵树理的《小二黑结婚》,在对二诸葛、三仙姑的行为作政治上的否定之余,情感上还保持着难得的善意,而在像周立波的《暴风骤雨》等作品中,民间宗教基本上只是扮演着一个反动政治的"陪绑"角色,它由道士、僧人等人士为代表,往往与政治上的落后和反动力量联系在一起,承担着助纣为虐的角色,得到的也往往是政治上覆灭的命运。

二是站在人性或其他立场上,对乡村宗教作比较客观或肯定的描写。这一书

---

① [美]欧达伟:《中国民众思想史论》,董晓萍译,中央民族大学出版社,1995 年,第 15 页。

② 李文海主编:《民国时期社会调查丛编·乡村社会卷》,福建教育出版社,2005 年。

写在沈从文的作品中表现得最为明确。在《边城》、《凤子》等作品中,沈从文比较详细地展示了苗族的乡村宗教场景,并表现出维护和肯定的态度。但这类创作在中国现代文学中为数很少,沈从文直接展现宗教生活的作品也不多。除他之外,只有田涛的《沃土》、艾芜的《端阳节》等少数几篇作品以比较客观和冷静的态度来书写,前者将乡村的衰败、农民的苦难和乡村宗教氛围融合在一起,取得了很好的艺术效果;后者则侧重展示乡村宗教生活的民俗化,去除了其中的负面形象特征。

在中国现代乡土小说中,更普遍的现象是回避。作家们可能会写到各种乡风民俗,但基本上不涉及宗教领域,如20世纪30年代叶紫、蒋光慈等的作品,40年代绝大多数的解放区文学作品。这当中特别应提到40年代的沦陷区文学,应该说,处于异族铁蹄蹂躏下的沦陷区农民,是很容易在乡村宗教中寻找精神支柱,在民族文化血脉里找到生存信心的,但是,沦陷区的乡土文学作品也和其他地区的文学作品一样,除了对乡村宗教作简单的批判书写,基本上回避了这一生活。①

因此,中国现代乡土小说的创作虽然很繁荣,但乡村宗教的图景却是非常模糊,甚至可以说几近于无。在一定意义上,我们用"缺席"来形容中国乡土小说中的乡村宗教是完全合适的。

二

这种与乡村现实相悖逆的情况的出现,显然有值得思考的原因。首要的自然是现实的制约。中国现代的大多数时期,政府的有关思想和政策基本上都对传统的民间宗教持否定和改造态度。国民党时代,就曾经成立了广州市风俗改革委员会等机构,专门整理和改造民间宗教。在解放区,马克思的关于"宗教是人民的鸦片"的思想也是社会文化的基本指针,并且,严酷的战争环境也没有给予人们关注乡村宗教生活的适度空间。

在这些现实的制约背后,包含的是现代化思想的主流文化态度。中国现代上

---

① 张永:《二十世纪四十年代沦陷区乡土小说主题与民俗意义》,《文艺研究》2006年第4期。

半叶的文化是以启蒙为中心的文化，它所倡导的科学民主精神从本质上是对宗教文化持反对和批判意见的。比如蔡元培就曾经指出“将来的人类，当然没有拘牵仪式，倚赖鬼神的宗教，替代它的，当为哲学上各种主义的信仰”①，并进而提出以“美育”来替代宗教。陈独秀、鲁迅、周作人等“五四”新文化的代表也基本上持相同意见，主张以科学精神来代替宗教信仰，将宗教与封建迷信相联系。

这一点，“正如孔迈隆最近所指出的，在一个新政权成立以后，它便需要对文化进行重建。一方面，它自然需要建设与以前不同的文化来证实其国家的合法和合理性(Legitimacy)；另一方面，为了达到这一目标，它必须构造一个与新社会相形之下无比落后的社会形象。从而，农民所习惯的旧生活方式、社会形态和文化被当成‘落后’的表现，家族和社区的宗教仪式(如祭祀祖先的习俗)成为旧的事物的典型代表”②。中国现代新文化运动是一场以新代旧的文化批判运动，它的现代性因素必然与传统宗教构成尖锐的冲突。

在这种文化环境面前，现代作家们对乡村宗教持负面批评的态度或回避的态度是可以想象的事情。即使是在政治相对比较平和的环境中，作家们可以自如地表达自己的宗教态度和对宗教进行书写，也会感受到文化上的压力。在20世纪三四十年代，沈从文等坚持以平等态度看待乡村宗教的作家是明确处于文学界的边缘，受到排斥的。正是在这种有形与无形的压力下，沈从文在表现乡村宗教的小说中，也得借人物之口反复申明自己推崇的民间信仰与封建迷信间的差别：“神的意义在我们这里只是‘自然’，一切生成的现象，不是人为的……科学只能同迷信相冲突，或被迷信所阻碍，或消灭迷信。我这里的神并无迷信，他不拒绝知识，他同科学无关。”③“这并不是迷信！以为神能够左右人，且接受人的贿赂和谄谀，因之向神祈请不可能的福佑，与不可免的灾患，这只是都市中人愚夫愚妇才有的事。神在我们完全是另一种观念……我们并不向神有何苛求，不过把已得到的——非人力而得到的，当它作神的赐予，对这赐予作一种感谢或崇拜表示。”④实际上，这并不是

① 蔡元培：《关于宗教问题的谈话》，《蔡元培全集：第4卷》，浙江教育出版社，1997年，第70页。

② 王铭铭：《社区的历程》，天津人民出版社，1996年，第172页。

③ 沈从文：《凤子》，《沈从文文集：第4卷》，花城出版社，1982年，第346—347页。

④ 沈从文：《凤子》，《沈从文文集：第4卷》，花城出版社，1982年，第387页。

对乡村宗教的真实反映,而是包含着曲解和美化的因素。沈从文类似主题的创作在40年代后迅速陷入低谷,与这种外在文化的压力显然有直接联系。

但是,现实和文化的理由还不能概括全部的现代文学现象。因为,在乡土文学的宗教描写处于艰难和困厄之时,其他题材文学中的宗教表现却有明显的不一样,而这与社会上宗教生活的普遍和体面是相一致的。比如,国民政府的领袖蒋介石夫妇都是公开的基督教徒,在高级官员中信奉佛教的也很普遍。在二三十年代文学界,当乡村宗教在乡土小说中受到大肆挞伐的时候,许地山、冰心和废名等人的小说却在明确地宣扬着基督教的"爱"的哲学或禅学主题,而且还受到很多的肯定。显然,在文学表现的衰荣背后,隐含的是文化和阶层的差异,或者换句话说,它所体现的是启蒙文化与被启蒙文化之间的精神反差。

这首先自然是因为宗教地位的差异。与基督教和佛教等宗教相比,乡村宗教所处的是最底层的地位。乡村宗教的信奉者是身处社会底层的农民,无论是社会还是文化身份,它都无法和其他宗教相比。这一点,很自然地造成了乡村宗教在文学中始终被忽视和受批判的地位。正如韦伯的分析:"任何时代的知识分子阶层,当面对历史上已存在的粗野的民间信仰时,都会陷入一种尴尬的境地。"[①]作家们虽然在态度上拒绝和批判传统主流文化,但在另一个层面上,他们所持的也是精英文化姿态,与传统文化有着一定的关联。他们在对待乡村和乡村文化态度上,有着内在的一致性。

其次,这中间还包含着中西文化接受上的不同心态。正如有学者对现代中国知识分子阶层的批评:"继承了西方文化的'落后'、'传统'、'现代'概念,用它们来描述和批判民间的'封建传统',使农村社会的地方传统成为'现代化的敌人'"[②];而民间的信仰、仪式和象征作为世俗生活文化的重要组成部分,"在历史过程中的蔓延与再生,它表现出传统性,积淀为人们'历史意识'和'社会意识'的主要组成部分,并在现代社会与意识形态变迁中体现出多样化的适应与'反文化'精神"[③]。现代知识分子在面对西方文化时持完全的膜拜心理,对传统文化持简单的否定,也是

---

① 马克斯·韦伯:《儒教与道教》,洪天富译,江苏人民出版社,1997年,第201页。
② 王铭铭:《社会人类学与中国研究》,三联书店,1997年,第296页。
③ 王铭铭:《社会人类学与中国研究》,三联书店,1997年,第179页。

导致乡村宗教被乡土小说疏离局面的重要原因。比如“五四”新文化运动的领袖陈独秀对传统宗教持明确的批评态度，却对基督教网开一面，予以积极的肯定。1917年，他在致《新青年》读者的信中说：“吾之社会，倘必需宗教，余虽非耶教徒，由良心判断之，敢曰推行耶教胜于崇奉孔子多矣。以其利益社会之量，视孔教为广也。”[①]1920年，他又写作《基督教与中国人》一文，阐明基督教是爱的宗教，是促成欧洲文明的主力，要求国人“要有甚深的觉悟，要把耶稣崇高的，伟大的人格，和热烈的，深厚的情感，培养在我们的血里，将我们从堕落在冷酷，黑暗，污浊坑中救起”[②]。在对西方宗教不遗余力的推崇中，寓含的是民族虚无主义思想。

正是在这种文化语境下，乡村宗教被作家们完全阴暗化，成了简单的封建迷信代名词，而在知识分子领域中，宗教却可以以“信仰”的方式得以存在。许地山可以出版《扶乩》和《道教史》等学术著作，作家们可以明确宣称以宗教为自己的精神追求（如废名）或精神寄托（如许地山）或思想建构（如无名氏），农民和乡村宗教却不可能享受到这一权利。乡村宗教的最好待遇是被学者们赋予“民俗”的身份而得以生存和受到保护，但在现实生活中却只能遭受严厉的批判和打击，它的社会身份和文化地位始终是负面和低等的。

三

我们不能简单地否定中国现代思想的现代化方向，也不可否认在不同宗教之间确实存在有差别（至于这种差别多大，是否实质性的，暂且不说），但是，中国现代乡土小说对乡村宗教的简单化书写，却直接影响到乡土文学的价值成就，其中存在的某些问题值得我们作认真的思考。

宗教的缺席，从最直接的方面来说，导致了乡土小说对乡村表现得不完整，并影响到这种表现的真实性。因为正如有学者所说的：“民间信仰……一方面使之具

---

① 陈独秀：《独秀文存》，安徽人民出版社，1987年，第693页。
② 陈独秀：《独秀文存》，安徽人民出版社，1987年，第280页。

有复杂多样的表现形式和文化意义;另一方面,作为一种表达方式,民间的信仰和仪式常常相当稳定地保存着在其演变过程中所积淀的社会文化内容,更深刻地反映乡村社会的内在秩序。"[①]乡村宗教社会的丰富性不但是了解乡村的重要依据,而且从美学角度来说,缺乏对乡村宗教的细致描写,也必然影响其丰富的民俗表现,影响对乡村生活表现的全面性和客观性。正如前面所述,在乡村,本来就没有纯粹的宗教仪式,它与农民的日常生活密切地联系在一起,是农民精神世界的重要一部分,失去了这部分的内容,它所反映的农民日常生活和精神世界就不可能是完整和全面的,也必定会严重影响到对乡村生活表现的真实性。而从作家层面来说,这种缺席现象也折射了他们在情感和文化上与乡村的距离。正如我曾经谈到过的,在巨大的现代文化压力下,许多乡土作家都陷入了情感和理性的困境不能自拔,在他们对乡村普遍的居高临下的俯视背后,隐藏着与乡村的巨大隔膜和精神困境[②],乡村宗教表现是一面鲜明的镜子,照出了作家们的精神缺陷,也决定了现代乡土小说所能达到的高度。[③]

其次,它也影响了乡土小说的思想深度。因为宗教世界与乡村关系密切,深刻地折射了农民的深层心理和文化世界,失去了这一世界或对之做简单处理,无形中就失去了一个透视农民精神世界的最佳方式,也影响到文学所能达到的精神高度。夏志清在《中国现代小说史》中曾经有过分析:"现代中国文学之肤浅,归根究底说来,实由于对原罪之说或者阐释罪恶的其它宗教论说不感兴趣,无意认识。"[④]虽然他所谈的主要是作家主体的思想,但对乡村宗教的客观表现同样有参考意义,因为正如当代作家阎连科对当前文学的批评:"完全放弃对他人的关怀,对现实世界发生的一切都视而不见,只沉醉在个人的欢爱、内心中。我们缺乏一种博大的爱和对世界深深的怜悯。"[⑤]对乡村宗教的漠视,事实上也隐含着对乡村主体精神的漠视,对处于社会底层的农民生存的漠视。这一创作缺陷背后隐藏着整个文学的境界

---

① 郑振满、陈春声:《民间信仰与社会空间·导言》,福建人民出版社,2003年。

② 以在充满着宗教气氛的家庭中长大的赵树理为例,尽管他很难得地表现出了对乡村宗教的部分善意,但他也没有真正表现出他所非常熟悉和深受影响的乡村宗教生活。

③ 贺仲明:《论中国乡土小说的二重叙述困境》,《浙江学刊》2005年第4期。

④ [美]夏志清:《中国现代小说史》,复旦大学出版社,2005年,第322页。

⑤ 阎连科:《"不是巧克力,而是黄连"》,《南方周末》2006-03-23。

问题。

谈到这里，自然要涉及对乡村宗教的价值评判及与其他宗教的差别问题。著名学者顾颉刚曾经谈过乡村宗教形成的历史缘由和现实价值："任何民间信仰都有它产生的社会环境，存在的时间、过程和缘由。……农民的迷信，只有在民族整体文化素质提高后，才能被逐渐消灭，而在现实社会的条件下，它依然是民众心灵的慰藉。尤其是生活在社会底层的妇女，被剥夺了各种正常的政治、文化和家庭权利，迷信便成了她们唯一能自由选择的精神寄托。……迷信对传统社会的妇女阶层来讲，起着精神和物质利益的朦胧的保护者作用，所以，它的积极意义还大于消极影响。"①更有现代学者主张客观看待乡村宗教："正如我们不能站在某一个宗教的立场去判断另一宗教，否则，就可能形成宗教偏见一样，我们当然也不应该用所谓'世界宗教'去判断和贬低民间信仰，因为在民间信仰中不仅包含着广大民众的道德价值观(如'善有善报'、'行好')、解释体系(看香与香谱、扶乩、风水判断、神判、解签等)、生活逻辑(生活节奏、与超自然存在建立拟制的亲属关系、馈赠与互惠、许愿和还愿、庙会轮值与地域社会的构成等)，还深深地蕴含着他们对人生幸福的追求、对社会秩序的期待以及可以使他们感到安心的乡土的宇宙观(如'阴阳'、'和合'、'天人合一'、平安是福等)。"②确实，宗教以信仰为基础，不同宗教之间的价值高下、真理与否，不是简单就能区分的，作为自主的信仰，乡村宗教也有它充分的存在前提。而在我们深刻地了解长期处于社会底层的中国农民的痛苦和灾难，具有对乡村和农民文化足够的尊重和平等意识后，我们必然会更深入地理解乡村宗教的存在意义。最后，与乡村宗教在乡土小说中缺席同时伴生的，是一个值得关注的"亚宗教现象"。正如马克思所说："宗教里的苦难既是现实的苦难的表现，又是对这种现实的苦难的抗议。宗教是被压迫生灵的叹息，是无情世界的感情。正像它是没有精神的制度的精神一样。宗教是人民的鸦片。"③在现阶段，尤其是在中国现代时期的中国乡村，宗教有其存在的必然性和合理性(即使是在21世纪初，

① 顾颉刚：《北京东岳庙和苏州东岳庙的司官的比较》，《京报副刊》，1926-01-29。转引自[美]洪长泰：《到民间去——1918—1937年的中国知识分子与民间文学运动》，董晓萍译，上海文艺出版社，1993年，第277—278页。

② 周星：《"民俗宗教"与国家的宗教政策》，《开放时代》2006年第4期。

③ 马克思：《〈黑格尔法哲学批判〉导言》，《马克思恩格斯选集：第1卷》，人民出版社，1995年，第2页。

乡村里的宗教也依然发展得非常繁盛),作家们遮盖了乡村宗教世界,却在另外的领域寻找着新的替代品,让它起到传统宗教的作用。

在不同作家的笔下,它以道德权威或政治权威的面貌出现,它所承担的同样是宗教的本质,只是缺少了乡村宗教本身的质朴和单纯,却多了更多的岸然和权威。比如有学者分析,许多乡土小说中存在着将政治仪式(如入党宣誓等)神圣化的描写,具有浓郁的宗教象征意味。[①] 而在丁玲《水》、周立波《暴风骤雨》等作品中,出现了大量农民暴动中群众盲目的现象,以及土改运动中的群众运动现象,都带有强烈的狂热、偏执和崇拜色彩,寓含着深层的宗教本质。这固然在某种程度上是现实生活的反映,但也可看出:乡土小说作家们在弃置乡村宗教之后,并没有真正从宗教转向科学,而是进行了位置的转移。对这一点,学者张光芒的论述是很恰当的:"封建道德主义在中国早已实现了它宗教化的功能,至今仍然充满着强大的力量,它是中国的民族宗教……"[②]

当然,需要指出的是,我们认为乡土小说忽视对乡村宗教的书写是一种缺陷,并不意味着我们是认同迷信,相反,对于中国现代文学中出现的一些盲目尊崇民间思想的现象,我们是持批评意见的。我们也认为,从宗教走向科学,是社会发展的必然之路。但是,这一过程是漫长的,而在这一过程当中,以平等的、尊重的文化心态,认真地、客观地看待乡村宗教,描写乡村宗教,是作家们应该具有的思想前提,也是他们创造出优秀乡土小说的重要条件。

原载《社会科学研究》2007年第5期

① 方维保:《红色意义的生成——20世纪中国左翼文学研究》,安徽教育出版社,2004年,第195—196页。

② 张光芒:《道德形而上主义与百年中国新文学》,《当代作家评论》2002年第3期。

中国现代乡村小说的反现代性倾向

杨厚均

本文所讨论的中国现代乡村小说，是指在中国文学现代化背景下产生的真正触及中国乡村品格并以乡村生活为基本题材的小说。现代乡村小说主要包括两大类：一是20世纪20年代中后期出现的以鲁迅为代表的乡土问题小说；二是由废名、沈从文等人开始的乡土抒情小说。

乡村小说在中国文学现代性追求中扮演着极其重要的角色。这种重要性可以从“乡村小说”的字面意义所包含的矛盾与张力中得到破解。中国是一个有着悠久历史的农业大国，中国传统文化的形成和发展无不与此相关联，甚至乡村就成为传统的象征，是传统的最佳栖息地。作为中国传统文学正宗的散文、诗歌正是在表达乡村品格时显得那样的得心应手。而现代小说，是一种伴随着现代化的步伐出现的新的文体，在它的身上赋予的是一种现代性品格。这种在中国文学中从来不登大雅之堂的文体，之所以在20世纪发展成为与诗歌散文并举的文学正宗体式，主要的原因就是中国的现代化。小说最初是被当作现代化的一个重要的手段而被推向前台的，正如梁启超所说的那样：“欲新一国之民，不可不先新一国之小说。”[①]因此，小说相对于其他文体而言，其现代性表现应该是更充分的。事实上，尽管早期白话诗歌为现代中国文学开辟了道路，但“五四”时期最能显示现代中国文学的实

① 梁启超：《论小说与群治之关系》，《新小说》1902年第1期。

绩而且现代性最强的作品还是鲁迅的小说。用一种被赋予了现代性品格的文体去表现代表了最为深厚的传统文化的乡村堡垒,本身就具有象征性。在这里,现代性与非现代性的冲突便成为不可避免的事。它们的搏击是那么尖锐,它们的厮杀是那样牵动人心。通过这些,我们一方面可以看到传统是如何在现代面前逐渐衰微的,另一方面也深深地感到传统又是如何艰难地挣扎着,与现代性进行着顽强的抵抗。

以鲁迅为代表的乡土问题小说无疑是有很强的现代性的,他们创作的目的就是站在来自西方的现代文明的角度去解剖中国传统的种种弊端与陋习,鲁迅的国民劣根性的探索最能体现这种思想取向。但即便是这样一种以理性的批判揭露为宗旨的小说,仍然无法掩盖作者们内心深处对传统的依恋与同情。且不说鲁迅在他的《祝福》、《阿Q正传》中是如何对祥林嫂、阿Q等人物给予了深厚的同情,更为重要的是他同时也谱写出了像《社戏》这样的对乡村社会充满了脉脉温情的田园曲。对鲁迅我们不能把他身上的这两种气质分割开来,而应当将其作为一个整体来考察。《社戏》中的那样一种宁静、和谐、欢愉的情调,正与现代性品格中的嘈杂、冲突、苦闷相对应。这样的一种与现代性的对应,在鲁迅之后的其他乡土问题小说那里表现得更加突出。以彭家煌为例,彭的以湘中农村为背景的小说,站在现代文明的立场对乡村社会的种种陋习给予了十分冷峻的批判,有些小说在理性的批判上直逼鲁迅。但哪怕是在同一篇幅的小说中,他又总是自觉不自觉地流露出对乡村文明的依恋。在《陈四爹的牛》中对阿Q式的人物猪三哈的同情就远远地超过了鲁迅之于阿Q。在《喜期》中一方面对包办婚姻、军阀动荡进行了严峻的批判,但另一方面又对静姑儿时朦胧的爱情满怀着深情,而这种纯洁自由的朦胧爱情只有在宁静的乡间才能产生,或者说它本身也就是乡村传统的象征。

这还仅仅是一个较为显在的方面,更为内在的是,即使是所谓的理性的批判,其现代性也要大打折扣,我们只要对作为这种理性批判的重要工具的现实主义创作理论稍作分析便不难得出这样的结论。在西方,现实主义最重要的是逼真性问题,是对叙述的再现性技术的关注,而在中国现代这批最早提倡并运用现实主义的乡土问题小说作家那里,现实主义更多地掺入了一种为民请命的热情,而这种热情正是中国传统的“文以载道”观念鼓动的结果,是对真正的理性精神的反动。正如安敏成所指出的:“在20世纪初,在一种热烈的颠覆激情鼓动下,现实主义被引入中国:借助它以及其他工具,中国知识分子期望能够彻底地重塑一种古老又先进的文化。但是,正如五四作家自己所发现的那样,戏剧化的颠覆姿态并没有造成自身的真实转变。要重塑文化并非易事,恰恰是传统的因素常常制约着对传统的挣脱。为了将小说由边缘移至文化的中心,五四作家不断重述传统的文化构成观念……五四批评大都向西方的理论热烈敞开,但它们选取的常常是那些与传统批评美学尺度相贴近的理论。尤其特别的是,五四一代批评家所关注的仍然是作品的发生与接受问题,而不是再现的技术问题。”①正因为如此才导致乡土问题小说中过分的功利主义倾向,从而削弱了小说的现代性。打着理性的旗号,而最终背离真正的理性精神进而滑向传统,便成为乡土小说甚至是所有现代中国小说的一个共同的模式。

严格地说,鲁迅的《社戏》相对于他的其他乡土问题小说已经出现了某种游离,它甚至成为乡土抒情小说的先声。这一类小说被废名、沈从文等继承并发展,使之在现代中国文学史上蔚为大观。应该说乡土抒情小说的出发点仍然是现代性的追求。鲁迅赋予《社戏》中的那种健康自由和谐的情调与其说是一种对传统的赞美与依恋,不如说是现代理想的重构。这也是后来诸多乡村抒情小说作者的共同之处。废名称自己是先看了外国文章再来看中国文章的,莎士比亚、塞万提斯、哈代等对他的影响极大,他对于中国传统文明的认可是建立在西方现代文明的立场之上的。沈从文也把自己的“边城”世界建立在西方启蒙主义的“人性”的基础之上,他说:“我只想造希腊小庙。……这神庙里供奉的是‘人性’。”②乡村抒情小说所关注的正是在乡间仍然依稀可见的健康的“人性”。但值得注意的是,在西方启蒙主义那里,人性的提出是针对中世纪的神权而言的,是试图通过恢复人本来代替神本,其落脚点在于肯定世俗,肯定人的欲望,这正是现代性的重要品格。然而在乡村抒情小说作家们那里,这种人性却被用于对抗当时随着现代文明而出现的都市品格,不是通过它来回归世俗,而恰恰相反,将它供奉起来而成为遥不可及的理想之神,这

---

① [美]安敏成:《现实主义的限制——革命时代的中国小说》,姜涛译,江苏人民出版社,2001年,第77页。

② 沈从文:《习作选集代序》,《沈从文选集:第五卷》,四川人民出版社,1983年,第228页。

样,他的反现代性品格就逐渐地凸现出来。正是在这一点上,沈从文再三强调自己是一个乡下人,以此来向都市现代文明作顽强的抵抗。也正是在这一点上,他们最终把源于西方的人性纳入了中国传统文明的轨道。废名对禅宗的倾心向往就是典型的例证,沈从文的边城世界中同样充满了道文化的气息,至于后来的汪曾祺、贾平凹、阿城、何立伟等由于种种主观或客观的原因,较之于他们的前辈们更缺少西方文化的背景(他们的西方文化背景从某种意义上说来自"五四"),其向中国传统文化回归的倾向就更明显也更彻底。相对于乡土问题小说,这一类小说的反现代性更加自觉也更加彻底,总体来说,其主要体现在如下几个方面。

本土性。本土性是乡村社会的最根本的特性。费孝通在他的《乡土中国》中说:"农业和游牧或工业不同,它是直接取资于土地的。游牧的人可以逐水草而居,飘忽无定;做工业的人可以择地而居,迁移无碍;而种地的人却搬不动地,长在土里的庄稼行动不得,侍候庄稼的老农因之像是半身插入了土里,土气是因为不流动而发生的。"[①]因此对本土的依恋成为中国乡村最普遍心理。而这样一种本土性与现代社会是相抵牾的。现代社会是一个由不断流动的陌生人组成的社会,流动性是其最为本质的特征之一。现代人因为流动而取一种开放的心态,因此,当现代乡土抒情小说对乡村本土性流露出无限的温情时,我们看到的同时也是对现代性的顽强阻击。这种阻击主要表现为两个方面,一是对本土的坚守,一是对外来的排斥。乡土抒情小说作家们对乡土立场的坚守是明确而坚定的。沈从文就不止一次明确地宣称自己是一个"乡下人"。在他的小说中,他用他所熟悉的湘西边城世界作为他构筑自己理想的基石。在废名、孙犁、汪曾祺、贾平凹、张承志、张炜,甚至在莫言以及后来的新乡土小说作家那里都有着相同的立场。这样一种本土立场表现为对乡土生活中道德、理想、美等生命神性的赞美和追求。用沈从文的话说就是"发现一种燃烧的感情,对于人类智慧与美丽永远的倾心,康健诚实的赞颂"[②]。又因为这样一些生命的神性总是和独特的乡土社会生活交融在一起的,这些作家创作的小说的地方性就成为一种必然。因此几乎无一例外,所有乡土抒情小说作家同时

---

① 费孝通:《乡土中国 生育制度》,北京大学出版社,1998年,第7页。

② 沈从文:《习作选集代序》,《沈从文选集:第五卷》,四川人民出版社,1983年,第233页。

也就是描写地方风土人情的高手。

对外来文明的本能的排斥是本土性的另一个重要表现。这种外来文明相对于乡村而言就是城市文明。对城市文明的抗拒可以说是现代乡土抒情小说的一贯的主题,也可以说是抗拒现代性的一个重要的表现,因为从某种程度上看,都市化正是现代化的逻辑结果。对现代文明的批评者"总是偏向于颂扬乡民社会,其制度、生活形态、人们等等;而不喜欢城市的同样方面"①。毫无疑问,沈从文的"乡下人"便是针对城市人提出来的。他在谈到自己的乡下人身份的时候无时无刻不暗含着对城市人的批判。他的《习作选集代序》就像是一个乡下人对一个城市人的独白,字里行间充满了对城市人的鄙视与排斥:"你们是城市中人。城市中人生活太匆忙,太杂乱,耳朵眼睛接触声音光色过分疲劳,加之多睡眠不足,营养不足,虽俨然事事神经异常尖锐敏感,其实除了色欲意识和个人得失以外,别的感觉官能都有点麻木不仁。"②也正因为如此,他才在乡村边城世界之外同时漫画般地为我们提供了一个堕落的城市世界。在贾平凹那里,这样的情形同样存在。而在废名、孙犁、汪曾祺等更多的人那里甚至就根本不给城市以出场的机会。

作为本土性的引申,民族性是乡土抒情小说的一个重要的特征。艾恺就非常明确地把民族性列入反现代性的范畴之中。在现代中国文学史上,我们注意到的一个事实是,凡是乡土特征明显的作家,其民族感也是非常强烈的。对自己钟情的乡土的歌颂与对本民族传统的坚守与自信联系在一起。民族性与本土性是一而二、二而一的关系。在沈从文的文论中,民族性是一个出现频率极高的词汇。在他那里这种民族性就是对本土的深入了解,尤其是对本土文明优良处的认识与热爱。在《给某作家》中他就对某作家直言:"你也许熟读法国史,但对于中国近两三千年史或近百年史未必发生真正兴味","你知道些国际情形……可是中国人目前大多数人的挣扎,你却不曾客观一点来看看"。他劝他"再好好去研究一下这个东方民族,如何活下这么许多年"③。正是在这一点上我们才能理解,为什么一个似乎总是与政治保持一定距离的作家在强调民族性的时候又会显得那么的政治化,与当

---

① [美]艾恺:《世界范围内的反现代化思潮》,贵州人民出版社,1991年,第85页。
② 沈从文:《习作选集代序》,《沈从文选集:第五卷》,四川人民出版社,1983年,第230—231页。
③ 沈从文:《习作选集代序》,《沈从文选集:第五卷》,四川人民出版社,1983年,第44—48页。

时左翼的口吻是那么的相通。因为他看中民族性的真正原因是他对本土的一份深深的眷恋。本土性与民族性的结合在这类小说中最为典型的是孙犁的《荷花淀》，从显在意义上看，他表现的是对外民族入侵的反抗，从隐含意义上看，小说作者真正抗拒的是异质文化对本土固有文化的冲击，而小说轻松愉快的笔调给我们的正是对本土文化的自信与爱恋！这确实是一首关于本土文明的近乎完美的抒情乐章。

整体和谐性。裂散、冲突是现代性社会的一个重要的特征。这种裂散与冲突我们至少可以从两个方面来理解。一是现象层面，在现代化的过程中，现代社会的流动性带来不同的信仰、文化观念、生活方式等一系列的碰撞与冲突，一种统一的世界观已不可能产生出来，只有各种不同的个体化和群体化世界观的多元竞争和相互排斥的局面。正如亨廷顿在谈到当今世界文明的冲突时所说的那样："全世界的人在更大程度上依据文化界线来区分自己，意味着文化集团之间的冲突越来越重要；文明是最广泛的文化实体；因此不同文明集团之间的冲突就成为全球政治的中心。"[①]二是结构层面的，现代社会结构本身就存在着矛盾和裂隙。丹尼尔·贝尔在他的《资本主义文化矛盾》一书中认为，正是当代资本主义社会中经济领域的效益原则、政治领域的平等原则、思想领域的自我表达和自我满足原则本身以及它们之间的对立与分裂，导致了这个社会的无法避免的巨大的文化矛盾。从这样一个角度来理解，我们说乡土抒情小说作家们对统一和谐的乡村社会的认同或者建构就具有了非常强烈的反现代性倾向。即使是一批在中华人民共和国成立后受政策影响很深的作家，他们的小说从整体上看是政治性的，但是当笔触稍稍接近真正的乡村时，便情不自禁地流露出他们的乡村立场，暗拒着那种被政治化了的现代性。按当时的政治要求，农村应该是充满了尖锐的阶级矛盾和阶级斗争的，但是一批有着强烈的乡村情感的作家如赵树理、周立波等，在这一点上偏偏与主流政治保持着某种游移。乡土抒情小说的整体和谐性主要表现在这样一些方面：一是人物关系的和谐。由于乡村社会结构的稳定性与静止性，人与人之间在长期的相处中相互熟悉，熟悉而产生信任，信任而产生和谐。正如费孝通先生所说："熟悉是从时

① [美]亨廷顿：《文明的冲突与世界秩序的重建》，新华出版社，1998年，第133页。

间里、多方面、经常的接触中所发生的亲密的感觉”,“在一个熟悉的社会中,我们会得到从心所欲而不逾规矩的自由”。[①] 这一点在乡土抒情小说中表现得相当明显,在这些小说中很少有人物之间的对立与冲突。他们因为长期相处而知根知底、互相谦让。在沈从文的《边城》里,爷爷和顺顺是世交,爷爷、翠翠、傩送兄弟、顺顺等和睦相处,相互体谅,他们心既善良也很细腻。即使是有什么不和谐的因素,那也是由外人带来的,他们不属于乡村,而且作者对它们的描写也是极其模糊粗略,并从情感上予以否定。《山乡巨变》中龚子元的出现在宁静的山乡引发起冲突,但龚却是一个外乡人。他们与作家们钟情的乡村不属于一个体系。二是人与自然的和谐。乡村与都市、传统与现代的分野体现在对自然的态度上,前者取一种和谐圆融的态度,后者取一种征服对抗的态度。在乡村社会因为乡民对土地对自然的长期依赖,他们对物也是熟悉的,也同样因熟悉而和谐。在乡土抒情小说那里,人与自然之间总是能做到物我两忘。沈从文在《边城》里写到涨水所造成的水灾,这本来是人与自然的对抗的极典型的素材,但他却把在这样一种时刻人与水的和谐关系写得极富诗意。在你死我活的阶级斗争的政治氛围中,周立波在他的乡村世界总用那么多的笔墨去写人与自然之和谐,从而使之充满了一种古典的诗意,其隐含的意义也不得不令人三思。

经验性。乡村社会是一个注重经验的社会,因为生活的空间、时间(指生活方式的单一性)和人员的非流动性,拥有经验也就足以拥有一切,理性在乡村社会显得多余。这种对经验的重视导致乡民两个方面的性格特点:一是对长老的尊重,一是对个体经验的固执。就前者而言,因为长老在经历的时间上的优势,他们必然拥有更多的经验,自然成为乡村社会的权威的象征。就后者而言,因为乡村生活的单一重复的特点,每个人可能得到的经验中是以同一的方式反复重演,“他们个别的经验,就等于世代的经验”[②],在实际生活中它们的个体经验总是能够获得某种程度上的证实与肯定,因此他们非常重视自己的个体的经验,也善于对自身之外的世界进行各种各样的揣度、推测、琢磨,这样固执就成为一种必然。这样的性格与代

---

① 费孝通:《乡土中国 生育制度》,北京大学出版社,1998 年,第 10 页。

② 费孝通:《乡土中国 生育制度》,北京大学出版社,1998 年,第 21 页。

表了现代社会的市民的性格正好相反。在一个市民社会里,崇尚的是年轻自由而不是长老权威,是物资的享用而不是精神的丰富,是人与人之间的宽容随意而不是固执古怪。乡土抒情小说对于乡民性格的充分表现,显示的正是一种与现代性相抗衡的姿态。我们发现大多的乡土抒情小说中都有善良敦厚、充满智慧的老者形象的存在,他们是世代经验的化身。很少有把老人作为否定性形象来处理的。我们同样也注意到,在大多数乡土抒情小说中,人物设置不是很多,也不复杂。为什么?因为乡村经验从整体上看本身就不是复杂的。这些人物在某种程度上都具有类型性。但是这种经验对于每一个个体而言,都是新的,都得从头开始(也正因为如此才会有对长老的尊重)。因此对人物的内心的经验世界,乡土抒情小说的作者往往以最大的热心去进行深入细致的表现。《边城》中的爷爷就是一个集长老经验和丰富的个体经验于一身的人物,他如同《边城》中的白塔已经成为这个乡村世界的象征。最值得一提的是,这些被作者以满腔的热忱来表现的乡民大多都是固执的,甚至就有些古怪。这样一种固执与古怪很大程度上来自他们一种思维上的定式:以自己的经验去推及揣度自己之外的世界。他们表面木讷,内心却极其丰富,总是善于体察他人和外物。我们也许会发现对这样一些人物的刻画正是乡土抒情小说最用功也是最成功的地方。如果把目光放远一点,我们还会发现,这种表面木讷而内心丰富性格固执的人物正是从老庄以来中国传统文化所推崇的,由此而形成的大智若愚、大巧若拙甚至成为中国传统美学的最高境界。从这里我们也许可以看到以乡村经验世界来抗衡现代世界的巨大的思想文化基础。

原载《学术论坛》2003 年第 1 期

中国乡土文学的地缘文化特征

崔志远

如何描述乡土文学的区域分布及特征，是一个很有意义的课题。笔者以为，地缘文化是一个较为科学的视角，地缘文化研究的是文化和地域的关系，自然也包括文学和地域的关系。地缘文化分为多个区域层级：个人文化，社区文化，文化区文化，民族和国家文化，文化圈文化等。个人文化是基础，社区文化是该区居民个人文化的沟通和共有部分，文化区文化又是社区文化的沟通和共同部分，以下类推。每位作家的创作，直接描绘的往往是某社区的生活，如赵树理之于上党，孙犁之于白洋淀等。相邻近的各社区作家，集结在某一文化区。文化区文化见其共性，社区文化和个人文化见其个性。每个文化区内，往往形成带地域文化特质的作家群体。研究乡土文学区域范围划分当以文化区为宜。任何文化都分浅层文化结构和深层文化结构，前者指多有历史沿革的精神价值体系，包括宗教、哲学、道德、处世之道、行为准则、风土民情、语言规范等社会意识形态；后者指一个文化群体在历史的沉淀中形成的超稳定性的固定心态。某一种文化可兼容多种文化的表层结构，却只可能有单一的深层结构。故而研究文化区精神，就必须透过兼容的文化表层结构，掘入文化结构的深层。

我国的文化区是怎样形成和划分的呢？中华文化自产生之日起，便因环境的多样性而呈现丰富的多元状态。如考古学划为六个区系：① 陕豫晋临境地区；② 山东及邻省一部分地区；③ 湖北及邻近地区；④ 长江下游地区；⑤ 以鄱阳湖——珠江三角洲为中轴的南方地区;⑥ 以长城一带为中心的北方地区。民族学和民俗学认为,中华民族的祖先,分为华夏、东夷、苗蛮三大文化集团。华夏发祥于黄土高原,散布在中国中部和北部部分地区,即仰韶、河南龙山文化分布区;东夷活动于山东、河南东南部和安徽中部,即大汶口文化、山东龙山文化及青莲岗文化江北类型分布区;苗蛮活动在今湖北、河南、江西一带,即大溪文化、屈家岭文化分布区。它们都为文化区的形成奠定着基础。从文化历史的发展看,区域文化形成于春秋战国时期。其成因是:地理差别,从经济上制约了文化区域构成;邦国林立,从政治上强化了文化的区域分野;大师并起,从学术上突出了文化的区域特色;民风民俗的流传,形成风格各异的区域文化氛围。是时形成的格局有:齐鲁文化、楚文化、吴越文化、巴蜀文化、三秦文化、三晋文化、燕赵文化等。这便是我国的文化区文化。在漫长的历史变迁中,这些文化区既保持着自身基本的文化精神,又有所发展变化,也有一些新的文化区形成,计有:台湾、齐鲁、巴蜀、吴越、三晋、关东、草原、徽州、燕赵、西域、岭南、江西、三秦、楚、青藏、两淮、桂、中州等。需要指出的是,这些已不是特定的历史概念,而是反映着历史沿革和地理特征的地缘文化概念了。

至此,便可顺理成章地研究各文化区文化精神的来龙去脉,研究乡土文学同其文化区精神的深层联系了(仅析五案)。

一 燕赵文化区

燕赵之地指的是河北、山西西部的地域,古燕赵曾在这里聚落。高原、山地、平原共存的地貌条件和温带气候使之成为农耕文化和游牧文化的结合部,胡汉交融强化着燕赵人的勇武精神,赵武灵王的胡服骑射便是绝好范例;历史发展中的战乱和社会动荡,亦强化着燕赵人的勇武。战国末期的保国御秦,涌现出如荆轲、高渐离、樊於期、田光、燕太子丹等一批慷慨赴死之士。于是,众多的文化表层现象积淀成燕赵人的深层精神:慷慨悲歌。秦汉以降,燕赵大地阶级、民族斗争激烈,燕赵文化性格沿两途发展:一是被压迫人民的反压迫斗争如农民起义,反侵略斗争,如民族战争;二是统治集团中的有识之士屡屡表现出的大义和气节。二者交互作用,使燕赵文化精神得以强化和深化。

燕赵文化精神，形成该地区独特的语言字汇、公共象征、知识信仰、价值体系及有关行为活动中的惯例、规则和特别方式。这一切，都影响着生活在这块土地上的作家和艺术家们，自然也影响着乡土作家和乡土文学。

燕赵的乡土文学兴盛于 20 世纪四五十年代，并形成两支劲旅：一支是以孙犁为首，包括刘绍棠、丛维熙、韩映山、房树民在内的荷花淀派，具有优美清新的“荷花淀风韵”；一支是以梁斌打头，包括徐光耀、李英儒、雪克、刘流、冯志等在内的专写冀中革命斗争的作家群，多部鸿篇巨制描绘了冀中儿女威武雄壮的斗争画卷，具有慷慨悲壮的“红旗谱精神”。需要说明的是，“荷花淀风韵”中亦不失峻拔刚健的燕赵风骨，它与“红旗谱精神”共铸燕赵乡土文学的辉煌。新时期致力于乡土文学创作的燕赵作家有：刘绍棠、浩然、铁凝、贾大山、何申等。他们各有社区生活层面，如刘绍棠的北运河，浩然的京东山区，铁凝的保定农村，贾大山的常山古地，何申的塞上山庄。一方面，在各自的社区生活中挖掘着燕赵文化精神，一方面，从荷花淀风韵和红旗谱精神吸取丰富营养，创造着燕赵文学的新风格、新面貌。

二　三秦文化区

三秦指秦人统一全国之前的活动区域：以今陕西关中、汉中为中心，东起函谷关，西达陇中，南至秦岭，北抵贺兰山，大致相当于今陕北和关中地区。秦灭，项羽封秦降将章邯、司马欣和董翳为王，人称“三秦王”，辖秦故地，故有“三秦”之称。今以三秦代陕西，增加了陕南地面。三秦由横贯东西的乔山和秦岭划出陕北、关中和陕南三大板块，西北季风将欧亚大陆深处肥沃的黄土刮起，厚厚地飘洒在三秦大地上，于是有了肥沃的黄土高原、关中平原，有了黄河。中华民族的祖先黄帝、炎帝在此发祥，周人也始居此。但是，由于历史的阴差阳错，在这里创造辉煌业绩的却是黄河下游迁来的游牧部落的秦人，后又有楚人刘邦入主长安，于是，三秦文化成为以周文化为先导、以秦文化为主体、楚文化为补充的融合体。图强精神和征服作风，富国强兵的功利观，开放性和包容性，是三秦文化精神。三秦是秦汉唐三代中国文明的中心,尤其是汉唐,不仅经济、政治和文化发达,还有同中亚西亚交流的雄伟气魄,人称“秦汉风采”,“盛唐气象”。秦文化具有了全国的意义。宋元之后,文明南迁,秦文化像个没落的老贵族,变得内视、潜沉、保守。上古、中古的先进性和中近古落后性的矛盾统一,形成浑朴、厚重、内向的秦文化性格。这恰如贾平凹在霍去病墓前看到的石雕卧虎,虽卧而内藏虎气,秦文化精神,正是这种“卧虎性格”。

三秦文学如同三秦文化一样,汉唐的辉煌后便陷入长期的沉寂,直到20世纪40年代才带着一脸土气崛起于革命根据地延安。乡土文学的著名作家柳青,由40年代的《种谷记》到50年代的《创业史》,以严谨、厚实和富于进取的风格树起新文学的丰碑。与此相映,王汶石的短篇创作也为世人称道。新时期,三秦的乡土作家有:贾平凹、路遥、陈忠实、邹志安、京夫等。贾平凹描绘着陕南的商州风情,陈忠实表现着渭河平原的风俗文化史,路遥在陕北城乡结合部开掘着城乡文化的矛盾和撞击……饱润着三秦精神的鸿篇巨制联袂而至,大有雄视全国之势,乃至被人戏称为“陕军东征”、“陕军进京”。

三 吴越文化区

吴越文化区包括江苏、浙江、上海,以及安徽、江西的部分地区。吴越最鲜明的地域特征便是以“三江(长江、淮河、钱塘江)五湖(太湖)”为主干的水网世界。三江五湖对人的影响是双向的:其水利造就秀丽的山川、丰富的水产、肥沃的土地、便利的交通,使吴越成为鱼米之乡,吴越人自然人性柔慧,文雅平和;其水患又锻炼着人们同洪水的搏斗精神,“弄潮儿向涛头立,手把红旗旗不湿”,又见吴越人的勇猛、雄悍。吴越初始,征服自然力薄,面临无穷水患,吴越人便断发文身,以像龙子,充满冒险斗争精神。更兼社会动荡,争战不断,历史留下“吴王金戈越王剑”的典故,早期的吴越“士有陷坚之锐,民有节慨之风”。东汉以来,大批北人南迁,尤其是东晋、南宋时期,王室偏安南方,不仅使南方经济发展,增加着征服自然的能力,而且大批官宦文人南移,增加着南国的文化氛围,加之由此产生的“不知亡国恨”的“偏安心态”,吴越由“尚武”逐渐变为“崇文”。地缘精神的阴柔面突显出来,江浙变得水土柔和、人情柔慧。在吴越的崇文和柔慧中,深埋着尚武和反抗的种子,从陆游、范仲淹、顾炎武到章太炎、蔡元培、秋瑾、鲁迅等,便显示着吴越的血气和风骨。

吴越文化精神影响所及,吴越文学常表现出两个类型:带尚武精神的精警透辟型和带尚文风格的幽微淡远型。作为乡土文学开创者的鲁迅,其作品兼两种类型,且均树高标,如《阿Q正传》和《社戏》。乡土小说派的吴越作家们,其风格笼罩在鲁迅的风格之下,如王鲁彦的精警,许钦文的幽雅。30年代的茅盾,其乡土小说思想透辟,当在精警之列,与之相类的尚有叶圣陶的《多收了三五斗》等。40年代,吴越文坛曾一度沉寂,五六十年代出现了优美的茹志鹃和称得上精警的陈登科。80年代,吴越乡土小说获得大发展,汪曾祺的高邮小说,林斤澜的温州小说,李杭育的葛川江系列,把吴越的淡远风格推上一个崭新阶段;高晓声、张弦的作品因剖析生活的透辟而被誉为"鲁迅风"。尤其是高晓声和汪曾祺,以其独特的风格成为新时期文学的杰出代表。

四 三晋文化区

三晋文化区大致分布在山西全境,河南中北部和河北的南、中部,三晋地处中原,农业富庶,经济发达,是中华文明的内核区。春秋战国时代,它成为谋取霸主必争之地。身披六国相印的纵横家产生于此,主张变法图强的法家思想首先兴于此。李悝(魏)、韩非子(韩)、荀况(赵)等,崇法度,图变革,树起尚法求变的文化精神。这种精神成为三晋地区发展强盛的内在动力。在三晋的历史上,出现了许许多多的政治家、军事家、文学艺术家、学者,他们的共同特点是:求变革,创业绩。三晋文化精神由此而发展深化。

40年代初,乡土作家赵树理以质朴的小说创作将现代文学的发展推上新阶段,一方面得益于巨变的时代和变革的时代精神,另一方面,也得益于赵树理自身尚法求变的晋文化精神,得益于时代精神和地域文化精神的共振。50年代,形成以赵树理为首,包括马烽、西戎、束为、孙谦、胡正在内的山药蛋派,这一最大的当代文学流派,深置于三晋文化土壤。新时期又是一个变革期,变革时代再次唤起三晋作家的变革意识,创造山西文学的辉煌。山西作家阵容强大:赵树理的战友马烽、西戎、束为等尚在,且笔耕不辍;成长于五六十年代的韩文洲、田东照、李逸民等再度活跃;崛起于80年代的张石山、韩石山、王东满、周宗奇、柯云路、钟道新、李锐、郑义等是这个群体的中坚,其发展了的山药蛋风格令世人刮目;令人惊喜的是,山西又出现第四代作家吕新、王祥夫、曹乃谦等,他们生活在农村,以"农民的儿子"身份"平视"农村生活,颇似赵树理一辈。

五　楚文化区

楚文化区大致包括湖南、湖北及部分河南、安徽、江西地区。楚地山川迤逦,河湖交织,沃野千里;民族杂居,习俗各异,社会色彩斑斓,是中原华夏文化与南部蛮夷文化的交织地带。春秋战国时期,楚地宏妙的哲理、奇瑰的文学、精美的工艺品和独特的民俗把楚文化推至鼎盛。其代表人物是老、庄和屈原。老子哲学发展为庄子哲学和稷下精气说,精气说又孕育出屈原忧国忧民的人格精神。这一切化作《庄子》和"屈骚",二者体现的浪漫、奇幻、高洁的品格正是楚文化精神。两湖中,湖北毗邻中原,交通日益发达,加之是军事要冲,历代多征战;魏晋、唐宋间大量西北移民南迁至此,明清时又有大量西南移民北移至此。楚文化特质在湖北渐淡,更多保存在湖南。

湖南的乡土文学颇具楚风。30年代出现沈从文,四五十年代出现周立波,其风格清新而优美,浪漫而奇幻。新时期又有古华、叶蔚林、莫应丰、孙健忠、韩少功、彭见明、谭谈等。他们效法沈从文、周立波,描绘浪漫、优美而富有神秘色彩的风景画和风俗画,追求刚柔相济的清丽之美。近年间,又出现翁新华、刘春来、陶少鸿、屈国新、姜贻斌、匡国秦、林家品等"湘军小七虎"。新老湘军都在开采自己的社区层面:古华笔下的五岭风光,美好而神奇;孙健忠描写的湘西山水,绮丽而迷人;谢璞、谭谈笔下的湘中景色,蕴藉而优美;周健明笔下的洞庭湖面,平阔而浩渺……湘军之盛,有称霸南方之势。

原载《文艺研究》1997年第5期

三十年代乡土小说的文化意蕴

朱晓进

如何看待30年代乡土小说的文化意蕴？仅仅依据作家群体的划分来考察显然是有局限性的。因为同一作家群体，思想倾向和艺术追求虽可能大致相近，但由于各个作家生活经历、生活情趣不同，他们在作品中审视中国文化和中国现实的角度以及所关注的文化命题可能并不相同。不同群体的作家，在文化问题审视角度上也并非没有共同点。而且，不同群体的作家之间，在审视角度、表现内容乃至艺术趣味方面的相互影响也是普遍的文学史现象。例如，身为左翼作家的沙汀和艾芜都曾说过，他们"喜欢"京派作家沈从文、废名的许多作品。这种喜欢，其实正好说明某种艺术追求和趣旨上的趋同性。因此，要揭示出30年代乡土小说所提供的丰富的文化内蕴，我们应该跳出以往研究中作家群体和单个作家的研究路子，从一些主要的文化命题入手，以便从总体上把握30年代乡土小说的文化意义。

早在30年代，著名的文学批评家刘西渭，就常常跳出作家群体的视野来考察一些不同作品中的共同现象。他曾将茅盾的《春蚕》、萧红的《生死场》、吴组缃的《一千八百担》、叶紫的《丰收》摆在一起，谈论它们的共同之点。他看到了这些作品共同的"观察的角度"以及决定这种角度的共同的"态度和理论"，并进而分析了由此形成的共同的结构模式：常常是被压迫者与统治者的"相为对峙"①。此外，刘西

① 刘西渭：《叶紫的小说》，《咀华二集》，上海文化生活出版社，1942年。

渭还找到了叶紫与沈从文的相通之处。这种相通之处不仅仅因为二人都是湖南人,更为重要的是,叶紫虽为左翼革命作家,阶级意识虽是他的作品的重要主题依据(这显然有别于与政治保持一定距离、以表现人性为旨归的沈从文),但在他的《星》、《偷莲》、《菱》等作品(甚至包括他那些较为激进的其他作品)中所表现的那种乡土情趣却多少有点近似沈从文。沈从文爱写乡村风景,尤爱写水,他将水看作自己作品的生命;而叶紫也是将"山光水色""映在"自己的"心灵"中,"那向来为人爱比做风景的眼睛的水,或者是湖,或者是河,闪烁在每篇每章的额头"。同时,叶紫与沈从文,"他们全爱故乡的男女",他们都"知道运用风景配合心理的变化"等[①]。刘西渭还曾将艾芜的《南行记》、沈从文的《湘行散记》和芦焚的《里门拾记》这"三记""挽在一起",认为他们"无论远在云南,鄙在湘西,或活在破了产的内地",但却在作品中表现了"相同的光荣的起点":都写出了"在城市文化"之外的诸如穷人、野人、苦人、过客、酒徒、寡妇、女巫、老兵、妓女、流浪汉等下层人们的"共同的命运",表达了"永生的人类的同情"。[②]

这种归类分析,是有眼光的。它不是简单地从某一作家群体的创作中去发现共同点,所依据的也不是单个作家或单部作品的特点,而是从中分别挖掘一些共同的审视角度和文化命题,来作分析。这样,常常就能得出一些作家群体研究或单个作家研究所难以得出的更有意义的结论。本文也打算以几个共同性的文化命题对30年代乡土小说进行考察分析。

一、"土地"的文化内涵

与20年代乡土小说作家一个最大的不同之处是:30年代乡土小说作家对于"土地"问题表现出特别的关注。他们深刻地理解到"封建制度"是系结在"土地关系上"的[③],因而他们几乎是带着某种历史使命感,在作品中努力展示这种关系,去

---

① 刘西渭:《叶紫的小说》,《咀华二集》,上海文化生活出版社,1942年。

② 刘西渭:《读〈里门拾记〉》,《咀华二集》,上海文化生活出版社,1942年。

③ 马子华:《他的子民们·跋》,春光书店1935年11月20日初版。

写“关于土壤的故事”,“写出土壤的历史”来[①]。在30年代乡土小说中,我们清楚地看到农村土地关系的变化如何带来乡村的真正的悲哀,如何使几千年安于土地的农民们失去了对于土地的信念,以及其中所隐伏着的农民们的普遍的躁动不安的情绪。土地,连接着农民的生命,决定着农民的精神和性格。对土地问题的剖析,显示了30年代乡土小说对中国乡村社会本质的认识所达到的历史深度。

30年代特殊的自然灾害,以及资本主义文明对自然经济的冲击,的确是从根本上打破了乡村的宁静。于是《水灾》(匡卢)、《赈米》《旱》(蒋牧良)、《灾难的人群》(荒煤)、《岔路》(鲁彦)、《水》(丁玲)等作品几乎不约而同地以30年代初全国性的水、旱自然灾害为背景,以沉重的调子写出乡民们因土地无收而面临的困顿。当时的乡村不仅因土地歉收给农民带来灾准,而且丰收也能成灾。对于这种畸形的社会现象,30年代乡土小说显示了特有的敏感。当时以此为题材的著名作品就有《春蚕》《秋收》(茅盾)、《丰收》(叶紫)、《多收了三五斗》(叶圣陶)、《高定祥》(蒋牧良)、《秋》(荒煤)等。当时不只是左翼作家,就连《现代》杂志的编者也在“告读者”中明确指出:“近来以农村经济破产为题材的创作”“屡见不鲜”,以“丰收成灾为描写重心的更特别的多”。[②] 大陆之外,台湾乡土小说在同一时期也出现了以“丰收成灾”为主题的作品,例如赖和的《丰收》(《台湾新民报》1932年1月)等。30年代的“丰收成灾”,作为一种普遍的社会现象,似乎也可视为某种社会转型的征兆。可这对于死守土地的农民们意味着什么呢? 几千年来,中国的农民们依靠土地而生存和繁衍。辛勤地耕耘,期待的是丰收。一旦丰收却带来灾难,这必然动摇农民对于土地的信念和生存信心。

当农民对于“土地”丧失信心之时,也就是农村现存的生活秩序的大乱开始之日,那种被“土地”牢牢维系而构成的有序的乡村,自然会变成躁动不安的场所。由此似乎可以理解,为什么有那么多作品在反反复复地描写着乡村的贫富对峙,统治者与被统治者的对峙,以及农民们的反抗、暴动和革命。我们发现,在30年代乡土小说中出现了一批有别于20年代的农民形象,这就是那些不再以安分守己的劳作

---

① 端木蕻良:《我的创作经验》,《万象》月刊4卷5期。

② 《四卷特大号告读者》,《现代》4卷1期,1933年11月1日出版。

为其秉性,而是以其与社会对抗为特征的青年一代农民形象。这类青年,处于动荡的乡村社会中,已经少有老一辈农民那种与“土地”牢牢系结在一起的安然、老实、本分的习性。本来,如果世事没有多大变化,他们也许将“处处随着乡村中的集团生活走,一步也不差”①,即重复父辈所走的那种终年劳作、老死土地的生活道路。但既然农民与“土地”的那种牢不可破的联系已经动摇,既然“土地”给人们带来的只是悲哀,那么,必然促使许多青年农民重新思考和选择新的生活道路,他们不再像父辈那样对“土地”抱有太多的幻想,较少怀有消极等待的心态。《丰收》(叶紫)中的立秋,当他父亲云普叔还企望用拼命劳动来获取“家运”好转时,他却敏锐地感道:“现在已经不全是下死力做功的时候了”;《秋收》(茅盾)中的阿多也清醒地意识到土地并未给他们带来幸福,最艰辛的劳动、最精细的节俭都不可能改变饥饿贫困的命运,即使在土地上累得“脊背折断也不能翻身”。这种认识,使他们不寄任何希望于现存的生活秩序,而期待着某种社会的变革来改变自己的生活处境,因而他们往往成为最先走上抗争之路的人。《山雨》中的奚大有、《愤怒的乡村》中的华生、《酵》(沙汀)中的大圆、《他的子民们》(马子华)中的刁佑权、《夜风》(萧红)中的长青等一大批人物都属于这类形象。

伴随着农民与土地之间关系的变化,随着部分农民对土地的信念的失却,他们中有不少人终于告别了千百年来祖辈所抛洒汗水的乡土,走入大城市谋生。但是他们毕竟是在土地上生长起来的,土地曾经是他们生命的全部,他们的思维、心态、生存能力全是附着在土地上的。离开了土地,他们一无所有。因此,这就注定了他们的命运:离开了“土地”,却仍然不能摆脱“土地”带来的悲哀。30年代乡土小说的作家,以其敏感的眼力,关注着这被土地抛出的一群:他们身上所烙下的中国乡村社会形态发生变化的印记,既是“土地的历史”中的一个显著的标识,又是农民与土地关系的一种延伸。30年代乡土小说中出现了一批描写这类人的生活和命运的作品,如《杨七公公过年》(叶紫)、《栀子花》(吴组缃)、《李妈》(鲁彦)、《奔》(丁玲)、《山雨》(王统照)、《送报夫》(杨逵)、《一个劳动者的死》(杨华)等。这批作品中的人物的共同遭遇和命运是,农村的破产,土地的丧失,随之而来的离乡背井。这

① 王统照:《山雨》。

包括艾芜、沈从文笔下的那群流浪汉的形象。离开乡土，流落到都市或其他什么地方，等待着他们的自然不是一片乐土，而是他们所不熟悉的更为艰难的谋生道路。他们经历着双重的悲哀：对都市生活的难以适应和对于旧土的刻骨铭心的思念。他们原以为离开了土地，便会永久地告别那生存的悲哀；但真正离开了那片曾经受其养育也受其煎熬的土地，他们又像是将自己连根拔起，悬浮在某种不可预测的恐怖之中。借用茅盾《残冬》里的话说："土地"和"家""久已成为他们的信仰"，任他们走到哪里，"怎样就能忘了这久长生根了的信仰啊！"这就是"土地"所包蕴的更深一层的文化意蕴！农民与土地的关系的变化所带给农民的，不仅仅是生存的危机，而且是一种精神的危机，这里呈现出的是社会转型期的深刻的痛苦。即使是年轻一代的农民，他们也许在表面上不像父辈们那样执着于土地，甚至常常会表现出对都市文化的向往，但一旦离开了土地——自己真正熟悉的文化时，同样会产生一种失落之感。丁玲的《阿毛姑娘》对此就有较深刻的表现。乡村文化养育的思维方式、心理结构、生活习惯，使他们其实难以真正摆脱对土地的依恋。

也许，土地之于农民，二者的关系更趋于物质性和功利性。所谓离乡背井的全部内容，仍只是系于生存这一层面。夸大农民脱离土地时的精神痛苦，可能只是出自作家的悲悯和作家所代表的知识分子自身的某种精神失落（有关这一点，我们将在下一部分详作分析），但土地与农民的精神性格却又有着某种必然的联系。这一点，也许是我们在分析土地与农民的关系时需要特别加以注意的。生存方式决定了人们的精神状态。于是，我们在30年代乡土小说中又可以看到这样一类农民形象：他们大半辈子委身于土地，有着牢固的土地依恋，较多地因袭了传统的精神重负，"合理"地继承了与小生产方式联系在一起的封建传统思想意识，呈现出迷信、保守、忍耐等精神病态。如茅盾笔下的老通宝、叶紫笔下的云普叔和王统照笔下的奚二叔、陈庄长等。在他们身上可以看到阿Q、闰土的影子，只要那种农民与土地的旧有关系不变，阿Q就不会"死"去。但与20年代乡土小说不同，30年代乡土小说作家已不再止于精神的毒化这一个角度，而且还注重从农民与土地的特殊关系（亦即农村的经济关系）、从农民求生存的现状等角度来多方面地找寻农民精神麻木、思想落后的根源。已经丢弃或正在丢弃那种传统的对于土地的信念的青年一代农民，与那些整个生命已融入土地、本能地排斥一切与传统的土地信念相左的行动的老一代农民,二者在生活理想、生活道路和精神状态上形成了鲜明的对比。茅盾曾用“文化代”的概念对之加以概括,意思是植根于不同的文化信念必然导致两代人的思想冲突。30年代中国乡村中两代农民也正由于对土地的信念上的差异而产生过种种思想上的冲突。30年代乡土小说没有忽视这一重要文化现象,这在《春蚕》、《丰收》、《山村一夜》(叶紫)、《愤怒的乡村》、《山雨》、《模范》(杨逵)等作品中都得到了充分的表现。

从上述分析以看出,30年代乡土小说正因为抓住了“土地”这一重要环节,并且通过挖掘“土地”所蕴含的丰富的文化内容(农民与土地的关系所决定的乡村经济关系、乡村思想关系以及农民在乡村社会转型过程中的心态等等),从而揭示了30年代中国乡村的时代风貌。这应是30年代乡土小说最杰出的贡献。

二、精神流浪者的“家园”

上面,我们谈土地的文化意蕴,主要限于“土地与农民”这一角度。其实,这一命题亦可延伸到对作家的考察。30年代乡土小说作家,在剖析农民与土地的关系时,未必不包含着对自身“乡土性”的思考;在表达对农民离乡流浪的精神痛苦的悲悯时,未必不是在抒发自己的精神失落的惆怅。现代中国的知识分子,除少数人外,事实上都未能真正割断与土地的联系。30年代乡土小说作家几乎都是乡村出身,他们身上都持有那种与土地的特有的血肉联系。其实,这还不仅仅是一个身份和经历的问题。刘西渭在评价叶紫小说的乡土情结时曾说过一段意味深长的话:“我们不知道叶紫是否田舍出身,实际上这没有关系,对于中国人,土地是他的保姆,看护和送终的道姑。”①当时一些知识分子,事实上不可能将精神的根底从“土地”中拔出。任他们走到哪里,他们仍往往充满着农民之于土地式的乡土恋情。即使动荡的时代、多蹇多变的命运使他们漂离故乡旧土,即使现代文明的光亮将他们诱入城市都会,但无论他们走到哪里,都很难完全摆脱业已浸染的农民式的思维、

① 刘西渭:《叶紫的小说》,《咀华二集》,上海文化生活出版社,1942年。

习惯和心态。尽管,他们会努力以理性的精神改变自己,但那种农民式的观察问题的角度和农民式的情感态度却会相当顽强而持久地影响着他们。唯一与纯粹的农民所不同的是,作为知识分子,更多了些感伤的情绪和喜欢在精神世界纠缠的习惯。因此可以说,真正体味了所谓离乡背井的精神痛苦的,也许还不是那些更看重土地的功利性、物质性的农民,而恰恰是有意无意中将土地视为自己的精神家园的乡土小说作家自己。他们在作品中反复地流露出的失却精神归依的漂泊的情愫,正显示出他们自己是一群真正的精神流浪者。

失去家园,背离乡土,对30年代乡土小说作家来说,最具有确指性的是东北作家群和台湾乡土小说作家。由于日本帝国主义强占了他们的家园,他们真正成了"有家难回"的流亡者。因此,在他们的作品中,最为强烈地表达了对土地、对家园、对故乡哀切痛楚的执着信念。鲁迅在给《八月的乡村》作序时,就曾非常明确地指出这一特点。他说,"作家的心血和失去的天空、土地,受难的人民,以至失去的茂草、高粱、蝈蝈、蚊子,搅成一团,鲜红的在读者眼前所展开……"①作者所写的虽是具体的事和物,但其中却渗透了带血带泪的乡恋。萧军在《绿叶的故事·序》中说:"我是在满洲长大的,我爱那白得没有限标的雪原,我爱那高得没有限度的蓝天;我爱那墨似的松柏林,那插天的银子铸成似的桦树和白杨标直的躯干;我爱涛沫似的牛羊群,更爱那些慓悍爽直的人民。""虽然那雪和风会像刀似的刮着我们的脸,裂着我们皮肤……但是我爱他们,我离开他们我的灵魂感到了寂寞!"这是乡恋,是深隐着一种"乡愁"的流亡者的乡恋。

从表面上看,它与20年代"乡土小说"作家也有趋同之处,即都是为生存所迫远离故乡,又因割不断与故乡的精神联系,于是用作品来表现回忆中的故乡生活,传达一种"乡愁"。但30年代东北的这群作家,是被逼到了"死路绝方",他们无法像20年代"乡土小说"作家那样以"淡淡的哀愁"来回味、咀嚼那种甜蜜而苦涩的故乡生活的滋味,他们更多的是在一种悲郁的心境中苦恋着那失去的旷野、河流、森林、草原。他们笔下的"故乡"、"乡土"、"家园",乃至"土地"是具体的、实指性的,他们的作品常以具体的地名为题,例如《万宝山》、《松花江上》、《呼兰河传》、《伊瓦鲁

---

① 鲁迅:《且介亭杂文二集·田军作〈八月的乡村〉·序》。

河畔》、《鸶鹭湖的忧郁》、《科尔沁旗草原》等,明显寄托了作者们刻骨铭心的乡土之恋。同时,这些实指的地区,又是紧紧与"民族"这一整体概念连在一起的,包含有一种对"山河完整"的追求。对故乡的回忆已不仅仅是一种心灵获得暂时安慰的手段,而是一种获取力量的途径。在因离开故土而产生的"寂寞"之感中,反而会升腾起一种悲壮的情怀,因为他们更能体味"故乡"、"家园"、"土地"的真谛。端木蕻良作过这样的表述:"土地传给我一种生命的固执。土地的沉郁的忧郁性,猛烈的传染了我,使我爱好沉厚和真实,使我像土地一样负载了许多东西。当野草在西风里萧萧作响的时候,我踽踽的在路上走,感到土地泛溢出一种熟识的热度,在我们脚底。土地使我有一种力量,也使我有一种悲伤。"[①]我们从端木的《大地的海》、《科尔沁旗草原》、《大江》等一系列作品中可以看到,对乡土的眷恋之情如何升华为近乎象征的"大地"的形象,其中既有对失去家园的悲怆重浊的叹息,更有壮怀激烈的图存意识。对台湾乡土作家来说,也许这种恋乡情绪的表达不像东北作家群那么激烈,但却仍然是深沉和执着的。在他们笔下,失去家园的流浪者的形象以及着意描绘的乡间风俗等,都饱蕴着一种文化寻根意识,如杨守愚《过年》等。这些作家通过对中国乡土文化的展示,标明自己的民族认同感;这里的乡村是另一种意义上的家园,是作家们为自己找寻的一种精神的归宿。

东北作家群和台湾乡土小说作家们所表达的失去家园、背离乡土的精神痛苦,由于有其确指性,其精神实质也就不难理解。但30年代还有更多的乡土小说作家,他们事实上也是精神的流浪者。虽然对他们来说,最起码从情理上看,并不构成真正的"有家难回",但他们却总是在喋喋不休地诉说着某种"离乡"的悲愁。这种悲愁从何而来呢?这里虽不排除某种传统的"游子思乡"的情绪,但主要却不在于此。更具文学史意义的是,这批作家那种从根本上所割不断的乡村的思维、心态、习惯和价值观念,使他们永远难以与都市的生活相融洽。他们的所谓乡土之恋、家园之思,其实正是一种抵御都市文明冲击的心造的幻想,是作为精神流浪者的作家们在为自己找寻一种心灵的栖息地。因此,"乡土"也好,"家园"也好,已不是实指的故乡农村了。这种精神流浪者找寻精神家园的现象,对于了解30年代乡

① 端木蕻良:《我的创作经验》,《万象》月刊第4卷第5期。

土小说是更具文化意味的。通过这些作品，我们多少可以了解 30 年代乡土作家乃至社会转型期的多数知识分子的心态和精神历程。

在 30 年代的作家中，无论是被人们称之为“农民派作家”的（如叶紫、沙汀、魏金枝等）或自称为“乡下人”的（如京派作家），其心态和观照事物的角度都是最“乡土”的，他们对于本色的乡村文化的感情，几乎能左右他们的眼光，即使是在他们的都市题材的作品中，也几乎能透视出“乡下人”或“农民”的情感态度和情趣。这似乎不是政治倾向所能左右的，左翼作家与京派作家之间并不能看出有什么根本性的差别。这一点早在当时就有人指出来了。杨晦曾指出，在京派海派之外还“有着一个农民派的问题”，“而所谓农民派，在当时正是一种乡下佬进城后的情形”。他们写农民，“也写知识分子，然而他所写的知识分子差不多都是农村出身的，都市化的色彩并不浓厚”。“农民派”“讨厌海派那种洋场气，不愿意去沾染”；他们虽“也不甘心跟京派去一同没落”，但“往往仰慕京派的高风，容易站到京派的这一方面来。……于是形成了所谓农民派作家的悲哀：有的，积习过深，不能适应新的环境；有的，头脑顽固不肯适应新的环境，于是讨厌而且憎恶这种环境以及在这种环境里应运而生的人们”。[①] 话虽然说得苛刻，但倒确实指出了一种存在于 30 年代乡土小说作家身上的具有共同性的重要现象：站在原有的乡村人的立场上来观察新的生存环境，对那种迥异于乡村的都市文明社会，总是情不自禁地以乡下人的眼光来进行批判。既不能适应新的环境，而也已离开旧的乡村环境，于是就产生了一种精神上的失落感、飘零感。于是，自己曾经生活过的，也许并不美满的乡村生活，作为在作家们的想象中美化了的与现实都市文明的对立物出现了，凡是与都市文明的丑恶面相对应的美好面都被诗意化地加进了乡村的描写中。乡村，就成为一种理想，一种精神流浪者心中的灯塔。这种情况在京派作家的笔下更为明显。

我们知道，京派作家往往以“乡下人”自居，这正显示了一种与都市文明格格不入的“乡下人”心态。例如沈从文就曾说过：“在都市住上十年，我还是个乡下人。第一件事，我就永远不习惯城里人所习惯的道德的愉快、伦理的愉快。”[②]他甚至

---

① 杨晦：《沙汀创作的起点和方向》，《青年文艺》1945 年新 1 卷 6 期。

② 沈从文：《〈萧乾小说集〉题记》。

说,乡村生活的“经验在我心中有了一个分量,使我活下来永远不能同读‘子曰’的城市中人爱憎感觉一致了”①。可以说,沈从文的创作就是在城市与乡村两个世界的对立中完成的。他的全部创作几乎都可以按照这个两相对照的系统排列。这里的“乡村”,确实已非一般意义上的乡村,而是作为作者支撑自己的理想世界,避免沉沦于都市罪恶的精神支柱。这种找寻精神家园的执着,在芦焚身上表现得更为明显。他这样说过。“我是从乡下来的人,说来可怜,除却一点泥土气息,带到身边的真亦可谓空空如也。假如世界不妨比作旷野,人生也好算作路,那么,我还是带着这样一颗空空的心,在芸芸群生的路上慢慢走着的人。”②这里所呈现在人们面前的作者,是一个地地道道的不知何处是归程的精神流浪汉的形象。“作者是从乡下来的,一个荒旱兵匪,土棍恶绅,孤寡老弱的凄惨世界,一切只是一种不谐和的拼凑”③,因此,正如作者曾在《巨人》中所说,“我不喜欢我的家乡”。但当作者真正离开故乡,来到都市之后,却忽然发现,自己其实也不喜欢都市:从“穷乡僻壤而流落到大城市里过写作生活的。在现代中国,这一转变就无异于陡然从中世纪跌落到现世纪,从原始社会搬到繁复纷扰的‘文明’社会。他在二三十年中在这两种天悬地隔的世界里做过居民。虽然现在算是在大城市里落了籍,他究竟是‘外来人’”④。终于,他无所归依,失去了目标,也失去了自我,只剩下一颗“空空的心”。于是,他开始为自己找寻精神的家园。靠着他所“离不开”的“那般乡下人的老实本分”,他似乎才领悟出,“在他所丢开的穷乡僻壤里他才真正是‘土著户’。他陡然插足在这光彩炫目、喧聒震耳的新世界里,不免觉得局促不安;回头看他所丢开的充满着忧喜记忆的旧世界,不能无留恋,因为它具有牧歌风味的幽闲”⑤。正是这种回归的心态使作者在他的作品中不厌其烦地向人们展现那“沉浸在落寞的古老情调里”的田庄(《落日光》);反反复复地向人们倾诉那乡间的情趣:“渐渐的树影长了,牛犊鸣了,砍草的孩子负着满满的荆篮在回家的路上走着了,直到黄昏……”(《叙》)。芦焚的作品“论题材,它们的来源大部分是近代文明在侵入而尚未彻底侵

① 沈从文:《从文自传》。
② 芦焚:《〈黄花苔〉序》。
③ 刘西渭:《读〈里门拾记〉》。
④ 孟实:《〈谷〉和〈落日光〉》,《文学杂志》1卷4期,1937年8月1日。
⑤ 孟实:《〈谷〉和〈落日光〉》,《文学杂志》1卷4期,1937年8月1日。

人的乡村和乡镇"[①]。但是,这似乎又很难实指。从作者所追求的那种幽闲的牧歌风味和古老的情调看,与其说这是作者在写他的实实在在的故乡农村,倒不如说是作者在为那颗"空空的心"寻觅"失去的乐园"。[②] 同是京派作家的萧乾,似乎从一个更为极端的角度在证明着这种找寻精神家园的"乡下人"心态。萧乾就其出身而言,本是一个地道的北京人,而不是来自乡村,但他也反复自称是"乡下人",这反映出的是一种返朴归真的精神取向。诚如作者自己所说,他写《篱下》,是"企图以乡下人衬托出都市生活"。虽然他自己"是地道的都市的产物",但他的"梦"、他的"愿望却都寄托在乡野"[③]。何以如此?因为他极端讨厌都市:"住在北京嫌沙土,跑到南方又挨受了那阴霾兼都市的烦扰","挤在都市的人实在太多了些,学医的把医院都开在这儿,学律师的也在这儿。人人都簇在闹市红眼",既然如此,他认为自己"这对都市毫无用处的人趁早走开也好",他是自觉地在精神上将自己从都市文明中放逐出去的。他寄希望于都市之外的天地:"或许沙漠天的广廓将放大你的气魄,或许那种更典型的中国人的生活将冲散你的幻境。"他有时也反问自己:难道"就不讨厌乡村的单调吗"?他不得不一再提醒自己,"快放下你那流浪者的好梦罢"[④]。不管在现实中作者是否真去流浪,但他事实上已成了一个精神的流浪汉:一种无法与都市文明认同的无所归依的寂寞在纠缠着他。于是,在萧乾这样一位地道的北京人的笔下,也出现了乡村生活,而且具有地道的乡上情趣。《篱下》中的环哥,一从乡村来到都市,便感到了离乡出游的悲哀:"城市多寂寞啊,听不见一声牛鸣,听不见一句田歌,总是哇呀哇呀的人声。"作者自称"乡下人",正是要为那颗流浪的心灵找寻到一片反于都市喧嚣的净土,以作为最终的栖息地。也正是在这个意义上,沈从文将萧乾作为"乡下人"来看待,并从反于都市病态的健康的"为人"和"创作态度"方面来肯定萧乾那"生气勃勃的勇敢结实"的"乡下人"特征。[⑤]

总之,30年代乡土小说作家,在表达对于"乡土"、"家园"的追寻时,更多的是

---

① 孟实:《〈谷〉和〈落日光〉》,《文学杂志》1卷4期,1937年8月1日。
② 《芦焚散文选集·失乐园》。
③ 萧乾:《给自己的信》,《水星》第1卷4期。
④ 萧乾:《给自己的信》,《水星》第1卷4期。
⑤ 沈从文:《〈萧乾小说集〉题记》。

融进了作家们对自身“乡土性”的思考。他们所表现的“乡土”内容,不管是实指的还是虚拟的,都证明了他们自身那割不断的与乡土的联系。透过“乡土”的表层结构,我们看到的,恰恰是作家们的一种精神追求。固然,在不同的作家那里,这种精神追求的内容可能是各异的:有的在其中融入了祖国、民族的意蕴,有的在其中寄托了文化寻根的意识,有的在其中追求生命的升华,有的在其中找寻心理的平衡等。但不管怎么说,写“乡土”而不止于对“乡土”生活的一般展示,不拘泥于对“乡土”上芸芸众生相的刻画,这却是30年代成熟的乡土小说更具“乡土”味的重要原因。

三、乡土、自然与生命意识

当我们关注于作为精神流浪者的作家时,我们同时还会发现一个非常有意义的现象,即作家所展示的作为精神家园的“乡土”,几乎都带有原始自然的情调。在乡土小说中,许多作品都有一种二元对峙的内在结构,用刘西渭评论芦焚的话说就是:“自然美好,人事丑陋”,“自然的冷静,人事的鼎沸”,他们“把情感给了景色,却把憎恨给了人物”。[①] 我们前述的沈从文等人作品中的“城市”与“乡村”的两相对照的系统,其实就包含着这层意思。这种情况,在左翼作家笔下也同样存在。叶紫在抒写着太平盛世的“奇闻”的同时,却不忘向人们展示洞庭湖的“山光水色”,作者“依恋风情”,“虽说没有灌输生命的语言织绘,他用心追求这种效果”。[②] 在艾芜的《南行记》中,也始终贯穿着“一个有趣的对照:灰色阴郁的人生和怡悦的自然诗意”,“这对照不绝的展露,而且是老不和谐的一种矛盾。这矛盾表现了在苦难时代苦难地带中,漂泊流浪的作者的心情:他热情的怀着希望,并希望着光明,却不能不经历着,目击到‘灰色和暗淡’的人生的凄苦。他爱自然,他更爱人生,也许是因为更爱人生,他才更爱自然,想借自然的花朵来装饰灰色阴暗的人生吧?”[③]说到底,

① 刘西渭:《读〈里门拾记〉》。
② 刘西渭:《叶紫的小说》。
③ 周立波:《读〈南行记〉》。

这也是一种“人事”与“自然”的二元对峙的内在结构。乡土作家们憎恨都市文明，憎恨纷扰的人事，转而在精神上放逐自己，去追寻更近于自然的“乡村”。这里包含了他们对自然的发现。人的生命的本能原是深孕于自然之中的，与都市中人的本性遭受污染相反，在自然中人性纯真的一面更多地得到了保留。因此，30年代乡土小说作家将情感赋予自然，其实是想借自然来表现对生命本意的追寻。这就把“家园”意识引向了更深层面的“生命”意识。

30年代乡土小说作家似乎在循着一条共同的思路，即寄情乡野，从贴近自然的人们的生存形态中去挖掘他们理想的生命形式，在远离都市文明的带有某种原始性的人们中去发现新鲜、健旺、雄强的生命力。艾芜的《南行记》、沈从文的《湘行散记》和芦焚的《里门拾记》之所以被人认为有共同之处，是因为它们都是“从乡野里出来”、“把乡野送给我们”，并从乡野中挖掘了“人类最深也最原始的情绪”。[①]

艾芜作品中的人物，多数都带有自然所赋予他们的原始的强悍和顽强的生命力。《山峡中》那群生活在苍茫雄阔的山野自然中的强悍猛鸷的奇特人物，作者没有对其进行道德评价，而是歌颂了他们那种生存的力量，借他们表达了一种带有原始野性的生存哲学和生命意识。在《芭蕉谷》中，那位姜姓老板娘原本怀着伤心凄凉的心情带着女儿去给亡夫上坟，但坟茔周围的原始自然的美景却能拂去她往日的“酸辛”，她不再感到死的悲哀，而从自然中感受了生的欣喜。生命需要自然，自然能激发人们的生命意识，这就是艾芜要告诉人们的。

沈从文的作品中，多有对带有鲜明泛神色彩的边地自然山水景物的精心描绘，对弥漫着浓郁牧歌情趣的边地自然生活氛围的着意渲染，以及对充满着原始强力的边地自然中人物的精心刻画。此中包含了作者对于生命本意的理解。沈从文追求的生命的本意是自由、雄强、真情。所谓自由，是指让人性在自然的无拘无束的环境中尽情地发挥。在《虎雏》中，作者就表达了这样的立意：“一切水得归到海里，小豹子也宜于深山大泽方能发展他的生命。”[②]所谓雄强，是指与“现代文明”造成的缺乏生命力的“阉寺性”人格相对立的强悍禀性。在《渔》中，作者就揭示了人类

---

① 刘西渭：《读〈里门拾记〉》。

② 沈从文：《湘行散记·虎雏再遇记》。

生命力量的兴盛不衰,昭示了人类生命的内在力量,尽管其中浸透了野蛮、狂热和鲜血,但比起"虚假有余而勇敢不足"的现代文明病来,这毕竟是一种更真实的生命力的宣泄。而所谓真情,则是指摆脱了文明社会的虚伪矫饰,一切顺乎自然的纯真性情。在《雨后》中,我们看到的是一种热烈坦诚的爱欲中生发的活力;《柏子》中男女主人公放荡不羁的行为里所伴和着的是真诚热烈的情感;在《龙朱》、《月下小景》、《阿黑小史》等作品中,作者更是热情地歌唱那真挚、大胆的情欲和原始跃动的生命力。这些作品中人物的共同特点是:金钱利欲对他们并无多大诱惑,生命的平凡朴素与情感的自然真切才是他们的本色。作者写出了那种与原始性联系在一起的生命的本真。不仅限于男女情爱,在近于原始的乡野边地,几乎一切人际关系中都充溢着一种真情,这在沈从文的代表作《边城》中更是揭示得淋漓尽致。

芦焚较少静态地去表现他的理想的生命形态,例如在《牧歌》中所写,并非那种纯净的化外之地,在那里原始文明正遭受着"现代文明"的侵蚀。但作者所赞颂的却依然是原始生命的强力,只是这种生命的强力是在动态的对抗中凸现出来的。作品中的主人公们是一群生活在青山白云间的以猎为生的边民,他们啸聚山村,与勾结外国入侵者的部落头目作对。其中的牧羊姑娘印迦是在恋人被捕后毅然投身到这支绿林队伍中来的,她即使作为一个女性也同样体现出了一种原始的刚悍,"她单纯、善良而且矫健",敢"报复",能"宽恕",但从来"不落伤心泪"。作品写出了原始生命强力对"现代文明"的抗争。这里虽然已不再有大自然的宁静和恬淡,但从作者追求对原始雄强的生命力的表现来看,他对生命本意的思考与沈从文是趋近的。

30年代乡土小说中另有一些作品的二元对峙的结构并不体现为"自然—人事"或"原始—文明"的模式,而是体现为"被压迫者—压迫者"或"被统治者—统治者"的模式,但当它们的着眼点放在发掘被压迫者、被统治者的反抗力量上时,赋予这种反抗力量以具象化的,也常常是那种与大地联系在一起,与农民的那种强健的体魄联系在一起的雄强的生命力。30年代诸多出发点并不相同的乡土小说作家,在表现生命强力这一点上却走到了一起。在茅盾《春蚕》中的荷花,《水藻行》中的财喜这两个人物身上,我们能明显地看出作者表现和发掘中国农民身上的雄强生命力的自觉意识。而对东北作家群的多数作家来说,表现原始的强力更是一种自觉的追求。端木蕻良小说中最生动的人物，常常是那些带有绿林气息的人物，如《遥远的风砂》中的土匪头目“煤黑子”，《大江》中号召同伴跟他上山当土匪的伍炮，等等；即便是女性，精彩的人物也多是柔媚中带着倔强、真率中含有放浪的洋溢着原始粗犷的野性美的性格，如《科尔沁旗草原》中的水水、《大地的海》中的杏子、《浑河的急流》中的水芹子等。萧军的作品中也多有浓墨重彩写就的东北山野中带有原始性反抗性格的人群，且不说起笔于1936年的《第三代》，就是在《八月的乡村》和短篇集《羊》、《江上》等作品中，也不乏朴实强悍的山民的形象。其他如白朗的《伊瓦鲁河畔》、萧红的《生死场》、骆宾基的《边陲线上》等等作品，都有对劳动者的不屈性格、执着的求生欲望和原始的雄强力量的挖掘。而同时期的台湾乡土小说作品中也有相同表现，例如赖和的《浪漫外记》就写了一群“快男儿”，他们颇有“水浒”绿林之雄风，要“凭这一身、凭这双腕”与殖民统治者作冤家对头。上述作者在作品里着力塑造一种野性未驯的性格，表现了对原始强力的赞颂，这体现了作家们对生命本意的思考。

早在“五四”时期，许多先进的知识分子都曾热烈地呼唤自然的生命力、原始的兽性（蛮性）。鲁迅一再指出中国“人”的驯化问题，认为这是人的本性的“萎缩”与“奴化”。[①] 陈独秀也早在1915年就撰文呼吁，要将培育、恢复“兽性主义”作为中国教育的根本方针。而所谓“兽性之特长”就是“意志顽狠，善斗不屈”、“体魄强健”、“力抗自然”、“信赖本性，不依他为活”，“顺性率真、不饰伪自文”，等等[②]。用原始的“兽性”来改造中国柔弱的国民性，这曾是“五四”时期思想先驱们的共同愿望。这种呼唤直到三四十年代的文学中才听到回声。可以说，30年代乡土小说作者们所作的努力，应视为对“五四”精神的一个方面的继承。同时，这种对自然的强悍的生命力的表现，又理所当然地融入了30年代乡土小说作家们对当时社会情状的思考：在“城”与“乡”对立中的价值取向，在“人事”与“自然”对峙中的情感态度，以及在表现受压迫者的“顺受”与“反抗”两种行为时的褒贬评判等，给30年代乡土小说更多地赋予了30年代的时代内容。应该说，30年代乡土小说，在这方面既是“五

① 鲁迅：《略论中国人的脸》。

② 陈独秀：《今日之教育方针》，《青年》杂志1915年10月。

四”时代的某种精神命题的文学实践,又是30年代某种思想成果的具体文学显现。

四、乡风民俗的揭示

在现代文学中揭示乡风民俗,早在20年代的乡土小说中就已开始,但到了30年代乡土小说中则更为普遍。民俗文化在中国受到重视是在20年代后期①。这种重视固然与接受西方人类学研究的影响有关,但同时也与当时人们对中国文化思考范围的扩大有关。在“五四”新文化运动中,人们的文化思考几乎都集中于正统的儒家文化这一单一的文化范式上,忽略了处于下层文化地位的民俗文化的意义,鲁迅曾在30年代明确指出,“倘不深入到民众的大层中,于他们的风俗习惯,加以研究,解剖,分别好坏,定存废的标准,而于存与废,都慎选施行的方法,则无论怎样的改革,都将为习惯的岩石所压碎,或者只在表面浮游一些时”②。因此,对民俗文化的研究、揭示和批判,既是“五四”文化批判的延伸,又是对它的必要补充。关于30年代乡土小说中对乡风民俗的揭示,正应该从这个角度来看待。

30年代乡土小说在揭示乡土民俗时,多数是从批判的角度来观照其落后面的。罗淑的《生人妻》、潘漠华的《冷泉岩》、柔石的《为奴隶的母亲》都对野蛮的婚俗作了揭示。《生人妻》描写的是沱江上游山坳里闭塞的乡村社会中的一段故事:卖草为生的汉子生活艰难便将妻子卖与别人,其妻在与新夫的婚宴礼仪中备受屈辱,又险遭新夫之弟奸污,在不堪忍受之中当夜逃回原夫家,又致原夫被诬为借卖妻行骗而被抓走。作者借野蛮的卖妻恶俗和粗鄙的婚宴礼俗揭示了底层人民惨痛的生存状况。《冷泉岩》主要写了宗法制农村中的童养媳、典妻等野蛮的习俗,以及在这种习俗下劳动妇女失却人的价值和尊严的悲惨命运。《为奴隶的母亲》也是以典妻的习俗为内容的,作品写出了春宝娘先是经历了离家别子的悲哀,待典当期满生下秋宝后又经历与骨肉永别的痛苦。潘漠华和柔石均为浙江人,所揭示的也是流行

① 例如1927年广州中山大学成立“民俗学会”,1929年杭州成立“中国民俗学会”,等等,一时间涌现了一大批民俗文化研究者。

② 鲁迅:《二心集·习惯与改革》。

于浙江一带的陋俗。据《清稗类钞》记载:“浙江宁、绍、台各属,常有典妻之风。”其实不只是浙江,如甘肃也有“租妻”之俗①。在文学作品中对此类现象进行揭示是有普遍意义的。作家们一方面对这种蹂躏女性人格尊严、践踏女性生存权利的陋俗进行批判,另一方面也对这种陋习的文化根源作了深刻揭示。作者看到了这种习俗的背后的深因,是宗法制社会的重血缘承续的观念。这里包含着民俗文化与封建伦理道德观念在深层意识上的同一性。占统治地位的文化思想对人们一般生存方式和生活方式的潜在影响,正统文化观念对民俗文化所起的制约和调整的作用,由此可以看出。这样,对民俗文化进行揭示,就不仅可以直接达到揭露和昭示民俗文化中野蛮落后面的目的,而且还可以将对封建正统文化观念的批判引向深入。

在民俗文化中,较多地包含了原始信仰和原始禁忌的遗存。如果当这些遗存不仅仅体现在一般的节庆赛会的种种礼仪方面,而是与迷信、顺命的思维方式,落后、愚昧、保守的心态勾连在一起,那么,这种民俗习惯势必会成为民众觉醒和社会改革的阻碍力量。30年代乡土小说中,对此也多有揭示和批判。蒋牧良的《旱》,中心意旨是在写出一个老实、勤朴的农民在天灾人祸中的悲惨命运,作者虽对农民的这种命运抱有无限的同情,但作品也揭示了农民们自身的不觉悟:他们对来自地主的压迫虽心怀诅咒,但却又安分忍命。在遭遇大旱之灾时,他们所能做的也便是在炎热的太阳底下祈雨迎龙王。作品花了大量的篇幅写农民们求雨的过程,那种浩荡的仪仗、虔诚的礼仪、畏怯的心态,都可谓在借民俗过程来揭示农民们顺天从命的心理。艾芜的《一个女人的悲剧》,是写以巫代医的陋习,一个家破人亡的妇女居然在一种迷信的方仪之中获得灵魂的暂时麻醉。于是,巨大的悲哀没有化为巨大的反抗力量,反而在无声息中消解了。台湾作家郭秋生的《鬼》中,也通过展现神秘恐怖的风俗色彩来解剖迷信盲从的民俗心理。芦焚的《百顺街》,虽不是专写一种风俗,作品也没有主角和主要情节,但整篇作品却以风俗素描的叙事方式,展现了宗法制乡镇的社会状态。作品以极一般的作为生活常态的民情风俗,勾勒了乡镇上层人物与市民百姓的思想行为方式,揭示了“百顺街”人逆来顺受、避实击虚、

① 《清稗类钞》:“风俗类”,“宁绍典妻”条和“甘人租妻”条。

欺软怕硬、爱占便宜等国民性弱点。上述作品,都明显地带有民俗文化批判的特点。

30年代乡土小说中也有些作品在展现民俗时,并不以直接的民俗批判为目的。例如沈从文就有许多作品是以叙写湘西边地淳朴民风民俗来表现人性美的。《龙朱》写到当地"对歌求偶"的民俗:"一个男子不能唱歌,是种羞辱;一个女子不能唱歌,不能得到好丈夫。抓住自己的心放在自己爱人面前,方法不是钱,不是貌,不是门阀,也不是假装的一切,只有真实热情的歌!"作者歌颂这种带原始气息的婚俗,其目的是以此来否定现代文明异化中的以"金钱虚名虚事"为目的的婚姻形态。在《山鬼》、《神巫之爱》一类作品中,沈从文更是将楚沅巫风、民间娱乐、山乡风俗等与男女对真挚爱情的追求交织在一起,从而使民俗承载着一种盎然的生命情趣。当然,沈从文小说有时存在过分美化、诗化原始性婚俗的倾向,例如他的"阿黑"系列小说在涉及"典妻"等习俗时,忽略了它在伦理道德上的负面价值,过于将其诗化。尽管如此,沈从文的这类作品也时常能令人感到一种"普遍性的与我们共同的对于命运的挣扎"。例如在《边城》中,展示的是一幅淳朴民风人情的风俗画,但作者却以一个凄婉的悲剧结局来揭示"各人应有的一分哀乐"——在爱的追求中同样必须品尝的人生的哀苦。同样,艾芜的《端阳节》(副标题为"某乡风俗记")也没有直接进行民俗批判。小说着重描写内地农村端阳节"赶韩林"的驱鬼风俗。作品对这一俗事过程写得有声有色,热烈欢快。但作品也告诉人们,这次"赶韩林"的起因却是财主因自己告发的革命者被杀,害怕其变鬼向自己报复。这样,欢快的民俗场面并未掩盖其凄厉的气氛,所谓"风俗记",记下的不仅是风俗,还有受苦者的血泪和害人者的恐惧。

与大陆作家不同,民俗风情在台湾作家笔下,又有另一重含义。他们通过对各种各样源于大陆的风俗习惯,诸如农历年的喜庆活动、青年男女斗唱山歌、祭妈祖庙、清明扫墓等的描写,以民族认同意识,对抗日本统治者的"皇民化"政策。在这类作品中,作家把民俗多视为民族文化的象征,所以不但不进行民俗批判,反而着意渲染其盎然意趣和文化魅力。例如赖和在《善讼人的故事》中,以其本色的乡土风俗的描绘,表达了一种对华夏文化的亲切感。尤其是对观音亭民情俗事的描写,使人联想起祖国大陆许许多多乡镇都具有的那份扰攘中的宁静。再如杨守愚的

《过年》等作品，在描绘台湾的年庆风俗中也透露出一种乡土文化寻根意识。他的《元宵》也写到“观音亭”，但与赖和所不同的是，他在描绘观音亭风气变迁之中，表达了一种对于民族文化失落的隐忧。

在30年代乡土小说中，更有大量的作品，它们主要不是展现民俗，对民俗风情仅是有所涉及而已，但这些民情风俗描写在作品中却起到了衬托、铺垫和制造氛围的作用。例如茅盾《春蚕》中的诸如“蚕花太子”、“收蚕仪式”、“避白虎星”、“大蒜占卜凶吉”等关于养蚕的民俗礼仪和原始禁忌，虽不是作品表现的中心，却既为“蚕事”过程的描述增添了生活气息和庄严的气氛，又衬托出了蚕农们那份虔诚的顺乎天命的心态。《残冬》中的黄道士供草人儿和关于“真命天子”的传闻，在烘托乡村的落后、闭塞的文化氛围方面也起了重要的作用。再如萧红的《小城三月》，其中有关东北满人娶媳妇的民俗和元宵节村俗的描写，对增添作品的乡土特色和诗情画意绝不是可有可无的。又如，夏征农的《禾场上》对“坐场”、“请酒”等农事风俗场面的描写、沙汀一系列小说中有关乡镇“茶馆”和“吃讲茶”等民俗的描写、吴组缃《菉竹山房》中有关“福公公、虎爷爷”的称呼，周文《爱》中的坐马桶咒人毒语等，对揭示地方文化背景、增加乡土气息、渲染气氛、刻画人物等都起到了重要作用。可以说，要真正表现中国的乡村社会生活，事实上不可能不涉及乡村的民情风俗。30年代乡土小说中大量出现民俗描写，这正应视为作品对中国乡村生活真正楔入的一个标志。

民俗描写的意义与其说是文学性的，还不如说更是文化性的。人们往往比较注重那些文化的显性方面的东西，而忽视隐性方面的东西；过多地重视那些可以用现成的理论观念来分类、界定的思想意识，而忽略了更为普遍的以民俗文化的方式影响着人们的思想意识。然而在实际上，要真正了解农民的意识、大众的心理，也许民俗文化是一个更为重要的方面。从这个意义上来说，30年代乡土小说对表现乡风民俗的重视，就不仅具有文学史的意义，而且具有文化史的意义。

选自《中国社会科学》1993年第5期

二三十年代乡土小说中的乡土意识

凌 宇

当新文学结束其第一个十年的行程时,便有了展示其实绩的皇皇十大卷的《中国新文学大系》。由各卷编者撰写的《导论》,对这十年各体文学创作,作出了具文学史性质的描述。其中,作为一种文学现象,"乡土文学"的概念第一次被提出并被定义。

> 蹇先艾描述过贵州,裴文中关心着榆关,凡在北京用笔写出他的胸臆来的人们,无论他自称为用主观或客观,其实往往是乡土文学,从北京这方面说,则是侨寓文学的作者。但这又非如勃兰兑斯所说的"侨民文学",侨寓的只是作者自己,并不是作者所写的文章,因此也只见隐现着乡愁,很难有异域情调来开拓读者的心胸,或者炫耀他的眼界。①

鲁迅是从作者的身份特征——离开乡土、侨寓都市,作品的内容——有关乡土的回忆性叙述,作品的情感基调——乡愁这三个方面对乡土文学作出界定的。在这里,特别值得注意的,是乡土文学中的这种乡愁,已不只是中国传统诗文中"日暮乡关何处是,烟波江上使人愁"一类身处异乡的游子的思乡愁绪——仅仅是由游子

① 鲁迅:《中国新文学大系·小说二集·序》,《鲁迅全集》第6卷,人民文学出版社,1981年。

现时的处身之地与乡关拉开的一时不可及的地理距离引起的，而乡关这一意象却是凝定的，不存在时间上的变化，——而是由三种时态——过去、现在、未来(时间的三维)交互作用于乡土的结果。于是，在乡土文学中，便呈现三种不同形态的乡土影像：一是已成过去的、现时已不复存在美丽、值得留恋的故乡；一是现时的“到处是黑暗”，令人厌憎的故乡；一是想望中的未来故乡——王鲁彦式的“离开了的天上的自由乐土”，不能不是作者渴望重返的家园。

可见，在这由三种时态的故乡所引发的乡愁中，有一个乡土乐园——失乐园——重返乐园历时思辨的潜逻辑。之所以称其为潜逻辑，是因为对乡土的这种思辨，在发轫期的乡土文学中，还处于情绪与感觉阶段，尚未上升为明确的理性意识。到后来，当这种潜逻辑上升为一种明晰的理性思辨逻辑去拥抱乡土人生时，其初不时隐现的乡愁，便深化为浓重的乡土悲悯，对某一特定地域的形而下的乡土关怀便深化为对整个民族目前生存方式与未来命运的形而上的思考。——乡土文学的思想与情感底蕴获得极大拓展，乡土文学终于走向成熟，并因此而成为百年来绵亘中国文坛的重要创作母题。

从发轫期乡土文学的形态与内涵看，鲁迅当年的概括与评述是精当的。但显然，他对乡土文学内蕴的发展潜力估计不足，也不可能预见到乡土文学的后来发展。因此，尽管是他第一个提出了乡土文学概念，他本人又是侨寓北京并最早描写了乡土的作者之一，却将其作品自外于乡土文学。这大约是在他看来，乡土文学中隐现的尚属感觉状态的乡愁，不足以涵纳他的作品的思想底蕴。可是，他曾判断许钦文“自名他的第一本短篇小说集为《故乡》，也就是在不知不觉中自招为乡土文学作者”[①]。依照这一逻辑，当鲁迅以《故乡》命名他的一个短篇小说时，也是不知不觉中自招为乡土文学作者了，其实，鲁迅以乡土为题材的小说，恰恰是不折不扣的乡土文学。鲁迅自己，连同被他安排在浅草—沉钟社作家群中予以评述的废名、司马长风引为遗憾的为《新文学大系》遗漏的沈从文[②]，恰恰是二三十年代最重要的乡土文学的小说作者。

---

① 鲁迅：《中国新文学大系·小说二集·序》，《鲁迅全集》第6卷，人民文学出版社，1981年版。
② 司马长风：《中国新文学史》上卷，香港昭明出版社有限公司，1980年第三版，第160页。

鲁迅的《故乡》,起首便叙述"我"二十余年后重返故乡时所见故乡风貌:

苍黄的天底下,远近横着几个萧索的荒村,没有一些活气。我的心禁不住悲凉起来了。

阿!这不是我二十年来时时记得的故乡?

我所记得的故乡全不如此。我的故乡好得多了。但要我记起他的美丽,说出他的佳处来,却又没有影像,没有言辞了。仿佛也就如此。

其实,在"我"的潜意识里,故乡并不"仿佛也就如此"的。那个"好得多了"的故乡,只是被岁月的尘土翻埋在"我"的意识深处,其影像一时无从搜寻出来而已。当"我"听母亲提起童年时代的乡下朋友闰土时,这影像便立即浮出意识的表层:

深蓝的天空中挂着一轮金黄的圆月,下面是海边的沙地,都种着一望无际的碧绿的西瓜,其间有一个十一二岁的少年,项带银圈,手捏一柄钢叉,向一匹猹尽力刺去,那猹却将身一扭,反从他的胯下逃走了。

这是由当年"我"与闰土的交往与友情激发的一幅想像的图画。到鲁迅另一篇小说《社戏》,这图画便由想象变为写实,延展为"我"与一群乡村少年看社戏、偷罗汉豆的夜趣图。这一切,在鲁迅小说里,已不仅仅是对往事的回忆,而是意在营造一个人与人、人与自然圆融谐和而又流溢着生机与活力的人生境界。

这境界,便是已成过去的故乡的象征。

然而,无论是《故乡》,还是《社戏》,这过去的故乡的"美丽",却分别是现在的故乡景况与都市生存环境催生的。饥荒、苛税、兵匪、官绅造成的不堪忍受的人生重负,导致闰土式的精神上的麻木、迷信,使豆腐西施这类村姑失却原先的沉静与朴讷,滋生出肆无忌惮的恶泼与自私,人与人之间的隔膜取代了原有的乡村谐和;而在《社戏》中,"我"的两次城里看戏与儿时看戏不同经历构成的强烈对比,并不在戏文本身的差异,而在围绕看戏所展示出来的人文环境——都市人际关系的冷漠,对立与流溢于乡村主客间的脉脉温情的互参。

姑且不论是否过去的故乡真如“我”回忆中的那般美丽，对从乡村到都市现时生存环境普遍的恶化感知，却是乡土文学中有关过去乡土回忆的共同心理背景。这种对生存环境的恶化感知，导致乡土批判成为20年代乡土小说带普遍性的主题。王任叔的《疲惫者》、许钦文的《疯妇》、台静农的《红灯》、王思玷的《偏枯》、李渺世的《买死的》等等，是关于乡村小人物人生悲剧的直观叙写，无一例外地呈现着他们于生死边际的挣扎；蹇先艾的《水葬》、王鲁彦的《菊英的出嫁》、许杰的《惨雾》等，则揭示着包藏于水葬、冥婚、家族械斗等乡村陋习里的愚昧、落后，是对导致老中国长期停滞的文化根性的前溯；而诸如王鲁彦的《黄金》等，则关注着乡土的现代流变——由于现代文明的侵蚀，乡村世界的人际关系成了赤裸裸的现金交易，世态人情已是一片浇薄；鲁迅更多的乡土小说，如《祝福》、《阿Q正传》、《离婚》、《风波》，已不止于对乡村人物的人生苦难和悲剧命运自外的展示，而是侧重于乡土人物主体精神自内的开掘，意在写出“国人的魂灵”①。——国民劣根性的解剖与批判成为鲁迅这类小说的总主题。

上述这些小说提供的直接乡土视景，执着于现时的乡土生存方式，没有关于乡土过去的梦，也没有关于乡土的将来的梦，从而构成乡土小说中写实的一脉。这乡土写实的一脉②，到30年代左翼作家如茅盾、张天翼、吴组缃、丁玲、沙汀、艾芜等人，已经从一般的乡村苦难的叙写演变成对乡土的社会阶级分析与政治批判，从而构成普罗小说的一翼，已不是一般意义上的乡土小说了。

然而，在二三十年代，自有另一批作家，如废名、沈从文、芦焚等，仍在做着关于过去乡土的美丽的梦。而这，又一例源于对现时的乡土和寄寓其中的都市生存环境的双重失望。他们是乡土的寻梦者，又是都市人生的批判者，在废名的最初的乡土小说中，浸透着鲁迅《故乡》式的凄凉，而《莫须有先生传》主人公的精神历程，似乎是废名的夫子之道。正是都市人生的鄙俗、无聊，导致莫须有先生的西山之旅与“厌世”精神；芦焚出于对乡土的厌憎，到都市去寻求精神的栖息之所，然而其结果，又是失望；沈从文之所以离开湘西，一个重要原因，便是他20岁之前的乡土经历，

① 鲁迅：《俄文译本〈阿Q正传〉序及著者自叙传略》，《鲁迅全集》第7卷，人民文学出版社，1981年。
② 杨义在《中国现代小说史》第一卷中，称其为“乡土写实流派”。

犹如“噩梦般恐怖黑暗”,使他体验到一种“近于出入地狱的沉重和辛酸”。[①] 进入都市以后,展现在他面前的都市人生景观,又是人的自然本性的普遍失落。都市人生与乡村世界的互参,成为沈从文小说的整体人生构图。

正是这种对现时的乡村与都市人生处境的双重失望,引发了他们对已成过去的乡土的回忆。在以冯文炳署名的《竹林的故事》里,已透出废名的“隐逸”之气[②],到《菱荡》、《桥》等小说中,废名笔下的乡土,回荡的便已是一曲纯粹的田园牧歌了。芦焚在他的短篇小说《巨人》中,开头便说:“我不喜欢我的乡土,可是怀念着那广大的原野。”这“不喜欢”的乡土,自然是现时的乡土,而那“怀念着”的“广大原野”,[③] 却不仅仅是物质的自然,而是包含着已成为过去的乡土人事的。果然,芦焚的乡土小说,将情感留给自然,而在现时的乡土人事上,随处可见他的讽刺。然而与此同时,却不断闪现出古老乡村的风景:沉浸在落日光里的田庄、留有古战场痕迹的小山岗、关帝大圣的神庙、路旁的小旅店……已在暗示着过去乡土的牧歌情调,而在《牧歌》里,这种情调便直接地诉诸笔端:

> 辽远的边疆地方,人们建立起一个部落,由一位头目治理,已经很老很老了。居民全都是打猎的能手。他们有着青青的山岭,静静的溪流,明朗的天,淡白的云。他们呼吸着芬芳的空气,按照祖先的老法子管理牛羊;自由自便地过活,真所谓日出而作,日入而息。[④]

因此,朱光潜在《〈谷〉和〈落日光〉》里,如此评述芦焚:“回头看他所丢开的充满忧喜记忆的世界,不能无留恋,因为它具有牧歌风味的幽闲。”[⑤]

沈从文更是极大地拓展了乡土小说的田园视景,强化了乡土小说的牧歌音响。不消说那些隐去具体的时空特征的小说,如《龙朱》、《神巫之爱》、《媚金·豹子与那

---

① 沈从文:《从文自传·附记》,人民文学出版社,1981年。

② 与周作人的隐逸之气合拍的,正是《竹林的故事》隐现的隐逸之气。

③ 芦焚之《巨人》,后改名为《老抓传》,收《芦焚散文选集》,江苏人民出版社,1981年。

④ 芦焚:《牧歌》,载《文学》1936年7卷1期。

⑤ 朱光潜:《〈谷〉和〈落日光〉》,载《文学杂志》1937年1卷4期。

羊》、《阿黑小史》等，其所展示的前现代文明的乡村图景，流溢着怎样的生命自然之趣！便是被赋予明确时空框架的《边城》，展示的也是民风的古朴、人性的纯净与人际关系的谐和，就连吊脚楼上的妓女，性情“也永远那么浑厚”。难怪刘西渭谈及《边城》时说：“人世坏吗？不，还有好的，未曾被现代文明污染了的，瞧，这角落不是！”[①]

当人们谈及这些作品的田园视景与牧歌情调时，事实上便已触及这些乡土作家共同拥有的桃源情结。正是在这里，显见出二三十年代乡土小说与中国传统文学的血缘联结。无争无斗的和平、宁静，人性的准乎自然，生命的自由自在，人际关系的谐和，上述乡土小说中田园视景与牧歌情调的这些人生意蕴，与陶渊明笔下营构的桃花源境界的人生内涵一脉相承。——桃源，成为二三十年代乡土小说的一个原型。

二三十年代乡土小说中的田园视景与牧歌情调，在当时招来的，是一片指责之声：“其所表现的思想，便是生活于现实社会中而神往于过去的一部分人的生活意识之艺术反映”[②]，“对现实闭起眼睛而在幻想中构造一个乌托邦”[③]。

这种批评甚而导致被批评者内心的自我诘难：

> 是的，你害怕明天的事实，或者说你厌恶一切事实，因之极力想法贴近过去，有时并且不能不贴近那个抽象的过去。[④]

这是一个胆小而知足且善于逃避现实者的最大成就。[⑤]

毋庸讳言，二三十年代乡土小说中的类桃花源景观，是不同时空比照的产物。无论是过去的乡土与现时的乡土或都市的比照，都不是同一时空维度下的比照。作为两相比照一端的过去的乡土，由于在很大程度上经作者的主观感觉过滤，经不起严格意义上的历史考察。而这种属于感觉层面上的时空感知方式，不能不带有

---

① 刘西渭：《〈边城〉与〈八骏图〉》，见《咀华集》，文化生活出版社，1936年。

② 汪馥泉、王集丛：《一年来的中国小说——沈从文的〈边城〉》，载《读者顾问》1935年1卷4期。

③ 灌婴：《评废名的〈桥〉》，《新月》1932年4卷5期。

④ 沈从文：《水云》，《文学创作》1943年1卷4期。

⑤ 沈从文：《水云》，《文学创作》1943年1卷4期。

以乡下人—小农社会眼光审视现时人生的特征。然而,这只是问题的一个方面。在二三十年代这类乡土小说中,还同时存在着另一种时空感知方式,即在同一时空维度下,注目于乡土人生“常”与“变”的交织。这“常”,是乡土过去的生存方式在现时空间的延续;这“变”,则是乡土人生的现代变异。这种属于理性层面的时空感知,较之对过去乡土纯歌式的感知或对现实乡土纯粹恶化的感知,具有更令人信服的现实性。可是,这一时空感知层面,却一直被当时的批评者和后来的文学史家所漠视。

在芦焚的笔下,乡土的现代变异,集中表现为乡土苦难。这是一个由荒旱兵匪、恶棍豪绅与孤寡老弱组成的悲惨世界。由这种乡土现实激发的作者的愤疾情绪,促使小说不断发出启示录式的诅咒:“这块土地上有毒,绝子绝孙,灭门断户,有毒!”[①]活动在芦焚乡土小说中的,有两类主要的乡土人物。一类是承受着悲剧命运却永无申冤之日者;一类是历尽人生险恶,到头来却落得个无所归宿者。前者承担着揭示乡土苦难的主题使命,而后者身上,却有着老乡土性格、气质的延续。——他们无论是过客、浪迹归来的游子,还是酒徒、女巫、寡妇,其精神都是强壮的、倔强的与和平的。虽然他们走出乡土时是一颗伤感的心;回来时还是一颗伤感的心,却始终不改老乡村儿女的素朴本质。在这类人物身上,寄托着芦焚小说愤世嫉俗的情感基调。正是这种苦难—愤世的基本倾向,预告着师陀阶段[②]芦焚乡土小说朝写实一脉的转变。

废名在1957年为《废名小说选》作序时说:“在《枣》里我选了《小五放牛》、《毛儿的爸爸》、《四火》、《文公庙》,这些短篇小说的语言我今天看来很有些惊异,认为难得,也表现了生活,一个角落的生活。……我重读这些小说,在读了几遍之后,觉得能够选出这几篇来,自己才算是有些高兴,多少年来我确实不高兴。”[③]废名是在对自己“过去五十年躲避伟大的时代”反省与自我批判的情势下说这番话的。这些令废名“惊异”、“高兴”、“认为难得”的小说,恰恰证明了废名小说创作的另一面:对乡土写实的、批判性的人生观照。而且,它们又不同于废名早期乡土小说包裹在淡

---

① 芦焚:《毒咒》,收《里门拾记》,文化生活出版社,1937年。

② 从“芦焚”到师陀,标示出芦焚小说的两个不同阶段。

③ 废名:《废名小说选·序》,《冯文炳选集》,人民文学出版社,1985年。

淡哀愁中的乡土苦难的叙写，而是集中表现从人的精神层面上的对乡土灵魂的观照。在这里，卑琐、自私、促狭、恶谑、相互欺诈，与勤劳和不时闪露的人类同情心，构成现时乡土精神现实的两面。在这里，纯然的牧歌已经绝响，人性也不再完全洁净。

都市人生的冷漠、寡情，勾起沈从文温情脉脉的乡土之梦。可是，当他再次直面乡土的时候，见到的却是另一番情景：

> 一入辰河流域……便见出在变化中堕落趋势……即农村社会保有那点正直朴素人情美，几乎快要消失无余，代替而来的却是近二十年实际社会培养成功的一种唯实唯利庸俗人生观。[①]

基于这一认识，沈从文在营构他的“湘西世界”时，尤其着力于乡土“一些平凡人物生活上的‘常’与‘变’，以及在两相乘除中所有的哀乐”[②]。在这随两相乘除而来的哀乐陈述中，寄寓着沈从文对“乡下人”现代生存方式的深刻反省，“尽管在他们身上，仍然保有与其祖辈根连枝的诸如正直、热情、诚实、朴素、雄强等品质”，其生存方式也见出“人与自然契合”，然而，湘西世界因“现代文明”侵入所发生的流变，却导致他们生存的尴尬。——与其准乎自然的人性并存的理性精神的原始、蒙昧，宿命式地规定着他们无可逃避的现代悲剧命运。萧萧(《萧萧》)、柏子(《柏子》)们月复一月、年复一年甚至世代相承地重复其悲凉人生，却“不曾预备别人怜悯，也不知道可怜自己”[③]。会明(《会明》)、老兵(《灯》)身上的那副古道热肠，却与现代生存环境整个儿的不协调，以致被人视为难以理喻的“呆子”，这世界对他们而言，已经是一片陌生，而他们之于这个世界，也成为一种陌生。甚至，就连保留在“乡下人”身上的这点乡村古风——朴素人情美，也正日渐消失，以金钱为核心的“现代文明”，正蚕食着“乡下人”的灵魂。《贵生》里的金凤，《丈夫》中的乡下妇人身上出现的变化，预告着老乡村精神的崩毁与解体。就在《边城》社会里，也业已澎湃起现代

① 沈从文：《长河·题记》，载 1943 年 4 月 21 日重庆《大公报》。
② 沈从文：《长河·题记》，载 1943 年 4 月 21 日重庆《大公报》。
③ 沈从文：《柏子》，《从文小说习作选》，上海良友图书印刷公司，1936 年。

变异的潜流。"走车路"—"走马路"、"碾坊"—"渡船"这两组对立的意象及其人物不同选择方式(走车路,意指托媒提亲,"一切由双方家长做主";走马路,意指以唱歌求爱,一切由当事者"自己做主";碾坊——钱财的象征,它作为婚姻的中介,意味着人的本质的异化;而渡船,得到的只是"一个光人",但同时得到的是属人的爱)。恰恰是沈从文关于"常"与"变"思辨的具象化。这种由"常"与"变"交织引起的矛盾冲突,成为傩送与翠翠爱情悲剧的主因。沈从文对乡土现代变异的这种认知,与他对都市生存方式的认知相对照,不难看出沈从文明晰的思辨逻辑:滥觞于都市的"现代文明",既然作成了都市的今天,正发生于乡土的流变似乎宿命式地步着都市的后尘。——浓重的乡土忧患意识与乡土悲悯感弥漫于沈从文乡土小说的字里行间。

综上所述,对都市现代生存处境的恶化感知,催生出二三十年代乡土小说作者关于乡土过去的回忆。源于中国文学传统,这些关于乡土过去的回忆里,隐伏着一个桃源原型,他们是桃源寻梦者。然而,他们最终却没有沉迷于这种桃源梦境。当他们直面乡土的现实苦难与乡村灵魂的目前型范时,乡土悲悯感与乡土忧患意识便油然而生。——理性层面上的乡土时空感知,终于使这些乡土寻梦者梦断桃源。

美国文化人类学家恩斯特·卡西尔在援引心理学家威廉·恩斯坦所说"意识抓住的与其说是对过去的关联,不如说是与未来的关联"之后指出,人"更多地生活在对未来的疑虑与恐惧、悬念和希望之中"。因此,"思考着未来,生活在未来,这乃是人本性的一个必要部分"①。

> 我躺着,听船底潺潺的水声,知道我在走我的路。我想:我竟与闰土隔绝到这地步了,但我们的后辈还是一气,宏儿不是正在想念水生么。我希望他们不再像我,又大家隔膜起来……然而我又不愿意他们因为要一气,都如我的辛苦展转而生活,也不愿意他们都如闰土的辛苦麻木而生活,也不愿意都如别人的辛苦恣睢而生活。他们应该有新的生活,为我们所未经生活过的。

① [德]恩斯特·卡西尔:《人论》,上海译文出版社,1985年,第68页。

当鲁迅在《故乡》的篇末写下这段文字时，他的思维空间已经为“对未来的疑虑与恐惧、悬念和希望”所占据。——乡土的过去已不会重现，乡土的现实业已铸就，只有未来的乡土或可希冀。

然而，这通向未来的路又在哪里？对此，二三十年代乡土小说作家作出了三种不同的方式的回答。

废名由对人生的绝望走向“厌世”，最终试图通过宗教式的自我修为，寻找精神的寄寓之所[①]。从《桥》里的小林，到《莫须有先生传》里的莫须有先生，小说主人公身上所显示的从少年到青年到老年的精神历程，是废名自我心路历程的艺术写照。对田园牧歌与乡村谐趣的依恋——现实生存意义的宗教式虚无感知——因厌憎现实而萌生出世之想，恰恰是废名精神历程的三部曲。

20年代的鲁迅所感到的，同样是梦醒之后的无路可走。但他没有走向厌世。因为，“绝望之为虚妄，正与希望相同”。鲁迅将希望与绝望等量齐观，并同归于虚妄，是出于他的根本性反传统文化的立场。尽管这一立场与他发现传统文化和道德中的某些成分是有意义的这一感知相冲突，却未导致从传统文化的创造性转化的思路中，寻找通向未来之路。[②] 于是，只能由“绝望而反抗”。由现实生存处境的恶化感知所激发的愤世抗争情绪已预告着20年代末鲁迅对马克思阶级斗争学说的认同。芦焚于40年代师陀阶段的转变，与鲁迅走的是同一条路。

沈从文既不同于废名式的因厌世而出世，也不同于鲁迅式的因愤世而走向决绝的反传统主义。出于沉重的乡土悲悯感与乡土忧患，沈从文所谓的“经典重造”，并不以同传统的决裂为代价，而是以传统中的优秀成分为依托。但沈从文视野中的传统，并非鲁迅所弃绝的那个传统。对鲁迅所弃绝的那个传统，沈从文同样是弃绝的：“只看见用各种材料作成的装载理想的船舶，已被风浪摧毁，只剩下些破帆碎桨在海面上飘浮，试伸手有所攀援时，方明白那些破碎的板片，正如同经典中的抽象原则，已腐朽到全不适用。”[③]——沈从文视野的传统，已逾越他与鲁迅共同弃绝

① 据沈从文回忆，到40年代后期，废名对宗教的沉迷几近走火入魔，且十分孤僻。沈从文去看望他，他见面便说：“从文，你不要学什么‘道’，要学就跟我学，‘道’就在我这里！”

② 参见[美]林毓生：《中国意识的危机》，贵州人民出版社，1988年。

③ 沈从文：《水云》，《文学创作》1943年1卷4期。

的那个传统的界域,而注目于前"现代文明"。值得注意的是,沈从文话语中的"现代文明",具有特殊的时空形式,即不是一般意义上的现代文明,而是指在湘西确立不久的封建文化与都市文化——一种西方资本主义文化与传统的封建文化杂交而生的畸形儿。"现代文明"这一范畴的沈从文使用方式,见出这个乡下人特殊的时空感知角度与方式。因此,为沈从文注目的前"现代文明",也就是一种原始文化的湘西遗存。这种原始形态的文化,在沈从文意识里,其本质便是"人与自然的契合"。而他的"经典重造",其内核便是人与自然契合的生命形式的复归,故沈从文将自己的思想称为"新道家思想"①。在谈到《边城》时,沈从文说:

> 我主意不在领导读者去桃源旅行,却想借重桃源上行七百里酉水流域一个小城小市几个凡夫俗子,被一件人事牵连在一处时,各人应有的一份哀乐,为人类"爱"字作一度恰如其分的说明。②
>
> 拟将"过去"和"当前"对照,所谓民族品德的消失与重造,可能从什么地方着手。《边城》中人物的正直和热情,虽然已经成为过去了,应当还保留些本质在年青人的血里梦里。③

于是,在过去的乡土视景中,不仅有现实乡土的参与(对乡土现实的恶化感知直接催生了乡土回忆),而且同时又有未来乡土的参与(对过去的回忆不仅仅是回忆,而且是从过去中寻觅重建未来乡土的精神因子)。而这种重建,其指向已逾越乡村界域,落脚于整个民族乃至人类的最终归宿。因此,在二三十年代乡土小说中,乡土不再仅仅是乡土,而是民族与人类精神家园的象征。

桃源寻梦——梦断桃源——桃源重构,从一个侧面展现出百年来中国作家的精神历程。这一历程与西方宗教文化中的乐园——失乐园——重返伊甸园这一追寻人类足迹的精神历程同构,而两者之间的差别则显示出东西方文化精神的差异。在西方宗教文化中,那个失去的与将来重返的伊甸园,只是一个位于天上的非世俗

---

① 沈从文:《水云》,《文学创作》1943 年 1 卷 4 期。

② 沈从文:《习作选集代序》,《从文小说习作选》,上海良友图书印刷公司,1936 年。

③ 沈从文:《长河·题记》,载重庆《大公报》1943 年 4 月 21 日。

的彼岸世界，而东方文化中的这个桃源，则是植根于地上，始终不与世俗人生脱离的此岸世界。倘若说，西方宗教文化中，作为彼岸的伊甸园，也只是人类过去与将来世俗存在的一种神话借喻，东西方文化精神的差异也依然存在。在西方文化中，人类的失乐，发端于人类先天即有的“原罪”，并由此导致人类对自身存在的荒谬感知。而在东方文化中，缺乏的恰恰是这种“原罪”观念。——人类的现世苦难与罪孽，既然只是人类的后天制作，自然也可以通过后天的变革——重构获得自救。

无论这种差异如何，重返伊甸园也罢，重构桃源也罢，终不过人类心造的影像。从科学主义看来，自然都只是空想。由于它被认为与奠基于科学的理想异质，遂背负上引导人类逃避现实的恶名。我们必须为这类对人类具终极关怀意义的空想洗冤。因为在人类历史上，一切具终极关怀意义的理想，归根结底都不过是一种空想。而恰恰是这些理想——空想，成为引导人类世代不息向上追求的旗帜与塔灯。

选自《文学评论》2000 年第 4 期

二十世纪四十年代沦陷区乡土小说主题与民俗意义

张　永

作为20世纪“40年代文学”的特殊现象，沦陷区文学在与中国文学现代性传统保持精神联系的同时，自然也带有那个特定时代的印迹。其中，沦陷区乡土小说丰富的民俗描写，在表达作品主题和作家现代意识方面发挥了独特作用。

一、民俗群体：强悍生命力的张扬

沦陷区乡土小说一个最基本的主题取向是对民俗群体生命力的张扬。在各种民俗群体中，“地之子”的生命力最为朴素也最为顽强。东北沦陷区“第一篇乡土文学作品”《山丁花》就塑造了原始质朴的农民形象。其他如谷正櫆的《大草原》、郭朋的《高原上》以及袁犀的《风雪》等小说，都充满对农民野性生命力的迷恋。沙里在小说《土》里说：“他们知道他们生命的旺盛，是要靠着那一身强壮的筋骨，来年年翻弄土块，把汗滴进土里，然后再从土里找出他们要吃的、要用的东西来，他们更知道这些东西并未生在他们的身边，而更须跋涉过高山……”上官筝把这些“为生活挣扎，为争求生存的延续，不惜一切牺牲”的人们，誉为“中国民族的灵魂的所在”，是“中国民族的真正的代表人”。①

① 上官筝：《揭起乡土文学之旗》，《中国沦陷区文学大系》评论卷，广西教育出版社，1998年，第227页。

端木蕻良在他的小说《海港复仇记》里说:“海上人家也和陆地上一样。春天下种,夏天收秧,冬天收篷。”“海之子”也走进了沦陷区作家的创作视野。作为人格的对象化存在,大海被赋予了深刻的象征意味。潜羽的《海和它的子女们》再现了渔民强悍的生命力。小说在浓郁的民俗氛围中展开“海和它的子女们”精神史的叙述和追寻。在蒲村、辛庄为了“一片无边的丰饶的黑土”而长期冲突的家族史的叙述中,穿插主人公大漠与青霞的情感纠葛。虽是一对相亲相爱的恋人,可“为了祖宗的缘故”,他们相互搏杀。爱情的悲剧性衬托出家族利益的神圣性。正如小说人物所说的:“背着的债要还清,即使是血债也罢……别忘记这海,她养育了我们,要学她的阔大。”文本里“羊索”这一角色既充当了家族史的叙述者,也是具有“海滨民族倔强的气质”,懂得“生活的意义是勇敢”的“硬汉性格”的承继者,同时又是一位渴望“要活得更好些”的理想主义者。小说在家族苦难史的叙述中表现出浓烈的家园意识和民族情绪。

《海和它的子女们》在刻画人物性格时尤为关注其精神状态。没有理性的牵引,人物刚毅的性格是不会上升为坚定的意志与信念的。对民间人物的文学想象在关永吉《风网船》中再一次得到充分展示。民间性格正是在三角淀的恶劣气候以及独特民俗环境中孕育的。变幻莫测的三角淀、诡谲神秘的季风,象征现实世界的混乱与无序。

小说叙述村民们刻板的生活:“文安洼的惟一的希望,是盼它早一日干起来而能够种植高粱和谷,如果水正好,不深也不浅的时候,就栽种稻子。”“他们谁也不知这村子之外更有一个广大的世界,而他们,只是争夺着几个小钱,给他们的东家劳作着,像个狗似的……”在风浪中砥砺出的性格和毅力只是出于谋生需要,并不能改变悲苦的命运。同时,小说塑造的东升是一个富有主见,对现实有清醒认识的“硬汉”形象。如果说羊索(《海和它的子女们》)还在思索未来前途的话,那么《风网船》的兵士已经开始行动,投身于时代的洪流中。小说暗示和鼓动的意味不言自明。小说的开头、结尾都描述“动乱而且纷扰”的外部世界,以及“平安的,宁静而寂寞”的村落,在鲜明比照中突出“硬汉性格”的时代意义。

沦陷区出现了一批以“胡匪”为题材的小说。疑迟的《乡仇》讲述民间复仇的故事。做了“土匪”的农民刘斌升多年后潜入家乡伺机复仇。得知仇人已死,于是决定杀掉其儿子,“父债子还”。当看到高利贷主调戏马家姑娘时,出于对弱者的同情,主人公毫不犹豫地杀掉了于大爷。小说揭示农民传统心理向更广阔的社会反抗意识演化的可能性。更确切地说,这篇“家仇”小说的“乡仇”意识比较明显。沈寂的传奇故事《盗马贼》塑造了一个行侠仗义、为民除害的义士。小松的《铁槛》也正面描写作为复仇者的土匪形象。邱青、虎子对故乡亲人的依恋和愁绪无不拨动了读者的心弦。杨慈灯的《劫》、袁犀的《母与女》,从为富不仁者被劫杀的下场中揭示民间社会不堪压迫、揭竿而起的现实,让人看到中国农民抗争的力量和精神。《绿色的谷》则描写狼沟的风土人情、乡村巫术、村落结构以及“大熊掌”古朴淳厚的性格和粗犷的生命活力,这一切让林小彪柔弱萎缩的生命和人格得以复苏。1987年,作家重新出版这篇小说时,仍坚持“我本意是要写绿林好汉的”。这些小说“扬弃了胡匪的历史形态中‘恶’的因素,而将‘善’的一面予以‘放大’和‘诗意升华’,以实现……作家的功利目的和更广泛的社会文化期待”①。这种浪漫主义与英雄主义相结合的小说叙事,旨在挖掘“代表着我们民族性格的灵魂”②。

塑造刚毅性格的民俗群体,展示民间人物的性格魅力,反映了沦陷区民众普遍的审美情趣,也是沦陷区作家对日趋堕落的文坛进行切实而坚实的文学拯救。在日寇高压统治下,沦陷区文坛唯美、色情、虚无主义的风气盛行。虽然“笔名”的普遍使用隐含着主体的写作姿态和文化立场,但这种迫不得已的写作策略正是沦陷区文化生态严重恶化的证明。上官筝尖锐批评了华北沦陷区“如螺旋菌般的牢固蕃殖在我们的文坛之上”的“色情的,堕落的世纪末的思想”,以及“学院派的学者与为艺术而艺术的文学家,彼此筑起象牙的堡垒,在沙发上吟风弄月,漫谈风雅,哥哥妹妹,蝴蝶鸳鸯”等“一切不健康的”创作,提出“新英雄主义的新浪漫主义”理念。③上官筝所大力提倡的“乡土文学”,是“克服今日文坛堕落倾向的惟一武器”和“引导文学活动走入‘现实主义’范畴的向导”;强调作品的“地方色彩”是“更深的把文学和生活浸蕴在一起”的“现实主义的基点”。乡土文学的倡导也是沦陷区作家对新

---

① 逄增玉:《黑土地文化与东北作家群》,湖南教育出版社,1995年,第129页。

② 楚天阔:《谈现在文学的内容和形式》,《中国沦陷区文学大系》评论卷,广西教育出版社,1998年,第17页。

③ 上官筝:《新英雄主义、新浪漫主义和新文学之健康的要求》,《中国沦陷区文学大系》评论卷,第24—27页。

文学直面人生的现实主义精神的继承和发扬，并把“乡土文学”与民族国家身份认同联系起来：“‘乡土文学’是民族底的，国民底的。”[①]“国民性是由一个国家传统的风俗习惯而来，民族性是由种族历史的进展而获得。”[②]作为一个民族、国家的文化胎记，乡土、民俗与作家构成了某种生动的精神联系。乡土和民俗的描写自然流露出主体民族文化“寻根”的意识。沦陷区作家集中描写农民、渔民、胡匪等民俗群体，凸显了特殊环境下的文化心态和时代中心意识。

二、民间价值：道义良知的坚守

上官筝在文章里说，民间有两种“英雄主义”人物类型：一类是“名士”，一类是“强盗”，并给予二者以精神与人格的高度认同：“我说的名士，是有一种倔强精神的大贤者。他们可以不做官，不过安逸的生活，不享受，不苟且，‘富贵不能淫，威武不能屈’，这样的精神，是很值得宝贵的。”作家还以民间“水浒”故事，正面揭示“强盗”的“道德精神”是“行侠仗义”。进而指出：“这种精神能够汲取到作品里去，一定是一朵异葩，新英雄主义的浪漫主义，需要这样的主题。”[③]这种创作题材的理论取向在沦陷区文坛产生了很大反响，引起了作家的共鸣。面对异族侵略、民族灾难和人民反抗的现实，作为有良知的爱国作家，必然会在作品中加以表现。当然，这种民族意识和爱国主义的叙事，不可能像“国统区”、“解放区”作家那样，以直抒胸臆的方式尽情表达，而不得不采用“曲笔”形式，即以现代象征、暗示隐喻等艺术手法加以表现。他们一方面从乡土世界日常化的民俗生活中追寻“新英雄主义”的民间价值，另一方面展开家族史的文学想象，感悟和印证中华民族刚毅不屈的文化性格。

沦陷区作家塑造了不少“名士”形象。他们不是那些饱读诗书、满腹经纶的儒雅文士，而是历经沧桑、深明大义的年老智者。例如《海和它的子女们》中的舒安老

---

① 上官筝：《揭起乡土文学之旗》，《中国沦陷区文学大系》评论卷，广西教育出版社，1998 年，第 228—231 页。

② 林榕：《新文学的传统与将来》，《中国沦陷区文学大系》评论卷，第 246 页。

③ 上官筝：《新英雄主义、新浪漫主义和新文学之健康的要求》，《中国沦陷区文学大系》评论卷，第 24—27 页。

伯:“他是个固执的老人,好胜,要面子,直心眼儿;村长的责任压着他,祖宗的荣耀在他眼前发亮。凭你天大压力,要他低一下头儿,那就休想!”还有山丁《绿色的谷》中耿直的“于七爷”、疑迟《雪岭之祭》中有绿林义举的“于老头”、黄军《山雾》中的“老明伯伯”、沙里《土》中的“刘永福”以及毕基初《岚中青草》中的“万九爷”,等等,他们都属于明辨善恶、是非分明的“名士”一类。

值得提及的还有两篇小说:一篇是毕基初的《青龙剑》,另一篇则是赵荫棠的《宋瓷碗》。前者表现出为了良知与道义而勇于献身的民间性格。故事主人公赵四秃子闯荡江湖,多年后隐居盔甲山。而侄子赵江泉却投靠官府,损害了家族声誉。作为宗族“青龙剑”的传人,赵四秃子断然与侄子决裂:“从此后,你离开盔甲山下六县,卖了赵家店这条道,你以后愿意怎样就怎样好了,我管不了。你在外边混好了,是赵家的子孙,在外边披麻袋瞅门缝打花棍,别提姓赵;可是话又说回来,血盆里的富贵,你也别给赵姓的显祖耀宗。”当发现赵江泉执意“杀人放火穿红袍,卖了这个赵字”的时候,主人公发誓宁可赵家绝后,也要杀了这个叛逆子孙。“——祖宗有灵,姓赵的出了这样后代;死在青龙剑下的冤鬼听着,赵江泉也要拿他的血来赎他的罪,我要替祖宗洗羞。”赵四秃子舍生取义、铲除邪恶的行为,不啻一个形象的暗示和隐喻。赵四秃子和青龙剑无疑是民间正义力量的化身。作家叙述的虽是一个“名士”的家族史,但又何尝不是灾难深重的民族的不屈反抗史。

如果说《青龙剑》中赵四秃子以大义灭亲显现名士精神的话,那么《宋瓷碗》的主人公则以民族自尊、自爱表现出了另一种“名士”风度。文本的象征意义异常鲜明。小说描写自以为是的“雅人”老董,酷爱收藏各类古玩,不论洋人出多高的价钱,都不卖那只“宋瓷碗”。他的理由似乎也很简单,就是“在我每年的寿诞之日,我用它吃一碗寿面”。小说由“铜箫”、“铁杖”追溯到中国文化史上苏东坡的《赤壁赋》和“荆轲刺秦王”的典故;再由“宋瓷碗”联想到过生日“吃寿面”的传统风俗。很显然,小说所描写的文化、风俗是民族心理、精神和审美存在。作家将中华民族灿烂悠久的历史与现实感受紧密联系起来,表达对民间价值的认同。可以说,短篇小说《宋瓷碗》包容了相当丰富的历史文化积淀,弥散着民族认同和文化寻根意识。

吴郎在《一年来的满洲文艺界》中所说的“满洲作品的雄浑豪迈,在华北方面却很难以找到的”现状,不久便发生了变化。每当社会动荡民不聊生的时期,民间流传的“水泊梁山”故事似乎特别具有影响力。毕基初从民间故事中获取灵感。“在历史上反抗这压迫而且流传于民间的故事，是一百单八将水浒的演义，这些人因为要反抗一种压迫的势力，便上山为王，落草为寇，由于他们生活的需要而产生一种新的道德观念，就是重义气，不贪财，轻生重死，爱友人。”①《青龙剑》描写的“逼上梁山”正是对这种民间价值的认同和弘扬。赵四秃子对胡子有这样的评价：“实在的，胡子倒比穿红戴紫满口仁义道德的做官的有钱的人讲交情有义气。”《流》、《菜园子李五》等继续展开“官逼民反，民不得不反”的民间复仇的叙事。当“张濂”、“李五”们无法生活时，他们就演绎当代的“绿林传奇”。“黑旋风”、“菜园子”等绰号让人自然联想到水浒故事。作家在谋求与梁山好汉形似的同时，着重刻画他们的“大义”。赵四秃子大义灭亲姑且不论，《流》中的大韦、马秃子杀身成仁正是对民间道义和良知的倚重，他们与传统意义上的胡匪就有了本质的区别。正如《青龙剑》所说：“我们不是土匪，如果别人说我们是土匪，那我们抢回我们应得的东西也是应该的。”沙里的《土》叙述刘永福带领乡民采用民间“镇邪”的方式来对抗日寇殖民侵略：“他们为了镇压这铁道的凶邪，除了原有的土地庙之外，又在村子西头修了一座新庙。”难能可贵的是，他们已朦胧意识到“在宿命之外，是的确还有别的原因存在”。山丁的《在土尔池哈小镇上》则叙述马夫为自己爱马复仇的故事。小说共时性融入马夫复仇的意志（“我一定要给我的马复仇，我一定，我一定要给它复仇”）、家族史的叙述以及“我”对马的慨叹（“它再也不会听见黄豆瓣儿的鸣叫，不会再跑回到故土呼伦贝尔去了吧”），无不撩拨读者的心绪，激起强烈的民族认同感。

这种悲壮且不失大义的精神气质同样孕育于民间女性之中。毕基初的《岚中青草》，让人看到女主人公宁为玉碎、不为瓦全的人格气节。为捍卫自己的人格尊严和“草原，山岚，羊群，割草的人”，玲子用生命的绝响与施暴者同归于尽。青霞（《海和它的子女们》）在家族利益面前，毅然了断儿女私情，与恋人搏杀。善良纯真的小莲（《绿色的谷》）也不时显露出刚毅坚定的气质。尤其是袁犀的《森林的寂寞》，通过对都市文明的批判来确立民间价值的叙事立场。“我”在森林里（民间）

---

① 吴楼：《评〈盔甲山〉》，《中国沦陷区文学大系》评论卷，广西教育出版社，1998年，第582—583、598页。

体会到力量、意志与美的精魂，“那完全与大自然和谐的而又斗争着的筏上的人”。特别是让“我”痴迷的“美的女人”更是民间魅力的化身。这些作品的女性形象给读者带来了新的审美视阈。

善于挖掘人物“人类最可夸耀的精神特质”，显示出沦陷区作家浪漫主义的审美价值观。上官筝在《新英雄主义、新浪漫主义和新文学之健康的要求》中阐述了“进步的新浪漫主义”创作特点：“第一，浪漫主义的特质，在艺术的手法上，便是用粗大的笔触，浓郁的色彩，夸张的比较，激情的形容和尽量有时甚至是过分的典型的人物的活动。第二，……典型人物，往往带有英雄的色彩，因为他们有正义感，有热有力，有人类的爱和自由生活的要求。他们的性格是新鲜泼辣而且魅人的。”① 很显然，作家借助鲜明的比照完成此类浪漫主义的英雄叙事。例如，毕基初把行侠仗义的赵四秃子(《青龙剑》)与卑鄙自私的赵江泉进行对照，从而表达鲜明的价值立场。山丁的《在土尔池哈小镇上》则以“我”衬托主人公，以凸显马夫的“英雄”性格。“马夫也是个酒徒，他并没有我们这群文士那种风雅。”作家塑造这类英雄具有双重的社会意义。一方面曲折地表达对异族统治不屈的反抗意志，另一方面“也还是用以显示出一般人民生活的堕落，无知，荒淫，卑鄙，懦弱，知识的贫困和灵魂的空虚”的现实。②

三、批判与启蒙：“五四”小说的主题延续

在异族残酷的殖民统治下，广袤的乡村陷入了前所未有的萧条凋敝境地。沦陷区作家在弘扬民间精神和价值的同时，坚持“乡土文学”的现实主义品格，勇于正视苦难的现实和现实的苦难，进行广泛而深刻的社会批评，显示出作家鲜明的价值取向。

① 上官筝：《新英雄主义、新浪漫主义和新文学之健康的要求》，《中国沦陷区文学大系》评论卷，广西教育出版社，1998年，第24—27页。

② 上官筝：《新英雄主义、新浪漫主义和新文学之健康的要求》，《中国沦陷区文学大系》评论卷，第24—27页。

沈寂的《大荒天》描写“易子而食”的陋习恶俗在沦陷区死灰复燃:“谁会想到创造米粒的人会吃不到饭! 谁会想到使人不致饥饿的人轮到自己饿死!”疑迟的《丰收之夜》采用“以喜写悲”艺术手法,通过齐三爷“给老祖宗、老仙杀条喜猪”的“吃喜猪”这一传统习俗,传达民间弥漫的凄凉、暗淡和愁苦的情绪。恰如沙里在《土》中这么写道:“农民们的惟一办法是只有如此的,他们在无计可施的时候,只有烧香许愿。”对民俗的描写和渲染折射出作家忧郁的情感气质。难怪有的论者说:“疑迟作品中的这种‘苦’味,不仅仅是现实生活赋予其作品的,也暗示出……作家创作的艰难生存。”[①]此外,关永吉的《牛》反映了沦陷区农村“丰收成灾”的主题。“牛”无疑是沦陷区农民悲苦命运的象征。

面对多灾多难的乡土,逃离便是乡民唯一的选择。“闯关东”似乎已经成为关内农民逃离故土、到关外谋生的移民习俗。现代作家王统照、端木蕻良、骆宾基等对此都有描写。小松的《部落民》是沦陷区较早涉及这一民俗题材的作品。小说描写王八大爷和刘车把闯关东的悲凉遭遇。作家把乡风民俗的描写与充满野性的生命交织在一起,造成强烈的视觉冲击,给读者带来了审美享受。其实,背井离乡的行为选择并不符合中国传统的价值观念。就像关永吉的《牛》这么写道:“农民离开他的家,那是很可笑的,而且一定要得到轻侮的批评。”另外,马骊的《生死路》同样是“一群为逃死的悲惨而挣扎着生的苟延毕竟因求苟延的生而罹悲惨的死的人们的无碑的墓志”。他们要么被“招募华工”的旗子带走,要么参加游击队。因为“死在枪口下比死在饥饿的钝刀下倒痛快倒干脆”,“打死,饿死,反正只有一个死”。疑迟的《梨花落》、《天涯路》、《乡景》等小说,也“以强有力的笔调、粗犷的线条、简单的轮廓,构成了一幅荒原的流民图”[②]。

残酷的殖民统治使沦陷区人民生活在物质极度匮乏之中,社会秩序、道德伦理面临着前所未有的挑战。沦陷区作家十分关注乡村妇女的悲惨命运。他们在揭示现实社会原生态的同时,对底层女性所遭受的肉体、精神的伤害表示了强烈的人道主义同情。或许高深的《兼差》说得最实在:“惟有饥饿才可以给人真实的启示。”在

---

① 黄万华:《艺文志派四作家论》,载《中国现代文学研究丛刊》1994 年第 1 期。

② 小松:《夷弛及其小说》,转引自黄万华《艺文志派四作家论》,载《中国现代文学研究丛刊》1994 年第 1 期,第 109 页。

困顿无助、苟延残喘的生活面前,女性不得不放弃自己的人格和自尊。茗心的《暧昧》描写因家庭贫困,长根娘放任儿媳与人私通。疑迟《雪岭之祭》中的周庆媳妇也因生活孤苦无助,在皮货商人勾引下出卖肉体。保守与传统的女性的堕落恰恰最深刻地反映了乡土世界的异化。如果说《雪岭之祭》中女性人格尚未泯灭的话,那么关山的《羊家》、沙里的《柳树村》中的女性则是"潘金莲"式的人物。作家把女性的无助、沉沦与绝望,同沦陷区农村的现实状况结合起来,对殖民统治者发出了强烈控诉。

沦陷区作家继承"五四"新文学的启蒙传统,借助丰富的民俗形态进行国民性的揭示和批判。马骊《生死路》对民间信仰的描写最为出色。小说描写了民间两种"求雨"习俗。一种是常见的"晒龙王",一是比较特别的"扫碗底"。然而,在极度动荡贫穷的乡土世界,文化形态相对稳定的风俗也遭遇到了前所未有的挑战。人们不再遵循"行嫁月"里婚嫁的惯例,也不再忌讳"娶空房"。因为"第一,听人家说,当兵的就爱抱姑娘,换上髻儿的总还差些";"第二,送到人家去,反正自家就少了一张天天要吃的嘴"。此外,小说还描写"吃斋念佛"、"告阴状"、"吃大户"以及"骂街"等众多的民俗事象。通过这些民俗描写,民众的乡土观念、文化心理和社会现状昭然若揭。另外,沙里的《土》,在家族史的叙述中大量地穿插民族史(努尔哈赤、西拉木伦河)、文化史(贤孝牌坊、节烈牌坊、土地庙、驴皮影戏、扔菜刀砍雹神的习俗等)的诸多成分,凝聚了鲜明的"我乡我土"的文化本位意识。

暴露"无耻、自私、贪婪、卑污和一切堕落的恶习"是乡土作家关注的焦点。黄军的《山雾》、《圆月》,关永吉的《牛》,沙里的《土》等小说,借助陋习恶俗对中国农民的传统心态进行批判。《山雾》中的老桂淳朴善良,但奴性十足:"讲忍耐,讲吃亏,讲受欺侮……"小说中小青的出走便是作家对这种奴性意识的彻底否定。《圆月》对狭隘小农意识揭批的同时,对民间"谣言"进行讽刺:"惯造谣言的人们,永远是像螃蟹一般的到处吐沫,且根据小孩子们肩着秫秸枪,互相追逐的情形,推测着前线上的战况。"关永吉的《牛》和沙里的《土》对农民性进行挖掘。《土》通过"抓起一把土"的细节描写,刘永福对土地最朴素的情感跃然纸上。农民顽固的乡土根性通过高五爷(《牛》)一句偏激的话语淋漓尽致地传达了出来:"只要能叫他们好好的种地就够了,他们谁都欢迎,连白俄都欢迎。""牛"和"土"的意象,代表了农民乡土根性的沉重负累。总的说来，小说的民俗描写，既表达了作家鲜明的价值判断和情感指向，也增强了小说的审美效果，标志着沦陷区乡土小说的成熟。

“出走”是沦陷区小说比较常见的人物行为。如关永吉的《羊家》等。上官筝曾对袁犀《邻三人》人物的行为选择表示怀疑，认为“这样的出路我们常常能在‘巴金’或其他的‘空想主义’的作家诸君的小说里见到”[①]。论者眼光的确颇有见地，但从民俗心理来看，“出走”是不安于现状的一种合乎逻辑的行为选择。民间谚语：树挪死，人挪活。世界范围内流传的AT461型故事[②]，就充分说明这种现象所具有的普遍文化意义。从文化心态看，“出走”正是沦陷区作家现实苦闷渴望新生的一种情绪表达式。这与左翼小说的“出走”还不一样。左翼小说的“出走”带有明显的意识形态色彩，而沦陷区小说则更多地流露出无奈与无助的情绪焦虑；它没有左翼小说给人明确的方向上的亮色，而是沦陷区民众无所适从的逃难与流亡。

有些作家则对本民族的文化开展理性审视。黄军的《圆月》通过细腻的心理描写，反映了中华民族血浓于水的亲情。闻国新的《小毛的悲哀》、张金寿的《母子俩》两篇小说，则在亲情中传达了对传统文化的深切思考。物竞天择，适者生存。对于前者来说，生活的磨难是一笔宝贵的财富，“工作和愁苦加速了小毛的长成”。后者则从反面叙述主人公在优越的生活中慵懒无能，母亲去世后居然不会“升火”（生活）的尴尬结局。“家国同构”，沦陷区作家试图借重家庭生活题材的叙写，传达对国家民族的前途忧患和文化反思！

四、流亡与怀乡：民族情绪的自然流露

沦陷区作家山丁在《乡愁》序中曾这么写道：“原打算名为《如晦集》，在文前还写下《国风》上的诗句：‘风雨如晦，鸡鸣不已’……虽然是我的第二个短篇集，那乡土气味还很浓厚。我想，说不定什么时候我能离开文学的故乡、甚至作它的浪子，

① 上官筝：《袁犀论》，《中国沦陷区文学大系》评论卷，广西教育出版社，1998年，第531—532页。

② “AT461型”是“西天问活佛故事”等相同类型故事的统称。“AT分类法”是民俗学芬兰学派阿尔奈等创立的对民间故事加以整理分析的一种方法。

那一定是很愁苦的事情。”

对于作家来说,怀乡情绪主要是通过人物形象塑造来表达对乡土(家园)的心理感受的。疑迟的《雪岭之祭》描写周青有家难回的尴尬。“想起从先家居的时候,这早晚她不是又该倚在门前等候自己吗? 如今有家都不能够回去,又是黄昏时候了,她这咱在家里干着甚么呢?”小松的《铁槛》,刻画邱青被迫“落草”后,故乡始终是一个巨大的精神诱惑。小说细腻地描写主人公在夜晚偷偷回到故乡的复杂心情。家园就在他眼前,仿佛一伸手就能推开自己的家门。“虽然怎样忘不了‘故土’,却在‘故土’里一夜也安住不得,怎么来的就怎么回去。”[①]这不只是小说主人公,更是整个沦陷区民众(包括作家)普遍的心态。

中国人对乡土的那份执着是其他任何一个民族都无法企及的。在作家的意识中,乡土、民族、国家可以说是同一个概念。对农民来讲,土地是他们的命根子。土地,不仅是财富的象征,精神的寄托,更是一种不可推卸的责任担当。在作家笔下,土地具有现实和象征的双重意义。借用丁玲《水》中人物所说:“只要有土地,就全有我们在……就全有我们胼手胝足,挨冻挨饿的在……土地是我们的命呀!”人不只是为自己而活着,而是为守住祖宗留下的土地而活着。这种集体无意识在许多乡土小说中都得到淋漓尽致的表现。沙里的《土》运用前后对比手法,叙述一个家族由中兴到式微的过程。这是沦陷区农村衰败凋敝的缩影。小说通过刘二爷对家族史津津乐道,以及卖掉土地后念念不忘“这片祖宗留下来的田地”的心态,揭示出中国农民固执的乡土意识。离乡背井的人们甚至带上“乡井土”,遥寄对先祖故园的绵绵思念。《土》的主人公则以一种非常特别的方式表达对土地的热爱:“忽然他蹲下身去,从已经出卖了的土地上抓起一把土来,土是那么松软而透着细腻的,他把它扔向眼前的滚滚的大河里去。”《菜园子李五》同样也描写对乡土的那份虔诚:“李五蹲下来在地上抓了一把土,放在鼻子上嗅了嗅,不由的落下一滴泪。”这种具有“宗教”情绪又极富象征性意味的举动,有的论者认为是失真的,但这一细节确实“把那种怀恋乡土的情绪充分的表露出来”[②]。

---

① 古丁:《读〈铁槛〉》,转引自黄万华《艺文志派四作家论》,第105页。

② 吴楼:《评〈盔甲山〉》,《中国沦陷区文学大系》评论卷,广西教育出版社,1998年,第582—583、598页。

沦陷区乡土小说存在比较明显的议论抒情成分。而抒情议论的内容又与作家的乡土意识、民族意识融合在一起。当小说事件或情节无法表达某种强烈的情绪感受，或者担心读者不能理解和把握作品意图时，作家常会突破小说的套路和规范，强行或不自觉地运用非小说的手法和技巧。虽然这有可能损害小说的整体审美，但沦陷区作家普遍存在的这一现象所折射出的文化心态理应引起高度重视。例如：《岚中青草》在叙述玲子的羊群被人赶走时，作者这么写道："她耳边环绕着的羊的悲鸣，像无数的箭射在她的心上，她失去了羊，而且她也将要失去她的故土——山岚和草原了。"《在土尔池哈小镇上》也是如此。当"我"听说马夫的爱马已经死了的时候，不禁感慨万千："它再也不会听见黄豆瓣儿的鸣叫，不会再跑回到故土呼伦贝尔去了吧！"这毋宁说是在国破家亡的现实面前，作家借他人的酒杯，浇自家胸中的块垒。

索绪尔说："一个民族的风俗习惯常会在他的语言中有所反映，另一方面，在很大程度上，构成民族的也正是语言。"[①]作为语言民俗，方言在沦陷区作家作品中随处可见。可以这么说，运用地域性和具有亲和力的民间话语成为抚慰作家失衡心理的有效手段。艾芜曾将家乡民俗风情移到纸上，也宛如回到了故乡。作家善于运用民间话语创作，既增强小说独特的地方色彩和审美韵致，也使得乡情呈现出原汁原味的形态。沈寂的《大荒天》富有特色的谚语比比皆是，"一滴水，一个泡，一报还一报"，"天上九流星，地上倒眼睛"，"荒年无六亲，旱年无鹤神"。毕基初的《青龙剑》、《金交椅》把江湖上的行话、术语运用得有声有色。如"血盆里的富贵"，"披麻袋瞅门缝打花棍"，"好马出在腿上，好汉出在嘴上"，"骑驴子看唱本，以后走着瞧"，"抱热罐子"。人物对话也从俚语俗语中提炼出某种传神的情致。民间话语成了沦陷区作家表达"隐现的乡愁"和民族文化认同的感性符号。

沦陷区乡土小说普遍的风景画、风情画、风俗画描写，浸透着作家复杂的"现代胸臆"，包含着丰富的价值、情感和审美内涵，成为沦陷区文坛光彩夺目的奇葩。

---

① ［瑞士］索绪尔：《普通语言学教程》，高名凯译，商务印书馆，1980年，第43页。

五、宗教与博爱:作家精神的消极退守

我们并不指望一个时代只有一种声音说话。在沦陷区恶劣的文化生态中,文学的“杂色”似乎成为这个时代最显著的特征之一。文坛上既有现实主义精神的倡导,也有唯美主义的追求;既有直面现实、针砭时弊的锋芒,也有皈依宗教、鼓吹博爱的消极退守。

在充分肯定沦陷区乡土小说取得的成就同时,也不应该忽视其存在的问题。就创作的主题与题材而言,少数作家流露出颓废没落和皈依宗教的倾向。其中,最具代表性的作品要算张秀亚的“准宗教小说”。沦陷区险恶的文化环境造成了作家心灵的自闭,对人性、天国、爱与美的关注超乎寻常。作家常常在爱情故事中采用异质民俗文化的宗教意象(如女神、上帝、天国等),表达自己的审美理念。作家认为,人类追求爱与美同样需要宗教般的虔诚。小说《珂萝佐女神》通过对央、超、宛宛之间感情纠葛的描写,意在表明人类是何等渺小,无能为力,永远受着命运之神的拨弄。作家要么把命运归化为神奇的大自然(自然之神)如《梦之花》,要么幻化成虚无缥缈的天国:“我寻到了梦中未曾寻觅到的,精神的家乡,在那辉煌的天上。”

作为认知世界的一种特殊思维方式:“宗教本质上是真理的探索,并明确意识到它自己就是这样的探索。但是,宗教可能发现的真理是一种始终隐瞒在符号象征圣物盒中的真理:我们见到比喻,但我们见不到真理;我们只意识到真理就在那里,它的存在把比喻的美变成了神圣。这种神圣只具有象征的特性,所以宗教仍保持着一个偶像崇拜和迷信的因素。”[①]沦陷区文坛对宗教的宣扬集中体现在《皈依》和《幸福的泉源》两篇小说中。前者描写珍与华是一对恋人。华信仰上帝和天国,生活充实;而珍则为凡俗事务所困扰。作家在对比叙事的同时,运用了“洪水神话”原型,叙述华秉承上帝的意志,在汹涌的洪水中拯救灾民。在华的感召下,珍感悟到主的伟大和美德,“如行星一般,永远绕主而行”。显然,“华”乃“耶和华”的化身。

① [英]科林伍德:《〈艺术哲学新论〉译者前言》,卢晓华译,工人出版社,1988年,第3—4页。

后者则对宗教作了一次终极价值的追寻。作家指出:“幸福的泉源”就是耶稣基督的“崇高的牺牲精神,伟大的宽恕精神、平等的博爱精神”。[①] 相对来说,沦陷区作家普遍加强对人性的思考,但是将人性片面归结为抽象永恒的人类之“爱”,则反映出沦陷区作家漠视现实的褊狭意识。

共鸣的小说《蝉蜕》叙述主人公黄祥放弃复仇的故事,待自己的仇人诺木塔尔尼如同亲人一般。小说通过朱老三与玛什巴图,黄祥与诺木塔尔尼在交恶与复仇的怪圈中所承受的精神折磨和灵魂拷问,鼓吹“如果人类能包容自然,那么一切的罪恶,邪欲,斗争的名辞将不会再行存在”这一人类“博爱”的主题。可以说,张秀亚、共鸣等沦陷区作家,游离和逃避民族斗争的现实,一味地宣传所谓“人类之爱”和宗教皈依,消泯民族意识和现实抗争,对人们的精神腐蚀十分有害,受到了多数沦陷区作家和读者的猛烈抨击。

还有个别沦陷区作家在乡土小说中追求唯美主义的写作。作家试图用唯美创作来麻痹或掩饰对现实的绝望情绪。在《美丽的津村》中,小松描写了孙二嫂向往都市而离开家乡。特别渲染了女主人公离家时的心情:“仿佛是将要开始蜜月旅行的一对小俩口在卿卿我我。”这一唯美主义创作倾向在他后来的作品中更为露骨。例如,在“瓶中的弱枝,没有花,也没有刺”的《无花的蔷薇》里,对沦陷区苦难凋敝的现实视而不见。作家在《〈苦瓜集〉自序》中为自己开脱:“我觉得除了纯美之外,并没有什么可写;除了纯美之外,并没有什么可爱。”《铁槛》、《部落民》等小说虽也联系到现实的苦难和抗争,但作家更多地在题材开掘和艺术技巧等方面体现其一贯的“纯美”主张。而公孙的《镜里的昙花》通篇散发出一种“红颜薄命”、“镜花水月”的人生悲哀情绪。小说副标题“韶华不为少年留”便是作家地道的感伤独白。沦陷区唯美主义、感伤主义思潮正是作家对现实绝望的生动写照。

沙里的《柳树村》叙述杨大奶奶和女儿利子与王老三之间的情感纠葛。值得注意的是,作家分别以春、夏、秋、冬四季安排小说结构。在四季交替中穿插着偶然性事件。例如小说第二部分:“春天,柳树村村长忽然发了横财……”第三部分:“秋天

---

① 张秀亚:《〈白鸟的归来〉序》,参见侯江《张秀亚沦陷时期作品浅析》,载《中国现代文学研究丛刊》1994年第1期。

居然到来了……”第四部分:“杨家在寂寞中度过了三年。有一天家里来了三个客人,一个是瘸子,一个是安详的少妇,其余的一个便是一个不满两个月的孩子。”作家似乎告诉人们:人生充满了太多的偶然性和不可捉摸性,人无法把握自己的命运。小说在家庭失和、夫妻反目、兄弟阋墙的人际关系中,展现人性中黑暗的一面,流露出比较浓重的悲观、宿命色彩。

沦陷区高压的文艺统治造成了文学生态的严重恶化。关永吉提倡乡土文学一个很重要的原因就是要“排除作者堕落倾向”,试图“用写实主义的技术”复兴华北文坛。[①] 然而,仅仅依靠某种题材的选择、创作方法的定位似乎很难彻底扭转文坛堕落的趋势。即便是现实主义的乡土作品,也在有意无意中流露出消极悲观的文化心态,如沙里的《柳树村》、《土》,疑迟的《雪岭之祭》,等等。作为“乡土文学”坚定的倡导者和实践者,关永吉的小说《牛》也沾染了人生阴差阳错、变化无常的落寞悲观情绪。这种不可捉摸、无从把握的心态恰恰是沦陷区严酷的社会现实在作家心理上的浓重投影。

不过话又说回来,沦陷区作家在“言”与“不言”的两难困境中从事创作的艰辛是常人难以想象的。作家王秋萤颇多感触:“我们自己的文学活动和敌伪统治者在政治、文学上采取的各种措施,有时也搅和在一起,想出淤泥而不染,是不可能的事。”[②]尽管沦陷区小说存在着这样那样的问题,但我们仍然不能忽视其文学史意义。

原载《文艺研究》2006年第4期

---

① 上官筝:《读满洲作家特辑兼论华北文坛》,载1942年11月《中国文艺》第7卷第3期(1942年11月)。

② 秋萤:《我所知道的东北沦陷期沈阳文学》,载梁山丁《东北文学研究史料》1987年第6辑,哈尔滨文学院。

民族认同视野下的40年代大陆沦陷区乡土小说创作

王文胜

19世纪末期,在资本主义殖民扩张的冲击之下,中华文明帝国轰然倒塌,民族身份的认同成为现代知识分子须迫切解决的问题,西方的"民族主义"正为中国现代国家的起步提供了理论资源。但从一开始,中国思想界就未能处理好政治认同和文化认同之间的紧张关系,特别是在抵御异族殖民的背景下,传统文化作为共同体想象的基础受到关注,以政治法律制度以及公共的政治文化为认同对象的政治认同相对被忽略。从总体上来说,发生在19世纪末20世纪初的东西文化碰撞,由于中国知识分子内在的民族屈辱感,并没有给中国带来深刻的文化革命,"五四"先辈虽打出了"民主"的旗纛,但在推进政治民主进程方面却乏善可陈。此外,20世纪初期以来中国城市化进程有着明显的帝国主义殖民的印记,在传统文化认同、反殖民心态的作用下,中国知识分子对城市化进程表现出了强烈的排拒倾向。

中国现代文学的发生正与民族国家的现代建构相关,它在民族存亡的关头更是承担了提供对民族国家的想象的功能,近现代中国民族认同的特点也反映在中国现代文学创作中并影响着文学的品质。20世纪40年代大陆沦陷区的乡土小说尤其能反映这样的特质,一方面,它们立足于表达出"与现代民族主义有深厚关系的政治性乡愁"①,"乡土"成为"民族国家"形象的化身,另一方面它们却更为成功

① [日]吉野耕作:《文化民族主义的社会学——现代日本自我认同意识的走向》,刘克申译,商务印书馆,2004年,第63页。

地呈现出传统文化的诗意,作家们的政治诉求使他们对传统文化有着既恨又爱的情愫。

二

萧红的《呼兰河传》、端木蕻良的《大地的海》、《大江》、骆宾基的《乡亲——康天刚》、《红玻璃的故事》等都写出了作者深切的东北黑土地经验。多年来研究者们都充分肯定了萧红《呼兰河传》文化批判的意义,却忽略了文本中的文化视角和民族主义意识形态的内在关联,忽略了她文本中传统文化批判与民族国家建构之间的关系,更忽略了在对国家身份认同的过程中萧红内心对东北文化的仇恨和爱恋的纠缠。

呼兰河畔的这座小城仍延续着“生死场”里冷漠的生命世界。在这里,人无所谓生命的价值,更不追问生活的意义。在他们看来,“人活着是为吃饭穿衣”,“人死了就完了”。人的本体遭到最大限度的蔑视。对这群不懂得人的尊严、撕毁了人的存在价值的人来说,生命只是存在的一个过程,人生也无非伴随着时间流过的一段路程,是日子带着人经过世间而不是人过日子,于是小说中便细致地展示了有关呼兰河人生活的单调画面。作者在这单调的画面中凸现出了一个令人惊心动魄的内容,即人之所以为人的因素遭到最大限度的瓦解。萧红平静叙述中包含的苍凉与悲寂之情跃然而出。这样一群不知人何以为人、完全凭借着本能而活着的人,他们的精神生活只有跳大神、唱秧歌、放河灯、野台子戏、娘娘庙,他们从来不思索自己的生活,只是恪守着祖辈沿下来的传统打发日子。他们的本性或许是善良的,但有时他们的行为却极其残忍,而唯有这残忍恰恰才是能得到群体认同的。他们的生命力或许是旺盛的,但他们的人生毫无目的。

萧红揭露着病态的灵魂、展示单调生活对人的窒息、传达了自己面对这样一群愚昧麻木的人所感受到的愤懑之情,呼兰河的人就如同鲁迅笔下被封闭在铁屋子的那些人一样,被传统文化所吞噬,毫无反抗能力。“任何一个时代的自觉,都首先表现为对自己所处的文化环境的价值重估,都首先表现为对这个文化环境奉为神明的事物的亵渎。”[①]《呼兰河传》中对跳大神、放河灯嘲讽式的详尽描绘，对“团圆媳妇”因婆婆的迷信而受到虐待致死的书写，显示出萧红对东北大地上那世代流传的文化价值观发出了质疑。

我们对萧红《呼兰河传》的文化史意义的开掘常就停留在这里，然而我们却忽视了《呼兰河传》中所呈现出来的萧红的另一张文化面孔，那就是对东北大地上弥漫的神性色彩的迷恋。“是凡在太阳下的，都是健康的、漂亮的，拍一拍连大树都会发响的，叫一叫就是站在对面的土墙都会回答似的。花开了，就像花睡醒了似的。鸟飞了，就像鸟上天似的。虫子叫了，就像虫子在说话似的。一切都活了。都有无限的本领，要做什么，就做什么。要怎么样，就怎么样。都是自由的。”这里万物精灵仿佛都活泛开了，这显然带有萨满教的世界观，《呼兰河传》的诗意在很大程度上是由文本的宗教色彩营造而成的。东北各民族多信奉原始的萨满教，萨满教“是一种以崇拜祖先为主的原始多神教，它的信念是构筑在复杂的灵魂观念之上的，认为世界上各种事物都有灵魂，自然界的变化，是由各种精灵、鬼魂和神祇的存在与作用，这些变化给人们造成的福祸影响，则是鬼神意志的使然”[②]。

跳大神、放河灯等传统的风俗习惯显然都是萨满教的一些宗教仪式，萧红在批判这种传统的民间宗教形式对人们的生活的影响的同时却自觉暴露她个人在这一宗教思想的影响下对世界独特的感知，她文本中浪漫的抒情性表达方式是与神性色彩密切相关的，而正是这些美丽浪漫的抒情性文字文本具有了歌谣性，成为茅盾先生所称赞的“一篇叙事诗，一幅多彩的风土画，一串凄婉的歌谣”[③]。

《呼兰河》的文本形式暴露出了萧红对这种民间宗教文化认同的倾向性，这与她的文化批判立场构成了矛盾。这种矛盾性在萧红的研究中一直没有被提及，但却是这种矛盾性造就了文本叙事的张力，一边是沉重的肉身，一边却是自由的灵性，两者的对比传达了人生的苍凉意味。“流亡者”的身份使得东北作家大多有强烈的民族国家意识。《呼兰河传》中的民风民俗、宗教文化事实上有着强烈的东北

① 王富仁：《对古老文化传统的现代化调整——鲁迅与中外文化论纲之一》，《中国杂志》1986年第9期。

② 张铁男主编：《宗教知识小百科》，长春出版社，1991年，第356页。

③ 茅盾：《〈呼兰河传〉序》，《呼兰河传》，北方文艺出版社，1987年，第1页。

地域文化特色,然而萧红却在国家的框架中忽略了东北大地上少数民族的族群特点予以国民性的分析。这表明萧红首先是在政治认同的意义上理解民族国家的,她所书写的东北大地越过了中国各民族间的文化差别而指向国家共同体。《呼兰河传》却并没有在这方面有足够的展开,而是很快将笔端转向了国民劣根性的开掘与批判。当然这也是有价值的,在东北地区成为全国抗日革命斗争薄弱环节的40年代初期,萧红对传统文化的批判,是以民族国家的建构为目的论的。这毕竟也暴露出她对民族国家的政治认同缺乏丰富的想象,使得她在对愚昧的现象批判之外未能提供更厚实的内涵。

二

对萨满教文化影响下神性色彩的书写是东北作家群创作的一个共同特点,这点在端木蕻良的笔下更为明显。他这一时期的作品创作,无论是在《大地的海》还是在《大江》中,都构筑了满族人有神的世界。

“那神松的预言的嗥叫,在他的眼前一道水溜样的扯开,拖远,一直化作千万个憎恨的强固的声音,在铁背山的脊椎上缠绵的回荡,不愿散漫消逝。山神也为了这神秘的昭告震抖起来,致使积满在山头的白雪,都如撕碎的契约一般一块一块的投在山脚的千年的古涧里去了……”(《大地的海》)

在《大江》中他更是细致地描写了萨满的跳神仪式:

这时,荒凉的村子,鼓声响了。

巫女的红裙,一片火烧云似的翻着花,纹路在抖动着。金钱像绞蛇,每个是九条,每条分成九个流苏往下流,红云里破碎的点凝着金点和金缕的丝绦。

巫女疲倦了,便舞得更起劲,想用肢体坚持着摆动,把倦慵赶跑。金色的,红色的,焦黑的,一片凝链的,火烧云的裙袂,转得滴溜溜兜的圆。

> 巫女家，把苦黄的脸仰着，脑后水滑滑的漾尾儿头，在脖颈上擦着有几分毛毛烘。巫女还是舞着，两耳垂的琥珀环，火爆爆的幌，带着闪光，带着邪迷。巫女头上梳着吊马坠，没有盘定十三太保的半道梁的金簪子，只插了一梗五凤朝阳的银耳挖子。巫女舞动着，还轻悄悄的笑。巫女的车轮裙兜满了风，在眼前转过来，转过去，像一只逗人的风筝，在半天云里打转，迎着春风冶笑。……

相比于萧红对传统文化的批判，端木蕻良却竭力对这种原始宗教形式的存在表示出他的理解：

> 在荒芜辽阔的农村里，地方性的宗教，是有着极浓厚的游戏性和蛊惑性的。这种魅惑跌落在他们精神的压抑的角落里和肉体的拘禁的官能上，使他们得到了某种错综的满足，而病患的痼疾，也常常挨摸了这种变态的神秘的潜意识的官能的解放，接引了新的泉源，而好转起来。

端木蕻良的《大地的海》和《大江》这类关注乡村苦难、农民革命的小说显然并不像30年代社会分析小说那样探究革命力量形成的社会、经济原因，他笔下的农民却如地母之子、山神之子般与生俱来就充满着原生态的野性力量，是一群"超越了日常生活的平凡性、缺乏具体时空规定的形态夸张的'农民'"①，这些"农民"的非凡性来源于他们对大自然中的各种神秘力量的感应。那原始的大森林、那千百年来不变的辽阔而荒凉的土地，似乎连接着亘古到永远，呼唤着对现世的超越。强烈的宗教感使端木蕻良的小说文本中充满了神性色彩，他以此来表达战争背景下"那万里的广漠"上生活着的人们的文化认同诉求。

我们无可否认宗教与民族认同之间有着显在的关联。从民族的起源来看，"民族意识产生的基础是氏族以及部落群体的认同意识，氏族以及部落群体的认同意识则与宗教观念联系在一起，以图腾作为群体认同的标记，图腾崇拜是血缘关系和

---

① 赵园:《地之子》，北京大学出版社，2007年，第56页。

宗教观念相结合的产物”[①]。通过对宗教生活的书写，端木蕻良打捞的是民族起源的集体记忆。如果我们联系作者创作《大地的海》和《大江》时流亡的处境，就能较深切地体会他通过打捞民族集体记忆来强化民族凝聚力的努力。

端木蕻良的怀乡小说在这方面的积极意义从《科尔沁旗草原》开始就已经展露出来，到30年代末期在抗战的背景下，他文本中的“政治性乡愁”也越显强烈。他在《大地的海·后记》中所说的“当主人们在大观园里诗酒逍遥将土地断送给敌人的时候，这些奴隶们却想用他们粗拙的力量来讨回!”“抬起含泪的眼我向上望着，想起了故乡蔚蓝可爱的天!”端木蕻良的文化认同和萧红的文化批判一样是在政治框架之下的活动，《大江》中对东北大地上剽悍力量的书写是基于他对民族受侵略的感慨，“我们承认一种生活低落的结果，曾使一个民族的道德凝固成为一种肉体上的谦卑，使他们近乎懦怯者，但请勿忘记，这样剥夺到最后也剥出了他人的本能——他们想怎样去彻底的求活。这彻底的求活之成为要求，是苦辣的，我们的敌人是怎样震惊于我们这懦怯者之成为大勇者!”[②]

然而，端木蕻良创作的负面因素也由于他所选择的民族认同方式而暴露无遗出来。其一，他固然成功地借助于民间宗教经验来表达民族认同，但却常常迷失在对民间宗教形式夸大其词的审美感受中，缺乏理性的审思。其二，他借助于对东北大地的力的书写来表达民族的力量，因过于抽象而暴露出概念化表达的端倪。

三

中国自从19世纪下半叶，在与西方列强的对抗中才产生了国防意识，进而对中华民族共同体逐渐有了自我确认，这也是“五四”新文学产生的重要基础，但二三十年代的乡土文学主要是以西方现代文明为参照批判中国封建文化，从文化发展的纵向线索上确立现代性的开端，或者是在城乡对立的书写中呈现中国社会现代

---

① 吕建福:《论宗教与民族认同》,《陕西师范大学学报(哲学社会科学版)》2006年第5期。

② 端木蕻良:《大江·后记》,《端木蕻良文集2》,北京出版社,1999年,第532页。

性进程中的问题，总而言之是偏向于对文明冲突的关注，而40年代在抗日战争的背景下，乡土小说中的民族共同体认同意识增强，"农民"形象常被赋予"民族"形象的内涵，"乡土"也被视为中国形象。

骆宾基的《乡亲——康天刚》中山东农民康天刚为着个人的幸福闯关东挖人参，但十七年来他一无所获，不仅寻求的没有得到，就连已有的也成了过去的影子。他自己的灰心、他人的蔑视、朋友的叹息都推他走向绝望，然而就在立在自己人生的尽头想葬身崖底时，一支挺立在二十丈深悬崖底下的千年极品老参突然显现在了他的眼前，烛照了康天刚的世界，他十七年来的孤独、凄冷、受苦全部在一瞬间被赋予了意义，"乡亲！山神为了你赐给我们福了"。康天刚猛然间成了人们心中圣洁高大的受难英雄形象，"当他醒来，天已经黎明。周围的烛光依然辉煌的。环绕在他周围的乡亲们，脸色是同样的又红又亮。他们有的跪着一只膝，有的蹲着"。康天刚的受难被赋予了朝圣者的庄严，而那个讲究实际、谨慎处事的孙把头却成了一个平庸的比照。康天刚这一形象被赋予的神圣意味使他显然已超越了一个农民本来所具有的内涵，而成为一个重要的符号。《乡亲——康天刚》无疑可以归入赵园所说的"农民—民族"①这一思路的创作中去，而在民族性诠释层面，康天刚形象是民族文化中受难精神的表达。自"九一八"以来，东北大地就遭遇外族入侵的苦难，40年代整个中华民族都饱受日本殖民者的侵略之苦，对民族苦难的承担常常成为民族的凝聚力量。

20世纪40年代乡土小说常将农民形象抽象为中国形象，对中国如此的想象透露出一种文化选择的倾向性。师陀笔下的果园城可以说也是被作为中国形象来营构的，"我有意把这小城写成中国一切小城的代表，它在我心目中有生命，有性格，有思想，有见解，有情感，有寿命，象一个活的人"②。《果园城记》共收录了18个短篇，它是师陀先生在沦陷后的孤岛上，洋场中的"饿夫墓"里，"心怀亡国奴之牢愁"，历经八年之久所完成的对中国形象的观照。果园城中有各式的人物，未嫁的老处女、安天乐命的葛天民、败落的纨绔子弟、等待儿子归来的老母亲、水鬼阿

---

① 赵园：《地之子》，北京大学出版社，2007年，第56页。

② 师陀：《果园城记·序》，《果园城记》，上海出版公司，1946年。

嚏……然而正像尹雪曼所评论的“真正的主角只有一个,那就是果园城镇本身”[①]。果园城的风景虽十分贴切冀东平原的地域特征,但从内在精神气质上来看它更像荒原中一座老态龙钟的古城堡,颓败而荒凉,甚至显出了呆相:“在任何一条街岸上你总能看见狗正卧着打鼾,它们是决不会叫唤的,即使用脚去踢也不;你总能看见猪横过大路,即使在衙门前面也不会例外,它们低了头,哼哼唧唧地吟哦着,悠然摇动尾巴。在每一家人家门口——此外你还看见——坐着女人,头发用刨花抿得光光亮亮,梳成圆髻。她们正亲密的同自己的邻人谈话,一个又一个夏天,一年接着一年,永远没有谈完过……”(《果园城记》)

果园城里的“时间”承载着果园城的命运,“人无尽无休的吵着,嚷着,哭着,笑着,满腹机械的计划着,等到他们忽然睁开眼睛,发觉面临着那个铁面无私的时间,他们多么渺小,空虚,可怜,他们自己多么无力呀”,师陀对“时间”的感受流露出一种世纪末情绪,和张爱玲一样,师陀果园城里的“时间”也是不对头的,“时光是无声的——正象素姑般无声的过去,它在一个小城里是多长并且走的是多慢啊!”甚至“放在妆台上的老座钟——原来象一个老人在咳嗽似的咯咯咯咯响的”“不知几时停了”。果园城中仿佛被置于了世界的尽头,孤独而苍凉,让人想起马尔克斯营构的马贡多小镇。从神仙袖中降落的古塔、住在塔上的狐仙、淘气的水鬼阿嚏,这些神秘性元素使果园城成为寓言的果园城,成为师陀所创造出来的一个世纪末意象,诠释出师陀心目中的中国形象。

我们要注意的是师陀对中国形象的解读是在孤岛上海殖民化语境中完成的。从1930至1945年,上海已是繁忙的国际化大都会,茅盾《子夜》的开头部分就有对这十里洋场繁华景色的描写:“从桥上向东望,可以看见浦东的洋栈像巨大的怪兽,蹲在暝色中,闪着千百只小眼睛似的灯火向西望。叫人猛一惊的,是高高地装在一所洋房顶上而且异常庞大的NEON电管广告,射出火一样的赤光和青鳞似的绿焰:LIGHT,HEAT,POWER!”西方殖民势力在上海崛起了一种新都市文化,同时也在上海开始了大规模现代性工程的建造。与现代性构建相关的就是民族国家理论的确立,30年代早期民族主体论思潮在上海的都市文化中颇为醒目。在这背景

① 尹雪曼:《抗战时期的现代小说》,台北成文出版社,1980年,第146页。

下我们就看到了师陀对冀东平原的爱恋与民族国家意识之间的逻辑关联，他的“怀乡”并不是情感的自然迸发，而是出于理性的自觉，就情感而言，“在那里，在单调的平原中间的村庄里，丝毫都没有值得怀恋的地方，我们已经不是那里的人……”[①]但在战争背景下，对果园城的拥抱言说的是对殖民化的抵抗，所以在小城灰色的底子上师陀也涂抹了些许的亮色。

师陀也和沈从文一样表白自己是个“从乡下来的人”，赵园曾分析新文学者的这种姿态“其意义不止在申明‘身份’，更在说明性情、人生态度、价值感情、道德倾向等等。他们骄傲于其知识者的农民气质、‘乡下人本色’”[②]。抗战爆发后，沦陷区作家对乡土的情感偏向与民族主义的认同相关。中国的民族资产阶级的力量一直比较弱小，中国现代的城市发展更多的与西方殖民者的经济、文化势力的介入有关，中国现代性的物质层面如机械业的发展、铁路交通建设、高楼大厦，以及催生中国城市文明的报纸、杂志、电影、公园、咖啡馆等也都与西方殖民者有着密切的关系，现代中国的知识分子对城市文明纠缠在一种复杂的情感当中，一方面他们看到西方现代性长驱直入给中国在物质、精神生活方面所带来的进步，但另一方面现代性从观念上所建立的民族国家意识又使他们反对殖民势力，进而对在西方殖民势力介入下产生的城市文化产生抵触甚至憎恨的情绪。

这在沦陷区作家那里表现得更为明显。沙里的《土》既写自铁路的延伸使荒野小村冯东站成为现代化程度极高的美丽都市，也写代表着传统中国生活秩序的刘村顷刻由强盛滑向衰败。不过作家在文本中流露出的悲凉之情还是可看出作者整体的价值判断倾向。在40年代沦陷区的乡土小说中，作家也有意识表达对城市生活的憎恨。关永吉《牛》中的赵钟弟如此对比乡村人和城市人的生活：“庄稼人和牛一样，一定和牛一样，老老实实的种田，什么也不想，可是城里的人却和狗一样，他们白天睡觉夜里打牌。”在恨恶城市的同时他们却赞美田野的力量“都市里一切罪恶的试探和诱惑……一到田野里，他们便都到魔鬼那里去了，他们就都被人遗忘了。没有人不会在这田地里健康起来精神和肉体。——太阳和田地的水汽会给人

① 师陀：《看人集·铁匠》，《师陀全集》（第3卷上），河南大学出版社，2004年，第131页。
② 赵园：《地之子·自序》，《地之子》，北京大学出版社，2007年，第9页。

们消毒,一切堕落、颓废、虚妄、空想,都可以被这大地给洗去,给荡去,一点儿也不再存留”。沦陷区作家这种文化立场的选择是他们在民族危难的时候所表达的民族认同,是可贵的。但从另一方面来看,这就强化了20世纪初以来知识分子内心“乡下人本色”的情结,使之成为知识分子隐性的心理结构。

综而观之,在战争背景之下,中国沦陷区乡土小说作家们普遍地以文化为认同的对象表达了民族的认同,并因此带有独特的审美特征。沦陷区乡土小说的创作也表明,对曾长期浸染在封建文化传统中的中国而言,文化认同是双刃剑,它既能有效地标明区别于“他者”的身份,也极易引向狭隘的民族自恋的审美倾向中去,弱化对民族文化中的惰性因素的审思。在中国现代化的进程中,40年代大陆沦陷区乡土小说的现代性特征并不明显。一方面作家们并没有能在民族文化认同的基础上发展出政治文化共同体的国家理性;另一方面还表现在作家对城市化进程的排斥,留恋于乡村文化中,间接导致了新中国成立后十七年城市文学不发达。

选自《江海学刊》2009年第1期

西北乡土小说的精神内涵

许文郁

一

中国的乡土小说大致由鲁迅那一代人发轫，以王鲁彦、蹇先艾、台静农、彭家煌、许杰等为代表的乡土小说流派，成为“五四”新文化运动中最有力的文学流派。继而又有废名、沈从文为代表的“田园诗风”的乡土小说，以其对自然人性的讴歌和独特的审美价值留存于现代文学史。40 年代后，赵树理等边区作家在《讲话》精神指引下，对“乡土小说”进行了改造。中华人民共和国成立后，由于对文艺与政治关系的片面理解，我们只见以农村为背景的阐释时政的小说，尽管在个别作家的作品中还有一些地域风情的描写，如孙犁的《铁木前传》、周立波的《山乡巨变》等，但从小说的整体格局看，我们已经找不到具有特定形态与内涵的乡土小说了。直到 80 年代，文学彻底摆脱了对政治的依附地位，中国乡土小说才恢复了自身，同时成为新时期小说创作最具深度最易产生震撼的一族。本文论及的西北乡土小说，指的正是从 70 年代后期至今创作出的作品。

当代文学理论家丁帆在他那本《中国乡土小说史论》中开宗明义提出：“乡土文学作为农业社会的文化标记，或许可以追溯到初民文化时期。那么整个世界农业社会的古典文学都带有‘乡土文学’的胎记,然而这却是没有任何参照系的凝固静态的文学现象,只有社会向工业时代迈进时,整个世界和人类的思想发生了革命性变化后,在两种文明的冲突中,‘乡土文学’才显示出意义。”此论颇富见地,但也并非丁帆首创。可以说一切有识的现代文学家都是从这个角度界定乡土文学的。正是在农业文化向工业文化的转型期,两种文明的激烈冲突使人们获得了观照传统农业文化的新的眼光,以往那个笼罩着温情诗意的田园突然从烟雾迷蒙中浮现出来。乡土,一个被固态化了的农业社会的缩影便成为这个时期思想家艺术家关注的焦点,这时期的乡土文学才真正具备了独立的意义。80 年代,中国社会经由了百十年的痛苦挣扎、摸索选择,终于清醒地看到了新的文明形态——工业文化——现代化的曙光,开始大踏步地由传统农业文化向工业文化迈进。这一艰难而痛苦的过程,这一过程中演绎的种种或壮美或沉滞或生动或悲烈的活剧,在这些活剧中沉浮着的种种伦理观念道德情感意志精神,以及从中显示出的人类生存共同意识,无不触发具有时代责任感与人类使命感的作家们的灵感。

当代中国乡土小说胜景频出,而其色彩内涵却存在差异。刘绍素是我国新时期首倡乡土文学的作家,不仅本人执着于乡土小说的创作,而且发表了许多乡土文学的理论文章。他的作品极写京东地域之美与人情之美,属于牧歌型。何士光、周大新、李杭育等人的乡土小说,多以传统民族文化为纵坐标,以时代现实变革为横坐标,去描写特定地域的风俗变化与人情转换,意在揭示文化转型期国民性的深刻裂变;80 年代中期出现的寻根小说,多借特殊的乡土地域,从异乡异闻、奇人奇事中追寻民族文化原始之根;莫言等作家的乡土小说通过对原始野性的颂扬与对自然天巅的呼唤为贫弱的人性注入新的激情;张承志、史铁生等知青笔下的乡土小说(如果可以把他们回忆插队山乡的小说称作乡土小说的话)极力讴歌乡情的淳朴与山野的清新,寄托的是这一代作家对家园的寻求,那种温馨宽厚的氛围透出的是知青们永世漂泊的孤寂感;汪曾祺的乡土小说受沈从文影响很深,以一种近似闲适的特殊意趣透视乡土,在对乡土文化意蕴的挖掘中显示出一种“不以物喜,不以己悲”的东方哲学观。在种种不同的乡土小说的内涵中,我们看到两种不同的追求与倾向。一部分作家,如莫言和知青们的乡土小说,以及寻根小说等,多以乡土为背景去寄托作者的思情哲理,乡土在他们的笔下是一种艺术符号,是某种情志的象征物，其深层内核，是现代人对生命价值的思考与追寻，这类乡土小说，我们可称其为象征型，在这些作品中可以发现与世界现代文学相通的精神。另一些作家，如刘绍棠、何士光、周大新以及我们西北的乡土小说作家，则是就乡土写乡土，在他们的作品中充满了“土气息”与“泥滋味”，在整个当代文化格局中更多表现出与传统的联系，可纳为写实型。

二

黄土高原和黄河流域是最早的农耕区，陕西长安又是数代封建帝王建都所在。传统文化的各种形态在这里形成最终的集结并沉积下来，成为西北人精神文化的基因。这块土地有过辉煌的古文明，沟通华夏与世界的丝绸之路、震惊世界的古建筑群、敦煌石窟的艺术瑰宝均以其古老与超绝彪炳于世。关中地区又是富庶的，东踞潼关、南峙秦岭、北枕黄河，物产的丰富与地域的封闭，历史的辉煌与现实的富足，使秦地人在过去与未来的选择中更耽于历史，在内地与沿海对比中更满意自我。甘宁青新较复杂，这是一块多民族集聚地，中原农耕文化与游牧文化交汇，儒道文化与佛教文化、伊斯兰文化交汇，使这里的文化呈现多元状态，缺乏一种占主导地位又根深蒂固的文化形态。这是一个边缘地带，自然的荒漠与人为的争斗形成的长期动荡，加之远离中原、地域偏狭，使这里的自然地貌与人文精神都呈现出被剥夺殆尽消耗净尽的荒漠老迈之态，因此比起关中的自足保守，这边更多些自卑与封闭。整个西北，深厚的传统积淀层，地域的闭塞，信息的隔绝和心态的相对保守甚至封闭，使这块土地在由农业文化向工业文化的转型过程中步履格外沉重、节奏相对缓慢。当沿海地区已经掀起商品经济大潮，人们从思想观念到行为方式都已迅速变革日益富足时，西北还在传统的文化形态中挣扎。可以认为，我们民族文化的传统形态更典型地体现在西北，研究民族传统不可不研究西北，了解农业文化不可不了解西北。

社会生活为西北的作家们提供的是那沉厚的黄土层和原始的农耕方式，是千百年传统的压抑与挣脱传统的异常痛苦的过程。这块土地上那些吸引作家目光的最有特色的景观,那些启悟作家美感的一切最生动曲折的故事和撞击作家心灵的最具魅力的性格,无不来自乡土。西北有成就的作家又多是农裔作家,无论是陕西的路遥贾平凹陈忠实杨争光,还是甘肃的柏原张弛王家达阎强国,无一例外地全都来自农村乡镇。故乡永远是他们心灵的家园,长大了,读书写作进城,城市文明使他们有了新的视角。在极大的文化和文明反差中,回视曾经生长的乡土,亲切得令人心痛又愚昧得令人痛心,粗粝得令人骇怕又质朴得令人感动。乡土迫使他们逃离,乡土又令他们魂牵梦绕。在告别乡土的过程中徘徊反顾,"乡愁"——由对乡土的恋情而产生的忧患意识,与"乡怨"——由对乡土的逃离而产生的批判意识构成的乡土情结,迫使他们的眼光笔墨时时离不开乡土。乡土对西北作家来说,是一方真实的土地,是一种沉甸甸的情感,是一种无法拒绝的生活方式和一种永远亲切的气息。所以西北作家写出的最出色的小说是乡土小说,西北最有成就的小说家是乡土作家,西北小说在当代中国文坛的形象便是一种褐黄色的乡土形象。

打开西北乡土小说,我们既看到龟裂的黄土地和熏黑的土窑洞……如路遥、柏原小说中描写的,也看到八百里秦川的麦浪与黄河两岸的果园——如陈忠实与王家达小说中描写的;既有走不出的野山和望不到边的黑戈壁——如贾平凹、杨争光和张弛的小说,又有浑浊的河水与坍颓的古城堞——如王家达与张弛的描写。在这样一块土地上,繁杂的劳作日复一日地重复,单调的精神生活却永远枯寂,愚昧与野蛮代代循环,无知与麻木辈辈相延。这里的乡间寡子多,这里的娃娃生在黄土上,正是在这块土地上,高加林(《人生》)拼却身心也要出逃,金狗(《浮躁》)蔑视它又无法超越它,尕奶奶(《清凌凌的黄河水》)纯真又野性,雪儿(《女人秋》)痴情又刚烈。这里的民间藏着贤者(《白鹿原》中的朱先生)也藏着天书(《天地玄黄》),这里有封建文化的堂堂"伟人"白嘉轩(《白鹿原》),也有旧文化阴毒的代表六姥(《黑风景》)……地域环境、民俗人情构成了西北绝不同于其他地域的独异的风景。一般认为,地方色彩与风俗画面是乡土小说必具的外在形态。对比江南的鱼塘海船、白洋淀的河汊磨坊、东北的黑森林老狼窝、湖南的吊脚楼青石街,西北的黄土地黑戈壁别是一种情味。如果拿绘画来比,江南如韵味十足的水墨画,东北是立体感极强的版画,河北像清丽的水彩,湖南有油画的多重效果。西北呢?也许更像一幅农民画吧。

三

乡土文学的表层形态为我们提供了鲜明的“地方色彩”与“风俗画面”，但乡土文学的意义却不仅仅在于认识价值和那种由风俗与地域构成的美学价值，不仅是给那些远离乡土的人们发思乡之情怀，给疲惫的现代心灵提供一块得以栖止的古朴田园。它的独特价值更在于引发读者对传统人文精神的深入思考，从而历史地、动态地观照文明的脚步。乡土，是传统农业文化产生的土壤，传统文化精神直接从乡土浮现又如不散的氤氲笼罩着乡土。乡土使人们获得了一个观照传统农业文化的点。正如现实主义的基本精神是理性批判精神一样，乡土小说的基本精神应该是批判的。正是在两种文化的转型期，在新的价值取向的比照下，寄生于乡土的传统农业文化愈显其荒诞与悖谬，愈显示出缺乏理性的愚昧和背离人道的野蛮。鲁迅的乡土小说就是以其对乡土严峻的透视，尖锐深刻的揭露和猛烈的批判，成为剖析民族文化心理结构、抨击传统文化形态之弊端的最有力的作品。但是，乡土小说的内在精神又绝不是单一的，乡土作家与故土的联系是来自血脉无法斩断的，无论他们理性上如何清醒，无论他们对乡土发出多么深的诅咒，作为一个“地之子”那一份深沉的悲悯之情总会存在。所以乡土小说的底里大多有一种内在的哀愁，这愁绪像一般暗流汩汩流淌，成为乡土批判小说不同于其他文化批判小说所独具的底色。正像鲁迅有《阿Q正传》也有《故乡》一样，乡土小说的精神内涵是复杂的，多层次的，有时甚至是歧义分向的，尽管同样是在新的文化形态的比照下去观照旧文化，其价值取向情感倾向在不同作家的不同作品中都有所区别，甚至在同一部作品中也存在着互相矛盾的情感因素。惯性的依存与新生的挑战永远形成悖论，传统归属的安全与文明生长的需要一齐摆在面前，成为人类永远面临的两难抉择。乡土小说作家更是无法逃避这一难题，而乡土小说也正因其面对这一人类的悖论而具有了永恒的魅力。

西北乡土小说在精神内涵上一方面继承了鲁迅开创的“五四”乡土小说的基本精神，表现出强烈的忧患意识。面对家乡异常的贫穷与落后以及与沿海地区文化上的巨大差异,作家们怀着深深的“乡愁”注视故乡故土,在严肃的现实主义悲喜剧中表达深沉的人道主义主题。陕西的作家们在现实的变动中敏感于旧的流失与新的诱惑,努力去把握生活中流动的因素,描写文化转型过程中农民肉体的挣扎与心灵的裂变。路遥始终关注传统农业文化对农民的束缚和农民在告别乡土过程中的痛苦。贾平凹集中描写商品经济大潮冲击下产生的社会结构的震荡与人际关系的变化。陈忠实、京夫等除了关注现实的变动外,又注意从历史的画册中探查民族文化的优劣。与陕西的作家相比,甘肃作家更注重历史沉积层,无论是诅咒野蛮,揭示贫穷,还是赞美纯朴,歌颂勤劳,大多从传统文化的凝固态入手。柏原牢牢盯着自己的家乡——黄土塬上的生灵自古以来代代相袭的生存方式,王家达以一支饱蘸情感的笔描写黄河两岸乡民的生死歌哭,写那永生不息的生命追求与挥也挥不去的封建宗法阴影;张弛在激情中张扬传统人格的正面——崇高的道义与永不息止的追求精神;阎强国则满怀悲苦吐诉河西人在特定环境下的宿命。(西北从行政区划上包括陕甘宁青新五省区,笔者这里却只提到陕甘作家。并非有意排斥其他三省区,只是因为相比之下,陕甘是典型的农业文化圈,它的乡土小说也更具代表性,而宁青新更多些游牧文化性质,他们的文学各有特色,但就乡土小说来说并不典型)另一方面,西北作家又不能不受这块土地特有的文化心理的制约,在对传统文化形态的展示中,在评判传统文化心理与传统人文精神时,更多些保守性,在透视这块土地时,温情的注视更甚于理性的审视,同情与关切更多于揭露与批判,对环境的诅咒强于对人性的剖析,这使他们作品的批判性与“五四”乡土小说相比,显露出某种不彻底性。

传统农业文化的精神内涵是多方面的,而且是正负相糅,优劣驳杂,但它的核心点是土地崇拜以及建立在土地基础上的宗法血缘关系,这是由农业社会的经济方式决定的。乡土情结的核心是恋土情结,对土地的情感与态度,显示着一位作家对传统农业文化的情感与态度。都市作家已经在讴歌突破土地羁绊的创业者,而西北乡土作家在描写土地时普遍带有一种特殊的亲情,无论是陈忠实笔下关中平原的肥沃还是路遥笔下黄土地的苦涩,无论是王家达笔下黄河田园的韵味还是柏原描写的黄土坑院的情趣,都可以嗅到家园的气息。陈忠实就有一个短篇,写到老农对土地的依恋和对青年人抛弃乡土的愤慨。至于那些黄土地上的人物,不要说白嘉轩、朱先生这些毫不含糊地立在土地上的人，就是高加林、金狗等躁动不安地追求城市文明，急切地要离开土地奔向城市的人物，在骨子里也无法超越土地，无法超越传统文化的束缚，于是他们尽管身去了城市，在情感选择上仍然倾向乡村，这突出地表现在他们选择的婚姻伴侣。恋土情结还体现在作家对人物命运的设计。白嘉轩与朱先生可以离开土地却牢牢地守住土地，高加林与金狗走出了土地又回到了土地，这一方面是现实农民走出传统文化的艰难过程的真实写照。一方面也透露出作家内心深处那种土地重于一切的观念。

西北乡土作家敏感于这一块土地上的种种陋习，毫不留情地揭露宗法制家族关系的野蛮与冷酷，抨击买卖婚姻的非人道，讴歌大胆追求爱情婚姻的女性，显示出对"五四"乡土小说反对封建主题的继承，但是如果我们更深入地透视一下西北作家的性心理，同样会发现他们批判传统观念的不彻底性。在某些方面，这些 80 年代的作家比 20 年代的作家更后退了一步。农民的性观念是两面的，他们一面崇拜生殖——柏原的《洪水河畔的土庄》和贾平凹的《瘪家沟》都表达了这种性观念——一面又视性为不洁物。西北乡土作家大多有一种对性的神秘感和羞怯感，以及由此而必然产生的反面——对性的窥视欲。他们要么回避写性，在性问题上表现出少女般的羞怯，这正表明他们的性心理是不健全的，而他们中的个别人一旦描写女人和性，就显示出一种饥渴者的贪欲与窥视者的沉溺。比如贾平凹，善长写女人，但他笔下的女性形象除了早期的满月儿等还有些独立的灵性，大多数都只是性符号，这些女人对世界对男人最大的欲望就是性交，这正是传统农业文化对女人的视角。原始农民那种崇拜生殖的本能情感，经过千百年男性中心文化的熏制异化，逐渐沦为体现男性权威的法则，女人和土地一样是由男人耕种、给男人收获的，女人作为男性的附属品，没有独立的人格，当然也没有自己的思想情感愿望，只有一种与男子性要求相对应的欲望——性欲。这种或者封闭或者偏执的性心理，暴露了大多数西北乡土作家意识深处的陈旧角落。

西北乡土作家很重视乡土人情的表达。无论是静态展示乡野的古朴还是动态描述农村的变革，我们总可以看到作家对那些农村社会历代相传的美德的讴歌。在他们笔下经常出现古道热肠的老者、急公好义的汉子、勤劳耐苦的农人、善良温顺的少妇。重然诺、相扶助，重义轻利、薄己厚人、纯朴豁达、顽韧刚毅等品性大多是人类在千百年历史进程中不断塑造不断积累的成果,是人类战胜自然增强凝聚共图发展的基本品性。但历史发展到今天,社会文化形态正发生根本性变革的时候,一些与传统农业经济相适应的美德就会变性,用历史眼光看,它的正面往往伴随着负面,在促进社会发展的同时又羁绊着社会的脚步,比如勤劳耐苦总是与愚昧守成相伴,忠诚善良又是同驯顺懦弱相连,宽厚侠义与进取竞争相悖,豁达与麻木、坚忍与惰性、节俭与自私常常同时并存,或者就是一种行为的两种表述。而西北大多数作家在表现乡民的这些品性时,多是从正面理解,却忽略了它的负值,对乡民的悲悯之情与无限的赞美和对田园情调的向往融为一体,成为一种凝固的古典情结,从中透露出他们道德观念的保守性。如《平凡的世界》中孙少平、田润叶等人都为道义而牺牲爱情,为他人的需求而压抑一己的欲望,这种道德观中就暗含了一种不人道的成分,也显示出某种虚伪性,特别在提倡竞争意识与创新意识的今天,更显得沉重。

西北乡土小说的宇宙观与"五四"乡土小说也有明显的区别。东方民族的宇宙观是天人合一,这是东方文化区别于西方文化的根本点,是我们民族最基本的思维方式与感觉方式。这种把宇宙万物看作一体,你中有我,我中有你,从整体上把握世界的宇宙观,与谈神弄鬼、摆弄巫术的封建迷信有根本区别。"五四"时期的许多文学大家一方面深知国学之精粹,一方面也痛感于封建文化的野蛮弊陋,总是力图以理性的眼光去透视传统文化形态,竭力与违反科学的旧意识拉开距离。西北乡土作家中的一些代表人物如陕西的贾平凹、陈忠实,甘肃的张弛等,并未深习国学之神髓,却对神道鬼魅兴趣颇浓,以一种农民的封闭的眼光去感受环境,以农民的浑濛的心态把握世界。如贾平凹近期的民俗小说《太白》中所收的作品,常有鬼神出没、人畜对话,张弛的《甲光》、《汗血马》中的人畜相通、天人异常也过于神怪,而陈忠实的《白鹿原》中关于白鹿的传说,白鹿显灵与白嘉轩命运转捩的奇迹,小蛾的魂灵变鬼等都带有某种不可知性。奇怪的是,这些作家前期的作品中并没有这些内容,不知他们是受拉美魔幻现实主义的影响而追时髦,还是真不愿接受人类科技文明进步的成果,不愿正视人类文明进步的历程,反而一味地向后看。

四

当一种新的文化形态出现并日渐显示其动人的魅力时，人们的反应并不是完全一样的。中国当代作家在理智上大都愿意肯定新的文明形态，努力以新的眼光去观照传统，西北乡土作家亦不例外。但是理智与情感、思想认识与文化观念往往不能完全统一。从西北乡土小说中显示出的土地观念、性观念、道德观念与宇宙观念中，我们感受到了西北作家的矛盾心态。尽管他们都愿意以现代文明烛照转型期的乡土中国，却未必能突破传统文化格局的限制。他们的一些作品也许在主观上要对传统文化形态持批判态度，但它所揭示的两种文化的对立与旧文化的弊病往往比较表面，多数作品并未能触及传统文化之要害，这使他们的批判往往缺乏力度甚至是批判的自我消解。《白鹿原》在这方面很突出，作者曾说这部小说是用来展示他"关于这个民族生存、历史和人的这种生命体验的"，他描写的是他"所能理解到的历史和生活的必然"(《小说评论》93·3)。小说塑造了白嘉轩这样一个传统文化的典型代表，在他身上集中了民族传统文化的正面与负面。他重仁义、讲道德，信奉"耕读传家"，但他也保守顽固有时表现得甚至很残酷(限制黑娃与白灵等人的自由婚姻追求，严惩小娥)，他经历了三个历史阶段，但无论世事变迁，政权更迭，他在作者笔下永远是一个伟岸的汉子。《白鹿原》展现的20世纪前期的中国，正是历史文化剧烈变动的阶段，但在作家洋洋50万字的描写中，我们感受不到两种文化的对立与交战，感受不到文明与历史的力量，一切的运作给人的感受都是传统文化精神不朽。

可以认为，西北乡土小说的精神内涵的基本倾向是保守的，绝大多数西北作家并未能实现传统人格向现代人格的转变，即使他们中很有成就的作家也不能免。但是任何群体都不可能完全整齐划一，何况是如此松散从未成阵的作家队伍。在西北乡土作家群中，我要特别提到两位作家，他们的作品尽管数量还不是很多，而且也没有拿出大部头的作品，但他们的意义是不可低估的。他们的创作从题旨到内蕴确乎超越了传统文化格局而达到一种新的境界。甘肃的柏原来自陇东黄土高原,他曾经写过许多展示家乡农民生态与心态的小说,以《塬上的生灵》、《洪水河畔的土庄》、《天桥腰岘》为代表。在这些作品中,尽管也有对乡民猥琐狭隘心理的批判,但更多的是讴歌乡民的坚忍耐劳、善良宽厚的美德。从87年《喊会》的发表,表明柏原的文化心态发生了根本的裂变,《喊会》和《挖墙》、《背耳子看山》、《奔袭》等可以看作一个系列,在这里,作者超越了自我对乡土的情感,超越了乡土的狭窄格局,把乡土放在整个人类生存发展的大背景下去考察,以冷峻的眼光去审视乡土、审视民族,通过对黄土文化流脉的思考,我们感受到的是作者对整个人类状况的思考。其实这种从有限中追索无限的艺术倾向在柏原前期创作中已露端倪,他的眼光总喜欢越过表面的悲欢离合去透视人类生存的本体,将具体的黄土地人与宏阔的人类整体相沟通,将此时的黄土地人与恒久的历史相连接,显示出一种现代胸襟与眼光。柏原的小说令我们怦然心动,他以那种特殊的幽默传达出深沉的思考,那种由"乡愁"激发的忧患意识弥漫于对整个人类的思考。柏原的乡土小说实现了由狭隘的族意识向类意识的转换,批判的眼光穿透乡土射向了全人类。他的小说主题已汇入了当今人类共同关注的基本主题。

陕西作家杨争光的创作也不可不注意。他的小说代表作虽多是写土匪的,但也只能算作乡土小说。农民与土匪,是农业社会一种人的两面,太平年间务农,乱世则为土匪,共同的生存需要使同一社会的人在不同年代选择了不同的生活方式,而哪一种方式都是落后的农耕经济与封闭的村社文化提供的。土匪身上的匪性,其实也是传统农业文化人格的一种极致——那种愚昧、懒惰——特别是思想的惰性,那种消极的厌世心理与对吃喝享乐的卑琐理想追求,都是建立在土地观念上的。杨争光便选择了这种极致状态,并且透过土匪去辨析农民心理,透过土匪去辨析人性本身。他笔下那些令人发指的故事只能发生在蛮荒的西部,但他透过这些西部故事表现的却是人类生存的普遍状态。如《赌徒》中,那种无望的追寻,那种理想的诱人与理想之不可实现的痛苦,实在是一种人生的无奈,而那些凶杀故事传达的世事的永恒循环与悲观主义的末世情调,那种生存的荒诞与理性的缺失,使读者感受到了这位西部作家面对人类整体的忧患意识,他以对人类的悲观与厌弃表达了对人类深沉的期待与爱恋。他的乡土小说超越了乡土。

五

文学创作说到底是一种文化心态的显示，是一种文化的证明。从某种意义上说，西北乡土小说的繁荣一方面显示着西北农业文化的深厚土壤，一方面又反映了西北作家那种比较浓厚的农业文化心态与恋旧情绪，我们承认生活客体决定着文学作品的内容，但生活客体无法完全制约创作主体对内容的提炼透析，决定文学作品内在意蕴的终究是创作主体。作为西北乡土文化形态的艺术再现，西北乡土小说不能不为我们呈现出一个封闭落后狭隘保守的西部，不能不让我们看到这块土地与传统的深厚联系，当然同时也就显示了它在告别传统走向新生过程中的全部艰难与痛苦。但是，在新的文化形态早已出现并日渐显示其生命力时，这种对传统文化的静态展示与价值判断上的保守必然会限制文学作品的艺术魅力，必然会削弱文学作品可能产生的审美价值。在当代文学的大格局中，西北文坛论作家队伍，论艺术动力并不薄弱，而西北作家对待文学创作的严肃态度，他们深入生活体验生活的刻苦，甚至是以生命殉文学的牺牲精神都令人感动(路遥、陈忠实、贾平凹等人的创作谈就是证明)，但是西北的小说却往往不被国内的广大读者注意，更难引起震动，这与西北小说中传达出的保守心态有直接关系。今年以来，陕西文坛接连推出五部长篇，评论圈中惊呼“陕军东征”，甘肃作家也连续在全国有影响的文学刊物上发表中短篇，但真正以其审美内涵激动读者的有几本呢？文学作品是一种很奇怪的东西，它的分量绝不以其字数作决定，大容量不等于大信息量，描写的新鲜也不等于内涵的新鲜。有些作品篇幅很长，似乎包容着较丰富的生活内容，却不能带给人丰富的感受；有些作品字数很少，却显露出一种新鲜的东西，如电光闪射，能照亮昏濛的人类精神，面对这类作品，我们会产生一种真正的激动，心灵的热情被激发，对生活对历史有了全新的理解。我以为个中奥妙，与作品传达的精神内涵有关。

西北已经有许多优秀的乡土作家，西北也出现了许多不错的乡土小说，但就整体来看，相对滞后的文化心态和趋于保守的精神内涵，使大多数作品还缺乏真正的文学艺术作品所具有的那种照亮人类心智的灵光,这不能不令人感到遗憾。如何看待传统,如何看待自身,如何面对历史的强劲脚步与科学的真理之光,这是西北作家应该认真思考的。

原载《甘肃社会科学》1994 年第 2 期

故乡何谓：论“寻根”之后乡土小说的精神归依

金文兵

回顾当代文学的发展史，应该说新时期文学在重建的过程中遭遇的最大困境，就是可供利用的思想文化资源显得非常匮乏。尤其是自“五四”以来人们期待的现代方案经过“十七年”和“文革”的实践演绎，出现了危机——它直接表现为信仰的危机、文化的危机以及道德伦理的危机等诸多方面。出于缓解危机的需要，倡导继承和发扬民族的优秀传统文化与传统美德，也就自然成了补救时下思想资源空缺的应急性策略。寻根小说的出现固然与文学自身的发展因素有关，如受拉美爆炸文学的启示，但另一方面思想文化资源的匮乏与由此带来的危机感，也直接成了寻根小说出现的契机。作为站在今天的立场上反思历史的人而言，值得关注的一个现象是寻根小说主题曾被视为“五四”精神的一种延续，其中韩少功的《爸爸爸》作为重新审视“国民性”问题的文本引起了当时批评界的注意；但事实是从整体上而言寻根小说所体现的倾向性还是对传统文化的认同，这尤其表现在阿城的小说《棋王》、王安忆的小说《小鲍庄》等作品中。阿城坦言“不关联文化的文学，文字而已，社会材料而已”[①]，他坚信“文化制约着人类”，所以他的小说文化意味最浓：从棋中参透儒释道，悟到人生的道理；在俗人的乐趣、衣食与痴性中融入他对文化与人的关系的思考。而王安忆从一个小村庄里发掘出的仁、义、智、信，就如同飘荡在村庄

① 阿城：《文化制约着人类》，《文艺报》1985年7月6日版。

上空似乎永不散去的哀婉琴音，唤起人们对历史文化、对一种古老德行的最深刻记忆。显然寻根小说把一种在相当长的一段时期内被切断了的东西，以文学的方式重新温习了一遍。这对于处在文化资源匮乏、道德信仰产生危机的新时期而言，不啻为缓解内心迷惘的安慰剂。我们对寻根小说作出如上的判断，可能会带来异议。但从寻根小说的兴起，到后来 90 年代"还乡"小说的一厢情愿以及新儒学的复兴，鉴于这样一个传统文化逐渐复苏、回潮的客观事实，不能不让人警惕或者反思"五四"确立起来的现代精神与现代性主题在新时期及其后的文学中是否被继承下来？

一

作为发生在 20 世纪八九十年代的文学事件本身而言，传统文化的魅惑性在《古船》、《白鹿原》、《高老庄》乃至《羊的门》等作品中已经被表现到了一种极致，从狸洼镇到呼家堡，从赵柄到呼天成，我们几乎是在一种窒息中翻读着一页页腐烂的历史轮回。传统文化冥顽不化，像一块巨石挡在前面，更像一张无形的网让撞入其中的人无所适从。张炜的《古船》让隋抱朴集儒家的出世思想、道家的阴柔智慧以及西方的科学理性精神于一身，最终也只能像阿得(张炜《秋天的愤怒》)一样败下阵来；除了退隐葡萄园作"九月寓言"式的田园幻想，作家似乎已别无选择。同样另一位对传统文化更加沉迷的小说家贾平凹，也经历了《浮躁》式的"阵痛"，然后是《废都》、《白夜》式的精神放逐与颓废，无法自拔中才选择了《高老庄》为传统文化写下最后的挽词——子路的不归誓言隐隐让人看到了一线寻根小说走到末路的迹象。尽管这只是一段容易招致异议的描述性文字，但对于对传统文化依然持乐观态度的人而言，它的启示意义就在于显现了介于历史与现实中间的那道墙从来就没有被彻底推倒过的事实。显然这是一个问题，一道从"五四"那一代知识分子手中承传下来的难题。这可以从作家面对故乡的态度中表现出来。

把这道难题返回到"五四"，从鲁迅那儿似乎不难得到这样的一种解读：故乡何谓？故乡就是一根需要切断的文化脐带。尽管《故乡》描述了金色圆月下的海边沙地，也描述了戴着银色项圈抓獾的小闰土，像《社戏》一样，故乡首先意味着保存在童年时代的一份美好回忆——“都曾是使我思乡的蛊惑”,“他们也许要哄骗我一生,使我时时反顾”;[①]但更重要的是故乡也同时意味着梦的残酷幻灭,这才是促成“我”最终离开故乡时抱有毅然决然态度的最终原因。“其实地上本没有路,走的人多了,也便成了路。”这意味着童年时代的故园之梦幻灭了,但从故乡向外延伸的这条路,却架设起了“我”从今往后与未来的希望,也切断了“我”与故乡之间曾经拥有的关系——只有往前走而再没有了返还的可能。故乡由此几乎不再在鲁迅的笔下温情出现,保存在儿时的那份恬静的记忆也从此消失,回乡所留给他的希望只剩下离开时的那段话。对此最好的诠释是他后来写的《过客》。从还乡的“我”到永远走在路上的“过客”,意味着“我”对自己过去历史的决然遗忘:不再知道自己是谁,也不知道“我”从哪儿来以及要到哪儿去。

诸多的“不知道”其实只在为了遗忘。这与其说是作答老翁,还不如说是一个孤独者的灵魂独白,回荡其间的只有“我不回转去”的断然决心以及“死在路上”抗争到底的精神。在这个意义上,关于“世上本没有路”的议论已然不是离乡时偶发的感叹,而是构成了从有家可归、有情可忆的“我”到与家园与过去决裂的“过客”这一现代角色转换的精神起点。从《故乡》到《过客》,鲁迅指认的是一条永远“在路上”的现代不归路。“我不回转去”意味着从故乡或者说从传统文化中艰难挣脱出来的那条路已不再值得回转,所以自己本来叫什么,从哪儿来,以及要到哪儿去,都已经被遗忘或者不再重要,唯一知道的就是自己只身走在路上,被前面召唤的声音引领着走向坟场以及坟场后面的未知。应该说鲁迅对故乡的深刻理解与断然离去的态度都是建立在对传统文化的憎恨基础上的,正如他在《过客》中所言,“我只得走。回到那里去,就没一处没有名目,没一处没有地主,没一处没有驱逐和牢笼,没一处没有皮面的笑容,没一处没有眶外的眼泪。我憎恶他们,我不回转去!”而与这种思想紧相呼应的,则是他在《狂人日记》、《祝福》等作品中对传统文化吃人历史与虚伪皮面的无情揭示。

毫无疑问,鲁迅作为第一代文化觉醒者已经洞察了传统文化的魅惑本质与吃人历史,然而后来者还是要不断重蹈旧辙,在传统文化的暧昧面纱前裹足不前、无

① 鲁迅:《朝花夕拾·小引》,人民文学出版社,1973年,第2页。

法自拔。从新时期的寻根到90年代张炜(《九月寓言》)、韩少功(《马桥词典》)、贾平凹(《高老庄》)等作家对原乡文化的亲近,带给我们的启示意义就在于此。如果我们把故乡与冥顽不化的传统文化联系在一起思考,那么90年代小说中的精神还乡主题并没有缓解处于现代工业社会发展中人的内在紧张与焦虑感,相反却陷入传统文化的层层重围。《高老庄》无疑就是其中最具启示性的一个文本。

身为古汉语学者的子路携妻子西夏返回故乡——高老庄,在对原乡文化的寻访与亲历中,他痛感到原乡文化的根深蒂固与冥顽不化,但对此又无能为力,最终只能绝望地弃之而走。而构成原乡文化复杂、混沌状态的巨大磁场就是从碑石铭文以及种族承传观念中交相显现出的文化历史积淀,从中我们不难看到的是传统的儒释道三位一体文化对村民的强力控制。白云湫与白塔关系的神秘传说、鬼魂附身与"再生人"、一弘法师的金身不腐、体现在石头呓语与图画中的预言,这些古怪的联系与传言正是在对神魔力量的崇拜中幻化出来的原乡文化表征。

而在种族繁衍中所遗留下来的积习与特性,则打上了这种文化逐渐走向退化的烙印。正如西夏所言:"长城是壮观,可你想没想为什么要建长城?大菜里要讲究色香味,正是太讲究了食物的色香味才使汉人的脾胃越来越虚弱、体格不健壮的。有了孔子,有了儒教,人才变得唯唯诺诺……"这样子路与西夏在文本中被赋予的象征性意义就很清楚了。子路的体矮、性能力下降、处事优柔寡断以及返乡后农民习性的恢复,都似乎印证了种族及其文化全面退化的事实。相反,西夏的体长、果敢、精力旺盛以及富于冒险的精神则让子路联想到包容一切的大唐气象,他把西夏与大唐壁画中的大宛马相比,激赏不已。"马是西域的大宛马,人也不是纯汉族,那画中的女子的形体容貌,服饰和发髻,并不是要以胖为美,而是展示了一种崇尚力量的世风啊。"《高老庄》这部小说的文化反思意义在这里体现出来。通过对构成原乡文化的礼教观念、神魔鬼魅意识以及种族封闭自大思想的勘察,子路终于绝望地弃乡而去,并发誓再也不回转。子路的绝望,是对自身以及浸淫其中的传统文化的绝望。由此他把转化和重建原乡文化的唯一希望,寄予在了那些原乡的异类或者说原乡文化的叛逆者身上,如迷糊叔、苏红、蔡老黑甚至西夏等。这对于一直痴迷传统文化的贾平凹而言已经是一个了不起的转变,但只是把对传统文化的反思仍然停留在种族和种族文化的改良层面(如子路寄希望于与西夏"生个好儿子”的想法),似乎还是没有走出传统文化的怪圈。这说明经历了寻根时代的发掘到 90 年代的还乡,对于传统文化的认识还是一直显得非常暧昧,始终缺乏“五四”那一代知识分子的果敢向前“我不回转去”的决绝勇气。

二

新时期文学以新写实小说的出现为标志而走向终结,它所刚刚重新建立起的历史的理想主义价值观念遭遇到世俗的日常生活叙事的无情消解。市场经济作用下培育起来的商业消费观念与价值理念成为新的主流话语,这直接引发了人们对人文精神与精神家园丧失的疑虑。90 年代小说中精神还乡主题的出现正是上述背景下的产物。同样是处在精神与文化的困境,80 年代面对的是经过政治、文化劫难后的精神废墟,90 年代面对的是市场经济培育起来的实用功利理念的洗礼;但值得深思或者警觉的是,作为缓解内心困境的方式为什么会如此惊人相似?显然这里边至少存在两次明显的拿来主义失误,一次是对 80 年代拉美爆炸文学的功利性模仿;另一次是对海德格尔哲学的错位解读,简单地把“人诗意地居住”当作安妥灵魂的良方。后者使新一轮的还乡重蹈覆辙,从而再一次丧失了以现代感知观照时代精神的可能。文化皈依上的依赖性心理与习惯性思维方式,带来的总是可怕的惰性,以致不惜一再放弃了现代立场还是要回到传统文化的魅惑中去碰壁。对于传统文化的暧昧不清态度只能说明我们认识上的不彻底性和依赖惯性,在这里重读一下鲁迅先生的《颓败线的颤动》,让我们再次返回到与家园决绝后的荒野境地也许就有了非同寻常的启示意义。

> 她在深夜中尽走,一直走到无边的荒野;四面都是荒野,头上只有高天,并无一个虫鸟飞过。她赤身裸体地,石像似的站在荒野的中央,于一刹那间照见过往的一切:饥饿,苦痛,惊异,羞辱,欢欣,于是发抖;害苦,委屈,带累,于是痉挛;杀,于是平静……又于一刹那间将一切并合:眷念与决绝,爱抚与复仇,养育与歼除,祝福与诅咒……。她于是举两手尽量向天,口唇间漏出人与兽的,

非人间所有，所以无词的言语。

……

她于是抬起眼睛向着天空，并无词的言语也沉默尽绝，惟有颤动，辐射若太阳光，使空中的波涛立刻回旋，如遭飓风，汹涌奔腾于无边的荒野。

正如《颓败线的颤动》所阐发的，家园已经丧失，我们只能面对无边的荒野。这是鲁迅先生在中国的现代地平线上望到的一幅令人震颤的图景，它所包含的异乎寻常的意义就在于我们已经无地遁逃，除却与家园决绝，置身荒野。家园—母亲—荒野这三者的象征性意义第一次被赋予了如此完整的现代内涵，为走出传统桎梏指认了一条必由之路。正是在这个意义上，我们才有可能以一种现代感知来理解家园丧失的另一种含义。在八九十年代小说中，莫言的《欢乐》、鲁羊的《一九九三年的后半夜》、刘震云的《故乡面和花朵》隐隐让人触摸到一丝现代气息，其中这些小说对家园—母亲—荒野主题的继承与发掘，尤其值得关注。《颓败线的颤动》中被侮辱的、正在老去的母亲原型在上述小说中获得了重新阐释的机遇。

我们从上述小说中首先解读到的是还乡的虚无性。

鲁羊的《一九九三年的后半夜》设置了这样的一种与故乡、与母亲相遇的情境：苏轼坐在故乡村前的大柴垛上，“无力参与任何一件事，就像真正的白痴”，等待着母亲的出现。这个情境的设置暗示了如下的一些事实：家园彻底丧失，作家只能凭借“一九九三年的后半夜”的遥想与故乡和母亲亲近。作为相遇地点的大柴垛，象征着与故乡最后的一点联系。但母亲已经无所可等，而作为守望者的“我”也只能像一个白痴对发生的一切无能为力。与家园与母亲的相遇发生在如此背景之中，守望的意义被一片无为与虚幻的气息所包围。与此相衬托的是小说中反复出现的另一个意象“舟中客”，他把一生的意义都寄托在死向故乡的路上。但文本中的守望者面对故乡时所产生的虚无感知，事实上已经消解了“舟中客”行为的全部意义。这在某种意义上是把人与故乡、人与家园——出生地和精神向度双重意义上的关系，象征性地通过寓言的方式转达出来。家园的丧失与丧失后的守望意义，是小说试图表述的重要主题。但在另一方面，它也标志着对还乡这一文化事件的可疑性所持抱的一种清醒的态度。与故乡与母亲的相遇情境，以及对“舟中客”冒死还乡意象的设置,注定了发生在“一九九三年”后半夜的这番遥想充满虚无气息。对家园守望的虚无意义的揭示,意味着我们再一次靠近了“我不回转去”的现代认知语境。故乡无论是作为传统社会机制或历史文化的象征,还是作为精神饥饿时代借以自慰的虚拟乐园,它的丧失都可以视为走近现代过程中所显现的一种处境。“绝望之为虚幻,正与希望相同。”以虚无作为出发点来勘察故乡或家园的丧失意义,就在于我们还得往前走,而不可能是回转去。

如果说鲁羊的小说对故乡的走近还是一幅幻景,他的思考尚存在很强的想象色彩,那么作为故乡或者说母亲的真实图景与处境又究竟是怎样的呢?莫言与刘震云分别在八九十年代的作品中作了阐释。

莫言的小说始终保持着与故乡(山东高密地区)的一种非常复杂的关系,为了能更集中地来讨论上述主题,我们不妨把《罪过》与《欢乐》作为互相比照的文本。从《罪过》中的“我”(大福子)到《欢乐》中的“你”(齐文栋),虽为乡土自身繁衍出来的种,却始终不能融入他们所属的类,与乡土的这种格格不入的秉性注定了他们从来就是逆子。正如《罪过》中所言,“我永远不可能成为一个孝子”。首先“我”是被这片乡土和父母所遗弃的一个对象,而另一方面乡土也是“我”终将背弃的地方。对于“我”而言,身处的是一个良心丧失的世界,面对的则是一群“长尾巴的人”——“后来我在一个繁华的市廛上行走,见人们都用铁钎子插着良心在旺盛的炭火上烤着,香气扑鼻,我于是明白了这里为什么会成为繁华的市廛。”由此在“我”的心中故乡已没有容身之地,也不值得留恋,这些无疑构成了“我”最终弃乡出走的根本动机。与《罪过》中的“我”一样,《欢乐》中的齐文栋面对的也是一个充满屈辱与悲愤的冰冷世界;只不过他背弃故乡的方式是选择了死亡。这一大步的跨越只在表明作家对故乡态度的绝望。

我们其实也注意到,对于故乡的近似仇视的心理在莫言小说中的肆意表现,不单纯是一种经验式的批判立场。经验或者说成长的经历固然是构成作家创作的一个非常重要的认知因素,但更重要的是如何来透过这种仇视心理看待凝聚在文本中的对历史文化的整体批判立场。正如我们绝对不可能把贯穿在这些小说中的母亲形象看作某一个具体的母亲一样,故乡同样包含着一种很强的文化符号指认意义。而对于母亲原型意义的认识显然有助于我们走出经验模式,获取更有益于讨论作家批判立场的现代视野。

三

作为衰落了的母亲形象贯穿在上述这些小说之中,这使得母亲形象所包容的文化象征意义得到了强化。上文中已经提到过,《颓败线的颤动》中备受屈辱的、正在老去的母亲原型在莫言的小说里得到了重新阐释。《罪过》中的母亲是丑陋的,她的血又腥又苦;而《欢乐》中的母亲也已“变成了一具木乃伊,没有生命,没有感觉,没有一点点水分”,只是老鼠和跳蚤肆意妄为的乐园。《颓败线的颤动》中立于荒野的母亲用无词的言语表达的饥饿、苦痛与屈辱,在莫言的笔下终于变成了一种肆意飞扬而又不幸招致非议的文字。难怪作家余华要站出来为他辩护:

> 在《欢乐》里,莫言叙述的母亲是一个衰落了的母亲……
>
> 因此莫言在《欢乐》里歌唱母亲全部的衰落时,他其实是在歌唱母亲的全部荣耀;他没有直接去歌唱母亲昔日的荣耀,是因为他不愿意在自己的歌唱里出现对母亲的炫耀;他歌唱的母亲是一个真实的母亲,一个时间和磨难已经驯服不了的母亲,一个已经山河破碎的母亲。正是这样的母亲,才使我们百感交集,才使我们有了同情和怜悯之心,才使我们可以无穷无尽地去付出自己的爱。①

余华的辩护旨在说明这样的一种事实:“人们在《欢乐》里寻找的不是——谁是我的母亲;而是——谁是我们共同的母亲。”②备受屈辱的母亲形象是文学走向现代过程中创造出的一个非常重要的原型,如《颓败线的颤动》和柔石的《为奴隶的母亲》所显现的,她和现代文学史上专制粗暴而又虚弱腐朽的父亲形象一起支撑起了

---

① 余华:《谁是我们共同的母亲》,《天涯》1996年第4期。

② 余华:《谁是我们共同的母亲》,《天涯》1996年第4期。

现代选择的全部合理性。保留这个母亲,也由此成为反叛与虚无中所剩无几的最后的一个情感支点。把故乡与母亲区别开来,意味着把对象征着传统社会机制与文化负荷的故乡的现代决绝立场坚持下去,另一方面在决绝的同时,又必须始终保留住对支撑着现代选择合理性的备受屈辱母亲形象的注目、同情以及守护。这是构成现代性话语的核心逻辑,也是现代文学关于“故乡”主题中一脉相承下来的叛逆性和保护性、解构性和建设性兼顾的姿态。只有站在这样的情感立场上,我们才可能理解另一个作家刘震云何以凭借一部四卷本的长篇小说来悲恸祭奠一位乡村老人(姥娘),而在故乡的大地上却荒诞不经地演绎出一幕幕啼笑皆非的闹剧。他在《故乡面和花朵》中表述“我”、姥娘以及故乡三者的关系时,使用了如下的一种决然的逻辑方式:

> 故乡也在我面前出现了倾斜。当你不存在于故乡的时候,故乡对我还有多少意义呢?……小刘儿心中故乡因此断裂。从此他再说自己是孤儿和在这个世界上无依无靠,就不是一种说法和矫情了。

《故乡面和花朵》糅合的正是“眷念与决绝,爱抚与复仇,养育与歼除,祝福与诅咒”这样一种复杂的感情。较之莫言的《欢乐》中对母亲以近似亵渎的语言所表述的悲愤之情,《故乡面和花朵》则是通过对姥娘悲恸而温暖的祭奠来表达他与故乡断裂的关系。前者是一种悲愤的“欢乐”,后者是一种欢乐的悲恸。正如小说的题记中所言:为什么我的眼中常含着泪水,实在是这个玩笑开得太过分。于是他把对故乡与荒野关系的揭示置放在了一个黑色的荒诞剧舞台。很清楚,对于母亲与故乡的关系在莫言和刘震云的笔下存在这样艰难的区别:故乡是可以诅咒的、仇视的,也是可以亵渎的、玩笑的,以致最终都选择了与之背弃或断裂的道路;但对母亲的感情却是难以割舍的。也就是说,在对故乡的态度上两位作家的批判立场是一致的,而在对母亲的态度上他们的情感也是相通的;只不过在表达的方式上,莫言把内心中无能为力的愤怒与爱转化为肆意的亵渎语言;而刘震云则把对母亲(姥娘)的爱赋予悲恸与温情,把对故乡的绝望转化成玩笑与黑色幽默——温情与荒诞的结合构成文本中极为复杂而又鲜明的情感色调。在莫言和刘震云肆意飞扬的文字里,"故乡何谓"作为一个问题的本质所在,正是表达为对故乡和母亲所持的叛逆性与守护性、解构性与建设性兼顾的情感立场,这让我们重新拥有了对历史文化的整体批判的现代认知视野。

虚无、亵渎、荒诞分别代表了《一九九三年的后半夜》、《欢乐》以及《故乡面和花朵》等文本面对家园丧失的三种基本表达方式。无论是何种书写方式,都无非在昭示着这样的一个事实:回转的路已被切断,我们只能往前走。这其实也正是20世纪80年代的"寻根"小说和90年代"还乡"小说所缺失的一种精神指认。"我是很确切地知道一个终点,就是:坟。然而这是大家都知道的,无须谁指引。问题是从此到那的道路。"①然而值得反思的恰恰就在于:如果连在鲁迅先生看来已经无须指引的问题都成其为一个问题,那么我们又怎么可能奢望走近作为"从此到那"的问题本身呢?

原载《江南大学学报(人文社会科学版)》2002年第3期

① 鲁迅:《鲁迅杂文全集》,河南人民出版社,1994年,第4页。

论中国现代西部文学独特的文明形态

马永强　丁　帆

在20世纪的中国文化和文学的版图上，东部与西部的落差成为一种鲜明的对比，时间与空间的维度，把东南沿海变成了水泥钢筋铸成的森林大厦，而将西部凝固成白云羊群飞动的田园牧歌。一边是工业文明与后工业文明带来的科技享筵的狂欢与传统道德受到的冲击；另一边是游牧文明与农业文明在夕阳余晖照耀下的生产落后的宁静与传统人伦秩序美的和谐。所有这些，在历史的长河中，是一个稍纵即逝的瞬间，但是，在文学史的历史长河中却是一段凝固了的永恒风景线。

就近几十年中国现代文学的研究状况而言，我们的研究视阈都集中在文学思潮、文学现象和作家作品相对活跃的东部地域，而忽略了西部地区文学版图给中国文学所提供的丰富的内涵。在两种，甚至三种、四种文明的比照下，我们才能清晰地看出文学是在怎样的状态下复活与堕落的，才能窥见文学研究与其他人文研究的区别所在。因此，对西部文学一个世纪的生态考察虽然无异于一次研究的历险，但是我们对这样有意义和有诱惑的研究充满渴望与信心。

我们知道，文化从本质上来说是特定的文明形态的外化和体现，它不仅受自然条件、生产方式的制约，而且也与它相对应的民族心理和宗教信仰等意识形态息息相关。那么，影响中国西部文化的文明形态究竟包含什么样的特殊内涵呢？它又是怎样影响民族心理和文学艺术的呢？这是我们研究中国现代西部文学首先要面对的问题。所以，在开始叙述与论证之前，有必要先对“西部文学”这一概念的边界予以界定。

一、西部的边界

这里所讨论的“西部”,是一个由自然条件、生产方式和民族、宗教、文化等因素构成的独特的文明形态的指称,与地理意义上的西部是有区别的。它的边界和视阈,既不同于地理地貌意义上的西部区划,将中国版图从中间按轴线划分开来,分成东西两半;也不同于以经济文化发展速度为尺度的划分,将西部视为经济文化欠发达的地区。它是以西部这一多民族地区所呈现出的生产方式,文化、民族、宗教的多样性、混杂性、独特性为依据划分的,主要是指:以新疆维吾尔自治区、内蒙古自治区、西藏自治区、宁夏回族自治区和青海、甘肃两省为主体的游牧文明覆盖圈。与此对应的另两个文明参照模式是:以沪、穗为中心的东南沿海的现代都市文明,以及处在都市文明与游牧文明板块之间的广阔的中部农耕文明。以上便是当代中国文化发展的三大基本文明形态之基础。

就自然条件而言,中国大陆的自然地貌,呈西北高东南低的三级阶梯状,西部涵盖了中国地形中的第一阶梯(青藏高原)和第二阶梯中的大部(内蒙古高原、黄土高原的西、北部以及辽阔的新疆腹地),不仅多高山,而且大部分地区处在草原、干旱和半干旱、荒漠和半荒漠的地带,属于典型的“高地”文化,其环境、气候的酷烈可以用三个字来概括:高、寒、旱。因此,与之相对应的必然是以游牧为主体,并兼有农耕的生产方式。同时,由于这一地域的农耕文化从其大的背景来说依然是游牧文化的底色,而与中原农耕文化地区有着鲜明的文化落差与反差,所以,我们还是将其在总体上划归于游牧生产模式的文化范畴。

就民族而言,西部不光是氐、羌、匈奴、回鹘、突厥、乌孙、党项等古老民族的主要聚居地,而且形成并生息着今天的蒙古、藏、维吾尔、哈萨克、汉、回、撒拉、裕固等数十种民族。因此,多民族交融所形成的独特的民族文化,与中部农耕文明和沿海都市文明截然不同,它必然产生风格各异的文学艺术。

就宗教文化的流播而言,穿越甘肃长廊和新疆腹地的古丝绸之路,是佛教、伊斯兰教、道教、基督教等宗教，以及中华文明、希腊文明、伊斯兰文明、印度文明碰撞和汇合的锋面。从印度传入的佛教，在青藏高原上的藏民族中扎根，形成了独特的藏传佛教体系及宗教文化圈，之后，它又向东北越过甘肃长廊直达内蒙古草原，成为横贯青藏、内蒙两大高原的宗教链；从中亚传入并在整个新疆盛行的伊斯兰教，沿着甘肃长廊向东南方向流播，在黄土高原的西南部、北部，形成了继新疆伊斯兰文化圈之后又一个浓郁的伊斯兰文化圈，而且，这一流播也辐射到了中原农耕文化区域；与此相对应，以儒释道为主体的中原农耕区域的汉文化，亦沿着黄土高原与青藏高原之间的夹缝，通过长条形的甘肃走廊向西南、西北传播：一路翻过日月山和“唐番古道”与雪域文化相汇，另一路直插新疆腹地，与伊斯兰文化交融。从以上宗教文化和中原农耕文化的“双向”传播趋势来看，古丝绸之路作为中原农耕文明板块的最西端和末梢，不仅联结了西部各民族之间的交融，而且为伊斯兰文化、藏传佛教文化与中原农耕文化的碰撞、交融提供了广袤的发展空间。针对这一现象，季羡林也阐发了同样的看法：古丝绸之路在过去很长的时期内，一直是“东西各国文化交流的枢纽，许多国家的文化，包括世界上几个文化发源地的文化，都在这里汇流”[①]，形成了多元文化混合的特色。因此，在这一地域形成的陇右文化、敦煌文化、西域文化、雪域文化、大漠文化、绿洲文化等，必然带着浓郁的游牧、宗教和多民族文化交融的色彩。它不仅仅是一种文明形态的外现，而且是一段源远流长的历史过程与深厚的文化记忆。

有论者常以美国西部类比中国西部，但我们以为这两者之间在文化形态上存在着许多差异。美国西部的拓殖者带着欧洲文明的优越感，对印第安本土文化实施了掠夺性和毁灭性的破坏，从本质上暴露了白种人文明对于印第安文化的野蛮强奸。从北美洲东海岸登陆的欧洲移民，是带着寻找通往印度和亚洲的贸易之路的想象和强烈冲动走向西部的，尽管这一内驱力是由“花园神话”和“帝国神话”支撑着，但是，它还是推动了拓疆热潮的形成，并使之成为新生的美利坚摆脱英殖民地束缚的反叛精神。于是，主动走向西部的冒险，被符号化为走出依赖欧洲模式与“雅驯文化”的象征，并被无限地放大。弗雷德里克·杰克逊·特纳认为，就是它

---

① 季羡林：《比较文学与民间文学》，北京大学出版社，1991 年。

“创造了独特的美国精神”,即“那种与敏锐和好奇结合在一起的粗犷和力量,那种务实的、富于创造和敏于发现权宜之计的性格……那种主宰一切、为作好作歹而奋斗的个人主义;还有随着自由俱来的开朗活泼与勃勃生气……”[①]而这一独特的精神,又被认为是每一次拓疆的扩大所注入的新鲜的文化血液,从而影响了美国人的文化国民性。但是,对于中国西部来说,这种类似于美国西部的冲动、想象是不存在的。

首先,中国西部历来就是多民族相融合的西部,人和自然的关系决定了西部的民族文化心理,以及对生产方式的选择。

中国西部多民族文化交融的历史和现状,既是特定经济形态下的必然,又是一种历史过程。从上古开始,西部就是多民族共同生活的区域,据传华夏始祖之一的黄帝部落就来自西部,周人与秦人(之后向东迁移至洛阳和咸阳一带)的祖先不但起源于西部,而且早已开始同西部高原的羌人等联姻和往来。生活在广袤草原上的古代游牧民族,走马灯似的在西部的历史长河中蹚过。长时期以来,他们对农耕文明的茶叶、食盐、铁器、布匹、粮食等生活必需品的依赖和需求,大部分是以快马奔袭和抢掠的方式完成的。而以定居生活为主的广大中部农耕区域,在心理上对稳定的渴求超过了一切。所以,如果没有游牧民族对中部农耕区域的不断进犯,那么,中原政权宁愿用“和亲”来换得和平,也不会选择战争。中原政权之所以在秦、汉、明等朝代先后修筑了长城,就是为了防范和阻止游牧民族长驱直入侵扰中部农耕区域。公元前138年的张骞出使西域,肩负的是汉朝政府远交近攻对付匈奴人的使命。而由此得以凿通的丝绸之路,在成为通向中亚、欧洲的商道的同时,也使中原政权背上了一个从此再也放不下的包袱,这就是西部边防的拓展所带来的日益膨胀的经费开支。为了降低成本,军士屯垦、官员贬谪、罪犯流放、被动移民作为戍边政策被确立。因此,中原农耕文化的向西传播主要依靠兵路、官路、商路以及流放和移民之路来完成,缺乏主动性是显而易见的。宋代以降,在游牧区域和农耕区域的交界设立“互市”、“榷场”,从而使农、牧文明之间这种依赖关系合法化。然

① 弗雷德里克·杰克逊·特纳:《边疆在美国历史上的重要性》;加里·科伦坡等:《重读美国》,1989年,纽约版;转引自[美]亨利·纳什·史密斯(HENRY NASH SMITH):《处女地》中译本序言,薛蕃康、费翰章译,上海外语教育出版社,1991年。

而,从元代蒙古人对农牧区实施的统一战争来看,游牧民族内部日益壮大的势力和物质需求,已使小范围的奔袭、抢掠、贸易无法满足,于是,南下、东扩、西进成为这一马背民族的历史选择。因此,我们认为中国古代西部疆域的拓展,是在游牧民族和农耕民族的经济依赖关系中被动实现的,长期以来一直纠缠于"战"和"抚"的状态。只有在20世纪,随着民族独立而实现的各民族解放与统一国家的出现,才使中国西部进入了一个新的发展时期。大批支边、戍边人员奔赴西部,不但加速了多民族文化之间的交流与传布,而且,也从此结束了中原农耕文化被动向西传播的格局。

其次,西部的气候、地理条件,决定了西部民族对宗教的选择,这成为影响西部民族文化心理的重要因素。

中国西部疆域的广袤与自然条件的酷烈,带给人们的精神抗争和守候是艰难的,所以,人们选择宗教作为灵魂安放的居所,以此来打发心中的念想和孤寂。因此,藏传佛教在青藏高原和内蒙古高原风行,不但成为草原民族的信仰,而且已经深入民族文化的无意识心理层面;伊斯兰教传入新疆腹地和黄土高原,被沉默的西部人紧紧拥抱,它带给人们的是隐忍的性格和坚守的品格,是重义、克己、安命的生活哲学,以及对灵魂自由的虔诚追求。

从以上几个方面来看,中国西部与美国西部无论是从文化、宗教,还是从民族心理上进行比较,都存在本质的区别。二者所指涉的文明形态也是不同的,前者是游牧文明的象征,后者是摆脱欧洲控制的农业文明新秩序的建立。

二、现代西部文学的内涵

既然西部的边界已经划定,那么,什么才算是西部文学呢?我们认为,只要文本的旨意是指向西部这一独特的文明形态,就都属于西部文学论域的范畴。它既包括西部多民族的神话传说、口传史诗、民歌、谚语等民间文学的创作和发展,也包括历朝历代的文人创作。就文人创作而言,从创作者的身份来看,主要包括三大类型:第一类是土著作家,即生活在西部的少数民族作家和汉族作家的创作;第二类是流寓作家,因为除西藏以外的西部,一直是将士戍边(包括后来的军垦)、垦荒移民(包括后来的支边者、知识青年等)、罪犯流放、官员贬谪的主要地区,所以,就形成了一支庞大的流寓作家群;第三类是客居作家的创作,这是到西部旅游探险或做短暂停留者创作的文学作品。

西部民族史诗是各民族早期生活的真实写照和反映,主要指藏族史诗《格萨尔王传》、蒙古族史诗《江格尔》、柯尔克孜族的史诗《玛纳斯》以及维吾尔族史诗《乌古斯传》。此外,还有大量的各少数民族的叙事诗和民歌等,这些都是早期西部文学的精华。随着公元前10世纪周穆王西行与西王母瑶池(今昆仑山)相会,汉民族与西部民族的往来从此日益频繁,并产生了最早的边塞诗《白云歌》。此后,战争、戍边、移民、和亲、商贾的往来、宗教的传入等,均加速了汉文化与西部各民族文化、宗教文化的接触、融合,产生了一大批边塞诗。宋以降,随着中原政权的重心南移和海路贸易的拓展,丝绸之路渐渐冷落了下来。尽管西部各民族的文化交融并没有停止,但是,西部文化的日益边缘化却是不争的事实。

1900年,敦煌藏经洞的发现具有丰富的文化史与文学史的昭示意味。我们不想赘述"敦煌文学"的价值,只是想说明被埋没了近千年的"敦煌文学"横空出世,有几个重要的意义:一是由此可以看出汉文化在西域地区的传播盛况,以及与西部民族文化的融合趋势;二是反映了古代西部文学的博大精深的内涵,极大地丰富了西部文学的宝库;三是自20世纪20年代起掀起的"敦煌文学"研究热方兴未艾,它构成了催动中国现代西部文学不断发展的一个重要因素。就此而言,我们认为,随着地理上的西部"大发现",中国现代西部文学开始了现代意义上的觉醒和萌动。

作为萌动期的现代西部文学,出现了两大走势:一是本土作家的崛起,这主要是指伴随着民族解放运动而兴起的少数民族作家的创作,以及少数民族文学的整理、汉译与传播;二是客居作家奉献了大量的诗歌、游记和报告文学等文体与风格多样的作品,从不同的视角与层面丰富了西部文学。

就作家作品而言,我们可以看到维吾尔族诗人鲁·穆塔里甫、尼米希依提、铁依甫江·艾里耶夫、艾里喀木·艾哈台木、赛福鼎·艾则孜等深受普希金、莱蒙托夫、托尔斯泰、高尔基、马雅可夫斯基等俄苏作家的影响,在1949年之前创作了大量充满爱国主义色彩的诗歌。尤其是小说家祖农·哈迪尔,他不但深受高尔基等俄苏作家的影响，而且，在20世纪30年代末直接受到了茅盾等新文学作家的熏陶。这一时期，少数民族作家创作的特殊性在于：处在农奴制时代的藏族文学，除民族史诗、歌谣外，都是活佛等上层人士的创作，更加普泛化的作家创作只有到了农奴制废除以后；维吾尔族等新疆少数民族的作家创作深受民间文学、俄苏文学以及"五四"新文学的影响，他们既用本民族语言创作，也用汉语创作。1930年，六世达赖喇嘛仓央嘉措(1683—1706)所作的著名诗篇《仓央嘉措情歌集》，首次被译为汉文和英文出版，一时为之轰动。

这一时期，西部也曾汇入"五四"新文化运动的大潮。"五四"时期，由甘肃在北京读书的学生张明道、邓者民等人发起，于1920年5月20日创办《新陇》杂志。这是"五四"新文化运动直接影响的产物，其宗旨在"输入学理，吐故纳新"、"输入适用之知识于本省，传播本省状况于外界"。倡导大学开女禁和男女同校的第一人的甘肃女子邓春兰，"五四"时期上书北大校长蔡元培，要求大学开女禁，这一呼声作为"五四"人的解放的一个重要组成部分，受到了《晨报》等传媒和公众的广泛关注。从这一事件说明，西部并非在时代主潮之外。

19世纪末到20世纪初，西方探险家斯坦因、伯希和、斯文·赫定、华尔纳等人掀起了一股"西部大发现"热，由此产生的探险报告，不仅是可资借鉴的珍贵的历史文本，而且是生动、鲜活、真实的旅行记游作品。对西部历史、文化的发现、传播，丰富了以往人们对西部的了解和认识。与此同时，出现了一大批国人撰写的西部考察记游作品，如陈万里的《西行日记》、心道法师的《游敦煌日记》、李德贻的《北草地旅行记》、顾颉刚的《西北考察日记》、宣侠父的《西北远征记》等，从不同视觉审视了西部的文化、历史和现状，真实地传播了西部的形象。这一类作品数量众多，是这一时期现代西部文学的重要成果。

1938年，王洛宾搜集、整理、改编西北民歌，《在那遥远的地方》、《阿拉木汗》等风靡内地和海外。流行于甘肃、青海、宁夏三省交界处的"花儿"，是汉、回、撒拉、土、保安、裕固、藏、东乡8个民族使用同一种语言唱的共同的民歌，这是一种十分罕见的文化现象。1925年，严复礼在北京大学《歌谣周刊》发表"花儿"30首，首次介绍了"花儿"。1940年，张亚雄的《花儿集》在重庆出版，正值西部民歌在内地风靡。这可以说是西部文化向内地的两次传播活动。另外，诗人于右任有《陇头吟》、

《敦煌记事诗》等诗数十首。高一涵出任甘宁青监察使驻兰州期间,有《金城集》(600余首)刊行,大多为咏陇之作;罗家伦考察西北,有《西北行吟》问世,不一而足。范长江的《中国的西北角》、《塞上行》,是30年代有关西部的重要报告,以真实的笔触全方位揭开了西部的面纱;茅盾30年代的西北之行,留下颇有影响的《白杨礼赞》等有关西部记游作品。抗战时期,兰新线成为大后方的主要军用物资运输线,大批文化人士来到甘肃、新疆,使"五四"以来的新文化与西部文化碰撞、融合,西部文坛出现了新的气象。

1938年,"九叶诗人"唐祈考入了甘肃学院和西北联大,同时在兰的诗人还有陈敬容等。唐祈在西部六年,漫游了甘宁青草原,西北少数民族的民歌、史诗、传说和民俗风情滋润着年轻诗人的心灵,这一切不但开阔了他的艺术视野,而且滋养并激发了他的艺术灵感,同时也大大促进了他的艺术风格的飞跃。因此,唐祈把古典传统诗歌、西方十四行诗的形式与民歌、牧歌互渗、互融,终于化合出了蓄满独特西部文化色彩和情感的中国式的十四行诗。唐祈认为,西部少数民族优美、生动的语言,丰富的想象,充满哲理和形象的格言、谚语,给予了他"诗的真与美",以及想象的翅膀和即兴的灵感、夸张的比喻。他此间创作的《蒙海》、《拉伯底》、《仓央嘉措的情歌》、《旅行》、《游牧人》、《仓央嘉措的死亡》、《十四行诗给沙合》等诗歌,是西部民间文学直接影响的产物。

1949—1978年是现代西部文学的复苏期。以人民解放军的"进藏"、"进疆"为标志,现代西部文学从此掀开了新的篇章,沉寂的西部文坛开始复苏。以人的解放和人的苏醒为标志的"西部意识"的形成,是此间西部文学的最大收获。同时,我们也可以清晰地看到,因为这30年特殊的政治文化环境,也给西部文学笼罩了一层为政治服务的色彩。

首先,中原汉文化的西进与西部少数民族文化又一次碰撞、融合,大批客居作家入藏、入疆,成为西部文学创作的一支重要力量。在新疆、甘肃,有闻捷的《天山牧歌》、《复仇的火焰》和碧野的《阳光灿烂照天山》等新作;在西藏,有徐怀中的《我们播种爱情》、顾工的《喜马拉雅山下》、高平的《大雪纷飞》、《珠穆朗玛》及刘克等人的作品;在甘肃和青海,有李季的《杨高传》、李若冰的《柴达木手记》以及曹杰、郑重等作家的作品先后问世,都是这一时期具有浓郁西部文学艺术风格的扛鼎之作。

其次，崛起的本土作家群的“现代意识”与“西部意识”的苏醒，是复苏期的现代西部文学的另一个重要的特征。少数民族作家迅速崛起，如蒙古族作家巴·布林贝赫、玛拉沁夫等。一些民族第一次有了自己的作家，如东乡族出现了第一个作家汪玉良等；本土汉族作家的创作在这一时期也十分活跃，如甘肃的赵燕翼、汪钺等。随着残留在西部的农奴制和封建领主制的推翻，从根本上打碎了套在少数民族人民身上的枷锁。生产关系的重新组合带来了人的解放，被当着财产一样的农奴从此变成了一个真正的“人”。藏族诗人伊丹才让的诗歌代表了一大批被解放者的心声：“我们苦难的民族/在野兽的嘴里是：‘粗笨的野牛’”，“头人是藏在皮下的毒蛇/吸完了血，啃尽了肉，还把骨髓抽空”，“呵呵，我脖子上套着绞索的民族/怎么把命活?”，终于，“巨雷一声响”，西部少数民族迎来了“翻天覆地”的变化。这不仅仅是人的权利、尊严的新生和获得，而且是人的自我意识的苏醒。可以说，在相当长的一个时期内，这种感恩情结一直贯穿在西部少数民族文学之中，无论是对昔日苦难的追述，还是对自然山川的赞美、对新生活的憧憬，这都成了西部文学的一个主色调。

与此同时，民族史诗和民歌的搜集、整理、翻译得到了大力重视。西北民族学院最早在国内展开藏族史诗《格萨尔王传》的研究，西藏、新疆、甘肃、青海、宁夏的民族史诗、民歌的研究和整理也取得了突出的成绩。西部的戏剧舞台上出现了一批优秀的戏剧，话剧《在康布尔草原上》在1956年第一届全国话剧观摩演出大会上一举夺得14个奖，震动剧坛，先后在全国各大城市演出300多场。60年代的歌剧《向阳川》，被誉为继《白毛女》、《江姐》等之后“歌剧战线上的新收获”。

1978年以降是现代西部文学的繁荣期。新时期以来，西部文学的发展突破了全国的临界点，达到了一个较高的水平。西部文学无论是题材、视阈，还是对西部意识、西部精神的开掘，新的艺术形式的探索，都可以毫无愧色地说为中国现代文学做出了不可估量的贡献。如果现代文学缺少了它的存在，那将是一个重大的缺憾和损失。西部评论界敏感地注意到了这一思潮的脉动，随之掀起了一场关于“西部文学”的讨论。1982年，《阳关》杂志首先提出创建“敦煌文艺流派”；翌年，甘肃、新疆掀起“新边塞诗”的讨论；1984年，孙克恒、唐祈指出，正在兴起的西部诗歌是一种“新型的地域性文学”；1985年秋，继兰州、乌鲁木齐之后，《西藏文学》发表文章《西藏:西部文学的圣地》,鲜明地竖起了“西部文学”的大旗;《当代文艺思潮》1985年第3期的“西部文学笔谈”,刊登了谢昌余、肖云儒、谢冕、周涛、周政保、孙克恒等人的文章,比较全面地探讨了西部文学,同期还刊出了昌耀、肖云儒、余斌就西部文学答《当代文艺思潮》编辑部的文章,此外,还有管卫中等人也在此间发表了一系列与此有关的评论文章。“西部文学”热作为一股文艺思潮引起了文坛的关注。80年代末,这一讨论陷入低谷。1992年,青海人民出版社出版了“中国西部文学论丛”系列丛书:管卫中的《西部的象征》,周政保的《高地上的寓言》,余斌的《中国西部文学纵观》,燎原的《西部大荒中的盛典》,可以说是80年代以来的“西部文学”讨论的理智、冷静的学术总结。1998年出版了两部西部文学研究著作,这就是韩子勇的《西部:偏远省份的文学写作》和马丽华的《雪域文化与西藏文学》。此外,西部各省区在这一时期也出版了自己的地方文学史,有关西部作家作品的评论散见各大报刊。尽管如此,西部文学的研究相对于沿海内陆地区而言依然滞后,与西部文学所取得的成就相比差距很大。文学史著对西部文学缺乏关注的耐心,一些非常重要的作家作品依然被忽略。

作为繁荣期的现代西部文学,最有特色的成就集中在以下几个方面:这就是西部散文和诗歌的崛起;少数民族文学创作的多元化景观;独具特色的西部军旅文学的凸现;充满悲情色彩的西部流寓小说;西部文学中的现代原始主义思潮的勃起等等。艾青、王蒙、张贤亮、昌耀、杨牧、罗洛等流放作家所书写的无罪流放者的反思,既是人性复苏的象征,也包含着深刻的呐喊和批判。西线军旅文学带着对人性的深层次反思在80年代异军崛起,李斌奎《天山深处的大兵》和《呵,昆仑山》、唐栋的《兵车行》和《沉默的冰山》、李镜的《冷的边山热的血》和《孤烟》、李本深的《沉醉的大漠》和《沙漠蜃楼》,以及专门描写青藏线题材的王宗仁、毕淑敏等作家,以全新的文学视野和清新的笔致名世,不仅带来了军旅文学的突破,而且以新的攻势掀起了西部文学冲击波。陆天明的《桑那高地的太阳》、赵光鸣的系列“盲流小说”以及牛正寰的《风雪茫茫》,成为此间风格独特的西部小说。少数民族的土著创作,在此间呈现出了多元化趋势,不仅题材视阈超越了以往,而且艺术构思和手法不断寻求创新,无论是维吾尔族的铁依甫江·艾里耶夫、克里木·霍加、柯尤慕·吐尔迪、祖尔东·沙比尔,还是哈萨克族的库尔班·阿里、乌拉孜汗、巩盖·木哈江,他们笔下的西部已赋予了新的时代色彩。第一位用汉文写作的哈萨克族作家艾克拜尔·米吉提,以短篇小说《奴尔曼老汉和猎狗巴力斯》摘取了1978年的全国短篇小说奖,显示了西部少数民族作家的实力和艺术高度。这一时期,活跃在西部文坛的还有藏族诗人丹正贡布、伊旦才让、格桑多杰、班果、才旺瑙乳、旺秀才丹等,小说家益希丹增、降边嘉措、益西卓玛、扎西达娃、阿来、梅卓等,以及回族作家张承志、高深、白练、马步斗、石舒清等。

在20世纪末近20年,西部散文赢得了文坛的普遍关注和赞誉,周涛、张承志、马丽华、刘亮程、冯秋子、杨闻宇、张景祥等西部作家的散文,无论题材、风格、手法、体式,都与传统的散文观念发生了分野,这一新的突破,一方面显示了作家自觉的艺术追求,另一方面也凸现了西部民族文化提供给作家的支撑和营养的意义。与此同时,西部文坛出现了一股现代原始主义文学思潮,为浓郁的乡土风情以及人与自然的抗争抹上了一缕忧患、悲凉的色彩。这就是邓九刚《驼道》系列对人类自身的审视与批判,杨志军《环湖崩溃》所展示的现代文明对大自然和人的心理的双重戕害,张承志的《心灵史》对人的信仰和心灵自由的深度关注。

选自《福建论坛(人文社会科学版)》2004年第1期

二十世纪九十年代西部乡土小说的现代性反思

李兴阳

20世纪90年代,乡土小说依然是西部文学最重要的领域。崛起于90年代的小说作家董立勃、唐达天、雪漠、漠月、郭文斌、石舒清、陈继明、叶舟等作家都将自己充满关切和焦虑的目光投向了西部旷漠的乡土,从事着与自己的精神气质更为贴近的乡土小说创作。这些作家大都来自西部乡土,受过较正规的高等教育,在一种更为广阔的时代意识的熏染中,他们能撷取前辈作家特别是乡土小说作家创作传统的精华,又能以一种富有新意的目光审视自己的艺术选择,这使得他们笔下的西部乡土小说具有了不同于80年代的美学风貌和精神特质。

西部乡土的现代转化依然是90年代西部乡土小说的主题话语,这使新乡土小说作家将传统文化积习深重、家庭血亲关系稳固的西部村镇在现代文明和商品意识冲击下发生的经济和文化震荡作为叙述的主要场景,而将生长于斯的父老乡亲、屯垦西部的移民及其凡俗人生作为叙述的主要对象。对他们的生存环境和生活状况的关注,不仅使本时期的西部乡土小说透出浓厚的人道主义的关怀,而且使新乡土小说作家在难解的现代性焦虑中,不断地反思并调整自己的精神向度与价值选择,在迷茫与困惑中重新书写西部乡土的现代转化。

董立勃早期的"垦荒小说"系列对屯垦西部边疆的人们投注了特别关爱与悲悯的目光。他近期的小说,在人道主义的底色上,借对复杂人性的探求,把最具现代性的平等、自由、尊严和人权意识贯穿于所要彰显的善良人性中。这其实是对民主、自由、人权和法制等政治文明与社会民主的呼唤，而这恰恰是当下西部乡土现代性转化的症结之所在。其长篇小说《白豆》可以视为这一精神向度与价值选择的代表。

《白豆》的故事发生在下野地这个极特殊的地方。在20世纪50年代，“生产建设兵团是我国现存的一种特别的农业组织形式。带有准军事或半军事化的性质，人员来自五湖四海，其中有相当一部分是脱下戎装的军人或起义人员。在新疆，生产建设兵团驻扎的都是亘古蛮荒之地，或远离绿洲的边远之地”①。白豆和白麦等女性就是以征兵的名义从农村招来给这些“脱下戎装的军人或起义人员”做老婆的，属于她们个人的婚姻自由权利从一开始就被置于一种可以生杀予夺的权力话语中，她们已无法逃离这种被预谋所决定的命运。作品中，命运截然不同的白豆与白麦相互映照，不仅加大了作品揭示问题的广度与深度，而且共同完成了对人权、平等、自由和尊严的现代诉求。《白豆》中给白豆们制造苦难的男人们，虽然凭借性别优势在女人面前显出某种霸权，但在强大的“组织”面前，全都脆弱不堪。更为概括地说，无论是男人还是女人，在对个人漠不关心的“组织”面前，都不过是犹如沙石的工具。作者曾言，《白豆》和《清白》讲的是两个完全不一样的故事，但“想表达的东西，却是共同的：没有坏人，好人却不断受到伤害，全是好人，悲剧却不断发生。为什么会这样，我自己也不能说明白”②。但他的小说已将问题“说”得很明白。对民主、自由、平等、尊严、人权和法制的现代诉求，召唤一种新的精神文明和政治文明，使《白豆》找到了与当代生活贯通的路径，从而使已近乎历史的古老故事得到了富于时代特征的阐释，具有了深刻的思想力和普遍的社会意义。

对西部权力话语和乡土传统文化的理性审视与批判，虽然还被继续着，但已被一些后起的乡土小说作家置于更为切近、更为具体的城乡关系的话语中。在既往的乡土小说中，城市及其所表征的文明形态，既是乡土文明的对立形态，又是不证自明的乡土现代转化的理想形态和最终归属，但在20世纪90年代的西部新乡土小说作家的作品中，其内在的合理性受到了前所未有的质疑。雪漠的小说笔调就

① 赵光鸣：《地老天荒》序，新疆人民出版社，1994年。

② 罗四鸰：《董立勃：西部小说可成流派》，新华网读书频道，2003-08-06.

有这样一个明显的转换过程。雪漠的中篇处女作《长烟落日处》以对乡民愚昧、麻木的劣根性的批判为主调,但到了长篇《大漠祭》,雪漠放下“启蒙”的姿态,把自己全部的同情和深重的忧虑给予自己生长的土地及那片土地上的父老乡亲。雪漠曾言:“《大漠祭》没有中心事件,没有重大题材,没有伟大人物,没有崇高思想,只有一群艰辛生活着的农民。他们老实,愚蠢,狡猾,憨厚,可爱又可怜。我对他们有许多情绪,但唯独没有的就是‘恨’。对他们,我只‘哀其不幸’,而从不‘怒其不争’。因为他们也争,是毫无策略的争;也怒,是个性化情绪化的怒,可怜又可笑。”[①]对西部乡民的“老实、愚蠢、狡猾、憨厚”等在启蒙话语中被视为劣根性的东西,雪漠不再“恨”,也不再“怒”,而只有“哀”,其原因在于雪漠对问题的理解发生了变化。乡民的文化人格与生存现状,是在“很无奈”的语境中发生的,文化传统的承续与酷烈的自然环境的逼迫是这个“语境”中很重要的两个要素,但还有一个不可忽略的被有意遮蔽的要素,那就是内置于城乡对立格局之中的不平等关系。在这种严重不平等的城乡对立格局里,乡民“毫无策略的争”与“个性化情绪化的怒”是无用的,结局只能使他们更加“可怜又可笑”。正因为如此,作者基于人道主义和现代平等意识的“哀”比基于启蒙理性的“恨”和“怒”,在西部乡土现代性转化的历史进程中,更能够唤起人们对城乡关系的格外关注与重新认识。

西部农民极度困窘的生存景况,其原因不完全在于传统文化带来的愚昧乃至野蛮,也不完全在于自然环境的酷烈,城乡不平等关系及现代城市文明对乡村的侵蚀与挤兑这一因素也是不可忽视的。在《大漠祭》中,最触目惊心的首先是城市对乡村的经济挤兑。譬如,憨头与灵官进城卖兔,却遭到税务员无理的蛮横逼抢;老顺交公粮时,上好的粮食被粮站干部故意压为三等。如果说如此残酷野蛮的近似抢劫的行为是腐败分子以手中的权力谋私的话,那么水库管理当局趁干旱之机对农民提高水价,农村信用社又趁机对农民高息贷款,就是有组织的“合法”的公然抢夺了。城市对乡村的挤兑不仅加剧了乡村的贫困,也使乡村旧有的一些封建观念与野蛮乡俗获得了存在的现实理由。譬如,老顺因为贫穷给儿子憨头娶不起媳妇,只得遵循换亲的旧俗,把女儿兰兰与人做了换门亲。在当下的西部大开发语境

---

① 雪漠:《大漠祭·序》,上海文化出版社,2000年。

里，西部贫困乡村的女性不仅没有现代意义上的爱情和婚姻自由，而且连最起码的人身自由也被剥夺。也是因为贫困，西部农民重男轻女、养儿防老的观念更加顽劣。村民为了逃避计划生育的管制，争取生儿子的机会，遗弃或溺死女婴就成了常事。作者以难以遏制的愤怒鞭挞他们的无知、愚昧与残忍，也不无悲伤地揭示出更多的农民遗弃女婴，要生儿子的动因首先是现实生存的逼迫，其次才是观念上的陈旧。在现代性设计中，巨大的城乡不平等使农民没有工资来源，没有退休金，没有医疗保险，如果不生个儿子，他们就无法养老、出劳务、缴纳由城市危机转嫁的日益沉重的税费。只有养了儿子，这一切才可能有保障。而更大的悖论也在这里：老顺们苦苦挣扎着养大了儿子，他们的生命也就随之像“风中的落叶，枯了”。只要不改变现代性设计中的城乡不平等格局，老顺们就无法走出命运的怪圈。

在城市文明的发展和喧嚣、庞大的现代经济机器的进击中，农村的经济秩序与人际关系也分崩离析，与之相应的温馨和谐的乡土传统道德文明体系亦开始崩溃。以经济改革为主的乡土现代性转化，在激活农民求生存与发展的欲望的同时，也使他们在金钱的诱惑下见利忘义，人格扭曲。90 年代新乡土小说作家对此虽然作了更为宽容的理解，但难以认同。雪漠《大漠祭》对双福以不正当手段发财后就干起抛妻弃子、为富不仁的勾当颇多讽刺。唐达天《毛卜喇》则以河西走廊毛卜喇村半个世纪的历史，三个家庭两代人的命运遭际和情感纠葛来透视西部乡土现代转化过程中人性的畸变与道德的溃败。杨二宝是过去的劳改犯，出狱后迅速发家致富，而他的致富手段主要是弄虚作假倒腾羊毛坑害国家、高价倒卖农药化肥坑害乡邻，以怨报德损害曾帮助过他的人，就是这样一个道德败坏的发家者，却被树为致富模范；支书老奎虽然保守，有些家长作风，但不图私利，扶贫济困，却在杨二宝之流的挤兑逼压中家破人亡。为恶者发家，而为善者败家，这样黑白颠倒的现实图景显然不是作者想象中的乡土现代转换的理想形态。

艾恺认为：“现代化是一个古典意义的悲剧，它带来的每一个利益都要求人类付出对他们仍有价值的其他东西作为代价。”[①]“现代化及与其同时存在的反现代

① ［美］艾恺：《世界范围内的反现代化思潮——论文化守成主义》，贵州人民出版社，1991 年，第 231 页。

化批判,将以这个二重性的模式永远地持续到将来。”[①]以城市文明为参照的西部乡土现代转换,在促进西部发展的同时,不仅加大了城乡不平等关系,而且造成以“信仰缺失、人性堕落、道德失范、价值迷失”为内蕴的精神危机。巨大的代价,导致对其内在合理性的怀疑,它也就不再被理解为西部乡土现代转化的当然目标。乡土文明所蕴含的现代普适性和自我调解力,由此从城市文明的遮蔽中凸现出来,落入90年代西部新乡土小说作家回望的目光中,这使90年代西部乡土小说表现出对于西部乡土人生的皈依和亲和。

西部乡土不再仅以贫穷、愚昧、落后的身份进入新乡土小说的叙事空间,不再是要挣脱的羁绊,也不是要逃离的所在,它开始以深情的姿态召唤离开土地流向城市的游子。漠月《放羊的女人》中的女人与丈夫的冲突,实质上是城市文明与乡土文明的冲突,而城市文明并不当然地优越于乡土文明,它至少在道德上是不可靠的。女人对丈夫工作所在的“城市”就很不以为然,女人对物欲横流的城市作了否定性的道德评判,“她让丈夫回家去,回到牧区的那个家,安安稳稳地过日子”。这其实是土地对游子的柔情呼唤,是纯净的道德情感对逐渐冷漠的人伦的一次招魂。被深情召回故土的丈夫最后虽然还是回到了城市,但已不再是那种一去不回头的角色,女人也不再是伤心绝望的弃妇。女人和她脚下温情的土地,宽厚地包容了丈夫近乎“游戏”的再次“阴谋”逃离,也在感伤中孕育新的希望。《锁阳》比《放羊的女人》进了一步。《锁阳》里,爱画鸟的大哥不愿意一辈子蹲在沙窝子里,于是就像鸟一样往城市飞翔,孤寂的大嫂在空旷的大漠里挖掘锁阳,大嫂的温善和锁阳的香气不仅让全家变得澄明,也让大哥这只往外扑腾的鸟飞回了他从前厌恶的沙乡,城市不再像从前那样富有魅力,也不再是乡村人奔赴的目标,大哥发誓不再往外飞翔。大漠是偏远的,但大漠有爱情和锁阳,大漠也能生长出富足和自由舒展的现代人生。

于是,失却参照意义的城市及其文明逐渐淡出90年代西部新乡土小说的叙事空间,相应的,“新时期”以来乡土小说中文明与愚昧的经典冲突也由情节结构的中

---

① [美]艾恺:《世界范围内的反现代化思潮——论文化守成主义》,贵州人民出版社,1991年,第231页。

心退居边缘；寂寥而神秘的西部自然景观虽然还时不时地露一下狰狞的面孔，但更多的时候则以具有灵性的人格化的形貌进驻新乡土小说叙事结构的中心地带，与透着生命尊严的乡村人一起构成自足自在的西部乡土世界。唐达天《仓佬和他的头羊》中仓佬和他的头羊，漠月《老满最后的春天》中老满和他的老骆驼，郭文斌《呼吸》中郭富水和他的老牛大黄，陈继明《一棵树》中信义老汉和他的那棵老柳树，都是成双结对地出现在新乡土小说的叙事空间，他们所结成的关系当然不再是文明与愚昧的对立，而是生命与自然、生命与生命的关联。

乡土人生中人与人之间的亲缘关系更显露出永恒的人性意义。叶舟《青藏往事》（四篇）里的藏族牧民都是重情重义的汉子和女人，率真的生命状态与那天高地广的草原构成一种自由舒展的生存图景。《复仇》（篇二）才旺瑙乳和他的妻子琼款待"我"这个朋友喝酒，尕藏来复仇，琼未能摆平，于是才旺瑙乳在自己胳膊上划三刀，尕藏也划自己一刀，就算复了仇，两个仇人又成了朋友，一起喝酒到天亮。如此奇异的民俗风习，其实是单纯敞亮的人际关系与朴实率真的民族性情的一种文化表达。《青海湖上》（篇一）、《婚礼》（篇三）、《打猎的故事》（篇四）也都与珍爱生命、珍视友情有关。雪漠《新疆爷》中的新疆爷也是个重情重义的汉子。他在孤独中守护着自己心爱的女人，也竭尽全力帮衬女人和她被卖后组成的那个家，女人也忘不了他。如此有情，却从不逾规，情与义的矛盾似乎不存在，两个老汉一个女人，就那样相互宽容地守望着，一起过着自己所理解的人之"一世"。这也透出雪漠对乡土人生的一种诗意的理解，虽然还有感伤的情调，但已没有《大漠祭》里的激愤与悲苦。

更为紧密的乡土血缘亲情也受到了西部新乡土小说家的特别关注。陈继明《寂静与芬芳》中血缘亲情间的代际关系，不涉及惯常的"代沟"问题，也不指涉乡土文化批判，而是指向生命及其生与死的思考。小说中，小孙子牛牛对爷爷的打牌游戏不感兴趣，他只爱在院子里挖小水沟，淘气地剪马尾巴，机灵地躲进草垛，逃避大人的责骂。这是一个刚刚开始的生命，充满了稚气，也充满了生气。大限将至的爷爷则常常沉浸在对已逝去的生命历程的回忆中，他借打牌与已逝去的旧友通灵，用空画"桂"字的方式怀念亡妻，用最温婉的神情呵护孙子牛牛。这是一个正在走向沉寂的生命，就像夕阳西沉前一抹最后的余晖。在余晖中，老人倾听着天地间的寂静,应和着神秘的召唤与暗示,在有关马尾巴的幽默中开怀大笑地死去,走向生命的终极。生命的结束就像瓜熟蒂落一样自然,没有痛苦的渲染,也不必悲伤。生,就来;死,就去。如此自然的生命之旅,最后依然是个未解的秘密,对秘密的领悟依然能够让人进入庄严的沉醉。这使西部新乡土小说开始有了智性的意味与诗性的品质。

郭文斌的《开花的牙》也是一个爷爷与孙子的故事,也是对生命及其生与死的一种诗性诠释,也没有指涉乡土文化批判,却多了对民俗文化的一种温情的重新解读。小说中,孙子牧牧是个懵懂未开的碎小子,爷爷是一个达观、幽默的八旬老人。同一血缘的两个生命,就像生命的两端被置于同一叙事空间,一个稚嫩、天真,生命意识正在朦胧中觉醒;一个生命成熟、丰富,即将终结和已经终结。一老一小两个生命的碰撞交流,穿插于特定的丧葬习俗过程中,民俗文化就这样被引入对生命的思考中。在习俗中,丧葬的环节颇为繁复:“杀鸡带路”、“孝子磕头”、“往生船”、“献瓜瓜”等。这些习俗的寓意,在牧牧的刨根问底中,逐渐显露出来:死亡,并不是生命的终结,而是下一个轮回的开始,所以需要送行、引路、骑马、坐船,还需要必不可少的费用。生者在每一个环节上的特别讲究,就是要让死者在下一个轮回中有一个完满的生的过程。生者对死者的哭泣,也不是绝望的悲伤,而是对已开始另一种远行的亲人的留恋。而在丧葬的另一边,牧牧和孩子们忙着唱童谣,玩游戏,凑热闹。生与死就这样在丧葬的文化习俗上被关联起来。生命的诞生与死亡的真谛,就在这样一种达观的境界里,逐渐变得澄明起来。在这里,繁复的民俗文化,其实成了血缘亲情的另一种表达,血缘亲情也由此被置入对生命意义的追寻中,获得智性的提升与诗性的审美呈现。

石舒清的《节日》则将西部乡土人生的血缘亲情引入洁净的宗教情感中。环环做生意,把人做坏了,对媳妇很生分,烟酒也都染上了,离伊斯兰教教义越来越远,浑身透着浊气。这使环环媳妇很伤心。孤寂的环环媳妇举念给拱北舍散一头尕羯羊,颐养和舍散这头尕羯羊的过程,就成了环环媳妇逐渐领悟生命真谛、抵御俗世浊气侵害的过程。西部乡土社会的现代转型与伊斯兰精神的碰撞,在这里只轻轻地掀开一角,就被石舒清以浓郁而澄澈的宗教情感漫湮而过,一种朴素、豁达的生命至境便以令人敬畏的姿态展开。

《清水里的刀子》比《节日》又进了一步，石舒清不仅将西部乡土人生的血缘亲情引入洁净的宗教情感中，而且试图用回族伊斯兰宗教文化习俗的圣洁光芒照亮人们被现世阻隔的精神通道，从而用神性启示、救助人性，达到对现实命运的超越。

20 世纪 90 年代西部乡土小说，从对现代政治文明的召唤到对城乡对立格局中的不平等关系的追问，从对乡土人生的皈依、亲和到对乡土文明所内含的现代普适性的注目，从对宗教信仰、宗教情感引导现实超越的可能性探求到对抵御异化的生命神性的崇仰，其精神向度与价值选择表现出了前所未有的多向性。需要提到的是，90 年代西部乡土小说对自足的乡土人生的多向性探求，大多是以其理想主义的乡土封闭形态为基础的，因而在其理想主义色彩的背后，有着较强的保守主义倾向。即使如此，如果说西部乡土现代转化的终极目标是人的彻底自由和解放的话，那么，相对于文化碰撞中的人的异化及痛苦失落而言，西部乡土作家们在多向性探求中构筑的和谐的乡土社会生存状态无疑是具有一定昭示意义的。

原载《宁夏社会科学》2005 年第 1 期

乡土·农村·家园·荒野

——论中国当代作家的乡村想象

叶 君

文学题材并非是简单地对文学作品所表现的生活内容作出分类,它本身也是文学发展变化的历史产物。“乡土文学”和“农村题材小说”是贯穿中国现当代文学发展过程中两个密切相关的重要题材类型,由于批评家和文学史家的反复阐说和界定,它们也成了现当代文学研究中两个基本的文学史范畴。然而,在随后的文学创作中,一些新质因素的不断进入,涨破了原有范畴的规约,让一种常见甚至约定俗成的言说变得困难,从而产生指认的焦虑①。如当“乡土”只是作为一种精神或情感,比较抽象地寄寓于作家对乡村生活的观照时,文本的“乡土文学”特征就变得不是很明晰。例如我们在心理上往往难以把描写知青生活的小说视为乡土文学。而有些作家在本来十分纯粹的乡土题材里,力图寄托别种意识或观念,小说范畴的纯粹性也随之被打破而变得模糊。如一种迥然有别于主导意识形态的历史观的切入,让我们似乎很难判别《白鹿原》的类属:是历史小说,农村题材小说,还是乡土文学?相反,有些作家在描绘新时期农村生活时,由于在对当代农民精神面貌的呈现中所流露出的历史纵深感我们同样难以把这类作品当作纯粹的“农村题材小说”。例如从“陈奂生系列”(高晓声)和《乡场上》(何士光)等作品中,我们读出了鲁迅20世纪20年代乡土文学的某些精神旨归。由此可见,在当代文学中特别

---

① 参见拙文《从乡土到农村:中国现当代文学题材的重要转换》,载《河北学刊》2005年第3期。

是进入新时期以来,“乡土文学”和“农村题材小说”的类属边界越来越模糊,交叉性越来越明显,常常给研究者带来指认焦虑。如批评家雷达把《无边无际的早晨》(李佩甫)、《乡村情感》(张宇)、《人生》(路遥)等作品认定为“当代乡土小说”,并意识到“这个概念与农村题材小说是有微妙差异的”,[①]但“差异”何以“微妙”、如何“微妙”则语焉不详。这种指认焦虑,从另一个方面说明,一种新的文学史范畴出场成为必然。

一、“乡村”与想象

在我看来,作为一个有待言说的客体,“乡村”(而非“乡土”)往往与“城市”对举。它们分别指涉两种基本的、互有差异的经济形态、文化形态、生活方式和社会组织结构,等等。当代作家在面对同一客体——“乡村”时,往往因为视野不同、立场不同、世界观不同,以至心境、趣味以及艺术见解、艺术表现手法的不同,而在各自的创作中呈现出多姿多彩的乡村景观。

然而,事实上在中国现当代文学中,除了“乡土”和“农村”外,中国作家特别是当代作家的乡村叙事,还负载着另外两种向度的指涉。其一,把乡村作为“怀念与追忆”以及“融入”的对象。因为一种主体精神的贯注和理念的统摄,乡村的所指由形而下的某一地理位置,变成了观照者的精神寄寓所和灵魂栖息地,而被置换为“家园”。张炜以“融入野地”来毫不含糊地表明自己的精神指向,其一系列作品,如《我的田园》、《九月寓言》、《柏慧》等长篇小说,以及“芦清河”系列短篇,都体现出对精神家园的向往和追寻。“野地”、“葡萄园”、“芦清河”这些地名,早已作为意象植入接受者的阅读经验,被视为作者和读者的精神故乡。而贾平凹以众多文本经营的“商州”,同样是其“安妥灵魂”之所。如果说20世纪90年代以前,贾平凹的“商州”还包含着一种情感眷顾,是在“乡土”主体中流露出“家园”意识的话,那么,其后他则以系列长篇(《土门》、《高老庄》、《怀念狼》等)表达了关于家园的理性之思。其

① 雷达:《从高加林到李治国——关于乡土小说的深化》,载《文学评论家》1991年第3期。

系列意象——仁厚村、神禾塬、高老庄已经上升到一种哲理层面,是作家家园之思的依托。张承志的创作,虽然相对于汉文化规范而言,带有强烈的异质色彩,但“以笔为旗”的他追寻精神牧场的执着,却毫无疑问地唤起了不同文化背景的阅读者的强烈共鸣。贫瘠的西海固以及回民的黄土高原,是他一次次引领读者精神返乡的目的地。1991年他以一种宗教写经般的虔诚推出长篇小说《心灵史》这部融历史、宗教、文学为一体的文本,几乎以一种无以抗拒的偏执,把作者关于精神家园的向往与思考以及对当下社会的忧愤与批判推向了极致。而《红高粱家族》(莫言)里的“高密东北乡”虽然充满了杀戮和血腥,但却是一个大胆表达爱恨的人生舞台。在那里,生命强力无法遏抑的张扬让人神往,它是一处另类的家园。

其二,与“家园”处于同一层面上,但对于乡村的表现,却在一种与之相反的向度上推进,着力凸显其原始性,它被置换成“荒野”,“生活”也被置换成“生存”。在这种荒野背景下,生活其间的人们,其人性的光彩与晦暗被置于前台。“乡村荒野”成为作家关于人性和对人的生存状态进行追问的一种令人震悚的表达。李锐的“《厚土》系列”和长篇小说《无风之树》等作品,展示出生活于高原厚土之上、苍天之下的父老乡亲们那种几近亘古凝滞不变的生存方式,以及他们的心理状态和伦理道德。贫瘠的土地、单调的生活、性的饥渴,等等,并不能掩抑人性的丰富彰显。而朱晓平的“桑树坪系列”把一片被贫困笼罩着的从经济形态到人的意识都未曾开发过的荒野,呈现在读者面前。刘恒的“洪水峪系列”,则极力写出人的自然本能,诸如食本能、性本能、死本能,等等。本能呈现的背后是人性的荒芜。杨争光以《赌徒》、《黑风景》、《棺材铺》、《老旦是一棵树》等中短篇小说着意追求一种荒野美感,其笔下人物独特的行为方式和道德规范,让人感觉到他们来自另一世界。而刘震云的《头人》则以一种着意戏谑的姿态,把乡村演变为权力角逐场,让人体味到权力(即使微不足道的权力)的介入,是如何把乡村变为人性的荒野。

以上这两种寄托着作家不同言说旨归的乡村叙事,同样让人难以把它们纳入“乡土文学”或“农村题材小说”的范畴。有论者以“新乡土小说”名之,正体现出它们相对于此前乡土小说的异质性,以及对其进行归纳的尴尬。他进而认为,“区分新、旧乡土小说的主要依据是看叙述者与作者的关系”:叙述者基本等同作者的,曰

"旧";叙述者摆脱了作者的,曰"新"。[①] 这显然是一种过于简单的判断。我认为,所谓"新"与"旧"的差异,本质上源自作者对乡村的不同观照角度和言说方式。与其笼统名为"新乡土小说",不如分别称为"乡村家园小说"和"乡村荒野小说"。

由此可以看出,由于乡村叙事多元化格局的形成,其内涵早已超出"乡土文学"或"农村题材小说"的涵盖能力。基于此,我认为能够包容"乡土"、"农村"、"家园"、"荒野"这四种言说指向的种概念应该是"乡村";换言之,"乡土"、"农村"、"家园"、"荒野"是有关"乡村"的四种不同文学景观。"乡土小说"、"农村题材小说"、"乡村家园小说"、"乡村荒野小说"则是"乡村小说"或"乡村叙事"、"乡村文学"这个种概念的四个属概念。"乡村文学"作为范畴所具有的弹性和包容性或许能够消解文学史描述的焦虑与尴尬。其实,一些学者在论述中已经在有意识地使用"乡村小说"或"乡村文学",显示出力图理清文学史描述的自觉。[②] 而一直致力于新时期"乡村小说"研究的学者段崇轩,同样把 90 年代的"乡村小说"划分为四种类型,即"现实乡村小说、生存乡村小说、文化乡村小说、家园乡村小说",并认为它们"共同构成了乡村小说的多元动态格局"。[③]

总之,呈现于文本中的"乡土"、"农村"、"家园"和"荒野",显然并不能看作同一种既定的客观事实,而是基于"乡村"的四种不同文学景观。在某种意义上,它们都是经过文学言说而被赋予了创作主体特定意义内涵和价值判断的"想象性构成物"。换言之,它们也可视为对中国乡村四种不尽相同的言说方式和想象方式。

那么,何谓本文意义上的"想象"?

近年来,"想象"在学界似乎成了一个流行的术语,关于"想象"的理论阐释也让

---

① 金汉:《中国乡土小说的艺术新变——"新乡土小说"论》,载《浙江师范大学学报》(社会科学版)1993 年第 4 期。

② 如"乡村"一直是赵园论述我们通常认为的"乡土文学"的核心概念。她先后发表的论文《乡村文学:模式及其变易》,《乡村荒原——对于中国现当代乡村小说的一种考察》是其出版于 1993 年的专著《地之子——乡村小说与农民文化》的重要组成部分。其他一些学者也往往在论述中自觉使用"乡村"这一概念,如在本文论述中给我启发的有:王润《另一种声音:90 年代的乡村小说》(载《当代文坛》1999 年第 6 期),邹平《城市文学的衰微与乡村文学的兴盛》(载《文论报》1989 年 4 月 5 日)等等。近年有学者也对"乡土小说"的涵盖能力提出明确质疑,试图把"乡村"推至前台,详见周水涛《"乡土小说"的涵盖能力及其他》(载《当代文坛》2003 年第 1 期)。

③ 段崇轩:《90 年代乡村小说综论》,载《文学评论》1998 年第 3 期。

人眼花缭乱，正如有论者所认为的那样，“理论的多样性揭示想象的难以描述并不是完全因为理论的不够充分，而是想象没有本体，它本身是模糊的、不确定的”①。对于想象的阐释大致主要集中在文艺美学和心理学两个层面上。在文艺美学层面上谈论的想象，是指文艺创作的一种基本运思方式。一旦移置于心理学层面，弗洛伊德更多地把它视为一种能力。富有启发意义的是近年来德国学者沃尔夫冈·伊瑟尔从文学人类学的角度专门谈论虚构与想象的关系，视野开阔，多有精彩之论。他认为，“就文学文本而言，‘想象’并不能看作是一种能力，而是一种显现或运作的模式，在这种模式中，‘想象’一词是‘指示性的’而不是‘定义性的’”②。我认为，这是对当下人们使用“想象”一词的较为恰切的理解。海外学者王德威认为，文学和电影是对中国现实的“想象”，它们成为“想象中国的方法”。对电影和文学作品的观看和阅读则是触摸艺术家们“想象”中国的体验。在他看来，“走出实证方法学的牢笼，中国人如何‘想象’中国的过去与未来，以及他们所思所存的现在，遂成为一亟待挖掘的课题”③。显然，王德威同样把“想象”认同为一种“显现”或“运作模式”。基于对“想象”的这一理解前提，我认为，“乡土”、“农村”、“家园”、“荒野”，是对于“乡村”的四种不同“运作模式”或“呈现”方式。在这一过程中，“想象”一方面包含着主体对言说对象的选择和重组；另一方面也体现出主体对言说方式的选择和运用。因而，基于乡村的四种不同文学景观是包含了客观和主观性内涵的四种不同想象方法的呈现——那便是在文学创作中想象中国乡村的方法。

二、想象中国乡村的方法

1. 乡土与农村

从总体上看，现当代作家对中国乡村的乡土想象，往往共享着几种叙事抒情模

---

① [德] 沃尔夫冈·伊瑟尔：《虚构与想象——文学人类学疆界》，陈定家、汪正龙译，吉林人民出版社，2003年，第234页。

② [德] 沃尔夫冈·伊瑟尔：《虚构与想象——文学人类学疆界》，陈定家、汪正龙译，吉林人民出版社，2003年，第37页。

③ 王德威：《想象中国的方法——历史·小说·叙事》，三联书店，1998年，第360页。

式。诸如对故乡风物的留恋与追忆，如萧红的《小城三月》；对乡民的固陋、愚昧在异域风情般呈现之中的无奈的批判，如许杰的《惨雾》；对一种古朴、宁静生活遭到破坏的喟叹，如鲁迅的《故乡》；对于乡里奇人异事如数家珍般的缅怀，如汪曾祺的《故里三陈》；对处于变动中的一切所产生的诗意伤感，如许钦文的《父亲的花园》，等等。正如有论者所言，“绵亘于其下的，则是时移事往的感伤、有家难归或惧归的尴尬，甚或一种盛年不再的隐忧——所谓‘乡愁’，亦于焉而起”①。

具体到操作层面，首先，作为“问题小说”的自然延续，20 世纪 20 年代的乡土小说秉承了写实主义的传统，但到 30 年代沈从文的《边城》诸作，以及 40 年代师陀的《果园城记》等，则明显带有浪漫色彩。作家往往对小人物的命运投入异乎寻常的热情，但也不自觉地夸张或戏剧化了人与自然、人与社会、人与人之间的矛盾意蕴，在简单和淳朴之中透出诗意，“故乡”通常弥漫着浓郁的乌托邦色彩。在某种意义上，它是作家所不能认同的现实的一种替代性满足。到了新时期文学，乡土想象的诗意浪漫几乎成了“乡土小说”一种独特的美学标识，如贾平凹的《商州三录》，汪曾祺的《大淖记事》、《受戒》，何立伟的《小城无故事》、《白色鸟》，邵振国的《麦客》等等。这些作品都不可抑制地流泻出一种极为本色的儿女情怀，往往在温和的冲突中使矛盾得以化解，从而达到人与周围一切的圆融，给阅读者留下温婉的唱叹。鲁迅所认为的 20 世纪 20 年代乡土小说作者“很难有异域情调来开拓读者的心胸，或者眩耀他的眼界”②，至此似乎得到了全面改观。沈从文乡土小说诸作的边地牧歌情调已经明确显现为一种异域情调，后继者在这一点上都作出了自己的发挥。富有悖谬感的是，作家们在这种津津乐道、如数家珍般的记述和渲染之中，那种对家乡写实的心愿被淡化，而替换为一种异乡情怀，“家乡”在不自觉中变为了“异乡”。正如当初人们看了《商州三录》纷纷跑去旅游观光，结果失望而归；今天，人们行走在湘西又如何能够寻找到沈从文式的体验？

其次，“想象中的一切来自于想象之外，这意味着想象不是自我生成的，而需要

① 王德威：《想象中国的方法——历史·小说·叙事》，三联书店，1998 年，第 225 页。
② 《鲁迅全集》第 6 卷，人民文学出版社，1982 年，第 247 页。

外部的刺激"[1]。"空间位移"和"时序错置"的介入,是产生乡土想象的契机,也使乡土想象的最终完成成为可能。乡土小说作者大多有离开家乡或被家乡"放逐"侨寓异乡的人生体验,而侨寓地往往是城市。"空间位移"后所进入的异质文化空间给他们带来的不适感,却又是"不足为外人道"的苦闷。因为城市以其文明的优越性睥睨乡村的存在,生活于都市里的"乡下人"的"乡愁"自然于焉而起。他们在想象中使自己置身于故乡的另度空间。因而,空间标识大多置于乡土小说的开头。沈从文自不必说,即便是后起的作者通常也是从准确指明故事发生地的地理位置入手来展开故事。如"褚县的西北角,葛川江入海口喇叭湾南岸,有一处稀奇古怪的地名:沙灶"(李杭育《沙灶遗风》)。风俗是地理的标记,从介绍风土人情起笔同样是乡土小说的一种规律,如"这里的风俗,有钱人家的小姐出嫁的第二年,娘家要送灯"(汪曾祺《晚饭花·珠子灯》)。即便是同一节令,不同地方可能呈现出全然不同的风貌,对节令氛围的渲染,也往往成为显示地理标识的策略,如"中秋节临近了。月亮一天比一天更圆,更大,更亮。为生计出了远门的船大哥、簰头佬,这时节,都在急匆匆往家边赶路"(孙健忠《水碾》)。其次,"乡愁"的形成也都隐含着时间因素的介入。乡土作家在异乡对故乡进行想象时,凸显的是离开之前的故乡经验,是"那时"的故事。故乡是在回忆重组中的故乡。这种"时序错置"在"今昔的对比,传统与现代的冲突,往事'不堪'回首的凄怆"中,"体现了时间消磨的力量"。[2]时间往往成为乡土想象的主宰,如许钦文在《父亲的花园》中对"那时"的强调。总之,是"空间位移"让故乡变得陌生,而"时序错置"让陌生、疏远的故乡在想象中,得以恢复它被寄寓的亲切与温馨,还有那淡淡的感伤。

再次,语言的介入同样是乡土想象不可或缺的因素。它一方面同样是乡土地域的标识,另一方面也是给文本带来审美餍足的源泉之一。在"空间位移"和"时序错置"的双重规约之下,故乡的方言土语也许是比较恒常的因素,同时也是侨寓者能够直接把玩的情牵乡土的纽带。也许一个词、一句简单的方言表述,便浓缩着全息乡情。因而,许多作家对方言的使用近乎一种偏执,以至于影响到别一方言背景

① [德]沃尔夫冈·伊瑟尔:《虚构与想象——文学人类学疆界》,陈定家、汪正龙译,吉林人民出版社,2003年,第233页。

② 王德威:《想象中国的方法——历史·小说·叙事》,三联书店,1998年,第226页。

的读者的阅读和理解。1996年韩少功《马桥词典》的出现是一个卓异的存在。这并不是因为它带来了一场关于小说文本本身是否具有创造性的影响广泛的争论；而是对于中国作家的乡土想象而言，它的出现是一个具有特殊意义的文学事件。作者以侨寓者的身份、以150个词条，纪录他以之作为精神故乡的插队地湖南汨罗县马桥人的日常生活。小说独特的文本样式体现出作者力图以文化人类学、语言社会学等实证的方式，来拒绝乡土呈现时虚构和想象的介入。其动机或许在某种意义上是要让文本成为乡土想象的终结，而呈现一处原初性的乡村。但是，毫无疑问它又开启了乡土想象的另一种可能，即马桥事实上是"活在语言中的乡土"。作者以无以抹去的知识分子身份替马桥人编写词典的过程，实际上是他对乡土最为直接的触摸、重温和想象，也恰恰证明了语言之于乡土想象的意义所在。

20世纪二三十年代，以工业文明为表征的资本主义因素，对于中国乡村的侵蚀仍然是有限的，或许在沿海地区和大城市周边地带这种情况比较明显，但在广大内地乡村，自然经济依然是居于主导地位的经济形态。这或许也就是沈从文的边城山地与茅盾的江浙农村的区别。"乡土文学"就像是牢牢镶嵌在自然经济背景上的一幅画图，一旦这个背景发生了变化——不管是资本主义式的，还是社会主义式的，这幅画图就有可能出现裂纹甚至崩落。中国新民主主义革命的胜利，终止了广大农村向资本主义方向的发展。中国农村尚未经过充分的资本主义市场经济（商品经济）的发展，仅仅依托于自然经济的变工互助就进入社会主义改造时期。而社会主义改造不同于资本主义的侵蚀，它的目标不是资本主义式的商品—市场经济而是计划经济。并且，这一改造是靠在革命中所建立的各级政治组织及其强有力的行政措施来推动的，因为当时"对共产党领导人来说，其经济目标与政治目标之间没有基本的矛盾"[①]。在"十七年"时期，对农村实行的社会主义改造大体上可以分为三个主要阶段，伴随着这三个阶段的分步实施，描写乡村生活的小说在主题和题材方面，也发生变化。写政治、写政策、写中心，成为当代作家想象中国乡村的又一方式。这正是伊瑟尔所认为的那种"激进想象"，它使"社会的自

① ［英］麦克法夸尔、费正清主编：《剑桥中华人民共和国史（1966—1982）》，李向前等译，海南出版社，1992年，第648页。

我变革成为可能,因而,作为一个基本因素,激进想象需要社会作为其表现媒介,同样,社会也需要激进想象来实现制度化",即"它建构社会,同时使社会具有自我改革的可能性"。[①]

1953年中央颁布了过渡时期的总路线。这一方针政策随即在小说创作中得到了反映,而且成为"农村题材小说"创作中一个稳定而持久的主题。那就是社会主义和资本主义两条道路的斗争。在当时的作家看来,统购统销是社会主义道路,而自由买卖则是资本主义的,因而许多作家都把统购统销和自由买卖作为农村两条道路斗争的写照。从新中国第一个写"道路斗争"的短篇小说《不能走那条路》(李准)到"文革"前夕出版的长篇小说《艳阳天》(浩然),许多同类题材作品中都有对自由买卖倾向进行说服教育甚至开展斗争的情节。应当说李准的表现基本上是准确的。东山劝导老子宋老定不要买地,是让他"不能走地主的那一条路",作品似乎也没有刻意说明这条路是"资本主义道路"。但是评论家根据当时的政策,把李准描写的合作化运动之前农村出现的贫富分化现象提高到两条道路斗争的高度,称"作者企图通过宋老定想买地、东山反对、宋老定被说服这样一些事情,来反映当前农村生活中的重大矛盾——社会主义和资本主义两条道路的斗争,及前者在斗争中的胜利"[②]。此后,自由买卖被视为资本主义道路就成了文学创作和文学批评中的惯例。这是想象"建构社会"的典型明证:"地主走的那条道路"被理解成了"资本主义道路";以自然经济为基础的自发的小农或小私有者倾向也被看作资本主义道路。反映合作化运动的作品在本时期农村题材小说中所占的比例大约是最大的,具有代表性的作品几乎都以之为背景,如《三里湾》、《山乡巨变》、《风雷》、《艳阳天》、《金光大道》以及许多中短篇小说。由此也可见出这场运动改变中国乡村的深刻程度。而标志其深刻程度的,就是"两条道路的斗争"进而被普泛化为"两种思想的斗争",就连土改时提出的"发家致富"的口号也被当作"资本主义思想"来批判。费正清等解释说,这是"由于中国共产党的目标有了变化,'发家致富'的政策让位

① [德]沃尔夫冈·伊瑟尔:《虚构与想象——文学人类学疆界》,陈定家、汪正龙译,吉林人民出版社,2003年,第262—270页。

② 李琮:《〈不能走那一条路〉及其批评》,载《文艺报》1954年第2期。

于强制性的互助和集体化政策”[1]。土改运动是以发家致富来吸引广大农民参与的,《创业史》中梁三老汉对共产党感激不尽,就是因为他认为土改可以圆自己做了一辈子的发家致富的“创业”梦。这是“乡土中国”的千年遗梦,而非社会主义农村的理想蓝图。新中国的整个农村题材小说要打破的正是这植根于小农经济基础上的千年遗梦,畅想的是在社会主义集体经济基础上的“共同富裕”。这是当时所有反映农业合作化小说想象中国乡村的共同方式。至此,乡土中国的经济形态已经逐渐被合作化运动所瓦解,遗留下来的只是一些表面的风俗画、田园诗,它们作为一种乡土文学的遗韵或残片点缀在社会主义新农村的画布上,而置于前景的则是入社后贫苦农民的欢天喜地和那些与自己的土地、耕牛告别的农民的戚戚忧伤。而后者却是作家于不经意间写出的最动人的画面。随后,1958 年的人民公社化运动终于以强烈的乌托邦冲动达到想象中国乡村的极致。计划经济随着农村生产规模的扩大而逐步加强。人民公社规模大,公有制程度高,计划性更强,由于人民公社被视为通往“共产主义天堂”的桥梁,集体对农民家庭和个人私有财产的剥夺大大超过前两个时期,因而在此时受到批评的不仅是资本主义思想,还有人皆有之的“私”,于是作品中选择的基本题材是更为抽象和普泛的“公与私的斗争”,就像李准在《李双双小传》中表现的那样;而热烈讴歌的则是“公而忘私”、“为集体而忘个人”的共产主义风格,就像王汶石在《新结识的伙伴》中所描写的那群人和那些事。反映公社化的小说大多与当时刮的“共产风”、“浮夸风”相关联,如大办食堂、大办钢铁、亩产放卫星等,它们是描绘社会主义新农村所达到的顶点。而社会主义新农村不是资本主义(自由买卖)、不是小农理想(发家致富)、不是个体农户(入不入社),而是经由互助组、合作社、人民公社而达致的一体化程度越来越高的政治组织。在这里,“乡土中国”的一切被思想斗争、路线斗争和阶级斗争的观念予以重构,同时生成一个左右了几代读者的、巨大的关于中国乡村的“想象性构成物”——“农村”。这一想象自然会把“乡土”挤到边缘成为映衬“农村”的背景(如《创业史》),成为新生活的点缀(如《山乡巨变》),或者成为某种政治隐喻(如《艳阳天》)。诚如一位研

---

① [英]麦克法夸尔、费正清主编:《剑桥中华人民共和国史(1966—1982)》,李向前等译,海南出版社,1992 年,第 648 页。

究者所断言:“当用‘农业题材’来替换‘乡村小说’时,人与乡村或土地的情感关系就要被转换为政治抒情,它们被一种更为‘重要’和宏大的叙事所遮蔽。”①

2. 家园与荒野

20世纪80年代初,有一批作家如张炜、贾平凹等,带着他们对乡村诗意观照的生成物,诸如《声音》、《一潭清水》、《满月儿》等步入文坛。他们都以初步具有的“乡土意识”开始文学创作,着力渲染乡村所具有的自在之美,形成一种色彩明朗、格调清新的牧歌情韵。这种乡村的清新之美是自足的,然而也是表面而肤浅的,内蕴于其心底对于中国乡村真实的透彻知解,使他们随即便开始了对乡村的批判性审视。1982年贾平凹写出了《二月杏》、《年关夜景》等作品,而张炜则于1984年开始了长篇小说《古船》的创作。他们都力图从那种具有朴素诗意的乡土田园生活里跨出,以另一种社会批判或文化批判的眼光来看待乡村。他们发现乡村在封闭自足中也一样产生狭隘和愚昧,特别是一旦借助历史性暴力的蛊惑,就会爆发出巨大的戕害人性的力量。在《古船》和《商州再录》里,我们可以看到这种暴力的肆虐和它的不可理喻性。进入90年代以后,他们对乡村的观照则由“历史文化层面进入了多维文化层面,从现实感受进入神话情境,从文化批判的主题进入了文化坚守的主题,立场与策略发生了明显的转化”②。从此,他们由开始的乡土眷顾中经一个较大的跨越而进入形而上的“家园”层面。虽然仍然以乡村为依托,但他们已经由“乡土想象”转入一种哲学层面上的“家园想象”。典型的如张炜的《九月寓言》、《我的田园》、《柏慧》以及贾平凹90年代的诸长篇。

“家园想象”首先体现为一种诉诸精神与哲理层面的“怀念与追忆”。在他们的小说命名上往往就体现出这种鲜明的意向性,如《怀念与追忆》、《怀念黑潭中的黑鱼》、《怀念狼》,它们刻意凸显出一种精神上的返回意向。“怀念”的前提是有所失,而这种“失”显然不是个人的一己得失,而是人类的家园之失。黑鱼家族从遥远的地方迁到荒芜高原上的黑潭里,与之比邻的是一对老年夫妇。鱼族虽然对人类表示出它们的慷慨与友善,只求能够以黑潭作为繁衍的家园不受伤害地生活下去。

---

① 萨支山:《试论五十至七十年代“农村题材”长篇小说——以〈三里湾〉、〈山乡巨变〉、〈创业史〉为中心》,《文学评论》2001年第3期。

② 张清华:《野地神话与家园之梦——论张炜近作的农业文化策略》,载《小说评论》1994年第3期。

但人类，即便是这对老年夫妇也无法克服贪婪欲望的蛊惑最终出卖了鱼族。鱼族被迫再一次迁徙，而不久老年夫妇也死在荒原。黑鱼的消失带来家园的荒芜，而留下的是故事叙述者无尽的追问和沉重的遐思。怀念黑鱼便是怀念家园。《怀念黑潭中的黑鱼》与其说是小说，不如说是一篇家园怀念和家园思考的寓言。自然是人类与其他物种族类共同拥有的自然，而人往往凌驾于其他族类之上贪婪地索取最终导致人和其他族类的共同灭亡。自然环境的恶化，同样意味着家园将失。作家往往带着他们所体验到的家园将失的忧患，展开自己的家园想象。《怀念狼》以极为醒豁、精警的标题逼人思考在"自然"这个大家园里，人与"狼"所应该具有的关系：首先人与自然万物是平等的，即便是对于人而言一个早已负面情感化了的对象——狼；其次，人与自然万物之间还是一种相互依存的关系，狼也是我们人类家园的一部分；最后，在一个人与物共处的家园里，人与动物，即便是狼还可以相互转化。人的异化源于贪婪和对自然规律的漠视。而在工具理性极度膨胀的当下社会，"怀念狼"显然是一个关于生存家园的深沉警醒和不无荒诞意味的缅怀。

"家园想象"其次表现为"激情与理念"。与新写实小说的"不动情观照"相反，家园想象的运作从来都不回避主观情感的介入与投射，甚至把自己与对象融为一体如同张炜式的"融入"。作家的言说姿态仿佛是对读者的一种精神引领，巨大的感染力来自那具有崇高与庄严意味的抒情。而这种抒情又建立在一种"农业文化"的基础之上，城市往往成了与家园对照的反面。在张炜看来，"城市是一片被肆意修饰过的野地，我最终将告别它。我想寻找一个原来，一个真实。这纯稚的想念如同一首热烈的歌谣，在那儿引诱我"①，而原野却是"如花似玉"。与激情抒发相伴生的还有理念的铺排和彰显。如果说在贾平凹表达家园之思的小说里，理念还只是一种统摄、一种潜在的支架，甚至一种预设的前提的话，那么张炜则直接让理念的传达夹杂在文本的形象层面，让小说成为诗性和智性相夹杂的间性文本。在缺乏节制时常常也被人诟病为矫情，视为一种过于僵硬的说教，但在张炜看来这种"说教"，"是一种质朴，是大写的人的声音，没有这种声音，就没有辉煌的文学，也恰恰是因为这样的朴实无华、毫无顾忌，这样的真诚坦荡和率直，让你感受到的是一

① 张炜：《融入野地》(代后记)，《九月寓言》，上海文艺出版社，2001年，第340页。

个生命全部的复杂性和神秘性,是无限的空间”。[①] 在长篇小说《柏慧》中,这种饱含激情的理念传达几乎俯拾皆是,它们是关于家园想象在“歌咏之不足”之余,对于家园理念过于峻切的表达。

农业文明在张炜等作家那里是他们建构“家园想象”的依据,也同样是古代士大夫形成其“田园理想”的载体。古代大量田园诗文以精美、整饬的形式和优雅淡泊的风格表达出士大夫关于乡村的田园理想。精致的文字和完美的形式,是对乡村生存图景另外部分的遮蔽。而那被遮蔽掉的有可能便是“乡村荒野”。然而,有论者认为“农业文明非但不能通过自身完善来消除荒野,甚至不能停止对新的荒野的制造”[②]。其实在中国的乡村叙事中,从来都不缺乏荒野意象的呈现。在鲁迅的作品里有新文学史上最为深刻的荒野感受,而最为集中的体现便是《野草》。20 世纪 30 年代萧红则以春夏秋冬一年四季的轮换,来对应人的生老病死的生命轮回,以一种最为简单、粗粝的形式传达出乡村不过是“生死场”。《生死场》是现代文学中较为完整、透辟的“乡村荒野想象”。40 年代以至 50—70 年代文学,源于一种带有喜剧色彩的社会氛围的笼罩,文学创作中几乎没有出现乡村荒野想象的可能,而在新时期文学中荒野想象的重现,意味着作家对乡村观照视角的丰富。

“荒野想象”总体上是作家对乡村的观照在诗意剥离之后所达到的一种图景裸裎。作为一种运作方式,“乡村荒野想象”首先体现出一种背景的虚指性。“荒野”逼视的是“生存”,是人的“生命形态”。这显然同样是一种极具“形而上”意味的观照。作为“形而下”层面的故事,其发生的时间、地点等背景在作者看来并不重要。因为写作者并不企望阅读者真正拘泥于他的故事本相,而恰恰追求的是一种精神向度的真实,一种意味上的真实。这是一种来自虚构的真实。刘恒笔下的“洪水峪”、刘震云笔下的“马村”、“申村”都是虚拟的所在,放在哪里都无不可;而李锐的故事大致在“吕梁山”,杨争光的故事则往往发生在西北的戈壁或荒山里。这与乡土想象里作家对地理意义上真实性的着意强调大异其趣。时间在荒野想象里同样也是可有可无的因素。在有些小说里它只是一个能指符号,并不介入故事。空间

① 张炜:《散文与随笔》,山东文艺出版社,1993 年,第 209 页。
② 赵园:《乡村荒原——对于中国现当代乡村小说的一种考察》,载《上海文学》1991 年第 2 期。

和时间的虚指性，对于荒原想象来说是一种“有意味的形式”，它喻指作为一种生存图景，几乎带有亘古不变的恒定性。因而，这一想象着意向“虚构”敞开大门，然而这并不影响荒野想象的真实性。因为“现实的栅栏被虚构拆毁，而想象的野马被圈入形式的栅栏，结果，文本的真实性中包含着想象的色彩，而想象反过来也包含着真实的成分”①。

其次，“荒凉”、“食”与“性”是“荒野想象”最为基本的情感体验和构成元素。在荒野想象的文本里，除了充斥着形而下的“荒芜”外，还有无以言说的作为一种感觉和意识的“荒凉”。莫言的小说里，“荒凉”几乎成了一种独具个性的修辞：乡间砸石子的女人们的脸上都出现了“一种荒凉的表情，好像寸草不生的盐碱地”（《透明的红萝卜》）；“一群老百姓面如荒凉的沙漠”（《枯河》）；乡村烧酒铺里的男人们的“脸上的表情荒凉遥远，眉眼都看不大清楚……”（《球状闪电》）；即便“狗眼里的神色”也同样是“遥远荒凉”（《白狗秋千架》），等等。“荒凉”直接指涉着荒野的特性，同时也是荒野想象的美学呈现成为另一向度的诗意。然而，“荒凉”所具有的形而上特性，却有赖于两种极其具有形而下色彩的生活场景来表征，那便是“食”与“性”。这是两种最为基本的生活欲求，“食”的饥饿与“性”的饥渴把人的生活故事转化为生存故事，它们最足以表达作为“人”生存的荒凉，往往也是凸显人性的元素。因而，无论是刘恒的《狗日的粮食》、《伏羲伏羲》还是郑义的《远村》、《老井》以及李锐的“《厚土》系列”，无不表现出在物质极度贫瘠匮乏之下所带来的种种人性的荒芜和一些独特伦理规范的出现。如以“性”换得食物果腹；而恶劣的生存环境也自然形成以劳力换取性报偿的所谓“拉边套”的性生活方式。这些都是荒野想象中最令人震悚的生存图景。

因之，这四种想象中国乡村的方法之间存在明显分野，但也有着一种必然联系。具体到表现手法上，“乡土”由最开始的写实到后来羼杂了诗意的浪漫，在现实主义基调中显露出浪漫主义气质；“农村”则基本固守着革命现实主义的创作方法；由于激情和理念的灌注，“家园”成了一种极力彰显浪漫主义色彩的诗意言说；“荒

① ［德］沃尔夫冈·伊瑟尔：《虚构与想象——文学人类学疆界》，陈定家、汪正龙译，吉林人民出版社，2003年，第16页。

野”则在与“家园”相对的另一向度上走得更远，为了裸裎那种令人震悚的生存图景，作家们大都不约而同地采用了现代主义或后现代主义的表现方法。而从表现内容来看，“乡土”靠血缘和地缘人伦的温情来维系；“农村”基本靠政治意识形态和社会经济形态来维系；“家园”靠言说者的激情和信仰的理念来维系；而“荒野”则表现为所有这一切的流失。总之，内容和形式规约着四种文学景观的面貌和精神特质。然而，它们的观照对象却是相同的，那便是中国乡村。这成为它们在某种意义上最为深层的规约，同时也决定着这四种言说方式之间的某种逻辑联系。换言之，在这四种文学景观里，作家笔下的人物都共同表现出一种“系于土”的生命形态，他们的所有想象都基于此而展开。

选自《文艺研究》2006 年第 7 期

中国乡土小说的美学风貌

现象世界的文化审美与文化现象的审美世界
——阿城、郑万隆、李杭育小说创作鸟瞰

程文超

有的文学思潮，所打旗号上书写的词儿也许不那么严密，但创作实绩却令人刮目相看。“文学寻根”思潮大概属于这一类。我们想论述的，是在这一思潮中成就显著，引起文艺界内外注意的三位青年作家。尽管生活、创作经历不尽相同，但在一九八四、八五年前后，同其他作家一起，他们都不约而同地意识到了“中国文学尚没有建立在一个广泛深厚的文化开掘之中”①。于是，他们将艺术的钻头钻到了现象世界的文化岩层里，使他们具有现、当代意识的艺术眼光里所观照的一切都成为文化现象。当这种观照对他们的创作物质化时，我们便在那些“有意味的形式”里，看到了历史、现实、未来三个时态叠加的审美世界。

一

被人称为“冷不丁地冒了出来”的阿城，一踏上文坛，便同他的《棋王》一起引起轰动。他的第一个小说集《棋王》里的大多数作品，都有知识青年在其中生活着，因而有人把《棋王》等小说纳入知青题材小说范围，而《遍地风流》则被认为是作者题

① 阿城：《文化制约着人类》，《文艺报》1985年7月6日。

材的转移。其实,阿城自始至今既非写知青生活,也非写边地见闻。这些,正像他讲画家画竹一样,“无非是个媒介,以托笔墨”,求得心态的“自然流露”。[1] 在阿城的心态里,流动着一个绝大的命题——文化。他认为文化涵盖着社会、制约着人类。他的笔不满足于对政治、经济的表层再现,不止于对民俗民风的一般描摹,作者力图运用大文化的广视角,对现象世界进行整体的审美把握。因而,在他的笔下,无论人、事,还是情、景,都成为民族文化精神的全息审美图像,那图像里,不动声色地流露着作者对其站在今天和未来高度的重新审视和再造。

以在批判中继承和发展的态度,探讨民族传统文化中某些值得肯定的精髓,是阿城与不少“寻根”作家的共同之处。阿城的特色之一首先在于对以庄禅为代表的古典本体论哲学的着力挖掘。在浓厚的文化氛围里,他探讨着民族文化在人们心灵上的历史积淀,追求着人的理想人格和人生境界。阿城作品中的人与环境大多和谐统一,浑然一体,它首先给人一种恬淡、虚静之美。那些平实故事中的行动者——人物的形象尽管千姿百态,但不少人物性格的显面多给人以淡泊、无为、超脱的印象。不论在多么艰难、恶劣的生活和情景中,他们都能不随浊流,恬静安适,淡而无为,“任其性命之情”[2]自由自在而超然物外,以求心灵的虚静。《棋王》里的王一生是有典型意义的人物,在他身上,一个“吃”,一个“下棋”,一个物质生活,一个精神生活,二者的统一象征着整个人生。他近乎痴呆,在生活艰难之中,在神州大乱之时,他不问世事,却痴迷于象棋,被称为“棋呆子”。他的棋“汇道禅于一炉,神机妙算,先声有势,后发制人,遣龙治水,气贯阴阳”,可谓高超。其实,“汇道禅于一炉”,既是他的棋道,也是他人“道”的重要方面。他“为棋不为生”。下棋在他,只是排忧解闷,以求心灵清静和精神自由的手段。“何以解不痛快,唯有象棋。”借助象棋,他超越世俗,超越痛苦。他甚至不愿意承认自己有“忧”,“‘忧’这玩意儿,是他妈文人的佐料儿”。“文革”之中,他去“串连”,不为“革命”,只为下棋。知识青年离城下乡时,在那悲伤、混乱的离别场面里,他躲开前来送行的妹妹,集心身于棋中,尘世的痛苦都被他淡而化之。在农村,他既不求表现积极,也无意于下力挣钱,

---

① 阿城:《文化制约着人类》,《文艺报》1985 年 7 月 6 日。

② 庄子《骈拇》。

却四处找人下棋。他是那样知足而旷达。

这个呆、痴、笨、淡的人物其实是当时社会的智者，他的才智不特表现在对棋道的精湛研究，更主要表现为他对社会现实较为清醒的认识。《树王》里的肖疙瘩，《孩子王》里的教师“我”，都是这样的智者。在当时特定的动乱年代里，他们的淡泊，超脱，本身就显露出对现实居高临下观照的智者风范，表现出对恶劣环境不与合作的傲世态度和不愿随波逐流的心理反抗，虽然不是积极的、外在的。

另外，阿城的环境描写也是有选择的。哪怕人物生活在内乱之中，生活在大森林，大草原里，作者笔下的许多环境也显得淡寂、虚静。《棋王》里，在“文革”大串连中，我们看到的是一角棋盘。“乱得不能再乱”的车站里，作者推出的特写却是车厢里“冬日的阳光斜射过来，冷清清地照在北边儿众多的屁股上”。《树王》里森森的林子笼罩在月光下，《孩子王》里学校空旷的操场上，一只极小的猪“慢慢走”着，一对公、母鸡悠悠然地寻着欢乐。连《峡谷》中那高山峭壁上的石头也“生铁般锈着”“一动不动”，巨石上伏着的四脚蛇，“眼睛眨也不眨”，深山石屋的门口，“一幅布旗静静垂着”。人物在这样的环境里活动，与环境相映成趣，达到“天地与我并生，万物与我为一”的境界，因而超越现实束缚，摆脱功名利禄，得到精神的升华和生命的自由舒展。在人物、环境浑然和谐的描写中，作者表现了他天人合一的哲学观、人生观。

必须同时看到的是，阿城对传统文化的审美观照，绝非仅仅迷恋于庄禅哲学，他那天人合一观也远非庄禅的淡泊、虚静所能涵盖。细读作品，我们发现阿城的创作裹着“道”的外衣，却有着“儒”的筋骨。在那貌似庄禅的超脱旷达内里，却隐藏着儒家的进取精神。因而在阿城给人的美感里，淡泊之中有崇高，虚静之中有壮烈。这些都同样表现在作者天人合一的描写之中。

我们在上面认识的那些性格并非这些人物的全部，他们的另一面是执着、倔强、顽勇。王一生的呆痴、淡泊并非对现实的不屑一顾，他除了在棋中追求精神自由和自身理想人格的完成之外，并不排除人格和自身价值在现实中的实现。关键时刻，他的执着、顽勇便表现了出来。在九局连环、车轮大战时，他下棋已经不仅仅是寻“异人”、求“养性”了。他仍然那么安然，“把手放在两条腿上，眼睛虚望着”，但却已经摆开决战的架势“拼了”，其正把命放在棋里搏，这时的“安然”里，有火，有铁,成为"铁铸一个细树桩"。这行为是作品里王一生唯一的一次壮烈,也是一次必然的壮烈。在九战九捷之后,他终于喊出:"妈,儿今天明白事了。人还要有点东西,才叫活着。"这是他潜在的创造欲、实现欲的升腾和发现。淡泊与顽勇高度和谐地统一在王一生的生命形态里。《树王》里的肖疙瘩虽然不善言辞,似无所求,但他倔强、不屈的性格更为明显。他受过处分,地位在人之下,而且已经为砍烧树林"发些怀疑怨言"而被揪出,罚去种菜"监督改造",但他并不退缩,直至用生命保护最后一棵大树。肖疙瘩的性格犹如大海,平日风平浪静,海底却奔着千条潜流,孕着万里波涛。在那里,我们看到了崇高。《孩子王》的"我",在教书、离校等平淡之举里,隐藏着不愿掩耳盗铃,追求形式,却要扎扎实实为人民办事的执着。他就带这种执着和力气,淡淡地"走进白太阳里去"。《树桩》里的歌手老二,在终于能放声赛歌以后却匆匆地去了,原来多年来他像树桩一样,无言无语地立在街首,竟是为了让人们读他那"无字残碑",是不屈不挠地等待着发出那一个让"天似乎也退远了"的长音。《遍地风流》里的一些人物,则干脆脱去了平淡、无为的外衣。《峡谷》和《洗澡》里的骑手,《溜索》里的马帮首领和汉子们,《湖底》里的小伙子,大多强悍、豪爽、精干,洋溢着生命的伟力,有着崇高美。

阿城笔下的环境其实也往往在静寂中有着冷漠、庄严乃至阴森、恐怖,与人物性格中进取、强悍的一面和谐统一。人物在这样的环境里,达到另一层次的天人合一。《棋王》车轮大战的场面,无疑在"上千人不再出声儿"的平静里有着惊心动魄的力度,《树王》里那棵巍峨的大树,默默地立在山巅,"巨大的树根间,生着一个小小的人",那崇高与伟大,在人与树之间难分你我。《峡谷》中的"一世界都静着",但却漫出"森森冷气","似谷里出了什么不测之事,把大树唬得跑,一跤仰翻在那里"。这绝不仅仅是对一棵倒树的比喻,而是一种"标志",在叙述层次,它让读者看到,主人公们原来生活在连大树都被唬跑的深山峡谷之中,而他们却若无其事地骑马、喝酒、吃肉。正是在这样的环境中,人的本质力量得以对象化,我们看到了人与自然在精神上的又一契合,那契合体上书写着:崇高。它是人的生命价值的颂歌。

阿城笔下的人物并不都是汉人,人物身上的文化因素自然也不只是汉文化。但作者的选择却是明显的。阿城的审美世界里包含着并不囿于一子一家的丰富的互补的传统文化内容,作者以他追求人的精神自由和本质力量的现代眼光,在选择中完成对传统文化的重新审视和再造,张扬着属于未来的理性精神。而淡泊与崇高、虚静与壮烈的和谐统一,使阿城作品具有极大的美学张力。

二

十八岁开始创作的郑万隆,在三位作家中创作历史是最长的。他新时期的创作,按其三组系列小说,可分为三个阶段,其当代意识和艺术创造不断深化,成为一个否定之否定的审美历程。第一个阶段,作者主要致力于描写 80 年代青年的不同人生道路,探讨青年的伦理道德观、人生价值观和新的生活方式。作者以满腔的热情和开阔的视野,将笔伸到了从都市到农村、从大学到工厂的广大空间,在立体、多层次的整体构思中,塑造了一大批思想、品德、性格迥异的青年,构成一幅当代青年的群雕像。

第一阶段的创作无疑是有成绩的,但尽管作家有着较强的当代意识,其作品在艺术的力度与厚度上却总让人感到缺少点什么。在当时众多表现青年问题的作品中,也似乎缺少点个人特色。郑万隆在艰苦地探索着,后来,他认识到"我不仅是生活在'现在',而且是生活于'过去'的'现时';'过去'就在'现时'里","远古和现在是同构并存的"。① 于是,他开始"开凿自己脚下的'文化岩层'"②,找"我的根"。一九八四年底起,他创作了被纳入"寻根"思潮的系列小说《异乡异闻》,进入了创作的第二阶段。作者此时的"当代意识是醒着的"③,并用它观照"民族传统心理和行为方式"④,使他的创作进入了一个新的高度。《异乡异闻》是作家开辟的一片生土,是一个独特的、真正属于作者自己的艺术世界。系列小说写的是属于过去时态的、在作家"记忆"中存在的故事。作者的笔回到了他的出生地——处于祖国边陲的、黑龙江畔"一个汉族淘金者和鄂伦春猎人杂居的山村"⑤。他认为那里有着独特的

① 郑万隆:《我的根》,《上海文学》1985 年第 5 期。
② 郑万隆:《我的根》,《上海文学》1985 年第 5 期。
③ 郑万隆:《关于〈远雷〉》,《小说选刊》1986 年第 5 期。
④ 郑万隆:《关于〈远雷〉》,《小说选刊》1986 年第 5 期。
⑤ 郑万隆:《我的根》,《上海文学》1985 年第 5 期。

文化,他要在浓重的独特文化氛围里,写出那里的人们“在创造物质的同时怎样创造了他们自己”,“表现一种生与死、人性和非人性、欲望与机会、爱与性、痛苦和期待以及一神来自自然的神秘力量”。

在对传统文化进行审美观照时,与阿城一样,郑万隆同样表现出对人的本质力量的强烈追求。但阿城主要从哲学角度挖掘,郑万隆更多从伦理道德角度探寻。这是第一阶段作家重视青年的情欲、理想、道德的深层发展。《异乡异闻》在颇带神秘感的荒蛮野林环境里,展示那里的族类生活方式。在特殊的环境里,作品里的人物有着特殊的伦理道德观,他们大多数充满着情欲和力量,带着一种原始的野性美。

一大批垦荒、开边者是《异乡异闻》里引人注目的人物形象。他们粗犷而愚钝,强悍而贪欲,豪放而侠义。身上带着四十三处伤的陈三脚(《老棒子酒馆》)有着魔鬼的野性和英雄的人性。他的一身雄风和一腔侠气征服了所有的人。王六道们(《地穴》)掘出来的是石头,但他那不畏任何艰难险阻一往无前的探险精神,不惜肉体生命到地球深处采金的一身虎胆和他那不计旧日恩怨,与同伴肝胆相照、生死与共的义骨侠肠,本身就是闪闪发光的金子。充满神秘和豪气的“头儿”、“黑奶奶”,加上后来的杨闹儿们(《火迹地》),在与险恶的自然拼命时过着放荡不羁的生活,各种情欲得到歇斯底里的发泄,但在那因压抑而被扭曲的表现里,却都有自己的人生准则,有着正常的人性追求。在从伦理道德角度切入观照这些人物时,作者所追寻的,是理想的人的本质。

从感觉出发达到“超感觉”,是《异乡异闻》艺术创作的一大特色。这批作品并不是写实的,它只是作者“理想世界和经验世界的投影”。作者强调有生命的活的感觉,“追求一种极浓的山林色彩、粗犷旋律和寒冷的感觉”①。在那感觉的外化所呈现给读者的、生活在“过去时”文化氛围的人物身上,我们却看到了今天的人们身上仍然具有和追求的人的情欲、理想和人的本质力量。因而作品超越了感觉,超越了具象,达到了理性的象征。表面看,作者处处在写属于过去的事,但其实他笔笔从现实出发,表现、抒发、呼唤着现实中并向未来延伸的人性理想。

① 郑万隆:《我的根》,《上海文学》1985年第5期。

早在作家创作《异乡异闻》时，就有不少理论家预言“郑万隆不会拘囿于他目前所创造的这个艺术世界”①，一九八五年底，八六年初，一个新的艺术世界真的出现了。在第二阶段，作家“想从传统文化中开掘出一块‘自留’地，醒来后，又担心自己的视野受到‘地域藩篱’的局限”②。于是，他的创作进入了第三阶段，创作了《东南西北》系列小说。作家从“过去”的对象再次回到现实的对象。他的当代意识仍然“醒着”。如果说《异乡异闻》是用当代意识写“过去时态”的话，《东南西北》则是用当代意识写“现在时态”。但第三阶段绝不是对第一阶段的简单回归。融入了文化视角后，无疑给作家的当代意识增加了极大的力度和厚度。

《东西南北》系列大多选取改革时期某个偏僻的角落，选取这个角落里的普通人，展示他们在改革大潮前的心律波动，探讨他们文化心理结构中深深的历史积淀。《远雷》以一个小酒馆作为窗口，展示祖国的改革大潮和大潮中的泥沙俱下，更着力表现在“窗口”里面坐着的几位普通老汉对美好生活的情欲冲动和因传统伦理道德的束缚而对改革的某些不理解，从历史深处写出了我们民族的活力和惰力、改革的必然和艰难，这使作者的人物那么鲜活而沉甸甸，使作者的创作具有更为深刻而又亲切动人的艺术力量。

三

在南方学习并开始创作生涯的李杭育，在“文学寻根”思潮中与北京的阿城、郑万隆南北呼应。他是三位作家中最年轻的，但他的文笔却有着超出他的年龄的老练。较之阿城和郑万隆，李杭育从创作“葛川江系列小说”开始就较为明确地用具有当代感的文化意识考察现实。系列小说中的大多数篇章，都表现了变革时期葛川江上和两岸的民情民风和各种人物。在作家眼中，葛川江是一条连接历史与现实、农村与城市的，代表长江下游吴越文化的大河。在对这种文化现象进行审美观

---

① 陈骏涛：《郑万隆的艺术世界》，《北京文学》1986 年第 3 期。

② 郑万隆：《关于〈远雷〉》，《小说选刊》1986 年第 5 期。

照时,李杭育同样关注着人、人的命运和本质力量,但不同于阿城的哲学角度和郑万隆的伦理道德角度,李杭育主要侧重从价值角度切入。因而李杭育的“最后一个”、“最早一个”等众多人物性格里,都有着各不相同的价值形态。在那斑驳的价值形态的审美焦点上,我们看到了一种倔强、顽强、剽悍的人格力量。也许身上流淌着山东大汉的血液的原因,李杭育在具有秀美、阴柔的南方大地上,发掘出被称之为“吴越风骨”的粗犷美、苍劲美。这使他的创作加入了“硬性文学”的行列。

李杭育的“最后一个”们,都是具有悲剧色彩的人物。他们的悲剧在于,时代前进了,他们那受封闭心态驱使的蹒跚步伐,却不曾跨过新旧交替的“楚河汉界”,成为旧时代的“最后一个”而失去其时代的价值。《最后一个渔佬儿》里的福奎,《沙灶遗风》里的耀鑫老爹,在别人眼中曾经都是有价值、有地位的。紫福奎曾是一个“有脸面有模样的汉子,受人尊重,自己也活得神气”。那时,“江里有鱼,壶里有酒,船里的板铺上还有个大奶子大屁股的小媳妇”。但随着自然和社会环境的变化,他那用滚钓、蚯蚓捕鱼为生的原始劳作、生活方式已经过时了。他穷得连裤头都只有穿姘头的。当别的渔佬儿都纷纷上岸搞承包时,他却无法改变自己的方式,固执地留在江中。因而连与他相依为命十年之久的情人阿七,也觉得他没价值,没“脸孔”而投入别人的怀抱。画屋师爹耀鑫曾经是经常被人摆八桌大菜,请去尊为上首,一口一个“画屋师爹”的人物。但随着时代的发展,时髦又实惠的洋楼取代了瓦房,画屋师爹逐渐失去了用武之地。连他的儿、媳都不承认他那手艺的价值,要造洋楼。福奎、耀鑫这些“背时”汉,都有着深刻的孤独感、被遗弃感。在表现滚钓捕鱼、画屋等物质、精神上文化形态的被扬弃过程中,作者揭示了这些“最后一个”们守旧落后的一面,折射出时代车轮无可阻挡的画图。

深刻的是,作者在这些“最后一个”面前,并不兴高采烈。在表现人物的悲剧同时,作者更挖掘出他们身上的、为吴越文化所重视的人格价值、人格力量。摒弃福奎、耀鑫们的固执,我们看到了民族文化积淀在他们性格中的硬质。福奎是一个硬汉子,对借助权势、奸诈跋扈的大贵,他不屑一顾并有意捉弄,宁愿挨饿也不愿低三下四。对阿七的离弃,他表现出大丈夫的超脱和大度,更加上他不愿受束缚、追求自由自在生活的灵魂,都表现出鲁直、坦荡、粗犷的生命力。耀鑫不仅表现出对自己艺术追求的执着精神,而且在悲伤之时,宁愿不当真正的师爹,也不愿误人子弟,他同样有着强悍气质，身上跳跃着正直、坚硬的人格光点。那个不赶第二浪上岸而丧生的老弄潮儿(《珊瑚沙的弄潮儿》)，尽管迷信、落后，但他要在大自然中表现自己本质力量的好汉气概，又怎能同他的肉体一起死去呢？“最后一个”们或“背时”了，或死去了，但他们精神中的某些人格力量却有着闪光的价值。中华民族是重视人格精神的民族。正是在这里，作者对人物表现出情感的偏爱、惋惜，给他们唱了一曲悲壮的挽歌，使作品表现出雄浑的悲凉美。

李杭育还塑造了一些令人深思的“最早一个”，如事事开风气之先的“船长”(《船长》)，农村最早的致富者茂生、炳焕(《土地与神》)，山草(《红嘴相思鸟》)，南雁(《草坡上那只风筝》)，等等。但作者没有把他们写成改革的英雄，“最早一个”与“最后一个”其实只有一步之遥。作者挖到文化心理结构深处，从他们身上看到很多没有时代价值的东西，发现了某些喜剧色彩，给作品增添了幽默风格。在连着城市与农村的葛川江上闯荡的船长，既有着城市人的见识、文明，又有着乡下佬的狡诈、封建。他以长兄的身份强迫妹妹牺牲爱情服从变相的“父母之命”，换来某种体面，他有不少“户头”却不懂爱情，固执地“不娶二婚头”，他的自尊自信隐藏着深深的自卑又极易滑向自欺。茂生与炳焕富起来了，却反而觉得低人一头。他们要为乡亲们谋点福利，最终却修起了“娘娘俱乐部”。茂生的行为，恐怕很难用善恶评价，但他自己却并未从善恶观里走出来，因而自己心里首先发起虚来。在新与旧的碰撞之中，作家对他们身上那些无价值的东西给予了不少善意的调侃。

然而，交织在作者那调侃曲调中的内在旋律，却是深情的称颂和礼赞。除了赞许他们“最早一个”跨入新生活大潮的时代价值之外，更为倾倒的是，他们那人格伟力的巨大价值。《船长》尤为典型。船长外貌丑陋，但他却是船老大中的头条好汉。尽管他放浪形骸，满嘴脏话，却又淳朴正直。潮水到来之时，他把唯一的救生衣给了画家——他的雇工。他有着“赤膊穿蓑衣”的蛮横气派、牛劲虎胆，一江风波浪谷，全是他力量的外化。特别是他那人格高于生命的观念，作家更是浓墨重彩。他的船本来参加了保险，但风浪到来之时，他却冒着生命危险，用他的力与智与大自然拼搏。他要捍卫的不是船，而是他的人格和荣誉。那剽悍与勇猛里，骤然升起的，是崇高。作者不得不借人物之口赞叹：“其超人的胆魄和伟力，不仅升华了自身，也不容抗拒地征服了他人”。

正是在这里,"最早一个"与"最后一个"再次相通了。当"最后一个"们挣脱陈旧观念,用他们的人格力量去拥抱新生活、新观念时,无疑会给时代的动力以无比的能量。这就是内化在人民性格中的民族文化在今天的重要价值之一。于是,我们便可以理解作家笔下那些既非"最早一个",也非"最后一个"的人物了。大黑(《葛川江上人家》)正是在与似乎非人力所能抗拒的特大洪水较量中,在对秦寨小伙没人配娶的秋子的追求中,对象化着自己的人格力量。那个姓仲的苏北汉子(《人间一隅》)偏要在充满敌意和耻辱的土地上建立家园,试试谁的力量更大,"老子就是这么个东西!"李杭育不屑于肤浅地观照他笔下的人物,他立足于今天,挖掘着历史,构筑着明天。这给他的粗犷美注入了历史唯物主义的深邃底蕴。

葛川江仍在奔流,李杭育仍在创作。作家是继续留在葛川江探宝,还是带着他的葛川江走向大海?但无论如何,他的创作却不属于钱塘江,而属于大海。

我们徜徉于三位作家之间,流连忘返的陶醉被一种直觉唤醒。霍回首,我们发现,在对传统文化的重新挖掘、整理中,尽管切入的角度不同,他们却都关注着人和美。他们或写过去或写今天,但都指向着未来。他们或写边陲,或写腹地,但都既不是文化学也不是社会学,而是创造主体的审美超越,正如李杭育的葛川江不是钱塘江一样,他们都不仅仅是描绘实在,而更重要的是表现理想。在那里,他们不断实现着自己。于是,我们找到了一种被称之为"文学"的东西。

原载《江淮论坛》1987年第2期

中国乡村小说里的若干现代主义倾向

吴　亮

众所周知，“现代主义”在当代的文论中一直是个含义不定、众说不一的概念：尤其是在中国，这个概念在不同的时期、不同的理论家那里被赋予过不同的解释和价值。但是，尽管如此，这一状况的存在并没有妨碍人们在他们认为是必要的某些场合继续使用“现代主义”这个概念。在人们的一般理解中，“现代主义”乃是某些只需凭直觉和经验就能体会并予以把握的艺术倾向或特征，并不需要严格的学术论证和史的复述——如果不是这样，“现代主义”就只能成为少数专家所感兴趣乃至垄断发言权的一个深奥概念，而与普通的读者隔离了。事实上，对当代的中国读者来说，“现代主义”于他们已经是很不陌生了，只是在他们的理解里，西方现代主义和中国式的现代主义作为两个概念还是浑然不清的。但不管怎样，只要他们读过若干西方现代主义作品和若干中国的带有现代主义倾向的作品，便很容易将它们和以往的西方其他文学潮流以及中国其他文学样式区别开来。这区别的理由，一部分得之他们读到过的不系统的学术研究撰述，然而远为紧要的还是那些作品本身显现出来的艺术特征。

因此，在考虑中国的当代文学和现代主义的关系这一问题时，我注意的重心，就不是去追索“现代主义”的本义；而往往是另一些方面：中国的作家和他们的作品，究竟是如何理解“现代主义”的，又是如何程度不等、特征不一地表现出“现代主义倾向”的。它既无疑是非中国莫属——带有中国特殊情境和文化背景的；又无疑是纯属个人的,即渗透着中国当代作家个人的创造、人格特征和想象力的。

围绕着本文的论题,现在需要补充的是对题目中另一个概念的解释:即什么是“中国乡村小说”?

应当坦率地承认,从字面上看,“乡村小说”和以往教科书中所谓“农村题材小说”并没有什么两样。但是我个人以为,在以往所谓“农村题材小说”的总题目下、总或此或彼或兼而有之地包含着诸如阶级斗争、土改、农村改革、包产到户、个体经营和联营等三十余年中不断的政治或经济的活动与事件,这些政治变动和经济迂回发展的进程又反过来影响到农村人民的日常生活、人际纠葛及其精神面貌。这些所谓“农村题材小说”通常都有意无意地顺应着一时一地的流行观念,用情节和形象的虚构来阐释作家对农村生活现实及农村历史的见解与价值立场。与此不同的是,这里所说的“乡村小说”中所描绘的,并不受上述所指范围的限定。在这些小说中,乡村不单单是个政治舞台或经济舞台,更不单单是政策和法令的舞台。在他们的“乡村小说”中,乡村是一片民族不断重复自己命运的轮回之地,也是一块有可能使民族得以更新的再生之地,乡村成了种族和文化的象征。在那里,乡村充满了神秘的意象,充满了历史的游魂,充满了童年的梦,也充满了荒谬、凝滞、愚昧、恐惧、嗜血、浪漫、性爱、预感、危机和另一些不可名状的、难以衡度的精神禀性。

在中国乡村这块广阔的土地上,南与北、东与西、沿海与内地、平原与山区,生活状况和文化都有着极大的差异,泛泛地论及中国乡村和乡村文化显然是这篇短论所不能囊括的。但是,这里我想先指出一个有趣的现象:从我目前接触到的部分文学事实来看,那些沿海的、较早和工业城市有商品联系、交通相对便利、较多接受工业文明影响并倾听外部世界声音的乡村,迄今为止还没有产生过具备“现代主义倾向”的文学作品;倒是另一些地处内陆的、闭塞的、千百年来一直停滞不前、保有自己固定生活方式、习俗、民间故事、传统和宗教意识的乡村,在近几年里却陆续地涌现出带有较明显的“现代主义倾向”的文学作品来,如山东的莫言、湖南的残雪和韩少功、西藏的马原与吉林的洪峰等。相对而言,沿海的或是开放较快的乡村,由于受外部世界的全面冲击,还由于现实生活的逐渐演化,那些描写它们的文学作品多少处于一种工业革命和商品化过程来临之际的启蒙主义精神状态中。这些文学作品所面临的主题,不管是如何顺应历史潮流和人心向背,都还是指向经济生活及一切由此派生的精神问题的。对这两种不同情况，我并无抑此扬彼的意思；而只是想进一步探讨为什么在闭塞的乡村反而会产生带有“现代主义倾向”的乡村小说来，特别是，这些倾向是以怎样的特征体现出来的。

在中国乡村小说中，莫言、残雪和韩少功的作品就它们的现代主义倾向而言是有着代表性的。这三位小说家，都曾不同程度地有过在乡村的梦旅。童年期或是青春期的艰难历程，乡村或乡镇生活的贫困、重压、封闭所导致的纤敏而刻骨铭心的情感记忆，均非常个人化地镌刻在他们的内心深处。从个人的心理冲动来说，回溯往事的巨大诱惑和写下那些久久纠缠在脑际的童年观察、幻想与青春时期的经验，把那些激动人心的、迷人神奇的、反常的、窒息人的和极富象征性的乡村生活记录或再造出来，据此体验到个人的生命冲动，将之尽情宣泄而出；回述一遍人在其中的处境和命运，对之持一种超离的立场远远地以陌生的眼光重作审度等，这些便成了他们无意识地趋同的一个相似理由。在莫言那里，意识流和浪漫主义是混淆不清的。他的大部分乡村小说里通常流动着中国农民的精血，他在处理和构造他的小说时，可能考虑过要用文字虚拟出一个类似福克纳笔下的乡村来（莫言称它为高密乡），但是这种纯粹对外表相似感兴趣的猜测与我所说的现代主义倾向并无逻辑联系。莫言的小说，在极端地崇尚感觉和意象的同时，主要体现出其种扩张型或外溢性的神经冲动，他总是在失控的时候闪现出灵感，写出令人惊讶、出人意料的段落，并且也在这个时候由于非理性状态的来到而写出另一些难以卒读的文字来。人们尽管不能忍受莫言的一篇题目为《欢乐》的小说所给予的冗赘之感，但它的确是一篇称得上是十足意识流的典型之作。在这之前，意识流作为一项手段或一种方法曾被许多中国作家所采用，然而那些初期的尝试之作，多半把意识流简单地理解为时序的颠倒或交叉性的重组，以为在原先的因果性明显的叙事结构上作若干旨在使读者感到扑朔迷离的调整，并在某些场合掺入一些思想的闪回、语无伦次的梦话和印象的捕捉，就是在运用意识流了。在此我想略作一点发挥，在广泛接触西方现代主义文学后的中国文坛，存在着一个普遍的误解，即以为任何一种主义和方法都可以轻易地借鉴过来，为我所用；而另一个远为重要的因素却被忽视了——作家作为独特的个体有无它的固有限定？它的潜能是无限的吗？人可能向所有的其他人学习吗？莫言小说中的现代主义倾向（即我提到的意识流），与其说得益于西方现代主义文学,不如说它直接得益于莫言的天性。那些有可能触动过莫言想象力的西方现代主义作品,不过是一个契机,点化了莫言的创造力并让他自识到并予以娴熟地运用罢了。

莫言的乡村小说除了上述那种潜意识的变本加厉的发作,还表现为浪漫主义的梦想。莫言的浪漫主义是进攻型的;嗜血的场面体现出莫言对生命的崇敬与战栗,他还以一种自由无拘的方式来描写中国乡村中的性爱,这种性爱完全不同于我们通常认为的那样是含蓄、端庄或温柔敦厚的,相反,莫言乡村小说里的性爱场面都有着自然的倾向,它很少受到文化的禁忌。从这方面看,莫言的想象力无疑是十足浪漫的。正是这种意识流中的非理性倾向和浪漫主义中的人本倾向,构成了莫言乡村小说的一个矛盾方面,所谓的现代主义倾向就是这样在他的小说中面目不清地显露出来了。

与莫言相比,残雪更是一个沉溺于梦中的小说家,而且她还是个多半在做噩梦的小说家。如果说莫言的梦一般呈现出进攻性的画面的话,那么残雪的梦境则是防卫型的,而且是无效的防卫。严格地说,残雪的乡村小说应该归之于乡镇小说才对,因为她的小说里通常不会出现土地和耕耘于土地之上的典型农民。但从中国的实际生活状态来考虑,乡镇是更接近于乡村而不能和城市同日而语的。因此,残雪无论如何都是一位值得研究的中国作家,而且她的小说也的确是很具有现代主义倾向的。她的作品一开始就以她小说中独特的恐惧让人难忘,这种恐惧是很有卡夫卡意味的,这是一种弱型的,对外来伤害措手不及,时时感到被入侵,得不到保护,时时觉得有"他人在场"的恐惧。在她的小说里,不断地出现孔洞、孔穴、缝隙的视觉图像,这无疑指喻着被窥探、被窥测的担忧,害怕裸露和泄漏,以及由于这种害怕和担忧而加剧的窥探狂,相互搏斗以至于达到登峰造极的地步。《苍老的浮云》和《黄泥街》就集中地体现了这些特点。残雪的作品提供了某种过敏的心理经验和描绘这经验的乖戾方式,她用一种近乎胡言乱语的梦话向人们显示出一个失态得畸形的真实心灵,这心灵恰恰是因为极度纤敏对丑陋现实及现实的丑陋部分极具反感的精神后果。残雪以她晦涩的语言向我们陈述的一切,以清醒的意识来处置最不可思议的梦觉。陷于反反复复的自我分析里,无疑是为我们敞开了一条"通往内心之路",那里面的世界彻头彻尾是属于残雪个人的。

这种完全执着于个人的噩梦运作，我以为是接近于现代主义的某些主张的。但是，残雪是个在文学潮流之外的人，不清楚她读过谁的书，接受过谁的启发，但她的小说绝不是借鉴的结果。尽管中国和西方现代文学已有了日益深入的接触，可是它并不必然导致中国式现代主义作品的产生，我们固然可以从中找到部分的相似，然而难道我们不应当将这种相似的主要原因归结为人性的相通吗？只要人处于被袭扰的危险地带边缘，只要人和人之间永久地存在着那种彼此的防范，残雪式的梦语和残雪式的恐怖幻觉就有了被理解的可能。我并不认为残雪的小说不过是现代心理学即精神分析主义的一个精彩注脚，也不认为残雪的小说仅是接受了卡夫卡的梦魇方式；我宁愿以中国乡镇生活、乡镇人际关系中的那种僵滞、窒闷、冷漠、敌意为背景，来解释残雪小说的成因。

与残雪不同，韩少功的小说虽然也充满着预感，但这种预感更多的指向普遍性，表现为一种超个人的忧虑。

《爸爸爸》是韩少功乡村小说中的代表作。通过这部小说，韩少功透彻地看到了历史的噩梦里潜藏着关于人类种族无力性的某些令人不安的事实——如迷信、昏睡、愚昧无知、自相残杀和无效的乞灵术。在中国年轻的乡村小说家当中，韩少功是一个较多接受外来思想的人，也是一个从来不脱离中国历史及现实问题的人，而后者，往往是那些一味模仿所谓西方现代主义的人所经常忽略了的。在《爸爸爸》中，韩少功以民间故事、寓言、族谱、传说和荒诞剧的方式，和被他建立起的那个世界之间造成了冷漠与无动于衷的审美差距；丙崽用自己无所不包的傀儡形象把韩少功以往小说中经常出现的性格化角色断然替换下来，根据那现代神话剧剧情发展的需要轮番起着各种作用，时而成为道具、成为台词、成为布景中的一个图案；时而又成为主角、成为情节推进的动力。在丙崽身上隐含着祸殃、神启、占卜、滑稽、领袖、灾变、病根、预言等几乎全部人类群落社会乃至现代社会的文化信息。经由这么一个十足面具化符号化的人物，韩少功塞进了他大量的想法和混沌的预感，游刃有余地把中国乡村社会的畸态文化模式迁移到他的笔下，纳进了一个小小的由语词构成的虚构空间里，这不能不说是个奇迹。

韩少功乡村小说中的现代主义倾向（我指的是象征主义类型的现代主义倾向），和中国知识分子惯有的那种早熟的忧虑及近代民主思想有着奇妙的混合。在一些场面,韩少功曾多次婉言批评过中国文坛上方兴未艾的对西方现代派艺术的浮躁模仿运动,这显然表明韩少功小说的现代主义倾向仅仅是倾向而已。和前面提到的莫言和残雪相比,韩少功在现代主义的接受和推动方面并不是做得很彻底的。

在非常扼要地描述了对这三位小说家及作品的印象之后,我想再重申一下我的观点,关于西方现代主义对80年代后中国文学的影响,我个人愿意保持谨慎的态度,而不想将在中国当代文学中出现的所有新迹象都归因于现代主义的影响。不过,我像所有关心中国当代文学和西方现代文学的人们一样,是不可能完全孤立地来考察中国当代文学的。因而从总体上说,我是在如下含义中考虑西方现代主义对中国当代文学影响的;由于接触了那些作品和有关的理论,中国作家个人生活历程所原有的含义被改变了;在此同时,对当代生活的再思考,对小说的再思考也相继发生;最后,由于生活及写作赖以存在的现实根据仍然无可辩驳的是属于此时此地的,因此无论如何,所有能够打动人的中国当代文学——包括我简要论及的中国乡村小说——不管是否拥有或拥有多少现代主义倾向,它首先是面对中国的。

我想这一点不会有例外。

选自《文艺报》1988年第2期

论二十年代“乡土文学”的悲剧风格

杨剑龙

在中国现代小说发展的历史长河中，如果说“五四”初期的问题小说、身边小说的兴起是它的初潮的话，那么20年代乡土小说创作的繁荣则是它的又一重涛峰了，鲁迅称其为“乡土文学”[①]。20年代的乡土作家们以各自不同的面貌、不同的方言、不同的性格活跃在文坛上，努力创造着新的艺术之美，逐渐显露出他们各自独特的创作风格。“但是，在任何时代，同时代的作家总难免有一种近似之处，这种情形并不取决于他们的主观意愿。”[②]在20年代乡土作家创作的不同个性中，我们可以看到他们作品中表现出共同的悲剧审美风格，这正是乡土作家们共通的精神、共通的心的凝聚。

一

悲剧理论告诉我们，悲剧人物必须具有这样那样的正面素质，才能引起人们的怜悯和同情，从而使人得到悲剧美的熏陶和享受，从中获得教益。在20年代乡土

① 鲁迅：《中国新文学大系·小说二集·序》。

② 雪莱：《伊新兰的起义》，见《西方文论选》下册，第49页。

文学作品中,出于启蒙民众的目的,作家们虽然揭露批判了国民性的种种弱点,但还着意描写了悲剧人物的种种正面素质,然后将这种种有价值的东西毁灭给人看。在乡土作家笔下,小说中的农人大多有善良忠厚勤劳朴实的美德,妇女大多有温顺贤淑勤敏隐忍的传统,他们有着作为人的合理的生的权利和爱的要求,在封建礼教和封建势力的压迫下,这些正当的权利和要求都被否定了,在他们面前的都是不幸或死亡。智慧而勇敢的小英雄闰土成年后受尽了饥荒苛税兵匪官绅的折磨,变得麻木悲苦像一个木偶人了(鲁迅《故乡》)。"谨慎而且忠实"的吴老爹,辛勤经营着主人十字街油盐店的遗产,终因少主人的嫖赌店铺破产,他独自在春雨纷纷时节缓缓离开了十字街,"向那不可知的地方走去"(台静农《吴老爹》)。善良聪慧的阿成哥是大碶头一位青年雇工,和气正直多才多艺,拉得一手好胡琴,给穷乡僻城中穷愁的乡民们带来一点精神上的慰藉,却在他即将举行婚礼的前夕,遭疯狗咬后离别人世(王鲁彦《童年的悲哀》)。高令三年前"可算是全村一位最勤俭的青年人",但田地被地主收回,抬轿又失了脚,生活磨尽了他的土英雄本色,变成了一个放浪的酒鬼(潘漠华《晚上》)。

在乡土社会中,妇女的命运更具有悲剧性。淳朴勤劳的祥林嫂希望以自己的辛勤劳动换取最起码的生活权利,却怀着丧夫失子的悲痛被鲁家辞退,带着不可解答的灵魂有无的疑惑倒毙在祝福之夜的雪地里(鲁迅《祝福》)。"颖慧而且美丽"的翠儿因未婚夫病重而被迫嫁过去"冲喜",才嫁过去丈夫就归天了,留给她的是终生守寡的悲哀(台静农《烛焰》)。勤劳贤惠的双喜妻,天天起早摸黑褙锡箔挣钱贴补家用,却在婆婆的冷脸中疯了,凄凉告别人间(许钦文《疯妇》)。在乡土作家的笔下,他们都是一些具有正面素质的人物,但都有着不幸的悲剧命运,或被封建地主逼得走投无路,或因封建陋俗摧残酿成不幸,或被封建军阀置于死地,或因官绅政权的压迫而无处谋生,在这些悲剧人物身上既体现了乡村社会里劳动人民的优良品质,又揭示了宗法制度下封建势力的残酷肆虐,正是这两种力量的冲突酿成了种种人生悲剧。

20年代的乡土作家大多从小生活在农村或小城镇,他们和中国乡村社会有着较多的接触,"和中国的农村,中国的受尽了欺骗、压榨、束缚、愚弄的农民群众联系着"[1]。鲁

① 瞿秋白:《〈鲁迅杂感选集〉序言》。

迅在绍兴安桥头外婆家“与许多农民相亲近，逐渐知道他们是毕生受着压迫，很多苦痛”①，鲁彦在镇海小镇“从小就是呼吸着和农民一样的空气长大的”②；蹇先艾在遵义老城的一个小轿行里“和轿夫们打堆”③，潘漠华在宣平坦溪村和牧童樵子为伍；沈从文的生命在湘西山村的环境中长成；王任叔自小给他影响最深的是村中的老农、木匠和竹匠。他们不仅看到了农村下层人们的优良品质，同他们结下了深厚的感情，而且耳闻目睹了世代挣扎在黄土地上、煎熬在小城镇里人们的悲惨生活。在“五四”新潮的推动下，在生活的逼迫下，他们走异路逃异地来到城市，对城市的黑暗现实深感失望，便将视野投回乡村。在“五四”自由民主、个性解放思想的影响下，他们以民主主义、人道主义的眼光审视乡村社会，自然对农民的悲惨生活和不幸命运怀着深厚真挚的怜悯与同情，从而表现出一种深挚的“哀其不幸”的悲哀情绪，这种在怜悯同情中寄托着深挚的悲哀的表现形态，使作品具有感人的悲剧力量。

二

20年代乡土作家的笔下“悲凉之雾，遍被华林”，他们的一些小说在思乡怀旧后透露着深长的悲凉。这些从偏僻乡村小城镇一隅迈进都市的人，大多以乡下人的心理和眼光茫然地打量着这光怪陆离的世界，一切都这么陌生，一切都这么冷漠。满身土气，他们受到不少冷眼，两袖清风，他们伴着生的苦恼与悲哀。城市黑暗的现实使他们青春的美梦幻灭了，他们只能扭过头去，在故乡过去的印象里寻求心灵的慰藉和寄托。他们回忆故乡温馨的童年，感到“即使是童年的悲哀也比青年的欢乐来得梦幻，来得甜蜜呵”（王鲁彦《童年的悲哀》）。往事的回忆是甜蜜的，童年的梦幻是美丽的，然而“也许因了童年生活太美丽了，更显出现今的生活，是东西南北都突兀，更尝出现今生活的酸辛来”（潘漠华《人间》），回忆梦幻后却是更深长的悲凉。鲁迅的《社戏》回忆童年和小伙伴们月夜摇船去赵庄看社戏、归途中偷摘

---

① 鲁迅：《英译本〈短篇小说选集〉自序》。
② 刘增人、陈子善：《鲁彦夫人覃英同志访问记》。
③ 蹇先艾：《也算创作经验》。

罗汉豆的趣事,却感慨:“真的,一直到现在,我实在再没有吃到那夜似的好豆,——也不再看到那夜似的好戏了。”悲凉之雾油然而生。蹇先艾的《旧侣》记叙儿时和伙伴祝大姐一起玩耍的往事,流露出对无忧无虑的童年岁月的眷恋,却叹息:“我离开故乡转眼六年了,家中的景象一年比一年萧条;祝大姐的消息更其杳然,此刻她至少总该是一个已经做了母亲的人罢。”字里行间沁出无限的悲凉。冯文炳的《柚子》回忆儿时和柚子姑娘在沙滩边嬉戏、在夜月下唱歌的青梅竹马的欢乐,却透露出成年后婚非所爱的悲凉。这些正如诗人席勒说的,“代表着我们失去的童年,这种童年对于我们永远是可爱的,因此他们在我们心中就引起一种伤感”①。

乡土作家们身处异地回首故土,或叙述离别故乡的悲凉,或抒发沉郁缠绵的乡思。许钦文的《这一次的离故乡》记叙了家庭的温暖、离家的悲伤和世态的炎凉,倾诉着悲凉的情感。沈从文的《黎明》回忆逝去的表弟三年前离家时少年人不能载的乡愁,托出了作家一颗悲凉的心。魏金枝的《沉郁的乡思》中的“我”在岁寒天暮时百无聊赖地独坐房中饮酒,想着在黑暗社会中人生奋斗幻梦的破灭,唤起了沉郁的乡思,“觉得无家可归的寂寞”。蹇先艾的《子澜君》回忆在和同学子澜君的交往中排遣着乡愁:“在这寂寞的旅舍里,望着孤帆远来的江水,我的心仿佛又一度回到故乡了!”然而一旦真的回到阔别的故乡,日益衰败的乡村却给他们的心上平添了几分悲凉。鲁迅的《故乡》里深冬时节见到苍黄天底下远近横着的萧索荒村时,“我的心禁不住悲凉起来了。”竟然说:“啊! 这不是我二十年来时时记得的故乡?”鲁迅的《故乡》发表后在20年代的乡上文学创作中形成了一种游子归乡今昔对照的叙事模式。许钦文的《父亲的花园》,在当年花园里各种花卉争奇斗艳的繁盛欢乐景象和眼前满地杂草枯枝满园断砖破盆的凄凉萧瑟场面的映照里,作者感叹“那时的盛况总是不能恢复了”。同样,蹇先艾的《到家的晚上》和向培良的《六封书》等小说都写出游子见到久别的梦萦魂绕的故乡的衰败景象后深长的悲凉之情。

这些作品大多以第一人称的叙述口吻写来,内容大多是作者亲身所历事件的录写,一般不注重故事情节的构想、结构的安排和人物形象的精心刻画,而执着于情绪的渲染,常以抒情朴实的散文笔调娓娓道来,毫无雕琢之感,作者生活的真实

① 席勒:《论素朴的诗与感伤的诗》。

感受、情感的率真朴实，使作品具有感人的魅力。在作者的思乡怀旧中，童年的欢欣和成年的悲凉，故乡的温暖和异地的凄凉，过去的繁盛和今日的衰败，无不形成今不如昔的强烈对比，使作品呈现出深长的悲凉色彩。

三

在20年代的乡土文学中，冯文炳和沈从文的作品别具一格，显示出与其他乡土作家作品殊异的风格。对于他们的作品，不少人只看到田园牧歌的冲淡清新淳朴宁静，而忽视了隐伏在他们作品中平和冲淡下的深切的悲痛。沈从文曾愤愤地说：“你们能欣赏我故事的清新，照例那背后蕴藏的热情却被忽略了，你们能欣赏我文字的朴实，照例那背后隐伏的悲痛也忽略了。”①并说自己的作品是“用矜持的笔，作深入的解剖，具强烈的爱憎，有悲悯的情感”②。冯文炳也曾说自己的小说虽是“以冲淡为衣”，但仍能“从他们当中理出我的哀愁”。③ 固然他们的小说常以舒缓平和的语气、简洁矜持的笔触叙述翠绿竹林中美丽的故事，展示月下桃园里纯真的向往，绘诉苗乡山林里神奇的传说，描写河街小楼里灯光下的欢乐，然而在这些故事、向往、传说、欢乐里却往往孕育着人间的悲剧，寄寓着作者深切的悲痛。在翠绿的竹林中，和寡母种菜为生相依为命的三姑娘，终于离开了坝脚下的那簇竹林，留下孤独的母亲凄凉地伴着爸爸的坟塚（冯文炳《竹林的故事》）；在月下桃园里，种桃为业的王老大终于没能实现卧病的女儿想吃桃的愿望，连用酒瓶换来的玻璃桃子也跌碎了（冯文炳《桃园》）。在清新宁静的田园风光与平和美丽的人物身上沁出淡淡的哀怨忧郁之韵，流露出作者内心的深切悲痛。在苗乡山村神奇的传说中，美丽的媚金和善良的豹子的爱情终以相依偎倒卧血泊里为结局（沈从文《媚金·豹子·与那羊》）；在河街小楼里灯下，水手柏子将一个多月储蓄的铜钱和精力，全部倾倒到妓女身上后，冒着夜雨在河岸泥滩上走回船上，又开始他劳苦险恶的撑船生

① 沈从文：《习作选集代序》。

② 沈从文：《论冯文炳》。

③ 鲁迅：《中国新文学大系·小说二集·序》。

涯(沈从文《柏子》)。李健吾评论沈从文的作品时说:“作者的人物虽说全部善良,本身却含有悲剧的成分。唯其善良,我们才更易于感到悲哀的分量。这种悲哀,不仅仅由于情节的演进,而是自来带在人物的气质里的。自然越是平静,‘自然人’越显得悲哀:一个更大的命运影罩住他们的生存。这几乎是自然一个永久的原则:悲哀。”[①]这就十分明确地指出了沈从文作品冲淡清新下的内在悲剧意蕴。沈从文谈到自己的作品时说:“内中写的尽管只是沅水流域各个码头及一只小船上纤夫水手等等琐细平凡人事得失哀乐,其实对于他们的过去和当前,都怀着不易形诸笔墨的沉痛和隐忧,预感到他们明天的命运——即那么一种平凡卑微生活,也不容易维持下去……”[②]这种对故乡人民命运乃至于民族前途的关切和忧虑,正是他们作品中深切的悲痛之所在,因而他们的作品和鲁迅等乡土作家作品的精神是相通的,正如《海内外》杂志在欢迎沈从文访美时指出的:“鲁迅与沈从文至少有一个共同点,就是对国家和同胞有极强烈的爱,对黑暗和腐败有极强烈的憎。两人不同的是作风,鲁迅外表强调憎,而沈从文外表强调爱……”[③]这是切中肯綮的。

在冯文炳的笔下,我们还见到凄凉地离开人间的和尚金喜(《火神庙的和尚》)、柳荫下孤独落魄的陈老爹(《河上柳》)、四处游荡无以为生的四大(《四大》),“他们的身边总围绕着悲哀的空气”[④]。在沈从文的故事里,我们还看到为相依为命的牛“被衙门征发到一个不可知的地方去”而悲痛的大牛伯(《牛》)、因儿子死去“无法来抵抗这命运所加于其身的忧愁负苛”而寂寞去世的傩寿先生(《爹爹》)、搓草绳等候涨水捞东西发家美梦难成的得贵伯(《草绳》),这都是一幕幕人生悲剧。即使冯文炳有时描写清幽菱荡边恬静闲逸的乡村图画,使人想到陶渊明笔下的世外桃源,充满了“日入从所憩”、“秋熟靡王税”的理想色彩,而陶渊明理想社会的描写不正是对黑暗现实的不满、对安乐生活的向往吗?即使沈从文常常讴歌雨后草棚下放纵朴野的生命之曲,令人记起卢本斯描画的《甘尔迈斯》,洋溢着古老乡村中生命的欢欣、粗豪的快乐,而卢本斯的《甘尔迈斯》不正是对战争灾难的诅咒、对民族热情的

① 李健吾:《边城——沈从文先生作》。

② 沈从文:《散文选译·序》。

③ 《湘西苗族》,《吉首大学学报增刊》1982年第3期,第184页。

④ 苏雪林:《废名的晦涩作风》,《中国二三十年代作家》,台湾纯文学出版社,1972年。

呼唤吗？当然我们也不能否认这些作品中所具有的田园牧歌情趣的理想色彩，他们“试图用美丽的理想去代替那不足的真实”[①]，沈从文意在呼唤生命和力，呼唤人性和热情，表现一种“优美、健康、自然而又不悖乎人性的人生形式”，引起人们“对人生向上的憧憬，对当前腐烂现实的怀疑”。[②] 冯文炳虽然后来“过于珍惜他有限的‘哀愁’……就只见其有意低徊，顾影自怜之态了”[③]，但他的许多作品在冲淡清新的表层下，隐藏着一颗悲痛的心。

冯文炳、沈从文小说的悲剧形态的择取与他们的审美情趣相关。沈从文反对作品感情的过于直露，认为“应当极力避去文字表面的热情……神圣伟大的悲哀不一定有一摊血一把泪”[④]。并说好的小说“就效果而言，也用不着那种大团圆或角色死亡的悲惨作结束”[⑤]。冯文炳则说：“创作的时候应该是‘反刍’。这样才能成为一个梦。是梦，所以与当初的实生活隔了模糊的界。艺术的成功也就在这里。”[⑥]因而他们的小说里一般没有大悲大喜大开大阖的跌宕情节，人物间没有剧烈的矛盾冲突，有的只是“一些小人物在变动中的忧患”[⑦]，人和人之间、人和自然之间的关系一般十分和谐自然，一切显得矜持而平和，在冲淡平和的意境中却透出深切的悲痛。

四

20 年代的乡土文学中，有不少作品充满了诙谐讥讽的色彩，它们有幽默讥讽的语言、诙谐风趣的故事、喜剧色彩的人物，以至于被人视为喜剧，然而在作品诙谐讥讽里却蕴蓄着作者深沉的悲愤，这种独特的悲剧形态“表现在那些总是被深刻的

---

① 席勒：《致威廉·封·韩保尔特的信》，见《席勒评传》，第 55 页。
② 沈从文：《从文小说习作选·代序》。
③ 鲁迅：《中国新文学大系·小说二集·序》。
④ 沈从文：《废邮存底·给一个写诗的》。
⑤ 沈从文：《答辞儿》，载 1936 年 1 月 15 日天津《大公报·文艺》。
⑥ 冯文炳：《说梦》。
⑦ 沈从文：《〈边城〉题记》。

悲哀之感所压倒的喜剧性的兴奋里面”[①]。鲁迅反对人们将《阿Q正传》只看成趣剧闹剧,在《〈阿Q正传〉的成因》中说:“因为要切‘开心话’这题目,就胡乱加上些不必有的滑稽,其实在全篇里也是不相称的。”并说他创作《阿Q正传》“实不以滑稽或哀怜为目的”[②],说能了解该作品的人不多,倘若只是“供人一笑,颇亦无聊,不如不作也”[③]。茅盾不满有人将阿Q画得“使人只感到滑稽可笑或孱头孱脑,而看不到阿Q性格中的悲剧的素质”,他赞赏丁聪画的阿Q“二十四幅画从头到底给人的感觉是阴森而沉重的”,并说“我是以为阴森沉重比之轻松滑稽更能近乎鲁迅原作的精神的”。[④] 显然,在《阿Q正传》诙谐讥讽的喜剧表象下,却是中国贫苦农民的悲剧,是中国国民的悲剧。丁聪和茅盾是深知《阿Q正传》诙谐讥讽里的悲剧底蕴的,这是鲁迅对于中国贫苦农民人的尊严遭到践踏而发的深沉的悲愤,这是鲁迅对不觉悟的国民“怒其不争”的巨大悲愤。

鲁迅是中国现代幽默小说的开山祖,《阿Q正传》以它独特的诙谐幽默的笔法影响了中国现代幽默小说创作的发展。沈从文曾说:“以被都市物质文明毁灭的中国中部城镇乡村人物作模范,用略带嘲弄的悲悯的画笔,涂上鲜明准确的颜色,调子美丽悦目,而显出的人物又不免有时使人发笑,是鲁迅先生的作品独造处。分得了这一部分长处,是王鲁彦,许钦文同黎锦明。”[⑤]在王鲁彦的《阿长贼骨头》、许钦文的《鼻涕阿二》和黎锦明的《冯九先生的谷》中都可以看到这种诙谐幽默的笔调。王鲁彦以幽默的笔触刻画了奸滑无赖的阿长形象,虽不乏调侃之笔,却也写出了在罪恶的社会环境中小人物的不幸遭遇,剖露出国人沉默的灵魂。许钦文夹叙夹议,用诙谐的笔墨写出主人公菊花在封建伦理道德压迫下被奴役摧残的悲剧命运。黎锦明粗中有细,在讥讽的言语中叙述着遇荒年农人们在吝啬诡诈的地主面前闹粜失败的悲剧故事。在其他乡土作家的笔下也可以看到鲁迅诙谐幽默笔法的影响,在他们作品诙谐讥讽的帷幕下可以看到一幕幕人生悲剧。从月夜良来穿白衣裤躲

---

① 别林斯基:《论俄国中篇小说和果戈理君的中篇小说》。
② 鲁迅:《致王乔南》。
③ 鲁迅:《致沈西苓》。
④ 茅盾:《读丁聪的〈阿Q正传〉故事画》。
⑤ 沈从文:《论施蛰存与罗黑芷》。

在有夫之妇香妹房中幽会，被年老眼花的婆婆疑为一张大白纸的趣闻里，看到的却是封建礼教封建婚姻压迫下的恋爱悲剧（许杰《大白纸》）。在大白天全村家家闭门入室，让醉醺醺的屠夫一人接待部队，说村上得了瘟疫的故事中，看到的是封建军阀肆虐中村民们的悲惨遭遇和恐惧心理（王思玷《瘟疫》）。王鲁彦的《柚子》以幽默冷讽的轻松笔调描写浏阳门外看杀头的场面，却凸现出对反动军阀草菅人命的愤懑和对麻木玩世者的不满之情，“在玩世的衣裳下，还闪露着地上的愤懑”[①]。汪敬熙的《瘸子王二的驴》以幽默诙谐的口吻讲述了瘸子王二的驴终于被官兵抢走的故事，则托出了作者对反动军阀任意欺压平民百姓的悲愤之情。以幽默讥讽的笔调蜚声文坛的彭家煌，在他作品的“喜剧色彩的背后，实际上隐藏的是极深的悲剧内容”[②]。在被怂恿的政屏夫妇去原拔家要死猪还原的闹剧中，我们看到“被活埋了”的二娘子的悲剧和作者对封建势力的强烈愤懑（《怂恿》）。从咸亲以寄宿荷生家代为捉鬼为名，却同荷生的比他大十来岁的老婆同床的诙谐故事中，我们看到宗法社会中的一幕婚姻悲剧和作者对封建婚姻制度的猛烈抨击（《活鬼》）。就连常讴歌湘西山村社会的沈从文有时也想“在忧郁情调中找出诙谐的风致”[③]，如《道师与道场》、《阿金》等作品。

别林斯基认为果戈理作品的显著特点“都是以愚蠢开始，接着是愚蠢，最后以眼泪收场，可以称之为生活的可笑的喜剧。他的全部中篇小说都是这样：开始可笑，后来悲伤！”[④]以上论及的作品中体现出来的就是果戈理式的含泪的笑，喜剧因素和悲剧成分相交织，在喜剧的气氛和情趣下，都是一幕幕人生悲剧和作者一颗悲愤的心，从而呈现出更为深沉的悲剧力量。

五

跨进20世纪门槛的东方大国仍是一个悲剧的国度，贫困怯弱、内乱外侮；擎过

① 鲁迅：《中国新文学大系·小说二集·序》。
② 严家炎：《早期乡土小说及其作家群》，《小说界》1984年第3期。
③ 沈从文：《石子船·后记》。
④ 别林斯基：《论俄国中篇小说和果戈理君的中篇小说》。

“五四”大纛的炎黄子孙仍是一个悲剧的民族,挣扎奋斗,麻木痛苦。20 年代的乡土作家们以不同的悲剧形态描述着一个个悲剧故事,刻画着一个个悲剧人物,创造着种种悲剧氛围,抒发着不尽相同的悲剧情感,意在揭出社会的病痛,唤醒国人的觉悟,引起疗救的注意。在不同的悲剧形态里我们可以看到 20 年代乡土文学整体的悲剧特征。

首先,20 年代乡土文学是凡人琐事的悲剧。在欧洲中世纪的悲剧理论中,人们认为悲剧写的是伟大崇高的人物,喜剧写的是普通卑贱的人物;悲剧应该处理严肃与重大的事件,喜剧只是描写人们熟悉的家庭琐事。这种理论整整统治了几个世纪,直到 18 世纪狄德罗、博马舍等戏剧理论家才真正指出了这种理论的荒谬,认为“悲剧也有可以以家庭的不幸事件为主题的,以及一向以大众的灾难和大人物的不幸为主题的两种”[①],号召“写高贵人物的作家们,从不断向上爬的道路上退下一些,叫我们偶尔也同情一下受苦的人们”[②]。舞台上开始演出了一些以大众灾难为题材的家庭悲剧。在 19 世纪的文学中,出现了许多描写小人物悲剧的作品。到 20 世纪美国剧作家密勒在《悲剧与普通人》一文中更是不容置疑地说:“我相信普通人像帝王一样,适合于作为最高意义的悲剧题材。”“在过去三十年遍及全世界的革命中,普通人一再显示出内在的悲剧动力。”[③]这些虽是针对戏剧创作而言,但同样也影响了小说的创作。中国的悲剧传统与西方不同,历来重视表现普通人的不幸与苦难,特别是描写压在社会最底层的妇女的悲惨命运。如《窦娥冤》中的童养媳窦娥,《琵琶记》中的赵五娘,《桃花扇》里的李香君,《雷峰塔》里的白素贞都是平凡的妇女。20 年代的乡土文学继承了中国古代的这一悲剧传统,反映的并不是英雄人物的重大事件的悲剧,而是凡人琐事的悲剧。“那里面有的,只是些极普通、极平凡的人”[④],“几个平常人,一些琐屑事”[⑤]。作品中的人物都是乡村和小城镇中的下层普通百姓:农民、村妇、小贩、匠人、水手、轿夫……事件都是日常生活的平凡琐事:乡场上的聊天、茶馆里的聚会、生计的烦恼、婚姻的痛楚……正如鲁迅先生指出的:

① 狄德罗:《论戏剧艺术》,见《西方文论选》上册,第 347 页。

② 博马舍:《论严肃喜剧》,见《西方文论选》下册,第 401 页。

③ 转引自陈瘦竹、沈蔚德《论悲剧与喜剧》,上海文艺出版社,1983 年,第 54—55 页。

④ 张定璜:《鲁迅先生》,《现代评论》1925 年 1 月号。

⑤ 鲁迅:《中国新文学大系·小说二集·序》。

“这些极平常的，或者简直近于没有事情的悲剧，正如无声的言语一样，非由诗人画出它的形象来，是很不容易觉察的。然而人们灭亡于英雄的特别的悲剧者少，消磨于极平常的，或者简直近于没有事情的悲剧者却多。”[①]20 年代的乡土文学就是这种凡人琐事的近乎无事的悲剧，它吻合乡土作家们的启蒙主义的思想，因为“受苦难的人离我的身份越近，他得到我的同情就越多”[②]，让群众从中看到自己的苦难与耻辱，从而震惊起来，感奋起来，为争取人的尊严和正当权利而斗争。

其次，20 年代乡土文学是以现实主义为主的悲剧。中国文学的流脉里自古就缺少真正的悲剧血液，传统儒家的中和观和老庄的自然观制约着我们民族的文化心理和审美理想，也影响着历代文人的创作。在中国小说的艺坛上演出了一幕幕大团圆的喜剧，即使有悲剧也往往特意罩上一个神秘的光环，拖上一个理想的尾巴，或借助于神力来和黑暗势力抗争，或凭借鬼魂来达到现实世界不可能实现的追求，具有浓郁的浪漫主义色形。如魏晋志怪小说《干将莫邪》中赤的头从汤镬中踔出向暴君瞋目大怒的描写；《韩凭夫妇》的结尾用两株屈休相就根枝交错的相思树象征双双殉情的韩凭夫妇的勾画；唐传奇《离魂记》中的倩娘灵魂离开肉体去追赶自己的恋人；宋话本《碾玉观音》里做了鬼的秀秀仍跟随碾玉匠崔宁结为夫妻。这种“在天愿作比翼鸟，在地化作连理枝”的结局设置，使作品罩上一层浪漫的色彩。20 年代的乡土小说作家大多以清醒的现实主义笔触揭示着人生，“对于人和人的生活环境作真实的、不加修饰的描写”[③]。这里看不见神的伟力、鬼的幻影，很少有虚幻迷离的理想色彩，在为人生的旗帜下，他们“用活人的口语，用‘再现’的手法，给我们看一页真切的活的人生图画”[④]，写出了 20 世纪初叶中国乡村社会日益颓败的中国农村、原始闭塞的宗法社会、文明侵袭下的古老村镇的典型环境中的典型人物及其悲剧命运，汇成了中国小说创作的现实主义主潮。

再次，20 年代乡土文学呈现出以阴柔之美为主的悲剧风格。清朝文论家姚鼐将文章的风格分为阳刚与阴柔两大类。从总体上说，20 年代的乡土文学少阳刚之气，多阴柔之美，少悲壮之风，多悲凉之雾。虽然其中也有许杰《惨雾》中械斗的壮

---

① 鲁迅：《几乎无事的悲剧》。
② 博马舍：《论严肃喜剧》，见《西方文论选》下册，第 401 页。
③ 高尔基：《谈谈我怎样学习写作》，见《论文学》，第 163 页。
④ 茅盾：《中国新文学大系・小说一集・导言》

烈场面的描写，有黎锦明《复仇》中复仇的雄奇故事的叙述，但作品大多以日常琐事为题材，没有重大事件大起大落大开大阖的跌宕雄奇；大多以平凡普通人物为主角，没有英雄人物登高一呼应者云集的勃勃英气。秀丽古朴的山水，平和朴实的村寨，如沦如漾的情节节奏，如泣如诉的抒情色彩，人物的卑琐懦弱的性格，故事的凄切悲婉的结局，都使20年代乡土文学具有阴柔之美的风格。

六

"乱世之音怨以怒，其政乖；亡国之音哀以思，其民困"(《礼记·乐记》)。倘若没汉末建安时期动乱的社会现实，就没有悲凉慷慨的建安风骨，倘若没有英国18世纪贫富的日益悬殊，就没有伤感悲观的感伤主义。"虽然在任何时代任何社会制度中各种极不相同的气质和思想方式都同时并存着，但在每一时期总是有某些情感的质素占优势。"[①]"五四"以后黑暗的社会现实造成了作家们的悲剧心理。这个时期，帝国主义势力加紧对中国的侵略掠夺，封建军阀之间连年内战，封建地主官僚加重了对农民的剥削压迫。文化战线上新文化阵营的分化形成了文坛冷寂的落潮期，腐朽的封建浊流乘机卷土重来。"在这社会中，新生的力量沸腾着，要冲出来，但被沉重的压迫紧压着，找不到出路，结果引起了阴郁、苦闷、冷淡。"[②]被"五四"新潮激动过的小资产阶级知识分子，他们追求理想，理想在现实中幻灭了；他们挣扎反抗，又无力冲破黑暗的罗网，他们不甘沉沦，又不能投入积极的斗争，他们寻找道路，却看不到革命的前途，"到'五卅'的前夜为止，苦闷彷徨的空气支配了整个文坛"[③]。在以苦闷阴郁的心理占优势的当时，音乐家刘天华奏出了哀婉凄切的《病中吟》、《苦闷之讴》，诗人朱自清的《毁灭》倾吐了在时代的动乱中压抑悲苦的心绪，叶圣陶的散文《没有秋虫的地方》则隐现出在都市苦闷彷徨的秋天里作者心底的淡漠和乡愁。

在这种苦闷彷徨的时代空气里，许多自小就经历了"从小康之家而堕入困顿"

---

① 恩·迈耶尔:《音乐美学若干问题》，人民音乐出版社，1984年，第39页。

② 别林斯基:《给果戈理的一封信》。

③ 茅盾:《中国新文学大系·小说一集·导言》

的悲哀、过早地体会到生活艰难世态炎凉的知识青年们，走异路逃异地来到为黑暗势力笼罩着的都市。远离故乡挣扎异地的落魄伤感，瞻望前途的失望惆怅，无不在他们心海里郁积成悲剧的心理。黎锦明说：“在北京生活的人们，如其有灵魂，他们的灵魂恐怕未有不染遍灰色罢。”①蹇先艾则说：“从老远的贵州跑到北京来……我所感到的只有空虚与寂寞。”②潘漠华说：“我的寂寞！寂寞是无边，悲哀是无边。”（散文《雨后的蚯蚓》）王任叔“孤独寂寞，支配着全个灵魂”③。徐玉诺是“永远的旅人的颜色”④。台静农感到“一无所有，除荒凉和寂寞”（散文诗《梦的记言》）。王鲁彦则云：“我只有彷徨、恐怖、怅惘、郁积！”（散文《弱者中弱者的一封信》）就连文学先驱鲁迅也一度沉溺于寂寞彷徨之中，并说：“但那时觉醒起来的知识青年的心情，是大抵热烈，然而悲凉的，即使寻到一点光明，‘径一周三’，却更分明的看见了周围的无涯际的黑暗。摄取来的异域的营养又是‘世纪末’的果汁：王尔德（Oscar Wilde），尼采（Fr. Nietzsche），波特莱尔（Ch. Baudelaire），安特莱夫（L. Andrev）们所安排的。”⑤这种感伤彷徨寂寞怅惘成为 20 年代乡土作家的主要审美心态，而小资产阶级的意识，使他们常常表现出动摇、彷徨、犹豫的情绪，“反映到文学上，他们只能描写悲惨的人生，表现黑暗的社会，对于现实多多少少表示出不满。这种诉苦的态度，就是在人道主义的立场上产生出来的”⑥。

在西方悲剧理论的影响下，“五四”时期的文学先驱者们纷纷反视批评中国古典悲剧观的不足，呼吁倡导写出新的时代悲剧，这无疑促进了现代悲剧小说的创作。胡适反对中国古典团圆主义的“说谎文学”，提倡写实的悲剧艺术，认为只有悲剧观念，才是“医治我们中国那种淡漠作伪思想浅薄的文学的绝妙圣药”⑦。倘若说胡适主要是从文学革命的角度出发呼唤悲剧的话，那么鲁迅则更偏重于从思想革命的角度出发倡导悲剧，他抨击中国“曲终奏雅”的瞒和骗的文学，呼唤那种“大

① 黎锦明：《〈烈火·重版〉自序》。
② 蹇先艾：《朝雾·序》。
③ 王任叔：《卖稿以前》。
④ 周作人：《寻路的人·赠徐玉诺》，见《文学旬刊》1923 年 8 月 1 日。
⑤ 鲁迅：《中国新文学大系·小说二集·序》。
⑥ 王丰园：《中国新文学运动述评》，见李何林《近二十年中国文艺思潮论》，第 79 页。
⑦ 胡适：《文学进化观念与戏剧改良》。

胆地看取人生并且写出他的血和泪来”的悲剧。[①] 在为人生的文学旗帜下,文学前驱者们呼唤鼓吹着血与泪的文学。茅盾感慨反映时代的悲惨动人的怨以怒的文学的不能看见[②],冰心呼吁“应当努力写出你们的悲剧,因为我国今日正要这种东西”[③],庐隐则大声疾呼着时代的悲剧作品的出现,她认为:“喜剧的描写,易使人笑乐,但印象不深,瞬间即杳,因喜乐的事,其性不普遍,故感人不切,难引起人的同情。至于悲剧的描写,则多沉痛哀戚,而举世的人,上而贵族,下而平民,惨凄苦痛的事情则无人无之,所以这种作品至易感人,而能引起人们的反省。”并指出当时社会的天灾人祸民不聊生贫富不均颓唐苦闷的黑暗现状,号召作家对于这种社会悲剧“应用热烈的同情,沉痛的语调描写出来,使身受痛苦的人,一方面得到同情绝大的慰藉,一方面引起其自觉心,努力奋斗,从黑暗中得到光明——增加生趣,方不负作家的责任”[④]。这出自启蒙民众救国救民目的振聋发聩的呼声,无疑推动了 20 年代悲剧小说的创作。“五四”前后萌生的中国小说的悲剧意识,使新文学作家们自觉地以这种审美意识去描写人生,以现实主义的手法去勾画凡人琐事的悲剧。

20 年代的乡土文学以其独特的悲剧风格展示着中国乡村社会的悲苦人生,以此慰藉一颗颗苦难的心灵,唤醒沉默的国民。由于 20 年代的乡土作家大多从人道主义的立场出发去关心、同情、描写乡村下层人们的命运,虽能淋漓尽致地描画出乡村人们的痛苦生活悲惨遭遇,但他们大多只是依靠过去故乡的生活经验描写故乡的生活,缺乏对在时代浪潮冲击下变动着的乡村生活的真切感受,看到的大多是民众的不觉悟的心理,而较少注目于民众中革命性的因素,因而在作品中更多地充满着悲凉、凄苦、阴冷、晦暗的阴柔之美,而缺乏雄浑、悲壮、明朗、昂扬的阳刚之气,这不能不说是一种不足。然而,我们仍应肯定,20 年代乡土文学不仅使中国现实主义小说创作走向成熟,而且以其多样的悲剧形态和独特的悲剧风格奠定了中国现代悲剧小说创作的基石。

原载《社会科学辑刊》1988 年第 2 期

---

① 《鲁迅全集》第 1 卷,第 222 页。

② 茅盾:《社会背景与创作》。

③ 冰心:《中西戏剧之比较》,见《晨报副刊》1926 年 11 月 18 日。

④ 庐隐:《创作的我见》,见《小说月报》第 12 卷 7 号。

乡土小说悲喜剧转换的历程

丁　帆

一

“乡土小说流派”作家们虽和鲁迅一样具有“五四”人道主义胸怀，但没有达到鲁迅乡土小说的思想和艺术高度，这除了哲学文化意识的强弱深浅之外，主要还应归因于小说的悲剧艺术观的相异。鲁迅先生是熔悲剧的“酒神精神”和“日神精神”为一炉，在充分地肯定个体人生和个体生命由痛苦的毁灭而达到的“形而上”的意志永恒升华的过程中，表达了超越常人的与痛苦相嬉戏的悲剧审美意识，是对生命本体的经验性描述，具有生命宇宙观的意义观照；“乡土小说流派”的众多作家，只是站在普泛的人道主义视角上，对苦难和人生的毁灭作常态的描述，来揭示社会的罪恶和阶级的压迫。这种古典主义的悲剧观被博克解释为这样两个命题：一、我们对受难者的同情产生观看痛苦场面的快感；二、观看痛苦场面的快感加深我们对受难者的同情。[①] 用这两个命题来看“乡土小说流派”以及后来的许多乡土小说作品（包括新时期的“伤痕文学”在内），是再适合不过了。

---

① 朱光潜：《悲剧心理学》，人民文学出版社，1983 年。

“在博克看来,情境愈悲惨,所需同情愈大,于是体验到的快感也愈强烈。”①呈现人生最痛苦的场面,展示惨绝人寰的人生悲剧性细节,几乎成为现代中国悲剧小说的共同特征。“乡土小说流派”的小说与鲁迅乡土小说的不同就在于,前者用直陈的悲剧手法来充分展现大悲大苦的场面,以引起人们的同情和悲悯;而后者却是用“曲笔”(貌似喜剧的手法)间接地发掘更深的悲剧审美内容。这里不仅仅是同情和怜悯,更重要的是在咀嚼痛苦时将人生的毁灭上升到超越人生的形而上的审美阶段,而不啻沉溺于形而下的形象描述之中。我们说,前者的悲剧意义是普泛的人道主义再现,是唤起更多觉醒者投入“五四”后启蒙运动行列的必需的普遍悲剧的精神,它在苦难图象的描写中唤醒更多的觉醒者起着更普及的悲剧审美效应;而鲁迅的悲剧精神意在激发和开导先觉者的知识分子向更深层的悲剧审美内容进发,它是一种悲剧心智的开拓和延展。

作为“悲凉的乡土”的描摹者,“乡土小说流派”的作家们尽情地再现了乡村悲剧的图景。许杰的《惨雾》描写乡间大规模的两族械斗场面;许钦文的《石宕》展示了农民开矿致死时的悲剧图画;台静农的《地之子》等作品浸润了乡间悲惨的生活情景;蹇先艾的《水葬》等则以惨绝人寰的风俗画面来渲染作品的悲剧效果。所有这些,都是作者将我们导入悲剧性痛苦情境的手段,作者试图从痛苦的审美快感中达到加深对受难者的同情和怜悯之目的。这也是“乡土小说流派”作家所要达到的“五四”启蒙主义和人道主义内容的终极目的。因此,审美的同情是和道德的同情相吻合的。这种“移情”现象是被“五四”以来的中国理论家们一致认可的美学观念:对悲剧人物产生的道德同情等同于审美同情,由此而产生出的悲剧美感,要求“观众的道德感至少不能受干扰,否则‘心理距离’就会丧失,道德的义愤就会把审美同情抹杀得干干净净”②。因此,由道德同情的介入而进入审美同情层次,大约从“乡土小说流派”作品开始,成为乡土悲剧小说的主导悲剧精神。这种将心智的沉思让位于感情的激动,使自己成为悲剧情境的“分享者”,在悲剧审美中是较低层次的审美活动;而较多的审美层次是像鲁迅那样意识到在悲剧的激情中保持自己

---

① 朱光潜:《悲剧心理学》,人民文学出版社,1983年。
② 朱光潜:《悲剧心理学》,人民文学出版社,1983年。

清醒的个性，将情节和感情的演进视若图画。当然这也并非毫不介入或纯理性地看悲剧图画，而是保持一定的心理距离。我以为"哀其不幸"是进入情感的表现，而"怒其不争"则是跳出情感来把握悲剧人物的关键性审美态度。

然而，必须强调和说明的是，"乡土小说流派"的普泛人文主义的悲剧精神是建立在"五四"以后新文学运动对于西方古典悲剧精神的普遍认同的基础之上的。这种悲剧精神与20世纪以前中国的古典悲剧审美特征的不同之处，在于它带有更鲜明的悲剧色彩，而非中国古典悲剧那种追求"大团圆"结局的亦悲亦喜的悲剧特征。从这个意义上说，"五四"以后小说家们对西方悲剧精神的领悟，是超越了中国古典"悲剧情感的中和性"，即"怨而不怒，哀而不伤"、"抑圣为狂，寓哭于笑"、"长歌当哭，远望当归"的审美特征的。① 对这种浪漫主义的悲剧精神的破坏，应该说是"五四"文学中悲剧精神的主旨。或许有人会指出作为《红楼梦》的局部悲剧性描写，"黛玉焚稿"这样的章节无疑是突破了中国古典悲剧的中和性特征。可惜这种悲剧精神却在以后的章节中消遁，因此，《红楼梦》的悲剧结局是一个并不圆满的"大团圆"，其中渗透了中国古典悲剧的中和性审美特征，这一点也许并非曹雪芹创作的初衷吧。那么，作为"五四"新文学运动的主将，鲁迅在写《阿Q正传》时便彻底打破了这种"大团圆"的格局，我们从他那充满反讽、调侃、揶揄的笔调中，看到的是一出灵魂的苦难悲剧。他不给阿Q留一条可以通往"大团圆"的道路(阿Q寻觅到自身的精神逃路则是更悲惨的精神悲剧体现)，毫不惋惜地置阿Q的头颅于刽子手的屠刀之下，且加以戏谑性的嘲讽，这种敢于咀嚼痛苦、与痛苦相嬉戏的深刻的现代悲剧精神，是"五四"前后许多作家没能达到的。

当然，我们不能用一个伟大思想家和伟大艺术家的标准来要求每一位"五四"时代的小说家。但是突破中国古典悲剧精神的樊篱，造就一种更为深刻的悲剧精神氛围，以唤醒更多的人来认识封建主义吃人的本质特征，也已成为这批乡土小说家的共同追求。《梁山伯与祝英台》那种"化蝶双飞"式的浪漫精神慰藉和渴求"大团圆"以寻觅精神家园的悲剧精神，已完全被惊人的苦难悲剧的"定格"描写所替代。"乡土小说流派"作家基于对人生苦难的刻意写实描摹，丝毫不给悲剧以从苦

① 谢柏梁：《中国悲剧的审美特征》，《文艺理论研究》1991年第3期。

难中进行理想转换的契机,使读者在场面的恐惧悲剧审美快感中更加深对受难者的同情和怜悯。这种同情和怜悯的悲剧快感所要达到的目的是作者们要求读者一同进入人物的苦难之中,从而同人物一起向那个黑暗社会发出强烈的控诉!“真正的怜悯不只是畏惧,而且更希望去经受这种痛苦……因此,怜悯的实质是自谦的需要,是与别人同患难的强烈愿望。”[①]所以,“乡土小说流派”作家选择西方古典悲剧精神,与“五四”的启蒙运动是相合拍的,与人文主义精神是相对应的。

二

沈从文是个没有受正统教育,亦未受过系统的美学理论熏陶,而充满野性思维的乡土小说作家。他的创作不受任何理论思维框架的束缚,做起小说来显得异常潇洒和狷狂,其悲剧观亦显得与众不同。除了其地域环境和风俗乡土文化氛围的陶冶之外,沈从文自身的生存境遇使他悟出了人的生命存在之意义,这也是作者本人活得如此轻松的一种缘由。他说过:“吾人的生命力,是在一个无形无质的‘社会’压抑下,常常变成各种方式,浸润泛滥于一切社会制度,政治思想,和文学艺术组织上,形成历史过去而又决定人生未来。”[②]这种“情感发炎”的生命过程,在作品的具体描写过程中变成怎样的情形呢?“作者这时节,耳边似乎即还听到感到最后一个死者临咽气前混合在刚生下地的孩子稚弱哭声中的哀呼,哀呼中所包含的希望和绝望,固执的爱和沉默的恨。然而这个哀呼的起始,却近于由笑语而来。这正是一种生命的过程,一个小小地方一群平凡人物生命发展的过程……爱怨交缚,因之在似异实同情形下,燃烧了关系中每个人的心,带来各式各样的痛苦。痛苦的重叠孳乳、变质、即促进生命的逐渐崩毁。”[③]崩毁旧的传统世俗的生命意识形态,创造一种新的狂放的生命意识形态,增强中国民族文化心理中的“野兽气息”,也就是用一种野性思维的人生形式来解构原有的生命形式感。正如沈从文所说:“憎恶这

---

① [法]柏格森:《意识的直接材料》,转引自《悲剧心理学》。
② 《〈看虹摘星录〉后记》,《沈从文文集》第11卷,三联书店,1984年(国内版)。
③ 《〈断虹〉引言》,《沈从文文集》第11卷。

种近于被阉割过的寺宦观念，应当是每个有血性的青年人的感觉。”①从这一点来说，“五四”前后的许多政治家、思想家都异常鲜明地提出了要改变中国民族文化心理内容的主张，但在文学领域内，除了鲁迅先生借助“狂人”表现出原始的生命情绪外，这种“酒神精神”在悲剧中逐渐消融。于是，沈从文便以另一种生命的体验来唤起“酒神精神”，试图以野蛮的气息来冲破“死水”一般的保守生命意识。我十分佩服 30 年代“最优秀的散文作者”（阿英语）苏雪林女士对于沈从文小说的肯綮而精到的评断：“沈氏虽号为‘文体作家’，他的作品不是毫无理想的。不过他这理想好像还没有成为系统，又没有明目张胆替自己鼓吹，所以有许多读者不大觉得，我现在不妨冒昧地替他拈了出来。这理想是什么？我看就是想借文字的力量，把野蛮人的血液注射到老态龙钟，颓废腐败的中华民族身体里去，使他兴奋起来，年青起来，好在 20 世纪舞台上与别个民族争生存权利。”②这种“野兽气息”的弘扬，作为一个艺术家的个性，它是有着不同的表现内容和形式的。鲁迅先生的《狂人日记》是以一个艺人的深邃思考结晶来把握人物，让“狂人”沿着作者思维的轨迹进行“疯狂”的表演，以此来宣泄“野兽气息”，揭开这铁屋子的黑暗；而沈从文的乡土小说则完全是以充分的形象活动来表达连自己都难以表述清楚的一种勃动的生命情感。他只知道用“乡下人”的情感来抵御“城市文明”的侵蚀，更重要的是抗拒几千年来已经规范化了的民族文化心理结构对原始生命力的戕害。这两种生命情感形式虽有共通的“野性思维”特征，但是前者更多的是以一种新的理性精神来统摄形象、分解形象，其“酒神精神”是在原始放纵生命意识的伪装下，取得一种打破旧有生命意识的力量，作者的目的是在于“出”；而沈从文乡土小说人和自然完全重叠合一，是在将现代人融入神秘原始的野兽氛围中去，是向文明挑战和反叛的一种生命情感，作者的目的完全在于“入”。

可以这样断言，在整个现代文学史上，沈从文的乡土小说（尤其是前期作品），是最具尼采“酒神悲剧精神”的，是最能超越文学功利色彩的小说。当然，这并不是说这类小说没有主题的阈限，而是说它具有并非常人所能体悟得到的那种对自然

① 《〈八骏图〉题记》，《沈从文文集》第 6 卷。

② 苏雪林：《沈从文论》，《文学》1934 年 9 月第 3 卷第 3 期。

和野性的渴求，这种渴求的意义在于，作者在回归自然的途中时时不忘文化和文明对人的困扰和窒息；那种生命力被扼杀的痛苦使作者赋予作品形象以纵情纵欲、狂歌狂舞、形骸放浪的行动。如果像当时的批评家韩侍桁所说的那样，沈从文是个“带着游戏眼镜来观察士兵的痛苦生活，而结果使其变成了滑稽”的作家，恐怕是一种误读，最起码是没能看出这幕悲剧后面蕴含着的“酒神精神”之实质。在沈从文的许多乡土作品中，对于那种异常残忍的场面描写，作者是以异常冷峻客观的笔调来做“低调处理”的，而非以充满激情、充满人道主义胸怀的“高调处理”来阐释作家的主体情感。这种超越固然是时代所不容许的，但生命的悲剧意识又不得不使作家用冷静的眼光来扫视这人间的苦难。把这种苦难视为一个生命的过程，以此来给中国古老的民族文化心理注入新的野性思维之血液，与“西洋民族那样的元气淋漓，生机活泼，有如狮如虎如野熊之观”[①]的生命意识相抗衡，恐怕正是沈从文乡土小说最大的潜在功利性表现吧。

作为悲剧艺术的起源，“酒神精神”表现的是个体自我毁灭与宇宙本体(自然)融合的冲动，这是生命肯定自我的另一种形式。这种生命的兴奋剂给人的是形而下的惊恐，而最终达到的是形而上的慰藉。沈从文把痛苦当作幸福来咀嚼，并不是出于喜剧的滑稽之审美需求，而是如尼采所言：“在生命最异样最艰难的问题上肯定生命，生命意志在生命最高类型的牺牲中为自身的不可穷尽而欢欣鼓舞——我称这为酒神精神。”[②]因此，在我们读沈从文的乡土小说时，不应将其中的人物当作悲剧的英雄来理解，因为作者是要通过悲剧的生命过程来达到人与自然的合一。它丝毫没有喜剧的审美特征，同时也不具备一般的悲剧特征：或引起同情和怜悯，或激发“崇高”的审美“移情”。在野蛮惨厉的悲剧故事背后，我们可以“从一个乡下人的作品，发现一种燃烧的感情，对于人类智慧与美丽永远的倾心，康健诚实的赞颂，以及对于愚蠢自私极端憎恶的感情。这种感情且居然能刺激你们，引起你们对人生向上的憧憬，对当前腐烂现实的怀疑”[③]。正是这种建立在怀疑现实基点上的

---

① 苏雪林：《沈从文论》，《文学》1934年9月第3卷第3期。

② 尼采：《我感谢古人什么》，《偶像的黄昏》，转引自周国平《尼采：在世纪的转折点上》，上海人民出版社，1986年。

③ 《〈从文小说习作选〉代序》，《沈从文文集》第11卷。

悲剧精神，触发了作者“用生命的蓬勃兴旺战胜人生的悲剧性质”[①]的“酒神”创作精神，以个体毁灭的痛苦快感来达到肯定生命的形式。这便是沈从文乡土小说的悲剧意义与众不同之处。我们只有体悟到作者“酒神精神”悲剧观后面隐伏着的那种对现实生命意识状的愤懑，才能真正读懂沈从文对另一种生命意识的弘扬所存在的真正意义。然而这种生命意识的探求自沈从文始，又自沈从文止，成为现代文学中独存的文学现象。

三

与沈从文不同，赵树理是我国新一代乡土作家的代表。为了探寻喜闻乐见的民族风格和民族形式，赵树理以自己的全部作品，为40年代以后的解放区文学以及中华人民共和国成立后的30年文学创造了新的“大团圆”的抒情喜剧模式，也为新乡土小说（尤其是“山药蛋派”）创作奠定了理论基础。这种抒情喜剧模式，无法简单地用鲁迅对喜剧的看法（即喜剧是将人生无价值的东西撕毁给人看）来准确地概括其美学特征。

贺拉斯曾提出艺术要“寓教于乐”，认为艺术的愉悦功能，只有通过这一美学手段，才能达到终极的教育目的。赵树理的乡土小说表现了扬善惩恶的古典喜剧情结，为的是满足普通老百姓理想性的情感需求。真善美通过喜剧的形式得以餍足，这只是通俗美学所要达到的目标。赵树理的乡土小说正是用这种“笑”的形式来解决现实生活中的“问题”。喜剧大师们认为，悲剧只能开启心智，揭开心灵的痛苦创面，而不能积极地进行疗救；而喜剧则在潜移默化的笑声中给人以警策，是一种积极的间接性的治疗。此外，喜剧“在纠正恶习上也极有效力。一本正经地教训，即使最尖锐，往往不及讽刺有力量；规劝大多数人，没有比描画他们的过失更见效了。恶习变成人人的笑柄，对恶习就是重大的致命打击。责备两句，人容易受下去，可

① 《酒神精神到强力意志》，《尼采：在世纪的转折点上》。

是人受不了揶揄,人宁可作恶人,也不要作滑稽人”①。莫里哀这段话告诉我们,讽刺在古典美学那里,往往成为喜剧的主要艺术手段。但是,赵树理的乡土小说所运用的“讽刺”和鲁迅乡土小说(尤为《阿Q正传》等篇什)所运用的“讽刺”艺术手段完全不同。前者包含着善意的讽喻,是一种美丑对应的、最后丑让位于美、假让位于真,恶让位于善的情感结构模态,“大团圆”成为必然结局。赵树理的时代呼唤这种美学追求,于是赵树理成为这种美学风范的带头人。后者则对人生的丑恶作淋漓尽致的讽刺鞭挞,对“大团圆”的审美期待也进行了无情而刻薄的嘲讽,这就从根本上堵塞了喜剧的最后通道,使之处于悲剧的情境之中。这当然是时代精神使然。因为鲁迅的时代需求思想巨子的诞生,而赵树理的时代则有了思想巨子,只须艺术家用更明丽的艺术格调来调整现实生活中的不谐调,以求一种新的秩序的建立。

“笑”是有表层模态和深层模态的不同形式的,我们虽不能贬褒其中任何一种艺术形式,但是,倘若将一种“善意的微笑”作为一个时代的普遍文学精神,则会导致这个时代“哲学的贫困”。所以,当我们考察赵树理全部的创作历程时,就不难发现,到了60年代,赵树理为了超越自身建构的“大团圆”喜剧模式,提出“中间人物”、“现实主义深化”理论,以求在作品的内容与形式上有新的突破。当时,赵树理不可能转向悲剧艺术形式。这因为四五十年代对写“悲剧”、写“阴暗面”的批判,使得许多人对悲剧的美学效应产生了种种误解。那么如何突破呢?仍然只能在喜剧的色调上加深颜色。

我们只要对赵树理的作品作一具体分析便可发现,赵树理1949年以后的乡土小说与三四十年代的乡土小说相比,显然地由一种轻松的、明朗的“轻喜剧”色调逐渐向一种沉重的、阴晦的“变调喜剧”色调转化。如果说早期乡土小说的喜剧审美特征中的幽默、诙谐给人带来的是充满着甜蜜愉悦性、娱乐性审美刺激,是由紧张趋向于松弛的审美过渡的话;那么,五六十年代他的乡土小说喜剧审美特征中的幽默、诙谐却是给人一种苦涩的隐痛,是由松弛向紧张的审美过渡。这种美学心态的细微变化,不仅仅是作者对于喜剧审美的认知改变,也是作家对生活认知重新加以审视的结果。

---

① 莫里哀:《“达尔杜弗”的序言》,《文艺理论译丛》1958年第4辑。

然而，赵树理虽已感觉到一种廉价的乐观主义喜剧审美形式不能改变生活中的假丑恶，甚至连教育作用也受到阻滞，但却无法改变由他开创的喜剧美学风范。比如“山药蛋派”作家们经过艺术思考，其喜剧风格的转化当然要比盲目廉价的乐观主义深刻得多。但是，《登记》、《李双双》等喜剧所走的审美通道依然很窄，就是一个证明。

如果说当代三十年当中，许多乡土小说作家的长篇力作（从《三里湾》到《山乡巨变》再到《创业史》和《艳阳天》）是力图在喜剧和悲剧之间寻找第三种审美通道的话，那么，这种现象却很值得研究。意大利文艺复兴时期的戏剧家瓜里尼主张一种打破悲剧和喜剧界限的创作。他认为两者结合所产生的第三种状态应是一种和谐之美，这种美，“是悲剧的和喜剧的两种快感糅合在一起，不至于使听众落入过分的悲剧的忧伤和过分的喜剧的放肆。这就产生一种形式和结构都顶好的诗……因为它既不拿流血死亡之类凶残的可怕的毫无人性的场面来使我们感到苦痛，又不致使我们在笑谑中放肆到失去一个有教养的人应有的谦恭和礼仪”。如果用瓜里尼几个世纪前这种对悲剧和喜剧美学效应的片面理论来形容五六十年代乡土小说作家的创作心态，也许是很合适的。因为那个时代是无需悲剧的时代，而作家又不愿以被曲解了的喜剧形式来表述自己对生活和美的见解，因此，这第三条通道就成了作家们唯一可走的道路。从《三里湾》到《山乡巨变》，从《创业史》到《艳阳天》，都力图在二者之间开辟第三条道路。然而作家不能离开自己的时代去构思作品，也不能离开社会需求去随心所欲地选择自己的艺术形式。因为这是一个渴求英雄的时代，而英雄却不能处理成悲剧结局。所以，造成这种悲喜剧“中和”情感的审美内容，是不可能具备和产生既逃离悲剧情感又逃离喜剧情感的第三种情感形式的。

原载《福建论坛（文史哲版）》1992 年第 4 期

三十年代乡土小说的审美倾向与文体特征

朱晓进

将30年代乡土小说作为一个整体来考察,我们不仅可以从中发现许多共同的文化命题,[①]而且可以找寻到它们在审美倾向和文体形式等方面的共通之处。而后者对于整体把握30年代文学特征是具有重要意义的。

一

30年代的“文坛曾经出现过一个名词:‘力的文学’”[②]。这一名词,的确是能代表30年代文学所显示出的整体的审美追求的。鲁迅曾认为,30年代是一个“风沙拍面,狼虎成群”的特殊时代,因而时代要求于文学的,是“耸立于风沙中的大建筑,要坚固而伟大,不必怎样精”,是“匕首和投枪,要锋利而切实,用不着什么雅”。[③]这种追求力度而忽略精、雅的审美倾向,在30年代乡土小说中得到了最充分的体现。30年代乡土小说作家对于力度的追求是相当自觉的。叶紫曾说过,他自己的

① 参见拙作《三十年代乡土小说的文化意蕴》,《中国社会科学》1993年第5期。
② 茅盾:《力的文学》,《申报·自由谈》1933年12月1日。
③ 鲁迅:《南腔北调集·小品文的危机》。

创作是为了把“对于客观现实的愤怒的火焰”、把自己“内心的郁积统统发泄得干干净净”,[①]因此,他在自己的作品中“堆砌”起“火样的热情,血和泪的现实”,[②]从而形成了一种“赤裸裸的力,一种坚韧的生命之力”[③]。萧军也曾这样表述过自己的艺术见解:“艺术是炼锻感情,象一支箭一样,要击中鉴赏者的心结,使他不能躲避,也不能拔出”[④],正是这种艺术观,才使萧军的作品具有了“雄浑、沉毅、庄严的史诗”的品格。[⑤] 端木蕻良曾拟过《力的文学宣言》,颂扬“力”,赞美雄强性格;而他在创作中,则更是“以他特有的雄健而又‘冷艳’之笔,给我们画出了伟大沉郁的原野和朴厚坚强的人民”。[⑥] 作为女性作家的萧红,作品不乏其特有的“明丽和新鲜”,但在总体上也具有一种雄浑健壮的内在力量,正如鲁迅所指出的,“北方人民对于生的坚强,对于死的挣扎,却往往已经力透纸背”,[⑦]胡风也曾称《生死场》有“钢戟向晴空一挥”的力度。[⑧] 在30年代乡土小说中,“力的文学”的艺术追求,不仅体现在上述所举的具有明显的革命倾向的作家身上,其他作家也是如此。例如“京派”的重要批评家刘西渭就曾明确指出:“没有比我们这个时代更需要力的”,他甚至将力的文学看作是“中国新文学的高贵所在”和“艺术价值的标志”。[⑨] 这可以代表京派多数作家的艺术追求。就30年代乡土小说而言,“力的文学”是一种整体性的审美追求,不管各具体作家在思想倾向上有多少差异,他们事实上都难以完全避开这一文学时尚的影响和制约。

中国现代乡土小说的整体审美倾向,在20年代和30年代这两个不同的文学历史阶段上有着重大的变化。这种变化从一些跨阶段的具体乡土小说作家身上可以看得更为清楚。例如王统照,就是非常典型的。王统照20年代初的作品较多地

---

① 叶紫:《我怎样与文学发生关系》,郑振铎编《我与文学》,生活书店,1934年。
② 鲁迅:《且介亭杂文二集·叶紫作〈丰收〉序》。
③ 刘西渭:《咀华二集·叶紫的小说》。
④ 萧军:《八月的乡村·附录——“一篇日记”》。
⑤ 常风:《近出小说四种》,《文学杂志》1卷2期,1937年6月出版。
⑥ 《文学月刊·编者后记》8卷2期(37年2月)。
⑦ 鲁迅:《且介亭杂文二集·萧红作〈生死场〉序》。
⑧ 胡风:《〈生死场〉读后记》。
⑨ 刘西渭:《叶紫的小说》。

“强调着‘美’和‘爱’”[①],其审美特征可以用优美来概括。但到了20年代末和30年代,他的审美追求有了很大的改变,体现在创作上便是终于从《春雨之夜》(王统照的第一个短篇集)“这理想的诗的境界走到《山雨》那样现实人生的认识”[②],他20年代末和30年代的作品呈现为具有深厚力度的壮美特征。这种变化在王鲁彦身上表现得也同样非常明显。他写于20年代的作品中多是卑琐、孱弱、受拨弄的人物,作品往往含有一种压抑低沉而又忧伤苦闷的情调,缺乏理想的光彩。但在写于30年代中期的《乡下》和《野火》等作品,便风格大变,作品中的人物所具有的强烈的反抗性,作品的激越、昂扬、冲动的基调等,都使作品的力度有了明显的加强。这种审美倾向的变化,自然有其时代的必然性,它是由时代的审美要求与乡土小说作家自觉顺应这一要求二者的双重作用而成的。

就作家主观方面而言,为顺应时代的审美要求,他们首先调整了自己对乡村和农民的着眼点。30年代乡土小说与20年代乡土文学形成最鲜明对照的,也许莫过于人物性格了。20年代乡土小说中的主要人物形象均是作为“沉默的国民”出现的,在这些人物身上,较多地呈现出了病弱、卑微和保守、落后等几千年封建思想和制度奴役下的精神创伤。而30年代乡土小说中的人物性格则有所不同,其中大量出现了觉醒农民的形象,这种觉醒既包括政治思想的觉悟,也包括伦理的觉悟和人性要求的觉悟。虽在不同的作家那里所表现的侧重面并不相同,但在这几类觉醒者身上,作家们都在努力挖掘其敢于抗争、无所畏惧、宁折不弯、刚烈骁勇的精神品格,都在试图做着“民魂再造”的工作。这种挖掘农民性格方面所发生的从软弱的国民性格到具有坚韧力度的民族脊梁的变化,根源于作家对乡村、农民的视点的变化,其结果,则是作品审美基调的变化。如果说,20年代乡土小说多呈现忧郁、哀伤、凄婉的格调,那么,30年代乡土小说则由于人物的力度使作品更多地呈现出明快、激越、奋进的格调。为了说明这种作品基调的变化,我们可以对乡土小说的一个共同母题——表现“乡愁”略作分析。同样是表现乡愁,从表面看,30年代乡土小说(尤其是在北方作家群的作品)与20年代乡土小说都曾以此作为重要的情

① 茅盾:《中国新文学大系·小说一集·导言》。
② 茅盾:《中国新文学大系·小说一集·导言》。

绪来加以抒发，但实际上，二者的着眼点和格调都有着明显的差异。20年代乡土小说作家们多数亲历了故乡的凋敝和自己家庭的变故，为生活的逼迫而离开了自己的故乡，他们中多数人“苦恼的是失去了地上的‘父亲的花园’”①。因此，他们作品中的“乡愁”在较大程度上是从个体的人生感受出发的，无论是写及故乡的人事与景物，都较多带有游子思乡和怀旧的伤感。30年代乡土小说中虽不乏类似的作品，但多数作品中的“乡愁”与其说是针对个体的故乡，还不如说是对于广义的故乡和家园——沉沦的“土地”而发的。30年代乡土小说作家也常常写到回忆中的故乡的人事和景物，但他们“依恋风情，并不感伤”②。尤其是东北作家们，他们的“乡愁”中更包蕴了追求土地、山河完整的民族情绪，这种情绪由于超越了个体单一的人生感遇，因此显示出了一种内在的力度。

总之，30年代乡土小说在整体的审美倾向上主要是呈现出“力之美”的特征。当然，这不能一概而论。例如，在“京派”乡土小说中，虽有不少可称为有“力之美”的作品，但也有相当多的作品乃是体现了平和淡远的风格，这与“京派”作家对温厚的牧歌情调的追求有关。尽管如此，这些作品与20年代乡土小说相比，在总体格调上仍是少了些沉闷感伤的情调，多了些明朗的理想的色彩。

二

追求力度而忽略精、雅的审美倾向，带来了30年代乡土小说在文体上的一系列特点。

艺术上的力度常常是与简捷明快联系在一起的。当时，曾有人这样评价过叶紫的小说，说它“始终仿佛一株烧焦了的幼树”，“不见丰盈的姿态，然而挺立在大野，露出棱棱的骨干”，“这里什么也不见，只见苦难，和苦难之余的向上的意志……这是力，赤裸裸的力，一种坚韧的生命之力”。③ 删减枝叶，凸现“骨干”，以此增强

① 鲁迅：《中国新文学大系·小说二集·导言》。

② 刘西渭：《叶紫的小说》。

③ 刘西渭：《叶紫的小说》。

作品的力度,这的确是叶紫小说的一个重要特点。其实,不只是叶紫,在30年代乡土小说的多数作品中都不同程度地存在着“简化”的特点。所谓简化,就是指作家为了使所要表达的思想理论观念具有明示性、直捷性,因而在作品中对所要反映的生活现象作简化处理,通过删减一些精细之处来凸现和强化主干部分。具体地说,在30年代乡土小说中“简化”特征有下述三种表现:

(一)简化了人与人关系的复杂性。在左翼乡土小说的多数作品中,乡村社会基本上只是由两个尖锐对立的阶级和阵营构成的,人与人之间的关系中所凸现的也主要是阶级关系(有产与无产)、政治关系(觉悟与不觉悟)、思想关系(进步与保守)等方面,而其他复杂的关系都或多或少被省略了。诚如当时有人所指出的那样,这类作品,“无论详略,永远是斗争的,有产与无产相为对峙,假如无产这方面失败了,他给无产留下象征的希望。在真实的叙写中,我们常常感到勉强与夸张。决定他观察角度的,不是一个艺术家的心情,而是态度和理论”①。在非左翼乡土小说作品中,对人与人关系复杂性的简化也同样存在。例如“京派”的乡土小说作品中就大幅度地简化掉了恰恰是左翼乡土小说所强化的阶级对立关系,这也是一种简化。“京派”乡土小说所要强化的是乡村中人与人关系的和谐、重义和礼让。因而,在这种叙写中,我们同样会感到某种“勉强与夸张”。

(二)简化了人物性格的复杂性。左翼乡土小说中所塑造的不管哪一类人物形象,其性格的展示面,多数都是侧重于政治与经济活动中的表现,其他侧面则往往被简化掉了。固定在一种被简化了的人际关系中,同时又被拘限在一定的生存活动中,这样的人物形象自然难以呈现丰富复杂的性格。尤其是左翼乡土小说作家笔下的那些标示其积极意义的农村新人形象,其性格特征更显得过于单一、缺少丰满的血肉。这种情况即使在茅盾这样的大作家笔下也未能例外,正如当时有人指出的那样,茅盾作品中“积极的人物,有力然而简单”②。在30年代非左翼乡土小说作品中,简化人物性格复杂性的情况也同样存在。仍以沈从文为代表的“京派”为例。在他们的乡土小说作品中,其人物形象无论是成人是少年,无论是男人还是

① 刘西渭:《叶紫的小说》。
② 刘西渭:《叶紫的小说》。

女人，无论是士兵、土匪还是船夫、妓女，等等，往往一概被略去了性格的“恶”的一面，所展示出的性格特征都无一不是淳朴、善良和美好的一面。

（三）简化了价值评判的尺度。从不同的角度和不同的侧面看问题，所得出的结论往往会有差异；执于一端，就会将复杂的问题简单化。在30年代乡土小说中，明显存在着对人和事的价值评判尺度的简单化现象。无论是左翼还是非左翼作家，都特别坚执地从自己的“态度和理论”出发去看待人和事，因而其作品中对人和事的评价都显得特别简单而干脆乃至有些武断。例如，在左翼乡土小说作品中，人的经济地位和社会身份是唯一的标杆，“有产”与“无产”常常是对人物进行褒贬的主要尺度，而“京派”乡土小说中，则常常是以“城里人”与“乡下人”为褒贬人、事的重要尺度。沈从文曾自称：“我是个乡下人，走到任何一处照例都带了一把尺，一把秤，和普通社会总是不合。”①由于他对乡间的一切都充满了“难以言说的温爱”，因此即使是写到乡间的妓女、土匪一类人物，其评价也是肯定性的，又由于他对都市文明充满了反感乃至憎恨，因此他将都市文明养育下的人物看作“阉寺性人”，他笔下的都市社会生活无不是投机、欺诈、虚伪、空虚和无聊。芦焚也是如此，“他把情感给了景色，却把憎恨给了人物”，因而在他笔下，“一切只是一种不谐和的拼凑：自然美好，人事丑陋”。② 左翼乡土小说作家与“京派”作家看问题的角度虽然不同，但很显然，二者在价值评判尺度上的简单化和片面化则是共同的。

这种“简化”的艺术表达方式，与30年代乡土小说作家们追求作品反映社会生活的“力度”是有关系的。在某种意义上可以说，30年代乡土小说作家都带有一点社会学家的气质，或者带有对社会学的浓厚兴趣，他们写小说，多是为了探索乡村社会的种种问题。如果说，左翼作家所关心的是政治、经济变动中的农村无产者的命运，那么“京派”作家在某种程度上所关心的是社会转型时期的人的道德命运问题，二者的出发点和看问题的角度不同，但探讨的都是社会的大问题。而对“大”问题的探讨，所需要的常常是具有“概括性”的表述，这就使大幅度简化生活具有了一种必然性：只有简化掉部分细微处的东西才能凸现主干部分，达到整体的概括；只

① 沈从文：《水云》，《沈从文文集》第10卷。

② 刘西渭：《读〈里门拾记〉》。

有简化价值评判的尺度，才能更加明晰地表达出作家对于社会问题的见解；只有简化了人际关系与人物性格，才能强化作家对于某部分人或人的某一侧面的关注。从积极的意义来说，这种“简化”，的确使作品增加了明示性、概括性，增强了作品艺术上的“力度”。但从消极方面看，这也带来了作品、主题、人物的单纯化、简单化等不足。

与这种“简化”伴生的，是30年代乡土小说在文体上的“直语”的特征。追求力度，追求表达的明示性、概括性，忽略对生活丰富性的把握，就有可能导致作品舍暗示而求直说。当时有人这样评价过茅盾的作品，“剑拔弩张的指示随篇可见”，多有“热烈的词句”，尤其是《春蚕》的第二章，作者“就欠跳下讲坛参加‘决战’的行列”。而这绝不是个别现象，“茅盾先生不过偶尔酩酊。然而这种措辞，不知不觉，成为若干青年作家的表现方式。一种明显的案语，一种指导的引线，我们往往在一篇或一章的煞尾遇到”①。这种“直语”的特点较多出现于左翼乡土小说中，但在其他30年代的乡土小说中也存在着，例如沈从文，就非常喜欢在作品中插入自己的议论。

总之，“简化”与“直语”，是30年代乡土小说中的重要现象。在这一现象背后，其实隐藏着作家们受制于文学时尚的对于“力的文学”的追求：“简化”与“直语”是作家们为强化作品的“力度”而采用的表述方式。

三

“简化”与“直语”有可能会带来的负面效果是观念化倾向，这就需要采用相应的有效的艺术手段来避免这种负面效果的出现。不管是有意还是无意，自觉还是不自觉，我们发现，在30年代乡土小说中，普遍盛行的客观化文体和抒情化文体，确实蕴含了有效的制约“简化”与“直语”可能会带来的观念化倾向的机制。冷静旁观式叙述或直录式描画的客观化文体，在最大程度上限制了作家对生活细节的任意删减和在作品中对自己的“态度和理论”作直接表达的机会。而抒情化文体，则

① 刘西渭：《叶紫的小说》。

在将生活诗意化和将“直语”的句式诗化的过程中，使“简化”和“直语”不构成艺术上的犯忌：诗化本就是对生活进行一种特殊的简化与概括，将“简化”纳入诗化轨道，显然是符合艺术规范的；而将“直语”部分诗句化，则可变“直语”为直抒胸臆式的抒情，即化理为情了。因此，30 年代乡土小说中的客观化文体和抒情化文体也是理应引起重视的文学现象。

茅盾曾在《力的表现》一文中对“力的文学”作过这样的解释：“文艺作品本以感动人为使命。然而感人的力量并不在文字表面上的‘剑拔弩张’”，“真正有力的文艺作品应该”“蕴含充实的内容；是从不知不觉中去感动了人，去教训了人”。这里，茅盾并不反对去“教训人”，但对文字上的“剑拔弩张”已有所警觉，他主张以客观而真实的内容去“感动人”，从不知不觉中达到“教训”的目的。茅盾写于 30 年代前期的乡土小说作品明显存在着文字上过于主观化的倾向，有一种“直语”式的“剑拔弩张”，但从 30 年代中期开始，他自觉注意于冷静客观的表述方式，《水藻行》就是较好的例子。冷静客观的表述，在 30 年代中后期成了许多乡土小说作家的自觉追求，这对于纠正 30 年代初期文坛上的公式化、概念化倾向起过积极作用。而且，更重要的是，这种追求对 30 年代乡土小说的文体产生了重要影响。例如，当时“速写体”（或曰“纪事体”）小说文体的流行，就与这种客观化的追求有关。

从 30 年代中期开始，称之为“速写”的小说文体颇为盛行，有许多乡土小说作家甚至在作品标题上直接冠以“速写”、“纪事”之类的字样，较著名的作品如吴组缃的《一千八百担——七月十五日宋氏大宗祠速写》、沙汀的《某镇纪事》、艾芜的《端阳节——某乡风俗记》，等等。“速写”这一文体的兴盛，在当时是一个热门的话题。1934 年底，茅盾曾明确指出，这一年文坛的重要现象之一，是“新文体的飞快地发展”，而所谓“新文体”，“就是一年来特盛的所谓‘速写’”。他认为，“所谓‘速写’这一体”是“应了时代的要求很快地成长起来”的。[①] 在 1937 年，茅盾仍认为，“‘速写’这幼芽应当尽量使其发展”[②]。胡风在 1935 年曾专门著文阐释“速写”的特点，他认为，“速写”是“批判地记录各个角落发生的社会现象，把具体的实在的样相（认识）

① 茅盾：《一年的回顾》。

② 茅盾：《关于“报告文学”》。

传达给读者”,“是由形象的侧面来传达或暗示对于社会现象的批判”。也就是说,“速写”是“一种文艺性的记事(sketch)”,“它的特征是能够把变动的日常事故更迅速地更直接地反映,批判”。[①] 因此,这种“速写”(或“纪事”)在形式上明显有着向新闻和实录皈依的倾向。这是客观化表述的追求发展到极致的一种结果。

“速写体”在许多乡土小说作家那里被成功地运用着。张天翼的《一个题材》,记录了一个作家向描写对象调查和寻问某事真相的过程,被人称之为“采访体”小说。他的《成恒业》以新闻报道、友朋信札、小说人物日记相互拼接而成,被人称之为“卷宗体”小说。称呼不同,其实都是带有当时所谓的“速写体”(“纪事体”)小说的特点的。吴组缃也是较成功地运用“速写体”的乡土小说作家之一,他的《一千八百担》的副标题已言明是“速写”,他的《樊家铺》、《黄昏》、《天下太平》等名篇,从其叙述方式和表现手段看,其时间地点的相对集中、其表述的客观与实在,等等,也都明显具有“速写”的特点。沙汀、艾芜、罗淑等作家的许多作品,也都是较典型的“速写体”小说。

总之,“速写体”小说作为30年代乡土小说作家们追求“客观化”表述的结果,确实一度成为较盛行的文体。这一文体的产生,对中国现代短篇小说艺术的发展有着积极的意义。30年代初期,许多乡土小说作者擅长的是以“压缩了中篇”的做法写短篇。包括茅盾的《林家铺子》、《春蚕》、《秋收》、《残冬》等作品,也多是叙述有头有尾的故事,追求的是事件的完整过程,对“截取横断面”这一短篇小说艺术的基本要素有所忽略。沙汀较早写出的名篇《丁跛公》也是如此。它叙述了“一个地道的四川故事”,几乎罗织了一个乡村杂役的“一生”。“速写”形式的出现,使作家们增强了截取横断面的意识。茅盾写于此后的《水藻行》、《报施》、《委屈》等短篇就是较为典型的截取横断面的方式。沙汀后来的作品,包括他最优秀的《在其香居茶馆里》等短篇小说,几乎都是采用的截取生活横断面的方式。短篇小说艺术上的这种变化,也存在于其他乡土小说作家身上。此种变化,是不能排除受“速写体”影响这一因素的。

“客观化”表述的追求对30年代乡土小说的影响,还不仅体现在它直接催生了

① 胡风:《论速写》。

“速写体”,而且还表现在艺术特点的其他方面。这里试举二例。(一)作品中人物对话的大量出现。要追求客观化的表述,最好的办法自然是由人物自己来说话,而不是由作家来代言,因此,在30年代乡土小说中,人物对话的运用受到了特别的重视。而且,对于人物对话还不仅仅是一般的运用,有时竟是让人物对话占据作品主要的篇幅。例如吴组缃的《一千八百担》、沙汀的《在其香居茶馆里》等,通篇就几乎是由人物对话构成的。(二)作品对方言土语的运用。直接运用民间口语和方言土语,也是“客观化”表述的一种有效途径,写某地人、事,直接用某地语言,这能减少“语言的过渡”,从而降低客观生活原生态因子的损耗。自觉地在作品中大量运用民间口语、方言土语来替代文学语言,应该说是从30年代乡土小说开始的。蒋牧良早就指出,张天翼的作品在当时受人称道,一个重要的原因是它的“用语之泼辣和新鲜,他在叙述中,开始运用民间口语来代替一般文学用语,在当时是开创了一个新方向”①。张天翼精通许多地方话,因此在写不同地域的人和事时,能得心应手地准确运用当地的通俗语言,这增加了作品的写实性效果。美国学者夏志清甚至认为,“就方言的广度和准确性而论,张天翼在现代中国小说中,是首屈一指的”②。沙汀在方言的运用上也是极为成功的,在他的作品中,无论是叙述语言还是人物语言,都有对四川民间语言的纯熟运用。其他如吴组缃、叶紫、马子华、周文以及东北作家等的许多作品都是在运用方言土语方面的成功例子。

从上述分析可以看出,“客观化”对30年代乡土小说的文体曾产生过重要的影响。难怪许多乡土小说作家在当时或其后都曾被指为“客观主义”③。如果这仅是指作家对“客观化”文体的追求,这是符合事实的;但如果就作家自身对现实生活的态度而言的话,就不够确切了。被指为“客观主义”的这些乡土小说作家,在对现实生活的态度上,不仅不是纯客观的,而恰恰是较为“主观化”的,他们有类似于社会学家的热情和表达自己对社会人生见解的强烈欲望,如果没有这种文体表述上的“客观化”追求,则作品的观念化也就难以避免。可以说,正是这种客观化的文体制约,使他们避免走入“公式主义”和“概念主义”的艺术歧途。

---

① 蒋牧良:《记张天翼》,《文艺生活》(海外版)第2期,1948年10月5日。

② 夏志清:《中国现代小说史》第九章。

③ 见严家炎《中国现代小说流派史》,第197页。

四

中国现代小说的抒情化文体在30年代乡土小说中也得到了长足的发展。废名、沈从文、芦焚、艾芜、萧红等都是公认的抒情体小说作家,而在许多称不上抒情体小说作家的乡土小说作品中也多有抒情文体影响的痕迹。

抒情文体在乡土小说中得以发展,这自然与乡土题材有关。乡村的生活情调、乡野的宁静恬淡、乡间的人事景物等,本就带有一种舒缓的诗的节奏和诗的情韵。诗是一种古老的艺术,可以说是与原始的牧歌式的生活共生的,本色的诗意也许只能来自乡野。尤其是当作家将原始纯朴的乡野作为自己的精神家园(如"京派"作家)时,更给诗意的乡村增添了一层作家主观化了的抒情色调。沈从文曾指出,他的乡土小说作品都"浸透了一种'乡土抒情诗'的气氛"[①],"故事在写实中依旧浸透了一种抒情幻想的成分"[②]。也就是说,沈从文是以"抒情幻想"的观照态度去写乡村的。在30年代的许多乡土小说作品中,都有着这种作家主观情感对作为表现对象的乡村的拥抱,作家自己有时就在扮演一种"抒情诗人"的角色。沈从文在谈到他的较为典型的抒情小说《边城》时就说过,"我的过去痛苦的挣扎,受压抑无可安排的乡下人对于爱情的憧憬,在这个不幸故事上,方得到排泄与弥补"[③]。萧红的《小城三月》、《家族以外的人》、《牛车上》以及后来的《呼兰河传》等乡土小说作品中,每篇均有作为其抒情主角的自我形象。艾芜的那些最具抒情性的小说,也都有作者本人所扮演的抒情诗人的角色。作家主观情感切入表现对象或者作家自身充当抒情主角,都无疑能给作品带来诗意。吴组缃算不上是抒情小说作家,但他的《箓竹山房》、《金小姐与雪姑娘》等乡土小说作品中,由于作者作为小说事件的参与者出现,而作者情感又有过多的介入,所以这些作品也明显具有了强烈的抒情意味。主观情感的直接介入,是30年代乡土小说诗意抒情的主要方式。

---

① 沈从文:《长河·题记》。

② 《沈从文小说选集·题记》、《水云》

③ 《沈从文小说选集·题记》、《水云》

情感介入最明显的，是 30 年代乡土小说中的景物描写。30 年代乡土小说作家似乎特别重视自然景物的描写，这与他们对“自然”的特殊青睐有关；许多作家在自然景物中寄托了“人与自然契合”的理想，①包含着“人事丑陋，自然美好”的价值评判；还有许多作家则是在对自然景物的赞颂中抒发着乡土之恋。沈从文、艾芜的作品中描绘的西南边地原始神秘的自然风光，无疑是他们作品具有抒情性的重要因素之一。沈从文的《边城》中，那悠悠的渡船、那如银的月光、那不堪历史重负的白塔、那啭着歌喉的草莺，等等，都使作品具有了某种诗的旋律和悠远恬淡的意境。艾芜的《南行记》中，那苍茫雄伟的山野景色、郁郁苍苍的松林、弯曲的红沙古道、干崖坎子上如火的骄阳、荒凉的江神庙、原始森林中明亮的塘火，等等，构成了作品诗意的氛围，增添了作品的浪漫色彩。叶紫早期不以抒情小说见长，但他的《偷莲》中却有湖光莲影、山光水色的映照，这使作品也明显带着水乡抒情诗的韵味。萧红的《生死场》中，当农民们沉痛宣誓，“大群的人起着号咷”的时候，如果作品没有插入“苍天也摇摇欲坠”等人格化了的自然景物的描写，诗意的气氛就不会那么浓烈；萧军、端木笔下，如果少了那荒凉、空阔、辽远的大地，那“搅成一团的茂草、高粱、蚊子”，等等，作家们那种刻骨铭心的乡土之恋也许不会表现得那么淋漓尽致。

当然，在不同的乡土小说作品中，所形成诗意抒情的原因是各不相同的。除上述因素，还有诸如采用了诗的语言（诗的修辞、诗的韵脚与节奏以及诗的语汇）、选取了诗意化的人物形象等都是构成诗意抒情的原因。总之，抒情化是 30 年代乡土小说中非常明显突出的文体现象。这从小说艺术发展的角度看，具有重要的意义，因为“抒情”强调个性，这就与公式主义无缘，且通过抒情手段，可以将可能出现的“直语性”的东西诗化，从而化理念为情感，变直接议论为直抒胸臆的抒情，使非艺术因素成功地转化为艺术因素，这些，都为 30 年代乡土小说在较大程度上避免公式主义、观念主义作出了贡献。

同样也对 30 年代乡土小说文体产生过重要影响的还有讽刺艺术。中国现代讽刺小说到 30 年代，进入了它的繁盛期，而在乡土小说中，具有讽刺品格的占了很大比重。作为 30 年代乡土小说两大主要群体的左翼作家（包括东北作家群）与“京

---

① 沈从文：《泸溪·浦市·箱子岩》，载自《湘西》。

派”作家都有大量出色的讽刺小说作品，但由于他们对乡村的不同观照态度，因此讽刺的品格，单就乡土小说而言，实际上只保留在左翼乡土小说中。而京派作家只将讽刺对准都市的上流社会，却不忍将讽刺施与他们满怀着“温爱”的乡间的人和事。因而，从乡土小说这一角度谈“讽刺”，基本上不出左翼乡土小说的范围，诸如张天翼、沙汀、周文、吴组缃、蒋牧良等都是出色的乡土讽刺的作家。乡土讽刺的作品，所讽刺的对象多是乡村中的罪恶、乡村中的恶人丑事，讽刺的角度则主要是依据阶级意识所作的政治的、伦理的社会批判。由于作者对讽刺对象所抱的是单纯批判的态度，所怀的是明确、强烈、彻底否定的情感，这就决定了这些作品的讽刺常常带有阴郁冷静的色彩，而较少轻松的幽默。讽刺艺术对30年代乡土小说文体的渗透，也具有相当重要的意义：因为“讽刺的生命在于真实”，这多少能杜绝一些缺少生活依据的胡编乱造；而且，作者所想直接表白的观念性的议论，有时是可以通过“讽刺”这一艺术手段，化理念为谐趣，以讽刺的曲语替代剑拔弩张的“直语”。讽刺艺术的成熟运用，在乡土小说艺术的发展中也占有重要的位置。

上述探讨，我们主要是从审美倾向及其与之相关的文体特征来展示30年代乡土小说的艺术特色。在过去的文学史研究中，我们很少注重文体特征这一重要文学现象，而文体特征中所包蕴着的恰恰是使文学作品得以呈现某种艺术风格、艺术趣旨的最原生的基质。同时它又是一个时代的文学风尚和审美追求的某种结果。正是在这个意义上我们可以说，上述研究虽是从乡土小说这一领域出发的，但相信其结论对整个30年代文学也同样具有意义。

原载《南京师大学报(社会科学版)》1994年第2期

后寻根:乡村叙事中的暴力美学

朱大可

毫无疑问,中国的流氓主义的真正根源并非都市,而是潜植于地域广阔的乡村世界。数千年以来,这个世界基本保持了它的本来面容,像一个平面展开的不朽的泥土装置。不仅那些离弃了土地的农民迅速成为流氓,固守着土地的农民也呈现出流氓化的严重倾向。90 年代的大批写实主义作家指涉了这个黑暗的母题。这种母题起源于 80 年代的韩少功(《爸爸爸》)、贾平凹(《商州》)和刘恒(《伏羲伏羲》),并且在风格上保持了“寻根文学”的某些基本元素:对农民的深层劣根性的痛切关注、草根写实和民间魔幻的双重立场、戏剧性(突转)的结构以及鲜明的方言叙事,等等。他们的剑法看起来很“土”,却在敦实中闪现出了诡异。这种诡异像犀利的刀光一样越过了他的地域,奔行在种族的扩大版图上。

这是一种民族灵魂秘史的撰写过程,破碎、零散、间断,逐渐形成巨大地理拼图中的一个局部。所有这些“微细叙事”都在刻画着个体农民的卑琐面容,刻画着他们的在历史中变得枯槁的灵魂。而这些个人叙事最终汇聚成了一场“宏大叙事”运动,也就是小说界的“后寻根主义”运动。这场运动是静默的,它悄然运行在 20 世纪 90 年代以来的中国文坛,不倦地探究着草根阶层的生命力与腐败性。这方面的其他作家还应包括莫言和杨争光等。

杨争光的方言叙事和乡村地理学的立场,使他成为“地域文化小说”的一个代表,这情形很像莫言和“山东高密”、苏童和“枫杨树故乡”。地域成为作家的一种叙事策略，或者说，成为叙事地理学的一个出发点。他据守在陕西乡村——一个古老而庞大的秦帝国曾诞生与覆灭的地点，从那里展开对农民(种族的大数量代表)的意识形态批判。他的小说《公羊串门》、《老旦是一棵树》，以及《黑风暴》和《棺材铺》[①]等，都与这个沉重的母题有关。农民的无聊、自私、愚昧、偏狭、争斗与暴力、受虐和施虐，瓦解了那个所谓“健康民间”的幻象，揭发了它的内在的黑暗根性。杨争光的叙事是一种闪电，穿越了这种黑暗性，为它提供了一个荒诞可笑的话语轮廓。

与名作家们的那些鸿篇巨制相比，杨争光的贡献在于他的构思精致的短篇。《公羊串门》具有大部分中国作家所难以企及的特点：一种深入民俗内部的细微叙事。从公羊对邻居母羊的“强奸”开始，一场荒谬的戏剧性冲突就此呈现。经过一场利益的疯狂可笑的争斗，这场荒诞的喜剧最终竟然以愚昧的谋杀告终。而《老旦是一棵树》则更是一幕愚昧的喜剧。从一场邻里间的通奸开始，复仇的游戏开始逐步升级：捉奸，打架，杀对方的狗，乃至刨挖祖坟。最后的结局却出乎意料：复仇者老旦站到对方的粪堆上，并誓言要在那上面扎根，“长成一棵树”。这种古怪的复仇方式是对乡村的邻里暴力传统的一种深切讽喻。它从一个荒谬的细小角度推翻了草根暴力的全部意义。同时，它也诠释了中国文化中的强大的流氓暴力主义的民间起源。

根据杨争光的观察和叙述我们不难发现，根植于中国乡村的仇恨意识形态，散布在每一个细微的生活细节里，它并没有受到政治制度的直接鼓励，却为历史上悠久的流氓暴力传统提供了深厚而广阔的基础。在乡村社会的分配正义制度崩溃之后，农民的暴力主义成为解决冲突的唯一途径。每个人都是另一个人的地狱。每一个农民都是潜在的杀手，在无政府的致命呼吸中生活，为维护卑微的生存利益而展开殊死搏斗。长期以来，中国意识形态批判掩盖了一个可怕的事实，即所谓“东方专制主义”不过是农民的“多数人暴政”的一种政治表述而已。或者说，暴力并不是国家的发明，恰恰相反，它不过是中国民间的一种基本属性而已。专制主义仅仅复制了这种话语模式，并把它转换成了一种严厉的律法。

毫无疑问，杨争光并不是中国乡村仇恨制度的唯一见证者。早在丁玲的《太阳

---

① 上述小说均出自《杨争光小说选》，人民文学出版社，2002年。

照在桑干河上》和周立波的《暴风骤雨》里,红色暴力及其仇恨政治学,就已经成为解决土地分配和财产公正的合理手段。这种正面的暴力叙事曾经长期主宰中国小说家的立场。这种情形直到80年代才有所改观。韩少功描述乡村械斗的《爸爸爸》,开启了反面的暴力叙事的道路。这个黑暗的仇恨母题此后竟然成了"后寻根主义"的话语核心。如果我们没有弄错,这其实就是90年代乡村写实主义小说的一个隐在的主流,它书写着中国乡村乃至整个民族的丑陋而亲切的容貌。

在所有"后寻根主义"作家当中,莫言无疑是一个中坚。他的《红高粱》系列推动80年代文学的寻根潮流。此后他便在这条乡村叙事的道路上不倦地行走,赋予它强悍的暴力主义的音调。莫言是最重要的暴力话语的言说者,他的无休止的絮叨形成了风暴,像鼓槌一样击打着文学的表皮。《红高粱》是一个初级文本,仿佛是一种原始的语典,收录了通奸(野合)、纵酒、砍头、剥皮等基本暴力语汇。它们是一种证词,被寻根者用以验证"民族的原始生命力"的存在。但到了90年代后期与21世纪初,这种验证和颂扬已经变得不合时宜。寻根主义者开始重新诠释和扩展他们手中的暴力语汇,把它与"原始生命力"的语义分离,而后从暴力自身的形而上语义出发,将其逼入美学的极限。在新的书写工艺中,暴力话语获得了惊人的提纯。莫言这时写出的《檀香刑》①,正是这种新暴力文学的一个前所未有的范本。

在《檀香刑》里出现了一个职业刽子手,末代王朝的最后一位官方屠夫,暴力和杀戮的严肃的化身。他所执行的两次大刑都是国家主义针对流氓(叛逆者)的肉体审判。第一次他以五百刀的精密数字剐死了一个刺杀袁世凯的义士,第二次则被要求对一个煽动反抗德国殖民者的拳民首领动刑,用一根特制的檀香木从臀部穿透到颈部,然后喂以参汤,以防止受刑者过早地死去。兢兢业业的刽子手像钟表一样精密地执行着死亡程序,屠杀变成了一种非凡的技艺。他的第九章"杰作",耗费了数万字的篇幅,详述活剐一个反袁英雄的全部细节,犹如一个村妇在炫耀她的刺绣上的每根丝线。每一次利刃的割戮和受刑者的呼痛,都汇聚成了一种话语的奇诡快感,流动在小说的语句之间,仿佛一种来自地狱的悲惨光辉。这不是卡夫卡式的阴郁的刑罚,而是一种混合着极度的虐待与受虐的肉体狂欢,犹如帝国没落前的

① 莫言:《檀香刑》,作家出版社,2001年。

最后的盛宴。

作为帝国的最后一个英雄,刽子手所发明或继承的刑罚,并不是世界上最残酷的一种①,但它无疑是最具残酷美学特征的。这种残酷美学可以溯源到岳飞词《满江红》里的句子——“壮志饥餐胡虏肉,笑谈渴饮匈奴血”,《水浒》里武松谋杀张都监一家的诗意场景②,以及《三国演义》、《七侠五义》等民间话本小说的诸多段落等。但是在莫言的《檀香刑》里,这种古老的美学获得了空前热烈的推进。刽子手的师傅无限哀伤地回忆了当年凌迟一个图财害命的妓女的凄丽过程,而这段描述无疑应当成为这种残酷美学的一个奇特样板——

> 在师傅的心中,那个美妙无比的美人,先是被一片片地分割,然后再一片片地复原。在周而复始的过程中,师傅的耳边,一刻也不间断地缭绕着那女子亦歌亦哭的吟唤和惨叫,师傅的鼻子里,时刻都嗅得到那女子的身体在惨遭脔割时散发出来的令人心醉神迷的气味。……她的身体已经皮肉无存,但她的脸还丝毫无损。只剩下最后的一刀了。师傅的心中一片酸楚,剜了她一块心头肉。那块肉鲜红如枣,挑在刀尖上宛如宝石。师傅感动地看着她的惨白如雪的鹅蛋脸,听到从她的胸腔深处,发出一声深沉的叹息。她的眼睛里似有几粒火星在闪烁,两颗泪珠滚下来。③

在这些极端的残酷叙事里混合着一种诗意的赞叹和性虐待的狂欢,莫言声称他要借此挑战“中产阶级”趣味④,借用批评家的诠释方式,就是用“民间叙事”抵抗

① 福科在其杰作《规训与惩罚——监狱的诞生》一书的第一章“犯人的身体”里,对西方酷刑有详备的引述,可以作为参考(台湾桂冠图书,1993年,第1—29页)。

② 朱大可:《流氓的精神分析》,见《聒噪的时代》,湖南文艺出版社,1999年。

③ 莫言:《檀香刑》,作家出版社,2001年,第240页。

④ 90年代中期的时候,一些学者提出在下一个世纪谁决定一部书的命运,究竟是什么人在读书,他们提出一个“中产阶级”的概念,声称要为中产阶级写作。他们说你要想自己的书卖得好的话你就得讨中产阶级的欢心。莫言说:“在中国,中产阶级的提法还为时过早。这些年社会上出现了大量轻的、软的、绵的作品。我个人来讲不喜欢这些作品,但我没有资格,没有权利不让别人这样做。所以我想用一种民间的东西,所谓民族的东西与这些所谓轻的、软的、绵的东西来一个对抗。”见《莫言的〈檀香刑〉——以酷刑挑战阅读神经》,《青年时讯报》2001年8月17日。

后殖民主义的意识形态。这促使我们进一步考虑这种酷刑与人民之间的内在关系。酷刑在表面上是国家主义的专利,一如刽子手是国家公务员中的一种,但这酷刑戏剧终究是一种国家与人民合谋的节目,人民不仅是演剧的观众和拥有者,更是它的主权拥有者。人民需要一个这样的颂扬暴力的仪典,犹如需要一场古老的人肉祭来满足灵魂的需要。在这种仪式上,牺牲者(祭品),祭司(法官与刽子手)和观众(人民)结成了神圣同盟。人民目击着暴力在酷刑的进程中被实施,赞叹着鲜血、人肉的碎片、受刑者的痛号、姗姗来迟的死亡和照亮茫茫黑夜的火焰。人民的暴力主义及其嗜血性,曾经受到鲁迅的痛切关注。在他的小说《药》里,为人民解放而做出"牺牲"的革命者"夏瑜",就是这样一个人民暴力仪典上的受刑者,他在一个叫作"菜市口"的地点接受砍头的酷刑,而人民则在四周笑观与欢呼。一个肺病患者的家属向刽子手购买了蘸着受刑者鲜血的馒头,成为小说中最著名的细节。鲁迅企图借此揭发人民的罪行,并对其进行严厉的道德宣判。鲁迅的悲悯正是新文化运动的一种伦理特征,它表达了在西方语境中的中国知识分子对本朝人民的悲悯与轻蔑①。

所有这些聚集在中国民间的仇恨与暴力,正是滋养流氓主义的最强大的温床。国家与流氓互相敌视着,并且在这种漫长的镇压与反叛之中酝酿着种族内部的仇恨。在《檀香刑》里,拳民首领孙丙是近代流氓主义的一个模范符码,混合着爱国主义、民族主义和江湖主义的复杂品格,为捍卫妻子的尊严他杀死了对调戏妻子的德国技师,并被此后发生的德国士兵的大屠杀所激怒,揭竿而起,成为捍卫民族主权的英雄,却被无耻的国家宣判为叛逆者,接受了严酷的檀香刑。正如《水浒传》里的宋江和林冲那样,他是那种道德上无可指责的流氓。酷刑从一个残忍的角度塑造了他,使他获得了一种类似神明的气质。他的鲜血流淌在行将崩溃的帝国疆土上,散发着经久不息的伦理香气。

原载《南方文坛》2002年第6期

① 一个有关知识分子对人民的看法的最常见的说法是:"哀其不幸"和"怒其不争"。

民间理念的流变与当代文学中的三种民间美学形态

张清华

关于当代小说的民间性、民间走向、潜在的民间因素,许多学者特别是沪上的批评家,已经有了许多很好的论述。但我以为关于这一概念的历史传统,其在当代的流变,特别是在20世纪80年代以来的不同美学形态的表现,仍有值得梳理、区分与探讨之处,本文即试图对以上几个问题作一些粗略的探究。

一、小说艺术的"民间"传统

作为文学或美学概念,"民间"一词大约始出自明代小说家冯梦龙的《序山歌》。在此篇短文中,他非常明确地提出了同主流文学、文人写作相分野的"民间"说:"书契以来,代有歌谣,太史所陈,并称风雅,尚矣。自楚骚唐律,争妍竞畅,而民间性情之响,遂不得列于诗坛,于是别之曰山歌……惟诗坛不列,荐绅学士不道,而歌之权愈轻,歌者之心亦愈浅。"在这里,"民间"作为一个文学空间、一种艺术风尚、一种美学风范与格调的概念,已经十分清晰。它是文学最早的范本,是一切文人写作的源头。但随着文人文学与主流文学的发育,这个源头反而受到了漠视,渐渐被遗忘和排挤在"正统"文学之外,变成了"山野之歌"。然而这些"民间性情之响"的山歌,却有着"荐绅学士"的文学所没有的可贵之处——它们的歌者都是"歌之权"很轻的山野之人，因为与权力的写作相去甚远，其写作的心理和写作的内容就看上去“愈浅”，然而，浅则浅矣，“情真而不可废也”，因为“但有假诗文，无假山歌”。冯梦龙推崇这种“不屑假”的文学，便搜集整理了大量的民间白话小说，因此方有对开创中国小说传统具有重要意义的《三言》。《三言》无论是文化立场还是其美学趣味都是“民间”的，也正是因为其民间性与“非官方”、“非主流”的性质，它们才特别受到市民阶层的欢迎。

尽管“民间”一词的出现晚至明代，但小说从它的诞生时起，就注定了它的“边缘”性民间基质。“小说”这个词最早出现在庄子笔下时，就表达了说话人对它的轻蔑：“饰小说以干县令，其于大达亦远矣。”①“小说”在这里显然是指小人物的道理，离真正的“大道”哲思远矣的世俗言谈。东汉史家班固在其《汉书·艺文志》中列出了“小说”一类文体，并专就“小说家”的概念作了阐述，“小说家者流，盖出于稗官。街谈巷语，道听途说者之所造也。……闾里小知者之所及，亦使缀而不忘”。他还引用孔子的话加以补充说明：“虽小道，必有可观者焉，致远恐泥，是以君子弗为也。”②下层的官吏所记载整理的那些“闾里小知”、“街谈巷语，道听途说”就成了“小说”。“小说”多陷于奇谈怪论、荒诞不经之事，所以“君子弗为也”。“小说家”只是一些小人物，因为需要基本的文化水平，所以才由“稗官”来充当。

明代是中国小说走向成熟的时期，不只《三言》、《二拍》等整理自民间的话本与拟话本小说，而且在同样基础上还诞生了成熟的长篇小说，诞生了所谓“四大奇书”《三国演义》、《水浒传》、《西游记》和《金瓶梅》。历史、游侠、世情、神魔，中国小说的几大传统都已因之发育成熟。这些长篇小说虽属文人创作，但无疑是在融入了大量来自民间的文化与艺术因素的基础之上诞生的，体现了浓厚的民间精神与审美价值取向。

总体上看，传统小说的民间基质大致表现在这样几个方面。

一是“江湖”空间或市井的生活场景。与诗歌和“文章”一直以主流道德与崇高理念为书写对象不同，小说多描写的是“绿林盗匪”的传奇和“引车卖浆者流”的生

---

① 《庄子·外物》。

② 《论语·子张》。

活景观。啸聚山林、寄身水泊、“飘蓬江海漫嗟吁”的《水浒》英雄当然是托身民间的,它最完整地勾画了一幅江湖民间社会及其特殊的“江湖意识形态”的图画;《金瓶梅》写的完全是市民生活的场景,它可以说是在《水浒传》故事的主干上旁枝斜出的分支,在市民趣味的支配下又被“演义”和“演绎”而成的,这充分反映了一般受众对世俗生活内容的兴趣。应该说“市井”和“江湖”正是在这两部小说中,成了两个典范的文化和美学概念,也成了最重要的民间文化范畴,它们都是相对于“庙堂”社会的民间世界的典范符码。事实上,如果说《金瓶梅》这部小说是有重要意义的话,那它的意义远不在于它对明代末叶社会生活的所谓反映与批判,而在于它对市民生活情趣的生动细腻的表现,并由此标立了一种与主流教化式的写作完全不同的、娱乐性和市民式的写作立场与叙事方式。

二是道德的民间化。“庙堂”的基本道德尺度是“忠”,而“江湖”的基本道德尺度则是“义”,“义”是民间的,“忠”则是主流的。“忠”表达的是“垂直”的“君君臣臣父父子子”的等级制的统治者道德,而“义”表达的则是“平行”的平等的“四海之内皆兄弟也”的民间道德。《水浒传》之所以受人喜爱,主要是由于读者在阅读中,从民间的非正统道德那里获得了一次极大的精神解放。作者巧妙地利用了民间意识形态的力量,以“义”的名义,赋予了这些绿林好汉的杀人越货、“抡着两把板斧只管砍过去”的性格与行为特殊的“合法性”,因为他们是讲义气的,所以杀人就有了特殊的理由,就成了英雄之举。普通人从这里找到了一种对抗以“贪官污吏”为代表的强权与暴政的力量,所以就不仅合法,还合情理。在《三国演义》这部比较“主流”的小说里,作者也有效地使用了民间道德对“扬刘抑曹”的正统道德进行补充和消解,“是非成败转头空”的慨叹,使另一种“人本”的民间历史观得以确立。“秋月春风”,“江渚渔樵”,不以成败论英雄,唯剩人生感慨,岁月沧桑,这是一种典范的“中立”式的“中性”的民间历史意识。同时作者还刻意强化了“刘关张三结义”的江湖性质,淡化君臣主仆的关系,突出手足兄弟的义气,这显然是为了强化其民间道德与美学倾向,以照顾一般受众的阅读趣味。

民间道德的内涵是复杂多样的,这在话本小说中有丰富的表现。正像有人所概括的,“《沈小霞相会出师表》,描写了一场惊心动魄的忠奸斗争。《杜十娘怒沉百宝箱》歌颂了不肯屈辱而生的宁折勿弯精神。《灌园叟晚逢仙女》写的是善良和贪娄之间的对立。《金玉奴棒打薄情郎》谴责了富贵忘旧的丑恶灵魂……”[①]所谓忠奸对立、善恶报应、富贵忘旧、见利忘义、富贵无常、祸福轮回等，都是民间最常见和最典范的道德评判模式。而大量的古典小说所依托的教化思想，其道德合法性的获得都是源于这些基本模式。

三是故事性与传奇性因素，即遵循消费规律的“好看”原则。这既是小说兴盛于明代资本主义萌芽时期的一个根本性原因，也有一个久远的传统，因为中国小说的早期原型正是魏晋时期倡兴的“志怪”文体——曾为孔子所不齿的“怪力乱神”一类的奇想幻闻，“怪”与“奇”一直是小说最重要的文体特征。从魏晋到唐，虽然小说的要素逐渐具备，描写内容开始由神鬼转向人，但“志怪”、“传奇”的特性却依旧明显。再到宋元话本，“说话”形式对小说内容的根本要求也是故事情节的吸引力；这种特征一直持续到明代的拟话本，所谓“警世”、“奇观”、“拍案惊奇”都是这种特征的表现。直到清代文言笔记体小说的复兴，如蒲松龄者，所推崇的仍是“干宝之才”、“幽冥之录”，“披萝带荔”之“牛鬼蛇神”。[②]“奇”，由消费需要变成了小说美学观念的最重要的因素，因为奇，便满足了受众观赏性、娱乐性、消闲性和刺激性的需要，也满足了出版商好看好卖好传播有好效益的需求。正像清人袁于令称赞《西游记》时所说的，“闲居之士，不可一日无此书”[③]。以消闲为第一目的，同时又不致“为风俗人心之害”(清・闲斋老人:《儒林外史序》)，可以说是传统小说整体的艺术宗旨，这样的宗旨无疑是民间性的。

上述对传统小说的民间特性作了一个简单的概说，当然不是说传统小说中没有统治者意识形态的东西在，但总体上，它们之所以还有活力，还有着可贵的自由的思想源泉与艺术魅力，首先得益于其诸多的民间特性。

将小说提升至社会文化的“中心”位置者，始于近代的康、梁等启蒙思想者。他们借鉴西方近代文化与文学发展之路径，重视大众文化媒体在传播新思想、推动社会文化变革方面的作用，而小说就是这样的大众媒体之一，康有为认为，“仅识字之人，有不读经，无有不读小说者”。另一个同时期的小说家邱炜爰亦说，“天下最足

① 缪咏禾:《“三言”“两拍”和〈今古奇观〉》,《中国古代通俗小说阅读提示》,江苏人民出版社,1983年。
② 《聊斋志异・自志》。
③ 袁于令(幔亭过客):《西游记题词》。

移易人心者,其惟传奇小说乎?”[①]所以要传播新思想,必须利用小说有力的传媒作用,因为它在所有的艺术形式之中同大众的距离最近,而且还“有不可思议之力支配人道”的作用,所以“欲新一国之民,不可不先新一国之小说”。[②] 不过,即使是在维新派的主张发生了强大影响力的年代,也仍然有人出来坚持小说的民间艺术性,如王国维、徐念慈等,徐说:“小说者,文学中之以娱乐的,促社会之发展,深性情之刺戟者也。”但“所谓风俗改良,国民进化,咸推小说是赖,又不免誉之失当”[③]。他仍然把“娱乐”放在第一位,把“性情刺激”亦放在重要位置。作为新文学与白话小说的奠基人的鲁迅,虽然特别强调小说改良人生的启蒙作用,但他在小说史的研究中却非常敏锐地注意到传统小说固有的民间特性,以至于“民间”一词在他的《中国小说史略》中出现的频率非常之高。

不过,这里有必要说明的是,重新梳理传统小说中的民间文化与审美基质,并非要否定新文学小说中的改良社会人生的作用,只是旨在说明两个问题:第一,当代小说的民间价值倾向是有其历史依据与精神传统的;第二,过分强调小说的社会主流文化作用,将其变成意识形态的工具,是从晚清维新派的主张演变而来的,它虽曾起过许多有益的作用,但却最终中断了古典小说亲和于民间文化精神的传统,致使小说在当代走向了畸形和贫困,最终再度引起了人们的警觉和对小说的反省与改造。这是一个总体的背景。

二、民间理念的当代复活与拓展

民间理念在小说中的复活是在20世纪80年代初,但作为理论观念的提出却已迟至1985年,并且其本身是很暧昧的和很“主流化”的,这很有意思,因为它是在80年代启蒙主义色彩很浓的特殊语境中出现的,所以难免不被主流思潮和时尚话语所覆盖。

---

① 《客云庐小说话・卷四》。

② 梁启超:《论小说与群治之关系》,《新小说》1902年第1期。

③ 徐念慈:《余之小说观》,《小说林》1908年第9期。

“风俗文化小说”在1980年前后的悄悄出现是民间理念出现的契机。风俗文化小说的意义在以往我们总是未能给予应有的阐释，现在看来，当代小说的许多重大变革都是悄悄地从它开始的。这是一次意义深远的“搬家”，在此之前，当代小说虽然作出了巨大的变革努力，但总是摆脱不了当前话语与意识形态主题的强大遮覆，小说虽然爆发出巨大的社会能量，但其艺术与文化底蕴却总是显得虚弱和瘠薄，小说缺少真正的生命力，无法同整个民族的文化与艺术的传统链条相连接，无法真正汇入它应在的那个久远的血脉和精神的谱系之中。无论是“伤痕”、“反思”还是“改革”主题，它们都是典型的“即时性”的主题，小说的艺术和精神品质一直没有建立起来。在这样的背景下，汪曾祺、邓友梅、陆文夫乃至冯骥才等人的风俗文化小说的出现就具有了特殊的意义。在汪曾祺的《受戒》、《大淖记事》，邓友梅的《那五》、《烟壶》，陆文夫的《小贩世家》、《美食家》和冯骥才的《神鞭》、《三寸金莲》中，与当代社会生活“无关”的乡间民俗和市井生活场景，成了具有自足意义的存在，乡村和城市，两种民间景致都一并浮现出来。在汪曾祺的小说中，氤氲着一种特有的民间的宽容精神：当了和尚照样可以娶老婆，失了女儿身也不要紧，虽然这些都近乎作家自己的臆想，是“四十年前的一个梦”，但他毕竟写出了民间的自在和本原的一面。邓友梅的小说不像汪曾祺那样富有桃源的风神和理想的气质，但毕竟小说中出现了“身份暧昧”的人物，出现了市井闲人、落魄贵族、纨绔子弟，还有古董商、旧艺人等，可谓三教九流、形形色色，由此他勾画出了一幅幅古老的中国式城市民间社会的风俗画卷。

1985年小说的“爆炸性”的革命，在很大程度上取决于民间意识的复活，尽管这复活由于主潮式的“寻根”文学运动的遮覆，还没有成为最显在的问题，但它却在深层的内在意义上成为一个真正的变革动因。正如李杭育所梳理的文学的精神之“根”，不是属于主流的“中原规范”，而是这中心之外的“老庄的深邃，吴越的幽默”，以及楚人的“讴歌鬼神”，它们才是“我们需要的‘根’，因为他们分布在广阔的大地，深植于民间的沃土”。① 韩少功也在他的《文学的“根”》中反复强调那些“还未纳入规范的民间文化”和“乡土中所凝结的传统文化”：“俚语、野史、传说、笑料、民歌、神

① 李杭育：《理一理我们的“根”》，《作家》1985年第9期。

怪故事、习惯风俗、性爱方式等，其中大部分鲜见于经典、不入正宗”，但它们却“像巨大无比、暧昧不明、炽热翻腾的大地深层”，“承托着地壳——我们的规范文化”。显然，取向于非主流、原生、乡野、大地、民间，这些概念与这种思路在寻根小说家们那里已经接近于一种共识。

不过，从总体上看，在80年代启蒙主义语境占据了绝对优势、知识话语具有特定强势的情形下，民间性更多的还是一个隐喻，一个既具有本源性又具有功利性，既接近小说本体又更具有文化启蒙意义的概念，它的民俗性暂时得到夸大，但消闲性却被排除在外，作家们表面上强调了它的边缘性，但骨子里却充满了宏伟理念和精英意识。因此它事实上只是小说革命的一个潜在因素，而难以成为直接浮出地表的显在的命题，其表现也比较初步，比如在乡村，它更多的表现为某种“古老风情”性的东西，在城市空间，它也多着眼于某种边缘性的人格模式或道德理念。而且人们对民间因素的误读也是严重的，比如王朔的小说，它也可以说是在主流的文学空间之外辟出了一方新的天地，并且由于其特有的反主流话语风格而培育了一大批特定的读者，因此对原有当代主流社会话语的解构也起到了巨大的作用。但来自两方面的误读却硬是将它变成了另外的东西，或是将它看作纯粹“痞子”的文学，或是将它视为“后现代”的先锋，人们唯独对它的民间性质很少有客观的认识。

民间问题之所以在90年代浮出，首先是由于社会情境的巨大变迁，原有启蒙语境的瓦解，使知识强力话语失去了优势，小说的启蒙主题与精英话语叙事的独立合法性已经面临难以成立的危境。在此情境下，小说必须借助于另一个支撑点，同时对自身的价值立足点做出新的解释，在它无法建立自己独立自足的宏伟叙事与巨人式的启蒙思想主体，同时也无法依附于旧式政治理念的处境下，它的“进步性”或现实批判性何在？其必不可缺的意义与精神何在？这不单纯是一个小说艺术所面临的问题，同样也是一个知识分子在精神上的归属问题。像现代史上经常出现的情况一样，他们又赋予“民间”一词特殊的内涵——“民间”又成了一个与“庙堂”相对应的精神世界与空间的特殊概念，成了个性与自由的载体、本源和理想的象征。这当然首先是一个意愿，因为无论怎样，“民间”一词在20世纪中国所特有的政治合法性也是难以动摇的，它在以往曾被作过各种各样的解释，“为工农兵服务”，“向民歌学习”都曾是这种解释的某种变相形式，但它们又都同时被“主流化”

了，背离了真正的民间。而“回到民间”，正是在启蒙话语受挫，并同时受到市场语境的挤压之时，对当代文学精神价值的一种重新寻找和定位，这样一种定位包含了当代知识分子深切的忧思、智慧与责任感。陈思和的民间理论的提出正是应和了这样的背景，并且生发出不断延伸的含义和影响。他先是对民间意识的浮沉与20世纪中国文学的兴衰的关系做了细致和独到的梳理，由此对抗战以来一直到“文革”时期的文学做了一种新的解释，即，这是一部由民间文化与政治意识形态之间的复杂对立又互为纠结渗透的关系所演出的文学史——在这一部文学史中，民间文化的潜在力量是使许多文本能够葆有历经磨洗而后存的价值的主要原因，“文学史又一次证明了民间的力量”①。在另一篇文章中，陈思和又对“文革”后文学当中民间文化因素的增长与民间美学形态的浮出进行了探讨和梳理，他认为以寻根文学为标志，“广场上的知识分子重返庙堂的理想”即被终结了，嗣后的作家开始以“来自中国传统农村的村落文化的方式，或来自现代经济社会的世俗文化的方式，来观察生活”，或者“虽然站在知识分子的传统立场上说话，但所表现的却是民间自在的生活状态和民间审美趣味”。由于他们注意到民间世界的存在，“并采取了尊重的平等对话而不是霸权态度，使这些文学创作中充满了民间的意味”②。他把“新历史小说”的崛起，以及张炜的《九月寓言》、张承志的《心灵史》、贾平凹的《废都》等小说都看作相关的例证。

无疑，陈思和的上述理论同90年代以来思想文化界的新视界是有一致性的关系的，它既阐释了文学的一般规律，同时也基于当代中国现实的敏感语境，必然产生广泛的辐射效应。

三、当代小说中的三种民间美学形态

当代文学中的民间文化与美学倾向有着相当复杂的表现，它依托于几个不同

① 陈思和：《民间的浮沉：对抗战到“文革”文学史的一个尝试性解释》，《上海文学》1994年第1期。
② 陈思和：《民间的还原：“文革”后文学史某种走向的解释》，《文艺争鸣》1994年第1期。

的空间,并且与传统小说中的民间文化内涵相比又有许多新质。因此,要想对其特征进行阐释,必须加以离析与区分。在我看来,民间理念与民间立场在当代的实现大致呈现了三种形态,即“乡村民间”、“城市民间”和“大地民间”。它们在互相联系的同时确实具有比较明显的不同内涵和向度,并产生了相关的文学流向与大量作品。不过必须说明,划分这三种形态并非意味着它们都已发育成熟,而首先是为了说明的方便。实际上具体到每个作家那里可能又是兼而有之的,而且三种形态也都还在形成过程之中,与其说“形态”也许还不如说“趋向”。

(一)“城市民间”

“城市民间”可以说有着古老的渊源,中国古代的小说基本上是一种城市民间的消费文本。小说之所以在明代崛起,主要是因为资本主义在明代出现了萌芽、城市民间社会的发育,为出版印刷业作为商业活动提供了现实基础,小说的消费群体与传播载体由此得以形成。这在西方也是有着同样背景的,西方近代小说的兴起也是始自文艺复兴时期资本主义生产方式的萌芽,《十日谈》、《坎特伯雷故事集》等小说同中国的《三言》、《二拍》可以说是有着惊人的相似。很显然,城市社会空间与城市生活方式的出现与扩展,是小说发育的最根本的动力,作为一种城市社会的“民间意识形态”,小说不仅主导着城市的文化消费,而且成为新型价值观念的传播媒介,它们以新的道德理念诠释着市民阶层的生活方式,使之合法化,这也是它们在“推动社会发展”方面所做出的重要贡献。我们通常也正是在这样的意义上肯定市民小说的价值的——不是去苛刻地批评它们的那些不无“诲淫诲盗”意味的放纵描写,而是着眼于它们对主流道德观念的瓦解与冲击。

但小说植根于“民间意识形态”的最初状态很快就被改变了,它很快就受到了“知识分子意识形态”的利用和修改。小说在19世纪的欧洲达到了高峰时期,但却基本上变成了社会批判与思想启蒙的工具、知识分子进行人性与道德探求的方式。这种“过分”的知识分子意识形态的改造,在20世纪取得了最辉煌的成就,但显然已经穷尽了小说的活力与可能性。在20世纪中国,小说被命定地选择为推动社会变革、改良人生状况的工具,知识分子很自然地将传统的主流文学观念套到了小说的头上,同时“社会政治意识形态”又将庸俗化了的社会学认识论观念塞入其中,小说不堪重负地变成了“经国之大业”，思想之阵地。在逻辑上这固然是合理的，可是从小说艺术发展的实际看，其作用就不仅仅是正面的了。世纪初启蒙知识界对“鸳蝴派”和“礼拜六”等娱乐性小说的批判当然是有道理的，然而问题的另一面则是将小说变成了主流文化的一个分支，使小说原有的古老民间传统逐渐被压制和阉割。

但这仍然有一个过程。二三十年代，在北京、上海和其他城市，仍然有着民间化的城市空间，虽然这个空间也正日益遭受着污染。在老舍、张爱玲等作家的作品中都或多或少地含有城市民间文化精神的因素，在《骆驼祥子》、《四世同堂》等小说里，可以比较明显地看到原生的市井人物与民间生活场景。

在当代，由于意识形态的作用，城市小说演化成了“工业题材”小说，变成了一个文化和文学的特定部门。原有的城市小说概念不复存在，从欧阳山的《三家巷》到周而复的《上海的早晨》再到艾芜的《百炼成钢》，所遵循的都是苏联式的社会学反映论模式，着眼于表现城市社会或“工业战线”上的社会矛盾和阶级斗争。小说完全变成了一定时期政治理念的演绎与演示。这种情形实际上一直延续到80年代初“工业改革题材”的小说，只是改头换面，原来的阶级斗争主题被置换成了改革。蒋子龙、张洁、李国文、柯云路的改革小说基本上都未触及过城市文化本身。

城市民间社会及其文化价值的显形始自王朔的小说。王朔小说中的城市民间倾向大致表现在这样几个方面：一是人物社会政治身份的模糊化，他们被称为城市的边缘人、游走者、文化闲人或“精神痞子”，这样一些人，其身份同传统小说中的三教九流市井人物之间具有了某种微妙的血缘联系；二是人物所表现的特别“扎眼”的反正统道德倾向，“千万别把我当人”、“顽主”、“玩的就是心跳”这类具有挑战意味的字眼，成为他小说价值与道德倾向的标志；三是叙述风格的大众俗文化倾向，小说的主导性话语选择了一种“文革”后色彩很浓的城市市民话语，在喜剧式的语境中杂糅了大量已经被遗弃的政治话语，以及相应的红色宏伟叙事的习惯性语气，变成了一种市民主体对庄严政治话语的“嬉戏”。这一方面引发人们对历史悲剧的“喜剧回忆”，营造出非常富有历史内涵的戏剧情境，同时在潜在层面上也暗合了当代文化中的解构主义倾向，通过对语言的“施虐”而最终触及文化，产生了对“文革”

及“文革后”意识形态的“软性消解”的作用。

90年代的城市小说呈现了从未有过的兴盛局面。伴随着新生代小说家个人性叙事的崛起和主流化写作的衰微、意识形态写作的终结,城市市民小说开始以非常多样的形式出现在人们面前。总体上看,90年代的城市小说大致出现了这样一些新的趋向:一是形形色色的“城市新人类”作为故事的主体次第登台表演,如邱华栋笔下的身份飘忽的“城市游走者”和“寄生族”式的人物;何顿笔下出入于黄黑二道、搏击于商海风浪的“新淘金者”与“暴发户”式的人物;张欣笔下的珠光宝气与在交易场上游刃有余的“白领一族”,以及更为晚近的“70年代出生的作家”,尤其是女性作家如卫慧、棉棉者。她们笔下身份更加暧昧的、出入于舞厅酒吧、私人Party,行为乖张、恋爱随便、有歇斯底里症,甚至吸毒、与外国佬上床的、非常具有“边缘”或“另类”道德色彩的“新新人类”,他们构成了几乎是我们时代最自由、最富有、最刺激、最快活、最没有负担和最令人瞠目震惊的一群“新人”。二是他们的叙事共同复活了一个传统的市民社会,及其承载了市民生活理想与价值观念的“市民意识形态”,这其中虽有生活方式与生活内容的新变化,但从精神与观念的角度看,却完全是古老的城市市民社会精神谱系与价值链条的自然延伸,比如他们的生活观念已经完全“非正统化”了,他们无论是同主流意识形态还是同知识分子的传统人文理念之间,几乎都是格格不入的,他们是一些地地道道的个人主义者、利己主义者、现世主义者和享乐主义者,他们共同完成了对历史的遗忘和对现实的拥有。三是他们的叙事已经完成了从先锋小说叙事中的分裂与蜕变,特别是在90年代中期以后,他们仅有的一点被阐释为“前卫”的特点实际上仅剩下了“裸露的大胆”,与商业时代文化经营方式已经完全“接轨”,小说不再具有认真的生存思虑与意义追问,也不再具有形而上学的精神与艺术探求趣味,而只是一味地迎合读者,形象一点说,他们(她们)的“另类”已经完全商业化了,成了一种角色定位和商业包装的需要,成了一种对市场份额的谋算。从叙事特点上看,他们(尤其是她们)基本上把先锋小说的意识探险、潜意识场景和乌托邦叙事变成了一种“身体写作”与行为写作,不再追求艺术上的智慧含量,而是极尽强化其刺激性与惯性滑动的力量,以将读者诱入其间。因此“公共的玫瑰”就成了她们新的毫不避讳的信条,“可能的话,我努力做一条小虫,像钻进一只苹果一样钻进年轻孩子们的时髦头脑里,钻进欲望一代的躁动而疯狂的下腹”①。应该说，就这一点而言，城市小说及其所负载的城市民间精神正在接近于一种迷途。

1995年问世的王安忆的《长恨歌》，是迄今为止体现出强烈的城市民间倾向的小说的典范之作。它用极优美和哀伤的笔触，复活了一个逝去时代的城市的民间记忆。王琦瑶，一个完全与时代的洪流割断了联系的旧上海的市民女性，一个生错了时代的女人，能够在红色的年代里默默“蛰居”般地生存了几十年，完全是因为上海这座现代中国的商业城市中的民间社会的庇护。这是一个完全不同于林道静式的“现代知识女性”的人物，甚至也不同于茅盾、丁玲等现代作家笔下的“时代女性”或叛逆性的知识女性，她走的是一条古老的女人之路，像历史上所有的薄命红颜一样，她向往着富贵和安闲的生活，盲目地把希望寄予男人，然而她又总是错过了一切的机缘。她是一个按照市民的生存理念走完自己一生的特殊人物，通过她的命运，作家完成了一个对传统文化精神、形象谱系与美学意念的修复，复活了一个古老的市民社会，一个从白居易的诗歌那里延伸下来的感人母题，一个永恒的悲剧美学理念。可以说，同样的题材和相近的人物，由于完全不同的写作立场与理念，才导致了如此不同的内容、主题以及美学情调。从杨沫到王安忆，从《青春之歌》到《长恨歌》，从林道静到王琦瑶，之所以会发生如此大的转折与对比，根本的原因在于从主流到民间的观念的变化。

与城市民间相邻的是一种属于历史或“历史乌托邦”的城市民间。这种流向同80年代末90年代初的先锋小说曾有着密切的关系，在苏童的“妇女生活”、“香椿树街”等系列的小说中，在长篇小说《米》，中短篇小说《妻妾成群》、《红粉》中，在余华的《呼喊与细雨》、《许三观卖血记》等长篇中，叶兆言的《状元境》、《追月楼》等“夜泊秦淮”系列小说中，甚至在方方的《桃花灿烂》、《祖父在父亲心中》等作品中，都氤氲着浓重的城市民间氛围。陈思和在他的《民间的还原：“文革”后文学史某种走向的解释》一文中，曾把这些“新历史小说”看作小说民间走向的例证。不过，历史氛围中的城市民间同现实情境中的城市民间毕竟还是有着很大不同的，它更重于风俗与文化意义上的民间生活场景，而不是从“行为”与道德意义上去认同和张扬它

① 卫慧：《公共的玫瑰》，见《“七十年代以后”小说选》，上海文艺出版社，2000年，第245页。

们。迄今为止,先锋新历史小说仍然标志着城市民间在小说中所达到的精神与文化深度。

(二)“乡村民间”

在20世纪的中国小说中,乡村民间似乎一直未能成为一种成熟的文化与美学形态,而仅仅是表现出了较明显的“民间性”倾向,这同“农村题材”的小说特别发达特别多的事实之间,正好形成了一个很大的反差。

鲁迅和文学研究会的作家首倡乡土文学写作,叶绍钧、许地山、王统照、王鲁彦、许钦文等都写过较多乡土题材的作品,但以鲁迅为代表,他们对乡土农村社会的描写,主要是为了实践他们“为人生”的文学理想,以拯救受难者的眼光关注民生与乡村的苦难,由于这样的启蒙主义文化立场,他们笔下的乡村是破败的、荒凉的,作品的格调基本都是悲剧性的,人物大都是愚昧和可怜的,乡村生活被打上浓重的悲剧与拯救的主题印记,而很少呈现过自足的乡村文化与生活景观。由于十足的知识分子视角,乡村文化本身被较多地遮蔽和修改了。再到后来的左翼作家笔下,乡村社会又进一步变成了表现阶级斗争的场所。

在一些自由主义作家那里,乡村社会生活也曾得以表现,但又走向了另一个端点——文人化,即浪漫主义化了。以沈从文为例,他的湘西小说中含有大量的对民间道德、民间文化的崇尚与赞美的因素,但他的审美态度则是纯粹文人趣味的,是典型的浪漫主义式的民间——对风俗描写的注重、传奇色调的强化、道德理想的灌注,等等。这样,文人的乌托邦的理念色彩实际又置换和消除了小说原生的民间生活特性。

显然,“乡村民间”是“站在农民的立场上看农民”的一个视角,无论是对乡村的现实的悲悯还是浪漫的诗化,都不能看作是真正“乡村的民间”,而是“文人(或人文)的民间”,从本质上说,它们已经不是民间了。

真正富有某种“原创”色彩的乡村民间叙事的首创者是赵树理。虽然赵树理一向被认为是坚持“二为方向”的代表作家,是《讲话》以后最典范的“主流”作家,但他的小说的活力和鲜明的喜剧式的叙事风格,无疑源自其对民间文化与民间艺术精神的吸纳,在他最具代表性的作品如《小二黑结婚》、《李有才板话》中,虽然也注入了社会变革、人的解放的主题，但实际上作家在面对这些政治内容的时候，并没有简单化地套用意识形态的表现方式，而完全是以原生的民间叙事的形式来点活他笔下的人物的。为什么他小说中前台的主要人物给读者的印象还不及那些次要人物深刻？为什么像“三仙姑”和“二诸葛”这样的人物不过三言两语就栩栩如生，让人过目难忘？这些小说为什么让人百读不厌？这是因为作家对纯粹的而没有经过“修改”和扭曲的、未经主流意识形态的解释的民间文化因素与民间艺术传统的特别地道和抓住了神髓的把握，类似“米烂了”和“不宜栽种”等民间叙事因素是其小说充满活力的最重要的原因。他在50年代发表的《登记》、《三里湾》和《锻炼锻炼》之所以还能够在一定程度上保留他的一贯风格，还具有活力，也是因为这一点，“小飞蛾”、“糊涂涂”、“常有理”、“铁算盘”、“惹不起”、“翻得高”、“小腿疼”、“吃不饱”……这些鲜活的人物形象和他们那些生动有趣的故事才依旧具有让人忍俊不禁的喜剧性的神采与魅力。但也很明显，由于作家不得不对其原有的纯粹民间性的叙事方式有所改变——以表示其“进步”性和“自觉服务”的立场——《登记》要逊色于《小二黑结婚》；《锻炼锻炼》如果不是作家刻意表现了两个喜剧式人物的话，也会平淡得多。至于《套不住的手》和《实干家潘永福》这样几近沦为“先进人物通讯或特写”的小说，则已全不见了赵树理所本有的天分与活力。一个新文学史上杰出的特色作家就这样江郎才尽，写不下去了。为什么？原因就在于真正的乡村民间社会空间随着主流意识形态的全面覆盖，已经不再有存在的可能，而赵树理所赖以依托的民间性的文化因素——那些古老农业家族谱系上的人与事、情与态也就随之消亡殆尽了。

在赵树理之后的当代作家中，真正能够“下降”到民间意义上的乡村题材写作的作家几乎是难觅其踪的，在赵树理的影响下所形成的山西“山药蛋派”作家们虽然继承了赵树理小说中写人记事的白描手法、刻画人物的喜剧式的笔调，但在整体意识上却很难接近民间文化的根系，并写出具有恒久艺术魅力和真正具有农民文化内涵的人物。仅仅是在民间性的因素上也是越来越少的，中华人民共和国成立之交在周立波的《暴风骤雨》中还有一些踪迹（如老孙头一类人物等），再到梁斌的《红旗谱》中就已经把最初朱老巩一代的传奇故事装饰成了革命家族的历史，再到浩然这一代作家那里，乡村生活已经必须完全按照阶级分析和意识形态的对立模式来安排了。

80年代以后,先后有一些作家如高晓声、刘绍棠、路遥、贾平凹、郑义、刘玉堂、刘恒等一些作家在其作品当中开始注入一些民间性的内容,一些农民性格的因素开始不再经过意识形态的修改和包装而直接表现在作品中,也可以说,乡村生活叙事的“非意识形态化”一直是一个总的趋势。但“非意识形态化”的走向主要又表现在其“人文化”的理解方式上,而真正能够接近于“纯粹民间”性的乡村叙事者还尤为少见。这里我想举出刘玉堂的例子,在上述作家中,也许只有刘玉堂的新乡土小说能够称得上民间叙事的范例。在一篇评论中我曾归纳过他的叙事的两个民间性特征,“一是站在农民的认识方法与情感立场上来写农民,作为叙事者,他在小说中顽固地持守着站在农民之中而不是之外,之间而不是之上的视角,以朴素的内心去观照、理解和书写他们本真和原色的那些喜怒哀乐与生活场景。他将这种写作态度谦称为‘不深刻’,因为他没有在叙事人与叙事对象之间设置悲悯、拯救、批判或皈依等等复杂的关系;第二,他用农民的语言写农民,放弃知识者在语言上的优越感实际上也即意味着放弃知识分子叙事中根深蒂固的自我意识。这一点最需要勇气,在《乡村温柔》中,刘玉堂干脆采用了让主要人物作为叙事人直接出场自述的方式,来实现其完全采用农民语言叙事的目的,这不光是构思上的奇思异想,更是一种民间叙事立场的自觉追求”①。也难怪有人将刘玉堂看作“赵树理的传人”,他的小说就其叙事人与叙事对象的关系看的确是最近的,“主体降解”到民间的水准,这是最重要的。但刘玉堂与赵树理又有不同,这不同就在于他赋予了他的乡村叙事很深的文化思考——即表面的“浅显”与内在的深意有一个很好的结合,在这方面他的意义近似于王朔:王朔是以接近于城市民间的叙事风格,对城市民间意识形态同主流文化之间纠结缠绕的复杂关系进行了生动的描摹;刘玉堂则是对乡村民间意识形态同主流文化之间的互动关系作了最精彩的展示,而且他们两人都是通过“语言的戏仿”这样富有“解构主义”色彩的方式来完成的,简言之即是在民间化的语境中进行“意识形态的话语嬉戏”的方式,就这一点而言,刘玉堂的意义应该值得进一步探讨和肯定。

---

① 《大地上的喜剧——〈乡村温柔〉与刘玉堂新乡村小说的意义诠释》,《小说评论》1999年第3期。

贾平凹似乎是一个从“乡村民间”误入“城市民间”的作家，陈思和曾经专门对此作过分析，他早期的“商州系列”以及《小月前本》、《鸡窝洼人家》一类小说所依托的叙事方式基本上是一种民间文化风情与民间性言情叙事，不过那时批评界对此基本上是好评如潮的，而到了写城市社会和市井生活场景的《废都》，则由于“一步迈出了新传统的界限”而“一失足而成千古恨”，遭到了知识界尖锐的批评。但陈思和指出，“《废都》虽然有一股浊气，但其对政治话语和知识分子人文主义的反讽，对人生困扰之绝望及其表达的方式，都显然得之民间的信息”，而“民间的浑浊物对政治一体化的专制主义的解构仍然有独特的功效”。①

（三）“大地民间”

“大地民间”是一个特殊的民间概念。这个概念是当代文化情境下的特殊产物，是一个各种意义交叉混合的产物。它的产生大致有这样几个基础和原因：第一是海德格尔的关于存在的诗性哲学思想的影响，在海氏的哲学中，“大地”是其关于存在的抽象理念的一个总体的象征，是存在的表象、本体和源泉的三位一体，这一理念在当代作家的意识里产生了普遍的影响，因此，对大地的归属变成了一种具有某种终极哲学意义的审美之境；第二，由于主流意识形态长期对文学的限制与捆绑，文学失去了与大地——存在的本源之间的诗性联系，失去了与民间文化与艺术精神之间的血缘纽带，文学本体的玄远高迈的形而上学之境不复存在，这样，在挣脱这种困境的过程中，大地自然成为一个依托和凭借的象征；第三，它也根源于知识分子文化在80年代以来的一个转型，即更加亲和于非主流文化的倾向，因为此前当代文化与文学的发展历史表明，过分倚重于对主流文化的附庸，或者它的反面——抗争与对峙——来建立写作的意义是不明智的，难以建立文学独立的精神内涵与审美价值。而“大地”作为本源世界和民间世界的一个象喻，为作家的审美理想的建立提供了一个广阔而独立的空间。简言之，“大地民间”即是诗性的民间，是知识分子的民间，是哲学意义上的民间，也是一个文化隐喻的民间。

最早在小说中体现这一哲学与审美理念的作家是莫言。1986年前后，他的

---

① 陈思和：《民间的还原：“文革”后文学史某种走向的解释》，《文艺争鸣》1994年第1期。

“红高粱系列”小说相继问世,并结集为《红高粱家族》。在这一系列作品中,莫言以他特有的激情、诗意和灵性,以他敏感深厚的乡村生活经验,以及对农业自然的热爱与皈依情怀,构建了一个壮阔而深邃的、激荡着蓬勃昂扬的生命意志与酒神精神的“红高粱大地”,使之从寻根文学过于沉重的理念中解脱出来,变成了一个生命哲学的乌托邦。不仅如此,另一方面还以其鲜明强烈的反正统道德的立场,确立了这个大地乌托邦的民间属性,其主人公“爷爷”余占鳌作为绿林土匪的身份,同古代小说中的英雄侠士、绿林豪杰具有一脉相承的属性,他们出入于乡村野地和青纱帐中的生存方式和“杀人越货又精忠报国”的反正统道德立场,显然具有强烈的民间性质。这样,大地——生命——自然——民间——野性——酒神——诗性等这些相关因素,就成了一个相依相生的有机链环。应该说,作为诗学概念,大地和民间虽然首先出现在韩少功和李杭育等人的寻根理论宣言中,但在创作实践中,这是第一次在结合中得以诠释和确立。

莫言的大地民间同乡村民间的情境与概念不同,同传统知识分子所刻画的乡村的浪漫“风情”与破败现实也都有不同。它的精神内核是在生存和存在的层面上展开的,而不是在现实或理想的层面上展开的,这构成了它特有的精神与哲学的高度,莫言在他早期的小说中就已初步具有了“民间/大地”的统一的理念,《民间音乐》、《秋水》、《枯河》、《球状闪电》等小说可以说都表现了对原始自然的体味与守护的思想,这是其一;其二,人类学思想是莫言红高粱大地的另一哲学支撑,其中的生命、死亡、性爱、生殖、杀伐等等系列事件与场景构成了一个人类学意义上的大地景象,这使他笔下的乡村生活具有了知识者特有的诗性情怀,同一般的乡土理念与场景构成了鲜明的区别。

1995 年莫言又推出了他最为用力的鸿篇巨制《丰乳肥臀》,这部小说的封底上赫然写着:“献给母亲和大地”。有人曾困惑不解,认为这是作家的闪烁其词,其实这句话是非常准确的,它精确地说明了这部小说历史与人类学的双重主题——母亲对应着历史与苦难,大地对应着哲学和永恒。人类学主题是表层叙事,肉体、生殖与家族的生存景象(丰乳肥臀)构成壮美与自然的大地理念;历史主题则是隐线叙事,战争、杀伐、政治的争斗,20 世纪的所有灾难与悲剧,最终的承受者只有一个,即母亲——民间和人民的化身,她对一切苦难的迎候、接纳和收藏,她的自在、顽强、博大和饱经沧桑都使得她成为永恒的民间精神及其力量的象征。从另一方面说，母亲本身也是大地，是大地的化身之一，这不但是诗性的隐喻，而且也对应着古代的神话，海德格尔说，大地独立而不待，它永恒的自在充满了自我归闭的特性。应该说，《丰乳肥臀》是典型的“大地民间”和“知识分子民间”的诗性文本。

张炜是另一个例子。他1992年发表的长篇《九月寓言》，称得上诗性与哲学意义上的民间的典范之作，它所构造的大地寓言与民间神话比之《红高粱家族》，似更具有纯粹哲学理念的色彩，也更接近海德格尔的思想，同期发表的诗体散文《融入野地》可以看作一个旁证。张炜早期的作品就刻意注重表现乡土诗意，但那些作品离通常的“田园诗”更近些，《九月寓言》则近似于一个关于“存在的本源”的哲学命题。它不但表达了一个在现代生存的危机下“拯救大地”（郜元宝语）的忧患主题，在哲学关怀的高度上创造了当代小说中少见的范例，而且更加深化和凸现了此前莫言小说中所初步营造的诗性的民间文化精神。可以说，这是一部关于人类生存本源的探询的悲剧抒情乐章，其核心主题即是对民间文化与民间生存方式的玄思、认同与悲悯。在这部小说中，民间的生存景象，同大地自然和谐相处的一切，与现代社会的掠取式的开采、现代文明的暴力和道德堕落的种种丑恶之间，发生了激烈的冲突，而这冲突的结局是以民间世界的毁灭和这大地上的人最终无家可归而告终的。

“大地民间”在《九月寓言》中获得了十分和谐与完美的统一。作家有意删减和剥离了当代历史特别是意识形态在乡村民间生活中的种种印记，将那些农人的生存行为、挣扎与苦难还原为民间永恒的生存悲歌与壮举；同时在其形而上的层面上，它又超越了对田园劳作、土地生存的悲悯与挽留，达到了对生命与存在本源的追思诘问与冥想体验的高度，并以“大地”作为它的原型、母体和象喻进行了诗性的整合，使其统一为一个关于存在理念的诗化载体，确立了大地作为存在母体的诗性内涵。由于这一点，它变得非常“单纯”和富有形式感。

“回归民间”已成了20世纪90年代最重要和最响亮的口号之一。这当然首先取决于这个年代迅速变化了的语境，文学的悲壮、寥落、出走甚至下坠都与此有着密切的关系。回到民间，续接上了文学与民族文化古老的传统，使小说回到了古老的常态；回到民间，使走出主流意识形态写作之后的作家重新找到了其必需的精神依托与合法名义,使具有忧患与拯救意识情结的中国作家牢牢地把住了文学所必须具有的精神价值;回到民间,使90年代的小说充满了平民性与消费性的活力,彻底瓦解了长久以来根深蒂固的宏伟话语与巨型叙事;回到民间,既可以是一种现实情境中的策略,也可以是一种具有形而上意义的终极境界,至少它已使当代小说真正回到了自己的起点……当然,回到民间并不就意味着文学的福地与唯一归宿,民间化也使小说出现了种种无可回避的问题,出现了下降、混乱、虚浮和弥散。对此,优秀的作家应当保持应有的清醒。同时,理论界也必须要避免另一个极端,要对那种把一切粗劣的东西都解释为“民间”,并以此对其肯定或攻讦的不良倾向保持足够的警惕。

原载《文艺研究》2002年第2期

现代西部文学的美学价值

丁　帆　马永强

一部具有美学价值且可入史的文学作品多半是有地域色彩和文化内涵的。我们认为，这样的美学真谛不仅存在于农耕文化、游牧文化以及前工业文化审美时空之中，而且也呈现在后现代文化语境的审美时空之中。正如赫姆林·加兰所言："显然，艺术的地方色彩是文学生命的源泉，是文学一向独具的特点。地方色彩可以比做一个人无穷地、不断地涌现出来的魅力。我们首先对差别发生兴趣；雷同从来不能那样吸引我们，不能像差别那样有刺激性，那样令人鼓舞。如果文学只是或主要是雷同，文学就要毁灭了。"①倘若艺术的真谛就在于它的审美内容是超越一切时空为存在前提的话，那么，文化的差异性和落差性就永远是文学艺术表现的广袤空间。

将现代西部文学置于中国、世界文学的整体格局来审视，其独特的美学价值和文化内涵就会凸现出来。这不仅体现在西部文化的混合性、西部宗教的独特性和民族的多样性所带给现代西部文学的影响，即各少数民族游牧文化之间的冲撞与融合以及游牧文化与内地农耕文化、现代都市文化的撞击和融合上，而且也体现在不同身份和境遇的文本创作者的审美体验与审美感受之中。

由于特殊的文明形态的影响，现代西部文学的美学风格呈现出了绚丽斑斓的

---

① 《美国作家论文学》，生活·读书·新知三联书店，1984年，第84—85页。

多种色彩。但总起来说可以用“三画四彩”来简要概括,这就是呈现为外部审美要求的风景画、风俗画、风情画这一美学形态以及作为内核的自然色彩、神性色彩、流寓色彩和悲情色彩这一美学基调。如果说“三画”使现代西部文学具有了浓郁的“地域色彩”和“风俗画面”,是西部文学赖以存在的底色,那么,“四彩”便是西部文学的精神和灵魂之所在。

作为西部独特的地域风情,风景画属于物化的自然美,它是游牧文化所特有的美学特征:“蓝蓝的天上白云飘,白云下面马儿跑”、“风吹草低见牛羊”的风景画是固有的动静结合的画面,犹如各种变焦的长镜头扫描,将“古道,西风,瘦马,夕阳西下”、绵延的雪山、高耸的冰川、苍莽的草原、烈风中的幡骑、烽火台的残垣等意象和景观以及自然的山光水色等,都一一融进了西部文学的广角镜中。作为西部文学特有的美学风格,风景画自始至终成为许多西部文学作家描写的自觉意识,它们与中原农耕文化及沿海都市文化忽视和远离风景画描写所形成的反差与落差,俨然成为西部文学赖以生存的巨大审美理由。

风俗画是人化的自然美,那一幅幅流溢着动感和浓郁的民俗色彩的长镜头,是社会风尚、生活习俗、文化传统的凝固再现,是人与自然和谐统一的表述。如藏女、帐篷、炊烟、奶茶等的生活剪影,陋村、孤镇、独屋、苍凉的行者所组成的意象以及转经轮的老人、叩长首的朝圣者、草原上的那达慕盛会、黄土高原的花儿会等图景和仪式,都如陈年老酒一样,给西部文学带来了醉人的芬芳,成为西部许多作家描写的共同无意识,它所释放出来的审美意蕴是其他地域文学描写所可望而不可即的丰富美学资源。

风情画与前面二者的不同就在于它更带有“人事”与“地域风格”等方面的内涵,是带着浓郁的地域印记的“风景画”和“风俗画”以及在这一背景下的生活场景、生活方式、文化习俗、民族情感及人的性情的凸现和外露。就此而言,风情画就是那种有别于其他地域种群文化的特殊民族审美情感的表现。这种审美要素在西部文学创作中显得更加明显与突出,成为西部文学审美的强大磁场。

由此可见,“三画”是形成现代西部文学美学品格的最基本的元素,它赋予了西部文学苍凉、粗犷、孤寂、浑厚、辽阔、悲怆、坚忍、雄壮的美学风格以及魅力四射的生命力度。所以,西部作家竭力追求浓墨重彩的风俗画、风景画、风情画与奇诡堂奥的人生的结合,不仅给人以审美享受,而且实现了对人性的深刻揭示。邵振国的《河曲,日落复日出》就是在广袤的西北风俗画中展开的人生画卷,那个从河曲雪坝中走来的"造筌的人",那个从九回的河曲弯道峡谷中走来的"淘金人",那个从河曲下游漂泊而来的"首饰匠人",粗犷中流溢着悲壮,细腻中蕴涵着凄婉,闪烁着人性搏击的光辉。王家达的《清凌凌的黄河水》、《血河》、《荒凉渡》等"黄河筏子客世家系列",不但十分细致地描绘了黄河上游的风物人情,而且活脱脱地推出了一系列充满野性和血性的黄河儿女形象。其中既有铁骨铮铮的筏子客,也有温柔而又刚烈的女子。他们的共同点,是活得率真、热烈、果敢、舒展、自由,而不论生活多么艰辛都无比坚忍。他们的性情与奔腾咆哮、狂放不羁的黄河一样,与颠簸穿行在暗礁和浪尖上的筏子一样,是西部风情中最绚丽的一页。"他们敢杀人,敢放火,敢相跟上情人到庄稼地里睡觉,敢掐断仇人的脖子,也敢果断地结束自己的性命而决不受辱",他们身上散发出的"其实就是任何既定的活法、规范框限不住,封建厚土压抑不住的活泼泼的人性和个性"。[①]

同时,自然的辽阔与生命的孤寂相对峙,原始的野性和生命的张力相辉映,在西部作家的笔下也是比比皆是:"戈壁。九千里方圆内/仅有一个贩卖醉瓜的老头儿:/一辆篷车、一柄弯刀、一轮白日/伫候在驼队窥望的/烽火墩旁"[②];"脚夫骆驼拉着两匹真正的骆驼在戈壁滩上走着……干巴巴的风不时扬起一股沙土,直往他的鼻眼里和牙缝里钻……天就是瓦盆。你以为你用不了多久就可以走到天尽头,可是,你耐着性子走吧,天永远是个瓦盆,你永远在瓦盆的正中哩"[③]。色彩浓烈而又风格独特、奇诡、多样的西部地域风情,不仅仅是自然景观给人的视觉印象,更重要的是西部多民族文化交融所形成的独特的人文色彩所决定的,这使得西部文学的"三画"与西部以外的东部文学的"三画"形成了鲜明的差异性。

所谓"四彩"中的自然色彩与"三画"有着密切的联系,它包含"隐"、"显"两个层面。一个是风景画、风俗画、风情画的完美结合,这属于显性层面,是物化的自然与人化的自然的和谐统一在不同作家笔下的呈现;隐性层面是西部特有的生产方式、

① 管卫中:《西部的象征》,青海人民出版社,1992 年,第 160—162 页。
② 昌耀:《昌耀的诗》,人民文学出版社,1998 年,第 81 页。
③ 杨争光:《赌徒》,北京出版社,1998 年,第 39—40 页。

文化生态背景下的自然的人的存在以及与之紧密相关的人的情感、思维方式、价值立场、世界观等,是人与自然的关系的产物。《汉书·地理志》极为精辟地论述了自然环境对于人的影响:“凡民函五常之性,而其刚柔缓急,音声不同,系水土之风气……好恶取舍,动静亡常,随君上之情欲。”由此可见,自然环境在很大程度上制约着地域人种的文化心理和行为准则,正所谓“一方水土养一方人”,西部自然环境与西部人群特有的生存状态和人文情感造就了这样的种群。在广袤的西部,草原民族的性格与浩瀚的黄土高原的农民相去甚远,其性格的差异性是很明显的;同是游牧民族,藏族的内敛与蒙古族的奔放也形成了鲜明的差异性;同是信仰伊斯兰教的民族,维吾尔族性情欢快,带有游牧民族的开放个性特征,而坚守在黄土高原深处的回族则表现出了矜持、孤独、沉默、忧郁的性情。这就是西部自然环境对人的统摄所形成的西部民族多元的性格、气质和思维方式。

因此,在这一层面上来反观解析张承志的《黑骏马》,审视它对两种文化心理冲突的展示,就有了新的意味,其文本深嵌在美丽而忧伤的爱情故事的叙述中。“我”——白音宝力格,一个被寄养在蒙古包的受农耕汉文化滋养的青年得知自己的心上人索米娅被无赖希拉糟蹋怀孕时“勃然大怒”、“痛苦而悲伤”,“绝望”和“悲愤”之下,拔出了蒙古刀想去找希拉复仇;奶奶“神色冷峻地”、“隔膜地看着我”,奇怪地说:“怎么孩子,难道为了这件事也值得去杀人吗?”“我”、索米娅、奶奶三个人截然不同的态度,是富含深意的,其巨大的差异源自自然环境与生存方式的不同,从而对人的文化心理和性观念起着深刻影响。“我”尽管是草原的养子,但骨子里却打下了农耕汉文化的烙印,这就是对女子贞操的高度、畸形的敏感;而草原民族对生命的热爱、呵护以及对生命繁殖的崇拜远远大于对贞节的膜拜。因此,奶奶才会说这样一番话:“不,孩子。佛爷和牧人们都会反对你。希拉那狗东西……也没有什么太大的罪过。”“女人——世世代代还不就是这样吗?嗯,知道索米娅能生养,也是件让人放心的事呀。”[①]在这里,形成了两种文化的冲突:一方是“饿死事小,失节为大”的轻视生命的道德主义;另一方是生命至上的自然的人道主义。

不仅如此,即使是西部半荒漠半农耕区的文化与中原农耕区的文化也存在较

① 张承志:《黑骏马》,山东文艺出版社,2001年。

大差异。例如，张贤亮的《绿化树》、《男人的一半是女人》中的女主人公马缨花与黄香久等西部半农耕区的女性，其浓烈、泼辣的个性以及主动的性追求，就深受西部游牧文化的影响，而较少受中原儒家文化的束缚和禁锢，这也是西部自然环境赋予的一种特有的气质和情感。在她们身上，充分体现了人性的舒展之美、自然之美、真实之美，而与之相对应的是中原农耕文化对人的压抑和扭曲。所以，西部自然环境对西部人的宗教信仰、性格特征、文化心理、风俗习惯、民居建筑等起着重要的塑造作用，亦如韩子勇所言："没有哪块地方像这里一样，自然的参与、自然的色彩对历史文化发展进程的影响和制约如此直截了当地突现在历史生活的表象和深层。"[①]现代西部文学中的神性色彩，与西部酷烈的物象、普泛化的自然崇拜、隐秘的历史、虔诚的宗教信仰密切相关，这就使西部文学充满了浓郁的史诗性、寓言性和神秘性。

道家追求的"天人合一"、"造法自然"的境界，也在西部民族的日常生活中被世俗化和仪式化。人们依附在大自然的统摄下，通过与自然的默契来感应大自然的启示。所以，普泛化的自然崇拜，在西部表现得尤为突出，从而使西部的人与自然的关系抹上神秘色彩。一首描述蒙古包的民歌这样唱道："因为仿照蓝天的样子/才是圆圆的包顶/由于仿照白云的颜色/才用羊毛毡制成/这就是穹庐——/我们蒙古人的家庭//因为模拟苍天的形体/天窗才是太阳的象征/因为模拟天体的星座/吊灯才是月亮的圆形……"这里不厌其烦地引述这首古老的民歌，就是要说明西部民族的日常生活与自然的紧密关系，它反映了西部人民对自然的基本态度和认识。也正是由于这样的因素，在西部游牧民族眼中，天、地、日、月、山、川、水、火、草原、森林是他们赖以生存的母体，"万物有灵"的自然崇拜便普泛性地化为西部各民族的一种生活追求和风尚。在蒙古草原，天神"腾格里"生育万物，因而是至高无上的神；大地女神是"爱土艮"，高山是地母的乳房。源于萨满教的敖包更具典型意义，它由石头和树枝垒成，被认为是诸神栖住之所在，祭祀敖包就是祈求神灵的保佑，是草原牧人与天神和地母实现灵魂交流和对话的仪式。所以，西部文学中的"泛神化"叙事与西部自然环境的酷烈、险恶、蛮荒、浩瀚以及不可知的自然灾害有关，"它

① 韩子勇：《西部：偏远省份的文学写作》，百花文艺出版社，1998 年，第 66 页。

的荒诞、神秘、惊异不是针对正统的人文文化的一种民间性的反动和消解力量,而是落于尘埃,出没荒野,多与自然有关的东西”,是“一种较为粗陋、停留在旷野崇拜”①的东西。周涛的诗文中比比皆是的神马和雄鹰,张弛笔下的“水怪”、“马妖”(《汗血马》),赵玄笔下神奇的“白驼”(《红月亮》)等意象,都充满了神奇的寓意。唐栋、李本深、李斌奎、王宗仁等西部军旅作家,为空气稀薄、环境恶劣的冰山和高原披上了神性色彩,使之与“战士”的刚毅性格相吻合,从而为浪漫英雄抹上了神性色彩,然而这恰恰是人性的极致和完美的体现。

人神大战、部族纷争的传说在西部四处散落,它与走马灯般的民族融合连缀在一起,形成了西部独有的历史镜像。所以,逼近遥远而神秘的历史,成了一种西部基本的叙事模式。繁复出现的“废墟”意象、身世隐秘的孤独行者、亘古不衰的英雄史诗以及隐藏在沙海深处的古堡和宫殿,等等,都诉说着逝去的历史和被岁月尘埃湮没的辉煌记忆。因此,无论是一片古遗址,还是一首残缺的古歌,抑或一个祭祀的场面,都被蒙上了诡奇、隐秘的色彩。也许,在西部以外的作家笔下,这仅仅是获取历史沧桑感的一种手段和策略,但是,这对于西部作家来说,却是一种无法回避的历史存在和浸入骨髓的烙印。

此外,神性色彩还体现在浓郁的宗教色彩对现代作家写作的影响。自然崇拜的繁盛使得西部各民族的原始宗教非常发达,横贯北方草原的萨满教和流行于雪域藏地的本教等只是其中的代表。尽管藏传佛教后来取代了萨满教和本教对于北方草原和藏地的统摄,但是,原始宗教还是沉淀在了这些民族的生活和信仰中,这就是藏传佛教和本教在青藏高原上的融合以及藏传佛教和萨满教在蒙古草原上的融合。自公元7世纪以降传入中国的伊斯兰教,逐步取代了拜火教、佛教等对新疆的统治,进入青藏高原的边缘和黄土高原腹地,并深深地扎下了根。所以,浓郁的宗教氛围和宗教文化使西部包裹上了神秘主义的色彩,使其不但成为名副其实的宗教高地,而且成为天然的文学富矿。张承志笔下神秘、肃穆、奇异的宗教礼俗和人的精神追求(如《心灵史》、《西省暗杀考》),扎西达娃的魔幻现实主义(如《西藏,隐秘岁月》等),都不只是艺术手法单纯运用的结果,更重要的是充溢着神性色彩的

---

① 韩子勇:《西部:偏远省份的文学写作》,百花文艺出版社,1998年,第67页。

题材和故事本身的魅力以及作家自身对于宗教文化的深刻体悟，才是真正成就他们走向艺术高原的原动力。

流寓色彩之所以成为现代西部文学的一个重要的美学特征，在于它与西部人的存在状态密切相关。那么，西部人的存在状态是什么呢？一言以蔽之曰：在路上。我们以为，这是打开西部人心灵闸门的一把钥匙。荷尔德林在《漫游》一诗中这样写道："离去兮情怀忧伤/安居之灵不复与本源为邻。"海德格尔对此作了进一步阐释，他认为，接近"本源"的最佳状态是接近故乡，"还乡就是返回与本源的亲近"，所以，"那些被迫舍弃与本源的接近而离开故乡的人，总是感到那么惆怅悔恨"。① 这里的"本源"，其实就是荷尔德林的"人充满劳绩，但还/诗意地安居于这块大地之上"②的存在境界。西部人之所以备尝离开故乡流浪的痛楚，主要源于他们独特的生存方式和安放心灵的方式，这就是流寓的生活以及对故乡和信仰彼岸的执着追寻。

西部游牧民族的生活方式是逐水草而居的迁徙，定居点的出现只是说明游牧者有了一个较为固定的营地而已，但是，他们还得随着季节变换不停地"转场"到其他营地放牧（游牧民族有夏营地、冬营地、秋营地）。因此，对于游牧民族来说，"家"就是移动的牛皮帐篷或者包（藏包、蒙古包、裕固族包等），"家"就是马背，这是一种被凝固的民族文化心理。"穹庐为室兮毡为墙，以肉为食兮酪为浆"，《细君公主歌》从衣食住行的角度也正好说明了游牧民族这一"行国"的特点。此外，还有历史上无数次的民族大迁移，如清朝时的锡伯族从东北的松花江畔迁移至新疆伊犁，土尔扈特蒙古从伏尔加河下游回迁伊犁等，都说明西部游牧民族的生命历程就是人"在路上"的迁徙和"转场"，这是永远也无法完成的还乡之旅。如果这还不够，那么，中原汉文化在西部得以广泛传播并使之与西部各少数民族文化相融合的历史是否可以对此给予佐证呢？从肩负汉文化西播者的身份来考察游牧者，主要有以下几类人承担：戍边和屯垦的将士、贬谪的官员、流放和发配的罪犯、被动的移民、观光游历者、现代支边者以及因躲避战乱、灾祸、饥荒而西行的流浪者，等等。随之，"西出

---

① 海德格尔：《人，诗意地安居》，广西师范大学出版社，2000年，第69页。
② 海德格尔：《人，诗意地安居》，广西师范大学出版社，2000年，第73页。

阳关无故人”和“一出玉门关,两眼泪不干”等充满悲情色彩的诗句,更加重了西部文学的这一流寓、流亡情结。所以,“故乡在远方”的西去和出塞,便成了一条刑罚之路、一条流放之路、一条冒险之路、一条避祸之路,一次离开故地的“失根”之旅和心灵漫游。正如杨牧在诗中写的,“西口不是张家口/是百姓的口/真正的西口是在西/……朝西!朝西!口总是朝西/西风呛得口齿打战/不是为喝西北风/西北风喝得南方浮肿/这才西去/闯出了一路流浪汉……”[①]在现代作家中,新疆的赵光鸣是写流浪汉的高手,他笔下的毕裁缝(《净身》)、延寿(《绝活》)、花儿铁(《石坂屋》)、任英子(《逃亡》)等极尽了小人物的苦难命运,他们生存的艰难和心灵的熬煎,他们的卑微和绝望,读之令人热泪横流,流溢着浓烈的人道主义悲情色彩。

人“在路上”的流寓,心灵之旅的执守,还集中地体现在西部人对宗教信仰的坚守和追寻上。藏传佛教和伊斯兰教作为西部的两类宗教朝圣奇观,实际上就是西部人的一种精神存在方式,是西部人安放灵魂的世界。在雪域高原,一丝不苟的长叩首是藏族人向拉萨圣地朝圣的足迹,纵是严寒酷暑也不会退缩,纵是荒滩连着草地连着绵延不断的雪山也不会停步,有的人一生甚至只为了这一次朝圣而存在;在干旱、贫瘠的黄土高原,回族人将最干净的水用着举礼时的大净和小净,将每一天的初声献给晨礼。他们的每一次宗教功课,都是一次虔诚地进入与洞悟。他们将整个一生投入到近“主”的生命历程中,他们心灵“还乡”的方向永远是麦加天方。这些安放心灵的信仰之旅,无疑给西部文学的流寓色彩涂上了更深一层的神秘色彩。

就审美意义上的悲情而言,实际上就是酷烈的自然物象与人生际遇相结合所产生的孤独感和悲怆感的集中呈现,是人在天涯的忧伤,“居常思土兮心内伤/愿为黄鹄兮归故乡”(《细君公主歌》);是命运无常的喟叹“我是大地的士兵/命运,却要使我成为/大山的囚徒/六千个黄昏/不堪折磨的形骸,始终/拖着精神的无形锁链”[②],是彻入骨髓的荒凉和孤独。作家赵光鸣说:“新疆这块土地浩瀚无边,荒凉亦无边。人站在它的苍穹下面显得过于渺小和孤单,精神时常感到过于空荡和无

① 杨牧:《边魂》,作家出版社,1987年,第45页。

② 昌耀:《昌耀的诗》,人民文学出版社,1998年,第158页。

所寄托。揣着无尽的乡愁寻找家园，是这土地上远离故乡的人们的一种特有的心态。”①他的这段话对理解西部文学的悲情色彩有一定的昭示意味。西部自然物象的酷烈、险恶和灾变的频仍与人的渺小，人对客观选择的局限和生命的无常，人对命运的不可把握等因素，加剧了人与自然对比的文化反差。如果说，中原文化给人的无常感更多的是宦海浮沉和名利场上的人际、人祸悲情色彩，那么，西部文学中的悲情和无常感的产生，却更多属于生存的无常和命运的不可知，这是人与自然的基本冲突和相互改造的结果。因此，在西部人的觉醒和自觉意识中，充溢着浓烈的流寓、流亡色彩所带来的恓惶、苦难和悲情理念，而西部人的隐忍、牺牲和决绝的抗争，又带着一种悲壮的殉道色彩。这一切贯注于作家作品中，就不仅是构成作品内涵的基本要素，而且也是形成西部文学叙述模式的重要元素之一。

当然，构成整个西部文学的元素是多元而复杂的，而且，随着时代与社会的更替和演进，因着许多因子的加速裂变，其元素的变化当然也就是在所难免的。但是，不管时代风云如何变幻，西部文学的“三画”、“四彩”的美学特征是很难抹杀的，它将成为中国西部文学恒定的内在风格与外在叙述模态。

研究中国的西部文学的逻辑起点不是政治文化的要求，而是首先基于对于人类文化学角度的考虑，由此切近文学，可以看到不同寻常的美学风景线，“地域人种”(Local race)对文学的影响可视为这一研究域亟待深入的领域，我们试图由此切入来整体观照西部文学：“从地域学角度研究文艺的情况和变化，既可分析其静态，也可考察其动态。这样，文艺活动的社会现象就仿佛是名副其实的一个场。”“作品后面的人不是一个而是一群，地域概括了这个群的活动场。那么，兼论时空的地域学研究才有意义。”②同理，考察地域文学也是需要一个开阔的视野的，否则，我们就会陷入文学史一般性叙述的泥潭。

原载《河北学刊》2004年第1期

---

① 赵光鸣：《远巢》，新疆人民出版社，1989年，第322页。

② 金克木：《文艺的地域学研究设想》，《读书》1986年第4期。

西部民俗风情与乡土小说的文体特征

——西部20世纪80年代乡土小说研究

李兴阳

20世纪80年代的西部乡土小说，其思想主旨和审美倾向与同时期主要发生在东部的文学主潮是遥相应和的，但“西部这一多民族地区所呈现出的生产方式，文化、民族、宗教的多样性、混杂性、独特性”①，使其美学风貌呈现出了不同于东部的多种色彩。仅就西部乡土小说的文体特征而论，它与西部的民俗风情有着十分深隐的关系。揭示这一关系，就成了解析西部乡土小说的一个重要“节点”。

“西部是中国的民族博览会，是民族文化的百花园。”②中国的56个民族中，有汉、藏、蒙、维吾尔、回、哈萨克、东乡、裕固、保安、撒拉等五十多个民族杂居在广袤、严酷的西部。不同的民族有不同的民俗风情、不同的民俗文化心理，多民族杂居使西部的民俗风情远比东部丰富而驳杂，也使“西部人的心灵挟带着多层面的声音，造就他们对异质文化具有较强的容受渗化能力、视角转换能力和智慧杂交能力”③。毫无疑问，对于西部的乡土作家们来说，这既使他们拥有丰富的美学资源，又使他们的心灵系着难解的乡土情结。当他们拿起笔来，最初的、最真切的倾诉冲动便当然地来自西部故土。在王家达、邵振国、柏原、冯苓植、张弛、雷建政、李唯、

① 丁帆、马永强：《论中国现代西部文学独特的文明形态》，《福建论坛(人文社会科学版)》2004年第1期。

② 肖云儒：《西部热和现代潮》，《人文杂志》2000年第4期。

③ 肖云儒：《西部热和现代潮》，《人文杂志》2000年第4期。

阎强国、张冀雪等作家的乡土作品中，无不涉及牧耕、婚丧、祈祷、祭祀等具有文化意味的民俗风情的描绘。藏女、帐篷、炊烟、奶茶的生活剪影，陋村、孤镇、独屋、苍凉的行者所组成的意象，以及转经轮的老人、叩长首的朝圣者、草原上的那达慕会、黄土高原的花儿会等图景和仪式都如陈年老酒一样，给西部文学带来了醉人的芬芳，成为西部作家描写的共同无意识。在这样的共同无意识中，西部的奇风异俗不只是西部作家们感受和认识西部的素材，亦不是表现的最终目的，更不是对其原生态作客观记录和简单复制，而是借以突入西部生活的内核，剖析民族文化心理结构，展示西部少数民族的历史命运，从中评价反思民族的文化精神。这样的审美观照和艺术提升，使西部乡土小说有了自己独特的文体形相。

一、"花儿"与"民歌体"式

"花儿"和对唱"花儿"的场景，是西部民俗风情的奇观。西部"花儿"大约形成于元末明初，流行于青海、甘肃、宁夏三省交界地区，是回、汉、土、撒拉、东乡、保安、裕固(部分)、藏(部分)八个民族共同创造的一种山歌。"花儿"主要是用当地汉语方言歌唱，是以汉文化为主体的多民族山歌，其曲调、语言、歌词内容所反映的生活、习俗等，都蕴涵着多民族的因素。"花儿"作为民间口头创作的山歌，始终伴随着歌唱，它不是经过冥思苦想写成的，而是歌者的口头即兴创作[①]。歌者通过歌唱，抒发自己的情感，撼动人们的心灵。唱"花儿"的浪漫民俗场景，"花儿"粗犷悲怆的旋律回荡在不少西部作家的多数乡土小说之中，而王家达及其乡土小说是其中最为典型的。

蒋子龙认为王家达的小说"是一种民歌体的小说，字里行间能飞出一种极富感染力的旋律，这旋律带着浓烈的西北情调，充满意象和活趣"[②]。这是确评。王家达的乡土小说是不能离开西部黄河和"花儿少年"的，黄河筏子客与黄河多情女对

① 刘凯：《西部"花儿"中的藏族文化基因》，《西藏艺术研究》1999 年第 3 期。

② 蒋子龙：《清凌凌的黄河水・序》，王家达《清凌凌的黄河水》，敦煌文艺出版社，1994 年。

唱“花儿”、黄河青年男女为爱情对唱“花儿”不仅是王家达乡土小说中最常见的民俗风情场景,其所唱的“花儿”常常直接衍化成为小说的诗性结构,使其具有“民歌体”的文体特征。

王家达乡土小说中的黄河筏子客、黄河多情女大多是在高亢悲怆的“花儿”声中开始他们的生命之旅的,生、死与“花儿”相伴,爱、恨与“花儿”相随,他们的文化之根生长在源远流长的“花儿”上,他们的心灵也是由“花儿”建构起来的,即兴歌唱“花儿”就成了他们的生命形式,就成了他们的日常生活,也就成了王家达乡土小说中最主要的民俗风情场景。《清凌凌的黄河水》讲述尕奶奶与二哥子的婚外恋故事,尕奶奶为给父亲治病,嫁给了比自己大二十多岁的尕爷,老夫少妻间有仁爱与忍让,却没有爱情。尕奶奶与二哥子间的恋情,得到了尕爷宽厚的容忍,却遭到了卫道士国泰的百般阻遏,最后以尕奶奶不幸身死黄河而告终。浓烈的异域情调与曲折的故事情节,使凄婉而浪漫的爱情悲剧颇为感人。尕奶奶与二哥子之间对唱“花儿”的民俗场景是小说中出现得最多最频繁的,对唱的内容由试探真情、暗示爱情、倾诉真情、山盟海誓、痛苦思念到生死诀别,不仅显露了生命真爱的情感轨迹,而且也映射了他们的人生轨迹。换句话说,小说的叙事进程与抒情进程是同步的,“花儿”所歌唱的与叙述者所讲述的相互映现,从而构成一种“互文性”表达。《血河》讲述白蛇与羊报的曲折爱情故事,白蛇与羊报真情相爱,尕五子却用钱横刀夺爱,白蛇的父亲为钱以死相逼,白蛇不忍让父亲受难,遂以“比武招亲”相许,羊报技高一筹却因心善相让,痛失爱情。一番曲曲折折,白蛇与羊报终成眷属,却双双死于乱世。与《清凌凌的黄河水》相较,《血河》的故事情节更为曲折,颇多神秘的传奇色彩;对唱“花儿”的民俗场景也更多,更复杂,黄河筏子客与黄河两岸的女人对唱“花儿”、白蛇与羊报对唱“花儿”、赴死殉情时唱“花儿”等不仅唱出了筏子客命运的苍凉郁勃、男人的豪健狂野,而且也唱出了女人的柔媚刚烈,多情重义。主线是分明的,“花儿”的主旋律总是围绕着白蛇与羊报的爱情进行,从相识、相爱、错失、等待、私奔、受辱、复仇到殉情,“花儿”唱出了有情人的一段传奇、浪漫而又悲壮的情感历程。显然,与《清凌凌的黄河水》一样,“花儿”所唱的与叙述者所讲述的构成一种互文性表达。“花儿”总是在先,同质的讲述随后,这种“唱一段,讲一段”[①]的基

① 蒋子龙:《清凌凌的黄河水·序》,王家达《清凌凌的黄河水》,敦煌文艺出版社,1994年。

本模式，使“花儿”具有“领起”的作用。不仅“领起”一个个情节片段，而且“领起”全篇，使整个讲述过程笼罩在“花儿”的旋律之中。

“花儿”在西部的流行与传唱主要在于它的调子是出色而独特的。“花儿”“多用徵调，显得异常悲怆，且高音部全用假声，野味中带有一种无可奈何的飘音，更加凄烈，那时而呜咽，时而嘶喊，起伏变化落差极大的旋律，传达出西北人痛苦的生命历程和不甘完结的追求精神。‘花儿’没有一般山歌的豁亮畅快，无论是唱眼前景心中事，总有一种被压抑的悲凉感。”①这样的旋律不仅回荡在王家达的小说中，而且也回荡在张冀雪等作家的乡土小说之中。西部乡土小说与流传在这里的“花儿”传达出的精神意蕴是大体一致的。从某种意义上说，王家达式的“民歌体”乡土小说是从“花儿”上生长出来的。

二、民俗事象与日常生活流叙述

民俗事象，是“创造于民间，流行于民间的具有世代相袭的传承性事象（包括思想与行为）”②。因而也就成了现实进程中的具体生活事件。这类具有传承性和现实性的民俗事象，在西部乡土小说中最常见的作用，虽然依旧是用来增强作品的地方特色和民族特色，为事件提供社会背景，为塑造人物性格服务等等，但在不少的文本中，已逐渐成为小说叙述结构的主体内容，承担起了新的叙事功能。邵振国的《白龙江栈道》，柏原的《洪水河畔的土庄》，雷建政的《悟道》、《白草地黑草地》等小说，作家不在意构筑完整、连贯的故事情节，也不在意塑造贯穿始终的主要人物，而是以民俗化的“日常生活流”展示民俗对乡土社会人生的巨大影响。这种以民俗事象为主体的叙述方式的大量出现，使西部乡土小说的文体形相具有了“‘日常生活流’叙述”的特征。

邵振国的《白龙江栈道》叙述藏民昂戛的一段人生遭际。昂戛和他的女人扎西

---

① 许文郁：《自卑情结与艺术人格》，《小说评论》1997 年第 6 期。

② 张紫晨：《中国民俗概说》，《民俗学讲演集》，书目文献出版社，1986 年。

拉毛遭了雪灾，在外出伐木求生时得到了“牦牛”大哥、依丹草兄妹的友情和爱情，回家途中与道尔吉相向过狭窄的白龙江栈道，按习俗昂戛只得抛掉自己用血汗换来准备救灾养家的全部财物和依丹草的爱情赠予，悲伤地走进苍苍暮色中。人物几乎都是浮雕式的，但作者并不注重用故事来塑造性格，而是用大量的风俗描写和异域情调的画面来构造小说整体的艺术效果。藏民的饮食、交际、情爱、劳动和宗教等方面的习俗的大量叙写，使富有异域色彩的民俗事象——亦即民俗化的“日常生活流”由背景走向前台，冲淡甚至淹没了本就很散漫的故事，成为小说的叙述主体。特别是过白龙江栈道的奇特习俗，它不仅占据了一半以上的篇幅，成为最醒目的“叙述流”，而且是架构这篇小说的“关节点”。也“正是这样的构图才真正形成了小说摇曳多姿的特殊地域文化色彩和风俗情调。我们从那幅充满着异域情调的青藏高原油画中，看到的是人性的魅力和文化的魅力”①。

《白龙江栈道》中，民俗化的“日常生活流”叙述，依旧给了昂戛“主要人物”的“身份”，柏原则在《洪水河畔的土庄》中“放逐”了“主要人物”。小说是以近乎国画的“散点透视”方式架构的，没有集中的活动空间，民俗化的“日常生活流”在几户农家场院里平行展开；也没有单一的“主要人物”，几个“平行人物”的人生遭际都与具有特定文化意义的婚姻、生育习俗有关。婚姻习俗是繁复的，婚姻主要是指向生育的，从受孕（或曰“有了”、“有喜”）、保胎、辨男女、接生、报喜、坐月子到取名等等，每一个环节也同样有一整套的礼仪、禁忌与讲究。土庄人就活在这样一套又一套既定的民俗程序之中，他们的人生似乎无力超越历史的传承性与现实的规定性。而生育与否又是最重要的，因为这与种族“香火”有关。相应的，它也就成了民俗化的“日常生活流”叙述的主要内容。“万物有灵”、禁忌、因果报应与宗族子嗣观念的幽灵就这样禁锢着土庄人生命的放达与心灵的自由。在“放逐”了“主要人物”的《洪水河畔的土庄》中，我们很难找出一个“主角”，每个人物都成为一个叙述角度，每个人物都淹没在民俗化的“日常生活流”叙述中，展示其特有的文化气息和审美意义。

柏原在这篇小说中的艺术追求，颇近于刘绍棠所探索的“无主角戏”。刘绍棠认为，“生活中有主导，有主线，有主体，但是没有主角”，基于这一观念，乡土文学创

① 丁帆：《风俗画、风情画、风景画中的文化意蕴》，邵振国《日落复日出》，北京出版社，1999 年。

作中应该“使每个人物都有他自己的戏”,“只要不脱离主体,不失去主导,不偏离主线”就行。如果“硬要其中一个人物扮演主角,其它人物都围绕这个主角团团转”,就会“破坏生态平衡,伤害自然情趣”。[①]《洪水河畔的土庄》就有这种不“破坏生态平衡”的“自然情趣”;而不同的地方则在于柏原《洪水河畔的土庄》中的“日常生活流”叙述,比刘绍棠《蒲柳人家》的“无主角戏”多了一份西部特有的生命悲怆与文化焦虑。这样的文体特征也呈现在雷建政、阎强国、冯苓植等作家的部分乡土小说中,俨然成为西部文学赖以生存的巨大审美理由。

三、民俗杂色与文化心理冲突

乡土小说“单有了特殊的风土人情的描写,只不过像看一幅异域的图画,虽能引起我们的惊异,然而给我们的,只是好奇心的餍足。因此在特殊的风土人情之外,应当还有普遍性的与我们共同的对于运命的挣扎”[②]。这“普遍性的”“对于命运的挣扎”,首先是民俗文化心理的冲突,是普遍性的心灵的挣扎。民俗,作为历史的文化积淀,在世代相袭的传承过程中,已逐渐内化成为民俗个体的文化心理。不同的民族有不同的民俗风情,也就有不同的民俗文化心理。多民族杂居使西部的民俗风情远比东部丰富而驳杂,也使西部人的文化心理挟带着多层面的声音;在造就西部人对异质文化较强的容受能力的同时,也使他们的文化心理无时无刻地不处在矛盾冲突状态中。民俗文化的美丑并存、良莠相随,不仅使民俗文化心理冲突发生在异质民俗文化之间,也发生在同一民俗文化内部。当西部乡土作家叙写表层的民俗杂色,绘制“异域的图画”时,就不能不表现民俗个体——作家自己及其所创造的人物的文化心理冲突,并通过这种具有传承性和现实性的文化心理冲突的展示,揭示出他们“对命运的挣扎”所要付出的代价。与此相应,西部乡土小说的文体形相也有了别具一格的新特征。

① 刘绍棠:《无主角戏·小说语言》,《长春》1982年第6期。

② 茅盾:《关于乡土文学》,《文学》1936年第六卷第2号。

民俗个体的文化心理冲突,往往既是西部乡土小说情节推进的动力,同时又是情节结构的基本支撑点。张弛的乡土小说是传奇式的,往往笼罩着一层神秘色彩。在情节问题上,他有自成体格的营构方式。一方面,继承传统,强调故事前后发展的关联性、整一性和传奇性;另一方面,又解构传统,不依靠制造“巧合”、“误会”来发展情节,而是借人物的民俗文化心理冲突推进情节,加强情节的结构功能。《村谚》中四个既独立又相互关联的民俗故事是由民谣《四大红》“领起”的,“杀猪的盆,庙门的门,女儿的月经火烧云……”中的每一“谚”领起一个故事。《女儿的月经》篇中,村民有一个极为奇怪的习俗,就是“对女孩子初潮月经的敬畏和珍爱”,以之当作礼物馈赠亲友,以之煮茶招待最尊贵的客人。“我”由好奇、敬畏、恶心、倾心及至深省和怅惘的文化心理冲突,是情节赖以铺叙的基础,但大量的民俗风习及其文化心理的描写也因此获得一种关联,被整合到传奇情节中。《庙门的门》和《火烧云》里都有一系列表面上并没有关联的怪异民风习俗,其与情节架构的关联,都可作如此理解。虽然叙述者是外来的“漂泊者”(插队知青),但其智性的审视与透析,已刺破民俗文化的隔膜,从而能最大限度地逼近被叙述者的民俗文化心理冲突的过程,并使其居于主导地位,成为情节展开的潜动力和支撑点。

张弛的上述努力,已触及异质民俗文化心理之间的冲突,但没有给予足够的注意,他的注意力在同质民俗文化心理的新与旧之间。雷建政的“草地文化”系列则对此作了更自觉的开掘。《往年雪》、《西北黑人》、《劫道》等写藏地汉人生存的严酷和人性的挣扎。《白草地黑草地》、《沉寂的雪水湖》等则是写草地藏民的生存、信仰和心理。《白草地黑草地》颇多魔幻色彩,对藏传佛教的笃信,对图腾的崇拜,使甘南藏地草原的一切都笼罩着泛灵论的雾霭。索告的母亲、索告和脚户汉的奇特的情感生活方式,索告的始终未完成的朝圣,索告终身未改的游牧生活习性等,其表层的民俗事象与深层的民俗文化心理是十分奇特的。而索告的妻子和女儿在同汉民族文化的接触过程中,逐渐学会了更为现代的文明习俗,并投入更为文明的生活中,身心都发生了改变。索告与妻子之间的矛盾,表面上是性格差异的碰撞,实则是异质文化心理之间的冲突。小说后半部分的情节主线就是由这种冲突支撑的。在成名作《天葬》、《花纹》中,社会政治主题虽然遮蔽了文化的探索,但藏族文化与汉族文化的互容和碰撞依然清晰可辨。到了《白草地黑草地》,对异质文化间冲突、交融的复杂关系及其相应的叙述方式的探求则更为自觉。类似的艺术追求在冯苓植、邵振国、柏原、王家达等乡土作家的部分作品中也能看到。

西部作家们在写到西部民俗杂色时，几乎没有游客心态，也没有肤浅的喟叹和赞美，更无法摆出局外人的姿态，无动于衷地远距离俯视西部民族的生存环境、生存方式和生存状态。他们更多的是自审意识，在自审中透露出无以摆脱的文化心理冲突和焦虑，给西部乡土小说的文体形相以最为直接的影响。邵振国、柏原、王家达、张弛等多采用第一人称叙述视角，就与他们的自审意识有关。叙述者通常是一个"逃离者"，逃离前曾在民俗杂色里浸泡过，有着丰富的往事资源；逃离后获得了新的文明参照，文化心理发生了改变，感情也更丰富而复杂，具备了"自审"和"他审"的意识与能力。这个叙述者通常在经历了漫长而坎坷的人生之旅后，"回访"或者"回忆"曾经生活过的地方和那些分别已久的人，用新的价值尺度审视民风习俗，剖析民俗文化心理，感叹人生的漂泊和沧桑。

柏原的《天桥崾岘》、《塬上的生灵》、《洪水河畔的土庄》等小说大多是"回访"或者"回忆"式的，叙述者"我"通常是作者的代言人，并具备上述特征。叙述者以人道主义和现代文明审视、讲述乡村中的民俗事象，立意揭示乡民的愚昧落后、麻木忍耐、宿命迷信等精神病态，却又不忘赞美生命的原始活力，颂扬淳朴、宁静、自然的人生形式。远离乡土社会所带来的审美距离，使峻急的批判之声淹没在温婉的游子乡情的浸泡之中。正因为如此，在柏原朴实、平静的叙述下面，常常隐含着反常与激烈，犹如平静、沉寂的地壳下面，奔突、燃烧着炽热的岩浆。这种表层叙述与内在意蕴之间的反差，使柏原的乡土小说文体呈现出一种特别的震撼心灵的美质。

邵振国的《上堡子杨青柳绿》、《远嫁》等小说是"回访"与"回忆"相结合的产物。《上堡子杨青柳绿》里的叙述者借助于"回访"和"回忆"，在弥漫着民俗风情的现实事件的讲述中，透析出林生旺、袁贵福等扭曲的人性和反常的文化心理，慨叹生旺媳妇蒲篮儿、贵福媳妇等女性的生存痛苦和人性的被践踏。在理性与情感的冲突中，叙述者演绎了一曲人性的悲吟。《远嫁》与《上堡子杨青柳绿》一样，虽写于90年代初，但可以看作80年代艺术探索的继续。《远嫁》里，叙述者以不动声色的叙述语言，讲述陈秀云和六个女儿及情人冯玉兰的人生故事。在严酷的生存环境的逼迫下，陈秀云远嫁了六个女儿之后，又远嫁了自己心爱的情人冯玉兰。爱情必须给生存让路,不道德的婚姻习俗却催放出人性之光。同情中的既肯定又否定,使叙述者陷入价值判断的两难之中,却为导入对人性的哲性思考提供了契机。而民俗杂色的精心涂抹,节奏徐缓的叙述语言,浓郁的抒情风格,却又掩藏了过于理性的哲思。这样,表层叙述与内在意蕴之间形成了反差,它使邵振国的乡土小说文体获得了颇耐咀嚼的厚度与深度。

无论是"回访"还是"回忆",都存在着故地和重游两个时空,也就存在着"两个空间的对比"和"两个时间的对话"。对于这两个时空,叙述者虽然都"在场",但"逃离"前的叙述者的文化心理与"返乡"时的叙述者是不一样的,因而两个时空的"对比"与"对话",实质上是叙述者前后期不同文化心理之间的撕裂与冲突。由此,叙述已不是一条"线",而形成了"面",其容纳的意蕴远远超出叙述本身,小说因此有了张力。这样的文体特质虽不为西部乡土小说所独有,但西部乡土小说作家融进了西部民俗的杂色与文化的心灵杂音,也就是不同于东部的至为独特的地方。

原载《福建论坛(人文社会科学版)》2004 年第 1 期

“乡土世界”文学表达的新因素

王光东

一　分裂的历史意识与碎片化的现实

进入21世纪以来，与“乡土世界”相关的小说有一个明显的特点：作家的历史意识出现了裂痕，不再有着完整的内在逻辑，对于充满了生机和混乱的现实，在价值判断上呈现出茫然和困惑。这种现象在贾平凹的《秦腔》、阎连科的《受活》、尤凤伟的《泥鳅》、王祥夫的《上边》等一系列作品中都有所体现。作家整体历史意识的分裂，与作家对于当下中国农村的认知有关。正如贾平凹在《秦腔》后记中所说的那样，农村、农民、土地供养了我们一切，农民是善良和勤劳的，但农村却一直是最落后的地方。在改革开放以来，农民吃饭的问题解决了以后，国家把注意力转移到了城市，那农村、农民又怎么办呢？在没有矿藏、没有工业、有限的土地极度地发挥了潜力之后，面对着粮食产量不再提高，化肥、农药、种子以及各种各样的税费迅速上涨的社会问题，农民再也守不住土地，他们一步一步从土地上出走。“体制对治理发生了松弛，旧的东西稀里哗啦地没了，像泼出去的水，新的东西迟迟没再来，来了也抓不住，四面八方的风方向不定地吹，农民是一群鸡，羽毛翻皱，脚步趔趄，无所适从。"[①]他们被裹挟于"现代化"建设的大潮中,与那个"现代性"的生活纠缠在一起,沿着国道盖楼,出外打工,土地荒芜或者被征用,农村、农民陷入了巨大的时代漩涡中,于是贾平凹质问:"土地从此要消失吗?真的是在城市化,而农村能真正地消失吗?如果消失不了,那又该是怎么办?"[②]这一系列问题所质疑的正是中国当代乡土社会何去何从的问题,面对历史进程中"乡土"未来发展这样重大的问题,大家都茫然惶惑时,作家自然也难有把握自己的自信,整合历史的视野和意识只有在现实变动的过程中逐步展开,在展开过程中,复杂的现实又时时对他们的意识提出挑战。于是我们在诸多的描写农民与农村生活的小说中,难以感受到历史发展的稳定逻辑和明晰的方向,而是历史意识分裂的矛盾和惶惑。

这种历史意识的分裂,带来了与"乡土世界"相关的小说中的现实呈现出碎片化的特点,具体表现为如下几个方面:(1) 小说中人物生活方式的盲目性。尤凤伟的《泥鳅》写的是农民进城打工的生活,他曾说:"《泥鳅》写的是社会的一个疼痛点,也是一个几乎无法疗治的疼痛点。表面上是写了几个打工仔,事实上却是中国农民的问题。农民问题可谓触目惊心。由于土地减少、负担加重、粮价低贱、投入和产出呈负数,农民在土地上看不到希望,只好把目光转向城市。"[③]这段话隐含着两个重大的问题:一个是传统的乡土世界,在各种社会经济、政治、文化的制约下,呈现出颓败的趋势,农民在原有的土地上看不到人生的希望,只得盲目地进入城市;另一个是进入城市的"农民"由于精神上仍然属于"乡土的世界",且身份与城里人也有区别,城里的文化和人也难以接受甚至排斥他们,那么,农民还有稳定的生活方式吗?当下中国乡土世界所出现的这种变化,体现在农民身上便是他们动荡、不安、盲目的个人性冲动,他们的生存选择缺少社会理性规范和历史所要求的社会责任,人的行为方式有着突出的个人性的、盲目的性质。《泥鳅》中的国瑞、陶凤等一群农民来到城市后,他们违背乡土伦理所要求的做"老实人"的准则,去做"鸡"、做"鸭",甚至做黑帮的"老大",虽然都是迫于生计、有着不得已而为之的痛苦,但是当他(她)们去选择这种职业的时候,是有着仅仅为生存而选择的盲目冲动的因素在

① 贾平凹:《秦腔·后记》,作家出版社,2004年。
② 贾平凹:《秦腔·后记》,作家出版社,2004年。
③ 尤凤伟:《〈泥鳅〉:我不能不写的现实题材的书》,人民网2002年9月10日。

起作用，选择之后的痛苦、无奈和受人欺凌、摆布、愚弄的处境是预想不到并且无力摆脱的。像国瑞成为玉姐的“近仆”，后被玉姐的丈夫设计陷害，一切似乎都是偶然的、个人的因素在起作用，但实际上一张庞大的命运之网笼罩着进城的农民。周大新的《新市民》、孙惠芬的《民工》都体现着这样的意蕴，符合历史趋向所要求的有目的的工作或生活在这里都被个人的、无奈的人生宿命所取代，即使留在乡土世界里的人也同样有着这种人生的盲目和冲动。毕飞宇的《玉米》中的玉米对自己的人生，也进行了这样的选择。在乡土世界这种个人人生的盲目选择过程中，我们看到了时代变动过程中的巨大历史力量所导致的生活破碎感，面对这种混乱而富有生机的现实，目前小说所表达的“乡土世界”是碎片化的，作家的历史意识也是随着碎片化的生活呈现出破碎的无奈和痛感。(2) 这种历史意识的分裂体现在小说中的第二个方面就是人生价值的不确定性。贾平凹在《秦腔》后记中曾说四面八方的风向不定地吹，农民是一群鸡，被吹得无所适从，这非常形象地说出了当下乡土世界的情形，在这里乡村人的价值判断也被“吹”得不确定了。从“乡土历史”的发展来看，影响乡土人生价值的历史文化力量主要有两种：一是以血缘关系为纽带的宗法制与宗法文化，一是在社会主义制度下人民公社为组织基础的社会群体与主流意识形态认可的人民大众文化。这两种文化影响下的乡土世界其人生价值的标准都是较为明晰的，人能做什么或不能做什么，追求什么或鄙弃什么似乎都有一个外在的确定性标准，但是自 20 世纪 90 年代以来的市场化经济和城市化进程，打破了原有人民公社社会组织基础上形成的主流文化形态，以往的宗法文化在乡村中的统治力量也日渐衰微，新的乡村文化规范又没有确立起来，乡村人的价值观念似乎变得模糊不清、难以确定。王祥夫的《上边》写一对老人守着生活了半辈子的房屋和土地，按照自己的方式和逻辑，在漫漫时光中品尝着生活的滋味，他们的儿子在城里工作——这是“乡土世界”所追寻的一种有价值的人生，但是他们却渴望儿子归来时的生机和活力，儿子走了，他们又回到了寂寞中。儿子的“出走”与“归来”，对于他们而言，显然有着两种不同的人生价值，而这两种价值的选择却是困难的，他们只能在冲突与期待中承受内心的折磨。艾伟《水上的声音》则在乡村所信奉的美好信念的被遗弃中，哀叹着世风的堕落，有价值的人生到底在哪里呢？这种人生价值的不确定性，不仅体现在仍然生活在乡村中的人身上，同时也体现在“出走”的那些农村人的生活中,在尤凤伟《泥鳅》中进城的农民,一方面不愿放弃乡村伦理所培养起来的价值观念,一方面又要经受着城里的"现实"对自己的挤压,不得不放弃已有的价值规范,这种冲突导致他们内心的剧烈痛苦和无可奈何的悲剧人生。这群乡村人,在城里左冲右撞,混迹于一片喧嚣的碎片化现实之中。

行文至此,我们也许应思考一个问题:历史意识的分裂所呈现出的碎片化的现实,是当下文学进入乡村历史、现实的一条有效途径吗?作家历史意识的分裂是社会转型导致现实碎片化而引起的后果,但是在艺术创作过程中,作家的历史意识是不能与现实一起碎片化的。巴赫金曾这样说:"如果作者对主人公的生活持怀疑态度,那么,作者就可能成为纯艺术家;他将始终以超越性的完成化的价值与主人公的生活价值相对立,他将从完全不同于主人公从自己内部经历生活的角度来概括生活;叙述者的一言一行都将尽力利用观察上的根本优势,因为主人公需要超越性的确认,而作者的视角和积极性,也正是在主人公的生活面向自己外界的地方,才会对主人公的基本思想涵义界限作出本质性的把握和加工。"①在这里巴赫金提出了一个非常重要的概念——超越性的完成化价值,这种超越性的完成化价值对作者所要表现的主人公的生活和生活价值是持怀疑和对立态度的,依靠这种态度才能对叙述的对象作出本质性的把握和加工。由此看来,作家应有一种超越"碎片化现实"的历史意识、一种人类终极价值的关怀,才能获得对现实的美学表现。如果承认巴赫金的话有道理,那么就有理由要求作家应具有超越现实的思想能力和把握现实的能力,而不仅仅是呈现碎片化的现实。

二 作家主体情感的内部矛盾

作家主体情感的内部矛盾与历史意识的分裂和碎片化的现实有直接的关系。当作家无法以完整的历史意识把握变动、富有生机、喧嚣混乱的现实历史时,在情感上也陷入了深深的矛盾中,这种矛盾就在于一方面对正在变动的乡土世界中已

① [俄]巴赫金:《巴赫金文论选》,中国社会科学出版社,1996年,第500页,第474页。

有文化形态的消失有着深深的眷恋、悲悯、忧伤，另一方面又意识到了这种变动的不可抗拒性，有着痛苦的惶惑和无奈。作家主体情感的这种内部矛盾在新时期以来的文学中从未体现得这样强烈，这种矛盾不仅折射着时代的现实性内容，而且也意味着文学自身所存在的问题。刘玉栋的《跟你说说话》行文舒缓，但潜隐的情感冲突却是剧烈的，他通过叙述者王大手对家人的叙述，看到了进城的姐姐和父亲所遭遇的悲剧性人生，也看到了爷爷守在土地上的那份执着。作家在情感上是认同爷爷的生活方式并予以肯定的，但对姐姐、父亲的“离家进城”又无法抗拒，甚至还要遭受由他们的命运所带来的屈辱和痛苦。孙惠芬《歇马山庄的两个女人》显然对作家主体情感的这种内部矛盾处理得更为复杂一些，两个进城的民工把自己的女人留在了乡土的世界里，但这两个女人也曾有过进城的理想与浪漫，这两个女人的命运深刻地表现出了乡土世界已有的生活秩序被打乱后，作家对乡土伦理逻辑的眷恋和无法抗拒这种变化的忧伤。这种内在的情感矛盾在贾平凹的《秦腔》中表现得更为突出，《秦腔》中的清风街不知不觉间发生了巨大的变化——而且是让人忧心的巨变，“不想让它走的一点点走了，不想让它来的一点点来了，走了的还不仅仅是朴素的信义、道德、风俗、人情，更是一整套的生活方式和内在的精气神；来了的也不仅仅是腐败、农贸市场、酒店、卡拉 OK、小姐、土地抛荒、农民闹事，来了的更是某种面目不清的未来和对未来把握不住的巨大的惶恐”①。于是小说中的清风街出现了喧嚣、忙乱、破碎的秩序，贾平凹写的是风俗、是文化，是种种人，是历史、是现实又是背景，就在这样的地方，夏天义、夏天智、白雪、屈明泉等等人物，一起演绎着当代生活的历史。就在这当代生活的展开过程中，一种新的生活方式出现了，这就是人们不再安稳地守在生存了许多年的土地上，而是想尽办法去获取金钱，金钱欲望与忙碌的奔波使生活在喧嚣中呈现了勃勃生机，一旦这种新的生活因素进入当代生活，已有的生活秩序被搅动后，相对稳定的人性、伦理、道德也开始出现了变化，在这里人和人之间出现了一次次不愉快的碰撞，甚至是尖锐的冲突。奔波的人群无情地践踏着乡村已有的生活气韵，那象征着传统乡村生活文化精神的秦腔，也在不可避免地被遗弃，贾平凹在“留恋”与不可抗拒的惶惑中，陷入了深深的矛盾

---

① 刘志荣:《缓慢的流水与惶恐的挽歌》,《文学评论》2006 年第 2 期。

中,凭借着对乡土世界的熟悉叙写着他的痛苦、哀悼、迷惘与辛酸。

阎连科的《受活》也同样充满了主体情感的内部矛盾,如果说贾平凹在矛盾中对不断展开的当代生活充满了留恋、惶惑与迷惘,那么阎连科却以决绝的背离和批判的姿态对变动的乡土世界中出现的新的生活方式进行了否定。他分明知道这种到来的现实不可抗拒,但是对这种不可抗拒的新的生活方式,他的内心充满了深深的焦虑,他似乎预感到受活庄人对于自己过去生活方式、道德伦理价值的背离将会带给他们悲剧性的命运。为此,他写到了过去的历史,写到了在1949年之后的岁月里,流落于此的红军战士茅枝婆,带领村民加入农业合作社建设进程中去后,这个平静、安谧的世外桃源便没有了平静的日子,甚至遭受了政治权力所赋予的"合法"的掠夺行为。在现实与历史的联系中,他进一步地思考着当下生活中受活庄人的命运,于是他看到了中国社会中的"市场"与"权力"之间的密切关系,在西方现代社会,市场是由"商品"支撑的,而在中国当下的历史情境中,市场却受到"权力"的控制,甚至可以说"市场经济"的展开在某种程度上是由权力推动的。在"市场"发育不健全的乡土世界,当人们的金钱欲望被煽动起来后,缺少法制规范和道德约束的金钱攫取,必然导致背离社会公德的行为产生,受活庄人被掠夺一空、受尽摧残的悲剧也就有了某种必然性,这种现象也预示着当代社会剧变中所潜在的巨大问题。由此阎连科带着滴血的心,思考着受活庄人的最终归宿。阎连科内心情感的矛盾似乎以一种虚构的方式得到化解,实际上隐含着一个更大的焦虑:当代中国现代化进程中出现的问题,难道只能以"虚构的想象"得到化解吗?

通过如上论述,显然可以看到贾平凹和阎连科、刘玉栋和孙惠芬等作家在创作过程中表达主体情感的内部矛盾时,其处理方式是不同的,特别是贾平凹的《秦腔》和阎连科的《受活》,对作家主体情感内部矛盾的表达有着极为重要的文学意义,不仅带来了文学表达乡土世界的某种复杂性,而且表明作家开始与现实生活之间建立起了广泛而深刻的联系。但同时也有许多问题值得我们思考,贾平凹的《秦腔》在情感矛盾中呈现出惶恐与迷惘,这种惶恐与迷惘某种程度上也妨碍了对于变动中的乡土世界的深入思考,在他密实流水般的叙述中,有着现象的丰富性,却也显得芜杂,有着人物命运的多样化,却也有着人物平面化的缺憾。正如他自己在《秦腔》后记中所说:"我的写作充满了矛盾和痛苦,我不知道该赞颂现实还是诅咒人生，是为父老乡亲庆幸还是为他们悲哀。”这种不知道的“迷惘”，对于作家而言是会影响作品的艺术深度和思想力量的。阎连科以对乌托邦世界的倾情向往和对当下现实中的物欲、贪欲泛滥构成尖锐批判，但退回到乌托邦的坚守，是否也削弱了作品直面历史进程的精神向度和现实的复杂性？美国黑人作家艾利森曾说：“我觉得自己决心献身小说时，身上就肩负了美国小说家一脉相传的责任；描写广大复杂的美国经验中我最熟悉的片段，这些片段不仅使我可能对文学的成长有所贡献，而且对自己心目中理想文化的塑造也可能略尽绵薄之力。在这层意义上，美国小说是对于未知领域的探索和征服，当它描写美国经验时，同时也创造出美国经验。”①这段话，对于当代中国作家也理应引起思考，中国作家不仅要描写“中国经验”，同时也要创造出“中国经验”，那么，也就不能停留在现象的描摹或规避现实的复杂性上面，而是以创造的激情和思想去建构艺术的审美世界。

三　细节化的叙述方式

当作家的思考和审美视野与本土的文化语境密切联系在一起时，他们发现乡土世界已有的生活逻辑和生活形态出现了不可逆转的变化，贯穿于以往小说中的那种历史逻辑似乎不那么完整了，于是在近几年的小说中出现了与以往“宏大历史叙事”不同的叙述方式——细节化叙述。贾平凹的《秦腔》、林白的《妇女闲聊录》、王安忆的《上种红菱下种藕》等作品都有这样的特点。

近几年的小说中为什么会出现这种“细节化”的叙事方式呢？这显然与作家历史意识的分裂和情感的内部矛盾有关，为了更确切地说明这一问题，我们不妨把赵树理的《三里湾》、高晓声的《陈奂生上城》、贾平凹的《秦腔》作一比较分析。在赵树理的《三里湾》中，本土日常生活经验的表达是有趣和丰富的，但是日常生活经验是与他对社会的整体认识——农民必须要走合作化的道路联系在一起的，因此，日常的生活经验，那些土头土脑的言谈举止，有时就渗透进了浓郁的政治性意味，小说

---

① 王诜编：《世界著名作家访谈录》，江苏文艺出版社，1991年。

的整体叙事是被一个明晰的"要改造农民"的历史观念所控制的,"细节化"是服从于宏大历史叙事的。高晓声的《陈奂生上城》也是如此。在《陈奂生上城》中,陈奂生进入县招待所,得知每晚要付5元钱,他在招待所房间内那种带有破坏性的细节描写,是经常被大家写文章时引用的,这种"细节"描写是与20世纪80年代的启蒙思想密切相关的,传达着启蒙者所要批判的小农意识的狭隘和自私,从创作主体的角度而言,则是历史性的启蒙叙事的呈现。在这样的比较中再来看贾平凹的《秦腔》,我们看到在作品中贯穿生活细节的整体历史观念模糊了,面对碎片化的乡村社会生活也就只能有细节化的叙述方式了。

"细节化"叙述方式的出现,与面对历史、现实的惶恐、迷惘有关,同时也与启蒙理性的现代性叙事在当代生活中所遭遇的尴尬有关。自从"五四"以来,中国现代知识分子所确立的启蒙叙事,有一个重要的特点就是以理性的自信去发现社会应有的秩序和不应有的落后、愚昧与黑暗,因此,在他们启蒙叙事的背后,是有一个应有的"历史逻辑"作为叙事支撑的,这个应有的历史逻辑就是社会向"现代性"的不断靠近,问题是当"现代性"真正在我们的生活中不断展开时,它所带来的并不是我们所预想的。就如今天的乡土社会,"现代性"部分主导人们的生活方式、行为方式及内心欲求时,我们看到的却是已有生活秩序、生活逻辑破碎时的混乱、茫然以及已有美好精神失去时的忧伤,面对这种景象,自然感受到了启蒙叙事面对乡土现实的无力。当然,我们仍然可以从启蒙的立场去批判农民的狭隘、自私,但部分农民离开土地后,他们已脱离了原有的生活轨道,留给乡土的是社会秩序变化之后的另一番生活景象,启蒙话语似乎失去了现实的针对性,正如南帆评价《秦腔》时所说:"纷纷扰扰之中,清风街正在发生悄悄的蜕变。麻将、酒楼、骑摩托车的村干部、卖春小姐,承包砖窑和果园、农贸市场、电吉他伴奏的流行歌……没有人知道明天是什么。这一切就是历史吗?的确,没有人敢轻易动用'历史'这个字眼,因为方向不明。我相信贾平凹的心情十分复杂。爱恨交加,喜怒交加,但是没有明晰的判断。"①既然启蒙叙事"历史逻辑"的确定性在今天现实中遭遇了难言的尴尬,那么,从日常生活原生态入手,用"细节化"方式叙述现实也就成为可能。

---

① 南帆:《找不到历史——〈秦腔〉阅读札记》,《当代作家评论》2006年第4期。

承认“细节化叙述方式”在当下小说创作中的合理性，但不等于说这样的叙述方式就是完美的。“细节化”是小说审美的基本要求，没有细节也难以成为小说，但在《秦腔》、《妇女闲聊录》等作品中，细节疏远了与“历史逻辑”的关系、成为叙述的核心时，就出现了一些值得我们进一步讨论的美学问题。在此以《秦腔》和《妇女闲聊录》为例作一具体分析。《秦腔》的“细节化叙述”是由那个半痴不傻、半疯不癫的叫“引生”的人叙述出来的，这种叙述有它的优势，就是增强了日常生活经验的丰富性，呈现出了生活原生态的面貌，但仅仅呈现“现象”就是小说的目的吗？小说应该还有“现象”之外的意义。贾平凹说他的写作充满了矛盾和痛苦，不知道该赞颂现实还是诅咒人生，他对“现象”缺乏明晰的判断，从这个意义上说，这个叫“引生”的叙述人倒是符合贾平凹的叙述心态，但是这种叙述明显地缺乏“历史的逻辑性”。这种历史的逻辑性不是先验的观念，而是“生活之所以如此”的内部因果关系。艺术创作当然不是逻辑推理，但对于生活的形象表达是应有一种逻辑的，我们说艺术创作是形象思维，既然是“思维”就不是痴人的梦呓。“艺术形象世界的结构形式不仅是对空间和时间因素的安排，而且也是对纯思想含义因素的安排；不仅有空间和时间的形式，而且也有思想含义的形式。”①这个“思想含义的形式”是与形象所蕴含的历史性内容及思想联系在一起的。“细节化叙述”如果忽视了这种“思想含义因素”的安排，就很难具有震撼人心的美学效果。或许有人会说，《秦腔》的叙述是一种“民间叙述”，“民间叙述”是不需要知识分子理性的介入的，我觉得这是对“民间叙述”的误解。“民间叙述”是站在民间的立场上叙述老百姓的故事和生活形态，虽然民间叙述与知识分子叙述有所区别，但它同样应该依据民间的历史观念、思维逻辑、伦理道德判断去展开叙述的过程。任何“叙述方式”都不仅仅是一个形式问题，它与作家的美学观念、思想倾向、历史意识等是联系在一起的。对于林白的《妇女闲聊录》来说也存在着相类似的问题。在《妇女闲聊录》中，“叙述者”似乎从文本中隐去了，日常琐碎的生活和细节、鲜活的生活经验走进了读者的视野，但与之相伴随的是作者与作品主人公精神上的某种疏离。虽然在艺术创作中要充分尊重“自我”之外的那一世界的意义，但是“自我”的隐去却会削弱外部世界在表达过程

① ［俄］巴赫金：《巴赫金文论选》，中国社会科学出版社，1996年，第500、474页。

中的美学力量。因为小说审美是人与对象发生关系,所以艺术事件是在作者与其表达的主人公两个心灵之间完成的。通过如上分析可以说,“细节化叙述”为当下小说提供了一些新的因素,但在细节叙事过程中,不应忽略“历史逻辑”和“作者整合现实的精神力量”在叙述过程中的重要作用。

中国当代社会在转型过程中所展开的当代生活,随着时间的推移还会产生更多新的内容,这些新的历史内容自然会带来更多的文学的新的因素,但不管怎么变化,文学不会失去它所拥有的美的尊严和精神的力量。

原载《文学评论》2007 年第 4 期

文学语言变革与乡土小说的早期形态

余荣虎

在中国几千年的古典文学历程中没有产生乡土小说，只有到了 20 世纪初期，一场肇始于语言变革的文学革命才催生了中国的乡土小说，因此，中国乡土小说的基本形态是在新的语言观念推动下由新的语言载体所决定的。对于中国文学而言，欧化白话既是全新的语言工具，又承载着全新的语言观念，而它最终的目标是在颠覆古典文学传统的基础上，构建新的文学形态，在此过程中，乡土小说率先以圆熟的艺术形式、深刻的思想内涵震惊国内文坛。它的早期形态不仅为后来的乡土小说确立了基本的规范，而且也为全部中国现代小说的文本形态提供了最初的蓝本。因此，本文拟考察早期[①]乡土小说的形式特征及其与文学语言变革之间的关系，以期揭示文学语言变革对乡土小说形式的具体影响。

一、文学语言变革的目的与早期乡土小说的体裁选择

在某种意义上，乡土小说是中国现代文学的滥觞，乡土小说不仅作为一种新的

---

① 本文所使用的“早期”是指现代文学第一个十年，偶有 1928、1929 年的作品纳入考察的范围，主要是出于作家思想和创作的延续性的考虑。

小说形态引领了中国现代小说的潮流，而且成功地在文学观、价值观上破旧立新。正是在《狂人日记》这样集颠覆性和建设性于一体的乡土小说的冲击下，现代文学才从旧文学的坚固堡垒中顺利突围。虽然此前也有少量的白话新诗和现代戏剧试验，但它们都不足以对旧文学构成真正的威胁。具体考察早期乡土小说的作者和体裁特征，可以清楚地发现，鲁迅及其影响下的青年作家是最主要的作者群，短篇小说则几乎是唯一的样式。那么，鲁迅及其影响下的青年作家为什么采用短篇小说的形式开始他们的新文学之旅？在以往的研究中，人们从鲁迅所接受的外国文学影响，从他的行文风格、个性，乃至文学才能等角度着眼，见仁见智，众说纷纭，但很少有人注意到鲁迅选择短篇小说的艺术形式与文学语言变革诉求之间的内在关系。由于论题的限制本文将讨论的范围限定在：鲁迅的乡土小说为什么会采用短篇小说的形式？它与文学语言变革的诉求之间有何关系？鲁迅的短篇乡土小说为什么会在青年作家群中产生巨大而深远的影响？

鲁迅采用短篇小说的形式是与文学语言变革的基本理念直接相关的。鲁迅从事乡土小说创作之初，小说有三种语言载体，即文言、古代白话、带有古代白话腔调的方言，这三种小说语言在本质上属于两种类型，即文言和古代白话，而文学革命最初和最直接的革命对象就是这两种文学语言，即胡适所谓的“半死”或“全死”的语言。尽管新文学先驱对于想像中“活的语言”的具体构成意见不一，但在基本理念上却是相似的，即以现代白话取代文言和古代白话而成为文学的“正宗”。

作为“五四”新文化运动的先驱之一，早在胡适讨论文学改良之前，鲁迅已经涉足办报、翻译外国小说、替报刊撰文等文学工作。众所周知，鲁迅这些尝试以失败者居多，但自 1903 年在《浙江潮》发表文艺作品始，继之，1907 年筹办文艺杂志《新生》(未果)，再至 1909 年出版《域外小说集》，鲁迅多年的文学活动目的始终如一：“以为文艺是可以转移性情，改造社会的。”[①]到 1918 年发表《狂人日记》、与《新青年》同仁合作时，鲁迅已经在文学之路上走了很久。但在胡适、陈独秀提倡白话文之前，鲁迅的文学活动收效并不理想，而等到胡适、陈独秀揭橥白话文的旗帜之时，鲁迅被困的激情才找到了喷发口——用白话写作短篇小说，以实现“转移性情，改

① 鲁迅：《域外小说集序》，《鲁迅全集》第 10 卷，人民文学出版社，2005 年，第 176 页。

造社会”之目的。鲁迅将早期的创作自谦为“听将令”的呐喊，是有几分实情的。简而言之，鲁迅的文学理念是以文学作为启蒙的方式和手段，而文学语言变革的目的是简化文学语言，唤醒、教育民众。作为提倡新文学的第一人，胡适对此可谓深思熟虑。胡适曾详细分析晚清古文式微的原因，认为章士钊的论文和严复译书的弊病都在于“不可猝解”，晦涩烦难、古奥高深，已经不再是学问和文采的象征，而普遍地被看成是一种落后迂腐的文风，“他们的失败，总而言之，都在于难懂难学”。[①]白话文运动走的则是易懂易学的路子，唯其如此，才能实现唤醒、教育民众的目的。胡适说得明白：“当时也有一班远见的人，眼见国家危亡，必须唤起那最大多数的民众来共同担负这个救国的责任。他们知道民众不能不教育，而中国的古文古字是不配做教育民众的利器的。”[②]正是因为古文古字不能承担教育民众之责，现代白话才成为“五四”精英的共同选择。这与鲁迅的文学理念不谋而合，由此决定了鲁迅小说创作的几个重要向度，即以白话作为语言载体，以短篇小说为体裁，以乡土小说为题材。

鲁迅“五四”时期的创作目的是基于切身体验而生发的改变国人“愚弱”[③]的精神状态，这就必然促使鲁迅选择最适合传达这一创作初衷的文学体裁，而短篇小说体式上的特点决定了它恰恰是实现这一初衷的便捷、有效的小说形式。

短篇小说的特点在于短小精悍。对于小说而言，篇幅“短小”是特点，但未必是优点。当时读者习惯的小说体式是长篇小说，其特点是人物众多、事件复杂、情节曲折多变，这样的小说体式形成了期待事件的延续性和情节的新奇性的欣赏习惯和接受心理。市民阶层喜爱的是传奇、侠义、话本、公案小说，读者的期待视野和审美心理在于故事的完整和情节的新奇，对故事情节的嗜好压倒了对意义的追问，当然，这与古典小说在意义上的趋同有关：大多数逃不出宣传忠孝节义的路数。短小的篇幅很难满足这样的审美心理，因此，对于当时的读者来说，短篇小说是个“异数”，《域外小说集》的市场命运就充分说明了短篇小说与当时读者的阅读期待之间有多大的距离。篇幅短小无法在故事的延续性和情节的曲折性方面取胜，鲁迅对

① 胡适：《导言》，《中国新文学大系·建设理论集》，上海良友图书印刷公司，1935年，第5页。
② 胡适：《导言》，《中国新文学大系·建设理论集》，上海良友图书印刷公司，1935年，第6页。
③ 参阅鲁迅：《呐喊·自序》，《鲁迅全集》第1卷，人民文学出版社，2005年，第439页。

此有清醒的认识。在1921年重印《域外小说》的序言中谈及:“《域外小说集》初出的时候,见过的人,往往摇头说,‘以为他才开头,却已完了!’那时短篇小说还很少,读书人看惯了一二百回的章回体,所以短篇便等于无物。”[①]篇幅“短小”是对读者阅读习惯和审美心理的挑战,而当时的作者、译者与当时习惯的阅读观念是相反的,那就是对意义的追问压倒对情节的嗜好。他们看中的正是因篇幅“短小”而产生的意义集中的效果——可以称之为“精悍”。建立现代小说这种新的审美形态的第一人就是鲁迅。有学者指出:“短篇小说的新审美形态自鲁迅就开始创立了的,但长久以来被小说文论研究者们所忽视,没有从《狂人日记》《白光》《长明灯》等作品中提升出反故事的叙事特征。”[②]“反故事的叙事”是为了突显小说的意义,而短小的篇幅则使“意义”以集中而尖锐的形式呈现出来。这样的叙事效果无疑与揭示国人“愚弱”的叙事动机是深度契合的,鲁迅曾坦言:“就是我的小说,也是论文;我不过采用了短篇小说的体裁罢了。”[③]因此,鲁迅乡土小说采用短篇小说的体裁,是由其深层的叙事动机决定的,当然,当时的文学环境也为鲁迅乡土小说采用短篇体式提供了条件。鲁迅是站在新文学阵营之中的,而新文学作家对于小说的认识有两个大的原则,一是在语言上用白话取代文言,二是提倡短篇小说,胡适在1918年即认为短篇小说是“用最经济的文学手段,描写事实中最精彩的一段,或一方面”,并且说,“‘写情短诗’,‘独幕剧’,‘短篇小说’三项,代表世界文学最近的趋向”。[④]显然,新文学作家推崇短篇小说是与他们的文学语言变革的诉求一致的,他们倚重的是短篇小说因篇幅“短小”而产生的“精悍”的表达效果,以满足追问意义的需要。

长期以来,对于鲁迅只写短篇小说,不写长篇小说之原因的种种猜测,似乎都疏忽了变革文学语言的历史语境,以及身处这一语境中的鲁迅在语言变革的目的与小说创作的动机之间寻找的结合点。

鲁迅乡土小说确立了短小精悍、突显意义的美学原则。事实上,从胡适到鲁迅,都在以不同的方式灌输这样的美学原则,他们的观点体现了新文学运动对于文

① 鲁迅:《域外小说集·序》,《鲁迅全集》第10卷,人民文学出版社,2005年,第178页。
② 陈思和:《关于中国现代短篇小说》,《小说评论》2000年第1期。
③ 冯雪峰:《鲁迅先生计划而未完成的著作》,《雪峰文集》第4卷,人民文学出版社,1985年,第18页。
④ 胡适:《论短篇小说》,《胡适讲演》,中国广播电视出版社,1992年,第202、213页。

学社会功能的期待。基于特殊的人生经历和直面现实的勇气，鲁迅将其短篇小说突显的意义主要限定在揭示“乡土层”精神的“愚弱”上，所谓“乡土层”就是“农民，小市民，勤劳的劳动者和小商人”，[①]以当时的国情而言，农民无疑是乡土层“愚弱”程度最深、数量最大的群体。鲁迅的《故乡》、《阿Q正传》、《祝福》等一系列乡土小说就体现了作者这样的识见。对于广大渴望以文学推动社会发展的青年作者，鲁迅系列乡土小说的问世触动了他们敏感的神经——中国的落后哪有更甚于乡土社会者？中国社会的乡土性使他们与乡土社会存在着千丝万缕的联系，乡土社会的落后、农民精神的“愚弱”无不令他们感同身受。爱乡之心愈甚，恨其不争之情愈炽，爱恨交加的复杂情感在鲁迅乡土小说的启发下，终于喷薄而出，一时间，乡土题材的创作蔚然成风，闰土、阿Q、祥林嫂的原型被一再模仿、重塑。即以阿Q原型而论，台静农的《天二哥》、彭家煌的《陈四爹的牛》、许钦文的《鼻涕阿二》、王鲁彦的《阿长贼骨头》、王任叔的《疲惫者》，等等，重塑了许多境遇不同，但性格、命运酷似阿Q的形象。在其后相当长的时期内，阿Q原型还在不断地被重塑，1941年，张天翼曾感叹道：“自从你这个阿Q被创造出来之后，我们民族许多有良心的艺术家，都是怀着极大热情，在不断做这些洗涤灵魂的工作。这也可以说，我们中国现在的许多作品，是在重写着《阿Q正传》。”[②]因此，与其说是鲁迅引领了20年代乡土小说的创作潮流，不如说鲁迅找到了文学革命语境中连结语言变革、文学题材与小说体式的最佳通道，后来的青年作家循此前进就是必然的了。

二、文学语言变革的实践与早期乡土小说的议论风格及悲剧模式

较之于文言，白话的明显优势是长于议论，周作人曾以毋庸置辩的口气谈到

---

① 上官筝：《揭起乡土文学之旗》，封世辉选编《中国沦陷区文学大系·评论卷》，广西教育出版社，1998年，第227页。

② 张天翼：《论〈阿Q正传〉》，《1913—1983鲁迅研究学术论著资料汇编》第3卷，中国文联出版公司，1989年，第385页。

“古文不宜于说理”[①],事实也如此,而白话是一个包含新式标点符号的、更为科学的、便于理解的语言系统。白话不仅易于理解,而且长于议论。对于鲁迅而言,易于理解、长于议论的白话恰好满足了其改变国人“愚弱”的精神状态的创作愿望,这也就意味着鲁迅乡土小说在形式上不会满足于讲故事,而会不时地插入议论,最为典型的有《狂人日记》、《阿Q正传》、《故乡》、《祝福》等,例如《祝福》,“我”在含糊地回答祥林嫂关于灵魂有无的问题之后,就有一段议论:“‘说不清’是一句极有用的话。不更事的勇敢的少年,往往敢于给人解决疑问,选定医生,万一结果不佳,大抵反成了怨府,然而一用这说不清来作结束,便事事逍遥自在了。我在这时,更感到这一句话的必要,即使和讨饭的女人说话,也是万不可省的。”诸如此类的议论,在鲁迅乡土小说中随处可见,显然,此类议论与其说是出于情节发展的需要,毋宁是服从作者借小说抒发其有关人生社会思考的需要。

1924年,朱湘在他的《桌话》中评论《故乡》最后三段有关“路”和“希望”的议论:“我所唯一不满于这篇结构的地方便是最后的三段不该赘入。小说家是来解释人生,而不是来解释他的对于人生的解释的;作者就是怕人看不出,也可以另作一文以加注释,不可在本文中添上蛇足。”[②]朱湘是根据西方近代有关小说的观念来立论的,即小说只负责讲述一个完整的故事,而故事的意义由读者自己发掘。朱湘只是从理论出发,而没有深入体察鲁迅写小说的心态及动机。在同一篇文章中,朱湘把鲁迅的小说称为“杂感体的小说”,此论确实抓住了鲁迅小说形式上的特点。简言之,杂感体的小说就是在故事中随处可见议论。鲁迅乡土小说的议论风格,满足了冲破文言束缚的小说家急切地以通俗白话向大众言说的需要,用白话写作标志着作家心中的潜在读者已经变成了普通民众,向“愚弱”的普通民众宣传新思想、新观念是新文学作家共同的创作动机,因此,这种小说形式经鲁迅创造后,即在乡土小说中风行一时。许钦文的《鼻涕阿二》有一篇近500字的“前记”就是一篇地道的杂文,他的《这一次的离故乡》抒发人生易变的感慨,杂感体的形式也特别明显。鲁彦的《许是不至于罢》写颇有家财的王阿虞财主在动荡时世中胆战心惊、如履薄

① 周作人:《理想的国语》,《周作人文类编·夜读的境界》,湖南文艺出版社,1998年,第779页。

② 朱湘:《〈呐喊〉——桌话之六》,《文学周报》第145期,1924年10月27日。

冰的心理，其中随处穿插议论：

“强盗是最贫苦的人，财主的钱给强盗抢些去是好的”，他们有这种思想吗？没有！他们恨强盗，他们怕强盗，一百个里面九十九个半要想做财主。那么他们为什么不去驱逐强盗呢？甚至连大家不集合起来大声的恐吓强盗呢？他们和财主有什么冤恨吗？没有！他们尊敬财主，他们中有不必向财主借钱的人，也都和财主要好！他们只是保守着一个原则：“管自己！”

这是典型的启蒙式的议论，议论的锋芒直指民众的自私、怯懦，作者急切的启蒙动机溢于言表，这样的议论一定程度地导致了小说结构的散漫。从讲述故事的技巧的角度来说，这里的议论属于朱湘所说的“赘入”，但如果深入体察作家深层的创作心理和创作动机，杂感体的小说在此情此境中的国内文坛出现又是必然的，这也从另一个层面上印证了胡适所谓“一时代有一时代之文学”的论断。鲁迅后来说“‘小说作法’之类，我一部都没有看过”①，这也说明了鲁迅是根据时代需要和自己“改良人生”的动机来构思小说。在某种程度上，20 年代乡土文学的杂感体特征是无法避免的，新文学作家抛弃文言，采用白话写作，就预示了这种趋势。从文言写作到白话写作，作家的文学理念也从贵族文学变为平民文学，正如有的学者所言：“新的语言方式使他们从远离经验世界到接近经验世界。这一内在思想方式的转换，促致中国知识分子从筑成的高楼，而落实到人间世。”②不过，20 年代的作家落到“人间世”，写作平民文学，不是泯然众人的遁世消磨，而是致力于唤醒民众的启蒙书写，它决定了作家不追求艺术技巧的完美无缺，而重视“解释人生”的实效性，即如鲁迅“深恶先前的称小说为‘闲书’，而且将‘为艺术的艺术’，看作不过是‘消闲’的新式的别号”③。这样的创作动机注定了包括乡土小说在内的新文学文体的议论风格，作家不会满足于“解释人生”，时不时地要“解释他的对于人生的解释”。

早期乡土小说形式上的另一个重要特征是结局的悲剧性模式，即作家普遍地

---

① 鲁迅：《我怎么做起小说来》，《鲁迅全集》第 4 卷，人民文学出版社，2005 年，第 525 页。

② 殷海光：《中国文化的展望》，三联书店，2002 年，第 299 页。

③ 鲁迅：《我怎么做起小说来》，《鲁迅全集》第 4 卷，人民文学出版社，2005 年，第 526 页。

在小说结尾中打破大团圆和因果报应的模式,而以不幸、不公、不平收束故事。早期乡土小说的这种结局模式与现代白话及其所代表的思想观念、审美趣味具有内在的因果联系。

瑞士语言学家索绪尔说:“语言还可以比作一张纸:思想是正面,声音是反面,我们不能切开正面而不同时切开反面,同样,在语言里,我们不能使声音离开思想,也不能使思想离开声音。”①语言与思想确实存在同一性,文言及古代白话所承载的思想观念及审美趣味主要是通过小说的结局模式体现出来的。古代小说主要的结局模式有两种:一是金榜题名、洞房花烛,好事成双,属于大团圆式的喜剧性结局;二是沉冤得雪、因果报应的“正剧”性结局。以上海古籍出版社1979年出版的《古代白话小说选》所收录的50篇短篇小说为例,属于第一种结局模式的有23篇,属于第二种结局模式的有24篇,而属于悲剧性结局的仅有3篇。古代小说两种主流的结局模式深刻地揭示出,在思想上,作者丝毫没有逾越主流意识形态,而是将主流意识形态故事化、艺术化。因此,现实生活的悲剧都被作家“正剧化”了——人死或者能够复生,或者可以借尸还魂,或者以鬼之身与人同居。这类虚幻的结局不是作家缺乏观察生活的能力所致,而是他们缺乏冲破主流意识的勇气。同时,它也揭示出在审美趣味上,作者不是挑战而是屈从于大众的审美心理。在个人命运为父母、上级、君王所决定的时代,对于芸芸众生来说,大团圆结局补偿了现实生活的遗憾,是大众审美心理的体现,从根本上说,是作家跟着大众走。

早期乡土作家抛弃熟悉的文言,试用白话写作,在文言与白话尖锐对立的写作环境中,他们否定的不仅仅是文言及古代白话,同时还有文言及古代白话所承载的审美趣味及思想观念。鲁迅评析胡适的文学革命:“不过说:我们不必再去费尽心机,学说古代的死人的话,要说现代的活人的话,不要将文章看作古董,要做容易懂得的白话的文章。然而,单是文学革新是不够的,因为腐败思想,能用古文做,也能用白话做。”②鲁彦在《明天社》宣言中倡导:“青年不要把旧式的诗和小说里的荒谬思想换汤不换药的放在他的作品。”③这充分说明新文学作家已经越过语言载体而

① [瑞士]费尔迪南·德·索绪尔:《普通语言学教程》,弘文馆出版社,1985年,第151页。
② 鲁迅:《无声的中国》,《鲁迅全集》第4卷,人民文学出版社,2005年,第13页。
③ 鲁彦:《明天社宣言》,《王鲁彦研究资料》,江西人民出版社,1984年,第21页。

进入价值观念和审美趣味的层面。古代小说的价值观念和审美趣味是以虚幻的正剧性结局和媚俗的喜剧性结局体现出来的，因此，早期乡土小说既没有人鬼团圆的情形，也没有俗世的大团圆结局，而是以鲜明的悲剧性结局彰显其新的审美趣味。鲁迅说“所以我的取材，多采自病态社会的不幸的人们中”①，台静农坦言用自己“心血细细地写出”的是“人间的酸辛和凄楚”，②许钦文发挥厨川白村“文艺是苦闷的象征”的理论，“牢骚既然是苦闷的一种，在牢骚中产生的作品，就是重料的苦闷的象征”③。从这些作家当年的陈述中不难看出他们的悲剧意识，而这种悲剧意识促成了作品的悲剧性结局。蹇先艾晚年评价自己乡土小说时说：“我的作品里有一个严重的缺点，就是停止在对旧社会腐朽、黑暗的憎恨和无情的抨击，却没有指出前进的道路。我所写的那些故事，多数是令人愤懑和悲痛的，因此调子就往往显得有些低沉，使人读后感到沉闷和压抑，这是我应当引咎自责的。”④蹇先艾在这里道出了其早期乡土小说的悲剧性特征。他大可不必自责，因为是否指出了“前进的道路”并不是评价文学的合理标准。总之，早期乡土文学作者在他们的乡土小说中普遍地、有意识地运用了悲剧性结局，如鲁迅的《药》、《明天》、《阿 Q 正传》、《祝福》，许钦文的《疯妇》、《石宕》、《鼻涕阿二》，台静农的《天二哥》、《红灯》、《新坟》、《烛焰》，许杰的《惨雾》、《大白纸》、《改嫁》，彭家煌的《喜讯》，鲁彦的《岔路》，等等。这种新的叙事模式颠覆了文言及古代白话小说的思想观念及审美趣味。

早期乡土小说作者以写实主义精神再现民众的艰难困苦，直接间接质疑政府的政策、行为，直书兵匪官绅对农民的伤害，具有反主流意识形态的倾向。苏雪林在评论王统照与落华生等人的乡土小说时，曾指责新写实主义宣传“想拯救民生，复兴中国，非推翻现行政制，改用某种主义不可”的思想，认为这是“非常可怕”的。⑤ 抛开此论的立场性，苏雪林敏感而准确地指陈了二三十年代乡土小说有意无意地颠覆主流意识形态、解构政府形象的共同趋向。在作家与大众的关系上，现代乡土小说作者不是跟着大众走，而是牵着大众走，因而他们以通俗的语言讲述真

---

① 鲁迅：《我怎么做起小说来》，《鲁迅全集》第 4 卷，人民文学出版社，2005 年，第 526 页。

② 台静农：《地之子・后记》，《地之子建塔者》，人民文学出版社，1984 年，第 118 页。

③ 许钦文：《创作三步法》，《许钦文代表作》，华夏出版社，1999 年，第 422 页。

④ 蹇先艾：《后记》，《蹇先艾短篇小说选》，人民文学出版社，1981 年，第 309 页。

⑤ 苏雪林：《王统照与落华生的小说》，《苏雪林文集》第 3 卷，安徽文艺出版社，1996 年，第 265 页。

实的故事——生活的、人性的悲剧，揭露政治的腐败、刻画乡土层民众的愚昧自私，目的是希望借此改变他们“愚弱”的精神状态。这种典型的启蒙叙事不仅使早期乡土小说在结局模式上与古代小说针锋相对，而且从根本上改变了作家与读者的关系。

总之，没有文学语言的革命，就不可能产生集议论风格及悲剧性结局模式于一体的现代乡土小说。

三、欧化白话与新的文人叙事的形成

尽管胡适等人在一定的范围内传播了白话文学为中国文学之“正宗”的理论，但在实践上，什么样的白话才是新文学的语言载体依然是一个问题。胡适起初将其概括为“三白”：“说白”的白，“明白”的白，“黑白”的白，①后来，胡适在强调白话的俗白上有越来越绝对化的倾向，但是，要使白话成为真正富于表现力的文学语言，仅仅依靠俗白是不行的。在白话文学的实践中，鲁迅及其引领的乡土文学作家走出了一条创新之路。说得直接一点，就是鲁迅对于作为文学语言白话的理解与胡适是不一致的。鲁迅把自己对于白话的独特理解落实在他的乡土小说中，而鲁迅的乡土小说又带动了一大批青年作家。因此，鲁迅的白话实践在相当程度上决定了早期乡土小说的形态。

尽管鲁迅承认“引车卖浆者流”的语言可以作为白话文学的语言，但实际上，鲁迅的语言观是与他的文学理念互为因果的。如前所述，鲁迅写小说是为了改变国人的“愚弱”的精神状态，那么，用以表现其文学精神的文学语言也必然服从于这一需要。因此，鲁迅的白话实践是朝着有利于传达自己的创作动机而兼容并蓄的方向发展，而不是情绪化地、单纯地朝平民方向发展。后来，在《门外文谈》中，鲁迅批评读书人“常常看轻别人，以为较新，较难的字句，自己能懂，大众却不能懂，所以为大众计，是必须彻底扫荡的：说话作文，越俗，就越好”，进而指出这样下去，将会成

---

① 参阅胡适：《答钱玄同》，《中国新文学大系·建设理论集》，上海良友图书印刷公司，1935年，第86页。

为“大众的新帮闲”[①]，即是对自己语言实践的理论总结。总体而言，鲁迅引领的早期乡土小说的语言载体是欧化白话，这种欧化白话形成了新的文人叙事。

文人叙事在古代小说中并不少见，虽然有相当数量的话本、小说是以口传文学为基础的平民叙事，但影响深远的往往是反映了文人的文学修养和审美趣味的文人小说，“《三国演义》、《水浒传》、《西游记》、《金瓶梅》、《儒林外史》和《红楼梦》这六部经过时间汰选的经典之作”都是文人叙事[②]，前述的古代白话小说也属于文人叙事。古代小说中的文人叙事形成了有别于平民叙事的美学范型，小说的修辞、结构、价值倾向都体现了古代知识分子的尺度。早期乡土小说与古代文人叙事在修辞上的区别则是显而易见的。修辞首先是语言问题，早期乡土小说以欧化白话作为语言载体，其语法、语汇及语言观念都与古代文人叙事不同，欧化白话最显著的特点是追求现代性和科学性。周作人认为只有白话可以“适应现代的要求”[③]，在他看来，古文已经过时，无法满足表达现代人思想情感的要求等。在把语言的现代性作为毋庸置疑的前提，从而充分肯定白话存在的合理性与文言消亡的必然性的先驱中，鲁迅无疑是个中翘楚。不过，在新文学初期，鲁迅不是以理论而是以创作实践来实现其白话文学的主张，他的白话清新、精练、泼辣，富有强烈的感染力和穿透力，形成现代白话发展的一个重要方向。科学性也是现代白话追求的内在品质。周作人提出对于“国语的希望”：“是在他的能力范围内，尽量的使他化为高深复杂，足以表现一切高上精微的感情与思想”[④]，就是基于语言科学性的诉求。鲁迅认为：“欧化文法的侵入中国白话中的大原因，并非因为好奇，乃是为了必要。……要说得精密，固有的白话不够用，便只得采些外国的句法。”[⑤]简言之，科学要求的严密、精微是早期乡土文学作家的语言追求。

早期乡土小说欧化白话的现代性和科学性主要表现在欧化句式、西式标点以及段落排列上。早期乡土小说普遍地使用欧化句式，引入西式标点符号，并将标点

---

① 鲁迅：《门外文谈》，《鲁迅全集》第6卷，人民文学出版社，2005年，第103—104页。

② ［美］浦安迪：《中国叙事学》，北京大学出版社，1996年，第23页。

③ 周作人：《国语改造的意见》，《周作人文类编·夜读的境界》，湖南文艺出版社，1998年，第773页。

④ 周作人：《国语改造的意见》，《周作人文类编·夜读的境界》，湖南文艺出版社，1998年，第773页。

⑤ 鲁迅：《玩笑只当它玩笑》，《鲁迅全集》第5卷，人民文学出版社，2005年，第548页。

符号与提行分段的排列方法结合起来，从而创造出现代的小说文体，如《狂人日记》的结尾：

没有吃过人的孩子，或者还有?

救救孩子……

这里问号表达疑虑和希望的情绪，省略号表达拯救孩子的呼吁，虽然不是振聋发聩的，但是终将慢慢渗透、扩散开来，真乃言有尽而意无穷。再如：

合伙吃我的人，便是我的哥哥!

吃人的是我哥哥!

我是吃人的人的兄弟!

我自己被人吃了，可依然是吃人的人的兄弟!

这里的感叹号将狂人无比激愤、无比震惊之情表达得淋漓尽致，并且，标点符号的使用是与提行分段的排版方式结合起来的。提行分段把人物内在思想的过程性与层次性，情绪的延续性与持久性，都传神地表达出来了。早已有人以鲁迅《药》中的提行分段为例，指出提行分段的排列法“合乎情节的自然，加上了小说的戏剧性”，并进而指出鲁迅采用提行分段的排列方法对于文体及小说形式的意义：“提行分段的排列法在理论文章里也非常有必要，使得古今文体发生了变化。我们现在谈鲁迅最初写小说，鲁迅对小说形式所作的贡献。这个贡献我们已经肯定了的。”[①]在笔者看来，提行分段确实对小说形式的创新产生了重大意义，但是，提行分段在小说形式上产生的效果离不开新式标点符号的使用。应该说，新式标点符号和提行分段排列法的配合运用赋予鲁迅乡土小说新的形式，它以外在的视觉效果和内在的表达效果为小说形式的创新作出了贡献。

现代性和科学性之所以成为早期乡土小说的语言追求，是因为作家们试图从

① 冯文炳：《鲁迅对文学形式和文学语言的贡献》，《冯文炳选集》，人民文学出版社，1985年，第428页。

语言打开缺口，以实现教育民众的目的，这就决定了早期乡土小说的形式是适合于普通民众阅读的，从而形成了新的文人叙事。

其一，以议论、描写的文字替代文本中引入的诗、词、曲。古代小说中文人叙事的明显标志是插入或引用诗、词、曲，其作用或者是点明小说的主旨，或者是描摹人物形貌、风物情景。诗、词、曲是古代文学中的“正宗”，是士大夫言志、酬和的文学类型，体现了士大夫阶层的情趣与学识。早期乡土小说摒弃了在文本中插入、引用诗、词、曲的习惯，而代之以议论、描写性的文字，这些文字与叙述性文字结合在一起，形成完整的小说文本。从叙事动机来看，古代文人叙事引入的诗、词、曲是属于作者的自我把玩，而早期乡土小说中的议论、描写则是作者面向大众的言说，是向读者揭示小说意义，而不是用来寄托自我情趣，从中显示了作者创作动机和创作心理的巨大变化。其二，“说书情境”的消失与作者自我的介入。美国学者浦安迪援引他的同行韩南教授(Patrick Hanan)的观点，认为中国古代的文人小说普遍地采用“虚拟的说书情境”来讲述故事，也即作者模仿说书人的口吻，“提醒读者不要忘记，在读者和故事之间始终存在着一个讲故事的人。小说的这里和那里，到处都有叙述人的插手造作，终于使我们感到在书中叙述的事件的表里二层之间，存在着某种距离感。这样，我们就接触到了文人小说修辞问题的关键要点，即通过一套特定的修辞手段，它始终赋予书中描画的人物和事件以一种突出的反讽(Irony)角度”①。浦安迪教授所说的“距离感”就是指作者意图在故事和意义之间造成含混、多义、矛盾、不确定等多种可能。早期乡土小说在叙事形式上放弃了说书情境，作者往往自我介入。鲁迅的11篇乡土小说中，作者介入的有《狂人日记》、《孔乙己》、《故乡》、《阿Q正传》、《社戏》、《祝福》共6篇，许钦文、台静农、彭家煌、王鲁彦、蹇先艾诸人也都尝试作者介入的叙事形式，作者的“亲历”、“亲见”增强了故事的真实性，使文本的意义确定不移，而不是制造“距离感”。这显示了古今文人叙事从把玩心理向启蒙诉求的转变。早期乡土小说另一种叙事形式是第三人称的叙事，作者往往不动声色地讲述一个伤感或悲惨的乡土故事。第三人称的客观叙事取代了说书人的存在，同样是以故事的真实性实现意义的明确性。较之古代的文人叙事，早

① [美]浦安迪：《中国叙事学》，北京大学出版社，1996年，第99页。

期乡土小说采用的作者介入的叙事形式具有突破性的意义,它使作者摆脱了说书人的心态,以积极介入现实的文学精神进行他们的乡土书写,从而将作者的文学理念、创作动机与语言变革的目的有效地结合起来了。语言风格的通俗严密与故事内涵的准确明晰共同实现了早期乡土小说的启蒙诉求。

当然,早期乡土小说对古代文人叙事的一般规则并非只有摒弃,没有吸收。比如,古代文人叙事中的人名往往含有暗示性,或反讽,或预示人物性格命运,早期乡土小说中的人名也有明确的意义追求,如闰土、祥林嫂、阿Q、鼻涕阿二(许钦文《鼻涕阿二》)、骆毛(蹇先艾《水葬》)、节妇阿银(彭家煌《节妇》)、吉顺(《赌徒吉顺》),等等。这些名字或具有强烈的反讽效果,或直接暗示人物的命运、身世、社会地位,它们与故事情节一起指向文本所要揭示的问题及意义。

总之,乡土小说主要是关于乡村、小镇、农民、小镇居民的故事,它的隐含读者应该包括农民。对于作者而言,永远存在用什么样的语言、用什么样的文学形式讲述故事的问题。早期乡土小说以现代性和科学性的语言构建篇幅短小、意义明确的短篇小说,摒弃旧式文人小说中自我把玩的文字和技巧,同时又积极吸收、借鉴中外小说具有艺术生命力的形式、技巧和观念,从而为中国乡土小说奠定了最初的形态,从本质上说,它属于新的文人叙事。

原载《江苏社会科学》2010年第5期

中国台湾乡土小说研究

台湾乡土文学简论

翁光宇

从广义来说，凡是反映本乡本土生活，具有民族和地方色彩的各个国家，各个民族，各个地区的文学，都可称为该国家、该民族、该地区的“乡土文学”。现在我们所说的台湾乡土文学，不仅是一个地域的概念，而是特指“五四”以来台湾的现实主义进步文学。台湾省作家叶石涛认为：“所谓台湾乡土文学应该是台湾人(居住在台湾的汉民族及原住种族)所写的文学。”这种文学“必须是跟广大台湾人民的生活息息相关的事物反映出来的意识……即居住在台湾的中国人的共通经验，不外是被殖民的，受压迫的共通经验，换言之，在台湾乡土文学上所反映出来的，一定是‘反帝、反封建’的共通经验以及筚路蓝缕以启山林的、跟大自然搏斗的共通记录，而绝不是站在统治者意识上所写出来的，背叛广大人民意愿的任何作品”(《台湾乡土文学史导论》)。可见，所谓台湾乡土文学，是指继承和发扬“五四”新文学传统的、具有进步思想内容和地方特色的现实主义文学。

作为一个主要的文学流派，台湾乡土文学是60年代后期至70年代发展起来的，但它的源流却可以追溯到20年代。由于历史的和社会的原因，自1920年至现在，六十余年间，台湾乡土文学的发展经历了曲折的过程。简要地说，它的发展可分为三个阶段：播种生长期、耕耘浇灌期、发展成熟期。三个阶段之间既有内部承传的脉络，又有各自的特点。

一

1920年至1945年,是台湾乡土文学的播种生长阶段。

台湾文学是中国文学的一个组成部分,台湾乡土文学是"五四"新文学的一个分支。

自1895年清廷签订卖国的"马关条约",台湾和祖国大陆割裂开来,处于日本殖民主义统治下达五十一年之久。台湾人民和祖国大陆人民在此期间均肩负着反帝反封建的历史任务。因此,"五四"运动发生后,立即引起了台湾同胞的关注,在"五四"新文学运动的影响下,台湾自1920年开始也发生了新文学运动。台湾新文学运动的急先锋是出生在台湾,曾就读于北京师范大学的张我军。1924年至1925年间,张我军在《台湾民报》上连续发表了《致台湾青年的一封信》、《糟糕的台湾文学界》、《新文学运动的意义》等文章,猛烈抨击台湾旧文学,介绍祖国大陆的新文学运动,提倡白话文学。张我军在文章中指出:"台湾文学乃中国文学的一支流,本流发生了影响变迁,则支流也自然而然的随之影响变迁,这是必然的道理。"他还提出了"白话文学的建设,台湾语言的改造"的明确主张,把"五四"新文学运动的种子播种到台湾文坛。

被誉为台湾"新文学的奶母"的赖和,1926年发表了白话小说《斗闹热》,在创作上为台湾新文学奠定了现实主义基础。其后,他的《惹事》、《丰作》、《一杆"秤仔"》、《善讼的人的故事》等小说和《流离曲》、《南国哀歌》等长诗,表现了强烈的反帝爱国的思想。叶石涛说:"本省乡土文学的诞生应当从赖和开始。因为赖和的出现才奠定了现代乡土文学的基础。""他替本省乡土文学竖起了第一面旗帜,并且决定了此后本省籍作家应走的方向。"(《台湾的乡土文学》)

30年代,在祖国大陆左翼文艺运动的影响下,台湾的进步文艺团体相继诞生,文艺刊物纷纷创办。团结了台湾全省进步作家的"台湾文艺联盟"明确提出了"覆灭腐败文学,实现文学大众化"的口号,把台湾新文学运动推进了一步。杨逵继承了赖和的反帝爱国的思想,又明显地表现了阶级意识。他的代表作《送报伕》,深刻揭露了日本殖民者的罪恶和汉奸走狗的无耻，宣传被压迫民族和被压迫人民团结起来，争取把台湾从日本帝国主义统治下解放出来的思想。1936年，杨逵的《送报伕》、杨华的《薄命》、吕赫若的《牛车》，曾被介绍到祖国大陆来，产生了积极的影响。杨逵、杨华、吕赫若以及张文环、龙瑛宗等一批作家的出现，标志着台湾乡土文学在20年代正处于蓬勃生长的阶段，它和祖国大陆"左联"时期的文学取同一的步调。

但是，1937年"七七"事变，形势迅速逆转。日本帝国主义为适应侵略战争的需要，对台湾人民残酷镇压，取缔了台湾进步文艺团体和中文报刊，疯狂推行"皇民化"运动，使刚刚处于生长中的台湾乡土文学奄奄一息。就是在这种逆境中，具有强烈民族意识和爱国思想的乡土作家，也没有屈服于殖民者的淫威，他们采取曲折的、"地下"的方式与敌人斗争，坚持乡土文学的创作。1942年杨逵写了中篇小说《鹅妈妈出嫁》，揭露日本帝国主义者所谓的"大东亚共荣圈"的欺骗性。1943—1945年，吴浊流冒着杀身之祸的危险，避开日本警察的监视，秘密创作了长篇小说《亚细亚的孤儿》，塑造了一个从苦闷摇摆，到觉醒反抗，最终投身祖国的反侵略的神圣事业之中的台湾青年知识分子胡太明的典型形象。《亚细亚的孤儿》代表了台湾光复前乡土文学的最高成就。

可见，播种生长阶段的台湾乡土文学和祖国"五四"新文学之间有着剪不断的脐带，它和母体文化血脉相连，又是植根在台湾土壤之中的具有鲜明乡土特色的反帝反封建的文学。

二

1946年至1965年，是台湾乡土文学耕耘灌溉的艰难阶段。

日本无条件投降，台湾回归祖国的怀抱，照常理说，应为乡土文学的发展创造了有利的条件。事实上并不如此。从光复到60年代初期，将近二十年的时间，台湾乡土文学正处于默默耕耘、辛勤浇灌的时期。

光复的来临自然解决了本省作家许多难题，但也相反的，增添了新的课题。战争中可怕的思想牢狱关闭了心索的窗户,大家的心眼盲了,脑筋也麻木了,同祖国大陆隔开几达五十一年的长久岁月,使得本省作家必须从头学起,重新认识一切,生活的煎熬,日文的羁绊,都要费尽心机去冲破。

这是叶石涛在《台湾的乡土文学》一文中对光复后相当一段时间台湾乡土文学为何沉寂的分析。叶石涛的分析不无道理,但他过分强调了作家主观的原因,而忽视了或者不便说出造成这种情景的客观原因。我认为,作家一时不熟悉新的环境,要学习用中文写作,以及生活的压力等,是这时乡土文学得不到发展的重要原因,但不是主要原因,主要原因是国民党实行的反动政策。

国民党接管台湾,和他们当时"劫收"沦陷区一样,大搞"五子登科",社会混乱,民不聊生。光复后,台湾人民从企首盼望祖国亲人,满怀希望过和平幸福的生活,到慢慢对美好的希望感到失望、绝望,终于愤怒地举行"二二八"起义,反抗国民党的黑暗统治。吴浊流于1948年发表的中篇小说《波茨坦科长》,概括地反映了这一时期台湾同胞的盼望——希望——失望——绝望的思想情绪的变化过程,揭露了国民党"劫收"丑行的一个侧影。

"二二八"起义惨遭镇压,随后国民党逃往台湾,叫嚷"反攻大陆",台湾更处于法西斯统治之下。为了加强对台湾人民的思想文化的统制,50年代前期,国民党大力推行反共的"战斗文艺",禁止一切进步文艺,迫害进步文人。爱国主义的作家杨逵在日据时期屡遭日本殖民者逮捕,坐牢也不满一年,而国民党竟把杨逵投进监狱达十年之久。从杨逵的遭遇可见当时台湾进步作家处境之艰险。50年代后期至60年代前期,随着"美援"的入侵,西方思想文化也在台湾泛滥成灾,现代文学左右了当时台湾文坛。所有这些,叶石涛没有说或不便说的政治的、经济的,文化的社会原因,使得以反帝反封建为内容的,以现实主义为特色的台湾乡土文学受到了限制和压抑,处于异常艰难的阶段。

光复以后有一段时期,本是一片沃土的台湾文学,因乏人耕耘,被人遗忘,任其荒芜变成荆棘丛生的旷野,而这时有人在旷野里召唤,用涓涓滴滴的河水滋润这荒废已久的土地。他们是孤立无援的拓荒者。……这一系列的拓荒者

里面的佼佼者:钟理和、施翠峰、廖清秀、文心、钟肇政等。(叶石涛《钟肇政论》)

钟理和,在50年代对台湾乡土文学有着卓越的贡献。他贫病交逼,一面咯血,一面写作。在他生前,他的作品不为人注意,收入甚微,一家生活全赖他的妻子钟台妹砍柴、养猪维持;到他死后,他的创作才为一些热心乡土文学的作家发掘整理出版。在这样艰难的条件下,钟理和默默耕耘,专心浇灌,为台湾乡土文学的发展呕心沥血,死而后已。他的这种崇高的精神,为后人所景仰。钟理和的作品有长篇小说《笠山农场》,中篇小说《雨》,短篇小说《贫贱夫妻》等五十余篇,是50年代台湾农村生活的组画。他的作品语言朴实清新,准确生动,为光复后的乡土作家用中文写作提供了一个范例。钟理和的小说标志着台湾乡土文学向民族化迈进了重要的一步。

钟肇政的创作始于1951年,此后二十余年间他创作了近十部长篇小说和不少中短篇,著名的有《浊流三部曲》(《浊流》、《江山万里》、《流云》)和《台湾人三部曲》(《沉沦》、《沧溟行》、《插天山之歌》)。钟肇政的作品多为历史题材,艺术地再现了台湾人民不甘异族的奴役统治,英勇进行反抗斗争的历史,被人称为"大河小说"。钟肇政小说的这种强烈的民族意识和爱国思想,无疑是对当时"全盘西化"的文学思潮和崇洋媚外的社会思潮的一种抗争和反击。

吴浊流也是"在此黑漆漆的暗夜里,为了寻觅一丝丝微光","在地上拾起被丢弃的旗帜,以微弱的声音摇旗召唤,召集着伙伴"(叶石涛《吴浊流论》)的"佼佼者"之一。1956年他创作的中篇小说《狡猿》,揭露了日据时代的御用绅士,如何在光复后戴上新脸谱,极尽卑鄙、狡诈、谄媚、拍马之能事,从而步步青云的社会弊端,它可以说是《波茨坦科长》的姊妹篇,从中可以窥见光复后台湾社会最阴暗的角落。

除此之外,叶石涛、施翠峰、廖清秀、文心、郑焕以及李乔、郑清文等作家都作出了自己的贡献。

由于这一时期钟理和、钟肇政、吴浊流等作家在行将荒芜的乡土文学园地上默默地耕耘,辛勤地灌溉,使日据时代乡土文学的爱国主义、民族主义、现实主义的光荣传统不致中断,为60年代后期起台湾乡土文学的发展成熟铺平了道路,从而确立了他们在台湾乡土文学的发展中承前启后、继往开来的历史地位。

三

自1966年起,台湾乡土文学进入了发展成熟的新阶段。

60年代后期开始,台湾社会发生了新的变化:在大量引进欧美、日本资本,开设"加工区"的情况下,台湾在经济上开始由农业社会向工业社会的转变。在这个转变中,许多社会矛盾更加暴露,更加尖锐。如工业对农业的剥削,城市对乡村的破坏,外国资本残酷的经济掠夺,本省资本对工人贪婪的压榨,商品社会所引起的对传统价值观念的怀疑和对传统道德观念的动摇,等等。这些新的社会矛盾、新的社会问题,是钟理和50年代没有碰到的,也是赖和、杨逵在光复前不可能碰到的。现实生活在召唤着作家,要关心人民的疾苦,反映底层人民的辛酸,描写现实生活的面貌。人们对"反共八股"歪曲生活,叫嚷"口号"非常不满,对"现代文学"逃避现实,追求个人内心的"真实",为艺术而艺术也颇多非议。于是,以倡导"为人生而艺术"的写实主义文学为宗旨的《台湾文艺》、《文学季刊》于1966年前后创刊,它标志着现实主义的乡土文学的复兴。吴浊流明确宣称,他创办《台湾文艺》就是要反对"反共八股"和"全盘西化",提倡写实主义文学:"'反共八股'和'口号文学'是一对孪生兄弟。专门摆弄这类文学的人……出入有关机关,蝇营狗苟,玩弄文艺形式和政治口号卖钱,又以为正业。"(《要经得起历史的批判》)"所谓近代化要将固有文化的优点及其性质继承下来,不能拿西、日文学来代替,需要自立自主。"(《我设文学奖的动机和期望》)他发出了时代的心声。

在生活的召唤和乡土文学刊物的倡导下,一批60年代初期开始创作的作家,60年代中后期逐步摆脱了现代主义的影响,在现实主义道路上前进,如陈映真、黄春明、王祯和等。陈映真在1968年被台湾当局以阅读进步书籍的"罪名"被捕之前,写了十多篇作品,收集在《将军族》、《第一件差事》两个短篇集中。这时期的陈映真,正如他自己以许南村的笔名写的《试论陈映真》一文所说的:"基本上,陈映真是市镇小知识分子的作家。"他的作品表现了处于飘忽不定的中间社会层次的小资产阶级知识分子的困惑、彷徨、苍白、沦落的精神苦闷。但在描写这些小知识分子的作品中，我们可以看出，1965 年以前的作品打上了明显的存在主义的思想烙印，1966 至 1967 年的作品则批判了崇洋媚外的恶习。《我的弟弟康雄》、《乡村的教师》等作品，有比较浓重的感伤情绪。抱着乌托邦理想的康雄，在现实中连连碰壁之后，痛苦地仰药自杀了，怀有热爱乡土之心的战争幸存者吴锦翔，在“二二八”起义遭到残酷镇压的沉重打击下，对祖国、对民族、对自己都产生了怀疑，终于掉进了悲观绝望的深渊，结束了自己的生命。以死亡来寻求人生存在的超脱，是西方现代主义文学描写的普遍主题，康雄和吴锦翔的悲剧，一方面是理想和现实矛盾的折光，同时也是现代主义消极、悲观思想毒害的结果。到了《将军族》、《唐倩的喜剧》，情况就有所不同了。《将军族》的主人公三角脸和小瘦丫头，结局虽然也是双双殉情自杀，保存着伤感情调，但作品通过描写这两个连姓名也没有的小人物的不幸遭遇，表现了从大陆漂泊来的小人物和生长在台湾的小人物，他们的命运是联系在一起的，制造他们悲剧的不是大陆人和台湾人的地域隔阂，而是黑暗、罪恶的周遭世界。《唐倩的喜剧》通过描写唐倩先后与存在主义者老莫、新实证主义者罗仲其、留美硕士乔治・H.D.周的三次试婚、结婚而后离异的“喜剧”，以嘲讽的笔调，深刻批判了那些丧失民族自尊心的、盲目崇洋媚外者的丑恶灵魂，充满了理性的色彩。《将军族》、《唐倩的喜剧》基本上属于现实主义。王祯和、黄春明早期的作品《鬼・北风・人》、《男人与小刀》也程度不同地受到现代主义的影响。《鬼・北风・人》中弟恋姊的情节安排，《男人与小刀》中的主角怀着“活着的人都是痛苦”的变态心情，一心只想用小刀结束自己的生命，无疑是受了弗洛伊德的精神分析学说和沙特的存在主义哲学的影响。到了王祯和创作《嫁妆一牛车》和黄春明创作《锣》就大不相同了。王祯和的《嫁妆一牛车》、《伊会念咒》、《五月十三节》、《来春姨悲秋》等名篇，深刻反映了处于社会下层的劳动者、小市民、小商人在资本主义发展的冷酷现实中，几经奋斗、挣扎，终于逃脱不了悲剧的命运。黄春明的《锣》、《青番公的故事》、《儿子的大玩偶》、《看海的日子》，以浓郁的乡土色彩，从比较广阔的生活面上描写了农民、城镇贫民、妓女的辛酸血泪，以及他们纯洁高尚的心灵。他们的作品为我们勾画了 60 年代中后期台湾农村、小镇的社会而貌，使我们看到了在“经济转型期”中农民、城镇小市民所付出的沉重代价。

70 年代初，台湾省人民爆发了声势浩大的“保卫钓鱼岛”运动。以“保钓”运动为背景,台湾人民的民族主义、爱国主义思想高涨,“回归乡土”的文学思潮风靡台湾文坛,有力地推动了乡土文学的发展。这时期的乡土文学较之60年代后期,有两个明显的特点:强烈的反帝意识,高昂的民族精神;由反映农村生活为主到既反映农民、渔民生活,又反映城市和工人生活。

此时,陈映真虽身陷囹圄,但他以不屈的意志,在狱中仍创作了《永恒的大地》等作品,以象征主义的手法,抒发了自己对乡土大地的挚爱,曲折地表达了对国民党当局的不满。陈映真出狱后“拼命爱国”,可以说在狱中已埋下了坚强的种子。王祯和写了《小林来台北》,黄春明写了《苹果的滋味》、《莎哟娜啦·再见》、《我爱玛莉》、《小寡妇》,曾心仪写了《我爱博士》、《酒吧间的许伟》,李乔写了《孟婆汤》,这些作品或者揭露了美帝国主义在台湾以“太上皇”自居的凶恶嘴脸,或者鞭笞了日本商人以台湾为经济殖民地的丑恶灵魂,或者控诉了美国兽兵摧残台湾妇女的无耻暴行,或者批判了现代假洋鬼子崇洋媚外、丧失民族气节的卑鄙行径,或者歌颂了台湾人民不甘屈服的凛然正气。一时间涌现如此大量的反对帝国主义、殖民主义的爱国主义思想强烈的作品,足以证明台湾乡土文学的永不枯竭的源泉是现实生活,乡土文学作家很注意倾听人民的心声,因而,这些作品产生了强烈的社会效果。

70年代初踏入台湾乡土文学园地的王拓、杨青矗,分别以其反映渔村和工厂活动者的生活和苦难,为乡土文学增添了新的篇章。王拓的《炸》、《金水婶》、《望君早归》都是以渔村为题材的作品。渔民战风斗浪,讨海为生,终年辛劳,不得一饱。渔霸的压榨,高利贷的盘剥,使渔民处于水深火热之中;风暴的袭击,使渔民的性命朝不保夕,而商业经济对渔村自然经济的破坏,金钱万能无情地、冷酷地把传统的伦理道德观念破坏无遗,剩下的只有赤裸裸的金钱关系。所有这一切渔村的苦难,在王拓的作品中都得到了深刻的反映。杨青矗的“工厂人”三部曲——《工厂人》、《工厂女儿圈》、《厂烟下》,集中地、强烈地反映了在台湾“经济起飞”中工人的血泪史。台湾资本主义经济的发展,一是靠工农业产品价格的剪刀差,以剥削农业的形式来积累资本,二是靠拼命加强工人的劳动强度、压低工人工资的办法来积累资本。杨青矗的作品,直言不讳地揭露了台湾资本主义工业发展中的这一秘密,为低工资的工人呼吁,以工人斑斑的血泪控诉了资本家的残酷剥削,戳穿了台湾经济表面上的繁荣所掩盖的工人贫困的罪恶事实。正如许南村在《杨青矗文学的道德基础》一文中所说的:“杨青矗是三十年来台湾第一个以现代产业工人为主人翁,以工厂为背景,以工厂中的人的葛藤为内容的小说家。……仅只是这一点,杨青矗在近三十年来台湾的中国新文学史中,便占有一定的地位。”这一评价是十分中肯的。

四

正当乡土文学以强有力的姿态向前发展的时候,台湾文坛发生了关于乡土文学的大论战。这场论战对台湾乡土文学的发展有着深刻的影响。

论战是以对现代派文学的批判拉开序幕的。1973 年至 1976 年,《文季》、《仙人掌》、《中外文学》等杂志,刊登了相当数量的批判现代派文学的文章,其中,以唐文标、尉天骢的文章影响最大。唐文标写了《诗的没落》、《僵毙的现代诗》、《什么时代什么地方什么人》等文章,系统地批判了台湾现代诗;尉天骢写了《对现代主义的考察——幔幕掩饰不了污垢》、《对个人主义的考察——站在什么立场说什么话》,突出批判了欧阳子、王文兴的现代派小说。这些批判文章,对现代诗、现代小说脱离现实生活、脱离人民大众、脱离社会进步、脱离民族传统的根本弊病,进行了严正的有说服力的批评,虽然文章中的个别观点不无偏激之处。但是,这种批评却引起了一部分现代派作家及其支持者的反感,他们发表文章一方面为现代派文学辩解,一方面反过来批判乡土文学。这些文章中重要的有颜元叔的《社会写实文学的省思》、王文兴的《乡土文学的功与过》、银正雄的《坟地里哪来的钟声——兼为乡土文学把脉》、江汉的《乡土呢? 还是迷旧?》等。文章认为,乡土文学是“社会主义写实”文学,是“偏狭的乡土地域观念”文学,是“表达仇恨、憎恶等意识的工具”的文学,是“土、土、土”的粗糙的文学,等等。文中虽然要弄了某些暗箭伤人的手腕,但在总体上仍然属于学术的争论。所以,乡土文学作家著文反驳,也限于学术争论的范围之内,其中重要的有王拓的《是现实主义文学,不是乡土文学》、陈映真的《文学来自社会,反映社会》、蒋勋的《台湾写实文学中新起的道德力量》等。乡土文学作家的文章,就文学与政治、经济的关系,文学与社会生活的关系,文学的社会功用,乡土文学的现实主义传统和民族风格等问题,在理论和创作实践上作了充分的阐述,澄清了某些人对乡土文学的一些误解,批判了某些人对乡土文学的诬蔑。上述批评乡土文学和乡土文学作家反批评的文章,多发表于 1976 年 10 月至 1977 年 7 月,虽然双方存在原则性分歧,争论很激烈,但还是学术讨论的性质。到了 1977 年 8 月,形势突变,对乡土文学的学术讨论变成了对乡土文学作家的政治攻讦和陷害。1977 年 8 月 17 日至 19 日,《联合报》连载彭歌的长文《不谈人性,何有文学?》;7 月 20 日,又发表了余光中的短文《狼来了》,8 月底,国民党当局召开"第二次文谈会",伪总统亲临致辞,布置对乡土文学的政治围剿;接着,台北国民党系统的三大报纸连续发表社论,叫嚷提防"普罗文学"的"还魂"。一时间,"黑云压城城欲摧",大有一下扑杀乡土文学及其作家之势。在这一严重局势面前,乡土文学作家不退却、不气馁,坚持正义的斗争。王拓写了《拥抱健康的大地》,吴情写了《文学论战还是政治迫害》,陈映真写了《建立民族文学的风格》,义正词严地驳斥了一些人的无耻攻讦和政治陷害,重申了乡土文学的理论主张。陈映真在他的文章中逐点批驳了一些人对乡土文学的攻击后,坚定不移、满腔热情地写道:

> 对于这样的文学,应该予以全面的肯定。少数几个人粗暴的、政治性的诬陷和攻讦,应该立刻停止。这些攻讦的文章,很不得人心,使一大片以"乡土"为题材的作家,心怀伤怨。让我们安慰这些受到委屈的作家:除了那几个粗暴、无知的打手,全部已经读过你们优秀作品的海内外同胞,都衷心地为着你们坚持在自己的文学中表现中华民族的灵魂;为着你们选择在自己的土地和同胞中吸取永不枯竭的创作泉源;为着你们在滔滔而来的外来文化、外来文学的支配性影响中,竖立起中国文学自立自强的精神,为着你们所创造的艺术世界,使我们惊喜地、感动地重新去认识,重新去爱自己的土地和同胞,并且经由文学的快乐和感铭,在我们的心中,栽种了对自己民族文化又轩昂又自在的信心——为了这一切的一切,让我们深深地感谢你们……

由于乡土文学作家及其支持者的坚决斗争,由于社会舆论的支援,也由于这种攻讦和诬陷很不得人心(连国民党的"立法委员"胡秋原也著文批驳对乡土文学的攻击,为乡土文学辩护),这场由国民党当局策划的,由某些个别人发难的政治阴谋彻底破产了。

以上就是发生在70年代中期，主要是1976至1977年的关于乡土文学论战的简要过程。经过这场论战，乡土文学的作家队伍更加坚强了、扩大了，乡土文学的创作更加繁荣了、提高了。

陈映真1975年出狱后，经过将近三年的总结和思考，在乡土文学论战之后，走上了成熟的道路。他近年来发表的《贺大哥》、《夜行货车》、《上班族的一日》、《云》等新作，完全跳出了他早期写城镇小知识分子及其思想情绪的局限，把视野扩大到写台湾跨国公司和工人的生活斗争，表现了他维护民族尊严，“拼命爱国”的真挚感情。他说：“百年来对于中国人，爱国一贯是拼命的事。为了爱国，受到诬蔑、打击、坐牢、吊打、杀身、亡家的事，充满了中国的历史中，然而中国的爱国者永远不因而把国家一脚踢开。正相反，在逼迫和患难之中，越是感觉到和自己的国家、自己的民族走得那么贴近。”(《答友人问》)这是一种多么坚定的爱国主义立场和凛然的民族气节啊！像陈映真一样，王拓、杨青矗、王祯和、黄春明都没有被恶势力吓倒，他们为乡土文学的发展进行斗争。王拓、杨青矗于1979年的“高雄事件”中被捕，中断了创作，王祯和、黄春明仍然坚持着《小林来台北》、《莎哟娜啦·再见》中的社会批判的方向。

在论战后崛起的年青一代的乡土文学作家宋泽莱、曾心仪、洪醒夫等，精力旺盛地写出了一篇又一篇新作。宋泽莱的《打牛湳村》等作品，深刻反映了70年代台湾农村处于商业资本控制下所产生的悲剧，塑造了觉醒的一代农民的新形象；曾心仪的作品描写了妇女的苦难和挣扎；洪醒夫在农村题材、大陆人和本省人关系的题材上有新的开拓。这些说明了年青一代的乡土文学作家目前虽然还不够成熟，但他们有着不可限量的发展潜力。新一代作家不断补充进乡土文学的创作队伍，是乡土文学兴旺发达的一个标志。

由50年代的钟理和、钟肇政，60年代的陈映真、黄春明、王祯和，70年代的王拓、杨青矗，乡土文学论战后崛起的宋泽莱、洪醒夫、曾心仪，以及叶石涛、李乔、郑清文、钟铁民等这样一大批不同年代步入乡土文学园地的作家所组成的创作队伍，由这样一大批作家所创作的乡土文学作品，标志着台湾乡土文学已经发展成熟了，并已从70年代起成为台湾文学的主流。

回顾台湾乡土文学发展漫长而曲折的过程,可以预见,这个继承了“五四”新文学传统的、深深扎根于台湾人民的生活土壤之中的,有着地方特色和民族风格的文学流派,尽管在它的前进道路上还会遇到阻力和困难,但它仍然会以新的姿态向前发展。台湾乡土文学黄金时代的幕已启开了!

原载《暨南学报(哲学社会科学)》1982 年第 4 期

简论台湾乡土文学的新进展

黄重添

60年代中后期重新崛起的台湾乡土文学，是台湾当代文学的一个重要流派。近年来，随着现实社会的变异和文学自身的发展，乡土作家和评论家对于生活有着越来越深刻的思考和理解，对于艺术也有新的探索与追求。他们的不懈努力，充分地显示出台湾乡土文学进展的轨迹。

一

建立比较完整的乡土文学理论，是台湾乡土文学进展的一个重要标志。台湾乡土文学在西方现代文学盛行于台湾文坛的特定环境中崛起，它的发展不可避免地面临着西方没落思想意识的挑战，也受到了现代文学派某些人的非难，集中表现在1977年的乡土文学论争。这是台湾新文学史上的一件大事，引起海内外文界的关注，乡土派也经受住考验。尉天骢、陈映真、王拓、将勋、杨青矗等乡土作家和评论家相继著文，他们不仅坚定地维护了乡土文学，而且旗帜鲜明地提出了对文学的见解，涉及文学的性质、功能、民族化以及学习外来经验等方面的问题，形成了比较系统的乡土文学理论。

文学是否反映现实生活，这是台湾乡土文学论争的主要焦点。面对六七十年代台湾文坛严重脱离现实的倾向,乡土派针锋相对地主张文学必须植根于现实生活。在他们的著作中,有关论述文学与现实关系的篇章,占有相当的数量。他们的论点虽各有侧重,但主要精神基本一致,这就是,文学来自社会反映社会,文学应以表现台湾社会的具体生活为主要内容。[①] 王拓还从文学必须反映现实生活出发,从更深广的意义上解释了"乡土文学"的含义。他认为,所谓"乡土文学",实际上是相对于那些脱离台湾社会现实的"西化文学"而言的,它"就是根植在台湾这个现实社会的土地上来反映社会现实,反映人们生活和心里的愿望的文学"。[②] 何欣的《叶石涛文学观》[③],通过对叶石涛文学思想的剖析,表明了对文学与现实关系的看法。他引用了叶石涛《现代主义小说的没落》中的一段话:唯有认识台湾是中国不可分裂的土地,"坚定地扎根于台湾丰沃的泥土,从大地及勤劳大众摄取奶汁,才能使台湾作家铸造更鲜明的民众形象,反映民众的真实情况,歌颂民众生活历程中的艰辛和忧患,快乐和飞翔,建立属于全民的文学",进一步指出,文学也只有反映现实生活,才会有真正的生命力。

文学历来在社会的发展过程中产生,随着社会的发展而发展,和社会的运动、民众的命运紧密相连,具有特殊的社会功能。对此,台湾乡土派也有清醒的认识。他们在主张文学必须反映现实生活的同时,极力提倡要反映生活中那些被牺牲、被忽视的小人物,表现他们的困苦、奋斗与希冀,并给他们指明斗争的前途,"使文学成为一种社会运动的一部分"[④]。基于这种认识,他们又进一步指出了文学家的责任,认为文学家应该是一个改革家,至少也是"时代与社会的真挚的代言人"[⑤]。杨青矗在回答李昂的访问时说:"身为一个中国作家,有责任医治中国社会的心灵病态,对社会发生的事,对就说对,不对就说不对,不应粉饰黑暗,昧着良心写不着边际的假幻象。……让大家面对现实,谋求改进,使做黑暗事的人无法遁形,让黑暗面在太阳光下化为光明。"在当时日趋西化的台湾文坛上,乡土派不受"为艺术而艺术"的创作路线影响,大力提倡文学为人生。不能说不是70年代台湾新文学发展

---

① 参见尉天骢主编的《乡土文学讨论集》。

② 王拓:《是〈现实主义〉文学,不是〈乡土文学〉》。

③ 该文刊《台湾文艺》复刊第八期。

④ 王拓:《20世纪台湾文学发展的动向》。

⑤ 王拓:《20世纪台湾文学发展的动向》。

的一个重要方面。

台湾乡土派的文学观点还表现在对文学民族化与地方化关系的见解上。文学民族化与地方化的关系问题，是文学创作中的一个重要问题。强调地方性而忽视民族性，会把文学引入狭窄的小胡同里；反之，只体现民族性而缺乏地方性，势必失去独具的地方特色。因此，二者的有机结合，显得非常必要。“乡土文学”，顾名思义，主要是反映本乡本土的风情人事。乡土作家十分重视在作品中表现独特的地方色彩。何欣说：“为了写某个独特地区，他必须使这个地区非常突出，非常鲜明，因此，他必须揭示这里的事物、风俗等等，还要使用这个地区的特殊方言——这里的居民的特殊语言等。”[①]但是，乡土作家并没有因此忽略了文学的民族性。他们认为，作为中国文学一部分的台湾文学，应该注意表现本民族的思想感情、性格爱好，文学的表现形式也必须适应中国人的欣赏习惯。只有在民族土壤成长起来的文学，才能跻身世界文学之林。尉天骢说：“只要是爱国家，关心民族前途的作品，都是乡土文学。乡土文学是民族精神在文学上的表现。”[②]陈映真热情地肯定了乡土作品中所呈现的民族风格。他说：“这些作家也以不同的程度，挣脱外国的堕落的文学对他们的影响，扬弃了外国文学支借过来的感情和思想；用自己民族的语言和形式，生动活泼地描写了台湾——这中国神圣的土地，和这块土地上的民众。正是他们的文学，使三十年来台湾的中国文学，头一次有了生动的、具体的社会生活，和亲切、感人的、为生活而辛勤工作着的同胞的面貌。”[③]他还告诫青年作者说：“一个诚恳的文学青年，总是首先，而且主要地从自己民族的过去和当代的文学家及其作家中，吸取滋养，受到鼓励，逐渐成长为那个民族新生一代的文学家。”[④]陈映真在《台湾画界三十年来的初春》中，还着重论述了运用民众喜闻乐见的民族形式等问题，指出“文学的眼光应有中国的全局观点”，应把民族形式作为“表达形式的建设方向”。

台湾文界有人认为乡土派有“排他性”[⑤]，这至少是一种误解。毋庸否认，乡土

---

① 何欣：《乡土文学怎样“乡土”》。
② 尉天骢：《乡土文学与民族精神》。
③ 陈映真：《建立民族文学的风格》。
④ 陈映真：《建立民族文学的风格》。
⑤ 参见王文兴：《乡土文学的功与过》。

派对盲目追随西方文化的倾向予以猛烈的抨击，但他们主要批评那种不加批判地移进西方文化的崇洋做法。对于外来的思想文化，他们还是注意区别对待的。陈映真的《台湾画界三十年来的初春》，在强调文学的民族形式时还说："当然，批判地、谦虚地、诚恳而热心地接受西方艺术成就中的精华和有益、有利的部分，也是同等重要吧。"他自己就曾努力学习西方文学的写作技巧，如意识流的处理、象征手法的运用等。王祯和念大学时就喜爱西洋戏剧，他曾说："我觉得西洋戏剧中对人物场景直接明快的表现手法，是一般中国小说中所最缺乏，也是我最想学的地方。"①他的小说创作，有意识地吸取戏剧的表现形式，呈现出直接明快的艺术风格。乡土新秀宋泽莱，也由于受到日本文学的影响而步入文坛。他说："我在意外的机缘中看到芥川龙之介和陈映真的作品。在芥川的文学里，它第一次让我见识到神奇而缤纷的文学形式，并且叫我相信文学是一种苦难中的智慧。"②这一些，都说明了乡土派对于外来的思想文化，并不是采取一概排斥的态度，而是从中汲取有用的东西，并融汇到创作中来。

乡土派对文学的看法未必全面，但它为乡土文学的发展奠定了一定的理论基础。尤其是，在当时西方现代文学风靡一时的台湾文坛上，多么需要一种健康的现实主义文学。乡土派的文学理论的出现，正像混浊天空刮来的一阵春风，给台湾文艺园圃吹来了泥土的芳香。同时，在弥漫着西方资本主义经济迷雾的台湾社会中，广大的劳苦民众仍然无法挣脱生活的困境。这就需要文学家们更多地关心他们，呼唤他们，启示他们。从这个意义上说，乡土文学理论的初步形成，具有一定的现实意义。

二

台湾乡土文学进展的另一个重要标志，是从描写下层人民的不幸遭遇逐步拓

① 转引胡为美《在乡土上掘根》。

② 宋泽莱：《恶灵》自序。

展为表现他们的觉悟与斗争，并不断追求艺术形式的多样化。60 年代，西方没落的思想文化泛滥成灾，无病呻吟的“舶来品”充斥台湾社会。直面欧风美雨的猛烈冲击，乡土作家奋力塑造城乡劳动人民的形象，真实地反映了他们的生活状况和精神世界，从而表现出严酷的社会现实。同时，他们坚持现实主义创作方法，着重描写城乡风情人事，作品地方色彩浓烈，给当时日趋西化的台湾文坛带来了一股清新的气息。我们不能低估乡土文学重新崛起之初所产生的积极影响。然而，他们早期的作品，大多格调比较低沉，只能激发人们对弱小一群的怨其不争，怜其不幸，缺少一种催人奋发的力量。70 年代以后的乡土文学创作，从内容到形式都有明显的变化。杨青矗从描写工人的困苦转向表现工人的觉醒，如 1977 年发表的《升迁道上》，主人公蓝瑞梅、侯丽珊是两个经历、性格不同的青年女工。蓝瑞梅开朗刚强，敢于向恶势力抗争；侯丽珊曾一度屈服于权势，后来，在现实生活的教育下，终于加入了反抗者的行列。这两个反抗者形象，比早期作品中的董粗树、林天明、昭玉等逆来顺受的人物，更具深刻的社会意义。黄春明小说的题材和风格，也由《青番公的故事》、《锣》的“土”，发展为《莎哟娜拉・再见》、《我爱玛莉》的“洋”，加强了作品的社会性。关于黄春明从“土”到“洋”的发展，台湾文界评说不一。有人为黄春明弃“土”从“洋”感到惋惜，黄春明本人却认为，这种转变不是后退，而是前进了。他说：“这个发展，作品的社会性加强了，这一点大家没有不同意见。至于艺术性是否减弱，看你从哪个角度看。作品的艺术性主要看能否准确表现作品的社会意义。”①王拓早期的创作，多以家乡渔村为背景，反映殖民经济给农村带来的深重灾难。他中近期的创作，已逐渐扩大到描写城市工人和资产阶级生活。1978 年发表的中篇小说《妹妹，你在哪里？》，则又标志着创作题材的新突破。小说通过描写曾舜旺在高雄市寻找妹妹曾淑芳的所见所闻，反映了光怪陆离的都市生活和拐卖妇女犯罪集团的猖獗。把创作笔触直接伸向黑社会犯罪集团，无情地鞭挞他们给人民生活带来的巨大危害，这在乡土文学中还未曾有过。《妹妹，你在哪里？》的出现预示着王拓的创作将会有进一步的发展。他曾说，那时侯，他正着手创作长篇小说《罗定邦与他的朋友们》，短篇小说《王魁与桂英》、《盲归怨》等，可惜由于作者的入

① 黄春明：《一个作者的卑鄙心灵》。

狱,这些作品未能和读者见面。

王祯和善于运用喜剧形式塑造悲剧性的典型形象。他笔下的人物,虽有努力奋斗的精神。但终究无法摆脱命运的羁绊。不管是《嫁妆一牛车》中一贫如洗的万发,还是《五月十三节》、《寂寞红》和《两只老虎》中的小商人罗老板、秦世昌、阿肖,甚至连《素兰要出嫁》里那位“有地位”的公务员辛先生,在资本主义尔虞我诈、相互倾轧的冷酷现实中,一个个都成了失败的角色。对于这些屡遭厄运的生活弱者,王祯和又多以嘲弄的笔法,不仅丑化其外表形象,而且把他们的内心世界描绘得充满落后性,甚至接近原始性。王祯和对弱小一群的嘲弄,虽增添了作品的悲剧色彩,但却有损于人物的真实性。对此,王拓提出了批评:“他时常对这些可怜人物加以嘲弄,或过分夸张他们的无知与愚昧的作风,我认为固然增加了小说的趣味性,但却损害了感人的力量。”[1]王祯和本人也意识到这个问题。他曾说:“我写完《嫁妆一牛车》后,看了好几遍,每次都能边看边掉泪,我觉得自己真不应该如此嘲弄一个这么可怜的人。”[2]由于同行的批评和本人的省察,王祯和中近期的小说创作,讽刺对象已逐步转到社会的丑恶,对人物的描写也由表象丑化趋向纯朴心灵的揭示。如1973年发表的《小林来台北》和1980年创作的《美人图》,它们是姐妹篇。作者运用所擅长的嘲讽笔法,无情地鞭笞了崇洋媚外的社会丑态,作品风格明快,批判气味极浓。又如1978年发表的《香格里拉》,通过描写中年寡妇阿缎准备送子参加初中入学考试的情形,表现了母亲对儿子真挚的爱心和希望。阿缎再不是那种丑陋、愚昧、抵挡不住命运挑战的可怜人,而是朴实勤劳、善良刚毅的妇女形象。她历尽沧桑,为把儿子培养成材,忍受住不断袭来的恶意丑诋和无端讥笑,经受了孤儿寡母凄苦生活的磨难,迈着沉重有力的脚步,奔波在艰辛的人生路上。阿缎以生活强者的姿态出现在乡土人物画廊里,说明了王祯和的创作有了新的转机。在艺术形式上,作者也一改前期作品中所呈现的“悲悯的笑纹”,运用直接明快的戏剧手法,把对人物心理情状的描绘和人物行动、场景结合起来,通过人物动作的配合和环境气氛的渲染,展示人物的内心世界。我们阅读此作,就和看戏一样,人物的外

① 钟言新:《访问王拓》。
② 《嫁妆一牛车》后记。

部动作和内心活动，都直接呈露在读者面前。

最能体现台湾乡土文学发展进程的应首推陈映真的创作。他的早期作品，主要表现个人的悲剧命运，弥漫着感伤主义情调，主人公也大多消极颓唐，最终被生活的恶浪所淹没。1966 年以后的创作，从内容到风格虽有明显的变化，但仍以小资产阶级观点安排笔下人物，看不到他们的出路和斗争的前途。如 1967 年发表的《第一件差事》，主人公胡心保在对现实生活感到厌倦和绝望后，独自跑到乡下的一个小旅店里自杀了。1975 年，陈映真出狱后，以笔名许南村发表《试论陈映真》，对过去的创作进行了认真的总结。他决然抛弃“知识人的偏执”，“投入一个更新的时代”。陈映真的自我解剖，蕴含着对自己提出了更高的要求，预示着他的创作将有更广阔的开拓。尤其需要指出的是，最近几年，陈映真的创作视野已转向畸形发展的工商社会，看到了它越来越严重地毒化着人们的心灵。1983 年夏季，他在台湾《中国时报》举办的“文学周讲演”活动中发表讲演，指出台湾人的精神世界已经出现了“无目标的精神荒原”。他引用日本一位社会活动家的话说，台湾社会的一些人，“就象走出森林的野兽，被囚养在各种商品所筑成的栅笼中”。他 1978 年三月同时发表了《夜行货车》、《贺大哥》，继而又连续创作描写台北街头“华盛顿特区”的系列作品《上班族的一日》、《云》和《万商帝君》，正是这种勇于探索精神的具体实践。除《贺大哥》外，另外四篇近期已结集出版，总名《华盛顿大楼》(第一部)。

《夜行货车》是陈映真出狱后完成的第一篇作品，也是他的重要代表作，曾获台湾第十届吴浊流文学奖。如果说，陈映真前期的创作基本上以人道主义观点观察人生，那么，在《夜行货车》中，他则站在爱国的民族主义立场上，对 70 年代经济“起飞”的台湾社会现实进行了毫不留情的鞭挞。小说通过描写台北一家美国跨国公司里外国商人和中国职员对待生活的态度，揭露了外国资本家对台湾的经济掠夺和欺压台湾人民的罪行，嘲讽了台湾社会崇洋媚外的恶浊风气，赞扬了经受挫折磨炼的纯真爱情。贯穿全篇的则是对爱国的民族主义的热情讴歌。作品格调明快高昂，闪耀着理想主义的光芒。《夜行货车》的艺术成就也相当显著。这篇小说题材庞大，所反映的社会矛盾又是那样得复杂。面对如此丰富而纷繁的材料，陈映真却驾驭自如，很从容地把它紧缩在一篇近三万字的作品里。它如同台湾文界所评论的，“这是一篇长篇题材浓缩得很厉害的小说”，足见作者剪裁的功力。又如象征手法的运用,也有了新的发展。陈映真前期的一些作品,像《第一件差事》、《永恒的大地》等,都曾采用象征描写。但相对来说,《夜行货车》中的意象尤为强烈鲜明,技巧更加自然圆熟。它在读者心中所激发的,不只是单一的感官印象,而是一种融汇视觉、听觉、触觉等经验的综合体。透过"长尾雉的标本",仿佛看到对着洋人摇头摆尾的奴才相;走进"沙漠博物馆",如同置身于建筑在沙滩上面空泛、渺茫的西方文明世界;从"温柔的乳房"中,我们触感到中华民族旺盛丰盈的肌体;从远处传来的"夜行货车"的巨大轰隆声里,我们听到了爱国民族主义心声的呼唤。同时,这些象征物体还含有另一层意思,它暗示了人物的不同性格。奔向南方乡下的载重"夜行货车",象征詹奕宏的粗烈刚毅;充满生机的"温柔的乳房",衬托刘小玲的活跃丰温;枯朽僵死的"长尾雉的标本",又是林荣平虚伪懦弱内心的写照。意象十分贴切,在鲜明的对照中展现人物的性格特征,具有强烈的艺术感染力。《夜行货车》的出现,如同台湾文界所肯定的,陈映真"为自己的写作生活开拓了新的境界"[①]。

《云》是陈映真的另一篇重要代表作。它讲的是在台湾的美国企业公司老板,为刺激工人的积极性,在不损害资本家根本利益的前提下,允许工人组织工会,这就是所谓的"美国式的理想"。但是,当劳资双方发生矛盾时,公司老板首先考虑如何维护资方利益,甚至动用武力镇压工会的选举。曾一度迷惑一些人的"美国式的理想",终于原形毕露。和《夜行货车》一样,《云》也是一篇最大限度涵容了生活真实的力作。它既揭露资本主义所谓"民主"、"自由"的虚伪性,又否定由外资控制下台湾经济自上而下的改革;既批判崇洋媚外的社会思潮,又歌颂台湾工人的觉醒和团结。含义丰厚,发人遐思。艺术形式上,小说运用多层次的谋篇布局,故事里头有故事,不仅作品反映的生活面更为开阔,而且情节显得腾挪跌宕,在艺术真实基础上显示出刻意探索的新意。《云》以深邃的思想内容和完美的艺术形式标志陈映真创作的成熟。因此,当这篇作品 1980 年九月在《台湾文艺》和香港《八方》杂志上同时发表后,立即引起海内外文界的注意。当时正在美国爱荷华参加"中国周末"的海峡两岸的中国作家,高度评价了这篇小说,认为它是近年来台湾小说创作的重大突破和最好的作品之一。

---

① 见《台湾乡土作家近作选》序。

总之，追寻乡土作家的创作行踪，台湾乡土文学新进展的轨迹清晰可见。同时，还可看到，乡土作家正以不断完美的创作硕果，为台湾乡土文学的日益繁荣竭尽心力。

三

涌现出相当数量的文学新秀，给乡土创作队伍注入了新鲜的血液，是台湾乡土文学进展的又一个重要标志。主要作家有宋泽莱、曾心仪、洪醒夫、钟铁民、钟延豪、古蒙仁、张大春、履彊、吴念真、詹志宏、黄凡、廖蕾夫等。

这支年青的创作队伍表现出旺盛的创作力。他们步入文坛后，就犹如奔腾而来的涨潮，势不可当。宋泽莱自1974年在台湾《中外文学》发表第一篇小说《婴孩》以来(他的大部分作品均创作于1976年之后)，仅几年的时间，已结集出版长、中篇小说各两部，中篇集、中短篇集和短篇集各一部，加上陆续发表在《台湾文艺》、《现代文学》上的作品，共计一百六十多万字，被台湾文界赞为"超级快车"，并有"文坛新星"之誉。女作家曾心仪，因家境贫困，几经辍学谋生，使之有机会广泛地接触社会，了解青少年女子为生活所迫沦落风尘的悲苦命运，并对她们的不幸遭遇寄予深切的同情。她说："我对文学的认识：它不再是装饰生活，不再是消遣，而是一种使命感，为人们说话，说出痛苦，说出愿望，说出方法。"[①]由于这种"使命感"的驱使，她自1975年开始，利用业余时间，勤奋写作，已出版小说集《我爱博士》、《彩凤的心愿》、《那群青春的女孩》、《等》，约八十万字。著名乡土作家钟肇政之子钟延豪，仅1979年的一年时间，发表了《过客》、《华西街上》、《荒城》、《金排附》、《风筝再见》等十二篇作品，1980年一月完成了由《癞坤仔传奇》、《阿福伯公的一生》等五个短篇组成的系列小说《高潭村人物志》，被台湾文界称为"不可多得的文坛新锐"。可喜的是，在他们相当数量的著作中，有一部分作品的思想性和艺术性都比较高，曾多次获得台湾不同类别的文学奖。其中，宋泽莱的《打牛湳村》，洪醒夫的《跛脚天助

① 曾心仪：《我的写作过程》。

和他的牛》、《扛》,钟铁民的《河鲤》,钟延豪的《故事》,李双泽的《终战の赔偿》、吴念真的《白鹤展翅》等,先后获吴浊流文学奖。该文学奖评委会由钟肇政、叶石涛、李乔、郑清文、杨青矗、钟铁民等人组成。他们都是乡土文学的积极倡导者和实践者,对乡土文学颇有建树,本人写作态度也较严谨。被他们选中的作品应该是好的或比较好的。另外,1981 年,香港出版了《台湾乡土作家近作选》,在入选的十位作家中,乡土新秀有宋泽莱、洪醒夫、钟铁民、李双泽、陈镜花、张大春、履彊等七人。香港《明报》1981 年五月三十日曾发表评介这本书的文章。指出他们是深受读者欢迎的作家。这一些,都从一个侧面说明了乡土新秀作品的质量。

努力追求创作题材的深广性和艺术手法的多样性,是乡土新秀表现出的另一个明显特点。他们大多生于 50 年代,年轻活跃,对各种社会现象比较容易引起思考,也较能接受不同流派的创作方法,用叶石涛评价钟铁民的话说,"是属于现代的"①。他们注意把笔触伸向社会的各个层面,以多样的表现方法反映纷纭复杂的现实生活。宋泽莱所创作的描写农村题材的作品,既有揭露外资和奸商对农民的盘剥,又有讽刺贪官污吏趁天灾之机的横征暴敛,还有表现农村破败后农民流落异乡的悲惨遭遇,以及描绘农村的自然风光和塑造农村历史传奇人物,表现了台湾农村的"全景社会"。宋泽莱描写农村生活的小说,还具有一定的深度,即能透过农村凋零凄怆的惨象,进一步揭示造成衰败的原因,并提出了农业制度的改革和农村的出路。这即是农民普遍关心的重要问题,也是那种特定社会的深刻问题。宋泽莱小说的艺术手法也显妍媸纷呈,其中有学习我国古典章回体小说的写作技巧,有运用"卓别林式"的讽刺笔调,有借鉴日本著名作家芥川龙之介小说的雕塑技法,有象征、对比等手法的运用。宋泽莱的创作,如陈映真指出的,已把"乡土文学推向一个新的水平"②。近年来,曾心仪的创作没停留在对青少年女子悲苦命运的描写上,而是注意不断扩大创作题材。在 1981 年出版的小说集《等》中,有反映司法制度不合理的《墙》,有表现退伍军人苦难生涯的《媚兰和父亲》、《等》,有歌颂劳动人民勤劳朴素、热情好客的《乌鱼子》,有描写青年恋爱的《恋歌》和大学生活的《我走过椰

---

① 转引钟肇政《两年来的省籍作家及其小说》。

② 陈映真:《试评〈打牛湳村〉》。

树荫影》。另外,还运用艺术手法真实地记录了台湾“高雄事件”的《在痛苦中成长》等。在反映青少年女子沦落风尘的作品中,曾心仪还着力塑造另一种类型的青年女性,如《李苹的三个尴尬时期》中的李苹和《朱丽特别的一夜》中的朱丽,她们原都是纯真的少女,有过欢乐与追求。当她们的理想不能实现时,却走上了堕落的道路。曾心仪认为:这是“含有社教性质的新闻小说”[①]。70 年代台湾青年女性的沦落,固然多数由于家计窘迫,但有一部分是盲目追求西方生活方式的结果,这类作品包含着深刻的社会教育意义。1982 年七月因车祸去世的洪醒夫,他的创作原以描写农民的困苦生活为主。1978 年发表了《散戏》,题材和风格新颖别致,深受欢迎,洪醒夫也因此“扬名台湾文坛”。1981 年以后,洪醒夫的创作有了新的突破。“他所关心的层面已转向大陆来台湾的同胞,关怀他们的生活、婚姻、家庭、教育等问题。”[②]《传奇》就反映了这方面的内容。洪醒夫是继陈映真之后热切关心台湾退役军人命运的又一位新起作家。毕业于台湾辅仁大学中文系的古蒙仁,擅长写报告文学。他作品所反映的内容,涉及农村、渔乡、矿区、市场,以及高山族同胞居住的山区等不同社会层面的生活,而发表在《现代文学》复刊第十期上的《故乡之殊》,则取材于台湾文化界。小说通过描写七海国际影片公司拍摄电影《故乡之殊》的经过,揭露了台湾文化界钩心斗角的内幕和低级庸俗的风习。表现文界生活的作品,在台湾乡土文学中尚为少见。同时,小说还在描写拍摄影片的过程中,再现了影片的内容,苦苓湖人民抵抗日本殖民者入侵的斗争,塑造了爱国抗日志士的形象。它无疑扩大了作品的容量。詹志宏的《蓝色试验》和吴念真的《病房》,以生动的笔触描写了台湾矿工的生活和心态,这是乡土文学在创作题材上又一新的开拓。廖蕾夫的《隔壁亲家》,以台湾“双元性过渡社会”为背景,通过对两户隔壁亲家一生兴衰起落变化的描写,凸显出传统价值和摩登价值矛盾的日益加剧,从更高层面上揭示了在畸形发展的工商社会里农村经济濒临解体的危险,具有深刻的现实意义。

新生力量的出现表明了事业的兴旺,乡土新秀的这种创作冲劲必然成为乡土文学进展的巨大推动力。当然,他们大多还处在尝试阶段,创作风格有待进一步锤

---

① 曾心仪:《彩凤的心愿》自序。

② 康原:《论洪醒夫的〈传奇〉》。

炼。相信他们能在各自铺筑的艺术之路上永不歇步,加快完成寻找风格的过程。

四

任何一个文学流派的崛起和壮大,都有特定的社会环境和现实因素。70年代以后,由于台湾社会的激变,文学内容也必然随之变化,从而使乡土文学出现了进展的势头。

台湾古称"埋怨",是一块豺狼当道的灾难之地。由于历史上屡遭殖民者的蹂躏,广大的劳苦民众生活在水深火热之中。因此,抵抗殖民者的入侵,争取自由与民主,一向是台湾人民谋求生存的奋斗目标。这种在历史进程中铸成的民族精神,昭示着一代又一代的台湾人民。来自社会底层的新起乡土作家,自然离不开这种民族气质的熏陶。70年代,畸形发展的工商经济给台湾带来了日益严重的弊端,乡土作家和台湾人民一样,也愈加意识到社会高度商业化的危害性和一味依赖外资的不可靠性。因此,在历史上点燃的民族爱国之火,又重新燃烧了起来。陈映真1977年八月发表的《试评〈亚细亚的孤儿〉》[①],明确地提出了唤起民族意识的重要性。他认为,《亚细亚的孤儿》主人公胡太明大半生摇摇摆摆,躲躲藏藏,就在于"孤儿意识"。胡太明的悲剧是那些在激变时代中,优柔寡断、袖手旁观、中庸主义、逃避观望的知识分子的悲剧。他说,"胡太明一生的历史教训,首先要克服孤儿意识",鼓励在台湾的中国人要"使自己在中国从近代跃向现代的历史的巨大运动中,争取主体的地位。只有这样,才能克服孤儿意识,意气英发地和全中国人民共同走向新生和复兴的道路"。70年代中后期以来的乡土文学创作,加强对社会弊端的批判,表现工农民众的斗争,正是受到觉醒了的民族意识的影响。换句话说,爱国的民族精神的高涨,从客观上推动了乡土文学的进展。

同时,社会的高度商业化,使得文学走向庸俗化和商业化。充满色情的恋爱故事、鲜血淋漓的武侠长篇、炫奇异怪的间谍小说,以及刻画变态人性的所谓现代创

---

① 该文收入《吴浊流作品集》第一卷。

作，大量充斥台湾文坛。具有文学良心的作家，特别是土生土长的乡土作家，对此深感不满，并决心用自己的创作实践与之抗衡。从乡土作家和评论家的文著中，便可看到他们主张荡涤文界恶习的强烈情绪。如果说，60年代的乡土文学是在西方现代文学在台湾盛行之日崛起，那么，它却是在文学日趋商业化的背景下进展的。

台湾乡土文学的进展也是文学自身发展的必然趋势。台湾的乡土文学产生于"五四"时期，到了30年代，出现了繁荣局面：成立了"台湾文艺联盟"等文艺团体，创办了《台湾文学》、《台湾文艺》、《台湾新文学》等文艺杂志，提出了"确立新文艺"、"文艺大众化"、"积极整理及研究乡土文学、创作真正的台湾纯文学"等文学口号，作家及其作品成批涌现。日本侵华战争爆发后，由于日本殖民者推行"皇民化"运动，钳制民众言论，乡土文学因此遭受重挫。抗日战争胜利一直到50年代末，台湾文坛一片荒凉，乡土文学也似乎销声匿迹。然而，只要我们往历史里寻找，便不难发现乡土文学绵亘不尽的川流，仍有一些乡土作家默默地耕耘着这块乡土园地。例如，吴浊流的《亚细亚的孤儿》，用极大的篇幅综摄历史的进程，以凸现民族的颠沛和个人的悲欢；钟理和的作品则真实地反映了现实生活的艰辛，充满了写实主义的感人力量。这种以民族历史和人民生活为题材的创作实践，乃是继承30年代乡土文学传统，并愈加显示出巨大的现实主义力量。可以这样认为，重新出现的乡土文学是在老一辈乡土作家辛勤耕耘的乡土园地上崛起的。它扎根于肥沃的文学土壤。如果把乡土文学比作一棵大树，那么，新起的乡土派就是这棵大树上生长出的新芽，它一旦获得生存的条件，便可汲取蕴藏在树干里充足的养料而茁壮成长。

开辟文学园地也是乡土文学进展的一个重要因素。1966年创刊的《文学季刊》和1973年创办的《文季》，曾哺育着乡土作家的成长。1978年，陈映真在发表的《"那杀身体不能杀灵魂的，不要怕他！"》[①]中，回顾了《文学季刊》的办刊经过。他说："《文学季刊》是一个丰收的文学杂志，这些今天正值盛年的战后在台湾成长的小说家，就是在这个苗圃上发芽生长的。"尉天骢也指出："《文学季刊》生命最长，也最重要，以小说创作最有出色，最有成绩。它与台湾战后的第二代乡土作家的成

---

① 该文系尉天骢的《民族与乡土》一书代序。

长有着极为重要的关系。”[1]由吴浊流主办的《台湾文艺》,也为培养乡土作家发挥了积极的作用。台湾文学理论家张良泽说:“今天我们在文坛上的中坚作家,几乎没有一位不跟《台湾文艺》发生关系的,甚至可以说是由《台湾文艺》培植出来的作家。”[2]1976 年吴浊流逝世后,钟肇政任主编,1979 年由黄春明接替。自 1977 年起,该刊进行“革新”,注意扶植文学新秀,发表的作品更具乡土特色。钟肇政在一篇《编辑报告》中说:“台湾文艺是绝对开放性的文学园地,门户永远为每一个有野心的新进作家而洞开。我们曾听到几位年青朋友表示:台湾文艺水准高,不敢投稿。这种顾虑完全不必,只要作品有冲力,即令是实验性的作品也是我们所乐于采用的。”[3]革新后的《台湾文艺》,还设立了作家作品研究专辑,着重讨论新老乡土作家的创作经验,以推动乡土文学的进一步繁荣。另外,为适应乡土文学发展的需要,扩大了乡土创作园地,新的文学刊物《文学界》季刊于 1982 年第一季度在高雄市诞生。该刊在创刊号发刊词中表明了办刊宗旨:“我们希望台湾作家的作品能够有力地反映台湾这一块美丽的土地上的真象,而不是执着于过去的亡灵,以忘恩负义的心态来轻视孕育你、供给你乳汁与蜜的土地与人民。”可以料到,《文学界》必将开放出清新温馨的乡土之花。

台湾乡土文学的新进展,也与作家的辛勤劳作分不开。乡土作家大多来自底层社会,开始创作生涯后,仍然没有割断和生活的联系。他们以熟悉的城乡风情人事为题材,对不熟悉的事物也尽可能去接触、了解。常言道:有根之木必能长成参天大树。他们植根于生活土壤之中的创作,同样会具有长年不衰的生命力。这里仅以乡土新秀为例:宋泽莱大学毕业后,又回到哺养他的家乡,坚持以农村为根据地,着力描绘农村社会的变迁。尽管他作品的表现手法锐意求新,但浓郁的乡土风味始终未改。曾心仪成名之后,不仅没有离开所熟悉的底层社会的妇女生活,而且注意学习别人的长处,以弥补自己的不足。她说:“年轻的作家当然也有很可爱,纯真的。有几位,真是文如其人,象写小说的:钟铁民、奚松、宋泽莱、吴念真、钟延豪。……每看到他们的文章,我都会紧张一阵;他们好象是一面镜子,我从其中看

---

① 王拓:《访问尉天骢》,《出版家》第 57 期。

② 吴浊流作品研究专辑《不灭的诗魂》,《台湾文艺》革新第 5 号。

③ 《台湾文艺》革新第 8 号。

到自己的缺点、疏懒。”[①]古蒙仁早期的创作，多是写些“即景式”或“游记式”的文章，文字生动但欠深刻。大学毕业后，他深入生活，了解民情，终于成为“最深入、最踏实、最富有使命感的人，为台湾文坛开辟了一块崭新的园地”[②]。乡土作家还善于吸取民间文学中的营养。陈映真认为：“长久存在于我国的民俗艺术，无疑是建立中国，连带地是台湾美术新形式的主要母体。”[③]他说的虽是美术，但仍可看出对民间文艺作用的认识。杨青矗说得直接明确：“影响我最大的不是书本，而是台湾的民情，我从民间吸收养份。”[④]乡土作品经常引用俗语、谚语、俚语、民谣，以及流传于民间的歌词，就是一个很好的明证。总之，我们在考察台湾乡土文学的新进展时，不能忽视作家们所做的努力。

以上是从总体上看台湾乡土文学的新进展，对每个作家来说，他们的创作进程快慢有别，同一作家作品的质量也参差不齐，尚有一些粗浅之作。另外，由于作家世界观的局限，少数作品还存在着某些消极因素。我们热切盼望这棵业已长势喜人的文学之树能不断结出累累的硕果，为祖国新文学百花园添加春色。

选自《台湾研究集刊》1984 年第 2 期

① 曾心仪：《生活随笔》。
② 刘子明：《走入更深的层面》。
③ 陈映真：《台湾画界三十年来的初春》。
④ 李昂：《喜悦的悲悯——杨青矗访问》。

论台湾乡土文学论战的起因

王义伟

台湾乡土文学是在我国现代文学中产生发展起来的。从“五四”运动到抗战胜利台湾回归祖国怀抱这一时期的台湾新文学,实际上就是一部乡土文学史。

国民党逃台后,台湾文坛几经变化。50年代以反共文学和怀乡文学为主,60年代现代派文学盛行,至70年代,乡土文学重新崛起,成为文坛主流。

1972年,台湾文坛发生以反对现代派诗人颓废诗风为主题的“现代诗论战”。这场论战以后,乡土文学取代了现代派文学的主流地位。在此后的几年里,乡土文学在创作上、理论上都进入蓬勃发展的时期。

1977年,关于乡土文学的讨论进入高潮。对于乡土文学的分析、评价成为台湾文艺界的主要话题。对于乡土文学,有颂扬的,也有批评的,参加者日众,争论也日趋激烈,进而演化为壁垒分明的两派之间的一场关于乡土文学的论战。

这年8月,台湾《“中央”日报》副刊主编彭歌、台湾现代派诗人余光中先后发表文章对乡土文学作家进行政治指控。接着,一批“文艺理论家”也纷纷发表文章指责乡土文学作家和理论家是共产党的统战工具或有“台独”之嫌。台湾《“中央”日报》、《中国时报》、《中华日报》、《联合报》、《青年战士报》等报纸也都发表社论批判乡土文学作家,一时之间台湾文坛风起云涌,形势陡变。这一场突然发生的风波被称为“乡土文学事件”,是乡土文学论战中的一支“插曲”。

1978年初,乡土文学论战落幕。

台湾乡土文学论战前后历时不到两年，参加论战的作家、理论家、学者达百数十位，在几十家报纸杂志上发表了百万多言的论述，其规模之大、争论之激烈，在台湾文学的发展过程中都是空前的，其影响也十分深远，成为任何一个研究台湾文学的人都不能回避的话题。

到底是怎样的原因，酝酿出了台湾文坛这样一场如此大规模的文学论战呢？这确实是一个值得探讨的问题。

笔者试从文学理论、经济、政治等方面分析一下台湾乡土文学论战产生的原因，以就教于研究台湾文学的同行们。

一

从文学理论发展的角度来说，乡土文学论战直接受到1972年“现代诗论战”的影响。

让我们先看看现代派文学在台湾文坛崛起的情况。

现代派文学在台湾文坛的崛起并非偶然，有其内在的外在的多种因素，其中最重要的一点，是台湾受西方文化和文艺思潮侵袭和影响。50年代初，朝鲜半岛爆发战争，美国与台湾签订共同防御条约。接着是大量的“美援”、“日援”涌入台湾。随着资本主义的经济和商品的输入，西方的文化和文艺思潮也泛滥起来。

> 在这个背景上，从美国新闻处，从香港，从精英大学的外国文学系，从大陆流亡来台汪伪时期的“法国象征主义”，从欧美画坛的画册，汇集成一股“现代主义”风潮。这个风潮主张文艺的绝对纯粹性，反对意义、反对具象、反对情节、反对故事。意义即内容的消失，相对地使形式不断地膨胀，在表现形式上（语言、叙述、构图、颜色）不断地晦涩化、怪异化。在艺术作品中历史、时间、人、社会随意义的消失而消失。外在一切约定俗成、可以沟通的符号被取消，作品流于人类最混沌的心理世界的、无政府的逆流。
>
> 《现代诗》、《现代书画》、《现代音乐》、《现代小说》、《现代（实验）电影》，在

> 50年代到70年代成为文坛显学。《五月画会》、《东方画会》、《现代诗》、《创世纪》、《笔汇》、《现代文学》、《文学季刊》、《欧洲杂志》……纷纷在50年代以降结社和创刊。①

由此可见现代主义在台湾的盛况。当然这种盛况不能单纯地理解为是西方强加给台湾的,现代主义在台湾的盛行,也有其种种的内在因素。国民党逃台后,对青年人实行严厉的思想压制,禁止他们阅读大陆的书籍,尤其是"五四"和30年代的文艺作品,民族文化传统被人为地隔断。青年们无法继承祖国的文化传统,只好转向西方文化去寻求出路。同时,当时台湾的相当一部分文学青年,是经历了大陆解放战争的战火到台湾的。战争中可怕的、痛苦的经历使他们情绪十分颓废。来到台湾以后,他们对台湾这样一个十分封闭的环境也非常不满,但碍于高压政治的压力,他们不敢直接揭露现实、抒发自己的不满,只好用现代主义的形形色色的讽刺艺术和比较隐晦的表现形式来表达这种情绪。另一方面,现代派文学又是对50年代流行的反共文学的一种自觉或不自觉的反叛。50年代的反共文学在一开始还颇能迷惑人心,可是不久人们就意识到"反攻大陆"不过是一种自欺欺人的口号,很多人把"反共文学"称为"反共八股",它的公式化、概念化使文学青年十分厌恶,从而转向西方现代主义文学。

现代派文学就是这样在当时台湾内部的、外部的种种因素的影响下由萌芽到发展,以至在60年代盛行起来。

但现代派文学从开始出现,就不断受到台湾文艺界特别是乡土文学派的激烈批评。

70年代初,台湾著名乡土文学作家和理论家陈映真、台湾著名文艺评论家尉天骢先后在《文季》、《剧场》发表文章强烈批评现代派小说。陈映真在《现代主义的再开发》一文中指出现代主义应该受到批评的主要两点:一是台湾的现代主义所受到的是最腐败的西方现代主义末流的影响,在台湾缺乏存在的客观基础;二是台湾的现代主义作品在思想上、知性上比较贫弱,只是在语言和形式上玩弄一些技巧

① 陈映真:《新的阅读和论述之必要》,台湾《中国时报》人间副刊,1991年1月6日。

而已。

陈映真对台湾现代派的批评是有道理的。确实有一些台湾现代派作家的作品，脱离了台湾的现实生活，照搬照抄西方现代文学中的消极、色情、精神分裂等思想内容，甚至加以渲染。一些现代派诗人，单纯追求离奇古怪的形式和艰深晦涩的语言，还自以为“时髦”、“前卫”。这些都引起一些岛内文艺理论家的批评。

台湾岛内对现代派的批评引起海外知识界的回应，他们对现代派文艺的中心——现代诗，展开了批判。

1970 年，任教于新加坡大学的关杰明发表了三篇论文：《中国现代诗人的困境》、《中国现代诗的幻境》、《再谈中国现代诗》，对台湾的现代诗提出了严厉的批评。他在文中指出现代诗作者忽视传统，盲目认同西方文化，“是生吞活剥地将由欧美各地进口的新东西拼凑一番而已”，所以现代诗缺乏“中国精神”。

留美归来的唐文标教授的观点则更为激进，他于 1973 年发表了《什么时代什么地方什么人——论传统诗与现代诗》①、《诗的没落——台港新诗的历史批判》②、《僵毙的现代诗》③。他认为现代诗人打着“为艺术而艺术”的幌子，努力逃避现实生活，做个人的无病呻吟，是在逃避现实中过日子，没有勇气正视现实，更没有为社会和现实服务。唐文标的文章在台湾文坛引起轰动，被称为“唐文标事件”。现代派诗人余光中立即著文反驳，指出要诗人去改造社会，是不公平的，被政治家搞乱了的世界，竟要责成诗人去加以改造，是苛求太甚。“唐文标事件”以后，出现了“拥唐派”和“反唐派”，争论的范围也由“现代诗”而扩展到如何评估台湾现代派文学这个问题上。

这场以“现代诗”为中心的论争以 1972 年为最热烈。

虽然“现代诗论战”的结果是“为人生而艺术”的观点为人们所普遍接受，但“回归民族，反映时代”的创作路线也受到人们的重视与拥护，现代派在论战中受到沉重打击，乡土文学思潮日渐深入人心。

现代主义之所以能在 60 年代主导台湾文坛潮流，是有其深刻的历史和现实的

---

① 台湾《龙族诗刊评论专号》，1973 年。
② 台湾《文季》杂志第 1 期，1973 年 8 月。
③ 台湾《中外文学》杂志 2 卷 3 期，1973 年 8 月。

原因的。而且现代派作家和理论家们比较系统地分析介绍了西方现代主义思潮,培养造就了一批卓有成就的作家,发表了一批高质量的作品,在台湾文学的发展过程中有不可抹杀的成绩。虽然有一部分作家的创作走向完全西化的道路,变成逃避现实和消极颓废的文学,但并不能因此而忽视了它的贡献。从这一点看,台湾岛内外对现代派的批评确有值得商榷之处,当然这和台湾当时所处的环境有一定关系。

1977年前后,乡土文学作家和理论家纷纷发表文章讨论文学的社会基础、发展方向,台湾文学的乡土意识、民族文学等问题,并继续对现代派文学展开批评。著名乡土文学作家王拓写道:"台湾的作家就在美、日殖民主义经济制度和美式教育制度下,不知不觉地学习着西方人的感情和思维方法,跟随他们世纪末的颓废的世界观,仿效他们麻木、荒谬、病态的姿态,不断地透过报纸杂志广泛地介绍艾略特、卡夫卡、萨特、卡缪、劳伦斯等等,还利用西方文学批评的理论和方法来解说'荒原'、'城堡'、'异乡人'是何等伟大的作品,甚至还回过头来,用这些西方文学批评的理论和方法来规范、品评台湾乡土成长的作品。这种现象就造成了台湾文学界相当普遍的缺乏具有生动活泼、阳刚坚强的生命力的文学作品,而到处散发出迷茫、苍白、失落等无病呻吟、扭捏作态的西方文学的仿制品。而他们又自封为社会的上等阶级,对一般不能理解其伟大作品的凡夫俗子,持着一种傲慢的、不屑一顾的态度。"①

面对乡土文学派的批评,现代派作家们自然不甘于他们的成绩被一笔抹杀,也不甘于他们的理论被否定。一些现代派作家继续站在原来的立场上,为"为艺术而艺术"的主张辩护。王文兴提出文学像科学一样是独立的,与同情不同情大众没有关系。"拿文学去帮助穷人是最无效的方法,如果你碰见一个穷人,对他说:'你太可怜了,我现在送你一首诗吧!'那岂不是侮辱他?"②

这些论争其实是"现代诗论战"的延续和深入,是现代派和乡土文学派继"现代诗论战"之后的又一次交锋,双方各执己见激烈论争,这是乡土文学论战产生的一

① 王拓:《是"现实主义"文学,不是"乡土文学"》,台湾《仙人掌》杂志第1卷第2期,1977年4月。

② 吴潜诚:《访王文兴谈文学的社会功能与艺术价值》,台湾《联合报》副刊,1977年8月24日。

个直接原因。

二

经济方面,乡土文学作家和理论家对台湾殖民地经济的分析与批评,对下层劳动人民寄予的深切的同情,触动了台湾当权者的神经,扩大了论争的范围。

五六十年代的台湾经济,是靠美、日等国大量的“军援”、“经援”发展起来的,是一个由农业经济过渡到资本主义工商业经济的过程。70 年代,台湾当局在国际上空前孤立,于是便在经济上进一步放宽政策,大量吸收外资,使台湾经济在表面上一度十分繁荣。国民党当局也因此而大肆夸耀,“我们自由基地的安定、繁荣、壮大,最使‘匪共’寝食难安。因为我们实行了三民主义,使中华固有文化得以发扬,国家建设各方面都有进步;经济快速发展,均富而非均贫,人民生活大幅提高至富裕乐利的境地”①。

但是如果仔细分析就会知道,台湾经济的繁荣是以低工资的廉价劳动力和农产品的低价格换来的,青壮年劳动力大量涌入城市,农村人口年龄老化,大量土地荒芜,使农民和城市下层劳动者的生活陷入极端困苦的境地。乡土文学作家王拓举过这样一个实际的例子:“根据政府的说法,目前稻谷每公斤订为新台币十元的保证价格,可以使农民获得百分之二十的利润。百分之二十的利润到底是多少?……百分之二十的利润是一万八千元,一户农家月入是一千五百元,还不如一个工厂女工。”②

这就是台湾农民当时的情况,一户的月收入还不如一个工厂的女工,这能算作“人民生活大幅提高至富裕乐利的境地”吗?

台湾当局大量吸收外资,在经济上进一步放宽政策,目的是为了摆脱国际上的孤立处境和安定民心,结果却事与愿违。经济繁荣的结果是外国资本家和一部分

① 《严防敌人的一切渗透、分化与颠覆阴谋》,台湾《“中央”日报》社论,1977 年 8 月 31 日。

② 王拓:《拥抱健康的大地》,台湾《联合报》副刊,1977 年 9 月 10—12 日。

台湾中产阶级富了,却使许多农民破了产,“对内来说,贫富的差距也慢慢的显著起来,现在固然还没有像其他现代化国家那么大的资本家,但富的与贫的差距也有霄壤之别”①。社会上贫富差距越来越大,使爱国的知识分子和乡土文学作家们认清了台湾殖民地经济的弊病和帝国主义“经援”的侵略本质,他们开始步入社会各个角落去调查研究,把自己的关心和爱带给下层劳动人民。“这段时间(1971年以后)的台湾社会,由于国际重大事件的冲击,与国内经济极不平衡的发展,而产生了强烈的反抗帝国主义,与反抗殖民经济和买办经济的民族意识和社会意识,要爱国家、爱民族,要关心社会大众的生活问题。”②“为了反对垄断社会财富的少数寡头资本家,自然会对现行的经济体制下各种不合理的现象加以批评和攻击,自然要对社会上比较低收入人赋予更多的同情和支持。”③

对乡土文学作家的这种分析批评,台湾马上有人著文反驳。在指责乡土文学作家的“反帝”主张时,彭歌写道:“当我们全民一致为自由与生存而奋斗之时,我们的‘反帝’,首先是反共产主义的赤色帝国主义,以中共为代表的邪恶势力,正在对我们挑战,如果说‘反帝’而不谈‘反共’,这是没有掌握到世局的重点。‘反帝’如只是反对以美、日为主的外来资本,是否是一种极不高明的‘转移目标’?”④

彭歌这段话的意思很明显,“反帝”就是“反共”,如果“反帝”是反对美、日帝国主义的经济侵略,那是反错了对象。这话如果算不上蛮不讲理,也是一种高明的“转移目标”了。乡土文学作家是在分析台湾的经济,他却扯到“反共”大业上来,真是风马牛不相及。

在谈到社会上的贫富不均应对下层人民寄予同情时,彭歌又说:“文学和文学家,‘对社会上比较低收入的人赋予更多的同情和支持’是很自然的事,也是应该的事,但除此以外,更重要的应该是人的善恶、事的是非,而不只是贫富问题。在可以用数字衡量的‘物’以外,人更有‘人’的价值标准。忠孝仁爱信义和平,在今天社会上虽然能真正一一实践者已经不多,但依然是大多数人心目中的价值标准,也仍然

① 陶百川:《台湾怎么能更好》,香港《中国人》杂志,1979年12月号。
② 王拓:《是“现实主义”文学,不是“乡土文学”》,台湾《仙人掌》杂志第1卷第2期,1977年4月。
③ 李拙(王拓笔名):《廿世纪台湾文学发展的动向》,台湾《中国论坛》杂志第4卷第3期。
④ 彭歌:《不谈人性,何有文学》,台湾《联合报》副刊,1977年8月17—19日。

有相当的影响与约束力。一个人是好是坏，应该从‘人’的价值来衡量，来评鉴，而不是以他的收入高低作为唯一的尺度。”①

在这里彭歌又一次巧妙地转移了话题，他避而不谈社会上贫富悬殊的原因，却说了一大通忠孝仁义之类的国民党八股，让人不知所云。

台湾的一部分“文艺评论者”历来就对乡土文学有某种偏见。正如他们所说的：“当年被人提倡的‘乡土文学’有变成表达仇恨、憎恶等意识的工具的危机。”②“再看某些‘乡土文学’(很少的几篇)作品的内容，令人感到并不是要‘正确地反映’，而是有着恶化‘社会内部的矛盾’之倾向。”③

正是因为有这种看法，所以乡土文学作家和理论家一旦对台湾的殖民地经济提出批评，立即就招致这些人的指责。

“在‘中华民国’的国土之内，国民经济蓬勃发展之时，却被形容为‘殖民经济’、‘买办经济’，这不仅是对政府的不公道，也是对胼手胝足、呕心沥血努力建设的同胞极大的侮辱。”④

这段话明白一点说，即乡土文学作家们对“政府”不公道了，犯禁了。台湾当局的高压政策是不允许人们对当局的经济政策做批评式的分析的，不管这种分析的正确与否。只要说政府坏话，马上就会有人站出来大加讨伐。

关于对台湾经济的讨论是乡土文学论战中一个敏感的话题，不过这方面的内容已经不是纯粹的文学性的了。民以食为天。乡土文学作家们对台湾经济的批评，对人民生活的关注，让人们看到了作家们的良心和责任心，不想这种关注和批评像导火索一般，引来了严厉的讨伐，论战的范围也因此而扩大了。

三

70年代初，台湾接连受到几个重大国际事件的冲击，是乡土文学论战产生的

① 彭歌：《不谈人性，何有文学》，台湾《联合报》副刊，1977年8月17—19日。
② 银正雄：《坟地里哪来的钟声》，台湾《仙人掌》杂志第1卷第2期，1977年4月。
③ 彭歌：《不谈人性，何有文学》，台湾《联合报》副刊，1977年8月17—19日。
④ 彭歌：《不谈人性，何有文学》，台湾《联合报》副刊，1977年8月17—19日。

一个外部因素。

1970年发生了钓鱼岛事件。钓鱼岛本来是我国台湾省的一个海中小岛。1970年,美国将在“二战”之后托管的日本琉球群岛归还日本时,竟将钓鱼岛作为琉球群岛的一部分,一起交给日本。此事立即引起海外中国人、留学生和台湾学生的极端愤慨,并展开了对美国、日本的激烈的抗议行动,掀起一场声势浩大的保卫钓鱼岛的运动。但是台湾惧于对美、日政治、经济上的依赖,不仅对海内外的学生运动不予支持,反而对爱国的学生进行政治恫吓,甚至诬蔑他们是被“中共”利用。台湾的这种对美、日示弱的表现,使爱国的学生更加激愤,“保钓”运动愈演愈烈,他们甚至喊出了“五四”时期的口号:“外抗强权! 内除国贼!”“保钓”运动虽然后来被镇压下去了,但却大大弘扬了台湾青年和知识分子的爱国主义、民族主义精神。

1971年10月,台湾被驱逐出联合国。这是台湾在国际上遭受的一次致命的打击。仅仅是几个月之后的1972年2月,美国总统尼克松访华,中美关系的发展已成大势所趋。又过了半年多,日本与台湾断交。

这些接二连三发生的重大事件,给台湾的知识分子和青年学生以强烈的冲击。他们认识到,要使台湾争取更多的国际生存空间,首先还在于自己内部的政治和社会的革新,青年知识分子们不仅在言论上,并且在行动上,要求参加更多的社会与政治活动。许多青年参加有关国事问题的座谈会,要求更多的言论自由与政治民主,学校纷纷组织社会服务团,对农村、渔村、工矿问题进行实际调查。

在这一历史背景下,1977年,乡土文学作家和理论家王拓、尉天骢、陈映真在关于乡土文学的讨论中,提出文学要反映社会内部矛盾,并提出要求台湾当局开放30年代文学作品。这些主张立即引起一场轩然大波。

台湾当局长期以来的反共心理,造成一种近乎偏执的“文艺指导”原则,就是在文艺上也与中共不共戴天。台湾在国际上遭受挫折而引起的对社会内部矛盾的反省和乡土文学作家的一些理论,便使他们疑神疑鬼而大加指责。现代派诗人余光中在文章中引用了几段毛泽东《在延安文艺座谈会上的讲话》后写道:“以上引证的几段毛语,说明了所谓‘工农兵文艺’是个什么样的‘新东西’。其中的若干观点,和近年来某些‘文艺批评’,竟似有些暗合之处。目前提倡‘工农兵文艺’的人,如果竟然不明白它背后的意义,是为天真无知;如果明白了它背后的意义,而竟然公开提倡，就不仅是天真无知了。”[①]

如此一来，论战突然升级，对乡土文学作家、理论家的政治指控铺天盖地而来。乡土文学派要么是“台独分子”，要么成了共产党的统战工具。甚至著名文艺理论家尉天骢的家里有警察频频出入，有人还质问尉天骢执教的台湾政治大学为什么不把尉解聘。

这就是著名的“乡土文学事件”。关于那些与余光中观点相同的批判乡土文学作家的文章，我们大概不必引述其内容，只看看其中几篇的名字就可以了：《消除文坛“旋风”》（代序）[②]、《正视这股邪恶烟幕》[③]、《粉碎“共匪”文艺邪说的要务》[④]、《揭穿“共匪”文化统战阴谋》[⑤]、《动员文艺，团结全民，争取反共胜利》[⑥]……一般人看到这些题目大概都会猜测一番，这是文学论战吗？这已经是威胁和恐吓了。

面对如此骇人的责难，乡土文学作家和理论家们并没有被吓住，曾因阅读毛泽东、鲁迅书籍背上“通匪”罪名而被国民党当局监禁了八年的陈映真这次又站到了论战的前列，从他的笔下迸出这样一段义正词严的文字：“从中、外、古、今的文学史去看，向来没有一个或一派作家，可以藉着政治的权威，毁灭、监禁别个或别一派的作家及他们的作品，而得以肯定或提高自己在文学上的地位的，也从来没有一种有价值的文学，可以因杀害或监禁了那个文学的作者，禁止那个文学的作品，而铲除他在文学史上的价值的。”[⑦]

一场文学论战发展到这一步，逼得作家发出如此悲壮的呐喊，确实让人啼笑皆非，但个中原因却不难探究，“60年代以降接二连三的外交挫折和此间长期以来唯图发达资本主义国家经济的事实确实隐伏着两种令执政当局非常尴尬的危机，其一是民族主义的情绪，其二是弱势阶级的苦难——正由于这两者都曾经在左翼知识分子的鼓吹之下造成对腐败政权的严重打击，是以适于结合此二者的‘乡土文

---

① 余光中：《狼来了》，台湾《联合报》副刊，1977年8月20日。

② 这篇文章是台湾批判乡土文学作家的文集《当前文学问题总批判》的序。作者尹雪曼。

③ 台湾《青年战士报》副刊，1977年9月10日。作者魏子云。

④ 台湾《青年战士报》副刊，1977年8月22—24日。作者王集丛。

⑤ 台湾《国魂》杂志，1977年11月号。作者方心预。

⑥ 台湾《青年战士报》社论，1977年9月1日。

⑦ 陈映真：《建立民族文学的风格》，台湾《中华》杂志，1977年10月号。

学'理念或理论就自然而然令惊心起疑之士视之为一项政治斗争的策略。另一方面,从'写(现)实主义'到'社会写实主义'只是文学工作者意图改善(或改造)社会的一小步,从'社会写实主义'到'社会主义写实主义'也只是文学工作者在急于改善(或改造)社会的意图受挫下使其作品浪漫化、粗糙化的另一小步,辗转走出这两步的作家未必要受到'共党邪说的煽惑',也未必要受到'阴谋野心分子的鼓舞'……"①

这一段话的分析是有道理的,戳到了国民党的痛处。在历史上,30年代的中国左翼作家的现实主义作品,曾给国民党政权以异常沉重的打击,使国民党在几十年之后犹有余悸,而乡土文学作家们竟然要求开放当局禁止的30年代作品,要在文学作品中反映"工农兵"的生活,也难怪乡土文学作家要招致政治指控了。

不过话说回来,文学自有文学本身的规律。70年代台湾的政治经济状况迫使作家们要注视社会的内部矛盾,要反映工农大众的生活,这是自然而然的文学现象。不能因为它与共产党的文艺政策有"暗合之处",就非一棍子打死不可。这样的文艺政策只会严重阻碍文艺的正常发展。

重大国际事件的冲击,是乡土文学论战产生的外部因素,但掩盖在外部因素下的,也有许多深层的历史和现实的原因。

文学是时代的心声。任何一种文学的现象都和当时时代的政治、经济、文化等诸项因素有着密不可分的关系。台湾乡土文学论战虽然时间很长、规模很大,但它并不是毫无来由的突然爆发出这一场激烈的文学论战。从以上的分析可以看出,它是由台湾当时的政治、经济、文化背景等诸项因素所孕育出的一种特殊的文学现象,它的产生是有原因的。

同时,乡土文学论战使台湾的文学工作者们有机会对台湾文学的过去、现在和未来的发展方向进行一次系统的回顾、反思、分析、展望,对台湾文学以后的发展产生了十分重要的影响。

需要指出的是,我们在考察台湾文学包括台湾乡土文学时,应该将其置入整个

---

① 张大春:《丢帽子 砸招牌——言论钳制时局的意识形态论争》,台湾《中国时报》人间副刊,1991年1月7日。

中国文学的框架内进行分析探讨，只有从这一基本观点出发，我们才能对台湾文学有一个正确的把握。

值得高兴的是，随着两岸经济交往的日趋频繁，文化上的交流也越来越多了。相信随着两岸关系的不断发展，台湾的文学工作者和大陆各地的文学工作者都能在相互交流中共同提高自己，使我们中国的文学迈上一个新的高度。

原载《国际关系学院学报》1992年第4期

闽南文化与台湾乡土文学

许建生　张伟平

闽南文化是中华民族文化大格局中显露闽南人民审美意识和该地人文特点的地方文化,它包含着闽南人民的民情风俗、宗教信仰、用语习惯以及生活方式等,其内涵传承了中华民族古代文化的精华。由于特殊的历史原因和社会因素,闽南文化由闽南移民传入台湾,在台湾与当地文化景观融为一体,成为台湾人民社会生活的重要组成部分。虽然后来台湾历史出现了日本占据50年和国民党据台的特殊性,但闽南文化作为中华民族文化的有机部分,在台湾的传播与影响从未间断。

一

闽南文化对台湾乡土文学的影响,首先表现在它突出了台湾乡土文学的反帝反殖民的民族意识和爱国精神。

从历史上看,台湾自1604年至1662年间沦为西班牙和荷兰殖民地,于1895年至1945年,又沦为日本帝国主义的殖民地达50年之久。由于台湾乡土文学是在台湾屡受外国殖民者侵略与台湾民族运动兴起的时代中诞生,它的一个重要特点是表达殖民地人民受奴役的痛苦心声。因此,台湾人民反对外国殖民者统治,争取自主和民族尊严的精神必然要反映到文学创作中来。这种情形正如叶石涛所说的，“既然整个台湾的社会转变的历史是台湾人民被压迫，被摧残的历史，那么……在台湾乡土文学上所反映出来的，一定是反帝反封建的共通经验……而绝不是在统治者意识上所写出来的，背叛广大人民意愿的任何作品”①。针对日本殖民者推行“皇民化运动”，禁止人民使用汉字和普通话，以达到泯灭民族意识的企图，乡土作家们认识到，在殖民者竭力割断台湾与祖国大陆文化纽带的情势下，闽南文化可以起到维系中华传统文化的作用，特别是作为闽南文化组成部分的闽南方言，它不仅在台湾人民中广泛通行，而且是古代中华文化在语言层面上的体现。正如连横所指出的：“夫台湾之语（即闽南方言）传自漳泉，而漳泉之语，传自中国，其源既远，其流又长。”因此，乡土作家巧妙运用闽南方言与殖民者展开文化上的斗争。尤其是赖和以白话文为基础，适当吸收闽南方言，以深刻的现实内容“替本省乡土文学竖起第一面旗帜，并且决定了以后本省作家应走的方向”。据统计，由钟肇政、叶石涛主编的《光复前台湾文学全集》（八卷）汇集了 1992 年至 1945 年期间 78 位乡土小说家的代表作 176 篇，其中就有 52 位作家、103 篇作品运用了闽南方言。另外还出现了不少用闽南方言创作的乡土诗歌。闽南方言在乡土文学作品中的广泛运用，有力抵制了日本殖民者所进行的割裂台湾人民与祖国联系的奴化教育，为在殖民地台湾保存中华文化和唤醒民族意识，作出不可磨灭的贡献。60 年代以后，台湾经济虽然发展较快，但仍没有摆脱外国强权者的政治侵略和经济侵略。在西方文化思潮冲击台湾的情形下，为了抗衡外来文化的侵袭，乡土文学再度崛起，闽南方言作为激发人们热爱乡土、弘扬民族精神的文学语言，再次进入乡土文学，显示出文学方言的盘根伟力。对于闽南方言这种突出乡土文学民族意识所显露的意义，陈映真曾作过总结。他说：“从历史上看，‘乡土文学’是抗日文化运动中提出来的口号。由于深恐中国文学在殖民地条件下消萎；由于中国普通话和闽南话之间的差异；由于日据时代台湾和大陆祖国的断绝，当时，伤时忧国之士，乃有主张以在台湾普遍使用的闽南话从事文学创作，以保中华文学于殖民地。……当然，今天情况已有大的不同，但相对于过去‘乡土文学’有强烈的反日本帝国主义的政治意义，今天的作家，也在抵抗西化影响在台湾社会、经济和文化上的支配，具有反对西方

① 叶石涛、钟肇政主编：《光复前台湾文学全集・总序》。

和东方经济帝国主义和文化帝国主义的意义。”[①]在当代,乡土作家认识到,增强民族意识必须与认同祖国联系起来,他们从传承祖国母体文化的高度看待运用闽南方言的意义,以避免陷入一种偏窄的地域主义观念和感情里。如巫永福从祖国传统文化的角度对闽南方言的来源进行论证。他认为:中国的语言文化,“除了西藏、蒙古之外,可分为四大类:一是河洛语系文化,起源于黄河、洛水流域,设都洛阳,以诗经、孔子所代表的中原文化的精华。……不幸于纪元307年北狄匈奴乱华(历史上称之为永嘉之乱),难民大举逃难至浙江福建,明末清初再移至台湾。这些讲河洛语言的人,现住福建、台湾……台湾属于河洛语系文化,台湾人称为福人,即是河洛人的讹音。其所用语言承袭诗经,故重叠语特多……是中国最古、流传最久的言语”[②]。他所说的河洛语系,就是闽南方言语系。当代许多乡土作家,如王祯和、黄春明、王拓、杨青矗、林宗源、何阳等,注重从传承祖国母体文化的高度运用闽南方言,在表现民族精神的同时,进一步弘扬了祖国的传统文化。

二

闽南文化对台湾乡土文学的影响,还体现在它增强了台湾乡土文学的乡土特性。

具有浓郁的乡土特性是台湾乡土文学的重要特点。半个多世纪以来乡土文学的发展历程表明,它所蕴含的乡土特点主要有两个方面:一是在文学表现形式上采用易为广大民众接受的方式,贴近民众与社会,二是它以台湾岛上的人事为主要描写对象,表现岛上典型的社会环境和广大台湾民众的生活命运。围绕这些特点,闽南文化的组成部分的闽南方言在乡土文学启韧阶段,就为乡土文学在表现形式上贴近民众发挥了作用。叶石涛曾对闽南方言的这种作用进行扼要的分析,他说:“20年代到30年代的台湾,总人口的百分之八十都是属于一无所有的佃农……因

① 陈映真:《文学来自社会,反映社会》。
② 巫永福:《台湾文学的回顾与前瞻》。

而,台湾的农民大多数是目不识丁的文盲,充其量也只是在村里的私塾读一点儿古文,或简单的数算技术罢了。以日本语文传播知识、教化民众是台湾知识分子极不愿意,又违背民族意识的途径。那么,用传统的古文做为沟通意志的工具……不幸这也是一条行不通的路。台湾三百年来旧文学只是士大夫阶级的独占物,一般大众跟它也是无缘的。而以白话文作为沟通意志的工具,是最理想的径途;可惜,台湾的社会是个移民社会……在这种情况下,白话文跟古文一样,只是'文'不是'话',离开言文一致,距离还很遥远,显然还须费一番工夫才能变成道地的民众语文。"①因此,乡土文学要贴近社会,就必然要选择广大民众所熟悉的闽南方言进行创作。从创建适应民众需求的文学形式出发,黄石辉在《怎样不提倡乡土文学》、《再谈乡土文学》中,提出要建立为广大劳苦群众的乡土文学,作家就要写"台湾事物",为了能激发、感动广大劳动大众,文学语言不能采用统治者用的日文;也不能采用属于封建地主阶层的古文,而要采用劳苦大众惯用的台湾话文(即闽南方言),这样乡土文学必定会往写实主义的路上跑。郭秋生在《建设台湾白话文一提案》中进一步提出要把台湾话文学化,使台湾话文可以建立深入民心、拨动民众心弦的乡土文学。黄纯青等也发表文章,响应黄石辉、郭秋生的主张。以后,杨逵、钟理和、黄春明、杨青矗、王拓等也从理论上强调了闽南方言在乡土文学中贴近民众的意义。在文学界的理论指导和作家们的创作实践中,闽南方言被恰当地运用到乡土文学创作里,在创造通俗易懂的文学形式方面赢得了民众的喜爱。在突出台湾乡土色彩的过程中,乡土作家普遍注意到,台湾位于祖国东南隅,四面环海,岛上瑰丽的自然景观和亚热带气候塑造了当地人民勤劳打拼、坚韧不拔的性格。由于台湾长期处在被殖民的环境中,它受到外来文化的侵袭而呈露出不同于祖国大陆的斑驳色调。尽管如此,在乡土文化和民间文化等方面台湾仍基本保留中华民族的传统血脉。数百年来粤闽移民,尤其是闽南移民从祖籍地带去的闽南风情、宗教信仰、生活习俗和语言文化等,仍在台湾各地代代相传。因此,许多乡土作家都非常重视对流布在台湾各地的闽南文化的描写,通过对它的描写以呈现当地乡土色彩。例如,诞生于闽南湄洲岛上的妈祖,原是闽南民众敬奉的护海女神,后随着闽南民

① 叶石涛:《台湾文学史纲·台湾话文和乡土文学》。

间信仰在台湾的传播，成为台湾各地民众崇拜的神明。不少乡土小说和诗歌或描写三月二十三日这天遍岛举行迎妈祖活动的盛况，或回溯当年从闽南割香分灵，妈祖保“吾民祖先从唐山渡海来台湾”的经历，在呈现“万家献香火”的盛景中，表达人们对救苦救灾于民的海上保护神的深切怀念。以浓郁的笔墨描绘当地与闽南一脉相承的民间节庆活动，是乡土文学展示闽南文化的又一方面。从许多作品可看出，台湾各地举行迎神赛会和庆赞年节活动，大多采用闽南常用的形式，即把民众的集会与民间专业团体的艺术表演结合起来，形成节日场景。如赖和的《斗闹热》展示出迎神赛会上“神舆的绕境，旗鼓的行列”，萧郎的《上白礁》描绘出“宋江阵”的场面；张文环的《阉鸡》再现了车鼓队的演出情形；陈华培的《猪祭》把民间布袋戏的表演渲染得有声有色。此外，由闽南传入台湾的各种民间生活习俗也在许多作品中展现得情趣尽致。总之，闽南文化不仅使台湾乡土文学在表现形式上适应了民众的需求，而且出现在乡土文学的民俗画卷中，极大地增添了台湾乡土文学的乡土色彩。

三

闽南文化与台湾乡土文学的另一关系，体现在它拓展和丰富乡土文学的艺术表现力。

文学创作贵在创新。已有的作品表明，闽南文化尤其是闽南方言在乡土文学中被广泛运用，与它富含艺术表现力有很大关系。总的看来，闽南方言在乡土诗歌中增强诗歌的艺术表现力主要有这三个方面；(一) 取用闽南方言音律，表现诗歌的乡土音乐美。乡土诗人注意到，闽南方言的语音系统要比普通话丰富得多，它不仅在声母和韵母方面基本保留了古汉语的特点，具有多韵部的特征，而且在声调上比普通话多了个四声调，即有阴平、阳平、阴上、阳上、阴去、阳去、阴入、阳入八个调子。根据闽南方言“有如诗经、汉代诗、唐诗的韵律，优雅韵妙”[1]的特点，诗人们用

① 巫永福:《从族谱看台湾人》。

它来表现乡土诗歌的音律与节奏，获得很强的艺术效果。如向阳的《摇子歌》第一节用啼、薯、吱押韵；第二节用困、寸、滚押韵；第三节用惜、尺、笑、照押韵。每节之间互为转韵，作品读来呈现出很强的歌谣特征。另外，《着贼偷》、《吃头路》等作，也依照闽南方言的韵调转化变调成诗。还有的根据诗作的内在情感的起伏，用闽南方言词语表现出不同的节奏音响。如林宗源的《严寒冻不死的日日春》活用闽南方言时，时而深沉低缓，时而激越奔放，以错落有致的语言节奏和抑扬顿挫的声调激荡人心。总之，在拓展艺术表现力过程中，闽南方言在乡土诗中发挥了其语音系统的优势，创造出优美动人的乡土音乐美。（二）逼真呈现乡土风物的主要特征。乡土诗刻画乡土风物，一向以叙述和抒情语言为主。由于闽南方言是乡土生活的主要母语，用它作为诗作的全体叙述者的语言，更有利于活现生活的原貌。如向阳的《草蜢无意弄鸡公》为了表现地摊贩的行业特点和人物的无奈心态，用母语大声吆喝："货色一包袱，土脚来展开/任您拣，任您翻，任您讲价钱/买着俗货好货算您好运气！""价钱在您喝，在您出，在您加减添/卖到了本了钱是我所欢喜。"这些形象生动的闽南话行业术语，把小贩窘境而又善做小生意的特征和盘托出。在向阳的《杯底金鱼尽量饲》、《青盲鸡啄无虫说》、《春花不敢望露水》，吴晟的《雨季》里，闽南方言同样以浓厚的乡土韵味表现了酒汉、农家妇、风尘女、种田人的特征和苦闷的心态。另外，一些富有表现力的闽南方言词语和俚谚，如"大官虎"、"龟孙仔"、"饲老鼠咬布袋"、"乞食假大仙"、"乞食赶庙公"、"乌矸仔装豆油"等，也进入诗中，它们在概括人物行为和风物的本质，以及构造乡土诗歌形象方面起到画龙点睛的妙用。（三）闽南方言句式和普通话句式交叉并用，扩大诗歌语言的审美信息量。乡土诗人在吸取闽南文化过程中探索出，把闽南方言与普通话相互对照，可以在诗歌语言表达上由单调式转为多调式，并通过二者的冲撞，产生新的艺术效应，扩大诗的容量。他们把这种新颖的艺术形式运用于诗中，如向阳的《在公布栏下脚》，诗人把资方解雇工人的普通话公告和在公告前围观的工人的闽南语议论重叠于诗中，使作品产生了多层次的审美信息量。首先是读公告者用闽南语议论，读者马上明白他是台湾本省人，其身份和工作一目了然。其次，由于每行诗中普通话与闽南话并置，后者是对前者的注释，所以即使不懂闽南方言的读者也大致能理解其中之意，消除了与作品之间"隔"的现象。再次，懂得闽南语的读者可以从两种不同的语言的庄谐对比中,感受到它们的强烈反差,并从形成的反讽氛围中进而领会作品的深刻意蕴。这种通过闽南方言与普通话交叉并用,扩张乡土诗的语言审美信息量的形式在詹澈的《番薯仔》、向阳的《在说明会场中》、《在会议桌头前》都有典型的例证。

在乡土小说创作中,闽南方言同样也构成多种的艺术表现形式,其中在塑造乡土人物形象方面运用得最多。第一种是以闽南方言词语作为人物口头禅,揭示人物复杂心态。如王拓的《金水婶》前后八次运用"天寿"一词作为人物的口头语,细致入微展示出金水婶在借钱风波中八次不同的情感波澜和心灵深处的忧伤。第二种是用闽南方言口语前后对照,显示人物的本质变化。如黄春明的《苹果的滋味》、洪醒夫的《吾土》等,成功运用这种方法刻画了栩栩如生的乡土人物形象。第三种是通过闽南方言与普通话在对话中的交叉运用,呈露出不同人物的不同个性。如杨青矗的《在室男》用此法塑造了端庄文雅的媛媛和粗鲁不羁的阔嘴这两个人物。有时,这种方法还起到突出说话人身份特征的效用。如王拓在《牛肚港的故事》中,通过几位说话人对普通话"色迷迷"和闽南话"猪哥仙"的解释说明,揭示了检察官和邱主管的不同身份和阅历。第四种是用闽南方言描绘人物外表形象,使之充满地方色调。如王祯和的《嫁妆一牛车》、废人的《三更半暝》等,都运用了这种方法。此外,有的小说还用一闽南方言为人物命名,这不仅使人物风土人情化,而且充满浓厚的乡土韵味,取得了用普通话所不能代替的艺术效果。闽南方言在乡土小说的谋篇布局方面,对乡土基调的构成,也起到提纲总领的艺术作用。例如许多乡土作家用它来作小说篇名。有赖和的《斗闹热》、张深切的《鸭母》、匡人也的《王爷猪》、一吼的《乳母》等。由于篇名是作者立意的基点,它直接影响到作品的结构、情节的转变和人物活动等因素,从而构成作品的乡土格调。还有的成为架构情节的中心。如林双不的《老江的故乡》,作者用闽南语歌曲《黄昏的故乡》的歌词作为推动情节发展的契机,歌词第一次出现,为主人公的思乡情怀做铺垫;第二次出现,引发主人公与骗子的矛盾冲突;第三次出现,主人公悲伤至极跳海未遂,最后和寡妇结婚。闽南语歌词在文中串接情节的转换,展示了矛盾冲突的全部过程。另外有些闽南方言歌词还在小说中设置细节,对突出题旨和丰富情节起了重要作用。如黄春明的《癣》、王祯和的《两只老虎》等,都插进闽南方言童谣和儿歌,使作品的乡土气息和生活情趣更为浓郁，增强了艺术感染力。

总之，在乡土作家努力下，闽南方言在乡土诗歌和乡土小说中拓展与丰富了作品的艺术表现力，取得可喜的成果。当然，由于多种原因，闽南方言作为闽南文化的组成部分，在乡土文学的艺术表现上也存在着需要解决的难题，如“有音无字”现象、“言不雅驯”问题等，在创作中也还存在若干的缺陷与不足。相信经过台湾乡土作家不断的总结与探索，今后它会有更出色的表现。

以上几个方面，可能还未全部概述出闽南文化与台湾乡土文学的密切关系，但由此显示的意义却十分重要，在 90 年代海峡两岸文化交流深入开展的今天，它向我们进一步表明闽南文化在台湾有广泛的基础和盘根伟力。闽南文化不仅蕴含在台湾人民日常生活中，而且作为一种上升为文学的意识形态，它已被广大台湾民众在思想观念、艺术和审美情感上所接受，从闽南文化与台湾乡土文学的密切关系可以看出，闽南文化之所以能对台湾乡土文学产生如此长期广泛的影响，重要的原因之一是它来源于中华民族最古老的文化。至今仍保存着中华民族传统文化的精华，它体现了中华民族文化的“根”和“本”，闽南文化能够进入台湾乡土文学，并产生积极影响，这还表明台湾乡土文学作为台湾乡土文化的特殊形态，它与台湾乡土文化一样，都具有传承中华民族文化的特点，这种特点在发展民族传统艺术文化和表现台湾民众寻根访祖、认同祖国的民族情感中最为明显，它是两岸取得共识的根本基础。因此，我们应本着弘扬中华民族文化的原则，开展交流活动，使两岸文化交流朝着促进祖国和平统一的方向发展。

原载《漳州师院学报》1994 年第 1 期

"现代主义文学中的乡土作家群"
——论台湾六十年代乡土文学发展与嬗变

贺仲明

以往论者在议及台湾60年代文学时,多把现代主义文学群体同乡土文学群体对立起来论述。这也许主要缘于两方面原因。一是台湾文学史家的影响。台湾的文学史家,习惯于对"乡土文学"概念作纯地域性的限定。[①] 尽管细节不完全一致,但大体相同的是他们是把"乡土文学"限定在台湾省籍作家中的。[②] 这样,主要由非台湾籍作家构成的现代主义作家群被很自然地与省籍作家构成的"乡土文学"截然分开,互不相容;其二是台湾70年代爆发的"乡土文学大论争",现代主义作家与乡土作家观点、阵营都形成鲜明对立,无形之中又加强了两大阵营的对立。

其实,这种看法是很片面的,实际上,60年代现代主义文学与乡土文学有着深切的关联和内在的渊源,不但现代主义文学本身为乡土文学培植出了诸如陈映真、王祯和等中坚人才,而且,更重要的是,现代主义文学阵营中有一批作家的创作事实上在承续着乡土文学的传统,他们的创作虽然多少借鉴了一些西方现代主义传统,表露出一些现代主义创作倾向,甚或提出过现代主义文学口号与主张,但从内在创作精神上,他们却与乡土文学传统作家们一脉相承。他们尽管少有对故乡乡土具体山水与生活图景的描述,也体现不出多少独特地方民俗风情,但是,他们的

---

① 如叶石涛就认为台湾乡土文学应该是"台湾人所写的文学"。参见叶石涛《台湾文学史纲》。

② 参见白少帆等《现代台湾文学史》有关论述。

文学精神却是始终贯注在对故乡对祖国的爱意和对传统文化的深情眷顾上，他们的怀“根”意“根”情结表现相当突出。这“根”和乡土不是台湾土地，却是老一辈乡土作家始终怀念的“原乡”。所以，如果不为限于“乡土文学”概念的台湾籍和现实主义手法的阈限，我们完全可以把这些作家视为乡土文学中的一员，他们的代表作家有白先勇、聂华苓、陈若曦等。为了概念的明确和对于他们创作特色的凸现，我们想用这样一个名称来概括他们：“现代主义文学中的乡土作家群”。

这些“现代主义文学中的乡土作家”事实上正构成台湾60年代乡土文学的中介，他们前承钟肇政等老一辈乡土作家传统，又借鉴西方现代主义手法，以自己独特的方式开拓、丰富台湾乡土文学的思想与表现方法，更融汇乡土文学与现代主义文学的各自所长，使他们的独特的“现代主义乡土文学”取得了很高成就，同时，更以自己的创作和创新精神，影响启迪着更年轻的乡土文学作家们。他们是60年代台湾乡土文学发展和嬗变中不可缺少的过渡和洗礼。

其实，在“现代主义文学中的乡土作家”中，也存在直接描写乡村生活为题材的传统意义上的现实主义乡土作品。比如聂华苓《失去的金铃子》就是如此。该作品以抗战后方为背景，演绎了一个大陆乡村中的爱情悲剧故事。作品崇尚写实而又含意深远，同时亦蕴涵着浓郁的西南山村地方风味，具有中国大陆20年代现实主义乡土文学的韵致。其思想内容，更可在鲁迅、王鲁彦、许钦文的笔下作品中寻得先声。这部作品的成功，在某种程度上寓示着“现代主义文学中的乡土作家”们与传统现实主义乡土文学的深在渊源。

当然，对于这一创作群体中的主体作家来说，“乡土”是以一种更内在也更抽象的方式表现出来的。它更主要表现为一种思乡情结，一种对于故乡祖国的深沉归属感和对于传统文化的深情眷恋。在这里，“传统”与“故乡”是“乡土”的两个不可或分的两刃，共同协助“乡土”潜入民族文化深厚之根中。

（一）首先，“乡土”的内涵体现在作家们对祖国故乡——大陆乡土的怀恋上

1949年，国民党政府的溃败，使台湾岛上一下子产生了为数达数百万的离乡游子。随着时光的流逝和国民党复国之梦的破灭，对于未来的幻灭感和对于故乡

的思恋情相伴在这些游子之中萌生，并迅速弥漫于五六十年代台湾的大众社会思潮中，其中，也包括白先勇等“现代主义文学中的乡土作家”，他们是远离故土的游子们的后代，感染着父辈们的思乡情绪，并萌发出对童年生活、对故乡祖国的依恋。这种情感使他们的文学创作表现出深重的沉郁感。他们广泛地从大陆去台人员在台湾的社会生活中取材，表现他们的现实生活窘境和浓烈的思乡情结及文化上的无“根”意识。通过对这些人物生活的描绘，他们借别人的愁绪浇自己之块垒，寄寓自己的思乡文化情感。在这之中，白先勇和聂华苓可视为突出代表。

白先勇的小说集《台北人》基本上以大陆去台人员生活为创作题材。像《梁父吟》、《思旧赋》、《国葬》等就表现了去台的国民党高级将领们在台湾的老年生活的失意与落魄。他们现境的颓唐失意与他们记忆中的曾经的辉煌荣耀形成鲜明对照，浓烈的感伤给作品蒙上了一层黯淡而凄凉的风景。

集中的作品《永远的尹雪艳》是一个典型。作品中主人公尹雪艳原是上海“百乐门”舞厅的高级舞女，到台北后，尽管时光流逝，但她依然魅力不减，在她的周围，依然盘旋着许多著名的男性，只不过，人员的构成由当初的少年权贵换成了失意官僚与商贾们。今日的新贵同昔日的旧贵一样，在尹雪艳身上投下重资，却收获着灾难与死亡。这里，作品的象征和感伤意味是很浓的。尹雪艳是一个象征，她象征了那些去台人员已经远逝的过去，永不可回的梦幻。“永远的尹雪艳”不可能永远，这一“永远”仅表示着无奈与虚幻，权贵们的没落命运正点缀着作品的虚幻与感伤，尹雪艳则构成着对于荣耀与骄傲不可言说的锐利嘲笑与讽刺。

除了通过去台官僚们没落命运的叹喟表示“去国无奈”与“思国日深”的主题外，白先勇还写了下层去台人员的困境与思乡情绪。如《那片血一般红的杜鹃花》、《岁除》等，都充分表达了这种情绪。如果说对于前面所述的去台官僚们的失意沉沦作者于感喟之余尚含一层批判与讽刺的话，那么，对于这些下层人民的思乡愁绪和现实困境，作者则完全寄以同情和理解。“他们在那个缈遥阻绝的故乡，有过妻子，有过恋人；有魂牵梦系的亲人故旧；有故乡的山河记忆；有过动乱的、流亡的、苦难的经历……”[①]显然，这些普通去台人员的命运遭际和思乡情绪与作者白先勇的

① 白先勇:《台北人》。

内心有着强烈的共鸣。或者说，人物的命运已寄寓着作者同样的思想感情。

聂华苓也对大陆去台人员在台湾生活命运与遭际以及他们的思乡情感作了真切的描绘。与白先勇对军界官兵的关注相比，聂华苓的视点主要落足于普通百姓阶层。她曾说过：“那些小说全是针对台湾社会生活的‘现实’而说的老实话。小说里各种各色的人物全是从大陆流落到台湾的小市民。他们全是失掉根的人；他们全患思乡‘病’；他们全渴望有一天回老家。”[①]这些主人公，失掉了祖国乡土的根，漂泊在异地他乡，生活现实与文化心境上双重失意，使他们常常深陷在内心创伤与惆怅之中。

比如短篇小说《高老太太的周末》，主人公高老太太，年高孤苦，在强烈的孤单寂寞中，希望儿女们能与她一起共度一个周末，但这一愿望最终也未能实现。高老太太只能在极度的惆怅中借对已在大陆逝去十五年的丈夫的回忆聊以自慰，她感觉“仿佛一个人孤零零地悬吊在万丈深渊里，什么也抓不住”。此外，如《寂寞》、《一捻红》等作品，也都尽诉了去台大陆人的思乡愁绪和现实悲怨。

白先勇、聂华苓的这些作品，带有强烈的悲剧气氛，也寓有浓烈的感情积蕴。思乡爱土，是作家与作品人物相贯通的感情主题。如白先勇就曾经说过：“我整本《台北人》真正想写的，就是这种哀怨的感伤情怀。”聂华苓更明确表示，“我就生活在他们当中，和他们一样想‘家’，一样空虚，一样绝望”。人物的乡愁正是作者的乡愁，人物的痛苦，也正是作者的痛苦。白先勇和聂华苓们的怀念故土、思念祖国之情是深切的。故土之恋是他们写不厌的主题，故土之根则是他们取之不竭的精神源泉，乡土之思是他们心中不可去除的心理情结。

在白先勇和於梨华的部分作品中，他们还把这种在台人员的大陆之恋生发开来，延伸到去国留美学生们对故土的依恋上。“留学生文学”是台湾现代主义作家关注的一个中心主题，它的中心内容就是抒写“流浪的中国人”和“无根的一代”们的浓郁乡愁。

这里我们想重点分析一下“留学生文学”的代表作家於梨华的代表作《又见棕榈，又见棕榈》。作品贯注着浓郁的思乡怀土情绪。作品主人公牟天磊早年出生在

---

① 聂华苓：《台湾轶事·写在前面》。

大陆,从小随家人去台湾,在台湾出国风潮的影响下,他离家远赴美国留学,在美国十年,他历尽艰辛,尤其是因为远离故土、亲人而带来的孤独和飘泊感时时缠绕着他。十年之后,他获得了博士学位,回到台湾,希望能够找到心灵的归宿,但他得到的依然是失望,台湾并不能安顿他飘泊的灵魂,家人不理解他,未婚妻提出的条件是要把她带到美国去。他深深地感到一种"过客"的寂寞与惆怅,他在与妹妹谈心时这样说过:"他们在此地有根,而我们,我不知道别人怎么想,我总觉得自己不属于这里,只是在这里寄居,有一天总会重回家乡,虽然我们那么小就来了,但我在这里没有根。"牟天磊的这种飘泊感和无根感,显然深切地表现出一种文化归属意识和对故土的依恋。

此外,白先勇的《纽约客》,写的也是一批由台去美人员的故事。如果说《又见棕榈,又见棕榈》中的牟天磊尽管失意但多少还可算个社会上的成功者的话,那么《纽约客》中的主人公们则是事业与心理上双重的失败者。事业的失败与心灵的失落共同把他们拉下黑暗深渊,所以他们的悲剧色彩更强,思乡愁绪也更浓。

於梨华和白先勇的"留学生乡愁"虽然已不同于传统乡土小说的现实乡土生活描绘,但这种异国游子的思乡愁绪、怀土情结,与白先勇和聂华苓笔下的大陆去台人员思乡病一样,都是源于一种对故乡对热土的深情眷顾,是对民族文化的深沉依恋。对故土的归属感,对民族文化的认同感,使这两类"乡愁"都具有乡土文学内在的实质,蕴涵着"乡土"之根本。

(二) 这种"乡土"的内涵还表现在民族传统文化对于"现代主义乡土作家"们的深在影响上

尽管60年代台湾"现实主义中的乡土作家"们多深受现代西方文化观念影响,但他们同时也依恃着传统文学的根底,潜移默化地受着传统文学和文化观念的熏染,在他们身上,传统的、民族文化的影响无时不在,在某些时候,这种影响不但表现在他们作品自觉不自觉的传统民族色彩的流露,还表现在他们对于传统文学和民族文化自觉的趋附和追求。

这种民族传统文化的影响首先体现在作家们表现出的对传统文化思想的认同上。尽管白先勇等人受西方现代主义思潮影响,存在主义、弗洛伊德心理学在他们创作上打下过深浅不同的痕迹(如白先勇《孽子》对同性恋的认可),从而呈现出某些与传统思想文化不和谐的特征。但是总体上,他们对于民族传统文化思想是持认可态度的。并且,这种认同伴随着作品中普遍性的思乡情感(见前述)而构成强烈的感染力与震荡力。

比如民族性的爱国主义就渗透于他们几乎全部的作品中:无论是远隔海峡、有家难归的老兵,还是曾经风云一时的高级军官;也无论是旅美的事业成功者,还是落魄异国的街头游子,祖国是他们共同的珍贵。他们乡愁的浓重正体现他们爱国之深,而对祖国深沉的爱正表明他们心灵与传统文化的内在维系。

这种文化认同更主要还是表现在作家内在文化情感上。像白先勇,他创作的文化哲学思想基本上是传统文化影响下构成的,他的文化观和历史观就体现着传统思想浓烈的痕迹。他曾以中国传统文学精神的苍凉感来支援他自己苍凉的历史感:“中国文学的一大特色,是对历史兴亡、感时伤怀的追悼,从屈原的离骚到杜甫的秋兴八首,其中所表现出人世沧桑的一种苍凉感,正是中国文学最高的境界。”[①]所以他作品的历史沧桑感及命运无常感就表现得非常突出,显示了传统文化对白先勇的深在影响。鉴于此,欧阳子曾予白先勇以“道道地地的中国作家”的恰切评价。而其实,这一评价不只是对白先勇合适,对于其他“现代主义中的乡土作家”来说,也同样是切中其内在创作精神的。

中国传统文化对“现代主义中的乡土作家”们的影响还表现在作家们在创作技巧上对于传统民族文学的借鉴和运用上。白先勇等作家尽管身列现代主义文学阵营,创作技巧也受到西方现代主义文学的启迪和影响,但是,他们与现代主义文学阵营中的王文兴等人对西方文学的竭力追逐与效仿不同,他们即使在借取现代主义创作手法时都不是盲目的、完全的。而是立足于理解的基础上,他们更多的是将西方的现代主义技巧与中国传统的现实主义手法相结合,博采众长,现实主义传统是他们始终未曾放弃的根本。

比如前曾介绍过的白先勇小说集《台北人》,就基本体现了现实主义为主体、综合现代主义创作技巧的特征,诸如对人物形象和人物语言个性化的重视,对人物的

① 聂华苓:《台湾轶事·写在前面》。

身份、时代背景的强调,都暗合中国传统现实主义的创作风格。

同时,中国传统文学的重视情节、重意境烘托的艺术特点,也鲜明地构成对“现代主义中的乡土作家”们的启迪和影响。除了个别的以意识流等现代技巧穿插而使情节显得跌宕多姿以外,故事的清晰、完整是他们创作共同性的特点,尤其在故事场景的烘托、象征和隐喻艺术手法的运用上,他们更是深得中国传统文学之精妙。例如白先勇给小说作品命名就很注意采用一些历史意象,借之以形成独特的历史悠远感和沧桑意识,将人物与情境融进历史意会之中。如《思旧赋》题名就明寓晋代向秀的凄切悲惨,将现实人物的失意悲愁融入古人感怀,意境深远;《梁父吟》亦借用杜甫诗句,寓含主人公“请缨有志,报国无门”的历史命运与深沉感喟;此外,如《谪仙记》之诗题“前不见古人,后不见来者,念天地之悠悠,独怆然而泣下”、《台北人》的诗题“旧时王谢堂前燕,飞入寻常百姓家”,都是很好地将故事氛围融入历史情境的良好典例。白先勇之外,陈若曦等也是如此,《灰眼黑猫》中猫的意象的主人公宿命之寓意,《巴里的旅程》故事自然情境对社会黑暗的寓意等,都很好地体现了传统象征艺术手法的现代借用。

此外,在创作语言上,白先勇等“现代主义中的乡土作家”们也很突出地体现了中国传统文学的深刻影响。白先勇《永远的尹雪艳》中个性化、意境化的人物语言,古典与现代合一、传统与意识交融的叙述语言,几乎所有的台湾文学史作品都把它作为成功的典范列举,这里不再详述。其实不仅是这篇作品,他的《台北人》中的许多作品都是语言韵味十足,含蓄深沉又意蕴深远,确实是体现了中国文言文的较好现代转型。白先勇之外,像於梨华的语言,具有抒情意味浓郁的特点,聂华苓的语言简洁清新,都各具特色,又同时共同体现了中国传统文学重视语言、强调以言传神、以言创意的艺术特征。

“现代主义中的乡土作家”一方面投身于现代主义阵营,借鉴、运用西方现代主义的艺术思维和艺术手法,同时又深刻依恋于中国传统的民族文学,时刻不忘于现实,不忘于大众,更在创作中自觉不自觉、有意与无意地表现出传统文学的内在影响和外在特点,具有深重的社会文化背景。

这些从大陆漂泊过来的“寄居者”,传统文化的根基都相当牢固,传统文学传统文化的影响是潜在而深入的,客居异地的漂泊感又必然增强这种文化怀乡与恋土意识。像白先勇,是自幼接受传统教育,古典文化、文学教养都很深,所以,正如他走进现代主义文学阵营是历史现实必然一样,他和他的同经历者在现代主义文学中又共同选择自己独特的现代主义与现实主义相融汇、传统与现代相统一的道路也是很有必然性的。乡土和传统,是他们内心永远不可能遗忘的精神之根。

所以,他们一方面借取西方,审视传统,同时又认同传统,依恋传统。矛盾与对立,批判与继承,对传统与对西方,他们具有双重的悖反性,而正是在这悖反里,他们发展、丰富了台湾乡土文学。他们的经历使他们不可能(聂华苓有所例外)有细致具体的乡土风情描写,但他们对于祖国乡土(“原乡”)的强烈怀恋和回归意识,对于祖国传统文化深沉而悠长的认同感和依恋感,使他们笔下的作品洋溢着强烈而普遍的乡土意识。这种乡土意识,虽然略带抽象性和情感性,但它显然代表着众多海外游子对于中国大陆祖国乡土的刻骨铭心的思念,和对于中华民族悠久文化的强烈认同之情。这种乡土意识,在海外华人中是具有极大代表性和普遍性的。它的意义也已不仅仅局限在文学领域之内,更具有文化、历史、社会的深刻内涵。它于台湾乡土文学题材与影响上显出是一个大的开拓,更构成台湾乡土文学发展史上一道卓异而独特的风景。

由于经历、背景的不同,60 年代后期崛起的现实主义乡土作家们不可能具备与“现代主义中的乡土作家”们同样的思乡意识和文化回归意识,他们体察不到白先勇们内心永远难以驱去的漂泊感与怀土意识。但是,很显然的,白先勇等“现代主义文学中的乡土作家”的创作深刻地影响和启迪了下一代乡土作家。在这个意义上,白先勇等“现代主义文学中的乡土作家”是为 60 年代末台湾现实主义乡土文学的振兴起下了奠基性作用;在对传统文化、对大陆乡土的依恋情怀上,“现代主义中的乡土文学作家”们则可谓谱出了他们这一代人的“绝唱”,也确实地为台湾乡土文学(其实意义已不仅局限在台湾)的题材开拓和艺术成就提供了一个新的高度。这是任何台湾乡土文学研究家都不应该忘却的。

原载《世界华文文学论坛》1998 年第 3 期

中国大陆与台湾乡土小说比较论纲

丁　帆

一

就20世纪中国乡土小说的总体格局来看,大陆和台湾在分期上几乎没有大的分歧,1949年既是一个政治概念的划分,同时又是一个文学在两岸发生突变的时期,文学作为一种工具抑或政治的简单传声筒,同时作用于两岸的文学创作。直到七八十年代,两岸的文学才逐渐开始面临着根本的转型。因此,我们在总体把握上,将它分为三个时期,即"五四"至1949;1949至七八十年代;七八十年代至20世纪末。但为了行文的方便,我们还是将它们切割成五个阶段。

无论是胡适的"八不主义"文学主张,还是陈独秀高扬的"文学革命"的大旗,抑或周作人倡导的"人的文学",无疑都打上了西方资产阶级人文主义的烙印和色彩。换言之,"五四"文化先驱们的思想移植是针对中国几千年强大的封建统治无可更易的文化现状的,反封建是当时新兴知识阶级不可回避的迫切文化命题。因此,作为新文学最初的实践者,也是中国乡土小说的开拓者的鲁迅,在其一开始进行白话小说创作时,就将小说主题定位在批判国民劣根性和弘扬人道主义的阈限中。生活在王权意识中的国人魂灵的麻木,异化病态的扭曲性格,以及水深火热的生存苦难，都使得鲁迅在一提起那支犀利的笔时就充满了“哀其不幸，怒其不争”的复杂情感。于是，强烈的启蒙和拯救意识便成为“五四”及“五四”以后中国大陆乡土小说的一贯性主题，它不仅缔造和滋养了“五四”以降的大陆“为人生”的乡土小说流派，使之一直延续至今，而且“鲁迅风”作为一个“被仿模式”，它也深深地影响着“五四”以后台湾乡土小说发端的走向。可以断言，作为“五四”文学，尤其是中国乡土小说创作的主流话语，批判现实主义一直是站在创作潮头上的。

作为大陆文化的一个支脉，“五四”时期前的台湾本土文化尚浸润于农耕文明之中。一方面是一成不变的中国古典文学对台湾上层贵族文化的主流性制约；另一方面是来自本土文化的民间文学的世俗性影响，这两种文学的流向沉浸在亘古不变的农业文化氛围之中相安无事，互斥而又互补地缓缓前行。当“五四”新文化的春雷惊醒了台湾的知识分子之时，张我军们所能进行的文学工作也就是传播、介绍中国大陆文化思潮和文学的走向，至多也只能对大陆的文学进行一些摹仿和移植。从这个意义上来说，与大陆文化血脉相连的台湾文学就是中国文学的一支，亦如台湾作家叶石涛所言：“从遥远的年代开始，台湾由于地缘的关系，在文学和社会形态上，承续的主要是来自中原汉民族的传统。明末，沈光文来到台湾开始播种旧文学，历经两百多年的培育，到了清末，台湾的旧文学才真正开花结果，作品的水准达到跟大陆旧文学并驾齐驱的程度。”①也就是说，到了“五四”时期，作为和中原文化，乃至大陆占统治地位的主流文学刚刚磨合得比较和谐的台湾文学，就被“五四”新文化的强劲“西风”以摧枯拉朽之势扫荡得七零八落。当然，我们也不可否认这样一个铁的事实，这就是日本文化对台湾本土文化的隐形的影响：“长达半个世纪的日本文化的强制推行和潜移默化的影响，也使台湾本土文化带有某种程度的日本色彩，从而也在一定程度上影响了台湾文学的本土形态。这也是历史发展毋庸回避的客观事实。”②这就是台湾文学因着历史和地域的缘由，所形成的与大陆文学不同的文学题材、风格，乃至于文体的根本内在原因。然而，根深蒂固的汉文化的遗传基因是使台湾文学有着不可改变其中华色彩的更深的血统原因。因此，“五

① 叶石涛：《台湾文学史纲》。

② 刘登翰等主编：《台湾文学史》（上卷），海峡文艺出版社，1991年，第19页。

四”文化新基因的植入也就是顺理成章的事了。可以说,台湾的新文学是以台湾的现代小说为主体内容而成为发端的,台湾的现代小说又是以乡土小说为主体内容进入先锋状态的。同样,台湾的乡土小说亦是沿着“五四”新文化火炬照亮的文化批判道路,跟在先驱者鲁迅的身后,一步一个脚印踩过来的。台湾的现代小说之父赖和之所以被称为“台湾的鲁迅”,其道理就在于此。

作为“五四”风云席卷下的大陆和台湾乡土小说,它们所呈现出的反封建主体是一致的,所不同的是台湾的乡土小说多了一层本能的反日本殖民统治的色彩。这种主题内容的台湾乡土小说一直延伸到台湾光复以后,这不能不说是台湾乡土小说的一种潜在延绵的主要内涵。但是,从两岸的创作群体和创作实迹来看,民族精神所构成的共同创作母题——苦难的现实和现实的苦难——促成了两岸现实主义创作精神的不断高涨。

而从乡土文学的艺术角度来看,台湾乡土小说一开始就呈现出了它鲜明的地方色彩和风俗画特征,无论是从乡土文体本身来说,还是从文学语言的特质来说,地域文化的限制反而强化了乡土小说的艺术张力,然而,我们也不能不清醒地看到审美张力之下所形成的地域文化的局限性。值得注意的是,由乡土文体与语言所引发的台湾乡土文学的第一次论争,虽然不会得出圆满的结论来,但是,论争本身就标志着台湾乡土小说的日趋成熟。

从30年代后期到40年代是中华民族陷入多灾多难岁月的年代,两岸乡土小说的共同母题是以抗日为先导的。抗日的母题不仅成为共通话语,而且也使人们从中看到了众多作品中崛起的一个个民族的脊梁。抗日,这在台湾民众来说是一个永远的民族情结,也同时是台湾乡土小说的永远主题。因此,在这一时期的特殊文化背景之下所产生的两岸乡土小说,无疑是在悲壮绚丽的风俗、风景、风情画面上涂抹的血色历史。就此而言,大陆和台湾两地所产生的不同地域的抗日作家群的乡土创作就有了更有现实意义更有民族情感的文化内涵。当然,这一时期大陆和台湾的一些独具乡土风情的恋歌亦得到了长足的发展,如沈从文与“京派小说”,以及钟理和的悲情小说等。在救亡、启蒙和唯美的文学选择上,因着作家不同的经历与审美经验的差异,而显出迥异的个人风格。

整个50年代的两岸乡土小说是进入了一个主流话语与民间话语既互斥又互

融的年代。从表层结构来看，大陆乡土小说已开始从充满着现代性的“五四”文化话语告别和剥离，乡土小说创作几近成为简单的政治传声筒，而台湾乡土小说创作却在与主流话语的不断疏离中凸现出民间意识。然而，从深层的文化心理来看，大陆乡土小说的异端话语和台湾乡土小说的皈依主流的情结也都或多或少、或隐或现地反映在作家作品当中。这种有意识的剥离是非常艰难的，而同样受制于主流话语，台湾的乡土小说在以林海音、钟理和、钟肇政等为代表的创作实迹中，较好地完成了文学回归民间的审美之路，取得了令人瞩目的成就。

60年代的两岸乡土小说是在现实主义和现代主义的怪圈中盘桓的年代。大陆的乡土小说由于在极“左”政治意识形态的笼罩下，导致了伪现实主义的空前泛滥，严重的概念化、脸谱化倾向致使乡土小说创作迅速颓败，其间虽有“中间人物论”的抗争，但丝毫经不起主流话语的打压，瞬间即灰飞烟灭。而台湾乡土小说却与大陆截然相反，在各种复杂的社会和政治原因下，台湾现代主义小说创作的崛起，拉开了传统与现代之争的序幕。虽然此时台湾的乡土文学的概念与大陆的乡土文学的概念已然发生了质的歧义，但其实像白先勇这样用现代主义手法来表现“乡土”的作家，从本质上来说却是个道道地地的乡土意识作家。从另一方面来看，以李乔等为代表的现实主义乡土小说创作的日盛，又有力地证明了台湾乡土小说进入多元化“黄金通道”的事实。两者表面上的互相排斥却掩盖不了殊路同归的乡土小说的繁盛。这一时期台湾乡土小说在艺术手法、语言技巧、文体形式等方面的探索，无疑是和大陆的乡土小说创作形成了鲜明的对照。

七八十年代是两岸乡土小说群雄崛起的时代。70年代的大陆乡土小说虽然还沉溺于“三突出”和“高大全”的沉疴积弊之中，但随着政治文化背景的改变，80年代初，大陆的乡土小说创作进入了一个鼎盛时期，从政治的包围圈中突围出来后，各个地域文化乡土小说的崛起，“鲁迅风”的回归，风俗画、风景画、风情画的突现，现代主义技术的全方位引进和吸纳，凡此种种，足以证明大陆的乡土小说进入了一个空前的繁荣期。从“伤痕”到“改革”再到“反思”，从“寻根”到“新潮”再到“新写实”，80年代中国大陆乡土小说创作的成就是世界瞩目的。70年代是台湾社会由传统的农业社会向现代工商社会转型的时期，一方面是社会矛盾的激化和民族主义的高涨，使得乡土现实派作家更具备了社会批判的眼光；另一方面是现代文化的寄植所带来的创作观念、内容、语言、技巧等方面的革新,显然亦打开了台湾乡土小说多元共生的创作格局。

从这五个时间段来看,大陆与台湾的乡土小说的发展虽然不是同步的,但就其文化内蕴、民族情感、审美经验、生存观念等诸种因素来看,其相同之处却不言而喻。

二

作为20世纪新文学的两大主题之一,乡土文学从一开始就奠定了它具有鲜明特色的内涵。

首先,作为与城市相对立而存在的中国广袤的乡村原野,成为它描写的对象,因此,新文学运动以来的中国乡土小说一开始就从题材上阈定了它必然是以地域乡土为临界线的。显然,人们也是以此来确定和识别乡土小说的,这已经成为一种约定俗成的区分概念,沿用此概念是从事乡土文学研究者的一贯视角,尤其是大陆学者更是以此来严格区分乡土文学的。问题就在70年代台湾所发生的第二次"乡土文学论战"中,由于与现代主义文学的混战,乡土小说已无暇再顾及地域题材的范畴阈限了,何况台湾岛本来就有限的地域乡土社区亦在逐渐被资本主义工业经济的扩张所蚕食。于是,乡土文学派的作家和理论家们就只能在不断扩大其内涵和外延的基础上,将其上升到文化精神的高度来进行区分。因而,在此时空之下的乡土小说的概念已然不分乡土与城市的地域题材了,它只是一种精神乡土或乡土精神而已,是俨然与"现代"相对立的"传统"文化内涵而已。这种乡土文学概念的演变显然带来了乡土小说的分化,一种是沿袭固有概念的狭义地域题材范畴的乡土小说,另一种却是摈弃题材而只强调小说内容观念传统与否的广义乡土小说,亦即"本土小说"。

随着中国大陆80年代经济体制的改革以及90年代逐渐走向全球经济一体化的社会转型,大陆的学者也将这个工商经济时代无可回避的命题,即"传统"与"现代"之间抗衡的精神对立灌输到文学创作中去了。1990年木弓先生首先提出了

“乡土意识”[①]这一概念，这与上述台湾的那种乡土精神是一致的。

无可非议，中国在进入20世纪的最后20年时，本土文化明显地受到了全球化文化的影响和猛烈冲击。传统文化与现代文化的严重对峙，使乡土小说创作的观念主体发生了质的变化。然而，无论作者站在何种立场上来书写乡土小说，都应该遵循地域题材这一乡土小说的特定内涵的阈定，否则乡土小说将与一切小说创作失去临界线。由此来看台湾70年代的那场“乡土文学论战”，我们只能说它是发生在那个岛屿上的带有特定时空意义的乡土小说发展史上的一个“文学事件”。而在整个20世纪乡土小说发展历史的环链上，如果我们打破这一临界线，那我们就无法面对这一文学门类的历史。尤其是在大陆，在漫长的历史时段中，在广袤的地域乡土空间中，乡土小说以它鲜明的地域文化特征卓然独立于文学史，而且还将不断地延展下去。因此，我们还不能取消乡土小说的地域题材的概念内涵。

乡土小说的地域文化色彩应是它构成的重要内涵，而它除了语言运用的因素外，更重要的是“风土人情”的描摹。“风土人情”的构成无非是“风俗画”、“风情画”、“风景画”的合成而已。且不说作为世界性母题的乡土小说在国外是如何注重风土人情的描写，单就中国而言，无论是早期周作人对“风土”与“个性的土之力”[②]的倡导，还是鲁迅对乡土小说“异域情调”[③]的强调，都毫不犹豫地将风土人情放在重要位置。即便是茅盾在反复强调世界观对乡土小说的至关重要的作用时，也不能否认“风土人情”的“异域图画”给人以美学上的“好奇心的满足”。[④] 因此，我们可以说，乡土小说的“风土人情”描写已不再是外部的形式技巧，而是深入其骨髓的不可或缺的具有本质意义的内容。倘使乡土小说缺少了具有地域文化色彩的“风土人情”的描写，也就从本质上取消了乡土小说作为地域文化的审美差异性。

那么，就“风土人情”的三个重要组成因素而言，20世纪中优秀的乡土小说都将风俗画、风情画、风景画置于创作的首要位置。从鲁迅先生开创的白话文小说开始，乡土小说对于这“三画”的描写就奠定了坚实的基础，作为乡土小说的一种传统

---

① 木弓：《“乡土意识”与小说创作》，《文论月刊》1990年第10期。

② 周作人：《地方与文艺》。

③ 鲁迅：《且介亭杂文二集·中国新文学大系·小说二集·序》。

④ 茅盾：《关于乡土文学》，《文学》1936年2月12日。

和风格样式，它不仅过去是乡土写作的要旨，而且也是现在和将来乡土小说不可或缺的书写标记。然而，须指出的是，大陆和台湾的乡土小说都有过“三画”失落的时期。40年代大陆的“解放区文学”在过分强调作品的思想内容时，忽略了“三画”中的风情画和风景画的描摹，尤其是取消了风景画的描写，导致了以赵树理为代表的“山药蛋派”乡土小说陷入了“故事”的叙写，成为艺术上的缺失。而彼时以孙犁为代表的“荷花淀派”却突出了“三画”描写的力度，他们的作品在文学史的长河中就保有较强的生命力。大陆的50至70年代乡土小说没有按照“三画”的要旨向前推进，而是过多地注重其所谓作家的世界观的植入，导致乡土小说的艺术质量的严重滑坡。就台湾的乡土小说而言，从“五四”以后，一直到60年代，其“三画”的特征是异常鲜明的。然而，通过第二次“乡土文学论战”后的乡土小说的分化，随着现代都市与心灵题材的介入，台湾的乡土小说在很大程度上偏离了“三画”的要旨，蜕变为具有“现代”或“后现代”意味的小说，也就取消了乡土小说的本质特征。无疑，这种创作倾向也传染和蔓延于90年代的大陆乡土小说。这与其说是乡土小说的艺术创新，倒不如说是从根本上扼杀了乡土小说。

都市是千篇一律的，是几乎很难找出其差异性的，而就乡土小说，它的地域文化色彩却是其构成风格的最重要的因素。

三

首先，“地域”(region)在这里不完全是一个地理学意义上的人类文化空间意义的组合，它带有鲜明的历史的时间意义，也就是说，它不仅仅是一个地理疆域里特定文化时期的文学表现，同时，它在表现每个时间段中的文学时，都包容和涵盖着这一人文空间中更有历时性特征的文化沿革内容。所以说，地域文化小说不仅是小说中“现实文化地理”的表现者，同时亦是“历史文化地理”的内在描摹者。据说美国“新文化地理学派”认为文学家都是天然的文化地理学家，其热门的“解读景观”(the reading of landscape)就是从历史和地理两个维度来解析文学的模式。

其实，注重小说的地域色彩，这在每一个乡土小说家、每一个批评家、每一个文学史家来说，都是在有意识和无意识之间形成了一种稳态的审美价值判断标准。从西班牙的塞万提斯的《堂吉诃德》到法兰西的巴尔扎克的《人间喜剧》，从英国的哈代到美国的福克纳和海明威，再到拉美的博尔赫斯、马尔克斯，世界上几乎每一位成功的大作家都是地域小说的创作者，更无须说 20 世纪的中国小说了，从鲁迅、沈从文、茅盾、巴金、老舍到赖和、钟理和、白先勇、陈映真……几乎是地域特征决定了小说的美学特征。就此而言，越是地域的就越能走向世界，似乎已是小说家和批评家公认的小说美学准则。美国小说家兼理论家赫姆林·加兰曾精辟地指出："艺术的地方色彩是文学的生命力的源泉。是文学一向独具的特点。地方色彩可以比作一个人无穷地、不断地涌现出来的魅力。我们首先对差别发生兴趣；雷同从来不能吸引我们，不能像差别那样有刺激性，那样令人鼓舞。如果文学只是或主要是雷同，文学就是毁灭了。""今天在每种重大的、正在发展着的文学中，地方色彩都是很浓郁的。""应当为地方色彩而地方色彩，地方色彩一定要出现在作品中，而且必然出现，因为作家通常是不自觉地把它捎带出来；他只知道一点：这种色彩对他是非常重要和有趣的。"[①]勃兰兑斯曾经给浪漫主义文学下过一个非常精彩的定义："最初，浪漫主义本质上只不过是文学中地方色彩的勇猛的辩护士。""他们所谓的'地方色彩'就是他乡异国、远古时代、生疏风土的一切特征。"[②]在中国，"五四"时期由周作人所提出的一系列文学的"风土"和"土之力"、"忠于地"的主张，也正是强调小说的地域特征，他认为："风土与住民的密切关系，大家都是知道的：所以各国文学各有特色，就是一国之中也可以因了地域显出一种不同的风格，譬如法国的南方有洛凡斯的文人作品，与北法兰西便有不同。在中国这样广大的国土当然更是如此。"[③]茅盾可谓中国地域文化小说的理论建设者和实践者，1921 年在他主政《小说月报》时，就在《民国日报》副刊"文学小辞典"栏目中加上了"地方色"词条："地方色就是地方的特色。一处的习惯风俗不相同，就一处有一处底特色，一处有一处底性格，即个性。"1928 年茅盾为此作了详尽的诠释："我们决不可误会'地方色彩'即是某地的风景之谓。风景只可算是造成地方色彩的表面而不重要的一部分。地方色

① [美] 赫姆林·加兰：《破碎的偶像》。
② [丹麦] 勃兰兑斯：《十九世纪文学主潮》第五分册。
③ 周作人：《地方与文艺》。

彩是一地方的自然背景与社会背景之‘错综相’，不但有特殊的色，并且有特殊的味。”[①]由此可见，早期的中国作家们很是在乎小说地域审美特征的。至于后来茅盾在1936年给中国乡土小说定性时，不仅仅是强调了小说“异域情调”的审美餍足，而且更强调了小说作家主体的“世界观与人生观”对小说审美的介入。

综上所述，我们不难看出，地域特征对于乡土小说审美特征的奠定是如此至关重要。但是，就小说的创作实践来说，由于各个作家对地域特征的重视程度不一，也就是说有的作家在创作小说时进入的是“有意后注意”的心理层次，有的作家进入的却是“无意后注意”的心理层面，这就造成了小说地域特征的显在和隐在、鲜明与黯淡的审美区分和落差。地域文化乡土小说之所以强调其地域性，起码有以下几点构成了它的审美因素。

首先，地域人种(local race)是决定地域文化小说构成的重要因素。“从地域学角度研究文艺的情况和变化，既可分析其静态，也可考察其动态。这样，文艺活动的社会现象就仿佛是名副其实的一个场……作品后面的人不是一个而是一群，地域概括了这个群的活动场。那么兼论时空的地域学研究才更有意义。”[②]所谓“地域人种”，就是一个居群的居民集团。相对而言，他们因为地理障碍或是社会禁令而与其他居群集团所形成的民族心理、民族文化人种的内在特征的反差，以及构成这一居群集团特有的遗传基因和相貌体征(人种的外在特征)，制约着这一居群集团人种的生物学和社会文化学意义上的存在。作为小说，不仅是要完成其外在特征的描摹，就如早期现实主义作家注重地域性的人种相貌、服饰、风俗习惯描写那样，直观的外在描写与地域文化乡土小说的审美特征有一种初始性的血缘关系；而且，地域文化乡土小说还须更注重内在特征的底蕴发掘，尤其是在风俗人情的描摹中透露出这一居群人种别于他族他地的文化特征。

其次，地域自然(local nature)也是制约文化小说的重要审美因素。所谓“地域自然”，就是自然环境为地域人种的性格特征、文化心事、风俗心理、风俗习惯……的形成所起的重要决定作用。这种“后天性”的影响，亦成为地域文化小说所关注

① 茅盾：《小说研究ABC》。

② 金克木：《文艺的地域学研究设想》。

的最重要的内容之一。《汉书・地理志》中对自然环境影响人种作出了精辟分析："凡民函五常之性，而其刚柔缓急，音声不同，系水土之风气……好恶取舍，动静亡常，随君上之情欲。"而按地域的自然环境条件来区别人种性格还是有一定的道理的。由此可见，自然环境在很大程度上制约着地域人种的文化心理和行为准则，所谓"一方水土养一方人"就是这个道理。地域文化小说对自然景观、气候、风物、建筑、环境的描写情有独钟，它在很大程度上丰富了地域文化乡土小说的美学表现力。

再者，地域文化(local culture)则是地域文化乡土小说的根本。如果前两者只是地域文化乡土小说形成的外部条件，"地域文化"则是地域文化乡土小说不可或缺的内在因素。我们这里所说的"文化"不是指那种狭义的文化，而是泛指包括政治、经济、社会、历史、民族、心理、风俗……各个层面的一切制约人的行为活动的、内在的人文现象和景观。无须列举西方自中世纪以来的现实主义与浪漫主义的地域文化乡土小说创作所自然而然流淌出来的人性和人道主义的人文哲学汁液，就20世纪以降的中国地域文化乡土小说折射出的人文光芒，已然是一道绚丽多彩的文化风景线。鲁迅的地域乡土文化小说以其璀璨的人性内涵与愤懑的人文情绪，铸造了"五四"小说的民族文化之魂，那种对民族根性振聋发聩的灵魂叩问，可说是唤醒了几代中国知识分子的良知；同时，亦以其强大的哲学文化批判的思想穿透力，奠定了20世纪小说以文化为本、以文化为主体的构架的文本模式，尤其是地域文化的乡土文本模式。当然，在整个20世纪的中国地域文化乡土小说创作的历史长河中，作为地域乡土小说中的文化消长，是以时代的创作风尚随之变化的。但是，无论怎么变化，作为乡土小说的母题，其文化内涵是如何也抹杀不掉的，它已经成为一种乡土小说创作的固态心理。包括"五四"以后台湾乡土小说的发展亦未能脱离这一创作轨迹。

从地域人种(由大到小的地理意义上的居群集团分类)、地域自然(由区域划分的自然环境景观)到地域文化(由表层的政治、经济、历史、风俗等社会结构而形成的特有的民族、地域的文化心理)，由此而形成的中国地域文化乡土小说的美学特征，在整个20世纪波澜壮阔的文学史长河中，呈现出了最为壮观的小说创作景象，它无疑成为20世纪异彩纷呈的艺术景观中最为灿烂夺目的一束奇葩。

纵观中国20世纪地域文化小说,我们似乎可以得出这样的结论:就小说而言,任何失却了地域文化色彩的乡土小说,在一定程度上都相应地减弱了其自身的审美力量。地域文化色彩,不仅仅是一种形式技巧和主题内涵意义上的运用,它作为一种文体,一种文本内容,几乎就是乡土小说内在特征的外显形式,是每一个民族文化和文学表现力与张力的有效度量。就此而言,地域、文化、小说所构成的链式内在逻辑联系是甚为重要的。

地域,从广义上来说,它是中华民族(种族)与幅员辽阔的中国(地理)——人与自然所构成的疆域居群关系。而从狭义上来说,它是在这辽阔的疆域居群内更小的种族群落单位与地理疆域单位的人与自然的亲和关系,也就是中国各民族及其栖居地之间的风土人性、风俗习惯等审美反差所形成的地域性特点。作为文学,尤其是乡土小说描写的聚焦,它是否能够成为作家主体的一种自觉,可能是衡量地域文化乡土小说的首要条件。倘使它不能进入作家的自觉意识层面,而只是在作家主体的无意识层面展开,也还是能够进入地域文化乡土小说的风景线之中的。我以为,最好的地域文化乡土小说可能是那种从无意识走向有意识,再进入信马由缰的无意识层面的小说家的超越境界。正如从“见山是山,见水是水”到“见山不是山,见水不是水”,再到“见山还是山,见水还是水”的审美超越过程一样,进入最高境界的地域文化乡土小说的审美表现应成为一种高度和谐的自然流露。

文化,它应是地域文化乡土小说丰富内涵的矿藏。它应充分显示出人与文化的亲和关系。从某种意义上来说,一部地域文化乡土小说,如果在地方色彩的表现过程中不能提示丰富的文化内涵,它便失去了作品的文学意义,至多不过是一种“风物志”、“地方志”似的介绍。因此,作为地域文化乡土小说,它所不可或缺的正是对斑澜色彩的多种文化内涵的揭示,无论你是主观还是客观,这种包括政治、经济、社会、民族、心理……各个层面的广义文化内涵的描写,一定要成为地域文化乡土小说形中之“神”、诗中之“韵”、物中之“魂”。否则,地域乡土失去文化即失去了文学之根本。

乡土小说,它应是包容多种艺术形式的地域文化特征的小说。就20世纪地域文化乡土小说,首先,它是以现实主义创作方法和技巧为主体内容的,这不仅是现实主义的创作方法和技巧从形式上来说更适合于跨时空、地域、民族、居群的阅读和审美接受;同时,它亦更适合于接纳现实主义那种博大精深的文化批判内涵。这一点在台湾的乡土小说创作中表现得十分明显。其次,作为现代主义创作方法和技巧的实验基地,有些地域乡土文化小说对现代主义创作方法和技巧的借鉴,大大丰富了地域文化乡土小说的表现力。诸如大陆新时期作家残雪的《黄泥街》以及马原、洪峰、扎西达娃的一些作品,对推进地域文化乡土小说的艺术发展有着历史性的进步意义。正是因为前两种艺术形式的冲撞,在八九十年代,才可能产生出第三种小说艺术形式和方法技巧。那么,现实主义和现代主义创作方法和技巧的融合,促使地域文化乡土小说胎生了另一种"杂交"作品:80 年代受拉美小说巨匠马尔克斯"魔幻现实主义"的影响,韩少功以《爸爸爸》完成了地域文化乡土小说从"现实"和"现代"两个躯壳中蜕变的过程,以另一种新的形式技巧来完成一个文化批判的母题。《马桥词典》亦以独特的地域文化特色,也可以说是将地域特征进行艺术的显微和放大,完成了艺术形式上的另一次蜕变,即使它的蜕变过程有着明显的模仿痕迹,但也无论如何有着形式拓展的历史进步意义。同样,台湾乡土小说创作,从 70 年代到 90 年代的艺术形式的转变,也是有其历史和审美意义的。

仍然是那位著名的美国小说家和批评家加兰在 20 世纪之交就预言了美国文学的 20 世纪未来:"日益尖锐起来的城市生活和乡村生活的对比,不久就要在乡土(地域)小说反映出来了——这部小说将在地方色彩的基础上,反映出那些悲剧和喜剧,我们的整个国家是它的背景,在国内这些不健全的、但是引起文学极大兴趣的城市,如雨后春笋般地成长起来。"[①]加兰所描述的一百年前美国社会景象在很大程度上与中国现今的社会文化景观相似。他所预言的地域文化小说要从以乡土小说为中心的基点转向城市这个物质的怪物身上的预言,不仅成为 20 世纪美国文学的现实,同时也成为西方 20 世纪文学的历史;更重要的是,它还将成为中国 21 世纪文学的未来。那种凝固的文化形态已被骚动的反文化因子所破坏,由此在地域文化中所形成的亘古不变的稳态文化结构——人种、居群、风俗、宗教等人文因素——将面临崩溃、裂变的过程;都市的风景线所构成的新的地域文化风景线,则都是地域文化乡土小说所面临的新课题。怎样去描摹和抒写 21 世纪的地域文化

---

① [美]赫姆林·加兰:《破碎的偶像》。

乡土小说的新景观,这是每一个乡土作家和批评家为下一个世纪所承担的历史重负。

纵观20世纪大陆与台湾乡土小说,我们从中可以缘着地域文化的审美特征,找到中国民族化特征的共同“结穴”,这种寻觅,对于两岸文化之根的整合,是有着十分重要的历史意义和现实意义的。

原载《福建论坛(文史哲版)》2000年第5期

乡土风情与本土意识

——大陆、台湾乡土文体与文学语言比较

范钦林

文体与语言历来是文学的重要因素。不同的文学创作风格与流派的出现，也常常是以文体与语言作为划分的标志。中国大陆乡土小说创作的旺盛时期语言与文体则主要分为鲁迅风格的创作与废名风格的创作，前者包括了鲁迅，以及在鲁迅影响下进行创作的一批乡土小说作家，主要是台静农、许钦文、王鲁彦、许杰、彭家煌诸人，蹇先艾也应在这一风格之下。后者则主要指废名、沈从文等人，异域情调与乡土风情是他们共同的特征。前者作品重于从灾难深重、凄惨悲绝的乡土现实中提炼出血与泪的主题，后者则更多是追求某种自然的生命体验和对于“田园诗”的张扬；前者是对于古老中国儿女悲剧生活的同情与怜悯，对于罪恶的旧有制度的血泪控诉，后者则是对于古老的中国封建宗法乡土社会风土人情的礼赞与美化，是对于现实社会的“血与泪”的漠视，是对于现代文明的逆向批判。

在台湾乡土小说的创作中，这种文体与语言的差别则主要表现为“五四”白话国语、日本文式国语与台湾地方话的区别，这种来自同一乡土创作的不同文化背景的区别，在反对日本殖民统治、争取台湾文学本土化的努力方向上有其一致性，但在演变过程中，随着新因素的加入而出现了某种始料未及的变异，从而为后来的文学发展带来了正负两方面的影响。

一、鲁迅:大陆乡土文体的先驱

毫无疑问,大陆乡土小说的创作是从鲁迅先生开始的。鲁迅的乡土小说创作,(包括文体)基本上是受了俄国和东欧一些弱小民族的现实主义文学的影响。鲁迅先生谈他如何做起小说的时候,便说自己大抵是读了一百多部这类的小说之后,才产生了自己对于小说的认识,开始做他自己的小说,他也曾在致别人的信中毫不掩饰地宣称:“我所取法的,大抵是外国的作家。”[①]取法他人,在鲁迅看来是并没有什么可羞的,自己既然没有,那就从别人那儿大胆地“拿来”,但并不是某种简单的移植,而是拿来其精神,运用中国之材料重铸新的文学样式,因而这种拿来,其实又是一种发展。因为对于中国现代小说,一切都是初创,没有现成的文体,也没有现成的语言规范,而外国的东西毕竟只具有材料性的意义,它们只能提供中国现代乡土文学这一新生躯体的营养构成,而不能成为某一器官,更不能成为躯体本身。这一躯体必须靠它自己去长成。鲁迅先生在中国乡土小说的文体创新方面投入了全部的创作热情。美国评论家帕士利卡·哈南指出:“相对其他作家来说,他的每篇短篇小说在艺术技巧上更堪称为一种冒险的事业,一种主题与形式完美结合的新鲜的尝试。……正是艺术技巧,结合着我们在他的著作背后所感到的情感因素和判断能力所产生的魅力,使得他为数不多的短篇小说在中国现代文学里显示出最为强大的艺术表现力。”[②]在这种艺术技巧之中,文体的成分与语言的运用显然占有重要的比重。《狂人日记》的出现就是中国乡土小说文体的一次大的实验。这种特别的格式即文体的确给中国小说界带来一种新鲜之气。在中国小说界史无前例的这一小说文体也的确受到了果戈理同名小说的影响,甚至在某些语言的运用上还有安特莱夫的影响,比如安特莱夫的小说《红笑》也是运用疯狂者的内心独白的残篇断简的形式写成,有的片断长达千言,有的则短至一句话(这与鲁迅的《狂人日

① 鲁迅:《致董永舒(1933年8月13日)》,《鲁迅全集》(第12卷),人民文学出版社,1981年,第212页。
② 鲁迅:《致董永舒(1933年8月13日)》,《鲁迅全集》(第12卷),人民文学出版社,1981年,第212页。

记》颇为相似），最后还借人物之口喊出："他们要来闷死我们了！让我们从窗门逃出，救我们自己罢。"这与《狂人日记》的结构方式也是相似的。鲁迅还有一篇以狂人为主角的小说《长明灯》，它颇受影响于迦尔洵的《红花》。迦尔洵作为一个"以一身来担人间苦的小说家"①，他以其对于时代的敏锐的痛苦深深打动过鲁迅。鲁迅对他的小说曾有过评论："他的杰作《红花》，叙一半狂的人物，以红花为世界上一切恶的象征，在医院中拼命撷取而死，论者或以为便在描写陷于发狂状态中的他自己。"②《红花》是以象征的手法写狂人对于恶的憎恶。而《长明灯》则写吉光屯的"疯子"要熄灭点了一千余年的长明灯，用的也正是这种象征的手法。在这里"长明灯"就是中国封建宗法制度的象征物。在鲁迅的"辞典"里，"灯"与"塔"正是封建宗法制度的象征。鲁迅曾在一篇杂感里欢呼过"雷峰塔"的倒掉。从《狂人日记》中狂人发现中国封建社会的全部历史就是一个吃人的历史，从而呼吁"救救孩子"，到《长明灯》中疯子要去熄灭这盏象征着吃人制度的长明灯，鲁迅反对封建宗法制度的立场是一以贯之的。虽然借用了外国作品的某种形式，但是我们所感受到的则完全是中国化的描写与表现。它表现的是中国人的情绪，中国现代文化的风韵。这正是鲁迅的高明处，他从不食洋不化。《长明灯》结尾处的孩子们所吟唱的童谣带有浓厚的民间文化的色彩。如果我们进一步将鲁迅先生的《伤逝》与胡适之先生的《终身大事》作一比较，就可以看出在借鉴外国文学方面的差异来。尽管胡适之曾自称自己"是把易卜生介绍到中国来的第一个人"，但他毫无批判地加以吸收的结果是他的仿作《终身大事》在中国的出现，就像帕特农神庙的石柱立在了中国古老的寺院的门前，而这里本来立着的应是一对久经风雨磨蚀的石狮。鲁迅先生的《伤逝》则完全是从中国具体的社会现实出发，塑造的是带有中国气味的"五四"时代男女青年的思想感情、人生磨难，他们的理想、勇气、颓唐与牺牲，却不带有丝毫的西洋气味或者是东洋气味。无论是日记，还是手记，其实都是以主人公的内心独白的方式来展开故事塑造人物的，这是鲁迅先生在中国乡土小说文体方面所建构的第一种模式。

---

① 鲁迅：《译从补·一篇很短的传奇·附记》，《鲁迅全集》（第16卷），人民文学出版社，1973年，第601页。
② 鲁迅：《译从补·一篇很短的传奇·附记》，《鲁迅全集》（第16卷），人民文学出版社，1973年，第601页。

以传记的形式做小说,是鲁迅先生带给中国乡土小说的第二种文体模式。这种文体是伴随他的伟大的划时代的作品《阿Q正传》而出现的。在西方文学史中,这一类以主人公生平事迹的叙写的方式结构文学作品的并不少见,从“骑士小说”到“流浪汉小说”,最著名的有《堂吉诃德》、《小癞子》,还有《巨人传》也是传记色彩的小说。但是鲁迅先生的《阿Q正传》除了这些作品可能的影响之外,更是对于中国传统文体的开新或创造。这在《阿Q正传》第一章《序》中讲得十分清楚:“我要给阿Q做正传,已经不止一两年了。”但一直未做,是什么原因呢?因为他“感到万分的困难”。“第一是文章的名目。孔子曰,‘名不正则言不顺’。这原是应该极注意的。传的名目很繁多:列传,自传,内传,外传,别传,家传,小传……,而可惜都不合。……便从不入三教九流的小说家所谓‘闲话休提言归正传’这一句套话里,取出‘正传’两个字来,作名目,即使与古人所撰《书法正传》的‘正传’字面上很相混,也顾不得了。”就此我们可以清楚看到鲁迅先生《阿Q正传》就其文体而言还是对中国古代史传传统的一种创新,一种艺术化的处理。在中国传统文化之中,史传是用来记载真人真事的。而鲁迅将这种文体用来记叙虚拟的人物。并且“正传”这种名目在古代的史传文学之中也不存在,鲁迅随手拈来旧小说家所谓“闲话休提言归正传”这句套话里的“正传”二字作为篇名,以创立一种新的文体,这不无对传统史传文学的调侃之意,同时也蕴含着为小说这样一种文学样式争得文坛正宗地位的意思。另一方面《阿Q正传》在文体风格方面更具有一种调侃与讽喻的特征,这显然也带有外国小说的影响。如显克微支的《炭画》,如果戈理的《两个伊凡尼支打架》。但同样是诙谐、讽刺的格调与篇章布局,鲁迅的《阿Q正传》却胜过前者。《阿Q正传》那种“一语传神,一语勾魂摄魄”的功力都是果戈理和显克微支所不能比拟的。《炭画》虽然社会批判也颇有力量,但有过多的哀怜色彩,《两个伊凡尼支打架》的沉痛之感与批判力度稍嫌不够,《阿Q正传》则“实不以滑稽或哀怜为目的”[①],而旨在进行更为深广的社会历史的解剖与国民性格与灵魂的刻画,显示出作者历史巨人的风范。这种以喜剧的氛围来写悲剧的文体风格实为后来的乡土小说作家所追慕。如

① 鲁迅:《致王乔南》,《鲁迅书信集 1930-10-13》,《鲁迅全集》(第12卷),人民文学出版社,1981年,第26页。

彭家煌的《怂恿》就学习了鲁迅这一风格，以极具调侃与讽喻的喜剧格调描写了政屏娘子上吊之后所谓上下“通气”的抢救闹剧，揭示的实际上是中国妇女那种任人宰割与侮辱的深刻悲剧。

在叙事角度上，鲁迅先生在他的乡土小说中既采用了第三人称的全知视角，也采用了第一人称的有限视角。而有限视角在中国乡土小说里的确立，无疑是对中国传统小说叙事模式的一种发展。如《故乡》、《社戏》、《祝福》等作品都得力于这种视角而使小说的叙述显得非常亲切、生动，并且增加了真实感。更为值得注意的是鲁迅乡土小说的散文化倾向，这实际是在情节小说如《阿Q正传》等作品之外显示了一种新的文体魅力。严格地说来，鲁迅小说创作非情节化色彩是非常浓厚的，《社戏》中对童年生活趣事的回忆，《故乡》中对于凋敝的故乡景色的描写以及对童年朋友闰土的回忆与现实的描写都有鲜明的散文化特征。而这种特征在鲁迅影响的一批乡土小说的作品中都有所体现，特别是像蹇先艾的《在贵州道上》就颇具散文特征。废名与沈从文的小说因其集中地体现了某种散文化特征，而在文学史上具有特殊位置，但是就文体学的意义而言，这种文体的形成，仍然应该是从鲁迅的乡土小说开始。

因此，鲁迅的乡土小说是中国乡土小说文体的集大成者，正像茅盾所指出的那样：“在中国新文坛上，鲁迅君常常是创造‘新形式’的先锋；《呐喊》里的十多篇小说几乎一篇有一篇新形式，而这些新形式又莫不给青年作者以极大的影响，必然有多数人跟上去试验。”①中国乡土小说文体的形成，正是鲁迅从西方小说与中国古代文学中拿来又经过自己的融汇锻造而形成的。

二、台湾乡土文体流派的形成

由于历史与时代的原因，在台湾乡土小说的语言运用方面呈现出多样化的特征。台湾本土自古以来并没有自己的文学，因而也没有自己的文学语言。“五四”

---

① 沈雁冰：《读〈呐喊〉》，《茅盾全集》(第18卷)，人民文学出版社，1989年，第398页。

新文化运动以前,在台湾社会存在的文学样式主要是古典诗词,用文言写成,这是由于大陆移民中的官宦士人将大陆古典文学带去的结果。在日本帝国主义侵占台湾之后,在所谓"本土化"(日本化)的政策推行过程中,刻意围剿中国文化在台湾的传统影响,而推行日本文化。在台湾本土兴办学校禁止使用中国语言,强行推行日语化教学,因而台湾人民除了民间学塾尚有传统方式的中文教学之外就再也没有什么正规的中文教学的学校,台湾人的子弟就只有去日文学校接受奴化教育。在台湾社会就出现了讲台湾土话,看日本书报的奇怪局面,好多人都不能用中文进行阅读与写作,因此在那段时期台湾社会日文实际上变成了一种占统治地位的书面语言,中国文学只是在报章上以中文栏目的名义保存下来。到抗日战争爆发时,这种中文栏目也完全被取消,因而在台湾的乡土小说创作中语言的运用就变得既敏感而又现实。许多人用日本文字写作,就变成一种不得已的行为。

"五四"反帝反封建的新文化运动从中国大陆被带到台湾社会,这无疑进一步激起台湾社会爱国的有识之士强烈的反日情绪,中国人的民族认同感,民族文化认同感,得到普遍的张扬;他们强烈地意识到作为中国之台湾人,必须运用中国语言来写台湾人的社会生活与心理情绪。不少具有中国语言素养的作家从一开始就运用中文即"五四"白话文进行乡土小说的创作,比如张我军等人。张我军因为是在北京受的教育,并且饱受"五四"新文化的熏陶,所以他的作品语言是比较纯正的新白话语言。后来有一些作家,与张我军取同样的语言运用态度,就在台湾乡土小说中形成了一个白话语言文学的流派。赖和从小受过传统的中国语言文学的教育,又受过正宗的日式教育,但他的爱国主义情怀使他终身都没有用日文发表过作品,而一直坚持用中文创作。不过赖和的乡土小说语言与张我军不同,里面杂有大量的台湾方言,让不熟悉闽南方言的读者读来很是困难。此外蔡秋桐等人的作品也是这样,有时为了人物性格刻画的需要还在作品中使用了一些日式白话,这可另当别论。这一批作家其实是抱着文学启蒙主义的主张,主观的意图是想使他们的作品让大多数的台湾老百姓都能看懂,但实行的结果并不理想,因为台湾话有好多是没有相应文字的,勉强以音填写常常给人以不伦不类的感觉。不过持这种观念,即以台湾话写台湾生活的乡土话语观的作家也不少,故而在台湾乡土小说中也形成了一个文学的语言流派。此外还有一批作家其日本文字的功底甚好,他们的日文作品甚至已经达到日本本土作家的水准。这批作家在“五四”新文化运动的感召下，其民族与民族文化认同感的觉醒，使得他们放弃了日本文字这种用惯的工具，而操起比较生疏的汉语白话文，他们有时找不到较为合适的汉语白话语汇，常常为了表达的需要不得不以他们较为熟练的日文语汇替代，甚至其句法结构也常常呈现出日式倾向。这种语言的杂糅在台湾乡土小说中并不是个别现象，也形成了一个文学语言的流派，如杨云萍等就是这样。很有意思的是这三种语言流派的代表性人物，张我军、赖和、杨云萍都是台湾乡土小说先驱，他们各自以《买彩票》、《斗闹热》、《光临》为篇名的乡土小说发表于1926年《台湾民报》的新年号，吹响了台湾新文学创作的最初号角。此后，台湾文学才出现了真正有价值的乡土小说。

尽管台湾乡土小说有语言流派的分野，但各种语言流派（正如上文所分析的）都有着自己出现的历史背景与文化原因。在共同的反帝反封建的思想背景之下，他们也的确存在着不同文学认同的理念，特别是表现在“五四”白话语言流派与台湾方言语言流派之间，这就形成了台湾乡土文学运动中的第一次文学论争。论争的出发点是台湾乡土文学的定位问题。叶石涛曾经说过：“一般说来，在台湾新文学的发轫时期，张我军主张：‘白话文学的建设，台湾语言的改造’，使没有办法完全用文字表达思想情感的台湾话文整理改进后统一为普通话，是大致正确的方向。”[①]张我军的主张其实是把台湾新文学作为中国“五四”新文学的一个分支来看待，因而应当与中国“五四”新文学有共同发展的道路，从而把台湾新文学纳入“五四”新文学的轨道。但是殖民地的现状，往往与理想背道而驰。台湾社会的日本化倾向，以及台湾民众的无文化现状，使得张我军的良好的愿望未能获得普遍的认同。但在当时无论是赞同还是反对，本质并没有大的区别，都是为了台湾的抗日民族解放的事业，正如叶石涛所说：“语文是抗日民族运动中最重要的一环，给民众灌输民族意识，授以打破迷信陋习的观念，卫生常识的培养，以改革台湾社会结构，促进近代化，获得民族解放，必须依靠普及民众的语文才行——这就是台湾话文的构想萌芽的基础。”[②]那么“台湾话文建设运动”和“乡土文学”的倡导围绕的主要还是

---

① 叶石涛：《台湾文学史纲》，高雄文学界杂志社，1987年，第24页。

② 叶石涛：《台湾文学史纲》，高雄文学界杂志社，1987年，第24页。

语言问题,即用什么样的语言来写乡土文学更符合台湾的实际社会现状,更符合台湾人民的需要。“由于古文是属于封建旧知识分子的发表工具,白话文和日文属于新一代知识分子的表达思想的工具,难免都有贵族化的倾向,未能打进广大民众里,而且愈来愈脱离民众现实生活至远”[①],所以乡土文学的提倡,台湾话文的建设也就顺理成章地被提了出来。最初提倡乡土文学,主张用台湾话文写作的是郑坤五,他是一个旧文人,还不清楚这种提倡的时代意义。而把这种提倡上升到理论意义的是黄石辉的两篇在《伍人报》和《台湾新闻》上发表的文章,一篇是《怎样不提倡乡土文学》,另一篇是《再谈乡土文学》。他的观念是既然居住在台湾的人,大家都喝台湾的奶水长大,眼看耳闻都是台湾本土消息,所有经验都来自乡土台湾,那么作家描写台湾事物是天经地义、责无旁贷的任务。在他看来,乡土文学就是只描写“台湾事物”的文学。为了能让台湾民众得到文学的激励,就必须让他看懂乡土文学,而要让他们看懂乡土文学,那么作为文学的描写工具语言,就必须是台湾话文,而不是其他什么,日文是统治者的语文,古文是封建旧知识分子的语文,白话文则是新贵族知识分子的。这些都不是台湾的劳苦大众所惯用的。尽管台湾话文尚无现成的可用,但它的文法、文字都可应用汉文建立起来,并且认为这样的乡土文学必定会往写实主义的路上跑,写出真正的乡土文学来。

黄石辉的文章发表之后,郭秋生 1931 年在《台湾新闻》发表《建设台湾白话文一提案》,对黄石辉表示支持与呼应。并且郭秋生写道:他“极爱中国的白话文,每天生活在白话里,但是白话文不能满足他的需要,时代不许他心满意足的使用白话文”。由此看来,黄石辉、郭秋生的“乡土文学”与“台湾话文”的提倡只是扎根于台湾殖民地社会的特殊环境和时代需要而提出的“历史性的权宜措施”。但是这种“乡土文学”与“台湾话文”运动也的确存在着反对者所批评的那种缺陷,即在很大程度上有碍于与大陆文学的沟通。也有人批评这种乡土文学是田园文学,只描写乡土的特殊自然风俗和感情思想,缺乏普遍性,是落后的文学,又有人认为台湾永远是大陆的一环,在民族文化上是分不开的,不必标新立异建立台湾特殊的地方性文化。前者从情理上讲显然有武断之嫌,因为文学的先进与落后并不在是否写了

---

① 叶石涛:《台湾文学史纲》,高雄文学界杂志社,1987 年,第 24 页。

乡土或者是田园;而后者也明显缺乏说服力。我们认为台湾乡土文学的提倡是完全正确的,至于台湾话文的提倡,就有明显的狭隘性。而后来的事实也证明了这种狭隘性的严重后果,因为文化的普及不仅是一个俯就的问题,同时也是一个提高的过程,对于没有文化的劳苦大众,不仅是白话文学他们无法读,就是台湾话文学又何尝能够阅读呢,而一旦他们有了文化,别说是同根同宗的中国白话文学可以读懂,就是日文文学也能读懂的。所以这里的关键不在于白话文还是台湾话文。此外将白话文看成是知识分子新贵族的文字也是完全错误的。但毫无疑问,黄石辉、郭秋生等人的提倡倒是完全出于将台湾新文学打进台湾广大劳苦大众的启蒙主义目的。他们是要给台湾民众提供精神食粮,企图影响民众的精神结构,以使他们成为现代化的民众从而为台湾的民族解放铺平道路。因而这场乡土文学的论争,实质上是双方如何利用文学唤醒劳苦大众问题上的差异,目的是共同的。

但是,历史的发展常常会违背人们的初衷。乡土文学这第一次的论争,给台湾乡土文学的发展进行了理论上的建构,而台湾殖民地社会的乡土现实、人民的苦难、日本殖民当局的残暴统治的确为乡土文学提供了用武之地,使台湾乡土文学成了日本殖民当局疯狂压榨与奴役台湾人民、台湾人民不屈反抗及忍辱负重苟延残喘于黑暗社会的真实的历史记载,而台湾的乡土文学作家也就成了台湾殖民地社会历史的“书记官”。这其实正是乡土文学给台湾文学及作家带来的机遇。但另一方面,由于乡土文学论争中所着意强调的台湾本土意识,那种过分强调台湾文学与大陆的差异的观念,被后来的一些别有用心的人无限地放大之后,台湾的乡土文学也就摇身一变而成了“本土文学”,成了少数“台独分子”与新旧殖民主义残余势力相互勾结,制造台湾独立的一个所谓的筹码。这正是这场论争的负面效应。

三、地方风情与方言的审美张力与文化局限

中国大陆乡土小说创作与其他形式的文学创作一样,往往有一个理论滞后的现象。当鲁迅的乡土小说创作已经取得了重要的成就时,在中国现代文坛似乎还未有人对这一新的文学载体有一个全面而科学的认识,直到 1925 年当鲁迅的首批

乡土小说以《呐喊》结集出版后,张定璜才在其评论中首度认识到这类作品特征及价值:“他的作品满熏着中国的土气,他可以说是眼前我们唯一的乡土艺术家。”[①]

不管鲁迅先生在他的首篇小说《狂人日记》以及后来的作品中是否有意识地采用了地域性的描写,但他的作品却无疑呈现出了某种“地方色彩”和“风俗画面”。当然,乡土小说,作为一种文学现象或文学流派,并不是什么新的东西,在外国文学中早已存在。不过,在中国文学界它还是一个全新的东西。因而从创作到理论都有一个探索与实践的过程。在中国现代文学界对这一文学现象进行理论概括的首先是周作人先生。周作人的提倡乡土文学其实是从中国的具体国情出发,他主张乡土小说的地域特点,因为“风土与住民有密切的关系”,“所以各国文学各有特色,就是一国之中也可以因了地域显出一种不同的风格”。[②] 周作人这里着重强调的是不同地区,更主要的是不同的文化区域的差异性。

在大陆这种差异性显然是十分鲜明的。大陆是一个多民族聚居地,存在着特色各异的民族风情,即使在汉民族区域,由于方言及地方文化的差异也存在着风采各异的地域特征,这都是不争自明的。因此乡土作家立足于本区域风土与文化立场,就自然可以写出小说的“异域情调”。周作人还主张乡土小说要体现出民风民俗中具有“个性的土之力”,他要求作家“自由地发表那从土里滋长出来的个性”,“我们所希望的,便是摆脱了一切的束缚,任情地歌唱”,“只要是遗传、环境所融合而成的我们的真的心搏”,“这样的作品,自然具有他应具的特征,便是国民性、地方性与个性,也即是他的生命”。[③] 在周作人看来,个性即是生命的体现,文学没有了个性便没有了生命。而个性的体现对于乡土小说而言,最共同的便是对于国民性的揭示与构成这种国民性的地域国家,地方色彩的描画。这种主张是符合“五四”新人文主义思潮的。因此他大力呼吁文学“须得跳到地面上来,把土气息、泥滋味透过了他的脉搏,表现在文字上,这才是真实的思想与文艺”[④]。

这说明新文学的先驱者对于文学的“土气息、泥滋味”是与中华民族的民族根

① 张定璜:《鲁迅先生》,《现代评论》1925年第1期。
② 周作人:《地方与文艺》,《谈友集》,岳麓书社,1989年,第9—12页。
③ 周作人:《地方与文艺》,《谈友集》,岳麓书社,1989年,第9—12页。
④ 周作人:《地方与文艺》,《谈友集》,岳麓书社,1989年,第9—12页。

性联系在一起加以考虑的，在乡土风情之中是民族文化自然积淀最深厚的地方。比如“阿Q正传”中的未庄风情，《孔乙己》咸亨酒店冷漠的闲人，《祝福》中柳妈的鬼神观念，以及其他乡土小说家所描写的典妻、冥婚、水葬、宗族械斗等，这样的乡土风情之中，大量的自古遗留下来的民族的恶劣根性都成为现代乡民的集体无意识。只有通过乡土小说的乡土风情的描写才能将它们形象地揭示出来，以得到清算的可能。因而这种乡土风情的关注，也就是“五四”新文化运动追求人的解放的一个重要环节。

具体到艺术的层面上，乡土文学中所表现出来的乡土的风俗与人情的确给读者带来了巨大的审美快感。无论是鲁迅笔下的未庄、咸亨酒店，还是赖和笔下的“斗闹热”的场面，无论是蹇先艾的“贵州道上”，还是陈虚谷笔下的面对日本警察巧取豪夺时乡民的各种心态的表述，都给人一种艺术上的美感。这种艺术审美活力的来源主要是艺术表现对象的陌生化。对于艺术的表现而言，在某种限度之内，越是新鲜奇特、闻所未闻、见所未见的东西，就越会带来艺术上的奇特效果。而乡土风情正可以给予许多并非本乡土的读者这种陌生感或新鲜感。这种艺术内容的新与艺术形式的新其实是一样受到欢迎的。鲁迅在他的乡土小说中就大量地描写了这类风情、风俗。像《阿Q正传》中，阿Q与小D的“龙虎斗”，阿Q在庙会的赌博的场面，阿Q与吴妈的“恋爱”的场面描写，以及“恋爱”失败之后，未庄的女人见阿Q就躲的有趣场面，阿Q赴刑场的表演等都给读者带来极大的审美享受。蹇先艾《水葬》中对于行刑队伍的描写，也让读者在悲愤的同时产生某种深远的沉思，从悲剧的描写氛围中得到一种美感超越。赖和的《斗闹热》中双方竞富压贫、争强好强的激昂的群情，陈虚谷《他发财了》中日本警察那种既想做婊子又想立牌坊的诡柔的心理，与台湾社会、“补大人”、保正这一类奴才趁机逢迎巴结，又各怀鬼胎的心理描写，以及台湾民众深恶痛绝、怨声载道而又无可奈何的心态表现得淋漓尽致，而这些小说的成功，在很大程度上是得力于对乡土风俗民情的准确的描摹。

与乡土风情相联系的另一重要因素，是方言的运用，方言在乡土小说中常常是极其重要的形式因素，只要这种使用在关键的地方起一种点缀风情的作用，特别是作为人物的语言与作家本人的提示性语言区别开来，往往能起到更好的效果。但是如果作者本人也是采用乡土方言作为提示性语言，或描写性语言，那么通篇充满了方言土语,就会适得其反,大大降低作品的美学品格,而完全成为一种地方性文学了。在这一点上彭家煌的《怂恿》处理得相当出色。彭家煌的小说语言非常精粹练达,在精巧的白话里夹杂着几个土语的对话,甚至在一两处还带上一个"飞白",不但是将小说里的人物写活了,而且还使小说本身的乡土气息更为浓厚。在乡土小说中,这一类例子,不在少数。此外,如果将赖和的乡土小说与张我军的作品在语言上进行对照分析就可发现,尽管张我军的作品使用了标准"五四"白话文,但在文字的审美张力方面难与赖和相比。赖和的白话文用得远不及张我军娴熟,但由于赖和的乡土小说杂夹了一些台湾方言与日本字汇,只要打开他的小说,就会感受到一股浓烈的在日本殖民统治下的台湾乡土社会的"土气息"与"泥滋味",台湾台土小说的那种独特性就被绝妙地体现了出来。但是赖和有些作品所用方言太多,则在一定程度上阻碍了小说的艺术美感的呈现。这说明对待乡土小说中的方言的使用问题,绝不可随意处之,过犹不及。这就是在乡土小说中要尽量利用其优势而限制其局限,最大限度地利用方言来为乡土风情的描写服务。

原载《江苏教育学院学报(社会科学版)》2003 年第 5 期

迁徙·冲突·漂泊

——大陆与台湾“农民进城小说”之比较

许玉庆

大陆与台湾本是同根同族，共同的文化渊源和相似的历史经历在文学上同样获得共同的体现。近代以来，“现代性的焦虑”像一个巨大的阴影笼罩在现代乡土中国的心头。无论是大陆还是台湾，中西方文化的冲突与现代文明的建构过程无不充溢着难以排解的困惑和无奈，乡村的闭塞愚昧、城市的现代文明病和城乡异质的文化冲突就成为中国文学说不尽的话题。具有两千年历史的古代文明要完成向现代文明的转化，就必须从形式上完成农民城市化的进程，从文化内在性上完成一个“悬置”过程。而作为乡土文学延伸的“农民进城”所产生的冲突，以及心灵震荡，在乡土文学发展史上更是前所未有的。故乡的山山水水、风土人情、伦理道德面临现代都市文化的全面挑战，钢筋水泥的都市丛林冷酷无情地面对这一颗颗柔弱的心，善良淳厚的乡村伦理在物欲横流的冲击下走向绝望的深渊，物质的贫乏以身心为代价换来泡沫式的虚无。

实际上在文学创作中，“农民进城”现象早已为小说家纳入视野，但是真正以民族文化变革的符码却是在新文学诞生以后，并且在以后的关注过程中逐渐演变成一种哲学文化的冲突。老舍的《骆驼祥子》、萧也牧的《我们夫妇之间》、苏童的《米》、尤凤伟的《泥鳅》……人物自身所处的简单空间位置潜藏了文化与人性、东方和西方、传统与现代、文明与愚昧的内在冲突与融合。我们看到乡村大地上那一颗颗执拗朴实的心灵个体或主动或无奈地告别乡土走向城市的种种迁徙、不同文化心理和价值观念的冲突、居无定所价值丢失造成的肉身和灵魂的孤独漂泊。不但如此,这些小说文本的个性化呈现出“作家对群体化的文化理解再进行个体化的理解,使共同理解变为纯粹的个别理解,并衍生出独特的文学意味”①。

一、迁徙:文化守望者的无望之旅

著名学者范家进认为:“无论是文学创作还是文学批评,要想实现真正意义上的现代变革,要真正深入地参与和介入到现代中国人的社会改造与精神重建过程中来,如果离开了中国乡村这个‘社会深层’,所得到的结果也只能是缘木求鱼。”②乡土小说中的文化变革、精神震荡可以说是最具本土性的,它从整体上展现了中国文化转型的独特性。这个过程中大陆和台湾的城市化迅猛发展促使许许多多的乡民大规模流向城市,农民(这里只指那些以“民工”身份进入城市的农民)的大迁徙已经不仅仅是地理空间上的生存性出走,更是一种文化心理上痛苦的蜕变过程。大陆和台湾的许多乡土小说家以知识者的良知和人文主义者的悲悯书写他们一个个充满血泪的人生悲喜剧,“既从社会的角度为底层人物的不幸鸣不平,又将底层人物作为一个生命个体加以观照”③。但是,大陆与台湾由于历史的原因、地理气候的差异以及作家个体迥异而存在着不同的着眼点和叙述方式。

大陆农民进城的背景除了90年代以来经济全球化、市场化造成的原因之外,还有一个更为复杂的历史的意识形态的因素,这就在无形之中增加了这一现象的复杂性。1950年代以来,由于多方面的原因大陆上逐渐形成了具有中国特色的“城乡二元对峙”格局。城市成为国家发展的重点,并随之形成一种相对优势的文化,而广大乡村则沦为现代文明遗忘的角落。直至90年代以后,全球化趋势逐渐打破了原有的僵化格局,农民这种压抑多年的城市梦想才得以自由,可是又面临着始料未及的新困境。因此,大陆农民迁徙的原因是极其复杂的:既有“想象城市”的

① 吴炫:《文学的穿越性》,《上海文学》2001年第5期,第74页。

② 范家进:《现代乡土小说三家论》,上海三联书店,2002年,第325页。

③ 王文初:《新世纪底层写作的三种人文观照》,《江西社会科学》2004年第11期,第72页。

梦想驱动，又有全球化蔓延造成的农业破产的无奈；既有乡村政治腐败的逼迫，又有个体自我满足的欲望。大批农民在城市化的大背景下毫无准备地走出自己固守了祖祖辈辈的乡土，去接受现代化的炼狱带来的人生苦痛。在火车站，到处是他们疲惫不堪、携家带口的身影；在都市的大街小巷，到处是他们提着刷子和锯刨寻找工作的身影；在建筑工地，到处是他们忙忙碌碌、没白没黑洒血流汗的身影；在小饭馆、在搬家公司……尤凤伟的《泥鳅》可以说道尽了他们命运的惨烈、世道的不公、人生的无奈、抗争的无力。高中毕业的国瑞和那些同样来自乡村的同龄人怀着美好城市之梦步入那个充满欲望、充满险恶的都市迷魂阵，最终的结局是有的被判了刑、有的沦为三陪小姐、有的成了疯子，就像国瑞带到城市的那条富有象征意味的泥鳅一样为都市掠夺者分而食之。而张继的《去城里受苦吧》则是一个农民进城“因祸得福”的喜剧色彩较浓的故事：诚实善良的、傻气可爱的贵祥在自己不知情的情况下，二亩好地被村长李木以三十万卖掉，他反反复复多次前往村长家讨取公道却屡遭村长的戏谑。为了争得一口气他迫不得已走上进城告状的道路。他一次次希望回到自己的故土，但是寻求公道而不得的结局一次次堵死他的归家之路。迁徙是一种无奈，迁徙是一种游离，迁徙更是一种难言之痛。

20世纪六七十年代，随着西方资本的入侵，台湾同样出现了大批农民进城的现象。黄春明的《青番公的故事》已经开始关注乡村传统价值观所面临的危机。青番公期望自己多年劳动换来的土地和价值观念得到下一代的认可和传承，可是他在生活的发展演变中似乎意识到危机已经发生，工商业的价值标准悄然侵入。《溺死一只老猫》中，村里的泉水以三十万的价格被卖给开发区作游泳池，乡村因为传统的价值观念遇到挑战而变得不再宁静了。但是，阿盛伯们的反击在强大的政府与金钱的合谋面前却显得那么得苍白无力。那全村精神和物质象征的龙目泉水，面临着灭顶之灾。更糟糕的是，只穿着一点点的浮华男女将要教坏了一向淳朴的清泉子弟。尤为令人困惑不已的是：“为什么别人来侵犯我们的行为会受到法律的保障，我们的正义却刚好相反触犯法律？”[①]以往我们传统的价值尺度是将青番公和阿盛伯们的思想和行为方式，简单地看作一种保守和僵化，但是当作家将人物放

① 陈映真：《华盛顿大楼》，赵遐秋编，中国人民大学出版社，1994年。

到外来文化入侵者的对立面时，便成为英雄末路的悲楚和无奈。

如果说老一辈人的坚守还只是初露乡村失落的端倪的话，那么在新一代年轻人身上的迁徙则已经变成一种无奈的事实。在黄春明的《两个油漆匠》中，我们看到的是这些乡村的逃离者在城市中艰难生活的现状，以及城市的异质文化给予他们的心灵带来的创伤。现代化进程并非如人们想象的那样乐观，往往是文化撞击带来的心灵隐痛大大超过了廉价的物质给予的肉体快乐。思维敏锐的作家会将悲悯的目光投向底层，开掘小人物在社会夹缝里的辛酸和无奈。他们的迁徙无论是主动还是被迫的，都是步履艰难，饱受折磨，很可能会是长远的漂泊。

二、冲突：强与弱的双向反思

现代化进程中充满了冲突和裂变。著名评论家张柠认为："农业文明与现代文明(或者都市文明)的冲突，实际上就是永恒时间与历史理性之间的冲突"①，"'现代性'的本质就是一种历史的过渡状态。这种过渡状态常常表现为一种精神和肉体的双重悬空状态，它既失去了从前的幸福感，也没有对未来幸福的憧憬"②。几千年来形成的"重静不重动"的文化已经潜存在民族文化人格之中，"父母在，不远游"成为中国人坚守的基本准则，诚实、守信、勤劳的传统美德，成为公共伦理道德普遍的价值尺度。正是这种绵延多年的文化一直是我们精神的家园，使我们每一颗心灵得到安宁。但是，一旦西方文明侵入我们的文化机体，那种物质化欲望化的西方现代文明对一向讲究"重义轻利"、"克己复礼"的"内敛文化"构成了强大的优势，世纪阵痛已经不可避免触及社会的每一个角落、每一根脆弱的神经。

这种冲突在"五四"新文化运动之后初见端倪。尤其是老舍的《骆驼祥子》已经开始展现以祥子为代表的朴实、善良、勤快的乡村文化在充满欲望、欺骗和残忍的城市文化面前的溃败结局。《春蚕》中的老通宝勤劳的价值原则和生活信念在西方

---

① 张柠：《文化的病症：中国当代经验研究》，上海文艺出版社，2004年，第4页。

② 张柠：《文化的病症：中国当代经验研究》，上海文艺出版社，2004年，第8页。

殖民经济蚕食面前迅速化为泡影。世纪初的文化冲突早已纳入新文学作家的视野，成为中国现代文化建设的一个重要的领域。共同的文化命脉和相似的文化冲突必然在大陆和台湾两地中华儿女的心灵深处产生相似的震颤。

逼近世纪末，大陆城市化的进程终于逐渐摆脱政治这块锈迹斑斑的铁锁，匆匆忙忙迎接“全球化”的挑战。于是，90 年代大陆乡土文学写作中出现了大量针对“城乡文化冲突”的现实写作文本，其惊心动魄的程度远远超过了人们的想象。城市的物质精神的富足与乡村的相对贫困形成的巨大反差，首先是大陆城乡二元对立格局所造成的体制下乡村世界相对的封闭性，其次就是这种体制下隐含的几十年来形成的城市对乡村的经济剥削。对城市文化的期待构成了农民“跳农门”的主要动力，长期封闭的乡村体制所形成的闭塞的文化意识使得走出农村的道路又是那么坎坷那么艰辛。河南作家李佩甫的小说《城的灯》中就塑造了这样一个典型性的形象。主人公冯家昌梦魇般的苦涩乡村记忆推动他不辞“历尽千辛万苦”“逃离”乡村，欺骗了深爱他的那个在家含辛茹苦的恋人刘汉香，背离他从小建构的乡村文化价值观。在小说文本中，我们会看到两种文化价值在他这个不乏良知的生命个体中是如何进行厮杀、毁灭的。这里到底谁输谁败已经显得不那么重要，因为我们可以完全从道德伦理上对他发出种种责难，但是我们又有多少理由对他的选择横加斥责呢？那发自内心的欲望与道德的冲突，惨烈而痛心，凄绝而无奈：

> 夜里，躺在床上，冯家昌哭了，是他的心哭了。泪水在心上泡着，泡出了一股一股的牛屎饼花的味道。还有月光，带干草味的月光。但，那就是泪么？那不过是一泡亏了心的热尿！当着周主任，他说出的那两个字，就像是铅化了的秤砣，一下子压在了他的心上。他觉得他是把自己卖了，那么快就把自己卖了。就像是一只赶到“集市”上的羊，人家摸了摸，问卖不卖？他说卖、卖。他也可以不卖的，是不是呢？可既然牵出来了，为什么不卖？

在冯家昌这里，我们不难发现两种文化价值交战的结局是乡村文化的屈服，乡村逃离者们从一开始就踏上了不归之路。归根结底，这正是在现代文明冲击下人性的弱点的强化。

内心的冲突是文化冲突的一种内在的表现,而外在的冲突会将问题更加明确化、突出化。尤凤伟的《泥鳅》中,城市的欲望、城市的阴谋张着大口将国瑞、陶凤们的青春、爱情、善良吞噬得干干净净,只剩下残缺的心灵和肉体,更有甚者变为城市上空的阴魂。乡村生活的严重滞后与城市的诱惑共谋促成这样一场悲剧的上演。乡村的腐败是逼迫他们出走的内在动因,而进入城市究竟会给他们带来什么呢?男人被美其名曰为"城市的建设者",靠出卖自己的劳动力生活在路边工棚里却最终连回家的工资都被席卷一空;女人们则借助色相沦落风尘成为城市街头霓虹灯下的"夜游神"。乡村出身又往往增加了他们低人一等的苦恼和悲愤。这种状况在鬼子、张继、谈歌等人的小说中成为一种普遍的现实。

不仅是大陆上农民进城所引发的城乡冲突逐渐成为小说家们诉说不尽的哀歌,一水之隔的台湾,作家黄春明、陈映真等早就将悲悯的目光投向同样生存在底层的都市迁入者。黄春明小说《两个油漆匠》写到猴子和阿力这两个进城的农民悬在十七层大楼上油漆广告画,漆的是 VV 明星裸露的巨型乳房。面对着这个庞大的欲望象征体,他们感到空前的迷惘,不得不仰仗自己家乡的歌谣和对亲人的思念来抵挡,"不知已经唱了多少遍,唱了又唱"。他们偶然的游戏不幸被都市人想象成"跳楼自杀"事件,致使一个本来并无自杀意念的民工踏上了黄泉路。城乡文化价值观隔膜造成的冲突,使得这个案件本身你根本找不到谁是真正的凶手。台湾小说中的城乡冲突往往还带有一种温情的人道主义的色彩,较为明显的是陈映真的《面摊》。小说写了一对背井离乡的农村夫妇带着孩子到城市谋生,遭到了城市秩序的维护者——警察的驱赶,整日胆战心惊,如惊弓之鸟。但是小说中出现了温暖的色调,好警察面对这个可怜的家庭给予了关怀和帮助。在此我不想论证陈映真小说理想化的现实书写的正误,我只想说他对乡村与城市的冲突引领了新的思维。

今天看来,城市与乡村的文化冲突持续了上百年之久,其本身就不仅仅是一个简单的乡村批判或者是城市化能够解决的问题。中国的城市化是否就是西欧资本积累时期所出现的"羊吃人"圈地运动的一种简单的照搬?农村的现代化是否必须以个体的牺牲和文化的颠覆为结局?大陆与台湾的冲突文本共同体现了中国文明由传统向现代迈进的深入思考,相互之间具有共同的文化建构所产生的文学文化意义。

三、漂泊：永恒的文学母题

漂泊在古今中外的文学中一直是一个永恒的话题，无论是古希腊的神话传说还是中国古代《诗经》、《离骚》中的歌赋，都以自己的独特方式开启了整个人类精神世界的怀乡漂泊的旅程的起点。漂泊，一种无根的选择，一种无奈的行走，一种寻家的焦灼。乡土文学写作，从某种意义上说就是“五四”文化转型时期，以鲁迅为代表的一代知识分子罹患现代焦虑综合征的一种表征。无论是鲁迅开启的“国民性批判”的乡土书写，还是废名、沈从文的“乡土牧歌”的诗意刻画，实际上无不在表达一种焦灼之旅的隐痛。鲁迅在《故乡》开头就是一个漂泊在外的游子的心灵诉说。

我冒了严寒，回到相隔二千余里，别了二十余年的故乡去。

一语道破了作者对故乡的渴望。但是，在这些作品中我们看到的，更多是乡村知识分子离别的苦涩。20世纪下半叶的两岸作家，却把视点对准了离乡的普通农民，他们受城市挤压选择别离故土踏上漂泊的漫漫旅途：城乡的对立冲突，成为他们落脚生根的最大阻碍；乡村的文化心理与城市的异域性，决定了他们的心灵更是难以找到停泊的港湾，漂泊便成为一种难逃的宿命。首先，漂泊的想象是一种不真实的自我虚构。农民有着属于自己的文化心态，那种自古流传下来的勤劳、善良的文化属性在当下中国都市中就面临着难以传承的尴尬。19岁的李平（孙惠芬《歇马山庄的两个女人》）走进城市，满脑子的梦，以为自己穿上新式的衣服“打扮得酷”就能成为城市人。但是，她的纯真和青春的坚守并没有使她真正获得向往已久的幸福，也没有实现她所梦寐以求的留在城市的归宿，漂泊的欢快并没有压抑住内心深处的恐慌和危机：“城里狼虎成群，你有真心，只能是喂狼喂虎……”[①]城市人以虚情假意占有她的肉体掠取她的真情，漂泊的人生充满了空洞和虚无。因此，她将

① 吴义勤编选：《2002年中国中篇小说经典》，山东文艺出版社，2003年，第199页。

希望寄托在农村以重新获得真正的情感并且希望回到乡下过上一种平静的生活，她要通过自己挣得的血汗钱来为自己获得一个告别的洗礼(也就是举行一场婚礼)。但是，这已经成为一种不可能的虚幻，她的回归并没有真正获得希望中的宁静，而是整日沉浸在过去噩梦的恐惧之中。走出乡村——寄居城市——回归乡村，有多少个"李平"式的农村女孩曾经或正在经历着这样的漂泊。不但遇不到停泊的港湾，即使回到原点，他们的心灵深处再也找不到那份曾经属于自己的安宁。

台湾乡土文学中同样不乏这种漂泊之痛的书写和体悟。六七十年代的台湾同样经历过社会转型期文化冲突造成的阵痛。但是，台湾的转型期速度之快时间之短远远为中国大陆所不能相比，仅仅在短短的几年里那带有半殖民化色彩的城市化就迅速蔓延到整个台岛。在这块土地上，农民破产和生活贫穷成为他们远走他乡异地漂泊的主要动因。就像青番公面对现代化进程所产生的疑问：自己的勤劳善良的乡民品格能够传承下去吗？自己辛辛苦苦建构的家园能够在现代化进程中存在下去吗？猴子、阿力的境遇就是青番公忧虑的真实再现。他们携带着自己的梦想进城来了，可无法容忍的生存压抑时刻控制着他们的身心，都市的邪恶和欲望成为他们茫然无尽的地狱之旅，最终猴子把自己的血肉之躯献给了城市并永远地在那里漂浮。当然，相比之下，台湾乡土作家的人道主义关怀更为突出，写作风格上相对柔和。

对农民进城的关注成为乡土小说的一个重要的命题，成为许多作家关注的焦点。从农村走向城市，从城市回归农村，这不仅仅是一个空间的转移，这也不仅仅是一次文化的较量，它包含着对城市文明现代文明的种种批判。

原载《世界华文文学论坛》2005 年第 4 期

台湾乡土文学的国家想象与民族认同

王向阳

王一川指出："中国想象在整个20世纪中国文学中都具有空前的重要性，作家和诗人们总是从不同角度去想象中国。"[①]在台湾乡土文学的流变历程中，民族国家想象已生发为一种不可置疑的巨大话语，有关现代民族国家的叙事在台湾乡土文学中居于中心地位。乡土文学作家们在其创作审美活动中融注着各种各样的国家想象类型和民族认同方式，台湾乡土文学所隐含的一个基本的想象就是对于民族国家的想象。台湾乡土文学的发生实际上就是台湾民族文学的发生。就其基本特质而言，台湾乡土文学就是现代民族的、爱国的文学，它不同于通常所说的"乡土文学"，它实质上是一个民族文学的口号，尉天骢干脆把乡土文学的概念阈定为"只要是爱国家，关心民族前途的作品，都是乡土文学"，即基于对乡土文学的这种基本特质的认识和肯定。事实上，台湾新文学从发轫，历经日据时期、光复初期至20世纪六七十年代，直至今日，几乎所有表现出鲜明民族倾向和爱国情感的作品，无不涵盖在"乡土文学"这一概念里。乡土文学成为台湾文学进行国家想象和民族认同的重要文本。

① 王一川：《中国人想象之中国——20世纪文学中的中国形象》，广西师范大学出版社，1997年。

一、日据时期乡土文学民族国家想象的构造和聚焦

台湾乡土文学是在台湾屡受外国殖民者侵略与台湾民族运动兴起的时代语境中和殖民主义强制同化与反同化的复杂文化斗争背景上诞生和发展的，这一特殊的时代语境和历史背景因而决定了台湾乡土文学一开始，民族国家意识就随之发生且迅速蔓延了。从历史上看，台湾自1604年至1662年间沦为西班牙和荷兰殖民地，于1895至1945年，又沦为日本帝国主义的殖民地达五十年之久，特别是自19世纪末台湾沦为日本的殖民地后，在残酷的军事镇压和疯狂的经济掠夺的同时，日本殖民主义者又在文化上强制推行同化政策即“皇民化运动”，目的在于灭绝汉族文化，彻底全面地用“大和文化”取代中国文化，消灭台湾人民的民族意识。在这种亡国灭种的危机情势中，台湾民众的民族国家意识发生了，扩散了，暴涨了！“甲午战争以前，吾国之士夫，忧国难，谈国事者几绝焉。自中东一役，我师败绩，割地偿款，创巨痛深，于是慷慨爱国之士渐起，谋保国之策者，所在多有。”①丸山真男指出：“在一定的历史发展阶段上，民族以一些外部刺激为契机，通过对以前所依存的环境或多或少自觉的转换，把自己提高为政治上的民族。通常促使这种转换的外部刺激，就是外国势力，也就是所谓外患。”②在亡国灭种的威胁之下，意识形态领域内也产生和形成了“拯救中国”、“拯救民族”的想象和知识。日据时期是台湾民众的中国意识最强烈的时期，“中国人意识”成为民族解放的基础。随着帝国主义的殖民过程以及亡国灭种的威胁，现代民族国家主义思想在台湾乡土文学中撒播开来。台湾民众中民族意识的觉醒、爱国情绪的高涨，理所当然地在乡土文学界激起了强烈反响。这种情形正如叶石涛所说的：“既然整个台湾的社会转变的历史是台湾人民被压迫、被摧残的历史，那么……在台湾乡土文学上所反映出来的，一定是反帝反封建的共通经验……而绝不是在统治者意识上所写出来的，背叛广大

---

① 梁启超:《爱国论》,《饮冰室文集(之三)》,中华书局,1996年,第66页。

② ［日］丸山真男:《日本政治思想史研究》,王中江译,生活·读书·新知三联书店,2000年,第270页。

人民意愿的任何作品。”[①]置身于这种时代语境当中，作家们丧权辱国的忧愤非常尖锐而沉痛，维护民族固有文化传统的心曲非常强烈而迫切。许多作家一方面投身实际的抗日政治活动，一方面运用文学作为武器开辟了反帝爱国的第一条战线。新文学的奠基者们——赖和、杨云萍、杨守愚、蔡秋桐、朱点人、杨逵等作家，一出现在小说界，便亮出了锋利的长剑，刺向这块殖民地的脓疮——殖民主义，以充沛的激情和极大的勇气在大时代里既启蒙了民众，也解放了自己的个性和感觉。因而光复前台湾乡土文学中的反日倾向和国家民族认同意识在进步作家那里是相当突出的。针对日本殖民者推行“皇民化运动”，禁止人民使用汉字和说汉语，以达到泯灭民族意识的企图，乡土作家们认识到，在殖民者竭力割断台湾与祖国大陆文化纽带的情势下，通过文学作品来唤醒台湾同胞的民族意识和爱国情感，是极为必要和可行的。像赖和、杨逵、吴浊流等一大批乡土作家，以自己手中的笔向民众做启蒙教育，揭露日本人在台湾的兽性统治，描写台湾人被欺凌被奴役的残酷现实，都表现出强烈的反帝爱国的民族国家意识。

在民族主义思想的引导下，乡土文学一诞生，就具有鲜明的抗争精神和反抗色彩。初期的台湾乡土文学作品最重要的主题形态就是指向帝国主义殖民统治，争取民族解放和国家独立，体现出清醒的民族国家认同意识。这种家国意识，有感性层面的，也有理性层面的，有浅有深，其实质是一致的，即对祖国、对中华民族和中华文化的认同、关切、依恋。初期的台湾乡土小说中，施文杞的《台娘悲史》采用韬晦的手法——寓言体小说形式，影射了日本殖民统治下的台湾的社会现实。作品以“大华”寓中国，以“台娘”寓台湾，以“日猛”寓日本帝国主义。横暴的日猛使用各种阴谋毒计，威逼台娘的父亲大华就范。结果台娘终于沦为日猛之妾。小说虽在艺术上稍显粗疏，寓意过于浅显，但那种反抗日本帝国主义殖民统治的战斗精神却令人感奋。

被称为“台湾新文学之父”的赖和，作为初期乡土文学的最典型的代表，从创作主体特征到文本世界都显示出对民族国家的关注与对日本帝国主义殖民统治的蔑视和抗争。在台湾，尽管他接受过最完备的日式教育，但他终其一生坚持以中文写

---

① 叶石涛:《台湾文学史纲》，高雄文学界杂志社，1998 年，第 78 页。

作,未尝写过一篇日文作品,而且至死不穿日本服装,坚持穿中国服装。叶石涛曾评价赖和:“对台湾与日本人的斗争,感触也最深,他有非常坚定的民族意识。”[①]作为一位真诚而伟大的爱国者,赖和把抗日救国作为自己全部活动的最高最神圣的使命。其创作也表现出对侵略者、压迫者强烈的抗议精神和深沉的爱国主义思想。他的小说至为关切的创作主题,是紧紧和台湾同胞抗日爱国的民族解放运动联系在一起的。《可怜她死了》中的阿金被当作奴隶一样卖来卖去,受尽了各种凌辱最终投河自尽。作品揭示了阿金悲剧产生的深刻根源:封建主义的蓄妾制度和殖民主义的残暴统治。赖和正是出于对殖民主义者的仇恨和对人民的爱,背负着巨大的民族沦亡的痛苦,塑造了严酷的社会现实中像阿金一样受害最深的贫苦民众形象。通过对造成他们共同悲惨命运的根源的揭示,有力地控诉和揭露了殖民主义统治者的罪恶。爱国主义思想在赖和作品中还有一个重要的表现就是它所弘扬的坚定的反抗殖民者的斗争精神,是通过小说人物与殖民者的正面抗争来表现的。在创作中,赖和旗帜鲜明地反对妥协、软弱,倡导斗争、坚强,刻画了一些觉醒抗争的英雄形象,疾声呼吁台湾人民起来反抗殖民统治。《一杆“秤仔”》中的秦得参在极度愤怒和仇恨中杀死了可恶的巡警;《善诉人的故事》中的林先生有不达目的誓不休的坚强意志,他不折不挠地为民请命,最后终于取得了斗争的胜利。赖和把被压迫者的愤怒和辛酸形象地表现出来,并赋予宁死不屈和以死相拼的反抗精神,充分彰显了台湾人民的民族气节。

当赖和以其不朽的乡土小说在台湾新文学史上奠定了重要地位之后,其同时代及稍后一代的作家,也各自在乡土文学这一领域构造和聚焦着国家和民族的意识和想象。受“五四”大潮洗礼的张我军,对于日本殖民主义统治下的台湾前途,甚为焦虑,一直在寻求民族解放的新出路。在民族意识日益受到奸污的危机情势中,他向台湾同胞明确指出:“台湾文学乃中国文学的一支流。本流发生了什么影响、变迁,则支流也自然而然地随之影响、变迁。”张我军这种认同祖国母体的爱国主义思想,贯穿在他所有的文章和作品中。也正是这种深沉的、牢固的爱国情怀和故乡沦为异族统治的悲愤心境,决定了他毫不含糊的民族进步立场与远见。杨逵可称

---

① 叶石涛:《台湾文学史纲》,高雄文学界杂志社,1998年,第15页。

为日据时期台湾现实主义乡土小说的第二块丰碑。他明确提出文学要具有“控诉”精神,是要揭露批判日本统治下的台湾社会的黑暗。1937 年第二次被捕出狱后,他在家乡创办首阳农园,以种花草树木为生。随后发表散文《首阳园杂记》,暗示命名为“首阳”是取伯夷叔齐宁愿饿死首阳山而不食周粟之意,从而表现了他坚持不向日本殖民者妥协的坚强决心和威武不能屈、贫贱不能移的民族正气。杨逵的创作一向以反压迫、反殖的精神而著称。与同时代作家相比,同样是表现对日本殖民者的强烈抗议,杨逵有其独特的侧重点。如果说,赖和是以深沉的控诉力量,揭露日本殖民统治给台湾同胞带来的灾难,那么,杨逵在揭露与控诉的基础上,更着力描写了台湾人民觉醒与斗争的社会前景,启示人们去探求光明的出路。赶走日本殖民者,还我国土,这是杨逵创作最为关心的主题。他的批判锋芒直逼日本殖民体制和殖民政策,有一种怒目金刚式的抗议和直捣黄龙的勇气。他所有的创作,都在揭露台湾于日本殖民帝国经济和文化双重侵略下丑陋的现实,都在传达台湾人民反抗异族压迫的民族心声。其《送报夫》的出现,无疑标志着台湾乡土小说成熟期的到来。小说通过送报夫的经历和觉醒,生动地揭示出:殖民地人民同帝国主义国家的人民应该团结起来,共同反对侵略者和压迫者,彰显出高度的民族主义和朴素的国家主义相结合的思想境界,远比一般的民族主义文学高出一筹。另一篇小说《模范村》通过日本殖民统治下的台湾“模范村”的描写,揭露了“共存共荣”样板背后上演的台湾农村惨剧,并特别凸显了抗日志士阮新民民族意识和阶级意识的双重觉醒。阮新民是站在全中国全民族的立场上反对日本帝国主义侵略的。他曾说:“台湾虽然被日本人管了,不过,我们还有祖国存在,这是在隔海那边。今天听到日本想把整个中国都要吞下肚里去,免不了要发生深切的感触。……这不是个人的问题,是整个民族的问题。”站在中华民族的立场上,控诉日本帝国主义的侵略罪行,全中国人民应该把日本人赶出中国去,这是小说的灵魂所在。实际上,小说文本构造和聚焦了“中国”的想象和“中华民族”的认同。

民族国家认同(national identity)在台湾乡土文学中成了一个极为重要的文学命题。写作于抗战结束前夕的台湾现代作家吴浊流的长篇小说《亚细亚的孤儿》便是以民族认同作为主题的。作品自始至终贯穿着强烈的民族意识,也集中描写了殖民地知识分子认同的困境以及由此而产生的巨大的苦闷。小说的主人公胡太明在祖国大陆遭到误解,被当成日本间谍。他回到台湾以后,又被认为是大陆间谍而被跟踪监视。在这样一种夹缝之中生存的殖民地台湾的知识分子,因此产生了严重的认同危机,产生了一种强烈的“孤儿意识”。在特定的殖民地条件下产生的“孤儿意识”正是现代民族主义和民族国家认同的产物,正好是对当权者的离弃和反抗,对祖国母亲的一种依恋和向往,这是一种恋而不达产生的孤寂感,它的基础正是一种伟大而深沉的祖国和民族之恋。只有在现代民族主义话语中,才能突显出这种失落了民族认同的“孤儿意识”。同时也只有在现代民族国家话语的规范之下,才能形成《亚细亚的孤儿》这样的民族国家认同的写作主题。小说故事框架所包含的历史内容和寄予的民族意识,使胡太明这一形象成为台湾爱国青年的典型,也使这一作品所承载的民族国家意识成为台湾乡土文学的象征。民族国家意识既是乡土作家创作的原动力,也是作品从情节到性格构成的主要内涵。

被称为“倒在血泊里的笔耕者”的钟理和,是较早融入祖国文化的台湾乡土作家,其人生历程和创作历程都表现出鲜明的反帝反封建的思想倾向,具有深厚的忧国忧民的思想感情和强烈的民族意识。虽然出生在当时沦为日本帝国主义殖民地的台湾,但从小就受了家人和乡亲的影响,形成了根深蒂固的祖国观念。其短篇自传体小说《原乡人》集中叙写了“我”的祖国观念形成的过程和“我”的“原乡人”意识的觉醒。“原乡人的血,必须流返原乡!”“我”的呼唤声极大地震撼了读者的心灵,表达了台湾同胞渴望回归祖国的心声。显然,作品中的“我”是一个具有强烈民族意识的真正的爱国主义者。这部作品继承并发扬了台湾乡土文学爱国主义的光荣传统。钟理和与其他的乡土文学作家不同,他立意要追宗寻根,追寻台胞的原乡,寻找台胞民族之总根。从这个角度上,《原乡人》细致而深沉地表现了台湾人民仰慕祖国文化、向往祖国大陆的高尚爱国情操。

乡土作家从同情劳动大众疾苦到描写人民奋起反抗,到讴歌民族英雄为国献躯,在乡土文学领域开辟了一片广阔的天地。它从狭隘的个人经历中,从农村生活中跳出来,站到历史思想的高度,审视生活,探求底蕴,从宏观视角准确把握住了时代脉搏。

二、西化时期乡土文学民族国家的另类想象

进入20世纪六七十年代以后，台湾尽管摆脱了帝国主义的军事武装侵略和占领，但由于台湾当局过分依赖外援，岛内经济结构发生巨变，社会上弥漫着全盘西化、崇洋媚外的恶浊风气，西化主义社会思潮和文化思潮开始泛滥。台湾不仅在经济、政治、军事诸方面仰人鼻息，文化精神上也严重附庸西方。处于新的时代语境中的台湾乡土文学依然秉承着日据时期乡土文学的优良传统，一如既往地构造着民族国家想象，只是在主题话语形式和叙事模式等方面呈现出迥异于日据时期的新质。如果说，日据时期台湾乡土文学的民族国家想象是以"抗争"和"爱国"的话语模式来承载的话，那么进入20世纪六七十年代的乡土文学则更多的是通过"批判"、"维护国家和民族尊严"等话语来实现其国家想象和民族认同目的。

面对这种对西方附庸化、唯西方马首是瞻的社会现实，乡土文学作家们以强烈的民族意识和社会责任感，在小说中揭露了美、日等国对台湾的经济掠夺和对台湾同胞的凌辱，对崇洋媚外、丧失民族尊严、甘当洋奴的无耻之徒的丑恶嘴脸进行了辛辣的嘲讽和坚决的批判，维护民族的尊严，努力表现民族的自尊、自爱、自强。

对洋奴意识的深刻批判，是乡土文学民族国家意识的重要表现。黄春明的《苹果的滋味》写了工人江阿发的一出悲喜剧。江阿发被美国军官的汽车轧断了双腿，因祸得福，得到了美国人的一大笔赔偿。由此，阿发对美国军官感激不尽，在美国人面前始终摆出一副笑脸。从阿发因祸得"福"的故事中，讽喻了台湾依赖美援、苟延残喘的社会心理，也以"怒其不争"的态度，揭示了精神麻木的民族悲剧，说明台湾少数丧失国格的人奴颜媚骨、卑躬屈膝，民族尊严丧失殆尽，具有强烈的批判意识。《小寡妇》描写的是留美归国学人马善行为酒吧老板出谋划策的故事。马善行要老板把酒吧取名为"小寡妇"，并让吧女打扮成小寡妇的模样，以此来刺激、诱惑美国大兵在酒吧消费，结果生意非常火爆。这位名为"善行"的学人，却干着挑逗美国兵，侮辱女同胞的恶行，"使他的名字具有强烈的反讽意味，也充分刻画出这一洋

奴的丑恶嘴脸"[①]。在陈映真的乡土作品中,出现较多的是他较熟悉的知识分子。他站在反奴爱国的民族大义立场上,对当代台湾知识分子进行了深刻的剖析。一些知识分子全然丧失了应有的民族气节、中华传统文化的优秀品格,如"富贵不能淫,贫贱不能移,威武不能屈"的精神禀赋失落了,代之而起的是奴性、软骨症、走狗做派等民族劣根性。《夜行货车》中的林荣平,《万商帝君》中的林德旺、刘福金、陈家齐,《上班族的一日》中的黄静雄等都是奴颜卑膝、俯仰由人的典型。他们分明早已忘了自己是中国人,在他们心中哪儿找得到丁点儿中国人应有的民族情结?中国文化最基本的东西,他们弃之如敝屣。他们的所作所为无非证明他们已经忘了本——民族文化之本,民族精神之本。作者的价值取向很明确:维护民族尊严,谴责背弃民族立场、有损国格的软骨症患者。陈映真的无比痛心之情,是伴着他的愤激、他的呼吁的。如果说在日据时期受到殖民者的政治迫害、经济压迫而不得不忍辱负重以图生存,尚可体谅;那么,这种心甘情愿地缴械降服,而且是从精神上、文化上放弃了作为炎黄子孙所应坚守的东西,那简直是万劫不复了。王祯和的《小林来台北》也批判了崇洋媚外的社会风气。作品描绘出了一幅"洋场百丑图"。在公司供职的那些"高等华人"数典忘祖、崇洋媚外、丑态百出。他们挖空心思给自己起了一些诸如"屁屁真"(P.P.曾)、"烂尸"(南施)的洋名,以显示自己的高贵。在深明民族大义、一心认同民族文化传统的王祯和笔下,这些假洋鬼子的下流卑鄙的言行都受到了严厉的批判和尖锐的讽刺。尽管他用的是"曲笔",含蓄却不失深沉。鞭挞部分知识分子的卖身求荣,力图借此重新唤起台湾人的民族意识、祖国意识,坚守民族文化立场,这可以看成乡土文学作品民族国家意识的一种新的艺术呈现策略。

乡土文学在批判讽刺崇洋媚外的丑态的同时,通过一些富有民族正义感的人物形象的塑造,弘扬了民族正气,维护了民族尊严,表现出强烈的民族情感和爱国主义精神。陈映真的《夜行货车》就是一篇维护民族尊严、颂扬爱国精神的典型杰作。作品中的刘小玲有很可贵的民族自尊心,本已拿到美国护照的她,为抗议有权有势的外国老板对自己动手动脚,毅然放弃去美国的机会,而回归了南部的故乡,

① 张学军:《中国当代小说流派史》,山东大学出版社,2000 年,第 374 页。

挺直了脊梁，保持了凛然不可侵犯的民族气节。这一点正是作家民族意识认同的客观效果。詹奕宏作为一个普通的中国职员，以一种几乎有点野蛮的方式反抗美国老板，顽强地维护了作为一个中国人的民族自尊，显现了非常强烈而执着的民族意识。当美国老板肆意侮辱中国人的时候，强烈的民族自尊心，使詹奕宏拍案而起："我以辞职表示我的抗议"，"摩根索先生，你欠下我一个郑重的道歉"，"我，可是再也不要龟龟缩缩地过日子！"然后拂袖而去。他的形象无疑蕴蓄着中华民族不屈的高贵灵魂。他固守的是一种深厚的爱国主义民族感情。《云》中的张维杰被"上了美式民主改革的生动的一课"之后，民族意识开始觉醒，最后也毅然同洋老板彻底决裂。在刘小玲、詹奕宏、张维杰等文学形象身上，乡土文学作家们宣扬了中国人身上表现出来的浩然向上的民族正气，从而在乡土文学的发展进程中，高高地擎起了中国的、民族主义的鲜明旗帜！

陈映真在《建立民族文学的风格》一文中基于中国意识的整体观照，明确提出了："乡土文学是中华民族的，而不是属于某一个阶层和某一个地区的；拥抱台湾和热爱中国的情感统一，应视为民族性的最高体现。"他旗帜鲜明地表明了自己的态度："乡土文学继承了中国民族主义的、现实主义的传统；乡土文学最重要的一点是反抗西化的文学，它是对抗西化文学而产生的一种反动。"①乡土文学创作，实践了陈映真的建立民族文学风格的主张，他们那些批判崇洋媚外风气的乡土文学中所批判的对象，都是在欧风美雨袭击下被扭曲变形了的民族败类，作家们"站在中华民族的立场上，无情地抨击了那些洋奴有损于民族尊严的卑劣行径，表现了民族的正义感，维护了民族的尊严"②。

三、回归时期乡土文学民族国家想象的新质

由于历史的原因，宝岛台湾一直孤悬海外，海峡两岸人为地阻隔长达半个多世

① 陈映真：《建立民族文学的风格》，《陈映真文集（文论卷）》，中国友谊出版公司，1998年，第143页。
② 张学军：《中国当代小说流派史》，山东大学出版社，2000年，第387页。

纪。这种分隔状态,使得骨肉同胞不得相见,给两岸同胞带来了巨大的痛苦,因而使广大台湾同胞对祖国、对亲人怀有刻骨的思念之情。台湾乡土文学一直以来就对这种思念之情予以热切的关注。作为这种思念之情的承载体的是一批又一批的乡愁作品。许多作家通过乡愁作品的创作来寄予对故乡故国的满腔热情。为台湾乡土文学作出突出贡献的老作家吴浊流热爱祖国、热爱乡土。进入回归期以后,他创作了很多熔铸着浓浓思乡思国之情的乡土作品。《在澳门与大陆隔界地点远眺有感》就是一部怀念故乡故国故土的名篇:“展开老眼凝视一番/闭着老眼静思许久/澳门门外立多时/西望中原慨叹之/兄弟阋墙燃豆壳/釜中豆泣本同枝。”尽管诗歌篇幅很短,但诗中字里行间,“表达了台湾老作家思念祖国,盼望祖国统一的满腔激情”[①]。乡土文学中,优秀感人的乡愁作品俯拾即是,形成回归时期乡土文学中相当突出的一种创作景观。在台湾的乡愁小说中,“写得最多最好、感情表现得最深沉、人物形象刻画得最生动的,不是大陆去台作家,而是台湾土生土长的本省籍作家”[②]。如陈映真的《将军族》、《祖父和伞》让乡愁布满了全书,洪醒夫的《传奇》中的老广那凄楚的口头禅:“只要能再看一眼家乡死也瞑目”,更是郁结着浓得化不开的乡愁。怀乡思亲念国是回归时期台湾乡土文学的一种重要的主题形态。

20 世纪 80 年代以后,作家们怀乡思亲念国之情更为深沉浓烈,尤其是冰封的台湾海峡开始解冻以后,渴盼祖国统一、骨肉团圆,更是成为两岸人们共同的心愿。所以,80 年代以来的怀乡思亲作品充满了对中华民族大团结大统一的期待和渴望。盼望和呼吁国家的统一和民族的团结,是回归时期乡土文学民族国家想象的新的呈现形式。陈映真作为坚定不移的爱国者、民族主义的中坚,其《将军族》运用整体象征手法,以“小瘦丫头”和“三角脸”两个小人物的相知相爱而最后一起殉情的结局,来象征着台湾人和大陆人终将成为一体,完成统一大业。1999 年,陈映真向读者奉献了一部催人泪下的新作——《归乡》。作品主人公的乡愁达到了极致,也把陈映真的中国情结推向了高潮。《归乡》讲述了两个老兵的故事。一个是台湾老兵林世坤,他年轻时为了糊口,不得已离开故乡,开赴大陆。国民党军溃败后他

---

① 陈锡清:《试析台湾乡土文学的民族意识》,《江西广播电视大学学报》2000 年第 3 期。

② 古继堂:《台湾文学的母体依恋》,九州出版社,2002 年,第 52 页。

滞留在大陆，经受了难以言表的思乡之痛。四十年后，历尽坎坷的林世坤终于回到了朝思暮想的台湾，却发现自己又在挂念留在大陆的妻儿。海峡两岸的乡愁浓浓地郁结在他的心头，使他愁肠寸断。另一个是从大陆去台湾的老兵老朱，自从他随国民党撤退到台湾以后，乡愁就在他的心头日益浓厚。当终于圆了思乡梦之后，对另一个故乡——台湾的亲人的思念又给他蒙上了新的乡愁。于是，历尽沧桑的老人禁不住自问：归乡的路，何时是个头？作者在作品中给我们的启迪非常明确，这归乡的路，就是祖国的统一之路。只有祖国的统一，才能化解这浓浓的乡愁。此外，蔡文的《乡情》、季季的《拾玉镯》等都说明台湾同胞的根在大陆，都寄托了台湾人民渴望骨肉团聚和祖国统一的情怀。

台湾乡土文学的民族意识和爱国情怀升华到渴盼祖国的统一，应该是台湾乡土文学民族国家想象的最高境界。

原载《西南民族大学学报（人文社科版）》2006 年第 2 期

中国文学视界中的台湾乡土文学

陈劲松

一、困顿与发展并存的台湾乡土文学

作为一种文学思潮,乡土文学是20世纪世界文学中较为普遍的文学现象。而在台湾地区,“五四”以后亦曾诞生了受大陆新文化运动影响的乡土文学,并于70年代成为文学主潮。从某种意义上来说,台湾乡土文学在诸多方面对于台湾新文学的发展及其文学意蕴和艺术品格的塑造,都产生了不可忽略的影响。然而由于其特殊的历史境遇,台湾乡土文学发展的道路崎岖坎坷,一路风雨一路歌,先后经历了日据时的萌芽发生期、1945年光复后至70年代前的萎缩困顿期、70年代到80年代的蓬勃旺盛期。

20世纪20年代中期,台湾新文学作为民族觉醒的一环,脱胎于台湾反抗运动史的文化抗争。这一时期的台湾,历史上属于严酷的日据时期,最突出的矛盾是两个民族之间同化与反抗同化、殖民化与抵御殖民化的斗争;加之在这一片落后的农业园地,传统的封建结构、道德观念体系未被任何东西触动,台湾人民陷于殖民统治封建压迫的双重痛苦之中,广大的台湾知识分子开始寻求社会文化发展的新道路。中华民族忧国忧民的精神传统,大陆“五四”运动的感召,使得许多知识分子一方面投入了实际的抗日政治活动，另一方面又运用文学作为武器开辟了反帝反封建的第二条战线。台湾新的“为人生”的文学的发生，是台湾民族化文学的发生，更是台湾乡土文学的发生。新文学的奠基者们——赖和、杨云萍、杨守愚、杨逵等最初的乡土之作构成了台湾新文学的源头。在民族主义、人道主义两大思想的引导下，台湾乡土文学一经诞生，就具有尖锐的抗议精神和抵抗色彩，“对民族战士寄以英雄般的歌颂，对弱小百姓报以深沉的人道同情，对殖民者和帮凶给予愤怒的批判和讽刺”[①]。社会历史背景造就了早期乡土文学的鲜明特征：它是直面现实，寄托血泪的；它是关怀乡土，争取解放的；它是追求全体民众的集体意愿而未抒发小知识分子一人之痛的。因此，它主要以思想和内容取胜。

30 年代初，由于客观形势和文学自身发展的要求，投身文学运动的人士越来越多，作家队伍也在不断壮大。就在这时候，不少作家喊出了“到民间去”、“到农村去”的口号，努力促使文艺群众化，走文学大众化的路线，“使思想、文艺浸透于一般民众的心田”，创造真正属于台湾所需要的文艺。最早提倡乡土文学的黄石辉于 1930 年 8 月 16 日发表了《怎么不提倡乡土文学》一文，指出只有提倡和建设乡土文学才能真正产生广大劳苦群众的文艺，他呼吁“用台湾话做文，用台湾话写小说，用台湾话做歌谣，描写台湾的事物”。1931 年 7 月 24 日，他又发表了《再谈乡土文学》，从语言文字的形式方面论述乡土文学。黄石辉的文艺主张是积极的，但却显得过于狭隘和片面，为此遭到一部分作家的反对，引起了一场关于乡土文学的论争，时间长达两年多，这就是著名的 30 年代乡土文学论争。此次论争虽然偏向于文学的语言形式问题，但它在日本殖民统治下，从文化角度上对民族意识与地方色彩的强调，以一个极具现代性的思考，把乡土文学与台湾新文学的发展方向紧密地联系在一起。乡土文学由此也构成了日据时期台湾新文学的主体。赖和、杨逵、吴浊流、朱点人、王诗琅等人的乡土作品，代表了当时乡土文学的最高成就。

1945 年台湾光复以后，由于历史原因而导致了乡土文学在一段时间内，处于一种“边缘化”的失语状态，不仅创作数量上大为减少，而且有些已经有所成就的作家放弃了乡土文学的写作，这种现象几乎持续到 60 年代。当然原因是多方面的，

① 陈继会等:《中国乡土小说史》，安徽教育出版社，1999 年，第 310—349 页。

例如50年代"反共文学"的流行,60年代现代派文学成为主流文学等,乡土文学因而受到限制。但是,乡土文学确实是"压不扁的玫瑰花",虽然从总体上来说数量骤减,但仍然有人在为台湾的乡土文学默默耕耘着。这一时期的重要乡土作家钟理和写出了长篇《笠山农场》,吴浊流完成了长篇《亚细亚的孤儿》,钟肇政创作了《浊流三部曲》等。这些作品都是视野开阔、具有历史的纵深感、浓郁的乡土风味的成功之作。

60年代,现代派文学成为台湾文学主流,乡土文学在这一时期处于潜伏之态。然而新的乡土作家也在悄悄中成长,陈映真、黄春明、王祯和、王拓等新一代作家以其独特的笔法引人瞩目,构成了一个数量极为可观的乡土作家群,形成了乡土文学创作的新高潮。他们的创作不仅表现了乡土文学的发展潜力,又透露出乡土文学从题材内容到叙述视角、艺术形式的悄悄的变化,为以后的乡土文学走向艺术的较高层次积累了一定的经验,为70年代乡土文学的崛起打下了较好的基础。

70年代的台湾,由于国际形势的变化和社会的动荡,民族回归取代西化成为社会主潮,乡土文学对此立刻作出积极的反应,迎来了自己繁荣发展的阶段。这一时期的乡土文学创作以其时代特殊性牵涉台湾社会的众多层面,引起了台湾社会的广泛关注,并最终于1977—1978年引发了一场乡土文学论战。这场声势浩大的论战实际上是两种文化心理、两种文学主张的一次总交锋,已经孕育潜伏多年。它首先表现为"官方"对"在野"的围剿,譬如将乡土文学说成为政治服务的文学,乡土作家是为工农兵的文艺工作者,以便将乡土文学纳入"赤化"的文学予以剿灭;其次,它表现为坚持爱国主义、民族意识、继承"五四"传统、发展现实主义,还是逃避现实、极端个人主义、为艺术而艺术的创作观念的对峙;再次,它表现为追随西方文化和坚持民族文化立场的大搏斗。论战最终以乡土派的胜利而结束,而这次论战也对乡土文学的创作影响深远,"它无疑把日据时期台湾新文学的传统接续起来,是台湾新文学史上重要的事件之一"[①]。以现实主义为本质的台湾乡土文学在论战中得到复兴和发展,赢得了前所未有的声誉,使得60年代曾默默无闻的乡土文学取代现代派文学而一跃成为台湾文学主流。从某种意义上来说,70年代的这场

① 杨匡汉主编:《中国文化中的台湾文学》,长江文艺出版社,2002年,第111—113页。

论战,“是台湾新文学史上一次规模空前的文学回归运动。这一回归,既是作家意识的觉醒,更是民族意识、社会意识的觉醒”①。70 年代活跃的乡土作家主要有陈映真、黄春明、王拓、王祯和、李乔等,他们创作了许多优秀小说,产生较大影响。如陈映真的《将军族》、《华盛顿大楼》,黄春明的《儿子的大玩偶》、《我爱玛莉》,王拓的《金水婶》、《望君早归》,王祯和的《嫁妆一牛车》,李乔的《寒夜三部曲》,等等。“这些作品的共同特色是,坚持现实主义的创作原则,拥抱大地,回归传统,关怀现实生活,关注乡土小人物的命运,具有鲜明的民族风格。乡土文学代表着台湾文学健康的发展方向。”②

80 年代以后,台湾政治的进一步民主化和社会结构关系的多元复杂化,使乡土文学创作产生了一些新的变化。这一时期的台湾文学正是沿着 70 年代那场论战提出的一系列文学问题的思考,而呈现出多元和分流趋向。从总体上来说,乡土文学从主流地位退出,与其他诸如政治文学、新女性文学、新生代文学等文学现象一样,共同组成了台湾世纪末文学多元发展的格局;而从作家构成来看,纯粹坚持只写乡土人生的作家已不多见,作家们愿意跨越多种体裁,尝试多样艺术风格。在这其中值得注意的变化,是一些乡土文学加大了“文化”的分量,使读者在阅读过程中,或可直接领略中国文化的深厚与优秀,或可体味到乡野人生中仍然存在的文化冲突,或可明白作家运用现代精神去评判传统的陈规陋习的用心。萧丽红的《千江有水千江月》便是这一时期的代表作,这部小说无论在主题、内容、形象、叙事风格、文字运用上都体现着优秀的中国传统文化精神的影响,因而获得较高的声誉。

由于其特殊的历史境遇,台湾乡土文学呈现出与大陆乡土文学有所不同的发展和困惑,然而毋庸置疑的是,台湾乡土文学应是中国现代文学的组成部分,它是在中国历史、文化大背景下由于局部地区的特殊际遇而形成的一个特有的文学现象。一方面台湾乡土文学与大陆母体的乡土文学有着很深的渊源关系,另一方面由于其特定的社会经济文化环境又呈现出独特的历史风貌。可以说,台湾乡土文学在中国乡土文学史中占据了特殊的地位。

---

① 公仲主编:《世界华文文学概要》,人民文学出版社,2000 年,第 133 页。

② 朱栋霖、丁帆、朱晓进:《中国现代文学史》(下),高等教育出版社,1999 年,第 217 页。

二、台湾乡土文学在中国文学视界中的文化意蕴

台湾独特的地理人文环境和历史文化背景,决定了其乡土文学的社会影响力不仅仅局限于一个文学问题。从台湾社会思潮史角度看,乡土文学的社会文化等内涵同样十分丰富,作为意识形态的重要表征,台湾乡土文学所隐喻的意蕴远远超出了它作为一个普通文学思潮的意义。与此同时,由于较长时间与大陆母体隔离,台湾乡土文学又在中华民族文化的大系统中有着比较特殊的文化风貌。一方面,台湾乡土文学和大陆乡土文学共同渊源于中华民族的文化母体,二者拥有同一文化传统。尽管海峡的风浪阻隔了两岸人民携手共进,却无意中为中华文化提供了在不同的历史背景下各自发展的机遇。台湾乡土文学的现实关怀,与大陆乡土文学的文化关怀,形态各异,却又相互补充。作为对"中华传统人文关怀"的承袭,20世纪海峡两岸的文学既面临着共同的坎坷命运与历史境遇,又有着迥异的社会背景,然而两者的"乡土"精神,也由此从不同的侧面得以相互补充,戏剧性地构成了"大中国文学"和合的时空。另一方面,台湾在20世纪又经历了与大陆不尽相同的历史际遇和文化机缘,形成了自己某些衍生于母体的特殊景观及进程。因此,对于中国文学视界中的台湾乡土文学,我们应该运用"和合"的文化立场,"在多元共存、相互沟通的精神下,从客观的文学现实出发,探询不同背景下中国文学的歧变,以期对中华文化的整体有更全面的把握和更丰富的积累"①。

20世纪以来,台湾就一直陷于不同的文化冲突之中,台湾的知识分子和普通民众也一直面临着有关汉民族文化包容下的本土文化与外来各种文化孰优孰劣的思考与选择。而台湾乡土文学作为对文化冲突和文化选择最敏感的反映者,首先面对的就是这一块乡土上文化的多元性以及相互的冲突与交融。中国传统文化重视故园、重视人伦、与自然保持一体、与体力劳动紧密相连的种种特性,在台湾乡土文学作家的笔下有着鲜明的表现。他们或坚持民族文化的立场,尊崇乡土观念,赞

---

① 杨匡汉:《中国文化中的台湾文学》,长江文艺出版社,2002年,第111—113页。

赏笔下人物的草根性和传统性，倾情于一种传统的理想主义指引下的人生，以表达向传统的祭拜和回归；或不遗余力地弘扬民族传统文化，对传统文化的根深蒂固感异常强烈。与此同时，60年代以来社会的转型、西方经济和文化的入侵，对传统文化体系冲击甚大，台湾的乡土文学呈现出各种不同的文化因素相互渗透又杂然并存的局面，含有原始色彩的传统文化逐渐抵御不了现代文明和西方文化的强大攻势，本土文化制约下的特有的人生型范被击碎。台湾乡土文学作家在描绘多种文化因素杂然并存的人生风景的时候，所面临的往往是现代文明与人性冲突造成的对价值标准的两难选择。

多种文化杂然并存的现象，打破了台湾乡村平静古朴的生活，传统的人情人性受到挑战，连处于原始文化形态中的山地民族的生活、道德也受到了严重的影响。他们不仅部分地丧失了赖以生存的家园，放弃了人生的自由形态，而且由于都市文明的渗透，许多人出现了道德、人性堕落的状况。面对这一文化失范的局面，台湾乡土文学呈现出浓郁的“乡愁”情结。这种文化失范，既是“五四”时期的乡土文学曾表现过的重要内容，也是台湾60年代以来的乡土文学和大陆新时期的文学再次表现的重要内容。这几种文学都产生于新旧文化、东西文化激烈冲突的时期，作家面对着两种现实：一种是古旧的、传统的但不乏仁义、淳朴、人情、道德气质的现实，一种是崭新的、竞争的、开放的但充满唯利唯实观念的、轻慢情感、道德沉沦、人性堕落的现实。作家的理性可能倾向后一种现实，但情感却往往后顾，徘徊在前一种现实中不能自拔。他们一方面呼吁社会的进步和物质文明水平的提高，另一方面又希望能避免“文明的代价”。这种对文明的困惑的心态。化作乡土文学中极其常见的对乡土情感的双重性：作为与故土有着千丝万缕连结的乡土作家，他们在现代文明对故土的侵袭中，痛悼故土风物的被破坏和传统人情、人性的毁灭，在描写中常用“乡下人”眼光和情感；但作为现代型的知识分子，他们经过城市文明的熏陶以后带有新人文主义的观念，又常用“城里人”的眼光去观照故土的那种古旧静态的生活和传统的国民心理。“可以说，几乎每一个写过乡土小说的作家，都不能逃离这种情感的双重性。这种文化情感的双重性作为作家的主体投射到乡土小说之中后,往往使乡土小说焕发出更复杂的艺术魅力。”① 60 年代以来的台湾乡土文学中,“乡愁”的味道渐渐浓郁起来,而且这味道的组成非常复杂。但总的看来,“乡愁”的抒发,总是与文化的失范和变更有关。其中最本色的“乡愁”表现为由于离乡背井而产生的“恋乡”、“怀乡”情绪;而“乡愁”更高的文化层次是表现作家对乡土社会失范的困惑和焦虑。

文化失范下的台湾乡土文学,文化已经构成强烈的生活冲突和心理冲突。如何化解这两种冲突,就成为 70 年代至 80 年代乡土文学思考的一个重要方面。这一时期的台湾乡土文学作家,为了乡土文学的文化救赎使命,一方面在现代的意识之下重现人性的童真,将故园、故乡、自然、人性之童真,作为救赎的力量,使得这些具象成为一种文化上的所指,表达出台湾乡土文学对人性和谐的向往与精神家园的回归。另一方面,他们竭力追求传统文化精神笼罩下的人生图景的再现,力求表现文化的原生态。从某种意义上说,当代台湾乡土文学与大陆 80 年代以来的乡土文学一样,对传统的寻根与回归,对初民生活和人性童真的追寻,都不过是中国社会对西方文明挑战的一种逆向性反应,是为了救赎社会道德的崩溃和沦丧。

作为台湾 20 世纪社会思潮文化史的组成部分,乡土文学在台湾地区 20 世纪的历史长河中,数度沉浮,更多的是隐现着极为复杂的台湾社会的时代精神。而就文学本身的层次而言,台湾乡土文学也以一种写实主义的精神,贯穿于台湾新文学史之中。与此同时,在 20 世纪“大中国文化”思潮中,台湾乡土文学的健康主流曾以其反思与现实关怀精神,对台湾人民在 20 世纪的苦难与艰辛做较为深入的表达时,又以一种特殊形态融入了 20 世纪中国文化,并因此成为中国文学思潮中独具个性的一脉。它的困惑与迷茫、它的丰收与繁盛,在整个中国文学视界中,恰似一江春水向东流。

原载《现代台湾研究》2007 年第 1 期

---

① 陈继会等:《中国乡土小说史》,安徽教育出版社,1999 年,第 310—349 页。

"失焦"的乡土叙事

——台湾新世代乡土小说论

陈家洋

一

近些年来,世代论述在台湾较为盛行。作为一种相对性研究视角,"新世代"与前行代对应,并借前行代映照自身,使自身的特定形象显露出来。就乡土小说而言,本文所使用的"新世代"主要指那些在20世纪70年代出生,在新世纪展示出创作实绩,并引起广泛关注的一批作家,包括许荣哲(1974)、童伟格(1977)、李仪婷(1975)、伊格言(1977)、吴明益(1971)、王聪威(1972)、甘耀明(1972)、张耀升(1975)等人。当然,"新世代"只是大体而言的称谓,有时可以适当延伸。比如在谈到"新乡土小说"时,台湾学者范铭如即将袁哲生(1966)视作该潮流的"领衔"人物。[①]

在谈到台湾新世代乡土小说时,论者很难绕过前行代,特别是70年代的台湾乡土小说。事实上,将新世代乡土小说置放在时间轴上,与高峰期的乡土小说进行

① 范铭如:《轻·乡土小说蔚然成形》,《像一盒巧克力——当代文学文化评论》,台北INK印刻出版有限公司,2005年,第175页。

比较,从而凸现新世代乡土小说之特质,确是行之有效的做法。某种程度上可以说,70年代的台湾乡土小说形成了较为稳固的审美范型。现代化进程的快速展开,使得创作主体对乡土的情感固守经受着巨大的冲击。静态的乡土景观被重新塑形,传统的道德在艰难嬗变,小人物的命运在转型期跌宕起伏,这些都被作家们敏锐地感知并以悲剧或喜剧的方式表现在作品中。70年代台湾反西化、建立文学主体性格的动因固然是乡土小说崛起的重要语境,不过,作为一个审美范型,70年代台湾乡土小说体现出工业文明与农耕文明、工商社会与传统价值观念的内在冲突,这样的冲突在世界文学中多有所见。"只有当社会向工业时代迈进,整个世界和人类的思维发生了革命性变化时,'乡土文学'才能在两种文明的现代性冲突中凸显其本质的意义。"[①]像黄春明、王祯和以及稍后的洪醒夫、吴锦发、王幼华等作家,都真切书写了台湾工业化进程中人们扭结和痛苦的心理状况。农业文明与工业文明在人们心灵上的撕扯,在文本中往往以戏剧化方式呈现出来。质言之,前行代乡土小说的审美范型是以现代化/乡土之间的紧张为内核,其表征则是情节结构的戏剧化。

然而到了新世代这里,时代面貌毕竟发生了巨大的变化。随着乡村的城镇化趋势逐渐增强,乡土地理景观和人文景观都被重新塑形,现代化/乡土的冲突不再是尖锐对立,而可能处于一种默然对话乃至界限模糊的状态。法国社会学家H·孟德拉斯在考察法国农村的现代化变迁时指出,工业化意味着农业在自身现代化的过程中追随工业的足迹[②],于是"平衡被打破了,缓慢的农业被动摇了,它开始以工业的步伐前进,并利用工业的能源和最新发现"[③]。而最终,"永恒的'农民精神'在我们眼前死去了,同时灭亡的还有建立在谷物混作基础上的家族制和家长制。这是工业社会征服传统文明的最后一块地盘的最后战斗"[④]。"农民精神"的消亡不独在法国如是,在世界性的现代化进程中均是常见现象,虽然消亡的程度有强有弱,速度有疾有缓。于是,对新世代乡土小说而言,那种基于现代化/乡土的冲

① 丁帆:《中国乡土小说史》,北京大学出版社,2007年,第1页。
② [法]H·孟德拉斯:《农民的终结》,李培林译,中国社会科学出版社,1991年,第12页。
③ [法]H·孟德拉斯:《农民的终结》,李培林译,中国社会科学出版社,1991年,第11页。
④ [法]H·孟德拉斯:《农民的终结》,李培林译,中国社会科学出版社,1991年,第16页。

突所产生的“紧张感”消失了，由此形成的“戏剧化”情节结构不再是主导性叙事模式，而从创作主体这一方面看，由道德嬗变带来的“疼痛感”也难以在文本中见到明显的形迹。事实上，总体考察新世代乡土小说，不难发现，在新世代作家的视野中，并无一个突出的、具有吸附力的乡土叙事焦点，平面化的“失焦”状态成为新世代乡土叙事的共同语境和整体表征。

二

如前所述，现代化/乡土的内在紧张在新世代乡土叙事中不可避免地缺席了。当然，这样的情况也不是绝对的，我们偶尔还能够在新世代笔下看到前行代乡土小说的一小片影子，尽管这一小片影子经常是碎片化的，摇曳不定的。

比如甘耀明的短篇小说《伯公讨妾》，就有着前行代那样较为明确的批判意图。小说写的是“伯公”讨“大陆神”做妾的荒诞故事。因为建庙 50 多年来，“伯公”时常卸庙去风流，“福德祠管理委员会”就筹划了一场“伯公讨妾”的闹剧，为伯公讨了“大陆神”作妾，以安其心。从文本中我们不难看出作者的批判意图。伯公讨妾的闹剧，表征着台湾的社会风气，不仅是民间信仰被功利化、鄙俗化乃至市场化，而且伯公讨大陆神作妾之事，也正对应着台商包大陆二奶之社会现象。小说中的村长对民间信仰的诚笃，对传统道德的信守，遭遇了时代的讽刺和重创。他的儿子正是在大陆投资的台商，而他对台商包二奶的反感衬出一种较为传统和质朴的乡土道德观。在小说结尾，村长怒斥委员会对伯公的亵渎。这种抗议之声暗含着村长对资本侵入乡村的不满，以及由此而产生的焦虑感。显然，这样的主题呈示很容易让人想到前行代的乡土小说。然而，尽管《伯公讨妾》有着较为明确的社会批判意图，在整篇小说中，作家却极尽夸张、讥讽之能事，这样一来，狂欢化氛围对小说微露的批判意旨进行了消解。

伊格言、童伟格等作家笔下出现的“小人物”，同样会让人将新世代与前行代联系起来。在短篇小说《祭》中，伊格言便是将关注的目光放在了一个小人物身上。叙事者称这个小人物为“阿妗”。阿妗一直很不幸，丈夫溺水死去，此后又受到一个名叫荣诚仔的男人的欺骗。十五六年来,阿妗过着孤单贫穷的日子,做过多种营生。当小说中的瘟王大醮仪式开始的时候,阿妗开着小发财车走村串乡,跟着“瘟王爷”一路卖色情片光碟。然而这篇小说与前行代依然存在重要区别。在小说中,伊格言通过“蒙太奇”手法营造了众声喧哗的狂欢效果。小说一会儿写到电视里色情片女优接受采访时的场景,一会儿又用朦胧笔法写到色情片的某个片段,从头到尾则是对瘟王爷祭仪的铺陈。阿妗的不幸命运,卖光碟的艰苦营生,被切割为片断后重组在这些混乱的镜头中。不同画面的迅速切换和更迭,共同汇合成巨大的喧嚣,而阿妗内心那沉痛的反复质问——“这许不幸的事,瘟王爷咁会皆带走?”——便沉浸在喧嚣中,得仔细聆听、认真辨别,方能感受到阿妗生命中的伤痛。小说整体上呈现出资讯时代“信息过量”的征象;另一方面,不同场景间的互动又产生强烈的反讽效果。可见,就算是对小人物命运的关切,这篇小说也以迥异于前行代的方式表现出来。

童伟格的长篇小说《无伤时代》讲述的也是小人物的故事。小说中的母亲一生穷苦,可是她却以淡定的心态无知而自由地游走在生活中。除了母亲,小说还以感伤的笔触绘写到了江的外祖父、大母亲等人的生活状态。尽管写的是小人物,可是读完小说后,很容易发现该作与前行代的差异。应该说,小说写了许多“伤痛”;然而所有的伤痛都无声无息,读者感受到的仅是淡淡的幻灭感。倘若在前行代笔下,小说中的伤痛应该会以较具生命感的形式体现出来,然而在《无伤时代》中,伤痛,以及由此带来的焦虑都被超越了,或者说,被作者抒情式的叙述融解了。批评家杨照对此有精到的分析。在给该书写的序言中,杨照指出,“其实,我们还是可以察知童伟格与前行代曾经轰轰烈烈过的‘乡土文学’之间的关系,一种逆转、颠倒了的系谱关系”[①]。杨照说,童伟格小说中的人物在性格上也都和“乡土文学”里的典型角色高度亲和,“然而在《王考》和《无伤时代》里,藉由这样无知无能而封闭在狭小荒村环境里的人,童伟格却写出了完全异于王祯和与黄春明,既非喜剧亦无强烈悲剧

① 杨照:《“废人”存有论——读童伟格的〈无伤时代〉》,见童伟格《无伤时代》,INK印刻出版有限公司,2005年,第5页。

的情境”[1]。所以结果是:“阅读童伟格的小说,让人一方面接近‘乡土文学’,一方面却又快速远离。”[2]那么童伟格与前行代最根本的差异在哪里?杨照认为:“童伟格最特殊的文学视野,就是把‘乡土文学’当中应该被同情、被嘲讽、被解救的封闭、荒谬的‘乡人存在’,逆转改写成了自由。在那个理性渗透不到的空间里,人们大剌剌地,既无奈又骄傲地活在既真又假、生死无别,完全可以无视于时间存在、无视于时间线性淌流的世界里。”[3]可见,在《无伤时代》中,童伟格其实悬置了创作主体的价值判断和观念介入,从而也就超越了人物的生命伤痛,将人物的被动转化为自由,将个体的伤痛转化为整体意义上的“无伤时代”。因此,尽管童伟格的乡土叙事与前行代有着相似之处,但就其内在特质以及文本风格来说,却与之有着根本不同。现代化/乡土之间的“紧张感”消失了,戏剧化的情节结构被感伤的抒情化解,即使是个体生命的痛感,也被超越了,或者说化作了弥漫在文本表层空间的忧伤。

从上面几个例子大体可以看出,新世代乡土小说即使与前行代有所关联,它们的内在气质也与前行代有着本质区别。某种程度上,从与前行代有着相似之处的作品中,反倒更能见出新世代乡土叙事的“失焦”状态。

三

平面化的“失焦”状态不单是因为时代之变迁,还因为文学潮流的深入影响。当这批70年代出生的作家在新世纪展示出创作实绩时,文学的沙滩已是经过了现代主义、后现代主义潮流的冲刷。事实上,我们能够清楚地看到新世代乡土叙事的现代主义气质和后现代主义姿态。因此,所谓“失焦”状态,不单是小说主题的弥散化和作品沉重感的消失,还指涉叙事形式的狭窄化、文本化和游戏化。批评家南方

---

① 杨照:《“废人”存有论——读童伟格的〈无伤时代〉》,见童伟格《无伤时代》,INK印刻出版有限公司,2005年,第6页。

② 杨照:《“废人”存有论——读童伟格的〈无伤时代〉》,见童伟格《无伤时代》,INK印刻出版有限公司,2005年,第6页。

③ 杨照:《“废人”存有论——读童伟格的〈无伤时代〉》,见童伟格《无伤时代》,INK印刻出版有限公司,2005年,第8页。

朔在《联合文学》杂志举办的第十六届联合文学新人奖评选活动的评审意见中,指出新世纪从社会语境到文本艺术表征都存在着一种叫作“涸竭”的症候,这种症候导致了“文学之蚀”:“21世纪开始的此刻,世界的共同特性是‘涸竭(exhaustion)’。‘涸竭’是走了远路后,身心交疲,什么都不再去想的停顿,也是任何一点的努力也都懒得付出的倦怠。”“在这个‘涸竭’的时代,文学无论在题材的选定,叙述的形态,甚至内蕴的价值上,遂也难免出现‘涸竭’。在‘稠密叙述’下,写作者将他们的眼睛几乎全都集中在私人生活上,在细碎之处过度着墨,而虚迷华艳的词藻则成了粘合碎片般生活经验与想像的媒介。这种文字功夫超过了实质的文学,换个角度言,几乎等于是用过度的文字来掩饰生命经验与视野不足所造成的虚弱。文学作为生命沟通平台的功能已快速蚀下,而变得更像是一种独白游戏,一种谜语表演。有些文学以前曾经重得让人无法忍受,而到了现在,它却又逐渐轻到仿佛就像是文字气球,虚虚的飘了起来。”“合理的解释是,当文字凌驾了内容,被文字牵缠即容易‘失焦’。”①

在南方朔看来,“涸竭”象征着时代的精神状态,同时它又是文学社会指涉功能消解、精神能量匮乏的表征。或许我们应该将“涸竭”视作一种症候式的描述话语,它大而言之地概括了当下的文学生态。事实上,就新世代乡土小说而言,我们仍能在其中读到有着尖锐痛感的作品。比如张耀升的《缝》,就以尖利如针的笔触,缝织出人性的冷漠和残酷:奶奶生前被父亲冷落;葬礼上父亲为了让奶奶看起来体面,竟“将缝线藏在内里,连着奶奶的皮肤缝在一起”②。而在奶奶去世之后,其灵魂对父亲进行了耐心的报复,直到父亲疯狂。同样,李仪婷的《躺尸人》也以荒诞手法凸现了生命的苦难:小说中的母亲对死亡已经到了迷恋的程度,她在几乎整个金山乡都死过,于是寻找死亡的感觉,并将这种感觉付诸行动,竟然成了母亲生活的一部分。

尽管有这样一些例子,南方朔所谓文学成为飘浮的文字气球,文字凌驾内容导致作品失焦的情况,在新世代乡土小说中仍时有所见。总的来看,在经过90年代

---

① 南方朔:《“涸竭”——文学之蚀》,《联合文学》第217期(2002年11月号)。

② 张耀升:《缝》,见张耀升《缝》,木马文化出版社,2003年,第20页。

的华丽和喧嚣后，新世代乡土小说将现代主义和后现代主义表现方法混合在一起，文本既流露出淡淡的现代主义焦虑，又具有后现代主义的反讽、解构、狂欢、游戏、拼贴等特征，再加上拉美魔幻现实主义和台湾浓厚的宗教信仰氛围融渗、凝结为一体，使得新世代乡土小说不再书写传统的乡土情怀，价值判断被悬置，作品的外涉功能被内指功能取代，从小说的内容到小说的叙事形式，都呈现出"失焦"的状态。在"失焦"的状态下，新世代作家求异大于求同，先锋大于固守，他们在新和变的旗帜下，让想像力尽情驰骋，敷演出乡土叙事的奇特景观。

现代主义叙事强调主观化，"现代主义始于从相信可被客观认知的理念或物质世界向认为世界只能通过个体意识才能真正被认知和体验转变的过程之中"①。叙事的主观性在新世代乡土小说中体现得非常明显。对新世代作家来说，外在的社会现实被个人主观意识选择和塑形，"灵视"的目光将外在世界的变迁和内心世界的幽曲一一涵纳。由此，第一人称叙事成为新世代作家重要的选择，许荣哲的《迷藏》、李仪婷的《躺尸人》、甘耀明的《吊死猫》、童伟格的《王考》、张耀升的《缝》……许多作品都以"我"的目光打量并重塑"世界"。即使一些作品不是以第一人称来叙事，但依然采用"内视角"，比如《无伤时代》，作者只不过是躲在"江"的身后，跟着江一起忧伤地面对四处颓败的世界。正是由于叙事的主观化，新世代作家的乡土叙事由个人视野而展开不同的小世界。像王聪威在 2008 年出版的《复岛》，便是将其对家族的记忆带入作品中；许荣哲则偏好斯蒂芬·金那样的惊悚叙事，在《迷藏》中，他将小说人物对童年的惊恐记忆纳入对捉迷藏游戏的讲述中。其他像童伟格以超越性的眼光关注小人物，伊格言对颓废景观的呈现，张耀升对残酷、阴冷的人性的锐利探视，等等，都各有其表现旨趣和审美取向。因此，尽管新世代乡土小说在选材上也有一些共同点，比如许多作品都极力召唤民间信仰、祭礼的到场，但叙事的主观化往往让作家们自成小天地，很难在主题呈示和美学表达上形成焦点。

魔幻性是新世代乡土小说的又一重要特征。现代主义向内转的趋势使得作家由内向外打开了一扇"灵视"的窗口，这种"灵视"将物质现实转化为心理现实，而西

① [英]史蒂文·康纳：《后现代主义文化——当代理论导引》，严忠志译，商务印书馆，2002 年，第 159 页。

方魔幻现实主义思潮也在这一转化中渗透进来,更重要的还有台湾由鬼神崇拜、祭祀仪式所形成的浓厚的民间文化氛围。于是我们看到,在许多作品中,人物的生死界限模糊了,大量的民间信仰和民间仪式被召唤到作品中,灵异与现实交织、阴间和阳界共存,使得新世代乡土小说呈现出光怪陆离的魔幻景观。比如伊格言的《堕落》,以"我"(妹妹)的视角回忆了堂姊的婚事和她的因情自杀,不时插入"我"的心理体验。然而小说始终弥漫着一种怪异的气氛:比如人们不时提到那次因为阿嬷生病住院,全家人要去探视她而躲过一次空难;比如电视里的节目没有发出任何的声音。直到小说结尾,作者才点明整个家族在那次集体出游时并没有躲过空难,二十二人全部在飞机堕落时丧生,于是堂姊的故事变成一个亡灵断断续续的回忆。同样的例子还可以举出童伟格的《叫魂》。当少年吴伟奇骑着自行车带着老师李国忠前去寻找杂货店老板时,遇到一个又一个村民,吴伟奇一一向李国忠介绍这些人。然而通过作者的讲述我们不难看出,这些人其实都已死去,实际上,就连李国忠也因为车子撞上山崖而送命。亡灵充斥山村,而这一天是四月四日妇幼节,正是清明节的前一日。这样的作品很容易让人联想到胡安·鲁尔福的《佩德罗·巴拉莫》。其他像张耀升《缝》中奶奶死后还在折磨父亲;甘耀明《圣旨嘴》中阿公即将死去时迅速苏醒,并精神抖擞地准确预告"恩主公"的动向;吴明益《虎爷》中舞狮队的屏仔被"虎爷"附身;伊格言《鬼瓮》中,红姨能够让死去的阿母与子女相会,都打破生死关隘,亦真亦幻,似有还无,充分显示出新世代乡土叙事的魔幻性。

颓废性也是新世代乡土小说的重要特征。"颓废"概念具有多种面向:它可以指涉与现代性的"进步"观念相伴随的一种生活态度和心理状态,一种哲学观,一种社会文化现象;也可以指一种艺术风格。美国学者马泰·卡林内斯库(Matei Calinescu)在《现代性的五副面孔》中对"颓废"概念进行过严谨的梳理。卡林内斯库提到,作为艺术风格,"颓废"与个人主义密不可分:"个人主义的概念居于任何颓废主义的核心。"[①]"颓废风格只是一种有利于美学个人主义无拘无束地表现的风格,只是一种摒除了统一、等级、客观性等传统专制要求的风格。如此理解的颓废

① [美]马泰·卡林内斯库:《现代性的五副面孔》,顾爱彬、李瑞华译,商务印书馆,2002年,第183页。

同现代性在拒斥传统的专暴方面不谋而合。"[①]具有现代主义审美取向的新世代作家，求新求变，想要远离传统的现实主义美学原则，而"颓废"自然而然进入了他们的美学视野。应该说，"颓废"在这些作家的笔下，有着不同层面的表现；而就他们的乡土叙事而言，对"颓败"景观的呈现成为非常显眼的文学征象。在这些乡土小说中，"人"在慢慢老去，"乡土世界"渐渐衰颓。不少作品都以孙辈（常常是第一人称叙事者"我"）/祖辈（常常是爷爷，有时是奶奶，比如张耀升《缝》）的模式展开叙事，比如伊格言的《龟瓮》、《瓮中人》，童伟格的《王考》，甘耀明的《圣旨嘴》，王聪威的《复岛》，皆是如此。"祖辈"在这些作品中，不是人生经验的拥有者和传授者，也不像在前行代乡土小说中那样是传统道德的代表。在新世代作家笔下，他们身体衰败，连同他们的生活世界，给人一种风雨飘摇的感觉。死亡的气息弥漫在文本中。像《缝》中的奶奶，像是"地震过后墙上留下的裂缝，一个视而不见比较令人安心的缺陷"[②]。而在《龟瓮》中，祖父念念不忘要给祖母迁葬，他陈腐而脆弱的生命在达成心愿后离开了人世。在童伟格笔下，颓败的景观尤其被大量铺陈。《王考》中的祖父离开村庄时，衰老的他已经记不得"我"是谁。当"我"和祖父站在路边时，天下着雨，车站早已破败，而公车似乎总是不会到来。一生待在书斋里，习惯于知识考证的祖父，曾经像个神话，而现在这个乡村神话终结了。长篇《无伤时代》更是满布着颓败的景观：村子一片荒芜，塑料厂倒闭，杂货店伶仃孤独，家犬黑嘴在被车辆碾伤后拖着残破的身体等待死亡的到来，江在城里拾到的流浪猫也黯然死去……杨照说："从现代理性角度看，小说里的每一个角色，都过着虚无败坏的生活，整本小说简直就是对于种种败坏（decay）的执迷探索。村子在败坏、人在败坏、记忆在败坏。祖母的故事是败坏的故事，大母亲的故事是败坏的故事，整个家族每一个人的故事，都环绕着同样的败坏主题。"[③]前行代作家因为乡村将被"现代化"而充满焦虑；在经过多年"现代化"之后，新世代作家的文学视野却向着乡村的颓败敞开，历史真是充满吊诡。总的来说，在物质丰裕、世象纷乱、市声喧嚣的新世纪，

---

① [美] 马泰·卡林内斯库：《现代性的五副面孔》，顾爱彬、李瑞华译，商务印书馆，2002年，第183页。
② 张耀升：《缝》，见张耀升《缝》，木马文化出版社，2003年，第13页。
③ 杨照：《"废人"存有论——读童伟格的〈无伤时代〉》，见童伟格《无伤时代》，INK印刻出版有限公司，2005年，第8页。

新世代乡土叙事的"颓败"景观堪称对这个时代的深度反讽。

主观性、魔幻性和颓废性等现代主义叙事形态，使得前行代那种戏剧化的、稳固的、整体性的叙事在一定程度上被瓦解。

四

在新世代乡土小说中，有些还表现出后现代主义的狂欢化叙事风格。像甘耀明，尽管被认为是"最接近正宗乡土小说的异数"[①]，但《香猪》、《圣旨嘴》、《伯公讨妾》等作品，都极尽反讽、夸张之能事。如果说前行代乡土小说中的讽刺尚有较为具体的外涉对象，那么甘耀明笔下的反讽往往是自我指涉的。即使在社会批判意图较为鲜明的《伯公讨妾》中，风流的"伯公"讨大陆神作妾的故事也对民间信仰的庄严进行了解构和颠覆。如果说前行代的讽刺性乡土小说是喜剧风格，那么甘耀明的这些作品则主要是闹剧风格。反讽成为这些作品的内在张力，它对传统乡土叙事的沉重和庄严产生了解构的效果。在伊格言的《祭》中，电视上采访色情片女优的场景、色情片的片断画面，与瘟王大醮仪式并置在一起，从而对看似庄严的民间仪式产生颠覆的效果，使得瘟王大醮变成一场民间的狂欢。在李仪婷的《躺尸人》中，痴迷于死亡的母亲最后找到了一份工作，就是躺在棺材里扮演电影中的僵尸。于是"死亡"被彻底颠覆了，它甚至成为一种狂欢化的"生命"形式。可见，新世代作家对民间信仰和祭祀仪式的召唤，不仅是以"灵视"的目光从中表现某种超现实的神秘性，也试图将其作为颠覆的对象。

狂欢化风格不仅体现在叙事内容上，也体现在叙事形式上，其中最为突出的是文本之杂糅，而这正是后现代主义小说的重要特征。布赖恩·麦克黑尔(Brian McHale)曾指出："其他流派在风格的规则性方面是完全'独白式的'，后现代主义小说是风格、声音和语域的狂欢节式的交织，其宣称的目的是瓦解文学类型在得体

① 范铭如:《轻·乡土小说蔚然成形》,《像一盒巧克力——当代文学文化评论》,台北 INK 印刻出版有限公司,2005 年,第 177 页。

性方面的等次。”[①]像上面提到的《祭》，便是将多种话语和声音糅合在一起；童伟格的《王考》，也是将历史考证、乡野传奇、乡土地理等知识融入叙事，使得叙事产生复义甚至是歧义。更具代表性的是王聪威的《复岛》和童伟格的《驩虞》。《复岛》由四篇既各自独立又彼此联系的小说构成，这种组合本身即可视作一种文本拼贴，而这四个故事每一个又都由不同话语组合而成，其中篇幅最长的《渡岛》更是将文本拼贴的手腕发挥到极致。《渡岛》有四条平行的叙事线索：祖父在灯塔下发现了一个帝国的复制岛屿，这个“复岛”与现实世界几乎完全一样，可以说，真实与幻构被安置在一起，二者互为镜像；除了“复岛”的故事，《渡岛》还写到拆船厂一个工人的死亡，并回顾了他在炼狱般的拆船厂的生活；还有大学生观光团到岛上旅游，其中有人被海里的漩涡吞没；“我”沿着海岸公路逃离沙漠的故事。这四条叙事线索并行向前展开，现实与虚构、历史与未来混在一起，呈现出一幅让人叹为观止的叙事景观。台湾作家郝誉翔评价道：“读者们不妨享受《复岛》中在过去与未来之间时空蜿蜒流动的美感，并从此捕捉作者以‘陌生化’的笔法，由现实中切割下来片段风景，而营造出的一既陌生又熟悉的、更高层次的真实。”[②]童伟格的《驩虞》同样表现出这样的叙事奇观。小说糅合了多个人物的生活情境——每个人物都没有具体的名字，像是不同的文化符号，由此展开一幅巨大的然而又是杂乱喧嚣的生活图画。画面上有声势浩大的十二年一度的大醮；大醮上唱戏的戏子；一个孩子对死去父亲的回忆和憎恨；一个生活丰裕的外汇交易员处于精神困境之中；新闻中叙利亚伊德里村附近的水库决堤导致灾害；故事里两个书生——一个高瘦子一个矮胖子——相遇在荒野里，却发现彼此都是机器人……如此这般，乱象纷呈，充分体现出“空间充分饱和”的当下状态，“因为不同地区的文化成分在同一时间、同一空间中汇合到一起”。[③]“驩虞”是“欢娱”二字的古雅用法，作者用此二字，一方面意在呈现资讯时代人们的精神“涸竭”；一方面又含反讽之意。尽管这篇小说首和尾都书写了那十二年一度的大醮，但乡土景观被其他并置的书写侵蚀。如此拼贴式叙事使得叙事时

① [英]史蒂文·康纳：《后现代主义文化——当代理论导引》，严忠志译，商务印书馆，2002年，第183页。

② 郝誉翔：《梦境与现实的交相渗透》，见王聪威《复岛》，联合文学出版社，2008年，第15页。

③ [英]迈克·克朗：《文化地理学》，杨淑华、宋慧敏译，南京大学出版社，2005年，第106页。

间被“空间化”,文本的“有机性”遭到破坏,情节的戏剧化被文本的戏剧化取代。

总的来看,新世代的乡土叙事在主题呈示和美学表现上均处于“失焦”的状态。与前行代相比,新世代乡土小说不再沉重。早在2004年,台湾学者范铭如就曾以“轻质”对“新乡土小说”的基本特质加以概括:

> 不过短短几年,新的小说类型又蔚然成形了。这股新兴势力由五年级中段班的袁哲生领衔,六年级的吴明益、甘耀明、童伟格、伊格言、张耀升、许荣哲等为主力,共同开创出一种轻质的乡土小说。这种文学跟70年代或更早期的乡土小说貌合神离。一样书写乡间市井黎民故事,甚至更大量地描写民间习俗信仰,新乡土的奥趣却并不在反映(后)资本主义入侵下的社会问题;因此不似前者偏好以畸零人或特殊经历里行业者为叙述角度,后者多是少年和青年的眼光。叙述形式因袭乡土小说既有的写实与现代主义,兼且融入魔幻、后设、解构等当代技巧以及后现代反思精神,但又不若90年代小说在形式与文字上的繁复。这批新浪笔下的乡土,也许是可亲好玩、神秘陌生、平凡无聊或是无厘头似地可笑,但绝没有个预设定义或目的。新乡土小说的出现一方面是台湾主体论述、本土化运动的产物与回应,另一方面则是体现雷蒙·威廉斯所谓的“感觉结构的世代差异”。低脂肪低盐低热量的配方,正是新世代作家们调制出的时代新风味。①

“轻质”、“低脂肪低盐低热量的配方”,恰如其分地概括了新世代乡土小说的质地。基于现代化/乡土内在冲突而形成的“紧张感”、情节结构的“戏剧化”以及创作主体道德观和价值观方面的“疼痛感”均淡若无痕,“轻质”遂构成新世代乡土小说的底色。

原载《华文文学》2009年第1期

① 范铭如:《轻·乡土小说蔚然成形》,《像一盒巧克力——当代文学文化评论》,台北INK印刻出版有限公司,2005年,第175—176页。

中国乡土小说研究的历史反思

历史清理的方法

洪子诚

我不太清楚为什么现在许多人关注“50 到 70 年代文学”。去年到外地参加一些学校的学位论文答辩，有不少是写这方面内容的。我们学校也有许多现当代的研究生做这方面的题目。相比起来，对“现状”的研究反而少了；这在 80 年代是不可思议的。那时候，稍有才气的人，谁不更注意“新时期文学”？谁会从 50 至 70 年代的文学中获得研究的灵感和激情？这种关注点的转移，不清楚是好事还是坏事。说到原因，可以推测的有两个方向。一是由于一段时间的忽视，使这个阶段的文学现象、问题，仍存在许多可以开掘的空间。还有是，与政治、思想界当前对“革命”、对“社会主义经验”的清理、重新评价的思潮有一定联系。最近几年，一些作家、批评家深切地感到当前文学的“困境”和“危机”，文学在回应现实问题上的无力；他们呼唤文学的社会承担。这种承担的、干预的文学的历史经验，当然主要从 20 世纪带有“左翼”色彩的文学中去寻找。50 至 70 年代文学，或许正是其中的重要组成部分？

比起另外时段的文学来，关注 50 至 70 年代文学，很容易遇到研究者的“意识形态立场”的问题。这段历史和我们太靠近，我们的情感、经验，在当时和现在，又都过分“投入”。这段历史，在我们身上直接、间接留下的印记过于深刻，有时想抹去都很困难。而且，对“十七年”和“文革”的评价，在当前存在很大的争论；评价的分歧，是当前思想界分化的主要内容之一。也许可以这样说，部分的研究、评述，正是服务于这一思想论争的。从现在的一些研究成果看，这方面常常会表现得很对立。有相当一部分研究著作(包括侧重史实钩沉的)，是把这个阶段看成中国现代文学的低谷期，是作家独立精神与自由创作受到极大压制，文学成果也趋于"政治工具"的粗陋化。这是80年代中期以来很流行的看法。我80年代初注意"十七年"，大体也是这个思路。我在《当代中国文学的艺术问题》(1986年版)的头几章，就是通过几个具体作家在当代的写作，来思考这个问题的。近几年来，这个看法、思路受到挑战。不能说出现一种完全相反的看法，至少是立场、视角与关注重点的不同。最主要是认为，在80年代中期以来受到贬抑、忽略的"左翼"线索，包括二三十年代的"革命文学"和"左翼文学"，根据地与延安文学，50至70年代的"共和国文学"(这是钱理群先生提出的概念)，事实上是20世纪中国文学中的非常重要的线索，在当前和未来的文学创作中，可以继续提供给我们重要的"资源性"的东西。特别是在"全球化"的历史语境，这种"异质化"，这种"异类"的声音，更表现出它的意义和价值。显然，这是两种不同的立场和不同的视角，当然也导致了在研究上运用不同的方法，设计不同的理论框架，使用不同的叙述方式。这是需要我们考虑的一个问题。

以明白而确定的立场进入研究，并在研究过程中不做"反省"与调整，很容易出现的现象是一种僵硬的描述方法。特别是在处理这个时期的文学与政治现象时，十分容易构造一种"二元对立"的历史图景。比如把作家简单区分为"依附"、"奴性"的，与坚持"独立精神"、"反抗"的两类。又比如出现"官方"与"民间"，"主流意识形态"与"非主流意识形态"，"国家权力话语"与"个人话语"等"对立项"的概念。我不是说这种划分，这些概念是无效的，不能使用的。问题是，我们在使用的时候，有时是不加限定的，不说明这些分类、概念的具体历史内涵，更不揭示这些分类、概念实际存在的"流动性"与"不确定性"。这样的观察和描述方法，对于我们深入地把握这一时期的文学，会带来很大的妨碍。在谈到50到70年代文学的时候，我和另一些人经常使用"一体化"的说法。这个说法不是意味着这个时期的文化、文学的单一性，事实上仍存在复杂的多种文化成分、力量互相渗透、摩擦、调整、转换、冲突的情况。这种僵硬的研究思路与描述方法之所以有问题，还因为从文化、文学的性质上说，它们在大多数情况下，都不能被简化为某种"意识形态"，特别是那些优秀的艺术作品，不可能被单一、纯粹的意识形态所减缩和概括。

我认为，50至70年代的大陆文学是存在很多问题的。肯定它的重要性，与对它的评价不是同一个事情。虽然在艺术评价上，标准的确立、认定在今天是个难题。但是，这个时期文学思想艺术存在的严重缺失，恐怕难以否认。在这种情况下，它的研究的魅力来自什么地方？一方面，就像前面说到的，现代中国的革命及其文化问题与成果，并未为“历史”所尘封，仍具有现实的急迫意义。另一方面，这种研究将可能尖锐地检验我们在处理存在争议也让研究者困惑的历史和文学问题时的能力；这包括理论和方法的选取，以及应用上的有效性。这里提出的问题有，以过去形成的观念，是否能有效解释、处理被我们所称的“左翼”文化与“社会主义经验”？是否有必要探索、形成新的思想基点？如何挣脱既定的概念与既定的理论框架的束缚，而揭发、展开这个时期“左翼”文化、文学探索的难题与悖论？从“研究主体”方面说，对待、处理自身的思想、情感经验时，是否有能力面对诸多复杂纠葛，是否有自我否定的勇气，来建立深入思考问题的“个体经验”空间？这都是摆在我们面前的挑战性的问题。

选自《20世纪40至70年代文学研究：问题与方法》一文，《中国现代文学研究丛刊》2004年第2期

关于"十七年"文学研究的历史反思
——以赵树理小说为例

董之林

一

20世纪80年代,中国的现代化在政治、经济、文化艺术领域全面展开,工、农、商、学、兵,各行各业无不唯此是瞻,百年来挥之不去的民族情结在这里形成一个爆发点,"顺之者昌,逆之者亡"。在此趋势下,中国当代文学研究出现了一种以西方启蒙话语为标志的元叙述。特别是对"十七年"文学,这种元叙述以服膺政治、否定个性为由,认为这一时期的作品是政治的附庸,没什么文学价值,赵树理小说是其中比较典型的例子。当时对"十七年"文学的再叙述,"无产阶级"、"资产阶级"和"工农兵方向"这些词句,已不再是评定标准;也与"文革"时期把作品统统斥为"打着红旗反红旗"的"封资修黑货"不同。可悲的是,建立在启蒙话语基础上的元叙述,具有比以往任何时期的批判都难以企及的摧毁力量,甚至把这一时期的文学逐出了文学史讲堂。在形而上的哲学意义上说,这是现代性在"全人类"的名义下,不同于以往"阶级"革命的另一种粗暴,另一种粗糙。

这种粗糙究竟忽略了什么?中国作为跻身世界现代化和全球化行列的后来者,相对于主流,其文化和文学呈现出一种交互关系的边缘性。在文学中,这种边缘性主要体现在它对现代社会演化过程的复杂体验和独有的表现。尽管文学发展与现代化关系密切,而且有些作品从语言到结构,俨然现代主义文学派头,但差异毕竟是其核心。因此在文学史领域,是无法套用西方或其他民族国家任何一种叙述模式比附的。以启蒙话语为背景的文学史判断,恰恰忽略了文学表现这一边缘过程的复杂性,忽略了根植于本土的叙事文学之特点。

这种粗糙也并非始于80年代。以启蒙话语为标志的文学史观,或者说,这种元叙述的确立,不完全出自80年代对西方思想的横向移植,早在20世纪三四十年代,在革命文学内部就有表现。当时无论解放区还是国统区,"革命文化人"对赵树理小说并不十分认同[①]。究其原因,不是他们对革命文学、大众文学的口号有怀疑,他们是革命文学理论的倡导者和实践者,但受"五四"以来苏俄和西方现代小说观念影响,却不自觉地表现出对来自基层社会,不符合流行的现代文学观念的作品的不屑与轻慢。在解放区,赵树理小说被鼓吹为"工农兵文学方向",即便如此,在知识的层面,他的艺术表现也远没有获得普遍认可,并一直延续到后来,被当作"十七年"文学与"五四"新文学断裂的例证。如果把小说模式看作一种"知识",与"五四"时期知识分子小说相比,这里的确出现了"知识"链条上的"断裂",确切地说,是一种变异。但历史似乎有意与叙述者捉迷藏,制造"断裂"的陷阱,以掩盖处于现代主流趋势的边缘的文学特点,掩盖连接本土上下文的历史相关性。

至20世纪中叶,民族矛盾、阶级矛盾不断升温,在高度政治化的社会环境中,关于解放区到1949年后的文学究竟如何,难以做深入细致的体察。只见"革命文学"、"工农兵文学","文学为无产阶级政治服务"的口号此起彼伏,而口号下面文学的实际,特别是文学在生产、撒播与移植过程中的变异与演化,缺乏切实有效的论证和结论。80年代百废待兴,"十七年"文学研究更是行色匆匆,看起来"破字当头",批判者振振有词,实际上却经不起推敲。由于缺乏相应的理论视角,对"十七年"文学的评价只能沿袭旧制,不同的是变换了说法,把以前拥护为正确的,现在说成错误,以前批判为错误的,现在"平反"为正确。以当时流行的见解,这是新时期"拨乱反正"的产物,是文学史研究对"十七年"文学"反思"的结果。结论既出,这一

---

① 参见杨献珍《〈小二黑结婚〉出版经过》,载《新文学史料》1982年第3期。

时期文学便被视为政治的“传声筒”和“吹鼓手”,没什么艺术经验可言。

历史总是在不断“重写”中得以镜鉴和深化,因此需要反思的不是“重写”本身,而是“重写”中出现的问题。今天看来,80 年代对“十七年”文学的再叙述缺乏建树有客观原因:长期封闭的环境,使人们在理论上一时找不到恰当有力的切入点。但也不能忽略主观上的原因,在急于实现经济乃至文学现代化的焦躁心理驱使下,即便概念推陈出新,理解上也有失偏颇。例如,英国历史哲学家柯林武德在《历史的观念》一书中谈到“反思”(reflection ,意为反射,影像,倒影,反省,沉思,反映),他对反思的理解并不是“逆反”或“对着干”。他认为反思不仅涉及对象客体,更主要的是对于那种与对象相关的主体的“思想”,或包含主体自身的思维方式。因此他说,“反思”的哲学本意,不仅在于它所“关怀的”对象客体,也包含“思想对客体的关怀,故而它既关怀着客体,又关怀着思想”。[①] 80 年代对“十七年”文学的否定,恰恰缺乏对主体思维方式的反省,进而重复了“十七年”至“文革”以来的“大批判”思路,尽管批判者说法上有所不同。但正如以一种“一体化”的思维方式,无法解开“一体化”形成的当代文学史研究的死结,把复杂、动态的历史看成铁板一块,只要认定文学与政治脱不了干系,而且对这一时期政治的否定意见又占了上风,就以强调个人和个性的启蒙话语为依据,将它们统统打入地狱,来一次历史上的重新站队。事情好像解决了,但问题是,在几番站队后,历史变成了虚无主义狂欢的场所,更谈不上研究的深入。

关于政治结构和人类主体的关系,社会学家认为:“结构绝不能被简单地概化为施加在人类主体之上的强制性因素,相反,它们是能使人有所作为的。这就是我所说的结构的二重性。从原则上说,结构总是能够从结构化过程的角度去加以认识。”[②]这里所说的“结构”主要指政治与人类主体的关系,而意识形态与文学也隐含着这种结构关系。结构化过程的二重性在于:一方面,结构是通过主体的实践活动建构出来;另一方面,主体的实践活动又是被结构化地建立起来。

对“十七年”文学的历史元叙述问题在于,先验地确定有一个悬置于主体实践

---

① [英]柯林武德:《历史的观念》,何兆武等译,商务印书馆,1997 年,第 2—3 页。

② [英]A.吉登斯:《论社会学方法新规》,黄平译,见韩少功、蒋子丹主编《是明灯还是幻象》,云南人民出版社,2003 年,第 42、43 页。

活动之上的社会与文学结构，只是由于当时的作家、批评家没有明智地加以选择，他们的实践活动和艺术经验便不得不被排除出宏大的历史叙述。与这种天真的愿望相反，在本土文学实践之外，人们找不到另一处"标准化"的、叙述者一厢情愿的历史。何况我们不得不承认，"人类主体的王国是受到限定的。人们创造了社会，但他们是作为受历史制约的行动者来创造社会的，而不是在他们自己选定的条件下去创造的"①。在此意义上说，没有不受制约的历史，只有受到历史限定，却在限定中有所作为的人类主体；没有能够脱离意识形态的文学，只有因文学参与而绝非单一化的意识形态过程。

历史学家把历史比喻为复杂的基因工程，认为"人类的过去、现在和未来是不可分割的'一个连续体'。三者之间有着内在的联系和因果关系"②。现实由过去发展而来，今天的文学中隐含着历史的酵素，未来文学也必然在相关的历史基因中发展起来。赵树理的小说，以及围绕他作品一系列争议所构成的文学现象，凸现了中国文学处于现代化交互关系中曾有过的边缘感受，也孕育着现实与未来文学的走向。

二

历史本身也有生命，复杂而充满变数。但被遮掩了历史细节的宏大叙述，仅凭一些异地条款便做出决断，全然不顾多种因素相互缠绕、不断碰撞和妥协的过程，这就等于轻易断送了历史的性命。这种机械地处理历史的方式，正所谓"言者有心，听者无意"，叙述如同隔靴搔痒，总也搔不到痒处。

在80年代，对赵树理的评价，由"文学的方向"遁入"不折不扣的功利主义"泥淖，使他成为这一时期文学(从"解放区"到"十七年")缺乏艺术水准的代表。对赵树理作品的非议主要集中在两点：一是"工农兵文学"的反智倾向；二是"问题小说"

---

① [英]埃里克·霍布斯鲍姆：《史学家——历史神话的终结者》，马俊亚、郭英剑译，上海人民出版社，2002年，第5页。

② [英]A.吉登斯：《论社会学方法新规》，《是明灯还是幻象》，第42页。

的服膺政治倾向。两者之间,服膺政治是主要问题,反智是由此带来的表现形态。

早在20世纪40年代,赵树理在解放区刚享有文名,他的作品不同于"五四"新文学的特点就引人注目。历史的吊诡在于,80年代对赵树理小说的否定意见,40年代曾以肯定的面目出现。比如,当时左翼文化人和批评家纷纷称赞赵树理响应"文艺为无产阶级政治服务,为工农兵服务"的号令,代表"工农兵方向",因此才取得文学上的成就。这一点正是80年代赵树理为人诟病的主要问题。40年代批评家对赵树理的肯定,却为日后的批判埋下伏笔,虽然当年他们绝无此意,但这样的后果,也暗示了在前期肯定和后来否定之间有某种联系,或者说,存在一个比较复杂的过程。

实际上,解放区的"革命文化人"开始并不怎么欣赏赵树理这位"农民作家"[①]。杨献珍回忆《〈小二黑结婚〉出版经过》时说,1942年他调赵树理到北方局调查研究室工作,第二年七月,赵树理下乡回来交给他一篇小说,这就是《小二黑结婚》,并由彭德怀交太行新华书店付印。"当稿交到太行新华书店后,如石沉大海,杳无音信。这时的太行区文化界思想仍然有些混乱,也还存在着一种宗派主义倾向……有些自命为'新派'的文化人,对通俗的大众文艺看不上眼。"小说迟迟不能出版,杨献珍只好再去找彭德怀,"向他说明情况"。这一次,彭德怀写下"像这样从群众调查研究中写出来的通俗故事还不多见"的话,并"亲自交给了北方局宣传部长李大章同志,由他转交太行新华书店,小说才得以出版"。《小二黑结婚》"十月份出版后,受到太行区的广大群众热烈欢迎。仅在太行区就销行达三、四万册","许多村子的群众自动地把《小二黑结婚》改编成秧歌剧,自演自唱,可见群众之喜爱了"。与赵树理小说在基层受欢迎的景象相比,知识界冷清多了:"仍然有些知识分子对《小二黑结婚》摇头,冷嘲热讽,认为那不过是'低级的通俗故事'而已",甚至说"这是海派"。[②]

由于彭德怀、杨献珍和北方局领导出面干预,赵树理小说出版后又受到"太行区的广大群众热烈欢迎",形势有所扭转,特别是延安整风以后,经过学习毛泽东

① 1947年秋,中共晋冀鲁豫中央局召开土地改革会议,赵树理同志以文艺界代表身份参加。在此期间,《人民日报》发表新闻,称他为"农民作家"。史纪言:《赵树理同志生平纪略》,《汾水》1980年1月号。

② 杨献珍:《〈小二黑结婚〉出版经过》,《新文学史料》1982年第3期。

《在延安文艺座谈会上的讲话》①，至1946年左右，肯定的意见才越来越多，《华北文化》、《文汇报》、《解放日报》、《北方杂志》、《群众》、《文萃》、《人民日报》等报纸期刊纷纷发表评论文章，盛赞赵树理小说。

对赵树理小说从“看不上眼”到认同、称赞，转变的原因固然是抗战以来，“‘文章下乡’、‘文章入伍’的口号正喊得山摇地动”②，大众化的通俗文艺成为一时潮流，革命的文化人争先恐后地投入这个行列；除此之外，左翼文学阵营长期流行的理念——革命文学必须受革命理论指导——也起了决定性作用。由于《小二黑结婚》、《李家庄的变迁》等作品出版，正值延安整风和毛泽东《在延安文艺座谈会上的讲话》发表期间，把赵树理小说归结为政治运动和《讲话》指导的结果，似乎也就顺理成章了。换句话说，肯定赵树理的艺术成就，毋宁是一份关于艺术理念的政治宣言。1946年，周扬在《论赵树理的创作》一文中对赵树理作品就“只说了他的好处”，周扬认为自己这样做，“与其说是在批评甚么，不如说是在拥护甚么。‘文艺座谈会’以后，艺术各部门都得到了重要的收获，开创了新的局面，赵树理同志的作品是文学创作上的一个重要收获，是毛泽东文艺思想在创作上的一个胜利。我欢迎这个胜利，拥护这个胜利”。③ 不仅周扬，当时的评论都特别强调赵树理是在正确理论指导下，在延安整风运动推动下才取得成功：“《李家庄的变迁》不但是表现解放区的一部成功的小说，并且也是‘整风’以后文艺作品所达到的高度水准之一例证，这一部优秀的作品表示了‘整风’运动对于一个文艺工作者在思想和技巧的修养上会有怎样深厚的影响。”④茅盾这段话后来被引用在《中国新文学史稿》⑤，作为现代文学史对赵树理小说的定评。而史家同时指出，这一大众化的“新文艺运动”

---

① 毛泽东在延安文艺座谈会上的讲话分别是在1942年5月2日和5月23日(见《毛泽东选集》第3卷，人民出版社，1966年)，据“赵树理年谱”记载：1943年“10月19日，延安《解放日报》全文刊载毛泽东同志《在延安文艺座谈会上的讲话》。中央总军委于二十日发出通知，将《在延安文艺座谈会上的讲话》规定为整风必读文件”[见黄修己编《中国现代文学史研究资料汇编(乙种)赵树理研究资料》，北岳文艺出版社，1985年]。也就是说，对《讲话》大范围的普遍学习应该是在1943年以后。

② 老舍：《保卫武汉与文艺工作》，《抗战文艺》七卷十二期。转引自王瑶《中国新文学史稿》(下册)，新文艺出版社，1954年，第17页。

③ 周扬：《论赵树理的创作》，1946年8月26日《解放日报》。

④ 茅盾：《论赵树理的小说》，《文萃》第2卷第10期，1946年12月。

⑤ 见王瑶《中国新文学史稿》(下册)，第314、315页。

始于《讲话》之前,“虽然方向上还没有延安文艺座谈会以后那样明确,但在解放区的确已经准备好了迎接文艺的工农兵方向的条件”的这一事实[①],却被忽略了。

20世纪30年代是左翼文学理论盛行的年代,同时也是作家和知识分子学习苏俄以及西方文学经验,使一种现代小说观念逐渐成形的年代。当这一时期的左翼文化人投奔解放区,投奔延安后,他们的政治追求连同艺术旨趣,直接影响延安以至1949年后人们对文学的接受与评断。40年代延安开展的整风运动、“大众化”文艺运动,对政治上拥护共产党,文化和文艺思想却芜杂多元的文化人来说,显然是一种思想整合。但运动就像“水过地皮湿”,很难说收到“心悦诚服”的效果。赵树理在解放区闻名,其中有政治干预,而且结果在当时看还不错:书出版了,小说改编的戏剧也到处上演。但这种一风吹的现象掩盖了一种致命的忽略,即对作品本身切实的研究,却在《讲话》的“收获”和整风运动的“影响”等宏论下“开小差”了。研究无法深入,紧张的战争生活是一个原因,但联系赵树理小说开始无缘出版的情形,“忽略”中是否也隐含“革命文化人”对一种基层“另类”艺术的不以为然呢?当年知识分子的政治认同,并不代表对小说所体现的另类知识结构的认同。由这样的历史来看,80年代对赵树理小说的非议,实际上使40年代被忽略的问题明朗化,把赵树理小说有违于既定知识结构的做法称为“反智”,“智”的标准,其实是一个关于现代小说观念的神话,扮演着现代知识权力者的角色。

与流行说法相比,40年代郭沫若对赵树理小说的意见别出心裁。他一反那种“先知而后行”的流行表述,用“自然”和“自由”概括赵树理小说的艺术特点。他说,赵树理的作品就像“一株在原野里成长起来的大树子,它根扎得很深,抽长得那么条畅,吐纳着大气和养料,那么不动声色地自然自在”。他不认为赵树理小说是伟大理论指导下的伟大作品,却体现了一种新鲜的品质:“当然,大,也还并不敢说就怎样伟大,而这树子也并不是豪华高贵的珍奇种属,而是很常见的杉树桧树乃至可以劈来当柴烧的青杠树之类,但它不受拘束地成长了起来,确是一点也不矜持,一点也不衒异,大大方方地,十足地,表现了‘实事求是’的精神。”[②]在同一篇文章,郭

① 王瑶:《中国新文学史稿》(下册),第16页。

② 郭沫若:《读了〈李家庄的变迁〉》,《北方杂志》1946年第1、2期。

沫若下面的话更生动地描绘出“五四”以来的文坛风气，以及他推崇赵树理的原因：

> 作家的通病总怕通俗。旧式的通俗文作者，虽然用白话在写，却要卖弄风雅，插进一些诗词文赞，以表明其本身不俗，和读者的老百姓究竟有距离，五四以来的文艺作家虽然推翻了文言，然而欧化到比文言还要难懂。特别是写理论文字的人，这种毛病尤其深沉，装腔作势，矫揉造作，瞎缠了半天，你竟可以不知道他在说些什么。这种毛病，有时候似乎明知故犯，似乎是“文化人”、“理论家”、“文艺家”那些架子拿不下来，所以尽管口头在喊“为人民大众服务”，甚至文章的题目也是人民大众的什么什么，而所写出来的东西却和人民大众相隔得何止十万八千里！……知行确实是不容易合一。这里有环境作用存在。在大家都在矫揉造作或不得不这样的环境里面，一个人不这样就象有点难乎为情，这就如在长袍马褂的社会里面一个人不好穿短打的一样。因此我很羡慕作者，他是处在自由的环境里，得到了自由的开展。

这里“自由的环境”，不是说赵树理生活在世外桃源；而是他早年决心不当“文坛”作家，一定要写“文摊”文学的志向①，在抗战时期倡导大众化的文化环境中修成正果，他的小说与社会背景相默契，达到一种“随心所欲”的境界。郭沫若这番话，也不能仅仅理解为他赞同《讲话》更为巧妙的表述。同为作家，心有灵犀，由于本人是“五四”新文化运动一员主将，郭沫若比一般人更敏锐地发现这位“文摊”作家对新文学的意义。赵树理没有“五四以来的文艺作家”的毛病；他不屑于混迹“文坛”，扎在“长袍马褂”的文人堆里讨生活；也不屑于“装腔作势”，好像不穿在理论和知识的“长袍马褂”里面“就有点难乎为情”。总之，他没有被固有的现代“知识”方式，被建立在此基础上现代知识分子的存在方式所束缚，而以自己顽强的个性开辟了“自由的环境”，使创作也“得到了自由的开展”。

---

① 见李普《赵树理印象记》，文中说，赵树理在学生时代热衷于新文艺，但随即意识到：“新文艺打不进农民中去”，因此他说“我不想上文坛，不想做文坛文学家。我只想上‘文摊’，写些小本子夹在卖小唱本的摊子里去赶庙会，三两个铜板可以买一本，这样一步一步地去夺取那些封建小唱本的阵地。做一个文摊文学家，就是我的志愿”。《长江文艺》1949年第1卷第1期。

郭沫若的敏锐还体现在,他对赵树理小说的诠释更符合历史实际。“毛主席《在延安文艺座谈会上的讲话》发表以前,他(赵树理)常与人辩论文艺大众化问题,虽然文艺界不给他立案,他却一直坚持。《讲话》传到太行山根据地以后,他读了非常兴奋,他认为毛主席批准了他的主张。”①也就是说,坚持文艺大众化的路向,在赵树理早期文学活动中已经十分明显②,也就是史家所言:“已经准备好了迎接毛主席文艺方向的条件。”③因此,赵树理小说与理论的关系应该倒过来看:如果没有“五四”新文化运动以来的文学实践,没有赵树理等基层作家的文学实践,就没有《讲话》,也就没有解放区关于“工农兵文艺”的主张。任何理论都不是无源之水,而是对特定历史环境下社会实践的总结。

从“1941年冬,太行山区抗日民主根据地文联,举行文艺创作座谈会。赵树理同志在会上大声疾呼,要写群众喜闻乐见的通俗化作品”;到1943年,他认为“毛主席批准了他的主张”,赵树理“农民作家”的经历表明,在抗日战争年代,一种来自中国基层的文学方式正受到普遍关注。即便人们对他的小说看法不尽一致,但普遍意识到:《小二黑结婚》和《李家庄的变迁》等作品的出现,开启了一个不同于“五四”新文化运动的文学时代。

三

把赵树理小说归结为政治运作的结果,同把他归结于一种纯粹的、未受政治“污染”的写作姿态一样,都难以自圆其说。作家孙犁是赵树理的“同时代人”,他这样认识和形容这位从长治县山西省立第四师范学校出来的“多才多艺的青年”:“当

① 史纪言:《赵树理同志生平纪略》,《汾水》1980年1月号。

② 荣安在《人民作家赵树理》一文中写道,1949年赵树理回忆说:“在十五年以前我就发下洪誓大愿,要为百分之九十的群众写点什么东西,那时大多数文艺界朋友虽已倾向革命,但所写的东西还不能跳出学生和知识分子的圈子,当然就谈不到满足广大劳动群众的需要。根据我自己的志愿,一九三三年我在太谷当教员时,曾写过一部长篇小说,名字叫《盘龙峪》,是描写农民和封建势力作斗争的故事”,但碍于当时出版和发表方面的阻力,“这部作品只好写了一半约十万字就搁笔了,但我并没有放下这一志愿”。1949年10月1日《天津日报》。

③ 王瑶:《中国新文学史稿》(下册),第16页。

赵树理带着一支破笔，几张破纸，走进抗日的雄伟行列时，他并不是一名作家。他同那些刚放下锄头，参加抗日的广大农民一样，并没有觉得自己有任何特异的地方。他觉得自己能为民族解放献出的，除去应该做的工作，就还有这一支笔。”[①]

如果没有抗日战争，没有在家乡和城镇所经历的逃亡生活，赵树理很可能是一名乡村教师，或者像他父亲那样，“会算八字，看风水，也会治病，喜欢读小唱本，说故事”[②]，能为乡亲们排忧解难，是方圆百里交口称赞的乡村文化人。但现实生活没有“如果”，当国家政局在激烈的民族战争、阶级斗争中改弦更张，每个生活在其中的人都面临无法回避的命运转折，这在赵树理便是毅然决然地加入斗争的行列。与当时多数中国人反侵略行为有所不同的是，赵树理还以他的“一支破笔，几张纸”，以他的小说“走进抗日的雄伟行列”，并以这样的小说印证了时代与社会结构。换句话说，从抗日战争到后来的社会主义农业合作化运动，不同时期的社会结构都有赵树理这样的“农民作家”主动参与，并通过他们一系列的个人“实践活动建构出来”；另一方面，赵树理小说又必然是在这种社会和政治背景中“被结构化地建立起来”，这是需要“从结构化过程的角度去加以认识”的现实课题。

确定作家的创作与时代政治在整体上不可分割的关系时，不能不考虑社会政治背后文化传统的因素。尽管还不能断定赵树理写抗战小说之前，是否读过列宁有关“帝国主义是资本主义最高阶段”的英明论断，但可以肯定的是，即使没看过，他也会积极投身抗日，也会写抗战题材的小说。赵树理小说和中国人的抗战一样，都与中国传统文化的价值取向有密切联系，那些内容和形式上明显的乡土印记，揭示了在小说鲜明的政治倾向底部，汇聚着大量生动的、与本土日常生活关系密切的文化潜台词。文化人类学家鲁恩·本尼迪克特曾从文化角度研究“二战”中的日本侵略者，她说，日本为什么发动战争，“我们真正想要知道的东西，更多是隐藏在日本文化的规则及其价值之中的”[③]。她的研究使人们更深入地了解那一场战争的文化动因。其实不单对侵略者，对反侵略者亦然，即重视反抗者一方“文化的规则及其价值”。赵树理小说真切地传达出这种信息。

---

① 孙犁：《谈赵树理》，1979年1月4日《天津日报》。

② 李普：《赵树理印象记》，《长江文艺》1949年第1卷第1期。

③ ［美］鲁恩·本尼迪克特：《菊与刀》，廖源译，中国社会出版社，2005年，第6页。

如孙犁所言,赵树理在抗战中开始写小说,抗战题材也贯穿他的创作生涯。以他描写抗战题材的两部作品为例,一是1945年冬完成的长篇小说《李家庄的变迁》,一是1959年出版的长篇评书《灵泉洞》(上部),这在赵树理的全部创作中,是最多血雨腥风描写,也最宜于用"阶级斗争"理论加以诠释的作品。然而实际上,我们却无法把作品严丝合缝地放入"阶级斗争"学说的理论框架中加以诠释,不是由于赵树理小说与社会政治脱节,它们紧密联系着社会政治,联系着抗战,联系着共产党在农村开展的减租减息运动,联系着根据地基层政权建设,但作品中的人物、情节,相对那种刻板而整体化的社会理论,却显得分散,甚至有点文不对题,从而游离了时代赋予小说宏阔而高深的理论建构。如果简单地说,这些作品就是发生在乡村日常生活中一些好人和坏人的故事。这种讲故事的方式倾向于传统的审美表现,人物尽可以千差万别,并不以贫富、阶级和阶层划线,但美和丑、善与恶的界限却非常清楚:美的不能说成是丑的,恶的也不能说成是善的,真的更不能说成是假的,道德评价始终伴随或潜伏在对人物的描写中。值得注意的是,那些简单明了的故事结构,反而容纳了社会生活更广阔的宇宙空间,而不局限于对某一类人物及其心理的凸现和表达。

小说描写抗战时期山西农村的各色人物,有毁家纾难的普通村民,有被"逼上梁山"的共产党员革命者,有观望时局的投机者,也有投靠侵略者的汉奸,但与现代心理学基础上的心理分析小说不同,他们很少有分裂的人格,也没有知识分子式的灵魂拷问,白描式的文字使作品与古典史传小说气韵衔接。"说《三国志》者,在宋已甚盛","闻刘玄德败,颦蹙有出涕者,闻曹操败,即喜唱快。以是知君子小人之泽,百世不斩"。由于作品接受面广,"搬演为戏文者尤多,则为世之所乐道可知也"①。表现现代人人格分裂的作品会因人物心理的明暗不定,失去或淡化对读者的情感迫力,与之相反,文学史家将"以是知君子小人之泽,百世不斩"的道理,作为屡试不爽,"为世所乐道"的创作经验,作者评说世道,臧否人物,都有强烈的道德取向,并影响读者对历史的理解,这是传统史传小说不可或缺的特质。与这种小说有

① 鲁迅:《中国小说史略》,鲁迅先生纪念委员会编纂《鲁迅三十年集》(9),鲁迅全集出版社,1947年,第106页。

所不同，赵树理描写的不是赫赫有名的历史人物，而是匍匐于历史底层的芸芸众生。因此他将以往“只能适用于高层人物”的“大传统”，化解为“比较通俗化，适应于大众”的“小传统”，即“采取大传统的精义，融会简化而有时稍微歪曲之，只要不南辕北辙即可”，[①]反映了在本土传统文化背景下，侵略者遭遇的中国基层生活。

《李家庄的变迁》中描写牺盟会号召乡亲们为抗日捐款，家国一体的观念深入普通百姓，王安福老汉“虽说不是个十分有钱的户”，可是他对干部们说：“会里真有用钱的地方，尽我老汉的力量能捐多少捐多少！就破上我小铺交捐款！日本鬼子眼看就快来抄家来了，哪还说这点东西？眼睛珠子都快丢了，哪还说这几根眼睫毛？”对反面人物，像修德堂东家李如珍和侄儿李耀唐（即春喜），作品开篇就从他们欺负外姓人张铁锁写起，写他们怎样霸屋占地，甚至把张铁锁一家人扫地出门。平时李如珍指使春喜横行乡里，仰仗的后台是山西军阀，战时他就先要了解军阀对抗战的态度，他派春喜跑到县里终于打探清楚，原来军阀和县团长的意思是“只要孝子不要忠臣！”所以他们即使有钱，也只会拿来讨好军阀，而不会真正加入反侵略战争的行列。

又比如《灵泉洞》中写道：“一听说杂毛狼又出了世，小胖他娘打了个寒颤。她说：‘娘呀！又该人家吃人了！’”杂毛狼既不是地主，也不是富农，更没有李如珍那种大户人家的背景，他只是依附于有钱人的地痞流氓，却因平日里欺男霸女，无恶不作，最让老百姓担惊受怕。侵略者在乡村招募汉奸，别人不干，但杂毛狼素来“有奶便是娘”，全无道德廉耻，自然成了“积极分子”，“依靠力量”，也就更加耀武扬威。战争造成生灵涂炭，但对小胖娘这样的普通农民来说，它的罪恶更在于侵略者摧毁了生活赖以维系的一套道德法则，黑白颠倒，老实善良的人要是落入“杂毛狼”这一类人手里，后果自然不堪设想。小说对侵略者与被侵略者的描写是在忠奸善恶之间进行的，从而合情入理地揭示中国农民投身抗战的文化原因。在这里，“五四”时期“砸烂孔家店”的呼声隐退，传统道德观念去伪存真，作为民族精神象征，构成了赵树理小说的底蕴。

---

① 参见黄仁宇《赫逊河畔谈中国历史》中关于“大传统”（great tradition）和“小传统”（little tradition）的论述（三联书店，1992 年，第 57 页）。

从中学时代一名新文学的热情鼓吹者，到30年代后期返身回望传统，赵树理并不打算做悖逆新文化潮流的“复古者”，而且他的小说总是呼应着时代风雨。这种创作倾向表明，他回望传统的目的是想实现一种他心目中的现代小说。赵树理对新文学有很高期待，他希望新的革命的思想能够被农民接受，进而撼动家乡几千年来的宗法势力，使农村作为中国社会的根基，也能够分享现代思想的果实。但期望愈高，随之而来的失望也愈加不堪。赵树理认为，新文化运动以来现代小说所表现的，主要是受西方启蒙思潮影响的都市知识分子的情感，尽管表达方式要适于作者情感抒发并没有错，但问题是“新文学的圈子狭小得可怜，真正喜欢看这些东西的人大部分是学习写这样的东西的人，等到学的人也登上了文坛，他写的东西事实上又只是给另一些新的人看，让他们也学会这一套，爬上文坛去。这只不过是在极少数的人中间转来转去，从文坛到文坛去罢了。他(指赵树理)把这叫做文坛的循环，把这种文学叫做文坛文学”[①]。在赵树理看来，中国农村幅员广阔，如果新小说只满足城市“文坛”那么狭小的天地，很不利于新文化传播。另外，这种“文坛文学”受“砸烂孔家店”激进思潮的影响，具有强烈的排斥异己倾向，似乎新文学为要挣脱传统教义束缚，表现形式也必须与传统一刀两断，小说从内容到形式都要脱胎换骨，甚至小说采取“旧瓶装新酒”的方式，也会沾上“改革新文学性质”的恶名。这种文化趋势使人们对传统一时避之唯恐不及，其结果必然摈弃与传统观念有任何瓜葛的艺术融合，使现代小说蜕变成一种知识分子自说自话的“文坛文学”。

新文学要发展，一味与传统隔绝之所以行不通，就在于与传统隔绝，必然与广大读者隔绝，而“五四”新文化真正的内涵或生命，就在于它不拘一格的思想观念能为本土所接受，因而也能够通过本土“喜闻乐见”的文艺形式加以表现，这种文艺形式恰恰体现出被激进思潮全盘否定的传统文化富于生机的另一面。相反，如果把接受新文化，只看作遵从某一种形式，文学上只能以某一类小说为模本，无异于画地为牢。这不单是文化上的皮相之见，而且当它转化为“唯我独左”、“唯我独革”、排斥异己的“文坛”倾向，便从根本上违背了新文化精神，势必阻碍它的传播，进而窒息了原本活泼的生命与灵魂。因此，正是在力图把“五四”精神撒播到中国基层

① 李普:《赵树理印象记》,《长江文艺》1949年6月第1卷第1期。

社会的过程中，赵树理与“五四”新小说发生分歧，进而分道扬镳。

通过借鉴传统确立富于个性的表达方式，这在赵树理的创作中体现为本土文化人的一种知行合一观。他认为，传统的故事形式正如传统的民间曲艺，还完全存活于具有传统文化背景的大众接受者中，新文化必须与这样的传统形式相融合，才能获得广大读者。这是赵树理鉴于自身经历，经过反复思考得出的结论，并不像人们以为的那样，“赵树理对于民间文艺形式，热爱到了近于偏执的程度，对于‘五四’以后发展起来的各种新的文学形式，他好像有比一比看的想法”，过于意气用事了。[①] 1946 年 5 月间，赵树理小说在解放区声名鹊起，他在接受采访时，曾集中从两个方面概括自己的写作特点：一是口语化的语言，“不仅对话如此，叙述也是如此”。这种语言特点一方面得益于传统话本、评书；另一方面，也由于他极富语言天才，对北方乡村语言的妙趣心领神会，烂熟于心，信手拈来，皆成文章。二是“故事曲折，引人入胜”。赵树理特别看重第二点，他强调“这是我国旧文学的特色”，他“读过许许多多旧式的章回小说，弹词唱本之类，凡是找得到的，他都看过”。他说，这些作品“都有这个优点”。赵树理认为，“西欧文学中古典的作品一般也有这个优点，有些近代的却不是这样。比如《奥布洛莫夫》，刻划一个典型的性格深刻极了，生动极了，的确值得学习的。但是故事太简单，读起来很沉闷，越是文学修养低的人，越是读不下去”。因此他表示：“作品除了必须有典型的人物之外，还一定要有曲折的故事。”[②]因为不赞成“文坛”，赵树理从不以知识分子自诩，他这样说，不但丝毫没有贬低所谓“文学修养低的人”的意思，与此相反，恰恰出于他对喜欢听故事的读者的理解，对本土文化接受心理的尊重，他毫不犹豫地站在这“文学修养低的”多数人一边，站在必须有“故事”的小说结构一边。这是在他深入新文学之后，一种自觉的、富于个性的选择。

故事，或者讲述一个“曲折”、“引人入胜”的故事，是赵树理以传统文艺形式表现现代生活的新旧临界点或接合部。50 年代初，赵树理谈自己以往创作体会时说，表现土改时期的农村生活，“我所以套进去个恋爱故事，是因为想在行文上讨一

---

① 参见孙犁《谈赵树理》，1979 年 1 月 4 日《天津日报》。

② 李普：《赵树理印象记》，《长江文艺》1949 年 6 月第 1 卷第 1 期。

点巧”,如果按照事件经过一一写下来,“篇幅既要增长,又容易公式化,所以我便想了一个简便的方法,把上述一切用一个恋爱故事连串起来,使我预期的主要读者对象(土改中的干部和群众),从读这一恋爱故事中,对那各阶段的土改工作和参加工作的人都给以应有的爱与憎”。[①] 因此,他千方百计把生活改编成故事,小说由许多故事组成,其中故事又套着故事,使作品很像传统的章回小说。像《小二黑结婚》各章都有自己的题目:“神仙的忌讳”,“三仙姑的来历”,“小芹”,“金旺弟兄”,“小二黑”等,介绍一个人物必得有一段故事,这样的长篇小说“全是一段一段的短篇小品连缀起来,拆开来,每段自成一篇,抖拢来,可长至无穷”。[②]

对比晚清小说体式上的这种特点,赵树理作品有相近之处,但它们却摆脱了传统章回小说“套路”上的俗气:“满纸‘潘安子建’,‘西子文君’”,“非文即理,故逐一看去,悉皆自相矛盾,大不近情理之说”。[③] 在此意义上,赵树理小说既是传统的,又不全是传统的;既是现代的,又不全是现代的,恍然你中有我,我中有你,有一种大俗大雅的气度。这中间一个重要原因,是作品中大量的细节敷衍。现代小说中,细节具有一种特别的媒介功能,具体表现为强调叙述的缜密和角度的独特。作为一种现代艺术追求,它使一般人看来不起眼的生活纤毫毕现,从中可见对社会和人性新的发现。赵树理笔下的细节具有这种功能,但又强烈地体现出传统小说的特点,它们不是心理分析式的,不繁冗沉闷,而是传统的白描,语言简约传神,仿佛信笔所至,实则匠心独运,比如一段板书,一些人物的绰号,小孩子学舌,夫妻斗嘴,邻里争执,女人间的闲话,就像乡村的日子,“一事一事又一事”,由作者细细道来,密密麻麻织成一片。这些细节淹没了故事的经纬,冲淡了传统的套路。

如果把故事套路也看作一种叙事规则,那么故事中无数生动的、横生恣肆的细节,不仅使读者忘了套路,使叙事规则的边界十分模糊,也使小说很难完全受某一种文艺观念驱使,做某一时期文艺政策的驯服工具。

---

① 赵树理:《关于〈邪不压正〉》,1950 年 1 月 15 日《人民日报》。

② 胡适语。参见阿英《晚清小说史》,东方出版社,1996 年,第 6 页。

③ 参见鲁迅《中国小说史略》,《鲁迅三十年集》(9),第 204 页。

四

关于赵树理小说与30年代左翼文学的区别，日本学者竹内好指出："我认为，把现代文学的完成和人民文学机械地对立起来，承认二者的绝对隔阂；同把人民文学与现代文学机械地结合起来，认为后者是前者单纯的延长，这两种观点都是错误的。因为现代文学和人民文学之间有一种媒介关系。更明确地说，一种是茅盾的文学，一种是赵树理的文学。在赵树理的文学中，既包含了现代文学，同时又超越了现代文学。至少是有这种可能性。这也就是赵树理的新颖性。"[①]这种"媒介关系"说明现代文学内部有"超越"，但不同艺术表现的小说家之间，又不仅仅是一种"超越"关系。或者说，在"超越者"与"被超越者"之间，往往表现为一种相互矛盾又相互影响、互为表里的张力关系。

1939年茅盾谈长篇小说《子夜》的构思时说："我那时打算用小说的形式写出以下的三个方面：(一)民族工业在帝国主义经济侵略的压迫下，在世界经济恐慌的影响下，在农村破产的环境下，为要自保，使用更加残酷的手段加紧对工人阶级的剥削；(二)因此引起了工人阶级的经济的政治的斗争；(三)当时的南北大战，农村经济破产以及农民暴动又加深了民族工业的恐慌。"小说所要回答的"只是一个问题，即是回答了托派：中国并没有走向资本主义发展的道路，中国在帝国主义的压迫下，是更加殖民地化了"[②]。

这种小说构思，强调小说内部要采用一定的理论框架支撑起作品结构。作家"要把所见的人生真理'启示'给大家看，就是要抉出这种'閟机'，使它显而易见。小说家不用议论来解释，却是用具体的事实来显示"[③]。这番话，虽然是杨绛20世纪50年代针对斐尔丁小说所言，而且茅盾与英国17世纪小说家斐尔丁各自信奉

---

① [日]竹内好：《新颖的赵树理文学》，晓浩译，严绍璗校定，原载《文学》二十一卷九期，转引自黄修己编《中国现代文学史研究资料汇编(乙种)赵树理研究资料》，第488页。

② 茅盾：《〈子夜〉是怎样写成的》，1939年6月1日《新疆日报》。

③ 杨绛：《斐尔丁在小说方面的理论和实践》，《文学评论》1957年第2期。

的理论也不同,但还是能够说明在西方启蒙运动之后,以某种理论或观念作为小说总体框架这一点,至20世纪已逐渐形成一种写作趋势。竹内好把茅盾和赵树理的小说喻为两种趋向,而且他本人也更倾向后者,因为赵树理代表了那种超越现代文学的可能性,“也就是赵树理的新颖性”。把赵树理小说看作是对原有“现代文学”的“超越”,就他作品对传统的融合而言的确是这样。但“超越”不是取代,特别在当时,在一个亟须摆脱战乱和贫穷,亟须向西方寻求先进理论的国度,被“超越”的作品,绝不意味着对超越者的臣服,而仍然有广阔的前景。

因此,由现代文学中分别以茅盾和赵树理所代表的两种创作趋向繁衍而来,1949年后,不同小说观念之间的较量也从未停止。一方面,在抗战时期提倡大众化写作基础上,50年代小说出现了向传统回流的趋向。对此,北京大学国文系教授、明代小说专家孙楷第先生曾有详细的解说:“人民是喜欢听故事的,并且听故事已经习惯了。我们要教育人民,必须通过故事去教育。故事组织的好,教育人民的效果愈大。若是以故事性不强的小说去教育人民,人民一展卷,就知道是教育他。他若是不愿在小说中受教育,索性弃去不观,则作小说的一片好意,一时化为乌有,岂不可惜?”他指出,传统短篇小说的叙述方式“在五四新文学运动时代,已经被人摒弃,以为这种小说不足道,要向西洋人学习。现在的文艺理论,是尊重民族形式,是批判地接受文学遗产。因而对明末短篇小说的看法,也和五四时代不同,认为这也是民族形式,这也是可批判地接受的遗产之一。这种看法是进步的。我想,作短篇小说,用明朝的形式也好,用明朝的形式加以变通也好,可以不必过拘。而明朝人作短篇小说的艺术精神,却极值得我们注意。因为,他们作短篇小说,的确是将自己化身为艺人,面向大众说话,而不是坐在屋里自己说自己的话。”[①]孙楷第的这番话不是针对赵树理小说,但的确反映了40年代到1949年初期,一部分知识分子倾向传统的意见。孙楷第强调的,不是作家以怎样的理论来结构作品,理论方针大计已定,大家没什么意见。或者说,小说专家关注的焦点不在这里;重要的是小说必须“尊重民族形式”,尊重这一份“可批判地接受的遗产”。这就使小说家未及言明之处,即,如何从民族形式的角度继承和发扬传统文化,促进新社会的文明建设,

① 孙楷第:《中国短篇白话小说的发展与艺术上的特点》,《文艺报》4卷3期,1951年4月22日。

研究者从学理上给以深入浅出的回应。

另一方面，与上面这条线索不同，把现代文学视为一种现代“诗史”结构，如黑格尔《美学》所言：“它是一件与民族和一个时代的本身的完整的世界密切相关的意义深远的事迹。所以一种民族精神的全部世界和客观存在，经过由它本身所对象化成为具体形象，即实际发生的事迹，就形成了正式史诗的内容和形式。”[①]黑格尔强调了客观世界的整体性，以及人类有能力对客观世界加以认识和表现的世界观。受黑格尔哲学影响，西方文艺复兴以来许多文学作品，特别是长篇小说，都不同程度地体现了对社会发展趋势在总体上的哲学认知，同时承担着以“具体的事实来显示”这一“完整的世界”的职责。近代以来西学东渐，特别是“五四”新文化运动以来，它也逐渐演化为一种对中国知识分子写作影响至深的文学观念。

文学如何表现一百年来中国社会的历史变迁，其中“现实主义”是最经常出现的“关键词”。从 30 年代至 1949 年后，伴随写实文学发展，对现实主义的争论从未停息，虽然人们对现实主义的理解诸多歧义，但从中也可以了解，现实主义创作方法是半个多世纪以来中国作家的普遍追求，正如人们在巨大的政治变动中，希望对社会有一个本质性的认识和理解。与新的政权建立相呼应，1953 年，周扬在中国文学艺术工作者第二次代表大会报告中，对现实主义做出明确规定：“社会主义现实主义应当成为指导和鼓舞作家、艺术家前进的力量”，并引述马林科夫在苏共(布)第十九大报告中的内容，作为对现实主义应有的理解。马林科夫报告中这样解释现实主义：现实主义“能够而且必须发掘和表现普通人的高尚的精神品质和典型的、正面的特质，创造值得做别人的模范和效仿对象的普通人的明朗的艺术形象”[②]。这种文学规定伴随社会激进化浪潮逐渐升温，将表现社会主义社会的“典型环境”，以及塑造无产阶级革命英雄的“典型形象”的创作观念定为一尊。

在这样的现实主义面前，赵树理显得十分尴尬。他是在阶级革命和民族革命的社会环境推动下走向文学，但如他自己所言，他的创作却无法与这种背景下产生

---

① 黑格尔：《美学》第三卷(下册)，朱光潜译，商务印书馆，1979 年，第 107 页。

② 周扬：《为创造更多的优秀的文学艺术作品而奋斗——一九五三年九月二十四日在中国文学艺术工作者第二次代表大会上的报告》，《人民文学》1953 年第 11 期。

的文学理论相吻合。1955年《三里湾》出版后,赵树理对照这种现实主义标准,将自己作品的不符合归纳为“三个缺点”:(1)重事轻人。人物描写不集中,更谈不上典型。(2)旧的多新的少。“对旧人旧事了解得深,对新人新事了解得浅。”(3)有多少写多少。对应该写但“脑子里还没有的人和事就省略了”,比如“富农在农村中坏作用,因为我自己见到的不具体就根本没有提之类”。[①] 而且这些“缺点”,在他后来的作品,像社会上影响较大的短篇小说《“锻炼锻炼”》中也没多少改变。与40年代解放区受推崇的情形相比,赵树理1949年后受到冷落。像丁玲的《太阳照在桑干河上》和周立波的《暴风骤雨》在1952年分别获苏联“斯大林奖金”二等奖和三等奖[②],而赵树理小说由于“缺乏史诗结构”,塑造不出“叱咤风云的无产阶级革命英雄形象”,逐渐受到质疑甚至批判。

文学潮流由“大众化”转向“社会主义现实主义”,转向塑造“无产阶级的典型形象”,但赵树理对这样的转向或“提高”不理解。他反复表示:“有些人以为中国传统只是在普及方面有用,想要提高就得加上点洋味,我以为那是从外来艺术环境中养成的一种门户之见。即使文化普及之后,也不应该辛辛苦苦去消灭我们这并不低级的传统。”[③]“我自己有心学民族的东西……听评书的人听了五分钟以后就不想走。我们要用欣赏的态度多听一些,乡下人叫‘耳满’了,写起东西来也不知是从什么地方就受了影响。”[④]从50年代到“文革”,赵树理喋喋不休地向人们阐发自己的道理,别人得奖也好,上级干预也罢,他都不改初衷。与其说,这是对传统艺术形式的一种“偏执”;不如说,从30年代后期到“十七年”,在流行的现代小说趋势面前,赵树理始终持守对一种艺术精神的承诺。

这种艺术精神倾向于“温柔敦厚”的传统诗教,对强调斗争的激进年代具有一种缓释性。然而有趣的是,传统的儒学诗教,在赵树理小说却体现了更为宽厚与包容的一面。他的作品力图紧跟时代变化,但与同时期的其他作品相比,它们既没有

① 赵树理:《〈三里湾〉写作前后》,《文艺报》1955年第19期。

② 仲呈祥编:《新中国文学纪事和重要著作年表(1949—1966)》,四川省社会科学院出版社,1984年,第41页。

③ 赵树理:《从曲艺中吸取养料》,《人民文学》1958年10月号。

④ 《歌颂当代英雄,提高创作质量——北京市文联召开业余作者短篇小说座谈会,赵树理等同志同业余作者促膝谈心,介绍创作经验》,1962年11月1日《光明日报》。

表现农业合作化运动的史诗构架，也没有"干预生活"作品中亢奋的理想化追求，其中诙谐幽默的叙述语言、妙趣横生的故事结构，消解了同类题材剑拔弩张的阶级斗争火药味。这种艺术选择带来作者与时代政治的多向关系：一方面，赵树理小说与"社会主义现实主义"规定的表现方式不同；另一方面，正如他的作品对社会生活的缓释作用，对"社会主义现实主义"创作观念，他走的也不是对抗的道路：他的小说一点也不脱离时代，不脱离现实生活，但同样表现叱咤风云的时代，却不以人物和故事附和其中所强调的对立和斗争，在时代政治的前提下，他更关注、更愿意表现生活局部的调整。像《李有才板话》针对的是抗战时期共产党基层政权选举中的问题，乡村基层政权掌握在坏人之手，所以李有才编的板书这样说："村长阎恒元，一手遮住天，自从有村长，一当十几年，年年要投票，嘴说是改选，选来又选去，还是阎恒元。不如弄块板，刻个大名片，每逢该投票，大家按一按，人人省得写，年年不用换，用他百把年，管保用不烂。"尽管问题是严重的，但解决问题的方式不是硬碰硬的斗争，而像十来段板书里说的那么迂回曲折。板书使小说颇具讽刺意味，浅近通俗；而不是知识分子式的针砭时弊，或慷慨陈词，或灵魂自审。板书能在群众中流行，先就具备一种民主的普及功能，在此意义上说，这种追求通俗化的传统笔法及其表现，更体现了标志着现代生活的民主氛围。

1949 年后表现农业合作化运动的小说《"锻炼锻炼"》，也是针对乡社一级基层干部的"问题"。唐弢当年对此有十分精到的分析。他强调写小说与绘画有相似之处，这就是"焦点"。像绘画一样，小说作者也"总是站在一定的角度上，观察对象，进行构思"，并"以此为中心，分别上下左右，大小近远"。这个"焦点"在《"锻炼锻炼"》中就是"口口声声叫人'锻炼锻炼'的社主任王聚海"。因为"这位主任老哥是个'会和稀泥的人'，没有原则，给人平息争端的时候主张'和事不表理'，只求得'了事'就算"，于是"小腿疼"、"吃不饱"这两个思想落后的女社员便得寸进尺，不但下地偷懒，还偷摘集体地里的棉花，这才导致副社长杨小四在社员大会上当众批评她们，虽然这件事上杨小四"有点急躁"，但唐弢说："我看很大一部分是由社主任王聚海的'八面圆'性格促成的，是从这个焦点里反射出来的行动。"因为有这个焦点人物,其他人物便都依自己的性格逻辑构成一个个"完整的形象"①,而绝非两个阶级、两条路线代表人物叫阵和对垒。

当年唐弢的文章还说到他写评论赵树理小说《"锻炼锻炼"》文章时的心情。他说,他写那篇文章的原因,在于当时"许多好心的批评家"对《"锻炼锻炼"》的批评,使他"替赵树理同志感到不公平"。因为赵树理小说具有强烈的现实性因素,他在小说中提倡婚姻自主、妇女解放、集体劳动,把有碍农村合作化发展的问题揭示出来,为1949年后农村生活谱写欢快而诙谐的长调短歌,使他与时代推崇的文学理论不可能不保持千丝万缕的联系。赵树理早在40年代就主动地把自己的创作与社会主义观念结合起来,曾多次表达类似的想法:"我的作品,我自己常常叫它是问题小说。为什么叫这个名字,就是因为我写的小说,都是我下乡工作时在工作中碰到的问题,感到那个问题不解决会妨碍我们的进展,应该把它提出来。例如我写《李有才板话》时,那时我们的工作有些地方不深入,特别对于狡猾地主还发现不够,章工作员式的人多,老杨式的人少,应该提倡老杨的做法,于是,我就写了这篇小说。"②50年代末《"锻炼锻炼"》所遇到的尴尬,与40年代《小二黑结婚》出版的情景相似,不同点在于,40年代他选择的作品方式与"五四"新小说不同;50年代他的小说又与一般"社会主义现实主义"模式不尽一致。

赵树理小说的缓释性特点,必然使作品与政治的联系显得松散而多向。因此,尽管我们承认赵树理小说的政治性内涵,却无法将作品中这一类大量的细节条分缕析地归入某一个明确的政治或政策的范畴。《李有才板话》开头交代:"阎家山这地方有点古怪:村西头是砖瓦房,中间是平房,东头的老槐树下是一排二三十孔土窑。"接下来的描写更像是记流水账:"西头住的都是姓阎的;中间也有姓阎的也有杂姓,不过都是在地户;只有东头特别,外来的开荒的占一半,日子过倒霉了的本村的杂姓,也差不多占一半,姓阎的只有三户,也是破了产卖了房子才搬来的。"这样的地貌和居住环境描写,打破了严整的阶级阵线,至少呈现出的是一种犬牙交错、构不成"阵"的局面。又比如刘家峧三仙姑的"米烂了"和二诸葛"不宜栽种"的故事

---

① 唐弢:《人物描写上的焦点》,《人民文学》1959年8月号。

② 赵树理:《当前创作中的几个问题》,《火花》1959年6月号。

(《小二黑结婚》);小飞娥的罗汉钱(《登记》);小俊妈"能不够"对付婆家的办法——"一哭二饿三上吊"(《三里湾》);争先农业社社员"小腿疼"、"吃不饱"绰号的来历(《"锻炼锻炼"》),一段一段乡村往事,全都是说不完、道不尽的"张家长,李家短"。换句话说,在赵树理小说中,只有那些适合做基层社会谈资,够得上世俗生活中少不了的飞短流长,才能入小说家法眼,变成描写对象。在经过这种"家长里短"的方式表现出来之后,不仅文学话语和小说观念,社会政治内容也被分解为细碎的日常生活哲理,与庸常琐碎的现实更为贴切,也更容易让人信服。小说中的人物无论积极投身抗战也好,热情支持农业合作化运动也罢,并不是由于他们明白了多么高深的无产阶级革命理论,而是现实生活中正派善良的好人都站在这一边,道德和舆论同情也在这一边。

如果把"五四"新小说、左翼文学、大众化运动和社会主义现实主义分别看作现代文学史上不同的话语实践,赵树理小说"没有屈从于"其中任何一个"限制的过程",他以传统形式为基础,使小说变成一个"煽动不断增大的机制",因此"服从"的是另一种多元形式的经验的"撒播和移植的原则"。套用福柯的话说:如果把话语看作一种知识的权力,那么"权力无所不在,这不是因为它有着把一切都整合到自己万能的统一体之中的特权,而是因为它在每一时刻,在一切地点,或者在不同地点的相互关系之中都会生产出来。权力到处都有,这不是说它囊括一切,而是指它来自各处"①。不仅赵树理小说,在备受指责的那些"十七年"小说和小说家背后,都可以发现漫长而复杂的文学传统的背景,其中既有古典的,也有现代的;既有本土的,也有外来的;既有上层社会的文人情怀,也有世俗社会的浅近诙谐;既有革命者的义无反顾,也有普通人的平常岁月,而绝非只是单纯的一种:要么是传统的,要么是反传统的;要么是"社会主义现实主义",要么是反"社会主义现实主义"。

赵树理没有生活在后现代文化的时代,但他创作中复杂而多元的感受和表现,连同后人从不同角度对他的褒贬,却在后现代文化的理论平台得到一个重新阐释和重新认识的机会。在浩瀚的艺术领域和茫茫人海中,赵树理凭借自己的艺术天

① 米歇尔·福柯:《认知的意志》,《性经验史》第一卷,佘碧平译,上海人民出版社,2000年,第10、67页。

分和“对人民的诚实的心”[①],执着地坚持到生命最后一刻[②]。他的小说,连同他在现代社会生活中全部的喜怒哀乐,都称得上文学史上的“经典作品”。当年,赵树理的小说在文学大众化的形势下应运而生;在大众文化市场日益活跃的今天,对他和“十七年”小说的重新关注,表明这份文化遗产已经显露,并将进一步发挥其历史价值。

原载《中国社会科学》2006 年第 4 期

① 见孙犁《谈赵树理》,1979 年 1 月 4 日《天津日报》。

② 赵树理于 1970 年 9 月 18 日在山西太原最后一次被揪斗,罪名是“黑作家”、“黑标兵”,五天后,9 月 23 日含冤逝世。他的骨灰安放仪式于 1978 年 10 月 17 日在北京举行。参见史纪言《赵树理同志生平纪略》,《汾水》1980 年 1 月号,以及 1978 年 10 月 21 日《人民日报》“新华社北京 1978 年 10 月 18 日电”。

乡土文学研究的甲子之辩

——兼及20世纪乡土文学研究历史的学术考察

陈继会

新中国已走过60个春秋，迎来了自己的甲子华诞。60年间，中国现当代文学研究，虽然留下了不少的遗憾，但它也绝不只是一个张爱玲式的“苍凉的手势”。其间尤其是新时期以来的30年，有着许多可供仔细总结、认真开掘的学术财富。以60年来中国乡土文学研究的历史为例，我们试做考量，即会从中发现许多有意味的历史遗产。

一、一个简单的统计和判断

在中国现当代文学研究史上，关涉农村生活的文学作品的称谓几经变化，先是有“乡土文学”之说，后一变为“农村题材文学”（农民文学），继之，再变为“乡土文学”（乡村文学）。诸说纷纷，各有所指。于是，对其不同命名的文学研究，也便有了各自的视角、侧重点和价值取向。

为了给本文的研究提供更多的实证性，这里有一个不完全的、简单的统计：从谷歌的“学术搜索”上共搜索到相关研究成果49800项，分别为：以农民文学命名的8900篇；以农村（乡村）题材文学命名的29400篇；以乡土文学命名的11500篇。其中以“乡土”视角进行研究的约占总数的20％。谷歌的学术搜索基本涵盖了新中国60年的研究成果。

从中国期刊网上搜索到1978年至今的相关研究成果计5919项。其中以农民文学命名的1491篇;以农村(乡村)题材文学命名的2142篇;以乡土文学命名的2286篇。从“乡土”视角进行研究占了新时期以来研究成果的38.3%。

在已知的新时期以来的26部此方面的研究专著中,几乎全部是以“乡土”的视角进行研究。

由此,我们可以看出,在新中国60年关于农村生活文学作品的研究中,以“乡土”命名的研究成果,是其有限的构成方面(约占20%),“农村题材”之说雄居榜首(约占59%);新时期以来的此类研究成果中,以“乡土”视角的研究不仅比上一统计增加了近一倍,而且占全部研究成果的近半数(约为38.3%),呈现为一个快速增长的趋势。

这是一个饶有趣味的文学现象,如若再反顾20世纪乡土文学研究的学术历史,我们会看到,一种题材文学研究的历史,是如何紧紧关联着一时代政治、文化的流变和学术研究范式的嬗变,而文学的价值和功能也在曲折变动中,被人们不断地修正、确认和实现。

二、历史回眸:“乡土”与“农村”的变奏

考察20世纪乡土文学研究的历史,我们饶有兴致地发现,纵贯于这一历史始终的重要批评概念的使用、嬗变,呈现出“乡土文学”——“农村题材文学”(农民文学)——“乡土文学”(乡村文学)这样一条变奏与回旋的轨迹,即从“五四”到30年代批评界普遍使用“乡土文学”的批评概念,到40年代批评界“农民文学”、“农村文学”批评概念的交叉使用,直到1949年以后“农村题材文学”批评概念的一元化,最后至新时期“乡土文学”(乡村文学)批评概念的再度使用,概念的嬗变、转化在20世纪乡土文学的研究中,显示出一种有意味的形态,涵蕴着丰富的文学、文化价值。

“乡土文学”作为一个批评概念的确切命名和规范使用,无疑始自鲁迅继之茅

盾(其间的差异,我们将在以后谈到),这已是 30 年代中期的事情。但是,此前围绕着“乡土文学”这一批评概念,已有了不少的理论准备和铺垫。20 年代初,周作人在他的《地方与文艺》(1923)、《〈旧梦〉序》(1923)等文中,详细讨论了这一问题。这是一次比较自觉地将乡土与文学(文艺)问题作为一种文学(文艺)现象进行理论批评的研究实践。

周作人关于乡土文学的理论阐释,大体上是从两个方面展开的。一是从风土与文学的关系,阐释乡土文学的内涵;一是从地方色彩(“地方趣味”)之于世界文学的重要性,阐述建设乡土文学的意义和价值。在周作人看来,“风土与住民有密切的关系”①,“风土的力在文艺上是极重大的”②。虽然,“我们不能主张浙江的文艺应该怎样,但可以说他(它)总应有一种独具的性质。我们说到地方,并不能以籍贯为原则,只是说风土的影响,推重那培养个性的土之力”。因此,周作人极力主张文学“须得跳到地面上来,把土气息,泥滋味透过了他的脉搏,表现在文字上,这才是真实的思想与文艺”③。周作人还从地方色彩之于中国文学、之于世界文学的重要性,阐述乡土文学的内涵及其价值。他说,正是由于地域上的差别与个性,“所以各国文学各有特色,就是一国之中也可以因为地域显出一种不同的风格,譬如法国的南方普洛凡斯的文人作品与北法兰西便有不同。在中国这样广大的国土当然更是如此”④。因此,他明确表示:“我轻蔑那些传统的爱国的假文学,然而对于乡土艺术是很爱重;我相信强烈的地方趣味也正是‘世界的’文学的一个重大成分。”⑤上述种种可以看出,周作人设定的乡土文学(文艺)的最根本的批评标准是其“独具的性质”,即乡土文学的地域特点、地方趣味,亦即乡土文学的“风土”特性,以及因为此种“风土”(乡风民俗)面造成的文学的“个性”特征。

周作人的理论既出,“乡土艺术”(乡土文学)这一概念及其批评标准即为大多

---

① 周作人:《地方与文艺》,《周作人散文(第二集)》,中国广播电视出版社,1992 年,第 212 页。
② 周作人:《〈旧梦〉序》,同上,第 253 页。
③ 周作人:《地方与文艺》,同上,第 214 页。
④ 周作人:《地方与文艺》,同上,第 212 页。
⑤ 周作人:《〈旧梦〉序》,同上,第 253 页。

数研究者所接受。或以“农民文学”“农民艺术”[①]称谓,或直接使用“乡土文学”批评概念,讨论“乡土文学”或批评属于这一类型的文学创作。后者如郑伯奇,尽管他不赞成“乡土文学”口号而主张“国民文学”,但他同样注意到“乡土文学”的某些本质性的东西,他在《国民文学论》(1923)中说:“无论什么人对于故乡的土地,都有执着的感情。……这种爱乡心,这种执着乡土的感情,这种故乡的回忆,在文学上是很重要的……实在是一部分文学作品的泉源。”

也许可以看作是对“五四”及其后乡土文学理论建设与批评实践的全面总结,30年代中期,鲁迅和茅盾先后正式使用“乡土文学”这一批评概念进行现代文学批评。1935年鲁迅在为《中国新文学大系·小说二集》作序时,说了如下一段话:

> 蹇先艾叙述过贵州,裴文中关心着榆关,凡在北京用笔写出他的胸臆来的人们,无论他自称为用主观或客观,其实往往是乡土文学,从北京这方面说,则是侨寓文学的作者。但这又非如勃兰兑斯(G. Brandes)所说的“侨民文学”,侨寓的只是作者自己,却不是这作者所写的文章。因此也只见隐现着乡愁,很难有异域情调来开拓读者的心胸,或者炫耀他的眼界。许钦文自名他的第一本短篇小说集为《故乡》,也就是在不知不觉中自招为乡土文学的作者,不过在还未开手来写乡土文学之前,他却已被故乡所放逐,生活驱逐他到异地去了。

在鲁迅之后,1936年茅盾在他的《关于乡土文学》一文中说:

> 关于“乡土文学”,我以为单有了特殊的风土人情的描写,只不过像看一幅异域的图画,虽能引起我们的惊异,然而给我们的,只是好奇心的餍足。因此,在特殊的风土人情而外,应当还有普遍性的与我们共同的对于运命的挣扎。一个只具有游历家的眼光的作者,往往只能给我们以前者,必须是一个具有一定的世界观与人生观的作者方能把后者作为主要的一点而给与了我们。

---

① 化鲁(胡愈之)在《再谈波兰小说家莱芒忒的作品》一文中使用过“农民文学家”(《文学月报》第156期)的批评概念;沈雁冰在其《论无产阶级艺术》(1925年)中使用过“农民艺术”这一批评概念。

仔细品味,我们可以看到鲁迅与茅盾对于乡土文学的理解是有差别的。鲁迅强调的,或者可以说是鲁迅理解的"乡土文学"这一概念的主要内涵是"乡愁"与"异域情调"。前者主要指自我放逐或被放逐的一批现代知识者(现代作家)在其作品中所流露的怀乡与漂泊意识;后者主要指作品中的地方色彩、乡土风情。这两点也是一般意义上的20世纪乡土文学所必须具备的。在茅盾的批评尺度里,他并不否认乡土文学中的"特殊的风土人情",但他实际上已把它们放在并不重要的位置。在茅盾看来,重要的是作者的"世界观与人生观",和作品对于广大农民"对于命运的挣扎"(亦即农民为改变自己命运而进行的阶级反抗和斗争)的描写。茅盾对"乡土文学"这一批评概念内涵的界定,与20年代末30年代初文艺界曾有过的关于"农民文学"的讨论一脉相承,其重要的社会文化背景是农民运动的普遍高涨,以及由"五四"人性解放的思潮向20年代阶级意识觉醒的转化。由"五四"到30年代,虽间或有"农民文学"之说的出现,但对描写乡村生活作品的研究主要批评概念是"乡土文学"。这种情况到了40年代出现了较大的变化。从文学的外部环境说,一种崭新的政治一经济社区(即抗日民主根据地,后称解放区)的出现;从文学自身说,延安文艺座谈会的召开,文艺的工农兵方向的确立,使得"五四"及其后带有浓重文化色彩的"乡土文学"批评概念消失,代之而起的是"为工农兵服务的文学"、"农民文学"或少数的"农村文学"批评概念出现;直到1949年之后,规范的、定于一尊的"农村题材文学"这一批评概念出现于各类教科书和理论、批评文章中,在诸多的对于"农村题材文学"的批评实践中,一方面,文化的地域色彩日渐淡化,我们几乎见不到"东北"、"中原"、"吴越"、"荆楚"之类的称谓;另一方面,是政治与经济的地域色彩的强化。文学作品中的地方称谓,更多实指而少抽象。这种称谓的变化虽然是表层的东西,但它们在更深的层面上向我们表明,囿于1949年之后的思想与文化方面的政策导向,文学观念已有了极大的变化。同此前的"乡土文学"相比,"农村题材文学"这一批评概念已重重地烙上了"反映论""工具论"的印记,这种批评实践至"文革"走向极端。

新时期拨乱反正的最初几年,"农村题材文学"的批评概念仍通行于、流行于文坛,大约到了80年代中后期,"乡土文学"这一批评概念悄悄"复辟"。这一批评概念不仅频繁地出现于一些单篇的研究文章,而且一些编选出版者也正式使用这一概念(如中原农民出版社编选出版的“中国乡土小说丛书”)。后来,清楚地以“乡土文学”作为研究方向的学术专著开始出现,并蔚成大观①。这一时期,研究、批评界并非只是使用“乡土文学”这一概念,同时被用到的还有“乡村小说”这一批评概念。这一概念试图弥补“乡土小说”和“农村题材小说”在内涵界定上的缝隙,并在实际指向上与“乡土小说”相通。而“农村题材文学”这一批评概念则较少或有限制地被批评界所提到和使用。

很显然,“乡土文学”这一批评概念在近一个世纪的研究实践中,起伏消长,沉浮盛衰,走过了一个近似圆形的轨迹:乡土文学——农村题材文学——乡土文学。从这一轨迹看去,新时期乡土文学的批评实践似乎又回到“五四”,但细究起来,前后两段关于“乡土文学”批评概念的使用,并不是在同一层面上的反复。一方面,随着创作界关注对象和表现方式的变化,乡土文学自身已有了较大的变化;另一方面,随着批评界的理论储积与视野的变化,“乡土文学”这一批评概念的内涵与外延都有了较大的拓展。同是使用“乡土文学”这一批评概念,在周作人那里主要关注

① 新时期以来中国乡土(乡村)小说研究著作蔚为大观,据不完全统计,以出版时间为序如下:(1) 陈继会.理性的消长——中国乡土小说综论[M].郑州:中原农民出版社,1989.;(2) 丁帆.中国乡土小说史论[M].南京:江苏文艺出版社,1992.;(3) 赵园.地之子——乡村小说与农民文化[M].北京:北京十月文艺出版社,1993.;(4) 陈继会,等.20 世纪中国乡土小说史[M].郑州:中原农民出版社,1995.;(5) 庄汉新,绍明波.中国 20 世纪乡土小说论评[M].北京:学苑出版社,1997.;(6) 崔志远.乡土文学与地缘文化(新时期乡土小说论)[M].北京:中国书籍出版社,1998.;(7) 陈继会,等.中国乡土小说史[M].合肥:安徽教育出版社,1999.;(8) 段崇轩.乡村小说的世纪沉浮[M].北京:中国文联出版社,2000.;(9) 丁帆.中国大陆与台湾乡土小说比较史论[M].南京:南京大学出版社,2001.;(10) 夏子.20 世纪中国乡土小说流变论[M].海口:海南出版社,2001.;(11) 范家进.现代乡土小说三家论[M].上海:上海三联书店,2002.;(12) 王孝坤.中国当代乡土小说源流[M].哈尔滨:黑龙江人民出版社,2002.;(13) 周水涛.论新时期乡土小说的文化意蕴[M].武汉:华中师范大学出版社,2004.;(14) 罗关德.乡土记忆的审美视阈——20 世纪文化乡土小说八家[M].天津:天津社会科学院出版社,2005.;(15) 庄汉新.中国 20 世纪乡土小说史论[M].徐州:中国矿业大学出版社,2006.;(16) 张志平.中国二十世纪四十年代乡土小说研究[M].北京:中国社会科学出版社,2006.;(17) 丁帆.中国乡土小说史[M].北京:北京大学出版社,2007.;(18) 汪卫社.文化的觉醒与文学的选择:论五四乡土小说与民间文化之关系[M].北京:求实出版社,2007.;(19) 陈昭明.中国乡土小说论稿[M].北京:大众文艺出版社,2007.;(20) 范家进.文学与乡土中国[M].北京:中国文史出版社,2007.;(21) 赵顺宏.社会转型期乡土小说论[M].上海:学林出版社,2007.;(22) 叶君.乡土·农村·家园·荒野[M].北京:中国社会科学出版社,2007.;(23) 王庆.现代中国作家身份与乡村小说转型[M].武汉:华中科技大学出版社,2007.;(24) 张国和.1990 年代以来乡土小说的当代性[M].北京:中国社会科学出版社,2008.;(25) 张瑞英.地域文化与现代乡土小说生命主题[M].青岛:中国海洋大学出版社,2008.;(26) 贺仲明.一种文学与一个阶层:中国新文学与农民关系研究[M].北京:人民出版社,2008.;(27) 黄曙光.当代小说中的乡村叙事:关于农民、革命与现代性关系的文学表达[M].成都:巴蜀书社,2009.

"风土的力","风土的影响",推重"土气息,泥滋味",即"地方趣味";在鲁迅那里则重在发现"乡愁"与"异域情调"。二者相比,鲁迅的"异域情调"与周作人的"地方趣味"大致相合,而鲁迅则发现并强调指出了乡土文学极为重要的一个特征"乡愁",即现代作家永远漂泊于都会与乡间的情感取向与精神存在方式。新时期对于乡土文学概念内涵的理解与界说,部分地吻合于上述二人之说,又有新的拓展。新时期的乡土文学研究者则更多地关注"乡土"的形而上的内涵,更多地关注20世纪中国社会现代转型中,处在东方与西方、传统与现代文化冲突中的"乡村",关注作为人类诗意栖居的大地的"乡土"。同一个批评概念,在其内涵上螺旋地上升了一个层面。

三、政治·文化·学术:嬗变的历史动因及意义

乡土文学这一批评概念在研究实践中的消长起伏、多重变奏,的确是一种有意味的学术现象,深藏于这一现象背后的历史动因,是20世纪学术发展的最基本的制约因素。

考察这一嬗变,我们会清楚地看到,社会政治思潮的变动是如何地影响和制约着20世纪文学批评的发展。一个明显的事实是,由20年代"乡土文学"向40年代至1949年后"农村题材文学"批评概念的嬗变,中国的社会政治思潮的变动起了根本的作用。关于"五四"至30年代社会政治思潮的变动,鲁迅曾将其表述为:"最初,文学革命者的要求是人性的解放……大约十年后,阶级意识觉醒了起来。"尤其是延安文艺座谈会之后,为工农兵服务的文艺方向的确定,使文学视野、观念起了根本性变化。这一变化的直接结果是,文学(在创作与批评两个方面)由原来的较为广阔的对"人"(个体)的关注转而对"阶级"(农民)的关注,由"五四"及其后的表现农民"人"的苦难与觉醒,到40年代反映"阶级"的翻身解放。作家批评家由原来的比较关注创作主体的情绪、情感体验(如"乡愁"),到全身心地去感受体验农民的情感、心理。这些关注点的变化,其实在茅盾1936年的《关于乡土文学》一文中早给确定了。这一转化,于文学创作、文学批评,在某些方面如文学表现社会历史的

变动、文学更具体地关注阶级的解放和大众的生活等,的确主题更为明确,风格更为显明;但在另外一些方面,如表现创作主体情感心理体验的"乡愁",对特异的乡土风情的描绘,以及文学的"人性"深度方面,明显地有所失落。

彻底导致"乡土文学"这一批评概念在"变奏"中的"失声"是在 1949 年之后。伴随着一种崭新的农村政治经济体制的建立,"城市"与"农村"的文化定位发生了变化。1949 年之后,源于近代以来中国都市首先被"洋化"——殖民化的耻辱记忆,城市一直被视为西方资本主义文化的集散地和滋生地,始终是批判改造的对象,于是"农村"巍然峙立、独立并抗衡于"城市"。这样"农村"就不能不以一种与其政治经济体制相适应的文学命名独标于文坛。加之"左"的政治思潮的影响,农村题材文学自然成为一定历史阶段农村阶级斗争的"反映物"和服务于这种反映的"工具"。农村题材文学作为一种有特定内涵的批评概念,已同"乡土文学"再无多少内在的关联。一方面,在创作层面,乡土文学之为"乡土文学"的许多特质的丧失,使得"乡土文学"成为一个熟知却又陌生的命名,那熟悉而又亲切的面庞变得日益模糊而又遥远。另一方面,在研究层面,乡土文学批评实践中许多好的学术传统令人遗憾地失落了。这一变化带来的不仅是乡土文学研究自身的萎缩,同时导致了乡土文学创作的萎缩。新时期乡土文学研究与创作的繁荣,无疑与改革开放、思想解放的政治思潮相关。

考察这一嬗变,我们同样会清楚地看到文化的开放与转化对 20 世纪文学批评的重要制约和影响。在我看来,正如同"农村"这一概念显示着比较浓厚的政治、经济色彩一样,"乡土"基本上是一个有着浓厚文化色彩的概念。确立这样一种理解,对我们考察问题是必要的。"五四"及其后,文化的开放,中国由传统农业文明向现代社会的文化转型是不待言说的事实。乡土文学这一批评概念之所以在此时被广泛使用,正源于这种文化的潮动。周作人关注于文化开放、文学变革后的中国现代文学的走向和出路(文学的民族个性、"地方趣味"),关注文化意义上的"乡土"之于文学的意义("风土"特性、"风土"之力);鲁迅关注乡土中国处于文化转型之中的现代知识者漂泊与回归的乡土情结("乡愁"),关注走入异地之后的文学家眼中的"乡土"("异域的情调",独异的乡土风情),其根源无不在中国文化的开放与转型、城乡文化的冲突和融合。新时期文化的再度开放,带来思想的解放和经济的振兴,使得整个社会生活尤其是相对闭塞落后的乡村，呈现出一种变革、发展的新姿。这种变化，直接带来了作家与批评家观念、视野的变化。特别是80年代初文化讨论热潮的兴起，更是直接触动了文学批评界。这一讨论以其理论的积累和理性的积淀，在更深更广的层面，直接渗透并改变了文学批评的实践。乡土文学这一批评概念再次被使用，既是人们对这一概念自身本就包含的文化内涵的确认，也是文学批评者更自觉地以文化的眼光观照文学的选择。这一选择使得批评家改变了既有的批评尺度和规范，他们不再像过去研究"农村题材文学"那样，习惯将这类作品视同乡村社会政治变迁的简单"反映物"和阶级斗争的"工具"。批评家们以更大的热情去关注"人"(农民)的存在和乡村社会历史文化的进程，关注乡村人特有的文化心理结构——人们的生活方式、行为模式、思维习惯、情感态度、道德准则、价值取向等。在"农村题材文学"研究中差不多给忽略的"异域情调"——独异的地方色彩、乡土风情，以及流贯于创作中的作家的现代"乡愁"——那种源于现代知识者独特的生存感悟，源于不同文化冲突的知识者的情感现象，被特别地注意到。正因此，乡土文学长时间来被否定或遗忘的价值和功能被昭示出来。正是这种批评眼光和尺度的变化，批评家们才有可能倾力去揭示乡土文学在社会的、历史的、文化的、美学的、语言的诸多方面的丰富意蕴，从而广泛地发掘与展现乡土文学的价值功能。

上述考察提供了20世纪文学批评的一个有意味的个案、范例，透过它也许会从中寻找到带有普遍学术意义的东西，即批评范式的嬗变在20世纪中国文学研究中的意义。

相对于普遍发展繁荣的20世纪西方文学批评，除开"五四"和新时期，20世纪我国文学批评整体上显得较为沉闷、拘谨。这种拘谨与沉闷，不仅表现在研究理论、批评方法的呆板、单调，而且，批评概念也长时间处于守成少变、缺乏创新的状态。概念作为思维的基本形式之一，它反映事物的一般的、本质的特征。一个概念的复活或诞生，即标志着我们对某一事物特点、特征、本质的新的把握。因此，批评概念的创新和使用，作为批评理论与实践的前提和先导，很大程度上制约着批评的发展。概念在学术研究中嬗变、更新的程度，总是显示着研究者思维与创造的状态。正是在这一意义上，爱因斯坦认为"概念是思维的自由创造"，并将这一思想贯穿于他的科学活动之中。也正是在这个意义上，现代物理学的主要创始人之一的海森伯甚至认为,物理学的发展实质上就是概念的发展。20世纪乡土文学研究的历史再一次表明:概念不是绝对永久有效的,而是可以嬗变的。只要原有的批评概念无法再准确地观照新的批评对象,无法适用于新的研究领域,现实就需要也一定会创造出一种适用于更广泛的研究领域、更能传达事物本质特征的批评概念,并最终带来批评的发展和深化。相反,批评思维的呆滞,批评观念的僵化,批评概念的守成少变,或执于一端定于一尊,缺乏包容宽厚之气,则必然遏制、影响批评的发展。这正是概念嬗变之于20世纪文学批评发展的学术意义的最首要的一点。

20世纪乡土文学研究的历史向我们表明,批评概念的嬗变必然引发文学观念与批评范式的变更。概念作为思维的基本形式之一,它反映的是事物的一般的、本质的特征。那么,当一些原有的批评概念复活或新的批评概念出现时,事实上已表明了人们对于事物(批评对象)的理解和认识呈现出新的变化。诚然,"乡土文学"并不是什么新的批评概念,它在新时期的再度使用是原有概念的"复活"。但这一"复活"至少向我们昭示了两个方面的意义:第一,它既是对被否定或遗忘了乡土文学特质的一种呼唤、恢复;第二,它同时又是对这一概念的重新命名和阐释。新时期乡土文学研究中,批评者较多地注意到乡土文学中蕴涵的现代知识者的漂泊与回归意识、文化怀乡的精神取向,以及"乡土"形而上地作为人类诗意栖居的"大地"的底蕴,等等,都是对乡土文学的重新命名和重新阐释。当我们将"乡土"视为一个文化的而非社会政治的概念时,这实际上已表明我们对乡土文学特性的理解和认定,即我们认定的乡土文学的应有形态和价值功能,亦即我们的"乡土文学观"。

批评概念的嬗变引发文学观念的变更,必然逻辑地导致批评范式的变化。因为新的批评概念(文学观念)赋予文学的新的意义、价值和功能,显然不是传统的批评范式可以阐释和涵盖的。如若不相应地创造新的批评范式,仍以传统的批评方式去操作,势必方枘圆凿,丧失批评的意义。这样的批评范例在20世纪乡土文学的研究中经常见到。譬如,关于文学背景的考察。当我们研究某一时段的"农村题材文学"时,我们较多地注意到的是社会政治、经济的变动之于作家的影响,从中见出这些作品的意义、价值与功能;但是,当我们考察某一时段的"乡土文学"时,其视野、尺度与批评范式自然要发生变化:譬如关于"五四"乡土文学背景的考察,我们必然地要注意到"五四"作为"文化运动"的意义,注意到"五四"文化开放带来的西方与东方、城市与乡村异质文化冲突之于一批“地之子”的意义，注意到他们永远地在“都市”与“乡野”之间漂泊不定的矛盾、尴尬的精神存在，注意到他们创作中那种双重批判（对于古老的乡村文化的批判和对被异化的都市文化的批判）的文化取向，以及对于乡村文化眷恋与反叛的矛盾心态的文化价值和审美意义。这时，前者就主要地表现为社会政治学的批评，而后者则主要是文学一文化批评。文学批评概念的嬗变，引发文学观念的变化，同时又导致批评范式的更变，这种结果，在批评者自己，最初也许并不十分自觉，但批评实践必然逻辑地达向这一结果：从不自觉到自觉，从自然为之到有意识的追求，文学批评不断得到发展，学术研究逐渐走向成熟。

历史是已经发生的事情，但它绝不是一堆僵死的材料，在我们与它的对话中，它会变得鲜活、生动和富于价值。在20世纪乡土文学研究历史学术考察的大背影下，进行乡土文学研究的甲子之辩，是一种有价值的学术建设，其意义是现实的，同时它也属于未来。

原载《深圳大学学报（人文社会科学版）》2009年第6期

关于建构百年文学史的几点意见和设想

丁　帆

一　缘起与理由

当代人不治当代史的时代已经过去,即便是后朝人撰写前朝史,我们也有资格重新审视中国现代文学史了。而问题就在于我们用什么样的学术眼光和什么样的价值理念来治史。

针对近年来重写文学史的热潮与文学史编纂工程项目的日益扩张,学界在不断的"创新"呼声中疲于奔命而找不到自己的目标。综观当下的中国现代文学(1917—1949)研究,我们可以看到这样一种现象和趋势:研究者几乎把所有的目光凝眸定格在文学史的边缘史料发掘和一些原来不居中心的作家作品翻案工作上,这无疑是一个错误的治史路向。诚然,从微观角度来看,我们不能否定这些工作对文学史研究的有益性,但是,从文学史的宏观角度来考察,它对文学史的研究新格局的形成是绝对无益的。而对中国当代文学史(1949—2009)的研究却面临着价值混乱,许多作家作品、文学刊物、文学现象和文学思潮亟待重新定位定性的重大难题。因此,呼唤"大文学史"和"大文学史观",用一个中国现代文学的整体观来进行百年文学史的整合,已经是我们刻不容缓的历史使命与任务,要说"创新",这才是最大的创新！

首先，我们必须意识到文学史重新整合的必要性。

中国文学史自“五四”进入现代性文化语境以来，已经有九十个年头了，九十年在中国文学史的长河中可谓短暂的一瞬间，但是，它却是中国文学从古代流经到现代的一个分水岭，当它即将进入百岁之际，也是进入了一个新的世纪转型期节点上的时候，回眸近百年来中国文学历经坎坷所走过的艰难历程，它又是一个有着丰富而复杂内涵的漫长历史时段，我们没有理由不去厘清这一漫长却又是“未完成的现代性”的历史过程。由于长期以来我们把它搁置在一个模糊分期的框架之下，一直延续着即时性的历史交割和时尚性文学史观统摄之下，即，将 1949 年前后分割为中国现代文学和中国当代文学，把本完全可以并入一个时段的文学及作家作品人为地腰斩与分割，顺应当时某种文化的需求而放弃和忽略了应该持有的治史观念与价值立场，使得中国现代文学史从来就不能从一个整体性上来思考问题。在文学史的分期上，我个人认为既不能不顾及政治文化因素的影响，同时又不能将它完全等同政治文化的历史划分。从这个意义上来说，百年文学史的建构已然成为现代文学史凸显出来的一个主要问题。虽然北京和上海的学者在 20 世纪末也提出了“20 世纪文学史”和“现代文学整体观”的主张，但是，至今尚未见在具体的文学史编纂中付诸实践，尤其是没有将 1949 年前后的所谓现代与“当代”的分水岭融合成一个整体。

其次，从中国现代文学学科发展的角度来考察，“大文学史观”有利于学科的延伸和拓展。

就学科的设置而言，将中国现代文学与中国当代文学细分成两个不同的学科，是人为地把研究领域和研究人员进行对立性的分割，致使其在课程设置和教师、科研的配置上的叠床架屋，浪费了许多资源；另外，这样的格局造成了许多研究者只顾眼前的一块小小的教学与科研领域，形成了对其他领域的陌生化，甚至是一概不知，出现了搞现代文学的和搞当代文学的互不完全清楚对方学科内涵和研究状况的局面，致使研究的格局日益狭隘，视野日益短浅。其实这种弊端大家心照不宣而已，就连教育部也心知肚明，在学科设置上，明确标明的二级学科是“中国现代文学”，许多学校和科研机构在迫不得已的情况下，早已顺应形势，将两个机构并为一体了,我们似乎没有更充分的理由再和学科设置较劲。合并学科不仅是中国现代文学内涵的需求,也是学科融合、完善和一体化的需要。

文学的“现代性”促成的古今之变是构成中国现代文学学科的最重要的元素。

和古代文学的断代所不同的是,古典文学在几千年的历史过程中经过了无数经典化的过程,但是,值得注意的是,它们在20世纪以前的治史过程中,尤其是它在进入封建社会以来,所使用的文化符码——包括观念、方法和语言等都是具有相对统一性的。而进入现代性文化语境的“五四”以后,其观念革命、方法革命和语言文字革命所带来的一切文化革命,给中国现代文学与中国古代文学的承传的确带来了具有断裂性的分歧。所以,正是在正视这样一个史实的前提下,我们没有理由不把它和古代文学进行本质性的切割。但是,我并不是说中国现代文学就和中国古代文学没有了血缘关系,恰恰相反,它们之间的血缘关系直到今天都没有也根本不可能消除,但这个论题不是本文的主旨,我们要集中研究的问题是:自“五四”以降,中国文学在现代性的建构过程中,所遇到的一切“革命性”问题(包括“改革”问题)是完全可以纳入同一文化语境和同一文化符码的解析之中的,包括国家、民族、阶级与自我等文学已经不由自主介入的各个领域,我们是可以用一种区别于20世纪以前古代文学的治学观念与方法的新语码系统进行“现代性”的统一阐释的(当然,古代文学的治史观在现代语境中也发生了巨大的变化,但是,那是另外一个论题),尽管它还残存着古代文学历史时段文化阐释系统的痕迹。因此,如何区别它们内部的差异性,也就是如何对百年文学史发展的脉络进行新的系统的统一性阐释,则成为中国现代文学自身必须面对的艰难命题。

鉴于上述原因,我以为中国现代文学在短暂而又漫长的百年历史里,面对着浩瀚的文学思潮、文学现象、文学社团和作家作品,需要的不是加法,而是减法。是二次经典化的艰难历程。

二 重新进行三个三十年分期的理由

用“大文学史观”的逻辑思路来考量中国现代文学史,我以为无论是从学科发展的眼光来说，还是从教学科研的角度来说，将百年文学史进行“三三四”(实际上到目前为止还只是“三三三”，也就是三个三十年)的切割是较为适当的，即：1919(亦可前推)—1949；1949—1979；1979—2009(或2019)。可能有学者会质疑我把第一个三十年切分在1949年，而为什么不是切在1942年，或者是1945年……我的回答和上述的观点并不矛盾，我们不能完全依傍政治历史的界限进行划分，但是在整个文化和文学的观念进行了本质的突变时，你就不能不顾及它与政治密不可分的关联性。中国现代文学史从它诞生那一天起就与政治文化有着不可分割的内在关联性，其每一个思潮、每一个现象和许许多多作家作品的背后都摆脱不了政治文化思潮背景的渗透和影响，这是铁定的史实，它成为多少学者和作家试图摆脱而不能的既定历史现状，而1949年的突变更是将文学创作划分成了两种截然不同的格局，谁也没有理由和能力将这一时段的历史切割挪移。其实，从中国现代文学开启时，我们看到新文学的先驱者们就明确了文学与政治不可分割的关系：“今欲革新政治，势不得不革新盘踞于运用此政治精神界之文学。”[①]虽然他们夸大了文学的作用，但是，我们可以从中清晰地看到自“五四”至今的一条政治文化与文学关联线索，亦即思想史与文学史的关联性。因此，在尊重历史事实的逻辑前提下，我们必须承认1949年的划分是有学术和学理的科学依据的，它既照应了大的政治文化的变迁给文学带来的历史性的转型，同时又兼顾了文学发展的自身规律——这一时期的文学的确形成了一种新的“颂歌”与“战歌”之风格。当然，每个时段有每一个时段不同的特征，研究它们之间的状况与变化是绕不过去的难题。

1. 1919—1949年就是我们通用了六十年的学科和论域——中国现代文学，无疑，谁也不能否认它已经成长为一个较为成熟的学科领域，它的研究深度和广度甚至超出了一般研究者的想象，包括海外汉学家在内，它的研究人数多达几千之众，队伍之庞大，可见一斑。但是，我们不能不看到这样一个研究危机的现状，即，它的研究资源业已枯竭！资源的供给已经远远不能满足和支撑如此众多研究者的需求。于是，自20世纪90年代开始，面临资源枯竭的状况致使研究者们的研究领域在不断萎缩，研究领域和成果重复，大同小异，甚至出现抄袭现象，严重阻碍着学科

① 陈独秀：《文学革命论》，1917年《新青年》2卷6号。

的经典化,就目前的研究套路而言,不外乎以下几种。

其一,就是用西方的各种各样的研究方法对作家作品、文学现象和文学思潮进行反复重新阐释,有的甚至是过度阐释。仍然延续80年代以来用新近的西方理论与方法论对作家作品和文学现象进行反复阐释与梳理,其分析套路的要害之处就是丧失了主体性。用诸如修辞学、语义学,甚至是病理学等理论方法来重新破译文学作品的语码,能给文学史的建构提供多少有益的东西呢?我并不否定它们对开启沉痼的阐释有着积极的意义,但是一旦陷入了这样的怪圈之中,也就证明研究走向了末路。

其二,研究的路径向着边缘拓展,不断发掘边缘作家作品和边缘史料(包括一些与作家作品有关的非文学性材料),殊不知,这些作家作品倘若置于大文学史之中,置于文学史的长河当中的话,势必遭到无情的淘汰,我们已经到了对文学史中作家作品、文学现象,甚至是文学思潮的二次筛选的关键时刻,因此,对一些不宜入史的材料的清理成为定局后,那些无用功的研究即可终止,把精力和资源投入到新的研究领域内去。

其三,是近几年来逐渐走热的刊物研究,除去一些有一定价值的深度研究之外,如对通俗文学中的报刊研究应视为有意义的研究,而更多的研究却是针对无甚学术意义的盲目无效研究,尤其是一些小报小刊的研究,一旦成为风气,那只能说是对文学史研究生态的破坏。我们不能完全否定它们在历史的第一次磨洗中被淘汰的合理性,从某种意义上来说,它们在流通、被阅读与被阐释的过程中淹没在文本的汪洋大海中是自有道理的,是有其物竞天择的自然规律的。我们不能因为研究领域的缩小而去"炒米汤"。

面对大量的作家作品和一些并不重要的报刊、流派与现象,在"大文学史"的框架内,我们需要的不是加法,而是减法!

当然,就这个时间段中的三个小时段(1919或1917—1927;1927—1937;1937—1949)的划分与阐释是否还有创新性的突破,直至今日,我尚未见有突破性见地的端倪,也许,价值观的重新定位可能会有所新的发现,那可是另外一回事了。

我知道自己提出了一个极不合时宜的建议和意见,这或许对一些研究者的切身利益造成了不良后果,但是为了文学史的发展计,请恕我冒昧了。

2. 1949—1979年是一个新的共和国文学仪式的宣告，其实她的精神模式早在延安文艺座谈会上就业已诞生，直到1978年“实践是检验真理的唯一标准”的大讨论时，邓小平在第四次文代会上提出了新的文艺口号后，这个模式才有所转型。这一时段的文学研究是一个亟待甄别和开采的“富矿”。当然，它的研究状况是十分复杂的，问题的症结就在于许许多多治史者都是当事人，都经历过那一段刻骨铭心的艰难岁月，但是因为当时各人的处境不同，所以事后的感受也就不同，甚至存在着巨大的分歧与反差。比如对“十七年文学”看法的差异性，就形成了两种截然不同的文学史定性，然而，不厘清它与“文革文学”的血缘滥觞关系，也就不能看清楚这段文学史的本质。

对待“文革文学”本来并无太大的观念反差，但是由于20世纪80年代海外学者林毓生把“五四”和“文革”混为一谈的理论影响，也由于90年代以来西方“后现代”文化理论以极左面目漫漶于学界，尤其是一些年轻学者热衷痴迷于这一理论的所谓“先锋性”，“文革文学”的研究陷入了价值观念的空前混乱。我以为在这一研究领域内，首先需要做的事情并不是价值理论的争论，而是需要抢救大量的史料，只有让充分的史料说话，才能构成文学史的价值理论与伦理的对话。可是，我们在这一基础工作上做得很差，大量的“文革文学”史料涌进了废品收购站和印刷厂的纸浆池，图书馆里能够幸存的资料已经少得可怜。毫无疑问，由于种种原因，“文革文学”研究已经成为中国现代文学史中的一个盲区。作为世界文化文学史上的一个不容忽视的奇观，如果我们的研究领域被一些对当时和现在的文化语境都是皮里阳秋的所谓“汉学家”所把持，那肯定是一种文化和文学的错位阐释与过度误读，这无疑是中国现代文学研究的悲哀！而我们的研究队伍的流失和话语权的丧失，直接导致的是对历史的失职，倘使“文革文学”的研究在它的发祥地成为“死海”，那只能是中国现代文学史研究的悲剧！“‘文革’研究在海外”一旦成为事实，那这一研究就会成为难以改写的既定史实。当然，一些国内的学者已经着手在整理史料，写出了一些有研究深度的文章，但这毕竟是杯水车薪，解决根本问题还得依靠多方的努力。迄今为止，我们还没有看见一份最为详细完整的“文革文学”目录清单，当然，其中绝大多数的作家作品是要被列入淘汰之列的，但是，我们没有这个研究基础，何谈分析其中有价值的标本呢？怎样进行去伪存真的工作呢？

3. 1979—2009年(或2019)是属于文学史的最近历史时段,我们的工作目标是对一切现有评论和初次文学史定位定性的著述进行二次性筛选与定位定性。重新审视具有当下时效性的评价体系,不仅需要我们具备一定的"大文学史观"的识见,而且更加需要我们具有一定的学术远见,如果前者是经验的积累,那么后者就是对历史把握准确性和非凡的才能与气度。毫无疑问,这个时期是中国政治文化社会结构发生大裂变的时段,文学也同样经受了天翻地覆的变化,它经历了思想解放、经济繁荣和消费文化等各个阶段与层面曲折复杂的历史演进,其千变万化的文学思潮、文学现象和文学作品也成为文学史最为热闹的论域。怎样重新清理这样一个复杂多变而又混沌难解的近距离文学史呢?唯物主义的马恩所提出的"历史的和美学的"治史标准应该成为我们的座右铭。

80年代文学似乎已经成为新时期文学黄金时段的定评而无可置疑,但是,当我们三十年后对它进行重新审视的时候,就可能发现许许多多当时身在庐山之中的评价是有历史局限性的,亦如我们在共和国成立之初去指点三四十年代文学那样,不免留下过多的遗憾,只有留待日后不断地纠偏,而我们现在的工作重点就在于重新纠偏和修正。

当我们在新的历史高度上去看"伤痕文学"的时候,我们看到的是它在整个20世纪文学史上特殊的位置和作用,这是当时和后来的文学史没有留意的隐处——"重回'五四'启蒙的艰难选择"成为它开启新时期文学与文化的先锋和旗帜,用这样的史观来重新解读"伤痕文学",其所有的意味就不同于以前混沌的评价了。

怎样看待"反思文学",我们如果不与二三十年代的"问题小说"进行比较,也许我们不能看出它与"五四"启蒙文学的关联性,也就不能从大文学史的视角根本看清楚现代文学流动的状态。以往的评论和文学史叙述缺乏这样的比对,就很难廓清它的文学史本质及其与政治文化的内在关联性。尤其是对当时难以归纳的作家作品,我们的定性定位就有了可靠的依据。

如何看待"改革文学"同样是一个艰难的命题,但是倘若我们把它置于一个"历史的和美学的"评价体系之中,就会发现它们在与政治发生关系时的许多错误的价值判断(如《新星》这样的作品中的封建"青天"的吁求就是对"五四"启蒙的反动等案例),就会发现它们许多值得重新定位定性的地方,就会找到更多的被筛选的理由。

同样，对诸如“现代派问题”和“伪现代派”之争、“清污”、“先锋文学”、“寻根文学”、“新写实文学”、“女性文学”等文学思潮的重新审视，是我们重新认识80年代文学关键性命题，如何把握它们之间的内在联系，如何审视它们在百年文学史上的地位和作用，如何评价它们与深刻的历史背景之间的互动关系，应该都是我们观察问题的必需视角，否则我们还是会陷入当时的莽撞和蒙昧之中。

90年代文学是中国文学进入商品文化与消费文化转型期的产物，我们不能一味地批评它的缺点，而是需要客观地去评价它，甚至要承认它存在的历史合理性，要把它和“五四”时期的通俗文学的流脉勾连起来进行辨析，或许更能够看清楚它在历史过程中的消极因素和积极因素。就连卫慧那样貌似前卫的“身体写作”也不能采取一棍子打死的态度，分析它为什么能够存在才是我们的真正目的，只有承认它的合理性，我们才有权力给它进行客观历史的定位与定性，我们才能用马克思主义的批判眼光去扫描一切可以入史的作家作品、文学思潮和文学现象。

进入21世纪以后，中国现代文学几乎就是进入了即时性的文学筛选境遇，短距离而没有经过时间沉淀的文学需要我们具备学识和学术的眼光，同时更需要我们有一套经得起历史考验的价值观。

其实，上述所有的问题归结到一点，就是我们必须获取新的治史价值理念。

三　我们应该用怎样的价值观来治史

我并不完全赞同“一切历史都是当代史”的观点，但是，我赞同用发展的马克思主义的历史唯物辩证法来解析一切文学史的问题，那就必须设置一个有恒久生命力的治史价值原则。我以为被马克思主义肯定过了的启蒙主义的价值观应该成为文学史恒定的价值原则，它既然已经成为人类普遍的人文价值共识，我们就没有理由去拒绝它，尤其是中国现代文学的治史观念和原则更应遵循这个被实践证明了的普遍真理——人、人性和人道主义的历史内涵是其评价体系的核心；审美的和表现的工具层面是其评价体系的第二原则。“人的文学”仍然适用于我们的治史原则。照此进行重新审视,大致是不会出错的。章培恒先生在治中国古代文学史的时候所采用的"将文学中的人性的发展作为贯穿中国文学演进过程的基本线索","把人性的发展作为文学发展的内在动力","以此建构了自己的文学史体系"。① 俨然我们现今中国现代文学治史的效法榜样。同样,章培恒先生在处理核心价值与外在的艺术形式的问题时,明确地回答了它们之间的关系:"由于初步把握了人性的发展与文学的艺术形式及其所提供的美感的发展之间的联系,我们对文学的艺术形式的重要性有了充分的认识。"②也就是说,在核心价值的前提之下,艺术形式的呈现才具有意义和意味。准此,我们才能抵达文学史研究的彼岸。

一部文学史如果没有系统性的价值理念统摄,不仅在逻辑上违反同一律,而且还会成为抽取了灵魂的材料堆砌。毫无疑问,这个道理是每一个优秀的文学史专家都应该清楚的,而问题的关键是:究竟用什么样的历史观和价值观来重新审视和厘定这一段段已经沉淀了几十年但又并不遥远的文学呢?翻开现行的林林总总的文学史教科书,我们不难发现,许许多多价值观念尚停留在20世纪的七八十年代,甚至其中还有阶级斗争观念的影子在游荡着,尤其是近距离的文学史描述,明显带有即时性的评论色彩——文学史家和评论家的最大不同点就在于他不是平面地分析作家作品,而是站在历史的高度,将其置于文学史的长河之中进行考察,这就是我们通常所说的"文学史意识"。针对种种在"百花齐放"幌子下杂乱无章的文学史编纂,我以为中国现代文学史的编写已经到了应该进入真正的"历史沉思"的时刻,我们面临的是哈姆雷特式的悖论性的选择:"是生还是死?!"

回顾我们在中国现代文学治史过程中所采用过的理论方法,有许多可以值得深思的问题和总结的经验。如果从"五四"时期那些即时性的评论与批评算起,我们可以看到这样一幅历史的行进图(注:有的时段是有重叠交叉的):"五四"时期(1917年前后—1929年)的多元选择,马克思主义、西方与苏俄理论方法并存→"左联"时期(30年代),占主导地位的是苏联"拉普"理论方法→"延安"时期(1942年始),是以毛泽东《在延安文艺座谈会上的讲话》理论方法为主和以苏联文艺理论方

① 章培恒、骆玉明主编:《中国文学史新著·原序》,复旦大学出版社,2007年。

② 章培恒、骆玉明主编:《中国文学史新著·原序》,复旦大学出版社,2007年。

法为辅的时代（这个时代一直延续到1959年与苏联的彻底决裂）→“共和国”前期（亦即1949—1979的30年），是毛泽东文艺思想与方法的时代（除了“讲话”外，一系列的指示与文章均为左右文学理论与方法的风向标，尤其是1959年提出的“革命的现实主义和革命的浪漫主义相结合”的“两结合”创作方法的出现）→“共和国”新时期（1979—1989），重回西方理论方法的时代→“共和国”转型期（1989—2009），后现代、西方马克思、消费文化等各种理论方法资源共生共处的时代。

怎样对上述历史存在的理论方法在文学史中的影响做出客观历史的评判，应该是一个不容回避的问题。尤其困难的是对1949年以后理论方法框架的评判与修正，可能不仅是需要学术眼光的问题，更需要的是客观评价历史和臧否人物的勇气。我以为，只要是站在学术立场上来秉笔书写，春秋笔法同样能为后世留下可圈可点之处。

我们不可能完全还原历史，但是我们应该更加接近历史。这就需要我们尽量采用马克思主义的唯物辩证法来评判已经积重难返的许多文学史难点问题，不解决这些问题，还要我们重写百年文学史作甚?!

原载《文学评论》2010年第1期